"十三五"国家重点图书、音像、
电子出版物出版规划项目

国家一流学科外国语言文学建设项目
上海文教结合"支持高校服务国家重大战略出版工程"
上海外国语大学重大科研项目

· ·

"美 国 文 学 专 史 系 列 研 究"

李维屏 主编

乔国强 副主编

美国短篇小说史 下卷

A History *of* American Short Fiction II

李维屏　张群　等著

上海外语教育出版社
外教社 SHANGHAI FOREIGN LANGUAGE EDUCATION PRESS

下　卷

第五章

20世纪现实主义短篇小说

　　美国现实主义短篇小说在19世纪下半叶开始崛起。南北战争之后美国社会的总体进步为短篇小说的繁荣创造了有利条件。随着国家实力节节攀升，美国的疆域不断拓展，加上横贯东西的交通条件，文学创作的地域空间得到空前拓展；国民经济、教育水准的长足进步又打造了必要的经济文化基础。与此同时，多种报刊相继出现，与之相应的稳定读者群的存在，为短篇小说提供了相对适宜的市场环境。

　　正是在这个时期，现实主义文学在美国开始崛起，其中现实主义短篇小说的地位不容忽视。这个时期的文学主将威廉·迪恩·豪威尔斯（William Dean Howells，1837—1920），亨利·詹姆斯以及马克·吐温等人所创作的各具特色的短篇小说即为明证。19世纪末自然主义文学兴起之后，现实主义文学又增添了新的维度，杰克·伦敦等人也创作出数量可观且足以传世的短篇杰作。到20世纪初，短篇小说已经在美国成为一个不可或缺的文类。可以说，短篇小说在19世纪下半叶的长足进步为这一文类在20世纪的继续发展奠定了坚实的基础。

　　进入20世纪之后，美国现实主义小说在社会的变革中、在与各种社会思潮的互动中、在重大事件的影响中，承担起自己贴近经验、映照现实的历史重任，阔步前行。20世纪初，美国作为大国已经崛起，城市化、工业化进程进一步加快，移民数量激增，整个社会在经历巨大变化的同时各种新矛盾也相继涌现。20世纪20年代，美国人在拥有汽车作为普遍交通工具、性观念发生重大变革的同时，也遭遇了一战后旧秩序、旧梦想的破碎、前途未卜的局面下出现的前所未有的迷茫，一度侨居巴黎的海明威等人将现代主义文学思想带回本土之后对这种社会状况进行了令人叹为观止的描绘，在文学界产生了深远影响。其后，美国社会直面了30年代国内的经济大萧条、共产主义的狂热以及随后的二战给人们带来的身体和精神创伤等。凡此种种，均成为文学作品中难以绕过的话题。正是在这个时期，本土出生的现实主义作家们依托自己的传统和经历，创作出了独具地域特色和时代印记的作品；移民美国的作家们则在对自身传统和种族经历的回顾和反思中、在新旧传统交汇后的煎熬和迷茫中，打造出了具有各自民族特色的小说世界。

总体来看，本章所论及的现实主义短篇小说作家作品至少具有以下六个特征：

首先，本章所论及的现实主义短篇小说的主体风格是现实主义的，但是，毋庸置疑的是，它们和其他文学运动有着不容割裂的紧密联系。如前所述，一战以后现代主义运动对美国文学产生重大影响，现实主义短篇亦不例外。托马斯·沃尔夫（Thomas Wolfe，1900—1938）小说中的书信叙事、内在意识主导、时空交叠，塞林格（Jerome David Salinger，1919—2010）、契弗（John William Cheever，1912—1982）、斯坦贝克以及厄普代克（John Updike，1932—2009）小说中的顿悟，辛格（Isaac Bashevis Singer，1904—1991）和马拉默德（Bernard Malamud，1914—1986）小说中的幻觉和梦境，契弗小说中充满矛盾和欲望的反英雄等，都是很好的证据。此外，斯坦贝克继承了杰克·伦敦等人的自然主义传统，其小说中自然决定论的元素亦俯拾皆是。

其次，多位小说家的人生经历对其创作产生深远影响，其作品具有或隐或显的自传性特征。家庭背景对作家的创作产生重大影响，他们所生活过的地域的风土人情、家族往事、战争经历等，都以各种形式走入他们的小说。其中尤为值得关注的是，犹太小说家辛格、贝娄（Saul Bellow，1915—2005）以及马拉默德等人独有的犹太经历、犹太情怀、纳粹梦魇等更以其犹太特色在美国文学中独树一帜。

第三，大学教育对多位作家的创作生涯产生重大影响。这方面最为直接的表现是，作家有幸遇到优秀的指导教师，在后者讲授的课程中受益匪浅。譬如，沃尔夫大学期间得益于本纳德（W. S. Bernard）、艾德文·格林朗（Edwin Greenlaw）和贺拉斯·威廉姆斯（Horace Williams）等人主讲的课程。斯坦贝克在斯坦福大学期间幸遇主讲短篇小说创作课程"英

语136"的伊迪斯·米瑞里斯(Edith Mirrielees);塞林格得益于哥伦比亚
大学维特·伯内特(Whit Burnett)教授的短篇小说创作课以及诗人兼剧
作家查尔斯·汉森·唐尼(Charles Hanson Towne)的诗歌课程。此外,
索尔·贝娄在西北大学专攻人类学和社会学这一经历对他后来的创作亦
产生深远影响。

第四,现实主义小说跨地域、跨种族,声势浩大、色彩斑斓、境界开阔。
沃尔夫小说中充满了阿巴拉契亚山南部的山民,斯坦贝克聚焦于加利福
尼亚州的风土人情,其小说具有明显的西部特色。契弗来自新英格兰地
区,其小说也带有一定的清教思想印迹;塞林格的小说不仅具有明显的二
战创伤痕迹,而且包含了源自东方的宗教元素。来自东欧的辛格、生于加
拿大的贝娄加上生于纽约的马拉默德,三位作家的作品更是具有鲜明的
犹太特色。引人瞩目的是,贝娄和辛格还是诺奖获得者,厄普代克虽未获
得诺奖却也著作颇丰,影响巨大。

第五,小说集成为他们集中出版已有短篇小说的一个重要形式。短
篇小说在美国萌芽伊始就有结集出版的先例,华盛顿·欧文的《见闻札
记》可谓美国短篇小说结集出版的滥觞。短篇小说结集出版,一方面说明
他们的短篇在数量上已经形成规模、在读者大众中已获得足够认可,另一
方面也显示出短篇经作者编辑或遴选之后以精品集结与长篇争辉的自
信。而事实已经证明,多位作家的短篇小说集已经成为作家生涯中可以
和长篇并驾齐驱的佳作。从沃尔夫的《从死亡到早晨》(*From Death to
Morning*,1935),斯坦贝克的《长峡谷》(*The Long Valley*,1938),辛格和
契弗的多个短篇集,再到塞林格的《九故事》(*Nine Stories*,1953),它们的
影响力相较于同一作家的长篇并不逊色。

第六,本章关注的现实主义短篇都不约而同地表现出以消极、沉郁风
格为主导的灰色调。沃尔夫小说中流淌着无所不在的失落,约翰·奥哈
拉(John O'Hara,1905—1970)小说中是接踵而至的背叛,斯坦贝克小说
中充斥着人类在自然界面前的无力,契弗小说中多表现中产阶级的欲望
和幻灭,塞林格小说中随处可见难以愈合的伤痛,即使是辛格小说对民族
过往的剖析中也表现出了无所不在的悲观,而马拉默德小说呈现的则是
大屠杀留给犹太人的挥之不去的梦魇。

由此可见,美国现实主义短篇小说植根于该国社会现实造就的特殊
土壤,为读者呈现出的是一个色彩斑斓的奇妙世界,这一切都在小说的内
容、形式以及人物等方面得到或隐或显的展现。

第一节

托马斯·沃尔夫：现实主义小说的革新者

20世纪二三十年代的美国南方在经济上处于从以种植园奴隶制为基础的农业资本主义向新型工商业资本主义的转型时期，政治上亦尚未完全融入联邦政府。整个南方处于一个落后、摇摆、动荡的困局之中，人们处在旧传统和新未来的牵扯之中、南北方经济文化的落差中，感受到的是挥之不去的失败、羞愧、耻辱、困惑和迷茫。这些消极情绪几乎遍布于每一个南方人的思想之中。在某种程度上也恰恰得益于这样一种思想状况，美国南部文学在大萧条中崛起并首次成为美国文学的主流[1]，托马斯·沃尔夫作为南方现实主义小说的革新者，为美国20世纪小说的创作和革新作出了自己独特的贡献。他的作品至少具备以下几个特征：第一，小说大都有个人经历的影子，自传性特征明显；第二，小说中广布对立元素，流露着一种无处不在的痛苦、迷茫和孤独；第三，小说用语繁富，其优点是抒情状物可收逼真、细腻之效，不过纵情泼墨如斯终究难脱堆砌之嫌；第四，沃尔夫为冲破传统小说模式进行了大胆实验，其小说兼具现代主义小说的某些特征。

生平传略与创作成就

托马斯·沃尔夫于1900年10月3日出身于美国北卡州的阿什维尔城，父亲是一位石雕匠人，母亲经营一个寄宿旅馆，他是父母膝下八个儿女中的幼子。沃尔夫的父亲以墓石雕刻为生，也许是职业影响所致，其心情常常郁结不舒；常酗酒，好读书，对格调伤感的诗歌情有独钟。值得一提的是，作为一个技艺精湛的石雕匠人，他从来不制作天使雕像，自己作坊所售天使雕像均从他处购得。沃尔夫母亲精明强干，饱受贫困煎熬的

---

① 萨克文·伯克科维奇(Sacvan Bercovitch)：《剑桥美国文学史》(第6卷)，张宏杰、赵聪敏译，蔡坚译校，北京：中央编译出版社，2009年，第266页。

童年造就了其性格中的刚毅和独立。她在婚姻生活中饱受丈夫的酗酒和暴力之苦,在沃尔夫出生之前就很少回家。沃尔夫6岁时父母的婚姻步入死胡同,但是母亲囿于传统观念并未选择离婚,而是默默忍耐。这一年母亲在购得一个家庭旅馆之后,带着6岁的沃尔夫去经营这家旅馆。旅馆之中人来客往,沃尔夫很少有自己的私人空间。这样的境遇给沃尔夫留下了深刻印象。

沃尔夫16岁之前的大部分时间都在阿什维尔度过,周遭的一切对他一生的文学创作产生了重要影响。母亲喜好四处游历,带着他走了好多地方,培养了作家本人的出游爱好,也为他后来的创作提供了许多素材。1904年哥哥格罗佛因伤寒离世,沃尔夫心灵上由此留下了永久的伤痕。家庭里的这一切后来均走入了他的长篇小说——《天使望乡》(*Look Homeward,Angel*,1929)。沃尔夫6岁入小学,其间写作天赋被校长夫妇发现,于是1912年小学毕业后顺利进入二人刚刚建立的私立中学。在校长妻子玛格丽特·罗伯特的教导下,沃尔夫在文学方面的兴趣和品味逐渐成形。

1916年沃尔夫入读北卡罗莱纳大学教堂山分校,父亲原本希望他学习法律,但是沃尔夫本人决定继续他在中学时业已开始的文学生涯。在校期间,沃尔夫进入了校办报纸的编辑团队,此外,还经常为校办杂志撰写小说、戏剧和诗歌,一度成为校办刊物的副主编。三年级时加入有名的民俗剧工作室——"卡罗莱纳戏剧人"(The Carolina Playmakers)。1919年沃尔夫的独幕剧《归来的巴克·甘为》(*The Return of Buck Gavin*,1924)首演,他还亲自在剧中扮演巴克·甘为这个角色。在大学学习期间,古典课程教授本纳德以及分别为英语系和哲学系主任的两位教授艾德文·格林朗和贺拉斯·威廉姆斯都对他文学想象力的拓展发挥了重要作用。沃尔夫在本纳德的指导下读了许多希腊文学和哲学著作,为他后来在创作中借重希腊哲学和神话元素打下了基础。沃尔夫在1921年写给玛格丽特的信中说她是"他这短暂但不平凡的一生中所遇见的三个最好的老师之一"。另外两位老师指的就是威廉姆斯和格林朗。威廉姆斯也曾经对别人说沃尔夫是自己30年执教生涯中最出色的六位学生之一。格林朗的课程"英语21"要求学生们针对日常发生的主要事件进行写作,沃尔夫在其中得到很好的训练,为日后创作打下了基础。1918年沃尔夫在《北卡罗莱纳大学杂志》(*The University of North Carolina Magazine*)上发表了自己的第一则短篇——《弗吉尼亚的卡楞登》（"A Cullenden of Virginia"），此时他年仅 18 岁。

　　大学毕业之后，考虑到参加工作可能会牺牲文学创作，沃尔夫拒绝了一份收入稳定的教师工作，转而把目光投向了哈佛大学。1920 年秋季，他如愿以偿进入哈佛。在这个远离北卡和家人的地方，沃尔夫除了完成学校的功课之外把更多的时间投入了写作当中。他打算做一个剧作家。在三年的时间里他都选修了班克尔（George Pierce Backer）的戏剧创作课程 "47 工作室"，那里曾走出过像尤金·奥尼尔那样的大剧作家。其间，沃尔夫创作了自己的独幕剧——《群山》（*The Mountains*）。1922 年 6 月获得文学硕士学位后他继续在 "47 工作室" 学习和工作。次年 5 月，"47 工作室" 将沃尔夫的剧作——《欢迎到我们的城市》（*Welcome to Our City*）搬上舞台。在戏剧道路上踌躇满志的沃尔夫希望自己的剧作能够到百老汇上演，但一番努力以失败告终。之后他为了能够自食其力，1924 年 2 月在纽约大学华盛顿广场学院谋得了一份教职。

　　1924 年秋，沃尔夫远赴欧洲游历，希冀在文学创作方面获得大陆文化的滋养。次年归国后，他决定放弃戏剧创作，毅然踏上小说创作的征程。1926 年 6 月，沃尔夫平生第二次远赴欧洲，其间有幸与现代主义文学大师乔伊斯相遇，遗憾的是囿于性格的过分腼腆，沃尔夫未能和后者有多少交流。不过，在这次旅行中他开始创作自己的长篇小说，到 1928 年再次与乔伊斯相遇时这部小说的初稿已经完成，而这部小说和乔伊斯的《尤利西斯》在风格和模式上有不少相似之处。[1] 1929 年 10 月，沃尔夫的第一部长篇小说——《天使望乡》出版后收获广泛好评，成为他作家职业生涯的一个里程碑。值得一提的是，由于故乡阿什维尔城的居民发现沃尔夫对当地的人物和地方的描写过于直接，因此这部小说引发了他们的强烈不满，作者也为此深感苦恼。尽管如此，这部小说的出版还是给作者带来了不菲的收入、极大的声誉以及继续创作的信心。考虑到繁重的教学工作影响到了自己的创作事业，1930 年 1 月，沃尔夫从华盛顿广场学院辞职，从此结束了自己短暂的执教生涯。同年 5 月他开始有生以来的第五次欧洲之旅，次年 5 月归国后即在布鲁克林定居，此后的四年中除了创作一些短篇之外继续创作长篇小说。1935 年发表长篇《时间与河流》（*Of Time and the River*），同年 11 月短篇小说集《从死亡到早晨》出版，但评论界对后者

---

　　① Shawn Holliday，*Thomas Wolfe and the Politics of Modernism*. New York：Peter Lang Publishing, Inc., 2001, p.1.

反应平平。① 这是他生前出版的唯一一部短篇小说集,另外一部小说集《远山》(*The Hills Beyond*,1941)在他逝世两年之后才出版,其中包含了部分短篇小说和一篇未完成的长篇小说。

1938 年 9 月 15 日,沃尔夫因肺结核病医治无效与世长辞,此时距离他的 38 岁生日仅剩 18 天时间。

短篇小说创作
《弗吉尼亚的卡楞登》:成长中的心路历程

《弗吉尼亚的卡楞登》是沃尔夫的短篇小说处女作,于 1918 年 3 月发表于《北卡罗莱纳大学杂志》。小说讲述了新兵罗格·卡楞登的首次战场经历。

小说借用成长小说的模式讲述了主人公罗格在战役中由一个胆怯无比的新兵成长为一个英勇战士的过程。小说生动地呈现了战斗打响前的战场以及包括罗格在内的士兵们的状况,尤其是他们心理上的极度恐惧。主人公刚刚来到战场两周时间,而且"他还是一个孩子",置身于交战双方发起冲锋前的死寂之中,万分恐惧的他满脑子天马行空的纷乱思绪。他想到卡楞登家的贵族地位,想到从曾祖父到父亲三代人都曾参战且因英勇而为人称道,想到父亲在 1917 年美国参战后送他参军当日的情景:"罗格什么也没考虑,兴高采烈地奔赴战场,就如同他在无忧无虑的生活中做任何事情一样。"有的士兵在用颤抖的声音讲着笑话,一名士兵"显然在埋头阅读报纸,一边还抽着烟斗,而令罗格感到颇为奇怪的是他的报纸倒置着,烟斗里也没有烟草"。甚至连指挥官也是在用貌似斗志十足、实际上因颤抖而扭曲了的声音发出战斗命令。在枪林弹雨中目睹战友们瞬间倒下,罗格在冲锋中途退缩了,想要制造负伤假象而未能实施,直到看到同为卡楞登贵族的乔尼英勇负伤且被后者问起冲锋时他的去向时才感到羞愧难当。之后目睹战友晕倒的罗格突然变得异常勇敢,冒着生命危险把战友扛回了战壕,自己则在军人们饱含敬佩的目光中、带着继承了家族荣耀后的满足离开了人世。

沃尔夫出色的心理描写在成功拓展了小说叙事空间的同时也使得人物形象更加丰满。小说透过主人公罗格的所见、所闻、所思为读者全方位

---

① Ted Mitchell,ed.,*Thomas Wolfe: A Documentary Volume* (*Dictionary of Literary Biography*,vol.229). Detroit:The Gale Group,2001,pp.193‑194.

展示了一场战役的全过程,其中贯穿始终的心理刻画是小说的一大亮点。值得注意的是,作者通过罗格的视角选择军人外部行为中的典型细节刻画他们的内心状况可谓别具一格。战场上罗格内心的纷乱思绪一方面突出了他的恐惧,另一方面也适时交代了他的家族背景以及参军初日的情景,从而有效地为之后的行为做出铺垫。因此,小说可以水到渠成地用参军之初对战争一无所知的罗格的天真映衬当下战争的残酷,用身临战场因恐惧而愈发凸显的求生本能与家族传统中英勇善战的传统间的角逐生动地呈现罗格内心的挣扎。当然,这一切也为罗格之后由懦弱到勇敢的瞬间心理转变成功蓄势。小说把罗格初入战场的恐惧、退缩后的自责以及舍身救人后的满足等都刻画得细致入微,令人信服。颇有点不可思议的是,把战场氛围描绘得如此逼真、把人物刻画得如此丰满的作者当时尚且是一个远离战争的在校大学生,年仅 18 岁。

《门廊里的天使》和《失去的孩子》: 挥之不去的家族印迹

《门廊里的天使》("An Angel on the Porch")于 1928 年 8 月发表于《斯克里布纳杂志》(*Scribner's Magazine*)。小说讲述了 22 岁的妓女莉莲因病去世后,妓院老板伊丽莎白去甘特的墓石雕刻作坊为她购买一尊天使雕像的故事。

天使雕像当然是小说叙事的焦点。这尊站立于墓石雕刻匠人甘特作坊门口的雕像绝不仅仅是静待出售的一件商品,它在某种意义上已经成为指向小说中主要人物内心情结的一个符号,成为小说时空中众人瞩目的中心、时事移易的载体。首先,对于石匠甘特而言,这尊雕像是他的心灵寄托。他自己手艺精湛但从来不制作天使雕像,酩酊大醉之时这雕像就幻化为其千呼万唤的爱妻辛西娅。其次,对于妓院老板伊丽莎白而言,这尊天使雕像寄托了她与已故妓女莉莲的深厚情谊。这位女子生病之后她倾尽全力去呵护、治疗,不幸离世后她变得心灰意冷,"我有生以来一直在打拼,从现在起我不打算做任何事情了"。她三次登门,不计费用,在甘特的众多石雕作品中执意为莉莲选购这尊天使雕像。伊丽莎白和甘特精挑细选之后镌刻于雕像之上的哀婉动人的诗歌也许是不尽哀思的最好阐释。再次,这尊雕像在某种意义上也成为小说世界中人物的化身。重情重义的伊丽莎白和美丽动人的莉莲不仅是甘特的天使,亦成了读者心中的天使。不仅如此,通过读者的阅读,天使雕像因其所承载的积极价值而越过小说文本的边界，一如小说结尾处如洗碧空中高悬的明月，一路延伸开来，直至无限。

时间是小说中着力探讨的一个元素。沃尔夫倾向于关注三个方面的时间，即推动情节发展的"钟表时间"、表现为过去经历的"记忆时间"，以及山川、河流、大地等象征的"永恒时间"。[①] 在小说的叙事中，时间的这三个方面相互交织，形成了小说时空的交叠和碰撞。小说开篇，和甘特在一起的偏偏就是一个瑞士钟表匠，小说把他的职业和时间安排得如此紧密应该不是随意为之。即便伊丽莎白在小说中出场伊始，她在回应甘特问候时的笑容中也"闪烁着记忆的光亮"。听着伊丽莎白离开的脚步声，甘特为记忆所触动："他想自己已经永久地进入死亡，那些不在了的话语，那些忘却了的面孔，在何地、何时？"二人在记忆中的经历早已不在，只是当下见面后又被突然激活。莉莲的离世虽然是新近发生的事情，但也迅速成为甘特和伊丽莎白的记忆，22岁的莉莲在如花的年龄陨落这一消息为65岁的甘特带来"可怕的恐惧"，而情深意笃的伊丽莎白登门造访主要就是为她而来。当二人走出门廊的时候，月亮早已高悬于晴朗的夜空，小说借此暗示即便在思虑不已的当下，时间也已在不知不觉中流过。当两人站在门廊里的时候，"所有生命似乎已经凝结成一幅画面""喷泉的缓慢跳动也已经悬置"，这只不过是小说人物的瞬时思绪，山川一般的永恒在现实中只是一种理想罢了。对照山川河流等代表的永恒时间，不免会产生伤感。在沃尔夫这里，这种对过去的眷恋其实也是一种"回家"，然而，这是永远不可能了。因此，小说人物只能面对当下的孤独。这也许可以解释为什么在小说结尾处叙述者会发问："现在何处，将来在何处，当初在何处？"可以说，小说中即时时间和记忆时间的交叠成功地拓展了小说的叙事空间，强化了小说的艺术感染力。当然，需要指出的是这种时间的交叠还要归功于物理空间之外以记忆为主要内容的精神空间的适时书写。

《失去的孩子》：多视角下的追忆

《失去的孩子》（"The Lost Boy"）于1937年11月发表于《红皮杂志》（*The Redbook Magazine*），后来收入沃尔夫逝世后出版的小说集《远山》。小说从多个视角追忆了早已失落于过往中的孩子罗伯特。

---

① C. Hugh Holman，*Thomas Wolfe*. Minneapolis：University of Minnesota Press，1960，p.34.

　　小说的最大特点在于叙述者和叙事视角的多次变换。该短篇小说可以划分为四个部分：第一部分用第三人称视角讲述 12 岁小男孩罗伯特某一天在广场附近购买糖果时遭受店主欺凌的经历；第二部分，从罗伯特母亲的视角，向罗伯特的弟弟面对面讲述记忆中的罗伯特；第三部分，采用罗伯特的姐姐苏尔的视角，给她的弟弟讲述 30 年前岁月中的罗伯特；第四部分，换用罗伯特弟弟的视角，用第一人称讲述自己多年之后重新回到 1904 年全家租住地且看到罗伯特居住过的房间的经历。视角的转移恰如摄像镜头的轮换，小说给读者呈现的是多人眼中的罗伯特。小说在第一部分呈现了 12 岁的罗伯特在广场周边的外部经历和内心活动，其中心理活动的刻画体现了作者精准把握儿童心理的不俗功力。不仅细致地描绘了罗伯特的相貌衣着，而且依次呈现了他贴着糖果店的玻璃往里张望时的矛盾和抉择、遭受店主凌辱时的抗争和委屈，以及之后父亲愤然数落店主之后的失落。第二部分，从母亲的角度，主要通过罗伯特与其他兄弟姐妹之间的对比、通过转述周围居民对罗伯特的赞扬，突出了 12 岁的罗伯特当年超乎其年龄的禀赋："孩子们，我是看着你们长大的，你们都很聪明，但是就总体的智力、判断力以及普遍能力而言你们都不如罗伯特。"第三部分，罗伯特的姐姐为面前的弟弟追忆 16 岁的她在弟弟罗伯特的带领下偷偷外出到饭店吃饭、归途中罗伯特突然生病的往事，突出了罗伯特的独立和坚强。第四部分，罗伯特的弟弟几经问路最终回到全家当初的租住之地；小说通过展示时隔多年之后居所周边的巨变以及居所内依旧熟悉的物什，尤其是罗伯特当初生病时住过的房间，书写了时事的沧桑变化以及面对物是人非的无尽感慨。值得注意的是，第四部分的叙述者分别是第二、三部分的母亲和姐姐对面的聆听者，也就是小说整体的叙述者。可以说，小说从第一部分开始经历第二、三部分的视角转换，到最后一部分又返回到第一部分的叙事立场。这样一来，单就叙事视角而言，小说并非表面所见的各自独立的四个视角叙事的简单并列，而是出自同一个叙事者回忆的一个首尾一致的整体。值得一提的是，在这个问题上小说从《红皮杂志》的最初版本到《远山》中的版本曾经历了变化，"在后者中小说各部分被标上了数字，而且第四部分身份不确定的第一人称被改成了第三人称，而且直接声明是'尤金'的声音"。论者直言，这样的改写是一个错误。[①]

----

　　①　Francis E. Skipp, Preface, *The Complete Short Stories of Thomas Wolfe*, ed. Francis E. Skipp. New York：Charles Scribner's Sons, 1987, p.xxiii.

小说通过追忆的形式演绎了当下经历和永久时间的融合。小说首段叙述者直言，罗伯特"转过身，走过广场北部一侧，在这一刻感觉到永恒和当下的融合"。论者眼中"惯用顿悟"的沃尔夫在这里故伎重演①，让罗伯特此时经历这种瞬时的感悟，而这也和小说主要叙述者在小说全篇末尾的感悟遥相呼应。当初那个12岁儿童在广场区域的一系列经历、母亲讲述中的经历以及姐姐追忆中的经历早已走入历史。母亲和姐姐讲述的是她们的记忆，这些记忆又走入叙事者的记忆，这些记忆加上叙述者记忆中的亲历经验，形成了绵延不绝的记忆之流，也即小说中那个大写的"时间"。的确，每一个有人存在的时刻都有被感知的当下，且这种当下都成为记忆中逐渐远去的片段，叙述者眼中永恒不变的似乎只有罗伯特足下的广场以及叙述者重返的故居。然而，从另一个方面来讲，进入大写时间中的某个片段，何尝不也形成了追忆中的永恒。时空相隔造就的记忆中的当下和叙述者所处当下间的矛盾总是存在，在这个意义上"那个失去的孩子已经永远走了"，因此叙述者在当下只能面对无尽的失落。当然，这也折射了沃尔夫在哥哥贝恩（Ben）染病去世之后一生中挥之不去的伤痛。

《波吕斐摩斯》和《同行的一位女子》：
多层面的现代叙事

《波吕斐摩斯》（"Polyphemus"）于1935年6月发表于《北美评论》，小说讲述了一小撮西班牙探险者在一名独眼西班牙人带领下漂泊到美洲大陆的一个印第安人的部落地区，大肆掠夺、杀戮的故事。

小说和荷马史诗《奥德赛》互文见义。《奥德赛》中奥德修斯在漂泊中抵达巨人波吕斐摩斯的洞府，在那里他和同伴们发现了一个吞食人类的独眼巨人，之后设计将后者的眼睛刺瞎，最终设法逃离险境。在大学时代就对希腊神话情有独钟的沃尔夫用这位神话人物的名字来命名自己的短篇小说，演绎的却是西班牙探险者早期到美洲掠夺的故事。这群西班牙探险者满怀着金银美梦抵达了美洲大陆，登岸之后，首先"双膝跪地感谢帮助他们存活下来的上帝和圣母玛利亚"，其后以"西班牙国王"的名义"占领"了这片土地，并插上自己的旗帜。随后，他们对手无寸铁的印第安

---

① Morris Beja, "The Escapes of Time and Memory," *Modern Critical Views: Thomas Wolfe*, ed. Harold Bloom. New York: Chelsea House Publishers, 1987, p.29.

人开枪，"在一阵扫射之下，基督教和政府确立了"。之后进入印第安人的家园开始掠夺，但是令他们失望的是这里没有他们渴望的金银，只有一些极不起眼的坛坛罐罐，于是在盛怒之下把所有到手的东西尽数砸个粉碎。唯一令他们感到满意的是在那里得到了烟草。之后这群人在对美洲大陆的鄙夷和谩骂中驾船离开。

沃尔夫显然把这群西班牙人比做了独眼巨人波吕斐摩斯。小说叙述者告诉读者，这群人的美洲之行之所以没有找到金银是因为"他们没有识别出自己眼前的金银""他们只有一只眼睛"。而之后"美国在一个较短的历史时期内就证实了这个金银神话"。在《奥德赛》中奥德修斯是史诗着力颂扬的英雄，站在他对立面的是受其欺骗的独眼巨人，而沃尔夫的小说贬斥的恰恰是漂泊到美洲的西班牙掠夺者，他们是小说语境中贪婪、凶残、无知的独眼人。

由此可见，小说演绎的是明显的多声部。有论者指出，"沃尔夫在小说中使用了双声话语"[1]，此言不虚。从小说叙事的层面看，由于小说中叙述者所讲的故事源自探险者留下来的日记，因此小说中出现了小说叙述者和西班牙探险者的日记叙事两种声音，二者交互出现。事实上，从一个更广阔的视野来看，小说中的声音远不止这两种。就内涵而言，小说至少包含了三种声音。荷马笔下奥德修斯的经历代表了发自古典时代的史诗的声音。小说语境下西班牙美洲探险经历是欧洲殖民者早年抵达美洲那一段历史的声音。由于沃尔夫本人对现代主义文学运动，尤其是乔伊斯作品的钟爱，不能不让人想起《尤利西斯》第十二章《独眼巨人》中那位空想、偏狭的无名爱尔兰人所代表的波吕斐摩斯和"尤利西斯"布鲁姆的碰撞，因此，小说中还要包含来自 20 世纪上半叶的声音。这些声音音质各异、来源不一。因此，可以说小说中的各种声音在合流、悖逆、碰撞中形成以叙述者为主导的对话态势，实现了妙不可言的众声喧哗。

《同行的一位女子》（"One of the Girls in Our Party"）于 1935 年 1 月发表于《斯克里布纳杂志》。小说主要讲述了来自美国中西部的教师布莱克小姐一行的欧洲大陆之旅。

小说的最大特色在于用信件参与、甚至是取代小说叙事。在欧洲之

---

①   Shawn Holliday，*Thomas Wolfe and the Politics of Modernism*. New York：Peter Lang，2001，p.87.

旅即将结束之际，布莱克小姐取消了最后的一段行程，留在旅馆内继续她先前未写完的信。信中她洋洋洒洒地记录了自己在欧洲大陆的行程。从这封信息冗杂的信中，读者可以感受到这群美国教师这次欧洲之行的匆忙，正如布莱克小姐在信中所说的"我们乘坐巴士周游两趟就遍览整个伦敦"，显然由于日程的限制她们只能听从导游的安排走马观花地看一眼那些举世闻名的景点。与此同时，这封信也透露出以布莱克小姐为代表的这群美国知识分子的浅薄，在文化上与英国同属一脉的美国成长起来的教师竟然认为约翰逊博士是莎士比亚的朋友之一，着实令人捧腹。而这位教师在信件中用几近流水账的形式记录了旅程中发生在同行游人间的琐碎小事，他们或险些被车撞到、或扭伤了脚踝、或同导游争执以至互不言语云云，正可谓俗人俗语俗相尽显，成就了讥讽意味十足的一幅浮世绘。此外，值得注意的是这封信的篇幅几乎占据了小说全篇的百分之七十，仅此一项亦足令该短篇与他者迥异。

　　毋庸置疑，小说包含了较为鲜明的现代主义元素。一方面，现代主义的"由外向内"转向在小说中得到了很好的实践，其篇幅的百分之八十为布莱克脑海中的意识流所占据。沃尔夫借助布莱克小姐笔下的信件将作者自己完全隐没的同时也将人物脑海中的思绪和盘托出，这在一定程度上也可以解释为什么信件中的内容飘忽无序，盖因凌乱无序且不受时空限制方为思绪之本真。而且，小说在布莱克小姐的信件片段间夹杂了她并未录入信件的思绪，因此可以说小说呈现出的是布莱克小姐从动笔伊始直至书信结尾的所有思绪。另一方面，就小说的整体氛围而言，它呈现的是以消极阴郁为主的晦暗色调，这也和现代主义作品不谋而合。这群人的行为表现姑且不论，在结尾部分，小说通过布莱克的思绪勾勒的是一个苍凉、冷寂、哀鸣阵阵的十月之夜，在那里"黑暗中的我们苦苦等候着我们那些不会再归来的朋友们和兄弟们"。其悲观绝望至此。

　　沃尔夫在其短暂的生命中留下了大量短篇小说，但是需要说明的是作者在动笔伊始几乎从未有创作短篇小说的初衷。其短篇小说的出版，时而是出版商出于维持大众读者对作者的持续关注，时而因为作者个人生活所迫。往往是编辑从其海量的手稿之中搜寻出来长篇小说的片段，加工之后出版。因此相对而言，他的短篇小说和长篇小说有着更为紧密的关联，其小说也由于编辑参与过多而引起人们的诟病。无论如何，作者的英年早逝还是给人们留下了莫大的遗憾。

第二节
约翰·斯坦贝克：西部草根的喉舌

约翰·斯坦贝克是西部作家中的佼佼者，因长篇小说《愤怒的葡萄》（*The Grapes of Wrath*，1939）获普利策奖（1939），是"西部作家中唯一一位诺贝尔文学奖（1962）获得者"[①]。斯坦贝克主要着眼于故乡佛罗里达州，尤其是萨利纳斯（Salinas）小城周边的风土人情，远离宏伟叙事，将笔触伸向处于草根阶层的小人物，刻画他们身边的一草一木和生活中的喜怒哀乐，字里行间渗透了作者对他们的深厚情感。笔触所至，他着重探讨人性中的善与恶，人与自然间的冲突与融合。小说中多处或直接或间接地透露出作者对西部过往的追忆，对美国西进运动的谴责和对西部原住居民的同情。从风格上来讲，斯坦贝克和海明威极其相近，以至于海明威风格成为"其小说在美学上的一个问题"[②]。斯坦贝克常在小说开篇做一番看似轻描淡写、实质内蕴深刻的景物描写；小说用词简约，然景物描写可收身临其境之效。人物刻画，无论男女老幼，均能直达心灵深处，让读者窥见其内心哪怕是最细微的一点波动，让读者在阅读过程中共鸣迭起、叹为观止。小说在作者亦庄亦谐的笔法之下，总有一丝冷峻、些许忧郁、几分悲悯，释卷之余犹能令人回味无穷。

生平传略与创作成就

斯坦贝克于 1902 年 2 月 27 日出生于加利福尼亚州蒙特利尔郡的小城萨利纳斯，父亲是政府职员，母亲是教师，他是父母膝下四个孩子中唯一的男孩。父母在文学方面给予他很大的鼓励和引导，萨利纳斯周边的峡谷、乡村和牧场，以及蒙特利尔湾的海滩，从幼年时起就给他留下了深

[①] James H. Maguire, "Fiction of the West," *The Columbia History of the American Novel*, ed. Emory Elliott. Beijing: Foreign Language Teaching and Research Press, 2005, p.441.

[②] Harold Bloom, ed., *John Steinbeck* (Modern Critical Views). New York & Philadelphia: Chelsea House Publishers, 1987, p.1.

刻的印象，后来也常常作为背景进入他的小说。

斯坦贝克从中学时代起就逐渐踏上了自己的创作之路。进入中学后斯坦贝克英语、文学以及生物等科目的成绩都非常优秀，此时他已开始尝试小说创作，一度担任萨利纳斯中学校办报纸的编辑。1919年中学毕业后入斯坦福大学学习新闻学，必修课的成绩不甚理想，然而有幸修到短篇小说创作课程"英语136"，在老师伊迪斯·米瑞里斯的指导和帮助下，斯坦贝克开始模仿自己欣赏的作家创作奇幻小说。在后来的生涯中，斯坦贝克常忆及这段往事，认为这门课是他平生上过的最好的课程之一，对老师心怀感激。其传记作家杰克森·本叟也认为斯坦贝克是他同时代的名作家中极少数几位受益于大学创作课程的作家之一。[1] 大学期间斯坦贝克曾中途辍学，一连做了多种工作，一度尝试生物学研究。返校之后，曾在学校的刊物上发表了一些诗歌和短篇小说。这些生活阅历和写作实践都为后来的创作事业打下了不可或缺的基础。

经过20年代的创作学徒期，斯坦贝克在30年代走向成熟。他在20年代创作了一些小说，但是论者认为这些小说仍然"没能脱离当时流行文学模式的窠臼"，然而"尽管斯坦贝克小说中的人物偶尔显得木然、呆滞（wooden），行为动机缺乏合理性，但是这时候他已经显示出在景物渲染和融意于象方面的巨大潜力"[2]。进入30年代，斯坦贝克断然和自己过去的风格决裂。根据史提芬·乔治的讲述，1932年有人曾目睹居于隔壁的斯坦贝克在一天清晨将自己尚未发表的手稿付之一炬，这在一定意义上成为作者毅然决定和过去风格决裂的标志。"这样一个旗帜鲜明的举动，为自己之后走向不可限量的成功扫清了道路。"[3]。论者对这一年他出版的短篇小说集——《天堂牧场》(*The Pasture of Heaven*, 1932)评价甚高，认为它"足以和舍伍德·安德森的《小镇畸人》并驾齐驱。和后者相似，斯坦贝克常常走近那些貌似简单而实际非常出色的人物去探索他们复杂的内心世界"[4]。从此，斯坦贝克的小说事业开始起飞。在1932年到1936年

---

① Stephen K. George, ed., *John Steinbeck: A Centennial Tribute*. Westport：Praeger Publishers, 2002, p.115.

② R. S. Hughes, *Beyond* The Red Pony：*A Reader's Companion to Steinbeck's Complete Short Stories*. Metuchen, N. J. & London：The Scarecrow Press, Inc., 1987, p.3.

③ Stephen K. George, ed., *John Steinbeck: A Centennial Tribute*. Westport：Praeger Publishers, 2002, p.116.

④ R. S. Hughes, *Beyond* The Red Pony：*A Reader's Companion to Steinbeck's Complete Short Stories*. Metuchen, N. J. & London：The Scarecrow Press, Inc., 1987, p.3.

间创作的 15 则优秀短篇后来收入小说集《长峡谷》。其中的四则短篇《礼物》("The Gift")，《群山》("The Great Mountains")，《诺言》("The Promise")以及《人民的领导者》("The Leader of the People")也曾作为短篇集《红马驹故事集》(*The Red Pony*，1945)单独出版。1939 年推出自己的长篇巨著《愤怒的葡萄》，次年一举获得美国国家图书奖。

进入四五十年代的斯坦贝克又有了新的转向。二战爆发后他曾自愿作为宣传顾问为战争效力，一度曾为媒体做战事采访。此后的小说涉及军事战争等题材，小说的背景地不仅从乡村转到城市，而且从西部拓展到美国东部乃至万里之外的欧洲大陆，开始涉及大都市生活环境的书写。

斯坦贝克在 1962 年登上了自己创作生涯的巅峰，也经历了平生最大的失落。1962 年 10 月 25 日，时值古巴导弹危机阴云下人心不安之际，瑞典传来消息：斯坦贝克获得诺贝尔文学奖。面对这一可喜可贺之事，美国评论界随之而来的反应却让人觉得不可思议。"美国文学史上从未有过的事情发生了，当时知名的批评家们几乎无一例外地反对（诺奖委员会的）这一选择，鲁莽而又傲慢的《纽约时报》甚至于次日早晨发文诘问为什么某个更为出色的作家没有被选中。"①他们认为，斯坦贝克的小说流于浅薄，难逃 30 年代的道德说教视野，感情过于直露，几近于没有多少分量的中学生读物。斯坦贝克似乎并没有因获得诺贝尔奖而得到应有的鼓舞，生性内向而又敏感的他反而因为评论界一反常态的反应而深受打击，从那时起直到他生命的最后一刻再也没有写过小说。1968 年 12 月 20 日，斯坦贝克在纽约逝世。

短篇小说集《长峡谷》

《长峡谷》包含了作者在 30 年代创作的 15 则短篇。它们风格多样，内容各异，背景地也并未统一于标题所示的萨利纳斯河谷地区，论者认为这某种程度上和出版商出于自己的利益考量仓促出版相关。② 不可否认的是，这个集子可以代表作者短篇小说的最高水准。以下简要介绍几篇公认的杰作。

《菊花》("The Chrysanthemums")最初于 1937 年 10 月发表于《哈泼

---

① Stephen K. George, Introduction, *John Steinbeck: A Centennial Tribute*. Westport：Praeger Publishers，2002, p.xix.

② R. S. Hughes, *Beyond* The Red Pony：*A Reader's Companion to Steinbeck's Complete Short Stories*. Metuchen, N. J. & London：The Scarecrow Press, Inc., 1987, p.55.

斯杂志》,讲述了一个农家妇女艾丽萨·艾伦邂逅一位补锅匠的故事。批评家们多从基督教神话、精神分析、女权主义以及现代主义等诸多视角来看待这则短篇。

首先,小说塑造了一个遭受压抑的女性。小说对萨利纳斯河谷这一缺乏阳光和雨水的封闭空间的详细描绘对此有足够暗示。冬日的大雾把萨利纳斯河谷地带笼罩得严严实实,山脚下留着庄稼茬的地看上去就像沐浴着一层阳光;这只不过是假象而已,"12月份这个山谷里没有阳光"。居民们早已把庄稼地犁好,静待雨水的到来,然而,"大雾和雨水不会同时出现"。与之相吻合的是,35岁的艾丽萨身上的服饰也将她包裹了起来。修剪花草时的专用装束,即一顶褐色的男帽、一双庄稼汉穿的鞋子、一件附有四个大口袋的围裙以及一双笨重的皮手套,早已掩盖了她的女性特征。更何况,她置身其间的花池也被铁丝栅栏环绕,即便身后供她生活起居的农家房屋也被密植的天竺葵包围。

随后,封闭空间与原始冲动遭遇了外部世界的实用主义。一匹褐色老马和一头灰白色毛驴拉着的破旧马车向艾丽萨走来,车上是一位在西雅图和圣地亚哥间游走做修锅磨剪生意的老人,他象征了萨利纳斯河谷之外的外部空间和实用主义。老人从自己的生计出发投其所好,假意向艾丽萨求取菊花,而对菊花珍爱无比的艾丽萨顿时将他视做知己,一度情欲迸发几近失态。可以说,这位补锅匠穿透萨利纳斯河谷的大雾、艾丽萨周围的篱笆,最后进入了后者的心扉,从而触动她被压抑的本真,同时也向她开启了外部世界的一角。艾丽萨在片刻的情感释放之后变得精神焕发,这从丈夫亨利随后对妻子的评价中所用的"精力充沛"和"心情愉悦"两词可见一斑。然而,之后艾丽萨在和丈夫驾车外出途中发现老人将自己赠送的菊花丢弃在了路上,而他却"保留了花盆"。此时她恍然大悟,留下了伤心的泪水。至此,自然冲动和实用主义碰撞之后孕育出挫败和伤痛,小说因而也具有了自己的悲剧之力。

当然,"菊花"是小说叙事的焦点。补锅匠借菊花施计、艾丽萨用菊花传情,之后又因菊花而彻悟,足见菊花作用于艾丽萨的巨大力量,这一切均展现了斯坦贝克的自然主义倾向。

《一只白鹌鹑》("The White Quail")于1935年3月首先发表于《北美评论》,小说讲述了主人公妻子玛丽与丈夫哈利之间咫尺天涯式的婚姻生活。

首先,小说主要演绎了玛丽的双重自我。自家房子前面的花园是玛丽的另一个自我。多年前她就选择了建房的地址，在空无一物的荒地上设想了房子和花园的模样，而之后的择婚标准也是依据心目中的花园而定，因为"花园就是她自己"。和哈利相遇之后，因"花园似乎喜欢他"，玛丽就答应和后者成婚。而哈利看中的是玛丽的相貌："你太漂亮了，让我感到有些饥渴。"房子建好后，玛丽按照自己的规划精心修建了前面的花园。之后飞入花园的白鹡鸰成为她花园自我的精华："她就像我之精华，几经提炼留下来最纯粹的精华。"玛丽希望自己能成为两个人，她曾经在思绪中和另一个自己对话。她也曾在晚间借故走出房间，在花园中设想"只有自己的思想和视觉走了出来""她几乎可以看见自己在屋里坐着"。此时此刻的她甚至一下子醒悟："这里有两个我""我看见了别人眼中的我"。她具有两个身份：一个是花园，另一个是哈利的妻子。然而，由于对前者过分关注，她忽略了后者。

因此，小说最直接的表现便是夫妻之间的隔阂。小说中展示的是两个几乎泾渭分明的世界。就如同小说背景中繁花争妍、群鸟毕至的花园之外便是杂草丛生的荒地一般，二人的婚姻也是咫尺天涯：一个是置身花园回望屋内另一个自我的玛丽，一个是端坐屋内阅读报纸、关注公司业绩的哈利；一个抱怨丈夫难以理解自己的内心，一个认为妻子"难以接近""神秘莫测"。二人争执之后玛丽回到房间锁上了门，叙述者说："这扇门是一个信号"，表示"玛丽有些话不愿意讲明"，不仅如此，这扇门也暗示了二人之间难以逾越的鸿沟。最后，白鹡鸰遭受猫的威胁后，惊慌失措的玛丽要求丈夫把猫毒死。哈利"第一次拒绝了她"，无奈之下玛丽讲出真相："那只白鹡鸰就是我，别人无法接近的那个隐秘的我，那个内在的我。"绝望之中不顾一切地说明真相的结果是哈利次日早起将白鹡鸰射杀，之后半信半疑的玛丽得到的是一个模棱两可的回复，哈利得到的则是一个愧疚难当的内心。此乃隔阂导致的悲剧，隔阂两端的人注定孤独。小说结尾哈利用"我好孤独"直言不讳地展露了自己的心声。

其实，作者斯坦贝克的内心何尝不是如此。创作《长峡谷》故事期间，斯坦贝克在经历了家庭婚姻的变故之后内心涌动的是"强烈的孤独感"以及"对变故的恐惧感"，因此，恰如论者所言，小说人物的孤独折射了作者的内心状况。①

---

① R. S. Hughes，*Beyond* The Red Pony: *A Reader's Companion to Steinbeck's Complete Short Stories*. Metuchen，N. J. & London：The Scarecrow Press, Inc.，1987，p.62.

《早餐》（"Breakfast"）于1936年11月发表在《太平洋周刊》（*Pacific Weekly*），小说以第一人称叙述者追忆的形式讲述了在一日黎明时分漫步旷野时偶遇一家人并受邀共进早餐的故事。小说通篇白描，无论叙事、写景还是绘人都清晰明快、恰到好处；结构上，首段从当下起笔、中间忆海钩沉、末段返回当下，可谓浑然一体。小说整体艺术水准堪与海明威争锋。

小说的艺术感染力主要来源于一个"暖"字。从篇幅来讲，这篇小说可谓短篇中的短篇，寥寥数页的篇幅在斯坦贝克的众多短篇中实在很不起眼，然而，其艺术感染力却毫不逊色。作者笔下的暖意伴随着叙述者的脚步从无到有、从淡到浓，逐渐沁入读者的心扉。小说首先描绘的是黎明寒气中旷野上一个孤独的行者，他不断搓手之后将之揣进口袋，耸着肩、跺着脚走路，其寒冷如此，为后面的温暖做了铺垫。这样的暖意来源于旷野上处于采棉季节中的一家人。帐篷边的炉火、热气腾腾的早饭、饱含诚意的邀请让这个素不相识的独行人感受到了这一家人给予他的温暖。与此同时，他也目睹到了这一家人自己的温暖。一家人对一个陌生人毫无隔阂的接纳折射的是一尘不染的心灵，如果说炉火温暖的是叙述者的身体，他们的淳朴良善则是对他心灵的永久触动。一家人生活清苦，但长幼有序、其乐融融，这是一种"和"；婴儿庇佑于母亲的怀抱，一家人依托于大自然的怀抱，亦是一种"和"，这种"和"暖了自己也暖了别人。全家人，上至须发皆白的老人，下到哺乳中的婴儿，他们的举动、颦笑、言语以及声响，无一不优雅动人，这一切均源自至纯之"真"，而"真"和"善""美"永远是孪生的。

小说在技法上凸显一个"光"字。小说通过叙述者的视角，按照时间顺序逐一展现了不同的光亮。叙述者首先看到东部山脉后面隐现的纯洁红光，与一片漆黑的西部天空形成反差。之后进入视线的是灰色帐篷边生锈铁炉的缝隙间闪现出来的橙色火光，走近了他看到怀抱婴儿做早饭的女子，其身后的帐篷上一闪一闪地映现着铁炉缝隙间露出来的火光；随之而来的是从帐篷里掀起门帘出来的一老一少粗布大衣铜扣上的光亮，以及二人梳洗罢胡须上闪闪发亮的水珠；最后，早餐结束后，父子二人面对已然东升的太阳眼睛里面闪现的光芒。太阳东升与叙述者的经历同步，其间包含了由寒入暖、暖意渐浓的过程，早饭用毕恰好太阳升起、双方道别，此时暖意臻于高潮。小说末尾叙述者说"忆及此事感觉有某种大美以及紧随其后的奔涌而来的暖意"。足见，大美伴随暖意早已永远存乎叙述者的记忆之中。

因此，可以说《早餐》中以"光"为媒，以"暖"为义，二者相得益彰。

《红马驹故事集》：30 年代西部农村一瞥

《红马驹故事集》包含相互关联但又各自独立的四则短篇：《礼物》《群山》《诺言》和《人民的领导者》。1933 年，母亲身罹重病，作者由此亲历生死煎熬，其间忆及父亲送给自己的栗色马驹等美好的童年往事，之后写下了系列短篇。小说聚焦于男孩邱迪的成长，通过讲述他们一家人的生活呈现了 20 世纪 30 年代美国西部农村的生活图景，具有较为浓厚的自然主义色彩。限于篇幅，以下仅选择小说集中前三则短篇。

《礼物》最初于 1933 年 11 月发表于《北美评论》。小说讲述邱迪在收到父亲送给自己的红马驹之后的一系列经历。

小说通过邱迪喂养一匹马驹的悲喜经历展示了一个 10 岁男孩的成长历程。首先，礼物小红马的到来改变了邱迪的精神状态和生活习惯。农家孩子邱迪非常勤快，每日按时起床，上学回来还要完成自己负担的家务活。父亲把一匹小红马作为礼物送给他之后，他精神上变得更加自信、生活上变得更加自立。之后，邱迪和雇工毕利商量后为小红马取名"伽碧兰"，意为"雄鹰"。小说通过邱迪邀请小伙伴们观看小红马的一幕，揭示了动物，尤其是马在孩子们心中的地位，同时邱迪也从之前的木讷寡言变得非常健谈、自豪。此外，早晨他再也不需要母亲敲击三角钟的声音来召唤自己起床了。母亲尚未起床时，他早已溜进马棚照料自己的小红马。其次，在驯养马驹的过程中，邱迪随着马驹的成长变得更为成熟。在训练马驹的过程中，邱迪从毕利那里学到了不少相关的知识，更为重要的是他经历了小红马被大雨淋湿、不幸生病、最后死亡的整个过程，其间的大喜大悲促使他对人生有了更为深刻的理解。正如论者所言，邱迪在成长过程中习得了三个方面的教训：首先，人难免会犯错误；其次，大自然是冷酷无情的；再次，大自然的铁律是所有生物终有一死。[①] 精于养马的毕利虽然生活经验丰富，但是他对天气的判断失误还是导致了小马驹被大雨淋湿，其后在为马驹医治疾病时一向为人称道的他也表现得无能为力。小说展示出的是具有有限认知的人类在冷酷无情的大自然面前的无助。小说结尾部分，红马驹在濒临死亡之际自行走向荒野终成秃鹰口中之食，主人公邱迪在无济于事的干预中看到的是"平静、无畏、残忍"的秃鹰眼神，

---

① R. S. Hughes, *Beyond The Red Pony: A Reader's Companion to Steinbeck's Complete Short Stories*. Metuchen, N. J. & London: The Scarecrow Press, Inc., 1987, p.92.

那正是斯坦贝克笔下大自然本真的一面。于此,作者的自然决定论倾向再次展露无遗。

　　小说在隐约间透露出20世纪30年代初美国西部农村经济状况的窘迫。尚未从困境中复苏的美国经济在红马驹的出处中多少得以反映。萨利纳斯的一个演出机构破产后官方拍卖了它的财产,父亲送给邱迪的马驹正是自那里购得。另外,邱迪一家的生活状况也透露出这方面的信息。叙述者讲到邱迪的时候说"当时是夏天即将结束的时候,因此,当然是不会去穿鞋的",而小说两次提及邱迪的父亲在天亮的时候"关掉油灯"。这一方面反映了这个农家的节俭,另一方面也折射了他们在经济上的拮据。当然,从另一方面来看,小说也展示了美国劳动人民在这样的局面下表现出的坚韧,这和该国的清教传统不无关系,邱迪父亲的性格特征可作为这方面的一个佐证:"卡尔·提弗里恩憎恶软弱和病态,强烈鄙视无助。"

　　《群山》最初于1933年12月发表于《北美评论》。小说讲述了一位神秘的印第安老人一日来到邱迪家,言明那里是其故土,希望终老于此的故事。

　　令人望而生畏的西部群山是小说的中心意象。小说开篇百无聊赖的邱迪为狗设置陷阱、得手后冷眼观其痛苦状,用弹弓击下飞鸟将其开膛破肚,他淘气的、甚至有些残酷的表现给人留下深刻印象。然而,当他后来注意到西部重重叠叠的、一直绵延到大洋岸边的群山时,神秘感触发的好奇心占据了他的思想。小说还通过邱迪的视界,把西部的群山和东部的山脉做了对比:西部的群山"没有人烟、冷漠无情,以至于令人望而生畏",而东部的山脉则一派生机,令人愉悦。两相对比下来邱迪"感觉有点发抖"。正如论者所言,西部的令人望而生畏的山脉"在斯坦贝克的小说中代表了死亡"[1]。

　　显然,另一个主要人物印第安老人基塔诺在小说语境中和群山等同。小说中面对群山陷入沉思和遐想的邱迪发现远处山路上的基塔诺正朝他们家走来。这位年迈的老人出生在西面山上的一个土坯房里,他"现在回家了",希望能够在邱迪家做点力所能及的家务,然后终老故土。小说运用刚刚修饰过西部群山的"impersonal"(冷漠)一词来形容老人说话时的语音,而且在邱迪眼中,在院子里等待的老人"整个身体呈现出一个永不

---

[1]　R. S. Hughes, *Beyond The Red Pony: A Reader's Companion to Steinbeck's Complete Short Stories*. Metuchen, N. J. & London: The Scarecrow Press, Inc., 1987, p.95.

磨灭的姿势"。不仅如此,老人请求被拒之后和一匹年迈的老马一起走入西部群山。种种迹象均表明老人和群山关系密切,符合小说直言:"基塔诺和群山一样神秘难测。"事实上,他也和群山一样代表了死亡。在小说的结尾处,邱迪得知老人与老马同归群山一事后,望着远处的群山再次陷入沉思,而与此同时内心充满了一种莫名的悲伤。可见,在经历了老人来又复离之后,邱迪在一定程度上变得成熟。当然,基塔诺在蒙特利尔尚有自己的亲人,他却执意选择回故土终老,此举也是斯坦贝克小说自然主义色彩的一种流露。

值得注意的是,小说依旧隐约透露出西部农家的经济状况以及作者在涉及种族问题上的一些看法。邱迪的父亲卡尔拒绝基塔诺的请求,一方面表现出他的冷漠,另一方面也是迫不得已:卡尔正处于"竭力让农场走出西班牙银行压力的艰难时期"。小说通过毕利的话语赞扬了像基塔诺这样的印第安人:"他们在很老的时候还在工作,而白人则做不到。"而且,小说两次提及基塔诺的"身体如同年轻人一样直挺"。当然,这样一来小说也间接说明基塔诺不仅在体态上,而且在行动上都保持了自己的尊严。

《诺言》最初于 1937 年 5 月发表于《哈泼斯杂志》,讲述了农家孩子邱迪为母马南丽配种、怀孕期对其护理以及最后见证其生产的经历。

诺言是小说的核心词,具体表现为邱迪对父亲的承诺以及毕利对邱迪承诺。小说中,放学返家路上的邱迪一路吹着口哨、击打着午饭用的饭盆,还抓到了不少如蟾蜍、蜥蜴,蚂蚱等小动物放进自己的饭盆,其神气、可爱之外依然可见他的淘气状。回家后父亲告诉邱迪他计划让南丽生一匹小马,而期间至少需要辛苦一整个夏天照料母马。邱迪承诺能做好此事后父亲将这个任务交给了他。此后,邱迪似乎一下子成熟了许多,做起家务来也更加认真。随后,邱迪亲自带着母马去配种,在其怀孕过程中一直悉心照料,成功践行了自己的承诺,博得了父亲的赞扬。而在此过程中,毕利告诉邱迪母马产子的过程具有一定的危险性,鉴于自己之前面对伽碧兰的病逝无能为力,同时考虑到母马生产中的不可控因素,他这次并未给邱迪许下保证母马平安产仔的承诺,只是答应到时候一定会有一匹小马驹给他。小说由此也展示出毕利在获得人生经验之后的继续成长。最后,事情果然不出毕利所虑,母马南丽产子时遭遇难产,毕利无奈之下当机立断舍去母马留下小马。毕利在万般痛苦中也践行了自己当时的承诺。

应当指出,毕利的承诺会遭遇意外依旧体现了人类在强大的自然界面前的无助,体现了小说鲜明的自然主义倾向,这一点在小说多处均有呈现。邱迪放学回家路上草木葱茏、各种动物热闹非凡,呈现出的是自然主导下的生机盎然;他在照料怀孕母马的过程中,小说着力突出的四季交替既表现了小男孩焦急等待过程的漫长也显示出自然过程的不可拂逆。之外,屋后灌木篱笆旁边的绿草地和潺潺水流构成了"邱迪的中心之地",在那里受责罚后的他可以得到宽慰,心性中的残忍冲动得以化解,心情不畅时块垒得以冰释,而且,在那里他还可以寄托希望、浮想联翩。显然,小说多次描写此处意在突出自然之力。与这里的平静相对的,是自然生命创造及死亡过程的激烈。南丽和种马交配的过程包含了惊心动魄的踢打、撕咬和流血,生育过程中由于难产而被毕利重锤击打而亡,小说通过这一切呈现了自然过程的本真。当然,邱迪在见证这一切的过程中亦得以成长。

最后,值得一提的是,小说情节的发展模式也颇具匠心。小说情节从少年邱迪放学路上充满童趣的恶作剧起,随着他的期盼一路攀升,最后到达悲剧式的高潮后戛然而止,如此蓄势致使文末的悲悯气息余音绕梁、经久不绝。

《珍珠》:草根世界的呐喊

短篇小说《珍珠》("The Pearl",1945)是斯坦贝克短篇中的精品。小说于 1945 年 12 月首次发表于《女性居家之友》(Women's Home Companion)。斯坦贝克 1940 年在加利福尼亚湾的科考中听闻一个墨西哥传奇故事后获得灵感,经过长达四年的酝酿方着手创作,后于 1945 年 2 月完成小说。[①] 小说聚焦于一枚珍珠,讲述了下层贫民基诺一家救子求珠、有幸得珠、易珠受挫、曲折守珠、携珠逃亡最终饮恨弃珠等一系列跌宕起伏而又扣人心弦的故事。

小说具有浓厚的自然决定论色彩。首先,小说中人物的生存基本依赖自然界。基诺一家祖辈依托大海为生,一日其子寇友提图为蝎子蜇伤,小说故事起始于此。其后基诺和妻子菊安娜夫妇求医受挫之后只能到大海中捞取珍珠换钱救子。得珠之前二人选择用海草来给孩子疗伤,叙述

---

① Brian Railsback & Michael J. Meyer, eds., *A John Steinbeck Encyclopedia*. Westport, Connecticut: Greenwood Press, 2006, p.281.

者说"这是最好的治疗方法，甚至胜过医生"。有幸得珠后基诺易珠不成反因其而不得安宁，护珠之际不慎杀人的他只能携妻儿逃亡到深山。其次，小说凸显了人物所处环境以及人物的动物性。小说或间接或直接地把人物比做动物甚至将二者等同。基诺一家在生活中几乎时刻与动物相伴，小说对其相貌的描绘也着力突出动物性："他年轻又强壮、黑发在他棕色的额头上垂下来，明亮、炽热的眼神中露着杀气，其肌肉精瘦而粗糙。"妻子菊安娜亦是如此，孩子被蝎子蜇伤之后，"眼睛看着丈夫，双眼散发出雌狮眼神中的那种寒意"。菊安娜试图把珍珠扔掉时被丈夫发觉并因此挨打，基诺"像蛇一般发出嘶嘶的声音"，而菊安娜就像"屠夫面前的一只羊"；当他在黑暗中遭遇偷袭、祖传独木舟被毁时，叙述者直接告诉读者他"成了一只动物了"。其后，他一路逃亡，无异于被追猎的动物。而那些"和猎狗一样敏感"的追踪者尾随而至，最后在山上休息时"蜷曲着像是狗一般"。之后菊安娜"像一只猫头鹰"一样目不转睛地望着去偷袭敌人的丈夫，与此同时，攀着岩壁"挪移下去的基诺像是一条慢慢爬行的蜥蜴"。此外，基诺所居住的区域、那里的居民，甚至邻近的城镇都具有鲜明的动物的特征。凡有像基诺带孩子去镇上求医抑或出售珍珠这样的大事，左邻右舍像蜂群一般结伴出动。小说甚至直言不讳地描写道："一个城镇就像一个群居的动物一般，有它的神经系统，脑袋，肩膀和脚……也有他的情感"，基诺得珠的消息"在城镇的神经系统中引起了脉动"。需要说明的是，斯坦贝克这般描写或许并无贬义，在诺贝尔奖获奖致辞中他不无激动地说自己不会"像一只充满感激和歉意的老鼠那样发出吱吱的叫声"而是"出于对职业的自豪要像一头雄狮一样大声咆哮"[①]，足见他对动物的偏爱。

小说书写了欲望主导、弱肉强食的丛林法则。以基诺为代表的贫民和城里的富有阶层成为小说中角力的双方。由于经济地位的低下以及与此紧密相关的知识储备的匮乏，基诺一方几乎处于任人宰割的境地，所拥有的也许只有仅能满足"你来我往"式应对的头脑和必要时可以转化为暴力、运载自己逃跑的身体。当然，基诺自身也充满了暴力冲动，一旦富有其愿望之一就是购枪，因为"只有枪才能扫除障碍"。与之相对，富有阶层则显示出与前者不可同日而语的势力。镇上收购珠宝的店铺已然结为一

---

① Susan Shillinglaw & Jackson J. Benson, eds., *John Steinbeck: America and Americans and Selected Nonfiction*. New York：Viking, 2002, p.172.

党,在当地形成了事实上的垄断,表面上可供选择的多个店铺其实"只有一个买家"。长期以来,他们凭借自己的优势一直在蒙骗、压榨以基诺为代表的贫民。基诺在得到珍珠之后备受蒙骗,先前拒见他的医生获知消息之后主动登门,在知识不对等的情况下基诺让孩子服下非但无益反受其害的药剂。之后售珠时狡诈的商人肆意欺骗基诺,试图用一个极低的价格得到珍珠。售珠失败后双方围绕这颗珍珠而展开攻防之战。在这场以暴力为主要特征的博弈中基诺于防卫中杀人,一家人被迫逃亡。随后,基诺杀死了追踪者,慌乱中自己的孩子不幸被杀。占有欲驱使下发生的你追我躲和生死搏斗与动物界几无差别,而处于弱势的基诺一家,在争斗中失去了孩子,也失去了全部,纵然珍珠在手也是最终的败者。小说以悲剧告终。

当然,小说也旗帜鲜明地进行了社会批判。小说在批判富有者阶层的贪婪、狡诈和凶残的同时也批判了教会的势利和虚伪。先前拒见基诺的医生得知基诺获得稀世珍珠之后的第一反应是"他是我的顾客",当时他立即展望到基诺可以给他带来豪宅、女人和美酒。"从来不会来到贫民居住的茅屋区"的他主动登门为基诺的孩子"治病"。之外,由于教会属于富人,所以基诺倘能富裕其第一个愿望就是和妻子在教堂里举行婚礼。而得知基诺得到珍珠之后神职人员才想到"是否曾为他的孩子举行过洗礼,或者为他本人举行婚礼",其后还主动来到了基诺的家里试图劝说他感谢上帝。

最后,小说的心理描写令人拍案叫绝。作者巧妙地运用外部动作来表现人物心理,手法非常老到。基诺到镇上出售珍珠的时候,小说巧妙地运用店主手中把玩硬币的状况来揭示他不断变化的心理状态。由于经年累月地把玩,店主可以潇洒自如地把玩手上的一枚硬币。基诺未到时,他在手中自如把玩,其后速度越来越快,表明他在焦急地等待基诺携珠前来;听到基诺进店的脚步声后把越玩越快的硬币停了下来,显示内心期盼得到阶段性实现,准备正式交锋;在等待基诺取出珍珠时手中把玩硬币的速度再次加快,透露出他的心神不宁;初次看到世所罕见的珍珠时,其惊讶未形于色,而桌子下把玩的硬币"在手指节上失足滑到商人的腿上"而"下面的手指也握拢成为一个拳头"。

通过几则短篇,读者多少可以进入斯坦贝克的小说天地,从而领略到他用文学对这个世界的阐释。斯坦贝克一生中对小说的功用以及作家的责任鲜有论述,只是在诺奖领奖台上的演说中透露出一些这方面的信息:

"他（作家）的责任在于充分展示我们所经历的种种过失和挫败，揭示我们那些隐蔽的、危险的思想，以求改善"，而文学的功能在于"更多地、持续地增进我们对人类以及这个世界的了解"①。有理由相信，作者在自己的创作中忠实实践了这一思想。因此，为了更深刻地了解人类自己、了解这个世界，读者也许应该更深入地走入他的世界。

第三节
艾萨克·巴什维斯·辛格：犹太情怀的书写者

　　辛格为 20 世纪下半叶的美国文学作出了独特的贡献。首先，辛格独特的犹太背景、对犹太文化和历史的深层理解使他致力于书写犹太人的生存状态，从而为色彩斑斓的美国文学增添了独具一格的犹太光芒。此外，辛格在创作小说的同时也推出了自己的创作主张，丰富了小说创作的理论宝库。譬如，他主张小说的主要功能是让读者得到娱乐，因此篇幅不宜太长，"一本书最好不要超过一千页，篇幅和质量一样重要"②；小说要以故事取胜，而不是依赖情绪宣泄和晦涩难懂的文辞。这些论述都为研究者留下了可资借鉴的重要参考。

生平传略与创作成就

　　辛格于 1904 年 7 月 24 日出生于波兰华沙市郊的小村里昂西恩（Leoncin），几年后举家迁居到附近的小镇瑞兹敏（Radzymin）。辛格的家庭里犹太教氛围十分浓厚，祖父和父亲均为拉比，母亲则是拉比之女。父亲作为一个虔诚得有些迂腐的犹太教徒渴望儿子能够子承父业，在这一点上辛格和哥哥以色列·乔舒亚·辛格（Israel Joshua Singer，1893—1944）都没能让父亲如愿。哥哥乔舒亚和姐姐以扫特（Esthter Kreitman，

---

① Susan Shillinglaw & Jackson J. Benson，eds.，*John Steinbeck: America and Americans and Selected Nonfiction*. New York：Viking，2002，p.173.

② Isaac Bashevis Singer & Richard Burgin，*Conversations with Isaac Bashevis Singer*. New York：Farrar，Straus and Giroux，1985，p.30.

1891—1941)均为作家,前者在美国文学界有很高的声望,对辛格的人生观和文学创作都有很大影响。从 1908 年起直到 1917 年间,辛格一家居住在卡罗齐马尔那街(Krochmalna Street),他在这里度过了自己一生"最重要的时光"①。当然,这里成了他一生中时刻魂牵梦绕的所在,笔下的小说经常以这条街为背景。

1935 年,纳粹的阴霾在欧洲已成蔓延之势,犹太人的处境岌岌可危,在波兰穷困潦倒的辛格在哥哥乔舒亚的帮助下去了美国。起初为意地绪语报纸《犹太每日前进报》(*Jewish Daily Forward*)撰写稿件,九年之后成了这里的员工,其大部分作品也在这里发表。辛格在而立之年远离故土亲人来到一个完全陌生的国度,尽管有哥哥乔舒亚的一路帮扶,文化、心理等方面的落差在很长时间内都让他感到无所适从,先前在波兰已经小有成就的他到美之后直到 1943 年才开始再次动笔写小说,而且一直未能创作出令自己和世人刮目相看的作品。直到 1950 年推出他译成英文出版的首部作品《莫斯卡特家族》(*The Family Moskat*)以及 1935 年已在波兰出版的作品《格雷的撒旦》(*Satan in Gusay*)时隔 20 年后译为英文在美国出版并获成功,辛格才获得足够的自信。此后一发不可收拾,大作迭出,直至 1978 年荣获诺贝尔文学奖。

乔国强教授曾将辛格的创作生涯划分为四个时期②:第一时期从 1927 年到 1935 年,是辛格创作的探索阶段;第二个时期为 1935 年至 1942 年间,是辛格创作的相对"停滞"的状态;第三时期为 1943 年到 20 世纪 80 年代,是辛格大作迭出的时期;第四时期为儿童作品创作为主的晚年阶段。正是在第三个时期,辛格除了创作诸如《卢柏林的魔术师》(*The Magician of Lublin*,1960)、《庄园》(*The Manor*,1967)、《财产》(*The Estate*,1969)等闻名遐迩的长篇小说之外,也出版了他短篇小说的扛鼎之作——《愚人吉姆佩尔及其他故事》(*Gimpel the Fool and Other Stories*,1957)、《市场街的斯宾诺莎及其他故事》(*The Spinoza of Market Street and Other Stories*,1961)、《短暂星期五及其他故事》(*Short Friday and Other Stories*,1964)、以及《集会及其他故事》(*The Seance and Other Stories*,1968)。

辛格于 1991 年 7 月 24 日在佛罗里达州逝世。逝世后出版的小说《疯

---

① Isaac Bashevis Singer & Richard Burgin, *Conversations with Isaac Bashevis Singer*. New York：Farrar, Straus and Giroux, 1985, p.9.

② 乔国强:《辛格研究》,上海:上海外语教育出版社,2008 年,第 57 页。

狂之恋》(*Meshugah*，1994）和他之前发表的《敌人：一个爱情故事》(*Enemies: A Love Story*，1972)以及《忏悔者》(*The Penitent*，1983)一起统称为"后屠杀三部曲"("Post-Holocaust Trilogy")。

短篇小说创作：理念和方法

辛格实在是一个长篇和短篇俱佳的多面手，然而，其作品无论以何种形式问世均和他本人的民族背景、世界观、人生观以及创作思想难以分割。

辛格坚持小说家必须植根于自己的民族本源这一理念，坚持用意地绪语创作以犹太人为主人公、犹太人聚居地为故事背景的小说，形成了自己独特的风格。他创作的许多小说都以自己在 1908 年到 1917 年间在华沙居住过的卡罗齐马尔那街为故事发生地，这条街是属于他的"文学金矿"①。得益于惊人记忆力，那里的一草一木均清晰地留存在他的记忆之中，成为他取之不尽的创作源泉。他说，"总体来讲文学和记忆紧密相连""3 岁以前他在小村庄里昂西恩的生活经历、童年的记忆经常以画面的形式映现脑际"②。因此，辛格的故事中随处可见他本人的影子，他也曾直言不讳地说"在我的所有作品中我都存在，我的个性以这样或者那样的方式出现在那里"③。犹太人的历史具有相当的独特性，辛格评价说"犹太人的历史在人类历史上是一个独特的个案，假若它不曾发生的话没有人相信它可能会那样发生"④。由于辛格小说与整个犹太民族间不可分割的血脉联系，它们自然也融合了这种难以比拟的独特性，因而也顺理成章地呈现出独树一帜的犹太特色。

辛格主张小说创作以现实生活为依托，是个十足的现实主义作家。辛格做过记者，对事实有一种职业性的尊重，反对扭曲现实，但是这并不妨碍他在具体创作中采用梦境和现实杂糅的手法。对他而言"现实描写（realism）和虚幻笔法（fantasy）并非两个互不相容的概念，而只是一个硬币的两面"⑤。

---

① Isaac Bashevis Singer & Richard Burgin, *Conversations with Isaac Bashevis Singer*. New York：Farrar, Straus and Giroux, 1985, p.10.

② Ibid., p.3.

③ Ibid., p.146.

④ Ibid., p.59.

⑤ Ben Siegel, "Isaac Bashevis Singer," *American Writers: A Collection of Literary Biographies* (vol.IV), ed. Richard Wright. New York：Charles Scribner's Sons, 1974, p.6.

　　辛格认为爱和性最能够揭示人性、显现真理。令辛格始终深信不疑的是"性器官相比身体的其他部位而言更能够展露人的灵魂,它们不是外交官,它们会毫不掩饰地说出真相"①。因此,他的小说中频频出现与爱和性相关的元素,也因此遭受到批评家,尤其是意地绪语批评家们的诟病。此外,他认为每个作品都应该有内在的逻辑,也许表面看似无序,其实"文学大师们的作品中都有深藏不露的内在逻辑"②。

　　辛格质疑宗教和上帝,就人生观而言他是一个悲观主义者。尽管出生于一个犹太教氛围极为浓厚的家庭,但是他不仅没有笃信宗教,反而质疑上帝对人类的照拂。他曾直言不讳地说:"我对上帝怀有深沉的怨恨,我的宗教和反叛感并驾齐驱。"③原因是,这个我们无法确证其存在与否的上帝总是纵容撒旦,在人类遭受羞辱和毁灭的时候保持沉默。另外,一个人的一生中会遭遇太多的人类对之束手无策的不确定性元素,其中之一就可能导致别若天壤的人生境遇,而且结果往往是命运的反面占据主流,因此,性格坦率的辛格直接说"我依然认为人生是一个悲剧"④。之外,辛格对人类自身的进步也很不乐观,他认为"几个世纪以来人类在道德上止步不前、未见进展"⑤。因此,读者会发现辛格小说中灰暗总是主色调,世情的冷漠、亲友和夫妻间的背叛以及在"不可抗力"面前的无助等都是经常出现的主题。

　　辛格认为文学作品的主要功能在于让读者得到娱乐。辛格首先着眼于人物个性,觉得剖析人物个性就是最高级的人类娱乐。而小说主要通过人物的动作行为来表现人物的个性特征,因而他主张小说要避免"情绪化的篇章以及晦涩型表述",认为"百年之内有一个卡夫卡足矣,一群卡夫卡将会令文学遭受灭顶之灾"⑥。因此,辛格对现代主义小说很不以为然,认为他们在形式上的实验毫无价值,认可乔伊斯和卡夫卡是天才作家,但是对他们的晦涩文辞以及情绪宣泄颇有微词。

　　值得注意的是,辛格曾对短篇小说的创作侃侃而谈,提出了三个原

　　①　Isaac Bashevis Singer & Richard Burgin, *Conversations with Isaac Bashevis Singer*. New York: Farrar, Straus and Giroux, 1985, p.33.

　　②　Ibid., p.6.

　　③　Ibid., p.115.

　　④　Ibid., p.148.

　　⑤　Ibid., p.91.

　　⑥　Ben Siegel, "Isaac Bashevis Singer," *American Writers: A Collection of Literary Biographies* (vol.IV), ed. Richard Wright. New York: Charles Scribner's Sons, 1974, p.2.

则。首先，故事必须要短小精悍，篇幅不宜过长，而且从头至尾要有悬念；其次，作者创作的时候要有激情，即使有一个好的情节，倘若创作的时候没有激情那也要作罢；再次，作家必须要确信自己所创作的这个小说是独一无二的，唯有自己能写出这一特定故事。[①] 正因为如此，辛格的小说篇幅短、故事性强，读者一次落座后就能读完，而留下的印象则十分隽永。

以下，笔者将从辛格的四个著名短篇集中各选两篇作一简要介绍。

短篇小说集《愚人吉姆佩尔及其他故事》

《愚人吉姆佩尔》（"Gimpel the Fool"）是辛格小说集《愚人吉姆佩尔及其他故事》中的首篇，首先于 1945 年发表于意地绪语杂志，1953 年经索尔·贝娄译为英文后发表于《党派评论》（*Partisan Review*），是辛格短篇小说中声望颇高的上乘之作。小说用第一人称叙事视角，讲述了犹太主人公勒布·吉姆佩尔一生的经历。小说分四部分：第一部分讲述吉姆佩尔父母双亡的身世以及他所处的恶劣的社会环境；第二部分，吉姆佩尔容忍妻子生下别人的孩子以及之后又发现妻子的不忠行为；第三部分，吉姆佩尔宽恕妻子的不忠之后后者再行不忠之事，直至临终才向他忏悔、吐露真言；第四部分，忍辱负重的吉姆佩尔辗转思量后打消了报复社会的念头，选择了流浪生活。小说艺术特色鲜明，在许多方面都值得称道。

小说用幽默诙谐、简洁明了的讲故事式的语言塑造了栩栩如生的人物。辛格成功塑造了吉姆佩尔和他的妻子埃尔克这两个个性鲜明的人物。吉姆佩尔面对周围几乎所有人对自己的欺骗和嘲弄都选择了忍耐和妥协，婚后妻子产下别人的孩子以及其后目睹妻子的不忠，他都能给自己找到隐忍的理由。令读者面对这个人物既哀其不幸又怒其不争。辛格在访谈中直言不讳地说"他非常可笑，尽管我们也可怜他"[②]。辛格用吉姆佩尔这个典型人物来代表自己心目中的犹太人这个群体。在谈到犹太人的特性时，辛格曾说犹太人"无论经历了多少次失望，他们都能马上为自己

---

① Isaac Bashevis Singer & Richard Burgin, *Conversations with Isaac Bashevis Singer*. New York：Farrar, Straus and Giroux, 1985, p.78.

② Ibid., p.40.

或他人找到新的不切实际的希望"①。如果说吉姆佩尔表现了犹太人性格中的无原则忍耐的话,埃尔克则表现了犹太人群体的另一面。她也是一个家境贫寒的孤儿,但和吉姆佩尔完全不同的是,她性情凶悍、语言粗鲁、谎话连篇、无所畏惧,只有在产床上和临终前才表现出令人怜悯的一面。

小说在剖析犹太社会群像的同时也展露了犹太人的生活习俗。吉姆佩尔是孤身一人直面整个社会,力量之悬殊令人备感压抑。周围人中除了拉比能为他说些宽慰话以外没有一个人站在他这一边,甚至连拉比的女儿也设法嘲弄他。他们把埃尔克这个离了婚且有一子的女人说成是"纯洁的处女",把她的儿子说成是他的弟弟,甚至有人在吉姆佩尔的婚礼上带来了婴儿床,显然他们知道埃尔克已经怀了别人的孩子。此外,犹太人的婚礼仪式、产子后的庆祝以及女子婚后不忠行为的处理方式等都在小说中出现,使得独特的犹太习俗得以展露。

另外,小说的题目亦属匠心独运。小说读罢读者才明白标题中的"fool"一词并非通常意义上的"愚蠢"。吉姆佩尔完全是一个思维正常的人,他对别人对他的嘲弄和欺骗可谓心知肚明,但是他选择了一味隐忍、无原则妥协,就此而言他确实显得有些愚蠢。就吉姆佩尔周围的人而言,小说更多用该词的"嘲弄"含义,鞭挞了他们对这个无辜之人的无端戏弄。

值得注意的是,辛格在本篇中并没有像在其他许多小说里那样直面社会批判。小说的语境中没有出现明显的政治、经济乃至宗教方面的差异而形成的冲突,其着力关注的是比较而言更为普遍的人性。犹太社会中人物的个性特点既有鲜明的犹太性也具有相当的普适性。当然,辛格的观点,诸如几个世纪以来人类在道德上止步不前以及人生充满了悲剧色彩等,均在小说中有很好体现。

《喜悦》("Joy")书写了拉比白内绪的悲剧人生。辛格出生于拉比世家,双亲均来自拉比家庭,自然对拉比的人生有格外深刻的了解,在和人谈话时曾经直言拉比的人生是不幸的。他所谓的不幸主要着眼于拉比和教众之间的关系,而在当下这个短篇中,辛格主要从拉比个人的家庭悲剧出发演绎拉比的人生。这个短篇虽以美名"喜悦"为题,但作者反用其义实写悲愤,字里行间多处流露出辛格对宗教和上帝的负面态度。

首先,小说的开局别具一格。小说开篇即以拉比白内绪葬子着笔,可

---

① Isaac Bashevis Singer & Richard Burgin, *Conversations with Isaac Bashevis Singer*. New York：Farrar，Straus and Giroux，1985，p.44.

谓石破天惊，摄人心魄，也为全篇奠定了浓郁的悲剧基调。首句交代，白内绪埋葬了三儿子之后停止了为病魔缠身的子女们做祷告，这并非拉比信仰不够虔诚，实乃悲剧人生使然。接下来一句中叙述者告诉读者，拉比膝下三子中已经折损其二，余下一子两女均在咳血。原来，这位拉比的悲剧人生并不止于首句所言的程度，走笔至此，悲剧的程度已然不容复加。因此，小说借拉比妻子之口对上帝发问。这位无助至极的女子连发五问，前三问质问丈夫作为拉比的作用，后两问则直指上帝的不公，跨越时空堪与中国远古诗人屈原的"天问"同拍合律。宗教的承诺在世俗世界的验证中屡屡失效之后必然会遭遇质疑，乃至反叛。

　　小说在拉比白内绪身上集中演绎了这种质疑和反叛。和辛格笔下的其他拉比一样，白内绪也难逃一生的劳碌，年过五旬已经鬓发稀疏、背驼眼花。然而，与别人不同的是，他多次遭遇白发人送黑发人的不幸，难怪他终日郁郁寡欢、闭门不出，荒废了宗教事务，也疏远了自己的教众。然而，不幸并未止步，小女儿来贝卡的离世再次雪上加霜。小说叙述者向读者直言白内绪并未送葬，其悲痛至此。此后他孤身一人待在屋内，神情恍惚、不思饮食，一连数月日日如此。此处小说用拉比的自我封闭表现他心中的悲苦。然而其后某一日他终于走出家门，此时思想上已经发生转变，单单鬓发蓬乱、衣冠不整这一点已经初露端倪，紧接着小说通过他和一个新学犹太教典籍的男孩莫续的交谈来具体说明他的转变。得知莫续已经读到《塔木德》第一篇，其中一头公牛用牛角撞伤了一头母牛，白内绪问他为什么会这样，后者的回答是"公牛没有理性"，而拉比接下来反诘道："然而，公牛的那个创造者是有理性的。"至此，拉比白内绪开始质疑上帝的公正。之后在和来伯·亚伯拉罕·莫续的交谈中，白内绪直接否定了上帝。他直言不讳地说"那些无神论者是正确的，世间没有正义，也没有审判者"，而且还说"这个世界没有主宰者"，所谓世界被主宰一说是"一个十足的谎言""是一堆大粪"。来伯·亚伯拉罕·莫续是白内绪非常器重的一个成年教徒，二人经常谈论一些另类的教义，但是此时此刻他听了拉比的这番言论也惊得脸色煞白、双腿发抖。此后，拉比在慈善方面表现出更大的热情，出售了自己的许多贵重物品去接济穷人，在这里作者借拉比之口再次告诉读者：拉比之所以这样做是因为人世间可以确定的是"可怜之人的确存在"。之后，辛格又通过拉比对人的存在、自由选择以及上帝和人的关系等问题进行了探讨。

　　辛格在这个短篇中依旧通过梦幻来表现人物的心境。在小说第二部分,拉比先后两次进入幻境。坐在椅子里的拉比在半睡半醒之间被潜意识占据了思想。他看到小女儿来贝卡推开门走了进来,她衣冠楚楚,业已长大成人,到了婚嫁的年龄。父女之间还进行了对话,父亲问女儿为何而来,女儿答曰"为你而来",又问"什么时候?"后者又答道"节日过后"。此处为拉比白内绪在节日过后的离世埋下了伏笔。幻境过后,拉比感觉到的是"一种奇异的感觉,一种超自然的滋味,一种来自上天的喜悦"。小说在这里首次和题目形成呼应,然而,这样的喜悦只能存在于缥缈的幻觉之中。此后,在犹太教的宗教节日里,拉比表现得异乎寻常,对到场的每一位信众都表现出了前所未有的热情。热情高涨的狂欢之后,拉比向周围的教众们说了一句话:"我想告诉你们的是在物质世界里没有实在(substance)。"言下之意,人生是虚幻的,至少人生中的快乐仅仅存在于虚幻之中。在"住棚节"之后,拉比躺了下来。他走到了生命的最后时刻。在弥留之际,他再次看到自己的祖父、父亲以及六个子女,他们都张开双臂,用期盼的目光望着他,在那里迎接他。此时此刻拉比悟到的是"此乃人生真谛,现在一切皆已明了"。辛格让小说主人公来伯·亚伯拉罕·莫续凑到拉比的跟前去聆听后者的临终遗言:"人应该总是快乐些。"然而,这只是一个美好的愿望,只能在梦幻中得以实现。在辛格眼里,人生是一个悲剧,人在悲剧面前只能是无助地接受,小说中亦是如此。《喜悦》中拉比白内绪的人生再次印证了这一点。

短篇小说集《市场街的斯宾诺莎》

《市场街的斯宾诺莎》("The Spenoza of Market Street")于1944年首次发表于《未来》杂志,后收入同名短篇小说集——《市场街的斯宾诺莎及其他故事》,成为该小说集的首篇,也是其中最广为人知的一篇。小说用第三人称视角讲述了在一战前沙皇统治下的波兰,笃信斯宾诺莎哲学的博士费希尔森在垂暮之年因邂逅爱情而获得别样生命体验的故事。

首先,辛格在小说中着重演绎了理性和激情二者之间的角力。小说主人公费希尔森博士是理性的代言人,他笃信斯宾诺莎哲学,潜心钻研后者的《伦理学》达30年之久。小说用象征笔法描绘了费希尔森面前的两个世界:当他站在窗户边的时候,一方面可以仰望群星密布的苍穹,另一方面可以俯视嘈杂喧嚣的街道。即便每周一次到市场里买菜,费希尔森也是"一手提着篮子,一手拿着斯宾诺莎的《伦理学》"。这些说明不论费希尔森认可与否,他的生活中一边是斯宾诺莎的理性世界,另一边则是充满人间烟火的感性世界。然而，费希尔森的思想已经被斯宾诺莎哲学完全占据，《伦理学》告诉他，"一个自由的人对死亡考虑得最少，其智慧在于沉思生命而非死亡"，因而他不惧怕死亡；为了"像斯宾诺莎那样独立"他数次放弃迎娶富家小姐的机会；自己的季度津贴迟迟不来的时候，他告诉自己"凡事必有其因""一个理性之人没有忧虑的权利"，甚至在局势恶化之际几欲自杀的念头都被打消，因为斯宾诺莎"把那些自杀的人比做疯子"；多比走进他房间的时候发现他的所有物什都各归其所，收拾得井井有条。然而，这样一个"理性的"人，因穷困潦倒而食不果腹乃至奄奄一息之际，多比来到他的身边，用情爱给他的生命重新注入活力。颇具讽刺意味的是，这样一个对欲望、情感等等均嗤之以鼻的人最终却因欲望和情感得到满足而再获新生，而给予他这一切的偏偏是自己曾经在窗口不无鄙夷地俯视到的那个市场之中的一个小商贩。辛格在这里似乎着意告诉人们，单单执着于理性而否定情感欲求只会导致毁灭，"否定精神和肉体的融合就是一种无知"①。

其次，辛格在小说中成功塑造了一个落魄知识分子形象和一个下层女商贩的形象，具有一定的自传色彩。费希尔森出生于拉比家庭、痴迷于斯宾诺莎的思想、在市场街阁楼上过着穷困潦倒的生活，这些和辛格十分相像。辛格"出生于正统的犹太教背景，父母双方均来自拉比家庭，他12岁之前没有阅读过世俗的文学"②，但是他博览群书，"不仅读弗洛伊德而且读弗洛伊德的先驱，如斯宾诺莎和叔本华，以及陀思妥耶夫斯基"③，相比而言，在思想上受斯宾诺莎的影响比较大，而"他对斯宾诺莎的接受主要集中在有关上帝、道德、情感、自由以及事物的二元性等范畴方面"④。小说讲述的另一个主要人物——多比出生下层，10岁就开始做女佣人、哥哥参军一去不返、姐姐难产而亡、自己也曾险些被人拐卖到妓院，等等，辛格用她一个人的身世折射了一战前波兰下层民众的悲惨境遇。此外，辛格用正面的笔触描绘了多比的人格和个性。她对费希尔森的悉心照料虽然有爱情的驱动，但还是表现出了她的良善，而当市井闲人对在爱情的道路上多次遭遇失败的她加以嘲笑时，多比说"我不会做任何男人的奴隶，

---

① Ben Siegel，"Isaac Bashevis Singer," *American Writers: A Collection of Literary Biographies* (vol.Ⅳ), ed. Richard Wright. New York: Charles Scribner's Sons, 1974，p.12.

② Ibid., p.2.

③ Ibid., p.7.

④ 乔国强：《辛格研究》，上海：上海外语教育出版社，2008年，第116页。

让他们见鬼去吧"，这表现了她的自强和独立。然而，不得不提的是，此处的多比与《愚人吉姆佩尔》中的女主人公埃尔克不无相似之处：同样相貌丑陋，具有明显的男性气质。客观而言，这样描写对小说本身艺术水准的提升而言似乎并无裨益，只会给女权主义批评家留下诟病的靶标。

此外，值得一提的是辛格在小说中再次用梦境来表现主人公无意识的思绪。费希尔森博士下楼买食品，却因即将开始的战争而计划落空，之后由于饥饿而生病，他躺在床上进入梦境，其间，视觉、听觉、味觉兼而有之的各种情景交相迭现，这种近乎意识流的手法生动地表现了费希尔森由于病痛而引发的种种思绪。费希尔森在新婚之夜尽享两性的欢愉之后"滑入年轻人们知晓的那种深沉的睡眠"，梦见自己在瑞士"爬越群山——奔跑、摔倒、飞翔"。这里的梦境形象地表现了情爱赋予费希尔森的活力。当然，通过这样的描写，小说也再次成功地说明：单一的理性无法支撑——更不用说掌控——一个人生，非理性也是人生的重要面相；以理性的理由去否定情爱是不现实的，因而也是荒唐的。

《黑色的婚礼》（"The Black Wedding"）讲述了拉比阿隆·纳福塔里和女儿辛黛儿两代人的悲剧人生。纳福塔里经历了频遭袭扰的一生，在屈服中含恨离世；女儿辛黛儿则遭遇了无法自主的婚姻，在魔鬼遍布的幻象中度过短暂的生命。因此，所谓的悲剧主要体现在邪恶势力的主导上。辛格巧用魔幻现实主义的笔法告诉读者，在强大的宗教势力影响下，悲剧会在一个拉比家族内实现代际延续。

辛格在小说中再次演绎了一位拉比的悲剧人生。和《喜悦》中的拉比白内绪不同的是，纳福塔里没有经历丧子之痛，相似之处则是二人都疏远了自己的教众。《黑色的婚礼》起首一句就告诉读者，纳福塔里已经失去了四分之三的教众，原因是他总是冷然对待一切，并未像其他拉比一样去设法寻求一些吸引人的机巧。可见，辛格在这里同样不忘讽刺和拉比职责相关的某些宗教行为的虚伪。拉比纳福塔里和白内绪一样终日闭门不出，不愿意接触自己的教众，与后者不同的是"他一直在和邪恶力量作斗争"，原因是"他的祖父，兹乌凯夫地区的老拉比，曾经成功地把恶魔从一个女孩子身上祛除，因此邪恶势力迁怒于他的孙子"。纳福塔里一生中频繁遭受"魔鬼"的侵扰，几无片刻安宁，40岁的他头发已经变白。甚至在他身染重病的时候亦未能安然，首次请到的医生半路车轴断裂，另一个医生车轮脱落，都未能成功抵达。到底是谁在袭扰这位拉比？这是读者一定会有的疑问。谁也不能武断地否定辛格此处有意书写神秘力量的存在，另一方面很有可能是他在揭示现实世界中拉比也有自己的仇敌。与邪恶势力斗争一生的拉比在弥留之际突然说出的一句话多少透露了这方面的信息："他们赢了！"这里的"他们"可以是神秘世界的魔鬼，也可以是现实世界中的敌人。拉比在临终前面对女儿的问题"父亲，将来我的命运如何？"时，他的回答是："要得到饶恕，你必须保持沉默。"在生命的最后一刻，这位拉比表现出来的是对命运的屈服，字里行间流露出辛格对拉比的同情。

婚礼之所以是"黑色的"，首先是因为婚姻主要是在外在力量下促成的，婚礼的主角辛黛儿完全被剥夺了抉择权。父母在世时择婿的标准非常苛刻，因为"这个女婿最终要接替拉比的职位，必须要堪此重任"，加之辛黛儿本人身体羸弱、痴迷宗教且个性特别倔强，因而许多年轻人都没有被相中。父母双亡之后，婚姻大事已经无人为她做主，只能听任兹乌凯夫地区哈西德教众的安排，他们很快确定了人选：雅木普尔地区拉比之子赖伯·西蒙。婚姻双方各有所图，西蒙不顾辛黛儿丑陋的相貌，相中的是她那笔成千上万个哈西德派教徒人人都有贡献的丰厚嫁妆；兹乌凯夫的教众则希望通过这桩婚姻把他们和雅木普尔地区合并起来，因为"一旦合并，昔日的辉煌将会回归"。因此，辛黛儿并未参与婚姻大事的抉择，替她操办此事的教众甚至还刻意隐瞒了一些信息，她只知道即将和自己结婚的是一位离过婚的男子，并不知晓对方是五个孩子的父亲。而且由于兹乌凯夫的拉比职位不容长期空缺，所以甚至未容辛黛儿和未婚夫见上一面，婚礼就在急迫间开始举行了。因此，随之而来的婚姻注定是一场噩梦。

辛格用颇具想象力的幻觉来表现这桩梦魇般的婚姻。和《喜悦》不同的是，这里的幻觉完全和希望无涉，反之，表现的是辛黛儿在婚礼举行以及怀孕生子的过程中所经历的难以想象的精神苦楚。在魔幻现实主义的笔法下，母亲的起居室在辛黛儿眼里成了一片大森林，那里看似明亮、实质黑暗，自己周围的人都成了人衣和人形下马脚频露的禽兽，"所谓的新郎一方的亲眷则是狮子、狗熊和蟒蛇"，森林里大雨倾盆、妖风呼啸、电闪雷鸣。辛黛儿从宗教书籍中得知，魔鬼会把未婚女子劫走让后者为其生儿育女，在力量悬殊的情况下，辛黛儿唯一的选择就是不合作。面对接踵而至的暴力、哄骗和劝诱，势单力薄的辛黛儿进行了持续反抗，最后还是怀上了西蒙的孩子。然而，辛黛儿透过自己的肚皮看到的是一个"半是青蛙半是猿猴、长着牛眼睛、浑身鱼鳞"的魔鬼。辛格的描写虚实相间、亦真亦幻,将犹太婚礼场面的喧嚣和程序的烦琐,怀孕妇女所经受的痛苦,与辛黛儿眼中的幻象相结合,为读者呈现了一场恐怖至极而又饱含现实成分的婚礼。不难看出,辛格的想象力的确让人大开眼界,难怪论者在评论小说集《市场街的斯宾诺莎及其他故事》时说"这些小说亦证明辛格的想象力并未枯竭"①,由是观之,所言不虚。

短篇小说集《短暂星期五及其他故事》

《短暂星期五》("Short Friday")是短篇小说集《短暂星期五及其他故事》中的最后一篇。小说用第三人称讲述了恩爱夫妻石木尔和苏雪在安息日忙碌之后于睡梦中离开人世的故事。

辛格在这里塑造了一对恩爱夫妻形象,显示了精湛的艺术功力。辛格在小说中有意描绘了夫妻二人的相貌和世人对他们的看法,让夫妻二人形成了鲜明的反差,堪比丑小鸭和白天鹅。石木尔是一位相貌丑陋的蹩脚裁缝,心地良善、乐于助人,对别人的无端嘲弄表现出了难能的大度,不仅不生气而且以德报怨,把糖果送到嘲弄者的手上。和吉姆佩尔的命运截然不同的是,石木尔的妻子不仅形象出众、心灵手巧,而且极为贤惠,对丈夫体贴入微。辛格笔下的人物总少不了这样那样的缺陷,这对近乎完美的恩爱夫妻也未能例外:二人膝下并无子嗣。小说叙述者提示,是石木尔家族这一边的原因导致了不能生育,而这一点也成了市井闲人挑唆苏雪和丈夫离婚的由头,在这个问题上,辛格再次借机对社会中的这类人进行了批判。另一方面,苏雪在这个问题上的态度更彰显了她的高尚人格。当初她在众多求婚者中选择了石木尔,因为她看中了后者的"虔诚和内敛"(piety and retiring nature),如今她对这个在俗人眼里也许一无是处的丈夫不仅不离不弃且极尽体贴,令读者亦艳羡不已。面对理想世界中的美好人生,辛格也许也有些情不自禁,在小说中多次写下"天堂"(paradise)一词,这对夫妻在小说中所过的生活应当就是辛格心目中的天堂。

然而,这样的人间天堂中也处处可见烦琐无度的犹太教规的影子。犹太教规几乎涵盖了一个教徒从出生到死亡这段过程中的一举一动,小说对此进行了颇为详细的演绎。女主人公苏雪作为一个虔诚的犹太教

---

① Ben Siegel, "Isaac Bashevis Singer," *American Writers: A Collection of Literary Biographies* (vol.Ⅳ), ed. Richard Wright. New York: Charles Scribner's Sons, 1974, p.12.

徒，在少女时代就开始学习《摩西五书》，每月最后一天的"赎罪日"她都要吃素食，更令局外人不解的是，她"婚后立即将头发剃了个精光，在头上包一块头巾，从来不让一缕头发从已婚妇女的假发套中露出来"。男主人公石木尔通晓所有的宗教律法，尽管家境贫寒，他还是"从商贩那里买来各种各样的有关宗教故事和道德教义的书，然后和妻子一同阅读"①，而他从"父亲那里继承来的一本用木头做封面的厚厚的祈祷用书中包含了一年中每一天都要遵守的礼节和律令；石木尔和妻子谨慎对待其中的每一则条文"。从作者在这里的用词之中，读者也多少可以窥见一些端倪，频繁出现的"would""every"和"never"等词汇说明一个虔诚的犹太教徒在每个时间段都需要做的烦琐功课。在冬季的安息日前，为了准备当天用到的食品，夫妻二人在星期四晚上彻夜不眠，在一支蜡烛前忙个不停。小说详细讲述了苏雪在烹饪种类繁多的食品以及制作过程中的种种工序，一方面小说借此向读者展示了夫妻间的恩爱、苏雪的不凡厨艺，另一方面也展示了宗教律法对人们的禁锢。甚至石木尔星期五傍晚回到家看到已经穿上安息日盛装在烛光下做祷告的妻子，想要夸赞一下妻子的美丽也不能够了，因为"祷告书特别规定要能成为到达教堂的前十名礼拜者之一才是合乎教规的"，时间太紧张了。就连安息日之夜夫妻共枕之时，教规都规定"房事之前男人必须首先要向女方讲述充满爱意的情话"，辛格在这里不无讽刺地批判了犹太教规对人们行为的种种禁锢。他曾经在批评吹毛求疵而又无孔不入的犹太教义时说"它们（这些教义）把生活搞得非常困难，以至于一个犹太教徒除了做宗教规定的事情外没有时间做其他任何事情"②。

令人遗憾的是，即便这样一个充满禁锢的人间天堂也是短暂而脆弱的。夫妻二人经过一番忙碌之后进入梦乡，谁知由于睡觉时没有把烟道打开这样一个小小的失误导致了天堂的沦陷。而事实上这样的一个失误也和安息日之前的种种忙碌导致的劳累不无关系。睡觉前妻子苏雪曾提出闻到了烤炉里有什么东西烧焦了的味道并建议把烟道打开，丈夫说"打开后屋里会太冷"，而更主要的原因是"他太过劳累以至于一下睡着了，他的妻子也是如此"。应当说，悲剧的直接原因是夫妻二人虑事不够周全，

---

① Ben Siegel, "Isaac Bashevis Singer," *American Writers: A Collection of Literary Biographies* (vol.Ⅳ), ed. Richard Wright. New York: Charles Scribner's Sons, 1974, p.521.

② Isaac Bashevis Singer & Richard Burgin, *Conversations with Isaac Bashevis Singer*. New York: Farrar, Straus and Giroux, 1985, p.12.

但是更深层的原因是宗教规范的烦琐导致了二人的劳累。小说结尾处，这对恩爱得连临终前做的梦都一模一样的夫妻在交谈中离开人间天堂走入另外一个"天堂"。小说在这里又一次体现了"辛格对人类境况的既无比温柔又无比冷酷的沉思"①。辛格总是悲观的，因此有论者说"辛格的视界和希腊剧作家一样具有悲剧性，他看到的也是一个被居于理性和正义之外的力量掌控下的世界"②。

《泰贝丽和她的魔鬼》（"Taibele and Her Demon"）的故事发生在卢布林附近的一个小镇，讲述了女主人公泰贝丽被丈夫遗弃之后与一个由人假扮的魔鬼交往的故事。和辛格的大多数短篇小说不同的是，在这则短篇中泰贝丽是当之无愧的主人公。

辛格用饱含褒扬的笔墨塑造了一个栩栩如生的犹太女性形象。泰贝丽和丈夫切姆·诺森原本膝下有一子两女，然而天道无情，三个孩子在婴幼儿期因病夭折，其后虽然想尽各种办法，夫妻始终未能生育。丈夫为此郁郁寡欢，先是和妻子分居，之后索性不辞而别、不知所踪。和丈夫完全不同的是，泰贝丽是一个非常达观的女性，"尽管遭受上帝的惩罚，她依然笑容满面"。然而由于丈夫的失踪，年仅 33 岁的泰贝丽已经别无选择，等待她的只能是独守空房、寡居一生。其后，辛格用颇具浪漫色彩的笔法书写了泰贝丽的一段离奇经历。泰贝丽在和妇女朋友们聊天时给她们讲述了一位犹太妇女被魔鬼掠走后被迫和魔鬼结为夫妻的故事，恰好被路过的教师助手阿尔克农听到。于是，后者当晚在夜幕掩护下假扮魔鬼赫米扎走进了泰贝丽的房间。在一阵威吓和劝说之后，泰贝丽接受了这个"魔鬼"，初次交往之后，她感觉到"尽管他是个魔鬼，对待她却是很体贴"。每周两次的交往中，赫米扎给她爱抚、说俏皮话和顺口溜、讲魔鬼世界的一些离奇的故事。过了一段时间之后，她爱上了赫米扎，甚至日夜盼望着他的到来。她和魔鬼的交往不仅与世俗所言的"不贞"无涉，反之，小说用赫米扎对泰贝丽的呵护，二人间充满浪漫、生机和趣味的交往反衬了泰贝丽自己婚姻生活的单调和压抑。此外，通过叙述泰贝丽对待他人的态度，小说书写了她的良善。在并不知晓阿尔克农就是魔鬼赫米扎的情况下，泰贝丽看见衣衫褴褛的后者时落落大方地提出无私救助，看见他几无乡邻送行的冷清葬礼时她又满怀同情地送行直至下葬。

---

① Ben Siegel, "Isaac Bashevis Singer," *American Writers: A Collection of Literary Biographies*（vol.Ⅳ）, ed. Richard Wright. New York: Charles Scribner's Sons, 1974, p.12.

② Ibid., p.4.

此外，小说也成功地刻画了一位生活潦倒的下层文人形象。阿尔克农在假扮魔鬼之前早已暗中关注了泰贝丽，以魔鬼的身份和后者交往之后也付出了真情。小说交代，丧妻多年的阿尔克农多次婉拒了主动上门的说媒者。应当说，阿尔克农也是一个讲故事的高手，能为泰贝丽讲述引人入胜的故事足以证明他的才情，然而他做婚礼上的丑角以及做一个教师的愿望均未能实现，就连送孩子们上下学这样的差事也遭到富裕人家的拒绝。几无生计的他落得衣不蔽体、食不果腹，身体日渐消瘦、虚弱，最终因无法抵御流行性疾病的侵袭而离开人世。小说通过种种叙述告诉读者，阿尔克农和泰贝丽同为犹太社会中的弱者。泰贝丽没有正式离婚这一点姑且不论，阿尔克农的家资、声誉都不足以给他足够的信心让他敢于光明正大地要求泰贝丽和他结合。他怯懦得让人心生怜悯，一天中他会多次去泰贝丽商店附近的水井边假意取水以求能看上后者一眼，但是当泰贝丽看见他破旧的衣衫主动提出帮助他时他却吓得脸色煞白，吞吞吐吐地对答之后撒腿跑开，其懦弱至此。小说交代，阿尔克农担心泰贝丽听出他的声音，从而发现他就是魔鬼赫米扎。可见，爱情的力量并没有给阿尔克农足够的勇气让他冲破世俗的藩篱，另一方面，也足见世俗力量的强大。小说在行将结尾处用昏暗如同晚间的天色和周天弥漫的白雪暗示了恶势力的强大，与之相对照的是仅有四个办丧事的人抬着、一个教堂差役送行的阿尔克农的遗体。

最后，值得注意的是辛格在刻画人物的过程中也适时地对宗教律法和上帝进行了批判。丈夫失踪后年仅 33 岁的泰贝丽无法自主地选择婚姻，只能寡居一生，小说由此充分揭示了犹太律法的刻板和冷酷。泰贝丽这样一个在邻里眼中善良贤惠的女性却遭遇了三个子女因病夭折、丈夫又弃她而去的命运，对此小说借众人之口责问上苍："如此的不幸怎么能降临在她的头上？"其后辛格借叙述者之口忿忿不平地评论说"上帝总是将自己隐藏起来"。此外，应当指出的是，辛格在描绘相貌丑陋、性格粗犷的女性的同时，有时也会用正面、同情的笔调为女性鸣不平，这一点也许能略微消解女性主义批评家心中的不悦。

短篇小说集《集会及其他故事》

《集会》（"The Seance"）用第三人称视角讲述了 1946 年美国落魄犹太知识分子左拉奇·卡利瑟参加同为犹太人的孀妇罗蒂·康皮茨基的降神会的故事。和辛格大多数小说不同的是，这一次作者把背景地设在美国,关注流落美国的犹太人在二战结束后的生活状况。

和《市场街的斯宾诺莎》颇为相似的是,小说在这里也演绎了形而上的思考在身体需求面前的无力。左拉奇是一位饱读诗书的博士,和费希尔森博士不同的是,他曾经有过自己较为得意的时光:耶路撒冷的希伯来大学曾经给他提供过教席,巴勒斯坦的一个出版商也决定出版他的一部著作,他的文章也曾经在苏黎世和巴黎被印刷出版。然而,似乎好景不长,二战的爆发打破了他充满希望的人生,流落美国后生活质量每况愈下。早年的他和费希尔森相似,曾经试图通过理性来理解事物,但是在小说的当下他已经放弃理性,"构建了一种'反理性'哲学,一种享乐至上的思想,认为事物的本体存在于性欲望之中"。在形而上的层面,他可以毫无挂碍地为二战爆发后自己经历的一些诸如代理人的过世、作品译者的背叛以及犹太团体对他的不信任和疏远等挫折作出解释,认为"所有这一切苦难只不过是普遍存在的性欲的负面表现"。然而物理世界的迎头撞击还是将他从理论的玄虚中打回了现实,所谓"性欲本体论"并不能解释、更不能满足当下的需求,他不得不衣衫褴褛、流落街头,依靠慈善机构的救济过活,不得不无助地面对自己远在欧洲的亲友遭到纳粹毁灭。甚至为了食宿在明知通神之事纯属虚妄的情况下违心地接受房东罗蒂·康皮茨基操办的降神会,在那里和后者"招来"的旧情人的灵魂会面。

小说也通过主人公左拉奇和罗蒂展示了远离欧洲后犹太人在美国的生活境遇。左拉奇在欧洲时已有体面的生活,至少衣食无忧,妻室之外还有情人为伴,如今在美国穷困潦倒、无依无靠、寄人篱下,已逾花甲之年的他身体赢弱至小便失禁的地步。罗蒂何尝不是如此,虽然居有其所,但丈夫已在八年前过世,膝下并无儿女,亦属孤苦伶仃,依赖保险公司年金过活的她在1929年的经济危机中遭受重创。和左拉奇相识之初,她曾有意与之结为秦晋之好,但由于后者排斥未能成功。精神上无所依托的她遁入虚幻的神界,虚无缥缈的神灵和游戏一般的占卜板成了她人生的依托,巴哈瓦·卡里西纳成为掌控她的"神灵",在所谓的通神状态下,她在这位神灵的操控下绘画、创作,在神灵的指导下炒股、下注。小说用窗户上厚实的帷幕和昏暗无比的灯光暗示了她生活的与世隔绝和黯淡无光。小说通过这两个人物为读者展示了犹太人在美国常常遭遇物质和精神的双重贫乏这一现实,正如左拉奇在小便失禁后穿上罗蒂丈夫留下的衣服后发现大小很不合身一般,这两个人物与自己现在所过的生活何尝不是凿枘不合。

值得注意的是，面对这种现实，以两个主人公为代表的犹太人均选择了伪装。左拉奇为了安身立命而伪装自己，假意相信罗蒂的通神之说。如果说罗蒂迷醉于神灵已经不可自拔这一点尚属信仰范畴的话，她雇来一个女子在降神会中扮演左拉奇的前女友以便让左拉奇有机会和女友的灵魂对话这一点多少有些耐人寻味。难怪天长日久之后对这一切早已洞若观火的左拉奇私下评价说"罗蒂·康皮茨基能够雇佣鬼魂这一事实足以证明她不仅欺骗自我也欺骗他人"。不过，小说后文透露出罗蒂这样做完全是出于对左拉奇的关爱。罗蒂找来丈夫留下的旧衣服后"弓下身子像一个亲人般关切地看着左拉奇"，当后者从依旧关切着妮拉的梦语中醒来时，小说叙述者说罗蒂"目光中充满了母亲般的责备"。值得注意的是，即便这样，读者在小说中并没有看到左拉奇对这种善意的丝毫回应，更遑论感激。因此论者指出，小说用罗蒂的经历揭示了"一个人试图接近另一个人的努力是多么的脆弱"①。当然，在二战已经结束的 1946 年，梦境中的左拉奇依然在思量如何解救处于纳粹魔掌之中的犹太人，并进而思量"性、记忆以及自我救赎之间存在什么关系"，充分说明纳粹屠杀已经在他的意识深处留下了永久的伤疤。推而广之，小说意在揭示美国犹太人是在承受着巨大的心理创伤的情况下艰难地在美国生活。在这种境况下，伪装可以帮助他们接近甚或融入他人的世界，在某种程度上也成了他们的一种生存方式。

辛格描绘了犹太社会中形形色色的人物，打造了其小说万花筒式的图景，其中当然也包括了下层民间的不幸女子。小说《颜姐》（"Yanda"）是《集会》中的一篇，在其间辛格成功塑造了一个妓女形象。

借助颜姐这一形象，辛格在这里再次演绎了一个悲剧色彩非常浓厚的人生。和辛格小说中的绝大多数人物一样，颜姐同样也是不幸的：她出生在贫困落后的乡间，父亲有酗酒的习惯，母亲是继母；早年在家乡两次生育，孩子均夭折，几次因劳累流产，在谈婚论嫁之际又被男友抛弃。当旅店老板沙龙·品契福将她从酗酒的父亲和继母那里解救出来之后，她感激涕零，"她为他工作，不要任何报酬"。作为这样一个颇懂感恩的女子，颜姐真正做到了"滴水之恩涌泉相报"，在品契福的旅店里，她成了一个有思维的机器。作为妓女的她是旅店吸引顾客的招牌，顾客大多冲她

---

① Ben Siegel, "Isaac Bashevis Singer," *American Writers: A Collection of Literary Biographies*（vol. IV）, ed. Richard Wright. New York: Charles Scribner's Sons, 1974, p.20.

而来；作为旅店的员工，她几乎包揽了旅店的全部体力活，每天起早贪黑、不知疲倦地劳作。辛格在塑造颜姐这一埋头苦干的人物的同时也将批判的锋芒直接指向人心的晦暗。可以说颜姐在事实上是品契福所营旅店的支柱，"倘若没有颜姐沙龙将会破产"，但是势利无比的店主和妻子塞恩戴尔丝毫没有肯定颜姐的功劳，后者在评价颜姐的时候曾直言不讳地说"她不属于人类，她是一个牲口"。而由于周围的世人都认为她做了下流无耻的事情，颜姐因此遭到他们的唾弃、嘲笑和辱骂，甚至直接的身体攻击也时有发生。颜姐所处的社会并没有给予她一丝理解和宽容，在那里只有刻板的社会伦理参照下的无情指责。

此外，辛格通过小说依然告诉读者不幸和困窘是这个世界的主色调。"孔雀之尾"旅馆的主人夫妇经济上或许无所担忧，但是二人均身体羸弱，妻子患哮喘，丈夫肾脏有问题，唯一的女儿也在一场火灾中丧生。颜姐的身体倒是十分强健，但正如前文所言，她只不过是他人牟利的工具。后来颜姐经过奥德修斯式的飘零之后返回家乡，其所见所闻更是让人触目惊心。颜姐的姐姐因难产而亡，之前抛弃她的男友卧基斯艾奇和妻子左姹生育的 14 个孩子中只有 9 个存活下来，而左姹也因伤寒病离世。卧基斯艾奇终日酗酒，妻子离世三年后家中更是脏乱至不堪入目的地步。不仅如此，伦理在这个极端贫困的家庭里已经完全崩溃，看到走进家门的父亲女儿们开始发出嘲笑声，一个儿子直接说"那个臭虫回来了"。不仅如此，伦理道德甚至让位于身体欲求。小说结尾处，前男友的儿子竟然强行和颜姐发生了性关系。

应当说明的是，辛格的笔下尚存有一丝正面的力量。阔别故乡 20 年之后，颜姐这个忘记了自己年龄的女人同样忘记了回家的路。返乡路上，还是有好心人设法为她指点路径。颜姐本人何尝不是如此。她对旅店老板目的不明的滴水施恩报以涌泉，在柔顺个性的支配下对他人要求全盘接受，多年之后对抛弃自己的卧基斯艾奇和无情夺爱的左姹二人的孩子们还能热心呵护，凡此种种无一不表现了人性善良的一面。

辛格没有像许多作家一样浅薄到简单的道德评判，他从人类最根本的问题出发撰写小说。颜姐在辛格这里不是世俗者眼里的旅馆妓女，而是一个坦坦荡荡地存乎于天地间的一个大写的生命。因此，如果说辛格冷静地呈现一个充满悲剧色彩的人生、揭露人心的晦暗时表现出的侠骨值得赞赏的话，他书写无尽黑暗中的微弱火光时表现出的柔肠同样不可忽视。

值得注意的是，辛格在儿童文学创作方面也成绩斐然，独树一帜的犹太小说让他成为美国文学界举足轻重的人物。难怪，由于供稿人未能按期完成任务这一"每个项目都会遇到的意外情形"，《哥伦比亚美国短篇小说史》内众多美国小说家中少了辛格，主编布兰奇·H·盖尔法特在该书前言中不无遗憾地向读者表示了歉意。[①] 评论家本·塞格尔则直言不讳地说，尽管辛格有种种不足之处，"然而，甚至二流的辛格也要好于如今的大多数作家"[②]。

第四节
约翰·威廉·契弗：孤独的流浪者

　　论者喜欢把契弗和契诃夫相提并论，除了由于二者在创作风格上有些相似之处外，多少还有些调侃的意味。[③] 然而，平心而论，契弗在其近半个世纪的创作生涯中还是留下了为数不少的好篇章，形成了自己独具特色的小说风格。首先，契弗从创作伊始就表现出鲜明的社会批判倾向，其批判锋芒直指美国的地区风俗和社会价值体系；其次，新英格兰地区的清教背景在一定程度上影响了他的小说风格，小说人物常常在内心的道德自省和善恶抉择中遭受煎熬；再次，契弗小说具有较为明显的个人经历的痕迹，早年的家庭状况、出道时的艰辛、婚姻后期的紧张以及难以割舍的杯中之物均有不同程度的映现；第四，契弗着力书写市郊居民的生活图景，成就了自己颇具地域特色的文学领地；最后，整体而言，契弗的小说呈现出一种悲观色调，在其幽默讽刺、饱含同情的笔墨下隐约呈现的是中产阶级的孤独和幻灭。经历多年创作生涯之后的契弗在 1978 年曾经言及自己对短篇小说的理解，认为短篇小说旨在呈现一段以"紧张感"（intensity）和"片段性"（episodic）为特征的经历，"短篇小说就是流浪者的

---

　　① Blanche H. Gelfant et al., ed., *The Columbia Companion to Twentieth-Century American Short Story*. New York: Columbia University Press, 2000, p.4.

　　② Ben Siegel, "Isaac Bashevis Singer", *American Writers: A Collection of Literary Biographies*（vol.Ⅳ）, ed. Richard Wright. New York: Charles Scribner's Sons, 1974, p.12.

　　③ Isa Kapp, "The Cheerless World of John Cheever," *The Critical Response to John Cheever*, ed. Francis J. Bosha. Westport: Greenwood Press, 1994, p.168.

文学""短篇小说对流浪者和熟谙孤独的人而言最有魅力"①。读者可以挑剔他的小说现实幅度不够广阔、作家个人声音过于直露,但是谁也不可否认渗透了他创作理念的众多短篇小说所呈现出来的独特魅力。

生平传略与创作成就

约翰·威廉·契弗于 1912 年 5 月 27 日生于马萨诸塞州的昆西市,是父母膝下两子中的幼子。父亲是一位经营鞋业生意的商人,母亲曾是马萨诸塞州总医院的护士长,热衷公益事业。

童年的契弗就表现出了不俗的讲故事的天赋。他 8 岁入文法学校,在校讲故事常让同学入迷、令老师称奇。12 岁入新近成立的塞耶学院初中部读七年级,一度担任该校年刊《常青树》(The Evergreen)诗歌专栏部分的编辑,并发表了一些诗歌。15 岁入赛耶学院高中部。该校的管理以大学入学考试为导向,校规极其刻板、苛严。契弗难以适应这种环境,功课成绩很不理想,一度转学到昆西中学,成绩依旧不如人意。值得一提的是,契弗从幼年起就酷爱阅读文学著作,中学期间更是广泛阅读了诸如福楼拜、普鲁斯特、海明威以及福克纳等人的大量作品,这为他后来的创作奠定了基础,当然也占用了他学习正常功课的时间。在昆西中学期间,契弗在一次短篇小说竞赛中获奖,这使得他有机会返回塞耶学院学习,但是不久,契弗因功课成绩不佳以及多次违反校规而被迫离开学校。契弗的学校教育至此终结,他的作家生涯则由此拉开了帷幕。而此时正值大萧条到来之前,父亲生意失败后家道中落,终日借酒浇愁,母亲则开了一家礼品店勉力维持生计,这一切都在契弗心中留下了挥之不去的印记。

30 年代是契弗人生的困难期,在创作上也经历了艰难的学徒期。契弗在打零工之余创作小说,其中映现了作者在塞耶学院求学经历的短篇小说《被逐》("Expelled")于 1930 年 10 月发表,使他首次品尝到发表的喜悦,之后又陆续发表了一些作品,也因此结识了一些文学界的朋友,如舍伍德·安德森和 E·E·卡明斯,后者还成了他的终生朋友。在生活几近颠沛流离时经过多次努力,契弗于 1934 年成功加入位于纽约的作家家园"雅都"(Yaddo),找到了可以栖身并从事创作的港湾,那里也成了他一生眷恋的家园。次年,小说《布法罗》("Buffalo")发表于《纽约客》,这

---

① John Cheever, "Why I Write Short Stories," *John Cheever: Collected Stories and Other Writings*. New York: The Library of America, 2009, pp.996 - 997.

是他平生被该杂志接受的首则短篇，而终其一生归于其名下的 157 则短篇中共有 121 则短篇发表于该杂志①，因此，姑且不论批评家们加给《纽约客》小说的"安全"（safe）、"经得起审查"（sanitized）以及"可预见"（predictable）等负面印记②，仅就数量而言，契弗就是一个地道的《纽约客》短篇小说家。

二战期间是契弗创作生涯的一个分水岭。正是在这个阶段，契弗摆脱了自己的学徒期，在创作上臻于成熟，逐渐"确立了贯穿接下来40 年之久的主题路线"，而"终其一生，契弗的小说表现出对大众以及个人道德问题的持续关注"③。1942 年 7 月参军后，契弗在三年多的军旅生涯中一直从事文职工作，并未奔赴前线，其间创作的作品颇具自身经历的色彩，1943 年 3 月发表于《纽约客》的《中士莱姆博纳》（"Sergeant Limeburner"）就描绘了军旅生活的一个侧面。1945 年退役后，契弗创作了大量短篇，其中 1947 年 5 月到 10 月期间就有包括《巨型收音机》（"The Enormous Radio"）在内的三篇佳作发表于《纽约客》。五六十年代是契弗创作的高峰期，之前和之后的阶段无论从作品数量还是质量上都无法和这个阶段相比。50 年代契弗创作了以《啊，青春和美!》（"O Youth and Beauty"）和《乡居丈夫》（"Country Husband"，1954）为代表的短篇，均发表于《纽约客》杂志。60 年代起，契弗虽然把更多精力投入到长篇小说的创作，但是依然创作了大量短篇，其中就包括 1960 年 11 月发表于《绅士》（Esquire）杂志的《贾斯汀娜之死》（"The Death of Justina"）。值得一提的是，契弗之前过量饮酒的积习在这段时期已经演变成难以自拔的习惯性酗酒，这和极度紧张的夫妻关系以及长篇小说发表后反响不如人意导致的抑郁心情不无关系。如此一来形成恶性循环，加之忙于应付多个教职，60 年代后期直至整个 70 年代，他的创作无论在数量上还是质量上都开始走下坡路，几无出众的作品问世。1982 年 6 月 18 日，契弗在小镇奥西宁（Ossining）去世。

---

① 两个数字出自两处。James O'Hara, "John Cheever," *American Short-Story Writers*, *1910—1945*（*DLB102*），ed. Bobby Ellen Kimbel. Detroit & London：Gale Research, Inc., 1991, p.41. John Cheever, *John Cheever: Collected Stories and Other Writings*. New York：The Library of America, 2009, p.1011.

② James O'Hara, "John Cheever," *American Short-Story Writers, 1910—1945*（*DLB102*），ed. Bobby Ellen Kimbel. Detroit & London：Gale Research, Inc., 1991, p.38.

③ Ibid., p.31.

短篇小说处女作《被逐》：初露批判的锋芒

短篇《被逐》于 1930 年 10 月 1 日首次发表于《新合众国》（*New Republic*）。小说自传性特征明显，映现了 1930 年 3 月契弗因为成绩不佳被迫从塞耶学院中途退学的人生经历。小说通过第一人称视角，用追忆的方式讲述了主人公查尔斯被自己所在的中学以成绩不合格为由勒令退学的故事。契弗时年 18 岁，小说创作刚刚起步，创作经验不足，因此小说在语言使用、人物塑造以及情节设置等方面都还略显稚嫩，然而契弗在其后期创作生涯中所表现出的社会批判意识已然崭露头角。

小说以"被逐"为题，其内在矛盾和张力均来源于"驱逐"这一事实以及导致这一结果的缘由。小说主要书写的五个人物中的三个人物，即主人公查尔斯、历史教师劳拉以及一个退伍军人，在一定程度上都被主人公就读的这个学校所放逐。就读期间已经开始创作优秀戏剧的查尔斯仅仅因为功课成绩不好而遭到学校的无情驱逐；劳拉作为一个思想独立的优秀历史教师，因为质疑当局对萨科和万泽蒂的判决而被学校勒令辞职；在"阵亡将士纪念日"受邀到学校演讲的退伍上校因为在讲演中违背学校的意图讲出自己对战争的厌恶，之后再也没能返回讲坛。学校放逐了追求自由选择的学生、直言战争残酷的军人以及有独立见解的教师。与之相对，五个人物中的另外两个人物分别是执行学校规定的校长以及中规中矩地执教多年的英语教师玛格丽特·康特怀德，他们代表了学校一方。在这所"预科学校"里，一切以大学入学要求为旨归，毕业后能否进入哈佛是衡量学生成功与否的最大标准。在这样的标准影响下，学校的教学内容只能是机械刻板、枯燥乏味，独立的思想和"越界"的声音显然在这里没有生存的空间。可以说，契弗笔下的中学是一个单一色调主导的空间，与其说学校放逐了三个人，不如说是放逐了自由思想。

可贵的是，在书写"放逐"这一事实的同时，年轻的契弗已经看到这一切的罪魁祸首并非眼前的学校，其批判的锋芒直指整个美国社会。尤其值得称道的是，作者巧用对照来揭示这个社会的反常。校长办公室拥有奢华的陈设，而学生们聆听演讲时经常要用到的小教堂内则是阴湿的大厅和冷硬的座椅；英语教师康特怀德中规中矩教学多年亦可安享奢华，而与之同样来自西部、远比前者博学的历史教师劳拉却因思想独立而遭到辞退；经常登上学校讲坛的政府官员给学生们灌输的是浸染了意识形态色彩的说教、错误的战争理念以及狭隘的民族主义思想，而对战争最有发言权的退伍军人则因发出了不为社会所容的声音而被排除在讲坛之外。可以说,作者借学校的一方天地揭示的是整个社会的大环境,正如作者通过小说人物之口直言:"这根本不是学校的错,而应当归咎于教育之外的体制。"这个体制创造了一个虚假的宏大叙事,人们只知道"我们的国家是世界上最好的国度,我们在繁荣昌盛间遨游,我们的总统是世界上最好的首脑""失业是一个神话,不满是寓言"。契弗在小说中进一步指出,这一虚假叙事的形成一方面是由于大众的冷漠,另一方面应该归咎于被驯化的媒体,后者"一直朝着天花板张望,没有看到肮脏的地板"。契弗以学校为靶标折射整个社会大环境,可谓小中见大,拓展了小说批判的广度和深度。此外,从后知后觉的角度来看,早在 20 世纪 30 年代,契弗就已经直面社会主流话语逆势而上,显露出颇具解构色彩的批判锋芒。

三四十年代：从学徒走向成熟

《爱在旅途》("Of Love：A Testimony")于 1935 年 12 月发表于《故事》(*Story*)杂志。小说讲述了出生于郊区、供职于城市的青年摩根的一次刻骨铭心的爱情经历。1933 年前后,契弗深爱的女友葛兰德维尼选择了契弗的哥哥并和后者完婚,契弗由此心生嫌隙,并于次年愤然离开波士顿奔赴纽约。小说中发生于摩根、赛尔斯以及茱莉亚之间的三角恋情难以逃脱这段经历的影子,同时也折射了 30 年代美国青年人的生活状况：迷茫无序、伦理缺失；当然,小说也浓墨重彩地呈现了包括爱情在内的人生之路中各种选择的偶然性。

小说着意突出摩根身上的阶级印记,并在开局部分就判定"郊区居民为赢得尊重所付出的努力是徒劳的"。出生于市郊的摩根秉性中最突出的关键词是愤世和悲观(cynicism),"在大学里的性格表现为懦弱或勇敢",而"这种秉性主要源自他意识深处的自卑和缺乏先例可循的迷茫"。摩根大学毕业后靠亲友的影响谋得了一份职业,收入足以支持他穿着时尚、约会女子以及开怀畅饮。一日他邂逅了自己的大学校友赛尔斯,初识和后者相伴同时也是小说女主人公的茱莉亚,初次见面对这位女子的爱慕之情就油然而生。同样,小说着意突出了茱莉亚的出生背景。她于1910 年出生于巴尔的摩,父亲是东部一所大学的经济学教授,母亲是一位音乐家,哥哥则是东部一所大学的数学教授。然而,"似乎对于她所属阶级的这一代人而言,一切传统已经随着焚烧的书籍、成千上万人丧命的屠杀、被砸碎的塑像以及愚人式的选举而分崩离析。他们一出道就在找寻确定的路径,却鲜有前迹可循"。茱莉亚和赛尔斯曾为恋人,摩根出现的八个月前两人就已分手。摩根和她结识之后便开始频繁交往,然而,当他坠入爱河不能自拔之际,茱莉亚告诉他几天前自己曾经和赛尔斯发生了性关系,令摩根在震惊之余悲痛不已,两人最终分手。茱莉亚次日即决定和赛尔斯结婚,而摩根则奔赴另一个城市谋生。小说中,茱莉亚在这个三角恋中掌握着主动权,是她和赛尔斯提出分手,是她拒绝了热恋中摩根的求婚,是她通过透露自己和赛尔斯间的性行为从而结束了她和摩根间的爱情,是她和摩根分手后次日便决定和赛尔斯结婚。茱莉亚在整个过程中表现出了非同一般的理性,正如小说叙述者透露茱莉亚能和摩根恋爱完全是出于"欲望",难怪她和丈夫赛尔斯在聚会归途看到路灯下一个酷似摩根的男子时,"占据茱莉亚思想的是对灯下男子的欲望,她的确是需要他,如果她孤身一人的话她会像妓女一样接受他"。可见,婚后的茱莉亚依然难以摆脱蠢蠢欲动的身体欲望,但理性始终占据主导。在理性的引导下,她最终选择了在坎布里奇拥有教师职位的赛尔斯,而分手后不久摩根就失业了。小说似乎在告诉人们摩根经历的爱情悲剧和他作为市郊青年的阶级和经济地位不无关系。

另一方面,小说在一定程度上也表现了20世纪二三十年代美国青年生活的失范和无序。小说借媒体对"欧洲或西方"的教堂频遭洗劫、君主屡屡倒台等说明整个世界的"空气中弥漫着一种变革"。在传统分崩离析的大背景下,美国青年生活中显露出的更多是失范和无序。青年摩根尽薪水之可能,穿着入时、定期约会女子、频繁出入夜总会,生活中似乎已无更多追求,在和茱莉亚交往之后,他依旧和先前约会的女子保持关系。相貌姣好的女子茱莉亚虽然出生于中产阶级,但衣着行为并无讲究,与男子聚会抽烟酗酒打牌便是生活的全部。赛尔斯在大学执教,小说中未见他有任何值得赞赏的追求,倒是恋爱失败后借酒浇愁、潦倒之至。他把摩根引见给自己的前女友,三人一起聚会,在摩根和茱莉亚热恋之际他又和茱莉亚发生了性关系,而茱莉亚在摩根面前把这次经历说得无关大碍,种种迹象均表明这群人行为的失范。

当然,小说本身也表现出了一些不足之处。小说中直接的评论随处可见,而这些是读者期待作者用叙事表达的东西,这在小说开始部分尤为明显。小说情节较为松散,波澜起伏不足,难以引人入胜。尽管小说的开局较为独特,用一个妇女的法庭供述作为引子先行引出整个故事的最终结局、透露该妇女蓄意谋杀的丈夫就是小说的主人公摩根,但是,从小说全局来看,这部分没有得到应有的照应。小说的结尾属于开放型结局,但是斧凿痕迹过于明显,作者的生硬未见丝毫隐晦。此外,正如论者所言,小说中茱莉亚主导的情变因缺乏合理的叙述支撑而成为小说的一大硬伤,显露出"接近刻板化的'女性'缺陷",此后契弗在小说中为评论家们所诟病的厌女倾向已经崭露头角①。

《巨型收音机》于 1947 年 5 月发表于《纽约客》,后收入短篇小说集《巨型收音机及其他故事》(*The Enormous Radio and Other Stories*,1953),评论界对这则短篇评价甚高,有论者认为"《巨型收音机》是这个集子中最好的一篇"②。小说用超现实主义笔法讲述了吉姆和艾琳夫妇无意中购得了一台神奇收音机的故事。通过这台收音机,他们收听到了自己所居住公寓附近居民发出来的私密声音,最终也因此使自己表面平静的家庭生活遭到了冲击。

小说首先以想象力的幅度取胜。读者可以在出人意料的虚构中体验到某种不同寻常的真实,令人叹为观止。小说的发展基于一个超现实的前提:收音机可以收听到周围居民发出的各种声音。不可否认的是,人类在公共空间中的伪装以及人类本性中探听他人私密的欲望都是真实存在的。吉姆夫妇借助收音机进入附近居民的私人空间,获取到后者不为外人所知的另外一面。这样一来,小说演绎的首先是这对夫妇窥探欲望的满足,而与此同时,读者在阅读过程中也满足了自己的窥视欲。当然,在与吉姆夫妇一同窥视公寓楼内居民的同时,读者也得知了吉姆夫妇的私密。吉姆夫妇同样需要伪装,艾琳将大衣的艾鼬皮涂了颜色以"和水貂皮相似",而吉姆的行为举止则表现出一种"刻意的纯洁",而二人喜好严肃音乐、常去参加音乐会这一点"也很少向人提及",他们在收听别人的时候也总是要避开仆人和孩子等,诸如此类的私密都让读者的窥视欲得到满足。

其次,小说中的主人公以及读者在某种意义上都扮演了一种"入侵者"的角色。恰如吉姆夫妇的这台收音机初次进入这个家庭时,女主人公视它为一个"气势汹汹的入侵者"一样,吉姆夫妇连带小说的读者也通过它侵入到邻居们的私密世界,尤其是看到了体面之下的种种不堪。另一方面,这样的入侵行为最终也伤到了这对夫妇自身。艾琳从收音机中更

① James O'Hara, "John Cheever," *American Short-Story Writers*, *1910—1945* (*DLB102*), ed. Bobby Ellen Kimbel. Detroit & London: Gale Research, Inc., 1991, p.30.

② Lynne Waldeland, *John Cheever*. Boston: Twayne Publishers, 1979, p.31.

多了解到的是附近居民的夫妻冲突、失业忧虑、疾病困扰、婚姻背叛、妓女身份等，感觉到"人生太过污秽不堪"，因而不由自主地反观自身，询问自己的丈夫："但是我们从来没有像那样，对么，亲爱的?"长期收听他人使得她对所处的世界日渐绝望，因此不仅情绪低落而且变得多疑而刻薄，然而收音机已经让她欲罢不能。无奈之下，吉姆只能把收音机彻底修好，使其失去收听邻居私密的功能，然而二人又因家庭经济状况的捉襟见肘而陷入争吵，而此时艾琳又担忧他们的吵架会被别人收听了去。吉姆在盛怒之下抛出了艾琳之前的种种不齿行为，这个表面平静的家庭顿时风云骤变。当然，读者亦不能完全做到隔岸观火，在窥知他人私密的同时也难免推己及人、反思生活中的自己。小说借助层峦叠嶂式的"入侵"实现了对读者神经妙趣横生而又引人深思的撩拨。诚然，这种"入侵"的关键是这台神奇的收音机，有论者把它比做是当初在伊甸园成功诱惑亚当和夏娃的撒旦[1]，正是在它的作用下，吉姆夫妇看清了这个世界，也被迫离开了之前的平静生活。

当然，从另一个大的社会背景来讲，小说也反映了 20 世纪 40 年代美国中产阶级的精神危机以及与之紧密相关的家庭危机。在这个意义上看，小说也将广大读者从表面繁华平静的美国"伊甸园"中惊醒。而正如论者所言，"契弗用讽刺的笔法重新演绎神话，意在告诉人们被逐出伊甸园并不意味着从善良跌至邪恶，抑或从纯真走向经验，而是意味着从主观臆想的纯洁走向清醒，尤其是清晰的自我意识，当然还有随之而至的精神苦痛"[2]。

大作频出的五六十年代

《乡居丈夫》于 1954 年 11 月发表于《纽约客》，两年之后，这则短篇为契弗赢得了"欧·亨利奖"，之后被收入短篇小说集《荫凉山强盗及其他故事》(*The Housebreaker of Shady Hill and Other Stories*, 1958)。论者直言不讳地指出这个小说集是"契弗最出色的短篇小说集"，而"《乡居丈夫》也许是这个集子中最优秀的一篇"[3]。小说讲述了主人公弗朗西斯·韦德(Francis Weed)在一次空难中有幸脱险回到荫凉山地区后的一系列人生

① Burton Kendle,"Cheever's Use of Mythology in 'The Enormous Radio'," *The Critical Response to John Cheever*, ed. Francis J. Bosha. Westport: Greenwood Press, 1994, p.14.

② Ibid., p.15.

③ Lynne Waldeland, *John Cheever*. Boston: Twayne Publishers, 1979, p.64, 66.

经历。

　　小说塑造了一位备受压抑的反英雄。弗朗西斯似乎正如他的名字一样，几如天地间的一株可有可无的杂草（weed）。从空难中幸运脱险的他在归途中与人谈起自己刚刚经历的"壮举"，对方不理不睬；回到自己家里后情况依然不变，无论在孩子还是妻子面前想要讲述自己遇险经历的愿望皆因对方不予理睬而无法实现。试图干预孩子们间的冲突不仅丝毫没有奏效，反而引起了孩子和妻子的不悦。他在一次聚会上认出了一位自己在二战结束时曾经有过一面之缘的一位女性，囿于"荫凉山地区的氛围"，他无法和对方实现"这次非同寻常的见面"，而这次相遇打开了他的"记忆和感官"，让他"备受煎熬"。其后他恋上了未婚学生安妮·默其逊，恋到如痴如醉的地步以至于在上班途中把一个年龄比安妮大许多的女人误认为是安妮。其后，从年轻人克莱顿·托马斯口中得知他和安妮已有婚约时，弗朗西斯竟然气急败坏地把后者当成了情敌，有人求他给克莱顿帮忙时，他非但不帮，反而用激烈的言辞将克莱顿贬抑一通。随后，秘书芮妮小姐也离他而去，留下他孤零零一个人面对自己的内疚和困惑，最后只得向精神科医生求助。可以说，契弗用讽刺夹带着怜悯的笔墨描绘了一个在社会中无足轻重、有着突破传统道德底线冲动却因此四处碰壁的反英雄。

　　小说描绘了荫凉山地区居民的众生相。以弗朗西斯为代表的中产阶级在经济上无忧无虑但缺乏精神追求、道德沦丧。已有妻室的弗朗西斯沉迷于对女学生安妮的单恋，对需要帮助的青年人克莱顿则是恶语中伤；妻子朱丽叶过分热衷于晚会，每天"焦躁不安地翻遍早晨到来的邮件搜寻请帖，而且通常会找到一些，但是她无法满足；甚至一周有七次晚会都不足以抹去她脸上失神的表情"；安妮的父亲则终日酗酒，对安妮也是肆意谩骂；另外一个人物怀特森太太为了购买窗帘，不厌排队，三番五次地退货换货。孩子们的境况也令人担忧，弗朗西斯的女儿海伦废寝忘食地阅读的是低级杂志《真正的浪漫》，不仅如此，"海伦的班上没有一个女孩不在读《真正的浪漫》"，而其好友白思雅的父亲也在读这本书，充分说明上至弗朗西斯这一代人、下至海伦这一代令人担忧的精神境界。小说中朱丽叶夫妇频频参加聚会以及她口中聚会在当地何其重要，足以说明晚会是人们社交的主要方式，是否被邀请成为主办方和受邀者之间关系亲疏的晴雨表。弗朗西斯话语间冲撞了怀特森太太，后者施加的惩罚是拒绝邀请他的家人参加聚会，而妻子朱丽叶和弗朗西斯的争吵中透露出女儿海伦能有诸多朋友都得益于晚间聚会,而不参加则只能独自承受孤独。荫凉山的传统依然作为一种积淀已久的意识形态影响着那里的每个人,难怪有学者在论及《荫凉山强盗及其他故事》这个集子时认为"'荫凉山'这一地名事实上在这些短篇小说中就像一个人物一样在发挥作用"①。从一定程度上可以说,小说通过弗朗西斯的遭遇为读者呈现的是荫凉山地区居民以晚间聚会为中心的独特民间生态。

此外,小说的结尾也特别耐人寻味,动物随着人类在这里纷纷登场。除了交代弗朗西斯从木工制作中重获平静之外,小说让遭受呵斥的松鼠、淘气到极致到处扰乱以至于让人恨之入骨的猎狗朱庇特以及一只身穿玩偶衣服的猫再次登场。"猎狗朱庇特是荫凉山地区所有秩序的破坏者,只有动物可以放纵它们无法无天的冲动,但即便是它们也不可能被容许永远如此。"②论者也许只看到了朱庇特,其实那只猫代表了受到约束的动物,这只"痛苦的猫"也处在"精神和身体上的不适之中"。结尾处"夜幕降临,在这个夜晚身着金衣的君主们骑着大象从崇山峻岭间越过",有论者认为"作者在这里回避与弗朗西斯的意识以及未来相关的问题,因此让人注意到小说在叙述形式上的局限以及契弗作为小说家在能力上的不足"③。其实,此处的情景和弗朗西斯送别安妮·默其逊当晚的梦境极为相似。也许,对于他而言尽管可以幸运地从空难中逃生,但是有许多超越现实以及道德的愿望只能在夜晚、在梦境中实现。

《贾斯汀娜之死》于 1960 年 11 月发表于《绅士》杂志,后来收入同年出版的小说集《下一部小说中不会出现的某人某地某物》(*Some People, Places and Things That Will Not Appear in My Next Novel*)。小说围绕贾斯汀娜之死这一事件讲述了主人公摩西在其工作单位以及所居社区的一系列遭遇。有论者认为这则短篇"把实实在在的素材和鲜明的立场相结合",比《乡居丈夫》更胜一筹,而且这也是契弗最喜欢的小说之一。④

的确,围绕贾斯汀娜之死这一事件,小说旗帜鲜明地批判了社会中的灰暗面。小说以叙述者的慨叹开篇,明言今非昔比,记忆中过去的美好以

① Lynne Waldeland, *John Cheever*. Boston: Twayne Publishers, 1979, p.63.

② Ibid., p.68.

③ James O'Hara, "John Cheever," *American Short-Story Writers*, 1910—1945 (*DLB102*), ed. Bobby Ellen Kimbel. Detroit & London: Gale Research, Inc., 1991, p.36.

④ Ibid., p.38.

及憧憬中的境界早已渐行渐远。小说用一个关键词"混乱"（chaos）来概括叙述者当下所处的社会，并直言后面的故事旨在为此提供例证。小说中的世界从空间上讲可划分为两个区域，即摩西工作的职场和他居住的区域。小说首先用饱含讽刺的笔墨展示了麦克弗逊和摩西间的工作关系，凸显了腐朽压抑的职场生态。年届 60 的麦克弗逊是摩西的顶头上司，他"一日更换衬衣三次，每天下午两点和两点半之间和秘书浪漫，使持续嚼口香糖的习惯看起来卫生而优雅"。摩西负责为麦克弗逊撰写演讲稿，后者将演讲稿的成功完全归功于自己，不仅如此，倘若稍有差池，摩西就不得不忍受对方的威胁和挖苦。为了生计，摩西不得不委曲求全、逢场作戏。然而，当亲人贾斯汀娜突然离世需要回家料理时，麦克弗逊依然执意要求他先完成公司的工作，职场之冷漠由此可见一斑。其后，围绕贾斯汀娜后事的处理，小说批判了社区规定的机械、刻板。由于摩西居住的 B 区没有殡仪馆，而紧邻的 C 区的殡仪馆按照居民委员的决议只能为本区域服务，因此摩西只有两个选择：将尸体运到离家不远处、进入 C 区范围，然后谎报人在那里死亡，或者请区长开具一个特别许可文件。不愿造假的摩西选择了后者，然而区长以按照规定需经居民委员会表决而委员会的成员不齐为由拒绝开具，后来摩西提出，倘若没有证明那就只能选择在自家花园里下葬，而按照规定，在 B 区不允许埋葬任何东西，对方被逼无奈才开具证明。贾斯汀娜在葬礼上也未得到治丧人应有的尊重，而墓地"位于荒郊，颇像一个垃圾场"[1]。无论是摩西的上司、社区的管理者还是社区的分区制度，都没有给予死者应有的尊重。小说借主人公之口直接对这一社会弊病发出了质问："我们何以让一个不打算理解死亡的民族来理解爱？"

此外，难以绕过的是，这篇小说有一些值得改进之处。首先主人公摩西在第一段的议论颇类蛇足，有替读者担忧之嫌。契弗在小说中直言"小说是一种艺术，而艺术可以战胜混乱"，之后又说"那么让我给你举一个混乱的例证吧"[2]，甚至小说在详细交代了摩西的行程之后，直接说"我的行程是与正题无关"[3]。无疑，作者的声音在小说中过于直露。论者针对本小说集其他短篇的评论也注意到了同样的不足，此处作者的声音依旧在

---

① James O'Hara，"John Cheever，"*American Short-Story Writers*，1910—1945（*DLB102*），ed. Bobby Ellen Kimbel. Detroit & London：Gale Research，Inc.，1991，p.523.

② Ibid.，p.514.

③ Ibid.，p.517.

越俎代庖地"迫使小说从自身的职责中退位"①。此外,小说把摩西所撰的广告词全文引出,多少显得有些冗余。摩西在极不情愿的情况下为上司写了广告词,其后又在上司的命令下两次修改,这对表现恶劣的职场环境以及主人公的内心动态有一定作用,但是将三版广告稿全文录入似乎并没有太多必要。

《游泳者》("The Swimmer")于1964年7月发表于《纽约客》。小说讲述了主人公耐迪·梅瑞尔一日在友人家的泳池内突发奇想后放弃正南方八英里的日常归途,选择从现在的泳池开始循西南方向逢泳池必入、一路游泳返家的故事。小说没有奇峰突起式的曲折叙事,只是用朴实无华的叙事和虚实相间的笔法,在呈现地区世情的同时书写世间的沧桑和人性的纯真。

小说借用西方传统史诗的"返家模式",但是沿途没有奥德修斯式的惊险壮举,也没有抵达家门后的皆大欢喜。耐迪的这个想法纯属一时兴起,源出荡涤尽世俗理性之后人性中最原初的纯真,"他不是开玩笑的人,也不是傻瓜,但是他决意要行人所未做之事,他的模糊而又朴实的打算就是做一个传奇人物"。令人叹为观止的是,小说巧妙地用耐迪这一路之上十多个人家的泳池经历在事实上象征了他由盛而衰的一生。耐迪从朋友家的泳池出发,当时,刚刚经历前夜的饮酒狂欢后和众人再聚泳池,在自己的家里"四个漂亮的女儿应该已经用过午餐",他饶有兴致地在脑海里将归途中的所有泳池连缀成一条河,并以妻子的名字命名。然而,他的归途委实是一条江河日下的衰败之路,从炎热的仲夏始,经令人瑟瑟发抖的倾盆暴雨,直到树叶飘落、燃木取暖的时节。他亦从池边的热闹非凡一路游到形单影只,甚至池水抽干、空无一人;从精力充沛一路游到精疲力竭;从往日一再拒绝别人邀请时的尊贵和傲慢直至苦求杯酒解困而不得的落魄。小说结尾处抵达家门时,方知大门紧锁,早已空无一人。值得注意的是,小说没有从正面描写主人公沧海桑田式的人生境遇,只是借归途之上路人的言行做适当暗示,巧妙地在明线之下暗布草蛇灰线,全文读毕寻思良久方能恍然。此外,小说通过一个下午的游泳经历演绎了一个人恍若梦境的整整一生,随着主人公的行迹一路蓄势,大梦即醒时亦抵达悲剧人生的高潮处。

---

① Frank J. Warnke, "Cheever's Inferno," *The Critical Response to John Cheever*, ed. Francis J. Bosha. Westport: Greenwood Press, 1994, p.40.

当然，小说也揭示了布里特花园区域居民的杯酒人生。小说开篇，各色身份的社会中人无一例外地窃窃私语"我昨晚饮酒太多"。耐迪在游泳途中所见也少不了众人的饮酒狂欢，他本人在归途乏困难当之时也在想着"暂凭杯酒长精神"，可见饮酒、聚会在这个区域已然成为风尚。这种描写很难不让人联想到契弗在小说发表的 60 年代对酒的依赖，酒或许在一定程度上促成并见证了他和耐迪一般无二的如梦人生。当然两者都是灰色的。

从祖父到父亲再到契弗本人都与酒结缘，酒在这个家族中似乎已经形成一脉相承的文化。酒可助兴亦可浇愁，喜有之，悲亦有之。生活中的契弗嗜酒如命，笔下流出来的文字亦如醇酒。布里特花园和荫凉山地区中产阶级居民的日常人生、他们的无奈和抗争、困境和抉择、晦暗和纯真、狂欢和幻灭，凡此种种皆已融入契弗酿制的醇酒之中。读契弗的短篇颇类饮酒，急躁不得，细斟慢酌方解其中真味。

第五节
杰罗姆·戴维·塞林格：隐秘的守望者

杰罗姆·戴维·塞林格在文学史上的地位主要基于他的长篇《麦田里的守望者》(*The Catcher in the Rye*，1951)。该书在 1968 年曾位列"本世纪最畅销的 25 部著作"之列。曾有评论家认为"就公众人气而言，二战以降没有一个作家堪与塞林格相比""从 1920 那个属于菲茨杰拉德和海明威的年代以来没有一个作家能像他那样引起那么多的公众关注和批评兴趣"[1]。不过，尽管《麦田里的守望者》如今在世界范围内依然有每年 25 万册的销量，现在看来他的声誉已经日趋暗淡，像《哥伦比亚美洲小说史》[2]和

---

[1] James E. Miller，"J. D. Sallinger，" *American Writers: A Collection of Literary Biographies*，ed. Leonard Unger. New York：Charles Scribner's Sons，1974，p.551.

[2] Emory Elliott，ed.，*The Columbia History of the American Novel*. Beijing：Foreign Language Teaching and Research Press，2005.

《剑桥美国文学史》①这样的著作分配给他的也只是寥寥数语，就短篇而言则更是如此，《美国短篇小说指南》②后文的作家索引中竟然没有他的名字。然而，时间的流逝并未从事实上带走塞林格短篇的光芒，在已为人知的三十余则短篇中还是有令人称奇的杰作。在其小说创作中，塞林格就像一个隐秘在"麦田"里的"守望者"，守望着年轻人的梦想，书写着成长、迷茫、困惑和遗忘。

生平传略与创作成就

塞林格于 1919 年 1 月 1 日生于纽约，父亲是东欧犹太移民的后代，母亲的祖上是德国移民。这个家庭共有两个孩子：塞林格和一个比他年长六岁的姐姐。

塞林格出生于富商之家，早年就对文学创作有浓厚兴趣。父亲是一位成功的犹太商人，20 世纪 20 年代全家在纽约这个大都市里生活得游刃有余。为了完全融入主流社会，父亲把原有的宗教戒律全部抛到一边，并未要求子女去参加犹太教或者基督教的活动。塞林格的母亲十分娇宠儿子，因此儿时的塞林格缺少必要管教，行为略有失范。塞林格 13 岁时入麦克伯尼学校，由于功课成绩不达标，于 1934 年被迫退学，两年后入福吉谷军事学院。在那里，塞林格的成绩突飞猛进，频繁参加校园活动。由于在戏剧和文学方面的浓厚兴趣，他不仅参加了学校的戏剧俱乐部，还长期担任年鉴制作团队的文学编辑。在这收获颇丰的两年之后，塞林格终于确定了自己的作家之路。

为了圆自己的作家之梦，塞林格多次求学，其经历可谓一波三折。塞林格于 1936 年入纽约大学华盛顿广场学院攻读文学，本应在此接受良好的教育，但他对学业用心不足以至成绩一路滑坡，落得中途辍学。1939 年，塞林格进入乌尔辛纳斯学院，在那里满怀激情地选修了八门课程，而其中的四门均与语言和写作相关。此外，他参加了校报《乌尔辛纳斯周报》(*The Ursinus Weekly*)的编辑工作，很快就有了自己的评论专栏，并在此开始经常性地评论小说。此时，他认为自己做一个职业作家的人生方向已经明朗，决定中途辍学。之后迫于自己的创作需要，塞林格再入哥伦

---

① 萨克文·伯克科维奇(Sacvan Bercovitch)主编《剑桥美国文学史》(第 6 卷)，张宏杰、赵聪敏译，蔡坚译校，北京：中央编译出版社，2009 年。

② Alfred Bendixen & James Nagel, eds., *A Companion to the American Short Story*. Chichester：Wiley-Blackwell, 2010.

比亚大学学习写作。其间，他选修了维特·伯内特（Whit Burnett）教授的短篇小说创作课，以及诗人兼剧作家查尔斯·汉森·唐尼（Charles Hanson Towne）的诗歌课程，这两位都是在相关领域颇有名望的专业人士，他在此受益匪浅。1939 年 11 月，塞林格完成了短篇小说《年轻人》（"The Young Folks"），屡次碰壁之后于 1940 年 1 月被《故事》杂志接收。颇受鼓舞的他于是很快再次决定中止大学学习，求学生涯自此结束。

和同时代的许多作家一样，二战成为塞林格作家生涯的一个重要转折点。1942 年 4 月参军后，他发表了一些只为维持作家声望而草就的应景之作，之后也曾为了更快改善自己的经济状况而创作了一些内容简单的商业性作品，但是他并未放弃严肃性创作，然而，多次向《纽约客》投稿均以失败告终。可以说，他选择《星期六晚邮报》这样"华而不实"的杂志实属无奈。从 40 年代初期起直至二战后作品登上《纽约客》的版面，塞林格在诸如《星期六晚邮报》这样的杂志发表了近二十则短篇。其中的小说多以爱情和军队生活为背景，主要反映了作家对军队、战争以及爱情的理解。需要说明的是，作家本人对这类杂志以及自己发表的小说其实并不满意。在二战的最后一年中，塞林格经历了五场战役，战争中的残酷景象使他的心灵遭受重创，留下了一生挥之不去的阴影。然而，就小说创作而言他却因祸得福，战后的许多杰作都可以从此找到源泉。

二战以后，塞林格进入创作的成熟期，逐渐融入《纽约客》的世界。1945 年 5 月 8 日德军投降后，全球坠入胜利的喜悦之中，而塞林格感受到的却是心理上的疏离和失衡，这促使他去书写那些处于欢呼雀跃的人群之外的那些默默反省者。1946 年 11 月，收稿之后时隔五年，短篇《轻轻叛离麦迪逊》（"Slight Rebellion off Madison"）终于在《纽约客》发表，心情沉郁的塞林格得以收获些许慰藉，精神在一定程度上得以振作。1948 年成为塞林格创作生涯中的里程碑。1 月在《纽约客》发表《香蕉鱼之最佳时日》（"A Perfect Day for Bananafish"）之后，他和《纽约客》签约，成为该杂志的专用供稿人。一个月之后，小说《康涅狄格的维格里大叔》（"Uncle Wiggly in Connecticut"）再次发表于《纽约客》。这两则短篇的发表标志着塞林格的小说终于符合了《纽约客》的规范和风格，作家本人也真正融入了该杂志的供稿人之列。不久，该杂志再次推出他的名作《适逢向爱斯基摩人开战之前》（"Just Before the War with the Eskimos"）。

进入 50 年代后，塞林格可谓大作迭出。1950 年 4 月，《献给艾子曼——带着爱意与困厄》（"For Esmé — with Love and Squalor"）在《纽约客》发表之后好评如潮，读者大众对塞林格有了更大的期待，于是塞林格决定创作长篇小说《麦田里的守望者》。同年秋天，《麦田里的守望者》创作完成，次年7月在美国和加拿大同时出版发行，之后占据《纽约时报》畅销书榜达七个月之久。需要说明的是，汹涌而至的荣誉并未给塞林格带来太多欣喜，倒是频频出现的不速之客引起了他的不悦。他实在是一个耽于宁静的人，甚至小说封面上自己的照片也令他不悦，后来小说再版时无奈的出版商只好将照片撤下。1952年5月，小说《史密斯先生的忧郁时光》（"De Daumier-Smith's Blue Period"）发表于《不列颠世界评论》（*British World Review*），这是塞林格首次在美国之外发表短篇，也是塞林格首次涉及宗教主题。这年秋天，为了远离纽约的喧嚣和不速之客的侵扰，塞林格选择到新罕布什尔州的一个偏僻的小村庄定居，并于11月完成小说《泰迪》（"Teddy"）。

1953年4月，塞林格的短篇小说集《九故事》出版，标志着塞林格的短篇生涯臻于巅峰。小说集收录了作者于1948年到1953年间发表于《纽约客》的所有短篇小说以及发表于他处的两则短篇，即《小船里》（"Down at the Dinghy"）和《史密斯先生的忧郁时光》。尽管包括评论界在内的广大读者都不约而同地拿《麦田里的守望者》作为参照，相形之下不免觉得这个集子中的小说有些逊色，但是它还是十分受欢迎，一度在《纽约时报》畅销书榜排行第九。

之后，塞林格陆续创作了一些中篇小说，评论界的声音以负面居多。1955年一年中，他先后推出了中篇小说《弗兰妮》（*Franny*）和《抬高房梁，木匠们》（*Raise High the Roof Beam, Carpenters*）。两年之后发表中篇小说《祖伊》（*Zooney*，1957），此后发表《西摩：小传》（*Seymour: An Introduction*，1959）。评论界认为《祖伊》和《西摩：小传》等小说"不仅过于冗长、结构松散、过于离奇而且愈加沉湎于源自印度教、道教和佛教禅宗的宗教思想"[1]。也许是由于失望，进入60年代之后，塞林格只是将以上四部中篇小说两两结集出版，未有新作问世。之后的生涯中尽管"依然在忙于写作但并不为了出版"，而是"为自己而写作"[2]。从外界来看，作家

---

[1] Eberhard Alsen, *A Reader's Guide to J. D. Salinger*. Westport: Greenwood Press, 2002, p.241.

[2] Karen Shepard, "J. D. Salinger," *The Columbia Companion to the Twentieth-Century American Short Story*, ed. Blanche H. Gelfant. New York: Columbia University Press, 2000, p.495.

几乎陷入沉寂。

塞林格于 2010 年 1 月 27 日逝世,享年 91 岁。

《九故事》之创伤与救赎

《香蕉鱼之最佳时日》首次发表于 1948 年 1 月 31 日的《纽约客》杂志,后来收入短篇小说集《九故事》。学界认为《香蕉鱼之最佳时日》和《献给艾子曼——带着爱意与困厄》是这九则短篇之中的翘楚,堪与海明威、福克纳等人的短篇并驾齐驱。[①] 小说用第三人称视角讲述了一位在战争中遭受精神创伤的退伍军人西摩与妻子莫瑞在佛罗里达州度假期间饮弹自尽的故事。

小说开篇通过莫瑞与其母亲的通话交代了故事发生的背景,为后文故事的发展做了铺垫。女主人公莫瑞独处于下榻宾馆的房间之中,等待许久后方接通母亲打来的电话,随后二人谈论了诸多琐碎之事。通过对话,小说成功刻画了这对物质至上、极端自我、鲜有精神追求的母女。小说用一句话概括了莫瑞的个性:"这个女子不会因为电话铃声的响起而放下手头的任何事情,似乎自她进入青春期以来电话铃声就一直响个不停似的。"在两个多小时的等待之后,电话铃声终于响起,但她并没有立即接电话,依然我行我素地安然做着自己手头的事情,其后在和母亲的通话中不时打断对方的话语,这一切均体现了她的极端自我。回答母亲问题时的闪烁其词、塞满烟蒂的烟灰缸以及正在阅读的口袋杂志——《性是乐趣也是地狱》,均不同程度地暗示了她的生活习惯和精神境界。在这一点上,母亲和女儿似乎也难分伯仲,无论是话语间频频打断对方、通话过程中毫无节制的噪音,还是对精神上遭受重创的女婿西摩的冷酷无情——不仅没有丝毫同情之心,反而劝说女儿和他分手,而且把金钱作为说服的筹码——均为得力证据。当然,谈话也透露出了母女关系的不和。

在小说的第二部分,西摩和小女孩西比是舞台的主角。西比请求躺在沙滩上的西摩带她到海里去玩,谈话中西比抱怨说西摩在弹奏钢琴时曾容许另外一个小女孩莎胧坐在身侧,甚至要求他当莎胧再次坐在身边时将其推开。西摩带着西比到大海里戏水的过程中给后者讲了一个"香蕉鱼"的寓言,希望小女孩能从"香蕉鱼"因贪婪而丧命的故事中悟出一定

---

① Karen Shepard, "J. D. Salinger," *The Columbia Companion to the Twentieth-Century American Short Story*, ed. Blanche H. Gelfant. New York: Columbia University Press, 2000, p.241.

的道理。一阵戏水后,西比尚不满足,两人不欢而散。当然,小说在这里
或直接或间接地引经据典也很值得注意。塞林格借助西摩之口吟出的诗
句出自艾略特《荒原》第一诗章"死者的葬礼",而且小女孩的名字"西比"
同样让人联想到艾略特在长诗开篇引语中包含的即将死亡的先知西比。
无疑,这两个人物均和死亡不无关联。

　　小说的第三部分也是小说的结尾以悲剧而终。西摩离开海滩回到宾
馆时因认为同乘电梯的一位女士看了自己的脚而大发雷霆,回到房间后
找出手枪,看了一眼妻子看过的那本杂志,然后在熟睡的妻子身边结束了
自己的生命。至此,读者可以判断小说呈现的是一个悲剧故事。西摩是
一位颇有修养的男士,他和西比谈话间随口吟出艾略特《荒原》中的诗句,
"杂糅了记忆与欲望"①,劝教西比时讲述了一个颇为得当的寓言,建议妻
子阅读"本世纪唯一的大诗人"的作品,在度假期间的晚上都要弹钢琴,对
小女孩莎胧的爱心表现出赞赏,等等,这一切均体现了他的修养和人格。
结合前文对莫瑞的分析,两人间格格不入就在情理之中了。当然小说也
间接透露出了这一点,同来度假的妻子往往不在身侧,西比问起他的
"lady"时他的回答闪烁其词,均能作为佐证。两人才情难谐、意气相左,加
之战争带来了严重的心理创伤,负能量积聚导致最终的悲剧发生。

　　由此可见,就主题而言,小说主要通过人物之间的多个冲突批判了人
情的淡漠、贪婪的恶果和战争的残酷,正是这些导致了人类的自我毁灭。
这也在很大程度上反映了亲历二战之后的塞林格在 1948 年前后的思想
状况。需要说明的是,小说的这些信息都是借"读者和小说人物间直接的
互动"而得以呈现,作者成功地隐没了自己的声音,这也许应归功于塞林
格授业恩师伯内特当年的教诲②。此外,值得称道的是小说巧用对话来呈
现人物性格、内在背景,构成小说叙事,着实让本小说和海明威的《白象似
的群山》有了可比之处。事实上,这一点当时也得到了《纽约客》编辑们的
赞赏。③ 可以说,种种迹象均表明《香蕉鱼之最佳时日》标志着塞林格在短
篇小说界拼搏多年之后终于形成了自己的风格,走向成熟。

　　《康涅狄格的维格里大叔》于 1948 年 3 月发表于《纽约客》杂志,后收

---

①　Karen Shepard, "J. D. Salinger," *The Columbia Companion to the Twentieth-Century American Short Story*, ed. Blanche H. Gelfant. New York: Columbia University Press, 2000, p.13.

②　Kenneth Slawenski, *J. D. Salinger: A Life Raised High*. West Yorkshire: Pomona Books, 2010, p.25.

③　Ibid., p.153.

入短篇集《九故事》。小说讲述了艾洛在家中与大学同窗好友玛丽边豪饮边叙旧，畅吐胸中块垒，最终醒悟的故事。小说后来还被改编成电影，名为《我心愚蠢》(*My Foolish Heart*)，于 1950 年 1 月上映。

的确如论者所言，小说展示了 1948 年塞林格居于康涅狄格州时周围中产阶级生活的失败和颓废①，读者不妨先透过人类无法掌控的偶然因素来观照这个短篇。正如艾洛和玛丽在谈话中不时打断对方的话语一样，她们两人各自的人生中也经历了很多"打断"，这样一些打断总是在冲击着一个事件的正常进程，迫使它中途停止然后改变原来的路径。两人在大学的生活被各自的浪漫邂逅所打断，因之而退学后的生活经历已完全不是原来的走向。艾洛的军人男友华尔特在二战结束之际的一次偶然事故中不幸亡故，玛丽的男友则因为犯罪而身陷囹圄，二人的生活再一次被迫改变走向。艾洛选择了现在的丈夫卢结婚，而玛丽则再次进入单身状态。两人在豪饮畅叙的过程中，艾洛的女儿拉蒙娜两次出现、将进程打断，之后艾洛丈夫的来电再次导致中断。而与之类似的是，拉蒙娜平静的睡眠被酩酊大醉的母亲打断。小说结尾的一个细节更证明了这种打断的无处不在：拉蒙娜睡前整齐置放于床头桌上的眼镜被艾洛情不自禁地拿了起来，再次放下时上面已经满是艾洛的眼泪，再也不是原来的状态。而小说结尾处，艾洛把熟睡中的玛丽唤醒，问了她一个问题："我曾经是一个好女孩，对么？"艾洛下意识的发问恰恰表明了她自己的过去依然在持续地打断着她当下的生活进程，这也许能为她现在面临的婚姻、家庭危机提供一个较为合理的解释。

除此之外，值得注意的是塞林格再次塑造了一个"问题儿童"。塞林格在小说中描写儿童可谓并不稀奇，但是此处的拉蒙娜却颇为另类。读者完全有理由认为这个孩子把想象中的伴侣视做真实伴侣有点荒诞，事实上拉蒙娜的状况折射的是其母艾洛多年以前与华尔特的感情经历被迫中止之后在心理上留下的创伤，作者在这里呈现的是一个人的精神创痛会达至的极端状态。联想到塞林格在二战前的欧洲之行中结识的一个犹太家庭在战争中惨遭毁灭，以及二战结束之际亲往集中营的经历给他留下多年难释的精神创伤这些事实②，这样一种颇具想象力的安排也就在情理之中了。

---

① Kenneth Slawenski, *J. D. Salinger: A Life Raised High*. West Yorkshire：Pomona Books，2010，p.162.

② Ibid., pp.16 - 18,168.

　　到这里读者也许就可以理解为什么小说以主人公艾洛多年前的男友在二人交往中说过的一句话"康涅狄格的维格里大叔"为标题了。

　　《献给艾子曼——带着爱意与困厄》于1950年4月发表于《纽约客》，后收入《九故事》。小说主要讲述了二战期间一位美国军人在英国与当地的一位少女艾子曼相识，战争结束后身心皆遭重创的他在看到后者寄来的书信和手表之后重获新生的故事。小说分两部分，前一部分用第一人称叙事，后一部分转入第三人称。在小说的第一部分，叙述者在小说语境的当下（1950年）简述后面故事出现的缘由，之后追述1944年自己在英国服役期间与艾子曼及她的弟弟邂逅、相识的过程。小说的第二部分，主人公所处时空均已转变，在"欧洲胜利日"之后不久的巴伐利亚，经历五场战役后身心均已伤痕累累的中士X收到艾子曼的书信后得到精神救赎，重获新生。

　　小说的出彩之处首先在于塑造了三个栩栩如生的人物：艾子曼、查尔斯以及中士X。艾子曼当然是三人中的核心。小说第二部分，读者透过叙述者的眼睛看到了这个相貌姣好、歌声动人、目光敏锐、性格率真的14岁少女形象。1944年的那个阴雨天，在教堂中唱圣歌的艾子曼在众多歌者中以自己的相貌和歌声第一次给百无聊赖的叙述者留下了印象，足见她的才艺。随后在一个茶馆里，"我"有幸再次和她相遇，双方虽互不相识，但艾子曼主动走上前来侃侃而谈，谈家庭、谈事业，甚至谈自己手上戴着的那块手表，足见她的率真。她单刀直入地点出"我"现在的情报获取集训之中的军人身份、敏感的性格和孤独的心境，又足见她的敏锐。父母均已下世的她和5岁的弟弟查尔斯在亲戚家寄居，谈话间把背转向招呼她回去的随行家庭教师，亦足见她的独立。作别后去又复返，反复叮咛为她写的小说要"困厄而动人"，并祝福叙述者能"在战后全身而归"，又彰显她善思想、重情义。此外，小男孩查尔斯这一人物的塑造也非常成功。作者细致入微的刻画使得这个5岁小男孩的聪慧和淘气以及淳朴的情感也跃然纸上，让他和姐姐相得益彰，为小说之以情动人推波助澜。美国军人这一人物刻画得亦颇为丰满。这位军人和艾子曼初次见面那一幕中，他不过是艾子曼出现的一个必要的见证人，第二部分的中士X才是舞台的主角，他首先作为战争伤痛的承载者出场，其形象的丰满也主要得益于小说对战争创伤的逼真摹绘。

　　塞林格通过细腻逼真的笔墨描绘了中士X的身心状况，从而为读者呈现了可怖的战争创伤。经历了五场战役之后的中士X身心均已伤痕累累："突然间，之前毫无征兆地，他感觉和往常一样，感觉自己的头脑已经移位并摇晃起来，犹如置放在高处架子上的摇摇欲坠的包裹""他从头到脚都在疼痛，所有疼痛的部位间似乎各自独立。他就犹如一株圣诞树，上面的亮灯互相联结，一旦其中的一盏出了故障统统都会熄灭"。其后小说借用戈贝尔的作品直指创伤要害。中士 X 在居室内发现一本戈贝尔的著作——《一个前所未有的时代》，其主人是一位 38 岁的纳粹下级女军官，扉页上写着："上帝啊，生活与地狱无异。"之后他用铅笔在下方写下陀思妥耶夫斯基的话："神父们，教师们，我在思量'什么是地狱？'我认为这个问题的答案是因无法去爱而遭受的苦痛。"创痛的程度由此可见一斑。

当然，作者也为创伤开出了医治的药方：精神救赎。小说第三部分，中士 X 无意中在桌上一堆杂乱无章的信件中发现了一封来自艾子曼的书信，随信还寄来了她的那只手表。艾子曼用和她性格一样坦率的文字表达了她对那次短暂谋面的追忆以及对他的牵挂，文字的质朴、时间的精确令人赞叹："我常常会想起你，想起我们在 1944 年 4 月 30 日下午 3 点 45 分到 4 点 15 分共同度过的快乐时光。"书信末尾的附言中，初学读写的查尔斯用朴实不过的 10 个"Hello"将这封信的纯情推向极致。更不必说随信而至的那只手表是艾子曼父亲的遗物、承载着她对父亲的无尽思念，将家传遗物送出，更说明姐弟两人对这位只有短短一面之缘的美国军人的淳朴牵挂之厚重。正如艾子曼在信的末尾送出的"我对你妻子最热心的祝福"所证实，这并非读者司空见惯的战争背景中的爱情或亲情，而是一种超越平常情感的大爱，它以淳朴和厚重得胜。因而，这位身心俱受重创、对生活已然绝望的军人能因爱的力量而重获新生。当然，小说也因此感动了无数读者。

此外，小说第二部分和第三部分的过渡段体现了后现代主义的艺术特色。考虑到小说发表于 50 年代，这也在情理之中。叙述者在此评价小说后面的部分为"最悲惨、最感人"，故事发生的场景和人物均发生变化，"由于不便透露的原因，我乔装改扮以至于最聪明的读者也不会将我认出"。小说叙述者对后文内容做了评价，对后一部分的人物安排做了解释，在一定程度上体现了"作者的自我意识"①。

总而言之，小说结构安排完整有序，借助当下语境中叙述者的陈述有开篇、有过渡亦有结尾，浑然一体。在这样的框架中，"爱意和困厄"围绕

---

① 李维屏：《英国小说艺术史》，上海：上海外语教育出版社，2003 年，第 326 页。

主人公的经历从交往、困厄、一路流向到篇末大爱完胜后的救赎,可谓水到渠成、自然得当。因此,笔者可以负责任地说《献给艾子曼——带着爱意与困厄》不愧为塞林格短篇之中的精品。

《九故事》之荒诞与顿悟

《适逢向爱斯基摩人开战之前》于 1948 年 6 月发表于《纽约客》,后收入《九故事》。小说讲述了同班同学吉尼和塞丽娜二人在打完网球回家途中因的士费用产生争执、后来吉尼到塞丽娜家中讨回对方应付费用的故事。在塞丽娜的家中,吉尼和塞丽娜的哥哥富兰克林相遇,短暂交谈之后对后者产生爱慕之情,放弃索回"欠款"的要求,带着他送给自己的半个三明治回了家。

小说的成功之处主要在于人物形象的成功刻画。小说中主要有四个人物先后出场,除了吉尼、塞丽娜以及富兰克林之外,另外一个是富兰克林的朋友埃里克。

吉尼和塞丽娜均出生于中产阶级家庭,对于这一点后者家庭中有女佣这一事实足以为证。因此,按理说他们不应因总计 1 美元 90 美分的的士费用而产生争执。而争执之初读者可能会觉得吉尼有些不近人情,她从一开始公开鄙视塞丽娜到索要"欠款"时完全不顾对方请求暂缓时日都显得异常冷漠。而细读之下,读者会发现塞丽娜和吉尼在这方面不相上下。在乘的士途中、吉尼索要费用的时候,塞丽娜告诉对方自己仅带了35 美分,而这恰好是一次乘坐的士的费用;二人争执之后悻悻走向自家门口,在此过程中,她向吉尼掷出一句重话:"可能你很想知道我母亲生病了。"这句话多少折射出她的人格缺陷。而对为自己开门的一个"有色人种"女佣也不理不睬,其后小说更是直接用"不诚恳"(insincerely)一词形容她对久久等待她出现的吉尼的讲话。塞林格在这里详细刻画了两个虚伪、自私、刻薄的人物,对 40 年代的美国中产阶级进行了批判。

而富兰克林这个人物则截然不同。尽管他言语粗俗、举止荒诞,但就人物秉性而言可谓人如其名:非常坦荡(frank)。他和吉尼见面交谈之初用"蠢人"(jerk)一词来称呼自己的妹妹,多少有些令人惊讶,但结合上文对塞丽娜的分析,这一称呼似乎也在情理之中:她只不过是个世俗的聪明人。富兰克林直言不讳地评价自己曾经追求过的吉尼的姐姐乔尔是一个"势利者"。而后来透过窗户对大街上的人们作出评价,称他们是"该死的蠢人"(Goddamn fools),明确透露出他对世人的理解。富兰克林的朋友埃里克具有明显的女性气质，然而，他至少是一个真诚的人，两人能够交往也说明了富兰克林对同性恋的包容，而真心助人反被欺骗的埃里克也在富兰克林这里找回了真诚，因此两人方能惺惺相惜。而这在一定程度上也解释了为什么吉尼会对和自己短暂谋面的富兰克林心生爱慕，同时也受到感化。富兰克林送给她的不仅仅是半个微不足道的三明治，这代表的是一颗以睿智包裹的真诚之心。在这里，小说演绎的是顷刻之间发生的爱情，在某种意义上更是瞬间的心灵通达。

当然，小说对这些人物的刻画表达的是塞林格对自己置身其间的这个世界的评判。中产阶级社会中的冷漠、虚伪、欺诈、势利均在她们身上展露无遗，与此同时，小说借富兰克林这个人物之口掷出了对世人的评价：愚蠢。结合富兰克林不小心被废纸篓里的刀片割得鲜血淋漓一事，读者更会发现小说意在借这些人物向我们呈现这个世界的荒诞，他预言式的话语"下一步我们会向爱斯基摩人开战"点明了荒诞可能的具体表征，这不禁令人将它和十多年后上映的爱德华·阿尔比（Edward Albee）的戏剧《动物园故事》（1959）相联系。

当然，小说也借富兰克林的半个三明治开出了疗治这些弊病的药方：精神救赎。另外，小说也在细微处对美国社会中的边缘群体——有色人种表示了关注。

《美丽的嘴巴和贪婪的眼睛》（"Pretty Mouth and Green My Eyes"）于1951年7月发表于《纽约客》，后收入《九故事》。小说讲述了某公司青年职员阿瑟因妻子乔尼深夜未归而给上司李打电话倾诉的故事。

这个短篇的亮点之一是其极具戏剧性的情节安排。小说巧用一个电话将小说中的三个主人公连到了一起。阿瑟参加完聚会回家后发现同去的妻子未归，打电话询问当时也在场的上司李先生是否知晓妻子乔尼的下落，而此时乔尼就睡在这位头发已然花白的上司的身边。几乎处于醉酒状态的阿瑟颇为语无伦次地倾诉出自己因妻子出轨而积压在胸中的苦水，其中处处表露出对妻子爱恨交织的复杂情感，而这位伪善的上司则在电话的另一端假意同情、宽慰阿瑟。阿瑟是受害方和倾诉方，这位李先生则既是名义上的救助者，又是阿瑟话题锋芒直指的控诉对象，而在其身边的乔尼既是表层上的旁观者又是两人话题的中心人物。这样一来，阿瑟胸中那充满愤懑和道德评判的激烈言辞像烈火一般奔涌而出后，直接灼烧着两个偷情者不安的心灵。读者看到的是，这位年长的律师在话语上疲于拆解、一旁的乔尼始终惴惴不安，二人随着道德压力的膨胀窘态毕露。小说的戏剧性张力由此而生,令人拍案称奇。

　　值得注意的是,小说情节随着戏剧性冲突逐渐臻于高潮的时候,两个偷情者逐渐走向幡然悔悟。阿瑟苦苦追忆自己和乔尼过去的种种美好,与此同时又愤怒地说出妻子有了外遇之后的种种不堪,直至评价说"她是一个动物!"言辞之激烈已然无以复加。对于电话另一端身为律师的李先生而言,巧舌如簧地应对自然是他的职业本事,唯其如此,其伪善的一面愈见彰显,人性的灰暗面在此展露无遗。而小说并未止步于此,在阿瑟的狂轰滥炸之中,李和乔尼双双感受到自身行为的不堪,先后幡然悔悟。这样一来,李这一人物形象似乎和阿瑟相比,更为多彩、饱满,因此有论者认为李才是这篇小说的一号人物①。

　　不仅如此,塞林格在小说中多少展露了 50 年代纽约社会的一个侧面。人们酗酒寻欢、虚情假意、礼乐崩坏、生活迷茫,由此可见一斑。作者借主人公阿瑟之口直接道出了眼前的纽约:"除了一群精神病患者(neurotics)我们在纽约还能结识谁呢? 即便一个正常人在这里也难逃堕落的命运。"阿瑟希望离开纽约,到自己向往的康涅狄格州去找回幸福,这和现实中的塞林格颇为相似,本短篇发表一年之后,他在康涅狄格河畔的小村康尼什找到了属于自己的宁静空间。②

　　小说《笑面人》("The Laughing Man")于 1949 年 3 月发表于《纽约客》。塞林格通篇采用第一人称叙事,以追忆的形式讲述了叙述者在 1928 年以"科曼契俱乐部"成员的身份在领队约翰・盖得苏德斯基组织下一起参加活动、并在活动间隙聆听后者讲故事的经历。小说叙述者在 1928 年恰好和塞林格同龄,单就这一点而言小说就具有一定的自传色彩。

　　这个故事的一大特色在于其叙事包含多个层面。约翰和自己管理的俱乐部成员在现实世界的活动构成一个层面,而约翰给俱乐部成员们所讲的故事构成了另外一个叙事层面,而后一个层面的故事在一定程度上成为前一个层面的"回声",因为它的内容随着约翰自身和玛丽・哈德逊的感情经历的波动而发生相应变化。由于小说叙述者是在当下追忆过去,那么如果把当下的小说叙述者加进去的话,小说自然又多了一个和读者在距离上最接近的层面。相对于当下的叙述者而言,记忆中的东西何

---

　　① Eberhard Alsen, *A Reader's Guide to J. D. Salinger*. Westport: Greenwood Press, 2002, p.99.

　　② Kenneth Slawenski, *J. D. Salinger: A Life Raised High*. West Yorkshire: Pomona Books, 2010, p.227.

尝不是一种"回声"！因此,这重峦叠嶂式的安排拓展了叙事纵深,自然是一大特色。

　　从小说主题的层面,"面具"成为观照该小说的一个绝好视角。约翰所述剧中的主人公笑面人早年被强盗毁容,后来在生活中一直带着一个面具,而这个面具事实上成为该小说的一个颇具凝聚力的中心象征物。笑面人是一对传教士夫妇的孩子,早年被强盗绑架,这对夫妇出于宗教信仰拒付赎金,强盗一怒之下将孩子毁容,从此笑面人戴上面具以遮掩自己难以入目的面容。在强盗群中长大的笑面人也成了一个江洋大盗,积聚了大量财富,其后被法国侦探马塞尔·杜法基父女施计诱捕、杀害。笑面人所存在的社会空间事实上是人类社会的一个缩影,作者借助这一形象对人类社会中的贪婪、凶残、诡诈和创伤做了生动演绎,而贯穿其中的"面具"成为勾连这一切的一个中心象征。传教士夫妇为了宗教面具放弃骨肉,笑面人只有戴上面具方可在包括强盗在内的人类面前出现,而法国的侦探父女施行的诡计又何尝不是一种分割表里的面具。

　　另一方面,俱乐部的领队约翰以及其女友玛丽也各自戴着自己的面具。平日里的约翰性格极其内向、温和,活动间隙和成员们亲密无间。坠入爱河后,见玛丽之前总要梳洗打扮一番,后者在身边时心中惴惴不安的他偏偏要在队员面前表现出一反常态的威严:口出粗言、抖搂威风。而此时令人痴醉的爱情也在事实上增厚了玛丽这位身上散发着浓重香水味的女子的面纱,俱乐部成员眼中的"不知道什么时候该回家的女孩"成了他心中的天使。某一日,约翰一边给队员们讲故事,一边等待女友的到来。故事中的笑面人出于对朋友的忠诚如约而至,试图以自己的自由换回朋友——一只名为"黑翼"的狼,但是侦探一方却用涂成黑翼模样的另一只狼阿曼德以假乱真,笑面人落入圈套,不幸被捕。笑面人通过狼的语言知晓了这层黑幕,愤怒之余撕下脸上的面具,侦探之女见状当场昏厥,侦探马塞尔开枪击中笑面人。故事至此,当约翰返回现实的时候,玛丽并未如约而至,最终短暂露面后在哭泣中离开了约翰,他付出的真情至此受挫。沮丧的约翰让故事走向悲剧结局:笑面人用对方打入自己体内的子弹将这对父女杀死,得知黑翼的死讯后自己也拒绝救助,选择死亡。小说结尾处,听完故事的叙事者离开领队后,在路灯的基座上看到一张红色的"像某个人的罂粟花瓣做成的面具"。小说至此,面具这一象征物得以定性。

　　小说通过剧中剧暗示可能是玛丽父亲的反对导致了他们爱情的破灭,现实中的塞林格何尝没有类似的情场失意？自己苦苦追求的欧娜·

奥尼尔最终与卓别林结为夫妇,其后与朗瑞妮·鲍威尔的爱情也因对方母亲的反对而被迫结束。判断小说中的两层叙事为作者人生经历的"回声"应当不算为过。

塞林格的这则短篇在艺术上的确令人击节称好。超乎寻常的想象力造就了奇幻但又并不失真的叙事幅度;巧用"哈姆雷特"式的剧中剧打造了小说叙事上的三重奏,其音交相辉映、绕梁不绝;用人与动物之间的"无面具"自然相处和生死不渝的肝胆相照反衬人类的虚伪狡诈,其效一览无余;最后用罂粟花般的面具明示人间的虚伪恰似着了彩衣的流毒。

《九故事》之宗教、种族和其他

《小船里》于 1949 年 4 月发表于《哈泼斯杂志》,后来收入《九故事》。它是塞林格这个短篇集中唯一直面种族问题的一篇。小说用第三人称视角讲述了 4 岁小男孩莱昂内尔因听到家里的用人说了侮辱父亲的言语后独自离家、坐在小船里不肯回去的故事。

小说采用先陈列结果其后逐渐拨开迷雾找到症结的叙事模式。小说第一部分,一个夏日的下午,莱昂内尔家中的女佣桑德拉和斯内尔夫人两人显得非常焦躁不安,两人在交谈中反复说自己对某事并不担心,而恰恰是这样的行为表明了她们对某事的忧虑。后来斯内尔夫人的一句话在一定程度上点明了二人坐立不安的原因:"担心有什么用呢?只有两种可能:他告诉她或者不告诉她。担忧管什么用?"读完全文读者方才明白,此处的"他"指莱昂内尔,而"她"是指他的母亲波波。小说的第二部分,波波出现后二人的交谈被迫中断。两位用人虚情假意地表示担心莱昂内尔"可能出走",三人交谈中女主人波波讲述儿子从两岁开始就出走多次,其原因大多是因为他的同伴们对他说了一些"不着边际的信息",小说暗示这位母亲已经意识到这次离家很有可能也是同样的原因导致。小说第三部分,波波走到湖边停船的地方去直面躲在船上不肯下来且可能驾船出走的儿子。这位貌不惊人的母亲表现出了令人叹为观止的说服能力。通过模仿儿童去假扮他们仰慕的角色以及为儿子吹口哨等一系列贴近儿童心理的环节,波波终于一步步走到了一开始对她非常排斥的儿子的身边,最后莱昂内尔道出了事情的原委:"桑德拉对斯内尔夫人说我爸爸是个肮脏的'kike'(犹太佬)。"感觉非常震惊的波波在继续的交流中才得知所幸儿子并不知道这个词的真正含义,而是把它理解成了"风筝"(kite)。

塞林格在小说中为我们展示了种族冲突触发的儿童世界和成人世界的冲突，塑造了一个聪明、敏感、倔强的犹太儿童形象和一个深谙儿童心理、说服功夫了得的母亲形象，再次体现了他对儿童形象的偏爱。另一方面，小说也表明美国犹太人在经济上崛起的同时并没有完全摆脱根深蒂固的种族歧视，与此同时也批判了成人世界的虚伪。

　　《史密斯先生的忧郁时光》于1952年5月发表于《世界评论》（*World Review*）。小说用第一人称叙事视角追忆往事，讲述了叙述者1939年在加拿大一家函授艺术学校任教期间的经历。小说在许多方面均体现了"越界"这一主题，在小说临近结尾处，叙述者最终走向顿悟和超脱，有论者认为这是塞林格首次尝试创作"宗教小说"①。

　　小说叙述者本人就是一个越界者。在遭遇父母离婚、母亲离世之后，在1929年，19岁的他成了事实上的孤儿，颇为自我、脾气暴躁、性格张扬，兴之所至竟然一连拔掉包括三颗前牙在内的八颗牙齿。这些权且不论，他还和继父的女友私下交往。后来他虚报年龄，谎称是奥诺雷·多米埃的侄子，化名多米埃·史密斯到艺术学校任教，并对一位修女身份的学生暗自倾慕。塞林格在这里用幽默的笔调对纽约中产阶级青年们的状况做了辛辣嘲讽，为读者展示了当时社会的一角。

　　值得一提的是，作者将"越界"这一主题隐晦地置入小说中出现的三幅画中。史密斯在函授艺术学校任教期间，收到三位学生寄来的三幅画，小说对这三幅画的内容做了细致描写。其中一幅画题目为《宽恕他们的越界》，作者是23岁的多伦多主妇克莱默，画中描绘了三个在水边垂钓的男童，他们脱下来的衣服就覆盖在一个写了"不准钓鱼"的标牌之上。另一位学生是来自安大略省的56岁的里奇菲尔德，其画中描绘了一位纯洁少女在教堂中遭到一位牧师的侵扰，二人皆衣冠不整。第三幅画的作者是修女艾尔玛，画中描绘了耶稣受难之后其遗体被众人运往圣地安葬的情景。画中描绘了悲痛不已的信众、旁观的看客、天真的儿童，甚至还有欢跃行进的杂种狗，最引人注目的是抹大拉的玛利亚，她颇为与众不同：位于画面之中，双臂垂于身体两侧，表情自然，并无丝毫悲戚之色。如果说前两幅画都表现了"越界"的话，第三幅画则用与众不同的抹大拉的玛利亚形象表现了一种超脱，而这相对于世俗而言何尝不是一种越界。更

----

　　①　Kenneth Slawenski, *J. D. Salinger: A Life Raised High*. West Yorkshire：Pomona Books，2010，p.216.

为值得注意的是,这位史密斯作为执教的老师看过画作之后暗中恋上这位修女,之后写去一封饱含爱慕之情的长信,翘首以盼等待对方回复。然而,此后修道院的来信表明院方决定中止这位修女的学习进程,史密斯因此一下子变得闷闷不乐。可以说,这个越界者在这里的所见、所行均为越界之事。

在一番"越界"之后,史密斯走向了"顿悟"。闷闷不乐的史密斯当即又给修女艾尔玛写了一封信,试图询问对方终止学习的原因,一番思虑之后,这封信并未发出。当晚,史密斯一个人外出之后回到住处,透过橱窗玻璃看到楼房一层的"矫形器械店"里一位女士正在更换木人桩的构架时下意识地驻足观看。对方发现有人注视后于慌乱之中竟然摔倒,情急之下,叙述者伸手去扶时方知隔着玻璃无法做到。在这一幕之后他经历了一个颇为神秘的瞬间彻悟,决定"给予艾尔玛沿其命运之路走下去的自由",悟得道理"人人皆修士"。

小说人物所经历的"顿悟"和塞林格的宗教信仰相关。到1952年,塞林格已经先后接受了佛教禅宗和印度吠檀多的教义。小说人物史密斯的经历"究其本质而言属于佛教禅宗",他的"顿悟"在佛教中称做"开悟"(Satori)①。主人公的这一顿悟使得这则短篇在主题上偏向宗教层面,因此在《九故事》中它和《泰迪》最为接近。

《泰迪》于1953年1月发表于《纽约客》,后收入同年发表的小说集《九故事》。小说讲述了主人公泰迪随家人周游欧洲后返美期间在游船上的宗教体验、宗教论辩以及为宗教信仰从容殉难的故事。塞林格在和出版商商讨小说集的出版事宜时这则短篇尚未完成,这样一来塞林格很可能"有意让这篇和该小说集的开首一篇《香蕉鱼之最佳时日》形成对照和互补"②。就小说的结局而言,主人公均选择了赴难,只不过前者是成年人,这里是个儿童。但是这个儿童却有即令成年人也难以企及的过人之处。正如小说在描绘泰迪的衣着时一连用了三个"过度"(excess),笔者以为从"过度"这个角度来看待这则短篇也十分有趣。

首先,小说的人物有点"过度"。泰迪不过是一个10岁的小男孩,然而在小说中已经俨然成为一个转世灵童般的人物。他看破红尘,置身物外,摒弃世俗所重之情感,将亲情领悟为"相近"(affinity),给教授们讲授

---

① Kenneth Slawenski, *J. D. Salinger: A Life Raised High*. West Yorkshire：Pomona Books, 2010, p.221.

② Ibid., p.229.

形而上的宗教玄理，为他们参悟人间的生死并指明前路，知晓人生大限的具体时间和情状。他实在是一个不凡的儿童。

泰迪的妹妹布佩也是一个出格的儿童。年仅 6 岁的她往往语出惊人，读者在她身上非但看不到丝毫的童真和纯洁，其言语行为间凸显出来的极端自我、刻薄冷酷以及对别人缺乏最起码的信任，都令人不寒而栗，难怪有评论家认为"她是塞林格想象力孕育出来的最为邪恶的儿童"①。

泰迪父母的情状折射了这两个孩子成长于其间的家庭氛围。小说开局就是泰迪的父亲对他的一声呵斥，其后读者方知这样一声呵斥只是一个序幕，在泰迪和父母共处一室的过程中，父亲对泰迪的讥讽、训斥和命令接连不断。此外，泰迪的父母在日上三竿的时候依旧卧床未起，房间里几无整洁可言，泰迪的衣服脏破不堪，父母间不时出现的话语冲撞，等等，均令人感受到这是一个凌乱失序、缺温少暖的另类家庭。

其次，小说结局也颇为另类。和小说开头以泰迪父亲的说话声相呼应，结尾处一声凄厉的女童叫声划过读者的心灵，令人惊惧。小说中泰迪与青年鲍博交谈的过程中曾预言自己将会被妹妹推到水已经抽干的泳池里面、头颅迸裂而亡。而在小说的结尾处，究竟是泰迪被妹妹布佩推下泳池还是前者把后者推下，抑或两人同时坠亡，读者不得而知。这样一个谜一般的开放式结局非常耐人寻味，同时也成为评论家们诟病的靶标。②

最后，小说的宗教意味也较《九故事》中的其他短篇更为浓厚。像往常一样，塞林格在这则短篇中使用大量对话来呈现人物的思想并辅佐小说叙事，其中充满了宗教味十足的哲理玄思。泰迪和父母共处一室时看到有人抛落海上的橘子皮，随后对父母的讲话中涉及他对存在问题的深层思考，后来泰迪和鲍博间的柏拉图式对话更是直接涉及了印度吠檀多教中的"冥思"（meditation）和"转世"（reincarnation）等内容。当然，这些都折射了吠檀多教义对塞林格的影响，可见论者所言不虚："自 1952 年起直到塞林格发表生涯的终点，吠檀多思想已经深入到他的作品之中。"③

论者认为"鉴于其主题的单一以及生涯的另类，塞林格的小说因时代标签既受益亦招损"，而所谓"时代标签"是指，作家的小说"产生于 20 世

---

① Kenneth Slawenski, *J. D. Salinger: A Life Raised High*. West Yorkshire: Pomona Books, 2010, p.231.

② Ibid., p.233.

③ Ibid., p.226.

纪40年代末50年代初的社会风尚之中,反映了成长于价值观缺乏年代中的年轻人的战后关切"①。平心而论,塞林格小说的确有很深的时代印记,他本人也因厌恶声望对私人空间的挤压进而选择隐遁而被人解为"另类",但是,单从《九故事》即可看出评判其小说"主题单一"难免失之武断。战争的创伤之外,种族歧视、宗教体验、普遍人性等显见的主题可谓比比皆是,这些都足以让其小说冲破所谓的"时代束缚"。此外,作家本人的种种遁世行为纯属个人生活方式,原本无可厚非,在标榜个性自由的美国也许更应该理所当然地得到宽容。对此,似乎可以下这样一个结论:也许并非所有人都真正读懂了塞林格。2010年1月27日塞林格逝世后,其家人向外界发布的寥寥数语也许最能切中要害:"塞林格曾经说过,他生活在这个世界里但并不属于这个世界。"②

第六节

约翰·厄普代克:中产阶级生活的撰史者

约翰·厄普代克是从发表短篇小说而走进文艺殿堂的,同本章所讨论的契弗、塞林格、奥哈拉等人同属"纽约客派"小说家(The New Yorker writers)。他以描写美国东部白人中产阶级生活驰名,尤其擅长写家庭纷争和夫妻关系,呈现普通人在道德的两难困境中追寻美学和宗教意义的过程。他善于"以小见大",透过郊区的小人物和平淡无奇的家庭琐事来折射社会风尚和精神的变迁,发掘平凡生活题材中的深意,撰写纵贯少年期、成年期、老年期的中产阶级生活的"编年史"。厄普代克认为小说是现实的"精确、忠实而虔诚的对应物"③,在写作中不搞标新立异的实验,坚持以传统的现实主义手法展现社会的动荡与发展,记录小镇的风土人情。

---

① Karen Shepard, "J. D. Salinger," *The Columbia Companion to the Twentieth-Century American Short Story*, ed. Blanche H. Gelfant. New York: Columbia University Press, 2000, p.494.

② Kenneth Slawenski, *J. D. Salinger: A Life Raised High*. West Yorkshire: Pomona Books, 2010, p.393.

③ John Updike, *Picked-Up Pieces*. New York: Random House, 1975, p.501.

他将意识流等现代派技巧与详尽记叙的写实方法巧妙融合，细腻地描绘人物心理，对性、婚姻及家庭生活进行了透彻的剖析，给社会风俗小说注入了前所未有的活力。厄普代克一生创作了大量体裁多样的作品，形式横跨小说、诗歌、散文、评论、回忆录、戏剧和儿童读物。他因丰富多产的创作和独到深厚的艺术成就被菲利普·罗斯盛赞为"我们时代最伟大的文学家"①。厄普代克对短篇小说的精通是不容置辩的，他本人也更加推崇这一形式："我可能还是短篇小说写得最好。总之，我对于短篇小说感到得心应手，而对于长篇小说我有时则有些把握不准。"②

生平传略与创作成就

厄普代克1932年生于宾夕法尼亚州的希林顿小镇（Shillington），属于在经济大萧条和第二次世界大战两大灾难中长大的那一代人。父亲在中学执教，小说《半人半马》（*The Centaur*，1963）即是以父亲的形象为原型、以希腊神话中半人半马神因难以忍受伤痛而要求宙斯赐死为参照，讲述主人公身心交瘁、不堪重负的生存状况。母亲以写作自娱，从小给他熏陶与敦促，使他日后将绘画和文学视为高尚而愉快的谋生方式，中篇小说《农场》（*Of the Farm*，1965）的主人公颇有几分作者母亲的影子。厄普代克早年的家庭生活和身为小镇儿童敏锐、清新的感觉为他提供了丰沛的素材，对家乡小镇上平静、简单的环境和浓郁朴实的气息的怀念几乎延续在他一生的创作之中。

1950年，厄普代克进入哈佛大学专修英国文学，1954年以优等成绩毕业于哈佛，并获奖学金赴英国牛津大学拉斯金美术绘画研究院深造一年。回国后，他到名闻遐迩的《纽约客》杂志编辑部工作，同时经常为该刊写稿。同他的良师益友契弗一样，厄普代克承袭了"纽约客派"华美的文体、写实的手法和对典型美国小城镇中产阶层人民生活孜孜不倦地关注。1957年起，他辞去《纽约客》的工作，携家人移居马萨诸塞州的伊普斯威奇小城（Ipswich），专门从事写作。他曾这样解释："我认为在小城镇所观察到的那种生活要比我留在纽约所得到的更能代表美国人的生活。"③

---

① Christopher Lehmann-Haupt, "John Updike, a Lyrical Writer of the Middle-Class Man, Dies at 76," *The New York Times*, 28 January 2009. Web. 28 July 2017.

② Charlie Reilly, "A Conversation with John Updike," *Conversations with John Updike*, ed. James Plath. Jackson：University Press of Mississippi, 1994, p.126.

③ Dick Cavett, "A Conversation with John Updike," *Conversations with John Updike*, ed. James Plath. Jackson：University Press of Mississippi, 1994, p.236.

1960年,五部曲之一《兔子,跑吧》(*Rabbit, Run*)的问世奠定了他杰出小说家的声誉,这些每隔10年发表的关于"兔子"哈里的系列小说——《兔子回来》(*Rabbit Redux*,1971)、《兔子富了》(*Rabbit Is Rich*,1981)、《兔子安息》(*Rabbit at Rest*,1990)以及《怀念兔子》(*Rabbit Remembered*,2000)堪称厄普代克为美国这五十余年所撰写的一部史书,通过哈里这个普通人的生活变迁勾画出"战后美国社会道德史"①。1974年,厄普代克夫妇在经历旷日已久的婚姻危机后分居,两年后的离婚正式结束了他们23年的夫妻关系。其间他因作家交流项目出访过苏联、东欧、非洲。所有这些迁移和个人经历都在他作品中留下了痕迹。

厄普代克的小说往往将社会纪实、凭空杜撰和自传写作糅合在一起。作为一名抒情小说家,他的作品就其核心而言是深深打上个人烙印的。自他担任《纽约客》编辑期间正式开始创作起,即在这份杂志上开辟了"小镇通讯"专栏,刊登他的以家乡希林顿为背景的短篇小说、诗歌和散文。早期短篇小说集《同一扇门》(*The Same Door*,1959)和《鸽羽》(*Pigeon Feathers*,1962)中的大多数故事都以宾州的奥林格(Olinger)、也就是虚构中的希林顿为背景,不断返回童年和青春期的记忆来重温闪耀的时刻。这些背景统一的少年时代"回忆的结晶"另被收录在《奥林格故事集》(*Olinger Stories*,1964)中,描写个人未能实现期望时所经历的幻灭感,充满怀旧情绪。

如果说1955—1965这十年的主旋律是宾州小镇少年时期亲切的回忆,那么接下来十多年的创作则着眼于新英格兰郊区中产阶层成年人的生活。虚构地点由奥林格转向曼哈顿和新英格兰的塔博克斯(Tarbox),高中生和新婚夫妇的小说世界让位于久经世故、附庸风雅的人群和对他们婚姻危机的剖析。如厄普代克所言:"奥林格和塔博克斯的区别更在于童年和成年的区别,而不仅仅是地理位置的不同。他们是我朝圣之旅中的阶段,而不是地图上的两个点。"②小说集《音乐学校》(*The Music School*,1966)是标志这一转折的作品,包含通奸、疏远、孤立等成年生活的主题,预示着无法挽回的失落感。厄普代克还发表了一系列以中年犹太小说家亨利·贝赫为主人公的故事,收录在《贝赫:一部书》(*Bech: A*

---

① Malcolm Bradbury, *The Modern American Novel*. Oxford and New York: Oxford University Press, 1983, p.182.

② Charles Thomas Samuels, "The Art of Fiction XLIII: John Updike," *Conversations with John Updike*, ed. James Plath. Jackson: University Press of Mississippi, 1994, p.26.

Book，1970）以及后来的《贝赫回来》（*Bech Is Back*，1982）、《贝赫陷入绝境》（*Bech at Bay*，1998）中。在这个系列中，厄普代克通过他个人的旅行经历和作家生涯塑造了文学上的"另一个自我"（an alter ego），探讨艺术家身份和创作过程的问题。1972 年的《博物馆和女人》（*Museums and Women*）继续聚焦那些周旋于配偶和情妇之间成熟中年人的情感纠葛，体现人们在信仰岌岌可危的当代社会对生存意义的茫然求索。1979 年出版的《问题》（*Problems*）和《遥不可及》（*Too Far to Go*）两个集子延续了对婚外情和离异的探讨，后者追溯六七十年代梅普尔夫妇（the Maples）婚姻的解体，几乎是厄普代克自己初恋、分居以及离婚经历的回忆录。

后期的短篇小说集有《相信我》（*Trust Me*，1987）、《余生》（*The Afterlife*，1994）、《零碎之爱》（*Licks of Love*，2000）以及在作家身后发表的《父亲的眼泪》（*My Father's Tears*，2009）。故事中居住在市郊小镇上过着典型中产阶级生活的人物已经踯躅于"人生下坡路"，与人物的逐渐老去相契合的，是死亡、疾病、衰老、怀旧等主题。总体观之，厄普代克的创作遵循少年期、成年期、老年期这一线性秩序，短篇小说整体上产生了在线性时间上向前推进的阅读效果，就像是一部松散地合拢在一起的自传体小说，一部中产阶级生活的"编年史"。

厄普代克是不折不扣的"全能型选手"，文学领域的各种体裁均有涉足。他多产且高质量的创作仅窥短篇小说这"一斑"即可见"全豹"。他曾获得普利策奖、美国国家图书奖和欧·亨利短篇小说奖各两次，还获得其他十余种重要的文学奖项，两次登上《时代》杂志封面。

短篇小说创作

在担任《美国最佳短篇小说集，1984》（*The Best American Short Stories, 1984*，1984）的特约编者时，厄普代克说："我要求这样的故事：开头几句就使我感到惊愕从而一下子抓住我，中间部分把我关于人类活动的知识加以扩展、深化或磨炼，结尾则由于叙述的完成而让我产生一种感情上的激荡。"[①]半个多世纪以来，他以两百多篇短篇小说圆满地践行了这一鉴赏标准。大批一流的短篇作品连同"兔子"五部曲一起集中体现了他

---

① John Updike, Introduction, *The Best American Short Stories*，*1984*，ed. John Updike & Shannon Ravenel. Boston：Houghton Mifflin，1984，p.xi.

的艺术思想和成就，成为他对美国文学的主要贡献。雷切尔·伯查德（Rachael Burchard）这样评价他的短篇创作："厄普代克在这一体裁上取得了最高成就。"[①]艾丽丝和肯尼斯·哈密尔顿（Alice and Kenneth Hamilton）明确指出："厄普代克所想的会在短篇小说中首先表达，他的长篇某种意义上只是二手的尝试。"[②]厄普代克的短篇小说被公认为是长篇的序曲，在选材与内容上与长篇基本一致，围绕他所偏爱的"美国小镇、中产阶层、家庭生活"的文学世界描摹"婚姻、情爱、忠诚、离异"等种种生活中司空见惯却又意义非凡的仪式。这种对普通人、身边事表象下的戏剧性的关注和对社会风习的刻画与詹姆斯的社会风俗小说和霍桑的道德寓言如出一辙。厄普代克短篇小说的主题涉及自然世界与超自然的关系，获得信仰的挣扎，对往事的怀念，婚姻和家庭等中产阶级制度的脆弱，社会家庭责任与个人艺术自由、宗教自由和性爱自由的冲突，以及由此而来的个人牺牲。这些都是他笔下常见的内容，构成了一幅幅美国当代生活色彩缤纷的图画。

厄普代克的短篇小说注重描写日常生活中普普通通的人物与平淡无奇的事件，自由地从"一口自传的深井"中汲取素材。他的故事建立在对宾夕法尼亚州的少年时代、哈佛的大学时光、牛津的进修、在纽约度过的刚刚崭露头角的湍急的20个月、在波士顿北部小镇伊普斯威奇那漫长而困顿的第一次婚姻等诸多自身经历的回忆上。"这些从个人经历中削切下来的碎片经由想象力而被聚拢为非个人化的艺术制品。"[③]厄普代克依靠对生活的细致观察和反思，善于从身边人的家庭琐事中就地取材，从稀松平常的细枝末节中挖掘日常生活的重要意义，即在"寻常"中寻求"不寻常"。他长于"以小喻大"，通过对最精微的细节的详尽描绘捕捉闪耀的普世真理。这样的取精摄微在长篇小说中偶尔会显得拖沓琐碎，流于现实主义细节的堆砌，因而评论家们普遍认为厄普代克的短篇小说优于他的长篇创作。乔纳森·亚德利（Jonathan Yardley）所言具有代表性："也许他确实是……一个微缩画画家；也许短篇小说这一形式将他从不甚熟练的对情节的处理中解放了出来，使他能够专注于他所擅长的家庭生活细

---

① Rachael C. Burchard, *John Updike: Yea Sayings*. Carbondale：Southern Illinois University Press, 1971, p.133.

② Alice Hamilton & Kenneth Hamilton, *John Updike: A Critical Essay*. Grand Rapids：W. B. Eerdmans, 1967, p.22.

③ John Updike, Foreword, *The Early Stories, 1953—1975*, by Updike. New York：Alfred A. Knopf, 2003, p.xi, xii.

节的累加。"①

厄普代克认识到长篇小说需要更丰满的故事情节来支撑篇幅长度，而短篇小说由于短小精致则能够实现不间断的内省和最低限度的外部行动。他的短篇小说与传统意义上的故事大相径庭，关注的与其说是事件本身，不如说是人物对外部事件的细微心理反应。不再有跌宕起伏的强烈激情，而是平淡庸常的人生经验；不再有曲折复杂的戏剧行动和人物发展，而是逗留在细节上的默想冥思；不再有出人意料的结局，而是日常生活中某一瞬间的婉转的揭示和领悟。厄普代克在短篇小说中追求一种即兴的自然流露，将生活的一个个切面放置在感官的"显微镜"下进行观察。或许是他早期接受过绘画训练并且也创作诗歌的缘故，他往往淡化小说情节，依靠象征和隐喻暗示意义，将短篇这一叙事形式推向"散文诗"和"小型景物画"。《向妻求爱》（"Wife-Wooing"，1960)、《音乐学校》（"The Music School"，1964)等名篇更是逾越了传统编排精良的故事的界限，其中发生的事情可以用一两句话概括：丈夫为了使妻子有亲热的兴致而徒劳地献殷勤；父亲带女儿去教堂的地下室上音乐课。叙事的戏剧性和延续性让位于看似松散的对生存问题和中产阶级生活的抒情沉思，传统的情节被瞬间的感悟所取代。这种"虚构化的抒情散文"成为厄普代克短篇创作的突出标志。他的文风细腻，富有诗情画意又略带嘲讽，似精雕细琢的工匠般用词优美考究，颇有独到之处。

奥林格故事：记忆中熠熠闪光的瞬间

"如果不得不选出我的一部作品推荐给读者的话，那会是古典书局的《奥林格故事集》，"厄普代克在一次采访中说到，"它们是我珍爱的。"②在宾州家乡小镇度过的童年和青少年时光为厄普代克提供了永不穷尽的创作素材，家乡希林顿的影子——饱含着作家感情的虚构小镇奥林格——早已化身为"一种心理状态，……在我主观的地理上仍然是世界的中心"③。奥林格（Olinger)是"哦，逗留"（Oh，linger!)的双关语，也唤出了

---

① Jonathan Yardley, "John Updike: For Better, for Worse," *The Washington Post*, May 10, 1987. Web. 28 July 2017.

② Charles Thomas Samuels, "The Art of Fiction XLIII: John Updike," *Conversations with John Updike*, ed. James Plath. Jackson: University Press of Mississippi, 1994, p.28.

③ John Updike, Introduction, *Olinger Stories: A Selection*, by Updike. New York: Vintage, 1964, p.v.

厄普代克对灿烂的早年经历的眷恋。也许他认识到,通往昔日的廊道愈来愈狭窄,要理解过去,只有在巨大的遗忘的黑色幕布上,抓取零星回忆的闪耀瞬间。在以奥林格为背景的十多篇故事中,厄普代克屡屡回眸,再度体验自己过去的生活,用艺术将逝去的瞬间点化为永恒的生命。小说中的主人公虽然名字和年龄不时变换,但实质上是同一个当地男孩,聪颖、敏感、好内省,一如作家本人的翻版。这个反复出现的主人公在每一刻强烈感知到的当下敏锐地意识到过去的重力和未来的牵引,既渴望逃离乡下偏狭生活的限制,又难以轻松割断滋育他的故土乡民的纽带。

《逃跑》("Flight",1959)是厄普代克重现过去的经典名篇,被评论家赞许为"写得最精湛的自传故事"①。同其他奥林格故事的结构一样,建立在成年作家的感悟回顾和少年主人公的浪漫印象的双重视角上。小说以成熟的目光俯瞰往日,描述母亲与儿子之间爱恨交加的复杂关系。在故事的前半部分,第一人称叙述者艾伦·道回忆起他十二三岁那年与母亲一起爬上山顶,母亲激昂地宣布他与在那块地方终老一生的芸芸众人不同,有朝一日将飞离脚下的城镇。回到家后她仍然与从前没什么两样地对待他,他感到从此成了"她随意冒出却又忘记的希望的俘虏",陷入了远大前程的预言和滞留在奥林格无法实现预言的矛盾困惑中。随后叙述的弧线偏移到了艾伦的祖辈,以娓娓道来的细节使他的父母、外祖父母乃至曾外祖父的几辈人的纷争冲突得以复活,宛如一部微缩的家世小说。艾伦的母亲年轻时受过高等教育,向往离开小镇去纽约生活,却无法违抗她父亲的旨意而在当地结婚安家。她不情愿地接受了奥林格死寂的生活,坚信她的儿子命中注定会远走高飞。这个受挫失意的女人成了神话的制造者,艾伦是她的浴火凤凰,她寄希望于儿子英雄般地冲出惨淡家庭生活的桎梏,弥补她未能实现的愿望。

小说的后半部分详述了艾伦高中毕业之前与辩论队的三个女孩去一百多英里外的另一所学校参加比赛的经历。或许是因为远离了母亲的谆谆施压和局促的家庭氛围,艾伦喜欢上了同去的一个叫莫丽的丰满漂亮的女孩。尤其当他在辩论中表现不佳、被喝倒彩后,艾伦第一次从男女间的情愫中体尝到了宽慰和安全感。他的恋情遭到了母亲歇斯底里的反对

① Charles Thomas Samuels, "John Updike," *American Writers: A Collection of Literary Biographies*, ed. Leonard Ungar. New York: Scribner's, 1974, p.222.

和嘲讽："同小女人在一起……会使你离地面太近。"母亲始终抱有儿子振翅翱翔、飞出乡下环境的梦想，与其说她抵制莫丽，不如说她惧怕与莫丽的婚姻会将艾伦永久地缚在家乡。这段经历对于青少年是不幸的，但对于回溯往事的成人是幸运的。朋友、老师和双方家长串通一气地要将他与莫丽拆散："整个小镇似乎缠绕进了我母亲的神话里，认为逃离是我的恰当命运。"艾伦迷恋莫丽不仅仅是青春情欲使然，也是下意识里对专横的母亲的反叛。莫丽成了他与母亲角力的武器。这特殊的"三角关系"最终以母亲的胜利画上了休止符，艾伦被迫放弃莫丽，向母亲让他逃离奥林格的愿望缴械投降。当他愤怒地反驳说这是他最后一次屈从于她的意志，母亲用戏剧化的一句"再见，艾伦"将他送上了追求更美好未来的征程。

在厄普代克的宇宙中，母亲乃是磁力中心，就像太空，穿贯作家和他笔下主人公的全部生活。故事中的母亲对单调沉闷的家庭生活心灰意冷，将无处释放的梦想移接到儿子身上，构筑出他卓尔不凡的预言。我们或许可以谴责她借儿子补偿自己挫败的生活，但正是她渴望儿子逃离奥林格小镇的抱负和远见才使儿子免于重蹈覆辙，免受类似的挫败感。《逃跑》的标题具有多重含义，少年艾伦的故事既是他逃离僵化无聊的家乡、飞向不可限量的前程的故事，又意味着他逃脱强势母亲的操纵，向前迈入了成人阶段；与此同时，成年的艾伦也凭借讲述故事一个猛子扎回了自己乃至祖辈的过去，逃回了矛盾和纷争犹存的往日回忆中。主人公的逃跑悖论般地同时指向了前后两个方向，一方面奋力飞离故土，一方面在回忆中返巢寻根。厄普代克以优美而细致的散文体捕捉存在于平淡生活中心的无法解决的复杂矛盾，将少年主人公既想走又想留、既甘于平凡又渴求卓越、既是现实主义者又是梦想家、既留恋与他人的联系又向往自由的矛盾心理表现得尤为真实，从而引发读者对于"逃跑"本身这个充满矛盾的人生命题的深思。

在奥林格故事中，厄普代克像普鲁斯特一样，掉进了追忆往事的深井。其中篇幅最长的《鸽羽》（"Pigeon Feathers"，1961）也是重温孩提时光的佳作，"例证了厄普代克登峰造极的境界"①。小说中化名为戴维·柯恩的主人公仍是那个耽于读书、羞涩又敏感的男孩，故事同样通过一个个日常片段松散地展开，描述少年首次面对死亡的可能性时所经历的身份

---

① Robert Detweiler, *John Updike*. Boston：Twayne, 1972, p.63.

认同危机。小说开篇,戴维全家搬到了离奥林格几英里外母亲祖上的农场,东西"都乱了章法,得重新归置"。一下子从熟悉的环境中被连根拔起的戴维感到焦躁不安,着手整理散乱地搁在书架上的书籍。当他翻阅H·G·威尔斯的《世界史纲》时,意外地读到将耶稣描写为政治煽动家、将基督教的创立归为"想象"的渎神段落。书中对基督神性的质疑动摇了男孩的世界观和信仰,他汇集所能想到的全部证据却无法驳斥威尔斯的论断。另一边,他的父母为农场的琐事争吵不休,他们关于土地是否有灵魂的争论加剧了戴维的危机感,使他头一次产生了对寂寥无边的茫茫宇宙的恐惧和被掩埋在土壤里的可怕的死亡幻觉。绝望的戴维求教于教义问答班的牧师,得到的却是含糊其词的回答。他变得怨恨而敌对,怀疑基督教传统教义坚称的仁慈的神是否存在。戴维在彷徨无依的宗教求索中度过了接下来的数月,直到有天母亲在外祖母的催促下要求他清理将谷仓弄得凌乱不堪的鸽子。戴维不情愿地接受了杀戮的任务,但当他手持崭新的步枪——15岁的生日礼物向咕咕锐叫、振翼扑飞的鸽子开枪时,感到了"优美的复仇者"般强烈的快意。他仔细地观察射杀下的鸽子尸体,惊叹鸽羽那精巧的结构、复杂的图案和绝妙的色彩调配,在一个爱默生式的瞬间领悟到,最微小的工艺品背后也暗含着宇宙的旨意。戴维对上帝的信仰恢复了,"他充满了这样的自信:上帝既然能在这些毫无用处的鸟儿身上慷慨地赋予此等鬼斧神工,他决不会毁掉他的整个创造,拒绝给戴维以永生"。

　　故事中从城镇到农场的迁移隐喻主人公在地理上和精神上的双重流亡。从安稳的环境迁至陌生的住所以及随之而来的物件家什的混乱无序,既凸显了日常世界的迷离失所,也象征着形而上学世界表现为信仰危机的异化感。在农场,紧贴着土地的主人公更容易被吸引而思索死亡、腐败和湮灭的神秘问题。他发觉,形式上的宗教不过是精心设计的骗术,只能为人们提供躲避对死亡认识的藏身处,却无法帮助人们坦然地面对死亡。矛盾的是,维持灵魂的个人信仰只有通过参与杀戮才能够获得。射杀鸽子构成了在暴力和毁灭中的宣泄净化,戴维从中得到了对神性某种程度的理解:"他觉得自己简直就是个创造者;……经由它们中的任何一只,他正创造出一个完整的鸟儿。"造物主旨意下的死亡并不是荒谬的灾难,而是圆满的完结。戴维对无穷宇宙的恐惧让位于对上帝庇佑的信任。也许从半打射死的鸽子到个人永生不朽的逻辑推导不无纰漏,但小说的目的并非让读者信服基督教信仰的正确性,而是以细腻抒情的笔触,真实地再现一个典型的成长仪式，一个不满于教会仪式的少年用世俗的枪杆子冲出创伤、到达成年的故事。厄普代克将青少年心里的疑惑和信仰刻画得丝丝入扣，使小说也成为一部现代人在孤独的宇宙中努力坚持自我身份的浓缩的历史。

梅普尔系列：成年人婚恋的变奏

如果说奥林格故事记录了青少年期的着迷与醒悟、梦想与幻灭，那么梅普尔系列则组成了一部成年人结婚、分居和离异的惆怅的编年史。宾州的少年时代过渡为新英格兰的成年生活，怀旧的情绪深化为失落的基调。经由 18 篇密切联系却又彼此间隔的短文——其中前 17 篇收录在平装本《遥不可及》中，读者跟随理查德和琼·梅普尔这对美国东海岸富裕的中产阶级夫妇原型从 50 年代中期的格林威治村到了 90 年代早期的波士顿郊区塔博克斯，观察他们拥抱、争吵、生养孩子、管理家务、与人私通、重归于好、闹翻分居、同意"无过错"离婚，乃至各自再婚，后因孙儿的出生重逢。厄普代克通过追溯梅普尔夫妇婚姻的分崩离析，直指美国中产阶级精神空虚的实质。很大程度上，对自由的追逐和"性爱乌托邦"的美梦如同不断喷发的火山口，使婚姻家庭处于痉挛之中。欲望与婚姻之间的对抗、自由的吸引与家庭的呼唤之间的矛盾使得婚恋进程成为"激情、升华、满足、厌倦、背叛"的变奏曲。

创作于 1956 年的《雪落格林威治村》（"Snowing in Greenwich Village"）是梅普尔系列引人瞩目的第一篇，讲述忠诚、诱惑及已婚男子侥幸脱逃的故事。小说并无多少情节，更多的是探索人物之间微妙的交互作用。在这篇故事中，结婚不久的理查德与琼刚刚搬到格林威治村的西十三街，邀请住在附近的老熟人丽贝卡晚上到家中做客。三人边喝雪利酒边聊天，听丽贝卡揶揄地回忆她知道的各种稀奇古怪的人与事。患了感冒的女主人琼在谈话中并不显得机敏，但一时街道上警察骑马奔驰的"咔嗒"声引起了她的兴致。她冲到窗边，看到瑞雪徐徐飘落，不加设防地当着丽贝卡的面欣喜地拥抱丈夫。丽贝卡晚些时候起身告辞，男主人陪她走回家，在她的邀请下忐忑地上楼参观她的公寓。屋里"像地狱般的热"，理查德觉得丽贝卡站得离他"不必要的靠近"，他走向门口准备离开，两人紧张的身体随时可能胶缠在一起。在这关键时刻，理查德结结巴巴地讲了个蹩脚的笑话，之前的气氛荡然无存。他在离开时感叹擦身而过的艳遇："哦，但是他们曾经那么近。"

　　小说中款待客人的平静表面下涌动着两个女人之间竞争的暗流：理查德是战利品，琼是自己财产的保卫者，丽贝卡则是虎视眈眈的掠夺者。个性独特的丽贝卡擅长讲奇闻轶事，夸大别人的小缺点来凑成谈资笑料。理查德夹在对妻子的忠诚和丽贝卡新奇的吸引力之间心猿意马。三人的闲谈礼貌得体，但通奸的母题以对"床"的反复指涉伴随着故事的始末：理查德将客人的外套放在自己的婚床上；丽贝卡倚着沙发床半卧在客厅的地板上；丽贝卡讲述与一对情侣合住公寓时卧室里的麻烦事；理查德在丽贝卡的房间中吃惊地见到一张凸出的双人床。厄普代克用"床"的意象暗指婚外艳情的微妙引诱。当理查德护送丽贝卡回家时，两人窘迫无聊的谈话填补了企盼的真空，烘托出男女由暧昧即将滑入越轨之举前的紧张不安。至关重要的时机出现在理查德站在公寓门口时，丽贝卡似乎在挑逗他有所行动，他要么背叛妻子，要么沦为滑稽可笑的怯懦男人。他尝试了一个不成功的笑话，破坏了情迷意乱的氛围，以面子为代价勉强逃脱了欲望的召唤。故事采用理查德的第三人称叙述视角，细致入微地表现了他的矛盾心理，既有险尝婚外情禁果的刺激与兴奋，又有及时抵制诱惑的自满与释然。主人公既匆忙瞥见了婚外风流韵事那诱人的迷魂阵，又有运气和风度避免了牵扯其中会带来的感情上、社会上和道德上的弊端。梅普尔系列的首篇有惊无险，但从后续故事的有利位置回望，年轻丈夫对女客人隐隐不去的情欲是使本该固若金汤的婚姻开始分裂的一枚尖劈，小小的诱惑事件构成了婚姻败局已定的前兆。

　　随后的故事中，梅普尔夫妇渐行渐远，逐渐趋向感情和婚姻的尽头。就如同跳一个精心设计的复杂舞蹈，两人承诺彼此作为舞伴，却因这强迫的保证而越舞越远。伴随着家庭破碎的无可挽回的辛酸感在短篇《分居》（"Separating"，1975）中达到了高潮，小说含蓄而真实地呈现了已是人到中年的夫妇将分居打算告知子女的凄切故事，也因此成为厄普代克最广受赞誉的作品之一。小说开始即是等待已久、一再拖延的要吐露实情的日子：6月里灿烂的一天以"褐绿色的强光"嘲弄着婚姻的愁苦。理查德原想复活节时从家里搬出去住，但琼坚持要等到四个孩子考试结束、结业回家时再告诉他们分居的事，这样即将到来的暑期也能给他们一丝安慰。在等待最终清算的数月期间，理查德忙碌于各种各样的家庭修缮工作，"为他的离开而加固房子，……像魔术师胡迪尼，在逃脱前把什么都安排好"。但分居的秘密却萦回在脑际使他坐立不安，恍惚中孩子们成了阻隔远处新生活的刀刃般锋利的围墙。如今大家聚在一起，理查德想在餐桌上一次性宣布消息，琼却主张单独告诉每个孩子："他们不仅仅是阻碍你自由的集体障碍。"然而，当在大女儿回国的接风晚宴上理查德难以自控、眼泪倾泻而出时，琼冲口说出了真相。惊诧、痛苦与不解的情绪迅速地演变为一场撕心裂肺的家庭闹剧。大女儿朱迪思努力做出一副成熟的姿态，认为试验性分居的想法愚蠢而不值一提。与两个女儿坚韧克己的平静反应不同，小儿子约翰先是大哭大闹地指责父母不关心他们，然后像小丑一样划燃火柴，咀嚼香烟，把沾满沙拉的餐巾塞入口中，最后又潸然泪下。最让理查德感到棘手的是如何告知大儿子迪克他与妻子分居的事。凌晨一点多钟从火车站接迪克回家的途中，他鼓足勇气和盘托出，迪克似乎颇为平淡地接受了父亲的"坏消息"。晚些时候他热烈地亲吻父亲晚安，在父亲的耳边呻吟出"切中要害又深思熟虑"的问题："为什么？"小说在惘然若失的悲戚氛围中结束："无边无形的黑夜大幕遮盖了一切，理查德已忘记了为什么。"

厄普代克笔下看似平静的婚姻生活实则是一张大网，给人物带来家庭温馨的同时也使他们感到了对身体和欲望的束缚。理查德挣扎在矛盾的两级间来回滑动，一边是朝夕相处的妻儿与本该担负起的做丈夫和父亲的责任，另一边是释放欲望、摆脱羁绊的自由的生活。本能的需要与家庭生活之间的斗争、自我的追逐与社会的要求之间的对抗使他陷入进退维谷的彷徨境地。他一面准备实施拆散家庭的分居计划，一面却下意识地着手家庭修理工作——铲修网球场、装修厨房、更换门锁；他在宣布消息的晚餐桌上虽然离觊觎已久的未来新生活更近了一步，却又忍不住回忆起过去养育女儿的点点滴滴而泪水滂沱。厄普代克以精微的细节描写，将主人公时时游荡于欲望与负疚、希望与懊悔之间的矛盾心理和双重煎熬渲染得淋漓尽致。小说的魅力还在于真实表现人所熟知的向子女道出实情的家庭仪式，厄普代克准确地探测到其中的酸楚压痛点：父母的深重罪孽感与难堪，孩子们的恐慌、受惊与躲闪，以及回荡在家庭氛围中令人气馁的"为什么？"用婉转微妙的方式讲述尴尬棘手的家庭日常冲突早已成为厄普代克创作的标志性特点。

贝赫系列及后期"人生下坡路"故事

在详查了奥林格乡下和塔博克斯郊区后，厄普代克将目光投向国际性的纽约大都会来探索自身经历的另一部分：在诺曼·梅勒、索尔·贝娄、菲利普·罗斯等天才犹太作家荟萃的、诡谲多变的文坛打磨多年的峥嵘岁月。在以中年小说家亨利·贝赫为主人公的系列短篇中,厄普代克起初塑造了文学上的"另一个自我"[①];与作家本人迥异的是,主人公是犹太人,未婚,常常遭受写作障碍的困扰,并且情愿将写作商业化来迎合读者大众对淫欲色情的津津乐道。通过这一喉舌,备受赞誉的厄普代克能够绘制出他所浸淫其中的美国文学界的辛辣讽刺的图景,又不至于显得不恭或自恋。三部集子《贝赫:一部书》《贝赫回来》《贝赫陷入绝境》中的二十余篇故事呈现了主人公一连串的人生片段和插曲,宛如陈列着一张张快照的画廊,合起来就是当代学术生活光怪陆离的印象画。同其他纽约作家一样,贝赫为工作、女人和声誉伤脑筋,尤其因为无法创作转而焦躁不安地追求爱情上的纠葛,并应邀作为文化特使出访莫斯科、内罗毕、多伦多、首尔等众多城市。

大多数贝赫短文幽默风趣,对主人公既声名显赫又文思枯竭的啼笑皆非的处境、文学圈变幻莫测的声誉名气、当下追求时髦和商业利益的图书出版业,以及东西方相遇时常见的文化误解,进行了尖刻并正中靶心的调侃。譬如创作停滞的贝赫被授予麦尔维尔奖章,该奖每五年颁给"保持了最富有意义的沉默"的美国作家;当非洲和亚洲的同行催问他"小说家的政治角色"时,他的羞愧难堪令人忍俊不禁;在第一卷的结尾厄普代克还附上了一份逼真的关于贝赫的参考书目,开玩笑地发泄对曾经给予他本人作品恶评的批评家的怨恨。居于小说家与女人、编辑、出版商以及全球文人种种不自在的关系中心的,是盛名与创作的贫瘠,这也是厄普代克犀利喜剧的核心来源。贝赫从一开始既受困于自身的弱点,又深感美国社会"使她的作家沦落为低能与哄骗"的"柔滑的机制"的危害。他在低落的困境中最终来了个急转弯,和非犹太教的基督徒情妇结了婚,完成了一本名为《往大处想》的畅销书。但这本中规中矩、阿谀逢迎的书背离了他过去作品所体现的、他也依然相信的价值观。作家克服了面对现实的怯懦,却换来了对人生的幻灭。他进一步跃为文学界巨头,不复享有平静生活的自由,几近丧失独立艺术家的身份。在第三卷《贝赫陷入绝境》中,74岁的主人公甚至展开复仇行动,谋杀曾经批驳他早年作品的评论家:将一个推下了地铁站台,给另一个邮寄掺有氰化物的信纸,在网络上发送

---

① Frank Gado,"Interview with John Updike," *First Person: Conversations on Writers and Writing*, ed. Gado. Schenectady: Union College Press, 1973, p.83.

潜意识信息逼得第三个自杀。贝赫系列中这个于内遭受心理阻滞、于外饱受文坛盛名之役的作家的重要性并不亚于"兔子"，如果说"兔子"是美国普通中产阶级的典型，那么贝赫就是中产阶级知识分子的典型。

与厄普代克本人的人生轨迹相吻合，他后期的作品大多围绕"人生下坡路"的薄暮的中老年时期，聚焦于六十岁左右鬓发日渐斑白的郊区中产阶级男女。这些觉察到岁月的推移、身体累积的衰竭和对沉重的世界兴趣日益渺茫的人物愈来愈感到在已然疲沓的人生戏剧中即将结束演出。厄普代克不仅让逐渐衰老的人物对江河日下的境况作出诙谐揶揄的反应，而且记录了人物在死亡临近时不期发现生命中可以承受之轻的瞬间顿悟。日常生活中平淡无奇的事件，诸如丢失钱包、开始夏令时，甚至轻微地震成为一个个唤起情绪的客观对应物，使人物的感官变得敏锐，接受生命的悄然逝去。短篇集《余生》中的命名篇（"The Afterlife"，1986）是表现暮秋思悟的佳作，讲述一对生活安定的中老年夫妇去英格兰拜访退休友人的故事。主人公卡特和妻子吃惊地发现迁居到诺福克郡的老友过着活力四射的丰富生活：弗兰克耽于绘画，露西着迷于观察野生鸟和当地的慈善工作，两人幸福地表示终于实现了延误已久的梦想。久别后热诚的重聚之夜却令人尴尬。主人对来自美国的闲言碎语感到厌倦，而卡特夫妇也无从理解朋友今时的平静，四人都意识到未能重燃旧日友谊的火焰。深夜里卡特去上厕所，从黑漆漆、不熟悉的楼梯上失足滚下。这一跌既有挫伤青肿的真实感，又似荒诞的超现实，他在梦幻般的慢动作中想象被人当胸重击，却又足够清醒地感到搅扰主人的阵阵负疚。次日用早餐时，卡特感慨与死神擦身而过："你越来越多地在《环球报》的讣告见到同时代的人，上帝要逮住我们这个年龄段的。"他平静安详地开始了一天的活动，觉得万事万物以新奇的力量叩击着他"生机焕然的感官"。按照兵分两路的计划，他和妻子在露西的陪同下游览海边乡村，弗兰克骑马加入了当地的打猎队伍。天气骤变，突如其来的、肆虐的狂风暴雨将树木连根拔起，刮倒了电缆线，然而卡特陶醉其中，被鸟儿、动物和暴雨中闪烁摇曳的动态风景深深地迷住了。夜间的奇遇似乎持续着魔法般神奇的后果，平淡的现实主义故事演化为一则令人振奋的救赎的寓言。主人公早先对死亡阴影的恐慌转变为对大自然和造物瑰丽壮观之景的敏锐欣赏。当三人从野外返回时，弗兰克斥责他们不该在暴风天气中到处行驶：狩猎被取消了，广播警告人们远离公路。卡特既惊奇又忍俊不禁："弗兰克不知道他们现已超越了那一切。"

　　故事中的失足跌落隐喻着神学上"幸运的堕落"（the Fortunate Fall），这一由上帝精心策划的事件在使年迈的主人公意识到个体生命的短暂和摇摇欲坠的同时，更激活了他对人生种种奇妙辉煌的感悟。在厄普代克的夕阳故事中，余生是死亡前的时间，这生命终结前的间隙往往利弊掺半，给人物带来意想不到的报偿。《余生》的别具一格来自厄普代克娴熟的笔调控制：将离奇古怪的家庭喜剧、摄人心魄的自然描绘，以及普通人激动的头脑中死亡和生命交替轮换的感觉不着痕迹地糅合在一起，既不失幽默趣味，又传递出作家对人生暮色的洞察和智慧。

　　厄普代克继承了现实主义详尽记叙的传统，对意识流等心理剖析的现代派手法也能兼收并蓄，锻造成细腻描摹、流畅抒情的独特个人风格。他的创作始终深深地根植于美国郊区小镇的文学地点，根植于普通中产阶级生活中平淡寻常的喜怒哀乐，根植于自身作为中产阶层成员的个人经历，孜孜不倦而又饱含深情地践行着"社会历史变化的准确记录者"[1]。通过大量遵循少年、成年、老年主线的一流短篇，厄普代克将构成家庭日常生活的一个个精微切面以艺术的显微镜纤毫毕现地呈上，挖掘平凡人生中闪耀的深邃意蕴，勾勒当代中产阶级风尚的编年史。正如评论家乔纳森·亚德利所总结的："在短篇这一体裁中我们找到了厄普代克最自信笃定的作品，毫无疑问，作家的大师声誉也终究有赖于他最精湛的短篇故事。"[2]

第七节
伯纳德·马拉默德：人道主义的代言人

　　尽管是当代犹太小说家中传统观念最深固的一个，伯纳德·马拉默德宣称他不仅为犹太人，而且为全人类而写作。他以命运多舛的中下阶

---

　　① Malcolm Bradbury, *The Modern American Novel*. Oxford and New York：Oxford University Press，1983，p.183.

　　② Jonathan Yardley, "John Updike：For Better，for Worse," *The Washington Post*，May 10，1987. Web. 28 July 2017.

层施莱米尔（*schlemiels*）式犹太小人物为素材，通过他们的受苦受难和彷徨无依来隐喻现代西方人异化的普遍生存境况，倡导人们坚守慈爱、怜悯等人道的品质以期在与逆境的苦斗中实现精神重生。马拉默德无疑是犹太民族乃至更广大范围的所有身处逆境的不幸者们人道主义的代言人。他的小说基调悲观但不乏辛酸的幽默感，创作手法秉承了 19 世纪的现实主义传统，却不囿于忠实记录移民生活。55 则短篇汇于他身后出版的《马拉默德短篇小说全集》(*The Complete Stories*，1997)，既呈现城市贫苦移民逼真的人物群像，更是一则则教导人们从苦难中寻求道德升华的人道主义寓言。他借用"意第绪"民间传说、神话及宗教故事等悠久深厚的犹太艺术形式，将现实与幻想天衣无缝地糅合在一起，发展了一种既不可思议又合情合理的魔幻现实主义叙事模式。马拉默德的长篇小说实质上不过是拉长扩展了的短篇故事，他因擅长凝练紧凑的形式而被称颂为"东区的契诃夫""犹太人的霍桑"。如评论家罗伯特·奥尔特（Robert Alter）所说："马拉默德的真正天才体现在他的短篇小说中，在这一领域，他突出了对孤独人物的逆境的逼肖刻画。"①

生平传略与创作成就

马拉默德生于美国纽约市布鲁克林区一个俄国犹太移民家庭，父亲开零售店以维持全家生计，家庭生活清贫寒碜。他的前 30 年一直在出生地度过，经济大恐慌阴影下双亲惨淡经营的小杂货店深深地印刻在了他的记忆中，成为他日后作品中反复出现的场景。1936 年在纽约市立学院本科毕业后，他进入哥伦比亚大学英文系继续深造，并于 1942 年获该校文学硕士学位。在此期间，他四处打零工，一度在布鲁克林和哈莱姆贫民区的夜校教穷苦移民英语，因而更加熟悉和同情挣扎在社会底层的人们。周围犹太社会的环境和亲身经历使他的人生观染上了一层悲怆的色彩。1949 年，马拉默德受聘到俄勒冈州立大学教授写作，其间享受学术年假出访欧洲。1961 年，他进入佛蒙特州本宁顿学院教授语言文学，除去数次旅游和为期两年的哈佛大学客座讲学，在那里终其余生。

马拉默德直到第二次世界大战爆发才开始真正意义上的文学创作。战争带来的无穷无尽的骚乱和法西斯灭绝人性的种族屠杀使他在震骇中

---

① Robert Alter，"Ordinary Anguish,"*The New York Times*，16 October 1983. Web. 28 July 2017.

认真思索犹太人的身份问题。在他看来,犹太民族历史上的离乡背井和艰辛屈辱与延续至今的颠沛流离和贫穷困厄使他们成为苦难最典型的受害者,而他们的困境正象征着所有人类在现代机械的荒原中孤独迷茫的困顿处境。他说:"我运用犹太人作为人类生存的悲剧性经历的象征……人人都是犹太人,只不过他们自己没有意识到而已。犹太人的戏剧性是为生存而斗争的象征。"①马拉默德定义的"犹太人"超越了人种范畴,代表孤独疏离而又无所傍依的、异化的生存状态,以及在受苦窘迫中不抛弃人性和道德的高贵品质。他将犹太的民族性上升为人类的共同性,将褒扬同情、忍耐、仁爱的犹太道德观植入现代普通人在苦难中对生命价值的求索中。这一充满人道主义意味的观点贯穿了他全部的小说。

马拉默德令人瞩目的成就得益于稳定的习惯和钢铁般自律的一生。他属于成名较晚的作家,业余时间坚持写作,从短篇小说迈上文坛,40年代起作品陆续见诸《文汇》(*Assembly*)、《门槛》(*Threshold*)等杂志。他认为从短篇入手进行严肃文学创作是个好方法。为他在文坛上赢得声誉的是于1957年发表的第二部长篇小说《店员》(*The Assistant*)。该作品描写了作者最熟悉的生活天地,通过受苦一生的犹太杂货商人和最终皈依犹太教的店员阐明了经由痛苦磨砺获得精神道德上新生的思想。一年后出版的第一部短篇小说集《魔桶》(*The Magic Barrel*, 1958)获1959年国家图书奖,其收录的同名小说更是脍炙人口的传世名篇。也许是因为作者大器晚成,这两部早期作品罕见地展示了纯熟的形式与技巧,并奠定了马拉默德以后所有小说的基本主题范围和人物模式。60年代的主要作品有《白痴优先》(*Idiots First*, 1963),以寓言和幻想的结聚重申了坚忍与精神超脱的母题,以及抗议沙皇俄国对犹太人迫害的长篇力作《基辅怨》(*The Fixer*, 1966),获得第二次国家图书奖和普利策奖。发表于1969年的《费德尔曼的写照》(*Pictures of Fidelman: An Exhibition*)由六篇情节上有连贯性的短篇小说组成,围绕事业不得志的犹太画家在意大利的闯荡,探讨艺术与人生的关系。同年,马拉默德获欧·亨利短篇小说奖。70年代的创作侧重人与人之间交流的匮乏,短篇集《伦勃朗的帽子》(*Rembrandt's Hat*, 1973)便是对孤独与疏隔处境发出的一声悲悯叹息。1983年,马拉默德将三十余年来的作品精选出25篇录入《马拉默德短篇

---

① Quoted from Leslie A. Field & Joyce W. Field, "Malamud, Mercy and Menschlechkeit," Introduction, *Bernard Malamud: A Collection of Critical Essays*, ed. Leslie & Leslie. Englewood Cliffs, New Jersey: Prentice-Hall, 1975, p.7.

小说集》(*The Stories of Bernard Malamud*)，这部自选集与长篇《上帝的福佑》(*God's Grace*，1982)一起为作者赢得了美国文学艺术科学院颁发的金质奖章这一殊荣。

短篇小说创作

虽然马拉默德在文学生涯中经常交替写作长、短篇小说来变换写作形式和节奏，他坦承爱上短篇小说的时间更长，因为简短的叙事体裁能使复杂的意义如电光火石般快速显现，"于寥寥数页中将个体打包并预示其一生"[①]。短篇小说大师弗兰纳里·奥康纳(Flannery O'Connor，1925—1964)拜读了马拉默德的首部集子《魔桶》后，在给友人的信中说："我发现了个了不起的短篇小说家，他比包括我自己在内的任何人都强。"[②]那些在生存的激流中艰难挣扎的小人物和他们以同情、交流、仁善对抗无法逃避的孤独苦难的默默求索在短篇这一形式中找到了适宜的水土。马拉默德短篇世界中的主人公是穷困潦倒、备受命运摆布、呆头呆脑的施莱米尔式犹太小人物，譬如贫病交加的绝望的小店主、流亡至罗马或纽约滋事指责自己同胞无情的难民、为孤寂所折磨而寻求爱情宽慰的学生、身处异国却无法逃离本民族过去的美国知识分子。他以这类人物原型为契机来书写普通人的命运。故事的场景总是犹太移民狭小阴暗的公寓、破落的杂货店、冬日悲凄的街区、不堪忍受的现代城市。马拉默德在短篇中有意模糊虚化外部世界的屏幕，将焦点集中在人物的描写上，从具体社会背景稍加脱离，以抽象反映更广泛意义上人类的艰辛处境。他的短篇小说不正面触及法西斯暴行和两千多年来苦难不幸的民族历史，却隐含着内置的过去，像幽灵般萦回的伤痛记忆将人物与过去绑系在一起。这种固存的与祖上过去的认同还表现为众多人物身上未被同化的犹太价值观、意第绪口音和与时代格格不入的职业。

马拉默德的短篇如赞美诗般结构紧凑，他所偏爱的高度集中的、卡夫卡式的象征笔法在此得到了精彩的发挥，其效果远在作家长篇小说相对累牍的重重笔墨之上。叙述节奏快捷、猛烈，人物生平细节被凝练为寥寥数语。故事无一例外仅围绕着主人公和对立面两个人物间的相互作用。

[①] Bernard Malamud, Preface, *The Stories of Bernard Malamud*. New York：Farrar, Straus & Giroux, 1983, p.xii.

[②] Quoted from Robert Giroux, Introduction, *The Complete Stories of Bernard Malamud*. New York：Farrar, Straus & Giroux, 1997, p.xiii.

这对立面往往是另一个自我,如一面镜子映照出主人公备受压抑的人性,促使他们达到某种程度的自我理解。短篇小说虽更多地从意第绪传统文学中撷取原料,却不拘泥于古怪离奇的人物剪影或轶事趣闻的片段,而是隽味无穷的诗的结构,其结尾往往将戏剧冲突诗意地定格为一幅幅凝冻的画面。相比长篇小说,马拉默德的短篇更加根植于光怪陆离的犹太魔幻世界中,富于犹太民俗韵味。他把完全出于虚构的幻想情境和现实主义的场面情节有机融为一体,把宗教的民间传说渗进生活。现实与虚幻的水乳交融传达了作者悲观与希冀的双重视野,既逼真再现龌龊的景象和失败的命运,又用浪漫想象和神秘主义书写精神升华的道德寓言。看似不可能的超自然元素恰恰表现了深度的真实性。马拉默德的笔触深入到了内心世界,常采用乔伊斯式的"精神顿悟"(Joycean epiphany)手法披露人物的细微心绪。他的短篇突出展示了50年代起美国现实主义小说从社会型向潜意识型的内在化转变。

马拉默德的小品文尤以苦涩的幽默感和辛辣味的讽刺见称,亦庄亦谐的笔调适度渲染出小人物富有喜剧色彩的摸索背后受尽倾轧的沉重命运。他将意第绪语融入现代英语,吸收了民族语言中风趣的习语和缠绵伤感的节奏。遣词朴素自然、不事雕琢,叙述惜墨如金、简洁精炼又不乏反讽与诗意,堪与海明威的文风相媲美。

《魔桶》:苦难与救赎的永恒模式

马拉默德早期的成名集《魔桶》即引入了犹太人作为人世间受难者的隐喻,以及经由苦难找到生活意义、实现精神新生的思想。这一磨难中潜藏着甦生力的论点预示着此后所有创作的主题模式。同名短篇《魔桶》是马拉默德在任教的俄勒冈州立大学图书馆的地下室里写成的,1954年由《党派评论》杂志刊登。该故事被公认为美国短篇小说的珍品,讲述经媒人介绍寻找伴侣的青年学生迟到的成熟。主人公列奥攻读犹太法典,即将毕业当上犹太教士,听说结婚可以赢得更多的信徒,过着苦行僧般孤立封闭生活的他便找到婚姻介绍人萨尔兹曼,托他帮忙物色合意的伴侣。择偶的过程一波三折,狡谲世故的媒人接连撮合的三位候选人均未使列奥中意。在与韶华已逝的中学教师莉莉会面时,女方的盘根问底使他恍然大悟自己"不爱人类,也不可能全力地去爱上帝",忽然惊觉自己的生命是一片空白,"不爱别人,也不被人爱"。这种深夜梦回的自觉将主人公抛进了痛苦的深渊,却也是他新生活的起点。当他在煎熬中无意间发现媒

人女儿斯特拉的照片时，被那张青春与沧桑、纯真与经验混合的脸深深地打动了。尽管萨尔兹曼一再反对，因为他沦落风尘的女儿与令人敬仰的未来拉比在身份地位上极不相称，"她太野，没有廉耻""她该下地狱，该烧死"。一番挣扎后，列奥决定选择这位充满罪孽的女子为妻，以他真挚的爱情使她幡然自新，而他自己真心皈依上帝，拯救她的同时也完成了自我灵魂的救赎。故事的高潮定格为一幅宁馨而意味深长的画面：斯特拉身穿白裙红鞋在路灯下等待，列奥手捧鲜花赴约，"他从她身上构思着自己的救赎"，萨尔兹曼则躲在暗处为死者祈祷。

不难看出，列奥常年与世隔绝钻研死书实乃逃避生活之举，甚至求助婚姻介绍人也是出于对生活和爱情的惧斥，而非对犹太传统的虔诚。这一次乔伊斯式的彻悟使他认识到自己内心世界的苍白无力，从而开启了从盲目自足和机会主义的觅偶到自我发现和寻求救赎的精神旅程。列奥对沦为妓女的斯特拉一见倾心，正是因为她知晓情欲并被烙上了苦痛的经验印记，混杂着"红鞋子"的邪气诱惑和"白衣裙"的无瑕纯善，是生活的化身。唯有与斯特拉结合、认同生活本身，列奥才能克服自己发育不足的人性中的冷漠和空虚，走向成熟。小说中讲一口生动的意第绪英语、浑身鱼腥味的穷媒人是整个受苦受难的犹太民族的缩影，是在现代美国迅速消失的传统犹太民族精神的代表。他的老辣世故、油嘴滑舌与主人公的博学和不谙世事形成了滑稽的对比。可以说，萨尔兹曼既是列奥压抑在心底的第二个自我，也充当着他精神上的导师。他精心设计、欲擒故纵，安排女儿和未来的拉比相见，摆布和引导着列奥走过曲折的自我认识之路，迸发出具有复苏力量的爱情。故事结尾处萨尔兹曼为死者祷告，印证了列奥和所爱之人已双双获得救赎，告别了空虚和堕落的过去，重获新生。

马拉默德在《魔桶》中也注入了超自然的幻想元素。萨尔兹曼神出鬼没、踪影难觅，办公室"在天上"，也许是由他杜撰的储存求婚者个人资料的小桶亦是魔力无边，改变了主人公的精神世界。小说结尾处男女初次约会的抒情画面更是将读者带进了梦中幻境——"空中回响着提琴声，闪烁着烛光"，超越引力定律漂浮在天空的提琴和烛火借鉴了超现实派画家马克·夏加尔笔下的幻象（Chagallean imagery）[1]，象征着上帝的福音和光辉，列奥在这福音中欣喜地拥抱代表着生活的斯特拉，完成了他的忏悔

---

① Leslie & Joyce Field，"An Interview with Bernard Malamud，" *Conversations with Bernard Malamud*，ed. Lawrence M. Lasher. Jackson and London：University Press of Mississippi，1991，p.39.

与救赎。小说巧妙地建构在以四季更迭对应人物内心历程的浪漫寓言的框架之上,主人公否认生活的孤独窘境出现在冬天,与春天同时来临的是和莉莉的相亲和对新生活的希望,痛苦的自我悟识相当于精神新生前的阵痛。

小说集的另一则故事《天使莱文》("Angel Levine",1955)是颂赞在长期磨难中保持高尚品质从而获得拯救的传奇道德寓言。裁缝马尼斯彻维兹的坎坷遭际恰似《圣经·旧约》中约伯的翻版:因店铺失火而倾家荡产、儿子丧命、女儿出走、老妻患上了不治之症、自己也疾痛缠身、难以维系基本的生存。面对一连串的天灾人祸他默默忍受,时常向上帝祷告祈求脱离苦海。一位名叫莱文的黑人不期而至,自称是上天派来拯救他的天使。马尼斯彻维兹由于旧有的僵化观念,拒绝相信有如此非正统的使者,将他逐出房门。然而由于妻子的病情急剧恶化,在绝望中他动身去哈莱姆区寻找莱文,看到此前温文尔雅的黑人似乎因无法完成上帝的使命而落魄潦倒,放肆地与舞女调情。走投无路的马尼斯彻维兹最终战胜了疑虑,向莱文当面悔过,真心承认他是解救自己的犹太天使。自此,莱文凭借"一对有力的黑翅膀"徐徐飞升上天空,而马尼斯彻维兹的厄运不可思议地终止了,他对奇迹般康复了的妻子说:"太棒了,……相信我,到处都有犹太人。"显然,小说主人公是在生活的巨创下默默无声、顽强求存的人类受难者原型。他具有虔诚的信念和坚忍的毅力,因而冲破了固有偏见的牢笼,以爱和同情通过了信仰的考验,不仅自己获得了救赎,而且使失意的天使得以重返天堂。故事的收场语以一种训诫的口气点明了寓意,即所有人都面对无休止的苦难,但只要相信共同的人性,就能够超越痛苦实现道义上的升华。

《白痴优先》:离奇的寓言形式

中期的短篇集《白痴优先》延续了一贯的主题,反映普通小人物如何在困苦不幸中艰难跋涉,努力加固人性的共同纽带。马拉默德以犹太民俗和宗教传统作为丰富瑰丽的想象之源,使现实主义与离奇虚幻相互交错,将魔幻现实主义的手法演练得炉火纯青。同名短篇《白痴优先》("Idiots First",1961)即包含犹太民间传说中凡人与死亡天使(Angel of Death)之冲突,以及午夜为最后期限的常见母题。集子中的另一篇《犹太鸟》("The Jewbird",1963)中会说话的动物也源自民间传统。这些奇异的寓言故事或在日常生活中编织入荒诞的内容,或在超自然的幻境中再现现实，从而模糊了现实与虚幻之间的界限，产生真幻难辨、虽假亦真的美学效果。

《白痴优先》围绕主人公与死神争抢时间的孤注一掷的斗争展开。穷愁潦倒、濒临死亡的门德尔急需在午夜之前筹集 35 美元路费，以便将成年的弱智儿子送去加州投奔亲戚。他疯狂地四处奔走，去当铺当掉了手表，忍着屈辱给"只向有关机构捐赠"的伪善的犹太慈善家下跪，在一贫如洗的拉比的授意下不顾其妻子的尖叫掳走了拉比唯一值钱的长袍。在借贷无门、奔波筹款期间，他一直被一位名叫"金兹伯格"的留着大胡子的死亡天使悄无声息地尾随追赶。当一病一痴的父子二人终于凑足了票钱在午夜时分赶到车站时，却被检票员——幽灵般身穿制服的金兹伯格拦下，宣布大限已到。门德尔涕泪交加、苦苦哀求宽限片刻，傲慢的金兹伯格不为所动："我可不是搞人道事业的。……法则就是法则。"此时，寿数已尽的父亲不顾一切地猛冲向死神和他扭打起来，拼命地掐住对方的脖子做困兽之斗。短暂的对峙过后，惊骇的金兹伯格做出了让步，准许门德尔先将儿子送上即将开动的火车，再返回领死。故事平衡在恐惧与希望间巧妙的张力上，主人公一系列的遭遇和"你还有没有点人味"的愤慨抗议渲染出周围世界的阴冷可怖，然而无处不在、气焰嚣张的死亡天使和"宇宙的普遍法则"终究敌不过垂死父亲无私的爱，使白痴儿子得以在加州开始新生活。故事向个人的同情、仁爱、牺牲等善良本性提出呼吁，暗示天注定的命运可以被人性化，甚至生命也可以从死神手中脱逃。马拉默德以娴熟的技法将现实与虚幻紧密地拢合。随着情节的展开，凄寒的 11 月夜晚里真实的纽约市不着痕迹地消失了，转化为漆黑、空无一人的街道的超现实的梦幻景象。在风声呜咽、树木光秃的公园里，现身为神秘陌生人的死神进一步烘托出超自然的奇异幻境。

如果说《白痴优先》将相对真实的人物置入怪诞的背景，那么《犹太鸟》则在可辨的现实主义框架内——科恩家位于纽约下东区的公寓——引入一只名叫"施沃兹"的具有典型犹太特征的会说话的黑鸟。故事堪比爱伦·坡的叙事诗《渡鸦》，摆脱了现实主义创作原则的束缚，任由幻想的触角恣意伸展，体现出浓郁的寓言色彩，被评论家理查德·吉尔曼（Richard Gilman）誉为马拉默德"作品中最优秀的一部"①。小说开篇，

---

① Richard Gilman, "Malamud's Grace：Humanism with and without Tears," *The New Republic*, 12 May 1986. Web. 28 July 2017.

自称为"犹太鸟"的羽毛湿皱的流浪老鸟飞进了冷冻食品推销商科恩一家三口的寓所,寻求躲避排犹主义分子(anti-Semites)的栖息之地。寄居在这户人家期间他陪科恩的儿子嬉戏玩耍,尽心辅导和监督孩子的功课,渴望能被这个家庭喜欢和接受。尽管如此,男主人从一开始就对施沃兹心怀憎恨,厌弃他的饮食习惯、身上散发的鲱鱼臭味、邋遢寒碜的愁苦相以及对父亲角色的篡夺,固执地想方设法要把他赶走。他穷追不舍地辱骂和恐吓鸟儿,用愈加阴毒的手段折磨他,直至趁妻子和儿子外出时发动袭击,残忍地抡起鸟儿在头上旋转,将他摔死在冬日的雪地上。孩子找到犹太鸟残缺不全的尸体,哭着追问母亲凶手是谁,得到了寓意深刻的回答——"排犹主义分子。"

小说中能讲意第绪方言、激情地做祷告、爱好鲱鱼和烈性酒的犹太鸟是犹太人的化身,而他的逃亡遭遇则是犹太民族受难历程的浓缩。施沃兹四处迁徙寻找庇护的窝巢契合了犹太人辗转流浪以谋生存的基本处境,他在科恩家遭受的无端责难和令人发指的暴行影射了排犹主义分子对犹太人的驱逐、迫害与屠杀。他默默忍受混有猫粮的饭食、睡梦中纸袋的爆响声、屋外冰冷的睡铺等恶劣的生存条件,体现了犹太民族与生俱来的强大坚忍精神。对于操着地道美式口语、乐意彻底同化的犹太人科恩而言,施沃兹是他潜意识里视为恶魔的另一个自我,代表了他不愿承认的犹太身份。流浪鸟传统的犹太作风习惯时时提醒着科恩他极力抛诸脑后的母国移民经历。他把对自己文化根基的鄙夷和对犹太味的憎恶投射到了鸟儿身上,将替罪羊从窗户粗暴掷出的同时也扔掉了人性与自我救赎的可能。可以说,科恩对犹太鸟的攻击象征着他对自己的拒斥与否认。小说中涉及犹太鸟的超自然事件以据实的、不动感情的方式呈现,现实与荒诞在同一层面交相并置、融为一体,从而使读者自觉自愿地将怀疑暂时搁置,接受"到处都有排犹主义分子"的凄婉讽喻。

《伦勃朗的帽子》:疏离与隔膜的哀叹

在后期的短篇集《伦勃朗的帽子》中,马拉默德将焦点从贫苦的城市下层犹太人移向中产阶级犹太知识分子,创作基调愈加趋向悲观,挖掘人与人之间无法彻底沟通的孤独困境。与集子同名的小说《伦勃朗的帽子》("Rembrandt's Hat", 1973)是不可多得的佳作,通过同事之间敌对关系的喜剧性描写展现单身人士普遍交流匮乏的异化状态。雕塑家鲁宾和艺术史学家阿金同为纽约一所艺术学院的教员,前者孤僻沉闷,大部分时间

避开人群在地下室的工作间埋头雕刻；后者冲动而神经紧张，陶醉于头脑中自己创造的世界却与真正的社会关系脱节。一次阿金不假思索地当面提到鲁宾的帽子像 17 世纪荷兰画家伦勃朗在自画像里所戴的一顶，鲁宾将这不经意的客套话看做侮辱，而阿金无法理解其中缘由。最终阿金加入了对方发起的冷战，两人以相互回避为目的安排从用餐、办公、到出席艺术展览等各种生活事宜，乃至在公开场合撞面时互相谩骂。起初的隔阂滑稽地演化为一场旷日持久的严重对峙。直到阿金设身处地地从鲁宾的情感出发分析误会产生的原因，才悟到与伟大画家伦勃朗的比较也许使资质平庸、无所建树的鲁宾蒙羞，勾起了不得志艺术家的自卑情节。当他观看伦勃朗自画像的幻灯片时，发现竟将帽子的样式记混了，这使他关于鲁宾帽子的点评更显得是无端的中伤。阿金继而谦虚地承认错误，不顾个人脸面主动与鲁宾和解，拆除了横亘在两人之间的那堵越垒越高的无形的墙。显然，小说中的人物都身处孤独的荒岛，鲁宾离群索居，阿金虽急切地渴望与他人建立联系，却因为盲目的自我满足感与优越感而无心伤害了对方的自尊心，尝试初告失败。幸而他勇于反省和换位思考，以宽阔的胸怀超越了自私自利，两人言归于好。马拉默德既细腻深刻地指向了人与人之间必然的隔膜，又开出了一剂能让人互相理解、互相尊重的爱的良方。只要充满爱和同情，就能与他人实现心灵的交融与沟通，人与人之间的疏隔与敌意便可如汤沃雪，冰消瓦解。

与工作领域的疏隔相对应的是家庭生活领域的孤独与异化，这反映在收录在同一部集子里的、后期最引人瞩目的短篇《银冠》（"The Silver Crown"，1972）中。小说讲述为父求医的中学生物教师丧失治愈信念的黯淡故事，从侧面折射出竖立于父子间的不可穿越的疏离之墙。故事内容取材于《纽约时报》1972 年的一则新闻，报道布朗克斯两名哈希德派信仰治疗师（Hasidic faith healers）谎称消除灾病骗人钱财而被捕。[①] 主人公甘斯的父亲病入膏肓，群医束手无策，他受人指点找到据传能"拯救垂危"的有魔法的拉比。尽管遵循"经验主义和客观主义"的青年教师对信仰疗法心存芥蒂，但为偿还父亲的感情债只得舍弃理性原则最后一试。老拉比称用熔化的银圆为其父铸造一顶冠并祈祷就可助他奇迹般地恢复健康，并对疑虑重重、详细质询治病原理的甘斯强调对父亲的爱是银冠发

---

① Curt Leviant, "My Characters Are God-Haunted," *Conversations with Bernard Malamud*, ed. Lawrence M. Lasher. Jackson and London: University Press of Mississippi, 1991, p.51.

挥效力的关键："我们怀疑上帝，……只要你爱你的父亲，这类疑虑我是不在乎的。"在拉比的诱导下，甘斯恍惚中看到了镜中美丽非凡的闪亮银冠。他不再游移不定，缴纳了大笔现金订购了昂贵的大号冠。然而在归家途中，他的思想发生了剧变，惊觉阴险狡诈的拉比用催眠术演示并不存在的银冠，欺骗了他。怀疑盘踞心头的甘斯第二天返回拉比的住处，要求退还钱款，与他发生了激烈的争执和冲突。当拉比乞求他以慈悲之心想想他的父亲，认定自己陷入骗局而怒不可遏的甘斯吐露了真实的感情："他恨我，狗娘养的，我希望他去死。"拉比大喊着"杀人犯"与痴呆的女儿拥抱在一起。仿佛是回应儿子的斥责，老甘斯很快断了气。

　　故事的中心矛盾与其说是信仰与怀疑，毋宁说是爱与冷漠。马拉默德借拉比之口道出了真谛，即银冠神奇的救治力量不依赖对犹太教或上帝的笃信，只取决于寄托其中的真挚的爱，唯有爱能抗衡没有定数的人生际遇。遗憾的是，主人公四处求医、为父治病并非发自深厚的父子亲情，而是出于感激以及自己"良心上过得去"的考虑，之所以慷慨解囊也仅仅是为了出钱摆脱对老父的内疚与亏欠。害怕受骗的情绪困扰着他，也暴露出他对父亲的感情是有限的，甚至在私下对他是嫌恶的。当他破口诅咒，对治愈不再抱有任何信念时，他的父亲终因爱的匮乏而一瞑不视。结尾处甘斯放弃追讨订款匆匆跑下楼梯，也是从自尊心无法接受的可怕的自我认识中逃离。可以说，不愿正视对父亲情感的丧失、耽于自我欺骗的甘斯比起施展幻术、形迹可疑的拉比更像是真正的骗子。小说既以悲悼的笔调勾勒出亲情淡漠的异化处境，又敏锐地捕捉到现代人面对日益加剧的世俗主义和随之而来对精神主张的怀疑而对奇迹所持的矛盾态度。

《费德尔曼的写照》：艺术游侠的成长之轨

　　背景移至意大利、以失意的美国犹太艺术家费德尔曼为主人公的短篇集《费德尔曼的写照》卓然独立于马拉默德创作的主线之外。集子形式与厄普代克笔下的贝赫系列酷似，广义上是由六个片段组成的一部结构松散的长卷。六篇故事宛如拼集的图片展，滑稽地呈现艺术朝圣者远赴意大利追寻艺术与生活的成功而经历的种种劫难。小说集借鉴了亨利·詹姆斯所钟爱的描写年轻单纯的美国人在充满繁文缛节的欧洲大陆碰壁的国际主题，更将施莱米尔式的反英雄辗转异国多个城市的漫游旅行与其在经验漩涡中求得教育的成长历程相契合，兼具流浪汉冒险传奇和成长小说的双重风格。马拉默德运用旅行的母题象征怅惘挫败的艺术家对人生真谛的寻求以及对生活与艺术和谐之道的不懈探索,六幅拍摄地点变幻的照片折射出迂回曲折的自我发现的内心旅程。

最初发表于 1958 年的首篇《最后一个莫希干人》("The Last Mohican")是百读不厌的佳作,奠定了费德尔曼系列的学徒成长模式。"自知成不了画家"的主人公从纽约来到意大利,为撰写乔托画作的艺术评论开始预期一年的艺术史调研,但刚抵达罗马、热望未消就邂逅了从以色列流落当地的犹太难民萨斯坎德。衣不蔽体的同胞乞丐像鬼魅一般纠缠着他,暗中尾随他并三番五次出其不意地现身,索要钱财衣物,使他无法安心投入自视为紧迫的艺术研究。当东躲西藏、不堪搅扰的学者以经济拮据为由拒绝将仅有的两身套装赠予萨斯坎德一套,对方偷走了他装有第一章手稿的提包。自此两人的角色发生了啼笑皆非的转换,失魂落魄的费德尔曼被迫中断了写作,为追回书稿疯狂穿梭于罗马的大街小巷,寻找踪影全无的滋事者。在追踪萨斯坎德的过程中,他出入之前未曾涉足的犹太教堂、犹太人聚居区、碑石上刻录着纳粹杀戮罪恶的犹太人的墓地,乃至移民流浪汉简陋冰冷的"窑洞",一头扎进了自己民族在欧洲横贯两千余年绵延至今的悲惨历史。与苦难面对面的寻访触动了艺术批评家压抑已久的犹太性及悲悯之心,他梦见萨斯坎德化身为解救但丁的维吉尔,引领他瞻仰乔托绘制的圣人将长袍慷慨施予穷骑士的壁画。醒来后他将流亡者一直索要的套装送上门,却发现对方已将他关于乔托的手稿焚毁:"我帮了你个忙……文字虽在那儿,但精神却失去了。"结尾画面中费德尔曼起初勃然大怒追逐逃跑的萨斯坎德,却瞬间"深有所悟",意识到自己对他抱有责任而宽恕了一切。

主人公沉醉于纯粹的艺术,用死板的研习计划屏蔽了对生活自发奔放的反应,将他人的索求视为不可理喻的干扰与负担。因手稿失窃而游荡罗马的离奇遭遇磨砺了他萎缩的情感,迫使他走出将艺术凌驾于实际生活之上的死胡同,促成了他从痴迷艺术到介入生活、从冷漠自私到理解同情的精神升华。值得注意的是,惊弓之鸟般永久逃亡、历经希特勒死亡集中营而幸存的萨斯坎德是犹太民族颠沛流离历史绝无仅有的印证,是小说标题所指的"最后一个莫希干人"——如同美洲印第安人似的逐渐消亡的物种。他不仅是沉重犹太历史的背负者,也是众生贫困与受苦的人格外化。这个在底层窘迫谋生的乞丐代表着同宗同源的知识分子无法逃避的"另一面",充当了维吉尔式的精神向导的角色。他仿佛一股不怎么体面却又不屈不挠的活力,屡屡在现实或荒诞梦境中潜入主人公艺术至上的封闭天地，唤醒了他关于父辈的苦难记忆，重新点燃了他苍白的人性，引导他发现真实的自己，以广博仁慈之心参与生活。小说结尾处主人公骤然觉醒，迈出了道德重生与自我救赎的一小步。教育远未就此完结，在随后的故事中，从罗马到米兰、从佛罗伦萨到威尼斯，游历意大利城镇的物理和精神意义上的长途旅行仍在继续。在每一站，蹩脚的画家不免受苛待、遭欺骗，甚至被黑帮胁迫沦落到在妓院干仆役活、伪造名画，在无尽的卑贱历程中逐步靠近对自我的理解，觅求人生的意义。在收尾篇《威尼斯的玻璃吹制工》（"Glass Blower of Venice"，1969）中，自缚于艺术之茧的费德尔曼终于学会挣脱去爱，认识到生活是通往艺术的途径，二者互相依赖、相辅相成，从而以吹制玻璃的职业归宿实现了生活与艺术的和谐，为漫长的学徒成长生涯画上了圆满的句号。

马拉默德的创作始终根植于他所熟悉的处境不幸的犹太移民的生活土壤，佐以犹太民俗中衍生的魔幻现实主义这一具有深厚群众基础的艺术手法，孜孜不倦地借犹太小人物的受苦受难表现普世凡人艰辛孤独的荒诞生存境遇。他笔下关于人类苦痛与救赎的、半严肃半诙谐的、严谨提炼的寓言小品既像寥寥数笔、着色不多的小型画卷，又似缜密细致的室内音乐，引来撼动心灵的无穷隽味。字里行间流露出的对挣扎在底层的普通民众自觉的人道主义关怀和一以贯之、疾呼人性的朴素道德观使马拉默德的短篇作品成为 20 世纪甘于"守旧"的异数。正如评论家所精辟总结的："如果说马拉默德最具特色的主题是人世间交流失败与仁慈匮乏造成的苦难，他对此典型的回应则是毫不多愁善感地坚持直面困厄窘迫的人类生存现状。"[①]

第八节
其他现实主义短篇小说家

现实主义可谓 20 世纪美国短篇小说中持续时间最长、规模最庞大、

---

① Quoted from "Bernard Malamud," *Short Story Criticism*, vol.15, ed. David Segal. Detroit: Gale Research, Inc., 1994, p.168.

涵盖面最广的一个流派。上述七位最具代表性的作家以丰富而出色的作品勾勒出了这一时期现实主义短篇小说纷繁杂陈、五光十色的多元局面，撑起了 20 世纪写实基本原则指导下短篇创作的半壁江山。在他们周围也荟萃了众多优秀的其他作家，从一个个不同侧面生动再现生活细节，准确记录时代变化，为这一体裁的发展壮大作出了重要贡献。本章的最后部分将分别讨论五位短篇小说家：厄斯金·考德威尔（Erskine Caldwell，1903—1987）、约翰·奥哈拉、威廉·萨罗扬（William Saroyan，1908—1981）、索尔·贝娄和罗伯特·斯通（Robert Stone，1937—2015）。他们的创作实践同样拒绝被贴上内容整齐划一的标签，往往传统现实主义的立场与表现主义、象征主义、黑色幽默、意识流等手法互有交汇融合，丰富了现实主义短篇小说的艺术内涵。

厄斯金·考德威尔

厄斯金·考德威尔成名于左翼思潮兴起的 30 年代，以绘制美国南方农村凄惨蛮荒的图景、表现底层穷白人扭曲的心理而享誉文坛，是颇受争议的当红畅销小说家，评论家们曾一度将他与福克纳相提并论。考德威尔出生于佐治亚州一个小县城的牧师家庭，孩提时代跟随传教的父亲走遍了南方各州，为满目疮痍的社会和贫苦农民的困境深深触动。他早年半工半读地在厄斯金神学院、弗吉尼亚大学和宾夕法尼亚大学学过几年，但因经济困难始终没有毕业。不过，据粗略统计，他从事过十几种职业，较多接触到南方劳动者的艰辛和普遍的社会不公平现象。扎实的生活基础和丰富的社会实践自然反映在他日后的小说创作中，所熟悉的遭蔑视、受欺凌的穷白人和黑人成为他着墨最多的人物。1926 年，考德威尔移居缅因州乡下，决定做个职业作家，开始在文艺杂志上发表短篇磨砺写作技巧。长篇小说《烟草路》（*Tobacco Road*，1932）被改编为剧本在百老汇上演并盛况不衰，使他声名大振。考德威尔一生勤耕不辍，推出了二十多部长篇、十多卷纪实散文和一百五十多则短篇。然而，他在评论界的声名在50 年代后迅速衰落，所有重要短篇均写于第二次世界大战结束前，带有大萧条时期的鲜明印记。

考德威尔极为推崇短篇这一体裁，称其为"无可比拟的写作形式"①，

---

① Carvel Collins，"Erskine Caldwell at Work，" *Conversations with Erskine Caldwell*，ed. Edwin T. Arnold. Jackson：University Press of Mississippi，1988，p.43.

指出"在短篇小说紧凑的空间内更能够有效和引人入胜地讲述生活中的许多事件与插曲"①。多数评论家也认为他优秀短篇的光芒盖过了流行一时的长篇。收录于《美国大地》(*American Earth*，1931)、《我们是活着的人》(*We Are the Living*，1933)、《跪拜朝阳及其他故事》(*Kneel to the Rising Sun and Other Stories*，1935)、《南方路》(*Southways*，1938)等集子中的故事多以大萧条前后南方贫瘠荒芜的土地为着眼点，以冷静客观的态度记录那些物质匮缺、精神困顿的农民，展现与贫穷长期相伴的生活所导致的人们动物般的堕落境况——愚昧、麻木、顽迷、残酷和膨胀的欲望等，揭露种族歧视和经济压迫的社会阴暗面。作品不单纯是社会现实的自然主义式描摹，更艺术渲染人物的怪诞心理和反常行为，凸显触目惊心的暴力与变态的性欲，常令左翼文学阵容难堪。考德威尔善用黑色幽默的喜剧性笔调描绘现实围剿下人伦丧失的灰暗画面，悲剧中融入了调侃的意图。故事往往篇幅短小精干，文风极尽简练、朴实、不加修饰之特点，语言同人物的身份十分贴近，生动再现了美国南方和新英格兰地区散发着泥土气味的方言与民俗。

《跪拜朝阳》("Kneel to the Rising Sun"，1935)是考德威尔关于经济剥削和种族不平等的最广受赞誉的社会抗议。穷苦的白人佃农朗尼为正在挨饿的一家人向地主老爷乞讨食物，却被对方割掉猎狗尾巴取乐的残忍挑衅行为吓得噤声；朗尼的老父亲在饥饿的驱使下在一天夜里摸黑寻食，误入地主的猪圈惨遭噬咬而死。黑人克莱姆毅然挺身而出，勇为懦弱的朗尼讨个公道，直言欺压佃农、克扣粮食的雇主应为老人的死负责。然而朗尼深受种族歧视根深蒂固的毒害，又屈服于刽子手的淫威，在紧要关头竟出卖了黑人伙伴，为一群行私刑的白人暴民带路，充当帮凶，导致克莱姆惨死在乱枪之下。小说揭示了种族愚忠和阶级情谊之间的矛盾对立，尖锐地指出在大萧条时期的南方开展有组织的抵抗所面临的困难。伸张正义、被供出藏身地点并被私刑处死的树上的黑人象征着受难的基督，结尾一轮冉冉升起的红日(sun)音同复活升天的上帝之子(son)，深化了故事的普世寓意。考德威尔对社会的强烈关注常使人们对他形式上的实验有所忽视，譬如由已发表的三篇系列小说另行单独结集成册的《艾伦·肯特的渎圣》(*The Sacrilege of Alan Kent*，1936)就由136个标有序

---

① Erskine Caldwell, Introduction. *Kneel to the Rising Sun*, by Caldwell. New York：Duell, Sloan & Pearce, 1951, p.iii.

号、有时短至一个句子、表示零散意象或印象的顿悟式片段组成,自传般地记录出身卑微的年轻人在充斥着暴行的南方土地上漂泊谋生、在孤独的人生中探寻意义的经历,评论家称这独特的形式为"散文诗"。《甜哥比奇》("Candyman Beechum",1935)讲述一名黑人星期六干完活后精神饱满地步行十英里赶去会他的女朋友,一心一意好似神话中的伐木巨匠大步流星跃过山丘,吸引来心生敬畏的路人追随。甚至当白人警察拦下他,威胁要将他作为潜在的肇事者拘留时,甜哥也拒不丧失决然的锐气,即使违抗意味着死亡也在所不惜。小说试图捕捉美国黑人俗语的韵律与感觉,并通过循环叠句制造兴高采烈的节奏,讴歌黑人对自身悲惨处境的英勇回应。值得一提的还有作者本人给予高度评价的系列短篇《佐治亚小子》(*Georgia Boy*,1943),由 12 岁少年叙述,主要围绕他父亲——一个终日寻花问柳、小偷小摸、酩酊大醉却总妄想着迅速发迹的无业游民种种滑稽可笑的把戏展开。这组故事的魅力在于天真的叙述者对父亲显见的钦佩与读者对其负面行为的清醒认识之间的张力,以及作者将哀怜和幽默、悲剧和喜剧糅合一体的拿手戏。正如著名短篇小说批评家威廉·佩登(William Peden)中肯评价的那样,处于最佳状态的考德威尔"是一个老练有素的工匠。他的故事节奏紧凑;他处理具体细节、姿态或行动的天分卓越不群"[1]。

约翰·奥哈拉

约翰·奥哈拉的 402 则短篇中,有 225 篇均首先登载在《纽约客》杂志上,以描绘美国 20 世纪上半叶地位意识强烈的中上阶层的社会风俗见长,以依托于精准细节的冷静客观的写实手法大受读者的欢迎。奥哈拉出生和成长在宾夕法尼亚东部矿区一个叫做"波茨维尔"的城镇,贯穿他长、短篇小说的吉布斯维尔即是以家乡为模型虚构的。奥哈拉的父亲是名医,殷实的家境使他得以近距离观察划分社会阶层的身份标志与行为礼节。他因狂饮醉酒被预科学校开除,后虽设法被耶鲁大学录用,却因父亲去世放弃了就读的计划,日后耶鲁大学这样的常春藤名校反复作为影响力、个人成就和特权地位的象征出现在他的故事里。他的记者生涯开始于 1924 年,对他形成以简洁活栩的对白为基础的新闻式创作风格

---

[1]　Quoted from "Erskine Caldwell," *Short Story Criticism*, vol.19, ed. Drew Kalasky. Detroit: Gale Research, Inc., 1995, p.2.

产生了重要影响。1928年,奥哈拉在《纽约客》上发表了第一篇小品——《女校友简报》("The Alumnae Bulletin")。同年,他进了纽约的报社,但因为酗酒、脾性乖戾、旷工而屡屡被革职,直至1934年,长篇《相约萨马拉》(*Appointment in Samarra*)使他一跃成名,并带来了在西海岸好莱坞撰写电影剧本的机会。奥哈拉笔耕致富,40年代末与《纽约客》闹翻后一度中断了短篇的写作,1960年起又恢复供稿。评论界普遍认为,与大部头的长篇相比,短篇是他最精彩的文学成就。

奥哈拉的短篇涉及三个熟稔背景中的社会生活:仿照福克纳约克纳帕塔法那片乡土的阶层分明、种族多元的宾州矿区小镇,纽约富裕的上中产阶级的世界,好莱坞显赫的演员和作家圈。作品往往将普通人生活中的重大事件置于显微镜的"冷眼"下,聚焦个人欲望与社会言行准则之间的冲突、潜在于性乱和不忠内部的毁灭性力量、不同阶层等级间根深蒂固的敌对情绪、无情的势利风气、命运之手残酷的操弄、个人战胜孤独并在社会中觅得一席之地的斗争等主题。不少故事流露出宿命论的消极悲观色彩,体现宇宙反复无常的黑暗力量主宰下个体努力的徒劳无益,即使出身优越的富裕阶层也难逃失落与幻灭。身为文坛的"社会史学家",奥哈拉对美国中上阶层小圈子形形色色的炫耀、虚伪、傲慢及愚蠢做了细致入微的观察和萨克雷式的透彻描绘。他的风格以新闻报道般的简洁、叙事的反讽和近乎冷酷的社会现实主义著称,最为突出的是堪比海明威的平淡真实而蕴涵深意的对话,以及对大量暗示社会地位的物质文化细节——譬如俱乐部、贵族学校、汽车品牌等乐此不疲的描写。奥哈拉称他最关注的即是"全部落在纸上……我想完全实事求是而并不刻板单调地记录人们如何言谈、思考、感受"[1]。他讲故事少有感情介入,短篇小说犀利的讽刺锋芒来源于巧妙构建主人公看到的表象与读者体味到的深层事实二者间的"感知距离",常表现为造化的嘲弄。

早期名篇《医生之子》("The Doctor's Son",1934)引入了吉布斯维尔的世界和15岁的少年叙述者吉米·马洛伊,这个半自传性质的人物还将在后续一系列的长、短篇里作为青年记者或中年好莱坞编剧出现。故事设置在1918年流感肆虐的矿区小镇,吉米为劳累过度的医生父亲和紧急招募来换班的医科学生担任司机,在载着后者巡回出诊和查房时,亲眼看

---

① John O'Hara, Foreword, *Sermons and Soda-Water*, by O'Hara. New York: Carroll & Graf, 1986, p.i.

见了疾病和死亡引发的恐慌惊惧情绪。蔓延的灾难感随着他发现患病官员的妻子竟与年轻的代理医生偷情而变得愈加强烈，成人世界的堕落与男孩对这家女儿的纯洁爱情形成了对照。饶有反讽意味的是，女孩的父亲最终死于流感，而她随后疏远了吉米并与人私奔他乡。小说中充斥的人际间的背叛以及无辜良善者随机的痛苦与死亡构成了奥哈拉关于人类命运的黯淡图景。《跨过河流，穿过树林》（"Over the River and Through the Wood"，1935）中，威风不再的年迈绅士造访女儿的宅第，对同行一位女客人表示友好却遭误解，对方轻蔑的拒斥摧毁了他残存的自尊，加剧了孤独虚弱感。《星期二午餐》（"Lunch Tuesday"，1937）讲述两位已婚女性朋友在餐馆喝酒时偶然发现其中一位与另一位的丈夫有暧昧关系的故事，展示了典型的奥哈拉式的无情反讽和延迟的领悟手法（delayed revelation）。奥哈拉后期创作的短篇收录于自《集合》（Assembly，1961）开始的集子中，技巧更为纯熟，篇幅更长，叙事节奏更巧妙，更多地思考衰老、死亡的临近、爱的能力等命题。《街角的房子》（"The House on the Corner"，1964）以冷漠超脱的笔调描写儿子如何孝顺和认同节衣缩食助他出人头地的中产阶级父母。同年发表的《学校》（"School"）围绕有外遇的父亲去预科学校看望已向母亲告密的儿子展开，通过父子间关系的紧张营造戏剧性的氛围。奥哈拉在文坛宏图未竟，抱憾未获诺贝尔奖桂冠的垂青，部分缘于评论家指责他被狭隘的现实主义美学观念所束缚，流于不加选择地堆砌琐碎的物质细节，二战后渐显落伍。尽管如此，这些数量庞大且具有深刻社会意识的畅销故事使奥哈拉无愧于菲茨杰拉德研究专家马修·布考利（Matthew Bruccoli）"我们时代最杰出的短篇小说家"①的评价。

威廉·萨罗扬

亚美尼亚裔美国作家威廉·萨罗扬以具有高度自传性质、透着感伤乡愁却充满乐观希冀的短篇小说为世人所注目，四百多篇故事执着歌颂了人道主义精神的潜能及人生中简单恬淡的乐趣。萨罗扬出生在加利福尼亚州弗雷斯诺一个亚美尼亚移民家庭，早年丧父后被送往孤儿院，七岁时才同母亲团聚。他中学毕业前就辍学做了电报员，结识了各个族裔纯朴热情的劳

---

① Matthew J. Bruccoli, *The O'Hara Concern: A Biography of John O'Hara*. Pittsburgh: University of Pittsburgh Press, 1995, p.345.

动者,因此日后作品显示出扎根于贫苦民众的意识和不事雕琢、不加虚饰的自然风格。1928 年,他在《大陆月刊与西部杂志》(*Overland Monthly and Outwest Magazine*)上发表了第一篇小说,1934 年出版的清新而诙谐、极富个人特色的首部集子《飞舞的秋千上大胆的年轻人和其他故事》(*The Daring Young Man on the Flying Trapeze, and Other Stories*)使他在文坛崭露头角。萨罗扬在 30 年代和 40 年代早期尤负盛名,陆续推出《吸入和呼出》(*Inhale and Exhale*, 1936)、《三乘三》(*Three Times Three*, 1936)、《孩子们》(*Little Children*, 1937)、《亲爱的,这儿是我的帽子》(*Love, Here Is My Hat*, 1938)、《和平多美妙》(*Peace, It's Wonderful*, 1939)和《我叫阿拉姆》(*My Name is Aram*, 1940)数部专集,发展了一种恰能在大萧条时期和战争年代扣动心弦的乐观轻盈的小说程式。同时,他还染指剧本,卖座经久不衰。二战后他受到婚姻失败、赌债缠身和税务纠纷的困扰,仍以惊人的速度创作不辍,写故事成了在困顿面前保持幽默的有效途径。

　　萨罗扬以毫不晦涩的浪漫主义笔法描写身居美国的移民经历中轻松的一面,侧重于亚美尼亚文化核心中的幽默感和家庭团体的重要性,一贯避免论及生活中的不愉快。评论家取用他名字衍生出的形容词"萨罗扬式的"(Saroyanesque)来概括他轻快舒畅、遐思奔放、清澈到底、妙趣横生、感情洋溢等基本的文风要素,对此褒贬不一。实质上,看似肤浅的天真和美的幻想是萨罗扬对抗凄惨现实的一剂良方,他的短篇正是通过满怀憧憬的乐观态度来鼓舞人们在逆境中去勇敢追求生活的乐趣。萨罗扬的创作美学与格特鲁德·斯泰因一脉相承,认为理想的写作是个人的、流动的、自发的,作家理应居于作品的中心位置,或叙述己见或抒发情怀。他完全打破了作者自我隐没和纯粹客观的传统规范,短篇往往信手采撷自身生活素材,不受严谨的情节发展限制,几乎成为悬挂作者本人心境、观察和断想沉思的一枚枚钉钩。这种呈露作者主观世界的表现主义手法模糊了小说与自传的界限,故事中的年轻人常是萨罗扬自己影像原样的投射。萨罗扬擅长那类合《星期六晚邮报》这样大众杂志的读者脾胃的、表现可爱小人物的善良本性、教益浅显朴素的轻松作品。他也写汲取自亚美尼亚民间传统的寓言故事,收录在《萨罗扬寓言集》(*Saroyan's Fables*, 1941)中。他最优秀的或许是《三乘三》中的实验性短篇,以及那些有关离散的亚美尼亚人生活的故事,富有感染力的亚美尼亚式幽默也难掩回荡在几世纪奥斯曼帝国压迫和屠杀背后的深深的宿命论。

成名作《飞舞的秋千上大胆的年轻人》（"The Daring Young Man on the Flying Trapeze"，1933）描写大萧条时旧金山一位失业的青年作家在饥饿和贫困中挣扎的不幸遭遇，记录了他从早晨醒来，饿着肚子出没职业介绍所和图书馆，一路靠梦想安慰，直至无果返回阴暗的出租屋，在极度饥饿的噬咬下迎接死亡的一连串从清醒到迷乱的内心独白。萨罗扬抒发了死亡面前生命壮丽可贵的观点，单纯简洁的语言和意识流技巧在当时反响强烈，小说标题也成为那些有才华而不得志的文学青年的代名词。《七万亚述人》（"Seventy Thousand Assyrians"，1934）中年轻的亚美尼亚裔叙述者发现理发师巴达尔是个亚述人，这一族群同样饱受驱逐而流离失所，民族身份濒临消失殆尽。叙述者承认自己与巴达尔间的纽带，并将个体生命的延续与故土乡民，乃至整个人类的命运作了对照。《1，2，3，4，5，6，7，8》（"1，2，3，4，5，6，7，8"，1934）描写一个渴望爱情的年轻电报员与公司总部一个女孩最终幻灭的罗曼史，奇异的标题源于孤独袭来时男孩反复哼唱的爵士乐曲调。最别具一格的《四分之一、二分之一、四分之三和完整的札记》（"Quarter，Half，Three-quarter，and Whole Notes"，1936）将萨罗扬的表现主义美学实践到了极致，根本上是作者创作时主观感觉与心绪的誊写，记录了他关于文学和写作主体本质的讨论。有关在弗雷斯诺亚美尼亚人社区长大的一个伽洛格兰家族的男孩的系列连环故事《我叫阿拉姆》是萨罗扬为自己的童年时代绘制的一幅妙趣横生的生动肖像。主人公在首篇《夏日美丽的白马》（"The Summer of the Beautiful White Horse"，1938）中回忆起九岁那年堂兄骑着一匹偷来的白马突然造访，虽然家族一向以自尊和诚实律己，但骑马的热切渴望使他在惊愕之余问心无愧地加入了堂兄。马的所有者由于顾念伽洛格兰家族的名声避开了指控和直接的冲突，甚至在兄弟俩悄然将马送还后夸赞失窃的马儿比之前更壮实。小说以风趣诙谐的笔调表现了亚美尼亚人的性格特色和复杂矛盾的情感。自始至终，萨罗扬所有作品的真正主角是他本人，纵然评论家对他一成不变和故步自封颇多微词，但他短篇的光辉和价值正在于用感人肺腑、乐观轻松的文字在满世界的贫苦喧嚣中独辟出了一方净化心灵的土壤。

索尔·贝娄

犹太作家集团的中坚索尔·贝娄是美国独揽三大文学奖——美国国家图书奖、普利策奖、诺贝尔文学奖的奇迹人物，以表现矛盾混乱的异化社会中犹太知识分子理智上的追求的作品尤受知识界的青睐，以既继承现实主义传统又吸纳现代派艺术的叙事完美代表了战后创作中融汇交织的趋势。贝娄出生于加拿大魁北克一个俄国犹太移民家庭,9 岁时随父母迁居美国芝加哥,大萧条年代进入当地公立学校念书,后升入芝加哥大学,两年后转入西北大学,1937 年获人类学和社会学学士学位。除了二战期间短暂在海上商船队服役、复员后到《大英百科全书》编辑部任编辑以外,他长期从事教育工作,受聘于多所大学,写作与任教交替进行。隐身象牙塔的贝娄成为博学多才且思想丰富的学者型作家,将浸润于形而上的思索中的小说作为一面三棱镜,从中折射出当代的文化背景。他特有的行文冗长,以至于絮叨的哲理性自我分析无疑更适合篇幅随心所欲、结构松散的小说样式,因而他长盛不衰的文学声名主要源自《奥吉·玛琪历险记》(*The Adventures of Augie March*,1953)以来高质量的长篇和中篇。不过贝娄刻意凝练的短篇也并不逊色,正如他在创作后期体会到,现代读者面对眼花缭乱的公众生活已"不堪重负",顺应时势的作家"不会以自己的虚荣浮躁使读者生厌,……不会浪费读者的时间,会尽可能写得短些"[①]。

　　1941 年发表的短篇处女作《两个早晨的独白》("Two Morning Monologues")展示一个翘首企盼应征入伍的失业青年苦涩的内省,以及一个被迫通过赌博来伸张个人身份和自由的赌马徒内心的冥思,是"进入贝娄创作世界最好的向导"[②]。其中,等待当兵征召的题材又经加工写入《晃来晃去的人手记》("Notes of a Dangling Man",1943)和随后的首部长篇中。这类饱受挫折、反复咀嚼自己思想的人物形象和他们探索人生含义、寻找自我本质的道德追问勾画出贝娄日后作品的轮廓。贝娄选择以芝加哥为代表的喧闹的城市街道为背景,善于刻画一如他本人替身的犹太中产阶级知识分子,描写他们在矛盾混乱的生活环境中吟诵灵魂深处的焦虑,不断求索出路的智性思辨。故事情节常退居次要位置,取而代之的是夹杂着高深莫测的论断的内心写照。他最佳的短篇博采现实主义和现代派之所长,既运用意识流手法表露人物倾泻而出的跳跃式心理风暴,又能在这种关注自我的主人公和现实世界之间保持着适当的平衡。贝娄对现代人精神危机深层次的反思赋予小说忧郁悲怆的格调,但他时而温和时而尖锐的讽刺口吻和生动的口语化叙述又增添了滑稽幽默的色

---

　　①　Saul Bellow, Foreword, *Something to Remember Me By: Three Tales*, by Bellow. New York: Signet, 1991, p.xii.

　　②　Irving Malin, *Saul Bellow's Fiction*. Carbondale: Southern Illinois University Press, 1973, p.1.

彩,形成了喜剧性的嘲讽和严肃诚挚的思考相结合的独特风格。

背景设在经济大萧条时期破败的芝加哥城的《寻找格林先生》("Looking for Mr. Green",1951)是贝娄早期广受赞誉的作品之一。落魄的大学讲师格里布谋得了一份救济站的工作,头一天的任务是将救济支票递送到一个叫格林的黑人手里。然而穿梭于黑人贫民窟寻觅发放对象的过程扑朔迷离,最终格里布只得把支票留给了一个或许是格林妻子的怒气冲冲的裸体女人。小说结尾喻指现代人不可避免的自我身份丧失,以及企图捕捉某种真实、永恒的东西的困难。《来日的父亲》("A Father-to-Be",1955)中,31 岁的化学研究员罗金前往未婚妻的寓所用餐,乘坐地铁时想象旁边一位衣冠楚楚的中年男子是再过 40 年自己儿子的模样,继承了他挥霍无度且自以为是的未来母亲所有令人厌恶的缺点。惊惧的罗金思忖从婚约中抽身出来,但当未婚妻亲昵地迎他进屋并用温水给他洗头时,之前愤怒的悟识瞬时烟消云散。主人公在反抗与屈从的心绪之间挣扎摇摆不定,两极的交替搭建起故事的基本结构。《离别黄屋》("Leaving the Yellow House",1957)围绕一个在荒漠社区勉强维持生存的独居老妇人的无助困境展开,当她得知邻居帮忙的前提是要她把唯一的宅子遗赠给他们,无法接受衰老和死亡的女主人公立遗嘱把房子留给了自己。贝娄最中意的《旧体系》("The Old System",1967)探索了回忆点亮人性、充实生活的治愈性力量这一母题。杰出的遗传学家布朗博士在一个冬日下午追忆起两个最近故去的亲戚,他们充满恩怨纷争的人生促使他考量传统犹太性的伦理价值,反思在同化道路上摒弃的犹太人的爱和亲缘的纽带。故事浸没在主人公回顾往事、思考人类生存状况的滚滚洪流中,这种几乎达到超脱性的写法使普通的犹太移民家庭的编年史具有了普遍性。《口没遮拦的人》("Him with His Foot in His Mouth",1982)再次将笔触伸向那些自怜自省、有着形而上思辨倾向的知识分子。叙述者原是著名的音乐学家,由于税务纠纷逃至加拿大暂避,突悟自己大半生因出言不逊的癖性得罪了不少人,便起草一封道歉信向 35 年前无心冒犯过的一位图书馆馆员赎罪。小说模仿书信体,实质是一篇哈姆雷特式的内心独白,一次驶向自我认识的心灵之旅,印证了贝娄"以一个人在各种场合说错的话为引线来写他的自传"①的创作初衷。贝

---

①   Quoted from Matthew C. Roudane, "Discordant Timbre: Saul Bellow's 'Him with His Foot in His Mouth'." *Saul Bellow Journal*, 1985, 4(1), p.52.

娄在后期格外推崇契诃夫式的简洁,发表了包含两部中篇和一则短篇的佳卷《借此记住我:三个故事》(*Something to Remember Me By: Three Tales*,1991),其中同名小说《借此记住我》以年迈的老者向儿孙们吐露往事来"添点遗产"的回忆录形式,讲述了乳臭未干的书呆子在母亲奄奄一息濒临死亡的凄苦冬季与性的初次正面遭遇。小说将人类命运不可回避的死亡与性并置于一幕黑色幽默的闹剧中,探究二者交织难分的思想。可以说,贝娄的短篇作品不仅是他长篇小说的延伸,也是构成他对 20 世纪美国社会生活睿智探索的不可或缺的一部分。

罗伯特·斯通

罗伯特·斯通是在后现代语境下既坚持客观的写实手法、又丰富其内涵的"新现实主义"小说家,以反正统文化倾向衍生的黑色幽默为标志性文风,以对动荡的 60 年代以来社会解体和道德衰败阴郁沉闷的剖析享誉文坛。斯通出生于纽约市布鲁克林,父亲在他尚在襁褓时即抛弃了家庭,相依为命的母亲又患有精神分裂症、一度被收容住院,斯通只得在天主教的寄宿学校度过了童年的大部分时光。高中即将毕业时,他因无神论思想被迫辍学,随后入美国海军服役,担任随军记者。苦涩不堪的早年经历显然影响了他的小说,使他对那些独来独往、漂泊无定、失去归属、愤懑不满的人物颇感兴趣。1958 年,他进入纽约大学读创意写作课程,同时在《纽约每日新闻》工作。他身上有"垮掉的一代"(the Beat Generation)浓重的影子,前往斯坦福大学进修时还参加了嬉皮时代偶像肯·克西(Ken Kesey,1935—2001)领导的迷幻药实验活动。1971 年,他作为战地记者赴越南待过几周,创作了获国家图书奖的越战小说《亡命之徒》(*Dog Soldiers*,1974),一跃成为家喻户晓的作家。之后他在多所高校任教。1997 年发表短篇集《熊和他的女儿》(*Bear and His Daughter*),其中写于 30 年间的七篇故事勾勒出一个濒临崩溃、令人毛骨悚然的无望文化。《与问题嬉戏》(*Fun with Problems*,2010)同样由七篇小说组成,涉及宗教信仰危机、毒品滥用,以及人由于习惯性的蹩脚决策给自身带来灾祸等主题。

斯通收录在两部集子中的为数不多的短篇可视为其长篇的袖珍版,聚焦于愤世嫉俗的美国侨民、越战退伍军人和嗜毒者,他们沦入娱乐至死、自我毁灭的迷局,以掩盖在上帝缺席、信仰坍塌的世界中渴求精神意义而不得的痛楚。他笔下处于社会边缘的人物大多是异动频生的年代的受害者，面对着茫然不知所求的状态、习惯的禁锢、体力的衰退等诸多困扰，连同辉煌的反正统文化岁月遗留下来的狂乱的"宿醉"，颓然沉溺于吸毒、酗酒甚至枪战来平息愤怒，抚慰痛苦。尽管斯通的短篇充斥着暴力、麻醉剂成瘾、犯罪、背叛、精神错乱，却无一例外涌动着一股模糊的宗教情愫的潜流。作者冷静地审视美国社会光怪陆离的堕落景观，展现在冷漠而充满敌意的道德真空中个人努力的不堪一击，故事往往具有隐晦的道德批评和教化力量。斯通推崇雷蒙德·卡佛（Raymond Carver，1938—1988）式的极简主义平实质朴的叙事，擅长逼真的对话，自如地运用方言俚语传达人物的心理活动，捕捉人物内心深处的绝望与暴戾。他的短篇既比比皆是骇人的场面、传递给读者冷彻骨髓的寒意，又常常借被酒精和毒品俘获的人物之口发表富有哲理的议论和锋锐的妙语，阴沉压抑的基调中渗透着诙谐幽默色彩。

《熊和他的女儿》（"Bear and His Daughter"，1997）即包含乱伦和弑父这样赤裸裸的恐怖情节。小说中年过花甲的主人公"熊"曾是青年反叛运动的目击者、声名显赫的先锋诗人，如今他江河日下，进退维艰，仅保留着酗酒吸毒的"遗风"。在一次巡回诗歌朗诵途中，他顺道去看望在国家公园当管理员的私生女，两人借酒浇愁并吸食迷幻药。原来，父女二人过去竟有短暂的性接触，受冷落的私生女总设法与其他婚生的孩子争夺父亲的关注和爱。当她引诱诗人重复曾经的不伦关系但遭到拒绝时，毒品和酒精煽动起的困窘和怒火驱使她对准父亲开枪后自杀。被广泛收入各个选集的《帮助》（"Helping"，1987）是对逐渐葬送在酒精中的婚姻的经典解剖。主人公艾略特加入了戒酒互助组织，已坚持 15 个月不沾恶习。他平日在咨询中心为遭遇心理障碍的退役军人提供辅导，直到这天，一名从未到过越南的患者倾诉了与艾略特关于越南战争同出一辙的梦魇，触动了他无法封存的创伤记忆。他很快旧瘾复发，醉醺醺地回到家，与焦心的妻子发生了冲突，借酒劲邀约打电话谩骂妻子的人过来单挑。小说结尾是次日清晨，余醉未醒的艾略特手持猎枪伫立在白雪覆盖的屋外。妻子能否原谅和帮助故态复萌的丈夫？作者巧妙含糊的处理意蕴深长。《怜悯》（"Miserere"，1996）中，玛丽的丈夫和三个孩子在十多年前的一场滑冰事故中溺毙，一度沉沦的她戒了酒，彻底皈依天主教，赎罪般地执着于一项怪诞而极端的反堕胎事业：将当地诊所处置掉的人工流产的胎儿偷运到牧师朋友那里，以便按照天主教的仪式妥善施洗和埋葬。实际上，倡导生命权的激进行为是玛丽心中按捺不住的愤怒与悲伤的戏剧化表现。

小说标题既引自求主祈怜的拉丁语祷告文"赐怜悯于我们"（Miserere nobis），又暗示了主人公不愿言说的深深的隐痛（misery）。斯通也借这个有缺陷的人物探索了宗教狂热和信仰的概念。《与问题嬉戏》（"Fun with Problems"，2002）讲述一个正在康复的酗酒者与一个同样正在恢复中的年纪稍轻的女子坠入爱河，却双双复又堕入酗酒深渊的悲剧故事，例证了斯通关于自我毁灭型人格令平淡无奇的事件演化为灾难的恒久主题。尽管斯通对种种阴暗面淋漓的渲染不免招来一些评论家诟病，但他正是凭借为当代道德沦丧作传而持久地保持大众的关注，正如批评家克雷格·威尔逊（Craig Wilson）论及斯通的第二部短篇集时总结的，作品"包含了暴力、性乱、毒品等一切斯通的基本要素……如果您期望美好的结局，我们建议您勿要在此逗留"①。

---

① Craig Wilson，Review of *Fun with Problems*，by Robert Stone，*USA Today*，10 Feb. 2010. Web. 28 July 2017.

第六章

非裔作家短篇小说

　　美国是一个多民族国家,非洲裔的黑人和黑白混血人种占据了相当一部分国民人口的比重。由他们书写的文学是美国文学的重要组成部分,这种文学起始于 18 世纪后期,发展至今形成了与白人文学截然不同的视角、语言和叙事风格。早期黑人文学大多带有自传的性质,作者们用诗歌和小说的形式记录下自己的艰辛生活。19 世纪中叶,在废奴运动的推动下,美国黑人文学迎来了一个重要的发展阶段——"奴隶叙述"。在这一阶段,黑人文学的作者都是那些从南方逃亡到北方、重获自由的黑奴,他们通过创作对南方奴隶主的残酷压迫发起控诉,表现了黑奴日益觉醒的自我意识。应当指出,"奴隶叙述"的兴起,其社会意义要远大于文学意义,它不仅为南北战争的发动打下了舆论基础,也让白人民众能有机会了解黑奴的心声。黑人文学第二个重要的发展阶段出现于 20 世纪上半叶。这一时期,黑人艺术家们在文学、音乐、绘画等各类领域均取得了非凡成就,不仅佳作迭出,而且确立了具有民族身份标志的艺术风格,史称"哈勒姆文艺复兴"(The Harlem Renaissance)。自 20 世纪 70 年代民权运动结束以来,黑人不仅获得了与白人平等的合法权利,其创作也逐渐被主流文学所接纳,许多作品都已被公认为文学经典。此外,黑人女性作家正成为黑人文学中一支不可忽视的力量。在历史上,黑人女性经受到来自性别和种族的双重压迫,所以比起男性作家,她们对自由与平等的呐喊表现得更为迫切和强烈。

　　在早期的非裔作家中,短篇小说的作者屈指可数,查尔斯·W·切斯纳特(Charles W. Chesnutt, 1858—1932)是其中最负盛名的一位。他的短篇小说借鉴了"奴隶叙述"的基本题材,但关注的重心从黑奴的苦难经历转移到了自我意识的觉醒,创作手法也有了不少新变化。在"哈勒姆文艺复兴"的大背景下,黑人作家积极探索各种文学形式和体裁,短篇小说受到了集中的关注。究其原因,这可能与当时不少现代主义作家把短篇小说作为创作试验的工具不无关系。诸如兰斯顿·休斯(Langston Hughes,1902—1967)、左拉·赫斯顿(Zora Hurston,1891—1960)等"哈勒姆文艺复兴"的代表人物,他们都或多或少地受到了现代主义思潮的影响,亦在短篇领域都有所建树。从二战至今,美国的黑人小说进入高速发展阶段,在此趋势下,短篇小说与黑人文学的发展结合得更为紧密,创作视角、题材和形式越来越走向多元化。对读者而言,短篇小说为他们提供了一个迅速了解作家的窗口,像拉尔夫·埃里森、艾丽丝·沃克(Alice Walker,1944—　　)和理查德·赖特(Richard Wright,1908—1960)等名家虽以长篇闻名于世,但他们的创作思想和种族关切实际上都已集中反映在了他们的短篇代表作中。

纵观黑人文学的发展历程,短篇小说在其中扮演着重要的角色。黑人文学在兴起的初始阶段伴随着强烈的现实诉求,短篇小说无疑为这种诉求的表达提供了快捷的途径。黑人文学最初被美国主流文学圈所接纳就是从切斯纳特的短篇开始的。"哈勒姆文艺复兴"与现代主义运动在时间上的巧合为黑人文学的第二次崛起提供了千载难逢的机遇。在创作理念上,黑人与白人作家几乎是同步的。而短篇小说在某种意义上承载了两者间的平等对话,也担负着黑人作家超越种族意识的艺术理想。总之,黑人短篇小说的历史流变既反映了黑人文学从边缘走向中心的曲折过程,更如同一面镜子,照见出他们的民族奋斗史。

第 一 节
查尔斯·W·切斯纳特：
非裔作家短篇小说的奠基者

查尔斯·W·切斯纳特是 19 世纪末至 20 世纪初美国非裔文学的重要革新者。切斯纳特生于俄亥俄的克利夫兰,是个黑白混血儿,据说身上有一半以上的白人血统,但他却继承了美国非裔文学的传统,并坚持站在黑人的立场从事创作。切斯纳特生前共出版了三部长篇小说、两部短篇小说集以及一本传记,他的作品多以南北战争前后为历史背景,探索了那个时代许多种族关系中微妙而发人深省的问题,例如浅色人种的"洗白"倾向、战后黑人的自奴化行为、美国南北意识形态差异等,而上述问题所包含的反思立场在同时代的黑人文学中并不多见。从艺术影响力看,切斯纳特的短篇创作要远甚于长篇,他的不少短篇作品不仅立意新颖,叙事手法上也颇为讲究,一篇作品往往融合魔幻、反讽、心理刻画、多声部叙述等多种元素为一体,这些特征表明切斯纳特在创作中除了有种族问题上的追问,还有着艺术上的追求。从某种意义上讲,切斯纳特是非裔作家短篇小说的奠基者,他的短篇创作发出了黑人文学的现代主义先声。

《有魔法的女人》:魔幻叙事的现实关切

切斯纳特的第一部短篇小说集《有魔法的女人》(*The Conjure Woman*,1899)共包含七篇小说,它们都采用框架叙事的结构。框架叙述者约翰出于给妻子养病的考虑从北方搬来南方定居,他在北卡莱罗纳购置了种植园,经营葡萄种植的生意。约翰结识了一个生活在当地的黑人,也是小说的实际叙述者朱利阿斯。他阅历丰富,经常给约翰和安妮讲当地黑奴的传奇故事,他的方言讲述构成了小说的主体内容。这些故事根植于传统的黑人民间叙事传统,具有强烈的魔幻色彩和超自然的神秘性质,充分展现了黑人民间文学的丰富想象力。当然,《有魔法的女人》也是最早全方位反映南方种植园生活的作品,从中读者走进了黑奴的情感世界、了解了他们与白人的尖锐矛盾,尤为值得一提的是在《搞砸的葡萄藤》("The Goophered Grapevine",1887)等作品中,作者注意到经济活动对种族关系的影响,黑奴自我意识的觉醒被表征为了他们在商业上的智慧。从全局看这七篇小说,框架叙事与核心叙事在主题上的互动十分密切。核心叙事展现了一个充满不公和压迫的世界,而在框架叙事中,前者又被朱利阿斯用做争取平等的手段。通过他和约翰一家关系的改善,作者或许意在暗示白人读者对黑人文学发展的重要性。

《热脚的汉尼拔》("Hot-Foot Hannibal",1889)篇幅不长,却包含了丰富的元素:神秘、感伤、魔咒、超自然、男扮女装,以及浓烈的悲剧色彩。故事在一女二男三个黑奴间展开。女主人公克罗伊在一户白人家庭做女仆,主人杜格尔欲找男仆,遴选了小说另外两名主要人物——汉尼拔和杰弗。克罗伊对杰弗一见钟情,但主人家却挑中了汉尼拔。汉尼拔干活勤快,很快取得了主人家的信任,杜格尔允诺来年春天将克罗伊许配给他。而另一边,克罗伊却越来越看不惯汉尼拔,为阻止这场婚配,她和杰弗密谋后决定向巫婆佩吉阿姨求助,佩吉给了他们一个娃娃,让他们藏于房子的窗台下。每次汉尼拔经过时,他的脚就会像烧起来一样失去控制,让他无法正常干活,几次三番把事情搞砸后,杜格尔决定用杰弗换掉汉尼拔。事成之后,杰弗忘了佩吉要他送还娃娃的嘱咐,而被逐到玉米地干活的汉尼拔受尽嘲讽,决定伺机报复。他先是对克罗伊谎称杰弗每周日傍晚都会在小河边同一个女人私晤,克罗伊半信半疑,打算到时躲在暗处察看。然后,汉尼拔又编造谎话,骗杰弗去河边等克罗伊。最后,汉尼拔假扮成克罗伊来到河边,杰弗不明就里,上前和他激动相拥,看见这一幕的克罗伊愤怒地赶回了家,把杰弗找巫婆赶走汉尼拔的事一五一十全告诉了主人。杰弗就这样被逐出种植园,随后在被贩卖的途中跳河溺亡。报复心切的汉尼拔向克罗伊说明真相,不久,克罗伊又获悉杰弗的噩耗,双重打击下,她失去理智,在杰弗等她的地方殉了情。

毫无疑问,切斯纳特对叙事浪漫化的处理让小说充满了情感上的冲击力。作品浪漫主义的倾向首先体现在作者为引出故事而加入的哥特元素中。湿冷的沼泽、阴沉的树木、人烟稀少的小径营造出一派凄凉的氛围,这时朱利阿斯把马裹足不前的原因归咎为它看见了克罗伊的鬼魂,约翰甚至从中嗅出了一股葬礼的气息,所有这些铺垫都是为之后的讲述奠定一个神秘而感伤的基调。在情节设计上,作者刻意放大爱情、复仇、巫术、背叛、猜忌等主题元素,当它们被捏合在一起时,小说充满着戏剧张力和情感爆发力,并在一种超自然宿命力量的裹挟下,呈现出悲剧艺术所特有的崇高美,这样的境界显然是传统黑人民间传说所不具备的。当然,作者浪漫化的笔法不仅落实在悲剧感的渲染上,喜剧结尾所引发的情感的骤然翻转也颇为引人瞩目。小说一开始,约翰的小姨子马布尔正和丈夫闹着矛盾,朱利阿斯讲的故事深深触动了马布尔,以至于故事刚讲完,她就赶去与她丈夫和解。从这个角度看,作者是借用悲剧的手段来达到先抑后扬的目的。由于这篇小说处于整部集子的末尾,所以皆大欢喜的结局算是对朱利阿斯和约翰一家的关系作出了交代。

应当指出,《热脚的汉尼拔》没有正面描写种族关系,但作者对黑奴制的批判、对黑人所受压迫的揭露仍然明晰可察。克罗伊与杰弗的爱情悲剧归根到底还是奴隶制下妇女被剥夺婚姻选择权所致,正是因为她的主人强行将她许配给汉尼拔，才会有她陷害汉尼拔、继而又遭汉尼拔复仇。克罗伊身上虽有致命的性格弱点，但她强烈的自我意识和反抗精神也必然不被当时环境所容。如果说作为住家黑奴的克罗伊物质生活尚且有保障，那么在玉米地里干活的黑奴就过得与畜生无异了。汉尼拔强烈的复仇欲望大半是出于他对在那里所受磨难的愤恨。在他的描述中，那儿的奴隶每日只能吃玉米面包和糖浆，却要在监工的看管下从早到晚干活。不得不提的是，杰弗的命运更为悲惨，他的自杀既是为了挣脱非人的境遇，也是对黑奴贸易罪恶的控诉。不可否认，三人间的纠葛构成了故事的主要矛盾，但他们所受的伤害却与战前南方奴隶制脱不了干系。

除了批判，切斯纳特也不忘在小说的末尾唤起希望。在成功帮助马布尔和她丈夫复合后，朱利阿斯也获得了约翰一家的信任，他们的关系终于突破了种族鸿沟。做到这点，朱利阿斯靠的是他讲故事的本领。故事，或者更广义地说，文学具有沟通人心的功能，能在听者与说者间建立起共鸣，从而拉进两者的心理距离。从此意义上看，朱利阿斯似乎是心灵的魔法师，他在一次次故事的讲述过程中，悄然"转变了约翰对黑人的态度，从刚开始的傲慢家长作风，到后来的合作，甚至初步认可了种族间的民主平等"①。这说明作者还是希望通过黑人与白人的相互了解的加深来实现两个种族的融合。

另一篇故事《魔法师的复仇》("The Conjurer's Revenge"，1889)讲述了一个黑奴被施魔法变成骡子的传奇故事。故事主人公普里马斯是个黑奴，他无拘无束，性格洒脱，有天在去舞会的路上被一个魔法师施了法术变成了骡子，骡子被转手卖给了普里马斯的主人吉姆。在吉姆的种植园里，这头骡子保留着普里马斯的习性，我行我素，不甘做任劳任怨的干活机器，它能像人一样享受烟草和葡萄酒的美味，一旁干活的黑奴见状无不叹为观止。为填补普里马斯留下的空缺，他的妻子萨莉找了个男友叫丹，有一次丹牵着那头骡子与萨莉会面，他当着骡子的面贬低了普里马斯，并试图亲吻萨莉，骡子伺机报复，吓得他魂飞魄散。后来，那个魔法师也遭到报应、得了重病。他让人牵来骡子，把它变回人身，在赎罪后安详地离开了人世。

这篇小说的别致之处主要在其叙事结构。框架叙事部分并不单纯扮演故事二传手的角色，它本身也具有一定的情节性。骡子的故事由小说

①　John F. Callahan，*In the African-American Grain: Call-and-response in Twentieth-century Black Fiction*. Champaign：First Illinois，2001，p.56.

实际叙述者朱利阿斯娓娓道来，而朱利阿斯是小说框架故事里的主人公，他讲的故事成功说服他主人放弃了买骡子的念头，转而购买了让他从中获利的马匹。因此，小说实际上包含着两则相关联的故事，除了复仇主题，作者还书写了生活中无处不在的尔虞我诈。在两则故事中，朱利阿斯和魔法师两位人物存在着主题上的对应关系。两人都属于商业社会中的逐利者，他们的行为从一个侧面反映了商品经济已渗透到当时黑奴的生活中。更为关键的是朱利阿斯和魔法师都是在与白人的生意中占得便宜，可见贸易活动不仅改变了生产关系，更以一种间接的、不经意的方式推动着种族关系的改进。而与之呼应，两位奴隶主吉姆和约翰之间也有着对应关系。当多日未归的普里马斯回到农场时，吉姆并没有惩罚他，尽管他并不相信前者说的话。同样，在推断出朱利阿斯的骗局后，约翰依然不告发他，原因是"无法证实，也缺乏道义的支持"①。两人克制的处事方式说明南方奴隶主对黑人的控制力有所削弱。从小说内容判断，其根本原因是资本主义生产关系发展的必然结果，而直接原因是黑奴个性的外露和对自由的追求致使白人对他们的印象发生了改观。换言之，白人至少在潜意识里开始把黑奴当做自己的同类来对待。

　　另类的叙事结构也引发了人们对朱利阿斯人物形象的争议。不少评论家认为朱利阿斯所讲的故事只为满足一己私欲，没有任何意义，他"在让艺术掉价的同时，也暂时丢失了自己的身份"②。然而，不论朱利阿斯动机如何，故事本身的内涵不容抹杀，骡子作为黑奴身份的隐喻暗示了故事的反奴主旨，朱利阿斯给出的不愿使唤骡子的理由实际上是对白人奴役黑人行为的公然抨击："我不喜欢使唤一头骡子，这等于是在强制某个活生生的人，当我砍一头骡子时，我感觉就在砍我的同类或是那些没有招架之力的人。"在故事中，奴隶贩子被暗指为偷窃者，他们偷盗人口的行为被认为是罪孽深重，以至于"招致了圣经式的惩戒"③。除了对讲述者动机善恶的评判，这则带有明显倾向性的传说也会引起相当一部分白人读者的反感，而借助框架叙事，作者直接以小说为媒介回应了读者的批评。应当指出，第一个对此传说作出反馈的并不是任何真实的读者，而是小说里的

---

　　① C. W. Chesnutt, *Stories*, *Novels and Essays*. New York：Library Classics, 2002, p.57.

　　② Shirley Moody-Turner, *Black Folklore and the Politics of Racial Representation*. Jackson：University Press of Mississippi, 2013, p.146.

　　③ Peter Bruck, *The Black American Short Story in the 20th Century: A Collection of Critical Essays*. Amsterdam：B. R. Grüner Publishing Company, 1977, p.25.

人物——约翰的妻子安妮。可以说，安妮的意见代表了相当一部分白人读者的看法，她认为故事"没有感人之处，也毫无可供发现的道德意义"，总之"对她而言就是一堆废话"。作为回应，切斯纳特借朱利阿斯之口点出了传说的虚构性中所映现出的真实本质：

> "我讲的全部都是事实，我没见到魔法师怎么把他变回来，因为我不在现场，但这个传说我听了足足有 25 年，我没有理由怀疑它……世上有那么多人们可以视为谎言的事，没必要去争论一个传说是真是假……这是个奇妙的世界，以任何方式都可以了解它。"

在这里，切斯纳特劝告读者要以多元的眼光看待世界，一则传说能被人传播，一个故事在作者笔下诞生都有其现实的合理性，叙述行为虽源自主观，但言语中的无意识因素却隐含着客观真相。以朱利阿斯的叙述为例，人变骡子的情节属于叙述者的主动交代，必然掺入了虚构编造的成分，而字里行间所唤起的对自由平等的渴求却是叙述者的由衷之意，未经人为加工，所以成了虚构背后的真相。这种虚实相间的叙事风格颇具魔幻现实主义色彩，被多次运用于朱利阿斯的故事里，是《有魔法的女人》这部小说集主要的艺术特色。

《他年轻时的妻子及其他有色人种故事》：
浅色人种的身份建构

10 年后，切斯纳特的第二部小说集《他年轻时的妻子及其他有色人种故事》（*The Wife of His Youth and Other Stories of the Color Line*，1899）出版。比起第一部，这部作品无论是题材的广度还是艺术的成熟度都有了质的飞跃，因此在评论界获得了很高的赞誉，不少评论家都认为集子里的作品植根于美国现实主义文学的传统，体现了切斯纳特"匠人般的技艺和悲剧艺术家般的灵魂"[1]。如同他的前辈马克·吐温，作者深知如何运用幽默、反讽以及生动的细节来传达生活真谛。作品在语言上承袭了第一部里标准书面英语与南方黑人方言的组合，此举既有助于黑人文学形成自己的特有风格，又凸显了种族融合的主题。反奴和种族矛盾诚

---

[1] William L. Andrews, *The Literary Career of Charles W. Chesnutt*. Baton Rouge：Louisiana State University Press，1980，p.116.

然是小说集表现的重点,但切斯纳特立足于反思而不是一味抨击,他把有色人种看做精神独立的个体,而非受人摆布的奴隶。他本人在谈到写书目的时也"希望能把注意力转移到种族问题里那些为受害者所熟识的方面上"①。正因如此,切斯纳特的创作才受到了白人读者群的关注,通过文学的媒介,他们终于见识了"有教养、有智慧、有修为的黑人一代"②。

《他年轻时的妻子》("The Wife of His Youth",1898)表面看是一个有关夫妻双方不离不弃的故事,而事实上,它探讨的还是黑人自我身份认同的断裂与续接。小说男主人公赖德先生执掌着一个名为"贵族血统"的有色人种协会,协会虽不设入会要求,但大部分入会者都是浅色人种,这也成了一条不成文的潜规则。在镇上,赖德爱慕者众多,而他心仪的对象是一个见过世面的、来自华盛顿的黑白混血姑娘,名叫莫莉·迪克森。赖德打算在当地办一场声势浩大的舞会,并借机向莫莉求婚。舞会前夕,一位相貌平平、上了年纪的黑人妇女突然造访赖德家,讲述了自己和失散多年的丈夫的故事,并向赖德寻求帮助。赖德深受感动,在舞会的致辞里分享了这个故事,且当众承认自己就是那位女士的丈夫。

在这篇小说中,切斯纳特并没有过多涉及种族矛盾,而是把重心放在了黑白混血身份认同的反思上。身为浅色人种的赖德游离于黑白世界之间,身份归属十分模糊。他自恃有别于黑人,欲通过自己努力挤入白人社会,却又不被接纳。作者费了不少笔墨介绍赖德所在的有色人种协会,就是以此为中介折射这一群体的尴尬处境。协会成立初衷是加强有色人种的凝聚力,提升他们的社会地位,但实际操作中却抬高入会门槛,阻止底层的黑人加入。这种做法非但没有起到团结效果,反而分化了当地的有色人种群体,可以说与协会的宗旨背道而驰。协会会员被人们戏称为"贵族血统",作者的讽刺之意溢于言表。对于他们在身份认同上的困惑,赖德并非没有察觉,他采取了功利性的自保态度,协会荒谬的入会要求就是这种观念的产物。在他看来,向处于社会主流的白人一方靠拢天经地义。赖德的种种行为,诸如阅读文学经典、向莫莉求婚、举办舞会等,无不表明他企图向白人全面看齐、把白人的生活习俗内化为自身的行为准则。与此形成鲜明对比的是寻夫数十载的黑人妇女——丽莎·简。她的出现彻底改变了主人公的命运,是整篇故事的转折点。简的故事引发了赖德的

---

① Joesph R. McElrath Jr., "W. D. Howells and Race: Charles W. Chesnutt's Disappointment of the Dean." *Nineteenth-Century Literature* 51.4 (Mar. 1997),p.477.

② Ibid., p.116.

美国短篇小说史(下卷)

顿悟,使他在自我否定中获得了前所未有的身份归属感。

　　小说的时代背景被设定在南北战争前后,这一历史事件深刻改变了黑人个体的命运,简在战后获得了人身自由,而赖德甚至步入了中产阶级的行列。奴隶制的废除促进了社会各阶层的流动,拓宽了有色人种的生存空间,但与生俱来的肤色依旧被当做耻辱的烙印,限制他们融入主流社会。赖德与丽莎不同的人生道路代表着当时有色人种民族心理的两股典型趋势。生活在白人社会里的赖德决定埋葬过去。他更换了原来的名字,隐藏曾经的逃亡经历,更忘记了自己的救命恩人。南北战争的胜利果实给赖德等一批有色人种带来了一种幻觉,似乎战争是他们人生自然的分水岭,仿佛只要选择遗忘,便能获得新生。事实上,赖德的身份焦虑从未减轻,他企图通过维持表面的体面来求得内心的平衡。赖德的困境在于他可以选择抹去记忆,却不能改变肤色,正如战争可以还他自由之身,却无法从观念上消除种族歧视。真正的自由是遵从自身的意志,所以比起赖德,丽莎活得自在许多,也更有尊严感。她的寻夫之旅既是坚持自我的一种体现,也可视为本族意识的张扬和延伸,其中蕴含的感召力如此强大,以至于能让赖德回心转意。尽管他可能因此丢掉多年苦心经营的身份地位,却收获了直面自我的勇气和真正的身份归属。应当指出,作者针对丽莎的插叙全部使用了直接引语,极具黑人特色的语体风格与叙述主体的标准英语并存于同一文本中,这种分庭抗礼的形式特征与丽莎的故事相映成趣,都反映出当时美国黑人民族尊严的觉醒。

　　《越界的格兰迪森》("The Passing of Grandison", 1899)是小说集中一篇风格迥异的作品,作者以轻松诙谐的笔调描写了美国废奴运动期间南方主奴关系的微妙变化。小说情节围绕一个荒唐的求爱约定展开。南方农场主儿子迪克·欧文为讨好心上人罗麦科斯小姐,夸下要做一件英雄壮举的海口,他盘算的计划是帮助一个在父亲农场里干活的黑奴逃往北方。迪克以去北方旅行为借口,问父亲要了个贴身仆从,于是,老欧文把这项任务分派给了他最信任的黑奴格兰迪森。迪克带着格兰迪森去了纽约、波士顿这些废奴势力占主导的城市,并为他创造了多次与当地废奴主义者接触的机会,但格兰迪森立场坚定,没有表露出一丝脱逃的意愿。两人最后来到美加边境的尼亚加拉瀑布,并越过边境。为摆脱格兰迪森,迪克甚至对他进行绑架,但仅过了四星期,格兰迪森又千里迢迢找了回来,他的忠诚得到了老欧文的嘉奖。而令所有人大跌眼镜的是就在不久之后,格兰迪森携举家老小,逃去了加拿大。

《越界的格兰迪森》无疑在很多方面继承了美国黑奴叙事文学的传统。黑奴叙事盛行于19世纪南北战争前后，是当时废奴运动的重要宣传手段。这类文学旨在控诉南方奴隶制度的野蛮，并宣扬北方社会的民主和自由，它们以逃亡到北方的黑奴为主人公，情节一般由两部分组成：第一部分以描绘黑奴在南方的苦难生活为主，第二部分叙述他们最终逃离种植园，来到"自由之地"北方。切斯纳特的这篇小说保留了黑奴叙事的基本主题，而对原有的情节模式进行了改造。其中最为突出的是作者淡化了黑奴苦难的情节，取而代之的是对作为统治者的白人的嘲讽，所以奴隶主儿子迪克的活动成了小说叙事的主线，而主人公格兰迪森的故事却被处理得较为含蓄。耐人寻味的是，格兰迪森在北极星指引下历尽艰险回到主人身边的叙述完全是黑奴叙事中黑奴逃跑路线的反转，这样写显然是一次打破常规的创举，作者不是要刻意回避苦难，但苦难也并非黑奴命运的全部写照。从小说历史背景看，当时美国北部反奴情绪高涨，废奴主张正得到越来越多人的响应，而小说则恰好暗示着转机出现前的种种迹象。尽管迪克的解救计划不是出于他本意，但至少说明当时黑奴的叛逃司空见惯，并得到了相当一部分南方白人的支持，奴隶制人心向背可见一斑。而老欧文大肆褒奖格兰迪森的忠诚也从一个侧面反映了奴隶主对黑奴控制力的式微。《越界的格兰迪森》笔调风趣幽默，没有一般自传体奴隶小说所常见的沉重风格，通过近乎黑色幽默的喜剧手法，作者不仅挪揄了某些自以为是的白人，而且还表达了黑人积极寻求改变的乐观心态。

当然，小说最具特色的无疑是对格兰迪森的塑造。他的形象展现了黑人特有的机智与隐忍，打破了许多人对黑奴头脑简单、性格木讷的固有印象。尽管最后作者对格兰迪森出逃的描写只是寥寥数语，但读者不难发现这次行动绝非出于一时冲动，而是经过了长期的深谋远虑。他选择从自由状态再次返回奴役之身既有勇气与决心的因素使然，也体现了他对亲人所怀有的牺牲精神。较之于那些自作聪明的白人，格兰迪森的性格内涵要复杂得多，如同一个矛盾综合体，他兼具感性与理性，既有极强的行动力，又不乏谋略和延迟满足的忍耐力。为了塑造出个性丰富的人物，切斯纳特针对小说情节的进展采取了"伪饰"手段。[1] 在小说大部分篇

---

① P. Jar. Delmar, "The Mask as Theme and Structure: Charles W. Chesnutt's 'The Sheriff's Children' and 'The Passing of Grandison'," *American Literature* 51.3 (Nov. 1979), pp.364 – 375.

幅中,格兰迪森并未以真实面目示人,文本对此也未给予任何暗示或伏笔,作者这样安排显然不是纯粹出于叙事策略的考虑。为了确保成功携家眷逃跑,格兰迪森只能选择不露声色,并且必须暂时放弃自由,于是故事里才有了他紧跟迪克、拒绝废奴人士帮助、千里寻归的情节。到这里为止,小说所呈现的全然是一副愚忠的奴仆形象,读者们也许会质疑作者的反奴立场。小说的结局可谓峰回路转,虽有些出人意料,却让人物回归本位。通过之前的伪饰,格兰迪森的形象瞬间高大了起来,而伪饰本身也足以体现人物的足智多谋,这甚至还增强了小说的反讽效果,沉重打击了欧文父子的优越感。

应当指出,小说标题里的"越界"不仅指主人公越过南北界线,也指他人生境界的转化。作为黑白混血儿,格兰迪森没有试图通过混充白人来摆脱黑奴身份;相反地,他的越界是克制对自由的渴望,让自己更靠近白人眼里的黑奴形象。正如有学者所指出的那样,格兰迪森是"一个骗术师,他遵照白人所中意的黑人的刻板形象创造出一个身份,以此操控并打败了他的对手"[①]。可以说,两次越界为他赢得了真正的自由,这种自由超越了身份范畴,指向自我意志的主导性。在对种族解放问题的思考中,切斯纳特显然立足于更广义的人性立场,这让他的小说突破了传统黑奴文学的视野局限。《越界的格兰迪森》虽被归为南方小说,但所涉内容却因人物的越界而变得充实,读者跟随人物既能了解战前南方的主奴关系,掌握北方的社会舆情,甚至还可一探边陲小镇的风貌。通过南北现实差异的对比,作者真实反映了战前美国巨大的社会矛盾,"展现了北方给予黑人的美好前景和机会"[②]。

作为黑白混血儿,切斯纳特的文学创作表现出与其他黑人作家迥异的风格和视角,这种别样的创作特色可用"跨界"一词高度概括。体现在时空背景上,跨界指小说跨越美国南北、战前战后的取材范围;体现在思想主题上,指切斯纳特对种族平等交流所寄予的期待;而在艺术风格上,则表现为他对黑人方言和标准书面语的混用,以及对现实主义、自然主义、民间传奇、反讽等多种元素的综合运用。此外,切斯纳特短篇的人物塑造也是不拘一格,那些黑人角色或感情丰富,或意志坚定,或充满智慧,

---

① Dean McWilliams, *Charles W. Chesnutt and the Fictions of Race*. Athens: The University of Georgia Press, 2002, p.118.

② C. W. Chesnutt, *The Northern Stories of Charles W. Chesnutt*, ed. Charles Duncan. Athens: Ohio University Press, 2004, p.1.

他们的出现打破了文学作品中黑人长期以来固有的扁平化形象。应当指出，切斯纳特的这种跨界拓宽了黑人种族书写的视角，提升了黑人文学的艺术内涵，更加强了黑人文学在白人读者群中的影响力。尽管在之后的哈勒姆文艺复兴中，他的文学声誉有所黯淡，但他在短篇小说领域对黑人文学所作出的突破性贡献却不会被历史的潮流湮没。

第 二 节
理查德·赖特：种族问题的探索者

理查德·赖特是美国黑人文学史上具有划时代意义的作家。他出生在密西西比的一个种植园里，幼年的耳濡目染让赖特阅尽南方白人对黑人的奴役与压榨；成年后来到北方谋生，他又体会到了一个社会边缘角色的孤独与困惑，这些体验都被赖特写入小说，成为他用来鞭挞种族主义罪恶的有力素材。

赖特一生影响最大的作品是长篇小说《土生子》（*Native Son*，1940），小说主人公别格是白人眼里典型的"坏黑鬼"（brutal negro）形象，他误杀了白人女青年玛丽，还被怀疑有强奸企图。赖特把别格的罪孽归咎于长期种族隔离制下形成的畸形社会环境。《土生子》被认为是最早的黑人抗议小说（protest novel），作者的高明之处恰恰在于他的抗议对象并不是白人中的种族主义者，而是把矛头指向了缺失公平和正义的社会制度。在这部小说中，赖特所表现出的对种族问题罕见的思考深度让黑人作品跨入了美国文学的经典行列。无论是赖特的长篇小说还是短篇故事，都从各个层面探讨了种族问题，也因此为他赢得了"美国黑人文学之父"的美誉。

短篇小说的创作

在短篇小说方面，赖特也是成绩斐然。他一生共创作了两部短篇小说集：《汤姆叔叔的孩子》（*Uncle Tom's Children*，1938）和《八个男人》（*Eight Men*，1961）。《汤姆叔叔的孩子》是赖特的处女作，尽管后来作者认为它是造作幼稚的失败之作，但其蕴含的文学价值已越来越获得评论界的认可。集子里的五篇小说体现出主题与艺术上的高度统一，不仅从不同侧面描绘了南方黑人的真实处境，而且反映了他们从自发的逃离到有组织的反抗的转变。开篇散文《在世黑人的伦理》（"The Ethics of Living Jim Crow"，1937）记述了作者亲身经历或目睹的白人对黑人的种种迫害，这些触目惊心的事例拉开了全书控诉种族暴行的序幕，而作者在文末发出的愤慨之声也为整本集子的风格走向定下了基调。应当指出，暴力与反暴力是小说集五篇小说的核心主题。前三篇小说的主人公都是以逃避的方式应对暴力；在《火与云》（"Fire and Cloud"，1938）中，黑人牧师泰勒选择直面暴力，他组织游行示威，成了底层受压迫民众的首领；而到了《明亮晨星》（"Bright and Morning Star"，1938）里，主人公苏已是一个为共产主义理想而献身的勇士了。如果说弥漫于全书的悲伤和愤怒情绪承载着小说集的艺术凝聚力，那么人物从消极到积极的心态变化则实现了各篇间的关联发展，而在一部处女作中能做到以上两者兼顾的显然并不多见。

　　赖特的第二部短篇小说集在艺术整体性上更进一步。集子以"八个男人"为名就是因为收录的八篇小说的主人公是清一色的黑人男性，这一共性从各篇名字便可窥见一二。而这些人物有的是在逃罪犯、有的失业在家、还有的举目无亲，总之都是一些社会边缘人群。面对社会的不公，这些人物的表现或幼稚、或荒诞、或达观，交织出了一幕幕悲喜剧。在《八个男人》中，作者的眼界已明显超越种族问题的范围。他把黑人的生存状态置于现代主义的语境中考察，其笔下的人物表现出了现代人所具有的普遍共性，主题的深度和广度也远超《汤姆叔叔的孩子》。

《八个男人》：黑人自我意识的觉醒与反抗

　　《即将成人》（"The Man Who Was Almost A Man"，1961）是小说集的开篇之作，按照类型划分，它是典型的成长小说，但也反映了美国南部种植园里黑人的生活及种族关系。小说围绕黑人青少年戴维·桑德斯与一把枪的经历展开。小说伊始，叙述者就道出主人公买枪的愿望，因为他觉得这样能让周围人把他当成年人看待，于是他向母亲伸手要钱。桑德斯太太起初没有答应，但经不住儿子软磨硬泡，最后还是松了口，条件是枪到手后必须上交。然而，戴维食了言，他非但没有上交枪，而且还在劳作时开枪误伤了种植园主霍金家的骡子。作为赔偿，霍金扣了他工钱，而父亲责令他把枪退掉。夜不能寐的戴维带着枪朝霍金家走去，途中看见

一列驶来的火车，他果断跳上车远走他乡而去。

在小说中，戴维被塑造成一个渴望成长、却远未成熟的青少年形象。未成年的戴维一心想成年，原因是他认为自己青少年的身份会让他受制于人，这说明戴维的自主意识已初步建立，并开始追求人格的独立。另一方面，心智的不成熟、独立性的缺乏以及责任感的薄弱都阻碍了他的成长。关于第一点，戴维买枪的动机就是很好的例证。在他眼里，枪是权力的象征，可以被用做胁迫的工具，达到控制他人的目的。因此，他买枪就是想在最短时间内，以最小成本获得与种植园里其他人平起平坐的地位。但是，戴维没有意识到枪只能起到恐吓作用，无法让他成为真正的男子汉，也无法改变别人的看法，切实为他赢得尊重。而后情节的发展也完全出乎戴维的预判，将他思想的幼稚暴露无遗。戴维丝毫不能掌控自己的命运，除了能力不足，关键是他也没有独立的意愿。在家里，他听命于父母，要用钱时，首先想到问母亲索取，经济上不独立自然也就很难保持精神的独立性。至于戴维责任感的薄弱则体现在他遇事不敢担当的表现上。例如，为逃避惩罚，他拒不承认自己打死骡子。事实上，他这样做只会加重别人对他的不信任感，从而继续拿他当小孩看。通过上述种种事例，我们基本可以对戴维做如下判断，即，他对成长有急切的渴求，却还没做好成人的准备。

还需指出的是，小说主人公遭遇的成长困境也有其客观的环境因素。戴维与其父母所使用的英语极不标准，用词与句式都十分简单。显然，他们未受过多少正规教育，这当然会直接影响戴维心智的成熟和思维的发展。事实上，身在南部的戴维很难有机会成为真正意义上顶天立地的男子汉。不平等的种族制度不仅剥夺了黑人孩子受教育的权利，而且还让他们的命运始终操控在白人手里。不难发现，戴维父亲对霍金言听计从，已丧失独立人格，而他的今天就是戴维的明天。小说中的骡子杰尼象征着像桑德斯父子一样的南部黑人：没有选择的自由，一生戴着枷锁为他人劳作。有学者把戴维打死骡子的行为解读为一种启蒙仪式[①]：骡子的死意味着他决心告别受制于人的状态，而其实际效果也确实促成了他最后的逃离。从宏观面看，小说通过戴维失败的经验暗喻了南部黑人的困境和出路，作者显然认为在南部白人的统治下，黑人无力也无心改变自己牲

---

① John E. Loftis, "Domestic Prey: Richard Wright's Parody of the Hunt Tradition in 'The Man Who Was Almost A Man'," *Studies in Short Fiction*, 1986, 23(4), pp.437–442.

口般的命运,唯有离开才是他们唯一的希望。

《生活在地底下的人》("The Man Who Lived Underground",1961)是小说集中篇幅最长的作品。赖特原打算写一部在角度上有别于《土生子》的长篇小说,但由于遭到出版社退稿,他只能把其中一个章节改写成如今读者看到的这个中篇。不少评论者[①]把这篇作品视为赖特文学生涯的重要转折点,标志着他的哲学观从马克思主义决定论转向了存在主义。当然,赖特写这篇小说时确实受到了存在主义哲学创始人克尔凯郭尔的影响,但作品本身所蕴藏的丰富内涵远非这一种视角所能涵盖。

小说讲述了弗雷德·丹尼尔——一个被冤枉为杀人嫌犯的黑人男青年为逃避警察追捕而躲进下水道的奇特经历。在下水道里,丹尼尔不仅要与黑暗和恶臭相伴,还要警惕随时出现的各种潜在危险。但比起地面世界的不公,他宁愿忍受这里的煎熬。丹尼尔也并非完全隔绝于地面世界,他透过墙体缝隙旁观了在教堂举行的晚祷,又误入殡仪馆撞见正在做防腐处理的尸体,并顺手牵羊拿走了一些工具。他还偷了一个收音机,在卖肉和水果的铺子里寻找食物充饥。利用那些偷来的东西,他把下水道里的掩体改建成自己的临时住所。在这些历险里作者着墨最多的就是主人公偷窃珠宝店的情节:他趁守夜人熟睡之际偷取地下室保险柜中的现金和钻石,从一个被冤枉者转变为了真正的罪犯。而这一行为也成了小说的转折点,守夜人被警察当成监守自盗者,最后在严刑拷问下拔枪自尽。丹尼尔又碰巧目睹了全过程,他发现逼死守夜人的警察和先前冤枉他的是同一批人。在内心负罪感的驱使下,他回到地面,向警察投案自首。而之前杀人案的真凶也已查明,误抓丹尼尔的警察因忌惮他知道太多真相,把他枪杀在了下水道中。

有学者指出:"《生活在地底下的人》充斥着存在主义的命题,它们牵扯出种族压迫,以及众多其他主题。"[②]小说的核心主题包括生命、死亡、自由、逃离和负罪感,这些主题构成了存在主体的基本要素。萨特所谓的"存在先于本质",就是充分尊重人的主体选择,无视存在之外的道德、信仰和制度。下水道特殊的生存环境把主人公从生活常态中抽离,使他得以站在旁观者的角度看待自己的生命本质。教堂里人们虔敬吟唱,他透

---

① Steven C. Tracy, *Writers of Black Chicago Renaissance*. Chicago：University of Illinois Press，2012，p.360.

② Kathryn T. Gines, "'The Man Who Lived Underground'：Jean-Paul Sartre and the Philosophical Legacy of Richard Wright," *Sartre Studies International*，2011，17(2)，p.49.

过缝隙看时，心里却只想笑。宗教仪式的神圣感对一墙之隔、被肮脏与黑暗包围的主人公而言如同幻觉，同一空间两种环境的反差显出了格格不入的滑稽。这种间离效应让读者感受到现实的荒诞性，从而抛开现实，进入生命的本真状态。而对丹尼尔偷窃珠宝店后的行为描写最能体现作者的存在主义哲学观。丹尼尔把偷来的钱贴在墙上，把钻石铺在地上，原先价值连城的东西变得一文不值。而偷窃也不再以占有他人财物为目的，而是独立个体非理性意识选择的结果。丹尼尔看见了黑暗中发出光亮的钻石，仿佛在俯瞰黑夜里灯光点点的城市，又仿佛来到战火纷飞的战场。这时的他沉浸在海德格尔所谓的"诗意的栖居"状态，完全摆脱了物理空间的局限，实现了心灵的彻底自由。因此，当丹尼尔再次回到地面时，警察所代表的强权与秩序已无法制约他向往本真的内心，表现出了一种强大的意志冲动，甚至盖过死亡带来的恐惧。

　　评论界突出这篇作品的存在主义倾向主要是因为它意味着赖特在思想上与左翼阵营的分道扬镳。同样反映种族和阶级矛盾，左翼文学侧重表现受压迫者的苦难与反抗，而赖特却通过让人物回归个体本位屏蔽了外在压迫，这样的做法从左翼文学观点看来无疑是一种消极的避世心理的体现。应当指出，美国的种族问题并不能简单地归纳为白人对黑人的压迫，消除压迫的前提是黑人自身意识的觉醒，这首先需要他们完成自我的建构。在小说初始部分，读者可以明显感受到丹尼尔的负罪心理，它在黑人的意识里根深蒂固，形成了一种集体无意识。随着情节的深入，丹尼尔的负罪感逐渐消失，这意味着他的自我意识已发展到了具有独立的思考能力。在珠宝店里，他出于好奇用打字机打下自己的名字，这个看似无意的举动恰恰暗示了他强烈的自我意识。另一方面，丹尼尔没有过度沉浸于自我世界，而透过它去探索错乱世界的真相。不仅如此，他还主动与别人分享他的发现，并试图让对方信服，以求改变自己隐形人的角色。本质上，他是积极入世之人，他以他的方式改造着社会，尽管没有激烈的抗争，也没有直接的批判，但他所揭示出的真相足以对人们的认知产生颠覆性的影响。从某种意义上说，他死于对真理的执着，而非警察的暴政。因此，有学者形容他为"反向的基督式的人物，以死来照亮这世界的荒谬"①。不可否认，存在主义的哲学观一度主导着小说的人物塑造，但作者最终突

---

　　① Ronald Ridenour, "'The Man Who Lived Underground': A Critique," *Phylon*, 1970, 31(1), p.57.

破了存在主义的思维局限,赋予了人物更为广阔的人生境界。

作为黑人小说,《生活在地底下的人》并没有刻意突出族裔视角。丹尼尔所面临的精神危机是一个具有普遍意义的现代性问题。同许多现代主义作家诸如卡夫卡和乔伊斯笔下的人物一样,丹尼尔有着敏感丰富的内心世界,却无法与外界建立起有效沟通。这样的困境并没有肤色、阶级之分,而是工业文明所导致的人类精神瘫痪的征兆。正如有学者指出的那样,小说道出了这个世界正走向麻痹的事实:"他们看不见自己,陷入了病态中,不再追求真理,不再与人沟通。"因此,丹尼尔钻入地下表面看似是为了逃避警察追捕,实际上是以自我流放的方式来对抗孤独和异化感。在下水道里向外看就如同是以局外人的身份来打量世界,世界在这个局外人眼里充斥着荒诞色彩。原有的秩序瞬间消失,他可以随心所欲自由进入各种场所,得到想要的东西。原有的价值和意义体系也不复存在;钱成了一堆废纸,被贴在墙上当装饰;"影院里观众观看的只是自己活动的影子",人们发出呼喊尖叫,更像是在进行自我催眠。通过地下的特殊视角,小说从各个方面对现代社会进行了解构。与此同时,小说通过主人公的精神顿悟和自我发现完成了价值的重构。这种解构与重构的共存是社会转型期特有的现象,反映出现代主义文学有别于其他时期的独特性。

赖特晚年创作的《多面手》("Man of All Work", 1961)可以说是小说集中最为通俗的作品。这篇小说故事扣人心弦,人物个性鲜明,很能引发普通读者的情感共鸣。作者所设置的三次戏剧冲突让故事情节层层推进,高潮迭起。第一次冲突发生在主人公卡尔的家庭内部。卡尔本来是一名厨师,但最近丢了工作,只能赋闲在家,照顾妻子露西和她刚产下的女儿。着急想找工作的卡尔在报纸上看到一条招聘保姆的广告,于是萌生了穿上露西的衣服、男扮女装去应聘的念头。卡尔的疯狂想法立即遭到妻子的否定,但他还是趁露西不备溜了出去。这次冲突带有一定的离奇性,为后续出现的一系列悬念埋下了伏笔。第二次冲突发生在白人雇主的家里。男主人戴维酒醉后企图强奸男扮女装的卡尔,卡尔反抗,两人激烈扭打在一起,迎来小说的第一个高潮。第三次冲突是小说的最高潮,目睹两人纠缠在一起的女主人安妮失去理智,用枪打伤了卡尔。小说最后,事端得到平息,安妮逃过一劫,而卡尔也得到了用来偿还房贷的两百美元。

《多面手》尽管是一篇小说,却显现出作者非凡的戏剧写作天赋。赖特原计划是要写一部广播剧,所以小说通篇由人物间的对话组成。即便如此，他依然能做到叙述的自然流畅，不同场景在转换间丝毫没有脱节之感。性别反串是西方戏剧中十分常用的艺术手法，赖特通过性别反串的情节设计让小说产生出一种悲喜交加的戏剧效果。一方面，卡尔男扮女装是为生活所迫的无奈之举。从当时社会环境看，他这样做需要冒极大的风险，一旦被揭穿，将会造成性命攸关的后果。而另一方面，当卡尔被唤入浴室给安妮搓澡时，前者的不知所措遭遇后者的不明就里。于是，在他们的对话中，一方百般掩饰，另一方却无比坦诚。读者在为卡尔捏一把汗的同时，应当能感受到其中所蕴含的喜剧式的幽默。而较之于面对成年女性的尴尬，卡尔在孩子前的性别反串则多了几分嬉戏的色彩：

　　　　——露西，你的手臂真粗。
　　　　——嗯？
　　　　——上面有好多毛。
　　　　——哦，这没什么。
　　　　——你手上肌肉好多。
　　　　——哦，那都是洗东西、大扫除、做饭的缘故。

有学者指出，作者此处是对"小红帽"故事中小红帽与狼外婆之间对话的戏仿。[1] 在笔者看来，这样的解读不无道理。安妮的女儿莉莉也确实曾对卡尔提过"小红帽"，这说明孩子有可能把与卡尔的对话当做了角色扮演的游戏。而卡尔回答莉莉的话语里，除了掩饰性别的目的，多少也带有点玩笑意味。

　　卡尔反串女性的情节看似离奇，实则包含了作者对白人种族优越感的嘲讽。卡尔之所以能得逞，主要原因并非他演技有多高明，而是白人对他视而不见。卡尔的话更是一针见血："谁会凑近看我们这些黑人？对白人来说，我们都长一个样。"在戴维家里，卡尔基本上只是一台干活的机器，而不是以人的面目存在，所以他能完全骗过戴维夫妇，唯有莉莉除外，说明孩子的眼睛还未被种族偏见所蒙蔽。

　　如果说卡尔是种族主义的受害者，那么安妮就是男权压迫下的牺牲品。没有工作的安妮经济上完全依赖丈夫，所以明知丈夫不爱自己，却依

---

　　① Laurence Cossu-Beaumont, "Orality in Richard Wright's Short Stories: Playing and Surviving," *Journal of the Short Story in English*, 47（Autumn 2006），p.5.

然委曲求全。在戴维眼里,女性不过是他发泄性欲的工具,而妻子已明显满足不了他的欲望。可悲的是,安妮还处处为丈夫的出轨开脱,不是埋怨自己身材不佳,就是迁怒于同样是受害者的保姆。受男权思维同化的她如同依附于丈夫的行尸走肉。唯一庆幸的是,安妮守住了人格底线,没有在丈夫的怂恿下说假话,如此安排表明作者最后还是把希望寄托在了人性的力量上。

值得一提的是,除了种族和两性关系,家庭关系也是作者力图表现的重点,尽管他在这方面做得不算很成功。小说对卡尔一家与戴维一家的关注几乎平分秋色,两家在许多方面都形成了明显的对比。代表黑人家庭的卡尔一家尽管贫穷,但其成员之间却洋溢着浓浓的爱。卡尔与露西互敬互爱,彼此都为对方着想,他们的儿子小小年纪就知道要照顾妹妹。反观代表白人家庭的戴维一家,则完全是另一个极端:丈夫好色,妻子多疑,女儿也只知自己开心,对父母之事似乎很冷漠。通过两家对比,小说无疑美化了黑人而丑化了白人。作者这样处理的最大问题在于黑人与白人品质的高低对比显露出逆向的种族歧视倾向。卡尔身上丝毫不见男权意识也削弱了人物塑造的客观性,使小说反映现实的力度大打折扣。

《杀死一个影子的男人》("The Man Who Killed a Shadow",1961)是小说集中另一篇可读性很强的作品。事实上,它在不少方面都与《多面手》具有相似之处:两篇小说都把焦点放在了黑人男性与白人女性的关系上,都不约而同地涉及性和暴力的主题。然而,两篇小说的结局却悲喜两重天,这是它们各自主人公个性的反差使然。如果说《多面手》里卡尔克制、理性、乐观的性格代表了美国中产阶级的主流价值观,那么《杀死一个影子的男人》里的主人公索尔则有着冲动、感性、悲观的个性,完全属于另一个极端。

索尔的暴力行凶构成了故事的主要情节,作者以细腻的笔触呈现了他杀人过程的全部细节。不同于一般犯罪小说,作者从行凶者出生写起,描绘了他的成长背景及其行凶背后的心理动机。索尔有一个不幸的童年:他父母早亡,从小由祖母带大,一直过着漂泊的生活,所以对哪里都没有归属感。早早辍学后,他便开始在白人世界里闯荡,换过许多工作,始终郁郁不得志。索尔最后一份工是在教堂里做保洁员,这是他迄今为止最满意的工作,但令他不快的是那儿的图书馆有个白人女管理员经常会在他工作时不友好地盯着他看。忍无可忍的索尔向她讨要说法,两人随即发生争执,索尔被对方使用的种族侮辱性语言刺痛,一怒之下掌掴了她。而女管理员不止地尖叫更让他情绪彻底失控，残忍地将她杀害。

这篇小说的故事原型是 1944 年发生在华盛顿特区的一件真实案子：一个名为费舍尔的黑人清洁工杀死了一个白人女图书管理员。案子本身事实清楚，而让赖特感兴趣的是对犯案人心理肖像的刻画。在还原费舍尔案情细节的基础上，小说还融入了作者早年在南方的生活经历。通过这一个案，他企图揭示出种族压迫对黑人心理造成的创伤性影响。

从小说标题可知，索尔的过激行为针对的并非受害者个人，而是白人群体长久以来积压在他心头、挥之不去的阴影。从犯罪过程看，索尔没有事先预谋，杀人更像是内心过于压抑后的突然爆发，其野蛮程度也与人物的一贯性格不符。而小说巧妙之处在于这背后的种种隐情都能在作者对人物成长经历的描绘中找到蛛丝马迹，读者依靠心理分析便能从中解读出索尔的犯罪动机。作为孤儿，索尔得不到应有的关爱，养成了他孤僻的性格，所以他无处释放自己的情绪，长期生活在压抑中。他从小生活在黑白分裂的环境里，白人世界显得如此不真实，与他"隔着一百万英里的心理距离"。尽管他日后与白人的接触日益增多，但隔膜却日渐加深，白人对他或隐或显的威胁让他产生了在底层黑人中颇为普遍的恐惧与仇恨相交织的矛盾心理。小说中反复提及的白人女性的尖叫会对这种心理造成强烈的暗示效果。一方面，索尔不安于尖叫可能引发的牢狱之灾或皮肉之苦；另一方面，尖叫中暗藏的诽谤让他愤愤不平。再加上女图书管理员的歇斯底里使这两种情绪不断升级加剧，导致索尔丧失理智，他心灵上所受的创伤终于以暴力的形式返还给了白人。

《杀死一个影子的男人》展现的是两种真实：索尔凶残的行为属于外在真实，他的人格缺陷和内心挣扎属于内在真实。后者乃因，前者是果。多数人孤立地看待费舍尔案件，留下的只是黑人野蛮的印象。赖特写这篇小说，有助于人们更全面地掌握事件真相，尤其是索尔诉诸暴力背后的社会根源。正如有学者指出的那样，索尔的故事"是对白人的一次警示"[1]，能让他们意识到种族压迫是把双刃剑，在伤害别人的同时，必然也会殃及自身。

综上所述，赖特的短篇创作在黑人作家中可谓独树一帜。他文学生涯首尾的两部小说集浓缩了他一生创作理念的变迁，马克思主义、存在主

---

① Carl Brignano, *Richard Wright: An Introduction to the Man and His Work*. Pittsburgh: University of Pittsburgh Press, 1970, p.41.

义、现代主义等思潮的介入赋予了这些作品深刻的思想性,而赖特也开创了从人性与社会矛盾的宏观立场来表现种族矛盾的先河。这些有益的尝试启迪了以埃里森为代表的一批美国黑人作家。正是在他的影响下,美国非裔小说摆脱了抗议文学的主题局限,获得了更为广阔、更符合艺术规律的发展前景,赖特"美国黑人文学之父"的称号实至名归。

第 三 节

拉尔夫·埃里森:
多重风格的集大成者

拉尔夫·埃里森是美国文学史上的杰出作家、学者和政治评论家。他大器晚成,早年曾学习音乐、雕塑和摄影,二战爆发后还当过几年兵。与著名作家理查德·赖特的结识是他人生的转折点,正是前者的慧眼识珠让他步入文坛,正式成为作家。埃里森一生共写有三部长篇小说,分别是《看不见的人》(*Invisible Man*,1952)、《六月节》(*Juneteenth*,1999)和未完成的《射击的前三天》(*Three Days Before Shooting*,2010),此外还有一本短篇小说集《飞回家及其他故事》(*Flying Home and Other Stories*,1996)。埃里森小说集现实主义、自然主义、表现主义和超现实主义于一身,风格多样,通过看似简单的故事情节表达了复杂深奥的主题,尤其是大量象征的运用,增加了解读的层次和角度。

创 作 概 述

埃里森并不是一个多产的作家,他一生主要的文学成就是长篇小说《看不见的人》。此书一经面世好评如潮,出版第二年便获得美国国家图书奖,就连对黑人文学颇有成见的文学评论家布鲁姆(Harold Bloom)也称其为"有名垂青史可能性的作品"①。凭借它,埃里森成为美国黑人作家中的标杆。在这部小说里,作者以史诗笔法展现了当代美国黑人的生存境遇,它的故事并不宏大,仅仅记述了一个黑人青年从南方求学到纽约步

---

① 　Antonio Weiss,"Harold Bloom,the Art of Criticism No. 1,"*The Paris Review*,2013,11.

入社会短短十几年的成长经历，却隐含着美国历史的进程。一些重大事件，如哥伦布发现新大陆、南北战争、第一次世界大战等都有所涉及。《看不见的人》还是一部当代黑人的精神传记。主人公从南方的温顺男孩，到闯荡纽约渴望被社会认可的奋进青年，再到向内心寻求力量的孤独者，经历了自我意识觉醒的过程。事实上，小说人物所追寻的个体存在感明显超越了种族问题的范畴，体现出具有普遍意义的现代性价值观。标题"看不见的人"作为对黑人身份焦虑的隐喻也适用于所有处于社会边缘被异化的现代人群。正如作者本人所指出的那样，他的"使命是要揭开隐藏于个体困境中的那些人类共性，而这个个体既是黑人，同时也是美国人"①。同许多伟大作品一样，《看不见的人》在艺术手法上博采众长，做到了现实主义、表现主义和超现实主义多种叙述风格的杂糅。书信、演讲、歌词、独白等多种文体的运用也使小说的语言风格呈现出多样化的特点。

　　埃里森大部分短篇小说都写于 20 世纪 50 年代前，它们为《看不见的人》的创作积累了许多宝贵经验。埃里森的早期小说深受海明威风格影响，用他本人的话说是"在海明威的作品中，我发现了一种含而不露的有趣特质，这种特质在诗歌中也有，特别能感染我"②。在《广场上的聚会》（"A Party down at the Square"，1997）和《希密的警察》（"Hymie's Bull"，1937）两篇早期作品中，含而不露的特质表现出叙述者在面对暴力和死亡时镇定自若的叙述口吻。虽然海明威式的含蓄在艺术表现力上无可厚非，但它与黑人作家为族群发声的目标明显相冲突。因此，有了一定创作积累后，埃里森逐渐转向了自我表达的风格。这种风格在文本中呈现出的效果就是平铺直叙的减少，并代之以内心独白和象征手法的大量运用，而其更深远的意义在于黑人文学身份探寻的主题与现代主义潮流的接轨。这种风格真正臻于成熟要到 1944 年他短篇小说的丰收之年，并在之后的《看不见的人》里发挥到极致。

早期创作：从愤懑到理性的转变

　　埃里森的第一篇作品《希密的警察》是在赖特的鼓励下完成的。与不少作家类似，埃里森创作的初期阶段十分依赖于从个人生活经历中汲取灵感。短篇小说《希密的警察》与《我不清楚他们的名字》（"I Did Not

---

① Ralph Ellison, *Invisible Man*. New York：Vintage，1972. p.xvi.
② Ralph Ellison, *Flying Home and Other Stories*. New York：Random House，1996. p.vii.

Learn Their Names",1996)就是两个突出例子。它们都取材于作者青年时期跟随表叔坐货车一路流浪去塔斯基吉的经历。两篇作品在情节上具有一定关联性,叙事者也都为同一人,因此可算做是一个系列的小说。《希密的警察》讲述了一个以暴制暴的故事。叙述者是搭火车四处游荡的黑人流浪者,一路上他经常遭到警察的肆意殴打。故事主人公希密是与叙述者同行的白人青年,他在半途捅死一名殴打他的警察,跳车逃逸。故事最后,同车的黑人侥幸逃过了前来问罪的警察的抓捕。

小说集中表现了人性中暴戾的阴暗面。铁路警察在埃里森笔下就是一群暴徒,他们随意抓人,想尽各种招式虐打流浪者——特别是黑人,其残忍达到了令人发指的地步。从情节判断,警察践踏法律绝非个别现象,而是得到了官方的默许,说明种族暴力正向着规模化和国家化的态势发展。没有埃里森的这篇小说,我们很难想象这样的野蛮行径竟会发生在一个标榜自由民主的现代西方国家里。作为处女作,《希密的警察》开启了埃里森对分化的民主制度下黑人生存处境的长期关注。从更广的视角看,小说还反映了大萧条时期动荡的社会环境和弥漫在美国年轻人中的颓丧情绪。"我们四处游荡,没有具体目的地,更早早放弃了找工作的希望。"可见这些年轻人过四处流浪的生活实在是为现实所迫,与后来凯鲁亚克(Jack Kerouac)在《在路上》(*On the Road*,1957)一书中描绘的那种以寻找人生意义为目的的流浪有着本质区别。

单纯表现暴力的文学是肤浅的,因为那不是生活的常态,更掩盖了人性的复杂,所以同一个叙述者在《我不清楚他们的名字》中有了善与恶两种体验。同样是白人,这次的旅伴带给他的不再是血腥杀戮,而是异常温馨的画面:一对老年夫妇不仅相互关爱,而且与叙述者也相处得十分融洽,打消了他作为黑人的顾虑。与这对夫妇分别后,叙述者就被前来找姑娘的铁警逮住投入了监狱。在狱中,他时常会想起那对不知名的夫妇,他们身上所显现的善似乎给了他一种强大力量,让他从容面对这个世界的恶。

这篇小说的成功之处在于作者在善与恶之间取得了平衡。《希密的警察》里所描绘的社会环境没有从本质上得到改善,警察仍然无视法律,种族歧视依旧普遍存在。显然,作者并没有刻意美化现实,他只是尝试通过发掘人性中的闪光点来对抗局部环境的险恶。好友莫里的救命之恩、同车夫妇的坦诚相待都说明黑人与白人之间并不存在先天隔膜,他们可以做到平等交流,甚至相互关爱;是罪恶的制度把人分成了三六九等,那才是引发种族仇恨的罪魁祸首。比起《希密的警察》中流于表面的观察，叙述者此次明显要成熟深刻许多。他能以理性的方式看待事物。在与白人的相处上，他保持着不卑不亢的心态，平等而深入地与他们交往，尤其是能区别对待种族主义者和友善人士。而正是由于叙述者具备了这些新的特质，小说才能通过他的视角全面客观地反映种族矛盾，真正触及问题的实质。

成熟期创作：自我表达与自我身份的反省

随着创作实践的深入，埃里森对黑人的身份认同问题有了更深刻的认识，《在一个陌生的国度》（"In a Strange Country"，1944）无疑体现了这点。这篇小说取材于作者在威尔士的服役经历，揭示了黑人民族身份与国家观念之间的关系，有评论指出这些主题的探讨为《看不见的人》的创作打下了良好的基石。美国黑人青年帕克刚踏上威尔士土地就遭到一伙来路不明的美国大兵袭击，他们喊着"黑鬼"打伤了他的眼睛。当地居民凯迪先生救了帕克，并带他来到酒馆压惊。一番寒暄后，凯迪邀请帕克去一家私人俱乐部欣赏音乐会，那里的乐手来自各行各业，他们时常聚在一起，用音乐来分享快乐。俱乐部经理的热情接待让帕克受宠若惊，他同时也被他们的歌声深深地打动。音乐会最后，俱乐部成员特意为帕克献唱美国国歌，歌曲改变了他对自己祖国的看法，也改变了他对白人的态度。

埃里森的这篇小说揭示了黑人民族身份的美国性，这无疑为黑人文学里身份主题的探索提供了一个新的视角。由于黑人长期得不到应有的国民待遇，他们的国家观念十分淡漠。但不可否认，他们对美国精神的形成、美利坚民族性格的塑造有着不可磨灭的影响。对美国白人的仇恨导致帕克对自己的国家有一种疏离感。埃里森巧妙地把音乐作为一种沟通心灵的手段打开了帕克紧闭的心扉。先是威尔士的民族音乐让他感受到当地人的民族自豪感，他开始意识到生命个体与国家、民族之间的紧密关联。继而唱响的美国国歌更颠覆了美国在他心中的压迫者形象。内心突然泛起的负罪感是他悔恨于先前国家意识的匮乏，之后的释怀表明他国民归属感的增强。小说中提及的爵士乐既是黑人文化的标志，也是美国文化的重要瑰宝，它暗喻了美国非裔族群身份上的双重性。意识到这种双重性不仅丰富了他们身份认同的内涵，更有助于美国种族矛盾的缓解。

经过长期酝酿，埃里森在二战结束的前一年写就了他短篇中的里程碑之作——《飞回家》("Flying Home",1944)。这篇小说融入了美国黑人的民间传说,蕴含着复杂的象征体系和异常丰富的内涵,在创作技巧上完全可以同福克纳、海明威等人的作品相媲美。《飞回家》的故事情节十分简单。主人公托德是美国空军的黑人飞行学员,他驾驶飞机在一次训练任务中尾旋坠落,人摔出座舱。当地的黑人农民杰斐逊父子发现了受伤的托德,杰斐逊即刻差儿子泰迪去求援,自己留下守护他。比起身上的伤痛,更令托德不安的是此次误操作可能会招致白人军官的歧视。为分散伤者注意力,杰斐逊跟他讲起了故事,但后者误解了好意。这些故事非但没有起到安抚作用,反而激怒了托德。一阵疼痛过后,托德在迷迷糊糊中梦见童年第一次见到飞机时的情景。小说最后,当地白人"统治者"格里夫斯带人赶到现场,谋划了一场把托德送入疯人院的恶作剧。托德竭力反抗,最后被杰斐逊父子解救。

主人公托德的塑造体现了黑人对本民族身份的矛盾心理。正如美国社会学家杜波伊斯所指出的那样:"这是一种很特殊的情感,一种双重意识,一种以他人之眼看待自我、把世人鄙夷怜悯的目光当做量具测量自己灵魂的感觉。"[1]身为黑人,托德却一心向往白人的世界。他从事飞行的一个重要原因就是为了有朝一日能摆脱黑人卑微的身份。长久以来,飞行都是白人垄断的领域,驾驶飞机对他而言意味着被白人世界接纳并认可:"如果我成为战斗机飞行员,别人就更会把我当人看了。"托德具有典型的向白人看齐的种族自卑心理,他把前来救他的杰斐逊视为智力低下的劣等人,这与当时黑人在白人眼里的形象可谓如出一辙。但自卑心理无法消除被白人欺凌时的愤怒和仇恨,面对格里夫斯的挑衅,托德又表现出了人格中反抗的一面。显然,种族平等的意识早已在其内心扎根,他不甘心像杰斐逊那样臣服于白人的权威。应当指出,托德处于一个较为尴尬的社会群体中。他们在肤色上是黑人,却脱离了黑人的生活圈,试图融入白人社会,却又处处遭受排挤。归属感的缺失让他们在精神上如同断了线的风筝般无处依靠、没有着落。具有讽刺意味的是,被托德鄙视的杰斐逊最终竟成了其灵魂的解救者,这说明黑人身份危机的解决还应诉诸种族归属感的培养上,而小说标题"飞回家"也暗示着作者对此怀有的期待。

《飞回家》在人物的刻画上凸显了现代主义文学的特征。主人公托德

---

[1]　W. E. B. DuBois, *Souls of Black Folk*. Chicago: A. C. McClurg & Co., 1903, p.3.

的形象主要通过心理描写来塑造。作者运用自由间接引语，把第三人称叙述与主人公的意识活动糅合在一起，既有对瞬间感受和潜意识片段的捕捉，也有对童年回忆的完整记录。小说深入人物意识的笔法把托德色厉内荏、看似自负实则自卑的性格特点生动地呈现在了读者面前。托德对儿时撞见飞机的回忆是作者心理描写最出彩的部分，把整篇小说推向了高潮。主人公后来的许多行为和心态都可以在此追根溯源，找到解释。他回忆的第一个场景是在展览会为一架玩具飞机心动，但母亲告诫他那是有钱的白人家孩子才能买的东西。这话在他幼小的内心生根发芽，以至于将飞机和白人逐渐画上等号。成年后，托德对飞机所产生的控制欲可以解释为他对白人世界强烈向往的投射。当飞机第二次在他回忆里出现时，其情景是飞机向地面撒下仇恨的传单，飞机已然成了白人散布歧视的工具。这两段记忆截然不同，表现了托德对飞机既渴望又恐惧的心理，而背后所隐射的恰恰是主人公对白人难以名状的矛盾态度。

除了人物的内心世界，埃里森还为小说构造了一个象征的世界，它蕴含在杰斐逊与托德分享的两个传说中。第一个传说和秃鹰有关，当地人视其为厄运的象征，所以尽管有翱翔天空的本领，但人们还是习惯把它和地狱联系在一起。从这个意义上说，人们对秃鹰的偏见正如白人对黑人的歧视，托德嫌恶秃鹰也正如他反感自己的肤色。他试图通过飞行摆脱与生俱来的歧视，但即便像秃鹰那样成为天空的主宰，根深蒂固的歧视也依旧牢固不破。第二个传说讲的是黑天使的故事。在天堂里，黑天使与白天使都长着一样的翅膀，但黑天使的翅膀被要求穿戴护具，所以无法像后者那样自由飞舞。由杰斐逊化身的黑天使违抗上天指令，擅自卸下护具，发现自己不但能飞，而且比那些白天使飞得更高、更快。圣人彼得知情后，认为杰斐逊的行为已危及天堂的秩序，因此没收了他的翅膀，把他贬下凡间。如果说第一个传说引发的是黑人内部的自我审视，那么第二个传说则对导致种族歧视的权力结构发起了批判。黑天使受惩罚，表面看是因为他超越了白天使，但根本原因是他挑战了权力秩序的潜规则。种族优劣论为白人作为主宰者的合理性提供了依据，黑天使用行动颠覆了种族优越论，自然也就威胁到了原有的权力结构。因此，托德越要证明自己不输于白人，就越会遭到白人的排挤。黑天使的原型可以上溯到希腊神话中迪德勒斯（Daedalus）之子伊卡洛斯（Icarus）。伊卡洛斯为了逃离克利特岛，戴上了父亲用羽毛和蜡做成的翅膀，但由于飞得太高、太靠近太阳，翅膀融化，最后葬身大海。而发生在他身上的悖论同样也适用于深陷身份危机的托德,其中的启示意义在于:托德妄图以脱离黑人生活圈的方式来提升自己身份地位的做法是徒劳的,结果只能是背道而驰。所幸坠机后发生的一切打破了他对白人的幻想,而黑人同胞的援手相助给了他前所未有的归属感,帮助他化解身份危机,重获自信。小说结尾处,托德看见一只飞向太阳的黑鸟被阳光染成了金色,这或许预示着他人生即将迎来全新转机。正如哈罗德·布鲁姆所指出的那样,"这次坠落把他从巴比伦带回了家,让他认清自己是谁。他唯有接受自己的身份,接受自己和杰斐逊无法分离的事实,才能复活"[1]。

《宾果游戏之王》("King of the Bingo Game", 1944)是继《飞回家》之后埃里森创作的又一个短篇经典。作者采用见微知著的笔法,通过一个黑人青年玩宾果游戏的经历折射出广大底层黑人民众的苦难、挣扎与宿命。小说主人公来自美国南部的北卡莱罗纳,在纽约谋生的他因为没有出身证明至今未找到工作。妻子身患重病,他走投无路,只能寄希望于通过宾果游戏赢一笔钱给妻子治病。运气不错的他最后猜中数字,获得了上台摇奖的资格。可要赢取大奖,台上的大转盘必须走到双零的位置。当他按下控制按钮,心中头一次有了一种命运在握的感觉,所以迟迟不肯松手。他觉得仿佛只要转盘一直不停下,他和妻子的生活便有保障。他的怪异举动引起台下观众一阵骚动,最后出动两名警察才强行夺走他手里的按钮。在搏斗过程中,他头部遭到了外力打击。命运弄人的是,就在他快要失去知觉的时候,大转盘恰好停在了双零的位置上。

这篇写于20世纪40年代的小说植入了当时美国黑人大迁徙的历史背景。随着战争的深入,北方的军工业需要大量劳力输入。从1940年到1950年整个10年间,大约有一百四十万黑人从南方移居到北方,《宾果游戏之王》里的主人公就属其中一员。他们迁徙的主要原因是因为南方种族隔离盛行,针对黑人的私刑和暴力泛滥,而北部大城市能为他们提供更多的赚钱机会,社会环境也相对宽松很多。但摆脱南方的野蛮并不意味着这些黑人就能很好地融入北方工业社会。讲究规则和秩序是工业文明的特征,但规则的建立,秩序的维护都由白人一手完成,根本没有把外来的黑人考虑在内,这对他们无疑构成了另一种形式的歧视。小说主人公仅仅因为没有一纸证明,连最基本的生存权都不能保证,谈何其他权利。而宾果游戏的复杂玩法似乎象征着白人设置的重重关卡,初来乍到的黑

---

[1]　Harold Bloom, *Ralph Ellison*. New York: Chelsea House Publications, 2003, p.212.

人要适应这里生活必须一关关按白人的要求走。小说还触及了大迁徙对黑人之间关系的改变。当主人公登台暴露在众目睽睽之下时，台下的黑人观众跟着白人一同起哄，他们对同胞的冷漠可见一斑。不同于南方的群落化环境，北迁的黑人为了生存遍布于城市各个角落，他们各自为政，凝聚力溃散。这种南北差异在小说开头便被作者点明："人们在南方都很团结，根本不用认识你，但这里情况有所不同。"长期处于白人文化圈也让黑人在观念上被白人同化，造成了他们自轻自贱、相互歧视的局面。反映在小说里就是主人公始终处于无人待见的状态，这种剧烈的孤独感最终转化为他在台上的疯狂行为。

美国学者特蕾西曾指出："在《飞回家》和《宾果游戏之王》中，埃里森开始把写作重心从控诉移向了自主性的表达。"[①]为此，他在人物塑造上不再单纯描写黑人的苦难和压迫，而是通过意识流手法竭力表现一个真实的、甚至有缺陷的自我。埃里森显然意识到种族歧视并不是白人单方面造成的，黑人自身也存在问题。在《宾果游戏之王》中，安于现状是在主人公身上暴露的最显著的问题。当被逼入绝境时，他选择直接把命运交给运气来裁决，而任由自己在感官的世界里迷失，无论是酒精还是色情都能让他逃避现实，获得暂时的满足。不少评论都把主人公紧摁按钮的行为解读为对命运的操控。这样解读只抓住了表面的假象，摇奖的本质就是操控与反操控的悖论："他在控制转盘的同时，转盘也控制着他。"事实上，主人公操控的只是摇奖过程，这种操控带有虚幻性，没有实际意义。诚如叙述者所言，他无法永远摁住按钮，时间的推移会加剧绝望感，把他推向疯狂的边缘。具有讽刺意味的是命运最后跟他开了个玩笑，大奖的得而复失是对他安于现状的惩罚。这篇小说采用自然主义的叙事风格，作者通篇没有表露出对人物的态度，但他却通过塑造这样一个典型人物形象触发了对黑人民族性的揭露和反思。

纵观埃里森的一生，他主要的文学成就集中在其创作生涯的前半段，至 20 世纪 50 年代《看不见的人》的完成达到巅峰。在此过程中，短篇小说开启了埃里森的文学之路，培养了他的探索精神，起到了很好的抛砖引玉的作用。他几乎每篇作品都寻求写法上的变化，从最初单一的海明威式的现实主义到后来驾驭多重风格并形成自己的特色，这是埃里森文学

---

① Amherst Steven C. Tracy, *A Historical Guide to Ralph Ellison*. Oxford：Oxford University Press，2004，p.34.

生涯中最富有活力和朝气的阶段,显露了他作为优秀小说家的潜质。客观地讲,目前对埃里森短篇小说的研究还很不充分,《看不见的人》的过热与短篇的遇冷形成了鲜明对比。必须指出的是,《看不见的人》不是横空出世的空中楼阁,而是沉淀后的爆发。支撑作品的创作旨趣、人物类型、视角选择和主题设定都可以在埃里森的短篇中找到源头或参照。可以说,它们为进入这部伟大小说的内核提供了一把钥匙,理应引起读者和学界的重视。

第四节

艾丽丝·沃克:当代黑人女性意识的记录者

艾丽丝·沃克是美国当代最杰出的黑人女作家之一。作为不折不扣的创作多面手,她身兼诗人、小说家、散文家数职,迄今为止已出版近十部长篇小说,三本短篇小说集,八本诗集,两本儿童文学读物以及大量非虚构类作品。从数量上看,短篇小说在其创作中所占比重不大,但其价值和影响却不容低估。

短篇小说创作概述

20世纪六七十年代是沃克短篇创作的全盛期。当时种族隔离制在美国被取消不久,沃克已深谋远虑地思考起美国黑人尤其是黑人妇女的精神解放。以此为主题,她创作了一系列短篇小说,合成在小说集《爱与烦扰:黑人妇女的故事》(*In Love and Trouble: Stories of Black Women*,1973)里。作为黑人女性意识的记录者,沃克对黑人女性问题有着深刻洞见。即便以今天的眼光看,这些小说所迸发的思想火花依然不乏前瞻性。更为关键的是,她根据黑人的审美习惯对小说的形式和语言进行了大胆探索,创造出独属于她们的文学之声。后来她之所以能写出《紫颜色》(*The Color Purple*,1985)这样的传世之作,与早年在短篇小说上的积累不无关系。

纵观沃克的文学生涯,她的短篇创作经历了高开低走的过程。《爱与烦扰：黑人妇女的故事》一出版便广受赞誉。集子里至少有半数作品能跻身一流行列，其中《日用品》（"Everyday Use"，1973）更是一篇与《紫颜色》齐名的经典。而之后由于专心于长篇小说的创作，沃克的短篇创作一度陷入沉寂。直到九年后，读者才迎来她的第二部短篇小说集《你别想压制好女人》（*You Can't Keep a Good Woman Down*，1982）的问世。遗憾的是这部集子的艺术质量大不如前，部分作品文笔粗陋，结构溃散，很难想象是出自一个成熟作家的手笔。这种创作水准的倒退一定程度上阻碍了沃克向超一流作家挺进的势头。至于 2000 年出版的《心碎相伴下的前进之路》（*The Way Forward Is with a Broken Heart*，2000），有不少评论者把它定为短篇小说集，但从内容判断，这毕竟是一部带有自传性质的半虚构作品，书中内容多半是本人经历的真实记录。因此，笔者未把此书放入本章探讨之列。

《爱与烦扰：黑人妇女的故事》：来自边缘的声音

《爱与烦扰：黑人妇女的故事》体现了作者敏锐的题材捕捉力和非凡的艺术表现力。如标题所示，小说集以当代黑人女性为焦点，围绕她们的爱恨情仇，描绘了一个个丰富而敏感的内心世界。在当时社会背景下，黑人妇女属于边缘群体。而沃克笔下的那些主人公，像穆斯林教徒的妻子、乌干达教会学校的修女、大萧条中遭遇不公的家庭主妇等，可以算是边缘里的边缘了。沃克把这批人集中在一起予以塑造，这恐怕在美国文学史上还无先例。对此，作者本人解释了其中原委："平凡人的经历自有它的价值，不应被误读、歪曲或遗忘。"[①]应当指出，此番创举奠定了沃克之后小说创作的选材范围、视角偏好以及主题定位。此外，小说集的艺术价值同样值得关注。13 篇作品在艺术风格上博采众长，吸纳了现实主义、印象主义、简约主义等多种流派精华。在具体表现手法上，作者与时俱进，对象征、拼贴、意识流等现代文学的常用手法驾轻就熟。为深入探讨其创作宗旨和艺术特色，笔者将解读其中的若干篇代表作。

《让死亡见鬼去吧》（"To Hell with Dying"，1967）是沃克的短篇处女作。故事根据作者的早年经历[②]改编，讲述了叙述者一家与邻居斯威特先

---

① Alice Walker, *Everyday Use: Alice Walker*. Christian, Barbara T. edited. New Brunswick：Rutgers，The State University，1994，p.106.

② C.E. Lazo, *Alice Walker: Freedom Writer*. Minneapolis：Lerner Publications Company，2000，p.47.

生间的生死情谊。主人公斯威特与家里的孩子们在玩耍中产生了忘年交般的友谊。每当斯威特病危时,孩子一家总能用各种方式令他起死回生。虽然生离死别的主题贯穿情节,但作者不落俗套,没有刻意渲染感伤情绪。小说站在小女孩的视角进行叙事,死亡的沉重感被她天真的口吻冲淡,充满童趣的讲述反而营造出一派温馨氛围。不可否认,正是孩子们的乐观才一次次把斯威特从鬼门关拉了回来。作者举重若轻的处理方式为作品注入了戏剧张力,情节与情绪的反差突显了斯威特与孩子间非同寻常的情感纽带。难能可贵的是,作者没有回避死亡的必然性,更没有为追求圆满结局而落入死亡被爱战胜的窠臼里。斯威特的辞世不仅把读者引向了情感的高潮,同时也把人世间关爱的主题构筑在了生命的高度上。

《让死亡见鬼去吧》篇幅不长,时间跨度却有 17 年之久,其间叙述者经历了从儿童到成人的全过程。因此,把它归为成长小说也未尝不可。在与斯威特的相处中,女主人公感悟到了生命的真谛,逐渐完成了从小女孩到知识女性的蜕变。为了表现其成长过程,作者针对同一叙述者设计了两种不同声音:成人的客观陈述与孩子的无忌童言。它们交织在一起,模拟出人生不同阶段的思维特点。对一个文学新秀而言,能有如此精巧缜密的构思实属不易。难怪在发表之初,沃克的才华便深得美国黑人文学前辈兰斯顿·休斯(Langston Hughes,1902—1967)的推崇,这也为她的文学生涯开了个好头。

上文已介绍过,《日用品》是沃克短篇小说中的翘楚,被许多文学选本收录,其价值和影响完全不逊于《紫颜色》。一则短篇小说能拥有如此地位,除了作者精湛的表现手法,主要原因还在于它反映的主题对黑人文学乃至黑人的思想解放都具有重要的启示意义。从内容看,这篇小说并不复杂,基本围绕狄回家探亲一事展开。但沃克却通过这样简单的情节描摹出美国黑人妇女的时代群像。小说中的三位女性人物分别代表不同时代的黑人女性。女儿麦琪映射过去,她忍辱负重的形象是奴役时代的黑人女性所特有的。狄代表了当代黑人女性,她们在获得一定权利和地位后,极力想与过去划清界限。母亲是作者设想中未来黑人女性的化身:具有强烈的身份意识,并能有效维护种族传统。在人物塑造的过程中,作者既回顾历史的伤痕,也关注现实的困境,更放眼未来的方向。20 世纪70 年代,经历了女权和民权运动的黑人妇女虽已摆脱肉体奴役,但心灵枷锁尚在。在《日用品》中,作者吹响了从人身自由向精神自由迈进的号角。她把母亲塑造成承前启后式的人物,就是为了暗示文化传承对解除精神奴役、实现人格独立的重要性。到了长篇小说《梅里狄安》（*Meridian*，1982），沃克进一步明确此点："民族之歌由一代代人的经历铸就。有了它，人们才能凝聚起来；没了它，人们遭遇苦难，丧失灵魂。"①由此可见，《日用品》作为沃克对黑人问题反思的结晶，其影响已远超文学范畴，被纳入 20 世纪美国黑人的思想进程中。

为了表现"文化传承"这个主题，小说多处运用象征手法，其中的核心意象是祖母留下的被褥。关于被褥的内涵，沃克曾在《寻找我们母亲的花园》（"In Search of Our Mothers' Gardens"，1994）一文中做过这样的表述：

> "在位于华盛顿的史密森学院里挂着一条与众不同的被褥。上头绣着耶稣受难的画面，那些形象充满奇思妙想，却也简单易辨。它被视为无价的珍品。尽管它没遵照任何现有的被褥花纹，尽管是由一片片廉价碎布拼就的，但它显然是出自一位想象丰富、情感深沉的人之手。在被褥的下方，我看到了这样一行字，上面写着出自'一百年前阿拉巴马的一位无名的妇女'之手。"②

毫无疑问，文中的被褥在沃克眼里就是一件艺术品，凝聚了制作者化腐朽为神奇的创造力。而小说中，被褥的内涵变得更为宽泛，它象征着黑人女性所创造的文化成果。文化是人群身份特征的反映。在代代相传的过程中，子女们所继承的不只是被褥这件实物，更是一种基于文化传统的身份认同。在《日用品》里，女儿狄不明白这层含义，所以想把被褥挂起来。在她眼里，先辈的文化已亡，剩下的仅仅是纪念价值。于是，她改了自己的名字，试图割断过去以求重生。而母亲明白被褥的传承意义，把它留给了麦琪。不同于狄，麦琪把被褥视为日用品，她本人也会制作。这意味着祖辈的身份特征在她身上活力依旧，并将世代延续。小说以《日用品》为名，显然也是为了突出这层深意。值得一提的是，沃克还把祖母的制被艺术运用到了谋篇布局上。她先把情节化整为零，用琐碎的细节去丰满人物的形象。而后，那些碎片又经她拼接最终形成有机的整体。如此一来，文

---

① Alice Walker, *Meridian*. London: Women's Press Limited, 1982, pp.205 – 206.
② Alice Walker, "In Search of Our Mothers' Gardens," *Within the Circle: An Anthology of African American Literary Criticism: From the H. Renaissance to the Present*, ed. Angelyn Mitchell. Durham: Duke University Press, 1994, p.407.

本就在结构上呼应了传承的主题，从而使作品内容与形式达到空前统一。到了《紫颜色》，作者采用书信体形式，使这种拼贴结构得到进一步发展。毫不夸张地讲，《日用品》堪称沃克文学生涯的定型之作，其中有许多特色都在她之后的创作中得到发扬。

此外，集子里还有两篇奇巧之作：《萝斯莉莉》（"Roselily"，1973）与《一个非洲修女的日记》（"The Diary of an African Nun"，1967）。这两篇作品充分体现了沃克的创新精神和多样化的风格。《萝斯莉莉》的叙事结构匠心独运。小说描述了作为新娘的主人公在神父证婚时的片刻思绪。如此简单的情节在沃克手里被演绎出丰富的层次。首先是物理时间与心理时间的平行结构。在小说中，证婚词被分为若干部分，穿插在人物的内心独白中作为对现实的提示，从而确立了现实与意识两个层次的并置。在内心独白部分，自由间接引语的使用打破时空局限，人物的过往行为与她的当前意识浑然一体，实现了历史与现实两个层次的融合。在意识流般的独白里，主人公道出的既是她的个人遭遇，一定程度也反映了黑人妇女普遍面临的困境和压迫，因此他的独白可以看做是个体与群体两种声音的重合。当然，形式最终要为内容服务。通过这些层次的建立，小说得以进入黑人妇女意识的深处，揭示她们内心的困惑和挣扎，为她们的灵魂作传。

比起《萝斯莉莉》，《一个非洲修女的日记》在叙事手法上走得更远，它完全由一位女孩的内心独白构成，几乎没有任何具体情节。作者巧妙地把六个长短不一的意识片段拼接在一起，结构上看似松散，但由于每个片段都为同一主题服务，实际上形成了相互照应的关系。从排列顺序看，六个片段清晰地勾勒出人物的内心从懵懂、挣扎到觉醒的发展轨迹。在人物塑造上，小说颇有印象主义之风，这在沃克的作品里并不常见。就拿主人公而言，除了点明身份及肤色，作者对其他信息一概虚化处理。至于次要人物，他们都只出现在叙述者的主观印象中，显得异常朦胧。综合上述特点，这篇作品较贴近于现代主义文学的评判标准，与沃克平实质朴的文风相去甚远，而篇名中所谓的"日记"更是她迷惑读者的障眼法。另外，故事发生地位于非洲乌干达，这样具有异域风情的场景设置对沃克的读者而言也十分新鲜。

尽管《一个非洲修女的日记》的风格与整本集子格格不入，但它关乎黑人女性精神解放的话题，主题上和集子其他作品保持着统一。作者围绕黑人与白人之间的文化冲突，对原始与文明，人性与教义等对立主题展开了深入探讨。小说主人公是一位来自乌干达的一所教会学校的黑人修女。作为殖民时代的产物，教会学校的根本目的在于对黑人实行精神控制。在沃克笔下，这个女孩深受其害。她的修女身份不仅剥夺了她的婚姻和生育权，而且还断了她的文化之根。可悲的是，她的皈依并未赢得应有尊重。小说第一部分描绘白人对她的各种态度，其中猎奇者和轻慢者占了多数，而认同者几乎没有。小女孩从自我迷失到自我觉醒的蜕变是小说重点聚焦所在。除了内心独白，作者同时运用象征手法来表现这一过程。第三部分出现的原始舞蹈象征着非洲的本土文化，女孩的莫名向往标志着自我觉醒的开始。舞蹈的律动激活了她身上的原始冲动，一股强大的生命激流涤荡着她的心灵，颠覆了原先的信仰。黑山白雪是小说中另一个重要意象。白雪覆盖下的黑山，只有春天来临时才露出原貌。这个意象分明就是指白人对黑人的统治关系。耐人寻味的是，当主人公觉醒后，作者再次描绘起黑山的景致："灼热的黑土地融化了山上的雪块……当冰雪融化，人们开始耕种；肥沃的土地上，收成又好又多。"言下之意，黑人只有回归自己的原来面目，才能闯出一片新天地。不难看出，以上两个象征具有相同的主题指向，即黑人民族对自我的追寻。在作者眼里，这几乎已成了他们精神解放的原动力，所以后来也逐渐升华为她创作中的母题。

《你别想压制好女人》：角色转变中的反思

沃克的第二部短篇小说集《你别想压制好女人》收录作品 14 篇，书写对象依然都是黑人女性。除普通妇女，有些作品还把焦点对准知识女性。随着妇女解放运动的开展，作者意识到了女性社会角色的转变，所以对她们的塑造也从单纯表现抗争过渡到了自我反思。小说集在内容上可谓五花八门，有表现亲情和友谊的，有写堕胎经历的，有关于艺术剽窃的，还有大尺度描写性爱的情色小说。其中有些元素在沃克之后的创作中一再重现，例如她的名作《紫颜色》就充斥着性描写，而女性的角色转变这个主题更是得到了充分挖掘。但不可否认，这部集子整体质量一般，无法与前一部同日而语。有些作品漏洞频出，例如结构松散、叙事手段匮乏、人物饱满度不够等；有时作者倾向性太过明显，这既不符合现代小说的审美原则，也极大削弱了作品内涵。

《一九五五》（"Nineteen Fifty-five"，1981）是《你别想压制好女人》的开篇之作，也是集子中广为流传的一篇小说。它首度面世于 1981 年，讲述了一个有关音乐与人生的故事。作品一大亮点是其主角原形都是美国流行乐史上的传奇人物。女主角格蕾西·梅隐射美国黑人蓝调歌手威莉·梅·桑顿（Willie Mae Thornton，1926—1984），男主人公特雷纳对应的是一代摇滚天王埃尔维斯·普雷斯利（Elvis Presley，1935—1977）。众所周知，"猫王"曾因翻唱桑顿的歌曲名噪一时。作者将此事作为情节写入小说，并在合理的艺术加工和细节虚构后，创造了一个带有鲜明沃克烙印的故事。与以往黑人妇女逆来顺受的形象不同，沃克笔下的桑顿不但音乐才华出众，而且性格坚韧，宠辱不惊，始终听从内心召唤。在得知特雷纳借自己的歌曲一举成名后，她非但没有愤愤不平，反而同情他因此失去了自我。小说以塑造桑顿为契机，书写了新一代黑人女性自我意识的觉醒，同时布鲁斯音乐深厚的人文底蕴也由她昭示。与此形成对比的是沃克笔下的美国社会。当时消费主义浪潮盛行，很多人处于自我迷失的状态，这从他们盲目追星便可见一斑。特雷纳的痛苦正是源于他深知自己受万人追捧并非因为音乐，而是出于他商品的属性使然。在小说最后，面对特雷纳的死，作者借桑顿之口发出了这样的感叹："他们哭天哭地，但竟不知自己为何而哭。终有一天，这将会是一个可鄙的国度，我想。"这个弥漫着悲观情绪的结尾尽管稍显夸张，却成了提升小说内涵的点睛之笔。它一语点破当时的社会风貌，从而使小说超越了一般黑人文学的主题范畴。

叙事上，《一九五五》以第一人称为视角，凭借对六个时间点的集中表现展开了一个长达 22 年之久的故事。如此设计抵消了短篇小说的篇幅限制，为人物塑造创造出空间。首先，小说既有微观的心理刻画，又有宏观的时代记录。第一人称视角不仅拉近了读者与黑人妇女的距离，同时也让前者能完全站在后者的立场来考察 20 世纪中叶美国社会的图景。在以往的黑人文学中，还很少有作品能打破白人男性对历史话语权的统治局面，而沃克凭短篇小说就做到这点，第一人称视角的叙述功不可没。

此外，《一九五五》叙事时间也设置得十分合理有序。小说前四个片段的主要任务是交代人物与情节，所以时间间隔并不长，作者有充分余地对人物进行细致刻画。后面的片段间隔跨度骤增，基本都在十年左右。这样做的目的在于把人物塑造与时代变迁结合起来，而这一变化也带动了叙事节奏的调整。细心的读者可能会发现小说后半程的叙事是以这样一席话开启的：

我已经七年没见到那个孩子了。不,是八年。当我再见到他时,人几乎都死光了,马尔科姆·艾克斯、金、总统和他兄弟,甚至还有特雷纳他自己。

这个充满岁月沧桑感的开头既是叙事节奏提速的信号,同时也表明作者正试图把人物导入大历史的语境中。《一九五五》的情节平淡如水,正是这时间的滚滚洪流把叙事推向了高潮。小说结尾,外部环境的沧海桑田与主人公内在的平静淡定形成鲜明对比,反衬了她坚守自我的可贵品质。

《春季的一次意外回家》("A Sudden Trip Home in the Spring", 1981)是集子里另一篇代表作。小说以卫斯理女子学院为背景,讲述了一个在那儿学画的黑人女孩回乡奔丧的故事。主人公萨拉身上明显可以找到作者年轻时的影子:俩人都生活在白人社交圈,读过贵族学校,并从事着艺术创作。表面上,这些光环的确改善了黑人女性的社会地位,但身份的模糊感却让她们陷入前所未有的心理困境,表现在萨拉身上就是她无法以黑人为对象进行创作。回家之旅对她来说成了一次意义重大的身份追寻之旅。在兄长和祖父身上,萨拉发现了他们独有的人格魅力。这不仅帮助她重识自己的身份,也使她明白该如何用画笔来塑造黑人形象。至此,小说主旨已十分明确,那就是建立身份的自信对黑人实现平等的推动作用。客观地讲,虽然这篇小说的视角颇具新意,但也不能否认其艺术上的不足。主要问题是它匠气过重,情节和人物设置直奔主题,显得有些生硬和刻意,而萨拉与她室友说教式的对话则明显是败笔。

应当指出,塑造黑人妇女,向外界传递她们的声音是沃克创作的出发点。短篇小说当然也不例外,其选材范围、主题思想及艺术特征都由这一宗旨决定。题材选择上,作者侧重反映当代黑人妇女的生活经验,选题基本覆盖了各阶层和各年龄段。读这些小说就如同欣赏一部当代黑人妇女的心灵传记。在沃克看来,种族的自卑感是当前黑人民族面临的最大挑战,阻碍他们彻底实现精神解放。对此,她的作品不仅刻画了各种自卑的表现,而且还指明变革的方向,即通过表达自我和复兴黑人文化来构筑身份自信。从效果看,前者终结了白人作家的话语霸权,后者开启了黑人文学的寻根之旅。多少年来,这两点一直主导着沃克作品的思想中枢,同时也为美国黑人文学提出了新的课题。不仅如此,短篇小说的灵活性似乎也激活了作者的艺术创造力。在这块试验地里,她尝试过各种叙事技巧和表现手法。这当中自然有优有劣,但至少通过这样全方位、多层次的展示,黑人女性的形象已不再模糊单一,她们琐碎的声音也从此有了文学意味与审美价值。综上所述,对沃克的短篇创作必须一分为二地评价。一方面,它帮助作者完成了从文坛新人到成熟作家的跨越。在此过程中,作者不仅树立了自己的风格,更为黑人女性文学作出了开创性的贡献。另一方面,创作数量是评价一个作家短篇成就的重要指标,而沃克的这个短板十分明显。更关键的是她的创作水准也未持续保持在高位,尤其这十几年来,她炙手可热的文坛地位与短篇上乏善可陈的表现形成了鲜明对比。总而言之,沃克早期确实在短篇领域取得过不俗成绩,但遗憾的是那只是昙花一现,之后就再无佳绩。

第 五 节
保拉·马歇尔:黑人女性自我的表现者

　　保拉·马歇尔(Paule Marshall,1929—2019)是美国当代杰出黑人女作家,她出生在一个移民家庭,双亲均来自加勒比岛国巴巴多斯。马歇尔的身世背景对其创作具有深远影响,她笔下众多人物与巴巴多斯这片神秘之地保持着某种耐人寻味的关联,而具有当地特色的语言与文化也成了她小说的重要素材。迄今为止,马歇尔共写有五部长篇小说,两部短篇小说集和一部回忆录。这些作品围绕着一些共同的主题,其中最常涉及的是自我身份的追寻和过往传统的继承。两大主题事关当代黑人女性的精神困境和历史使命,所以从成名作《棕色女孩,棕色砂石》(*Brown Girl, Brownstones*,1959)到最近的《捕鱼王》(*The Fisher King*,2001),马歇尔从未停止探索黑人女性自我的存在与价值。日常语言的文学化是马歇尔对黑人文学作出的另一大贡献。她十分擅长在黑人妇女家长里短的厨房聊天中发掘不同寻常的诗意。对她而言,文学是争夺话语权的战场,把黑人的口头语运用于创作并上升至艺术创新的高度,其根本意义还在于提高身份的认同感,乃至最终实现对黑人文化的普遍认可。不可否认,马歇尔的创作带有一定功利主义的色彩,这也间接造成她作品主题雷同、人物塑造模式化的缺陷。

短篇小说的创作

马歇尔的短篇创作数量不多,但以质取胜。它们主要收录在《灵魂拍掌而歌》(*Soul Clap Hands and Sing*, 1961)和《雷娜及其他故事》(*Reena and Other Stories*, 1983)两本集子里。《灵魂拍掌而歌》的写法有一定新意。四篇小说的场景分别设置在四个不同国度,所以每篇都呈现出不同的地域色彩。事实上,四篇小说可以视为一个整体,它们统摄于同一个故事模式,无论人物还是情节都有许多共通之处。四篇小说的主人公全都是少数族裔的中老年男性,他们尽管文化背景各异,但无一例外地陷入了严重的精神危机。危机背后所折射的既是这个时代普遍存在的异化感,也是少数族裔缺乏身份认同导致的迷茫。集子的另一处亮点是四篇小说全采用男性叙述视角,如此反其道而行显然更有助于作者揭露及批判男权意识。《雷娜及其他故事》是一个大杂烩。卷首的《造就一名作家:始于厨房诗人》("The Making of a Writer:From a Poet in the Kitchen", 1983)是一篇宣言性的评论文章,它指出了黑人女性文学的独特魅力所在,在全书中占据着纲领性的地位。其余篇目也并不完全是纯粹意义上的短篇小说,它们按时间顺序排列在书中,勾勒出了一个杰出作家的成长过程。这本集子可以视为马歇尔短篇创作的一次总结,在其问世之后,她的文学重心基本移向了长篇创作。以下笔者即以此书为参照,对马歇尔的短篇代表作进行一番梳理。

《之间的山谷》和《布鲁克林》

《之间的山谷》("The Valley Between", 1954)是马歇尔早年作品,展现了一个黑人作家视角下的白人家庭生活。这篇小说技巧和文笔都略显稚嫩,但写出了知识女性普遍的精神诉求,字里行间孕育着作者强烈的女性独立意识。小说的故事发生在一对夫妻之间。妻子凯茜不甘于过家庭主妇的单调生活,渴望通过学习完善自己、丰富阅历。除了承担照顾家庭的职责,凯茜每天坚持去大学听课。在学习过程中,她重拾快乐,体验了家庭生活之外的多彩人生。然而,凯茜的家人并不理解她求学的动机,丈夫阿贝尤其反对。他认为妻子不务正业,并企图用一家之主的权威向她施压。自我意识早已觉醒的凯茜没有让步,两人为此发生激烈争执,不欢而散。当天晚些时候,女儿艾伦意外淋雨着凉又促使矛盾进一步激化,把夫妻关系推向崩溃边缘。

男女性别的不平等是作者关注的焦点。在小说前言部分，她这样谈及创作的初衷："写'山谷'时有一股强烈的诉求，因为我想到了自己以及其他女同胞的生活遭遇。无论以何种方式，我都要记录下对这种局面的切身感受。"①对女性所面临的现实困境，小说从三个层面予以了反映。首先是家庭职责和个人追求之间的矛盾。作为家庭主妇，凯茜除照看孩子，还要承担繁重家务。她尽力在学习和家务间取得平衡，但丈夫仍有颇多微词，甚至责备妻子过于以自我为中心。显然，在他眼里，女性一旦结婚就意味着自我的丧失，做一名称职的家庭主妇是她们生命的全部意义所在。可以说阿贝的男权观念是横亘在他们夫妻间、阻碍两人相互理解的一道山谷，而阿贝的想法在凯茜母亲看来也是理所当然。可见面对根深蒂固的男权思维，女性的抗争有多么艰难。第二层面是社会分工不合理造成的困境。阿贝反对妻子上学，除了考虑到家里需要人照顾，另一个重要因素就是读书对凯茜来说毫无实际用途。在当时社会，脑力工作几乎被男性垄断，凯茜即便获得学位，也很难学以致用。她对丈夫说自己"仅有两年多时间"，显然也意识到学业根本改变不了她做回家庭主妇的宿命。第三层面的困境是社会对女性精神世界的普遍忽视。凯茜上学显然不完全是为了求知，深层原因是大学为她残存的自我提供了仅有的庇护。通过听课和阅读，她不仅认清了自己内心的本质需求，更体会到了一种纯然的精神愉悦。而男权主导的社会显然无法容忍女性自我意识的觉醒，阿贝对妻子的不满情绪即是最好印证。作为处女作，《之间的山谷》在艺术上鲜有过人之处，但作品对男权意识的批判却是鞭辟入里的，由此也确立了马歇尔此后一以贯之的女性主义创作视角。

20世纪60年代初，马歇尔出版了第一部短篇小说集——《灵魂拍掌而歌》，从这部集子中不难发现她出道几年写作技艺的突飞猛进。作为其中的代表作，《布鲁克林》（"Brooklyn"，1961）涉及"性骚扰"这个敏感的话题。正如马歇尔指出的那样，这类问题在20世纪50年代无人公开讨论，也没有相应的处理途径，但它却对女性构成了生理和心理的双重伤害，理应引起社会尤其是女性主义者的关注和探讨。《布鲁克林》的特殊之处还在于男女主人公分别为犹太教师和黑人女学生，这样的人物关系在以往

---

① Paule Marshall, *Reena and Other Stories*. New York：The Feminist Press，1983，p.15.

的文学作品中也从未出现过。男主人公麦柯斯·博曼是法国文学教授，由于左翼和犹太身份不得不屈就任教于一所没有排名的大学。第一次上课，孤单的黑人女学生威廉斯引起了博曼的注意，并激起了他强烈的征服欲，脑海中浮现的性幻想为他绝望的生活注入一丝安慰。一学期结束，博曼再次因政治审查遭到学校免职。他试图借燃起的欲火抗击内心的失落，于是主动接近威廉斯，利用探讨论文的机会邀她去家里做客。威廉斯觉察出博曼的企图，大惊失色，落荒而逃。作者的精彩之笔出现在小说后半部分，人物关系和故事情节发生了大逆转。之前胆怯的威廉斯竟变得勇敢起来。她主动向博曼提出上门请求，在与他独处时表现得不卑不亢，甚至还当着他的面下水游泳；反观博曼倒显得谨小慎微，之前的优越感荡然无存。小说最后，威廉斯不仅以前所未有的勇气修正了自我，而且也让博曼看到了冲破黑暗的可能性。

《布鲁克林》的人物塑造十分别致，人物与人物间形成了一种巧妙的对位结构。首先，博曼与威廉斯的主次关系在小说前后两部分发生了戏剧性的逆转。在前半部分，作者把重心放在博曼的塑造上，对威廉斯的刻画仅寥寥几笔，以至于男性意识充斥着这部分的叙述，对女性声音形成了压倒性优势。到了小说后半部分，威廉斯反客为主，不但掌握话语主动权，而且彻底摧毁了博曼的性别优越感。从人物形象上看，博曼是受迫害者，为泄愤同时也成了施害者，而威廉斯既是自救者，无意间也成了博曼的解救者。人物的对位关系还体现在与纪德小说《背德者》的互文性上。作为博曼的授课内容，《背德者》既是两位人物间沟通的桥梁，同时两篇小说的男主人公似乎也存在着许多相似点。博曼与纪德笔下的米歇尔都属于玩世不恭者，两人的精神都濒临瘫痪，他们不爱自己的妻子，企图通过肉欲的满足重燃对生活的兴趣。米歇尔有恋童倾向，博曼性骚扰未遂，他们都是伦理意义上的背德者。女性角色方面，威廉斯与玛赛琳对比鲜明。玛赛琳是典型的"房子里的天使"，从头至尾没有发出过自己的声音，而威廉斯实现了从沉默到爆发的蜕变。应当指出，马歇尔所采用的人物对位结构让小说取得了美学上的平衡感，但更关键的作用还在于暗示两性关系的重大调整。正如威廉斯所言，她们不能再习惯沉默，而是"要做些什么"来顺应这种变化。

《布鲁克林》尽管聚焦两性关系，但并非单纯的女性小说，作者明显把故事背景设置在 20 世纪 50 年代。当时，麦卡锡主义在美国盛行，许多左翼和进步人士受到无端迫害，小说中博曼的沉沦与这股政治浪潮有着密切的关联。小说伊始，作者列举出博曼的教育经历，出众的学历背景与无奈的现实境遇极不相称。其后,作者又通过心理描写交代了博曼被迫害的细节,那些审查和莫须有的指控把他逼得走投无路,身心受到极大摧残。一个原本可以大有作为的学者竟沦落为社会边缘分子,一身学识得不到施展机会,如此令人唏嘘的情节表达了作者对美国政治的控诉。此外,美国种族问题的复杂性也在小说中有所反映。作者多处暗示博曼因犹太裔身份遭排挤的事实。布鲁克林的布朗斯维尔是纽约最主要的犹太聚居区,它萦绕在博曼心头是因为此地之外根本没有他的容身之处。但博曼还只是种族压迫的中间环节,他把自己受到的屈辱继续转移给威廉斯,所以处于种族链条最底端的黑人女性承受的苦难依旧最为深重。

《雷娜》: 知识女性的追求

传递黑人知识女性的心声,反映她们与现实的不屈抗争是马歇尔作为小说家的重要使命。从这个意义上讲,发表于 1962 年的《雷娜》("Reena")具有十分特殊的地位。小说中的两位女性——保利和雷娜都受过高等教育,自我意识早已觉醒。身为职业女性,她们开始着眼于社会身份的认同。在大学就读期间,雷娜热衷于政治运动,成为激进的左派,为黑人妇女的权益不遗余力地奔走呐喊。但步入社会求职过程的处处碰壁才让她真正认清现实的严酷,雷娜母亲的话一语中的:"记者! 记者!谁听说过有色人种能当上记者的?"民权运动后,种族歧视在制度层面得到了有效的遏制,但观念上的偏见依然普遍,而且由于其隐蔽性变得难以察觉。除了职业困惑,雷娜还遭遇婚姻变数。她和戴夫之间并非没有爱情,但雷娜独立、强势的个性使得丈夫离她而去。应当指出,他们失败的婚姻与其说是哪一方过错所致,不如说是男权意识无法适应平等夫妻关系的结果。经历过这番挫折,雷娜不再像过去那样激进,但意志却变得无比坚定。作为单身母亲,家庭、工作、社会活动,她都能兼顾。小说最后,雷娜远赴非洲,等待她的不仅是一场身份追寻之旅,更是一次全新人生的开启。

较之《之间的山谷》的单一,《雷娜》犹如一面多棱镜,折射出各种艰难险阻中黑人女性的追求与抗争。小说把主人公置于种族和男权的双重压迫中,两股势力波及人物成长的各方面——学业、工作、恋爱、婚姻、社交,它们肆意侵入雷娜的生活,无时无刻不束缚她的发展。然而,马歇尔意图把她塑造成一个奋发图强、不甘平庸的女性。面对无所不在的隐形歧视,她迎难而上、坚持抗争;面对恋爱受挫、职业受阻,她不放弃理想、坚持自我。难能可贵的是,除了致力于自身发展,雷娜还把其他黑人的福祉视为本人分内之事。种种阻挠不但没有击垮斗志，反而强化了她的自主意识。正如霍格所指出的那样，雷娜的人物塑造完全"颠覆了黑人女性沉默者的形象范式"①。她主张黑人女性应当学会独处，学会自我超越，学会尝试各种可能以挣脱精神的枷锁。这些声音传递出时代变革的讯号，标志着黑人女性从沉默走向反抗的转变。小说创作之时，美国种族隔离制尚未废除，雷娜的主张在当时看来无疑具有开拓意义。通过自己的经历，作者同时也告诫妇女同胞：两性平等不光要靠法律制度与社会环境的改善，关键还需凭借自身内在动力去争取。作者最后给出了重返故土的寻根方案，雷娜远赴非洲意味着一次身份的重建，而重建所产生的精神力量必将把黑人妇女的自由事业引入新的境地。

除人物塑造，《雷娜》值得一提的还有其独特的创作手法。在小说引言里，马歇尔称自己在写"一种相当于随笔故事的东西"②。这种新颖的表现形式实现了叙事和评论两种功能的统一，对于喜欢介入文本发表自己观点的马歇尔来说可谓如鱼得水。保利与雷娜间的聊天构成了小说的情节主干，这场聊天的形式犹如访谈：雷娜讲，保利听；畅谈往事的同时，前者不断插入对各种议题的评论。于是，小说叙事呈现出了一种双重结构：一方面情节通过人物的诉说得以展开；另一方面，作者也借人物之口直接发表意见。这篇小说最初是应《哈泼斯杂志》为筹划"美国女性"专刊约稿而写的，马歇尔本打算写一篇评论性文章，以声援当时正在开展的民权运动。从雷娜谈话的内容和风格判断，作者完全达到了目的。小说堪称是一篇反种族、反性别歧视的宣言，不仅清算了黑人妇女遭受的种种不公，更提出了具体的抗争方案。此外，雷娜极具煽动性的话语对当时的妇女运动有着直接的激励和导向作用。应当指出，一部优秀作品的内涵理应体现在叙述的字里行间由读者自己来挖掘，《雷娜》的创作模式虽然提升了作品的思想性，却也不可避免地降低了它的艺术水准。

《致达德，悼念》：寻根的启示

出版于 1967 年的短篇小说《致达德，悼念》（"To Da-Duh，in Memoriam"）关注的是不同生活环境下两代黑人的文化认同问题。小说中的"我"代表了黑人中的新生代，来自繁华的纽约，生活在白人社会里，

---

① W. Lawrence Hogue, *Discourse and the Other: The Production of the Afro-American Text*. Durham: Duke University Press, 1986, p.56.

② Paule Marshall, *Reena and Other Stories*. New York: The Feminist Press, 1983, p.71.

对西方文明有着不自觉的认同。达德居住在英属殖民地巴巴多斯岛,从未接触过现代西方文明的她一生与泥土相伴,是种植园文明的坚定捍卫者。达德与"我"虽是祖孙关系,却属于完全不同的两个世界,一次回乡之旅把两人的命运联系到了一起,而情节也由此展开。小说大部分时间祖孙俩都处于一种竞争关系中:达德醉心于农耕生活,种植园里的甘蔗、各种果树和棕榈树都能让她引以为傲;"我"第一次踏上巴巴多斯的土地,自然对一切都感到很新鲜,同时"我"也向达德介绍了自己所熟知的西方现代世界,达德对此既充满不屑,又无比好奇。但最后随意的聊天演变成了一场对决,达德带着外孙女去看一株高大的棕榈树,并向她炫耀其高度,后者举出帝国大厦的例子轻易赢得对决。这次经历深深刺痛了达德的感情,而"我"也意识到了她内心强烈的故土情怀。小说最后,"我"带着一丝愧疚回到纽约,而达德在一次殖民者的镇压中坚守老宅,不幸殒命。

　　这篇小说取材于作者的个人经历,她外祖母的绰号和身份背景与小说主人公完全一致,小说大部分情节也并非虚构,而是根据作者九岁那年去巴巴多斯看望外祖母的回忆写成。那次旅行对马歇尔的一生产生了重要影响,促使她反思黑人身份的构建问题。她在小说的前言里是这样描绘自己的外祖母的:

　　　　她是祖宗级别的人物,对我而言象征着全体黑人——不论男女,不论来自非洲,还是新世界——源远流长的族脉,我全因他们而存在,我相信他们的精神为我的生活和工作注入生命力。我渴望向他们表达我的敬意和赞美。

马歇尔把这段经历改写成小说,显然意在追寻早已失落的、属于非裔美国人的性格符码和文明渊源。由于达德的生活环境远离白人世界,所以她身上保留着最纯粹的黑人族裔的民族特质:顽强的生命力,饱经苦难却依然率真质朴、积极乐观。正如小说开头评价的那样,"她是所有一切,是孩子亦是妇女,是过去亦是现在,是明亦是暗,是生亦是死,所有这些矛盾都在她身上融合、消解"。因此,达德象征着"一种具有引领性的、源自先祖的力量"[1],以至于马歇尔的许多作品中都会有她的身影出现。应当指出,

---

① Emmanuel Nelson, *The Greenwood Encyclopedia of Multiethnic American Literature: A-C*. Westport: Greenwood Press, 2005, p.98.

达德个性的形成离不开乡土环境的滋养，最接近于大自然的本真状态，她对种植园生活的热爱缘于黑人植根农业文明的土地情怀。而同样作为非裔的"我"却早已被白人社会高度同化，所以作者安排"我"和达德对话，其目的是让两种文明间进行一场较量。站在白人立场，当"我"第一次见到达德时，没有表现出晚辈应有的恭敬，而是以一种居高临下的态度打量她。显然，"我"对她的世界缺乏认同感，表面看这似乎是由祖孙间的代沟造成的，实际却反映了黑人历史记忆的断裂。于"我"而言，回乡之旅与其说是为了寻根，倒不如说是猎奇。直至达德离开人世，"我"才对这次旅行的意义有所顿悟，明白了她所代表的价值所在。小说结尾，作者把"我"置于两种反差强烈的场景中，再次体现出较量的主题。"我"的住所位于纽约的市中心，楼下是一家喧闹的工厂，而一再在"我"脑海里浮现的却是巴巴多斯的热带风光，那儿漩涡状的日光如同梵·高画中的景象，激发起"我"作画的欲望。相比之下，象征着现代技术文明的机器却只能发出单调的轰鸣，与达德世界里多彩的自然美形成强烈的反差。在这次较量中，黑人的故土情怀被提升至美学高度，成为黑人民族身份认同的一种标志。

除了寻根，小说还表达了一种文化相对主义观。诚然作者意图宣扬黑人的文化传统，但没有就此否定西方文明的成就。文化相对主义的实质是承认不同文化各自的特长和差异，这当然也是"较量"作为小说主题的应有之义。作者把棕榈树和帝国大厦放在一起比较，本身就赋予了两者平等对话的可能性。就连达德身上也存在着文化相对主义的因子，对家乡的自豪感并不妨碍她对异域文化产生兴趣。在"我"临回纽约前，她还特地关照寄她帝国大厦的照片。反观西方文明却更多地暴露出殖民主义特征。尤其是英国殖民者驾机超低空飞越巴巴多斯的田园，除了宣扬霸权和技术文明带来的优越感，根本就是毫无意义的野蛮举动。从另一角度看，这也意味着巴巴多斯古老而宁静的田园世界遭到了侵犯，世界文明多元化面临前所未有的威胁。正如有学者指出的那样，这些机器的"威力预示着技术所具有的摧毁力，以及达德后代在资本主义外来入侵者的魅惑下精神的消亡"[①]。达德的死固然反映了她与家园共存亡的忠烈之心，但其中更象征着弱势文明在强势文明挤压下陨灭的悲剧宿命。

---

① Joyce Pettis, *Toward Wholeness in Paule Marshall's Fiction*. Charlottesville：The University Press of Virginia，p.39.

综上所述，马歇尔是一位极富使命感的作家，她投身写作似乎就是为了让世人听到当代黑人女性尤其是知识女性的呐喊与诉求。作为学者型作家，马歇尔能在创作中紧跟时代步伐，吸收最前沿的思想观点。更重要的是她的视野要比一般黑人女作家宽泛许多。她笔下的两性关系突破了家庭范畴，写种族关系也不局限于国内的黑白矛盾，而是把视线延伸至海外，通过展示不同地域的文化差异来反思国内的民族问题。身份认同是少数族裔文学无法绕开的话题。在此问题上，马歇尔作品所传达的通过重拾文化遗产来建立民族自尊的理念对于新形势下族裔认同感的加深具有重要的指导意义。当然，艺术创新力的不足导致马歇尔和顶尖作家尚有差距，中规中矩的谋篇布局成了她短篇小说的最大软肋，但由于不少作品取材于作者本人经历，写得情真意切，一定程度上也弥补了上述缺陷。

本章选取了各个时代最具代表性的五位作家作为论述对象，全面考察了美国黑人短篇小说的发展历程，艺术规律和题材特色。经过近两百年的发展，黑人作家的短篇小说创作经历了翻天覆地的变化，这种变迁与美国非裔民族自信的建立以及身份认同感的不断加强有着密切联系。在不断争取平等和话语权的过程中，短篇小说的创作也从封闭走向了开放。在主题上，自我表达和自我反省逐渐取代了以泄愤和维权为目的的写作，文学旨趣的变化反映出美国黑人民族心理的趋向成熟，而回归理性的创作态度也让作家们更多地把注意力放在了艺术追求上。随着非裔作家越来越多地融入主流文学圈，他们的风格从早期的质朴单一走向了复杂和多元。值得注意的是，黑人作家十分善于博采众长，尤其进入 20 世纪后，他们既能在创作方法上紧跟时代的步伐，不断进行创新，又能很好地保留自身独有的语言风格，并发扬本民族的文化传统。毫无疑问，他们所取得的艺术成就足以在美国文学史上书写下光辉的一页。

第七章

20 世纪杰出女性短篇小说

　　20 世纪，美国女性短篇小说家异军突起，为短篇创作领域的空前繁荣作出卓越贡献。随着基础教育的普及，阅读人群迅速膨胀。越发庞大的阅读需求带动平面媒体飞速发展。作为最适合平面媒体的文学样式，短篇小说在丰厚的酬金和现代主义发展的双重推动下，无论从数量还是质量上都实现了腾飞。同时，20 世纪是女性觉醒的时代，在一波又一波女性主义浪潮的激励下，女性短篇小说家快速崛起成为一支生力军，撑起短篇领域的半边天。本章关注这一时期的近十位杰出女性短篇小说家，她们风格各异，却有共同的时代属性和人文关怀。

　　第一、在女性主义浪潮的影响下，这些女性短篇小说家以其细腻敏锐的女性视角和越来越强的女性意识，书写女性经验和日常生活。这一点是男性作家无可比拟的。她们的作品与女性主义浪潮相互融合，互相推动。第一次女性主义浪潮始于 19 世纪 40 年代，至 20 世纪初，美国社会已基本完成了妇女思想与地位变革的"预热"。1920 年，美国宪法赋予妇女投票权，以争取选举权为主要目的的第一次女性主义浪潮成功落下帷幕。显然，对女性选举权的主张与英国维多利亚时期妇女"家庭天使"的理想角色建构相悖。"家庭天使"是19 世纪英国社会推崇的维多利亚道德为淑女作的价值定位。除穷人家妇女不得不挣钱贴补家用外，妇女的传统角色内涵是在家相夫教子、顺从男权。这一评判标准跨过大西洋，也成为美国淑女的道德准绳。19 世纪与 20 世纪之交，普利策奖的首位女得主伊迪丝·华顿的家人为她职业作家的身份感到难堪，因为这既有伤显赫世家的颜面，亦有悖维多利亚淑女规范。此后的几十年时间，美国妇女仍然受到维多利亚淑女道德风范的束缚。20世纪女性短篇小说家在她们的作品中表现、嘲讽并反抗这种束缚。如果说世纪初的华顿在其"老纽约"系列故事中同时充当维多利亚道德的维护者和掘墓人，维拉·凯瑟既在《人老珠黄》（"The Old Beauty"，1948）中留恋维多利亚道德，却又在其"大草原"故事中塑造了众多自立自强、顽强乐观的拓荒女性形象，那么世纪中期的女作家们对这种道德准则的反叛则更加彻底。弗兰纳里·奥康纳在《好人难寻》（"A Good Man Is Hard to Find"，1953）中嘲讽维多利亚道德风范的不合时宜；凯瑟琳·安·波特在"米兰达"系列中挣脱了这种桎梏。她们广为传播的作品中所表现的日益鲜明的女权意识契合并参与推动了第一次和第二次女性主义浪潮。随后至20世纪60年代，旨在取得两性平权的第二次女性主义浪潮酝酿产生。二战造成男性工作者大量减员，加之教育、公共文化制度的步步完善，以及家用电器的普及，客观上导致越来越多的女性走出家门，深入各个传统男性岗位。经济能力和自豪感的大幅提升使她们广泛接受男女平等的观念。奥康纳、尤多拉·韦尔蒂（Eudora Welty，1909—2001）、金·斯代福德（Jean Stafford，1915—1979）等作家的作品中，不少女性都具有独立、甚至主导的经济地位；卡森·麦卡勒斯（Carson McCullers，1917—1967）更是利用性倒错手法，挑战男女社会属性的传统分界，彰显女性在传统男性领域的多方面能力。新一代作家乔伊斯·卡洛尔·欧茨（Joyce Carol Oates，1938— ）成为第三次女性主义浪潮的弄潮儿。一反第二次浪潮中的女性作家试图抹平男女差异的做法，她在七八十年代注重突出女性特色，自信地使用"女性写作"方式，以她的百变文风表现当代女性亦庄亦谐、或冷傲或性感的万种风情和微妙心理。

第二、这些女作家以不同方式响应了现代主义文学"向内转"的导向。华顿一度是与亨利·詹姆斯并驾齐驱的心理现实主义大师。凯瑟坚持表现感受到的现实，力求开创一方精神净土。波特主张"作者消失"，深入到角色的心灵舞台忘我演绎。韦尔蒂以意识流和摄影笔法混合幻觉与现实。奥康纳用精神顿悟使角色和读者获得天主教启示与救赎。欧茨声称她"所有的写作都是关于人类情感"①。麦卡勒斯怪诞作品的实质是内心孤独的投射。雪莉·杰克逊（Shirley Jackson，1916—1965）长于挖掘人

---

① Joyce Carol Oates，*Expensive People*．Greenwich：Fawcett Crest，1968，back cover．

性中的恶。斯代福德则擅写精神创伤。她们各展所长,共同织就绚烂的心灵画锦。

第三、她们擅长小中见大,通过日常生活折射时代大背景,故而她们的作品散发出浓郁的生活感、现实感和时代感,以及动人的人文关怀。她们的作品极少涉及官场、战场、商场、职场等男性作家恣肆挥洒的公共领域的大场面,而是深入到家庭、社区、旅馆、美容院、家庭农场等相对狭小的私人生活领域。她们细细描绘坊间闲话、婚恋关系、家庭生活、聚会幽会……呈现活生生的生活画面。然而,通过生活小景,她们的作品反映出时代大舞台上演的各个大事件。这些事件包括老纽约贵族社会的变迁、拓荒西进、一战二战、墨西哥革命、南方从农牧社会向商业社会的过渡、民权运动、等级冲突,等等。这些时事对人物的影响是她们关心的具体问题,她们无一例外地在作品中表达了深切的人文关怀,其中,既有触手升温的现实关怀,又有探寻人类命运的终极关怀[①],这也是她们在众多同时代作家中脱颖而出的重要原因。

第四、20世纪美国南方女作家参与或积极回应南方文艺复兴运动,冷静客观地书写南方历史与现实。一战后,当美国北方沉浸在爵士乐时代的狂欢享乐中时,南方一批精英作家却头脑清醒,毅然割断南方传统文学的脐带——怀旧南方骑士风俗。他们冷静面对内战中南方的战败经历、浓重的宗教、家庭和社区氛围,以及种族问题,在诗歌、小说、戏剧等不同方面共同实现了南方文学的繁荣,史称南方文艺复兴(Southern Renaissance)。这些作家包括福克纳、卡罗琳·高登(Caroline Gordon,1895—1981)、艾伦·泰特(Allen Tate,1899—1979)、田纳西·威廉姆斯(Tennessee Williams,1911—1983)、罗伯特·沃伦(Robert Penn Warren,1905—1989)、佐拉·赫斯顿等。凯瑟琳·安·波特也位列其中。波特以洗练精致的现代主义文笔在"米兰达"系列中叙述现代南方知识女性成长的心路历程。她赏识的后辈作家韦尔蒂以其特有的女性摄影师视角精彩呈现密西西比河流域的生活片段和南方战败历史,揭露骑士精神的虚伪和南方淑女的堕落。奥康纳以骤然的暴力描写猛击南方传统的种族偏见和等级观念。麦卡勒斯则以怪诞手法表现现代南方人的痛苦与孤独。南方女作家的集体崛起是20世纪美国文坛的一道亮丽的风景。

---

① 参见顾祖钊:《论文学批评的三大原则》,载《江苏社会科学》2010年第4期,第156—157页。

20 世纪杰出的女性短篇小说家们把握时代脉搏，以其特有的、敏感的女性视角，冷静深刻的现实批判态度，描绘姿态万千的日常生活和心理景观，抒发触动心灵的人文情怀。她们为 20 世纪的短篇创作领域注入了新鲜血液。伊莱恩·肖瓦尔特（Elaine Showalter，1941—　）曾用"百衲被"作为女性美学的象征。"由无数不同色彩碎片组成的百衲被图案不仅寓意了美国人的不同肤色，也象征了美国女性文学的多样性和丰富内涵。"①这些作家在特定的时空框架内以自己独特的技艺书写最熟悉的题材，形成独具个人魅力的"色彩碎片"，将有限的现实永恒地定格在图案优美的"百衲被"上。

第 一 节
伊迪丝·华顿：心理现实主义小说家

华顿的传记作家路易斯（R. W. B. Lewis，1917—2002）说："伊迪丝·华顿出道时身为短篇小说家；从某种意义上说，她也以短篇小说家的身份结束了其创作生涯。"②华顿的短篇小说家身份早已成为共识。她与亨利·詹姆斯共同引领了 19—20 世纪之交的美国文学潮流。维拉·凯瑟曾回忆道："大多数年轻作家模仿他们的风格，却不具备他们的才华。"③为了明确华顿的写作风格和文学地位，我们不妨以亨利·詹姆斯为参照点，从题材、人文关怀、主题、手法、语言和读者接受六个方面探讨。题材方面，首先，由于二者皆出身上流社会，所以上流社会的生活风尚是他们创作的主要题材。代表精英主义的艾略特曾如此评价詹姆斯的非凡之处：他呈现了爱德华时代人们"最好的品行……最理想的社会"④。华顿的"老纽约"系列也呈现了 19 世纪时代变迁中的美国最光鲜的一面。其次，二者作为杰出艺术家，又同属一个文艺圈，故而艺术人生也是他们

---

① 金莉等：《20 世纪美国女性小说研究》，北京：北京大学出版社，2010 年，第 10 页。

② R. W. B. Lewis, "A Writer of Short Stories," *Edith Wharton*, ed. Harold Bloom. New York：Chelsea House Publishers，1986，p.9.

③ Willa Cather, *On Writing: Critical Studies on Writing as an Art*. Lincoln：University of Nebraska Press，1988，p.93.

④ T. S. Eliot, *Selected Prose of T. S. Eliot*, ed. Frank Kermode. New York：Harcourt Brace Jovanovich，Farrar，Straus and Giroux，1975，p.123.

的拿手题材。再次，詹姆斯偏爱儿童题材，华顿则对新英格兰山民的刻画入木三分。至于人文关怀，二者的多数作品，正如所有其他不朽之作一样，都渗透着作家深切的人文关怀，却毫无说教。主题方面，詹姆斯以其国际主题（international theme）著称，而华顿惯以其细腻的女性视角精准而深入地透视婚恋主题。手法方面，二者都是当之无愧的心理现实主义大师：詹姆斯率先将现实主义的战车开入广袤神秘的心理世界；华顿紧随其后，并赞同詹姆斯关于“中心意识”（central consciousness）和“心理现实”（psychological reality）的文学主张，即现实不应也无法被简单直观地表现，而应通过主要人物的意识得以体现；“心理现实”往往比表观现实更真实。但是詹姆斯更激进，他否认“皆大欢喜”等确定性的结局、“有同情心的人物”和“客观的语气”等文学定式，作品结构越来越精简，后期作品甚至抽去了华顿认为必要的环境（situation）支撑，而华顿则相对保守，强调环境的作用。此外，詹姆斯故事中情节淡化，而华顿故事的情节却精巧曲折、引人入胜；詹姆斯擅用含混，故事结局多不确定，迷雾不散，华顿却常在山重水复后亮开谜底。语言方面，二人都爱用繁复精雅的语言，且时有急智和幽默的火花迸现，但是，詹姆斯的语言更复杂晦涩，华顿的语言则相对洗练晓畅。读者接受方面，华顿被指模仿詹姆斯的写作风格，二者的个别作品的确存在明显的互文现象。但是，詹姆斯的作品总是曲高和寡、销量欠佳，而华顿的书却高居畅销书榜首，多部作品的销售佳绩和电影改编为她赚了个盆满钵满。畅销小说作家往往生前走红、身后渐被遗忘，然而，华顿身后地位虽不及詹姆斯“现代主义先驱”那般显耀，也依然魅力不减。1984年，“华顿研究会”成立。随着“华顿热”的升温，她名曰“山峰”（The Mount）的故居已成旅游景点。

生平传略与创作成就

华顿闺名琼斯（Jones），1862年出生于纽约名门。父母均来自当地望族，曾外祖父史蒂文斯将军（Ebenezer Stevens，1751—1823）曾在美国独立战争中参与指挥解放和保卫纽约的战斗。华顿从小受贵族式家庭教育，随父母在意大利、法国和纽约等地居住。虽然，华顿的首篇铅字作品是诗歌，但是她最大的嗜好是编故事，15岁便完成三万字的中篇小说——《紧与松》（*Fast and Loose*，1877）。1885年，她与爱德华·华顿（Edward Wharton，1850—1928）结婚。婚后先后住在纽约、罗德岛的纽波特和麻省的雷诺克斯，并频频往来于欧美之间。在雷诺克斯期间，她写下了中篇代表作——《伊坦·弗洛美》(*Ethan Frome*,1911)。从 1907 年起,她冬天寓居巴黎。1913 年,她与爱德华离婚。一战期间,华顿在法国和美国组织了多项慈善活动,建立了多个慈善机构,救助成千上万的法国难民,并为法国将士摇旗呐喊,写下《战斗的法国》(*Fighting France*,1915)和战争小说《马恩河》(*The Marne*,1918)。她的善举受到法国政府的高度表彰。1937 年,她长眠于法国。

华顿在自传《回眸一瞥》(*A Backward Glance*,1934)和《生活与我》(*Life and I*,1990)中,均饶有深意地叙述了一件三岁时的轶事:她牵着父亲的手走在第五大道时,被年长两三岁的表兄吻了一下。她当时的第一反应便是很高兴自己正好戴了那顶最漂亮的帽子。多年后,她从中悟出了自己的两大天性:爱美与对爱的欲望。华顿从小对各种美的事物都有浓厚的兴趣,她爱美的欲望也因各种优渥的条件得到满足,如侨居各地的家庭生活、父亲丰富的藏书、优越的家庭条件等。凭着对美的高度敏感,加之深受拉斯金(John Ruskin,1819—1900)的影响,她在文学作品中,描绘景观、建筑、室内装饰、相貌服饰、户内活动和时尚生活等的文字画面感极强,几乎达到纤毫毕现的程度。

也许是出于对爱的欲望,华顿作品可谓"婚恋大全"。初恋、虐恋、三角恋、失恋、婚前、婚后、出轨、私生子、离婚等婚恋的各个方面都被她一一呈现。婚恋中女人所扮演的角色,尤其当时妇女从"家庭天使"向"新女性"的历史转型,是华顿津津乐道的话题。这与她的自身经历不无关系。"家庭天使"是英国维多利亚时期的理想妇女形象,上流妇女尤其讲究优雅纯洁、温柔顺从,满足于相夫教子的家庭生活。艺术仅用来提高修养,而不应干扰正常的家庭生活,更不应作为妇女谋生的方式。这一妇女道德观同期也盛行于大洋彼岸的美国。因此,这就不难解释华顿的父母对女儿的担忧:根据维多利亚道德,女儿痴迷于文学艺术便是"不务正业"。于是,他们不得不将她的首次社交亮相提前一年,以转移她的注意力,并希望她能够吸引异性。他们的愿望达到了一半,美貌风趣的华顿自 17 岁起便成为社交红人、时尚娇子,但是她并未放弃对文学艺术的追求。现在的读者恐怕难以理解华顿的家人在得知她的作品风靡大洋两岸后,居然感到蒙羞和尴尬。然而,这的确是当时的历史现实:一个体面守旧的"老纽约"望族不愿家族女性以艺术为职业。所以,作为"老纽约"的末代名媛,华顿虽然在作品里感怀旧秩序,但她和她的不少女主角们却已成为旧秩序的挑战者。至于日后的地中海航海探险、飙车和离婚等,则意味着她已彻底演变为离经叛道且具有独立主体意识的"新女性"。

华顿在自传中承认,正是这种反对她写作的家庭环境才使她免遭新手初尝胜利便被捧杀的命运,让她潜心修炼,从而出道不久即手法纯熟。在《斯克里布纳》杂志上发表几则短篇故事后,她的首部短篇小说集——《伟大的爱好》(*The Great Inclinations*)于1899年出版,并获得成功。关于意大利历史的《抉择谷》(*The Valley of Decision*,1902)是她的首部长篇小说,也受到了评论界和读者的欢迎。随后,在亨利·詹姆斯的鼓励和建议下,她主要致力于熟悉的"老纽约"题材。

"老纽约"成为华顿取之不尽的素材宝藏,她也顺理成章地成为"老纽约"的代言人。她享誉世界的长篇小说《欢乐之家》(*The House of Mirth*,1905)、《国家风俗》(*The Custom of the Country*,1913)和《纯真时代》(*The Age of Innocence*,1920)均以"老纽约"为背景,反映时代变迁。1924年问世的中篇小说集《老纽约》(*Old New York*)被认为是华顿最重要的作品。

华顿才华横溢、笔法精湛、产出丰硕,共发表了四十余部作品,多部作品被改编成电影,影响深远。她凭着骄人的文学成就一生荣获多项第一,如1921年,成为第一位普利策奖女得主;1923年,成为耶鲁大学首位女名誉博士;1924年,成为首位获美国国家艺术文学院(The National Institute of Arts and Letters of American)金奖的女作家;1929年,获美国艺术文学院(American Academy of Arts and Letters)金奖。

中短篇小说创作

华顿一生共创作了86则短篇故事,出版了12部短篇小说集,如《伟大的爱好》《关键时刻》(*Crucial Instances*,1901)、《人的血统及其他》(*The Descent of Man, and Other Stories*,1904)、《隐者和野女及其他故事》(*The Hermit and the Wild Woman and Other Stories*,1908)、《人和鬼的故事》(*Tales of Men and Ghosts*,1910)、《世界终结》(*The World Over*,1936)等。此外,她还出版了多部中篇小说。保守地说,华顿的中短篇小说丝毫不逊于其长篇小说。

华顿的作品不拘定式。她创作初期,曾有批评家断言:"待到华顿夫人学了文学艺术的入门知识后,她便会明白短篇小说应该总是以对话开头。"[①]华

---

① Edith Wharton, *Novellas and Other Writings*. New York: Literary Classics of the United States, Inc., 1990, p.869.

顿不以为然，她声称自己的创作过程是自然生成的。可能是出于自幼编故事的习惯，新故事的环境、人物、对话，甚至人物姓名、轮廓等逐渐在她脑海里成型，待到成竹在胸，她只需提笔记录即可。因此，于她而言，故事开头不一定是对话，而可能是最先冒出脑海的任何要素。

受亨利·詹姆斯的启发，华顿认为小说家应遵循两条规则：一、写他伸手可及的；二、题材的价值关键在于作者能从中看出什么，以及他能看得多深。[①] 也许正是这两条准则，加之她的道德观造就了她经典作家的地位。她最伸展自如的创作领域显然是"老纽约"故事。此外，对新英格兰山乡的多年考察、长期的侨居生活，以及作为艺术家的切身体会也为她提供了第一手素材。华顿作品的题材固然吸引生前身后的大批读者，但是，她在精描细绘的题材背后所层层呈现的"心理现实"更是一个令人久久难以忘怀的瑰丽世界，正是这一点赋予了她的作品顽强的生命力。

《老纽约》的望族故事

华顿曾多次声称自己天生属于"老纽约"。然而，在创作初期，她却走了些弯路。首部小说《抉择谷》虽然反响不俗，但是书中的意大利历史题材并非最适合她。所以，挚友亨利·詹姆斯在肯定《抉择谷》的文学价值后，充满激情地敦促她选择纽约题材："它就在你身边，别错过它——即时的、真实的、唯一的、你的、它所等待的小说家的（题材）。抓住它！守住它！任它拉着你……写纽约题材！第一手资料是宝贵的。"[②]詹姆斯的忠告令华顿豁然开朗。于是，她将写"伸手可及"的题材定为创作第一准则，并认准了她无比熟悉的"老纽约"望族题材。

"老纽约"望族是一个封闭无形的社会空间，主要由英国或荷兰后裔的几个高门大户组成。他们多以金融、海外贸易、造船、船务、房产等为业，通过相互联姻维持和扩张财富，外人难以踏入他们的小圈子。他们行为谨慎、注重实效、"做事大方"（do things handsomely）[③]、生活奢逸。这一群体竭力维护维多利亚道德观，害怕并拒绝变革。作为他们的一员，华顿起初厌倦这个小圈子的沉闷缓滞的气氛。但是随着一战爆发，精神危机出现，传统道德渐成明日黄花，华顿又感怀那有礼有序、相对和谐的旧

---

① Edith Wharton, *Novellas and Other Writings*. New York: Literary Classics of the United States, Inc., 1990, p.939.

② Ibid., p.1102.

③ Ibid., p.373.

秩序,并提笔记录"老纽约"的时代变迁。按她自己的说法,"我年轻时,这个我生长于斯的集体就像个空瓶子,再也不会有新酒倒入。现在我看出它的一个功用是储存一种窖藏久远的酒的最后几滴。这酒弥足珍贵,年轻的口腔已经品咂不到了。我将试着复活那种香气,以弥补自己当初的不敬"[①]。《老纽约》系列故事正是在这一背景下创作完成的。

《老纽约》由四部中篇组成:《虚幻的曙光》("False Dawn")、《老姑娘》("The Old Maid")、《火花》("The Spark")和《新年》("New Year's Day")。它们也分别被华顿称为《40 年代》《50 年代》《60 年代》和《70 年代》。四部中篇在人物、故事情节方面相互独立,又在时间、地点、旧秩序的日渐颓废和女性的主体性和地位逐渐提高等方面具有线性的时间关系。

《虚幻的曙光》讲述了纽约 19 世纪 40 年代的一位豪门青年因其超越时代的艺术品位而遭排挤冷落的故事。主人公路易斯·瑞西是世家子弟,21 岁时被父亲派往欧洲游历,顺便买些名画装点厅堂,以显示瑞西家的艺术品位和尊贵地位。两年后,路易斯历练成一位自信成熟的青年,受约翰·拉斯金的指导,他带回了一批精心挑选的画作,他的前景貌似一片光明。故事到此似乎让读者看到了"曙光"。然而,这仅仅是"虚幻的曙光"。路易斯的父亲因对那些画家闻所未闻,故失望至极,一年光景便郁郁而终。不久,母亲也相随地下。他们将巨额遗产分给两个女儿,留给路易斯的只有 5 000 美元的岁入和那些画。所幸由于身价陡降,原本不可能的一桩婚姻倒变得门当户对。路易斯如愿娶了寄养在肯特家的孤女特丽西为妻。夫妇二人很快被挤出纽约的社交圈。为觅知音,路易斯曾持续举办画展,可惜只引来嘲讽、指责和冷落。因资金匮乏,画展难以为继,画作只能束之高阁。最终路易斯夫妇落寞离世。半个世纪后,因机缘巧合,画作得以重见天日,且得遇知音;那些画家也早已声名鹊起。路易斯的藏品成为国家博物馆和富豪争购的对象。人们也开始佩服路易斯当年惊人的鉴赏力。

《虚幻的曙光》还原了 19 世纪 40 年代的"老纽约"道德风尚。即使是豪门,还残留些老移民精打细算的简朴作风。譬如,老瑞西太太领着女儿们亲自洗餐具;老瑞西先生虽热爱家庭,却严格控制家人的吃穿用度。人

[①]　Edith Wharton, *Novellas and Other Writings*. New York: Literary Classics of the United States, Inc., 1990, p.780.

们交往用餐时，穿着体面，讲究礼仪。男人们保持绅士风度，绝不在女人面前表现粗俗。他们唯恐伤了主人面子，做客时打蚊子也是偷偷摸摸。女人们恪守妇道，在父权社会里，以父或夫为纲，甘作男人附庸。她们的嫁妆交由丈夫打理，工作生意一律不过问，而是乐于做些园艺、女红及厨房家务。出于爱的天性，她们也热心做些慈善，如路易斯的姐姐经常救助诗人坡一家。可以说，故事人物集中体现了华顿怀念的维多利亚绅士和淑女范式。路易斯正是维多利亚道德典范，面对父权的压制、社会的排挤、生活的逼迫、众人的嘲笑和财富的引诱，他痛苦的灵魂从不屈服，仍然坚持自己的艺术原则，坚守自己的信念和节操。故事使用片段拼贴，剪裁有度，显得既紧凑，又有诸多留白供读者发挥想象。

《老姑娘》是华顿最受欢迎的作品之一，1935 年被搬上舞台，演出大获成功。也许是因为两位女主角超出了当时的道德红线，1921 年《淑女家庭杂志》（*Ladies' Home Journal*）认为它"有点过火儿"[①]而拒载。最终，《红书》杂志社购得版权。《老姑娘》讲述了一位女人为了女儿的利益而不得不隐瞒自己的母亲身份的虐心故事。夏洛特·拉维尔出身纽约望族的没落一支。她与被表姐黛丽亚抛弃的穷画家克莱蒙特·斯班德相恋。无奈克莱蒙特的收入无法支撑一个家庭。他走后，夏洛特发现自己怀孕，悄往别处诞下一女。回纽约后，她开办了一家孤儿所，暗将女儿提娜藏于众孤儿中抚养。纽约巨族拉尔斯敦家族的乔向她求婚，但坚决反对夏洛特继续亲自照料孤儿们。夏洛特在富贵和女儿间难以取舍，只好求助于表姐，并告诉她提娜的真实出身。黛丽亚早已嫁给来自拉尔斯敦家族中兴旺一支的吉姆，并已为人母。但是，她仍暗恋克莱蒙特。出于嫉妒，她巧计拆散夏洛特和乔，并安排夏洛特带着提娜住在一处小宅院内。几年后，吉姆去世，黛丽亚接来她们同住。她让提娜享受贵族生活，哄得她叫自己"妈妈"，呼"老姑娘"夏洛特为姨妈。提娜很快出落得楚楚动人，豪门阔少争相与之交往，却无人提亲，与提娜相爱的兰宁亦是如此。儿女皆已成家的黛丽亚隐约希望提娜能伴她终老。但是，夏洛特为避免女儿重复自己"老姑娘"的悲剧，决定带提娜离开，去过普通人的日子。黛丽亚坚决反对，不得不收提娜为养女，让她继承自己从娘家带来的财产。如此，提娜和兰宁门当户对，即将成婚。大婚前夜，黛丽亚胜利争得送嫁母亲的特权，与"女

---

① Edith Wharton，*Novellas and Other Writings*. New York：Literary Classics of the United States，Inc.，1990，p.1111.

儿"进行出嫁前最后一次交谈,她要求提娜在吻别自己和其他人后,最后吻别夏洛特"姨妈"。

《老姑娘》所展示的 19 世纪 50 年代的道德风尚和女性主体意识较之《虚幻的曙光》所呈现的 40 年代变化颇大。首先,道德风尚褪色不少。虽然,"老纽约"仍保留着一些道德传统,例如,人们即使对黛丽亚收养提娜的动机和提娜的身世有诸多猜测,也不愿诋毁吉姆和黛丽亚。再如,尽管子女对母亲收养提娜不甚乐意,却秉承"做事大方"的传统不去计较。然而,完美的维多利亚道德霓裳已被撕开了几条裂口。其一,夏洛特未婚生女,黛丽亚婚后别恋,均已触及当时的道德红线。其二,黛丽亚处心积虑地逐步篡夺夏洛特的母亲地位,背慈善助人之名,行报复情敌之实,违背了慈爱友善和"做事大方"的传统。其三,贵族们已无独立的信念,而是让报纸上的观点牵着鼻子走。其四,此时豪门已尽弃简朴遗风,赛马赌博,生活奢靡。此外,保守的弊端已日趋明显。例如,拉尔斯敦家族僵化的规矩有如精装的坟墓:豪门子女即便自小一起玩耍,联姻前依旧要求他们按老规矩先相互"熟识"很长时间。然而,《老姑娘》中,女性的主体意识较之 40 年代已大有提高。如果说《虚幻的曙光》中的女性只是男性附庸,那么,《老姑娘》中的女性则有一定的主宰能力。黛丽亚长袖善舞,冲破拉尔斯敦家族的保守原则和维多利亚道德束缚,巧计拆散夏洛特和乔,诱使吉姆答应照顾夏洛特和提娜,操纵夏洛特的命运,令她成为失去女儿的母亲、失去婚姻的老姑娘。华顿在故事中展示了高超的叙事技巧和女性作家写女性人物的优势。她以黛丽亚的意识为主体,以夏洛特的话语为黛丽亚无意识的折射面,层层深入解剖黛丽亚的精神层面。同时,她以黛丽亚的幽秘无意识为背景,以夏洛特的话语为窗口,引读者窥测夏洛特极端痛苦压抑的精神困境,感受她作为恋人、作为母亲的伟大牺牲精神。

《火花》带着读者一路飙进 19 世纪 60 年代,"老纽约"的社会风尚已发生质的转变。主人公——银行大亨海累·德兰虽然表面上终日浑浑噩噩地跟着演员出身的妻子四处玩乐,实际上却是转变豪门观念的急先锋。他接受新鲜事物,乐观看待科学进步带来的社会变化。他淡泊名利,却注重实效。更重要的是,他有豪门缺乏的平等观念。他破除门第观念,娶了恶棍女儿、女演员莱拉为妻。婚后,他平等对待她那些"不入流"的男女朋友。岳父年迈时,他执意将他接入家中赡养。此举超出了豪门的忍耐限度。他宾朋满座的家立即变得门可罗雀。莱拉为了孩子的教育和自己的社交坚决反对父亲入住,甚而带着孩子离家出走。银行合伙人也表示不满。然而，海累义无反顾地将破除重重门第壁垒的战争进行到底。他凭着耐心和善良感化了岳父和妻子，使家人终于美满团聚。故事名"火花"内涵蕴藉丰富。海累对豪门保守的名利和门第观念的挑战，究其根源，来自19岁那年在内战中受伤住院时的一场邂逅：一位质朴睿智老人的博爱观念如"火花"一般擦亮了他的内心。有趣的是，他一直无法逾越文字障碍，认为书面文字应保持"琼生体"（Johnson Style）的正式古雅。多年后，他得知老人名叫"惠特曼"，是位诗人。于是，这位诗人平易近人的作品化成启蒙他的第二次"火花"，帮他越过语言的藩篱，使他最终成为西部一所新兴大学的校长。《火花》中60年代女性的主体意识较前两部"老纽约"故事进一步增强。故事起首便是莱拉骂丈夫"你个白痴！"此言足以在"老纽约"惊世骇俗。莱拉虽经济上未独立，精神上却早已非男人附庸，而是拖着丈夫涉足各种为"老纽约"所不齿的游乐场所。她对豪门的荣耀史不屑一顾、对新时代热情欢呼，这些也使海累的传统观念发生质的转变。一定程度上，她粗俗包装下的平等观念也成为改造海累豪门意识的"火花"。

《老纽约》的最后一则故事《新年》以层进式叙述逐渐揭开了发生在70年代的一桩"丑闻"内幕。新年那天，住在第五大道的帕莱特一家见证了对面酒店的一场大火，并意外撞见美貌少妇丽希·海泽尔丁与花花公子亨利·普莱斯特的奸情。丽希回到家中，得知丈夫查理因忧其安危，拖着病躯到第五大道找她，且随后受邀在帕莱特家小坐。所幸，她发现查理未知奸情。当晚，她参加一个时尚晚会，暗自察觉不少客人已悉其丑闻。半年后，查理已去世，丽希拒绝了亨利的求婚，坦言从未爱过他，只是以色骗财，贴补家用。原来，丽希出身贫寒，声名狼藉的父亲逃亡国外后，她只得在曼特夫人家过着寄人篱下的生活。这时，曼特家族的希望之星——律师查理出现，两人一见钟情，很快成婚。六七年幸福的婚姻生活之后，查理出现了先天性心脏病的症状。他们的生活日益拮据，丽希只好私通富豪，骗财养家。查理死后数年，丽希从娘家和夫家亲戚处继承了大笔遗产，过上了独立逍遥却内心孤寂的生活。《新年》中的"老纽约"较之前三部可谓世风颓败。人们通宵宴舞，追求享乐。丽希的婚后奸情体现出维多利亚妇道已荡然无存。她为了维持生计而不择手段，更意味着"老纽约"诚信原则的丧失，以及物质主义的逼近。从女性视角观察，丽希不仅处于家庭的精神主导地位，也最终撑起了家庭的经济重担。从这种意义上说，她比前三部故事中的女主角更进一步迈向独立。总之，华顿的《老纽约》四部曲反映了 19 世纪近半个世纪纽约上流社会的时代变迁和道德转向，也记录了女性意识的觉醒历程。

新英格兰山村爱情故事

对于一个"天生属于老纽约"①的作家，把握新英格兰的山村题材，其难度可想而知。然而，华顿用这一题材写出了她最负盛名的作品《伊坦·弗洛美》。这部中篇小说自问世以来，评论界众说纷纭。路易斯认为它是"现实主义经典作品"②，一些学者进而将之归入自然主义。哈罗德·布鲁姆称之为"华顿唯一一部进入美国神话的作品"③。另有评论者略带嘲讽地称其为"一位对新英格兰一无所知的作家写的一部成功的新英格兰作品"④。对此，华顿予以驳斥："《伊坦·弗洛美》创作于我在故事场景所在山区定居十年之后。那十年中，我对山民的各个方面、对话、内心想法和道德观都非常了解。"⑤故事从一名外来工程师的第一人称视角讲述了贫困山区三个男女主人公的悲剧。在山区寒冬最恶劣的天气里，"我"每天雇跛脚的伊坦·弗洛美的马车从镇上去车站。伊坦沉默寡言，从不爽约，在风雪阻路的时候甚至将"我"留宿他家。渐渐地，"我"从多种渠道了解到，伊坦原为锯木坊主，父母先后病逝，妻子细娜也体弱积病，无法承担家务。于是，他们请细娜的表妹——孤女玛提帮做家事。伊坦与玛提日久生情，细娜察觉后对玛提下了逐客令。伊坦欲与玛提私奔，却既不忍心抛弃细娜，又不愿向也有难处的客户预支木材钱。他与玛提决心殉情自杀，孰料自杀未遂，伊坦瘸了一条腿，玛提四肢瘫痪。细娜将他们接入家中，从此，三人过着漫长煎熬、穷困潦倒的日子。这篇故事挑战了作品人物和读者所能承受的痛苦极限，其"虐心"过甚曾为早期评论者所诟病。

华顿说她直到写《伊坦·弗洛美》时，才忽然感到能够对写作手段操纵自如了。⑥她认为作品题材和形式必须有机结合。主人公们的生活既

---

① Edith Wharton, *Novellas and Other Writings*. New York: Literary Classics of the United States, Inc., 1990, pp.901–902.

② Harold Bloom, Introduction, *Edith Wharton*, ed. Harold Bloom. New York: Chelsea House Publishers, 1986, p.4.

③ Ibid.

④ Edith Wharton, *Novellas and Other Writings*. New York: Literary Classics of the United States, Inc., 1990, p.1004.

⑤ Ibid.

⑥ Ibid., p.941.

然是素朴单纯的,那么故事就不应该写成繁复的长篇。然而,如何解决故事人物简单朴实而读者又希望开动脑筋的矛盾？华顿巧妙地引入了三个叙述者。饶舌的车夫哈蒙·高和受过教育的纳德·赫尔太太各自贡献自己所了解的部分,"我"将这两部分结合自己的见闻在心理层面完成拼贴。如此,在不妨碍故事朴素感的情况下,复杂的叙事既满足了读者开动脑筋的要求,又使叙事显得自然生动。[1] 山区酷虐的寒冬在《伊坦·弗洛美》中不仅作为背景,而且是影响人物性格、决定人物命运的重要角色。环境显示了它强大的、对人的生理与心理的摧毁力量。伊坦的父母、细娜及其他山民生有各种病症。玛提的青春善良无疑重复了细娜当年的灼灼韶华与善意体贴;故事最终,玛提与细娜一样头发花白,皮肤干皱,两人恶语相向,性格与命运趋同。华顿对环境的浓墨渲染,对山民悲剧命运不断重复的刻意描述,以及她对道德模糊性的呈现,显示了她创作时的自然主义倾向。然而,正如布鲁姆所言,"伊坦·弗洛美是没有白鲸的艾哈布"[2]。"带着铁镣似的一步一跛的"伊坦面对残暴的自然和生活的压榨,坚守节操,尽力担当,显示出"满不在乎的强劲的气概",成为艾哈布式的浪漫主义悲剧英雄。这一点又脱离了自然主义窠臼。《伊坦·弗洛美》的不朽光辉,很大程度上得益于自然主义和浪漫主义之间以及质朴素材与复杂叙事之间产生的矛盾张力。

异域婚恋

华顿作为一位极爱旅游,长期侨居欧洲的作家,自然会将意大利、法国和英国等地的风情植入作品。华顿不少优秀中短篇都以异域婚恋为题材,常被收入选本的有短篇《罗马热》("Roman Fever",1934)、《迟到的灵魂》("Souls Belated",1899)和中篇《德·特琳梅夫人》(*Madame de Treymes*,1906)等。《迟到的灵魂》的场景设在意大利的一家度假旅舍。男女主人公私奔至此,女主人公不愿重新套上婚姻的枷锁,获得与前夫的离婚许可后拒绝再婚。然而,她终究还是为了爱情而与情人一起向顽固的婚姻习俗妥协。《德·特琳梅夫人》则以巴黎上流社会为背景,讲述了一位远嫁重洋的美国贵妇纠结的离婚故事。虽有美国情人的倾力相救,

---

[1] 埃迪丝·华尔顿:"自序",摘自《伊坦·弗洛美》,吕叔湘译,北京:外国文学出版社,1982年,第2—3页。

[2] Harold Bloom, Introduction, *Edith Wharton*, ed. Harold Bloom. New York: Chelsea House Publishers, 1986, p.6.

她也无法挣脱以德·特琳梅夫人为代表的法国贵族家庭设下的连环离婚陷阱。

《罗马热》是一篇脍炙人口的短篇小说。故事以古罗马废墟为背景，通过两位美国上流孀妇爱丽达与格蕾丝机敏的舌战（或曰"巧辩"，repartee），峰回路转地引出了一段爱情秘史。"罗马热"原是一则防止女孩在夜晚外出的家族传说：格蕾丝祖上有两姐妹同时爱上了一位男子，姐姐让妹妹去夜露寒凉的古罗马广场采集一种夜晚开花的鲜花做标本，导致妹妹染上风寒、高烧死去。两位孀妇曾是少时闺蜜。爱丽达与名律师戴尔芬·斯莱德订婚后，为防格蕾丝插足，受"罗马热"传说的启发，盗用戴尔芬之名写信邀格蕾丝夜间去竞技场幽会。格蕾丝欣喜前往，不幸也染"风寒"，"大病"初愈后即嫁与他人。婚后，爱丽达和格蕾丝各有一女。后来，两人都不幸守寡。两对母女碰巧在罗马同一家酒店相遇，女儿们受一群飞行员之邀出去玩耍，飞行员中有一位豪门贵族是两家均相中的快婿人选。女儿们走后，爱丽达向格蕾丝揭秘当年那封信是她写的，目的是实施报复，打破格蕾丝多年来因暗恋戴尔芬而对他产生的幻想。格蕾丝暗吃一惊，随后故作平静地告诉对方她当年回了信，所以戴尔芬如约前往，自己的女儿芭芭拉便是他们爱情的结晶。两人都清楚，在明艳照人的芭芭拉面前，爱丽达的女儿珍妮仅仅是个陪衬，目标快婿必将被芭芭拉俘获，芭芭拉将在新一代情战中获胜。如此，爱丽达将面临全线溃败。

《罗马热》发表于华顿手法纯熟的创作生涯晚期，集中了她的多项创作优势。首先，她同时了解意大利，尤其是罗马文化和美国上流妇女，这一点少有匹敌。第二，她一生对婚恋问题的探讨使她对"罗马热"所隐喻的少女时代的激情这一主题驾轻就熟。第三，急智巧辩是上流知性男女的日常游戏，也频现于文学作品中，华顿与亨利·詹姆斯一样，同是此中高手，甚而可以说，巧辩是她作品的特色之一。第四，华顿是编故事能手，故事主要从爱丽达的第三人称有限视角叙事，读者随其思路攻向敌方，突遇格蕾丝以秘史的另一版本反击，所以"战事"屡屡出乎意料。此外，故事中，环境与舌战巧妙呼应，生成象征意义。沐浴午后余晖的竞技场庄严肃穆，与舌战平静的表象相辉应，竞技场背后古罗马角斗士的激战场景与平静对话背后暗藏的心理决斗相交映，永恒的罗马角斗场与代代循环的因"罗马热"而产生的女人情战相回应，从而使整篇作品古今交辉，虚实互映，色调富丽，精妙绝伦。

艺术人生

因为贴近作家生活，艺术人生似乎永远是他们手到擒来的素材。短篇小说《缪斯的悲剧》（"The Muse's Tragedy"，1899）和《四月小雨》（"April Showers"，1900）是华顿关于这一题材的杰作。《四月小雨》因其对初次投稿的少女心理的精到描绘和清新笔调而被收入美国教材。

《缪斯的悲剧》展示了文学作品与现实的惊人差距。美丽优雅的安纳顿夫人被公认为已故大诗人文森特·兰德尔笔下的情人西尔维亚。然而，评论家丹叶尔斯在与她相知相恋后，方知她只是西尔维亚的艺术原型之一。在现实中，兰德尔从未爱过她，她只是他的红颜知己。可见，作品与现实的差距是惊人而微妙的。这篇故事内的作品与现实间差距与故事和故事外的现实间差距相互解释、相互补充，故事的元小说特色为故事本身平添了神秘色彩。故事主人公的原型扑朔迷离——似乎，兰德尔的原型可以是亨利·詹姆斯、华顿密友沃特·贝瑞（Walter Berry，1859—1927）、甚至可能是叶芝、莎翁；女主角的原型则可能是华顿本人、莫德·冈（Maud Gonne，1866—1953）或黑美人（The Dark Lady）。进而言之，故事内外的这两个差距使故事变成了一篇手段高妙的说理寓言。华顿早已厌倦读者将她作品里的人物与现实人物对号入座，她说，"现实人物的经历、见闻、外表、言谈举止尽在白热化的创造之火中熔炼，作家尔后将熔炼物倒入他出人意料的叙事模子里"[1]。因此，现实人物进入虚构文本后就不再真实；但是，鲜明的人物形象给人以真实感。读者在欣赏这篇故事之余，也可领悟到安纳顿夫人与西尔维亚的关系以及作家原型与作家主人公的关系都是华顿力图揭示的现实与虚构关系的隐喻。

华顿拒绝单一标签。她身处浮华，是社交好手、时代宠儿，却看破浮华，了悟本质。她引领时尚大潮，作品却非华而不实，而是利刃般直插人的精神困境。她是"老纽约"旧秩序的代言人，又兼其挑战者；既维护维多利亚道德，又背离"家庭天使"的妇女定位。她是"新女性"，却非严格意义上的"女性主义作家"。同时，她也是"风俗作家"和擅写"心理现实"的大师，是亨利·詹姆斯不坚定的追随者。

---

[1]　Edith Wharton, *Novellas and Other Writings*. New York：Literary Classics of the United States, Inc., 1990，p.943.

第二节
维拉·凯瑟:"最美国"的小说家

维拉·凯瑟被誉为"最美国"的小说家[1],在20世纪早期的美国文坛独树一帜。首先,在亨利·詹姆斯和伊迪丝·华顿的引领下,当时的风尚是写室内情景小说和机敏善辩的人物,凯瑟的大草原"乡土文学"(novel of the soil)可谓逆风而行,关于移民拓荒者的文学则更是冷门。她的作品为当时的文学界带来了一股清新的草原风,令读者感受到一种"平静的喜悦"[2]。再者,她坚持写"不带家具的小说"(The Novel Démeublé)的文学主张与詹姆斯和华顿主导的精雅繁复的文风对立,但是这一主张更契合她的草原风,而且,相对于长篇,它更适合讲究短小精悍的中短篇小说创作。最重要的是,她的作品传递强大的精神力量,这是她多部作品不朽的要因。在她的笔下,无论是战天斗地、不屈不挠的移民拓荒者,还是苦苦抵抗物质主义大潮的精神卫士都是美国脊梁的经典形象,给人以精神震撼和鼓舞。这一点无疑与当时美国主流文化的核心价值观合拍,因此,她不自觉地担当了美国进步主义时期国家意志的号手。她致力于描绘身边的草根文化,歌颂质朴自然的生活,讴歌普罗大众。她的作品彰显了浪漫主义情怀,与19世纪中叶美国主流文化浪漫派一脉相承,是对爱默生、梭罗和惠特曼浪漫派主张的回应。如果说《伊坦·弗洛美》是"华顿唯一一部进入美国神话的作品",那么凯瑟的多部作品则处于美国神话的核心。

生平传略与创作成就

维拉·凯瑟1873年生于弗吉尼亚州的一个农民家庭。她九岁时,举家迁至内布拉斯加州的红云地附近。大草原的拓荒文化和来自各国的移

---

[1]　周铭:《"好人"的"庇护所"——〈我的安东妮亚〉中进步主义时期美国的国家认同》,载《外国文学评论》,2012年第3期,第86页。

[2]　Stephen Tennant, "The Room Beyond: A Foreword on Willa Cather," *On Writing: Critical Studies on Writing as an Art*, by Willa Cather. Lincoln: University of Nebraska Press, 1988, p.xxiii.

民文化对她日后的创作影响至关重要。在红云地，凯瑟向德国和法国邻居学习德语和法语，并从他们丰富的藏书中汲取营养，她本人便是著名短篇《哈里斯老太太》（"Old Mrs. Harris"，1931）中好学的维吉（Vickie）的原型，法国邻居维纳尔夫妇（the Wieners）是作品中罗森夫妇（the Rosens）的原型。德国音乐家詹姆斯·迈因纳夫人（Mrs. James Miner）将她引入音乐的殿堂，为她日后关于"艺术人生"题材的作品埋下了种子。童年的周日，凯瑟一家常驱车去参加挪威、丹麦、瑞典或德国教堂的礼拜活动，抑或去法国天主教徒或波西米亚人的聚居地。各国移民风情为她的移民拓荒者小说提供了取之不尽的第一手素材，也成为凯瑟风格的特色，以至于她作品中的草原被称为"凯瑟地"（Catherland）。①

18 岁时，凯瑟正式入读内布拉斯加大学。20 岁时任校报执行主编，并开始为州报写专栏。23 岁，她成为匹兹堡妇女杂志《家庭月刊》（*Home Monthly*）的编辑；次年，转为《匹兹堡先锋》（*Pittsburg Leader*）编辑。评论与编辑工作磨炼出她敏锐的审美眼光和独到的见解，为她的文学创作提供了指导思想。1900 年，《大都市》（*Cosmopolitan*）杂志发表了她首部重要短篇小说《埃立克·赫曼森的灵魂》（"Eric Hermannson's Soul"）。1905 年，首部短篇小说集《轮唱花园》（*The Troll Garden*）问世。1906 年，她加盟美国顶级期刊之一《麦克卢尔杂志》（*McClure's*）。

1908 年，凯瑟结识了当时一流的乡土女作家朱伊特，这是一个改变她创作生涯的转折点。朱伊特向她提了三点忠告：

一、繁重的工作和全身心的创作不可兼得；
二、要用自己的语言写熟悉的题材来施展才华；
三、"必须找到自己宁静的生活中心，……进入人的心灵。"②

从此，凯瑟专心创作，并确定了自己的风格，写她熟悉的大草原上拓荒者的生活和艺术家的心灵净土。1913 年，《啊，拓荒者！》（*O Pioneers!*）的出版引起了轰动。小说描写了瑞典女孩亚历山德拉在内布拉斯加大草原上

---

① Cheryll Glotfelty, "A Guided Tour of Ecocriticism, with Excursions to Catherland," Susan J. Rosowki, ed., *Cather Studies: Willa Cather's Ecological Imagination*. Lincoln: University of Nebraska Press, 2003, p.28.

② 转引自朱炯强：《"物质文明过程中精神美的捍卫者"——谈维拉·凯瑟和她早期作品的特色》，摘自维拉·凯瑟：《波西米亚女郎——维拉·凯瑟中短篇小说选》，朱炯强选编，杭州：浙江文艺出版社，1986 年，序言第 5 页。

自强不息、自我实现的拓荒故事。这部小说使内布拉斯加大草原和瑞典移民的本色形象首度进入公众视野。技巧方面，它抛弃传统文学要素如"急智"和"男主角"，而是舒缓洗练地展示大草原风情。凯瑟道："在这本书里，我才总算写出了草原的面貌。"①《我的安东妮亚》（*My Ántonia*，1918）和《总主教之死》（*Death Comes for the Archbishop*，1927）继续了大草原主题。前者在人物塑造上体现了成长性和立体感，较之《啊，拓荒者!》技巧更圆熟。后者如史诗般歌颂了一位在西南大草原上印第安人中间传教的天主教神父的献身精神，被许多人认为是凯瑟最好的作品。

除大草原题材外，凯瑟擅长的另一类题材是"艺术人生"。现代工业文明日益挤压田园生活，令现代人产生异化心理。一战加剧了这种心理，对物质主义大潮起到了推波助澜的作用。凯瑟敏感地把住时代脉搏，结合自身体验，写了一批关于现代艺术爱好者如何在物质主义大潮下以生命捍卫最后的心灵阵地的作品。《雕塑家的葬礼》（"The Sculptor's Funeral"，1905）和《保罗案例》（"Paul's Case"，1905）等皆展现了这一主题。

文学上的非凡成就为凯瑟赢得了崇高的威望。1923年，她因《我们中的一员》（*One of Ours*，1922）获普利策奖；1930年，获美国艺术文学院豪威尔斯奖章（Howells Medal）；1933年，成为首位法国文学大奖"费米娜美国小说奖"（Prix Fémina Américain）得主。1944年，71岁的凯瑟荣膺美国国家艺术文学院金奖。凯瑟终身未婚，1947年，逝于纽约。

短篇小说创作

凯瑟的文学主张似乎更适合短篇创作。她提倡写"不带家具的小说"，认为"高层次的艺术加工均为简化过程。小说家必须先学写作，再废除所学"②。"故事的外在装饰仿佛是无意中展现出来的，是经过有所保留、挑剔的艺术家之手呈现的，而不是由杂耍艺人俗丽的手或服装店窗口陈设员按机械程式展示的。"③因此，她的故事去浮华、少雕饰，有如中国水墨画或西方印象画，重点突出，其余则朦胧淡化。长篇小说往往要求主线

---

①　转引自吴钧燮："译本序"，摘自薇拉·凯瑟（W. Cather）：《啊，拓荒者! 我的安东妮亚》，资中筠、周微林译，北京：外国文学出版社，1983年，第5页。

②　Willa Cather, *On Writing: Critical Studies on Writing as an Art*. Lincoln：University of Nebraska Press, 1988，p.40.

③　Ibid., p.41.

支脉纤毫毕现，主角配角形象丰满，"不带家具的小说"有时难以满足这些技术层面的要求。短篇小说则要求语言精练、详略得当、结构紧凑，不旁逸斜出，因此，与长篇相比，凯瑟的这一主张更适合短篇小说创作。

凯瑟认为创作不是再现现实，而应表现感受到的现实。这一点也与水墨画或印象画异曲同工。她描绘的是心灵画卷，环境、人物、事件在感受中融为有机整体。显然，她受到了亨利·柏格森（Henri Bergson，1859—1941）的直觉主义和威廉·詹姆斯（William James，1842—1910）无意识论的启发。她的艺术家题材作品心理表现幽微，显见她也不可避免地受到了当时领导潮流、擅写"心理现实"的大师亨利·詹姆斯的影响。

凯瑟共出了五部短篇小说集：《轮唱花园》《青年和明艳的美杜莎》（*Youth and the Bright Mendusa*，1920）、《微不足道的目的地》（*Obscure Destinies*，1932）、《人老珠黄和其他故事》（*The Old Beauty and Others*，1948），以及《五个故事》（*Five Stories*，1956）。她的短篇小说按题材可分为三类：大草原风情、艺术人生和追忆往事。

大草原风情：城乡冲突与文化冲突

大草原风情是凯瑟最驾轻就熟的题材，用她自己的话说，"如同在一个晴好的早晨，你觉得想骑马，于是就骑上一匹识途的马，行进在乡间"①。此时，创作对她来说，显得自然顺畅、亲切而令人愉悦。也许是经过了记忆的筛滤，或许这才是大草原的本来风貌，凯瑟笔下的中西部鲜见许多西部作品中常见的暴力与犯罪，而是洋溢着一种既原始粗犷又宁静温情之美。这片"凯瑟地"承载着作家的社会理想，也展现了美国的拓荒精神。许多此前可能毫无农牧经验的各地移民，来到这片红草漫天的荒地上，没有道路、没有房舍、举目无亲、生存维艰，支撑他们的唯有信念——对自己、对未来、对这块新大陆的信念。他们锲而不舍地与恶劣的自然条件抗争，跨越种族，互爱共处，最终将荒野变成万顷良田，在处女地上创建起一座座乡村城镇。凯瑟作品蕴含的强韧的精神力量是她成功的要因。她的草原故事大都触及一个主题：城乡冲突。"凯瑟地"上淳朴、单调、舒缓的乡镇生活与繁杂、快节奏的城市生活频繁碰撞，擦出了绚丽的戏剧火花。

---

① Willa Cather, *On Writing: Critical Studies on Writing as an Art*. Lincoln: University of Nebraska Press，1988，pp.92 - 93.

凯瑟发表的首部名篇,《埃立克·赫曼森的灵魂》便以城乡碰撞为主题。挪威移民埃立克·赫曼森原是一位高大健美、激情似火、热爱音乐与生活的农家小伙儿,但是,由于狂热的复兴派自由布道师阿根纳不间断地洗脑,他的灵魂深陷桎梏。他开始死板地认为,"活着无趣才会死无所惧,饿其灵魂方可救赎灵魂"。因此,他砸碎了心爱的小提琴,从此如行尸走肉,失去了欢乐与神采。纽约姑娘玛格丽特·艾略特来自上流社会,"漂亮,有才,爱挑刺,不知足,24 岁就厌世了"。她无法脱离"身属的那种优雅至极的文明"的控制,却渴望在进入一场无聊的婚姻"坟墓"之前有一次机会袒露灵魂。两颗相距遥远的心在大草原上发生碰撞。玛格丽特动人的歌喉和优美的琴声唤醒了埃立克强行压抑的音乐细胞。随后,在一起取信的途中,爱情复苏了他的各种本能欲望。为了能再见到这位来自另一世界的"女神",他提出去纽约干活。但是,玛格丽特对都市生活却有着更清楚的认识,她认为他在乡村才是个充满生趣、独立自由、不折不扣的人,如果去纽约,他将变作一台机器,或是四处奔波流浪。接着,埃立克舍命制服惊马的英雄气概和痴情表白更令她怦然心动。《维拉·凯瑟评传》(*Willa Cather: A Critical Biography*,1953)的作者爱·基·勃朗(E. K. Brown,1905—1951)曾说凯瑟不擅长写爱情故事。[①] 事实上,凯瑟只是不常写爱情故事。在这篇故事里,年轻的作家将两位被突如其来的爱情撞昏头的年轻人的"过电"反应和微妙心理惟妙惟肖地表现出来。爱情帮助两个年轻的灵魂挣脱了宗教与文明的牢笼。邻人看到埃立克的双眼放出炽烈的光芒,惊呼:"魔鬼又放出来了!"玛格丽特也终于找到了她梦想已久、从此足以在孤独时温暖心灵的一种"决定一切的东西"。虽然此后,两位年轻人不得不各自回到原来的世界,但是,他们的灵魂都获得了解放。

在这篇故事里,都市文明和狂热宗教分别霸占着城乡空间。然而,男女主人公在城乡碰撞的火花中擦出了爱情。爱情的神奇力量解放了两颗被文明束缚的灵魂,使二人的自然天性得到释放。凯瑟在故事中宣称,文明欺骗不了自然,文明的诡辩不可能永远蒙蔽天性,最终自然还是会突破文明的围堵,在胜利中狂呼:"我还在此,在万物之底,温暖生命根源;你们饿不着我,驯服不了我,挫败不了我。我创造了世界,我统治世界,我主宰

---

① 董衡巽:"译本前言",摘自威拉·凯瑟:《一个迷途的女人》,董衡巽等译,桂林:漓江出版社,1986 年,前言第 1 页。

命运。"故事中,城乡碰撞的主题下翻涌着自然的暗流,自然最终冲破文明的枷锁,取得了胜利。

值得注意的是,自然在凯瑟作品中总是作用非凡。它包括两方面:自然环境和人之天性。如果说在《埃立克·赫曼森的灵魂》中,人之天性取得了胜利,那么在《瓦格纳交响音乐会》("A Wagner Matinee", 1904)中,自然环境则抖足威风。凯瑟故事中,自然环境往往不甘仅作背景,而是冲上前台"抢镜",出演重要角色,参与事件,塑造或改造人物,同时也被改造。《瓦格纳交响音乐会》从叙述者克拉克的视角讲述乡下婶婶乔治安娜来城里欣赏音乐会的故事。乔治安娜婶婶并非寻常农妇,她原为波士顿音乐学校教师,30 年前,因与木匠霍华德相爱而私奔到内布拉斯加大草原。这日,她因故来到克拉克所居城市,受他之邀观看了一场瓦格纳音乐会。故事的城乡冲突可溯源至娘家亲友对乔治安娜和木匠恋情的非难。这场冲突本已在 30 年的拓荒岁月中逐渐平息,却忽然因乔治安娜的城里行被激化。婶婶的装束和城里的风尚格格不入。她初到城里还念念不忘她的农家活儿。然而,一场音乐会复苏了她对城市的亲切记忆,令她再难忍受艰难乏味的乡村生活。她泪如泉涌:"我不想走,克拉克,我不要走!"浅层的城乡冲突后隐藏着两种自然间的激烈暗战。暗战双方分别是自然环境和婶婶热爱音乐的天性。恶劣的自然环境残酷施虐于大草原上的拓荒者,执拗地在他们身上烙下印记。她将婶婶变得弯腰曲背、双肩下垂、牙齿落光、皮肤皱黄。而且,自然环境的肆虐不仅作用于其外表,更折磨她的内心。她酷爱音乐的天性无法在乡间得到满足。婚后 15 年,除了一位农场工人的手风琴外,她几乎没见过任何乐器。多年来,除了在乡间礼拜时听的福音赞美诗第 13 节外,她什么音乐也没听过。草原乡村暴虐的自然环境将婶婶的音乐天性驱赶得无处藏身。然而,它的魔爪却被城市流光溢彩、时尚拥挤的音乐大厅挡在了门外。音乐的魔力唤醒了婶婶的音乐天性,她仿佛又找回了生命。然而,这一切都只是短暂的。她知道,音乐厅门外伺伏着残暴的乡村自然,随时准备再次虐杀她的音乐天性,把她虏回荒原。荒原上,"是经过风吹日晒而变得弯曲的板壁,是低矮的、晾着洗碗布的、歪扭斜巴的岑树,是在厨房门口啄食着残羹剩菜的,瘦骨嶙峋的脱毛火鸡"。显然,在这篇故事中,乡村自然扮演暴君的角色,窒息人的音乐天性,同时,虐待、扭曲并嘲弄人性,而人类对它的改造却微不足道;城市只是人的音乐天性的临时庇护所,却无法遏制乡村自然的暴行。

《邻居罗西基》("Neighbour Rosicky", 1930)可能是译本最多、入选

文学选集也最多的凯瑟短篇故事。故事创作于 1928 年,正是作家技巧最成熟的时候。波西米亚移民罗西基因厌倦伦敦和纽约的大都市生活,来到内布拉斯加大草原安家务农。他与妻子玛丽带着孩子们苦中作乐,并经常照顾刚分立门户、起步维艰的大儿子鲁道夫和城里来的儿媳波莉。故事从他的晚年切入。65 岁时,他被诊断出心脏病,但他一如既往地热爱平静的乡村生活,直至几个月后去世。

城乡冲突依然是这篇故事的重要主题。冲突首先体现在观念上。物质主义的贪欲从城里渗透到平静的乡村。一位奶油商劝他们卖奶油,说他们的紧邻法斯勒一家去年靠卖奶油就赚了好多钱。玛丽一口回绝:"你去看看他家的孩子们! 面黄肌瘦的小可怜虫,活像是脱脂的牛奶。我宁可孩子们气色红润,也不愿把钱存银行。"罗西基一家无视当时"快速发迹"的成功标准,坚持知足常乐的传统乡居观念,是对源自城市的物质主义思想的反驳。此外,城乡对撞也在家中展开。罗西基来自城里,总是轻声细语,优雅温和;玛丽生自乡下,粗门大嗓,热情急躁。大儿子鲁道夫是憨厚仗义的庄稼汉;大儿媳波莉却是矜持、过不惯乡下生活的城里姑娘。然而,罗西基"好像具有一种爱的特殊天赋",将差异巨大的家庭成员们团结在一起,过着虽不富裕却有滋有味的乡居生活。他如一个冷静的舵手,率领家人驶过险滩急流。

作为同样兼具城乡经历的作家,凯瑟借罗西基之口旗帜鲜明地表达了自己在城乡冲突中的立场。乡村是罗西基在经历了城乡对比后毅然做出的选择。他认为,在生存状态与工作方面,穷人在城里卖苦力,如同作奴隶,最后将一无所有。商店里、货摊前摆满了香喷喷的食品,穷人却身无分文。穷人还往往夹在老板和罢工工友之间左右为难,不得不和阴险残忍的家伙打交道。他本人就曾帮助埋葬过两个裁缝工友。他甚而觉得缺德狡诈之辈应该去城里,老老实实的孩子还是待在乡下好。在乡下,有荒年,也有丰年;穷人是自己的主人,可以自行绕开卑鄙无耻的小人。而且,乡下坏人也不像城里的那般奸恶、荼毒同胞。生活方面,城市生活拥挤,他人的隐私成为自己生活的一部分,而乡下地方宽敞,各家可以保有隐私,享受安宁。环境方面,大城市以水泥将人与自然环境隔离。当工厂的机器停止转动,就会产生巨大的空虚感。"这种空虚感夺走了一个人的全部力量。"然而,在乡下,可以朝看日出,暮观日落,与自然亲近。甚而城市墓地也是"名副其实的死者之城",孤零零乏人问津。相反,罗西基所选的乡间墓地,"夏天,马儿在这里耕耘,四邻从这儿进城;冬天,罗西基的牲

口在那边玉米地里吃草"，一切仍旧是生机盎然，友善亲切。"对于应该在大城市工作过，一心向往广阔的农村并最终达到目的的人来说，这里是他最理想的归宿"，而"大城市是有钱人的天堂，是穷人的地狱"。罗西基对城乡差别的这番见解可视做作家的"凯瑟地辩"。因此，她又被称为"工业社会中的一个重农作家"①。

凯瑟琳·安·波特曾评价说，凯瑟的风格不是装模作样从外面贴上去的，这是作者"向美学扩展的一种表现真情实感的道德品质，来源于艺术家的有道德的本性——不是美学观点的道德，而是二者与其他特长相结合的共同发展，直至成为天衣无缝的浑然一体，把想象和想象的表达手法融成一体"②。《邻居罗西基》便是符合这一评价的范本。故事展示"凯瑟地"上的精神美，却无说教。作家将自己的道德本性注入人物，以饱含赞美和同情的笔触，刻画了一个爱的化身——罗西基。主人公的人格魅力随着故事的展开以与之协调的美学方式一点点地晕开去，达到了道德与美学的统一、内容美和形式美的统一。凯瑟首先挑选了合适的叙述者。如由全能叙述者完成对罗西基的道德和人生做评价会显得武断且不自然，若由罗西基或其家人完成则有偏袒之嫌，所以，凯瑟选择以熟悉他、却距之较远的埃德医生来完成评价，便显得公允自然。第二、精心设计结构。埃德医生在故事开头诊断出罗西基有心脏病，发出死亡预警；在结尾处，他专程去罗西基的墓地悼念。在首尾两处，医生均对主人公的人品和人生进行评价，从而无论在结构上还是内容上都画了一个完美的圆。第三、随内容滑动视角。凯瑟利用医生的视角完成评价，但是，医生的远距离视角难以深入主人公内心，于是，作家在故事的主体部分滑向了罗西基的视角，以他的亲身经历和感受展示他的道德与人生，并为医生的评价提供依据。第四、巧用叙事顺序。罗西基的乡村经历以顺序方式讲述，给人一种美好顺畅之感，与乡村生活的恬美相契合。他的城市经历则以插叙形式追忆，且纽约经历和伦敦经历又呈倒叙模式，使得城市生活如同一次次冲撞流畅乐章的不和谐音，在恬美清新的乡村音乐的反衬下，显得格外刺耳难听。此外，凯瑟在这篇故事中实现了个人技巧和美学观念方面的突破，一反过去过分强调简化的"不带家具的小说"理念，这篇故事结构精

---

① 吴钧燮："译本序"，摘自薇拉·凯瑟（W. Cather）：《啊，拓荒者！我的安东妮亚》，资中筠、周微林译，北京：外国文学出版社，1983 年，第 6—7 页。

② 董衡巽："译本前言"，摘自威拉·凯瑟：《一个迷途的女人》，董衡巽等译，桂林：漓江出版社，1986 年，前言第 13 页。

巧复杂,主线支脉明晰,主角配角各个形象丰满,技巧运用炉火纯青,不愧为凯瑟的短篇代表作。

　　《哈里斯老太太》是凯瑟的另一部短篇代表作。这篇故事没有传统意义上的情节以及焦点透视下的中心人物,更没有男主人公和当时流行的急智幽默。与其说它是一篇故事,毋宁说它是凯瑟以哈里斯老太太为切入点复活的一片拓荒时代大草原上的移民社区。如同散点透视的《清明上河图》,打开卷轴,一户户社区家庭,一个个人物次第登场,哈里斯一家正处于画卷中心位置。哈里斯老太太一家来自田纳西,有根深蒂固的南方传统思想。根据南方习俗,家庭如同一个尊卑有序、各司其职的王国。年轻主妇如维多利亚是家庭的形象大使,负责所有外交事务。她衣着光鲜、举止优雅,是整个家庭的荣耀。在家里,她像女王一般地位尊崇,丈夫、老人都哄着她,孩子们也爱戴她。哈里斯老太太作为外婆,相当于宫廷主管,她工作的重心在厨房,总揽家务,以使年轻主妇能体面待客,并让其他家庭成员感到舒适和幸福。至于她们自己,则要尽量躲着让外人看不见,尤其不应单独待客。孩子在家里要学习礼仪,但在嬉戏时享有颇多自由。这个家庭可以收留长期或短期的用人(如曼迪)。这些用人并不因地位低下而感到自尊心受伤。这个家庭在田纳西州曾经风光体面,但是,移民到西部小镇后却水土不服。而且,令他们苦恼与不解的是,他们越尽力按南方标准做到完美,就越失败。

　　城乡冲突在这篇故事里不是主要矛盾,各地移民的文化冲突成为核心主题。故事主要采用第三人称有限视角叙事,叙事视角不断从罗森太太、哈里斯太太、维多利亚、甚至维多利亚的女儿维吉和全能视角间来回滑动。每个叙事者的心理空间对其他叙事者都较封闭,因此,不同人物对同一事件形成了各自独立的看法和处理方式。在法国犹太移民罗森太太和北方移民的眼里,维多利亚是个欺负老人、忽视孩子、缺乏责任心、游手好闲、交际花般的主妇。在他们看来,她越穿着体面、东游西荡,就越说明她不做家务、剥削老人的劳动力,忽视对孩子们的教育。因此,他们为哈里斯老太太打抱不平,总是偷偷照应老太太。但是,这不仅犯了南方大忌,冒犯了家庭"女王"的尊严,而且,在哈里斯老太太看来,也难以理解。她因循南方的价值观,认为"女王"蓬头垢面地工作或做家事才是真正的贫穷、真正的颜面扫地;而通过自己的辛勤劳作,使维多利亚保持青春美貌才令她自豪、有成就感。凯瑟对不同文化并未作优劣评判,而是展示不同的文化思维模式。每个叙述者对同一人物事件都有不同认识,但都距

真相有一定的距离，因此，他们是"不可靠叙述人"。随着越来越多的真相逐渐向读者显露，最终，维多利亚善良完美的南方丽人形象使读者耳目一新，各地的移民文化也逐渐被读者理解和包容。凯瑟对多种文化的了解得益于她的童年经历。与移民拓荒者友好相处的经历使凯瑟体会到美国作为移民国家，并非一个大"熔炉"，而是一盘五彩缤纷的"色拉"。每个民族都保持着她不一定赞成却理解尊重的信仰、风俗和群体性格。同时，在提倡国民素质整体提升的美国进步主义时期，凯瑟也肯定"好人庇护所"的国家主张，即美国作为"好人庇护所"仅庇护"好人"。无论老移民还是新移民，都"必须勤奋工作，抛弃旧世界的恶习，尊重和获取私人财产"①，以实现自我提升。从这一角度看，各族移民在保持个色的同时，也须改造自己，以适应上述"好人"标准。显然，《哈里斯老太太》中的各地移民和前述罗西基一家正是符合了"好人"的标准。似乎于无意间，凯瑟已然扮演了美国移民政策的吹号手。

艺术人生：抵御物质主义

凯瑟曾从史前印第安人陶罐上美丽的几何图案获得启发：人有生存欲望，同时也有对美和艺术的本能追求。但是，随着工业化的进展，一切价值都用货币来衡量，一切行为皆以实用为准则。拜金主义、功利主义、物质主义甚嚣尘上。人对美和艺术的本能追求因有悖货币价值和实用准则而被打压，甚而遭摒弃。而且，人对物质贪得无厌的需求逼退各种精神需求，道德和信念也被清场。从小受到艺术和道德熏陶的凯瑟，在这场物质驱除精神的战役中，勇敢地站了出来，做"物质文明中精神美的捍卫者"②。她创作了一批如自己一般的精神捍卫者形象，讴歌他们顽强而悲壮的战斗。

《教授的毕业典礼》（"The Professor's Commencement"，1902）中的爱默生教授就是这样的一位精神战士。他所在的学校俨然一座被拜金王国包围的孤堡。30 年来，他与同事们如孤堡勇士，竭力将物质主义大潮挡在城外。然而，大潮无孔不入。城外机器轰鸣，浓烟滚滚。物质主义者日

---

① 周铭：《"好人"的"庇护所"——〈我的安东妮亚〉中进步主义时期美国的国家认同》，载《外国文学评论》，2012 年第 3 期，第 70 页。

② 朱炯强：《"物质文明过程中精神美的捍卫者"——谈维拉·凯瑟和她早期作品的特色》，摘自维拉·凯瑟：《波西米亚女郎——维拉·凯瑟中短篇小说选》，朱炯强选编，杭州：浙江文艺出版社，1986 年，序言第 1 页。

夜不停地将金币做成的毒麦种在剧院、报纸、工厂、机关、煤田和家庭中。学生们才 16 岁就讲究实际,缺乏想象,浑身铜臭。爱默生他们只有抓紧时间为他们揭示艺术、道德和知识之美,激发他们的想象力,让他们享受短暂的心灵宁静。凯瑟在故事中表现了"孤堡"勇士们"明知不可为而为"的勇气。

《雕塑家的葬礼》中的雕塑家哈维也是一位殉道者般的"孤堡"勇士。西部小城沙镇弥漫着令人窒息的铜臭。为了满足无止境的物质欲望,人们尔虞我诈、明争暗斗,甚至产生了系列谋杀和自杀。哈维是这片土地上长出的唯一的艺术之花;在外地,他已是名满天下的雕塑家。然而,在沙镇,他仍然受一众俗人的鄙夷。他临终前决定让自己的葬礼在沙镇举行,如殉道者,再次接受拜金的小镇人的嘲讽。他希望以自己的死在沙镇漫天的铜臭上撕裂一个小口,带入外来的新鲜、进步气息。

《保罗案例》也是凯瑟艺术类的短篇杰作。这是一个警世案例,讲述了在物质主义氛围中,一个热爱艺术的男孩被扭曲、被窒息,最终走向自杀的故事。与前两个故事中有着强悍内心的"孤堡"勇士不同,男孩保罗稚嫩脆弱,因此在物质主义的强压下变了形。物质主义的一切令他喘不过气,然而,一吸进剧院的煤油味和灰尘,他"就像一个释放了的囚徒那样自由自在地呼吸起来"。卡内基音乐厅的任何音乐都足以解放他体内的快乐精灵。艺术和美就是他赖以生存的空气。不幸的是,这种空气一旦被抽走,他面临的只有夭折的命运。正如题名所示,凯瑟通过这一警世案例呼吁人们在物质主义进程中保留一方心灵净土,让孩子们在上面自由呼吸、正常嬉戏。

追忆往事: 守望"神峰"

凯瑟的第三类作品是对往事的追忆。往事经过岁月的发酵过滤,变得醇如美酒,亲切动人。然而,凯瑟并非为追忆而追忆,而是在追忆中营造了一座心灵"堡垒",这座"堡垒"如令人向往的神峰,里面有无穷的宝藏:童心、想象力、理想、传统秩序等。她强调心灵堡垒的重要性,借此对抗现代社会对人的异化。在这类作品中,凯瑟常以倒叙或闪回的方式、怀旧的笔调、纯净抒情的语言铺陈故事。

《神峰》("The Enchanted Bluff", 1909)是凯瑟此类作品中的一座高峰。她以优美自然、清新流畅的文笔讲述了一群内布拉斯加州的乡村少年立志有朝一日攀上一座传说中的神峰,20 年后,虽然未能如愿,但是大家在碌碌人生中依旧怀揣着关于神峰的梦想。神峰在他们心目中不仅有峻峭伟岸的实体以及凄美动人的印第安传说，更是理想和童心的具象，是那一方心灵净土的隐喻。只因心有神峰，庸俗而艰难的人生才有了生命的亮色。因此，守望"神峰"至关重要。

《远岛的宝藏》（"The Treasure of Far Island"，1902）中的"远岛"本质上是另一座"神峰"。道格拉斯、玛吉和一帮中西部少年假装海盗，在一个他们命名为"远岛"的小沙洲里埋下"宝藏"。12 年后，名扬四海的剧作家道格拉斯与玛吉开启"宝藏"。他们意识到当初埋下的其实是简单纯洁、充满想象力的童年。主人公事业的成功也得益于童年延续下来的想象力。故事的结局暗示，这一对青梅竹马的年轻人在"远岛"上萌发了爱情，他们将继续放飞想象力，将今后的共同生活变作心灵伊甸园。

凯瑟记忆中的心灵堡垒也包含她理想的旧秩序。对维多利亚秩序的依恋与美化似乎是 20 世纪初女性作家创作的一个共性。凯瑟在《人老珠黄》里通过德·库西夫人与美国新女性的比照，表明了自己对维多利亚旧秩序的留恋和对冷漠鄙俗新秩序的鞭笞。德·库西夫人是英国维多利亚末期的道德风尚代表。她风华绝代，优雅宽和，真诚可靠，守礼有节。她因避让两位美国新女性的汽车而发生车祸。车祸后，两位美国妇女虚张声势，粗俗冷漠。她们的精明算计和自私自利在德·库西夫人舍己救人的高风比照下，受到了无形的鞭笞和鄙视。这篇故事具有明显的现代主义特征。作家采用与女主人公距离不等的叙述人从不同视角倒叙或插叙她不同阶段的往事。如此，一可以自然展示德·库西夫人的形象，无须作者强行归纳评判；二可令读者参与创作，拼凑不同时空发生的往事，厘清女主人公的线性传记；三可使怀旧气氛始终笼罩着作品，令人物形象在往昔传奇的柔辉中更加动人。

凯瑟作品是一个观赏美国拓荒时代的绝佳窗口。即使在当代，其作品所揭示的美国核心价值观、各国移民和美国不同区域群落的集体性格和思维模式仍可作为克服"文化休克"的基本指南。作为"物质文明过程中精神美的捍卫者"，凯瑟在她的作品里开辟了一方心灵净土。因与当时的主流价值观相符，这方净土已成为美国神话的一部分。在这方净土上，"凯瑟地"里活跃着坚毅乐观的移民拓荒者，心灵孤堡里蕴藏着理想、艺术、童心、想象力和传统秩序等各种"宝藏"。在现代物质主义浪潮的驱赶下，人们本能地视这方净土为心灵栖息地。强韧的精神力量与朴素文风完美自然地结合是凯瑟作品经久不衰的奥秘。

第 三 节

凯瑟琳·安·波特：
心灵舞台的倾情演绎者

凯瑟琳·安·波特一生只发表了一部长篇，她的才华主要展现在中短篇创作领域。作为短篇小说家，她仅凭五部故事集在 20 世纪 30 至 60 年代的美国文坛达到了他人难以企及的高度。著名诗人兼评论家沃伦称她的多部作品在现代虚构作品中是无法被超越的，另有一些是鲜有匹敌的；她属于极少数短篇小说家（还包括乔伊斯、曼斯菲尔德、安德森和海明威），他们的作品严肃、原创、生机蓬勃、水平风格前后一致。[①] 波特的创作风格主要体现在四点。第一，她极其讲究艺术表现形式。波特是当之无愧的文体学家，几乎每一篇故事都如大师雕刻的美玉一般，精雕细磨，不露凿痕。短篇小说名家弗兰克·奥康纳（Frank O'Connor，1903—1966）将她与短篇小说大师屠格涅夫和契诃夫相提并论，说他们的作品使他认识到"短篇小说"乃一误称，这类作品不一定篇幅短，也绝非微缩艺术；与长篇小说相比，它是更纯粹的讲故事的艺术，其艺术性更强。[②] 第二，正如舞台上看不到导演，波特主张"作者消失"。她擅长利用现代派的内聚焦手段巧妙地把作者隐藏起来，让叙事从"中心意识"自然展开。[③] 第三，她对角色心理拿捏得恰到火候。也许是因为演员经历，波特在心灵舞台上倾情演绎每一部作品。她所关注的重点不是故事情节，而是人物；不是外部舞台，而是角色内心。黄发垂髫，各色男女，每一位个体都被她演绎得出神入化，栩栩如生。第四，波特作品的常见主题有死亡、暴力、创伤、背叛、反叛、觉醒和再生。这一点跟她所经历的战乱不断、信仰混乱、反权威的 20 世纪上半叶的时代特征相适应。

---

① Robert Penn Warren, "Irony with a Center," *Katherine Anne Porter*（*Modern Critical Views*）, ed. Harold Bloom. New York：Chelsea House Publishers, 1986, p.7.

② Harold Bloom, "Introduction," *Katherine Anne Porter*（*Modern Critical Views*）, ed. Harold Bloom. New York：Chelsea House Publishers, 1986, pp.3－4.

③ Katherine Anne Porter, *Katherine Anne Porter：Collected Stories and Other Writings*. New York：Literary Classics of the United States, Inc., 2008, p.549.

生平传略与创作成就

波特 1890 年生于美国得克萨斯州的一个农场主家庭。她两岁时，母亲病逝，从此由祖母抚养。祖母是讲故事能手，也培养了波特的兴趣，使她自幼就表现出讲故事和表演才能。波特熟悉南方农场的家庭生活。她时常将南方人的骑马、打猎、养鸡、看戏以及对内战的战败和创伤回忆等编入日后的故事中。她在几所教会学校上过学，在公共图书馆饱览群书，在校时积极参与各项文娱活动，思想激进反叛。16 岁时，波特开始第一桩婚姻。婚后，她如饥似渴地阅读各类现代著作，包括尼采和弗洛伊德的专著。乔伊斯的《都柏林人》被她称为"无与伦比的故事集"，予她深刻启迪。[①] 由于不堪家暴，1914 年，她逃至芝加哥作临时演员，到得克萨斯作巡回演员和歌手。第一次婚姻于 1915 年结束。此后的几十年间，她又有了四次短暂而失败的婚姻。1918 年，她成为《洛基山新闻》（*Rocky Mountain News*）的记者。那年十月，她差点死于"西班牙流感"（Spanish flu pandemic）。这一经历被写入名篇《灰色马，灰色骑手》（"Pale Horse，Pale Rider"，1938）。

1920 年是波特文学生涯的第一个转折点。她带着采访任务到墨西哥城，自此进入政治活跃期。她在左翼报纸《先驱报》（*Heraldo de México*）上发表文章，成为美国情报机构的监察对象。她还与墨西哥总统奥布雷贡（Álvaro Obregón Salido，1880—1928）、诸多政要和艺术家交友，并参加了墨西哥女性主义理事会。当然，她也热衷于研究墨西哥文化艺术，曾被墨总统任命为"墨西哥流行艺术与工艺展览"的美国站负责人。波特的墨西哥经历助产了她的墨西哥题材作品，如她发表的第一则短篇小说《玛利亚·孔塞普西翁》（"María Conception"，1922），《开花的犹大树》（"Flowering Judas"，1930）和《庄园》（"Hacienda"，1934）等。1930 年，她的第一部短篇小说集《开花的犹大树及其他故事》（*Flowering Judas and Other Stories*）问世，尽管销量不佳，却获批评界的好评。

1931 年是波特生涯的第二个转折点。她获得了古根海姆奖学金，得以赴欧洲游历和写作。在德国、西班牙、瑞士和法国的生活开拓了她的现代视野。尤其在巴黎，文学、音乐、绘画、舞蹈等各艺术领域随时有花样翻

---

① Katherine Anne Porter，*Katherine Anne Porter: Collected Stories and Other Writings*. New York：Literary Classics of the United States, Inc., 2008, p.544.

新的现代主义作品新鲜出炉,令她耳目一新,振奋不已。广泛的现代阅读和欧洲经历使她于不觉中完成了自我现代化的训练。同时,欧洲经历为她的海外故事提供了素材。名篇《斜塔》("The Leaning Tower",1944)的完成就是基于她在德国时对一战创伤和纳粹势力抬头的观察。

波特回到美国后,先后出版了中篇小说集《灰色马,灰色骑手》(*Pale Horse, Pale Rider*,1939)和短篇小说集《斜塔及其他故事》(*The Leaning Tower and Other Stories*,1944)两书,巩固了她的文坛地位。她从未上过大学,却从40年代起在斯坦福大学、密歇根大学等名校任教。1949年起,她获得多所大学的荣誉博士学位。1950—1952年,她荣任美国国家艺术文学院副主席。1955年,《旧秩序——南方故事》(*The Old Order: Stories of the South*)出版。1962年,她唯一的长篇小说《愚人船》(*Ship of Fools*)经过二十余年的创作打磨,终于与读者见面,旋即在文学和商业领域获得巨大成功。小说以一艘从墨西哥到德国的船为微缩世界,描述了二战前夕西方堕落的世间百态。1965年,《波特故事集》(*The Collected Stories of Katherine Anne Porter*)(含此前发表的26篇故事)出版。此书为她摘得1966年的国家图书奖和普利策奖。1967年,她斩获美国国家艺术文学院金奖。仅凭五部故事集和一部长篇小说获得如许盛誉,实属罕见。这跟波特近乎苛刻的严谨创作态度是分不开的。她曾经因不满意而自毁了三部小说和数十篇故事。1980年,她在美国马里兰州去世,结束了丰富多彩的人生。

中短篇小说创作

波特以中短篇小说著称,作品虽然数量不多,但篇篇匠心独运、质量上乘。她认为故事最重要的因素是人物,且强调个体差异。她声称:"我的全部意图在于发现和理解人的动机与感情,提炼我能够感知的人的关系与经历。就我所知,没有无趣的人,也没有两人重样。虽人可分为大类,且有深层次的共性,我却对指纹更感兴趣。我热切关注那些生活在大迁徙和大灾难中的个体,那些亲历战争、建设未来的个体。没有他们,一切'广阔的历史运动'便不可能发生。"[①]也许受益于做演员的经历,从绕膝幼童到八旬老妪的语言和意识流,波特都模仿得惟妙惟肖,她的意识流写

---

① Katherine Anne Porter, *Katherine Anne Porter: Collected Stories and Other Writings*. New York: Literary Classics of the United States, Inc., 2008, p.706.

作时常达到炉火纯青的地步。她通过意识流、自由联想、梦境、谵妄、精神顿悟等现代主义内聚焦表现方式深入人物内心。正如作家韦尔蒂所言，她作品的独特之处在于，"多数文学佳作都关乎人的内心世界，但是波特的故事发生在那儿。它们只是在她选择的时刻才浮上外部世界，而她对外部世界的采用仅够满足自己的需要。仅此而已，她从不浪费笔墨"①。波特仿若演技精湛的"老戏骨"，忘我地在各种角色的心灵舞台上倾情演绎，过足戏瘾。

波特不强调故事情节，与其说她在编故事，毋宁说她在揭露真相。她生于一个有着深刻战败记忆的南方家庭，又经历了一战、墨西哥革命、二战。每一次战争都摧毁了众多旧观念，树立了新理念。观念的不断裂变使波特意识到一切定论都是脆弱的、不可靠的。在作品中，她展开多视点的重复叙述——通过不同声音或不同视角对同一人、事、物的不同看法，或同一叙述者在不同阶段对同一人、事、物的不同看法，辩证地突破定论，否定简单化，揭示真相。譬如，她辩证地质疑记忆的真实性、道德的纯粹性、战争的正义性、革命者的爱国心，甚至母爱的无私性。波特往往在故事的最后披露真相。她总是在记忆的平台上精选素材，使之以片段形式出现，再巧妙钩织不同片段，将故事引向最后的真相。根据题材，她的中短篇作品主要有三大类：米兰达系列、墨西哥故事和南方故事。

米兰达系列

波特的米兰达系列故事有很强的自传性质。她以"米兰达"（Miranda Gay）为自己的别名。多数评论者认为"米兰达"典自莎剧《暴风雨》（*The Tempest*，1611）中的女主角名。莎翁笔下的米兰达纯真善良。波特的米兰达在系列故事中也从一个天真无邪、胆小爱哭的绕膝幼童成长为一名勤于思考的清贫而严肃的艺术家。也有评论者认为"米兰达"取其西班牙语义——"注视的人"，表示女主角在系列故事中通过注视认知世界。② 米兰达系列包括《无花果树》（"The Fig Tree"，1960）、《马戏》（"The Circus"，1935）、《坟》（"The Grave"，1935）、《凡尘》（*Old Mortality*，

---

① Eudora Welty，"The Eye of the Story，" *Katherine Anne Porter*（*Modern Critical Views*），ed. Harold Bloom. New York：Chelsea House Publishers，1986，p.43.

② 周铭：《神话·献祭·挽歌——试论波特创作的深层结构》，载《外国文学评论》，2009 年第 2 期，第 211 页。

1937)①、《灰色马，灰色骑手》《盗》（"Theft"，1929）等。其中，《凡尘》和《灰》为中篇，其余皆为短篇。尤为重要的是，波特的米兰达系列虽有很强的自传性，但通过象征、隐喻、重复、并置等手法将米兰达的个人经历纳入人类不断循环的共同经历中，凝成具有普遍性的恢宏主题。所以，米兰达系列兼具个性化与非个性化色彩，亦兼有时代烙印和普世价值。

《无花果树》中的米兰达只是位绕膝幼儿，她在随家人去"云杉丛"农场前埋葬了一只雏鸡，但是，临上车时，她听到了莫名的"喂喂"叫声。旅途中，她一直惊恐不安，担心自己活埋了那只小鸡，直到故事最后，她在"云杉丛"听到了同样的叫声，姨奶奶告诉她那是树蛙的叫声，她才如释重负。这篇故事体现了波特高超的双重叙事技巧。第一重是故事本体层面，波特对幼童视角和心理把握精准。例如，幼童对成人世界时时感到惊奇与不解；做错事不敢说，心中却惶恐不安；对大人既畏惧又依赖。波特从幼童的"中心意识"，完整地叙述了一个孩童心理跌宕起伏的故事。第二重是象征层面，波特表现了大自然生死循环并因此而生生不息的主题。故事中，米兰达领悟到了一切生灵皆有生死。但是，大自然的一切，包括人类又都生机勃勃。"无花果树"在《圣经·马太福音》中被耶稣诅咒不结果②，波特在故事中却刻意让它枝繁果盛，生机盎然；"云杉丛"里猫、猪、鸡、兔的幼崽觅食，树蛙低鸣，米兰达的哥哥姐姐沐浴日光嬉戏，甚至年迈的奶奶与姨奶奶姊妹俩也斗嘴或骑马攀梯。姨奶奶爱丽舍在故事中现身次数不多，却是关键人物——是她把米兰达从活埋小鸡的恐惧中解救出来、恢复了活力，通过树蛙蜕皮告诉她自然新老交替的再生奥秘；也是她教米兰达用望远镜和显微镜去观察"一百万个其他世界"。波特从幼童视角观察到大千世界正是借助了"望远镜"和"显微镜"，即作家宽广的视野和细致的观察。基于此，辅之以熟练老道的文体技巧，她实现了从幼童视角叙事的本体层面向关乎宇宙人生的象征层面的高难度跨越。

《马戏》中的米兰达仍是个不谙世事的幼童。马戏团小丑惊险滑稽的表演吓得她号啕大哭。成人与大孩子们对表演的不同看法使她强迫自己成长，努力接受他们的观点。故事显示了波特惊人的语言天赋和观察力。她对幼童、大童和成人的视角及语言差别把握精当。读者通过波特用幼童语言描述的幼童眼中的世界，感受到熟悉的事物变得新奇而危险。

---

①　也译作《老人》或《斯人已去》。
②　《圣经·马太福音》21：18－22。

《坟》讲述了九岁的米兰达与 12 岁的哥哥保罗的乡间"探险"。故事貌似松散，却通过《圣经》典故，利用隐喻、象征、重复等钩织出死亡与新生永恒交替的寓言，人类经历不断重复的生命循环：新生、成长、迁徙、生育、死亡，尔后进入新一轮循环。故事里，米兰达的祖辈不断迁徙，他们的坟茔也不断搬迁。兄妹俩各自跳进一座空坟，坟土散发着"腐烂和芬芳掺混的气味"。根据弗雷泽（James G. Frazer 1854—1941）在《金枝》（*The Golden Bough*，1890）中所述的丰神教典故，坟中混合的气味象征着死亡和再生，这些空坟既是人生的终点，又是人生的起点。男孩装束的米兰达戴上坟里扒出的金戒指，便暗自有了成年女性爱美的冲动。她看着哥哥解剖并埋葬了一只怀孕的母兔，隐约悟到生育与死亡的痛苦。若干年后，已经成人的米兰达在异地的菜场看到了小动物形状的糖果，闻到了生肉与花朵混合的气味，不由想起了当年坟土的气息以及哥哥翻弄着坟里刨出的胸口有洞的银鸽子的情景。鸽子应是取自《圣经》典故：圣灵如鸽子般降至耶稣身上。这一故事结尾揭示了人生如受伤的鸽子，以丧失纯真为代价不断成长与受苦。同时，坟墓气味的重复也标志着米兰达在重复着祖辈的人生循环，而且，这种人生循环无时无地不在发生。由此，《坟》的个性化事件演绎成具有普世价值的人生循环的主题。

中篇小说《凡尘》按时间分为三部。"第一部：1885—1902"中，1902 年，米兰达八岁。波特从幼女的视角断续而混乱地记述了长辈们回忆中的艾米传奇。米兰达的姑妈艾米当年美丽而叛逆。在舞会上，她被未婚夫加布里埃尔发现与昔日恋人雷蒙德亲热，加布里埃尔欲与雷蒙德决斗，不料艾米的哥哥哈里（米兰达的父亲）朝雷蒙德开了枪。事后，哈里出逃墨西哥。加布里埃尔被祖父剥夺了继承权，但是，艾米却抱病嫁给了他，不幸于婚后六周去世。"第二部：1904"中，时年十岁的米兰达发现传说中"漂亮而浪漫"的加布里埃尔姑父竟是个臃肿邋遢的酒鬼。他与继室霍尼以养赛马为生，过着朝不保夕的日子。即使在霍尼面前，他也对艾米念念不忘。"第三部：1912"中，米兰达 18 岁，一年前与人私奔结婚，此时已对婚姻感到厌倦。不过，她对世事已有独立的思考与判断。在回家的火车上，她遇到同去参加加布里埃尔葬礼的伊娃表姐。伊娃相貌丑陋，是激进的女权运动者。她爆出艾米传奇的另一版本：艾米是个不规矩的女人；在舞会上，她欲与雷蒙德私奔，所以哈里才不得不开枪打伤雷蒙德；艾米急于结婚，是因为她要逃避出丑；她不是病逝，而是自杀。火车到站，来接女儿的哈里发现了伊娃，立即与之亲切愉快地交谈，共同追忆往事。受冷落的米兰达逐渐产生精神顿悟："什么才是生活的真相呢？……她的脑子固执地拒绝记忆那些不是过去而是关于过去的传说，是别人关于过去的记忆，她以前还浪费生命去惊奇地窥视呐，就好像孩子往幻灯片放映机孔里窥看……让他们继续解释事情是怎么发生的吧，我才不在乎呐。至少我能知道发生在我身上的事情的真相，她默默地向自己保证。"每个人都按照自己的意愿记忆往事，因此，他人的记忆、传说、对往事的定论是靠不住的。米兰达领悟到这一点，并且断定只有她对自己事情的认知才是可靠的真相。《凡尘》的妙处之一在于波特采用了双视角：米兰达视角和时间老人视角。时间老人在米兰达叙事中一再打上自己的标记，使读者见证了米兰达的成长历程。在故事的最后一句，时间老人索性走上前台，指引读者在米兰达顿悟的基础上产生进一层的顿悟。"（她默默地向自己保证，）满怀希望地、无知地对自己许下一个诺言。"显然，"满怀希望地、无知地"几个字不是出自米兰达视角，而是时间老人的评语。它引读者觉悟：18 岁的米兰达所领悟到的真相——包括自身经历和艾米生平——也只是带有主观色彩的、有偏差的记忆。她目前所处的阶段，只是艾米和凡尘众生所必经的青春阶段。人类在认知与否定认知的交替中成长；凡尘也在这一交替中代代循环。

《灰色马，灰色骑手》讲述的是青年米兰达的故事。它是波特同名中篇故事集的主打故事，另两篇是《凡尘》(old Morality，1939)和《中午酒》("Noon Wine"，1937)。故事取材于波特 1918 年作记者期间险些死于西班牙流感的经历。沃伦曾赞波特的作品为"深附于活生生的世界上的诗"[1]。哈罗德·布鲁姆也称波特为"一个文笔优美的抒情诗人与一位美丽女性的合体"[2]。波特蓬勃奔涌的诗意突出体现在《灰》中。故事以诗一般的语言首先在青年米兰达的梦境中展开。梦中，米兰达骑上灰色马，与灰色骑手，即死神，并驾而驱。她醒来，头火辣辣地痛。"她的头痛是随着战争开始的。"美国参加一战，在国内发行战争公债。为了逃避社会舆论的压力甚至被辞退的危险，米兰达和她的报社同事们不得不买公债、唱战争歌曲、打扮得花枝招展地慰问伤兵、织绷带等。然而，她们也看到公债推销员不过是群地痞无赖，军队也并不需要他们的安慰与绑带。她们意识到自己言不由衷，显得无聊可笑。米兰达偶然结识了即将奔赴前线的

---

① Harold Bloom，"Introduction," *Katherine Anne Porter* (*Modern Critical Views*)，ed. Harold Bloom. New York：Chelsea House Publishers，1986，p.4.

② Ibid.

工兵少尉亚当,并与之相恋。亚当如完美的战争祭品,虽然清楚战争如瘟疫,却坦然面对为之献祭的命运。亚当正如其名所暗示的,他和米兰达如堕出伊甸园的祖先。看到街上送葬队伍频繁经过,他们同时感受到爱情的甜蜜与死亡的迫近。米兰达出现流感症状、高热昏迷,亚当不顾传染照顾她。同事们也伸出援手,尽管病床紧张,终于还是帮她转入医院。她断断续续地昏迷一个月后,在医生与护士的全力照顾下开始康复。这时,她得知战争刚刚结束,亚当在部队里死于流感,朋友们一直在关心着她。她托朋友买来羊皮手套和包银手杖,准备精神十足地迎接新生。

《灰》也以个性化经历展示普遍的主题。故事一明一暗描述了两场战争:真正意义上的战争(一战)和人与死神争夺生命的战争。波特称自己是和平主义者,她指出:"艺术家的首要责任就是当(或如果)战争来时,不要失去理智。"[1]经历了多次战争,她洞悉战争宣传的虚伪、无谓和空洞;她认为任何战争,哪怕是所谓正义战争也会如瘟疫给民众带来死亡与创伤。在《灰》中,她辛辣地展示了一战的残酷与无谓、战争宣传的虚伪、愚蠢与可笑。同时,她以抒情的笔触暗述了另一场激动人心的人道主义"战争"。亚当、米兰达的同事和朋友们、她的房东、医生和护士们全力以赴、争分夺秒地与死神激战,从他的利爪下夺回米兰达的生命。人性是波特唯一的道德标尺。这场张扬人性的战争在她的笔下显得真诚感人、神圣崇高。至于语言,波特在《灰》中采用符合知性青年女子充满幻想的诗意语言,通过米兰达的视角,利用不同时态、自由直接话语、自由间接话语等,将梦境、现实、意识、无意识、谵妄,甚至死前的"欣快症"幻想连成一片,令人读起来畅快淋漓。

《盗》中的女主角已成长为清贫的中年作家。1925年前后,波特生活在纽约艺术家聚居地——格林威治村,她检讨自己在许多情况下应该对个人损失负责。《盗》正是根据此经历写成。故事虽未出现米兰达的名字,却与前述故事一脉相承。女主角的手包被女门房偷了,后者准备将它送给待嫁的侄女。被女主角发现后,她竟理直气壮地指责女主角是小偷,因为是她偷了侄女的包。"自己是贼?"——这一指控使女主角陷入沉思,并醒悟到自己最需要防的贼真是自己。因为她总是穷大方,行事大大咧咧。她对自己的个人损失,包括莫名其妙失去的友谊和爱情负有直接责

---

[1] Katherine Anne Porter, *Katherine Anne Porter: Collected Stories and Other Writings*. New York: Literary Classics of the United States, Inc., 2008, p.707.

任。故事揭示了人性中一个高贵的弱点——"为人大方"。它虽品质高贵，却代价沉重。故事提醒生活在物质社会的人们，关注理想与现实的差距，精神高贵与物质贫穷的近似关系，警告人们，大方之余应把握"度"，从而，这篇故事也实现了个体经验到普世意义的飞跃。

墨西哥故事

波特称墨西哥为"我深爱的第二故乡"①。她生在距墨西哥不远的地方，少时常听父亲讲他在墨西哥的经历。她自己断断续续在墨西哥工作生活过几年，同情墨西哥革命（1910—1928年），带着火一般的热情积极参与那里的政治文化生活。墨西哥革命势力在推翻波费里奥·迪亚斯的统治后，制定了宪法，并推行土地、经济、文教等各项改革。但是，直到1928年，革命阵营仍内部分裂，武装叛乱不断。波特的墨西哥故事多以此为背景写成，每篇故事都涉及墨西哥革命发展的一个阶段，因此具有强烈的时代特征。

《玛利亚·孔塞普西翁》是波特发表的第一篇短篇小说。故事发生在战乱的墨西哥革命岁月。印第安少妇玛利亚·孔塞普西翁快意恩仇，杀死了公然与丈夫私奔、刚与他从战场归来的玛丽亚·罗莎。随后，她竟然在丈夫和邻居的帮助下，逃脱了被捕的命运。故事成功刻画了一位性格刚烈、感情似火的印第安少妇形象。她敢于挑战高高在上的男权，反抗不公的命运，但又没能跳出她的文化身份设定的局限，从而树立了那个男权制的印第安村落可能产生的最光辉的女权主义者形象。故事极具墨西哥土著风情，情节紧张，结构紧凑，栩栩如生，可读性强。

《开花的犹大树》是波特最喜欢的作品，因为它最接近她的创作意图。个别场景也是基于她的亲身经历。故事女主角——美国知识女青年劳拉热心投入墨西哥的革命事业，却发现现实与理想间存在巨大差距。正如标题所暗示的，故事主题是背叛。首先是革命领袖布拉焦尼的背叛。他背叛革命宗旨和革命作风，一味营私，生活奢靡。他也背叛了革命群众，对他们许下美好的空头承诺。他背叛战友、自私专横、排斥异己、玩弄权术，借敌人之手扫清自己权位边的绊脚石。他还背叛了忠诚的妻子，四处风流，并与秘书劳拉调情。其次是现实对理想的背叛。劳拉美好纯洁的

---

① 　Katherine Anne Porter，"Go Little Book …，" *The Collected Stories of Katherine Anne Porter*. New York：Harcourt Brace Jovanovich，1979，p.v.

革命理想被充斥着肮脏、虚伪、冷酷和背叛的现实所击碎。甚至，她对革命领袖飒爽英姿的幻想也被布拉焦尼脑满肠肥、阴险自私的现实嘴脸所击碎。最后是劳拉自己的"背叛"。她同情狱中的革命者，为痛苦不堪的欧亨尼奥送去缓解病痛的安眠药，不料他竟服下所有安眠药片自杀。她认为是自己背叛了欧亨尼奥，因而深深自责。故事里，无论是现实片段还是梦境都采用现在时叙述，给读者一种仿佛跟随劳拉的视角观看碎片化的现代派电影的感觉。故事语言干净洗练，主题明晰深刻，片段感和画面感强。

《庄园》取材于波特 1931 年受邀考察在墨西哥庄园的电影拍摄的经历。故事发生在墨西哥的一座老式酿酒庄园，那里正在拍摄一部电影。一位在电影中饰重要角色的印第安小伙儿玩枪走火，误杀了姐姐，被送入监狱。由于他的西班牙庄园主唐赫纳罗不愿行贿 2 000 比索，小伙儿面临的命运是要么被乡村法官判处枪决，要么是在唐赫纳罗行贿法官之后，被带回庄园拍摄几乎全然复现杀人过程的剧情。两种结局同样残酷，但是无人在意印第安人的疾苦，因为在统治阶级眼里，"他们都是畜生"。波特在逼真再现墨西哥老式酿酒庄园的同时，以反讽、对比等手段暗讽统治阶级的冷漠麻木、奢侈腐败，并对墨西哥印第安人寄以鲁迅般的"哀其不幸，怒其不争"的同情。

南方故事

波特的米兰达系列有不少发生在美国南方，但是另有一些非此系列的南方故事也脍炙人口，不容忽视，例如，名篇《被遗弃的韦瑟罗尔奶奶》（"The Jilting of Granny Weatherall"，1929）、《他》（"He"，1927）和中篇小说《中午酒》等。此处单表这些南方故事。从种植园时代开始，南方经济以农牧为主，以家庭为基本生产和生活单位。所以，南方人的家庭观念和家庭荣誉感极强。波特的南方故事充分体现了这一点。她以诚实的态度在这类故事中回顾了南方风物：骑马、无处不在的利刃、甚至不可能出现在华顿夫人作品中的"粗俗"，如《中午酒》中的汤普森先生"朝台阶上猛吐一大口烟草汁，门槛石被新吐的烟草汁染得褐黄发亮"。应当注意的是，20 世纪上半叶，蓄奴制在南方余孽未尽，许多南方人，包括波特都或多或少都残余种族歧视。波特的多部作品都暴露了她残留的种族主义倾向。

《被遗弃的韦瑟罗尔奶奶》被收入多部选本。故事几乎通篇是 80 岁的韦瑟罗尔奶奶弥留之际的意识流。女主人公命运多舛：初恋情人乔治在婚礼当日逃婚，之后的丈夫约翰英年早逝，她的一个女儿因难产而死。然而，正如她的名字 Weatherall（饱经风霜）所揭示的，她挺过了所有苦难。篇尾处，老人在最后的幻觉中再次被遗弃，"房子里又没有新郎和牧师了"，她无奈地吹熄生命之火。故事整体基调灰暗，但是，波特对老妇人语言的处理却充满了戏剧张力和喜剧色彩。这位老妇性格坚强倔强，脾气暴躁古怪。波特精确把握这样一位老妇的意识流语言特色，充分展示了弥留老妇的心理时间与物理时间的交错，朦胧感知和真实世界的差异。这篇不同凡响的意识流作品通过真实对话、虚拟对话、自由直接话语、自由间接话语、心理独白，以及分别以上帝、约翰、女儿等为听者的戏剧独白搭建了一出独角戏的心灵舞台，韦瑟罗尔奶奶在台上尽兴演出，演技"爆棚"。她时而呼喊，时而梦呓；时而唠叨，时而果敢；时而痛苦绝望、哀怨惶恐，时而满怀豪情、振奋精神；时而谦卑，时而自满；时而指责教训，时而爱怜戏谑；时而烦躁愤恨，时而理性淡然；时而抗争、时而妥协……她把弥留之际对孩子们的惦念、对上帝救赎的渴望，以及长期压抑的对乔治的爱怨，杂乱无章地一股脑倾泻出来。这一出独角戏令作家、演员和观众大有酣畅淋漓之感。故事已成为意识流作品的一个范例。

《他》曝光了又一个人性暗点，即弱智儿童可能是母爱的盲点。"他"因为弱智而备受家人忽视，在故事中始终没有名字。"他"是一个符合弗洛伊德"替罪羊"学说的典型，是家里经济状况糟糕的替罪羊，受到虐待。母亲在外人面前假装爱他，却总差他去完成最危险的任务。最后，父母准备"甩包袱"，送他去救济院。途中，母亲发现他泪流满面，才意识到他有认知能力和感情，只是不会表达罢了。因此，她的良心受到重击。波特在《他》中无情地揭露了母爱的一个盲点，令人警醒。

中篇小说《中午酒》是波特的得意之作。与她所推崇的乔伊斯一样，多年的海外生活使她对故乡的记忆日渐明晰亲切。她意识到自己还从未泼墨挥洒她所珍爱的故乡。于是，在 1936 年，她挥笔写就《中午酒》。故事以当时的南方农场为背景，不少场景来源于波特少时生活，尤其是妻子在邻居面前被迫为丈夫作伪证的片段有真实原型。梗概如下：1896 年的一天，得克萨斯州汤普森夫妇的小农场里来了一位寡言少语的瑞典雇工赫尔顿先生。九年后，在善良能干的赫尔顿的帮助下，汤普森夫妇不仅还清了债务，而且过上了小康生活。他们的生活被一位叫哈奇的陌生访客破坏。哈奇以帮助疯人院抓回疯子为生。他告诉汤普森先生，赫尔顿多年前在北达科他州一时冲动杀死了兄弟，随后发疯被关进疯人院。后来，他从疯人院逃出，去向不明。直到两周前他母亲收到他寄的支票，哈奇才发现了他的行踪。哈奇此行的目的就是抓赫尔顿回疯人院。他还告诉汤普森，赫尔顿每天吹奏的口琴曲是北欧民歌，歌词的一部分是，"一上午你都太痛快了，没到中午就忍不住把酒都喝光了"。汤普森坚决反对哈奇抓人，两人大声争执起来。赫尔顿闻声赶到。汤普森眼见哈奇刀捅赫尔顿，情急之下一斧劈开哈奇头颅。汤普森太太赶来时，只看见赫尔顿仓皇逃走，哈奇倒在地上。令汤普森先生不解的是，赫尔顿被捕后身上竟然未现一处刀伤。事后，汤普森因"自卫误杀"被判无罪。然而，他逃避不了良心的谴责。于是他与妻子每日穿戴整齐，遍访乡邻，重复自己非蓄意杀人的说辞，并要求妻子作证她亲眼看到了哈奇刀捅赫尔顿的一幕。汤普森太太每次都木然作证。在困惑与煎熬中，汤普森先生日渐反常。一日，他几近成年的两个儿子误以为他要伤害妈妈，因而愤然威胁他。不久，他独自出门，写下"非蓄意杀人"的绝笔，开枪自杀。

波特时常质疑各种定论。在《中午酒》中，她质疑目击现实、理性和道德的可靠性。其一，目击现实不一定真实。汤普森先生在高度紧张的情况下，看到哈奇刀捅赫尔顿显然是幻觉。不可靠的幻觉导致了他杀人与自杀的悲剧。其二，人的理性是靠不住的。正如北欧民歌所揭示的，冲动是戕害理性的杀手。赫尔顿失去理性，冲动之下杀死兄弟；汤普森也丧失理智，杀死哈奇。其三，道德没有绝对性。波特指出，故事中每个人都在做自己认为正确的事，他们的道德仅仅存在程度的不同。[1] 汤普森先生平时善良自尊，诚实公道，为了保护赫尔顿而杀害哈奇。他确非蓄意杀人，然而，假如他承认所见为虚，必然被认作蓄意谋杀；如果他进而承认根据幻觉杀人，将会被认作疯癫或失去理智。他无法面对现实，只有请妻子帮自己圆谎，说自己所见为真。他所做的已达到了他力所能及的道德高度。汤普森太太是具有维多利亚道德的南方淑女典范，事发后她在恪尽妇道与做一个诚实的基督徒间左右为难。她并未看见杀人经过，却不得不为了帮助丈夫而一次次作伪证。违背她一贯坚持的基督徒诚实准则令她痛苦。于是，私下里，她不愿为了安慰困惑的丈夫而谎称看到了一切，以至于丈夫日益绝望终至自杀。可见，她并未恪尽妇道。所以，她的"道德模

① Katherine Anne Porter，*Katherine Anne Porter: Collected Stories and Other Writings*. New York：Literary Classics of the United States，Inc.，2008，p.732.

范"称号也大打折扣。赫尔顿一时冲动误杀兄弟，之后他连续九年行善苦修以赎罪。哈奇虽邪恶，却自认为在做维护法律的事。汤普森的两个儿子为了保护母亲而威胁父亲，不料竟成了逼父自杀的最后一根稻草。每个人都做了"正确的"事，却合力酿成了悲剧。可见，没有绝对的道德，只有相对的道德，或不同程度的道德。总之，波特如冷静的外科医生，解剖人们不愿承认、却真实存在的人性弱点。

波特产出不丰，却凭其冷峻深刻的洞察力和精到的现代主义艺术表现力而享誉文坛。她的作品以女性人物为主，刻画了众多充满反叛精神的女性形象。她关注个体，善以个体经验引出人类和自然的整体状态。然而，她的文学成就不限于此，在那个反权威的时代，她大胆质疑定论，冷静剖析人性弱点，揭示人性与事物的复杂性。用她的传记作家吉夫纳（Joan Givner，1936—　）的评价做一总结："她（波特）以其非凡的能力超越了种种障碍，超越了当代文化中的种种对妇女在智力和职业方面取得成就时所表现出的含蓄的甚至是明确的阻碍。她是了不起的，因为她坚持她的艺术原则，同时又义无反顾地投身到时代的潮流中，表现出了极强的时代感和敏锐的洞察力，并用这种洞察力创造出了一个象征世界。"[1]

第 四 节
尤多拉·韦尔蒂：南方风情"摄影师"

尤多拉·韦尔蒂被著名的"美国文库"（The Library of America）称为书写故乡密西西比河流域历史的作家，书写的深度和强度堪比福克纳。[2] 她对同乡福克纳十分敬畏，称自己"好似住在大山旁边"[3]。同福克纳一样，韦尔蒂倾墨于她生于斯长于斯的密西西比河沿岸风情。她作品里的确有福克纳的影子，如对南方贵族的刻画、对"不可靠叙述者"的选

　　① 转引自王晓玲：《一个独立而迷惘的灵魂——凯瑟琳·安·波特的政治和宗教观》，载《当代外国文学》，2002 年第 2 期，第 114 页。
　　② Eudora Welty，*Eudora Welty: Stories*，*Essays*，*& Memoir*．New York：Literary Classics of the United States，Inc.，1998，front flap.
　　③ George Perkins and Barbara Perkins，*The American Tradition in Literature*，11th edition. New York：The McGraw-Hill Companies，Inc.，2007，p.1903.

用，以及对由此叙述者生成的、抹平现实与幻境界限的混乱模糊语言的应用等。如果说福克纳着重于密西西比河流域奴隶制解体时期的历史，那么韦尔蒂则更偏重家乡从 20 世纪 30 年代大萧条时期到 60 年代社会动荡时期的现实。此外，她具备福克纳无法拥有的敏锐的女性视角。韦尔蒂对南方方言和不同语域语言的掌控能力可媲美另一位密西西比河流域作家——马克·吐温。同她的文学引路人凯瑟琳·安·波特一样，她也是文体学家，表现故事的方式精美独到。与其他南方巨擘不同的是，韦尔蒂因擅长摄影而独具"摄影机眼"，令其作品呈现电影胶片般的逼真视听感官效果和移动变换效果，而韦尔蒂就像一位肩扛摄像机的摄影师，以胶片的方式叙述着密西西比河流域的人物和风情。

生平传略与创作成就

韦尔蒂的生命几乎横亘整个 20 世纪。她 1909 年出生于美国密西西比州的杰克逊城，是当地一家保险公司总经理的长女，家境殷实。她自幼爱好广泛——弹琴、绘画、看电影，尤喜跟父亲学摄影和饱览群书，并曾发表过绘画和摄影作品。1925—1926 年，她就读于密西西比州立女子学院，习作常见诸校报校刊。1927—1929 年，她转学至威斯康星大学潜心研究文学艺术，研读现代主义大师作品。1930 年，她在哥伦比亚大学进修了一年研究生广告课程。1931—1934 年美国大萧条期间，她父亲死于白血病，她从事新闻电台编辑和报纸通讯员等临时工作。1935—1936 年，她作为密西西比州公共事业振兴署的宣传员走遍全州，报道该机构项目及其扶助对象。其间拍摄的关于大萧条中密西西比州的作品于 1971 年结集出版，名为《一时一地》（*One Time, One Place*）。摄影、绘画和广告课程的训练赋予了她视觉思维的能力；各种新闻报道工作则为她日后的写作积累了大量素材，从而奠定了她作品胶片般精准、新闻式客观、具有深刻的社会观察和人文关怀的风格。

韦尔蒂的创作生涯较多数作家平顺。她首先是短篇小说家，称自己"感兴趣的是人类社会的真实情况……短篇小说最适合我表现这一点"[①]。1936 年，《文稿》（*Manuscript*）杂志发表了她的首部短篇小说《旅行推销员之死》（"Death of a Traveling Salesman"）。其后，当时的名刊《大西洋月

---

① ［美］艾依温·萨诺夫：《"我永远不能使之尽善尽美"——与尤多拉·韦尔蒂一席谈》，杨绍伟译，载《外国文学》，1987 年第 8 期，第 83 页。

刊《南方评论》(*Southern Review*)、《纽约客》《时尚芭莎》(*Harper's Bazaar*)等纷纷刊载其作品。1941 年,她的首部短篇小说集《绿帘》(*A Curtain of Green*)由业已成名的凯瑟琳·安·波特作序出版。书中名篇济济,《莉莉·道和三位女士》("Lily Daw and the Three Ladies",1937)、《绿帘》("A Curtain of Green",1938)和《搭车》("The Hitch-Hikers",1939)分别入选 1938 年、1939 年和 1940 年度的《最佳短篇小说集》(*The Best Short Stories*);《石化人》("Petrified Man",1939)和《熟路》("A Worn Path",1941)获欧·亨利奖;《一场记忆》("A Memory",1937)也见诸文学选集;《一则消息》("A Piece of News",1937)和《马伯豪老先生》("Old Mr. Marblehall",1938)被著名诗人沃伦(Robert Penn Warren)和文评家布鲁克斯(Cleanth Brooks)选入经典课本《理解小说》(*Understanding Fiction*,1943)中。第二本故事集《宽网和其他故事》(*The Wide Net and Other Stories*,1943)也备受瞩目。故事《宽网》("The Wide Net",1942)和《丽薇归来》("Livvie Is Back",1942)[后改名为《丽薇》("Livvie")]均获欧·亨利奖。此书形式上颇似福克纳的约克纳帕塔法系列故事,故事各自成篇,又多以纳旗小镇为背景,合成地方传奇。1949 年,韦尔蒂最钟爱的短篇小说集《金苹果》(*The Golden Apple*)问世。该集故事以南方小城摩格纳为背景,描写"作为希腊神话中,以各种化身漫游于不同时空的神话人物和诸神的复影"①的现代人,表现他们的情爱、漫游和对以希腊神话中的"金苹果"为象征的梦想的追求。1955 年,韦尔蒂的第四部短篇小说集《茵尼斯法伦号船上的新娘和其他故事》(*The Bride of the Innisfallen and Other Stories*)出版。书中名篇《燃烧》("The Burning",1951)获 1951 年欧·亨利奖。1968 年,韦尔蒂凭短篇小说《示威者》("The Demonstrators,"1966)再摘欧·亨利奖。1980 年出版的《尤多拉·韦尔蒂故事集》(*The Collected Stories of Eudora Welty*)获美国图书馆协会著名图书奖和国家图书奖。

尽管韦尔蒂醉心于短篇创作,她"按写短篇小说的方式"写的长篇小说也成绩斐然。② 1942 年,她发表首部小说《强盗新郎》(*The Robber Bridegroom*)。随后,发表了《三角洲婚礼》(*Delta Wedding*,1946)。《庞

---

① Eudora Welty, *One Writer's Beginnings*. Cambridge, Massachusetts: Harvard University Press,2000,p.108.

② 艾依温·萨诺夫:《"我永远不能使之尽善尽美"——与尤多拉·韦尔蒂一席谈》,杨绍伟译,载《外国文学》,1987 年第 8 期,第 83 页。

德的心》(*The Ponder Heart*，1953)1956 年被改编成剧本，在纽约连演 149 场。《败仗》(*Losing Battles*，1970)成为她最畅销的小说，引发了读者 对她早期作品的热情。1972 年出版的《乐观者的女儿》(*The Optimist's Daughter*)被誉为她的代表作，斩获 1973 年普利策奖。此外，她的自传 《一位作家的起点》(*One Writer's Beginnings*，1985)也获得国家图书奖和 全美图书评论界奖。

韦尔蒂的文学生涯持久而辉煌。1952 年，她入选美国国家艺术文学 院院士。1962 年，她获选为她崇敬的福克纳颁发美国国家艺术文学院金 奖。十年后，她本人亦获此奖，颁奖人是凯瑟琳·安·波特。1973 年 5 月 2 日那一天被密西西比州定为"尤多拉·韦尔蒂日"。1979 年，她获国家 文学奖。1998 年，她的作品入选"美国文库"所编、代表美国文学最高成就 的《美国文学巨人作品》系列，打破了这套书只收已故大师作品的先例。 韦尔蒂终生未嫁，2001 年结束了她光辉、长寿的一生。

短篇小说创作

韦尔蒂精湛的摄影笔法令人称奇。除却酷爱摄影，热爱旅行也是一 个要因。从俄亥俄到西弗吉尼亚乡村的火车频繁梭织着韦尔蒂父母的千 里情缘。受父亲影响，韦尔蒂幼时爱坐火车，那种密闭空间里，新奇美好、 内心世界融入外部世界的感觉伴她终生。旅行在她看来是人生的重要组 成部分。所以，她的许多主人公都是人在旅途。她的笔如移动摄影机，跟 拍故事主人公旅程中的所思所见。作为摄影师，她的"描写旅程的短篇 中，特写和全景交叉，光亮色彩、人物表情动作等互相映衬，使读者的阅读 过程变成了观看影片过程"[1]。值得注意的是，她拥有的是女摄影师的视 角，以女性特有的细腻敏感，主要关注女性人物和日常事务。

韦尔蒂是极其重视故事表现方式的文体学家。波特在韦尔蒂的首部 短篇故事集《绿帘》的序言中将书中故事按表现形式分三类。这一分法也 适用于韦尔蒂后来的多数作品。第一类是讽刺漫画式，如《石化人》《莉 莉·道和三位女士》《我为什么住在邮局》("Why I Live at the P. O."， 1941)等。韦尔蒂的人物漫画手法并非如狄更斯在《董贝父子》(*Dombey and Son*，1848)中所采用的夸张变形，而是精选现实片段准确而清晰地体 现个体，尤其是社会边缘人的特性，以达到喜剧讽刺效果。第二类是波特

---

① 金莉等：《20 世纪美国女性小说研究》，北京：北京大学出版社，2010 年，第 122 页。

偏爱的现实与幻境共生相克式,如《一场记忆》《熟路》《燃烧》等。波特慨叹这似乎正是韦尔蒂最得心应手的表现手法。在《中午酒》的后半部关于杀人及其后果的描写,波特也采用了这种方式。与她相比,韦尔蒂更倾向于整篇作品均采用这种方式。这类故事里的外部世界和内心想象在现实与幻境的边界既水乳交融又互相排斥,这种神奇的组合强化了文本的力度,也客观上增加了写作与阅读的难度。第三类是记录写实式,如《宽网》《茵尼斯法伦号船上的新娘和其他故事》《没有地方给你,我的爱人》("No Place for You, My Love",1952)等。这类作品需要作者具有脱离自恋、自怜和成见方可获得的客观性。韦尔蒂借用电影纪录片手法,一路跟随主人公摄制旅途风光、南方风情或旅人风采,达到令读者如临其境的客观效果。这种客观性与人物感受相结合,烘托主题,形成此类作品的特色。[①] 此外,继《绿帘》后,韦尔蒂在创作中又发展成熟了第四类作品,可谓之"神话式"。此类作品既包括古代神话的重写,如《瑟茜》("Circe",1949),也包含以古代神话映衬现代故事,从而赋予其普遍意义与历史深度的故事,如《金苹果》系列作品。下面先从韦尔蒂最擅长的现实与幻境共生相克式短篇故事开始举例介绍。

现实与幻境共生相克式故事

　　《一场记忆》与其说是篇故事,毋宁说是开启理解韦尔蒂故事之门的一把钥匙。它是一位成年女性对少时观察一段沙滩场景的回忆。故事以第一人称写就。"我"少时喜用手指搭成长方框在生活中取景,"任何一次观察都使我得出结论:生活的一个秘密近乎向我展开"。那时的我沉浸在"初恋"中。"我"和"他"虽未说过话,但是楼梯上不经意地碰手,在"我"的心中漾起爱的涟漪。那时的"我"同时是观察者和幻梦者。一天,在湖边沙滩上,"我"观察到穿泳装的一家人举止粗鄙地嬉戏。一名男子捧起沙子灌进耷拉着一身肥肉的中年妇女的胸部,她毫无顾忌地翻下胸部泳衣,倒出沙子。"我"急忙调动想象中的美好爱情,以抵御这鄙俗一幕对自己心灵的伤害。

　　童明对这篇故事的评价颇有见地:"泳装一家和她的情梦并置、她为故事取景的方式、成人与孩子的双重性、叙述者未感知到的(对她初恋

　　① Katherine Anne Porter, "Eudora Welty and *A Curtain of Green*," *Katherine Anne Porter: Collected Stories and Other Writings*. New York: Literary Classics of the United States, Inc., 2008, pp.587 - 588.

的)反讽——这一切都显示故事主要讲的是一位艺术家的诞生。这里介绍的叙事方法在韦尔蒂的作品中常被采用。"①《一场记忆》几乎是韦尔蒂登上文学舞台的开场白，抑或她关于日后创作手法的宣言。第一，在日后的创作中，她常将现实与幻境并置，正如故事中，泳装一家的鄙俗现实与少女美好的青春情梦互相排斥，却又被奇异地并置。事实上，现实与幻境并置，不仅是少女，而且是整个人类的生活本相。第二，恰如故事中少女用手指搭框取景，韦尔蒂的独特取景方式是摄影手法，她对何时何地取景与如何取景十分敏感，并且大量运用外聚焦叙事。第三，正如故事叙述者"成人与孩子的双重性"所预示的，一方面，韦尔蒂经常使用双重视角叙事；另一方面，她故事中的人物性格常具有双重性，如《马伯豪老先生》中的一家三口都具有老气横秋和生机勃勃的双重属性。第四，韦尔蒂擅长运用各类反讽增强故事表面和深层之间的张力。例如，她在《一场记忆》中对叙述者所谓的"初恋"进行反讽：它纯属少女单方面的梦幻，全无现实恋爱的形体依托。第五，在她精心选用的每个现实场景背后都有"生活的秘密"，揭示这些秘密是韦尔蒂创作的主旨。

短篇小说《熟路》也许是入选选本最多的韦尔蒂作品。故事塑造了一个美国文学中异常鲜明的形象——倔强的黑人老奶奶菲妮克斯。在圣诞节临近的一天，年老昏聩的菲妮克斯·杰克逊从乡间简舍出发，循一条走熟了的崎岖小路，闭着眼睛横着拐杖颤颤巍巍跩过小溪上的独木桥，历尽艰辛，蹒跚到纳旗小镇，又一次为孙儿取药。她在医生诊所回答护士关于孙儿病情的提问，先是说孙儿病情依旧，继而又两次说他在房内全身被包裹——"裹着小拼花被，探着头，嘴像小鸟一样张开"，最后，她像往常一样拿到了给孙儿治病的药。

《熟路》中，韦尔蒂俨然肩扛一架隐形摄像机全程跟拍菲妮克斯。黑人老妪蹒跚的步态、衰退的感官、可怕的忘性，以及不得不请人系上的鞋带等细节都显示她已到风烛残年。韦尔蒂通过老妪前后矛盾的话语表现其混淆现实与幻觉的昏老状态，进而营造了一个令读者困惑的谜团：她的孙儿是否已经死了。这个问题是教师、学生和读者最常问韦尔蒂的问题。因此，她专作一文《菲妮克斯·杰克逊的孙儿真的死了吗？》("Is Phoenix Jackson's Grandson Really Dead?"，1974)予以解释。她说："语义模糊

---

① 童明：《美国文学史》，北京：外语教学与研究出版社，2012年，第312页。

是生活的事实。"①她对菲妮克斯的孙儿是否已死不置可否,但是确信"菲妮克斯活着"——"只要她还能走,还能坚守她的目的,她就会一直重复旅程。"②她不顾艰险,定期跋涉到城里,为孙儿取药,完全是基于"孙儿还活着"的固执信念,而这一信念有可能完全只是虚假幻觉。现实与幻觉在故事中纠缠不清,相互融合,又相互否定,由此产生巨大的悲剧之力。那条老妪走熟了的、险阻重重的路,是一条爱心打磨的路。这条路与老妪执拗的——极可能是幻觉的——信念共同见证了爱的顽固。爱的执着与伟大便是韦尔蒂在这篇故事中所要展示的"生活的秘密"。《熟路》以其鲜明的人物形象、动人的人性光辉,以及长镜头跟拍的摄影手法和现实与幻觉相生相克的表现手法,经受了时间的考验而成为经典。

名篇《燃烧》以美国南北战争为背景,表现南方贵族的覆灭及黑人走向新生。故事颇似福克纳的风格,韦尔蒂挑战了高难度的不可靠叙述者的视角:以黑人女佣黛丽拉为聚焦人物,通过她无知而混乱的意识描写南方大户被烧毁、贵族姐妹被迫自尽的动荡场面。故事始于两位南方士兵谎称奉北军谢尔曼将军命令来烧这户大宅。他们强奸了贵族姐妹泰欧和米拉,以及黑佣黛丽拉,随后赶出众人,纵火焚宅。具有讽刺意味的是,他们言行中每每体现南方骑士风度,以至于令黛丽拉后悔没打扮齐整。混乱中,幼童菲尼被烧死。贵族姐妹走投无路,于是,轮流踩着黛丽拉的肩背和头部,自缢身亡。忠实的黛丽拉经历了茫然无措的慌乱过后,最终头顶贵族姐妹的珠宝淌入尚未涨水的河里,坚定地走向自由。

《燃烧》的象征手法耐人寻味。大宅里的威尼斯镜子与菲尼的身世象征着南方贵族的表里两面。幼童的身份扑朔迷离,他或许是米拉生前与哥哥乱伦所生,也许是她与哥哥的挚友所生,抑或是白人男主子与黛丽拉所生。如果说威尼斯镜子映出南方贵族昔日的辉煌和战火中衰败的表象,那么,孩子不确定的身世则反映表象背后的肮脏事实,指向贵族们的腐朽堕落。同时,故事中焚烧一切的"火"代表毁灭的力量和南方腐朽贵族受到的诅咒,而最后出现的"河水"则涤荡黑人奴性、净化灵魂,并意味着他们获得的重生与自由。

---

① Eudora Welty, "Is Phoenix Jackson's Grandson Really Dead?" *Eudora Welty: Stories*, *Essays*, *& Memoir*. New York: Literary Classics of the United States, Inc., 1998, p.816.

② Ibid., pp.815 – 816.

讽刺漫画式故事

　　韦尔蒂选取再现典型现实片段的方式达到讽刺漫画般的效果,这一方式比单纯的夸张变形的创作难度要高。《石化人》也是经常入选文学选本的韦尔蒂代表作。作家精选两段室内情景剧"视频",并以对话形式叙事。美发师利奥塔在与顾客弗莱切太太互争上风的闲聊中,牵出与她的新房客派克太太之间的故事。在第一段"视频"里,利奥塔谈及新闺蜜派克太太目光何等犀利,一眼便瞧出弗莱切太太怀有三个月身孕,以及她与派克太太同逛畸人秀,对只能微转脖子、缓慢进食的"石化人"(petrified man)感兴趣。第二段"视频"发生在一周后,人物场景不变,但是,利奥塔已将派克太太视做仇敌。她愤然向弗莱切太太道出派克太太看了她的旧杂志上的一则通缉令,认出上面强奸犯的相片正是那位"石化人"。"石化人"曾是派克一家的邻居,原名"石头"(Petrie)。于是,派克太太报警并领到 500 美元赏金。利奥塔懊恼不已,哭了一夜。她说完一切,余怒未消,又与弗莱切太太合伙儿欺负派克太太年仅三岁的儿子。

　　两段"视频"宛如从生活中现捞出的鲜灵灵的两个对话小品,既有衔接,又有对比,蕴藏丰富信息。首先,韦尔蒂透过美容院里的飞短流长写了一个大大的"俗"字。美容院里的女士们说三道四,争强好胜,浅薄迷信,仇富善妒,矛盾多变,无时不彰显一个"俗"字。这个凸出的"俗"字使整篇故事具有讽刺现实的漫画效果,但这一效果并非来自夸张变形,而是源自活生生的两段生活"视频"。再者,韦尔蒂在这篇故事里舞动女性主义大旗。一方面,在 20 世纪上半叶女权主义的浪潮中,故事中的女性甚而带有主导意识。利奥塔和派克太太均工作养家,而她们的丈夫却失业在家,闲来钓鱼,或承担起做饭等女性传统家务。他们甘于与妻子进行家庭角色互换。此外,弗莱切先生在太太面前只能低眉顺气地说话;蒙特乔伊先生面对临盆前非要来美容院洗头的太太只有心急火燎、无可奈何地等在美容院外。四位女士在家里占有说一不二的强势地位。另一方面,曾强奸四位不知名女性的"石头"变成了"石化人",象征美国男性地位的弱化。他的命运最后被女性掌控,也是女性占领强势地位的隐喻。这篇故事体现了韦尔蒂的女性主义思想,且具时代意义。最后,故事中的两场对话貌似天然,实则精雕细琢,兼具展开情节和刻画人物的功能,极具代表性地体现了韦尔蒂作品中的对话风格。

　　《我为什么住在邮局》是一篇匠心独运的漫画讽刺故事。韦尔蒂从受教育程度不高的小镇女邮递员视角以第一人称倒叙故事。作家引用不可靠叙述者，以俗人告家务状的形式，迫使读者不得不充当调解人，调动自身判断力评判"剪不断、理还乱"的一桩家务案，探索真相，以及真相背后的生活奥秘。叙述者普利丝是密西西比州第二小的邮局——中国树丛小镇邮局的邮递员。她抱怨自己搬到邮局住，是因为家人偏向妹妹，合伙欺负她。妹妹结婚不久便被抛弃，带着已然两岁的女儿回到家中。显然，妹妹未婚先孕，这在当时有辱门楣，因此，尽管孩子长得明眼人一看便知是亲生女，她却坚称孩子是养女。普利丝在妹妹和妈妈面前拆穿真相，于是，妹妹故意让外公误以为普利丝不满他的长胡子，惹得爱须如命的外公大怒；随后，妈妈因拒绝拆穿妹妹而站在了妹妹那边；最后，舅舅也因普利丝揭发他穿了妹妹的日式晨衣而对她大发雷霆，趁她熟睡时，往她身边扔了串燃着的鞭炮。于是，她一气之下搬到邮局来住，而家人也誓不与她来往。

故事乍看起来，普利丝值得同情。读者容易透过她的遭遇看到韦尔蒂对南方荣誉感的讽刺。荣誉在南方居然被抬高到架空的地步。荣誉下面已无勇气和诚实支撑，却成了虚伪和偷窃的遮羞布。然而，作为调解人，读者不能偏听偏信，须也站在普利丝家人的立场思考，便会发现他们之间情感上的相互呵护。因为不愿伤害对方，所以他们不互拆谎言和揭发愚行。唯有普利丝不住戳家人不愿言说的痛处：妹妹的未婚先孕、外公的长胡子、妈妈的安妮表妹，以及舅舅穿的女式晨衣。此外，从他们是小镇上来往信函最多的人家这一点也可看出他们对情感的珍视。至于舅舅穿妹妹晨衣、妹妹拿姐姐手串，小镇人在这家人的家庭矛盾问题上自动站队，都从另一角度指向20世纪早期美国南方乡镇的和谐气象，即家人间不分彼此，邻里间难藏隐私。进而言之，普利丝与家人的对立，小镇人的自动站队，这些现象已溢出家务案的范畴，反映了美国南方当时正处于转型期，其时代特征是讲究实际的现代理念与珍视情感和荣誉的传统理念剧烈冲突。故事中，叙述者抱怨的语调与充满喜剧冲突的人物对话及细节描写产生强烈反差，形成了讽刺漫画效果；家庭俗务与严肃主旨间的反差也体现了韦尔蒂作品的又一个特色。

记录写实故事

韦尔蒂的记录写实故事笔法简洁，但意味隽永蕴藉，以故事《宽网》最具代表性。《宽网》突出表现了韦尔蒂作品的两大特色：其一，作家如摄影师一路跟拍主人公所见的人、事、物、景；其二，在生活琐事背后隐藏宏大深刻的主题。韦尔蒂在《宽网》中将短篇小说的内涵容量拓到了极致。故事发生在南方腹地（the Deep South）珍珠河沿岸的乡村，正值十月农闲，小伙儿威廉一夜狂欢后回到家中，发现怀孕的妻子海泽尔留下的字条，说她要投河自尽。他立即叫上同伴欲在珍珠河里拉网打捞妻子。很快，众多乡邻赶来，甚至老博士也携宽网同来与他们一起沿河两岸拉网。一天下来，众人到达多佛小镇时仍未找到海泽尔，却网得鱼儿无数。威廉回到家中，发现海泽尔已备好晚饭，原来一切只是她淘气的恶作剧。

　　这一出夫妻间恶作剧引起的寻常拉网集会中，鼓鼓胀胀地塞满了严肃的人生主题和南方主题。就人生主题而言，第一、珍珠河象征生命之河，而拉网有如人生。威廉明知故问这条他熟知的河叫什么名字，引发读者深入思考河的象征意义。河里有急流深潭、沙洲暗礁，生命长河亦如是。拉网过程中，时而艳阳高照、细波跃金，时而狂风骤雨、电闪雷鸣，一如起伏跌宕的人生。第二、追寻是人生永恒的主题。追寻是人生的主旨和意义，正如故事中威廉对海泽尔的追寻为拉网赋予了目标与意义。而且，各人追寻的目标不尽相同，正如威廉追寻的目标是海泽尔，马龙一家追寻的却是一条小鳄鱼，孩子们追寻的是欢乐，而老博士追寻的则是品咂人生百味、再晓谕后人。追寻的目标不一定能达到，但是，恰如故事中每个人经历了辛苦的拉网都收获满满，追寻总会有收获。第三、人生多磨难。"外面的世界充满了忍耐"，老博士此语道破人生的艰辛。正如珍珠河里蛇王出没，大树被狂风摧折，人生也充满凶险：两位白人孩子的父亲溺水而亡，两位黑人孩子的父亲也遭雷击而死，即使是孩子，对待人生的悲剧也只有忍耐。第四、尽管人生多磨难，却要淡定面对。韦尔蒂通过老博士之口不时提醒莫让网太重了。如果说溯流拉网如人生之旅，那么人生之网应经常减负。第五、人生多变化，这是自然的进程。正如博士用诗一般的语言说他们正走在变化的时节，霜冷将至，层林尽染，柿树将挂红灯，坚果将雨落一地，小鹌鹑会被人追得疾行。

　　就南方主题而言，《宽网》呈现出浓郁的地方特色。韦尔蒂曾言："地点是我要写的东西的规定者和限制者。它帮我定位、辨认和解释。"[①]珍珠河不仅为《宽网》定位了南方景观，更限定了南方观念。其一是南方的怀旧情绪。怀旧是当时南方共有的情绪，也是南方集体感的源泉之一。正

---

① 杨向荣：《尤多拉·韦尔蒂访谈录》，载《青年文学》，2007 年第 3 期，第 127 页。

如老博士从十月金色的阳光下，泛金的天空、树木、河水和宽网中总结出的人生真谛——变化前的时代总被怀旧的人们抹上金色的光辉，怀旧的人们不可避免地会美化过去。其二是南方的集体感。这种集体感从故事所讲述的一桩寻妻的个人事件自然演变成一次集体的拉网经历可窥一斑。其三是南方人的坚强乐观，无论是白人孩子还是黑人孩子都能立即走出家庭悲剧的阴影，恢复快乐的天性。海泽尔一向开朗活泼，事实上从一开始就无人相信她会投河，寻人只是农闲拉网的一个绝佳借口罢了。这一点可以从众人的反应中得到证实：威廉去借网的途中竟追捕野兔；他的众乡邻都还记得海泽尔平常动不动就笑个不停；老博士在拉网后也坦承他从未相信她会在河里。整个拉网过程近似一次欢乐的盛会，体现了美国南方人淡定乐观的态度。其四是种族问题。种族问题是废奴后仍普遍存在于南方的问题。韦尔蒂在故事里安排了有着类似遭遇和相同天性的一对白人兄弟和一对黑人兄弟，然而，前者的遭遇受到同情，后者言及他们的遭遇时却被呵斥。黑人兄弟受呵斥后申辩："我们一直都说得这么多，但是现在大家都这么安静，就听得见我们说话了。"与拉尔夫·埃里森在《看不见的人》中的关注点相同，韦尔蒂借此抨击黑人无发言权、无存在感的受歧视现实。其五是南方人的区域意识和排外意识。韦尔蒂安排了拉网途中的一幕戏——威廉好友维吉尔驱赶毫无威胁的矮小外地人，用以突出南方人的排外意识。其六，拉网的起点是乡村，终点是多佛小镇，象征着20世纪三四十年代的美国南方正由乡村经济向城镇经济迈进。总之，《宽网》容纳了林林总总的严肃主题，将短篇小说的容量拓展到了一种极致，体现了韦尔蒂袖里乾坤的高难度技巧。

《没有地方给你，我的爱人》是《茵尼斯法伦号船上的新娘和其他故事》的开篇故事。故事的男女主人公来自美国北方的不同地区，他们素不相识，在共同陌生的新奥尔良市的一场派对上偶遇。男主人公已婚、传统、沉默寡言。女主人公未婚，警惕严肃。也许是在南方人中间都显得格格不入的共同点将二人间距离拉近，派对结束后，他们驾车南游。车外不断变化的声光色热中，南方夏季的万种生灵活力充沛，路人友善质朴，她心中腾起舞蹈的冲动。他捡起她被风吹落的帽子，她防范的心扉开始向他慢慢开启。然而，随着暮色渐沉，她又开始本能的担心这次莽撞出行的后果。她甚而刻意划开界线——故意问他："你妻子怎样？"接着，温馨的乡间画面和撩人的舞曲拨动了两颗孤独而渴望慰藉的心弦。二人距离越来越近。作家此刻转以"他们"代替"他"与"她"，显示两颗心的共同韵律。

回程中，眼看无情的现实将要把两颗业已贴近的心再度分开，把他们抛回各自孤独的深洞。他们在夜色中相拥热吻，试图反抗命运。但是，命运依然将他们分开拉远。他们清楚，自己平淡的现实生活无处可容对方。他道声"原谅……"就说不下去了。"原谅"语义含混，既可指"没有地方给你，我的爱人"，也可指请她原谅自己途中的感情冲动，因为彼此只是陌生人。无论哪种语义，二人的距离被明确拉大了。最后，两人不得不退回生活的原点，再次成为陌生人。

这篇故事中，韦尔蒂以其独到的摄影笔法，按时间线性顺序跟拍男女主人公。她的生花妙笔既展示了富庶的三角洲地区强烈的画面美，又以热情诱人的南方风情为背景，谱写出婉约朦胧、如歌如诗的男女主人公关系变奏曲。韦尔蒂善写人物关系，她认为人物关系是男女主人公外的第三角色，是一种"贯穿始终、不断变化的神秘角色"①。这篇故事中，男女主人公起先各自封闭，彼此陌生；随后，在一个陌生的地方，他们试图打破壁垒，走近对方；然后，相互靠近，但是，欲近还休，欲休又不能；最后，当他们心心相印时，又不得不疏远。二人关系如微妙的心灵变奏曲，动人心弦，余音绕梁。

短篇故事《茵尼斯法伦号船上的新娘》系韦尔蒂受伊丽莎白·鲍温之邀，在她的爱尔兰家中写就。故事标题显然缘起作家最仰慕的诗人叶芝的名诗《湖中的茵尼斯夫利岛》（"Lake Isle of Innisfree", 1890），暗示桃花源般心灵自由的境界。作家依旧如肩扛摄影机，跟拍一群同坐一节车厢的乘客，他们准备转乘"茵尼斯法伦"号船渡到爱尔兰。美国新娘虽是聚焦人物，但是韦尔蒂在她身上着墨甚少，而是主要采取外聚焦描绘还乡的爱尔兰下层民众。

这篇故事与乔伊斯的不朽名篇《死者》有互文性。两位作家均挥洒激情刻画热情朴实的爱尔兰民众。第一、两篇故事都强调爱尔兰人热情慷慨、淳朴善良的性格。故事中，爱尔兰人慷慨地与沉默寡言的美国新娘和拜金的威尔士人分享美食和快乐，一如《死者》中晚会上的众位爱尔兰人。第二、两篇作品同样展示了爱尔兰人的幽默与制造并传播快乐的能力。他们一路笑语欢歌，将车厢变成流动的晚会，也与《死者》中的晚会几分神似。第三、一路的欢歌与始终流淌在《死者》中的音乐相呼应，显示爱尔兰

---

① Eudora Welty, "Writing and Analyzing a Story," *Eudora Welty: Stories*, *Essays*, & *Memoir*. New York: Literary Classics of the United States, Inc., 1998, pp.777-779.

人热爱音乐的天性。第四、韦尔蒂对爱尔兰语的看法似与乔伊斯一致，都主张尊重英语长期占有通用语地位的现实。最重要的是，两篇故事均表现"爱"的主题，聚焦人物都受到了爱的启蒙。《死者》主人公最终产生精神顿悟，醒悟爱的真谛。韦尔蒂故事中的美国新娘自由徜徉在爱尔兰温情荡漾的神奇国土上，爱情伤痕渐愈，甚至爱意盈怀，鼓起了重新生活的勇气。故事结尾暗示，也许，从她扔掉尚未给丈夫发的赌气电报的那一刻起，她将如周围的爱尔兰人一般，带着在那神奇国度充满了电量的爱，回到冷漠阴暗的现实生活，抛洒爱的光明。

神 话 式 故 事

韦尔蒂的神话式故事包括两种：一种是神话重写，另一种是现实故事暗应神话典故或神话原型。《瑟茜》（也译作《喀耳刻》）属第一种。据荷马史诗，特洛伊战争后，奥德赛（尤利西斯）率众凯旋途中偶驻一海岛，误食女妖瑟茜所煮肉汤，同伴们当场变成猪，唯有奥德赛受神药摩利草保护依然如故。他迫使女妖将同伴恢复原形。随后，他们与她在岛上日日欢饮，逗留一年方才离去。韦尔蒂以现代笔法和思想为古代神话填充血肉。正如她所言，"让一个角色活起来有时靠运气，但是，我想只有当你能够最大限度地把自己融入他人的皮囊、心脏、脑海和灵魂后，一个角色才可能成为另一个血肉之躯跃然纸上"[①]。她在《瑟茜》中钻入了女妖体内，以现代手法写活了女妖。具体而言，她以第一人称意识流表达瑟茜的内部世界；借片段化邀请读者脑补空白，参与创造；籍拉康象征界的"缺失"主题赞颂人类情感。根据拉康的思想，人类进入象征界的标志之一是"缺失感"。瑟茜惊异于奥德赛与将士们之间相互团结的友谊，她羡慕人类情感诸如忠诚、喜悦与悲伤。这些情感使人类脆弱，但恰是人类的脆弱使他们拥有神秘力量，而她愿付出一切代价破解人类的情感奥秘。就这一点而言，韦尔蒂笔下的瑟茜颇似中国神话中思凡的仙女。通过仙人思凡，创作者旨在颂扬美好人间。

名篇《丽薇》属第二种神话式故事，以现实故事暗应神话典故或神话原型。丽薇16岁被黑人农场主所罗门娶入家中。九年来，年老的所罗门不许丽薇外出，也不许她见任何人。直至他行将老去，昏睡不起，丽薇方

---

① Eudora Welty, *One Writer's Beginnings*. Cambridge, Massachusetts: Harvard University Press, 2000, p.100.

见到两位外人——来访的白人女化妆品推销员和农场的精壮劳力凯什。最终，她投入了凯什的怀抱。

《丽薇》首先暗应且戏仿圣经中的所罗门故事。所罗门王智慧富有，掌控一切，他建宫殿与法老女儿居住，晚年时，遭遇仆人耶罗波安的反叛。《丽薇》有一条主线暗应这则圣经故事。老所罗门勤劳智慧，是黑人中少有的富裕阶级，他有田产，且建有漂亮的房屋。迎娶丽薇时，为了新娘脚不沾地，他在马车和房屋之间的地上铺上悬铃木叶，犹如所罗门国王迎娶法老女儿般隆重。在家中，他也具有高高在上的国王般的地位，掌控一切；他要求丽薇绝对恭顺，也得到她的悉心侍奉。最终，凯什，他的一名农场工人反叛他，夺走了丽薇。与圣经故事不同的是，所罗门国王临终前背离上帝改信异教，而《丽薇》中的所罗门临终时向上帝忏悔九年来对年轻妻子的软禁，表明了韦尔蒂的女性主义立场。

故事也戏仿了金雨的神话原型。宙斯爱上了被国王父亲囚于塔中的达娜厄，化作金雨与之合欢。《丽薇》中的老所罗门兼具丈夫、国王和父亲三重角色，其婚姻和家庭依照父权模式建立。老所罗门也用重重枷锁囚禁丽薇，以免她与外界接触。韦尔蒂通过一系列意象象征有形的和无形的枷锁。例如，老所罗门建造了鸟笼式的、与世隔绝的漂亮房屋，"笼子"里囚禁着金丝雀般的丽薇。再如，所罗门在门前紫薇树上挂满了驱邪的彩瓶，因当地人认为邪恶精灵会被诱入彩瓶，然后便无法逃出。如果说少女的青春之梦对老所罗门而言无异于避之不及的邪恶精灵，那么这些彩瓶也成了囚禁丽薇青春的枷锁。此外，所罗门手中紧握的银表代表权威与秩序。所罗门即使刚睡醒也能够如钟表般分毫不差地掌握时间。这种权威与秩序于丽薇也是一种精神枷锁，束缚她少女的激情和欢乐。而且，这重重枷锁不仅束缚了年轻乖顺的丽薇，也囚禁了老所罗门曾经充满活力的年轻自我，以至于到头来他也只剩一副生机全无的干瘪皮囊。女推销员的化妆品和凯什青春男子的气息唤醒了丽薇的女性意识。凯什的出场是对宙斯原型的戏仿。他不合身份且毫无品位的打扮正式又滑稽，他的名字 Cash（现金）充满铜臭味儿，他的举止轻浮而粗野，这些完全颠覆了宙斯的形象。但是，他十足的青春活力对丽薇是挡不住的诱惑。因此，他和宙斯一样达到了目的。

此外，凯什也颠覆了传统神话中勇救塔中公主的王子形象，以及《金枝》中杀死老国王而即位的新王形象。如此，通过与不同神话原型若即若离，韦尔蒂逐层深入地充实故事，同时达到了四方面的目的：一、赋予日常生活以史诗般的庄严感;二、使日常生活在神话框架中产生意义;三、借故事与神话原型的疏离感,脱离神话束缚,在现实中拓展空间;四、借故事与原型的反差达到讽刺现实(如物质主义)的目的。

《金苹果》系列也属第二类神话式故事。这一系列暗应叶芝名诗《漫游的安格斯之歌》("The Song of Wandering Angus", 1899)所涉及的凯尔特神话中爱神安格斯的典故。诗中,"虽然我已年迈,仍/漫游于空谷山间/我要找出她去往何方",漫游者安格斯四处追寻头戴苹果花的神秘女郎,欲与她携手共采"月亮的银苹果、太阳的金苹果"。显然,书名《金苹果》预示追寻主题。第二篇故事《六月演奏会》("June Recital")于 1947 年首次发表时,原名即为《金苹果》("Golden Apples")。故事不止一处引用了叶芝此诗。故事中执着追求艺术的德国钢琴女教师艾克哈特也许是韦尔蒂唯一自我认同的作品人物。[①] 这篇故事分别从凯西姐弟二人的视角展示艾克哈特自焚悲剧的内幕与外观。艾克哈特带着母亲来到摩格纳小镇教授钢琴课程。凯西是她的紧邻,也是她的第一个学生,可是她最钟爱的还是得意门生维吉。维吉有绝佳的音乐天赋,却经常践踏老师权威。她要求老师把象征艺术秩序的节拍器拿走,对她耍性子、发脾气。然而,艾克哈特始终认为遇到维吉是她的运气,即使在她付不起学费后,也免费悉心教她。艾克哈特每年六月举办的演奏会是小镇盛事,维吉的演奏难度逐年增高,却每次都大放异彩。艾克哈特不仅经历了维吉的反抗,更遭受了爱情挫折、黑人强奸、小镇人因世界大战而起的仇德言行、学生减少、母亲饿死等接连打击,但她仍执迷于音乐和对维吉的培养。最终,她精神失常,回到当初的音乐教室寻找节拍器,并纵火自焚。故事运用了象征主义。火首先点燃了艾克哈特的头发,回应叶芝诗中"头中有烈火"的安格斯形象,暗示女主人公燃烧着艺术激情,点明追寻"金苹果"的主题。艾克哈特矢志不渝追求的"金苹果"便是节拍器所代表的艺术及其秩序。最后,节拍器落入凯西姐弟手里,意味着艺术与秩序的传承。不知感恩却青春逼人的维吉与被押走的苍老的艾克哈特擦肩而过,则意味着人类如自然本身一般,永远持续新老更替。不难推测,人类仍将无止境地追寻艺术。

韦尔蒂被誉为仅次于福克纳的美国南方作家,在南方文艺复兴中起到了重要作用。她对南方的热爱、对边缘人物的同情和对生活奥秘的探

---

① Eudora Welty, *One Writer's Beginnings*. Cambridge, Massachusetts: Harvard University Press, 2000, p.100.

索使她的作品充满蓬勃生机和人性光辉。她的摄影式笔法、象征手法、精妙的对话铺排、令现实与幻觉融合又排斥的奇特技巧，兼其细腻的女性视角，令人拍案叫绝。她擅长的四类故事——现实与幻境共生互克式、讽刺漫画式、记录写实式和神话式故事，体现了高超的写作技巧。

第 五 节
弗兰纳里·奥康纳：
南方天主教短篇小说家

　　弗兰纳里·奥康纳是 20 世纪五六十年代美国南方最重要的短篇小说家之一，其作品虽然深受美国读者喜爱和批评界热评，对外国读者的理解力却是严峻的挑战。解密奥康纳作品的钥匙是两个关键词：美国南方和天主教。她的作品有如不同光线下呈现不同颜色的双色布，面上染的是美国南方色彩，芯上着的是天主教特色。双色布上的图案是畸人形象、"暴力关怀"和"黑色幽默"的奇异混搭。各类畸人形象频现于奥康纳作品，包括生理畸人和心理畸人。这些生理畸人往往是心理畸形的外在具象，心理畸形通常源于信仰不诚，抑或盛行于南方的种族歧视或等级陈念等。在她看来，令畸人警醒的唯一有效方式是通过暴力。因此，奥康纳在作品中对他们进行暴力关怀，令之醒悟，亦警醒读者。暴力这一剂药刚猛苦涩，所以须裹以黑色幽默的糖衣，方可令畸人和读者顺畅服下，以达到作家的天主教意图。显然，奥康纳作品具有宗教寓言性质。非天主教徒读者没必要接受其天主教思想和教化，却可以通过理解其天主教意图而打开她故事里蕴藏的文学和人文宝藏。

生平传略与创作成就

　　弗兰纳里·奥康纳一生短暂，仅活至 39 岁。1925 年，她生于佐治亚州萨凡纳的一个爱尔兰早期移民的天主教家庭。外祖父曾是米利奇维尔小城的首任天主教市长。奥康纳自幼在天主教学校上学，爱好阅读、写作、画漫画。作为独生女，她感到孤独，遂与禽鸟做伴。五岁时，她训练一只卷毛鸡倒着走的新闻影片成为 30 年代风靡美国影院的正片前放映的短片。自此,她与禽鸟结下不解之缘。13岁时,她就读于米利奇维尔的皮博迪实验高中。她爱读幽默故事以及爱伦·坡的短篇小说,为校报设计漫画并投文稿。在她后来的作品里,不难发现早期的爱好与才干对她的黑色幽默及哥特式怪诞变形风格的影响。奥康纳不到16岁时,父亲患狼疮去世。

1945年,年方20的奥康纳毕业于佐治亚州女子大学,进入爱荷华州立大学攻读文学硕士学位。其间,她获准参加著名的爱荷华作家讲习班。她的老师,诗人保罗·恩格尔(Paul Engle,1908—1991)如此评价她:"弗兰纳里的情况同济慈的一样:济慈虽然满嘴伦敦土语,但是写出来的却是语音纯正的英语;弗兰纳里讲的是别人不能马上听懂的土话,但是她写在纸上的散文却富于想象力,坚实,生气勃勃,就像弗兰纳里本人。"[①]1946年,她的处女作——短篇小说《天竺葵》("The Geranium")问世。1947年,她的首部短篇小说集《天竺葵短篇故事集》(*The Geranium: A Collection of Short Stories*)作为硕士论文被提交给艾奥瓦大学。1948年,她获批在门槛颇高的纽约雅多作家聚居地(artist's colony Yaddo)写作与生活。

然而,1951年初,年仅25岁,事业刚刚起飞的奥康纳被诊断出与父亲相同的绝症——狼疮。她衰弱得无法上楼,母亲带着她搬到米利奇维尔外四英里的安达卢西亚农场生活,直到她去世。这座农场为她的不少作品提供了背景素材。她在农场里养孔雀,盛时达四十余只。孔雀等禽鸟意象多次出现在奥康纳作品里,被赋予象征意义,成其作品个色。由于大量使用可的松缓解病情,导致她骨质疏松,30岁起,她便不得不依赖双拐行走。她几乎每天都凭顽强的毅力和一丝不苟的态度坚持写作。病痛和随时可能降临的死亡并没有驱走她幽默的天性和生活的乐趣,反而使她更加严肃地思考天主教义,并赋予她更加敏锐深刻的洞察力。由于病痛,她的生活经历较之同期的多数作家相对有限,但她在方寸之间施展才华。她短暂的一生虽然只发表了两部长篇小说和31则短篇故事,却佳作迭出,屡摘奖项。1952年,她的首部长篇小说《慧血》(*Wise Blood*)出版,获热评。第二部小说《强暴的人夺走了它》(*The Violent Bear It away*, 1960)获1962年的斯克罗尔奖(Scroll Award)。1955年,她的第二部短

---

① 鹿金:《奥康纳:善于用变形手法塑造人物的艺术家》,摘自弗·奥康纳:《公园深处》,主万、屠珍等译,上海:上海译文出版社,1986年,第2页。

篇小说集——《好人难寻与其他故事》（*A Good Man Is Hard to Find and Other Stories*）出版；1965年，第三部短篇小说集——《上升的一切必将汇合》（*Everything That Rises Must Converge*）在她身后问世。两部集子里的多篇故事斩获欧·亨利奖，并入选年度《欧·亨利奖故事集》（*Prize Stories: The O. Henry Awards*）和《美国最佳短篇小说集》（*The Best American Short Stories*）。写作之余，她拄着双拐受邀四处演讲，宣扬自己的创作理念。1964年，狼疮终于带走了她。1971年《弗兰纳里·奥康纳故事全集》出版，次年摘得国家图书奖。逝后不到十年，她的作品开始出现在大学文学选读课本里，她成功跻身美国经典作家之列。

短篇小说创作

奥康纳的主要成就在于短篇小说创作。她曾笑言："我想自己之所以成为短篇小说家，是为了让妈妈可以一口气读完我的作品。"①如前所述，她的作品有如由南方特色和天主教色彩织就的双色布。她热爱南方，对南方有自己的见解。首先，她强调浓郁的基督教氛围对南方作家的影响。拥有众多基督信徒的美国南方被认为是耶稣出没的"圣经地带"。圣经的长期熏陶使他们惯于在圣经故事的框架中认知世界。基督教视角令优秀的南方作家，包括奥康纳本人，善于辨识背离上帝的畸人，一针见血地指出他们的缺陷。这也是南方作品中畸人多的重要原因。她作品中充斥的畸人与暴力曾激怒她的一些同乡，当时的读者也曾多次向她指出南方的情形并不是罪犯大行其道，或是《圣经》推销员携姑娘木腿逃跑。德国出版商在出版她的作品时曾欲撤销某些"过于惊人的"故事。奥康纳却说："我不认为自己有那般邪恶。"②奥康纳解释说她只是挑选不常见的畸人怪事进行艺术加工，为自己的天主教意图服务。其次，她的作品扎根于南方现实。她认识到南方特殊的政治、经济、思想、文化是南方作家的特色题材。除却虔诚的信仰，南方还有共同的战败记忆、传统的农场经济、森严的种族和等级观念，以及绅士淑女的道德举止风范等。战败的痛苦转化成南方作家的一笔财富，使他们更加深入地思考人生的局限和人性的弱点。南方农牧经济为奥康纳等南方作家源源不断地提供第一手素材。佐

---

① Flannery O'Connor，*The Habit of Being*. New York：Farrar，Straus and Giroux，1979，p.340.

② Robert Giroux，"Introduction，" *Flannery O'Connor: The Complete Stories*. New York：Farrar，Straus and Giroux，1971，p.xiv.

治亚农村成为她大多数作品的区域标记。作为蓄奴制顽余的种族歧视和南方等级陈念与 20 世纪中叶美国社会如火如荼的黑人民权运动和妇女解放运动格格不入，也违背了天主教"爱人如己"的信条。奥康纳抓住时代的敏感神经，以进步天主教徒的良知炮轰种族歧视和等级观念。此外，她也在作品中揶揄早已不合时宜的南方绅士淑女风范。

奥康纳被称为南方天主教现实主义作家。美国南方新教势力强大。作为虔诚的天主教徒，她号召天主教小说家提醒自己"天主教徒有什么，应保留什么"①。天主教关于炼狱、神恩和救赎的教义有别于新教。② 一般说来，多数新教否认炼狱，而天主教徒相信炼狱是天堂的前庭，人只有在炼狱中涤罪方能入天堂。新教徒相信预定论（Predestination），认为不是所有人都承载神恩，只有上帝的选民才会被救赎。而天主教徒相信三位一体（Trinity），认为上帝爱人，通过耶稣拯救世人。神恩对所有世人开放，世人接受神恩，则获救赎；拒绝神恩，则下地狱。至于耶稣如何复生，如何拯救世人，则属于天主教徒笃信的、超越理解的神秘主义。奥康纳在其作品中刻意保留并突出有别于新教的天主教关于炼狱、神恩和救赎的思想。

有了南方文化和天主教思想这两把钥匙，便不难开启奥康纳作品中体现的暴力关怀思想。她的暴力关怀思想首先源出圣经。据《马太福音》，"尽心、尽性、尽意，爱主你的神。这是诫命中的第一，且是最大的。其次也相仿，就是要爱人如己。这两条诫命是律法和先知一切道理的总纲"③。信德和"爱人如己"是上帝的两大诫命。圣经中，暴力如上帝之剑，既用以检验信德，又用于惩戒罪人。譬如，上帝用接二连三的大难检验约伯的信德；以洪水、血灾、旱灾、蝗灾等惩罚罪人，警醒世人遵守诫命。奥康纳认为她所染狼疮正是上帝暴力关怀的明证，她说："生前害病是件非常好的事情，我想没有这种经历的人错过了上帝的恩惠。"④正是病痛和随时将临的死亡令她对世事洞若观火，因而佳作频出。她在故事中以不同

---

① C. A. Kirk, *Critical Companion to Flannery O'Connor*. New York：Facts on File, Inc., 2008, p.33.

② 本节关于天主教和新教的信息源自 *The Encyclopedia Americana International Edition*, Volume 6, pp. 23 - 55 和 Volume 22, pp. 679 - 693. Danbury, Connecticut：Grolier Incorporated, 1988.

③ 《圣经·马太福音》22：37 - 40。

④ 转引自鹿金：《奥康纳：善于用变形手法塑造人物的艺术家》，摘自弗·奥康纳：《公园深处》，主万、屠珍等译，上海：上海译文出版社，1986 年，第 5 页。

形式表达这一思想。她的故事中突如其来的暴力被她用做关怀和警醒世人的手段。她认为人因为有原罪而"不健全"，所以，她的故事中经常出现生理和/或心理不健全的人物。同时，天主教徒认为邪恶是生活固有的一部分。不少现代人已对邪恶见多不怪、习以为常，已经麻木到认不出恶，认不出背离上帝的畸人。南方作家的任务就是让读者看到邪恶与畸人。为了将他们从麻木状态下惊醒，奥康纳在不改变其本质的情况下，采取放大变形的手法，使恶凸显眼前。她的名言是："对耳背者要大声喊，对弱视者要画大而惊人的形体。"①奥康纳故事中的暴力起两种作用：1. 阻断世俗逻辑；2. 连通天主教逻辑。她故事中的暴力总是突如其来。这种突发性不是来自暴力美学常用的动静急速切换，而是缘起更深层次的世俗逻辑的猛然断裂。例如，《好人难寻》中的"老奶奶"最后欲抚慰匪首，却被他开枪打死。《上升的一切必将汇合》中的朱利安母亲赏钱后却遭黑人母亲的一记老拳。暴力来得不合常理，令受暴者忽然坠入炼狱般的极端环境，使他们和众读者的常规认知与理解顷刻处于茫然失重状态。由于世俗逻辑为暴力所阻断，受暴者要么如朱利安母亲一般精神错乱，要么如"老奶奶"以及有基督教意识的读者，诉诸天主教逻辑（包括炼狱、神恩）。于是，暴力打通了天主教逻辑，使作品人物和读者得以从头沿着奥康纳貌似无意实则精心设置的天主教路标（如表现畸形），反思整个事件和自己的价值体系是否已脱离天主教轨道，达到如"老奶奶"所经历的天主教的"精神顿悟"，接受神恩，获得救赎。由是，奥康纳实施了对受暴者和读者的暴力关怀。可见，将笔下人物和读者引入天主教的"神秘世界"（the Realm of Mystery）是奥康纳的创作意图。在此意义上，她担当了天主教先知的角色。②

奥康纳不愧是科班出身，她丝毫不说教，而是通过"精神顿悟"、象征主义等手段，将天主教主题和暴力关怀思想化盐于水，融入紧张曲折的南方故事。她的故事现代派动感十足，情节跌宕起伏，人物瞬息骤变，却不显唐突。她观察敏锐，文笔精炼，例如，她在《背井离乡的人》（"The Displaced Person"，1954）中形容肖特利太太肥胖的体形，说她坐下，"两腿托着肚子，肚子上搭着胳膊"。也许得益于漫画功底，她寥寥几笔便令

---

① Flannery O'Connor, *Mystery and Manners*. New York：Farrar, Straus and Giroux, 1969，p.34.

② 类似观点详见于元元：《论弗兰纳里·奥康纳的暴力关怀》，载《安徽大学学报》2014年第3期，第37—44页。

人物跃然纸上。她的优秀短篇多收入两部自选集《好人难寻与其他故事》和《上升的一切必将汇合》。

《好人难寻与其他故事》

《好人难寻与其他故事》是奥康纳出版的首部短篇小说集,共十篇故事,包括《好人难寻》《你救的可能是自己》("The Life You Save May Be Your Own",1953)、《善良的乡下人》("Good Country People",1955)、《人造黑人》("The Artificial Nigger",1955)、《背井离乡的人》《火中圈》("A Circle in the Fire",1954)、《河》("The River",1953)等名篇。其中,《火中圈》获欧·亨利奖,但是,似乎前五篇声名更盛。

这部集子的同名故事《好人难寻》是奥康纳最著名、且入选选本次数最多的故事,曾被改编成电影、戏剧、甚至歌曲。题目源自当时流行的一首布鲁斯歌曲。故事大部分采用"老奶奶"的第三人称有限视角。老奶奶一家六口欲赴佛罗里达度假。为了让儿子贝雷改道去田纳西州陪自己探亲访友,她给他看了条报上的消息:一个自称"不合时宜的人"(The Misfit)越狱逃向佛罗里达。然而,旅行计划没有改变。旅途中,老奶奶想探访一处少时去过的庄园,谎称那座庄园暗藏宝物,勾起孩子们的兴趣,迫使贝雷拐上一条土路。路越走越崎岖,老奶奶忽然意识到指错了路,窘得她不慎踢翻旅行袋,下面篮子里的猫猛然窜上贝雷肩头令他一惊,车立即翻到了路边沟里。几分钟后,一辆黑色轿车如灵车般缓缓驶来,下来三名持枪劫匪。老奶奶自作聪明地对着匪首嚷起来:"你是'不合时宜的人'!我一下就认出你啦!"很快,其他五人先后被带入树林枪杀。老奶奶哆嗦地说知道匪首是好人,对方逻辑混乱地向她谈起自己的身世和对耶稣复活的疑惑。老奶奶突然小声说:"你也是我的一个孩子。"她伸手抚摸他的肩膀,却被他连射三枪。临终前,她脸上挂着一丝微笑。"不合时宜的人"对手下说:"要是每分钟都有人开枪射她,她也会成为一个好女人的……人生没有真正的乐趣。"

故事中,老奶奶最像"难寻的好人"。她性格幽默,热爱生活。她维护维多利亚式的举止风范,自己淑女打扮,禁止孩子们向窗外扔餐巾纸。更重要的是,她有信仰。但是,在天主教徒的视野里,她是不健全的。她有强烈的控制欲、虚荣心和表现欲,很大程度上导致了全家丧生的悲剧。她因为虚荣心而穿戴齐整。她期望孩子们尊重长辈,却在认出"不合时宜的人"后,唯求自保,问他不会杀一位女士吧。这些暴露了她自私的性格。

种种弱点显示她是天主教意义上"不健全的人"。然而，就在死前一刻，她对"不合时宜的人"产生了真正的同情，体现了耶稣的仁爱精神。所以，她获得了救赎。她临终时的微笑正是神恩的标记。显然，对奥康纳而言，精神的重生比肉体的死亡更重要。如此一位"不健全的"老妇获得救赎正是作家暴力关怀思想的体现。

故事的男主人公，"不合时宜的人"被奥康纳称为"迷途的先知"[1]。他总是无法消除对"耶稣是否重生"的困惑，纠结于此，以致精神错乱，深陷暴力与痛苦的泥潭。天主教的善恶分别以耶稣和魔鬼为中心，标题"好人难寻"亦可指"耶稣难寻"。"耶稣难寻"正是他的病灶。但是，他却比其他人物更接近上帝的"神秘世界"，因为他知道如果老奶奶天天遭枪击，她就会早领悟耶稣的仁爱精神，成为"好人"。同时他也清楚，人生如炼狱，"没有真正的乐趣"。遗憾的只是，他因为质疑耶稣复生的神秘主义而无法相信救赎，自然也就无法看到炼狱的终点便是天堂。

《善良的乡下人》入选选本的频率或许仅次于《好人难寻》。故事发生在一个南方农场。一天，农场主霍普韦尔太太与她的残疾女儿乔伊迎来了一位外表朴实的《圣经》推销员。小伙子自我介绍说叫曼利·波因特，得了心脏病，将不久于人世。霍普韦尔太太深感同情，认定他是一位"善良的乡下人"，遂邀其用餐。她不愿买《圣经》，谎称自己床头已有一本。其实，只因乔伊是拥有博士学位的无神论者，家里的《圣经》早已被塞到阁楼的不知什么角落。小伙儿出大门时暗约乔伊幽会。次日，乔伊赴约，她计划先勾引他，待他后悔时，再用虚无主义的哲学思想给他洗脑。不料，小伙儿诱她同上谷仓高台，一通狂吻后骗下她的木腿，塞入装着假《圣经》的提箱，撇下乔伊，扬长而去。他临走前说自己生来就什么也不信，坦言收集了许多"有趣的东西"，包括一个女人的玻璃眼球。他告诉乔伊谁也别想找到他，因为他每到一家就换一个名儿。

《善良的乡下人》可视做一则奥康纳精心设计的宗教寓言，劝诫人们信奉上帝，警惕魔鬼。在天主教视野里，"善良的乡下人"曼利是魔鬼的化身。乔伊和母亲受其蒙蔽，根由是她们背离了上帝。霍普韦尔太太记不清《圣经》被塞到了阁楼的什么地方，显见久已疏离上帝的教诲，如果说她尚可算做不坚定的基督徒，那么，乔伊则是十足的无神论者。她目空一

---

① C. A. Kirk, *Critical Companion to Flannery O'Connor*. New York: Facts on File, Inc., 2008, p.77.

切,自以为哲学使她洞察世界。故事中几次出现"眼睛"意象,颇具深意。乔伊的蓝眼睛冷冰冰的,"那神情就像一个人志愿双目失明,并维持失明状态"。在奥康纳眼中,背离上帝者有如盲人,难分善恶。乔伊正是凭着自己的意愿背离上帝,变成盲人,因而认不出曼利的邪恶本质。在谷仓的高台上,她对曼利进行哲学改造:"咱们都得下地狱,不过咱们有些人已经把蒙着眼睛的布去掉,看到并没有什么可看的。这就是一种拯救。"具有反讽意味的是,她并未认出眼前的魔鬼,足见她的"蒙眼布"尚未去掉。她被曼利摘下眼镜——理智的象征。于是,失去理智的她更看不出曼利的本相,稀里糊涂地听他摆布,被他骗下木腿。她的残疾是心理不健全的象征。曼利的提箱专门用于收集各类赝品——从假《圣经》到假眼球、假肢,有如潘多拉的盒子,贮满邪恶。他每到一家就改名换姓,象征着魔鬼的各种化身随时伺伏在人们身边,诱人犯错。然而,因为背弃了上帝,乔伊如被骗去假眼球的女人一般目盲,枉有高学历,也辨不清真正意义上的"善良的乡下人"和魔鬼。她自作主张把自己的名字改为"赫尔珈"(Hulga),暗含"沉船"(hulk)或"空壳"(husk)之意,无论是哪种含义都是对她学识和自负的嘲讽,并预示了她的悲剧。她所遭受的更多是精神暴力,而非身体暴力。在奥康纳看来,暴力是乔伊背离上帝而得到的惩罚,作家试图以此警醒并关怀世人。

《人造黑人》是奥康纳本人最得意的一篇故事,原因是她在故事里暗藏了《神曲》和圣经故事的框架,揉入了伊甸园、炼狱、悔罪、神恩、救赎等众多天主教主题。"人造黑人"是蓄奴制瓦解后,一些种族主义南方家庭所用的黑奴替代品。他们不再拥有黑奴,就用黑人塑像为自己看家守院,执灯照明。值得注意的是,这篇故事因其标题敏感,曾被一些学校团体禁止选用。但是,事实上,作家在故事中表达了对黑人的理解与尊重。故事首先描绘月光下的乡村仿佛神圣的伊甸园。作家曾吐露创作意图:外公海德引十岁的纳尔逊做城市一日游暗应维吉尔引但丁的游历,因而这次旅游将经历地狱和炼狱,具有宗教意义。纳尔逊出生于亚特兰大,六个月大时,被母亲带回外公家。半年后,母亲去世。自此,他与外公相依为命,从未离开乡下,但他总为自己生于城市而骄傲。外公此行的计划是消除日益不服管的纳尔逊的骄傲,重树自己的权威。殊不知,他自负人格完美、智力高超,同样也犯了七罪之一的傲慢之罪。为突出祖孙俩共同的心理畸形,并且为后文作铺垫,奥康纳刻意强调两人外貌上酷似亲兄弟。亚历山大一日游磨去了二人的傲慢。首先,外公的两次迷路使他在孩子面

前威风扫地。接着,他竟在孩子遭遇"碰瓷"后,惶急之下,说不认识这孩子,遭众人鄙夷,在孩子面前颜面尽失。此前,他曾领孩子从城市的下水道口往下看,向他描绘城市的地下如地狱。如今,他仿若在地狱里煎熬痛悔。悔过是天主教徒获得救赎的必经之路。通过悔过,他开始获得救赎。快到车站时,二人遇到一尊黑人石膏像。老人道:"一个人造黑人。"人造黑人神情痛苦,看不出是年轻人还是老人,"他俩都感到它像一个仁慈的行动解除了他俩间的隔阂"。经过半天的沉默对抗,纳尔逊终于搭腔:"一个人造黑人。"奥康纳巧妙地在"人造黑人"与耶稣间建立隐喻关系。老人意识到"人造黑人"一如仁慈的耶稣,在替年轻人、老人乃至全人类忍受痛苦,施以神恩,使他们获得拯救。至于纳尔逊,他先前骄傲的心理早已被城里所受的挫折彻底打消;此刻,秉性不宽容的他学会了宽容。他们下车后,火车像一条受惊的蛇一样消失在树林中。蛇的意象引人联想到撒旦。正如蛇诱惑亚当和夏娃犯下原罪,火车也曾带着祖孙二人离开乡村伊甸园,到了充满邪恶鄙俗的城市,令他们体验到身上的原罪。如果把城市视做炼狱,那么祖孙二人在城市的遭遇可视为所经受的暴力。暴力使祖孙二人警醒,变得谦卑与宽容,获得救赎。因此,故事最后,祖孙二人又回到了沐浴着月华银辉的乡村伊甸园。显见,奥康纳在故事中重复了暴力关怀的主题。

《背井离乡的人》是奥康纳最长的一部短篇小说,因其主题复杂深刻也备受评论界关注。故事灵感来源于 1952 年或 1953 年在安达卢西亚农场工作与生活的一家波兰移民。"背井离乡的人"(Displaced Person)简称 D.P.,是盟军官方对二战后来自欧洲和其他地区的难民以及苏联犹太人的统称。他们在战后流离失所,许多人刚从集中营里被解放出来。约 1945 年到 1952 年,盟军建立难民营(Camps for D.P.)收容他们。教会等非官方机构有时帮助一些难民重建生活。[①] 故事主人公吉扎克就是一位通过教会帮助、率家人来到美国农场开始新生活的波兰难民,即"背井离乡的人"。他正直能干,熟悉各种农机的操作。带着满腔热情,他承担起各项农活,令农场面貌大为改观,被农场主麦金太尔太太视为"救星"。但是,无形中,他抢了原有雇工肖特利的饭碗,使他被迫带着全家离开农场。吉扎克不理解美国的种族歧视观念,欲将仍在难民营里苦熬的表妹嫁给

---

① C. A. Kirk, *Critical Companion to Flannery O'Connor*. New York: Facts on File, Inc., 2008, p.50.

农场黑人萨尔克。这一点犯了美国南方大忌,以至于麦金太尔太太决定解雇他,但她一直苦于说不出口。于是,她重新雇用肖特利。一天,吉扎克躺在车下修拖拉机,肖特利刚刹住的一辆大拖拉机忽然失控向他碾来。肖特利、麦金太尔太太和萨尔克都看在眼里,却不约而同选择了沉默,眼睁睁地看着吉扎克被碾死。事后,肖特利和萨尔克离开了农场,麦金太尔太太病倒在床,只有神父定期来看望她和农场里仅存的一只孔雀。

"背井离乡的人"一柄多义。第一、它指吉扎克。它既是他来美国前的官方身份,又是他在美国的新身份。作为在美国的农场工人,他依然是背井离乡,在陌生、冷漠、充满仇视的环境里挣扎。第二、它指耶稣。正如麦金太尔太太所言,耶稣也是"背井离乡的人"。他离开天国,四处奔走,拯救世人。麦金太尔太太多次表示吉扎克拯救了她。后来,当麦金太尔太太嫌弃地说:"吉扎克先生原先就用不着非得来这儿。"神父正好看到农场的孔雀开屏,仿若耶稣变形,心不在焉地答:"他来拯救我们。"奥康纳故意模糊"他"的所指,使之既可指耶稣,抑可指吉扎克。于是,吉扎克、耶稣、孔雀(即变形的耶稣)三者重合。吉扎克便是耶稣的化身;孔雀是他的象征。吉扎克之死与耶稣所遭的暴力相映衬,被赋予神圣的意义,此处又一次体现了奥康纳的暴力关怀思想。第三、故事中的其他人也都是"背井离乡的人"。吉扎克的家人及表妹无疑都是"背井离乡的人"。神父的外国口音暴露了他的背井离乡经历。肖特利一家作为居无定所的农场工人,又被迫离开了麦金太尔太太的农场,也是"背井离乡的人"。至于麦金太尔太太,她日益疏离各种善:虔信、善良、单纯、宽容。她的灵魂逐渐被金钱、傲慢、自私、种族歧视和阶级偏见等各种恶蛊空。于是,最终,她也成了背离上帝的"背井离乡的人"。此外,奥康纳在故事中表达了反战的立场,并揭露了当时不少美国人对外国难民的无知与偏见,深化了故事的现实意义。因此,这篇故事在多个方面受到学者关注。

《你救的可能是自己》被一些人称做奥康纳最幽默的作品,最初发表于1953年,获欧·亨利奖。1956年,通用电气剧院(General Electric Playhouse)购买了该故事的电视版权。标题源于20世纪50年代的一条呼吁小心驾驶的公益广告。故事发生在一座败落的美国小农场。一天,农场里来了独臂流浪汉希夫利特。流浪汉与女农场主露西内尔·克拉特各有算计。克拉特迫切需要一个男人帮她修理房舍家什,更急于为30岁的聋哑弱智女儿招赘女婿。流浪汉一直梦想有一辆自己的汽车,却没钱买。他图谋她家的旧汽车,也看穿了她的心思,便竭力自吹自擂,说自己年仅 28 岁，经历丰富，因不愿随便娶亲，至今未婚，他有"精神智慧"，农场修理的活儿全能拿下。老妇同意他留下。一周后，他果然将房舍修好，还教会聋女说一个"鸟"字。老妇暗喜，有意招他为上门女婿，于是也猛抬女儿身价，说她年方十五六，最清白，会家务，不顶嘴，漂亮可爱，还有按揭已还清的、暖和的房子和不竭的深井，加上一辆不错的汽车。流浪汉修好了汽车，并与聋女登记结婚。随后，他在开车带新娘旅行的路上，把熟睡的她丢在一家小餐馆，然后驾车驶向莫比尔。如今成了有车一族，他觉得应对社会尽些义务。他让一个男孩搭车，发现他是离家出走，便动情地讲起自己的母亲何其伟大。男孩虽然大为光火，但还是为其所动下了车。流浪汉在乌云下祈祷："哦，主啊！ 爆发吧！ 把这世上的污泥冲刷掉吧！"旋顷，大雨滂沱，流浪汉冒雨疾驰，驶向莫比尔。

故事中，谎言和反讽带来了极佳的幽默效果，而幽默的背后隐藏着奥康纳予人以天主教教化的深意。在 1959 年致约翰·豪克斯（John Hawks)的信中，她指出希夫利特是魔鬼。[①] 奥康纳在故事中大量使用象征。希夫利特出场时，他在夕阳下的剪影如一个歪斜的十字架，暗示畸形的出现。作家曾声称基督教作家应在麻木的读者面前，把他在现代生活中发现的畸形充分表现出来。希夫利特善变、无信的畸形本性不仅通过歪十字架的意象，还通过以下几点得到暗示：他的名字"Shiftlet"（漂移善变）；他的梦想——"像汽车到处跑"；他的目的地莫比尔（Mobile，移动），以及他在按法律程序完成结婚登记后，对老妇人明言他不信法律的约束力。与作为魔鬼的希夫利特相对，聋女象征天使。出于对鸟的偏爱，奥康纳将鸟作为天使的象征，并且在故事中刻意将聋女与俊鸟相联系。聋女色彩明艳：头发金粉色，双眼呈孔雀蓝，身着蓝色蝉翼纱衣。她爱跳爱拍手，唯一学会说的一个词便是"鸟"。当她穿着白色婚纱在餐馆里睡着时，伙计忍不住说："她看起来像个上帝的天使。"然而，魔鬼终究无法忍受天使，所以，希夫利特抛弃聋女从开始便成定局。同样，他如"世上的污泥"被上天用暴风雨冲刷也是注定的结局。毕竟，魔鬼与天使，罪恶与惩罚，是奥康纳钟爱的主题。但是，故事最后，奥康纳仍不忘抛给希夫利特一条救命的绳索，使他通过拯救男孩获得拯救自己的希望，以此点明故事标题"你救的可能是自己"，彰显天主教的仁爱精神。

---

① C. A. Kirk, *Critical Companion to Flannery O'Connor*. New York：Facts on File, Inc., 2008，p.95.

《上升的一切必将汇合》

短篇故事集《上升的一切必将汇合》共收录九篇故事，包括标题故事（1961）、《格林利夫》（"Greeleaf"，1956）、《启示》（"Revelation"，1964）、《林景》（"A View of the Woods"，1957）、《瘸子应该先进去》（"The Lame Shall Enter First"，1962）、《帕克的脊背》（"Parker's Back"，1965）、《最后审判日》（"Judgement Day"，1965）等名篇。其中，前三篇均获欧·亨利奖一等奖。《最后审判日》改编自早期作品《天竺葵》，是奥康纳临去世前完成的故事，她在其中流露出强烈的怀旧意识和落叶归根的愿望。

标题故事《上升的一切必将汇合》紧扣时代脉搏，体现了奥康纳源自天主教良知的种族平等思想。标题典自天主教神学家德日进（Père Teihard de Chardin，1881—1955）的理论："真诚地对待自己，但是要永远向上朝着更伟大的良知和更伟大的爱攀登！抵达顶峰时，你就会发现你与来自四面八方的攀登者会合。因为上升的一切将汇合。"①20 世纪中叶，美国民权运动高歌猛进。1954 年，取消公立学校种族隔离制度。1958 年，南方黑人大规模静坐示威，迫使近两百座城市的餐馆取消隔离制。1961 年，在进步白人的支持下，黑人的"自由乘客"运动导致南部诸州取消公交车上的种族隔离制。然而，制度虽已取消，观念一时间却难以改变。如果说黑人与白人的进步势力相汇合推翻了种族隔离制，那么，观念的改变同样需要双方向上的合力。这便是标题"上升的一切必将汇合"的深意。故事主人公朱利安每周三晚陪母亲去免费的减肥训练班，原因是母亲害怕在公交车上与黑人挨坐在一起。母子二人的种族观念迥异。"母亲"童年时，家世鼎盛，其祖父曾是一州之长，有 200 个奴隶。她与黑人奶妈卡罗琳极为亲近。她对黑人有一定的同情，认为他们应该站起来，但是却难以接受黑人与白人平起平坐。对待黑人，她仍然保持着居高临下、乐善好施的南方淑女风范。朱利安虽怀念过去的辉煌，对现实却有清醒的认识和进步的良知。他赞同黑人与白人平等，并竭力改变母亲的观念。公交车上，一位胖大黑女人带着儿子上车。有趣的是，她与朱利安母亲体形相仿，而且戴着同样的帽子。她以斗士般的眼神环顾四周，硬挤到朱利安身边坐下。小男孩坐到朱利安母亲身边，想与她亲近。正巧朱利

---

① C. A. Kirk, *Critical Companion to Flannery O'Connor*. New York：Facts on File, Inc., 2008，p.61.

安母子和黑人母子同一站下车。母亲依照南方白人淑女传统给了黑人孩子一枚硬币，黑女士暴怒，嚷道："他不稀罕别人的钢镚儿！"抡起拳头将朱利安母亲打倒在地。朱利安扶起母亲，希望她这次得到了教训。不料，母亲却神志不清地说："叫外公来接我。叫卡罗琳来接我。"说完便晕厥过去。

关于这篇故事，奥康纳暴力关怀的对象是读者，尤其是 20 世纪中叶的美国南方读者。黑女人一拳打出了两条真理。第一条是黑人母亲便是朱利安母亲的镜像；她们是一样的，也是平等的。她们不仅身材相似，戴同样的帽子，也同样有伟大的母性、独立的人格和被尊重的权利。第二条真理是，种族主义的陈规陋习冥顽不化，只有诉诸暴力，方能加速平等进程。如果说，朱利安是进步白人的代表，那么，黑女士便是反种族歧视的黑人急先锋。"上升的一切必将汇合"——只有进步白人与激进黑人两股上升的势力合二为一，才能共同扫除种族观念。

《林景》入选《1958 年美国最佳短篇小说集》和次年的《欧·亨利奖故事集》。从时下注重生态的眼光看，这篇故事在当时具有进步意义。具有反讽意味的是，当前的进步概念与奥康纳时代的进步概念完全相反。当时的"进步"代表反生态的城镇化进程，受到了奥康纳的严厉批判。故事中，79 岁的大农场主弗兰克·福琼热爱"进步"，乐于看到林地牧场变成道路和工商用地，于是大量出售土地。他的女婿皮茨站在他的对立面，反对"进步"，希望保持土地原貌。九岁的外孙女玛丽的长相性格酷似福琼，因而素得外公宠爱。她也对"进步"感兴趣，日日陪外公去工地看推土机施工。然而，当外公决意出售家门口的一片草地时，她站到了父亲一边，强烈反对外公。因为那是她和哥哥姐姐玩耍的地方，也是父亲放小牛犊的草场，她喜欢从门廊眺望路那边的树林美景。外公逼其就范，却遭到她的激烈反抗。最后，老人失去控制，杀死了玛丽。奥康纳在故事中批判以环境和亲情为代价的"进步"。作为天主教作家，她仍然从宗教视角处理这一问题。在《天主教小说家和他们的读者》一文中，她称基督徒作家如同受耶稣点化后睁开眼的盲人，能够看到人如行走的树。[①] 在笃信上帝的玛丽眼里，那片树林具有人的灵性和耶稣的神性；它与象征童年和亲情的草地一起，是神圣不可侵犯的。外公出卖这片土地是对神圣的亵渎。所以，祖孙二人的斗争实际上是破坏和守护神圣的战争；玛丽的死使她成为烈

---

① Flannery O'Connor, *Mystery and Manners*. New York：Farrar，Straus and Giroux，1969，p.184.

士,获得救赎。

《瘸子应该先进去》也常入选美国大学课本。在这篇故事里,奥康纳大胆安排了一场极端对决,让一位善良的无神论成年正常人与一个不良基督徒残疾儿童交锋,并使后者胜出,以此证明"这世间的智慧,在神看是愚拙"[①];没有信仰,行善亦是枉然。娱乐督导谢帕德丧偶一年有余,带着十岁的儿子诺顿生活。为排解丧妻之痛,他设法使自己忙于帮助他人。他每天下午带世界少年棒球联盟球员练球,每周六下午在教养院当顾问。他是无神论者,但是他觉得自己在教养院的办公室与忏悔室的功能相似,自己的工作也不比牧师逊色。教养院里的一位智商高达140的14岁残疾少年鲁福斯·约翰逊成了他热心帮助的对象。二人首次交锋是在那间办公室里,谢帕德问鲁福斯是什么促使他去做那些坏事。鲁福斯答道:"是撒旦,他支配着我。"谢帕德认为当今世界已进入太空时代,鲁福斯的回答显得过于愚昧。他设法将从教养院出来的鲁福斯挽留在家中,试图以善良和耐心拯救这个不良少年。但是,少年反对一个无神论者自命耶稣的做法,不停与他作对。他虽不断作恶,却虔信上帝。因为圣经里有瘸子先进天国的说法,他视自己的跛足为圣物。因此,当听说谢帕德好心为他定制的新鞋使人看不出他的跛足时,便拒穿新鞋。谢帕德不顾儿子难过,从科学的角度告诉他母亲已不存在了。鲁福斯却向诺顿灌输圣经知识,说他的母亲在天堂,他死了以后也会上天堂,这些话在诺顿幼小的心灵上燃起了希望。鲁福斯不断犯事儿,甚至不惜被捕,以期给谢帕德一个教训:能够拯救他的只有耶稣,而不是他谢帕德这个无神论者。谢帕德被迫承认失败。他痛惜自己为鲁福斯做的比为自己孩子做的还多,想到此,他奔向阁楼找小诺顿。不料,孩子为了飞向天国寻找妈妈,已上吊而死。

奥康纳在故事结尾处指出了谢帕德的自私、虚伪、愚钝和不自量力。他的善行只是为了填补自己丧偶后的空虚,为了自我陶醉于光辉形象,因此,他的善良并非纯粹的善良。他自认为充满智慧,却实为愚钝,竟看不出真正的"瘸子"是自己的儿子——诺顿才是更需要帮助的人。母亲去世时,他才九岁,一个九岁的孩子很难自己走出丧母之痛,更难以像父亲期望的那样通过帮助他人治愈伤痛。当他需要父亲的抚慰时,父亲却为了逃离自己的伤痛到外面去帮助他人,剩下孩子自己照顾自己。在奥康纳眼里,谢帕德的智慧只是俗人的智慧,"在神看是愚拙"。他甚至不如鲁福

---

① 《圣经·哥林多前书》3∶19。

斯见识深刻，看不出自己承担不起耶稣的重担。奥康纳以天主教逻辑，雄辩地证明缺乏信仰是他惨败的根由；他之所以惨败，是因为他不是在跟一位残疾不良少年斗，而是在跟他身后强大的上帝对抗。如此，她再一次以谢帕德所遭受的精神暴力警醒并关怀读者。这则故事对于非基督徒读者也不无教益，警告人们勿让自己的孩子成为爱的盲点。

弗兰纳里·奥康纳以其短暂的一生，为美国文学留下了诸多不朽的故事。她的作品以南方风土为血肉，以天主教教义为筋骨，有灵有肉，鲜明坚实，幽默深刻，气韵生动。非基督徒读者不必受她的宗教教化，但是却可以领悟她作品中透出的、具有普遍意义的、关于平等和博爱的人文关怀，欣赏她的黑色幽默和独特的"双色布"叙事技巧。

第六节

乔伊斯·卡洛尔·欧茨：
风格百变的文坛常青树

厄普代克曾言："我们这个国家如果有一位杰出的女作家的话，那就是乔伊斯·卡洛尔·欧茨。"[①]欧茨擅长暴力和情感描写，并以其丰产、文风善变著称。据不完全统计，从 1963 年至今，她出版过逾百部作品，包括五十余部小说、二十余部短篇小说集、五部儿童文学作品，另有多部诗集、剧作和文集。非同寻常的丰产往往令人质疑其写作质量，但是，她长长的获奖单和多次成为诺贝尔奖热门人选的事实有力地粉碎了这些质疑。她创作风格多变，短篇小说是其创新的实验场。她早期的风格趋近现实主义，尤善描画"心理现实"；后期对各种流派兼收并蓄，大量实验现代主义和后现代主义技巧。她时常写小人物，哈罗德·布鲁姆曾称她是无产阶级作家；也成功刻画了众多中产阶级，甚至上层阶级形象。她曾主张无性别写作："当一位作家和语言独处时，是无性别的。"[②]然而，到了 20 世纪七八十年代，她的女性主义意识逐渐增强，以至于激发了女性主义评论者的

---

① 转引自刘军：《欧茨作品在中国的译介》，载《外国文学动态》2007 年第 4 期，第 47 页。

② Elaine Showalter, "Joyce Carol Oates: A Portrait," *Joyce Carol Oates*, ed. Harold Bloom. New York: Chelsea House Publishers, 1987, p.139.

研究热情。风格多变和创作的高度自由正是欧茨追求和倡导的目标。不过,在她长河一般的创作生涯中,始终未被流水冲走的两块顽石是"暴力"与"情感"。"暴力"被众多评论者首选为她创作的关键词,比比皆是的暴力描写为她挣得"哥特女王"的头衔。此外,她善于捕捉人内心深处涌动的情感,在心灵的海洋上冲浪。她甚至称她"所有的写作都是关于人类情感"。欧茨一生笔耕不辍,创作丰富,佳作林立,是风格百变的美国文坛常青树。

生平传略与创作成就

欧茨出身贫寒,1938 年生于纽约洛克港的一个信奉天主教的工人家庭。她凭奖学金成为家族第一位大学生。来自社会底层的经历使她对边缘人物的描写入木三分,也令她的人文关怀深切动人。21 岁时,她的短篇故事《在旧世界》("In the Old World", 1959)赢得《小姐》(*Mademoiselle*)杂志举办的大学小说大赛一等奖。1961 年,欧茨与硕士同学小雷蒙德·J·史密斯(Raymond J. Smith Jr., 1930—2008)结婚。夫妻二人相濡以沫、志同道合,直至 2008 年雷蒙德去世。欧茨坚信婚姻是一次神圣的历险,婚姻在她作品里是个重要主题。① 1961 年,欧茨开始执教于底特律大学。底特律经历为她一生的创作定下了基调。她说:"整个底特律就是一出情节剧。"②暴力与情感是当时底特律现实的主色调。那里的暴力犯罪、城市边缘人物的挣扎、中产阶级的冷漠、1967 年发生的底特律种族动乱、工业污染,等等,以及人们对这些事件的种种情绪反应,都频现于她的作品里,如获奖故事《死者》("The Dead", 1972)。

20 世纪 60 年代,欧茨初涉文坛即锋芒毕露。继 1963 年她的首部短篇小说集《北门边》(*By the North Gate*)发表后,她的长篇小说《人间乐园》(*A Garden of Earthly Delights*, 1967)获 1968 年美国国家艺术文学院罗生瑟尔奖,《他们》(*Them*, 1969)获 1970 年的国家图书奖。她的短篇小说《冰区》("In the Region of Ice", 1966)和《满足了的欲望》("Accomplished Desire")分别获 1967 年和 1969 年欧·亨利奖。

1970 年,欧茨获欧·亨利持续成就特别奖。这一奖项实至名归,因为

---

① Joyce Carol Oates, *Marriages and Infidelities*. New York: The Vanguard Press, Inc., 1972, p.475.

② Harold Bloom, "Introduction," *Joyce Carol Oates*, ed. Harold Bloom. New York: Chelsea House Publishers, 1987, p.5.

70 年代的欧茨进入创作成熟期，她在这一阶段对两大问题的求索证明她已大步逼近经典作家。其一是传统与个人才能的互动关系。在短篇小说集《婚姻与不忠》（*Marriages and Infidelities*，1972）里，欧茨以创作实践的方式诠释了 T·S·艾略特在《传统与个人才能》（"Tradition and the Individual Talent"，1919）中提出的二者互动的理论，表达了她对传统的继承与背叛。其二是作家的社会责任。欧茨此时意识到自己 60 年代的作品缺乏道义担当，是"道德失败"①。于是，70 年代初出版的《奇境》（*Wonderland*，1971）成为她创作思想的分水岭。她说："随着《奇境》的问世，我结束了一个人生阶段，尽管我当时并没有意识到这一点。我想要达到一个更富表现力的道德境界，不单是戏剧化地描述一些噩梦般的问题，而是努力表现一些超越它们的可能途径。"②值得注意的是，受这一时期日益壮大的女权运动影响，欧茨在作品中赋予女主人公越来越强的主体意识，如短篇小说集《女神》（*The Goddess and Other Women*，1974）。此外，常年的高校工作与生活酿就了她的"学院小说"。高校教师的教学与科研压力、追名逐利、明争暗斗以及师生关系等成为此类小说的自然肌理，如短篇小说集《饿鬼》（*The Hungry Ghosts: Seven Allusive Comedies*，1974）。她在 70 年代的重要短篇小说集还有《爱的轮盘》（*The Wheel of Love and Other Stories*，1970）、《跨越边界》（*Crossing the Border*，1976）、《黑暗面》（*Night-sides*，1977）、《毒吻和其他葡萄牙人的故事》（*The Poisoned Kiss and Other Stories from the Portuguese*，1975）等。

80 年代的欧茨全方位爆发活力。她似乎急于证明自己不老的青春，甚至出了一本性感的微小说集《幽会》（*The Assignation*，1988）。她尝试世家传奇、侦探小说、书信体、微小说、散文诗等多种文学样式，并勇于实验多种现代主义和后现代主义创作技巧。为防受名所累，她从 80 年代起，开始同时用罗萨蒙德·史密斯（Rosamond Smith）和劳伦·凯利（Lauren Kelly）的名字发表小说。同时，她以更深刻的社会观察和现实关怀，以及女性主义意识彰显成熟作家的风韵。她在这一时期出版了短篇小说集《情感教育》（*A Sentimental Education*，1980）等。短篇小说《我的华沙》（"My Warszawa"，1980）获 1983 年欧·亨利奖。1986 年，她再获欧·亨利持续成就特别奖。

---

① 林斌：《超越"孤立艺术家的神话"——从〈奇境〉和〈婚姻与不忠〉浅析欧茨创作过渡期的艺术观》，载《当代外国文学》2003 年第 1 期，第 148 页。
② 同上。

欧茨笔耕不辍，进入世纪之交创作精力依然旺盛。从 20 世纪 90 年代至 2015 年，她又发表了数十部作品，其中，《金发女郎》（"Blonde"，2000）获国家图书奖提名，《瀑布》（"The Falls"，2004）获法国费米娜外国小说奖，长篇小说《僵尸》（*Zombie*，1995）、短篇小说集《玉米姑娘和其他噩梦》（*The Corn Maiden and Other Nightmares*，2011）和《黑大丽花和白玫瑰》（*Black Dahlia and White Rose*，2012）均获恐怖作家协会（Horror Writers Association）颁发的布拉姆·斯托克（Bram Stoker）奖。短篇小说《黑眼圈女孩》（"The Girl with the Blackened Eye"）入选 2001 年度最佳美国神秘故事。《化石像》（"Fossil-figures"，2010）获最佳短篇小说世界奇幻奖（World Fantasy Award for Best Short Fiction）。此外，她的五部青少年和儿童故事集均出版于这一时期。欧茨的逆龄写作现象值得老年文学研究者的关注。

尽管一些评论者认为欧茨未受到足够的重视，许多人为她数次与诺贝尔文学奖失之交臂扼腕叹息，但是她已拥有庞大的国际读者群，并获国家图书奖、欧·亨利奖和布拉姆·斯托克奖等二十余个奖项。

短篇小说创作

欧茨的短篇小说备受瞩目。她入选各类选读次数最多的作品便是短篇小说。对短篇小说，她有独特的见解。欧茨一向强调创作的社会属性。她反对作家试图脱离传统和当代流派而孑然独立，也反对作家笔下人物自我封闭、疏离社会。她选择将人物锁定在特定的社会空间和具体时代，使作品更具现实感和时代感。暴力在她看来便是不可回避的美国当代社会现实。她作品中的暴力事件，如种族暴乱、强奸、谋杀、青少年犯罪、家庭暴力、吸毒等，常取材于新闻报道和自己或他人经历。她作品中人物的苦难离不开大萧条、二战、黑人民权运动、越南战争和肯尼迪被刺等重大历史事件。正因为人物被锁定在某一历史时空，故而有其时代和个人局限性。欧茨曾说她作品里一个反复出现的主题是"承认局限"，她在作品里变幻多种形式探讨"无限的想象力和物理的时空局限之间的窘境"[①]。实际上，正是这一窘境派生人类复杂的情感：憧憬、梦想、温馨、喜悦、幻灭、痛苦、愤怒、失望、绝望、冷漠、孤独、无奈……在"心理现实"的广袤空

---

① Ellen G. Friedman, *Joyce Carol Oates*. New York：Frederick Ungar Publishing, Co., 1980，pp.15 – 16.

间里，欧茨通过作品人物的视角，敏感地捕捉这些情感，充满想象力地将之戏剧化，完成了一个个打动人心的故事。时空或物理局限不仅没有令人感到逼仄，反而令作品更加富有人情味、丰富、生动、震撼人心。这些作品体现了她女性作家的视角、女性的敏感与女性经验，同时也显出女性作家少有的干脆、利索、结实有力。她的短篇故事是对女性善变的完美诠释。从以下六部集子里，可一览欧茨作品中女性或端庄、或性感、或青春、或成熟、或严肃、或奇幻的不同风采。

《爱的轮盘》

《爱的轮盘》是欧茨发表的第三部短篇小说集，标志着作家的短篇创作进入成熟期。此书包括五篇获欧·亨利奖的故事《冰区》《满足了的欲望》《未寄出的未写成的信》（"Unmailed Unwritten Letters"，1969）、《我是怎样从底特律劳改所思考世界和重启人生的》（"How I Contemplated the World from the Detroit House of Correction，and Began My Life Over Again"，1969），以及入选选集次数最多的《你要去哪儿？你去哪儿了？》（"Where Are You Going，Where Have You Been?"，1966）。《爱的轮盘》探讨了各位女主人公情感开蒙过程中的烦恼与痛苦，例如，《冰区》呈现三十余岁未婚女教师的情感启蒙经历；《未寄出的未写成的信》以书信体大胆忠实地记录了一位受过良好教育的妇女的情感开蒙，以及她因出轨而备受折磨的心路历程；《满足了的欲望》记述了女学生从不谙世事到取代普利策奖女得主而成为教授夫人的过程。

《你要去哪儿？你去哪儿了？》讲述了一位情窦初开的 15 岁少女康妮的故事。康妮漂亮、单纯、好幻想。她与闺蜜憧憬浪漫的爱情，常到公路边男孩们常去的饭店闲坐。偶然有男孩邀约，她们便兴奋陶醉。一个周日，她不愿同父母和姐姐外出参加烧烤派对，宁愿留在自家的石棉瓦房里，回味梦幻般的浪漫奇遇。一辆金色的旧汽车驶来，车上走下貌似阳光男孩的阿诺德·弗兰德，他声称要带康妮去兜风。言谈中，康妮发现对方实为三十余岁的成年男子，而且看出他为了增高在靴子里塞满了东西。他表示要带康妮去野合，威胁她倘若不从，将伤害其家人。吓坏了的康妮在痛苦迷茫中，最终还是身不由己地走向弗兰德的怀抱。

这篇故事有多重解读空间。从家庭教育角度，标题《你要去哪儿？你去哪儿了？》点明了父母监管的缺失。对于一个情窦初开、单纯美丽的青春期少女，父母的关心、引导和监管是必要的。她的父亲工作回来只是用餐看报，上床睡觉；母亲则爱与人聊天或发牢骚。二人不问"你要去哪儿？你去哪儿了？"这些为人父母应该常问的问题，所以未能及时发现问题，对女儿进行必要的引导和保护。康妮闺蜜的父亲也只是负责接送两位少女，从不过问她们在花花世界做了什么。失职的父母对康妮的悲剧负有不可推卸的责任。而美国父母的失职并非个例，这是导致青少年悲剧屡屡发生的要因。

从青少年成长的角度，青少年青春萌动，向往电影、电台或小说中渲染的浪漫爱情，对生活充满期待和幻想。但是，如果沉迷于幻想、辨不清或一味回避理想与现实的差距，则易酿成悲剧。故事中的康妮一方面缺乏与父母的沟通，另一方面因梦想爱情而随意与陌生男孩单独约会，耽于对爱情的幻想而拒绝与家人参加现实中的烧烤聚会。这一切注定了她的悲剧命运。或迟或早，她都难逃此劫。或许她的行为与她父母的漠视在美国自由开放的环境下十分常见，但是悲剧的结果客观证明这种文化存在问题。欧茨通过展示康妮的悲剧，警醒读者反思美国文化中对青少年成长不利的弊端。

从流行文化的角度，这篇故事批判了流行文化的误导。故事人物皆深受流行文化的影响。弗兰德不仅打扮入时，给车也漆上青少年的流行语，他说话跟着收音机里流出的音乐节拍，甚至不顾康妮棕色瞳仁的事实，半唱半叹道："我温柔的蓝眼妹。"他似乎罔顾现实地沉溺于对流行文化所定义的美少女的幻想。至于康妮，她觉得首次约会如电影里和歌声中唱的一般美好。弗兰德的亮相起初完全符合当时流行文化所宣扬的无羁而浪漫的青少年偶像形象：金色的旧敞篷汽车、发白了的紧身牛仔裤、磨旧了的黑皮靴、精瘦黝黑的皮肤、说话大大咧咧、语气带着调侃。他用心打听到她的名字和家庭情况，说专为美丽的她而来。起初，这位"阳光牛仔"在她眼里显得浪漫而深情，于是，她动了芳心，甚至问道："我们去哪儿？"流行文化为现实穿上金光闪闪的虚幻外衣，诱导青少年掉入现实的陷阱，丑陋无情的现实必然导致幻想破灭。因此，流行文化对康妮的悲剧起到了推波助澜的作用。

从女性主义角度，康妮最终无奈地屈从弗兰德意味着那个时代的美国妇女主体意识和反叛精神不足。对于20世纪中叶的一位妙龄少女，无论她如何活泼天真、满怀梦想，摆在她面前的人生之路只有一条：服从男权。总之，欧茨传神的艺术再现令这篇故事在不同角度打来的光束下熠熠生辉，吸引读者在开放的空间里解读。

《婚姻与不忠》

故事集《婚姻与不忠》既体现了欧茨对文学传统的传承，又彰显了她作为后现代弄潮儿的风采。"婚姻与不忠"虽然是书中一些故事的主题，但并非书名所指。欧茨曾如此解释书名："这些故事既是自主创新的故事，也是我对其他作家的敬爱和极度忠诚的证明。我想象出一种与他们的精神联姻。"①因此，书中故事同时是欧茨对名家经典的模仿（"婚姻"），又是对经典作品的背叛及其自主创新（"不忠"）。例如，《变形记》（"The Metamorphosis"）是对卡夫卡同名故事（1915）的改写。卡夫卡故事的主人公——推销员格莱格一觉醒来变成了能听懂人语却发不出人声的大昆虫。欧茨版故事里的汽车销售员马修在现代社会的重压下逐渐瘫痪成植物人。如果说二位主人公类似的遭遇显示出两位作家的"联姻"关系，那么颠倒的父子视角和马修更为退化的自主意识则展示了欧茨的"不忠"。卡夫卡从儿子的视角表现父亲严厉、冷漠的形象，而欧茨则从作为父亲的马修的视角记述孩子们不谙世事。格莱格能够清楚地意识到自己的昆虫新身份，挣扎着适应它，而马修尽管身在其中，却始终麻痹自己，幻想那是别人的遭遇，从而充分暴露了现代人逃避主义的态度。

欧茨在《婚姻与不忠》里使用的经典改写是后现代主义特色技巧之一。20世纪六七十年代，文学艺术领域的后现代主义之风愈刮愈劲。后现代主义作家从竭力摆脱"影响焦虑"到坦承文本的互文性，开始利用经典改写表现在当代条件下现代人无可逃避的困境。一时间，经典改写之风盛行，如《藻海无边》（*Wide Sargasso Sea*，1966，作者 Jean Rhys，1890—1979）对《简·爱》（*Jane Eyre*，1847）、《白雪公主》（*Snow White*，1967，作者 Donald Barthelme，1931—1989）对同名童话的改写。改写作品与经典的关系远近不一，跨度可从人物、情节、场景、时代无一变动的近身仿写到仅在框架、主题、意象等方面存在游丝般若有若无联系的远程改写。这种后现代主义特色的经典改写事实上延承了现代主义大师 T·S·艾略特关于传统与现代互动的思想。在影响深远的《传统与个人才能》中，艾略特指出传统经典影响当代作品，当代作品反过来重新改变人们对经典的认识。欧茨的这部集子既传承了经典的主题或技巧等，又引读者

---

① Eileen T. Bender，"Autonomy and Influence：Joyce Carol Oates's *Marriages and Infidelities*，" *Joyce Carol Oates*，ed. Harold Bloom. New York：Chelsea House Publishers，1987，p.49.

注意到经典曾忽略的视角，成为艾略特观点的完美注脚。

《死者》被认为是欧茨最成功的经典改写作品，曾获 1973 年的欧·亨利奖。乔伊斯的《死者》是其故事集《都柏林人》的压轴篇。主人公——自命不凡的大学教师加布里埃尔作为贵宾携妻参加姨妈家一年一度的圣诞晚会。离开温馨热闹的晚会，回到旅馆房间，他得知晚会上的最后一首歌令妻子格瑞塔想起了初恋情人迈克尔——这位煤气工人 17 岁时抱病冒雨为她唱了这首歌，不久病故。由此，主人公顿悟爱情真谛。其时，窗外大雪如无言大爱不分等级地落在爱尔兰的土地上。欧茨的《死者》变丈夫的视角为妻子的视角，细腻地展现了女主角周旋于丈夫与情人之间的现代女性经验，突出了女性创作的优势。故事女主角伊琳娜同样是位大学教师，六十年代末任教于底特律一家天主教学院。这位青年女教师的婚姻亮起了红灯。她开始服用镇静剂，并寻找情人，以图情感慰藉。离婚后，她辞职到布法罗大学任教。之后，她因小说《死神之舞》一夜成名，获国家图书奖提名。她曾执教的底特律学院邀请她参加专为其举办的欢庆晚会。晚会上，她意外得知学生爱米特死于肝脏衰竭。这个吸毒又叛逆的学生曾深爱着她。随后，情人高登送她回酒店，二人缠绵之际，爱米特的身影却在她脑海里挥之不去。她感到床上似乎满是她过去的恋人，他们吸干了她的精力与情感，又仿佛化作同一副面孔。透过高登的气喘声，她听到窗外的雪簌簌落下。

欧茨版《死者》一方面与乔伊斯的同名作品有很强的互文性，另一方面，她的故事是对后者在新时代的演绎与反拨，揭露了当代人爱情理想幻灭的困境。两篇故事均通过晚会、婚姻、情人、雪等元素推进情节发展，深化主题。二者皆融入时代背景，现实感强烈，且都揭示了社会的精神瘫痪。不同之处在于，乔伊斯的故事以 19 与 20 世纪之交爱尔兰如火如荼的民族文化复兴运动为背景，而欧茨故事则以美国 60 年代动荡的政治生活为背景，如肯尼迪遇刺、底特律种族暴乱、宗教信仰危机、越战、新闻管制、吸毒、节育等。动荡时局和信仰危机严重干扰了美国人民的正常生活秩序，剥夺了他们的安全感与和谐生活。于是，欧茨故事里的晚会缺乏乔伊斯的爱尔兰晚会上荡漾的温情，只有奉承、猜忌和虚伪。她的故事里虽也出现了爱米特至纯至深的爱情，却也多出了不少段情欲甚于情感、有所求无所予的爱情。这些直接导致了女主角的情感枯竭、生理早衰和爱情理想的幻灭。故事最后的簌簌落雪在乔伊斯故事里暗示博爱，在欧茨故事中却代表女主角的欲望与理想被无情地熄灭。

《女　神》

故事集《女神》描绘了一群如"女神"般自主性强、受人爱慕、超然于凡尘法律和道德度外的女性。例如，《关于鲍比·T 的案件》（"Concerning the Case of Bobby T."）中的白人女孩弗朗西丝先是顽皮挑逗，继而肆意掌掴她的黑人朋友鲍比·T。鲍比被迫回击，且并未致其重伤，却遭逮捕。他愤然反抗，又被关入疯人院。19 年后，他被释放，年仅 38 岁，竟现龙钟老态。然而，弗朗西丝却已结婚生子，安然度外。《女儿》（"The Daughter"）中的年轻母亲安娜与第二任丈夫杰克——一位善良老实的锯木场工人感情甚笃。杰克曾含辛茹苦地帮她抚养她与前夫所生的女儿，又苦等了她五年。安娜却为了争取富有的生活，在云雨之欢后，毫无负疚感地断然抛弃了杰克。《在仓库里》（"In the Warehouse"）讲述了 12 岁女生萨拉在仓库里谋杀了平日欺负她的女同学朗妮。自此，萨拉只当此事与己无关，20 年来过着幸福闲适的生活。

欧茨坚信应"歌颂真实世界的复杂性以使之神圣化"[①]。在《女神》一书中，她搅起 19 世纪 50—70 年代的几个相互缠绕的社会问题，如女权运动、种族歧视、等级观念等。如果说发生在 19 与 20 世纪之交的第一次女性主义浪潮以争取女性选举权为中心，那么 20 世纪六七十年代掀起的第二次浪潮则以解放传统观念对女性的束缚为主。这个时期的女性开始摆脱传统的"贤妻良母"观念的桎梏，不满足于被定义的附属地位，具有越来越强的主体意识，如《女儿》中的母亲安娜坚称她是自己的老板。《女神》不仅凸显了 20 世纪中叶美国女性不断增强的主体意识，还鞭挞了种族歧视和等级观念。例如，《关于鲍比·T 的案件》中的黑人男孩鲍比遭弗朗西丝诬陷入狱。整个案件过程不给黑人以任何申辩机会，而是一边倒地倾向白人女孩。欧茨揭示了黑人在废奴后仍处于受人宰割地位的社会现实。

标题故事《女神》则同时抨击种族歧视和等级观念，以及当时美国的诸多社会弊端，如泛滥的物质主义、暴力与犯罪等。跨国医药公司高管布维尔与妻子克劳迪亚欲重温甜蜜往事，于三年后再次下榻谢伍德广场酒店。不料，旅馆及周边环境的艺术品位已急剧退化。二人晚餐后回到旅

---

① Joyce Carol Oates, "Afterword," *The Poisoned Kiss and Other Stories from the Portuguese*. New York: The Vanguard Press, Inc., 1975, pp.187 - 188.

馆,却发现布维尔的手提箱不见了。他立即打电话给服务台,一口咬定手提箱是被曾服务他的黑人行李生偷走的。之后,他报了警,在旅馆大厅等到凌晨三点半,警察才姗姗来迟,并解释说:"警察很忙。"警察走后,布维尔先生酣然入睡,克劳迪亚却难以入眠。她听到街上的刹车声、警笛声、走廊里的耳语声、远处的玻璃破碎声,恨不得整个旅馆都烧成灰。她气愤为什么像他们夫妇这样清白的人要遭殃,而那些一无所有的人却能逃之夭夭。她来到窗前,想到丈夫爱她却不了解她,对她三十来岁时的几次"红杏出墙"一无所知。"她是清白的,完全安全的。"丈夫刚才在楼下大厅里等警察时,她愤怒之余,差点用口红划楼道里的壁纸,甚至想弄翻垃圾箱。她知道即使她真的干了,也会平安无事。没人会怀疑她。而"街头那些人、旅馆工人、妓女都是罪犯,罪行明显,易于侦破"。窗下,警车又抓了三四个人,她感到很兴奋。

　　故事《女神》触及了当时美国社会的多种社会问题。首先是物质主义泛滥。人们一味追求实用主义,导致旅馆设施及周边环境的艺术水准退化。第二是种族问题。在拿不出任何证据的情况下,布维尔一口咬定是黑人行李生偷了他的手提箱,这分明是根深蒂固的种族主义观念作祟。他逻辑的潜在前提是"黑人天生是罪犯",因此,一旦失窃,必定是黑人干的,所以曾到过现场的黑人行李生成了首要嫌疑人。第三是等级问题。街头小贩、工人、妓女这些无产者在克劳迪亚看来都是罪犯:他们给上等人制造麻烦,自己却溜之大吉。但是,欧茨辛辣地揭露了真相——无产者无路可逃,因为即便未犯任何过错,也会被诬陷、被逮捕、被推入更悲惨的境地,而白人富有阶级即使做了坏事也无人怀疑。上等人控制的国家机器时刻压迫着广大无产者,所以"警察很忙"。等级制度的荒谬与冷酷在欧茨笔下一览无余。第四是社会暴力与犯罪问题。暴力与犯罪在现代社会愈演愈烈,其深层原因是社会不公和人与人之间缺乏理解、信任和爱。自居清白、有充分话语权的克劳迪亚在手提箱失窃后,尚且想搞些破坏以泄愤,不难理解饱受冤屈却毫无话语权的下层人民更要报复社会以发泄满腔怒气。第五是女权运动。克劳迪亚表面温婉顺从,内心却有挣脱传统"贤妻"角色的冲动,故而她曾数次出轨。她强烈的破坏欲也是主体意识萌发的明证。上述五大问题相互交织,浑然一体。故事之复杂足可延伸成一部小说。因此,这篇故事体现了欧茨驾驭宏大复杂题材的能力和洗练精准的语言功力。

《毒吻和其他葡萄牙人的故事》

　　《毒吻和其他葡萄牙人的故事》是一部奇幻与现实交媾的奇书。欧茨假称此书译自葡萄牙人福南迪斯（Fernandes）的作品，实际上他只是欧茨虚构的作者。书中的每篇故事都恍若在"现实与不朽"间跳舞的精灵。[①] 首篇故事《我们在阿尔费斯地区脆弱不堪的夫人》（"Our Lady of the Easy Death of Alferce"）予圣母玛利亚像以人类爱的情感，但是她却无法挪动脚步。她是人类的创造物，是人类爱与恨的载体，是希望的寄托，也是人们绝望发泄的出气筒。一位丧子的母亲抱走了她的上帝之子，她只能怀抱一个木头娃娃以代之。她能够切身体会到那位母亲深沉绝望的母爱，自身的母性也随之被激发。故事中圣母的母性受到人类的反启蒙，颠覆了宗教传统中神感召人、圣母的母性与生俱来的说法。《上帝之子和他的忧愁》（"The Son of God and His Sorrow"）中，耶稣身上的人性和神性相抗。人类的情感、自由意志及种种人性弱点让他不堪救世使命的重负，也使他自觉抗拒上帝指令，最终选择以自杀捍卫自由意志，并获得解脱。《维森特博士的大脑》（"The Brain of Dr. Vicente"）讲述的是科学家维森特博士去世前发明了能使大脑与人交流的装置。他逝后，他的助手和学生试图为他的大脑寻找几副匹配的躯壳，都被它以"不可能"否决。最后，大脑仍旧待在装置里默不作声。这则故事讽刺人类扳回历史、追求不朽的空想与徒劳。标题故事《毒吻》以如同电脑游戏打斗场景的梦幻笔法讲述一位男士一路击倒敌人冲向情人的怀抱、渴望她的热吻，旨在凸显爱情如毒吻，令人迷狂。故事体现了时间的紧迫感，风格有几分神似17世纪玄学派诗人安德鲁·马维尔（Andrew Marvell，1621—1678）以"及时行乐"（Carpe diem）为主题的诗歌。总之，在此书中，现实被赋予不朽的神性而显得奇幻；不朽被赋予现实的人性而呈现人性的温暖和更多的质感。现实的局限非但不使读者感到逼仄，反令作品更加动人心弦。

　　《旅程》是这部书的压轴篇。若以诗歌形式排版，它满可以成为类似弗罗斯特（Robert Frost，1874—1963）的《未走过的路》（"The Road Untaken"，1916)般清新隽永的哲理诗。故事以第二人称"你"引导读者驰离高速公路，驶上林间小道。道渐行渐窄，四周野趣愈浓。"你"行至路

---

　　① Joyce Carol Oates，"Afterword，" *The Poisoned Kiss and Other Stories from the Portuguese*. New York：The Vanguard Press, Inc., 1975, p.187.

尽头,弃车而行;然后,穿过黄花遍野的森林草地。不觉到了夜间,前方是一片朦胧的森林,那是地图上也未标名的处女地,但是"你"并没有迷路。而且,"你"有勇气离开大道,本身就是胜利。这则散文诗形式的故事可从文学创作、人生等多元角度开放地解读。从文学创作角度,一个人从模仿经典、写出符合大众审美的程式化作品开始,渐渐偏离大众轨道,越来越追求个性化创作,直至独辟蹊径,望见异样的风景。他此时没有迷路,反倒收获了成功。人生之路亦如此,不走寻常路,方可在险峰之上瞭望无限风光。这则故事以其诗化的语言,敞开的阐释空间,道出了欧茨在诸多方面的感悟。

《情感教育》

《情感教育》是一群自私、冷漠、不负责任的中产阶级的集体绘像,包括《夜之女王》("Queen of the Night",1979)、《悬崖》("The Precipice")、《幽会》("The Tryst")、《一次中产阶级的教育》("A Middle-class Education")、《那年秋天》("In the Autumn of the Year",1978)和《情感教育》("A Sentimental Education",1978)六篇故事。《夜之女王》中的贵妇克莱尔自私自恋,控制欲强,她任意践踏深爱自己的第二任丈夫——一位穷艺术家的自尊与感情。《悬崖》中的斯特恩遇事冲动,不计后果,甚至不顾性命,终于把自己和家庭推向了"悬崖"边缘。《幽会》中的有钱人瑞丁格对他的少女情人情欲缠绵,却对她的经济困境与情感追求漠不关心,致其自杀。少女自杀未遂,他只是将身受重伤的她简单包扎后丢入一辆出租车,让事情不了了之。《那年秋天》获 1979 年度欧·亨利奖。故事结局揭示女作家艾琳娜的情感被教授情人戏弄,她备感受伤,但是,她自己也曾以同样漠然的方式和教授一起深深伤害了他的妻子与儿子。与百余年前福楼拜的同名小说相同的是,欧茨的故事《情感教育》也记述了一位男青年的情感经历。与之不同的是,欧茨故事中备受伤害的不是这位男青年,而是他的恋人:富家子弟邓肯不慎杀死了与他相恋的表妹,却制造了他人谋杀的假象,漠然将新的灾祸转嫁给刚刚遭受丧夫之痛和破产打击的姨妈。欧茨在此书中不仅无情鞭笞了毫无责任感、冷漠自私的富人群体,而且表达了对弱势群体的深切关怀与同情。

《一次中产阶级的教育》揭示中产阶级的冷漠是城市犯罪率高的要因。43 岁的主人公,电台导演丹尼尔新年时亲眼看见了一次街头枪击事件:年轻黑人辛普森因堵车纠纷开枪打死了同为失业工人的考克斯。丹尼尔的心灵遭受重创，挣扎着缓慢恢复。他先是逐步强迫自己上班、微笑和与友聚会，时隔近四个月后，他终于有勇气重新走过出事地点，完成了自我康复的训练。故事名称至少有三层含义。第一、丹尼尔的心灵康复是一次自我教育的过程。第二、聚会时，格莱斯等友人对他灌输的理念是一次中产阶级教育。这些理念包括："只管做好自己的事，别人就不会来惹你"；"数据显示，他们倾向于杀同类——自己的家人或朋友"；"城市犯罪率吓人"，但是，"白人没必要恐慌，危险被严重夸大了"。于是，丹尼尔最终得以用局外人的心态克服恐惧，回到出事地点。第三、这篇故事是欧茨对中产阶级的一次教育。她辛辣嘲讽自以为是的中产阶级，警醒他们反思自身应承担的社会责任。表面上看，城市下层的犯罪重创了中产阶级的心灵。深层里，犯罪率居高不下是与中产阶级的冷漠分不开的。故事中的枪击者和被枪击者都是黑人失业工人。中产阶级不仅对他们的经济困境熟视无睹，漠然将他们定义为"他者"，甚而将他们扭曲成原始食人族一般的"杀同类者"。在如此悲惨的境遇中，下层社会难免戾气冲天，导致高犯罪率。上层冷漠是造成下层暴力与高犯罪率的罪魁祸首。中产阶级自我剥除同情心、情感等美好人性，他们的创伤源于自戕。这篇故事具有普世意义，对贫富差距大的国家的和谐发展具有社会参考价值。

《幽　会》

《幽会》由许多生动性感的微小说组成，是欧茨走出传统的一次大胆尝试。后现代主义文学作品的一个重要特色是强化作为接受方的读者的参与意识，使之与作者一起创作和控制故事走向。此书前的警句暗示了欧茨在 20 世纪 80 年代的后现代主义创作理念转向："不是声音掌控故事，而是耳朵。"[①]欧茨甚而提出不是作者，而是读者掌控故事。在《幽会》一书中，她通过外聚焦、意识流、意象主义、象征主义等技巧制造大量朦胧或空白的创作空间，出让给读者，积极拉拢读者参与创作和解读。

首篇故事《同体》（"One Flesh"）仅 73 词，以意象派技巧引导读者在心里编织出一幅两情相悦的朦胧画面：

> 他俩坐在马毛填的旧沙发的两端，期待着什么。夏天的雨夜，或许是秋天的雨夜，湿叶的香。隐约的笛声弥漫满屋，仿佛记忆中节奏已模

---

① Joyce Carol Oates, *The Assignation*. New York: The Ecco Press, 1988, epigram.

糊的音乐。一个接一个,巨大的软翅昆虫飞向他们,或是扑飞在他们头顶的天花板上。几座钟齐声滴答,如一座钟。

雨夜的叶香和隐约的笛声在读者心里营造起浪漫的氛围。飞虫的撩拨似催动欲望的心弦;钟声的同步,象征着两人的心思合一。除了这疏疏落落的框架外,欧茨没有给出任何其他信息,大量留白以待读者驰骋想象力去填充。

《慢》("Slow")的篇幅仅两百词左右,主要以外聚焦描述一对不急于相见的情侣的迟疑动作,最后通过女主角的意识,得出他们即将分手的结论。《男孩》("The Boy")以戏谑、火辣、混乱的语言,通过自由直接引语、自由人称转换等方式,揭示青春期男生故作成熟、实则稚嫩的心理和生理特点。《体育馆》("The Stadium")描绘了一幅中年知识分子战胜恐惧,带着疲惫与重负,在人生跑道上勇敢前进的形象。它实质上也是热爱慢跑、不断战胜自己的欧茨的自画像。

《虱子》("Tick")是一篇读之有趣、发人深省的生活小故事。夫妻二人一言不合,负气分居。妻子不接丈夫电话,她斗志昂扬,决心自尊自立。于是,她刮体毛、抹口红、独自到公园散步、单独在家也穿戴齐整。夜里,她发现头皮上扒着只虱子。她梳头、篦头、抠头皮直至流血,却怎么也弄不下那小虫。她想到去医院、找邻居帮忙,却怕人笑话自己小题大做。她心烦气躁地满屋乱窜,忽听电话响,她终于接了丈夫电话。同时,她期待着和解,期待痛苦而温柔地做爱,甚至想到生孩子。这则故事探究婚姻生活的奥秘。女主人公对待虱子小题大做,显得荒唐且没必要。同理,夫妻言语不合是常事,无须两军对阵、一决雌雄。事实上,如果丈夫当时在场,用镊子即可轻松拿下虱子。家庭矛盾完全可以通过相互扶持、相互理解而轻松解决。

上述六部书仅是欧茨短篇创作的一小部分,但已足可体现她善变的风采。《爱的轮盘》描摹情感的萌动;《婚姻与不忠》体现文学的联姻与创新;《女神》嘲讽以强者面貌出现、不负责任的女性;《情感教育》则批判不负责任的中产阶级;《毒吻》奇幻;《幽会》性感。但是,欧茨的百变文风有其稳定而严肃的内核,即有现实感、聚焦社会、描画情感。即使在想象力汪洋恣肆的《毒吻》中,欧茨也不忘为之注入现实感,如让圣母和耶稣都具有人的情感与局限。欧茨关注社会问题,她作品中频现的暴力、犯罪等一方面再现社会现实,另一方面引人反思其社会成因。欧茨尤擅描画无形的情感,使之跃然纸上,引起读者共鸣。虽然过度的丰产或许影响了绝品的出现,但是,这一切已足以使她成为一株傲立当代文坛的不老松。

第七节
其他女性短篇小说家

卡森·麦卡勒斯:孤独的心灵猎手

关于卡森·麦卡勒斯的文学地位,学界向来莫衷一是。不少重要文学选集均未介绍其人其作,包括《诺顿美国文学选集》(*The Norton Anthology of American Literature*, *5th edition*)和《文学中的美国传统》(*The American Tradition in Literature*, *10th edition*)等。但是,专门收录美国文学标志性成果的"美国文库"于2001年出版了《卡森·麦卡勒斯小说全集》(*Carson McCullers: Complete Novels*),中国的一些美国文学通史作品甚至单辟一节专门介绍她。导致这种两极分化现象的原因可能是她非主流的写作风格。她的风格是传统与怪诞的奇异混搭。她的笔法貌似比较传统。故事情节曲折跌宕,悬念迭生,每每出人意料,可读性强;叙事常用全知视角,且叙述者有时干预故事进程;人物描写兼有描述与评论,颇似人物传奇的写法,并使用与之相称的带民谣韵律的语言。然而,她的人物描写与表现形式诡异怪诞。她以戏谑反讽的口吻将人物夸张变形,并戏剧化;对于人物令人瞠目结舌的怪异行为和行事风格陡变往往不加铺垫。她的作品一如毕加索的超现实主义名画《格尔尼卡》,以各种变形甚至残缺的人物发泄她自己和作品中人物孤独与痛苦的情感。

麦卡勒斯1917年生于美国佐治亚州哥伦布小镇的一个珠宝商家庭,家境富裕。她自幼喜读书,并表现出较好的音乐天赋,她作品里的民谣韵律可能与之相关。1935年,麦卡勒斯来到哥伦比亚大学学习小说创作,遇见现役军人詹姆斯·麦卡勒斯(James McCullers, 1913—1953)。两人于1937年结婚,开始了一桩分分合合、爱恨交织的痛苦婚姻,最后以1953年詹姆斯的自杀告终。麦卡勒斯长期体弱多病，经常卧床不起，渐养成孤僻任性、却惧怕孤独的矛盾性格，这种性格进而使她更加孤立不合群。作家克莱拉克（Clarac-Schwarzenbach，1908—1942）曾拒绝她的合住邀请，说因为她居然把自己当做情感归宿，日日盼她来。① 对孤独的深刻体会使她在作品中能够尽情品味和写意孤独。孤独几乎是她作品中一成不变的主题，正因如此，弗吉尼亚（Virginia Spencer Carr，1929—2012）为她所作的传记取名《孤独的猎手》（*The Lonely Hunter: A Biography of Carson McCullers*，1975）。

这部传记名用典麦卡勒斯的首部小说——《心是孤独的猎手》（*The Heart Is a Lonely Hunter*，1940）。小说涵盖了麦卡勒斯日后创作的所有主题。无论是她笔下怪异而痛苦的人物，还是耶稣形象的建构与解构，抑或作家的种族平等观念，或与作家创作年龄不相适应的思想深度，皆吸引了众多论者和读者的目光。她后来的长篇小说《金色眼睛的映像》（*Reflections in a Golden Eye*，1941）、《婚礼的成员》（*The Member of the Wedding*，1946）和《没有指针的钟》（*Clock without Hands*，1961）都继续了孤独的主题和怪诞的风格。

中短篇小说方面，1942 年，麦卡勒斯在《时尚芭莎》上发表的《一棵树、一块石、一朵云》（"A Tree, A Rock, A Cloud"，1942）入选当年的《1942 年欧·亨利获奖故事纪念选集》（*O. Henry Memorial Prize Stories of 1942*）。1943 年，她的代表作——中篇小说《伤心咖啡馆之歌》（"The Ballad of the Sad Café"）发表。这部作品入选《1944 年最佳美国短篇小说集》（*The Best American Short Stories of 1944*）。1951 年，霍顿·米福林出版了《伤心咖啡馆之歌：卡森·麦卡勒斯小说和故事集》（*The Ballad of the Sad Café: The Novels and Stories of Carson McCullers*）。

1952 年，麦卡勒斯入选美国国家艺术文学院。1967 年，她因"突出文学贡献"获亨利·贝勒曼奖。② 不久，在昏迷 47 天后，她终于结束了饱受病痛折磨和孤独痛苦的一生。

麦卡勒斯在创作中一贯坚持其孤独理论。她认为孤独是美国人的集体症候。孤独的本质来自对自我身份的探求。人自出生起，便开始了探求自我身份。如果"我是谁"的身份探求屡次得不到回应，人就会产生恐

---

① Carson McCullers, *Carson McCullers: Complete Novels*. New York: Literary Classics of the United States, Inc., 2001, p.810.

② Ibid., p.819.

惧和迷惘。这种恐惧和不确定感必然导致势利、狭隘、种族仇恨。害怕外界的个体只会拒绝和毁灭,正如恐惧外国的民族不可避免地会发动战争。因此,恐惧和迷惘是万恶之源。美国人喜独自上下求索,而自我探求的答案,以及把握孤独和找到最终归属感的路径都在各人心中静静地等候。找到了自我便是人成熟的标志。但是,这种自我一经建立,人就有一种丢掉这种分离出的自我的迫切需求。因为那种"道德隔绝"(moral isolation)的感觉(麦卡勒斯孤独理论的核心概念)是令人无法忍受的。所以,人们急于把"我"的感觉变为"我们",融入更强大的群体。在"我"与"我们"之间担当桥梁作用的是爱。爱驱走恐惧,使人在群体中感到安全、满足和充满勇气。① 麦卡勒斯认为人的这种追寻和获取答案的过程都是在自我空间里进行的,因此,个体感到孤独。每个人追寻的都是一个作为理想化自我的"个性化上帝"。在一个无组织的社会中,这些个性化上帝或个性化原则很可能是荒唐虚幻的。每个人都必须以自己的方式表达自我,但往往不被一个目光短浅的风雅社会所容,也会产生孤独感。② 此外,个体为了摆脱孤独,往往将"个性化上帝"投射到他人身上,而他人因不愿或不适应等原因欲脱去这件"个性化上帝"的外衣,也会导致个体复归孤独。总之,根据麦卡勒斯的理论,孤独是人生的常态。

麦卡勒斯的代表作之一《伤心咖啡馆之歌》便是其创作风格和孤独理论的直观反映。故事讲述了艾米丽亚与表兄莱蒙、前夫马文之间的三角畸恋。艾米丽亚长着一双斗鸡眼,她人高马大,身强力壮,爱穿男装。她是镇上最富有的人,头脑精明、行事果断,将名下产业——酿酒厂、锯木厂、农场、杂货店经营得有声有色。此外,她还会民间医术、木工活和瓦工活。她虽小气、好算计、爱与人打官司,但行医不收费。一天夜里,一位自称是她表兄名叫"莱蒙"的驼背侏儒前来投奔她。她出人意料地收留了他,宠若至亲,并且为了他将杂货店改成了咖啡馆。咖啡馆很快成了小镇人的精神栖居地,生意红火。不料,六年后,艾米丽亚的前夫马文刑满释放,闯入咖啡馆。马文幼年不幸,长大后成了一名阳刚帅气且薪酬丰厚的织机修理工。他看不上众多倾慕自己的姑娘,却爱上了艾米丽亚。为了她,他用了两年时间修身养性,最后求婚成功。婚后,艾米丽亚极不自在,

---

① Kate Kinsella, *Prentice Hall Literature: Timeless Voices, Timeless Themes. The American Experience*. Upper Saddle River, NJ: Prentice Hall, Inc., 2005, pp.994 - 995.

② 林斌:《"精神隔绝"的宗教内涵:〈心是孤独的猎手〉中的基督形象塑造和宗教反讽特征》,载《外国文学研究》2011年第6期,第90页。

对倾其所有讨好她的马文拳脚相加，从不让他近身，几天后索性将他扫地出门。结婚十日，二人离婚。一文不名的马文很快沦为无恶不作的罪犯，被关入监牢。马文出狱后，在咖啡馆一经亮相，便迷倒了莱蒙。莱蒙从此如影随形地跟定马文，即使遭受打骂也痴心不改，甚至带他回艾米丽亚的住处合住。艾米丽亚和马文的矛盾日益升温，终于爆发了一场恶战。正当艾米丽亚即将得胜之际，莱蒙飞扑而至，掐紧她的脖子，并和马文一起打败了她。接着，他俩一夜之间将艾米丽亚的产业破坏殆尽，扬长而去。心碎的艾米丽亚从此门窗紧闭，在孤独和绝望中迅速衰老。

关于这部作品，通常的观点是，"人物是畸形的（外表上和心理上），爱情是变态的，气氛是怪诞的，读了这篇小说，使人不由得啼笑皆非"①。这种说法固然有理，但是值得进一步推敲。故事的三个主要人物显然都是不见容于主流社会和传统观念的畸人。他们是麦卡勒斯在当时对男女平权主张大胆而新颖的文学表达。艾米丽亚和莱蒙如更换性别，则均符合传统社会对男女性别的期待。他们是传统社会眼中的畸人。他们的生理畸形正是心理畸形的投影。艾米丽亚的斗鸡眼是她自我封闭的外在反映；莱蒙的侏儒个头和罗锅则是对他内心自卑的外化处理；马文从不出汗则是他的非人性的外在表现。麦卡勒斯曾宣称写作对她而言是一个"寻找上帝"的过程，此处根据其"个性化上帝"理论且作大胆推测：艾米丽亚即麦卡勒斯的"个性化上帝"的投影。体弱多病、苦于女性局限的作家需要幻想一个精通医术、孔武有力、精明强干的自我以获得安慰。男性化的艾米丽亚正符合她这一身份构建的期望。"硬汉"形象的艾米丽亚需要的则是一个娇小脆弱、哭哭啼啼的女性化男性。她可以因呵护他而获得"硬汉"的成就感和满足感。罗锅侏儒莱蒙正符合她的心理预期。因此，莱蒙对她不啻天降洪福，是她的"个性化上帝"，所以，她对他千依百顺。而女性化的莱蒙心目中，理想的自我必会充满男子气概。所以，当他遇到英俊潇洒、去过大城市、见过大世面、坐过牢，显得更具男子气概的真男子马文，立刻被征服。至于马文，他自幼被父母抛弃，伴随他长大的不安全感使他需要一位个性独立，能给他安全感的妻子，而这一角色非艾米丽亚莫属。因此，他对艾米丽亚情有独钟。如此，三人间形成了单向循环的转轮图式。对他们而言，尽管所爱之人"人物畸形，爱情变态"，却恰是自己的

---

① 董衡巽、朱虹、施咸荣、李文俊、郑土生：《美国文学简史》，北京：中国社会科学出版社，2007 年，第 432 页。

"个性化上帝"。他们所爱的与其说是对方，不如说是自我的"个性化上帝"。按照麦卡勒斯在故事中表达的恋爱观，爱一个人是幸福的，因为找到了理想的自我身份，而被爱却是痛苦的，因为受爱者拘于施爱者主观幻想的"个性化上帝"的模子内，不得不扭曲自己以完全贴合对方的预期。这种扭曲自我的痛苦滋生怨恨。于是，三人关系在故事中呈转轮图式，正向转则总是他们各人一厢情愿的爱，逆向转则是一厢情愿的恨。由于施爱者将"个性化上帝"的模子加于受爱者的主观意愿与受爱者拒绝模子束缚的意愿相矛盾，受爱者和模子之间随时都有脱节的可能。而受爱者一旦脱离了作为对方"外化上帝"的桎梏，施爱者将复感孤独。因此，孤独是永恒的，这便是故事的主题。

《伤心咖啡馆之歌》韵味悠长，风格独特。故事的结构和韵律类似柯勒律治《古舟子咏》(*The Rime of the Ancient Mariner*，1798)的民谣笔法。它首尾均描写了小镇的凄凉和艾米丽亚家宅的破败，如《古舟子咏》一般首尾呼应。通过句式和语言的重叠，故事产生苍凉的民谣韵律。后记"十二凡人"的民谣律感更强，讲述 12 个拴在一起的罪人低音合唱，"金色阳光下歌声沉沉，渐转激昂，仿佛不是这 12 人发出，而是来自深沉的大地或者浩瀚的天宇"。后记不仅点明了作品的民谣特性，而且指出其孤独主题的普世性——每个人都如失去自由的罪犯，和艾米丽亚一样在封闭的自我中啃啮孤独。此外，正如后记中所言："这繁复的音乐既忧伤，又欢畅。"以喜剧的形式呈现痛苦与无奈正是后现代应对混乱和创伤日常化的策略。凄凉的荒景、人物的悲剧与作家描写畸人怪事所用的戏谑口吻、反讽语调、夸张的喜剧表现形成强烈反差，使《伤心咖啡馆之歌》具有后现代黑色喜剧的特质。就此而言，麦卡勒斯的写作风格是超前的。

麦卡勒斯的短篇名作《一棵树，一块石，一朵云》宣泄的也是爱与孤独的主题。一位流浪老者在汽车咖啡馆里向一个男孩讲述自己的失恋故事。爱人 12 年前离他而去，他四处寻她无果，竟自创了一门"爱的科学"：先从爱一棵树、一块石、一朵云做起，直到神圣而危险的最高境界——爱一个女人。当他宣称此刻正爱着那个男孩时，对方感到惊恐不安。这一点符合麦卡勒斯的恋爱论，爱人是幸福的，被爱是痛苦的。即使老人最终到达了他所谓的最高境界，爱人难忍被他爱的痛苦似已成定局。故事里的老人爱一棵树、一块石、一朵云，这本身就形成了极度孤独的意象。他走遍万水千山，孤独的意象无处不在，孤独感也将与他永生相伴。

卡森·麦卡勒斯以她特立独行的怪诞风格将自身的孤独与痛苦投射

到作品中,化作孤独百态与畸人描写,将孤独与爱的主题挥洒到极致。她在作品中表现的性倒错、双性恋等在那个时代被称为生理和心理畸人的精神状态吸引了大批读者对这一边缘群体的关注,从而为他们在主流社会争取生存空间。因此,她不但受到田纳西·威廉姆斯等同性恋作家的赏识,而且受到越来越宽容的现代读者和评论界的认可和欢迎。

雪莉·杰克逊:难以模仿的哥特小说家

雪莉·杰克逊是美国著名哥特小说家。2010 年,《雪莉·杰克逊:小说和故事》(*Shirley Jackson: Novels and Stories*)由乔伊斯·卡洛尔·欧茨编辑,由代表美国文学最高成就的"美国文库"出版。欧茨在接受"美国文库"采访时评价她:"雪莉·杰克逊属于极有特质、无法被模仿的作家。她的成就不如麦尔维尔、詹姆斯、海明威、福克纳这些大家的作品宏大、显得雄心勃勃或影响力强,但是有持久的魔力。她的突出成就大体是著名故事《摸彩》('The Lottery', 1948)或优秀悬疑/哥特小说《我们一直住在城堡》('We Have Always Lived in the Castle', 1962)。"①杰克逊擅长写超自然恐怖故事,但是,她对文坛的卓越贡献主要在于她的现实哥特故事。在后一类故事中,她深挖生活中的哥特元素,揭露人性本质,警醒世人,实现人文关怀。

杰克逊 1916 年生于旧金山的一个中产阶级家庭。1923 年,她举家迁至旧金山郊区的柏林格姆,这里成为她的首部长篇小说《穿墙之路》(*The Road through the Wall*, 1948)和一些短篇小说的场景。1937 年,她就读于西拉克斯(Syracuse)大学时任校园文学杂志编辑。在校期间,她发表了第一篇短篇小说《詹尼丝》("Janice", 1938),这篇故事被多家杂志转载。此间,她结识了后来的丈夫——著名文学评论家斯坦利·海曼(Stanley Hyman, 1919—1970)。二人于 1940 年结婚,定居佛蒙特州的一个美丽乡村。他们的四个孩子成为她作品中的一些人物原型。她病痛缠身,仅49 岁便死于心力衰竭。她去世后,作品被继续整理出版。

杰克逊的作品曾风行于 20 世纪 50 年代的美国,所以,最初她被学界划为通俗小说家,但是其最好的作品已广受认可,跻身经典。她的另一部小说《山庄闹鬼》(*The Hunting of Hill House*, 1959)是兰登书屋"现代文

---

① "The Library of America Interviews Joyce Carol Oates about Shirley Jackson" http://www.loa.org/images/pdf/LOA_Oates_on_Jackson.pdf.

库"读者所选 20 世纪百佳英文长篇小说之一。她的其他重要作品有：小说《汉沙曼》(*Hangsaman*，1951)、《鸟巢》(*The Bird's Nest*，1954)，短篇小说集《摸彩及其他故事》(*The Lottery and Other Stories*，1949)、《雪莉·杰克逊的魔法》(*The Magic of Shirley Jackson*，1966)等。她的风格影响了尼尔·盖曼(Neil Gaiman，1960——　)和斯蒂芬·金(Stephen King，1947——　)等后辈作家。2007 年,"雪莉·杰克逊奖"成立,奖励心理悬疑、恐怖和黑色幻想类小说。

雪莉·杰克逊以悬疑、恐怖故事见长,擅写超自然恐怖故事。她长期对魔法和超自然感兴趣,曾解释说:"因为它的确是一个使人类可能适应看起来最多只能算是超自然世界的捷径。"①她的悬疑鬼故事摄人心魄。她善于利用人物精神脆弱、神经紧张的恐怖心理,加之孤独无助的状态,渲染恐怖气氛,制造恐怖幻觉,堆积恐怖效果。

然而,她的现实哥特故事成就更高。这类故事鲜有暴力血腥场面和传统哥特场景,而是通过深挖生活中的哥特元素,揭示人性幽秘处的黑暗。她常用平静的笔调叙述平常的故事,貌似不经意地一路埋下"地雷",最终引爆,引发连爆效应,将通篇故事表面上的美好与和谐瞬间炸成废墟,读者由此感到心灵的强震。《绅士》(*Esquire*)杂志曾恰如其分地评价她的作品:"雪莉·杰克逊安静而优美的叙述会让你突然之间不由自主地打个激灵。"②

《摸彩》是杰克逊现实哥特故事的代表作,也是她最著名的短篇故事,获 1949 年欧·亨利奖,曾三次被改编成电影。乔纳森·勒瑟姆曾道:"也许并不是每个人都能记住雪莉·杰克逊的名字,但所有人都会记得《摸彩》。"③故事发生在一个偏远的美国乡村。在轻松喜庆的气氛中,村民们聚在广场上准备一年一度的摸彩。摸彩这项传统世代相传,当地俗话说:"六月摸次彩,玉米熟得快。"村民们和善有序地摸彩,身边是他们捡好的石头,有的石头大到需两手搬动。哈奇逊家中了彩。于是,他们一家五口,包括幼童,轮流摸彩。最终是哈奇逊太太中了签。在她绝望的抗议声中,众人的石头向她砸去。

《摸彩》是恐怖故事中的一朵绚烂夺目的奇葩。故事不见血光,不现

---

① "The Library of America Interviews Joyce Carol Oates about Shirley Jackson" http://www.loa.org/images/pdf/LOA_Oates_on_Jackson.pdf.

② 雪莉·杰克逊:《摸彩》,孙仲旭译,北京:人民文学出版社,2013 年,封底。

③ 同上。

死亡,没有传统哥特场景,无紧张心理的描写、恐怖气氛的烘托和恐怖幻觉的推进,但是,其表面的波澜不惊与内里的激流涌动形成奇异张力,浮层的祥和气氛与深层的人性阴暗之间形成的巨隙令人毛骨悚然。乡邻们表面上的友好关心、彬彬有礼与内心的冷漠残忍、野蛮邪恶构成尖锐反讽。夫妻、母女、母子之间的亲情在摸彩过程中变得轻薄如纸。同时被曝光的还有人性深处的原始攻击性和争夺生存权的血腥本性。此外,传统的惯性麻痹村民对陋习邪恶性的认知,摸彩程序上的公正掩蔽了它本质上的强权与不公。作家平静的语调既是制造惊人恐怖的手段,也旨在说明邪恶已成为村民生活的常态。《摸彩》是《纽约客》杂志创刊以来最受争议的一篇故事,因为它探到了人性丑陋黑暗的底层,深深刺痛了许多读者。这篇故事的解读空间宽广,可从象征主义、女性主义等多方位解读。

《花园》("Flower Garden",1949)是杰克逊的又一篇力作。故事场景可能以作家住所为原型,也设在佛蒙特州一个风景秀丽的乡村。故事主要采用韦宁太太的第三人称有限视角。韦宁太太来自当地一个古老家族,她家的祖屋因周围有些古枫树挡着,无法在院里种花。他们的新邻居麦克雷恩太太却将屋里屋外收拾得似色彩艳丽的花园。新邻居来自纽约,美貌随和,热情好客,引得众乡邻纷至沓来。她因同情黑人琼斯及其黑白混血儿比利而雇他们护理花园。然而,自此以后,尽管她家花园被琼斯父子打理成当地最亮丽的风景,却门庭冷落,乡邻们唯恐避之不及。最后,在暴风雨中,邻家一根巨大树枝砸坏了花园,琼斯使足力气也拖之不动。麦克雷恩太太心灰意冷,不得不准备搬回城里。她近乎绝望地朝曾经的好友、正路过的韦宁太太挥手叫"你好",对方却猛然扭身而去。

故事成功运用了象征主义,批判了顽固的种族观念对"人种大花园"的无情破坏。杰克逊巧用"颜色"(Color)的双关语义——"彩色"和"有色人种",以五彩花园象征各色人种和睦相处的美好社会,以古枫和粗枝代表根深蒂固的种族观念,以古宅院、旧家族、老村落喻指顽固的旧种族主义势力群体。此外,黑白混血儿比利、韦宁太太儿子小霍华德的重负、麦克雷恩太太漂亮的蓝碗等都有其深刻的象征意义。村民们对带来平等进步观念的外来户麦克雷恩太太的集体抵制与封杀,显示了固守等级陈念的保守势力的强大与无情。结尾处韦宁太太扭身离去无异于将行将溺水、挣扎呼救的人按入水中。通过象征主义和对生活中哥特元素的挖掘,杰克逊披露生活中隐藏的冷酷与恐怖,强烈抨击种族主义。

杰克逊往往将社会不公、人性丑恶、物质主义、人的物化等进行哥特

化处理，作为社会批评的手段，警醒世人。她在《我在 R·H·玛西公司的生涯》（"My Life with R. H. Macy"，1941）中，抗议现代社会将人数字化、非人化的危险做法。在《模糊七型》（"Seven Types of Ambiguity"，1943）和《来爱尔兰跟我跳舞》（"Come Dance with Me in Ireland"，1943）中，她嘲讽现代人为物质主义所奴化，日益疏离文学和艺术。在《那当然》（"Of Course"，1949）中，她讽刺学者自我封闭和自命清高。在《收到吉米的一封信》（"Got a Letter from Jimmy"，1949）中，她潜入女主人公意识流层面，痛快地反抗男权。正是因为她具有社会批评的严肃意图，将深刻的思想内涵渗入作品中，也因为她显示出含而不露、却痛击人性至隐处丑陋与黑暗的高难度独门技巧，所以，虽然作品水平不一致，但是她最好的作品经得起岁月的检验，她也最终实现了由通俗作家到经典作家的华丽转身。

金·斯代福德：创伤小说家

20 世纪是创伤的世纪。金·斯代福德在创伤小说领域作出了令人瞩目的贡献。出于自身深切痛苦的创伤体验，加之深厚老道的笔力和冷峻的现实主义风格，她对肉体创伤和精神创伤的描述达到了出神入化的地步。她关于肉体创伤的叙事以医学报告似的客观拨动读者的痛感神经，同时，跟进患者的主观反应使读者的神经随之绷紧，令读者有感同身受的创伤体验。她的精神创伤叙事更具有全景性，范围涵盖从创伤的入侵、后延到强制性重复，从个体创伤的强制性重复到群体创伤，乃至社会创伤的强制性重复，从创伤的产生到创伤的治疗。斯代福德凭借规模宏大的创伤叙事，达到她批判社会、警醒世人的目的。

斯代福德 1915 年生于加州考维那，五岁时，随父母迁居至科罗拉多。父亲虽是三流小说家，但是在他的影响下，斯代福德自幼立志当作家。母亲经营一家寄宿机构，为作家日后的名篇《动物园里》（"In the Zoo"，1953）提供了素材和场景。1936 年，她在科罗拉多大学同时拿到学士和硕士学位。斯代福德的一生几乎都在痛苦中度过。她在痛苦、孤独和贫困中度过童年。青年时期，她曾目睹好友露西·麦基（Lucy McKee）开枪自杀。1936—1937 年，她在德国海德堡大学访学期间亲历二战前的紧张气氛。1938 年，她后来的丈夫——易于情绪化的诗人罗伯特·罗威尔（Robert Lowell，1917—1977）开车带着她出了车祸，她头部重度受损，不得不做面部手术。这段经历转化为文坛奇作《内部城堡》（"The Interior

Castle"，1947)的素材。她唯一的兄弟在二战中死去。她的三次婚姻也很不幸。1940年开始的与罗威尔的第一次暴风雨式婚姻给她带来了精神和肉体的严重创伤。第二次婚姻仅维持了三年。她与作家莱卜令（A. J. Liebling，1904—1963)的第三次婚姻幸福却短暂，四年半后莱卜令去世，斯代福德从此不再写小说。1979年，她的一生在病痛折磨中结束。

心灵和肉体的创伤使斯代福德清醒地认识到现实的冷酷和人生的痛苦。她一遍遍地书写创伤苦痛也是自我疗伤的举措。对家庭和婚姻爱恨交织的情感令她作品中的人物情感复杂。例如，对家的感觉，斯代福德称她"故事中的多数人物离开家，同时又想家，但是不愿回去"①。这种感觉可能与她自称所受亨利·詹姆斯和马克·吐温的影响有关，她"感觉与他们的迁移感和区域感结盟"②。可能也是受两位大家的影响，她的作品有现实主义色彩。她的故事语言冷峻洗练，情节较为淡化，着重于揭露事实、表现人物的创伤体验。

斯代福德的作品不多，但成绩卓然。首部小说《闯荡波士顿》(*Boston Adventure*，1944)成为畅销书，令她一夜出名。但是，她的最高成就在于短篇小说创作。她生活在美国短篇小说繁荣的年代，故事常现于《纽约客》《时尚芭莎》《斯旺尼》等名刊。《动物园里》获欧·亨利奖。1970年，她的《金·斯代福德短篇小说集》(*The Collected Stories of Jean Stafford*，1969)获普利策奖。书中故事涵盖面广，分"傻瓜在国外"(The Innocents Abroad)、"波士顿人与美国场景的其他现象"(The Bostonians, and Other Manifestations of the American Scene)、"牛仔和印第安人，以及幻山"(Cowboys and Indians, and Magic Mountains)、"曼哈顿岛"(Manhattan Island)四部分。下面介绍的名篇均出自此书。

《动物园里》经常入选文学选本。故事的开头是叙述者和妹妹黛西正在进行两年一次的会面。这对中年姐妹在丹佛动物园里看到一头眼盲衰老、面色绝望的北极熊，不由想起少时遇到的善良老人墨菲。记忆将她们舶回创痕累累的童年。姐姐10岁、妹妹8岁便成了孤儿。父亲临终把她们托付给远在亚当小城的故交普莱瑟太太，并设她为自己保险的受益人，条件是她必须抚养小姐妹俩。普莱瑟太太寡居，独自苦撑一家寄宿机构，为人刻薄多疑，爱嚼舌，导致房客们也相互猜忌、飞短流长。小姐妹俩也

---

① Jean Stafford, "Author's Note," *Collected Stories of Jean Stafford*. New York: Farrar Straus and Giroux, 1979, p.xi.

② Ibid., p.xii.

难免受此环境影响。她们所幸得遇爱尔兰老人墨菲。他善良、富有同情心、热爱动物，但酗酒成性、疾恶如仇。当他得知自己送给姐妹俩的小狗赖迪被普莱瑟收去，改名"恺撒"，用锁链和耳光训练成凶残恶狗时，气愤地去找她。故事高潮是墨菲脖子上缠着爱猴香农与普莱瑟带着恺撒对决。恺撒瞬间打死香农。墨菲悲痛万分，次日毒死恺撒。此后，他离群索居，酗酒更甚。姐妹俩被禁止与墨菲来往，在普莱瑟的掌控下长大成人。直至普莱瑟死去，她们才离开亚当小城，各奔东西。但是，她们身上已不幸植入了普莱瑟狐疑龌龊、搬弄是非的本性。故事结尾，叙述者在列车上看到好莱坞闲话专栏里写道："天晓得一个小有名气的新星不经哼哼唧唧的丈夫同意，怎样在内华达离掉婚。这种事一毛假钱也不值。"

斯代福德在这篇故事的创伤叙事中将个体与群体，故乡与他乡连成一片，反映社会病根的普遍性和顽固性，引人警醒。第一、作家表现了暴力导致的创伤。无论是以正义还是邪恶之名，分别以墨菲和普莱瑟为代表的正邪两大阵营所使用的暴力都给小姐妹的心灵带来了重创。创伤的持久溃疡使她们怯懦孤僻，多疑防范。第二、结尾那句话揭露了三个可怕事实：一、普莱瑟的龌龊本性并非特例，而是一种普遍社会现象；二、普莱瑟对恺撒、房客和姐妹俩，即周围环境产生负面影响，造成创伤，而她的秉性本质上也是大环境酿就的创伤；三、姐妹俩的噩梦远未结束，因为她们深陷人与负面环境相互影响的恶性循环，这种恶性循环在持续扩大范围。总之，人的劣根性和社会的负能量间存在互动关系，导致二者顽固而疯狂地蔓延，难以根除。第三、"亚当小城"的名字具有宗教象征意义，代表堕落，故事中所有的人都在堕落，包括心地善良、酗酒遁世的墨菲。值得注意的是，斯代福德曾自称来自半虚拟的科罗拉多亚当小城，姐妹俩怀念"亚当小城"，却不愿回去，正是作家"迁移感和区域感"的具体表现，体现了作家对故乡爱恨交织的复杂情感。既然这座堕落小城正是人类无法抛却的故乡，人们无从选择，只有根除顽疾，治疗创伤，重建家园。显见，作家的创伤叙事服务于其宏大的社会主题。

《内部城堡》将肉体创伤叙事上升到一个难以企及的高度。这是一篇标新立异的文坛奇作：它既是一篇极具文学性的"创伤医学报告"，也是一篇记录车祸伤者治疗期间主、客观感受的创伤故事。故事素材取自1938年圣诞前，斯代福德在罗威尔驾的车上亲历的那场车祸。女主人公潘西几乎与车祸时的作家同龄，她遭遇车祸，鼻骨粉碎，面部严重受损，静静地躺在医院病室。故事除了一小部分聚焦于潘西的手术医生尼古拉以交代她的严重伤情之外，其余部分均聚焦于潘西的主、客观感受。车祸和手术对身体造成的客观疼痛经斯代福德形象细致地描绘，令读者感同身受。但是，更令人叫绝的是她对潘西主观感受的处理。车祸带来的剧痛令她不敢回到外部世界，而是被动地龟缩于内部世界。窗外的寒冬与病室的温暖分别象征外部世界的冰冷危险与内部世界的温暖安定，二者形成鲜明对比。她蜷回漫无边际的对母亲、对粉红色帽子等的温暖记忆。大脑自然而然地成为她弥足珍贵、盛满记忆的"内部城堡"。在凌乱的潜意识中，她把它想象成珠宝、鲜花、玻璃杯里的光线、玫瑰色皮纸做的一层套一层、无限套下去的信封。她害怕医生的手术和剧痛会伤及大脑，那儿毕竟是她最后的避风港，所以视医生与疼痛为敌人。鼻部手术前，潘西被麻醉，她透过飘忽的意识感到医生、护士如雪人般晃动在银白色的房间里。手术中，医生忽道："站远点，护士！我在这姑娘的大脑边上。"一言激醒潘西。她挣扎反抗，最终却在不安中，同意医生继续手术。这意味着她允许他入侵"内部城堡"，也意味着她准备返回"不真实"的外部世界。手术成功了，但是，潘西感到"内部城堡"已被医生洗劫一空。

当代作家帕美拉·艾伦斯（Pamela Erens）敬佩斯代福德在《内部城堡》里使用的高难度写作技巧：

> 一位作家如何向读者传达大脑的高度主观状态……如果一个人想刻画的不是暴力瞬间，而是正在进行的焦虑状态或悲伤或愤怒，你怎样做？如何找到一种语言描述它，并且使它有趣？令我想起这些问题的是金·斯代福德的《内部城堡》……斯代福德给自己设了一个极难的任务：传达在车祸中受伤、一天一天几乎无法动弹地躺在病室里的少女潘西·完纳曼所经历的内部痛苦和恐惧。[①]

故事中，潘西的意识、痛感、无意识、谵妄等实现无痕对接，斯代福德成功地为潘西从受伤到伤口开始愈合的内部经历——包括痛楚、恐惧、逃避、恢复勇气等——绘就一幅具有视觉冲击力、栩栩如生的创伤叙事画卷，彰显了作家的深厚笔力。

尽管帕美拉·艾伦斯等人认为斯代福德用"标准语"（mandarin）写

---

① "Pamela Erens on Jean Stafford." http：//emergingwriters.typepad.com/emerging_writers_network/2013/05/short-story-month-2013-pamela-erens-on-jean-stafford.html.

作，但是她事实上凭借精到的笔力常常变幻风格和主题。例如，作为20世纪中叶的严肃作家，她没有忽略时代脉搏上跳动的种族问题。《一个温和的建议》（"A Modest Proposal"）无论是标题，还是对殖民者的辣讽笔调，甚至吃小孩的话题，都与斯威夫特的同名作品一致，但是表现的却是现代语境中的种族创伤。《生活不是地狱》（"Life Is No Abyss"）是一向冷峻的斯代福德少有的暖人佳作。年轻单纯的女主人公莉莉探视贫民院里的表亲。这位表亲曾因把钱信托给另一位经纪人表亲而破产，故而精神受到重创，她怨气冲天地折磨那位经纪人，却受到了对方暗地安排的无微不至的照顾，莉莉受到了爱的启蒙，逐渐懂得一些人因为爱而甘愿受虐心折磨。正因有爱，"生活不是地狱"。故事多用藤生蔓绕的长句，年轻女主人公经历从单纯到事故的渐变，具有明显的詹姆斯风格。

斯代福德的作品拓展了对疼痛的表现力，联通个体与群体的创伤体验，实现了创伤叙事的多样化、全景化和系统化，对读者有感染、触动、警醒和引领作用。她视野宽广，笔力浑厚，思想深刻，语言内敛。在她的笔下，乡村、城市、各种人物性格，包括民族性格（如墨菲的爱尔兰性）都跃然纸上。有时她在一篇故事中塞入足以撑起一部小说的复杂多元主题，并能同时令各主题水乳交融。惜乎学界对她重视不足，这位普利策奖得主的光环日渐暗淡。

第八章

后现代主义短篇小说

　　第二次世界大战给世界人民带来了史无前例的破坏和灾难,纳粹德国和日、意法西斯在欧、亚、非的暴行激起了各国人民的坚决抵抗。随着珍珠港事件的爆发,美国正式参与到这场世界范围内的反法西斯运动。战后不久,美苏两大阵营相互对峙,将整个世界拉入冷战时代。意识形态上的"铁幕"让向往和平的美国人民再次陷入战争的阴影之中,国际上的冷战加深了美国国内的社会危机。麦卡锡主义使得大批知识分子遭受迫害,引起民众的强烈不满。人们个性受到压抑,普遍缺乏安全感,"美国梦"成了嵌套在物质主义光环上的海市蜃楼。50 年代兴起的"垮掉的一代"文学反映了年轻一代对现有的文化规则的厌恶和摈弃,他们用"切碎技巧""自发式叙事"等颠覆僵化的文学传统,渴求用无序、狂欢的状态来对抗既有秩序对人物个性和自我表达的压抑。这种战后兴起的浪漫主义情怀给文学界带来了一股清风,为加斯、品钦等青年短篇作家提供了重要给养和灵感。

　　在很多历史学家和社会学家的眼中,60 年代的美国是对50 年代的一种反叛或断裂,其重要原因就在于"政治和文化上的激进主义"[1]。新技术和新媒体的发展并没有带给人们渴求的幸福生活,失控的物质力量和混乱的价值理念动摇了人们对文明与进步的信念。传统的互惠、诚信关系被消费关系所消解,被长期压抑的非理性思想开始迅速在后工业社会的美国蔓延。美国的60 年代可谓多事之秋,接连发生的暗杀和暴力事件加深了社会动荡,妇女解放运动、黑人民权运动激化

---

① 　盛宁:《重读〈论解构〉》,http://www.library.sh.cn/dzyd/spxc/list.asp?spid=898.

了社会冲突,反越战运动的浪潮更是席卷了社会的每个角落。就此,战后美国人的乐观主义终于在全国性的抗议声中彻底消失了。这种社会现实反映在美国文艺创作理念上便是多元化价值取向,它一方面对现存制度加以强烈的谴责和批判,希望通过艺术来谋求社会变革;另一方面,它通过反文化、反文学、反艺术的创作实践,在艺术观和审美观上与传统文学自觉地划清界限,后现代主义文学就此应运而生。

从哲学上讲,后现代主义是一种对现代主义质疑、反思和批判的认知范式,它高举反传统、反权威的大旗,将矛头指向传统哲学中的教条主义、形式主义、经验主义倾向。它由逻各斯中心主义转向非中心的多元主义,由深度模式转向平面模式,由以人为中心转向反传统的人本主义。詹明信认为,与现代主义相比,后现代主义突破审美范畴,打破艺术与生活的界限,消除高等文化与大众消费文化的差别;以信息复制和图像传播技术为基础的社会再生产秩序逐步取代传统的物质生产,原像与模像间差异的消除让历史消失在文本之中;表意锁链的断裂之后,精神分裂感成为一种纯物性的意符经验。利奥塔德认为后现代主义的典型特征就在于其精神分裂性和偏执怀疑性。换言之,由于对意义本身和叙事主体可靠性的质疑,后现代主义作品通常采用元叙事的手法,因为这样才能最大程度地满足其反权威、反经验、反传统的精神需求。

从文学创作理念上来讲,后现代主义强调创作中的不确定性原则(如主题、形象、情节、语言等)、创作方法的多元性原则(在借鉴现实主义、现代主义、浪漫主义的基础上创新)、语言的实验性和游戏性等。后现代主义短篇既是对现代主义的继承和发展,也是对现代主义的否定和革新。对现代主义文学来说,人类正生活在一片道德、精神和物质的荒原之中,作家通过创新的艺术手段来向人们展示它、揭露它。虽然现实世界里道德沦丧、意义模糊、秩序混乱,但现代主义却依然把建构意义和秩序视做自己的责任,用混沌的意识碎片来拼装自己的信息系统。而在后现代主义短篇中,客观现实和意义系统都成为怀疑的对象,当语言符号本身被消解之后,话语和文本都变得不可靠,人物的主体性也变得游移不定。现代主义的反语和嘲弄被拆解为后现代主义的戏仿,新技巧让现代主义的精神荒原变成一个欢乐和痛苦、柔情和残忍、荒诞不经和一本正经糅合在一起的大杂烩,从而加深对后工业化社会本质的认识。

美国后现代主义派别众多,形式多样。半个多世纪以来,垮掉的一代、黑色幽默小说、存在主义小说、新小说、新"新小说"、超级小说、超现实主义小说等派别对世界文学产生了深远的影响。短篇小说形式小巧，表现灵活，是后现代主义创作实验的先锋者和生力军，对它的读解可以对后现代主义的诸多流派管窥一斑，为进一步的深入研究打好基础。本章将对七位美国后现代主义短篇小说家的创作艺术进行分节介绍。弗拉基米尔·纳博科夫（Vladimir Nabokov，1899—1977）的短篇创作呈现出明显的从现代主义到后现代主义的过渡性和转折性，这一点不仅体现在作品对道德主题的表征上，而且也表现在他对元叙事的创新上。被誉为"元小说的缪斯"的威廉·加斯（William Gass，1924—2017）、唐纳德·巴塞尔姆（Donald Barthelme，1931—1989）、罗伯特·库弗（Robert Coover，1932— ）三位作家抛弃传统因果关联和线性的情节逻辑，运用拼贴、并置、非延续性、随意性等技巧关注小说的创作过程和叙事者的虚构身份，突出文本的自我指涉性和不可靠性。库尔特·冯内古特（Kurt Vonnegut，Jr.，1922—2007）和托马斯·品钦（Thomas Pynchon，Jr.，1937— ）都以探索科技和人性之间的关系而见长。冯内古特以自己的二战经历为题材，深刻剖析了科技发展对现代战争与当今社会的影响，他的短篇小说借用黑色幽默等艺术手法来揭示人性的丑恶。品钦更加关注高科技发展对人类生存环境的影响，他用语言游戏来突破传统叙事的"闭合环路"的同时，又对因人类活动而日益恶化的环境状况深表忧虑。约翰·巴思（John Barth，1930— ）认为好的作品要兼具审美品性与艺术激情，在传统文学创作山穷水尽之时，后现代主义在形式和内容上开风气之先，引领世界文学开辟了一片新天地。

第 一 节
弗拉基米尔·纳博科夫：从现代主义到后现代主义的跨越者

弗拉基米尔·纳博科夫是杰出的俄裔美籍作家。"二月革命"后随家人先后流离于德国、英国与法国，1940 年后定居美国。纳博科夫出身于贵族家庭，受过良好教育，孩提时代便通晓俄、英、法三门语言，极佳的语言天赋成为他日后养家糊口的工具，颠沛流离的生活也为他的创作提供了丰富的素材。流亡期间他创作了《天赋》等优秀的俄语小说，《洛丽塔》《普宁》《微暗的火》《阿达》等英语小说更让他享誉全球。纳博科夫先后出版了 7 部短篇小说集，共收录近 70 篇作品。这些短篇小说主要是在 1921 至 1951 年间创作完成，1939 年前属俄文作品，1943 年起开始翻译和撰写英文短篇。《九个故事》(*Nine Stories*，1947)后拓展为《纳博科夫的十二个短篇》(*Nabokov's Dozen*，1958)，而《纳博科夫的四个短篇》(*Nabokov's Quartet*，1966)、《俄罗斯佳丽和其他》(*A Russian Beauty and Other Stories*，1973)、《暴君垮台和其他》(*Tyrants Destroyed and Other Stories*，1975)与《落日细节和其他》(*Details of a Sunset and Other Stories*，1976)中的大部分是由纳博科夫的儿子迪米特里译成英文的。1995 年，迪米特里将父亲所有短篇合编出版，《弗拉基米尔·纳博科夫短篇小说集》共收录了作家 65 篇作品。此外还有三篇未被收录的作品《科莱特》("Colette"，1948)、《话语》("The Word"，2005)、《娜塔莎》("Natasha"，2008)，先后由《纽约客》杂志出版。纳博科夫的美国生涯正值后现代主义文学上升时期，他的作品措辞精准、描写细腻、富于创新，影响了品钦、巴思等新一代美国作家，被誉为"美国后现代主义的俄罗斯大叔"[1]。

如其身世一样，"变革"是纳博科夫创作生涯中的关键词。纳博科夫一生钟爱蝴蝶，蝴蝶的幻变与伪装的特质塑造了他的小说创作理念。多理宁认为："他的俄语创作处在蛹的阶段，待到化为蝴蝶时，他已经是美国人了。"[2]20 世纪二三十年代的欧洲，他书写流亡生活，成为最前沿的欧洲流亡作家；五六十年代的美国，他犹如脱茧的彩蝶，用斑斓的语言实验创作出后现代主义的文学精品。托马斯·卡申指出，在不同的人生阶段，纳博科夫用迥异的叙事技巧来书写不同凡响的艺术人生，在 1934 年到 1947 年间，他实现了从欧洲时期的道德范畴内的游戏到美国时期的自由嬉戏的转变。[3] 这种转变有外在的环境因素，也有艺术发展的内在逻辑因素。他放弃了俄文笔名西林(Sirin)，"俄语打字机从此像棺材一样地被封

[1] Maurice Couturier，"Nabokov in postmodernist land," *CRITIQUE: Studies in Contemporary Fiction*，1993，34(4)，p.247.

[2] 亚历山大·多理宁、格谢尼亚·巴西拉什维利：《在纳博科夫家中的座谈》，张晓东译，载《文学报》1997 年第 3 期。

[3] Thomas Karshan，"Nabokov's Transition from Game towards Free Play，1934–1947," *Transitional Nabokov*，ed. Will Norman & Duncan White. Oxford：Peter Lang，2008，pp.245–264.

存起来"①,因为他发现英语创作给了他更自由、更广阔的天空,在新的环境中他不再需要背负传统的规则、道德和语言的束缚。从《圆圈》("The Circle",1936)、《菲雅尔塔的春天》("Spring in Fialta",1937)到《符号和象征》("Signs and Symbols",1947)、《兰斯》("Lance",1951),带着传统威权的叙述者一步步从圣坛走下,渐渐消失在模糊的、自我解构的叙事迷雾中。纳博科夫的短篇创作呈现出明显的从现代主义到后现代主义的过渡性和转折性。

主题的衍变:从道德游戏到自由嬉戏

纳博科夫在30到50年代的短篇小说创作为他日后的长篇创作积累了丰富的经验与题材。30年代属于纳博科夫转型的阵痛期,父母的先后离世、外遇的经历、多番长篇创作尝试的破产都令他痛心不已,他甚至有过自杀的念头。这期间的短篇创作既是他直抒胸臆的途径,又是他锤炼写作技巧的良好载体。他称短篇小说为"小型的高山体"(small Alpine form);与长篇相比,短篇作品在时间与情节的整体性上更胜一筹,将相同的主题与方法放在不同长度的作品中,可以相互取长补短,更充分表现艺术人生的凝练与丰富。经历过两次重大战争和多次颠沛流离的纳博科夫,最终踏上了美国这片土地,对此他毫不掩饰心中的感激:"在美国我比在任何其他国家都要幸福。在这里我找到了我心心相印的、最中意的读者。我觉得身心自如,更能发挥自己的才智,这里是我真正意义上的第二个故乡。"②终于安顿下来的纳博科夫在创作上开始摆脱传统小说创作的窠臼,从规则、道德、说教的羁绊中解脱出来,将道德的"追纸游戏"(paper chases)转化为更高层面的艺术自由。

20年代到30年代是纳博科夫的艺术成长期。在经历了第一次的流亡,他进入剑桥大学学习,并开始了早期的创作。他这一时期的作品具有明显的循规蹈矩与内敛性。《从未寄到俄罗斯的信件》("A Letter That Never Reached Russia",1924)是十分明显的例证。作品采用书信的口吻描写了一位他乡的游子向分隔八年之久的俄罗斯恋人倾诉衷肠:"作为流亡作家,我们在表述的过程中应该拥有崇高的贞洁性。不过在此,我想

---

① Vladimir Nabokov, *Speak, Memory: An Autobiography Revisited*. London: Everyman, 1999, p.99.

② Vladimir Nabokov, *Strong Opinions*. New York: McGraw, 1973, p.10.

用寥寥数语来藐视这高贵的瑕疵，打断你曾如此轻盈和高雅的回忆。"当谈到酒吧里的舞蹈时，叙述者作出了明确的道德评判："竟然能够观看人们在当地酒吧跳舞，对此我感到十分欣然。许多流亡的同伴对流行的糟粕，包括流行舞蹈，愤怒地（当然愤怒中也带有一丝的快乐）谴责。虽然时尚总是伴着人们生存方式的卑俗和平等观的粗鄙而成长，但谴责它就意味着承认这种粗俗文化能创造出令人值得一提的东西（不管是一种政府形式或是一种新的发型）。……谈到道德的沦丧……这是我在德忌确侯爵（D'Agricourt）的回忆录读过的一句话：'我不知道有什么东西比小步舞曲更堕落的了，在他们看来很适合舞曲。'"这两段话中都谈到了道德的话题，前者是关于创作用语的问题，叙述者用儒雅的措辞表达了他对异国生活的难以适从；后者在论及时尚与道德的问题时，作者虽语气戏谑，但对道德沦丧的趋势表现出痛心疾首的态度。进入 30 年代，其道德卫士的口吻正逐渐消失，一个更成熟老到的纳博科夫出现在读者面前。《菲雅尔塔的春天》通常被誉为他欧洲时期最具代表性的短篇佳作，主要讲述了叙述者维克多与尼娜之间的情感往事。跟《信件》相似的是，纳博科夫继续着他与读者间的语言游戏，不同的是他将道德主题的捉迷藏游戏发挥到了极致。维克多利用公差闲暇游览克里米亚，菲雅尔塔的美景令他"所有的感官都敞开着，立刻吸收进了一切"。这种开放心态与其 20 年代的人生观已大不相同。作品是以与尼娜 12 次的相见情景来展开的，菲雅尔塔这次的会面最富有戏剧性：

> 我找不出确切的字眼来描述我们的关系——15 年间，每次遇见她，她好像总是不能立马认出我；这次她又是愣立片刻，带着一副出于同情又混杂着好奇心的犹疑态度，在马路对面朝我半转过身来，这时只见她的黄色披巾已经动个不停了，就好像先于主人认出你的那些狗一样——接着她叫了一声，双手举起，十个指头都舞动起来，就在街中间，带着只有老朋友间才会有的坦率冲动（就像每次分别时，她总会在我身上快速地画十字的那样子），十分亲昵地吻了我三次，接着就走在我身旁，挽着我，跟着我的步伐，只是那条侧边随意开了一条衩口的棕色窄裙牵制了她的步幅。

文中纳博科夫充分运用了各种感官渠道来描写尼娜的动作与表情，夸张而不失精准，滑稽而不乏细腻。设计这一场景时，纳博科夫抹去了道德说教的沙尘,最大限度地展示了尼娜的活泼天性。不仅如此,纳博科夫在文中还创造了一个令人厌恶的角色:尼娜的丈夫作家费迪南。维克多讨厌他创作的生硬的说教作品,指出真正的作家应该让心灵拥有想象力,让其他的一切都依赖于记忆,因为只有记忆才是个人真实世界"所拖下的长长的落日余影"。借此,纳博科夫指出文学的发展就像菲雅尔塔的旧城与新城一样,过去和现在不时地相互交错,"抗争着或是想把自己摆脱出来,或是将对方挤将出去"。不过,虽然《菲雅尔塔的春天》体现了纳博科夫对文学创新的一些探索,但尚未走出传统小说的窠臼也没有完全摆脱道德说教的羁绊。作品的后半部分说教成分稍浓,这一点可以从故事的结局窥见一斑:

> 在那场车祸中,费迪南和他的朋友——那些刀枪不入的无赖、那些命运的火精、那些好运的蛇怪——竟然死里逃生,只是受了些不同程度的局部、暂时的损伤;而尼娜,尽管她曾长时间、忠实地模仿过他们,却最终死去了。

这里,叙述者对尼娜这位挚友的死表达了深切的同情,而对其丈夫费迪南等幸免于难充满了愤怒。纳博科夫借叙述者之口展示了自己的道德标准,作品细腻温馨、富有人情味,称得上是纳博科夫的一篇里程碑式的杰作。然而从纳博科夫的文学事业和文学发展的轨迹上来看,《菲雅尔塔的春天》在创新的道路上走得还不够远,不够扎实。

40到50年代是纳博科夫的艺术成熟期,这种成熟体现在短篇作品中便是他利用有限的篇幅充分展示其斑斓瑰丽的叙事风格。纳博科夫自小天资过人,流亡期间曾经有过多重艺术经历。他既是诗人、小说家、评论家,又是昆虫学家、象棋高手。评论界经常将他的作品比作"玩偶盒子(a Jack-in-the-box)、法贝热(Faberge)珍宝、发条玩具、象棋残局、饵雷、评论者的陷阱、猫鼠游戏、自助式(do-it-yourself)小说等"①。在主题上,纳博科夫主张小说创作应该远离意识形态,以尽量保持其艺术审美的纯洁性。在这一点上他对乔治·奥威尔颇有微词,虽然他自己在作品上也有反乌托邦的倾向,但他对奥威尔政治性的、说教性的、类似新闻宣传体的作品不敢苟同,他宁愿沉溺在自己细腻而狡黠的文字游戏中。

作为纳博科夫最后一部短篇作品,《兰斯》充分展示出他利用语言实

---

① Mary McCarthy, "A Bolt from the Blue," *The New Republic*, 1962, 6(4), p.2.

验来消解理性藩篱的创作倾向。这部关于星际旅行的短篇分为五个部分。行文伊始，纳博科夫便确立了一种强烈的不确定性基调。叙述者明明讲的是关于未来世界的星际旅行，却竭力将自己的作品与普通的科幻小说撇清关系，因为他发现科幻小说与悬疑小说一样无趣，里面尽是一些缺乏想象力的对白和市井笑话。这颗星球无名无实，只知道"在承载着想象力的望远镜中，透过泪珠的棱镜，它所展现的特质无异于现存的星球：一颗玫瑰色的星球，带有些许尘埃斑块，是那些在无垠的、令人莫名恐惧的流动空间里数不清的星球中的一个"。作品的人物外貌模糊不清，第二部分中介绍宇航员兰斯年迈的父母时，叙述者说："关于博克先生的外貌我也弄不清楚，对此我有点失望。"这一做法不仅是对传统科幻小说叙事方式的戏谑，也是对虚构叙事本身的解构，是纳博科夫在自由叙事空间上的一次重要探索。第三部分描述了兰斯奔向未来星球的场景，叙述者将兰斯的星际航行比做登山："啊，又看见他了！在两个星球之间穿行；接下来，慢慢地尝试爬过如此陡峭的悬崖表面，手脚握踏之处都如此惊心，稍稍想象一下那摸索的手指和刮擦的靴子都会令恐高者晕眩不已。"这是读者熟悉的纳博科夫，频繁的视角转换和话语游戏总是给人以曲径通幽、峰回路转的享受。第三部分结尾处，叙述者开始想象兰斯胜利返航的场景：

> 前面还有一点岩石要越过，接着就是峰顶了。登山成功了。我们损失惨重。怎么得到通知的？用电报？挂号信？是谁寄送的——一个特别的信使还是那个老是步伐沉重、红鼻子的邮递员，总是喝的有点儿高（他有自己的烦心事）？就签在这儿。大拇指。小十字。软铅笔。它的深紫色的木质。还回去。那辨认不清的摇摆不定的签名灾难。可什么也没有来。一个月过去了。

这里的叙事手法与前文迥然不同，一个接着一个的语言形象扑面而来，令读者应接不暇。纳博科夫的这一技巧不经意间使得语流从一个能指意象快速滑向另一个能指意象。由于意象的滑动会驱动比喻意义与本源意义逐渐走向分裂，作者的初衷便在意义符号的延异中被解构了，后现代主义意义上的讽喻（allegory）便产生了[1]，从而为纳博科夫的语言自由提供了

---

① Craig Owens, "The Allegory Impulse：Toward a Theory of Postmodernism," *October*, 1980, 12(1)，pp.67-86.

动力。第四部分兰斯描述了太空中的地球景象。兰斯想象着地球这个陀螺玩具旋转着,一幅各民族和谐共处、平等自由的图景展现在眼前。叙述者接下来将兰斯的经历与自己的梦境相接:"我想说的是,当兰斯和他的同伴抵达他们的星球时,感觉与我的梦境十分相近——这场梦就不再为我所有了。"第五部分是关于兰斯返航后的情景。博克夫妇应邀前往医院探望儿子兰斯,问及他的所见所闻,护士打断了他们的谈话,博克夫妇快速离开了医院,故事就此结束。对比一下《菲雅尔塔的春天》与《兰斯》的结局:

> 博克夫妇被送出病房。他们快速地——尽管他们不忙,一点也不忙——走过走廊……前往那德高望重的电梯。向上(坐着轮椅的老者扫视着)。十一月回去(兰斯)。向下(老博克夫妇)。电梯里,有两个微笑的妇女正朝着一个怀抱婴儿的女孩颔首示意,此外还有那位头发灰白、驼背的、不苟言笑的电梯工,背对着大家站在那里。

这是一个完全开放的故事结局,除了对一部旧电梯的道德戏言,纳博科夫放弃了对人物的道德评判,这与《菲雅尔塔的春天》里的结尾截然不同。纳博科夫认为自己"既不是道德小说的读者,也不是说教小说的作者"。《洛丽塔》让他享誉全球,也令他饱受争议,为此他自主选择了人生的第三次流亡。《兰斯》用后现代主义的创作实验解构了科幻小说和乌托邦小说的叙事框架,摆脱了传统道德话语的束缚,这些主题和技巧上的突破充分体现了纳博科夫所倡导的创作自由的理念。因此,《兰斯》等短篇小说的创作实践为纳博科夫在五六十年代的艺术成就提供了重要铺垫。

技巧的创新:从双重个性的精神
分析到双重编码的元叙事

作为当时唯一真正融入西方世界的俄国作家,纳博科夫用特有的跨国视角构筑了一方不朽的文学圣地,凭借着自己的天赋和勤劳,向世人倾诉着颠沛流离的苦楚和欧洲身份的危机,将记忆中的流亡文学转化成个人神话。短小精悍的短篇作品给了纳博科夫更快捷和更直接的手段去对抗暴行和世俗,去宣扬自己的艺术理念。纳博科夫的短篇作品具有一定的阶段性特征:早期(20年代)作品重在反映不在场的他者(an absent other),如因失去的恋人、亲人或孩子而激起的情感状态。中期

（30年代）作品主要是通过幻想、恋物癖或情感失落来反映人物与现实的疏离。后期（四五十年代）作品运用凝视沉思作为叙事元素①，重在反映人物主体的双重编码。文学是关于人本身的话语艺术。纳博科夫充分利用了各种手段去揭示人性，在他早、中、后期作品中都有关于人物的双重个性的描写，如《落日细节》（"Details of a Sunset", 1924）、《雷雨》（"The Thunderstorm", 1924）、《里克》（"Lik", 1939）、《谈话细节》（"Conversation Piece", 1945）、《连体怪的生活情景》（"Scenes from the Life of a Double Monster", 1950）等，这些作品充分展示了纳博科夫的叙事技巧从双重个性的精神分析到双重编码的元叙事的发展过程。

　　《恐惧》（"Terror", 1927）用第一人称叙述了一位神经质的诗人对于各种恐惧的认识，将人物的主体与意识的分裂描述得惟妙惟肖。他的恐惧通常都出现在晚上，深夜里独处一室时，他因认不出镜中的自己而害怕，躺在床上时又因感觉自己行将就木而恐惧。他认为这种"终极恐惧"（supreme terror）并非他个人所独有，只是他的体验更加微妙而已。诗人拥有一位天生丽质、乐观友善的情人，幸福的生活让他不忍与她短暂分别。当与情人独处一室的时候，诗人对她的存在产生了莫名的恐惧。又一次的分别即将到来，临行前夜他们前往剧院看戏。演出时灯的突然熄灭让女友也恐惧不已，事后他认为临行前去剧院是个错误的安排。来到陌生城市的诗人依然摆脱不了恐惧的困扰，一连四天，他总在梦中看见女友穿着花边睡衣大笑不止。第五天他决定出去散步以排遣心中的恐惧，然而当回到宾馆时，却得知女友即将离世。在女友奄奄一息之际，诗人来到她的床前。女友此时已经处于昏迷状态，但诗人知道她可以看见自己："一个是她看不见的我自己，另一个是我看不见的我的双重身份（my double）。随后，我便孑然一身了：我的二重身份随她而逝去了。"女友的死治愈了他的双重身份狂躁症，他也不再害怕去分析存在与非存在（being and non-being）的可怕关系了。遗憾的是，囿于篇幅的限制，纳博科夫并没有将双重身份的话题加以深入探索，而是更多地将笔墨用于描述主人公与外在世界的联系上了。纳博科夫对乔伊斯等意识流作家十分欣赏，但对于弗洛伊德的精神分析没有好感，不过这不足以抵消《恐惧》在反映人物特定情况下异常精神状态的有益探索。罗伊·琼森将这种意识上的

① Julian W. Connolly, "Twentieth-Century Russian Emigre Writers," ed. Maria Rubins, *Dictionary of Literary Biography*, vol.317. Detroit: Gale, 2005.

幻想或幻觉称为"潜在失认症"(insipient agnosia),指的是主体对于周围环境的人或事物失去正常认知的能力。以此为主题的作品在现当代文学中屡见不鲜,如爱伦·坡的《泄密的心》、卡夫卡的《变形记》和萨特的《恶心》(*Nausea*,1938)等。患有潜在失认症的人不能将事物与意义正常联系起来,熟悉的事物瞬间失去原本的认知意义,这种失认意识状态会导致恐惧的心理症候。《恐惧》中的诗人为了弄清"狗"这个词的真正含义,长时间苦思冥想最终导致恶心不已。他感觉自己不再是一个人,而是一只在荒谬的世界中六神无主的眼睛。这只眼睛帮他看清了世界的本质,比如提到"房子"(a house)的概念,他眼中的传统外观和形式完全消失,只留下一个荒谬的躯壳(house,howss,whowss)。这种对世界的全新认识与萨特的存在主义思想不谋而合,《恐惧》也成为先于《恶心》而成文的存在主义文学范本。

《恐惧》的另一个重要特征就是其元小说的叙事手法,这种技巧在纳博科夫的《短篇小说集》中多次出现,而且越到后来愈见纯熟。元小说是关于小说的小说,其重要特征是作者将自己推向了前台,与读者或小说中的人物来探讨小说的创作。元小说技巧并非后现代主义所独有,历史上塞万提斯、斯特恩、萨克雷等众多小说都曾使用过类似技巧,欧文·戈夫曼称之为"破格"(breaking frame),俄国形式主义者则称之为"技巧暴露"(exposing the device)。[①] 后现代主义作品将元小说视为重要组成部分,主要是因为它使用的广度与深度比现实主义和现代主义作品更加突出。纳博科夫的元小说技巧主要体现在三个方面:自反式元小说(作者参与小说进程的评述)、前文本元小说(将已有文本看做即将诞生文本的前文本)和类文本元小说(将人或事物的存在作为戏仿对象的文本)。[②] 自反式元小说是三种技巧中最具代表性的,它通过对小说创作过程的自我揭示将作者的存在推向了前台,从而拆解了叙述世界的虚构性。在《恐惧》的第五天的散步场景开始前,叙述者告诉读者:"我想把故事的这部分用斜体印出;不,斜体甚至也无济于事:我需要某种新的、特有的字体。健忘症已经让我的大脑成为一片非同寻常的空白。"这里叙述者故意将小说叙述中的操作痕迹凸显出来,由叙述者超越文本的束缚,打破叙事结构的连续性,直接对叙述本身加以评论干预,使叙事话语与批评话语相互交融,难

---

① David Lodge,*After Bakhtin: Essays on Fiction and Criticism*. London:Routledge,1990,p.43.

② 赵毅恒:《当说者被说的时候》,北京:中国人民大学出版社,1998年。

分彼此，格外凸显它们的反叙述倾向。由于把叙述行为当成了叙述对象，使得叙述世界的逼真性虚构被拆解。《海军部尖顶针》（"The Admiralty Spire"，1933）是一篇典型的评论小说创作的元小说，作品用书信的形式向女作家的同名小说提出各种异议。叙述者抱怨作家的用语过于陈腐、措辞有欠得当，还不时对小说的情节进行嘲讽："你怎能写出这种句子——'装饰了变色彩灯的漂亮的圣诞树似乎向他们预示着时光快乐'？你简直用你的呼吸吹灭了整棵大树，将形容词置于名词之后来附庸风雅是足以诛杀最美好的回忆的。"类似的技巧也出现在《那是在阿勒颇……》（"That in Aleppo Once ..."，1943）中。在作品的结尾处，叙述者请求他的朋友 V 不要将阿勒颇用于故事的标题："我要是不谨慎点的话，事情到阿勒颇也就此完结了。饶了我吧，V：如果你就用这个标题的话，整篇文章的意义将会令人难以容忍。"阅读至此，细心地读者会发现，这里的 V 可能正是纳博科夫本人，"阿勒颇"也恰巧是本书的标题用语。文章的结尾恰好是对刚刚叙述完的故事的嘲弄与戏仿，这正是前文本戏仿的元小说技巧。通过批判严肃的叙事话语和反复校正崇高的书面文体，前文本中所谓真实的虚构被颠覆和拆解，留下的是解构后的荒谬的文本残迹。有趣的是，《海军部尖顶针》和《那是在阿勒颇……》的书信体元小说叙事早在理查德逊的书信小说中便已存在，它的消失与再现印证了戴维·洛奇所谓的文学发展过程中的"钟摆现象"。

不过，过度使用评论会将故事本身淹没在评论话语之下，这在一定程度上会降低作品的趣味性和可读性。纳博科夫很显然注意到了这一点，在《兰斯》创作中他巧妙地将元小说的叙事实验与有趣的故事情节结合起来，在消解传统叙事框架的同时，又让读者享受了细腻的情节流动。不仅如此，《兰斯》还将三种元小说叙事技巧融入其中。文章第四段中的这句话："在我的故事中，我不仅将与星球的明确角色相关内容排除在外——包括每个小点和句号在作品（我把它视为一种航天记录）中的角色——我还拒绝承认本书与那些被记者层层转述的科学家的技术预言相关。"除了这种自反式元小说技巧之外，作品还对新闻业的"剥洋葱"式的层层转述（"those technical prophecies that scientists are reported to make to reporters"）进行了类文本元小说戏仿。而作品中有关梦境的描述则是一段精彩的前文本戏仿："当我七八岁的时候，我常常梦见自己处在某个朦胧的环境中……我想把它用在这里，以便弥补这篇作品的漏洞和硬伤……（梦境的转述）……说到兰斯，我会用梦中的话语来将就着去描写？

好笑的是，我把我写下的读了又读，相关的背景还有记忆的细节消失了——到现在已经全部消失了——我也没法向自己证明这些描写背后有任何的个人经历。"由于作者意识的闯入，叙述话语和人物话语之间的界限变得模糊直至消解，这种结构上复杂化的倾向给纳博科夫原本的话语游戏套上了新的文本框架，增强了文本的艺术美感与哲理深度。

纳博科夫的短篇小说用细腻的笔触将永恒流变的理念嵌入"耀眼的、流动的"时空之维①，在墨迹的幻象中处处体现出他对人生、创作与艺术的感悟。纳博科夫是一位从现代主义向后现代主义过渡的作家，其形而上学的意义大于实际意义，因为纳博科夫的流亡经历时刻告诉他笔墨所经之处都要关注自己的读者。他不惧怕短篇小说，更不会担心"出来一个精品，毁掉万亩良田"，其实，创作精品（不管是现实主义的、现代主义的、还是后现代主义的精品）是每一个作家的义务所在，更是幸福和人生意义所在，因为人生"无非是给一部晦涩难懂而未完成的杰作添加的一系列注释罢了"②。

第二节
威廉·加斯：后现代元小说的缪斯

威廉·加斯是美国当代著名小说家和评论家。1924 年出生于北达科他州，1954 年获康奈尔大学哲学博士，曾先后在普杜大学、华盛顿大学教授哲学等课程，除了二战参军的经历外，他的文学生涯基本都在大学度过。自 1968 年以来，加斯先后出版了长篇小说四部：《奥门塞特的运气》（*Omensetter's Luck*，1966）、《威利·马斯特的孤妻》（*Willie Masters' Lonesome Wife*，1968）、《隧道》（*The Tunnel*，1995）、《中央 C》（*Middle C*，2013）；短（中）篇小说集四本：《在中部地区的深处及其他故事》（*In the Heart of the Heart of the Country*，1968）、《我婚后生活的第一个冬天》（*The First Winter of My Married Life*，1979）、《卡尔普》（*Culp*，

---

①　Vladimir Nabokov, *Speak*, *Memory: An Autobiography Revisited*. London: Everyman, 1999, p.11.

②　Vladimir Nabokov, *Pale Fire*. New York: Putnam's, 1962, p.294.

1985）、《笛卡尔奏鸣曲及其他中篇小说集》（*Cartesian Sonata and Other Novellas*，1998）。加斯一生都钟情于语言本质和美学范式的思考，他在文学评论方面著述丰硕，先后出版了十余本评论文集，共获得三次国家图书评论家协会奖和一次杜鲁门·卡波特文学评论奖。

加斯活跃文坛近六十年，他用旺盛的精力和不懈的努力倡导文学自治的理念。他相信"小说中没有描写，只有建构"①，文学的使命就是创造一个"文字中的世界"（a world within the word），一个区别于新闻、历史、心理学、社会学和哲学的人文世界；他自觉地从反映真实世界的传统使命中隐退，热衷于用自明自足的、自我指涉的话语来建构世界②；他文风优美，精通语言艺术，曾预言"（20 世纪）60 年代将会是小说创作的最好十年"；他提出了"元小说"的概念③，为后现代主义文学的理论与实践指明了方向，被誉为后现代"元小说的缪斯"。尽管多年来笔耕不辍，也曾获得重要的创作奖项（《隧道》获 1995 年国家图书奖），加斯却更多地被尊为"作家的作家"，这与他的教育经历和教学背景是分不开的。

《佩德森家的孩子》等四篇：
从传统叙事到元叙事的过渡

《在中部地区的深处及其他故事》是加斯的第一部短篇小说集，共收录五篇作品，都曾在杂志上刊载过：《佩德森家的孩子》（"The Pedersen Kid"，1961）、《Mean 夫人》（"Mrs. Mean"）、《冰凌》（"Icicles"）、《昆虫的感召》（"Order of Insects"）和《在中部地区的深处》（"In the Heart of the Heart of the Country"）。这些作品充分展示了加斯从现代主义向后现代主义转型的艺术倾向。

《佩德森家的孩子》从篇幅上看当属中篇小说，创作于 1951 年，1961 年发表在约翰·加德纳的杂志 *MSS* 上。加斯曾经自诩为"净化版的现代主义者"④，这一点可以从《佩德森家的孩子》见出端倪。作品文字优美，心理描写细腻独到，有明显的福克纳的影子，只在结尾处显现出后现

---

① William Gass，*Fiction and the Figures of Life*. Boston：Nonpareil Books，1970，p.17.

② Arthur M. Saltzman，*The Fiction of William Gass: The Consolation of Language*. Carbondale and Edwardsville：Southern Illinois University Press，1986.

③ William Gass，*Fiction and the Figures of Life*. Boston：Nonpareil Books，1970，pp. 24－25.

④ Horvath Brooke et al.，"A Colloquy with William H. Gass，" *Modern Fiction Studies*，29（Winter 1983），p.597.

代叙事的端倪。文中的叙述者乔治·西格伦是个未成年的男孩，雪后的清晨，家庭佣工汉斯发现邻家佩德森的孩子被埋在马棚的料斗中。在将他救醒之后，大家又得知佩德森一家被一个带黄手套的陌生人所谋杀，于是父亲、汉斯与小乔治便乘坐雪橇前去一探究竟。一路上，酒鬼父亲、懒人汉斯和弱小的乔治麻烦不断。好不容易到了佩德森家，不料父亲被枪击中，汉斯独自溜走，只留下乔治偷偷躲在地下室。故事并没有告诉读者结局究竟怎样，而是以乔治纷繁复杂的心理活动描写而结束。不仅如此，乔治的心理活动还是推动故事情节的关键因素，可以说，读者几乎是循着他的心绪起伏来感受故事的发展的。作品中没有使用引号来将对话与心理活动作以区分，而是把二者混杂编排，近似于《喧哗与骚动》中的心理描写手段。而到了作品的后半部分，加斯逐渐将这种心理写实手法转化为反模仿的语言实验。故事临近结尾处，当乔治独自待在地下室，加斯运用了重复这一极端的叙事手段来表现他的孤独和恐惧：

> 马车有只大车轮。爸爸拿着只纸口袋。妈妈拉着我的手。高头大马摇着尾巴。爸爸拿着只纸口袋。我们俩跑着躲起来。妈妈拉着我的手。马车有只大车轮。高头大马摇着尾巴。我们俩跑着躲起来。爸爸拿着只纸口袋。马车有只大车轮。妈妈拉着我的手。爸爸拿着只纸口袋。高头大马摇着尾巴。马车有只大车轮。我们俩跑着躲起来。高头大马摇着尾巴。妈妈拉着我的手。我们俩跑着躲起来。马车有只大车轮。爸爸拿着只纸口袋。妈妈拉着我的手。高头大马摇着尾巴。爸爸拿着只纸口袋。我们俩跑着躲起来。爸爸拿着只纸口袋。我们俩跑着躲起来。

这种极端的文字游戏充分体现了加斯的文本交流观。加斯认为，任何艺术活动中都存在两个相互冲突的冲动：一个是交流冲动，它将交流的媒介看做手段；另一个是用素材来虚构作品的冲动，它将交流的媒介当做目的。[1]重复是交流中的一种强调技法，叙述者利用文字与句式的重复来展现重点。然而，当重复被过分使用的时候，手段化身为目的，重复的功能便从认识论转移到了本体论，即：重复自身变得充满意义。戴维·洛奇在《现代写作模式》一书中将后现代主义技巧归纳为六种：矛盾性、并置性、

---

[1]　William Gass, *Fiction and the Figures of Life*. Boston: Nonpareil Books, 1970, p.14.

非延续性、随意性、极端性和短路性。他指出，后现代主义作品中的极端性是指"故意将隐喻（模仿）或转喻（反模仿）的手法用到极致，使它面临崩溃的考验；在使用的过程中加以戏仿和讽刺，以求摆脱它的专制"[1]。在上例中，加斯通过重复、并置和极端的文字游戏对传统的强调模式进行戏仿和讽刺，这种极端实验让文本在自我解构的过程中获得了充分的自由，从而超越了现代主义的意义表征范畴，是加斯迈向后现代主义叙事的重要标志。

《Mean 夫人》利用一位不可靠叙述者的讲述将元小说的技巧推向深入。故事中，加斯利用了后现代主义手法去建构和拆解叙述者的文本霸权。文章的第一句话，读者面对的便是一位颐指气使的叙述者——"我叫她 Mean 夫人"，虽然他连对方的名字都不知晓。叙述者展示自己威权的底气在于这一片就他们两户人家；而且自己选择了无所事事的生活，尤其喜欢揣度他人的人生，并将这些"生活建立在理论网之上"。接下来，叙事者便恣意妄为地"带走他们的灵魂，戏弄它们；像傀儡般地操纵它们；让它们在陌生人群和激情中穿梭；以嗅探它们的老底"。然而，他的权威到了 Mean 夫人这里就不灵验了。任凭他使出浑身解数，也无法参透她的真实面目。其实，在加斯的巧妙安排下，叙述者的话语霸权从一开始便建立在不可靠的文字基础之上。女主人公的姓——"Mean"一语双关，既可指"刻薄"之意，又有"意指"的含义。这种命名方式特别适合加斯的元小说技巧[2]，其模棱两可的话语状态将现实与虚构混合在一起，在故事的开端给了叙述者以膨胀的勇气。然而，随着情节的展开，他的霸权逐渐被拆解，最初的镇定和信心丧失殆尽。要想在保持距离的情况下控制局面往往是不可能的，因为类似于 Mean 夫人这些"文字世界"中的傀儡随时会自由出击来反抗威权。对此，叙述者感到郁闷之极，他打算潜入 Mean 夫人家中探听虚实。然而传统的故事高潮并没有如期到来，加斯将叙述者的临阵退却演绎成一场元小说的话语游戏："我已经僭越了堡垒，可这样做我就失去了对 the Means（'Mean 夫人一家'或'手段'）的情感。"叙述者在羞辱惭愧中开始忏悔："真实的我已丧失自我。这不是真实的世界。我已走得太远。这种突然间从现实的边缘滑落——其实是童话故事开始的方

---

① David Lodge, *The Modes of Modern Writing: Metaphor, Metonymy, and the Typology of Modern Literature*. London: Edward Arnold, 1977, pp.220–245.

② H. L. Hix, *Understanding William H. Gass*. Columbia: University of South Carolina Press, 2002, p.37.

式。"加斯的这种元小说的结尾方式令人耳目一新。在他看来，传统小说幡然醒悟式的结尾方式看似可歌可泣，但因其过浓的道德说教成分而显得矫揉造作。新媒体时代的读者应该在新的叙事模式中拥有多元化的选择内容和形式的充分融合可以让后现代主义小说实现审美意义和本体意义的双重创新。

《冰凌》描述了房产经纪人芬德下班后独自面对窗前冰凌的所思所忆。眼下，房地产买卖正与这冬日的天气一样糟糕，晚餐的烤馅饼里也没几块肉；同事格里克也愚笨不已，唯有伊莎贝拉尚可交流。老板皮尔森又责怪他们工作不努力了，他大谈特谈房产生意经："人有生有死。可是，芬德，你知道，地产，地产经久耐用……地产近乎天长地久。地产永世留存。为什么它叫'不动产'？啊，这是有道理的呀。"现实中的芬德住在一间破败的小房子里，急缺生活费用，连冷柜都买不起，他的思绪沿着皮尔森的话语展开。他其实不是拥有房子，而是"房子拥有了他"："房—地—产，他呼喊着，多美妙的声音。……他的汽车拥有了他，衬衣和鞋子也拥有了他，他的袜子和领带，甚至毛巾和牙刷也对他颐指气使。"伴着皮尔森的画外音和芬德的思绪，最终连主人公身体的各个部分也成了商品。这是加斯对后工业社会的消费主义、拜金主义、物欲主义的莫大讽刺与鞭挞。最终，孤独的芬德从屋檐上的冰凌找到了心灵的慰藉：在物欲横流的商品社会里，冰凌兀自存在，来去随意，只有它陪伴芬德回忆人生的酸甜苦辣，享受片刻的宁静与孤独。而另一方面，《冰凌》所表征的人生又超越了现代主义的异化和苦情，作品通过文本的碎片化和去中心化将悲情解构为荒诞，将心灵的对话逼迫到叙事的僵局。在皮尔森的话语和芬德的思绪的双重缠斗中，主人公终于认识到他连自己都不曾拥有，自己"内心的呼喊恰似广告招牌一样"，人生除了静看冰凌消长和细数盘中的肉粒与青豆之外，已是无言的结局。

如果说《冰凌》用消费主义的泛滥来展示当代社会的精神枯竭和话语危机的话，《昆虫的感召》则将焦点聚集到微不足道的他者（死去的昆虫）身上，并由此感知对女性解放的顿悟。《昆虫的感召》是小说集中最短的一篇，叙述者是一位新近搬家的主妇。她将新家布置得井井有条，不过唯一令她头疼的就是每天早晨都会在底楼发现死去的昆虫。小猫会去拨弄它们，地毯也会染上污迹，然而这位为自己持家能力而骄傲的主妇却迷上了这些虫子。每当她用吸尘器去清扫时，听着它们在管子里舞动的声音她是"既害怕，又兴奋"，虫子在她的眼里是丑中有美，富有灵性，有的甚

至还算得上是女仙(nymphs)："翻过身来，它们的腿紧紧闭上，我越看就越不相信自己的眼睛。死亡，在这些虫子身上，也是如此精彩。"加斯的这种艺术手法类似于"现实以下主义"(infrarealism)，即关注通常情况下被忽视现象的艺术作品。① 加斯笔下少有的女叙事者形象对于现实以下主义的情节发展尤为重要。受昆虫形象的感召，她发现自己好像完全变了一个人，对昆虫的爱好给了她"一双可怕的眼睛……无异于伽利略那双专注地观察钟摆的眼睛"，"让她在梦中做了一回恺撒"。作为男权社会的他者，女性角色更多地局限在相夫教子与操持家务上，边缘化的存在甚至让女主人公自己都觉得这一切奇怪而荒谬。"这种神灵一般的视角令我颤抖，一定程度上，我确信我能为之全身心投入，若我不再是女人的话，我可以解放我的生活，随时随地找到安宁和秩序。"《昆虫的感召》巧妙地以假想的女性视角来揭示平凡世界的缤纷奇妙，颠覆了传统的女性角色和传统意义上的真实，是加斯在小说创作实验中的独特风景。

《在中部地区的深处》和《卡尔普》：
从破除框架到自由嬉戏的元小说

《在中部地区的深处》是同名短篇集的最后也是最重要的一篇。该作品通过颠覆传统小说的叙事和形式框架，再次强调了加斯所倡导的词语中心地位；通过戏仿叶芝的诗作，将凋敝的中部地区与神圣的拜占庭互文并提，在建构荒诞的同时也在为"枯竭的文学"解围，为探索后现代主义小说的创作提供了重要的经验。

加斯对叙事形式的创新主要体现在碎片化、拼贴性、矛盾性的后现代主义叙事技巧上。从直观的角度来看，作品打破了传统作品的叙事框架，寥寥20来页的短篇竟然有36个标题。按照常理，每个新标题的开始一定会有新的情节或背景出现。而实际却是，作者频繁地分割文本的同时很少给予恰当的逻辑关联，叙事文本在意义符号的跳跃中成为话语碎片。《在中部地区的深处》的碎片化叙事手段主要体现在情节和时空两个方面。文本伊始，在如同迷雾一般的话语片段之中，读者需要调动多方面的逻辑和想象来解读意义。从第五小节开始似乎开始有点故事性了：叙述者谈到了比利·赫尔斯可罗喜欢收集煤块和干柴以备寒冷的冬日，习惯

① Jose Ortega Gasset，"The Dehumanization of Art," *The Dehumanization of Art and Other Essays on Art*，*Culture and Literature*，trans. Helene Weyl & Willard R. Trask. Princeton：Princeton University Press，1968，p.36.

于坐在门口晒太阳，然而接下来的大段篇幅里他总共才出现两次，且没有进一步的情节发展。时空的跳跃方面，明显的例证是第八九两节。第八节"我的房子"讲述的是玻璃窗中漂亮的树叶，结尾处"但它们确实会动。它们在玻璃中移动"，而第九节"政治"的开头却是一个碎片句——"……对所有恋爱中的人"，接下来文本便跳跃到政治话题上了。加斯用充满断裂的非线性叙述打破了传统的文本秩序，其目的就是用刻意的不稳定与混乱感的文字来表征后现代社会。

《在中部地区的深处》的另一特征就是拼贴性。詹明信认为，拼贴是一种"空白的戏仿"[1]，即对传统叙事不予褒贬，仅将传统的文本截取拼接在一起，在看似无新意处出新意。拼贴主要用于三种情况：一是不同风格的文本杂糅成碎片化的文本；二是约翰·巴思所谓的"枯竭文学"或"创新死亡"等缺乏文风的文本拼凑；三是通过美学改造，将旧文风的文本拼装改造以便呈现创新性。[2]《深处》全文好似一个大标题下的 36 张明信片，随意地拼贴在一起，彼此之间并无太大的连贯性或关联性，缺少传统意义上的故事情节。文中有传统形式的人物刻画和景物描写，也有现代主义的蒙太奇，还有后现代主义的元叙事，不同文风杂糅的碎片化文本给了作者更广阔的创作空间，从而可以自由地挖掘语言的游戏性和复杂性。

矛盾性的话语是后现代主义小说的又一明显特征，文本的不稳定性在自相矛盾和自我否定的话语中展示出来，从而造成一种"认同还是不认同，皆不可能"的不确定状态。[3] 在《深处》中，记忆在叙述者的笔下变得矛盾且不可靠："我写诗。我的朋友、同事、学生的名字都了然于胸。"继而转瞬之间话锋一转："我不写诗。朋友、同事、学生的名字都忘了。"行动在叙述者眼中成为不知所措："我的意志力就像这屋子里的玫瑰色灰蒙蒙的灯光：柔和、散漫且舒适。它让我……做任何事情……什么都不做。"人物的性别时男时女："我相信她认为我是一个女人。"动物的特征模棱两可："（提克先生，宠物猫的名字）你是，又不是，一台机器。"加斯对中部核心地带的总结十分具有说服力："这就是中西部。不和谐的是不同的成分和人

---

①　Fran Mason, *The A to Z of Postmodernist Literature and Theater*. Lanham：Scarecrow Press, 2009, p.xliii.

②　Ibid., p.xliv.

③　Leonard Michaels, *I Would Have Saved Them If I Could*. New York：Farrar Straus & Giroux, 1975, p.137.

物，和谐的是我们的城镇。"加斯生长于中西部，对故乡怀有深厚的依恋之情，然而他并没有使用一边倒的赞誉来歌颂她，因为他既见证了中部的奇幻美丽、人们的勤劳善良，又看到了中部的衰败凋零、居民的孤独绝望。矛盾性的叙事手段自然成了他最佳的表现手段，它不仅解构了逻各斯中心主义的是非、虚实等二元对立观，又融入了加斯对作为"美国心脏的心脏"的故土那种难以名状的复杂情感。

　　虚构性是小说的最基本特征，传统小说在创作中也以各种手段和技法来隐蔽自己的创作痕迹，希望将杜撰的故事以最真实、最自然的形式呈现给读者，从而达到摹态传神的仿真效果①。然而，不管叙述者如何用高超的技艺来隐藏故事的虚构性，他也改变不了小说的虚构性本质。在后现代主义作家的眼里，这种做法只会欲盖弥彰，因为它把原本光明磊落的虚构叙事推向了"心智不健康的"虚伪叙事的边缘。加斯曾经写道："我们选择，我们建构，我们书写我们的过去，就此创造我们自己的虚构人物，因为似乎只有这样才能让我们保持心智健康。"②这种对虚构性的毫不讳言往往表现为：明确告知或不时提醒读者作品的虚构本质、与读者探讨小说的构思过程、揭露小说的编造情节或结构安排等。《在中部地区的深处》一文中，叙述者"我"在谈到中西部下湖区的天气时，故意将自己推向前台："我一直记着数，到我在写这一页的时候，已经有 11 天没见过太阳了。"在谈到一位有 20 年教龄的老师海伦的时候，叙述者对她的名字、相貌、个性的描述天马行空，后来只好说："我必须集中精力。我不能再杜撰编造了。"谈及《智慧每月文摘》中的格言警句，叙述者的不耐烦溢于言表："够了，够了——关于这个你已经够啰唆了。"在这些例子中，加斯明确告诉了读者小说的杜撰本质，叙述者的突然闯入打破了传统文本刻意追求的虚幻的真实性，叙述者带着已经揭去伪装的文本一同来到前台，作家的自我意识与文本的自我指涉共同促成了一种"破框效应"③。

　　如果说《在中部地区的深处》用虚构、拼贴和互文性的文本向读者展示了后现代主义作品的三幕大戏的话，那么《卡尔普》这部作品在一定程度上将语言实验推向了高潮甚至是极端。帕特里夏·沃在《元小说》一书中从主题、自由、互文和游戏等方面将不同层级的元小说比做一个四幕

---

① 陶东风：《文体演变及其文化意味》，昆明：云南人民出版社，1994 年，第 183—184 页。

② William Gass, *Fiction and the Figures of Life*. Boston：Nonpareil Books, 1970，p.128.

③ Patricia Waugh, *Metafiction: The Theory and Practice of Self-Conscious Fiction*. Routledge：London, 1984，p.3.

剧。第一幕：世界皆舞台：作为主题的角色扮演与虚构。[①] 这是元小说的基本层次，不涉及文本的语言存在与本体状态的问题。第二幕：开场：剧本写作。[②] 这一层次主要是关于元叙事的自由问题，由于文字符号的随意性解构了文本的权威，叙述者最终走下神坛，目视意义在自由的空间狂欢。第三幕：某些搜寻作者的人物角色。[③] 文本渐行渐远，不仅开始关注自身的语言环境，而且还希望介入作者生存的世界。第四幕：走向激进元小说的音符。这种作品通过激进的去语境化的极端策略，放弃对号入座的角色扮演，开始走向维特根斯坦意义上的"语言游戏"。[④]《卡尔普》最初发表在 1984 年的 *Grand Street* 杂志上，1985 年单独出版，后来又于1995 年被加斯纳入《隧道》这部长篇小说之中。文中的主人公卡尔普是位历史教授，对印第安文化十分痴迷，钟情于各种印第安的生活方式。卡尔普教授除了在日常谈话中喜欢使用印第安语的象声词外，还有一个爱好就是创作打油诗（limericks）。全文共有 13 首打油诗，内容涉及历史、宗教和道德等多方面。叙述者柯勒与卡尔普谈起历史问题，卡尔普旋即赋诗一首将历史话语化为荒谬："阿尔卑山上一只大象爬/出师不利的汉尼拔/且看大象慢腾腾/好似那大海它瞎扑腾/将军满口迦太基/拍打着漂亮的束腰外衣/奴隶们却忙着洗象身。"柯勒对他的打趣总是"无言以对"。谈到自己刚与女友约会的经历，卡尔普一番理论，又让柯勒无所适从：

> 从约会的意义上来讲，你们压根就没有约会。只有那些好比理好的扑克牌的事件才被称做约会，而在这平静的和掩盖一切的名字之下，实际意义上的约会却像绣花桌布下的桌子一样消失了。鞋子带我去哪里赴约，但它却并不参与会见。希特勒、张伯伦带着他们的西装和鞋子在慕尼黑相见。……因此，你们压根就没有相见。

卡尔普用语言符号的随意性解构了"meeting"这个英语词汇，将历史事件的语境彻底破拆，只留下话语的躯壳，引领元小说走向自由实验。对于这

---

① Patricia Waugh, *Metafiction: The Theory and Practice of Self-Conscious Fiction*. Routledge：London, 1984，p.116.

② Ibid., p.119.

③ Ibid., p.130.

④ Ibid., p.137.

种历史虚无主义的观点，加斯本人是持否定态度的[①]，这一点可以从叙述者柯勒事后的自我思辨中看出："历史是有些东西的，老卡尔普，我明天要去跟他说。"加斯在这里借卡尔普和柯勒之口表达了艺术世界的两股思潮，尽管卡尔普在整个对话中占据主导，但柯勒的及时修正让小说的叙事话语得以继续延续。待到小说结尾处，加斯将小说实验推向了极致，他运用类似于 E. E. Cummings 所创造的特殊排版形式（如将文字倒置、逆排和组成圆圈等）来戏仿诗中的场景，这种自由的语言实验给刻板的传统文学带来了一丝新风。从《佩德森家的孩子》到《卡尔普》，《威利·马斯特的孤妻》到《中央 C》，从《小说和生活中的人物》到《时间的考验》，加斯这个集小说家、评论家和语言哲学家于一身的当代学者纵横文坛近六十载，在后现代主义文学的理论与实践上都作出了杰出的贡献。作为语言哲学家，加斯关注话语本身，他强调文字的重要性；作为批评家，他提出了"元小说"的概念，推崇艺术唯美和远离道德；作为小说家，他坚持推陈出新，用创新和实验来实践自己的艺术理念。尽管在追求唯美和撇清文学与道德之间的关系方面稍显过火[②]，但这并不妨碍他成为后现代主义的领路人。

第三节
库尔特·冯内古特：
多元小说艺术的探索者

库尔特·冯内古特是美国重要的后现代小说家。出身于德裔家庭的冯内古特 1940 年进入康奈尔大学攻读化学专业，1944 年参军并被派往欧洲战场，战争中他不幸被俘，后被苏联红军解救。战后他再次走进校园，获得芝加哥大学的人类学硕士学位。毕业后曾经在通用电气公司公关部工作。丰富的人生经历，尤其是残酷的战争历练造就了冯内古特举重若

---

① Theodore Ammon，*Conversations with William H. Gass*. Jackson：University Press of Mississippi，2003，p.128.

② 方凡：《以诗化的文字和怪诞的游戏构建小说迷局——评威廉·加斯的〈隧道〉》，载《外国文学研究》2012 年第 5 期，第 116 页。

轻的人生观和幽默风趣的文体观。战争是他的常用素材,从早期的《五号屠场》(*Slaughterhouse-Five*,1969)到晚期的《时震》(*Timequake*,1997)都能见到战争的影子。除了揭露为人憎恶的残忍杀戮的战争恶行之外,冯内古特更多地利用了讽刺、黑色幽默("绞刑架下的幽默",gallows humor)等艺术手法来揭示人性的善恶,他的长篇小说《猫的摇篮》(*Cat's Cradle*,1963)、《五号屠场》《冠军早餐》(*Breakfast of Champions*,1973)和《时震》都是这类题材的佳作。

冯内古特生前共发表了三部短篇小说集:《猫舍里的金丝雀》(*Canary in a Cathouse*,1961)、《欢迎来到猴园》(*Welcome to the Monkey House*,1968)和《巴功波鼻烟盒》(*Bagombo Snuff Box*,1999)。在他逝世后,人们又整理出版了三个短篇集:《追忆末日决战》(*Armageddon in Retrospect*,2009)、《观鸟记》(*Look at the Birdie*,2009)和《众生安眠》(*While Mortals Sleep*,2011)。在谈到短篇创作时,冯内古特曾戏言:"它们是为了贴补长篇而创作,是自由经营的成果。"① 其实,短篇作品和新闻写作在冯内古特的早期写作生涯中不仅充当了淘金盘的作用,也为他提供了良好的练笔机会和展示技巧的平台。短篇创作也有其叙事之道,短小的篇幅、精简的措辞、华丽的语句、明晰的主题都是长篇作品所不及的,伊夫林·沃和菲茨杰拉德都曾是短篇创作的好手,冯内古特在这方面也毫不逊色。冯内古特的短篇叙事语言精练,句、段、篇都去繁就简,情节在片段中穿插游走,事实和虚构纵横交错,尤其是他将外在"真实"与伦理故事和逸闻趣事巧妙集合,叙述者直接介入情节等技巧都铭刻着他走向后现代主义的扎实印记。多元的小说艺术、实验主义色彩使冯内古特的作品成为短篇小说艺术史上不可磨灭的印记。

《猫舍里的金丝雀》:杂志小说的黄金时代和直面社会的科幻短篇

《猫舍里的金丝雀》出版于 1961 年,共收录 12 则短篇。由于初版已经绝版,冯内古特将其中 11 篇编入第二部短篇集《欢迎来到猴园》中,《哈尔·欧文的魔灯》("Hal Irwin's Magic Lamp")则被收入第三部故事集

---

① Peter J. Reed, *The Short Fiction of Kurt Vonnegut*. Westport: Greenwood Press, 1997, pp.137－155.

《巴功波鼻烟盒》里。《猫舍里的金丝雀》的所有作品都曾经在《科利尔》《银河科幻小说》《妇女之家》等杂志上发表。冯内古特认为自己有幸赶上了"杂志小说黄金时代的末班车"①，短篇小说创作不仅使他从中获得不菲的收入，也让他在艺术创作的初期接足了地气。这些作品基本都是关于普通美国人的营生经历，尽管时常加入一些未来世界的高科技因素，它们主体上是为了满足都市中产阶级的胃口而创作的。

詹姆斯·梅拉德在《爆炸的形式》一书中指出，19世纪的小说家在达尔文进化论的影响下，创作出了大量"支持成长、忠诚、同化和融合"的进化题材作品，而当代小说则更多地展现出"衰败、疏离、异化和崩溃"的题材倾向。② 他认为巴思、巴塞尔姆、布劳提根（Richard Brautigan，1935—1984）、库弗、加斯和冯内古特等是"爆炸模式"的后现代主义作品的创造者。进入80年代以后，随着爆炸模式写作的枯竭，小说创作进入了一种"新型的现实主义"。冯内古特的创作生涯因此也可以归为三个时期：科幻小说时期、元小说时期和"新现实主义"时期。③

《关于巴恩豪斯效应的报告》（"Report on the Barnhouse Effect"，1950）是小说集的第一篇，创作于1950年，此时冯内古特还在通用电气工作。作品通过一位学生讲述了巴恩豪斯教授在获取特异功能"动力精神"（dynamo-psychism）之后所发生的故事。1942年的一天，列兵巴恩豪斯与战友玩掷骰子的时候发现自己拥有特殊意念功能，只要这种特殊的意念闪过脑际，他就能够连续十次掷出七点。对此，连他自己都惊奇不已。通过几年的训练，到退伍之时，他的动力精神能力已经接近一尊37毫米口径大炮的威力了。随后巴恩豪斯回到韦昂道特学院工作，然而懒散和马虎的他却不受同事和学生的喜欢。巧合的是，叙述者正好被安排在巴恩豪斯的门下。初次见面寒暄过后，巴恩豪斯教授拿出骰子，连续三次掷出两个二，学生虽感惊奇却不以为然，认为这不过是巧合或是骗人的魔术。直到有一天，当他亲眼看见教授通过动力精神将一只墨水瓶击碎的时候，他才为之折服。教授为自己的动力精神深感自豪，激动之余决定毛遂自荐，向国务卿写信表达他为社会作贡献的愿望。然而结果却事与愿

① Kurt Vonnegut, "Introduction," *Bagombo Snuff Box: Uncollected Short Fiction*. New York：Putnam, 1999.

② James Mellard, *The Exploded Form*. Urbana：University of Illinois Press，1980，p.11，16.

③ William R. Allen, *Understanding Kurt Vonnegut*. Columbia：University of South Carolina Press，1991，p.11.

违,政府希望他用动力精神来参与军事打击试验。在"智能风暴行动"那天,巴恩豪斯实现了他们的愿望,而与此同时,他也把军方的武器都毁坏殆尽,然后趁乱逃跑、杳无踪迹了。此后他东躲西藏,专门利用自己的动力精神来摧毁地球上的各种武装力量。不过他知道自己终有离世的那一天,他利用圣诞卡片向弟子传授了动力精神的秘诀。就此,巴恩豪斯效应将会代代相传。

在《关于巴恩豪斯效应的报告》中,冯内古特并没有遵循传统科幻小说的叙事模式,而是从故事的开端就为它准备好了多种爆炸成分。作品的标题表明了它的报告性质,而报告的权威性往往取决于叙述者的可靠性,这一点叙述者在故事开端显得信心不足:"关于亚瑟·巴恩豪斯的藏身之处我跟大家一样知之甚少。"作为心理学教师,他对于"动力精神"了解不多,难以道出个中奥妙,更谈不上复制这一神秘力量。叙述者就这样保持着率真而又滑稽的姿态,用普通话语夹杂着理论物理的术语向读者陈述着故事的来龙去脉。读者的好奇心在悬念中不断累积,文本的不可靠性和叙述张力在现实和幻想、科学和神秘的矛盾中不断积蓄,作者将这些烈性成分安排在故事中显然是有意而为之。1950年的冯内古特一边上班,一边在芝加哥大学念硕士,叙述者的语气特别契合他此时的心态。另一方面,这种语气又恰如其分地传达了作品所期许的社会性价值观。彼得·里德在《库尔特·冯内古特的短篇小说》中指出,该作品表面上是对未来科技的展望,然其真实目的是"展示不同行为模式对道德和现实的影响",冯内古特的创作动因应当是"社会性的",而非"科幻性的"[1]。叙述者的忐忑心理正好反映了冯内古特对世界局势的担忧和对好战分子的反感,通用电气的工作固然吸引了他,但部分科学家的超道德科学观令他忧虑。作为二战老兵的他,德累斯顿的那场是非不分的轰炸令他心寒。科幻小说作为一种叙述形式,一方面为这位羽翼未丰的青年作家提供了自由想象的空间,另一方面也为他创造了展示和平、真诚、自由的价值观的平台。巴恩豪斯教授希望成为"人类第一个充满良心的武器"是作者社会责任心的良好写照。

《皮囊难定》("Unready to Wear",1953)利用不同的声音来反映人的肉体与精神之间的矛盾,如同奥尔德斯·赫胥黎一样,冯内古特利用科幻

---

① Peter J. Reed, *The Short Fiction of Kurt Vonnegut*. Westport, Conn.: Greenwood Press, 1997, p.5.

小说的形式来引导读者去更多地思考我们所生活的世界。《皮囊难定》最初发表在《银河科幻》杂志上，作品描述了两栖人与传统人之间的关于躯体作用的争论："我"与妻子麦姬都是"两栖人"（amphibians），热衷于定期前往"存放中心"去更换新的躯体，麦姬更是希望"将地球上的存放中心里的每个躯体试个遍"。"我"有幸再次被选中去穿上艾利斯·科尼格斯瓦塞博士的躯体，虽然这位两栖人的先驱并不讨人喜欢，不过大家都认为穿上它走在先驱日庆典的游行队伍前是无上的荣耀。博士发现了人的两栖性并将这一绝技写成著作，按照他的指示，常人基本都能学会进出躯体的诀窍。两栖人脱离躯体后，灵魂们可以随时随地相聚，他们不占用空间，不消耗粮食，无生老病死，无忌妒仇恨。然而好景不长，在游行过程中，"我"与麦姬误入敌人（非两栖人）的圈套并被推上法庭。罪名是因为逃避人类责任而犯了"遗弃罪"，"我"据理力争，历数人类躯壳的罪证，最终二人得以无罪释放。

讽刺是文学中常见的用于揭露人类虚伪、丑恶和无知的艺术手法，在谈笑之间，讽刺变成了激励读者来改善现实环境的有力武器。冯内古特将科幻小说插上讽刺的翅膀，让当今世界无法出现的场景在科技幻想中得以实现，善恶美丑都在虚拟世界里得以夸大，人间百态在讽刺的笔尖下纤毫毕现。在《皮囊难定》中，讽刺的利剑指向了人的躯壳，科尼格斯瓦塞博士为自己羸弱、丑陋、低效的身躯烦恼不已：

> 思想是人类唯一值得拥有的东西。为什么要把它禁锢在毛皮、血液和骨肉的皮囊之中？难怪人们总是一事无成，就是为这个寄生虫而不能自拔，既要让它吃饱穿暖，还要一直防着各种病菌的侵袭。而这个愚蠢的东西还不经用——不管你给它伺候得有多好。

冯内古特利用科幻给他的神奇力量，创造出可穿可卸的躯体，而人类却总爱自作自受。新的技术遭到传统人的抵制。面对法庭的审判，叙述者指出躯体在人类自身的折磨下已不堪承受："钻井工人连续17年钻探着，却不知他这样做的目的。为琉璃厂种植的葡萄却不是为了吃。这一切都让我恶心不已。"逆境中的人物都希望改变自己的处境，而他们往往没有能力控制局面或改变命运，武力恐吓和宗教麻醉是资产阶级惯常的统治伎俩——"除了恐吓，你们便无计可施了"。

冯内古特是一位反战人士和无神论者，在他的笔下，战争、宗教都成为被嘲讽的对象。不过冯内古特对于"讽刺作家"的称谓却莫衷一是[①]，他拒绝被归入讽刺作家的行列，其原因恐怕是因为他有时将讽刺本身转化成被讽刺的对象，《皮囊难定》的开头处讲到，因为两栖时代的到来，老一代的人不太适应，"我"也不免担心自己苦心经营了 30 年的生意：设备锈蚀、污物堵塞，等等，不过"我"还是尽可能照常地对其进行润滑和清洗。读到此处，读者不免对叙述者心生同情和敬意。而行文至结尾处，人们才知道他的老生意竟然是收费厕所。叙述者在文中对传统人的讽刺跃然纸上，可到头来自己却成为嘲弄的对象。在《欢迎来到猴园》的引言中，冯内古特讲到自己小说的两个主题："去除世间所有的污秽"和"消除苦痛"。《皮囊难定》利用框架叙事将两个主题巧妙地结合在一起，在道德层面上用轻松坦然去涤荡受众的心灵，在叙事层面上用戏拟嘲讽解构传统科幻小说的宏大叙事，恰如汤姆·沃尔夫对冯内古特的评价："本该极为搞笑，却总有几分反讽浸透纸背，从而成就其不凡。"

《欢迎来到猴园》：黑色幽默和科技反乌托邦

《欢迎来到猴园》出版于 1968 年，一定意义上讲是《猫舍里的金丝雀》的扩充版。它收录了 25 则短篇，除了《猫舍里的金丝雀》的 11 篇作品外，大部分属于冯内古特 60 年代的作品，刊发的杂志也发生了变化，主要集中在《星期六晚邮报》和《大都市》上。尽管其中的大部分依然属于科幻作品，不过冯内古特也展示出明显的变化：他更加关注家庭伦理，如《隔壁》（"Next Door"）、《重回爱妻和娇子身边》（"Go Back to Your Precious Wife and Son"）、《谎言》（"The Lie"）、《无人能管的孩子》（"The Kid Nobody Could Handle"）等；更加留意语言的不确定性，如《新词典》（"New Dictionary"）中对于兰登书屋的新词典的调侃；更加关注新科技给人类带来的影响，如《哈里森·伯杰隆》（"Harrison Bergeron"）、《EPICAC》（"EPICAC"）、《走向永恒》（"Long Walk to Forever"）等。这些变化有些可能是个人家庭变故造成的，但更多的还是冯内古特在走向艺术成熟时的自主选择。

探索科技与人性之间的极限关系是冯内古特科幻作品的重要题材之一。在《哈里森·伯杰隆》中，冯内古特将刚性的科技元素与人性的政治

---

① Kurt Vonnegut, "Head Bokononist, C. D. B. Bryan," *New York Times Book Review*, 6 Apr. 1969, p.2, 25.

理念直接嫁接，社会、家庭与个人的情感和道德在科技的安排下均被推向心理承受的极限，一个原本理想的社会体制最终走向了荒谬、冷酷的反乌托邦。故事发生在 2081 年，在经过数百次的宪法修订和联邦设障将军的监督下，美国人民终于实现了完全平等。这些平等涵盖外貌、体格等所有方面。在阴冷潮湿的四月天里，设障将军派人将伯杰隆家 14 岁的儿子带走了，因为这小子比常人帅气、优秀。其实，丈夫乔治也因为智力比常人略高一筹而被政府要求在耳中装上微型智能障碍收音机，身上要背负47 磅的重物。每隔 20 秒，尖锐的声音就会通过发射台传到他的耳中，让他不再因为脑子聪明而拥有不公平的优越感。夫妇二人正在欣赏电视播放的芭蕾舞剧，身负重物的演员们，因为耳中突然传来的一阵噪声而惊恐万分。这些受到"优待"的人决不能取下重物，否则将面临牢狱和罚款的惩处，这样做的目的是避免重回那明争暗斗的黑暗时代。这时，电视开始插播关于儿子哈里森·伯杰隆越狱的新闻，播音员告诫人们尽量远离他。不一会，电视上出现了哈里森的画面，他闯入直播现场，将所有演员的枷锁卸掉，并与美丽的姑娘互吻。恰在此时，社长将军出现了，两梭子弹结束了哈里森和舞伴的性命。电视机的画面骤然消失，妻子哈泽尔满脸泪痕，乔治问她怎么了，智力一般的她说她忘记了。乔治的耳朵里传来一阵铆钉枪的声音，哈泽尔也听到了："哈哈——我敢说那声音一定很棒。"

科技手段的过度使用或不恰当使用都可能导致良好的愿望落空，如果上升到制度设计层面将会导致反乌托邦主义。作为一部典型的反乌托邦作品，《哈里森·伯杰隆》为读者展示了一个未来的理想社会，在这里，科学技术与人的精神世界不能协调发展，机器暴力控制下的社会披上了一层平等与和平的外衣，乌托邦的理想在高科技的牢笼中僵化、腐败，并最终走向其对立面。作品中，人的正常外貌被丑化，智力被阻碍，甚至连芭蕾舞演员也要负重表演，一切都是为了所谓的全民平等。进入 20 世纪，科技领域的日新月异难免会让政客们想入非非，诸多的"勇敢新世界"在政党政治的角力中被描绘出来；跨国公司挥舞着资本的大棒，标榜着科技带来的高效和便利，其实质都是"一个自由竞争和邪恶的阶级体制所创造的恶魔世界"[1]。对优秀人群的精神和肉体设障不仅会妨碍人正常机能

---

[1] Lawrence Broer, *Sanity Plea: Schizophrenia in the Novels of Kurt Vonnegut*. Tuscaloosa：Alabama University Press, 1989, p.4.

的发挥,还会阻挠人类的发展进步,甚至会危及人类的生存。这种机器暴力下的"平等"实际上是对个性和人性的压抑,是虚伪的平等。哈里森的反抗让人们看到了希望:"我是帝王!……我是世上最伟大的统治者!瞧……我终于成了理想的自己!"然而他拯救人类的努力却因莽撞而失败,其自我标榜的伟大最终被黑洞洞的枪口所吞噬。故事的高潮顿时变成了反高潮,英雄人物也蜕变成了小丑。

为了在有限的篇幅内表现机器暴力对人际关系和亲情关系的压抑和扭曲,冯内古特在《哈里森·伯杰隆》中还运用人物话语和特定场景来达到黑色幽默的效果。黑色幽默又被称为绞刑架下的幽默,是指人们在处于重大变故(如:死亡、战争、疾病、犯罪等)的时刻,用轻松、调侃、嘲讽的方式所表现出的幽默。当失去光明和快乐的"黑色"与传统的"幽默"相结合时,文本便显现出"变态、辛辣、玩世不恭、悲痛和义愤的色彩"[1]。《哈里森·伯杰隆》中,电视播音员有严重的语言障碍,舞蹈演员带着丑陋的面具、说起话来要刻意压着嗓门,这些黑色幽默所造就的滑稽场景,不免令当代人为机器暴力统治下的人们悲叹。然而,冯内古特又始终不忘在作品中对现实世界进行调侃。在设障机器的干扰下,乔治不能正常思考,哈泽尔劝他取下那些障碍,他害怕遭受处罚,同时又不免感叹:"咱们很快就会回到黑暗时代,个个都在与别人明争暗斗。你不会喜欢那种社会吧?"哈泽尔表示她也讨厌过去。这是借未来人类之口对当今世界的直接批判,即使要忍受机器时代的各种苦痛,他们也不愿重回那尔虞我诈、相互倾轧的世界。作品结尾处,当在电视上看见儿子哈里森被设障将军用枪打死之后,哈泽尔满脸是泪,这是对亲人去世的正常反应,然而在听见丈夫耳中传来的障碍音之后,她又表示那声音简直是棒极了。这些黑色幽默将忍受悲痛与插科打诨、人性的温暖与机器的冷酷混合并置,用不合逻辑和出离理性的场景表现了表面上平等而实际上荒诞不经、令人绝望的"理想"世界。

冯内古特喜欢将科技元素融入自己的作品,在他艺术创作的初期,很多作品都被归为纯粹的科幻作品,连《自动钢琴》也曾被出版商改名为《乌托邦—14》。[2]然而冯内古特一直不愿视自己为科幻小说家,原因自然是

---

① 陈世丹:《关注现实与历史之真实的美国后现代主义小说》,厦门:厦门大学出版社,2012年,第24页。

② Thomas F. Marvin, *Kurt Vonnegut: A Critical Companion*. Westport:Greenwood Press, 2002, p.14.

担心人们对作品的理解过于表面化。科幻作品通常被视为通俗读物，娱乐性和大众性超出了文学性和思想性。冯内古特的作品展示了科技泛滥对人类社会的政治、文化、家庭、伦理观等方面的影响，在内涵上远远超出了传统科幻作品的范畴。他更像一位萨满教的巫师，用激扬的文字来跳神、降神，以驱逐机器时代的各路恶神，还人间以正气。冯内古特称自己为"煤矿里的金丝鸟"，以期告诫人们要警惕当代社会科技失控的倾向（the runaway technology of the present）①，尽力避免走向科技扼杀人性的未来。

《巴功波鼻烟盒》：历史与虚构相结合的诗性叙事

《巴功波鼻烟盒》于 1999 年出版，是冯内古特亲自编撰的最后一部短篇小说集。书中收录了 23 则短篇，主要是冯内古特五六十年代发表的短篇故事，其中《灰蓝色的龙》（"The Powder-Blue Dragon"）、《哈尔·欧文的魔灯》和《恨女孩的男孩》（"The Boy Who Hated Girls"）等三篇是经过改写的作品。与前两个短篇集不同的是，《巴功波鼻烟盒》中的科幻成分减少了。除了《死亡界》（"Thanasphere"）和《2BR02B》（"2BR02B"）两篇科幻作品外，还包括二战题材如《随军翻译》（"Der Arme Dolmetscher"）、《纪念品》（"Souvenir"）和《随快乐罗杰号航行》（"The Cruise of the Jolly Roger"）；成长主题如：《我的这个儿子》（"This Son of Mine"）、《恨女孩的男孩》等。在战后的历史大背景下，作者将目光更多地聚集于现实世界中的普通人，关注他们的营生、成长和"在无声无息的绝望中生活"②的方方面面。冯内古特发挥自己的想象力，用诗性的短篇话语将历史和虚构精巧地结合，充分展示了短篇小说的魅力。

如同《2BR02B》③一样，《巴功波鼻烟盒》的语言简洁、优美流畅。冯内古特将诗化的语言与短篇叙事紧密结合，是同名短篇集中的佳作。作品记叙了二战老兵艾迪·莱尔德重回家乡的故事。他打算去拜访的前妻艾米，现嫁给了百货公司的信贷经理哈里。艾迪向他们讲述了自己在海外的奢华生活，他在巴功波拥有一套 26 间房的大宅和 12 个仆人。艾迪送给艾米一个声称是产自巴功波的鼻烟盒。艾米的儿子史迪威很是好奇，

---

① James Lundquist, *Kurt Vonnegut*. New York：Ungar, 1977, p.69.

② Henry D. Thoreau, *Walden*, *and On The Duty of Civil Disobedience*. New York：C. E. Merrill, Co., 1910, p.5.

③ 篇名是对《哈姆雷特》的著名独白"To be or not to be"的缩写，在故事中是一个代码。

便询问关于巴功波的各种细节。不经意间，史迪威发现这只鼻烟盒的产地竟然是日本，艾迪为此羞愧难当，尴尬离去。故事的结尾处，艾迪拨通了在纽约列维敦的妻子的电话，读者最终得知，所谓的全球飞人艾迪·莱尔德竟然是一个拥有三个孩子的薯条经销商。作品的开头通过艾迪与酒保的对话揭开了故事的背景——二战老兵 11 年后即将与前妻重逢。这一情景不免让读者联想起奥德修斯十年漂泊归乡的故事，在神话与现实、历史与虚构中情节逐步展开。作为一个参加过二战的历史人物，浴血沙场的经历令人起敬，诚信度自然会高人一等。艾迪夸夸其谈，艾米和丈夫在他虚饰的描述中充满惊愕与艳羡。然而虚构毕竟是虚构，读者没有看到奥德修斯与帕涅罗珀般的完美重合，在九岁男童的率真询问下，艾迪的心理防线彻底崩溃，老兵的神话和光环在残酷的现实面前完全破灭。此外，《巴功波鼻烟盒》的重要性还体现在它为冯内古特创作《五号屠场》提供了灵感，是这部将"创造了历史与想象、现实与幻想、历时与共时、作者与文本之间重要的新关系"①的代表作的前奏。

在《巴功波鼻烟盒》的"序言"和"尾声"中，冯内古特对自己的短篇小说艺术做了精彩总结。在"序言"里，他谈到了杂志小说的黄金岁月：大萧条时期的美国，电视媒体还没有成为时代主流，工作或学习结束后的人们最喜欢做的事就是坐在躺椅上静静地品读杂志上的精彩短篇："因为短篇小说对人的生理和心理舒缓作用，与其他任何一种叙事娱乐形式相比，它都更能造就一种近似于佛教的禅定效果。"他认为短篇小说有其"短的长处"，《巴功波鼻烟盒》中的 23 则短篇恰似一个用于"佛教打坐"（Buddhist catnaps）的作品集。而长篇小说看起来洋洋洒洒，可阅读起来"就像嫁给了一个无人知晓、没人在意的陌生人"，比不上短篇小说新鲜宜人。年少的冯内古特对这种文体非常痴迷，为此他决心成为一个短篇小说家："我为之神魂颠倒，做着你现在几乎不可能做的事，亲爱的读者。我理解作品的独特编排就是：仅有的 26 个发声字母，十个阿拉伯数字和八个左右的标点符号，左右横向排列在一张白净、平直的木浆纸上。"饱含着这股对创作的热情，冯内古特将精彩的作品奉献给了他 20 世纪五六十年代短篇小说黄金时期。短篇作品创作不仅给冯内古特带来了不菲的收入，而且为他日后的长篇创作积累了经验、素材和人气。关于短篇创作，冯内古特在

①　陈世平：《关注现实与历史之真实的美国后现代主义小说》，厦门：厦门大学出版社，2012 年，第 31 页。

"序言"中列出了创意写作的"冯氏八原则"：

1. 珍惜陌生人的时间，不要让他/她觉得读你的作品是在浪费时间；
2. 创造至少一个读者会支持的人物；
3. 每个人物都要有所追求，即使是一杯水；
4. 每个句子都应有两个功能——展示人物或推动情节；
5. 开头离结尾越近越好；
6. 做个虐待狂。不管你的主角多么天真可爱，都要让恐怖的事情在他们身上发生——以便让其本色显现；
7. 只为取悦一个人而写作。若是打开窗户向全世界示爱，那么你的故事将会患上肺炎；
8. 尽早尽多地向读者提供信息。让悬念见鬼去吧！读者应该可以悉数把握情节的来龙去脉，即使最后几页被蟑螂啃去，他们也能自己讲完故事。

对于这八条原则，冯内古特认为弗兰纳里·奥康纳的作品只符合其中的第一条，"大作家都这样"，他也这样取笑自己。此时的冯内古特已年逾古稀，对于这些记录自己成长轨迹的短篇作品，不管有多少瑕疵，他都十分释怀。在"尾声"中，他写道："我不生气也不惭愧。我理解。若不虚怀若谷，我仍是一无是处。"无论从作品和人品上来讲，冯内古特都令人敬佩，格雷厄姆·格林评价他为"当今美国最有才能的作家"应当并不过分。

第四节

约翰·巴思：艺术枯竭与再生之间的徘徊者

约翰·巴思是一位学院派的后现代主义作家，从1952年大学毕业一直到1995年退休，其职业生涯都在大学度过，相对稳定的生活给了他更多的时间与精力去创作。故乡马里兰州的切西比克湖是巴思钟爱的作品背景，多年来他总能在不变中应万变，创作出极富想象力与原创性的作品。巴思的作品带有很强的哲理性和元小说特征,在小说的创作形式与主题方面做出了富有洞察力的探索。他认为好的文学作品要兼具审美品性与艺术激情,要能够把代数般的精巧结构与火一样的激情文字融为一体。① 1967 年,他在《大西洋月刊》上发表的论文《枯竭的文学》②被誉为美国后现代主义的宣言。巴思认为,传统小说的情节可能性已然耗尽,花样翻新也已枯竭;而且它们所谓的现实只不过是"扭曲现实的再现"。美学上和认识论上现实主义面临着强大的怀疑压力,许多小说家徘徊在艺术的"十字路口",在小说死亡论与再生论之间艰难地抉择。③ 1980 年,《枯竭的文学》的姊妹篇《再生的文学》同样也发表在《大西洋月刊》上。在此文中,巴思一改前文的悲观,还将他所推崇的作家从 60 年代的博尔赫斯(Jorge Louis Borges)扩展到巴塞尔姆、品钦等一大批中青年作家。他认为:后现代主义不是现代主义发展历程的简单延续或个别方面的强化,也不是对现代主义和前现代主义("传统的"资产阶级现实主义)的全盘颠覆与否认。后现代主义作家的任务是要融合与超越二元对立,应将 20 世纪上半叶"置于皮带下,而非负于肩背上"(under his belt, but not on his back),从而创造出现代主义之后的最佳文学(best next),而非次于(next best)现代主义的文学,从而实现文学的更新与再生。④ 从枯竭到再生,巴思在创作理论和实践上的探索让小说艺术枯木逢春,为开创后现代主义的新局面作出了重要贡献。

巴思的作品以长篇小说、短篇小说与散文为主。除了知名的长篇作品《漂浮的歌剧》(*The Floating Opera*,1956)、《烟草经纪人》(*The Sotweed Factor*,1960)、《客迈拉》(*Chimera*,1972)等外,巴思还著有三部短篇小说集,它们分别是:1968 年的《迷失在游乐场》(*Lost in the Funhouse: Fiction for Print, Tape, Live Voice*)、1996 年的《故事继续》(*On with the Story*)和 2004 年的《一十零一夜:十一个故事》(*The Book of Ten Nights and One Night: Eleven Stories*)。在 Anchor Books 版的

---

① Charles Harris, *Passionate Virtuosity: The Fiction of John Barth*. Urbana：University of Illinois Press, 1983.

② John Barth, "The Literature of Exhaustion," *The Atlantic*. CCXX. August 1967, pp.29 – 34.

③ David Lodge, *The Novelists at the Crossroads*. London：Routledge & Kegan Paul, 1971, p.19.

④ John Barth, "The Literature of Replenishment," *The Atlantic*. CCXX. August 1967, pp.29 – 34.

《迷失在游乐场》的序言中,巴思明示了他创作短篇小说的原因。首先,经过多年的写作历练,他积累了大量的短篇小说素材。巴思认为,某些人生的瞬间与顿悟更适合用蜻蜓点水、点到即止的方法来处理。他引用了勃朗宁的诗句"在同等的情况下,少即是多"(Less really is More,other things equal)①来自勉,认为长篇尺有所短,短篇寸有所长,二者相得益彰。再者,短篇小说是课堂教学的绝佳素材,这一点作为创意写作教授的巴思深有体会。短小精悍的故事如同抒情诗一样,数分钟之内便能意义晓畅,与长篇小说的阅读相比,读者可花费更多的心智去细细品味作品的精美措辞、巧妙句式和幽深韵味。

《迷失在游乐场》：在认识论的焦虑感和本体论的存在意识中成长

书名全称为《迷失在游乐场：为印刷、录音和同期声而作的小说》,共由14则短篇组成,其中的《夜海航程》("Night-sea Journey")、《迷失在游乐场》("Lost in the Funhouse")、《标题》("Title")、《生活—故事》("Life-Story")等篇章读者甚众且广受欢迎。尽管每个故事都能独立成文,且部分篇章先于全书发表,巴思仍然坚称它们是一个有机整体。作品以青年艺术家安布鲁斯的成长意识为线索,揭示了主人公从童年的懵懂恋情、青年的怅惘人生到遁入语言迷宫的心路历程。通过对艺术家小说(*Künstlerroman*)与成长小说(*Bildungsroman*)的戏仿,巴思打破了传统小说形式上的自我封闭与自足性,展现了元小说叙事的自我意识与自我指涉特征。

《迷失》的开篇《框架—故事》("Frame-Tale")可能是英语里最短的叙事作品,全文仅由10个字分列正反两页编排(ONCE UPON A TIME THERE/WAS A STORY THAT BEGAN)。巴思建议读者沿页边虚线剪下,将纸条扭转后首尾相接,形成一个莫比乌斯环(Möbius strip),按照这一顺序阅读便会发现相同的句子循环往复,不可穷尽。作品的标题"框架—故事"本是一种叙事手段,指的是通过大故事套小故事的叙述策略,让读者感受不同叙事层面带来的特殊阅读体验,从而形成一种内外映衬、相得益彰的效果。不过出人意料的是,作品并没有遵从框架故事的行文模式,而是通过巧妙的戏仿寥寥数语间便颠覆了这一传统的叙事形式,将

---

① Robert Browning,"Andrea del Sarto(Called 'The Faultless Painter')". https://www.bartleby.com/42/675.html.

主题、人物、情节、冲突都化为无形，留给读者的是无限的怅惘与错愕。这也再次印证了巴思的创作理念，《迷失》并不是一个故事集合或杂烩，而是一个序列，通过系统阅读，读者方能领略到作者的用意。

自我意识与自我指涉的后设性叙事是巴思短篇作品的一个典型特征，这一点在《迷失》的14篇作品中不乏鲜明的范例。巴思在选取人物素材的时候煞费苦心，对自我存在的质疑使得每个人物几乎都达到了"吾日三省吾身"的地步。《夜海航程》通过一个精子的自白叙述了它与卵子结合的过程，以寓言的形式再现了浓缩的人生经历。这个微小的生灵努力去探索生命的迷宫，在高呼"爱情！爱情！爱情！"的同时，淹没在夜海中。在探索生存意义的过程中，巴思笔下的众多人物对生命的本质与幻想提出质疑，尽管他们最终都难逃厄运。第四篇《自传：一篇自我录制的作品》是一则磁带录制的故事在责备自己的父母——录音机和作家，它哀叹自己如同俄狄浦斯那样无以回报父母。作品把作家、文本、读者作为倾诉的对象，以期阻止整个创作过程。行文接近末尾处，作品意识到"爸爸这个失败鬼没能及时给我打住"、自己也没法关掉录音机的时候，便向读者央求："谁能听见我啊，我就像在沉没的潜水艇里呼救，求求他想想法子给我们俩帮个忙。"可以说，《自传》是将布兰科所指的"无所言说，无从说起，却又不得不说"的后现代书写张力发挥到了极致。叙述是小说的生存方式，然而在讲述自我与审视自我的过程中又发现无从谈起，于是作品的主人公便在反讽与自嘲的喧嚣中书写着自我。后现代主义的反讽和质疑是自我意识的自觉选择，这种自觉状态使得自我创造与自我毁灭互为因果、彼消此长，从而将文本的自我指涉特征推向常态。

故事集中的三篇与安布鲁斯相关的作品[《安布鲁斯他的胎记》("Ambrose His Mark")、《水上信息》("Water-message")和《迷失在游乐场》]将文本的自我指涉特征步步引向深入，体现了后现代主义文学从认识论的焦虑感向本体论的存在意识过渡的创作倾向。《安布鲁斯他的胎记》从婴儿的视角讲述家人是如何通过长时间的讨论最终确定自己的名字的。文中的婴儿生来额头上就有一块胎记，家人本希望要个女孩，父亲因疑其是否亲生而精神失常，于是起名字的事情就此搁置下来。待他三个月大时，妈妈问家叔有什么好主意，叔叔康拉德认为当沿用印第安人的传统，孩子生下来无须立马命名，待其长到一定阶段再按照他的特征命名更好。孩子的母亲行为不检点，她与爷爷间的关系时常引起邻居的议论，终于有一天在房前的吊床上哺乳时被邻居家的蜜蜂蜇伤。叔叔康拉德突

然间有了灵感，就此给小宝宝起名圣安布鲁斯(Saint Ambrose)，以纪念历史上的圣徒安布鲁斯，希望他长大后也能成为一个伟大的演说家。即便如此，他的无名状态又延续了相当长的时间，"出生证上，他的姓之前一直是个空白"。萨特认为，人的存在就是自己行为的总和。人在事物面前，如果不能按照个人意志做出"自由选择"，这种人就等于丢掉了个性、失去了自我，不能算是真正的存在。①。作为婴儿，安布鲁斯没有选择"面相、身体、自我"的自由，他的存在是家人行为的结果。为此他感慨道："虚荣因它而烦躁，尊严为它而鄙视，知识因其而作呕，理解为它哀叹，一切都不与它为伍，因为他们都心知肚明：我和我的名号既不同一又不为二。"在《水上信息》中，安布鲁斯上四年级了，弱小的他经常受到同伴的欺侮，但这些不能阻止他的远大志向。故事的高潮出现在海边玩耍的场景。他偶然捞起一只海上的漂流瓶，瓶中的白纸上除了写着"致相关者：您真诚的"，并无其他内容。文章利用了与乔伊斯的《青年艺术家的肖像》相似的精神顿悟的技巧，不过巴思没有安排一场刻骨铭心的人生教训来激起这一顿悟，只是通过一段近似空白的"水上信息"，瞬间把"受气包"安布鲁斯变成了一个羽翼渐丰的青年艺术家。故事的结尾处，安布鲁斯气定神闲，然而一句反讽式的双关语——"纸中那些闪光的小点是纸浆的碎片吧"再次将宏大叙事拖入荒谬的存在意识。从《胎记》中的命名焦虑到《水上信息》里的顿悟成熟，"空白"已经超越了单纯的莫比乌斯环式的循环结构意义，巧妙地将形式实验和意义探索融为一体，让人物的成长意识和文本的存在意识跃然纸上。

该短篇小说集的主题作品《迷失在游乐场》具有鲜明元小说特征。文中青春懵懂的安布鲁斯随家人出游，他与哥哥彼得都喜欢随行的玛格达，可是安布鲁斯过于拘谨，不敢向她表露心迹，在进入游乐场后，只好孤独一人迷失在其中。作品的叙述者俨然一个写作大师，在走入安布鲁斯意识深处的同时，时常用斜体、引述、口头禅穿插其中来对故事本身加以评述。随着情节的展开，读者可以隐约感觉到，这位叙述大师正是腼腆敏感的安布鲁斯本人，在迷宫般的游乐场里，他编织着心仪的人生故事。在假想自己与玛格达一起玩主人/奴隶的角色游戏时，欲望成为安布鲁斯的一种疏离的情感。深入人物的内心深处去表现孤独悲苦的情怀是现代主义

---

① Jean-Paul Sartre, *Existentialism and Humanism*, trans. Philip Mairet. Brooklyn: Haskell, 1948.

的常用技巧,不过巴思对此的处理与现代主义的意识流手法不同。他在心理描写中间穿插了部分评论性元叙述,这不仅解构了传统文本的封闭性,还能让读者更加真切地感受到语言本身的疏离性与开放性,从而使得安布鲁斯的幻想变得更加不切实际。作品时而使用斜体文字来标记元叙述的技巧,叙述者为此还专门提醒读者:"斜体是我加上的";时而直接用文字说明其对故事情节的评论,如"一个可能的结局是……""上文中除了最后的几个句子是前面就应该做出的说明,或是应该分散运用而不是笼统使用的现实动作描写。没有读者会受得了这么啰唆的话语"等。故事临近结尾,文本的开放性与自我指涉性也达到了高潮,叙述者引用弗雷泰格三角来描述传统的喜剧模式,然而乖张的安布鲁斯却将这一模式用到了极致,在书写与修改中无法终止。这不禁让人联想起首篇的《框架—故事》的循环故事,但与之不同的是,前者是单纯的重复与循环,是叙事枯竭的表现,而《迷失在游乐场》却是革故鼎新的重复,它消除了"小说已死"的末日妄言,是未来小说发展的方向。

对神话经典故事的戏仿与改写在《迷失》的后七篇作品中得到了充分的展示。戏仿通过模仿传统文学作品的文类或风格,使其在形式、题材上不协调,从而揭示模仿对象的矫饰与做作。戏仿作为一种后现代的创作手段,恰当地运用它将会给叙事带来独特的效果,作家可以通过它来"集中探讨这些技巧的潜能和限度"①。在《迷失》中,巴思的戏仿技巧主要体现在对艺术家小说(*Künstlerroman*)的模仿上。顾名思义,艺术家小说就是描写艺术家成长故事的小说,也可以看做是成长小说的一个分支,知名作品有歌德的《少年维特之烦恼》和乔伊斯的《青年艺术家的肖像》等。《标题》和《生活—故事》是安布鲁斯这个青年艺术家关于人生重要时刻的精彩刻画,从中可清晰地看出叙述者对艺术主题的模仿与嘲弄。《标题》被巴思戏称为"三重分裂症者的独白"。作品一边充分展示自我意识,一边用过量的意识洪流来冲刷自我意识。叙述者对传统文学十分厌倦,他认为"书写所谓的终极故事就是一种艺术性的填空,或是填空的艺术形式",他希望能打断这种"文学进程"。他提出了三种解决方案:一、翻新:这是一种令人厌倦的、山穷水尽的拙劣模仿,简直就是原始叙事的死灰复燃;二、取代:用全新的、富有生命力的叙事来取代垂死的传统叙事,这一前景虽然光明,不过在末日来临之际,时间恐有不济;三、去腐立新:利用

①　王先霈、王又平:《文学批评术语词典》,上海:上海文艺出版社,1999年,第213页。

末日前的少量时间推出适量的新作品，这一权宜之计从根本上讲也不利于创新。在全都自我否定之后，叙述者认为沉默与自我麻醉是最终的选择，其结果只能是自取灭亡。作品结尾处将这种无助和厌世思想推向了高潮："啊上帝，我憎恨自我意识；我鄙视我们现在的处境；我厌恶我们令人厌恶的厌恶，我们的时代我们的处境，我们令人厌恶的艺术，还有这同样令人厌恶但又不得不写的故事。"《标题》充分展示了一位青年艺术家在创作过程中所经历的焦虑，主人公虽然左右为难，但其言语措辞还处在可控的范围内，而《生活—故事》却揭示了后现代写作的另一个侧面。临近结尾，叙述者对眼前的读者一通抱怨：

> 读者！你这个食古不化、不知羞耻的杂种！我是在这篇稀奇古怪的小说里和你讲话——除了你还会是谁？——这么说，你是一直在阅读本人的拙作喽？居然读到现在？究竟出于什么不可告人的动机呢？你干吗不去看电影、看电视或去面壁沉思，干吗不去和朋友打打网球或者去泡妞儿——"泡"这字眼儿够味儿，足以让你想起那个妞儿来。难道天底下就没有什么别的事儿让你开心、过瘾、解闷儿？你不觉得无聊吗？

文中的叙述者殚精竭虑地构思着自己的作品，他正揣摩着"成长小说、教育小说或是家庭小说的可能性"（a *Bildungsroman*，an *Erziehungsroman*，or a *roman fleuve*）的时候，却在巴思的挑拨下一切前功尽弃。通过这种元叙事的技巧，巴思巧妙地阻止了叙述者希望摆脱叙事责任的企图，颠覆了他创作艺术家小说的美梦。

《故事继续》：激情和技巧的精美结合

1996 年，巴思出版了他的第二部短篇小说集《故事继续》。全书由 12 则短篇组成，巴思用一对在海边度假的夫妻的"枕边谈话"将各个故事贯串起来。书的开篇以"入住"做引子，讲的是这对中年夫妇入住海滨酒店来度过他们最后的年假。丈夫重病缠身却并不知情，依然在妻子的要求下持续地讲故事，妻子希望以此来延迟最终的生离死别。各个故事从表面上来看基本都是关于情感与人生，中间穿插了妻子对故事的反应。这种类似于谢赫拉莎德（Scheherazade）的《天方夜谭》（*Arabian Nights*）的故事开端再次为作品构建了良好的叙事框架，巴思也不失时机地贯彻自己的创作理念："激情与技巧"的完美结合（"Passion and virtuosity are what matter"）。

在《故事继续》中,巴思对创作机制的讨论时常超出故事本身,他将元小说叙事与信息交流、意义构建、人生价值结合起来,用开放的叙事框架与无尽的叙事模式来展现高超的艺术境界。《无限:一个短篇故事》("Ad Infinitum: A Short Story")是故事集的第二篇:妻子通过医生电话得知了丈夫患癌的消息,她需穿过花园去给正在除草的丈夫传递这一将给他们人生与婚姻带来巨变的噩耗。妻子满含痛楚,希望时间能就此停留,她沿用芝诺(Zeno of Elea,490—425 B.C.)的"两分法悖论"(由于运动的物体在到达目的地前必须到达其半路上的点,若假设空间无限可分,则有限距离包括无穷多点,于是运动的物体会在有限时间内经过无限多点,因而距离是无限的)持续地将她与丈夫之间还剩的距离来分半,然而她心里又十分明白,这一刻迟早会到来。此时的叙述者颇具温情,如同文中的主人公一样,他竭尽能事地延长叙事时空。主人公的思绪里穿插了一个又一个的思绪,情节的发展恰似芝诺的"飞矢不动论"(一支飞行的箭是静止的。由于每一时刻这支箭都有其确定的位置,所以箭相对于特定时刻处于静止状态。但由于箭要达到每一时刻的固定位置必须存在动能,所以箭又必须处于运动状态),新的故事不断开始,元叙事的框架持续延宕,就此推迟了故事终了的时间,让丈夫暂享人生的快乐。

与《迷失在游乐场》相比,《故事继续》中的人物个性更加丰满,措辞更为婉转贴切,技巧更为老到细腻,情节安排上也颇显睿智聪慧,是不可多得的"既适合海滩休闲,又能在课堂上细细品味的作品"[1]。《接着有一天》("And Then One Day")就是一篇良好的例证。故事讲述的是女作家伊丽莎白的父亲新近去世,这令她十分悲痛。父亲曾是位故事大王,从小到大都让她深受教诲。每当听着父亲开始说"接着有一天"的时候,她都向往不已。为了追忆往日的温情,她找到了母校的恩师来帮她重述这个故事。作品真诚感人,同时不乏叙事技巧的创新,为众多读者所喜爱。巴思将《天方夜谭》的故事情节通过父亲、恩师、作家、叙述者的转述与评价进行杂糅、并置、交替衍生,打破了传统作品的中心同一性。故事在跳出阿拉伯传说的情节系统的时候,立马转入父女之间的亲情叙事系统,时常还在中间穿插师生之间的友情叙事单元。作品中,巴思借用女作家之口表达了自己的创作理念:"我知道,那种'不稳定的生态平衡系统'必须被打

---

[1]　Quentin Miller, "On with the Story," *The Review of Contemporary Fiction*, 17.1 (Spring 1997), p.172.

断——以阻止其恶化……必须尽快这样，否则故事就将完结。"很显然，《接着有一天》对经典叙事模式的戏仿和颠覆，不仅延续了传统神话的感人场景，也向读者展示了后现代短篇小说的异质性和多元性话语特征。

《故事继续》中，巴思还通过跨越学科边界的手法来展示其后现代叙事技巧。在 1968 年的一次访谈中，巴思讲述早年在约翰·霍普金斯大学求学时的经历。作为新闻专业的学生，他与爱好写作的同学一起向老师求教文学、哲学等多方面的知识，而且还十分热衷于跨越学科的边界来实现叙事话语的创新这一后现代创作手法。大学期间，为了补贴学费，他利用课余时间兼作图书整理员，这给了他博览群书的机会。[①] 巴思活学活用，在创作题材和技巧上不拘泥于纯粹的文学话语，经常在作品中融入科技、哲学、新媒体等元素。《故事继续》中对物理定律的引用比比皆是：比如海森堡方程，薛定谔的波函数方程，还有芝诺悖论，等等。更为重要的是，巴思的作品总能巧妙地将科技元素融入丰满的现实之中，让读者通过文字去体验交织着科技和温情、偶然和必然的人生瞬间。在《自那以后》（"Ever After"）中，巴思将观看流星雨这一偶然天象与夫妻在人生中可能遇到的小概率事件（如患上肿瘤、蜱传斑疹热，遇到连环强奸犯等）并置在一起。在题名作《故事继续》中，飞机上的爱丽丝正在阅读一部文学作品，小说的情节生动感人，爱丽丝深受感染，同时也不免慨叹人到中年时在家庭和事业上的力不从心。正当读者满心期待传统苦情大戏展演之际，巴思却笔锋陡转，将故事的背景移向星际空间：行星地球正"以 66 662 英里的时速在太阳轨道上疾驰"，银河系则以近五十万英里的时速在宇宙穿梭。巴思的这一别出心裁的情节安排将人生波折与宇宙大势加以并置，观察的参照系立马发生变化，传统的"中心"理念被消解。如同意大利作家伊塔罗·卡尔维诺（Italo Calvino，1923—1985）那样，巴思利用现代物理学与天文学的各种概念（如量子力学、海森堡的不确定性原理、普朗克常数、时间箭头等）来考察物质世界的巧合和变化的本质，展示偶然现象背后的人性力量。因为只有从宏观的宇宙和微观的个人世界去寻找，才能更好地揭示人物的动机与行为的本质。[②]

再者，巴思还通过颠覆文本层级来挑战文本的极限，从话语形式上挖掘后现代主义短篇的叙事潜力。细心的读者会发现，《故事继续》的第一

---

① Alan Prince, "An Interview with John Barth". *Prism*, Spring. 1968, pp.42–62.
② 王建平：《约翰·巴思研究》，上海：上海外语教育出版社，2008 年，第 281 页。

篇《结局：一个序言》与最后一篇《倒计时：很久以前》在时间顺序上似乎首尾颠倒，完全不合逻辑。而当翻阅到作品集的中间部分时，读者又发现进入了"底层局面"（Ground Situation）中，那种本来就"不稳定的动态平衡系统"突然被"某个螺丝刀般的闯入者或前期发展的偶然事件"所打破。就这样，故事在"开端便已经结束；中间开始了"。而等读到小说的最后一行，才发现这种从中间开始的故事的结尾却又从头开始了。更有甚者，巴思还将作品置于人物之手，谁曾料到这个人物竟然撕下一页作为另一作品的书签。在不断变换的视角中，新的"世界"被置于焦点之下，人物与背景反复地隐形与再现，凡此种种，无不令读者啧啧称奇。[1] 因此，如果说《迷失在游乐场》的结构如同一副中国套娃层层叠叠不可穷尽，那么《故事继续》就恰如一个原子结构图，中心与外围在高速运动的粒子的碰撞中不断翻新，在颠覆传统之时绽放出激情与技巧并存的后现代短篇艺术之花。

《一十零一夜：十一个故事》：
定格人生的悲喜瞬间

尽管巴思承认"短篇小说创作并非他的长处"[2]，然而八年之后的2004 年，他凭借《一十零一夜：十一个故事》又卷土重来。与《故事继续》的夫妻合作叙事相似，《一十零一夜》主要通过格雷巴德（Graybard）和他的灵感知音 WYSIWYG（电脑用语，What You See Is What You Get 的缩写）协同叙述了在"TEOTWAW（A）KI 9 / 11 / 2001 — The End of the World as We（Americans）Knew It"之后 11 个夜晚所发生的故事。这些故事大多已在早年发表但尚未成集。巴思将它们在 9·11 发生后修改出版，其目的是定格这些人生的悲喜瞬间，从而更好地展示文学在重大灾难发生后的抚慰和疗伤作用。2001 年的那个黑色星期二彻底改变了美国人眼中的世界，面对着归零地（Ground Zero）的烟尘，美国的单边主义与伊斯兰教的宗教激进主义的对抗使得政治话语成为主流。文学，尤其是天马行空的后现代文学在创伤中已然变得"不当、怪异、低俗，最多也只不过是无关罢了"。为此，在封面简介处，巴思说本书是对 2001 年降临于美国的灾难事件的"情感和道义需求的不太相关的、但却是出于深刻人性的"回应。

---

① Quentin Miller, "On with the Story," *The Review of Contemporary Fiction*, 17.1 (Spring 1997), p.172.

② John Barth, *Further Fridays: Essays*, *Lectures and Other Nonfiction*. New York: Little Brown, 1995, p.169.

巴思在《一十零一夜》中继续延续了他一贯的创新之路，他利用"越界"（boundary-crossing）与"定格"（frame-freezing）两种方法来表现后现代主义文本的断裂、开放、矛盾与不稳定性。他放弃了现实主义对完美的故事与缜密的结构的追求，解构了现代主义的封闭结构。在他看来，一篇作品好似贪吃蛇，在追咬自己尾巴的同时，也创造了自己的评传。他有时运用套娃式的叙事结构来增强艺术效果，有时又通过拼贴的手段来打破传统小说僵化的结构范式，对读者的审美习惯造成强烈的震撼。作品在他眼中不再是稳固的结构或"建筑"，而是"用几乎无限的方式阐释出的叙事创造物"，读者在阅读的过程中通过积极的参与来"建构、阐释、构化和构建"意义。①

在《故事继续》中，巴思充分利用现代物理定律来探索新的叙事渠道，而在《一十零一夜》中，巴思又将他的"越界"行为拓展到互文性与超文本性。早在约翰·霍普金斯大学图书馆打工时，他就对古典文献产生了兴趣，尤其是东方的古典神话深深地吸引了他。这其中不仅包括谢赫拉莎德的经典作品《天方夜谭》，似乎永远也讲不完的梵文作品《故事海》（*The Ocean of Story*），还有那故事套故事的《五卷书》（*The Panchatantra*）。从痴迷到潜移默化，从自发到自觉，巴思将这种越界行为数十载地加以贯彻。巴思称这本短篇集为他的《十一日谈》（*Hendecameron*），用以影射薄伽丘的《十日谈》（*Decameron*）中人们因瘟疫流行而逃离佛罗伦萨的情形。这种互文越界行为看似滑稽，某些地方还包含喜剧成分。这些内容似乎与后9·11的美国场景极不协调，然而在巴思看来，这才是文学疗伤的正确途径。在与约翰·巴里的访谈中巴思作出这样的解释："与其说是为自己辩护，倒不如说是为艺术自由辩护，我援引《天方夜谭》和《十日谈》是因为从架构上来讲，这两本经典著作都是十分严肃的。然而据此来架构的新故事却往往是过于滑稽或不合时宜的，不过对我来说它是恰如其分的。简而言之，我是在为不相关的关联性辩护。"②事实上在《十日谈》里，巴思发现人们在城堡中躲避黑死病时，故事比赛成为他们面对无情的灾难的最佳选择。不过讲故事既不是目的，也不是不怀好意的捧腹大笑或揶揄调侃的黑色幽默，更不是消极地逃避灾难。它是灾难重压下的一

---

① Mark Currie, *Postmodern Narrative Theory*. Houndmills: MacMillan, 1998, p.3.

② John Barry, "The End of the World as He Knows It: John Barth, Literary Comic Master, Grapples with Life and Literature after Sept. 11 in His New Collection, The Book of Ten Nights and a Night," *Baltimore City Paper on Line*, 4 Jul. 2004. http://www.citypaper.com/arts/story.asp?id=6216, 2 Oct. 2013.

种情感缓释,是为了更好地战胜灾难而进行的心理康复。《一十零一夜》的开篇引子《求救:作者声音的立体声叙述》("Help:A stereophonic narrative for authorial voice")是一副在音阶上书写着不同语言形式的"HELP"图画。这幅立体声的视觉图像早先发表于 1969 年,巴思的移花接木让其在后 9·11 时代旧图换新颜。文本的时空越界真切流露出巴思的细腻与赤诚,更体现了他希望用叙事给美国疗伤的良苦用心。与此类似的短篇还有《东岸湖景》("Landscape:The Eastern Shore",1960)等。

《点击》("Click")曾于 1997 年发表在《大西洋月刊》上,作品主要探讨了"日常生活的超文本性"。"超文本"(hypertext)由西奥多·纳尔逊(Theodor Nelson,1937——　)在 1963 年首先提出,本是计算机术语,指的是"用超链接的方法,将各种不同空间的文字信息组织在一起的网状文本"。《点击》围绕着一对夫妇失和之后再次重归于好的故事来展开,文中随处可见互联网网页上的信息处理方法:如用蓝色突出显示来表示超文本链接、用圆括号来作辅助说明、用方括号来表示替代表达方式等。然而,如若真的在电脑文本中去点击这些相关链接时,才会发现巴思跟读者开了个不小的玩笑。显然,网络超文本链接并非作者本意,巴思是希望将文本的发散性映射到生活本身。与罗伯特·库弗相比,巴思的这一做法虽然来得稍晚但依然显得难能可贵。接下来,情节通过超文本的方式围绕主人公弗雷德·马克和厄玛·瓦莱丽来一一展开,并运用元叙述的方式宣称它是对弗洛伊德的论文《日常生活中的精神病理学》的模仿。全文洋洋洒洒近万字,大有一发不可收拾之势。临近结尾,巴思写道:

> 什么时候。自此只需一个小段落,就会真相大白,不过因为时间、空间和叙事可无限分割(更不用说日常生活的超文本性了),那结果可能就是洋洋洒洒的十本小说啊。参见芝诺的时间和运动悖论;参见阿喀琉斯追乌龟悖论;参见《小花快跑》……

至此,巴思将《迷失在游乐场》的叙事焦虑的困境抛诸脑后,用一个主题去链接另一个主题,带着不可穷尽的叙事冲动,编织出多彩的日常生活超文本网络。这里的省略号与故事结尾处的无标点充分表明了文本的开放性("瓦莱丽抬起一支[长长的][柔软的][肉桂色的]腿,然后用她的[左边的][大]拇指给了苹果电脑的主开关一个")。省略号的单向度性令人觉得意犹未尽,而文末标点缺失不禁让人联想起《框架—故事》中首尾相接的叙事技巧,巴思的莫比乌斯套环再次为超文本性的日常生活做了良好的叙事框架。

"定格"是一种电影镜头运用的技巧，通常表现为银幕影像骤然停止而成为静止画面。定格通过动作刹那间的"凝结"来突出或渲染特定的场景、神态、细节等，让观众更好地欣赏人物或景物所表现出的雕塑般的静态美。巴思在《迷失在游乐场》里借用"定格"的技巧将人生的重要瞬间加以突出，让读者在固定与凝结的刹那获取立体的印象。《无限：一个短篇故事》便是一个绝妙的范例，文中的妻子利用芝诺的悖论将坏消息到来的时刻无限期推迟，这是对温情与亲情的定格。而在美国国难之后将《一十零一夜》的11则短篇囊括成集，就巴思的初衷而言，便是要定格 9•11 之后的 11 个夜晚的生活瞬间，让读者更真切地感受这场灾难所带来的深重影响。巴思抛弃了传统小说对灾难场景的有限的充满目的性的描述，在作品中看不到哀鸿遍野，也没有美国的单边主义与伊斯兰教的宗教激进主义的势不两立，有的是通过元叙事达到的无限循环的"超叙述存在"（post-narratorial existence）①。作为文本外话语或叙述话语扩张漫延的多重可能性现象，"超叙述存在"主要是通过"重读或重写故事与讲述、情节与话语、叙事与叙事学之间的相互关联"来实现的②。因此，与《迷失》的运动悖论的定格不同，《一十零一夜》是用悲情与释然的悖论、文本与世界的悖论来定格。具体来讲，在故事文本自我虚构的同时，真实世界也自然地楔入文本之中，自我指涉文本与社会指涉文本利用嵌套结构（la mise-en-abyme）交织在一起，普通文本实现了超文本化，单一宇宙（universe）也变成了多元宇宙（multiverse）。

第 五 节

唐纳德•巴塞尔姆：
碎片世界的拼贴者

唐纳德•巴塞尔姆是美国当代最具影响力的后现代主义作家之一。

---

① Michael Trussler, "Suspended Narratives: The Short Story and Temporality," *Studies in Short Fiction*, 33.4 (Fall 1996), pp.557 – 577.

② Patrick O'Neill, *Fictions of Discourse: Reading Narrative Theory*. Toronto: University of Toronto Press, 1994, pp.159 – 160.

巴塞尔姆出生于费城,先后在休斯敦大学攻读新闻专业和哲学专业,1953 年参加朝鲜战争,曾从事新闻记者、杂志编辑和大学教授等工作。除知名的《白雪公主后传》(*Snow White*,1967)、《亡父》(*The Dead Father*,1975)、《天堂》(*Paradise*,1986)、《国王》(*The King*,1990)四部长篇外,他还先后发表了一百多篇短篇小说。这些短篇散见于《回来吧,卡里加里博士》(*Come Back,Dr. Caligari*,1964)、《难言之行,反常之举》(*Unspeakable Practices, Unnatural Acts*,1968)、《都市生活》(*City Life*,1970)、《悲伤》(*Sadness*,1972)、《业余者》(*Amateurs*,1976)、《光辉岁月》(*Great Days*,1979)、《夜往遥远都市》(*Overnight to Many Distant Cities*,1983)和《山姆酒吧》(*Sam's Bar*,1987)八本作品集中。为了便于读者阅读,1981 年和 1987 年 Putnam 出版社将以前的作品汇编成两个作品集:《故事六十篇》(*Sixty Stories*,1981)和《故事四十篇》(*Forty Stories*,1987)。2007 年,Shoemaker & Hoard 又收录出版了一部作品集《飞往美国:增补故事四十五篇》(*Flying to America: 45 More Stories*)。

　　斯登格尔曾将巴塞尔姆的短篇小说分为 16 个主题和 4 大类别,这些类别是:身份/自我类小说,对话/交流类小说,社会/社会结构类小说和艺术/推测对象类小说。不过,斯登格尔自己也承认,这种划分是一个粗略概念,因为巴塞尔姆的许多作品跨越多个类别,比如《气球》("The Balloon")和《罗伯特·肯尼迪落水获救》("Robert Kennedy Saved from Drowning")等。为此,他又按照语气、经过和主题将跨界作品加以细分。[①] 毋庸置疑,斯登格尔的分类为读者理解巴塞尔姆的作品提供了一定指引,然而过度的细分势必落入结构主义的泥潭。巴塞尔姆关注当代社会中的偶然现象和生活片段,他的作品里通常没有传统小说中的人物和情节,背离了传统小说的表现方式。它们打破了传统叙事中的统一性、完整性和逻辑性,用非理性的、碎片化的、荒谬的文本拼贴后现代生活。正如《理解小说》的主编 Cleanth Brooks 在介绍《气球》这篇"新小说"时所指出的那样,该作品通过气球的外形和虚饰来刻意嘲弄传统小说的逻辑性和道德性,充分展示了纽约人对生存环境"无法解释但又毋庸置疑"的认识[②],后现代主义所要传达的意义就在于"没有意义"[③]。

---

① Wayne B. Stengel,*The Shape of Art in the Short Stories of Donald Barthelme*. Baton Rouge:Louisiana State University Press,1985.

② Cleanth Brooks,*Understanding Fiction*. New Jersey:Prentice-Hall,1979,p.291.

③ Ibid.,p.292.

《故事六十篇》：用碎片和反认知来拼贴虚构和荒谬

《故事六十篇》收录了从 1964—1979 年间巴塞尔姆发表在 8 个文集中的 51 篇与《纽约客》和《绅士》杂志上的 9 篇故事。作品集全部由巴塞尔姆自己收集整理，差不多囊括了他所有短篇作品的半壁江山，也进一步稳固了巴塞尔姆后现代主义的集大成者的地位。巴塞尔姆一生勤奋，他坚持每天写作，29 年如一日，直至生命的最后一刻。他的作品用"不可比拟的创新"给读者带来了"无上的快乐"，已然成为后现代主义的精品。《故事六十篇》里的诸多作品［如《玻璃山》（"The Glass Mountain"）、《气球》等］都被当做后现代主义小说的文学范本广为评介和收录。

在《故事六十篇》中，《父亲哭泣的场景》（"Views of My Father Weeping"）、《罗伯特·肯尼迪落水获救》《玻璃山》《巴拉圭》（"Paraguay"）等篇章中都运用了拼贴的叙述技巧。拼贴（collage）原本是一种将图片、照片、剪报等拼接粘贴在一起的抽象艺术形式，在文学中指的是由描写、对话、叙事、阐释的碎片反复穿插而形成的不连续的叙述作品。这种技法很早便已出现，20 世纪初伴随着现代主义而再次勃发，达达主义的艺术家利用它来展示一种虚无主义的反艺术倾向，现代主义文学大师乔伊斯、庞德和艾略特的作品也有不少的拼贴实例。伴随着德里达对逻各斯中心主义的解构，后现代主义的到来也赋予了拼贴新的含义和活力。巴塞尔姆通过拼贴对传统叙事加以戏谑，将文本从线性叙事和物质现实中解放出来，用碎片化、互文性的文本马赛克拯救了濒临"枯竭"的当代文学。

《罗伯特·肯尼迪落水获救》叙述了美国前首席检察官罗伯特·肯尼迪落水获救前的生活片段。故事创作于 1965 年，发表在 1968 年 4 月出版的《难言之行，反常之举》里，仅仅早于罗伯特遇刺事件两个月。作品将 24 个由剪报、新闻发布、轶事和随意观察的生活片段混杂拼贴在一起，打破了传统传记的线性叙述结构。从故事的外在结构上看，《罗伯特·肯尼迪落水获救》采用了一种类似于加斯在《在中部地区的深处》的叙述模式。巴塞尔姆对每个片段都列上一个标题，然后再附上精练的话语来对人物个性进行白描，读者在阅读的过程中犹如在翻阅照片，文本在短暂的时空片段间来回穿插，如同电影中不断变换的蒙太奇画面。除了主人公"K"之外，作品的各个小节之间几乎没有什么逻辑关联，第 13 小节到第 16 小节情节之间的急剧跳跃是一个良好的例证："参观艺术展"（K 调侃艺术家）、"让 K 不知所措的孩子"（K 照看自家孩子时手足无措）、"一个梦"（从梦见橙子树转到像厨具的飞机,再到飞机轰炸思迪马达尼和山间农场)、"事情"(一位行政助理讲述 K 及时救场的经历)。将"罗伯特溺水被救"的主题置于鲜有关联的时空片段之下,这对传统短篇叙事作品来说是不可理喻的。巴塞尔姆在以上四个部分中故意去除正常的叙述桥段,用断裂的文本形式去拼贴现实的荒谬,在挑战读者想象力的同时实现了叙事形式的创新。在线性叙事被颠覆之外,巴塞尔姆还在《看见月亮了吗?》("See the Moon?")等作品中展现出他对意义表征的不信任:"如今很难找到一个足以称得上是自己的观点""碎片才是他唯一信任的形式"。作为后现代主义时代的读者,置身于巴塞尔姆的文本网中,企图单纯地以破碎的文本残片去填补意义的真空不是唯一的目标,在散落满地的文本碎片中发现后现代主义的智慧光芒的意义更为重大。

另一方面,巴塞尔姆还运用充满矛盾和不确定性的叙述话语将拼贴效应推向深入,削减文本的认知性和现实性,凸显后现代主义的本体性和虚构性。《罗伯特·肯尼迪落水获救》的故事伊始,主人公 K 便被置于一种令人棘手的不确定性状态中:"他对待同事既不粗鲁又不过分友好。或者说,他既粗鲁又友好。"这种双重否定(neither-norism)的态度体现出叙述者对叙述对象的矛盾心态,它阻断了获取准确信息的渠道,迫使读者用全新的眼光去认知作品中反映的人物和世界。在"秘书的描述"这一小节中,A 认为 K 会刻意忘记一些不重要的事情,以便能够有精力去完成更重要的工作,而 B 的叙述却与此完全相反,K 事必躬亲,比如他亲自捧花前往医院看望普通员工。就这样,故事在 A 和 K 二人的操纵下矛盾重重:K 处事临危不乱,员工因工作愁眉不展时,他一个电话轻松解决;可是他面对孩子时又无所适从。北海输油管道工程严重超支,员工们认为预算错误无法饶恕,他一句"岩石太硬"就解决了问题;然而,小学老师对他的印象除了好学之外,却是"女孩般的软弱"。这些矛盾的表述在作品的结尾处达到高潮。叙述者这样描述 K 落水的情景:"K 在水中。他那扁平的黑色帽子、黑色的披风和利剑放在岸上。他保留着他的面具。他双手扑腾着,搅碎了周围的水面。白色的水沫,青绿的水底。"这是一幅极为荒谬的场景,特有的面具和黑色物品让人联想起叱咤风云的侠客"佐罗",而正在水中扑腾的 K 却是狼狈不堪,全然没有了纵横捭阖的能力,幸亏"我"及时搭救才幸免于难。至此,读者眼中的 K 的形象前后矛盾,模糊的话语让人"意识到你根本就不了解他"。路易斯·戈登认为《罗伯特·肯尼迪落水获救》"描写了一个最终不可知的人",科林柯维茨指出作品从"对认知的追求"走向"反认识论"（anti-epistemology），"因为作品以知名人物开始，却以几乎什么都不知道而结束"。^① 从时间上看，《罗伯特·肯尼迪落水获救》似乎真的预测到了罗伯特后来遇刺的不幸事件，然而巴塞尔姆认为这仅仅是巧合，因为整篇故事中只有关于肯尼斯·诺兰德的场景是真实的^②，况且政治风云人物与"落水获救"的小事并置的做法本身就是对真实性的挑战与嘲弄。巴塞尔姆的真实目的就是通过拼贴矛盾话语来解构传统的认知模式，文本叙述在不确定的意义状态和极度的表征张力中结束，留给读者的是关于文本和人生的虚构存在。

《欧也妮·葛朗台新传》（"Eugénie Grandet"）是作品集里与《玻璃山》和《白雪公主后传》类似的戏仿作品，它最初发表在 1968 年的《纽约客》杂志上，曾收录在 1974 年出版的《负罪的愉悦》故事集里。该作品用碎片化的文本讲述了吝啬鬼葛朗台家的女儿与堂弟夏尔之间的曲折恋情。老葛朗台是索米尔城最有钱的商人和最知名的吝啬鬼，独生女儿欧也妮待字闺中。她生日这天，堂弟夏尔和法官德·蓬丰都来献花，希望能成为她的意中人。欧也妮与夏尔更加投缘，但夏尔因为家境困窘，意欲前往东方淘金。心上人即将远行，欧也妮决定为他亲手烤制黄油饼以便途中充饥，可父亲却十分吝惜家里的黄油，这令她心情十分糟糕。为此，她只好偷偷将价值 6 000 法郎的私藏珍品送给即将远行的夏尔。与此同时，老葛朗台在商业买卖上大赚一笔，成为索米尔城的首富。不久，夏尔来信告知欧也妮他将另娶他女，因为对方的贵族地位吸引了他。欧也妮心灰意冷，决定将每年 8 000 法郎的收入捐给教会，老葛朗台也在愤怒之下一命呜呼。而另一位欧也妮的追求者在失败后跟着父亲前往巴黎，后来成了一个无用的混混。

《欧也妮·葛朗台新传》用短短九页的篇幅戏仿了巴尔扎克《人间喜剧》中"最出色的画卷之一"——《欧也妮·葛朗台》，它颠覆了同名小说中的情节和人物刻画模式，用碎片化的文本和嘲弄式的图片戏仿了巴尔扎克的宏大叙事和资产阶级价值观。在故事开始前，巴塞尔姆引用《图书纲要词典》（*The Thesaurus of Book Digests*）中关于巴尔扎克的《欧也妮·葛

---

① Jerome Klinkowitz, *Donald Barthelme: An Exhibition*. Durham：Duke University Press，1991，p.44.

② 巴塞尔姆在 1977 年讲述了他在美术展览馆偶遇罗伯特的经历。罗伯特在欣赏一位几何学家的画作时评论道："啊，至少我知道他还有把直尺"，随从听后哄然大笑。参见 *Barthelme to Author*，July 16，1977.

朗台》故事情节梗概。这种平铺直叙的故事开头瞬间将巴尔扎克开篇中的凄凉阴沉气氛驱散,让读者期待中的宏大场景轰然落地,使得"作者关于恶势力横行于世的幻想沦为骗人的花招"。[①] 行文中,巴塞尔姆将原文的故事情节精简到极致,去除了原文中不必要的虚饰。比如,作品的第二到第五小节都是由单个的短句组成,读者可以通过参考文本前的概要去填补信息的空间,这一做法是为了挑战传统叙事的沉闷压抑。第六小节中,欧也妮专门跟母亲探讨了这种"压抑氛围":"当你决定做件事的时候……你刚迈出一步,就意识到来自各个方面的冷若冰霜的目光。"叙述者借用 19 世纪的欧也妮来讽喻 20 世纪的现实生活,不过母亲的回答又将这一梦想推回到残酷的过往:"你得再缝几个枕套才行啊,欧也妮。"

　　更为吸人眼球的戏仿还体现在巴塞尔姆安排的文中附图上。作为富家千金,欧也妮没有享受到闲情逸致的生活,而是在父亲的逼迫下穿针引线、苦做家务。上文中的缝补枕套就是一个例证。故事中关于欧也妮的图片有两张,当叙述者提到"很多人都对这个问题感兴趣:究竟谁能最终携起欧也妮的手呢?"时,第一张图片出现了,这是一只短粗的右手轮廓线,若是不看小指,很难让人将它与女性联系起来,更不用说富家少女了。第二张是欧也妮手捧圆球的图片。画面中除了面部轮廓显示为女性外,欧也妮着装粗笨,丝毫看不出女性的柔美。故事中的最后一张图片是关于夏尔的,这是一张谦谦君子的照片:夏尔西装领带,胡须头发整齐有型,目光深邃地注视着自己的左侧。然而这幅图片的上一段却是描述夏尔在印度"买卖中国人、黑人、燕窝、孩子和艺术家"的丑恶勾当,下一段是他写给欧也妮的绝交信。这些图片与上下文形成了强烈的反差,好似"一桩秘密的罪恶公布于众"一样,给人带来的是一种"负罪的愉悦"[②]。利用图片拼贴的方法来解构和重构文本,不仅去除了原始作品中的矫揉造作和虚张声势,还"将戏剧化的诗情画意恢复到最初的平凡"[③],让叙事回归到文本虚构的本真状态。

　　直面社会现实的戏仿可以达到针砭时弊和揭露虚浮的效果,而针对

---

　　① Lois G. Gordon, *Twayne's United States Authors Series 416*. Boston:Twayne Publishers,1981,p.14.

　　② Donald Barthelme, Preface, *Guilty Pleasures*. New York:Farrar, Straus and Giroux,1974.

　　③ Lois G. Gordon, *Twayne's United States Authors Series 416*. Boston:Twayne Publishers,1981,p.15.

文本的戏仿则可以让读者更多地去关注文学和社会的本体特征。原作中，夏尔的父亲因为破产而决定自杀，他写信给弟弟希望他能帮忙照看夏尔。为了造成悬念，巴尔扎克故意将书信的末尾略去。然而在巴塞尔姆笔下，这封书信略去的不是结尾，而是右侧的文字，原文中的悬念在此却变成了意义的死结，情节的悬念变得不再重要，重要的是荒谬的人生和虚构的文本。在欧也妮和父亲因使用黄油而引发的争论中，叙述者连续使用了 87 个"butter"来表达欧也妮的愤怒。为了吝啬鬼父亲，欧也妮节衣缩食，完全没有享受到富家闺秀的安逸和娇贵。而如今她为意中人献殷勤，一个月多用了半磅黄油竟然引来责骂，借黄油之辞来解气当然可以理解。可在她最终成为万贯家产的继承者的时候，她的两个追求者或弃她而去，或成了社会恶棍。夏尔那恬不知耻的绝交信是对她现实地位的莫大讽刺，也是对那 87 个"butter"的无情嘲弄。在看透了这荒谬的一切之后，她决定捐弃所有家产，老葛朗台为此气得奄奄一息，欧也妮却坚定地说："快拿药来！"此时，表达愤怒的那 87 个"butter"已经失去了其本源意义，因为在父亲的生死抉择中，欧也妮选择了放弃。正如巴塞尔姆在《黄金雨》（"A Shower of Gold"）中所言："你可能对荒谬不感兴趣，可是荒谬却将你挂在心上。"

《故事四十篇》：从反童话的元小说到
"自我关照"的超小说

巴塞尔姆的《故事四十篇》出版于 1987 年，与姊妹篇《故事六十篇》相比，集子中的作品篇幅较短，多数不超过五页，体现出向小小说（flash story）发展的趋势。在《故事四十篇》里，令读者歆享的主题依然层出不穷，如著名画家保罗·克利、神话人物辛巴达、文学家托尔斯泰、圣徒安东尼、布拉德船长、爱情与婚姻、犰狳等各种充满想象力的巴塞尔姆式题材。《故事四十篇》展示了巴塞尔姆非凡的创新能力，这些作品新奇、刺激却又发人深思，正如加斯对巴塞尔姆的评价那样："他将我们对短篇小说的潜能的看法永久性地拓展了。"

在巴塞尔姆的短篇创作中，他经常将童话元素精巧地融入时代生活，利用非凡的想象力对经典加以重写与戏仿，取得了独具特色的效果。巴塞尔姆对童话故事情有独钟，1972 年，他与女儿一同创作的《救火车小奇怪》（*The Slightly Irregular Fire Engine*）获得儿童读物类美国图书奖。《辛巴达》是《故事四十篇》中的一篇佳作，它虽然像《玻璃山》和《白雪公主后传》等作品一样部分保持了古典童话中的人物原型和情节模式,但在巴塞尔姆的颠覆性的反童话语言游戏下,传统的道德、美学、社会理念都被消解,古今文本的互文性解构让童话"获得一种现象学范式的开放的多元含义"①。在《辛巴达》中,巴塞尔姆借用《天方夜谭》的故事框架来描述一位大学老师所面临的尴尬处境。故事共分为 12 个小节,巴塞尔姆用交叉叙述的方法分别交代了辛巴达航海的情形和教师授课的场景。故事在两个辛巴达的荒谬穿插中展开。通过古今文本相互映照,在颠覆古典童话的同时,又为反思当今社会生活提供了良好的素材。故事的一条线索是辛巴达历经七次航海磨难,最终证明了自己"不是谨小慎微而是个敢做敢当的人":他的名字载入了《航海名人录》,尽管时常还是被人不以为然地称为"冒险家"。故事开头处,读者见到的不是原作中的机警聪明的海盗,反而更像一个身世坎坷的艺术家:

> 沙滩上:辛巴达,还有淹死的牲口,手中紧握着又一个海岛的沙子。
> 他那能弹上一手漂亮钢琴的右手正一张一合。他的皮被烤得通红,胡子上结满了白刷刷的盐花。那根他抱住逃命的失事船上的桅杆躺在不远处。
> 他听见树林中传来阵阵的华尔兹乐曲声。

这里,海盗辛巴达变成了很有艺术禀赋的钢琴能手,美妙的音乐吸引了他,让他暂时忘记了又一次的旅途挫折。尽管前程凶险,他依然决定去勇敢面对丛林妖怪。临近结尾处,辛巴达站起身来,摇晃着走向丛林。他从没听到过如此不同的音乐。他庆幸在第八次航行中能享受如此迷人的东西。把钢琴、华尔兹这些西方音乐融入东方神话、让精明狡猾的海盗充满艺术素养,其目的不是为了单纯的虚构,更重要的是通过去除童话的神秘性和解构童话的传统价值观来表征当代人的生活。

　　另一条线索描述的是残酷现实中的辛巴达。这是一位常年给夜校上课的大学教师,好不容易能有一次给日校的学生授课的机会,怎料在课堂上备受学生的奚落和怠慢。他无妻无车,只有一间小屋容身,学生同事都瞧不起他。他戴着墨镜,穿着肥大的衬衣,神色不安地坐在讲台上。由于无法维持秩序,严肃的课堂好似在"开鸡尾酒会",学生们都劝他离开。

---

　　①　李玉平:《"影响"研究与"互文性"之比较》,载《外国文学研究》2004 年第 2 期,第 3 页。

就在读者失望之际,巴塞尔姆用后现代的互文话语给主人公注入了真正辛巴达的勇气和胆识。接下来,教师抖擞精神重回教室,就像聆听完华尔兹之后的辛巴达一样,抛掉所有的失意和痛楚,充满激情地召唤着他的学生:

> 要像辛巴达那样! 奋勇前进! 拥抱汹涌的大海,双脚牢牢站立,让滚滚碎浪冲刷你的裤管。变幻莫测的大海在等待着你们,我告诉他们,与她成亲吧!
>
> 可我们什么也没看见啊,他们说。
>
> 错误,我说,完全错误。那里有华尔兹,有剑杖,还有光彩夺目的海草。
>
> 什么是剑杖啊? 他们问。这下放心了,于是我便开始深入讲述浪漫派作家了。

即使是在激情飞扬的故事高潮,巴塞尔姆也不忘及时地刺破虚饰和夸张,学生们的一句"可我们什么也没看见啊"将已经蓄势待发的宏大叙事重新带回平凡和不确定。在《辛巴达》等童话戏仿作品中,童话在解构之后成为反童话,英雄人物沦为反英雄,他们不再具有激励众生的感召力,只能像当代的普通人那样面临不确定的荒诞人生。巴塞尔姆在接受奥哈拉的采访时曾表示:"在 20 世纪里,压力来自何方我们并不知道,只知道我们应对的方法本身就是值得怀疑的——我们的歌中之歌是不确定原则。"[①]

在《自明的话语:作为语言的虚构/作为虚构的语言》一书中,著名批评家科林柯维茨指出:"如果自我反映的最终结果是元小说的话,那么此类小说必将因其局限性而饱受微词,因为它将小说的巨大反映范围仅局限到了对自身功能的思考上。"[②]他认为后现代主义的自反式元小说(self-reflexive metafiction)将会朝"自明式小说"(self-apparent fiction)方向发展。这种作品"不再需要去设计作者书写关于故事的故事了",为了避免重蹈亚里士多德主义的覆辙,元小说家们不再向"语言本体之外"寻找

[①] J. D. O'Hara, "Donald Barthelme, The Art of Fiction No. 66," *The Paris Review*, 80 (Summer 1981).

[②] Jerome Klinkowitz, *The Self-apparent Word: Fiction as Language/Language as Fiction*, 1984, p.84.

出路,而是专注于将小说的"所有手段都指向话语的指称能力,重回文本内部"①。自明式小说更倾向于展示文本自身的力量,尽量阻止读者作为代理参与构建文本的企图。罗德将这种再次回归文本自身的自明式小说称做"超小说"(superfiction)②,其表现手法通常有四种:(1) 滑稽牵强的暗喻:借用本体和喻体之间的巨大差异而令读者感觉荒谬不堪;(2) 怪异的语言:既可以制造荒谬的场景来令读者震惊,又可以体验语言本身的解构力量;(3) 长篇叙事结构:对长篇小说框架的颠覆让宏大叙事轰然崩塌,使其重归文本性;(4) 可视化设计:利用图片、表单、数字、分隔符让叙事回归本体。

除了第三点,其他三种技法在巴塞尔姆的《故事四十篇》中都能找到鲜明的例子。比如《辛巴达》将海盗与教师进行类比,让读者在尽情享受离奇的故事情节之余,竟然发现一个惊人而且滑稽的比喻:"海盗就是个好老师"。同样地,在《大学里的豪猪》("Porcupines at the University")中,"学生就是豪猪"的暗喻也会令读者震惊不已。在可视化设计方面,《解释》("The Explanation")中用黑色的方块来作为奇怪的阐释对象;《在托尔斯泰博物馆》("At the Tolstoy Museum")和《从宫殿起飞的鸽子》("The Flight of Pigeons from the Palace")中运用大量图片来吸引读者的眼球。在怪异的语言方面,《关于保镖》("Concerning the Bodyguard")的通篇都由问句组成,读者所获知的信息永远无法得到确认,文本的可能性始终对外开放。这种问句文本与《句子》("Sentence")的单句文本都将另类手法使用到极致,让读者在荒谬中体味后现代主义的"真实"。《句子》全文共2 569字,仅由一个单句组成,没有段落划分。结构上作品挑战了传统的写作规则,文中除了对话部分以外,没有句号分隔,仅用三个分号勉强隔断。密不透风的句式安排令人难以招架,将全文读完需要读者极大的耐心。故事的结尾没有句点,似乎要将播散的文本一发不可收拾地延续下去。而在文本内容上,《句子》乍一看颇似一篇现代主义意识流小说,作品用相互交织的两条线来表现文学创作和婚姻生活。然而作品从一开始便将自己与现代主义文学撇清关系:

---

① Timothy Lord,"Postmodernism and Donald Barthelme's Metafictional Commentary on Contemporary Philosophy," MA Thesis. Iowa State University,1987,p.39.

② 关于后现代主义的自我指涉作品的称谓有较多的说法:在《元小说的缪斯》中,麦卡菲利给出了"surfiction""superfiction""parafiction""metafiction"等多个说法,但认为学界最常用的是"metafiction",因此罗德就采用了"superfiction"来专指"自明式小说"。

或是一个长句以某种速度向下行进目标直指末尾——如果不是本页末尾那么会是另一页的末尾——它能休息的地方，或是停留一会儿来思考它提出的关于自己（暂时的）存在的问题，这一存在在页面翻过时便会结束，或是句子在某种拥抱下（暂时地）停留，不必是一个热烈的拥抱，……

故事的开端并没有现代主义作品的揭示心理真实的目的，很显然这里的情节不再显得重要，它更多的是指向并走进文本内部，希望借此来揭示文本存在的随机性和偶然性。两条情节线中，关于人生的描述几乎都是以否定的语气来实施的，而句子的行进似乎总是占了上风。关于人生：成功和失败都无关紧要，因为"眼前的成功与缺少成功几乎一样毫无意义"；心灵深处的团结一致精神也被"玷污或抛弃"。句子可以说是顺风顺水，左右逢源："稍稍经过大脑，便有了另外一种描述这一局面的方法"；"句子的这些考虑虽然有点耍小聪明，……却追随着自己的指路明星，从容不迫地从一个地方走向另一个地方"。行文至末尾，面对势不可挡的句子，叙述者说道："它提醒我们句子本身是人工制造的产物，虽然不是我们想要的那种，但它依然是人的构造物，是一种因为缺点而受到珍爱的结构，绝不像一块顽石。"从中可以看出，在以《句子》为代表的短篇作品中，巴塞尔姆通过滑稽的暗喻、怪异的语言和可视化设计等元小说和超小说手段，把矛盾的、不确定的历史和现实拼贴在一起，揭示了荒诞的、另类的、甚至是疯狂的后现代生活状态。

第六节
托马斯·品钦：后现代小说的杰出文体家

托马斯·品钦是一位具有鲜明特色的后现代主义小说家。他的作品深奥复杂，是"后现代叙事领域内最杰出的文体家之一"[①]；他深居简出，很

---

① 陈世丹：《关注现实与历史之真实的美国后现代主义小说》，厦门：厦门大学出版社，2012 年，第 58 页。

少抛头露面，被戏称为文学界的"柴郡猫"①。品钦 1937 年出生于纽约，1953 年进入康奈尔大学攻读工程物理学，随后为美国海军服役两年，1957 年再次回康奈尔大学求学，1959 年获得英语学士学位。作为美国当代最优秀的作家之一，品钦的长篇小说《V》获得 1963 年福克纳基金会最佳年度小说奖，《万有引力之虹》（*Gravity's Rainbow*，1973）获美国国家图书奖。晚年的品钦依然笔耕不辍，近年来的作品有：《葡萄园》（*Vineland*，1990）、《梅森和迪克逊》（*Mason & Dixon*，1997）、《抵抗白昼》（*Against the Day*，2006）、《性本恶》（*Inherent Vice*，2009）和《滴血边缘》（*Bleeding Edge*，2013）。这些作品都受到评论界的密切关注，自 90 年代以来曾数度获得诺贝尔文学奖提名。

与冯内古特和加斯相似，品钦的创作生涯也是从创作短篇小说开始的。《细雨》（"The Small Rain"，1959）、《低地》（"Low-Lands"，1960）、《熵》（"Entropy"，1960）、《玫瑰之下》（"Under the Rose"，1961）和《秘密融合》（"The Secret Integration"，1964）于 1984 年被收录入《笨鸟集》（*Slow Learner: Early Stories*）中。从时间上看，这些作品主要创作于 1959 至 1964 年间。在这一重要的创作积淀期里，品钦经历过彷徨和抉择：大学毕业后他首先到波音公司担任了近三年的技术作家（1960 至 1962 年），然后决定辞职从事专门写作，并在 1963 年发表了自己的第一部重要长篇小说《V》。回想起这一时期的短篇创作，品钦稍感遗憾的是这些作品中的"青春成分过多"，但他从花样百出的"后垮掉和后嬉皮时代"找到了一种值得颂扬的"健康的、体面的、大家伙儿都乐意接受的美国价值观"。除了鲜明的时代特征外，品钦还将物理学、数学、心理学、社会学等元素融入早期作品中，比如：在《低地》中他用对瓦尔纳·海森堡的不确定原理的沉思来隐喻个人经验；在《熵》中他引入了"熵"这个物理学概念；《秘密融合》中男孩们用数学方法理解民族融合政策等。不仅如此，品钦还把短篇创作的某些理念和素材运用到了日后的长篇创作之中，比如他将《玫瑰之下》在改写之后用于 1963 年发表的长篇小说《V》的第三章等，这说明早期的艺术实践和积累为他日后的成功奠定了坚实的基础。

---

① Quentin Miller, "Thomas Pynchon: Overview," *Contemporary Popular Writers*, ed. Dave Mote. Detroit: St. James Press, 1997.

《细雨》：突破文学"闭路"的大胆尝试

　　《细雨》最初发表在品钦母校的文学杂志《康奈尔作家》上，作品讲述了一等兵内森·莱文参与飓风灾区救援的经历。故事发生在 1957 年路易斯安那州的克里奥尔镇，主人公"胖子"莱文是第 131 信号营的一等列兵。倦怠慵懒的他总爱找借口逃避任务，看书、睡觉和养啤酒肚是他的爱好，外面的事情似乎都与他无关。一场超强飓风刚从小镇肆掠而过，部队派遣他们前往灾区协助救援。任务开始的前两天，他和同伴们敷衍应付地做点杂活，眼见着特遣队员们在搬运尸体，而他们却去泡吧买醉。可是到了第三天，莱文却早早起床，主动加入了清运特遣队。工作持续了整整一天，直到夜间才回到驻地。在这里，洗心革面的莱文成功地与心仪的女孩外出约会，故事以主人公重回军营而结束。品钦在《笨鸟集》的引言中直陈《细雨》的弱点，比如为了模仿《荒原》和《永别了，武器》的烘托手法而造成主题略显松散、由于"耳背"而对南方语言描摹不到位、对死亡与性的描写稍显稚嫩等。然而，在许多评论家看来，品钦未免谦虚过度，因为不论从情节建构还是叙事策略上来看，《细雨》绝对称得上一篇优秀的起点作品。

　　一方面，《细雨》运用对比和委婉来揭示现实社会的破败荒芜，而反讽和戏仿则将人类生存从荒芜拖向荒谬。故事的开头便给读者展示了一幅不协调的画面，主人公莱文丝毫没有军人勤奋守纪的形象，他昏沉沉地斜靠在墙上，抽着烟，读着一本色情小说。他大学后参军，"在营中智商最高……却整天在糟糕透顶的营房里坐着，屁股每月都肥上一圈"。当营长委派任务的时候，他首先想到的是请假溜号。当救灾前线需要人手帮忙时，他和战友们在学校驻地酒吧里饮酒到凌晨 3 点，等到一觉醒来才发现周围一派繁忙，而他却继续倒头昏睡。灾区条件艰苦，他却在想着热腾腾的营房大餐。这些都与他应有的职位形象形成鲜明的对照，很难让人将他与军人联系起来。而另一方面，从作者的委婉语中，读者又了解到灾情的紧急。品钦将飓风描述为"一阵小风"和"细雨"，可实际上它将小镇淹没在八英尺的水下，二百五十多人因此丧命或失踪。死尸被称做"僵硬之物"，它们被"像木柴一样地"堆在船上。将莱文等无所事事的军人与恐怖的灾区情景作以对比，一幅现代社会的物质和精神荒原跃然纸上，人们看到的只有令人绝望的冷漠和无情。

　　接下来故事的发展似乎有了转机，第三天，早起的莱文"临时决定"前往灾区第一线迎战风灾，一路上莱文目睹了末日般的灾区场景，于是他便全身心地投入救灾之中。关于死亡的场景，叙述者的戏谑语气跃然纸上："（尸体）挂在那里就像一只愚蠢的气球，好似一幅滑稽的漫画；他们一碰便爆开了，嘶嘶地垮下来。"整个场景无须思考也不需理论，就是木然地收集尸体。与荒谬的死亡场景相似的是爱情场景，莱文和大学女生巴特卡普在野外约会，她给他的印象"只不过是一连串的器具：剪刀、手表、小刀、丝带和花边"，她就像是永远不可欺的死神之妻帕西法厄（Pasiphae）。激情完结之时，莱文借用《公祷书》中的名句来感慨生死："在生之间，即死之际。"当爱的激情也最终湮灭在死亡的魔爪之下时，人生的意义便只有荒谬。此外，"细雨"作为作品的重要意象在文中出现过多次。标题中的"细雨"既是对《永别了，武器》的模仿，更是对海明威作品的嘲弄，"它比 T·S·艾略特的《荒原》更具有反讽意味"①。将夺人性命的"飓风"形容成"细雨"不单是修辞上的简单对照，更是对麻木不仁的"现代野蛮人"的讽刺和鞭挞。细雨警醒了莱文，但却不能激励他的战友一起参与救援行动。里佐作为"营里的知识分子"，爱好品读《存在与虚无》和夸夸其谈，当别人热火朝天地救灾时，他袖手旁观的一句："天啊！你们真懒！"是对自己人生状态的戏剧性反讽。对此，莱文感到十分无助。从救灾前线回来的莱文，走进浴室冲凉，雨水的意象再次出现：

> 他站在淋浴下好一会儿，想象着它就像一场雨，不管是夏日的雨还是春天的雨，每时每刻他都被雨淋着。当换上一身干净的制服走出浴室的时候，他注意到天又黑了。

这种"天又黑了"的感觉让莱文开始思考自己的人生，他对自己的人生有了"刹那间的、荒谬的看法"，他仿佛看见"流浪犹太人胖子莱文"和其他的流浪犹太人讨论着身份认同的问题。他认为民族问题不单单是地点认同感或是生存权的问题，因为"雨水"可以淡化你的根基，甚至将它连根拔起，将它冲得无影无踪……故事最终在主人公的梦境中重归黑暗。

再者，《细雨》还展示了品钦如何通过"闭路"主题来突破机器时代的桎梏和化解传统叙事的僵局，从而实现后现代主义的叙述自由。故事主

---

① Judith Chambers, "The Short Stories: The Emerging Voice," *Thomas Pynchon*. New York: Twayne Publishers, 1992, pp.14 – 40.

人公莱文是一名通信兵，主要职责是保障灾区的应急通讯畅通。他在与里佐的对话中提到了"闭路"的概念：

> 我说的是某种类似封闭环路的东西。由于所有人都处于一个相同的频率，不久之后你就会忘掉其他的频谱，开始相信这是唯一真实可靠的频率。而在此之外，在这片土地的上上下下，还有那些美妙的可见光、X 射线和紫外线存在。

莱文将他所生存的世界比做"封闭环路"，表达了他对社会族群中的盲从现象的不满。20 世纪五六十年代的美国被唯从主义（conformism）和人性异化两大幽灵所萦绕，文学艺术的活力在盲从的铁幕下日益走向僵化和枯竭，闭锁性和排他性将绚烂多彩的不同频谱关进了"密室"和"封闭环路"之中。[①] 正如保罗·古德曼在《在荒谬中成长：秩序社会中的青年问题》所指出的那样：在商业化和物质化的影响下，美国文化恰似"密室"之中的一场无休止的全民逐利游戏。[②] 当莱文约同伴一道去查看灾情的时候，没有一个人响应他，皮克尼克的回答是："我要守在线路旁边。"在莱文的眼中，这些游离在"封闭环路"之中的人"都是一路货色"，他们不仅被自己所操纵的通信机器所奴役，更是为二战后美国的右倾政治机器和舆论机器所禁锢，他只有通过自己的行动来敲碎唯从主义的枷锁，用青春活力来解救冷漠无情的人性。

关于《细雨》的叙事语言，品钦在"序言"中承认他"受到了多方面的鼓舞"，而且对最终的效果表示了充分的肯定。像主人公莱文一样，品钦冲破了写作的"封闭环路"，克鲁亚克和"垮掉的一代"、索尔·贝娄、菲利普·罗斯等都是他借鉴的对象，其"效果是激动人心的、自由开释的和绝对正面的"。50 年代"芝加哥学派"批评盛行，文艺界出现了"万马齐喑究可哀"的一边倒景象。"顶着无可争辩的传统力量，诺曼·梅勒的论文《白色黑种人》的离心力吸引着我们。"为此，品钦等青年作家逆主流而行、顺阶层而下，找到了一种多种声音可以并存发展的叙事形式："这种（叙事形式）不是非此即

① Robert Holton, "'Closed Circuit': The White Male Predicament in Pynchon's Early Stories," *Thomas Pynchon: Reading from the Margins*, ed. Niran Abbas. Madison: Fairleigh Dickinson University Press, 2003, pp.37–50.

② Paul Goodman, *Growing up Absurd: Problems of Youth in the Organized Society*. New York: Vintage, 1960, p.160.

彼,而是向多种可能性的方向拓展。"以对"封闭环路"的突破为例,在文中,它不仅具有恰当的指称意义,而且具有强烈的内涵意义;在文外,它既明示了对新的话语模式的支持立场,又召唤着青年作家用创新来突破传统文学的禁锢。从这层意义上来讲,作为品钦的处女作,《细雨》的意义不单单在于它是一个良好的开端,而更多的在于它开启了一个光明的未来。

《熵》:从卢德主义者到麦克斯韦精灵

《熵》先前曾发表在著名文学杂志《肯庸评论》(*The Kenyon Review*)上[1],作品借用热力学概念"熵"来表现当代社会从混乱走向"热寂"的趋势。故事发生在 1957 年的早春二月,米特波尔·马利根(Meatball Mulligan,意为"肉球什锦羹")在华盛顿特区所租住的公寓内举行了一场持续数日的狂欢聚会。参加者三教九流,有社会活动家、爵士乐手、政府办事员、欧洲移民、大学生、军官等,他们聚在一起打牌、豪饮、吸食大麻,全然一幅放浪形骸、醉生梦死的场景。窗外阴雨连绵、春寒料峭,室内是旷日持久的闹腾,《英雄之门》的重低音惊醒了睡眼蒙眬的卡利斯托。他和恋人奥芭德花费七年打造了一块生态圣地,希望以此阻止外界环境对各种生物的不利影响。为此,奥芭德不时用仪器测量室外温度变化,然而令人震惊的是每次都是同一个结果:37 华氏度(2.8 摄氏度)。接下来连续三天,情况依然如此,卡利斯托为此惴惴不安,担心宇宙学家所预测的热寂时刻最终到来。刺耳的铜钹声让马利根醒了过来,周围依然嘈杂一片,又有新的朋友加入进来了。邻居索尔与妻子吵架,也赶来跟马利根诉苦。卡利斯托双手紧紧护着已是奄奄一息的小鸟,他熟谙克劳修斯的热力学理论:一个封闭系统的熵值会不断增加并最终走向热寂(heat-death)。他发现美国的消费文化如同封闭系统中的熵值,从纷繁变化走向千篇一律,从个人主义走向混乱无序。窗外的温度还是恒定不变,他希望熵的概念仅仅是一种过于简单化的谬论。这时,五个海军士兵也闯进了聚会现场,他们喝着烈酒希望进来找乐子,狂欢的气氛一浪高过一浪。小鸟的心跳越来越微弱,最终静静地死在卡利斯托的手中,窗外的温度依然是 37 华氏度。

《熵》是品钦的短篇小说中被引用和研究最多的一篇,随着"熵"的主题在他后来作品中的反复出现,它也几乎成了品钦作品的代名词。在

---

[1]　Thomas Pynchon,*Kenyon Review*,22. 2 (Spring 1960),pp.27 - 92.

《熵》中,品钦提到了三位相关的理论家:克劳修斯、亚当斯和维纳。德国物理学家鲁道夫·克劳修斯(Rudolf Clausius,1822—1888)1865 年首先提出"熵"这个热力学概念,并用它来衡量系统能量分布的均匀程度。能量分布得越均匀,熵就越大。任何一个孤立或封闭系统都会不可逆转地朝着热力学平衡,即熵值最大化的方向发展。当熵值增加到物体间将不再发生热能交换的时候,热寂状态就此诞生。1910 年,美国历史学家亨利·亚当斯(Henry Adams,1838—1918)在《致美国历史教师的一封信》中建议将熵的原理运用于历史研究,指出随着能量的耗散,既有的秩序将被混乱取代,地球最终会变得不可居住。1954 年,美国的控制论之父诺伯特·维纳(Norbert Wiener,1894—1964)将熵的概念进一步推广到信息传递方式上。他认为,随着熵值的增大,宇宙及其内部的封闭体系都将从"存在区别和不同形式的"组织状态走向"混沌和同一的状态"。① 作为同名作品的创造者,品钦将三位专家的理论巧妙地融入自己的文学体系中,实现了从卢德主义到麦克斯韦精灵的思想转变。

用极端的情景来验证人性的本色是小说的常见主题,品钦的《熵》也不例外。作品将不同的人物置于热寂到来之前的场景之中,用赋格曲般的对位模式(contrapuntal mode)将热情和冷漠、逃避和控制、混乱和秩序、噪声和交流、主动和被动交织在一起。马利根和他的朋友们欢聚连连,酗酒、吸毒、高谈阔论等各种游戏人生的招数全都用上,他们用行为本身来表现熵值增大时的混乱程度。卡利斯托和女友奥芭德则依靠温室来对抗失控的熵,他们紧闭门窗、与世隔绝,希望用有限的能力来保护脆弱的生命。随着场景在马利根和卡利斯托之间来回切换,作品的情节也在嘈杂和静谧中交错发展。楼上的温室"小世界"如同"井然有序的阿拉伯花式乐曲";而楼下的聚会则像"嘈杂混乱的即兴乐曲"。音乐元素,尤其是赋格曲式成为重要的场景切换手段。"《英雄之门》的最后几个低音"将卡利斯托从睡梦中惊醒,叙述便自然地转换到温室环境。同样地,惊天动地的铜钹声将读者带回马利根的狂欢聚会。就这样,文本的发展"如赋格曲般此起彼伏,时而攀上尖锐的顶峰,时而又低低回旋"。在信息熵方面,作品中索尔和马利根的对话很有见地。索尔因为与妻子意见不合而出手打人,米丽娅姆一气之下离家出走了。原来,夫妇二人正在讨论交流理

---

① Norbert Wiener, *The Human Use of Human Beings: Cybernetics and Society*. Boston: Houghton Mifflin, 1954, pp.15 - 27.

论,他们因为对机器人存在的合理性观点不同而闹僵,马利根告诉索尔一定是他的表达方式不当,索尔则认为交流是一个"封闭环路",单纯的"我爱你"三个字可能因为信息的"含混、累赘、无关和漏损"而成为不和谐的噪声,"噪声把你的信号搞得一团糟,把那个环路也弄得七零八落"。

米丽娅姆对新技术的抵触心理体现了一种"卢德主义"的倾向。"卢德主义"来源于英国的卢德派运动。1811 到 1816 年,工人们受 1799 年内德·卢德(Ned Lud)的精神感召,运用捣毁纺织机器的手段来表达对失业的不满。20 世纪 90 年代,新卢德主义兴起,它指的是"一场对与消费主义和日益怪异与恐怖的计算机时代技术进行消极抵制的无领袖运动"[1]。它主张放弃新技术装备,回归朴实本真的生活。新卢德主义者认为现代技术会对个人、群体和环境造成负面影响,他们倡导反全球化运动、无政府原始主义、激进环保主义和深度生态学。除米丽娅姆之外,短篇小说《熵》中的卡利斯托和奥芭德也带有新卢德派的色彩。他们因为机器时代里熵的无限增大而惴惴不安,通过消极的或激烈的方式来对抗这一发展趋势。然而,技术本身的两面性也必然造成人物本身的矛盾性,上述三个人物的命运最终都令人唏嘘不已。品钦在 1984 年的随笔《做个卢德派合适吗?》中写到,"20 世纪的卢德派的怀旧情怀与理性时代对原始时代的渴求如出一辙"[2],为了避免被时代抛弃,他们需要与时俱进。不过,他十分赞赏卢德派追求自由的精神,在结尾处还引用拜伦的诗歌来称颂这种战斗精神:"我们,不自由便阵亡!/除了我们的卢德王,/让一切国王都遭殃!"[3]罗伯特·纽曼认为,卢德主义的主题恰当地反映了品钦作品的后现代的不确定性和不可表征性,它既"削弱了管控文化机器的智力本位主义"[4],又让作品在叙事名物的过程中挑战了传统认识论和经验论,使创作和阅读走向本体论和现象论。

在短篇小说《熵》中,品钦不仅像指挥家引领着赋格曲在不同乐段自由地切换,而且还像一位充满魔力的精灵努力控制着能量的变化。这位精灵便是"麦克斯韦精灵"(Maxwell's Demon,又译作"麦克斯韦小妖"),它是由苏格兰数学物理学家詹姆斯·麦克斯韦(James Clerk Maxwell,1831—1879)于 1871 年提出来的,是历史上对热力学第二定律的最大挑

---

① Kirkpatrick Sale, "America's new Luddites." http://mondediplo.com/1997/02/20luddites.

② Thomas Pynchon, *The New York Times Book Review*, 28 Oct. 1984, pp.1, 40–41.

③ 来自拜伦作品《卢德派之歌》("Song for the Luddites"),作于 1816 年 12 月,于 1830 年出版。

④ Robert Newman, *Understanding Thomas Pynchon*. Columbia: University of South Carolina Press, 1986, p.9.

战。麦克斯韦假想自然界存在一种对抗熵的机制或精灵，并提出相关的设想构造：将一个绝热容器平分为两格，无影无形的精灵恰似中间的一扇活板门，温度不同的两个容器的空气分子便产生流动和热交换，在精灵的控制下，两边的温差反复交替，从而阻断了热平衡（热寂）的形成。在作品中，卡利斯托的温室和马利根的房间好似两个均分的隔间，里面分别装着不同温度的分子，作者品钦正是两个隔间之间的麦克斯韦精灵，他用自己的创作"复制着不同隔间之间分子的调整过程"①。此外，品钦还将这一理念纳入卡利斯托的隔间内部，在这里奥芭德和卡利斯托两个情侣之间也形成了一种微妙的温差。奥芭德是品钦笔下的精灵化身，法兰西和安南族的混合血统使她具有与生俱来的"融合两个世界的能力"②，她举手投足之间都充满了音乐的和谐美，她是温暖的象征。相比之下，卡利斯托是寒冷的标志，他反复吩咐奥芭德去测温度，自己则躺在床上紧紧抱着垂死的小鸟；他幻想着圣母赋予他爱的正能量，却回味着人到中年的逢场作戏；他谈起热力学头头是道，却把幻想寄托在缺少能量转换的"世外桃源"上。故事的结尾处，卡利斯托瘫倒在地，而奥芭德毅然挥拳敲碎了玻璃，表明她不再是卡利斯托意识的附属延伸物。她"转身面对床上的男人，和他一起静候那均衡时刻的到来"，这种直面死亡的勇气本身孕育着再生的希望。而卡利斯托的"软弱无力的宿命论"让他创造了一个封闭环路，他阻碍了麦克斯韦精灵的活动，其结果必然如他所言："要是说事情会变好，你就注定输了；事情总是在还没变好之前就变坏了。"

《熵》在叙述内容和形式方面的创新为出道不久的品钦积累了经验和人气，它将科学和人文、理性与感性、历史和现实、虚构与真实融为一体，突破了传统的文本边界，代表了品钦短篇作品的最高水平。尽管如此，品钦在《笨鸟集》的引言中还是充满了自责，他认为《熵》从"主题、象征和抽象的整合符号出发"，将人物和情节硬塞入叙事框架的做法不太明智。诚然，人无完人，艺无止境。品钦并不是人们想象中的熵学说的专家，在实践中学习，在谦虚中进步，这是一个羽翼渐丰的青年作家所必备的品质。试想，品读完《笨鸟集》之后的读者，面对更具想象力和表现力的《拍卖第49批》和《万有引力之虹》定会感慨万分，这恐怕也是品钦将这部短篇集命名为"笨鸟集"原因。

① Judith Chambers, *Thomas Pynchon*. Chicago: Twayne Publishers, 1992, pp.24 – 25.

② Robert Newman, *Understanding Thomas Pynchon*. Columbia: University of South Carolina Press, 1986, p.25.

第 七 节

罗伯特·库弗：后现代小说艺术的探索者

作为又一位来自中西部地区的作家,罗伯特·库弗是美国最具创新能力的后现代主义小说家之一。库弗 1932 年出生于艾奥瓦州,1953 年从印第安纳大学毕业后应征入伍,1958 年到 1961 年在芝加哥大学攻读硕士。从 1966 年至今,库弗先后出版了 13 部长篇小说,《布鲁诺家族的由来》(*The Origin of the Brunists*,1966)、《环宇棒球协会》(*The Universal Baseball Association*,1968)、《公众的怒火》(*The Public Burning*,1977)、《匹诺曹在威尼斯》(*Pinocchio in Venice*,1991)、《鬼城》(*Ghost Town*,1998)等作品受到评论界的好评,也确立了他在美国当代文坛的重要地位。与同是中西部作家的冯内古特、品钦相似,库弗的文学生涯也是从短篇起步,短篇的写作实践和积淀为他的长篇创作奠定了坚实的基础。库弗的知名短篇作品集包括《曲谱与旋律》(*Pricksongs & Descants*,1969)、《入夜安眠与其他》(*In Bed One Night & Other Brief Encounters*,1983)、《电影之夜,或以此谨记》(*A Night at the Movies*,*or*,*You Must Remember This*,1987)、《返老还童》(*A Child Again*,2005)等。

从早期的元小说到中期的符号小说和晚期的电子文学,库弗始终在时代的前沿探索着小说创作的后现代艺术,是名副其实的美国“最具独创性和多才多艺的”作家之一。库弗的职业生涯起始于美国文学潮起云涌的时代,作为时代的弄潮儿,他多年来坚持用变与不变两条原则来完善自己的创作艺术。库弗认为,两个动因促成了当代美国小说艺术的变化:其一是巴思所谓的小说叙述形式和主题的枯竭,其二是种族、性别和族群的平等意识对传统的宗教和历史观念提出挑战。[①] 前者需要作家们摈弃传统僵化的叙述模式,探索小说创作的新领地和新模式;后者要求艺术家们

---

① Chester E. Eisinger,“Robert Coover:Overview,”*Contemporary Novelists*,6ᵗʰ edition,ed. Susan Windisch Brown. New York:St. James Press,1996.

勇于挑战和颠覆传统理念，在内容上推陈出新。面对这些变化，库弗用不变的热情和执着的追求完善自己的艺术生涯。他和品钦一样不为凡事所动，不像某些作家那样在市场和理念上两头奔忙，库弗一直坚持自己的创作理念，"视市场为无形"①，这一点在消费主义流行的今天着实令人钦佩。

《曲谱与旋律》：文本悖论和互文超杀

《曲谱与旋律》这部短篇小说集是继《布鲁诺家族的由来》和《环宇棒球协会》两部长篇小说之后的第三部作品。② 全书分列 12 个标题，由 21 则短篇组成，其中"七篇示范小说"（Seven Exemplary Fictions）下含 7 篇作品，"感应镜头"（The Sentient Lens）下含三则短篇。这些作品从日常生活场景与其中的小人物，如《电梯》（"The Elevator"）、《保姆》（"The Babysitter"）、《行人事故》（"A Pedestrian Accident"），到童话故事和魔术世界的魔幻场景，如《门：代序》（"The Door：A Prologue of Sorts"）、《姜饼屋》（"The Gingerbread House"）、《魔术帽》（"The Hat Act"）。库弗运用虚构和元小说的叙述技巧，时而探求同一故事的各自不同的情节版本，对小说写作进行直接或间接的评论；时而直接进入虚构故事的叙述文理之中，用类似贝克特和加缪的后现代话语来建构荒谬。这两种方法都打破了传统叙事"坚实的硬壳"，使后现代主义作家能"像 007 那样渗透进固有的文化结构"③，在全新的自由下展示卓越的创作才能。

《保姆》描述了一个临时保姆在塔克家中从晚上 7：40 到 10：00 之间所发生的故事，全文共有 107 个由分节符号隔开的小节组成。晚上 7：40 分，迟到 10 分钟的保姆来到塔克家，她要帮助即将参加聚会的多莉和哈里夫妇临时照看三个孩子：男孩吉米、女孩碧翠和一个婴儿。与此同时，保姆的男友杰克和朋友马克正想利用此机会到塔克家去约会。作品的每个小节都是一个叙述单元（narreme，又译为叙述元、叙述素）④，除了

---

① Julian Cowley, "Robert（Lowell）Coover," *American Novelists Since World War II: Sixth Series*, ed. James R. Giles & Wanda H. Giles. Detroit：Gale Group, 2000.

② 关于 *Pricksongs & Descants* 这个奇怪的书名，在接受弗兰克·加多的采访时，库弗道出各种缘由："'Pricksong'这个词来自歌曲的实际印制方式——那些音符几乎都是向外伸出的；'Descants'指的是带有固定旋律的音乐形式，也就是一个基本音线，其他声音都围绕它来变奏。"库弗认为书名带有一定的性别暗示，曲谱是阳性的，而旋律是阴性的。

③ Jerome Klinkowitz, "Robert Coover," *American Writers: A Collection of Literary Biographies*, Supplement 5, ed. Jay Parini. New York：Charles Scribner's Sons, 2000, p.44.

④ Eugène Dorfman, *The Narreme in the Medieval Romance Epic: An Introduction to Narrative Structures*. Toronto：University of Toronto Press, 1969.

五个时间点(7:40、8:00、8:30、9:00、10:00)和人名与地名的关联外,各个小节之间在逻辑上和空间上无法"融为一个统一的、不相互矛盾的故事"[①]。故事围绕着保姆这一关键人物发展出若干个不同的、甚至是完全矛盾的情节线条:在第 59 小节中,读者得知塔克先生提前回家,将杰克轰出家门,自己去占保姆的便宜;在第 61 小节中,他却是逮着保姆偷偷在他家洗澡;在第 71 小节中,孩子们早已入睡,一切安静祥和,保姆独自在家看电视;在第 97 小节中,保姆在忙乱中,竟将婴儿溺死在浴缸里。故事从外观结构上看好似一只万花筒、八音盒或是潘多拉魔盒,选取不同的视角,故事的主题都会发生变换:恐怖、侦探、爱情、家庭、伦理等各种元素混杂其中。

伴随着《保姆》的反情节和反结构特征的是它的反英雄主题。作品用碎片化的叙述和矛盾性的话语颠覆了传统意义上的"英雄",让后现代主义作品的人物坠入"好人难寻"的深渊。首先,作品中的男性个个缺点突出,没有任何的"英雄"外形和气概。塔克先生心术不正,醉酒之后胡言乱语,总想将保姆据为己有。杰克身为男友,却一心只想将女友骗上床,甚至还要带上同伴一同前往塔克先生家去占便宜。马克的个性在文中不太明晰,不过他父亲和塔克先生的对话从侧面道出了他的本性("大概又出去寻花问柳去了",第 25 小节)。作为典型的帮凶角色,他的言行达到了助纣为虐的效果。小吉米这个角色让人联想起《好人难寻》中奥康纳笔下的八岁的约翰·韦斯利,二人都是刁蛮成性,缺少应有的童真。见到保姆,吃着薯条的吉米第一反应是断然一句:"不到 9 点我是不会睡的"(第 4 小节)。再到后来,吉米的恶言恶语变成恶作剧式的打闹(第 22 小节)和更为恶劣的偷窥(第 34 小节)。与男性相比,文中的女性角色大多是受害者和被嘲讽的对象,不过她们自身也是问题重重。保姆在这篇虚构作品中是最应该受到同情的对象,她不仅是文字暴力和世俗偏见的受害者,也是自身弱点的受害者。当多莉让她照管孩子少吃零食时,她"敷衍地"作以应答(第 7 小节)。她爱占小便宜:比如借用别人家的浴缸洗澡、利用看孩子的时间看书、将男朋友带到主人家中等。她照看孩子时敷衍了事:任由小碧翠睡在地板上、不及时更换婴儿尿布等,最可怕的当属将婴儿溺死在浴缸中。小碧翠与哥哥吉米一样缺点尽显,当保姆到来时,她"斜着眼

[①] Patricia Waugh, *Metafiction: The Theory and Practice of Self-conscious Fiction*. London: Routledge, 1984, p.139.

睛盯着她"（第4小节）；等父母离开后，她与吉米对保姆百般虐待：她拉下保姆的衣服，高喊着："我来揍她屁股"（第12小节）。与近乎妖魔化的孩子们相比，母亲多莉则更多是以滑稽角色出现的。因为身体发福，她的腰带和袜带都显得过紧，文中反复出现她调整衣服的场景（第11、15小节）。更为滑稽的是，在故事的后半部分，大家伙甚至玩起"帮助多莉再次穿上腰带"的游戏（第80小节）。故事中唯一直击多莉个性的场景出现在结尾处，有人告诉她家中出事了："你的孩子被人杀死了，老公跑了，浴缸里有一具死尸，房子也被毁了。真可怜，我真不知该说什么。"多莉的眼睛依然盯着电视画面，回答道："见鬼，我也不知道。咱们还是来看看有什么最新的电影吧。"综观故事中的各个人物，传统英雄式的人物无处可寻，在碎片化的文本游戏中，留给读者的最终印象只有滑稽与荒谬。

《保姆》的另一特色是其后现代主义元小说特征。首先，作品文本的矛盾性使得情节本身陷入"说谎者的悖论"①。《保姆》虽然采用了传统小说的故事主旋律（descant）：保姆来到家中照看三个孩子，父母因事外出，保姆照料孩子们直到父母回家。然而实际的曲谱（pricksong）却是花样百出：父亲对保姆的性幻想、男朋友对保姆的侵扰、孩子的百般刁难等。更为重要的是，这些情节碎片往往前后矛盾、相互否定：保姆是否受到侵犯、婴儿是否溺亡、父亲是否中途回家、男友是否闯入等在不同版本中结果完全不一样。在此，读者面对的不再是现实主义和现代主义作品，因为传统文本的内部矛盾往往可以通过情节层面（现实主义）或视角与"意识"层面（现代主义）而最终得以解决。在后现代主义元小说中，这些矛盾不仅得不到解决，而且还堂而皇之地被并置在一起，互为冲突的叙述元在时间上和序列上无法形成统一的叙述逻辑，从而造成各自之间的消解和龃龉。由于后现代主义作品既无现实主义作品的统一性和逻辑性，又缺少现代主义作品的意识转换的标记，文本在矛盾不断积累的过程中产生一种类似于量子叠加（quantum superposition）的效应。因为任何一个粒子都可能存在两种可能的状态，累积的量子效应让后现代文本呈现出多重可能性。② 在《保姆》中，库弗对"真实"和"虚构"不作任何区分和暗示，唯一的"真实"便是矛盾的相互叠加。《元小说的缪斯》的作者麦克卡弗利认为，

① Patricia Waugh, *Metafiction: The Theory and Practice of Self-Conscious Fiction*. London: Routledge, 1984, pp.137－138.

② Hari Kunzru, "Robert Coover: A Life in Writing," *The Guardian*, 25 Jun. 2011, http://www.theguardian.com/culture/2011/jun/27/robert-coover-life-in-writing.

《保姆》的情节处理类似现代主义的"立方故事"①,作品通过对"故事情节的蓄意歧义化",实现了同一场景的叙述多元性。当然,《保姆》的多层次和矛盾性叙述又超出了立方叙事的范畴,因为读者无法从相互冲突的情节中推断出"真实"的情节。比如,《保姆》抛弃了传统作品的结尾方式,抛出两个截然不同的结局:第一个结局中多莉走进自家的厨房,发出阵阵感叹:"啊,真棒!碟子都洗得干干净净!"而第二个结局却是上文所提到的骇人听闻的悲剧场景再现。这种将矛盾的叙述元拼贴、叠加的方式是对传统模仿表征的颠覆和嘲讽,它切断了信息的解码—编码过程,将阅读体验拉回到对文本自身的关注。《保姆》通过碎片化、矛盾性的文本揭示了后现代主义作品的叙述悖论,通过情节的复制与重写解构了传统作品的"妙手偶得"(*objets trouve*)状态,将后现代叙述引向互文超杀(intertextual overkill)②的深渊。

《电影之夜,或以此谨记》:从滑动的能指到多元时空

《电影之夜,或以此谨记》出版于 1987 年,共由 12 则先前发表过的短篇组成。同《曲谱与旋律》的绚丽多彩相比,库弗在《电影之夜》里的选材更加集中,几乎每则短篇都与电影内容或人物相关。库弗认为,电影电视中创造了很多观众喜闻乐见的形象和人物,它们所采用的语言是当代作家所"不能忽视的"。对于电影界的造星行动和好莱坞的偶像崇拜,库弗主张人们要进入电影所特有的句法之中,用"创新文学或实验文学"来尽力反抗这些"由各个社会全力塑造的关于自身的神话"③。《电影之夜》的创新手法之一就是对经典作品或形象的重构以到达消除边界、去除神性的效果。《电影宫里的幻影》("The Phantom of the Movie Palace")通过对《剧院魅影》的戏仿,展示了一个电影放映员的怪诞心理;《卡通》("Cartoon")的主题 "一个卡通人驾驶着卡通车进入卡通城轧死了一个真实的人"颠覆了传统的虚构和现实的边界;《悔过屋里的查理》("Charlie in the House of Rue")将卓别林的动作喜剧和爱伦·坡的恐怖神秘杂糅,让

---

① Larry McCaffery, *The Metafictional Muse: The Works of Robert Coover, Donald Barthelme, and William H. Cass*. Pittsburg: University of Pittsburgh Press, 1982, p.72.

② Patricia Waugh, *Metafiction: The Theory and Practice of Self-conscious Fiction*. London: Routledge, 1984, p.137.

③ Lori Miller, "Beckett Cleared the Slate," *New York Times Book Review*, 1 Feb. 1987, p.15.

电影和文学传统在越界中失控；《以此谨记》（"You Must Remember This"）将电影《卡萨布兰卡》中的男女主人公置于现实和过往的滑动状态之中，他们无法区分到底自己处于第几维的空间，仿佛跨入了一个既非过去、也非现在或将来的多维宇宙。这一切恰如加斯所言：小说中"不再有（真实的）描述，唯有虚构"①。库弗在《电影之夜》里对卓别林、博加特、弗雷德·阿斯泰尔、鲁道夫·瓦伦迪诺等偶像形象一一拆解，让读者在重新拼接的碎片中去体验"虚构的真实"。

在《电影之夜》中，库弗通常在故事开头借用传统电影的叙事框架，然后利用语言符号的延异性，逐渐将传统影视形象滑向荒诞的文本深渊而不能自拔。这种"滑动的虚构和滑动的身份"（sliding fictions and sliding identities）②倾向在《悔过屋里的查理》中表现得尤为突出。在故事集里该作品被归到"喜剧"一栏中，然而令读者惊奇的是，作品的情节发展颠覆了传统的喜剧模式。故事里的主人公是查理·卓别林（Charlie Chaplin，1889—1977）饰演的小流浪汉（the Little Tramp），不过这次他却置身于一个充满陷阱的恐怖房子之中。起先，一切都很正常，查理四处打量，耍弄着自己的拐杖和帽子，顽皮不已。但很快情况急转直下，不仅事事不顺，而且人们也开始行为怪异。女主人上吊自杀，女仆对查理进行性骚扰。在这个无法控制的虚幻世界中，他所有最拿手的搞笑绝技都无法实施。

《悔过屋里的查理》的主人公沿用了 20 年代卓别林所刻画的小流浪汉形象。他头戴圆顶硬礼帽，留着一撇小胡子，手持一根竹拐杖，穿着大皮鞋和粗腿裤，虽然自己困难重重，却处处显出一副绅士风范。库弗对查理的动作描写十分细致，巧妙地再现了一个调皮好动、爱管闲事、心地善良的小流浪汉形象。在查看房子的陈设、布局时，查理先后遇到了"身材高大、秃头的"厨师、闺房中的女佣、走廊上的少妇、图书馆里的老者和浴室中的警察。作品主要用动作来展示情节的发展：穷困潦倒的查理依然保持着乐观的心境，然而除了静止不动的盔甲之外，其他所有人个个忧心忡忡，少妇是面露"奇怪的不祥表情"，眼睛"直盯远方，似乎是被悲伤或懊悔所压倒……丧失了希望"，厨师是"可怜地盯着眼前的热汤"，女仆是"板

---

① William H. Gass, *Fiction and the Figures of Life*. New York：Knopf, 1970, p.17.

② Josef Raab, "From Intertextuality to Virtual Reality：Robert Coover's *A Night at the Movies* and Neal Stephenson's *Snow Crash*," *The Holodeck in the Garden: Science and Technology in Contemporary American Fiction*, ed. Peter Freese & Charles B. Harris. Normal：Dalkey Archive Press, 2004, p.238.

起面孔"，图书馆里的老者是"苍白的脸上只有无法抚慰的悲哀"。查理的搞笑伎俩在他们面前不仅无济于事，甚至显得荒唐透顶。醉酒后的查理恍然间出现在浴缸里，竟然发现警察拿着他的拐杖在马桶里钓鱼，二人在一番争抢之后，警察被螃蟹咬住脱不开身。接下来故事进一步朝魔幻与恐怖方向发展。老者变女仆，少妇变老者、眼珠反复溢出眼眶。查理疲于应付，在慌乱中竟将已经放弃自杀的少妇推下楼梯，少妇在一派忙乱中被吊死，而查理则浑身上下伤痕累累，脸上充满"痛苦和迷惑"。至此，故事已从最初的喜剧滑向悲剧，查理从最初的快乐变成绝望。全文中没有对话，只有对查理嬉戏动作的转述。然而查理作为一个虚构人物，在虚构语言的嬉戏和解构下，他终究只能白白来回奔忙。

《悔过屋里的查理》的另一个后现代主义特征是它将电影形象与文学场景互文杂糅，揭示了"现代野蛮人"的荒谬存在。作为互文性主题的重要来源，电影既表征着文化神话，又代表着"标准"场景和"权威"的叙述技巧。破除边界就意味着风险，然而后现代主义作家知道这样做是必要的，因为它既"解放了电影，会让电影馆藏指数级地增加"，又会让文学在新媒体的挑战面前更加从容，更加灵活。在《悔过屋里的查理》中，标题中的"the House of Rue"暗指了埃德加·爱伦·坡的《莫格街谋杀案》中的凶案现场，警察与侦探杜宾近似，而查理则成了《谋杀案》中的杀人猩猩。《莫格街谋杀案》中的杜宾睿智机警，他通过对案发现场线索的细致分析和推理，逐渐将结果展示在读者面前，最终令读者恍然大悟。而《悔过屋里的查理》中的警察则完全不胜其责：当少妇被吊在大厅里奄奄一息时，查理乞求警察前往搭救，然而他竟然让一块肥皂给弄得站不起身来，场面滑稽而荒谬。等到查理转了一圈再来找他时，他依然在浴缸内，还把查理像橡皮鸭一样地推来打去，查理只好"可怜地溜走了"。《莫格街谋杀案》里的猩猩与查理一样动作敏捷，然而查理的绅士风范却是低等动物所无法比拟的。他用尽各种办法取悦他人，希望扫除他们心头的块垒，然而，他的努力最终都是徒劳的。库弗利用恐怖性和戏剧化的情节虚构将查理的绅士风范扫除殆尽。比如：正当查理尽力帮老者擦除眼垢的时候，却发现眼珠溢出了眼眶，查理想尽办法让它们归位都无济于事。再如：查理利用翻筋斗、躲猫猫等杂耍技巧好不容易说服少妇放弃自杀的念头，到头来还是因为自己戏耍过度将少妇推下楼梯。最终，他只能眼含热泪看着少妇死去，在痛苦和迷惑中他似乎在问："这究竟是个什么地方？是谁带走了光明？可为什么大家都还在笑呢？"在付出种种努力之后，他却得到了

与野蛮的猩猩一样的结局,查理这位殷勤的绅士不禁发出了以上疑问,这
是对无情冷漠的社会的拷问,是对"现代野蛮人"的挞伐。库弗这种将英
雄与怪诞形象互文并置的做法敲碎了传统文本的框架,取得了现实主义
文学所无法比拟的效果。

《返老还童》: 他者的视角和视角中的他者

《返老还童》出版于 2005 年,全书共包括 18 则短篇。这些作品主要
是对民间传说和童话故事的改编和颠覆,尽管这不是库弗的首创,也不是
他个人首次在这方面的尝试,这部作品集依然令广大读者眼前一亮。作
品集里包括俏皮喧闹的《土墩上的麦克达夫》("McDuff on the
Mound")和令人恐惧绝望的《黑人孩子的归来》("The Return of the
Dark Children"),有《爱丽丝在无聊时空》("Alice in the Time of
Jabberwock")里的荒诞、《看不见的人》("The Invisible Man")中的孤独
人生和《奶奶的鼻子》("Grandmother's Nose")里沉浸在死亡意识里的小
红帽等。

解构经典故事和童话情节是后现代主义作家的惯常做法,而在这方
面,库弗的过人之处在于他的细腻笔触和他者视角。在库弗的作品中,他
时常悄无声息地引导读者进入经典场景,而正当读者沉浸在浪漫氤氲之
中时,人物和情节却瞬间又走出了传统的叙事框架。在这里,库弗还带领
读者去感悟他者所发出的无声的、无力的、无助的声音。莫里斯认为,库
弗作品里有两种对立的"人物原型相互对照",其一是试图维护宇宙万物
目的性(a teleological universe)的"模式的守护者",其二是相信不确定性
和想象自由的"模式破坏者"。[1] 在《返老还童》中,库弗将焦点更多地聚集
在传统视角下的他者(比如少数族裔和女性)身上,在模式守护者和破坏
者的竞争中去找寻"曾经丧失的自我",让他们在后现代意识中更真切地
去发现自我、满足自我和完善自我。[2]

《奶奶的鼻子》与《曲谱和旋律》中的开篇《门:代序》是姊妹篇,二者都
是对知名童话故事《小红帽》的戏仿和改写,这一点尤其体现在对其叙述
视角的重新处理上。《门:代序》的第二部分将奶奶这位经典故事中的他

---

① Robert A. Morace, "Robert Coover, the Imaginative Self, and the 'Tyrant Other'," *Papers on Language and Literature*, 21 (Spring 1985), pp.192 – 209.

② Marcel Cornis-Pope, "Rewriting the Encounter with the Other: Narrative and Cultural Transgression in *The Public Burning*," *Critique*, 42.1 (Fall 2000), pp.40 – 50.

者推向了前台。作品中的奶奶曾经是《美女与野兽》中的美女,如今体弱多病,天天盼着小红帽给她送好吃的。叙述者模仿了一位文法不太标准的老太太的话语,故事从她追忆往昔开始,她对人心不古十分感慨,同时也在不停地念叨:"我的好吃的东西怎么还没送到? 那个可恶的孩子呢?"她认为小红帽不太听话,还经常跟她唱对台戏:"奶奶,你不知道时代都变了。"回想起自己的婚姻,她又唏嘘不已。她置姐姐的疑问于不顾,一味遵从父亲的意见而嫁给了野兽。结果是,她梦想的童话故事并没有变成现实:"我的野兽郎君永远没有变成王子",而且还得"忍受一生的臭味"。眼见着自己的美丽逐渐逝去,而自己的爱人却依然是臭气熏天的野兽,而非尊贵的王子。文中的奶奶言语粗俗、思想守旧,不再是童话故事中慈祥的、可敬的形象。她的平面化的、单一的经典意象被推翻,取而代之的是"美丽和丑陋,乖戾与善良的交织"①。不仅如此,走向前台的奶奶还颠覆了传统的叙述视角。在这一新的视角之下,不仅经典人物形象出现了变化,童话本身的教育和训导意义也被消解。对于童话故事,奶奶说她"不仅了解所有的老故事,而且还很喜欢它们"。不过随着对苦难人生日益深刻的领悟,她发现童话中慈祥的父亲变成了糟糕婚姻的始作俑者,坏心肠的姐姐却变得富有人情味了,天真、乖巧的小红帽则变得世故、叛逆了。当奶奶这位童话人物对童话失去信心的时候:"不要给我讲再生体验和人生浪漫了! 也不要再给我吟唱那些歌颂美好世界的糟糕的赞歌了。"至此,"童话"的传统意义已经彻底从内部崩塌了。虽然《门:代序》的童话主题没有改变,但其他者视角里展现出的人物关系早已被颠覆,传统的善恶、美丑等价值观念被淡化或消解,"童话"已经不再是童话了。

另一方面,《奶奶的鼻子》以鼻子作为切入点,通过小红帽的视角来反映经典童话中的他者——病榻上的奶奶,作品在揭示奶奶不同寻常的"狼性"的同时,也通过他者镜像投射,间接影射出小红帽的反经典形象。《奶奶的鼻子》中讲到小红帽奉妈妈之命去看望病重的奶奶,病榻上的她看起来十分可怕,"她的鼻子比记忆中的更长、更黑了,皱缩着,长满鼻毛,因为生病都肿起来了"②。这里的描述已初见狼性的端倪。接下来,当小红帽因嫌她气味难闻而不愿意上床来陪伴她时,奶奶十分生气。她"张开大

---

① Cristina Bacchilega, "Folktales, Fictions, and Meta-fictions: Their Interaction in Robert Coover's *Pricksongs & Descants*," *New York Folklore*, 6.3 – 4 (Winter 1980), pp.171–184.

② Robert Coover, "Grandmother's Nose," *Daedalus*, 134.3 (Summer 2005), p.78.

嘴，又长又干的舌头在嘴边晃悠着"，还用长满毛的黑手揉着鼻子气哄哄地说："啊哦，都是你的错，你来了让我更难受。"小红帽连忙道歉，并解释说因为奶奶的鼻子太吓人，所以才不愿到床上去。病中的奶奶脾气越来越差，她爪子般的双手在床单上刮来刮去，肚子里发出咕噜声，就好像里面有只野兽一样。二人话不投机，小红帽说："如果你死了，奶奶，从椅子上趴下来了，我会帮你收尸的。"奶奶气得高声嚎叫："快滚！让我清静会儿。再不闭嘴我就把你的头给咬下来！"在小红帽的视角中，童话中奶奶和蔼可亲的形象早已不在，取而代之的是臭气熏天、脾气暴躁的一只"病狼"。她那令人恐怖的鼻子暴露了她已不再是童话中的大灰狼，而是现实中的"狼奶奶"；她那张牙舞爪的话语和行为早已将经典情节撕成碎片，留下解构后的符号残余。

再者，依据拉康的镜像理论，小红帽对奶奶的描述也从侧面反映了自我形象认知的变化。《奶奶的鼻子》以小红帽的回忆作为叙事框架，打一开始便露出了不可靠性的端倪。故事的开头，日渐长大的小红帽发出自己对人生的领悟："甜蜜的、无缝的、模糊一团的生命"幻境（a sweet seamless blur of life in life）已经摆脱了她，"她的自身已然不再，而是变成了一个自我栖息的地方，一个时而显得怪异和不吉利的他者……"这里的小红帽已经有了较强的自我意识，自我与他者的区分使她可以更好地去审视人生。世事无常让她更加珍爱生命、惧怕死亡。面对复杂的世界，小红帽细心观察着，任何的不同和变化都令她快乐不已。如前文所述，奶奶的各种变化她都明察秋毫，她的现实反应也随之改变。齐泽克认为："只有他者为其提供了整体的意象，自我才能实现自我认同；所以认同与异化是严格地密切相关的。"[1]拜访奶奶为小红帽提供了一个良好的自我认同机会，对奶奶形象的再认识是她自我意识形成的关键事件，作品的开头提到她的人生从"今年夏天"开始改变刚好印证了这一观点。在拉康看来，儿童的成长是一个逐渐社会化的过程，"镜像期结束的时候，想象的镜像突然双关成一种语言介体构成的巨镜，这一次，镜子是一种象征之看"[2]。小红帽在见奶奶之前，她用"流动的镜子"般的眼睛来观看"流动的世界"，而在见到奶奶之后，她的眼睛更像一扇"窗户"，她站在窗户后面，"带有目的性地"去观察和作出反应。这种目的性一定程度上显示出小红

---

① 齐泽克：《意识形态的崇高对象》，北京：中央编译出版社，2002 年，第 33 页。

② 张一兵：《从自恋到畸镜之恋——拉康镜像理论解读》，载《天津社会科学》2004 年第 6 期，第 18、74 页。

帽的长大成熟,社会化的她已经学会通过选择性的行为来趋利避害,实现自己的愿望。因此,当妈妈问她奶奶的情形如何时,小红帽很利索地利用童话中的情节来搪塞了事。与奶奶主要通过肢体动作来解构童话人物形象不同的是,小红帽的谎言更多地从人物的自我认同上颠覆了童话原型。

第九章

美国短篇小说艺术与理论

　　作为美国本土诞生的最早的文学体裁之一[①]，短篇小说以其短小精悍的篇幅、生动活泼的语言、出其不意的情节令读者愉悦、着迷、悲伤、警醒，与其他文类相比，它在文学效果和社会效应上毫不逊色，所取得的艺术成就也已为世人所认同。承继了《荷马史诗》《伊索寓言》的古典传统，汲取了乔叟、司各特、狄更斯的英语文学精华，美国的短篇叙事艺术在华盛顿·欧文、欧·亨利、厄内斯特·海明威、弗兰纳里·奥康纳、唐纳德·巴塞尔姆等历代名家的努力下不断推陈出新、发扬光大，取得了举世瞩目的成就。

　　在 200 年的历史长河中，美国的短篇小说艺术经历了与长篇小说大同小异的艺术演变过程。19 世纪的美国短篇小说在艺术上伴随着长篇小说亦步亦趋，经历了从浪漫主义到现实主义的过渡。从耽于想象的山林传奇、宗教小品、侦探奇幻，到关注风俗、习惯、语言等地域特质的现实故事，南北战争是两个艺术阶段的分水岭。催生这一变革的还有文学杂志的兴起和美国的西进运动，它们共同促进了读者趣味和作家风格的转变。巨大的社会变革和灾难性的国际冲突是 20 世纪短篇小说发展的重要背景。从世纪初的畜力时代到汽车、飞机旅行再到太空行走，从传统印刷媒体到音像媒体再到互联网时代，从局部冲突到两次世界大战，从民族融合到宗教仇恨，人类在短短百年时间里经历了史无前例的政治、经济、社会、科技、文化等多方面的变革。这一时期的美国短篇小说和

---

　　① Alfred Bendixen, "The Emergence and Development of the American Short Story," *A Companion to the American Short Story*, ed. Alfred Bendixen & James Nagel. Chichester：Wiley Blackwell，2010，p.3.

长篇一样，也经历了从自然主义、现代主义、现实主义到后现代主义的演进过程。在这一过程中，短篇时而作为长篇的先期形式突破窠臼，为长篇的创新铺路架桥；时而独自闯荡，在文风上别具一格。特别值得注意的是，由于文学杂志是短篇小说重要的出版载体，所以杂志的起落与兴衰对短篇作品的影响远远大于对长篇小说的影响。从大萧条时期一直到二战结束，美国短篇曾经经历了一段杂志短篇的黄金时期，许多重要作家都曾从中获得艺术给养和经济支撑。然而进入 50 年代，伴随着电视等新娱乐形式的普及，文学杂志纷纷退场，短篇小说的发展陷入低谷。而从 20 世纪末开始，由互联网所开创的新媒体时代的到来让长篇小说遭遇了挑战，碎片化的阅读模式的兴起又给短篇艺术的发展提供了新的机遇。

美国短篇小说的创作理论经历了从浪漫主义到现实主义、现代主义和后现代主义的发展脉络。浪漫主义创作理论为美国短篇小说正名立型，开创了美国短篇小说的优秀传统。它结合北美独特的地理环境，借鉴欧洲传奇故事的叙事体例，充分发挥短小精悍的形式优势，用丰富的想象力和富有诗意的话语确立了短篇小说的重要艺术地位。现实主义理论放弃理想化、英雄化和情感化的浪漫主义，主张对素材原样处理。它通过日常的方方面面去探索人性，在轻松而不失分量的动机中去找寻合乎伦理规范的生动事例。现代主义短篇理论认为现实主义描摹现实的企图阻碍了短篇叙事的发展，主张在创作中摆脱新英格兰清教传统中的烦琐僵化倾向，通过话语形式的创新来淡化传统情节细节，以突显现代社会中人物的复杂和矛盾情感。后现代主义短篇理论是对现代主义思想的继承和颠覆。二者都对短篇小说日益程式化的叙事倾向提出挑战，某些叙事手段也有异曲同工之妙。不同的是，后现代主义解构了现代主义建构现代意识的创作意图，主张用极端实验来挑战本体意义，在碎片化、元叙事和超文本中探寻荒谬和虚无。

美国短篇小说批评与其他文类相比走过了不同的历史轨迹。尽管短篇小说受到普通读者的欢迎，但在 19 世纪里，短篇小说批评并没有成规模地出现。除了埃德加·爱伦·坡、亨利·詹姆斯和威廉·豪威尔斯等短篇作家的零星评论作品之外，短篇小说在民间的接受程度并没有获得艺术界的同等认可，它似乎更是作家的敝帚自珍和孤芳自赏。20 世纪初，随着短篇小说创作的繁荣兴盛，评论界开始认识到短篇小说艺术"被低估"甚至是"被忽略了"。以弗雷德·帕蒂、查尔斯·梅为代表的专业批评人士开始系统地研究短篇小说，并发表了一系列优秀论文和专著，就此从根本上扭转了短篇小说评论的颓势。二战之后,短篇小说批评更是展现出繁盛之貌。评论家在对欧·亨利以来的短篇传统深入研究的同时,也开始反思日渐僵化的短篇叙事形式,希望通过评论本身来挖掘短篇叙事的"潜在价值"。他们认为,美国后现代主义短篇小说在话语形式上更加强调文本的自我意识,用元叙述颠覆叙与评、内与外的文本边界;在情节安排上挑战经典的情节模式,用戏仿和改写来反映荒诞的后现代生存;在信息处理上抛弃线性的逻辑关联,用拼贴、漫画、超文本来打破正常的思维模式。后现代主义短篇的这些话语实验不仅给了读者一种直观上的极端体验,而且也是对战后美国社会的混乱性、矛盾性和荒诞性的生动再现。

第一节
美国短篇小说艺术的演变

19 世纪的美国短篇小说艺术：起源与崛起

短篇小说在美国的兴起是与杂志的诞生密切相关的。1741 年,安德鲁·布拉德福德(Andrew Bradford,1686—1742)和本杰明·富兰克林先后创办了美国最早的杂志——《美国杂志》(*The American Magazine*)和《综合杂志》(*The General Magazine and Historical Chronicle for All the British Plantations in America*)①,为短篇小说的兴起搭建了良好的平台。而最早在杂志上发表的短篇作品当属 1789 年发表在《每月杂谈》(*Monthly Miscellany*,or,*Vermont Magazine*)上的《阿扎齐亚：一个加拿大人的故事》(*Azakia: A Canadian Story*)②和《城乡男女杂志》(*Gentleman and Lady's Town and Country Magazine*)上的《上尉夫人和老妇人的故事》(*The Story of the Captain's Wife and an Aged Woman*)。

---

① Frank Luther Mott, *A History of American Magazines*. Cambridge：Harvard University Press，1970，p.71.

② Mathew Carey, *The American Museum or Repository of Ancient and Modern Fugitive Pieces*，*Prose and Poetical*，vol.VI. Philadelphia；Carey，Stewart，and Co.，1789，pp.193 - 198.

不过，从影响力和文体风格上来讲，真正意义上的短篇小说当从华盛顿·欧文说起。[①]

一、浪漫主义时期（1830—1865）

欧文通过对欧美各地风土人情的悉心观察，将"过去的、远方的或奇异的题材"融入流畅优雅、幽默亲切的文笔之中，其作品不仅开创了美国短篇小说的优秀传统，而且引领了美国浪漫主义文学的潮流。1807 年，华盛顿·欧文在《杂谈》杂志发表了美国的第一部短篇作品——《矮个黑衣人》（"The Little Man in Black"）[②]；1819 年，欧文又出版了美国短篇小说史上第一部重要的文集——《见闻札记》，这也确立了他美国文学奠基人的地位。其知名短篇《瑞普·凡·温克尔》和《睡谷传奇》在文字技巧、意境经营与性格刻画等方面，皆颇具匠心，既体现出浓厚的浪漫文风，又流露出显著的新英格兰风情。他让短篇小说成为时尚，是第一位"剥离散文叙事的道德和说教元素"并激活其娱乐功能的重要作家；他将地点、场景和人物等确切的美国元素融入短篇作品，他用幽默和轻松的笔触使得短篇作品更具有亲和力、富有人情味；他摒弃"时代惯例"，用创新来开拓短篇小说的光明前景，他笔下的人物虽然背景语焉不详，却个个鲜活有力，不落入传统类别或象征的俗套。[③]

欧文之后，纳撒尼尔·霍桑、埃德加·爱伦·坡和赫尔曼·麦尔维尔三位重要的小说家进一步巩固了浪漫主义时期的美国短篇小说艺术。他们更加忠实于短篇小说的叙述结构和情节，用明确的架构形式取代了欧文的"和善但却散漫、冗长的叙事风格"。[④] 霍桑是第一位"把严肃题材运

① 弗雷德·帕蒂认为，华盛顿·欧文之前的一些重量级的作家（如：富兰克林、弗雷诺、查尔斯·布朗等）的确尝试过短篇创作，但富兰克林的"轶事充满说教意图"，弗雷诺的宣传作品带有诗歌的痕迹，布朗的作品其实是"流产的传奇作品"。而杂志中的作品都带有"宗教大觉醒"运动的宣传作品色彩。"所有的这些作品都是可以忽略的；因为它们对于短篇的发展没有起到影响。"参见 Fred Pattee, *The Development of the American Short Story: An Historical Survey*. New York：Biblo and Tannen，1975，p.1.

② Robert Allen Papinchak, "'The Little Man in Black'：The Narrative Mode of America's First Short Story," *Studies in Short Fiction*，22.2（Spring 1985），p.195.

③ Fred Lewis Pattee, *The Development of the American Short Story: An Historical Survey*. New York：Biblo and Tannen，1975，pp.20 - 23.

④ Alfred Bendixen, "The Emergence and Development of the American Short Story", *A Companion to the American Short Story*, ed. Alfred Bendixen & James Nagel. Chichester：Wiley Blackwell，2010，p.8.

用于短篇小说的美国作家"①,他的作品将宗教、历史、科技、人性融入故事情节,摒弃了欧陆浪漫主义的繁杂虚浮之风。他与坡二人被称为浪漫时期的"重要的典范",其作品富有"创新性和想象力",展示了较高的艺术水准。②《重讲一遍的故事》收录的故事以宗教的原罪和赎罪题材为主,用充满想象力的手法描述了清教盛行时期的新英格兰社会。《古屋青苔》中的作品将信仰、科技、女性地位等纳入视野,让短篇小说的选材范围得以进一步拓展。其中收录的《小伙子布朗》和《胎记》直面人性的弱点,揭示出人们内心的"污点"比外在的"胎记"更令人恐惧。布朗告别新婚的妻子菲丝,前往黑暗的森林参加巫术聚会,却发现周围的所有"仁人志士"都在暗中信奉邪恶,甚至连自己的娇妻菲丝也不例外。布朗从此郁郁寡欢,虽无疾而终,却抱恨终身。《胎记》中的科学家埃尔默因妻子乔治安娜脸上的胎记而噩梦连连,乔治安娜在喝下他配制的药水之后,胎记消失了,生命也走到了尽头。

爱伦·坡是美国短篇小说史上的第一位理论家,他和霍桑一起推动了美国浪漫主义短篇小说的发展。坡的短篇创作丰富多彩,其作品共分三个种类:悬疑侦探类、科幻类和哥特恐怖类。《失窃的信》和《莫格街谋杀案》开创了侦探小说的先河,《金甲虫》将科幻与悬疑融为一体,通过复杂的密码解读来获得最终的答案,《厄舍府的倒塌》把哥特灵异主题纳入短篇素材,延续了欧洲的超自然鬼怪文学传统。在这些作品中,坡将欧陆浪漫主义的美学统一理念和个体的心理迷恋融为一体。他改造了艾迪逊与斯蒂尔的《旁观者》杂文和欧文作品中的散漫、超然讽刺的语气,通过叙述者自身的沉迷来让读者感受作品的"单一效果、印象或冲动"。③ 他的作品通常围绕着第一人称叙述者的心理活动展开,故事情节伴着悬疑、惊悚、魔幻的情感体验步步深入,从而造就一种弥久难忘的整体美学效果。

二、现实主义时期(1866—1900)

伴随着欧文的山林传说、霍桑的信仰故事、坡的侦探奇幻题材的结

---

① Ross Danforth, *The American Short Story: University of Minnesota Pamphlets on American Writers*. Minneapolis: University of Minnesota Press, 1961, p.11.

② Burton Raffel, "Introduction," *The Signet Classic Book of American Short Stories*, ed. Burton Raffel. New York: New American library, 1985, p.16.

③ Edgar Allan Poe, "Review of *Twice-told Tales*," *Essays and Reviews*, ed. G. R. Thompson. New York: Library of America, 1984, pp.568-588.

束,美国短篇小说开始从浪漫时期转入了内战后的现实主义阶段。麦尔维尔的《广场故事集》开始更多地关注现实中的人和事,其中的名篇《书写员巴特比:华尔街的一个故事》对律师行的书写员巴特比表现出深切的同情和理解。更多杂志的涌现为短篇小说的发展搭建了良好的平台。1857 年创刊的《大西洋月刊》开始倡导"非浪漫主义"和方言写作,伴随着它的到来,"一种健康的现实主义第一次决定性地进入了美国小说"。[①]1865 年创立的《国家周刊》(*The Nation*)是战后杂志蓬勃发展的代表。战争结束催生了人们对精神食粮的渴求,短篇小说短、平、快的特点既能满足大众的口味,又符合杂志的规格,短篇小说发展史上的第一个春天到来了。这一时期的重要作家包括布莱特·哈特、马克·吐温、凯特·肖班、欧·亨利、杰克·伦敦等知名大家,他们的杰出贡献在世界短篇发展史上都是有目共睹的。

现实主义和浪漫主义的根本区别在于二者对"真实"的不同理解。浪漫主义者认为理想状态的精神世界极为重要,那种"超越物化的人类欲望"方为真实[②];而现实主义者关注的却是日常生活中的真情实景。对于以马克·吐温、布莱特·哈特等为代表的美国地方色彩主义者来说,聚焦拓疆时期的各地风俗、习惯、语言等地域特质具有十分重要的现实意义。帕蒂认为短篇作品由四股线条织成:狄更斯式的情感宣泄和戏剧化的素材展示、法国的叙事形式和技巧、体现美国"新的时代精神"的非同寻常的背景和"缥缈的、遥远的、理想化的"欧文式的"捉摸不透的氛围"。这其中的第三条便是指的美国短篇小说的地方色彩。[③] 马克·吐温的成名作《卡拉维拉斯县驰名的跳蛙》与布莱特·哈特的《咆哮营的幸运儿》一样以淘金热时期的加州矿区为叙事背景,描述了吉姆在跳蛙比赛中上当受骗的滑稽场面,集幽默和地方色彩于一身,一经出版便深受美国读者的喜爱。

与马克·吐温相似,被誉为世界短篇三巨匠之一的欧·亨利关注美国中下层人民的生活。他的短篇小说构思精巧,语言诙谐,结局总是出人意料。内战之后的美国进入镀金时代,拓疆运动和淘金热让快速致富成为许多人的梦想。在拜金主义大行其道的社会背景之下,欧·亨利用《爱

① Fred Lewis Pattee, *The Development of the American Short Story: An Historical Survey*. New York: Biblo and Tannen, 1975, p.170, 168.

② Charles E. May, *The Short Story: The Reality of Artifice*. London: Routledge, 2002, p.10.

③ Fred Lewis Pattee, *The Development of the American Short Story: An Historical Survey*. New York: Biblo and Tannen, 1975, p.353.

的牺牲《警察与赞美诗》《麦琪的礼物》《最后一片藤叶》等短篇杰作戳破了遮盖伪善的面具,颂扬了艰难处境下的人性良知。他的作品可分为西部、城市和拉丁美洲三类题材,其中描写城市生活的作品分量最大。在《麦琪的礼物》等城市生活作品中,欧·亨利善于捕捉在艰苦的求生环境中小人物的生活点滴,用两难处境和意外结局来制造感人至深的"含笑泪光",在很短的篇幅内达到一种思想与艺术相结合的完美效果,给人以深刻的印象。

与哈姆林·加兰的反映勤劳的中西部农民生活的《大路》和斯蒂芬·克莱恩的《新娘来到黄天镇》等反映西进运动对边疆地区的经济和文化冲击不同的是,凯特·肖班带领读者步入了短篇小说的另一个天地:女性世界。她与夏洛特·吉尔曼和玛丽·威尔金斯一道用独特的女性视角描绘女性世界的酸甜苦辣,用精妙的叙事艺术引领早期的女性主义文学。肖班的两部短篇小说集《牛轭湖人》和《阿卡迪之夜》以路易斯安那州为背景,聚焦了法裔克里奥尔人的生活。《黛希丽的婴儿》用类似欧·亨利的反讽式手法将种族和女性问题交织在一起,故事悲惨而又荒唐的结局是对传统白人男权秩序的强烈控诉和辛辣讽刺。《一个小时的故事》与《黛希丽的婴儿》相似,再次以柔弱的女主人公的死亡而告终。尽管肖班的这一结局有迎合市场之嫌[①],但《一个小时的故事》的难能可贵之处在于它明确地发出了女性主义的第一声呐喊:"自由了! 身体和心灵都自由了!"这是作为女权主义先驱的肖班借主人公之口发表的公开宣言。

20 世纪美国短篇小说艺术：创新与轮回

美国作为 20 世纪两次技术革命的重要策源地,在其短篇小说领域也留下了浓墨重彩的一笔。20 世纪的美国短篇小说堪称文学世界的小精灵,它技法上灵活多变,是长篇叙事技巧和素材最重要的发源地;在导向上亲近读者和市场,是众多青年作家和文艺期刊的资金来源,培育了一大批的文坛巨匠。具体来讲,20 世纪的美国短篇小说艺术经历了从自然主义到现代主义阶段的创新发展与从战后的现实主义回归到后现代主义实验的演进历程。

---

① Emily Toth, *Unveiling Kate Chopin*. Jackson: University Press of Mississippi, 1999, p.10.

一、自然主义时期（1900—1910）

达尔文的进化论将宗教神学的创世纪论推向了尴尬的境地，而赫伯特·斯宾塞的社会达尔文主义进一步拓展了进化论的原有疆界，从而催生了现实主义的新变体——自然主义。与现实主义描摹日常美国生活不同的是，自然主义总是将人物置于严酷的自然或社会环境中。《黛西·米勒》的开头一片祥和："在瑞士小镇沃韦，有一家特别舒适的旅店"；而《神秘的英雄主义》却是这样开始的："两军连续的交战让士兵们的黑色制服沾满了尘土，整个团部看上去都快要与作为炸弹掩体的土垒融为一体了。"基于对生存环境的不同认识，自然主义对现实主义的伦理和环境建构模式提出了质疑，将目光投向意志力、宿命论和悲观主义，最终实现与现实主义的分野。

作为美国自然主义短篇作家代表的杰克·伦敦和弗兰克·诺里斯等一道倡导"反感伤主义"（Anti-Sentimentalism），在对现实世界的描述上反对"前拉斐特主义"（Preraphaelitism）和"唯美主义"（Aestheticism），用"物竞天择，适者生存"的自然法则来描摹社会。[①] 他用简约的语言捕捉了美国人的拓疆精神，信奉尼采的超人意志——这种独立与自力更生的力量是他笔下主人公的共有品质。《生火》属于他的克仑代克系列作品（Klondike series）之一，描述了主人公汤姆·文森特用自己的"痛苦经历"来挑战北方生火的两大信条："不要单独出行"和"落水后要生火取暖"。在伦敦的笔下，作品没有过多的对景物的华丽描写和对人物心理的微观洞悉，文字本身似乎也浸满了钢铁般的意志，在达到最终目的之前誓不罢休。

二、现代主义的创新与实验（1910—1945）

美国的现代主义短篇小说的兴起有其特定的历史背景和艺术渊源。首先，大洋彼岸血腥的一战硝烟再也掩盖不住传统价值观的伤疤，整个世界从地缘政治观到文学理念都在经历空前的演变。美国的众多作家都在"或多或少地批判国内弥漫的虚伪和墨守成规"的文学风气[②]，他们不愿做

---

① Fred Lewis Pattee, *The Development of the American Short Story: An Historical Survey*. New York: Biblo and Tannen, 1975, p.353.

② Abby Werlock, *The Facts on File Companion to the American Short Story*, 2nd edition. New York: Infobase Publishing, 2010, p.xi.

历史潮流的门外汉和陌路人。其次，自然主义的短篇作品将描摹写实的现实主义推向了物质化的外表硬壳，战争的烟云更是敲碎了社会达尔文主义的梦想——它已经无法适应战后的新时代。弗洛伊德、威廉·詹姆斯的心理学理论关注人类自我实现的心理机制，为安德森、海明威、菲茨杰拉德、福克纳等文学青年提供了重要的理论源泉。

舍伍德·安德森的《小镇畸人》是美国最早的现代主义短篇序列小说之一。[①] 与欧文的短篇序列《见闻札记》相比，作品中的人物不再具有朦胧的传奇色彩，而是"畸形的"现代凡人。序列中的第一篇《怪诞之书》为整部作品贴上了明确的现代主义标签。文中的老木匠是位"非常普通的人"，他"最接近作家笔下那些易懂的、可爱的怪诞人物"。再者，作品的人物不再置身于纯朴宁静的大自然中，传统的善恶、美丑等价值观被孤独灵魂异化为"畸形的真理"。作品中的温斯堡不像是传统意义上的美国小镇：这里看不见邻里间相互协助的温情，取而代之的是彼此隔绝、各自痛苦的心灵。老作家怪梦醒来，将梦中那些"思绪的真理"落笔成书，他最终发现"正是这些真理才使得人们怪异不堪"。安德森的《小镇畸人》告别了物质主义传统，引领美国短篇小说走进人物的内心世界，用心理意义上的"真实"去揭示普通人的孤独和痛苦。

厄内斯特·海明威和菲茨杰拉德一样都是充满个人魅力的现代主义作家，个人的传奇经历为海明威提供了丰富的创作素材。他创造出的"硬汉"形象大多具有杰克·伦敦笔下人物般披荆斩棘的英雄气概。然而，与自然主义作品不同的是，作品中令读者荡气回肠的往往不是胜利本身，而是伴随着争斗而来的内心矛盾、惶惑和幻灭之情。在《一个干净明亮的地方》中，海明威描述了一位老者和两位酒保的生活片段，作品看似轻松的表象之下流淌着的是不安、迷惘和幻灭感，貌似简洁、精练的语言却承载着战后欧美人民内心的不可承受之重。

如果说海明威是"迷惘的一代的历史叙述者"，菲茨杰拉德为"爵士时代的记录者"[②]，那么威廉·福克纳则是当之无愧的南方神话的创造者。

---

① 短篇序列小说指的是为特定目的而创作或编写的短篇小说集。与长篇小说的章节不同的是，序列中的各个短篇都可以独立成篇。传统短篇小说"像单个的萤火虫，时而这里，时而那里，点缀在夜空中"，而短篇序列则像一片萤火虫，在"相互累积和相互关联"中产生一种增强的、不同的阅读体验。参见 Nadine Gordimer, "The Flash of Fireflies," *The New Short Story Theories*, ed. Charles E. May. Athens：Ohio University Press，1994，pp.264 - 265.

② Abby Werlock, *The Facts on File Companion to the American Short Story*, 2nd edition. New York：Infobase Publishing，2010，p.318.

与海明威的简洁文风和国际主题不同的是,福克纳的短篇作品善于运用变化多姿的语言实验来聚焦南方那片邮票般大小的故园。不过,二人的作品中都流露出对传统社会解体之后的失落与苦闷,在艺术表现目的上可谓是殊途同归。福克纳的短篇既可以单独成篇,又能够与长篇作品相互映照、相互补充,它们都属于"约克纳帕塔法世系"的有机组成部分。在写作技法上,福克纳经常将短篇作品中成熟的叙述手段移植到长篇作品中。《献给艾米莉的玫瑰》的叙述者有机地结合了第三人称和第一人称视角的优点,在叙述艾米莉身世经历的同时融入了"我们"的评论。这一技巧在《八月之光》中得以延续和发展,作品中的叙述者时而像《献给艾米莉的玫瑰》中的第一人称的社区成员,时而又变身为隐含作者,人物在不同的叙述声音下逐渐具象、丰满和立体化。

三、现实主义与杂志小说的黄金时代(1946—1963)

二战与一战相比波及范围更广、破坏性更强,它是一场史无前例的人为灾难。在战后巨变的世界格局中,人类在不堪回首的痛苦回忆中开始更加深刻的自我反省,他们希望从分崩离析的传统碎片中重建祥和、平等、自由的物质和精神家园。在战后的美国,短篇艺术也经历了相应的变化和分野。大体来讲,这一时期的短篇作品有两大发展方向:其一是从海明威和福克纳的传统发展而来的新的现实主义作品,代表作家有托马斯·沃尔夫、约翰·斯坦贝克、艾萨克·巴什维斯·辛格、约翰·契弗、J·D·塞林格、约翰·厄普代克、伯纳德·马拉默德等。其二是从"垮掉的一代"文学中演变而来的早期后现代主义作品,代表作家有罗伯特·库弗、唐纳德·巴塞尔姆等。

作为文学流派的常青树,现实主义几乎见证了所有其他流派的潮起潮落。美国的新现实主义乘着战后杂志文学大量兴起的东风,在延续美国短篇的"神话/传奇的"光荣传统的同时[①],融合了海明威的"契诃夫式的反讽低调陈述风格"和福克纳的"神秘的地方色彩"。[②] 这一时期的短篇既包括约翰·斯坦贝克、托马斯·沃尔夫等自传式乡土作品,又有约翰·契弗、J·D·塞林格、约翰·厄普代克等娓娓道来的郊区中产阶级故事;既

---

① Charles E. May, *The Short Story: The Reality of Artifice*. London：Routledge，2002，p.62.

② Abby Werlock, *The Facts on File Companion to the American Short Story*，2nd edition. New York：Infobase Publishing，2010，p.xiii.

包括艾萨克·巴什维斯·辛格、伯纳德·马拉默德等对犹太人生活的追忆，又有厄斯金·考德威尔、罗伯特·斯通等关于种族问题的思考。这些作品既志怪又求美、既着眼过往经历与回忆又关照现代社会生活，将传统的叙事结构和主题与细腻传神的语言、超现实的意象融为一体，成为20世纪短篇文坛的一道亮丽的风景线。

约翰·斯坦贝克和托马斯·沃尔夫是两位活跃在二战前后的乡土短篇作家，前者的作品多以故乡加州的萨利纳斯河谷(Salinas Valley)为背景，后者则以北卡罗莱纳州的阿尔塔蒙特镇(Altamont)为背景。斯坦贝克的短篇话语简洁，寓意深刻，兼具海明威和福克纳的叙事特色。他的作品将现实与想象、意象与象征、个体与群体、地区与全景相结合，透过孤独的个体所经历的压抑、挫败的心理来揭示美国乡村在商品化过程中所经历的社会变革，《菊花》中的艾丽萨就是一个鲜明的写照。被福克纳誉为"时代天才"[1]的托马斯·沃尔夫用充满矛盾和对立的主题、文风、背景和篇章结构来反映"怪诞而又痛苦的人生奇迹"[2]。在《伴虎的孩子》("The Child by Tiger", 1937)中，叙述者斯潘格勒将玄秘隐忍的个人视角与积毁销骨的公众视角结合起来，一方面通过亲身经历描述了谢伯顿家的黑佣迪克的聪敏、勤劳和虔诚，另一方面通过邻里的传言转述了迪克的凶残、顽固与狡诈。作品中沃尔夫任由两个视角相互矛盾、彼此龃龉，迪克的身世经由众人千百次的传言，却仍难以证实。而另一方面，沃尔夫又展示了他驾驭矛盾主题的高超技巧。故事从始至终都围绕着"老虎"和"孩子"的象征符号来拓展迪克性格中的两个对立面，细节描写传神入微，具有高超的写实水准。作品的开端与结尾处借用威廉·布莱克的《老虎》中的诗句来超脱阴暗的现实，充分展示了沃尔夫追求"现实主义表征与浪漫主义誓言"[3]相互交融的艺术梦想。

战后的美国重归平静，郊区的闲适生活日渐成为中产阶级的追求目标。短篇小说家们迅速把握了这一时代主潮流，约翰·契弗、J·D·塞林格、约翰·厄普代克等运用细腻的笔触描绘了郊区居民生活中的酸甜苦辣，在传统与现实的碰撞中展示伦理、宗教、家庭观念的发展与变迁。契

---

① Paschal Reeves, *Thomas Wolfe: The Critical Reception*. North Stratford: Ayer Publishing, 1974, p.xvii.

② C. Hugh Holmon, *Thomas Wolfe — American Writers: University of Minnesota Pamphlets on American Writers No. 6*. Minneapolis: University of Minnesota Press, p.5.

③ Ibid., p.9.

弗擅长用平实而富有寓意的语言来铺陈经典的家庭冲突。在《乡居丈夫》里，他以纽约城郊林荫山社区的韦德一家为中心，用充满戏剧性的飞机事故引入了韦德夫妇在步入中年后所面临的夫妻情感、子女教育、亲情友情等问题。与契弗关注成年人尤其是中年男性的生活困境不同的是，塞林格和厄普代克则将重点放置于青少年的成长之上。塞林格的格拉斯家族系列故事聚焦青少年的单纯、聪慧而孤独的精神世界，充分展现了他们在虚伪、庸俗、功利的成人世界面前的无力和凄苦。与塞林格的《香蕉鱼之最佳时日》中精神错乱的西摩相比，厄普代克的《A＆P》中的萨米则选择了主动和有所作为。尽管他知道失去工作对并不富裕的家庭的影响，萨米也毅然选择了辞职，其目的是表示他对棱格尔所代表的世俗传统的厌恶。两个故事都以主人公的精神顿悟作为结局，不同的是萨米从英雄救美的幻想重回严酷无情的生活现实，而西摩在参透粗鄙的人生之后选择用手枪结束了自己的生命。

辛格和马拉默德将犹太和意第绪语文学元素融入了短篇小说创作，是对二战以来美国文化多元趋势的重要贡献。辛格用生动的笔触勾画出犹太社区人物的众生相，体现了他对人性善恶、因果报应和道德良知的感悟。他创造了大量的如《愚人吉姆佩尔》中吉姆佩尔式的小人物，他们虽历经磨难依然朴实善良，糊涂可怜却坚守信仰，在怀旧色彩和传统主题中寻找灵魂的救赎，用幽默简洁的话语诠释人生。马拉默德的《魔桶》在神性与现实、苦难与救赎之间突出展现了犹太民族的特有属性。列奥在委托萨尔兹曼做媒的过程中更清醒地认识到自己信仰中的缺憾，作为犹太拉比的他"不爱别人，也不被人爱"，因此他对上帝的爱也是不完整的。故事反映了美国犹太聚居区的穷困生活，列奥从托媒到迷恋上媒人女儿的整个过程充满了犹太传奇色彩和怀旧情怀，具有强烈的启迪和反省意义。作品在悲剧与喜剧、传统与现代、理智与情感中寻觅当代美国犹太人的精神归宿和灵魂救赎，是对传统现实主义短篇的内容和主题上的创新。

四、后现代主义到现实主义的回归（1964—2000）

到 20 世纪中叶，美国短篇小说继续在现实与浪漫的两极张力下发展，才华横溢的作家们或精于描摹现实，或耽于虚幻想象。欧·亨利、威廉·福克纳、弗兰纳里·奥康纳、约翰·契弗等历代作家不断探索短篇创作的极限，实现形式与内容上的突破。从 60 年代起，一种热衷于自我评论和自我反映的小说形式开始逐渐发力，这就是短篇小说界的后现代运动。它通过系统性的自我话语反思对现实阈限提出质疑,创造出突破事实与虚构边界的、极具感染力的后现代主义短篇文本。20 世纪 80 年代后,伴随着解构主义的消退,基于建构主义的新现实主义短篇作品再次回归,从而实现了现实主义的大轮回。

大众文化的兴盛是晚期资本主义文化逻辑的必然结果,随着影视业的发展和电脑的普及,步入后现代主义的美国社会中,各种传统的边界开始被僭越和消解。文化的大众化催生了文学的革命,文学与现实的界限,小说与诗歌和戏剧以及评论的传统界限,文学与音乐、美术和多媒体的界限也被超越。作为这场文学浪潮一部分的美国后现代主义短篇小说,在其艺术发展上体现出了一些自身特点。

首先,在题材方面,后现代主义短篇小说涉及不同社会阶层的不同方面:既有纳博科夫笔下的俄国贵族生活,也有加斯眼中的中部乡村场景;既有冯内古特描述的残酷的战争场面,又有品钦笔下士兵救灾过程中的慵懒表现;既有迷失在游乐场的小安布鲁斯,又有死于枪口之下的肯尼迪兄弟;既有日常的家庭琐事,又有生态环境恶化造成的社会问题,等等。不同主题反映了人们的迷茫、疲惫和无助,昭示了美国后现代社会的无序、无常和零碎化状态。再者,美国后现代主义短篇小说中塑造的人物大都是"反英雄"。他们有的来历不明,无名无姓,仅用"他 / 她 / 它"来称谓。有的徒有虚名,实际就是一个受人戏弄的对象,英雄成了陪衬,成了若隐若现的"影子"或"代码"。第三,在艺术手法上,作家在创作小说时又对小说本身进行评述,表现了并置性、非连续性、随意性、自反性的元小说特点。第四,在叙事话语方面,后现代派作家喜欢采用拼贴手法、超文本语言、剧本式话语、侵入式叙事、非常规编排方式来展现后现代主义的碎片性、混乱性和荒诞性。比如,巴塞尔姆的《辛巴达》借用童话故事《天方夜谭》的框架展现了当代大学教授的尴尬形象。故事运用交叉叙述,分别交代了辛巴达航海的情形和教师授课的场景,在古今对照下文本相互映衬,童话在被颠覆的同时,又成为当下社会生活的荒谬评注。故事一方面讲述辛巴达历经七次航海磨难、名垂青史,另一方面交代的却是一位代课教师受到学生怠慢的情形。他无家无室,衣着怪异,学生瞧不起他。课堂上他神色不安地坐在讲台上,课堂秩序一片混乱,好似在"开鸡尾酒会"。在巴塞尔姆的精巧安排下,经典童话被解构成反童话,英雄人物沦为反英雄:他不再具有激励众生的感召力,只能像当代的普通人那样面临不确定的荒诞人生。总之,美国的后现代主义短篇小说家们希望通过对题材、人物、技巧和话语的革新,创作出既契合时代精神的,又能超越传统模式的文学作品。他们在对后现代社会的冷漠和混乱予以讽刺和抨击的同时,用高超的叙述手法展示了各自的艺术魅力。

20世纪70年代晚期以来,随着战争阴影的远去和社会矛盾的化解,人们开始用更加理智的方式来思考问题,美国社会开始进入相对平稳的发展时期。进入八九十年代,伴随着电脑科技的发展,人们的物质和精神生活得到了飞速的提升。信息技术,尤其是新型互动传媒的快速发展催生了异彩纷呈的文化思潮,人们开始对后现代主义提倡的荒谬的、虚无的语言游戏感到厌倦,他们希望用新的文学形式来反映丰富而活跃的现实生活。正是在此基础上,美国的新现实主义文学应运而生。

新现实主义短篇小说指的是20世纪八九十年代以来出现的大量有别于现代主义、后现代主义文学的,以表现新技术时代社会现状和生活境况的文学作品。在创作理念上,新现实主义将现实主义的内容和后现代的手法合为一体。它放弃了后现代主义对现实和意义的嬉戏姿态,重新担负起文学描摹生活和建构真实的责任。在创作技巧上,它不再使用元叙述和碎片化的后现代技巧,而是将传统写实技法与后现代主义的黑色幽默、反讽等技巧相互融合,以展示其鲜明的时代特征。在素材选取上,与现代派作家追求高雅艺术形式不同,美国新现实主义小说家主张用通俗文学的题材来表现严肃的社会主题。大众喜闻乐见的哥特、侦探、浪漫传奇等题材都是他们选材的来源,在满足雅俗共赏的当代情趣的同时反映时代生活的现状。应当指出的是,美国短篇小说从后现代主义向现实主义的回归并非偶然,而是一种时代和历史的选择。新现实主义短篇作品既呼应了美国社会的召唤,又反映了现实的流变。它牢牢地把握住了时代的脉动,在关注现实热点的同时又提出了不少具有前瞻性的预言和对历史的重新思考。

黑人和女性短篇小说家：新视角与新声音

南北战争以来,黑人和女性短篇作品以其独有的族群意识和文化身份备受美国读者瞩目,他们的新声音和新视角给美国文坛带来了一股新风,为美国短篇小说创作注入了新的活力。黑人作家如切斯纳特、理查德·赖特、拉尔夫·埃里森、保拉·马歇尔和艾丽丝·沃克等诉说着他们的生存困境和双重意识,女性作家凯瑟琳·安·波特、伊迪丝·华顿、维拉·凯瑟、弗兰纳里·奥康纳、乔伊斯·卡洛尔·欧茨等从理念到实践上展示了被压抑的第二性别的发自心底的呐喊。

一、黑人短篇小说

　　黑人族群在新大陆上的苦难与沉浮造就了本族文学的独有视角,黑人短篇小说在经历了早期的从属地位后,逐渐从聚焦双重身份走向创新视角。20 世纪初,一批美国本土成长起来的黑人作家们尝试"用两个声音说话,一个是来自国民文化舞台的声音,另一个则源自民族经历的心灵深处"①。杜波伊斯将黑人这种"通过他人的眼睛透视自我,用戏谑和怜悯的旁观世人尺度来衡量心灵"的感悟称做"双重意识"(double consciousness)。双重性始终作为"不可调和的矛盾"萦绕在黑人的感知世界里:如双重身份、双重心灵、双重思想等。② 在具体的创作实践中,切斯纳特和邓巴(Paul Laurence Dunbar,1872—1906)在迎合读者口味的同时,都倾力伸张自己作为黑人小说家的社会责任。切斯纳特用他的"魔法故事"抨击了黑人奴隶制和南方重建时期的种族制度,《警长的儿女》("The Sheriff's Children",1889)中警长坎贝尔在职责与亲情、肤色与良知、恶行与救赎的困境中不能自拔,当获知狱中罪犯汤姆是自己与黑人女子所生时,他亲自为他包扎伤口,并决心用实际行动来改正自己的过错。然而汤姆却在警长离开时,解开了包扎在被妹妹波莉击中的枪伤上的绷带,任由自己在袒露的亲情伤口前流血而亡。很显然,切斯纳特对待种族问题的态度与邓巴的田园牧歌式态度不尽相同,在看似无伤大雅的情节安排和话语形式之间,"笑容和谎言的面具"被无情的反讽戳破③,留给读者广阔的思考空间。

　　20 年代的哈莱姆文艺复兴吹响了黑人文化独立的号角,一大批的文人志士为宣扬黑人文化主体性而摇旗呐喊。兰斯顿·休斯等作家在这一时期用更加贴近现实的题材和笔触来反映黑人生活,他们在短篇创作中主张"无须羞愧地表达黑皮肤的独特自我"④,明确界定了黑人在美国社会

---

　　①　Nathan Irvin Huggins, *The Harlem Renaissance*. New York: Oxford University Press, 1971, p.195.

　　②　W. E. B. Dubois, *The Souls of Black Folk*. New York: Bantam Classic, 1961, p.132.

　　③　Hartmut K. Selke, "Charles Waddell Chesnutt. *The Sheriff's Children*," *Black American Short Story in the 20th Century: A Collection of Critical Essays*, ed. Amsterdam: B. R. Grüner Publishing, Co., 1977, p.21.

　　④　Langston Hughes, "The Negro Artist and the Racial Mountain," *The Norton Anthology of African American Literature*, ed. Henry L. Gates. Jr. New York: W. W. Norton, 1997, p.1271.

中的角色与地位。进入 30 年代,理查德·赖特的"抗议文学"(protest literature)给黑人短篇创作带来了更明晰的政治立场和奋斗方向。《明亮晨星》通过细腻的心理描写与富有象征性的语言反映了强尼仔、母亲苏与丽娃希望通过与白人警察们的殊死搏斗来推翻"冰冷的白山、白人以及他们制定的法律",从而实现政治上的自由平等与经济上的独立自主。40 年代,拉尔夫·埃里森创造的融合民间故事与象征意象元素的写作手法为黑人民族文学的发展打下了坚实基础。在《宾果游戏之王》中,埃里森透过主人公的"双重视域"(double vision)①,反映了南北大迁徙时期非洲裔美国人面对不可捉摸的"命运轮盘"的彷徨与无助。20 世纪 50 年代,詹姆斯·鲍德温(James Baldwin,1924—1987)、勒鲁瓦·琼斯(LeRoi Jones,1934—2014)等黑人男性作家通过对理查德·赖特《土生子》的质疑展开对"黑人真实身份"的探寻,60 年代兴起的黑人民权运动最终使得双重意识和双重视域的时代走向终结。

在美国黑人短篇小说艺术之路上,艾丽丝·沃克和保拉·马歇尔用女性的独特视角描绘了黑人生活中的家长里短,揭示了不同时空背景下黑人女性对种族、阶级、性别问题的感悟。沃克的《日用品》从黑人母亲的视角记叙了两个女儿对于文化传承和民族传统的不同态度。姐姐迪茜长相靓丽,事业成功。她身穿非洲款式的衣服,改换了具有白人烙印的名字,举止谈吐都以彰显自己的黑人身份而自豪。妹妹麦姬陪着母亲住在乡下,因遭受火灾而形似"跛脚狗",为人处事谨小慎微,即将嫁给本地的庄稼汉。故事使用了沃克式的"被子隐喻",巧妙地将黑人的传统比喻成外婆去世后留下的一床棉被。母亲对麦姬的支持表明,优秀的民族文化不单单是用于装点门面的"工艺品",更应该是世代传承、融入血脉之中的"日用品"。保拉·马歇尔的《致达德,悼念》将祖母与孙女两个不同年龄、不同生活背景的人置于同一时空之下,通过传统与现代、乡村与城市的观念碰撞来聚焦当代文明对黑人社会的影响。寻根之旅增进了叙述者的民族意识成长,祖母的慈爱与坚定激励她去追求更加多彩的人生。

二、女性短篇作品

女性作家是美国短篇小说创作领域的一支生力军,她们有的笔触细腻,思想开明,开拓了性别解放的芳草地;有的笔锋硬朗,敢为人先,为争

---

① Ralph Ellison, *Shadow & Act*. London:Random, 1967, p.132.

取女性的平等公民权摇旗呐喊。伊迪丝·华顿和维拉·凯瑟都曾奉亨利·詹姆斯为圭臬,前者用明丽雅致的语言描写上层社会的女性生活,后者以清新自然的话语诉说着中西部开拓者的乡土故事。华顿的《罗马热》用戏剧讽刺展示了两位中年孀妇年轻时为争夺同一男人钩心斗角的经历,故事的荒诞结局将两位女性的唇枪舌剑带入对心爱男人的痛苦绝望。凯瑟的《哈里斯老太太》通过视角转换,讲述了祖孙三代女性在家庭中的角色和地位,与《罗马热》中的重要男性他者不同的是,男性在作品中几乎淡出视线,女性则是故事绝对的中心,她们用奉献、谦让和热情构建着和谐的家庭生活。

如果说现实生活是华顿和凯瑟的创作源泉,那么历史记忆则是凯瑟琳·安·波特和弗兰纳里·奥康纳的艺术宝藏。波特的短篇小说结构紧凑,语言明晰,将女性主题与乔伊斯式的追忆完美结合,推动了短篇小说创作的发展。《被遗弃的韦瑟罗尔奶奶》是波特的"得克萨斯故事"之一,作品通过意识流手法将回忆与现实融为一体,表现了临终前老奶奶对被抛弃之后保持女性自我的顽强精神。奥康纳关注现代社会的异化、人性的阴暗和女性生活的孤苦。她拓展了短篇小说的题材,《好人难寻》别具一格地将暴力和畸怪题材与家庭生活并置,超越了单纯的地域与伦理观念,"属于20世纪现代主义的佼佼者"[1]。

与福克纳和斯坦贝克等地域作家相似,尤多拉·韦尔蒂和乔伊斯·卡洛尔·欧茨坚持以家乡的人文风情为书写对象,创作出种族、爱情、家庭和女性觉醒等题材广泛的作品。韦尔蒂的短篇作品将南方的地域、历史与戏剧表现手法和抒情叙事有机地融为一体,刻画出活灵活现的经典人物形象。《我为什么住在邮局》通过阿姊的戏剧独白转述她是如何被妹妹及家人所逼而住进邮局里的,作品运用戏剧化的南方方言来表达阿姊的情感关切,读者从这位南方女孩身上看到的不仅是独特情境下的任性,更多的是女性话语表达方式上的挥洒自如。欧茨的作品通常以故乡纽约上州地区的伊登县为背景,人物多为生活困顿、情感挫败的当代女性,故事往往以充满暴力暗示的混乱场面为结局。欧茨与韦尔蒂一样著述丰硕,《你要去哪儿? 你去哪儿了?》是受人喜爱的短篇之一。故事用鲜活的素材反映了经典的人生主题:诱惑与抵制诱惑。叛逆女孩康妮在恶少阿

---

① Abby Werlock, *The Facts on File Companion to the American Short Story*, 2nd edition. New York: Infobase Publishing, 2010, p.495.

诺德的诱惑下逐渐放松警惕的过程恰如一幕新时代的夏娃与撒旦的故事，其开放性的标题和结局寓意深刻，面对眼前的诱惑人类究竟该何去何从，是该自甘堕落还是力挽狂澜？

第二节
美国短篇小说理论的发展

一、从正名到成型：浪漫主义短篇小说理论

浪漫主义在北美大陆的发轫虽然晚于欧洲，但这支新军在短篇创作的理论和实践上结出累累硕果，开创了美国短篇小说的优秀传统。华盛顿·欧文、霍桑和爱伦·坡等通过艺术手法将新大陆上的逸闻趣事和民间故事转化为脍炙人口的短篇杰作，美国短篇小说的历史华章破茧而出，引领美国浪漫主义文学逐渐走向繁荣。

短篇小说的素材大多来源于民间的趣闻传说，华盛顿·欧文的过人之处在于他通过艺术手段将它们升格为文学经典。18世纪以来，欧陆浪漫主义重温了某些中世纪的哥特和志怪传统，并在英国和德国产生了一批这种题材的中篇故事。欧文在聚焦新英格兰地区民间传说的同时，借用了艾迪逊与斯蒂尔在《旁观者》杂志的叙事手段。这种别具一格的"叙事视角和语气"使得短篇小说得以脱胎换骨，正式登入文学殿堂。[①] 在1824年的一封书信中，他写道："在我看来，故事只是我拓展素材的框架。思绪的跃动、情感和语言、恬淡而传神的人物塑造、自然真切的日常场景展示、时常贯穿全文的含蓄式幽默风格等——才是我的创作目标所在。"[②]欧文的这种侧重叙述技巧的有意识转变使得美国短篇小说逐渐摆脱了民间故事的传统羁绊，走上了专业叙事的轨道。

作为美国历史上第一位短篇小说理论家，埃德加·爱伦·坡在理论

---

① Charles E. May，*The Short Story: The Reality of Artifice*. London：Routledge，2002，p.6.

② Georgianne Trask & Charles Burkhart，*Storytellers and Their Art*. New York：Doubleday Anchor，1963，pp.25 – 26.

与实践上双管齐下,从形式到内容内外兼修,将短篇小说从结构美学提升到效果美学,确立了它在文学艺术殿堂中的正式地位。在《评霍桑的〈重讲一遍的故事〉》一文中,坡认为"故事(为作家)提供了最佳的展示最高天赋的叙事机会"。与长篇小说、随笔、诗歌相比,短篇显示出自己特有的优势。长篇小说由于不能让读者一口气读完,从而失去了整体性效果,而短篇则能"最充分地贯彻作者的意图",不会因为读者的"厌倦或中断"而失去掌控。① 在《创作的哲学》一文中,他指出篇幅、整体效果和逻辑方法是创作成败的重要因素。他认为,除了必要的长篇散文作品外,"任何文学作品的长度都有明确的限定——那就是能让人一口气读完"。篇幅确定以后,作家应当关注作品所应该传达的效果。"美"(Beauty)的效果是"诗歌的唯一合法领域",而"理"(Truth)和"情"(Passion)的效果则更容易通过散文体来获得。代表"心智满足"的"理"需要精确,而体现"心情激昂"的"情"则需要质朴,对二者的恰当运用,将会增进作品的效果。坡认为好的作品并不是来源于某些作家所谓的"美妙的癫狂"或"心醉神迷的直觉",而是"用解决数学问题所需的精确和严谨一步步完成的"②。在确定希望达成的整体效果之后,作家需要开始构思作品的基调、主题、场景、人物、冲突和情节。文章最后还通过《渡鸦》一诗来阐明他如何结合以上原则来实现整体印象和效果上的统一。

二、从传奇到本真:现实主义短篇小说理论

　　尽管在霍桑和坡尤其是麦尔维尔的短篇中已经有着一定程度上的去浪漫倾向,但真正意义上的现实主义短篇还是出现在内战之后。正如美国现实主义文学泰斗豪威尔斯在《批评与小说》中宣告的那样:"在纯真、诚实、自然的(现实主义)草蜢出现之前,老迈的、浪漫纸板草蜢定会消亡。"③在人才辈出的19世纪下半叶,短篇作品的脱颖而出依靠的主要是它的地方特色和幽默主题。著名批评家克拉伦斯·戈德斯(Clarence Gohdes,1901—1997)指出,19世纪的美国为世界文坛作出了两大重要贡

---

① Edgar Allan Poe, "Review of *Twice-told Tales* ," *Essays and Reviews* , pp.568 - 588.

② Edgar Allan Poe, "The Philosophy of Composition," *The Oxford Book of American Essays* , ed. Brander Matthews. Rockville: Wildside Press, 2008.

③ William Dean Howells, *Criticism and Fiction* . http://www.fullbooks.com/Criticism-and-Fiction.html.

献：短篇题材和幽默主题。^① 在这其中，能将短篇题材和幽默主题完美结合的作家非马克·吐温和欧·亨利莫属。

马克·吐温不仅以其地方色彩现实主义短篇闻名于世，而且还在短篇写作理论方面作出了重要贡献。在《如何讲故事及其他》（*How to Tell a Story and Others*）中，马克·吐温指出英、美、法三国对趣味故事的不同说法和侧重点。英国称之为滑稽故事（comic story），法国为智慧故事（witty story），而美国则为幽默故事（humorous story）。前面两者侧重叙述的内容，而后者侧重叙述方式。滑稽故事通常是直来直去，叙述者总怕遗漏笑点，反复使用各种滑稽的强化手段，其结果反而会让读者退避三舍。幽默故事篇幅较长，语气严肃认真，对幽默包袱总是隐忍待发，在结尾处不经意抛出笑料。与滑稽故事和智慧故事相比，幽默故事是一种更"高雅和微妙的艺术"。^② 与爱伦·坡一样，马克·吐温还拿出同一内容的两篇作品加以比较，来佐证自己的观点。《受伤的战士》充满笑料但语言机械刻板，作品毫无个性。而《金手臂》运用方言将老农的单纯、无辜、真诚和粗心表现得淋漓尽致，整个叙事过程极为精彩，十分具有吸引力。马克·吐温将幽默故事的成功归因为四项准则：一是"把矛盾和荒唐用一种漫不经心的方式串联起来，同时还要表现出全然没有意识到这些荒唐之处的样子"的从容态势，这是"美国艺术的基石"；二是混淆视听的本事；三是装作事先不知道地提醒别人某个重要的情节，就好像自言自语地把心里话不小心说出来；四是停顿。这四点中他最为推崇停顿的原则，停顿既优美细腻，又变化多端，恰到好处的停顿可以达到"爆发式的惊人效果"。

现实主义主动放弃理想化、英雄化和情感化的浪漫主义，主张"对素材一分不多、一分不少地原样处理"。^③ 欧·亨利在谈到他的创作秘诀时指出，最重要的就是利用作家的人生经历。尽管"真相确实比虚构更加怪异，但我的作品都是来源于我旅途中的实际经历"。他表示自己很少花时间去苦苦构思故事情节，因为现实经历总能帮他妙笔生花。当被问道他如何创造出独特的惊人结局的时候，欧·亨利认为"不同凡响的更在于平

---

① Alfred Bendixen & James Nagel, eds., *A Companion to the American Short Story*. Chichester: Wiley Blackwell, 2010, p.20.

② Mark Twain, "How to Tell a Story," *How to Tell a Story and Others*, 1843. http://www.gutenberg.org/ebooks/3250, pp.3-4.

③ Charles Crow, *A Companion to the Regional Literatures of America*. Malden, MA: Blackwell Pub., 2003, p.92.

常生活，而非出人意料之事"①。而对凯特·肖班来说，女性视角帮助她超越了前人的视阈。在《一个小时的故事》中，她借用马拉德夫人的话表达了女性主义的创作思想："除却那片刻的痛苦，她看到了即将完全属于自己的悠长岁月。于是，她热情地张开双臂来欢迎它们的到来。"凯特·肖班从莫泊桑的作品中感悟出现实主义的核心是"生命，而非虚构。……透过自我存在和自己的双眼，他用直接、简洁的方式告知他所观察到的事物"②。肖班的作品记录了南方女性的人生经历，更表述了自己的女权意识和艺术理念。在她的眼中，好的作品应该"剥去伦理和世俗标准的外衣，只关注微妙、复杂、真实意义上的人类存在"③。

三、从模仿到创新：现代主义短篇小说理论

20 世纪 20 年代起，美国的短篇小说理论伴随着现代主义艺术的兴起而有了新的发展。这一时期的作家如安德森、海明威、菲茨杰拉德、福克纳、凯瑟琳·安·波特等尽力摆脱新英格兰清教传统的羁绊，创作出淡化人物情节、融入更多复杂和矛盾情感、话语表达更加简洁的优秀短篇作品。

首先，美国的现代主义短篇理论缘起于对以清教传统为代表的繁文缛节的反思。舍伍德·安德森在《现代作家》(*The Modern Writer*，1925)中指出，新英格兰培育了美国文化的慧根，而这一文化的本质便是清教文化。贫瘠、寒冷的东北丘陵锤炼出新英格兰人的冷峻个性，对灵魂救赎和伦理纲常的坚贞信念使得文学题材日渐僵化，"美德和贞洁"主题大行其道，几乎成为传统文学的"专利配方"。安德森认为，从 20 年代起，"美国人民的精神生活正在发生改变"，而首当其冲的便是"对美国生活中愈加明显的冲动"的强烈厌倦。"在我们的政治思维中，以建立文化官僚政治的新英格兰的亚当斯们依然比林肯的艺术民主思想强势。"④随着新移民的不断涌入，为清教主义所主导的美国文学和学校教育已经不能适应形势的发展。旧的神灵已经死去，人们在反思僵化的清教思维的同时，

① O Henry，*The Golden Age of Opera: Great Personalities，1888－1940*. audio recording on http://www.openculture.com/2012/09/o_henry_on_the_secrets_of_writing_short_stories_rare_audio_recording.html.

② Jane Le Marquand，"Kate Chopin as Feminist: Subverting the French Androcentric Influence，"*Deep South*，1996，2.

③ R. R. Foy，"Chopin's Desiree's Baby，"*Explicatory*，1991，49，pp.222－224.

④ Sherwood Anderson，*The Modern Writer*. San Francisco: Lantern Press，1925.

越来越多地将目光投向自我表达和个性发展。正是在这样的文化背景下，现代主义应运而生。

再者，以海明威为首的短篇大师倡导"冰山原则""电报式文体""零度结尾"等简洁的话语表达方式和差异化的强调手段来增强短篇的艺术效果。1923 年，在创作短篇小说《禁捕季节》（"Out of Season"）的过程中，海明威有意删去了作品的结尾，他认为这种删减"可以增强故事的效果"，这是海明威对"冰山原则"的最早运用。① 1932 年，在《午后之死》第 16 章，海明威对这一原则进行了较为全面的论述：

> 如果一位散文作家对他想写的东西心里有数，那么他可以省略他所知道的东西。只要作者写的足够真实，读者就会强烈地感觉到他所省略的地方，就好像作者已经写出来了似的。海里移动的冰山很庄严雄伟，正是因为它只有八分之一露在水面上。一个作家因为不了解而省略某些东西，只会令他的作品漏洞百出。②

从中我们可以看出，"冰山原则"就是在短篇小说创作中，删除一切可有可无的东西，用简约的整体结构将丰富的含义和多样化的形式统一起来，达到简约与含蓄的完美结合。对于海明威的冰山原则，英国评论家赫伯特·贝茨（Herbert Bates，1905—1974）称"海明威是一个拿着板斧的人"，他的文体"引起了一场文学革命"。事实上，冰山原则的产生还得益于海明威早年的记者生涯，它帮助海明威锤炼出一种"电报式文体"，句式简洁、措辞具体感性："砍伐了整座森林的冗言赘词，还原了基本枝干的清爽面目。"这种摒弃空洞、浮泛的夸饰性文字的处理方法，极大地缩短了作者、作品与读者之间的距离，具有清晰自然、真切疏朗的艺术效果。其次，冰山原则简约而不平淡，具有丰富内涵的情感往往包蕴在多重表达形式之中。冰山原则好似中国画中的留白艺术，将现实主义笔下的各种情感表白凝结在月牙之内，让读者在简洁的景色描写、人物动作中感悟人间真情。他常用电报式的对话、内心独白和象征手法等来表达复杂的思想感情，这些含而不露的写法为读者留下联想的空间，从而达到厚积薄发、意

---

① Paul Smith，"Hemingway's Early Manuscripts：The Theory and Practice of Omission，" *Journal of Modern Literature*，1983，10（2），pp.268-288.

② Charles M. Oliver，*Ernest Hemingway A to Z: The Essential Reference to the Life and Work*. New York：Checkmark，1999.

到笔不到的艺术神韵。再次,在作品结构上,海明威反对传统的史诗式的小说结构,提倡"零度结尾"。"零度"指的是在故事的情节主体完结之时叙述也随之戛然而止,不留下任何作者的评论。对读者来说,这种零度处理给他们留下了巨大的思考空间和强烈的解读欲望,使他们渴望进一步探索文章的意义。

第三,福克纳等作家利用复杂句式、错位时空、视角转换等手段来表达人物的复杂心理和矛盾情感。弗洛伊德的心理学理论对现代主义文学的发展具有十分重要的影响。他认为,人的心理结构可以分为意识、前意识和无意识三个层面,意识仅仅是露出海面的冰山一角,连接意识和无意识的层面就是前意识,而隐没在水下的那片庞然大物则是无意识,这就是弗洛伊德著名的"冰山理论"。[①] 与海明威不同的是,福克纳结合自己的创作实践,形成了侧重描述冰山的底层部分的心理叙事风格,构筑了将历史和虚构融为一体的南方家族作品世系。福克纳反对将写作理论机械地用于创作,他对短篇创作持开放和灵活的态度。他在 1956 年的一次采访中指出:"如果作家对技巧感兴趣,就让他去当外科医生或泥瓦匠吧。搞好创作没有机械的方法可遵循,没有捷径可走。青年作家对理论的循规蹈矩是不明智的。到自己的错误中去学习吧,人们只有通过错误才能学会。好的艺术家相信没有人足以给他建议。他拥有至上的自负心。不管对老作家如何地敬仰,他都想击败他。"福克纳的短篇作品扬弃了现实主义的描述手段,灵活运用视角转换和时空挪移等技巧,将复杂句式与幽微的人物心理活动联系起来,形成特有的叙事文风。

福克纳的短篇创作对其长篇艺术发展影响巨大。他曾在一次采访中这样评论自己对诗歌、短篇和长篇创作的认识:"我是一位失败的诗人。可能每个小说家起先都想创作诗歌,在发现能力有限时便试手短篇小说,这是诗歌之外最劳心的创作形式。如果这也失败了,他就只能去从事长篇创作了。"[②]福克纳对待这种"劳心的创作形式"态度十分严谨,其中的诸多技巧后来都被成功移植到长篇作品中。评论家莱斯利·费德勒认为"福克纳从根本上讲是一位短篇作家",因为其长篇作品通常都是以"短暂

---

① Octave Mannoni, *Freud: The Theory of the Unconscious*. London：NLB, 1971, pp.49-51.

② Michael Millgate, ed., *Lion in the Garden: Interviews with William Faulkner*, 1926-1962. Lincoln and London：University of Nebraska Press, 1968；Bison Books, 1980, p.217.

呼吸"的形式前进,在制造出引人入胜的情节火星之后,再把它们巧妙地串联起来。①

第四,舍伍德·安德森和弗兰纳里·奥康纳等将怪诞主题引入文学作品,揭示了现代人的精神困境和多重负担重压下的扭曲心灵。在《小镇畸人》的开篇《怪诞之书》中,安德森借用叙事者之口表达了"怪诞即真实"的现代生存逻辑。安德森认为,在适应和改造自然的过程中,人类形成了对周围事物的模糊感悟,通过对这些思想的提炼与综合,真理便应运而生。真理的种类成百上千,它们起初纯洁而美丽。然而当人们争先恐后地将其据为己有的时候,真理便成了谬误,信奉这些"真理"的人也成了畸人。20世纪初,伴随着工业化和城市化的迅速发展,处于社会变革漩涡中的普通人民也经受着巨大的精神压力。传统意义上的友谊、爱情、道义、责任都被碾入泥尘,挫折、失败、孤独和异化的情感"好似一首重复变奏的赋格曲贯穿作品始终"。② 正如《虔诚》("Godliness")中的露易丝·本特利所感受到的那样,"在她和周围所有的世人之间,好像立起了一堵墙壁",这堵现代之墙让本已怪诞的人性变得更为怪诞和不可捉摸。

四、从意识到碎片：后现代主义短篇小说理论

对美国短篇小说界来说,二战的结束仅仅是一个历史事件,因为它并没有带来创作形式和内容上的重大变化。尽管大萧条时期的新闻体短篇已经不足以诠释新的生活现实,但作家们似乎仍然没有找到创新的突破口,他们依然徜徉在亨利·詹姆斯所倡导的风俗短篇的平庸主题之中。50年代后期开始,伴随着越南战争的泥潭和黑人民权运动的兴起,美国短篇小说创作的新潮流开始初见端倪。虽然战争和民权在创作主题上只是偶尔触及,但它们给作家带来的更多是世界观的变化。③ 他们一改前期题材散漫、插科打诨的局限,用更加激进的话语形式反映社会关心的深层次问题,用极端实验来挑战短篇小说日益程式化的叙事模式,在碎片化、元叙事和超文本中寻求创新。

首先,后现代主义短篇小说理论的革新体现在它的价值观和认识论

---

① John Bassett, *William Faulkner: The Critical Heritage*. London and Boston：Routledge, 1975, p.379.

② Sherwood Anderson, *Winesburg, Ohio*. London：Vintage Books, 2013, p.xii.

③ Gordon Weaver, *The American Short Story, 1945–1980*. Boston：Twayne Publishers, 1983, p.77.

上。在激情奔涌的 60 年代,追求变化是时代的主旋律。科林柯维茨在
《创新小说》中指出:"世界已焕然一新,必须用一种全新的认识论来理解
它。短篇小说家们用新的话语体系进行创作实验,终于在不同于传统理
性的形式中找到了表现当下非理性的、相对性思想的理想手段。"后现代
主义短篇理论在继承现代主义文学实验精神的同时,又从认识论上与之
决裂。它反对一切旧的文学传统,对建立在现代意识基础上的、打着革新
旗号的现代主义也彻底否定。现代主义作品充满孤独感、焦灼感的美国
意识在后现代短篇中不见踪影,写作成了一种"零和游戏",作品的语言符
号相互颠覆和消解,终极意义无处可寻。它摈弃一切传统理性,认为那些
所谓的崇高、严肃和真实的价值都是话语威权造就的短命逻辑,传统的价
值理念早已被颠覆和解构。后现代主义短篇中的经典和权威被反复戏拟
和异化,传统的社会、政治、伦理和美学观被撕成碎片,文学创作本身成为
拼贴荒诞的过程。它打破了文学和非文学的界限,将现代主义所推崇的
文学精英主义拉回到普通大众层面。美国后现代短篇小说运用元叙事、
反体裁、短路等技巧解构传统文学的疆界,让文学创作与评论融为一体。
在创造意义死结与阅读障碍的同时,后现代主义充分利用消费文化元素
来拉近与大众文化的距离,在虚拟与现实的矛盾反思中拼贴多元的后现
代图景。

再者,美国后现代主义短篇小说理论反对传统叙事形式上的僵化、静
态、恒定模式,提倡用反传统的叙事模式来反映快速变化的时代精神。
50 年代,部分中青年作家开始对战后的短篇文坛进行反思。诺曼·梅勒
认为,以《纽约客》为代表的杂志小说的商业模式不仅对文学创作水平的
提高于事无补,而且将短篇叙事拉入了程式化的僵局之中。这些短篇作
品还总是喜欢小题大做,乐于在小事件中追求永恒和经典;而长篇小说的
情节发展"辩证合理",更接近自然和缓的现实生活。[①] 詹姆斯·勒福林笑
称:"如果你坚持每周阅读《纽约客》,一年下来你会认为它们大都像是出
自不同笔名的同一作家之手。"面对这一局面,美国后现代主义短篇实验
者们通过对情节、人物、开端和结尾的创新编排,对《纽约客》的题材进行
嘲弄和挑战,创造了一大批风格各异的创新作品。理查德·布劳提根的
短篇《海明威的打字员》描述作家聘用了海明威的打字员之后,写作过程

---

① Kasia Boddy,*The American Short Story since 1950*. Edinburgh:Edinburgh University
Press,2010,p.55.

变得一劳永逸。无论什么样的手稿交给她，还给你的一定是"一份让人感动得想哭的打印稿"。作品情节极简，没有人物描写，最后是两行重复出现的"她是海明威的打字员"作为结尾。这种处理不仅颠覆了传统作品中的情节模式，而且也是对以海明威作品为代表的现代主义作品的嘲弄。类似的实验性短篇也层出不穷，如品钦的挑战传统"闭合环路"的《熵》，巴思的元小说《迷失在游乐场》，库弗的迷宫体短篇《保姆》，巴塞尔姆的超现实寓言《大学里的豪猪》等。在巴思所谓的"高潮 60 年代"（High Sixties：1965—1973)，对文坛新流派的描述称谓也竞相露脸，如新小说、新叙事、反小说、超小说、元小说等。

第三，菲利普·罗斯、威廉·加斯、唐纳德·巴塞尔姆等对美国短篇中地方特色的淡出感到痛惜，他们厌倦了"新批评"所强调的缩手缩脚的"形式垃圾"，主张用新的形式和内容来创造"新的真实"。1959 年，当新批评的传世力作《理解小说》再版发行的时候，美国知识界已经开始对短篇小说这一"世纪中叶最保守的文学形式"进行内部革新。到 60 年代末，短篇小说的创作理念发生了翻天覆地的变化，它摘掉了自己保守主义的帽子，成功转型为先锋派创作的前沿阵地。在美国短篇小说的先锋精神中，威廉·加斯首先提出了"元小说"的概念。元小说又称"自我意识小说""自反式小说"，指的是"为了对虚构和现实关系提出质疑，自觉而又系统地吸引对自身虚构身份注意力的小说作品"。[1] 元小说既讲述故事，同时也探索小说的写作艺术，在小说情节发展的同时反映创作过程中的自我意识。巴塞尔姆的短篇《句子》在近七页的篇幅中探讨如何创作一个句子，而这个未完成的句子竟然就是这篇作品！在这里，短篇创作本身在某种程度上就是文学批评，它通过暴露作品的虚构性，使得创作和批评融为一体，作家在小说创作中既是作者，又是批评家，既超越了传统的创作模式，又彰显出强烈的自我意识，展现了独特的创作思想。

第四，美国后现代主义短篇小说直面小说创作中所出现的形式和内容枯竭的问题。巴思、苏肯尼克等短篇名家通过总结自己的创作经验和实践体验，逐渐提出并完善了后现代主义短篇理论。在 1967 年《大西洋月刊》上发表的《枯竭的文学》一文中，巴思指出"枯竭"并非指的是"身体、道德和智力的枯竭衰微"，而是指传统文学"创作形式的耗尽"和"可能性

---

[1]　Patricia Waugh, *Metafiction: The Theory and Practice of Self-conscious Fiction*. London：Routledge, 2009, p.2.

的枯竭",它们所谓的现实只不过是"扭曲现实的再现"。在三类艺术家中,他最为推崇凤毛麟角的"技术上紧跟时代的艺术家",这其中就包括当时的贝克特和博尔赫斯。他们的伟大之处在于他们"在技术和主题上都反映和处理了终极性"。1968 年,巴塞尔姆在《难言之行,反常之举》中的短篇《看见月亮了吗?》中,借主人公的"非常重要的仇视月亮研究"宣称:"碎片是我唯一信任的形式。"在短暂的文学生涯中,巴塞尔姆创造了众多的颠覆传统的反英雄形象,他用碎片、戏仿和语言游戏推翻了既有的文学形式,将后现代主义短篇的创作推向新的高度。相对于巴思"并不绝望的"文学枯竭宣言,1969 年罗纳德·苏肯尼克的《小说的死亡》是对旧传统的彻底否定。他认为,在新的形势下,传统小说的真实、时空和个性都走到了尽头。他创作的反小说读者屈指可数,曾自嘲他"只有 40 个书迷,但个个都是铁杆"。1980 年,巴思又在《大西洋月刊》上发表了《再生的文学》一文。文中他将自己推崇的作家从 60 年代的博尔赫斯扩展到巴塞尔姆、品钦等美国中青年作家。在他看来,后现代主义没有对现代主义和前现代主义全盘否认和颠覆,但它绝不是现代主义的简单延续或是对其细枝末节的支撑强化。后现代主义的核心任务就是要融合与超越所有传统的二元对立,要在继承现代主义的同时颠覆和发展这一经典传统,从而创造出展示时代新貌的最佳文学,从而实现文学的更新与再生。①

第三节　美国短篇小说批评史概述

与其他文类相比,美国短篇小说批评走过了不同的历史轨迹。自其诞生之日起,短篇小说便受到众多读者的欢迎,这一点和小说、戏剧、诗歌等相比毫不逊色。不过除了埃德加·爱伦·坡、亨利·詹姆斯和威廉·豪威尔斯等短篇作家的零星评论作品之外,这种相似的接受程度并没有带来对等的评论成果。短篇小说看起来似乎更多的是作家的敝帚自珍和

---

① John Barth, "The Literature of Replenishment," *The Atlantic*, CCXX, August 1967, pp.29-34.

孤芳自赏,这一点在 19 世纪时尤为突出。进入 20 世纪,评论界越来越清醒地认识到短篇小说是一种"被低估甚至是被忽略的艺术"①。以弗雷德·帕蒂(Fred Pattee)、查尔斯·梅(Charles May)、艾比·韦尔洛克(Abby Werlock)为代表的批评家出版了一系列优秀专著,他们的努力不仅从根本上逆转了短篇小说评论的颓势,而且还带动了一大批学者研究和关注短篇小说。可喜的是,这种上升的势头在新世纪里依然强劲。

一、19 世纪的美国短篇小说批评

19 世纪的短篇小说批评为数不多,且主要是由少数的短篇作家提笔撰写。埃德加·爱伦·坡的《评霍桑的〈重讲一遍的故事〉》是美国短篇小说史上的第一篇重要批评。文中坡首先将故事和小品文作以区分,认为小品文文风优美,没有故事的润饰和雕琢痕迹,兼具娴静柔美的效果和思想新颖的特征。霍桑的作品体现出了恬静闲适和创新性的完美融合,兰姆、亨特、赫兹里特在风格和表现手法上的创新有目共睹,但过多的古雅之气有伤思想创新性。与欧文相比,霍桑的小品文更富独创性,修饰也更少;与《旁观者》的风格相比,霍桑更是全面取胜。三者都具有恬静柔和的文风,但欧文和《旁观者》却是以丧失创新性为代价来实现的,而霍桑的小品文则是在安详的主题明流之下流淌着强大的寓意暗流,这种新颖和平静,一眼便知。另一方面,与小品文相比,故事才为霍桑提供了施展至高才华的用武之地。坡十分看重文学作品效果或印象的一致性,在这一点上散文作品的影响持续力会优于诗歌,而长篇小说因为不能一口气读完,在效果的整体性方面也比短篇小说稍逊一筹。随后,坡根据自己的批评原则对《重讲一遍的故事》中的各个短篇加以简短评述。他在霍桑的作品中发现了一种题材和语气的相似性,认为在其忧郁神秘的话语背后彰显的是纯朴的文风和超凡的想象力,霍桑绝对算得上是短篇小说创作中的佼佼者。

亨利·詹姆斯延续了坡所开创的现实主义传统,但却舍弃了霍桑和坡的神秘、惊悚题材,引领短篇小说步入反映科学真实的自然主义方向。在《我的朋友宾汉姆》(*My Friend Bingham*, 1866)中,他表示了对苦情性质的短篇的嫌恶,认为惊悚文学无须延续,寓言、传奇、模糊的印象主义都

---

① Thomas A. Gullason, "The Short Story: An Underrated Art," *Short Story Theories*, ed. Charles E. May. Athens: Ohio University Press, 1969, p.13.

是不科学的。伴随着科技时代的来临,詹姆斯表现出对真实的渴望,短篇小说在他眼中就是对一个场景的分析,是对一个有趣时刻里一群男女的心理现象的展现。短篇小说好似一个待解的难题,无须过多的背景知识,人物自己通过系列对话、服装、步态、无意识的动作和相互之间的反应等徐徐展开,真情实意在文字空间中自然道来。詹姆斯是一个清醒的艺术家,他充满智慧,少有随性恣意,短篇小说对他来说是对社会现实和人情风俗的客观映射。

威廉·豪威尔斯与詹姆斯同为美国现实主义短篇小说大师。中西部的人生经历使得豪威尔斯比詹姆斯思想更加开明和充满诗性,然而他对短篇创作的要求同样严格。豪威尔斯曾长期担任《大西洋月刊》的副主编和主编(1862—1881),他同詹姆斯一道追求创作中的绝对真实,认为现实主义理念吸收了霍桑和乔治·艾略特的文学营养,"通过日常的方方面面去探索人性,在轻松而不失分量的动机中去找寻合乎伦理规范的生动事例"。在《短篇小说的一些反常现象》(*Some Anomalies of the Short Story*,1901)中,豪威尔斯从读者接受的角度分析了杂志短篇和短篇小说集的不同命运,指出杂志短篇带给读者"清新怡然和快乐兴奋的感受",能激发他的创造潜能;不过如果这种感受被重复数十次,读者便会焦躁疲惫,这正是短篇集失去魅力的原因。[①] 豪威尔斯认为作为英语文学现象之一的美国短篇小说的发展与成熟有其特有的规律,形式与内容上的精炼要求短篇在构思与创作上更为精细,否则"最细微的操作失误都会因小见大,构思的过失也更为明显"[②]。在《作为商人的文人》一文中,豪威尔斯评述了马克·吐温等短篇作家在艺术道路上青睐商业杂志的现象。内战之前,除了像爱伦·坡这样的个别作家以文谋生外,大多数都是以主业贴补写作为生。尽管豪威尔斯坚持"商业乃文学之耻"的观点,但他从马克·吐温的成功案例中解析了文学和商业双赢的杂志商业模式。书籍造就了太多虚假和夸大的美名,而一流文学刊物的成功取决于优秀的编辑和赏识的读者,报纸杂志在形式上的简短迫使它追求实质内容上的永恒。因此,从某种意义上讲,"杂志之悦乃书籍之救赎"[③]。

---

① W. D. Howells, "The Anomalies of the Short Story," *The North American Review*, 1901, 173(538), p.423.

② Ibid., p.427.

③ W. D. Howells, "The Man of Letters as a Man of Business," *Literature and Life*. http://www.gutenberg.org/files/3389/3389-h/3389-h.htm.

二、20 世纪上半叶的美国短篇小说批评

相对于 19 世纪而言，20 世纪的美国短篇小说批评总体呈现出增量化和专业化的倾向。增量化一方面是指短篇小说研究人员数量的增加，另一方面则是指研究成果数量的提升，尤其是学术含金量较高的专著数量的快速增加。专业化主要表现在文学评论家开始介入短篇小说批评，相关研究逐渐系统化和专门化，从而彻底改变了 19 世纪的兼职批评或随感而发的局面。

首先，詹姆斯·马修斯（James Matthews，1852—1929）在爱伦·坡的理论基础上进一步从主题和形式将短篇小说和长篇小说区别开来。在《短篇小说哲学》（*The Philosophy of the Short Story*，1901）中，马修斯指出"短篇是一种高超的、苛刻的小说门类"，它在整体效果、题材范围、文笔风格上与长篇明显不同。[①] 马修斯通过爱伦·坡的《堕入漩涡》（"Descent into the Maelstrom"，1841）等短篇实例阐述了短篇小说灵活多样的叙述形式，认为短篇小说绝不是长篇小说的简单浓缩或章节节选。短篇选材自由，不仅仅局限于长篇的"爱情故事"题材；短篇文风简约，别具一格的想象力和技巧性使它与长篇区别开来；短篇追求艺术效果的和谐统一，很少有长篇的铺张与散漫。在《短篇小说：发展样本解析》（*The Short-Story: Specimens Illustrating Its Development*，1907）中[②]，马修斯对 22 位世界短篇名家的作品进行了评析，其中关于美国的作家涉及欧文、坡和哈特三位。马修斯认为《瑞普·凡·温克尔》虽然缺少他所推崇的"敏捷、直率和简洁"，但其统一的叙述基调，融合了欧文惯有的"古雅悲悯和精巧幽默"，是不可多得的美国早期"乡土风情短篇小说"。马修斯对《厄舍府的倒塌》十分欣赏，认为坡排除了各种传统叙事手法的干扰，将基调、氛围和主题和谐相融，既实现了叙述手法的直观简约，又达到了艺术效果的完美统一。通过与狄更斯作品的对比分析，马修斯认为布莱特·哈特的《田纳西的伙伴》虽然以喧嚣混乱的加州淘金热为时代背景，但在情感表现方面却更加克制委婉，是边疆小说中的精品。

欧·亨利在短篇文坛上的迅速崛起引起了短篇创作热潮，同样地，马

[①] James B. Matthews, "A Philosophy of the Short Story," *Short Story Theories*, ed. Charles E. May. Athens: Ohio University Press, 1969, pp.52–54.

[②] James B. Matthews, *The Short-story: Specimens Illustrating Its Development*. New York: American Book Company, 1907.

修斯对短篇小说批评的成功也促成了短篇评论高潮的到来。世纪之交，各种关于短篇小说的教学手册纷纷问世。到 1910 年时，短篇小说已经成为美国大学的一门独立课程，约瑟夫·艾森维恩的《短篇小说写作》（*Writing the Short Story*，1909）、卡尔·高博的《短篇小说的艺术》、布兰琪·威廉斯的《短篇写作手册》是当时众多作品的代表。

相对于某些应景之作，弗雷德·帕蒂的《美国短篇小说发展史》（*The Development of the American Short Story*，1923）绝对是世纪之初美国短篇小说研究的一部重要专著。全书共有 16 章，分别按照年代顺序阐释了19 世纪到 20 世纪初美国短篇小说艺术的演变历程。除了对欧文、霍桑、坡、哈特、欧·亨利等重要作家分章节进行艺术特色和创作脉络梳理之外，中间还穿插了相关历史事件对短篇艺术发展的影响分析。前八章是关于内战前的部分，主要论述浪漫主义时期的短篇小说和杂志小说的逐渐兴起。帕蒂对作家的论述通常从生平、作品类型、主要贡献、缺点和创作年表等五个方面展开。比如在第一章"华盛顿·欧文"中，帕蒂总结了欧文对短篇小说的九大贡献，认为他让短篇叙事摆脱了传统的说教模式，使之轻松、幽默，充满趣味性和娱乐性；他将美国的地方风情与古雅的文风和丰富的氛围与统一的语气融为一体，让短篇小说正式登入艺术殿堂等。另一方面，对欧文的弱点帕蒂也是直言不讳，他认为欧文的浪漫主义理念导致了"章法的缺失"[1]，在某种程度上也阻碍了美国短篇小说形式上的创新和发展。第二章题为"年鉴的到来"。瓦尔特·司各特、欧文和库柏在文学上的成功激励了美国文学的新生一代，短篇创作勃然兴起，然而由于当时美国的出版业难以为短篇小说的发表提供足够的平台，年鉴为此应运而生。1827 年，由威廉·布莱恩特领导的"文学联合体"出版的《法宝》是此类刊物的代表作。第三章为"西部分支"。1829 年，《西部纪念物》的出版标志着以东部、印第安题材为主的短篇小说开始走向美国西部。第四章是"女性杂志的兴起"。短篇年鉴最初是作为礼品书刊发，随着阅读主体尤其是女性读者人数的增加，在原来一年一版的模式下供不应求，出版商便推出了逢月出版的女性杂志。女性杂志的兴起为短篇小说的发展提供了重要动力。

《美国短篇小说发展史》关于内战后的论述也分为八章，主要是围绕

---

[1] Fred Lewis Pattee，*The Development of the American Short Story: An Historical Survey*. New York：Biblo and Tannen，1975，p.24.

着美国短篇小说从宏大场景走向区域视角来展开的。第十、十一和十二章重点介绍了以马克·吐温、布莱特·哈特和康斯坦丝·伍尔森为代表的作家如何将乡土主义融入短篇创作。帕蒂总结出布莱特·哈特短篇小说的六大特色，认为他将短篇小说置于美国西部那片特定的空间里，通过对现实人物原型的提炼和融合，刻画出了兼具普遍性和独特个性的人物，给读者带来了具有鲜活生命气息的西部故事。尽管由于过分强调外在描述和戏剧性，他的某些作品缺少道德基础，但它们顺应了美国社会发展的潮流，与西进运动和淘金热一样具有开拓精神和引领意义。19世纪80年代和90年代是美国短篇小说的转型期，第十三章论及马修斯等作家开始按照自己的艺术理念有意识地开展短篇创作，第十四章"90年代的反抗"介绍了杨·艾伦、哈姆林·加兰、玛丽·威尔金斯、斯蒂芬·克莱恩如何通过艺术革新来扭转短篇小说发展的颓势。杨·艾伦反对80年代以来短篇堕入"机械性的传统"的倾向，认为乡土主义短篇过分关注外部景观描述的做法有失偏颇："为读者提供关于一个未知地域的植物、气候和其他科技特征的小说不是恰当的文学形式。"第十五章"短篇小说的新闻化"重点分析了弗兰克·诺里斯、杰克·伦敦和斯蒂芬·克莱恩等自然主义作家如何利用杂志这一媒介展示其自然主义的创作理念。第十六章"欧·亨利与短篇手册"首先介绍了欧·亨利的四大艺术特色：逸闻趣事性、新闻性、形式技巧性和矛盾性。帕蒂认为，与奥特姆斯·沃德和马克·吐温齐名的幽默叙事方式为欧·亨利的短篇小说内容增色不少。他的作品如新闻报道一样"干脆、带劲、时新"[1]，在形式技巧上，欧·亨利比莫泊桑更具创新性。他是情节安排大师，对故事节点的掌控恰到好处，对冲突发展把握得炉火纯青，他的作品总给人一种好戏连台的感觉，出人意料的结尾更是发人深省。他措辞精准，语汇丰富，文语雅韵和俚语方言都信手拈来，帕蒂表示"甚至连亨利·詹姆斯的选词都不如他挑剔，表达也不如他精准"。另一方面，帕蒂认为欧·亨利是"嘲弄之神莫默斯的受害者"，他的作品在真情实感、道德意识和哲学深度上有一定的缺憾。[2] 在全书的结尾处，基于世纪之交学界对短篇小说的研究，帕蒂总结出了短篇艺术的十大规律：短小、紧凑、统一、直接效果、情节动力、人物刻画、生动、风格、高潮和灵魂。

---

① Fred Lewis Pattee, *The Development of the American Short Story: An Historical Survey*. New York: Biblo and Tannen, 1975, p.361.

② Ibid., p.362.

　　随着大规模生产和现代商业的蓬勃发展,短篇创作与报纸杂志的数量也同步快速增长。然而,同时期的美国评论界却对短篇小说的机械化和低质化现象充满忧患。爱德华·奥布莱恩在《机械的舞蹈》(*The Dance of the Machines*,1929)中对短篇小说的衰落和老迈提出批评,指出僵化的短篇故事与机械化的美国社会结构如出一辙。1936 年,何塞·维拉悲叹短篇小说呈现出"无功能、无方向、无要点"的小品文特征,詹姆斯·法雷尔认为短篇应多涉及社会批判的内容,霍华德贝克则希望短篇要提出有智力水准的观点。① 进入 40 年代,更多的批评家提出了改变美国短篇小说"缺少情结、缺少社会关切、缺少观点"的状况,期待新的高质量作品能够与旧的商业作品一刀两断。沃伦·贝克称商业小说为"建立在煽情原则上的寓言",文学短篇应该对商业小说"呆笨的形式"重点加以改造,而对其故事情节可以适当地吸收运用。②

三、二战后的美国短篇小说批评

　　战后,美国短篇小说批评著作轮番推出。在文学商业化发展的背景下,以欧·亨利为代表的文坛先驱激起了短篇创作的繁荣。同样地,马修斯和帕蒂世纪之初的评论佳作也带来了战后短篇评论园的百花竞放。雷·韦斯特的《短篇小说在美国:1900—1950》(*The Short Story in America: 1900—1950*,1952)、奥斯汀·莱特的《二十年代的美国短篇小说》(*The American Short Story in the Twenties*,1961)、丹佛斯·罗斯的《美国短篇小说》(*The American Short Story*,1961)和威廉·佩登的《美国短篇小说:守卫文学的国民防线》(*The American Short Story: Front Line in the National Defense of Literature*,1964)是战后初期短篇评论的几部代表性著作。

　　在对欧·亨利以来的日渐僵化的叙事形式的反思中,作家们纷纷放弃编造情节,将更多的注意力投入到揭示情节的潜在价值上来。对此,评论界对这一现代趋势的反映褒贬不一。赫歇尔·布里克尔指出,短篇在形式上的变化实验比长篇更为丰富,因此也更具主观性。他认为,要进一步吸引读者的青睐,短篇作家应该把目光侧重到叙事视角和语气的革新

---

① Charles E. May, ed., *Short Story Theories*. Athens: Ohio University Press, 1969, p.6.

② Warren Beck, "Art and Formula in the Short Story," *College English*, 5.2 (Nov. 1943), pp.55-62.

上。欧文·豪也注意到了这一倾向，但他也指出了这种做法的危险所在：由于语气的变换随意性很大，过度依赖它势必会造成形式和内容的脱节，这样将形成一种新的固定套路。布里克尔对短篇小说从心理描写向情感抒发的发展趋势大为赞赏，他把这一现象归因于大学课程设置的变化。然而法尔肯·贝克却认为这恰恰是短篇小说没落的最重要原因。他立场鲜明地指出，在新批评影响下，由于学院派作家们日益关注对新技巧和心理案例的挖掘，只属于教授们、批评家们和文学期刊的新的叙事模式已经形成。

评论界关注的另一倾向是短篇创作对传统人物叙事手段的抛弃。格兰维尔·希克斯认为人物在形式上已不再为自身服务，它只是一种达成目的的手段，即满足读者体验的手段。1965 年，乔治·P·艾略特建议人们警惕人物刻画极端化的倾向，认为这种人物形象不再遵从个人禀性，而是更多地依照普遍人性行事，日渐走向非人性化的边缘。麦克斯韦·盖斯马尔对塞林格、罗斯、厄普代克、马拉默德等《纽约客》撰稿作家加以抨击，宣称他们过于留意短篇写作手段的创新，对人物性格的深层领域关注不够。在盖斯马尔眼中，当代小说缺少社会的、意识形态的和形而上学的眼界，而且越来越开始堕入困苦和孤寂的个人心灵深渊。相对来说，60 年代对短篇小说评论最为公允的当属理查德·科斯特拉内兹。他认为，当代美国短篇小说所表现的重点在于极端体验，而不是传统意义上的典型事件。再者，60 年代的短篇作品还更加关注语言这一创作媒介本身，它们在拉近与非线性诗歌体的关系的同时，逐步远离传统的叙事模式。他们这样做的目的就是希望通过探索话语和技巧的极限，来模仿思维自身的混乱和极端性。

查尔斯·梅编撰的两部评论集见证了 70 到 90 年代美国短篇批评的发展。1976 年的《短篇小说理论》收录了从 1842 年到 1973 年间共 21 篇短篇小说评论文章，内容涉及短篇小说的定义、历史、结构、形式等多个方面。序言中，他回顾了《肯庸评论》主办的四次短篇小说研讨会和双日出版社（*Doubleday*）1970 年的研讨会的实况，指出尽管短篇小说是"最自然、艺术上要求最严苛的虚构文体"，但很少有作家能够靠短篇创作为生，短篇小说批评也鲜有高质量的系统性作品问世。因此，他十分认同托马斯·古勒森关于短篇小说是一门"被低估的艺术"的观点。[①] 究其原因，首当其

---

① Thomas Gullason, "The Short Story: An Underrated Art," *Short Story Theories*, ed. Charles E. May. Athens: Ohio University Press, 1969, pp.13－31.

冲的罪责在于其篇幅过短，缺少足够的时间来演绎生命的延续感。正如马克·思科勒所说的，与长篇小说反映道德演变的艺术相比，短篇小说仅仅称得上是揭示道德的艺术。其二便是短篇叙事的模式化和机械化倾向成为其向前发展的阻力，这一局面不仅是作家们的短视和功利造成的，也是商业杂志推波助澜的结果。第三，进入成熟期的作家们往往主动选择远离短篇创作，如海明威、福克纳、纳博科夫、冯内古特等，这也是短篇艺术被人低估的重要原因。可以说，此时查尔斯·梅对于短篇小说前景的悲观态度与约翰·巴思所提出的"文学枯竭观"不谋而合。令人宽慰的是，在此后近二十年的发展过程中，短篇小说在创作和批评领域都取得了不小的进展。1994 年，在《新短篇小说理论》的前言中，查尔斯·梅对这些变化感到十分欣慰。他表示，当下人们对短篇兴趣的复兴体现在三个方面：越来越多的严肃作家钟情于短篇创作实践和实验；出版商们为短篇小说集提供的出版机会日益增多；基于对短篇艺术的认同，批评家们对短篇的研究兴趣不断提升。鉴于此，查尔斯·梅对原书进行了重大修改，不仅将古勒森的文章删除，还将论文按照短篇小说的历史与现实、概念和形式等维度加以分类编排，希望更能体现出短篇艺术的发展轨迹。

在法哈特·依夫特卡鲁丁看来，后现代主义与现代主义的诞生如出一辙。现代主义迎着现实主义传统逆流而上，其实质是对维多利亚时代文学中循规蹈矩现象的反抗；而自 60 年代以来，后现代主义短篇创作的勃然兴起反过来又是对现代主义叙事形式、体系和规范的挑战。[①] 在《后现代主义短篇小说：形式和问题》的序言中，依夫特卡鲁丁介绍了利奥塔德、鲍德里亚、德里达、福柯和詹明信等人对当代资本主义社会的批判，认为后现代主义是对垄断资本主义话语威权的挑战，指出在后现代主义的文本幻象中，现实和虚拟难以区分，全新的存在观解构了权贵资本所创设和指定的意义结构和文本中心。依夫特卡鲁丁接着对巴思的莫比乌斯套环结构、冯内古特的特拉法玛多时间理念、巴塞尔姆的碎片化拼贴文本、布劳提根的延续意象——做了分析，认为后现代主义文本的碎片化、戏仿和自我反映性等特征是对现代主义文本形式的嘲弄，通过对科技、逻辑、权威的挑战和奚落，创造出了不同于既有的西方传统意义和结构的话语形式，从而实现对历史和经典的解构和重塑。

---

① Farhat Iftekharrudin, *The Postmodern Short Story: Forms and Issues*. Westport: Praeger, 2003, p.1.

20 世纪末到新世纪初,美国短篇小说延续着它两个世纪的辉煌发展,不同风格、不同族群的作家继续用独特的话语演绎着时代精神。伴随着后现代主义喧嚣的逐渐平息,由托拜厄斯·沃尔夫、理查德·福特、博比·梅森、玛丽·罗宾森引领的新现实主义短篇应运而生。黑人作家牙买加·金凯德、爱德华·琼斯延续着理查德·赖特的文学梦想,谭恩美、雷祖威叙述着与水仙花同根同源但又具时代特色的美国华裔生活。时代的进步见证了短篇小说向跨种族、跨性别和跨国别方向深入发展的历程,詹姆斯·奈杰尔指出短篇小说的"社会力量不可小视,它是透视民族灵魂的一扇窗户,揭示的既有痛苦也有欢乐,既有希望也有持续的内心抗争"。① 2005 年,由安妮·普劳克丝的作品《断背山》改编的电影获得了巨大的成功,这再次展示了当代短篇作家的创作活力。在作家们辛勤耕耘的同时,短篇批评界也是风生水起。新世纪里,一批重量级的短篇批评专著接连出版,如艾比·韦尔洛克的《美国短篇小说作品作家指南》(2000)、《当代美国短篇小说序列：民族体裁的回声》(2001)、依夫特卡鲁丁的《后现代主义短篇小说：形式和问题》(2003)、《简洁的艺术：短篇小说理论简析》(2004)、《从短篇小说到大荧幕：改编为荧幕巨制的 35 部短篇》(2005)、《短篇小说的艺术》(2005)、《剑桥美国短篇小说指南》(2006)、《剑桥英语短篇小说指南》等。

　　美国短篇小说的发展历程不仅留下了欧文、霍桑、马克·吐温、欧·亨利、海明威、韦尔蒂、奥康纳、卡佛等一连串令人耳熟能详的创作者的名字,也有爱伦·坡、威廉·豪威尔斯、詹姆斯·马修斯、弗雷德·帕蒂、查尔斯·梅、艾比·韦尔洛克等一系列短篇伯乐的名字,他们与短篇作家一起为这个曾湮没在长篇小说阴影之中的不起眼的文类正名、立言并发扬光大,他们的辛勤耕耘与短篇作家一样为短篇小说带来了荣耀,他们必将与短篇小说一样受人喜爱、尊重和铭记。

---

　　① James Nagel, *The Contemporary American Short-Story Cycle: The Ethnic Resonance of Genre*. Baton Rouge: Louisiana State University Press, 2001, p.258.

附录一

美国短篇小说大事年表

历 史 背 景	文 化 活 动
1776 年 《独立宣言》在第二届大陆会议上宣读通过,美国建国	
1783 年 费城出版美国第一份日报 英国承认美国独立	
1800 年 美国国会图书馆建立	
1803 年 从法国手中购得路易斯安那	
1812 年 第二次反英"独立战争"爆发	
1814 年 第二次"独立战争"胜利	
1815 年 《北美评论》创刊	
	1819 年 欧文:《见闻札记》
1823 年 门罗总统发表"门罗宣言"	
1828 年 韦伯斯特主编的《美国英语词典》出版	
1835 年 《纽约先驱报》创刊	
1837 年 《印第安人迁移法》开始实施	1837 年 霍桑:《重讲一遍的故事》
1838 年 废奴人士建立"地下运输线"	
	1839 年 爱伦·坡:《怪异故事集》

历 史 背 景	文 化 活 动
	1842 年　爱伦·坡：论文《评〈重讲一遍的故事〉》
	1845 年　爱伦·坡：《故事集》
1846 年　美国—墨西哥战争爆发	1846 年　霍桑：《古屋青苔》
1848 年　加利福尼亚发现金矿 墨西哥战争以美国胜利告终 美联社创立	
1850 年　《哈泼斯杂志》创刊	
1851 年　《纽约时报》创刊	
	1856 年　麦尔维尔：《广场故事集》
1857 年　《大西洋月刊》创刊	
1859 年　约翰·布朗起义	
1861 年　南北战争爆发	
1863 年　林肯总统颁布《解放黑奴宣言》	
1865 年　南军投降，内战结束 废除黑奴制的宪法第十三条修正案通过	
	1867 年　马克·吐温：《卡拉维拉斯县驰名的跳蛙及其他》
1869 年　连接北美大陆的铁路全线贯通	
	1870 年　哈特：《咆哮营的幸运儿故事集》
	1875 年　马克·吐温：《新老故事集》
	1879 年　詹姆斯：《黛西·米勒》
	1884 年　詹姆斯：《小说的艺术》
1891 年　国际版权法通过	1891 年　加兰：《大路》
	1893 年　马克·吐温：《百万英镑故事集》
1894 年　失业工人进军华盛顿，旋遭镇压	1894 年　肖班：《牛轭湖人》
	1897 年　肖班：《阿卡迪之夜》

（续表）

历 史 背 景	文 化 活 动
1898 年　美国对西班牙宣战 　美国文学艺术学会成立	1898 年　詹姆斯:《螺丝在旋紧》 　克莱恩:《海上扁舟及其他冒险故事》
	1899 年　切斯纳特:《有魔法的女人》
	1901 年　马修斯:《短篇小说哲学》
1904 年　巴拿马运河开工	
	1906 年　欧·亨利:《四百万》 　杰克·伦敦:《月亮脸故事集》
1909 年　弗洛伊德在美国讲学	1909 年　欧·亨利:《命运之路》
	1910 年　杰克·伦敦:《丢脸》
1911 年　托拉斯标准石油公司和美国 　烟草公司解散	
1914 年　第一次世界大战爆发,威尔逊 　总统发表中立宣言	1914 年　杰克·伦敦:《强者的力量》
1915 年　爱因斯坦提出广义相对论	1915 年　《美国最佳短篇小说集》系列 　年选集开始出版 　布鲁克斯:《美国的成年》
1917 年　美国放弃中立,对德宣战 　俄国十月社会主义革命胜利	1917 年　普利策奖金创立
1918 年　第一次世界大战结束 　《解放者》创刊	1918 年　欧·亨利短篇小说奖设立
1919 年　钢铁工人大罢工 　美国禁酒法案颁布	1919 年　安德森:《小镇畸人》
1920 年　美国妇女获得选举权	1920 年　凯瑟:《青年和明艳的美杜莎》
	1921 年　安德森:《鸡蛋的胜利》
1922 年　《逃亡者》创刊	1922 年　菲茨杰拉德:《爵士时代的 　故事》
1923 年　美国共产党取得合法地位	1923 年　帕蒂:《美国短篇小说发展史》
	1924 年　拉德纳:《怎样写短篇小说》
1925 年　《纽约客》创刊	1925 年　海明威:《在我们的时代里》
1926 年　《新群众》月刊创办	
1927 年　萨科和范泽蒂被判处死刑	1927 年　海明威:《没有女人的男人》

历 史 背 景	文 化 活 动
1929 年　纽约股市暴跌，经济大萧条开始 《美国文学》创刊	
1930 年　美国共产党员人数达 7 000 人	1930 年　波特：《开花的犹大树及其他故事》 刘易斯获诺贝尔文学奖
	1931 年　福克纳：《这十三篇》
1933 年　罗斯福就任美国第三十二任总统，并推行"新政"	1933 年　海明威：《胜利者一无所获》
1934 年　《党派评论》创刊	
1935 年　第一次美国作家代表大会举行 《南方评论》创刊	
	1936 年　华顿：《世界终结》
	1937 年　斯坦贝克：《人与鼠》 纳博科夫：《菲雅尔塔的春天》
	1938 年　赖特：《汤姆叔叔的孩子》 斯坦贝克：《长峡谷》
1939 年　第二次世界大战爆发	1939 年　波特：《灰色马，灰色骑手》
1941 年　日本轰炸珍珠港，美国对日宣战	1941 年　沃尔夫：《远山》
1942 年　德国法西斯使用毒气室大规模屠杀犹太人	1942 年　福克纳：《下去，摩西》
	1943 年　布鲁克斯与沃伦：《理解小说》
	1944 年　波特：《斜塔及其他故事》
1945 年　原子弹问世 第二次世界大战结束	
1947 年　杜鲁门主义出台 好莱坞十人团案件	
	1949 年　福克纳获诺贝尔文学奖 韦尔蒂：《金苹果》
1950 年　麦卡锡主义盛行	1950 年　美国国家图书奖成立

（续表）

历 史 背 景	文 化 活 动
	1951 年 麦卡勒斯：《伤心咖啡馆之歌：卡森·麦卡勒斯小说和故事集》《福克纳故事选集》获国家图书奖
1952 年 美国引爆首颗氢弹	
	1953 年 契弗：《巨型收音机及其他故事》塞林格：《九故事》
1954 年 参议院通过谴责麦卡锡的决议案 2 900 万家庭拥有电视	1954 年 海明威获诺贝尔文学奖
1955 年 美国劳工联合会和产业工会联合会合并 罗莎·帕克斯因拒绝为白人让座而被捕	1955 年 奥康纳：《好人难寻与其他故事》
	1956 年 贝娄：《勿失良机》
	1957 年 辛格：《愚人吉姆佩尔及其他故事》
	1958 年 马拉默德：《魔桶》
	1959 年 《魔桶》获国家图书奖
	1961 年 辛格：《市场街的斯宾诺莎及其他故事》
1962 年 古巴导弹危机	1962 年 厄普代克：《鸽羽》 斯坦贝克获诺贝尔文学奖
1963 年 马丁·路德·金发表演说《我有一个梦想》	1963 年 马拉默德：《白痴优先》
1964 年 民权法案通过	
	1965 年 奥康纳：《上升的一切必将汇合》
	1966 年 《凯瑟琳·安·波特故事集》同时获国家图书奖和普利策奖 厄普代克：《音乐学校》
	1968 年 巴思：《迷失在游乐场》 冯内古特：《欢迎来到猴园》 加斯：《在中部地区的深处及其他故事》

历 史 背 景	文 化 活 动
1969 年　阿姆斯特朗和奥尔德林乘坐"阿波罗Ⅱ"号成功登上月球 几百万人响应罢课日,抗议越南战争 盖伊·波尔,"石墙骚乱"	1969 年　库弗:《曲谱与旋律》
1970 年　美国国民生产总值比 1960 年翻了一番	1970 年　巴塞尔姆:《都市生活》 欧茨:《爱的轮盘》
1971 年　"肯定性行动"反歧视法开始实施	
1972 年　《女性主义研究》杂志创刊	1972 年　《弗兰纳里·奥康纳故事全集》获国家图书奖
1973 年　美国从越南撤军	1973 年　马拉默德:《伦勃朗的帽子》 沃克:《爱与烦扰:黑人妇女的故事》
1974 年　尼克松因水门事件辞职	1974 年　辛格的《羽毛王冠及其他故事》获国家图书奖
	1976 年　贝娄获诺贝尔文学奖
	1978 年　辛格获诺贝尔文学奖
1979 年　美国与中国正式建立外交关系	1979 年　《约翰·契弗短篇小说集》获普利策奖
1980 年　里根当选美国第四十任总统 美国发现首例艾滋病患者	
	1981 年　《约翰·契弗短篇小说集》获国家图书奖
	1983 年　马歇尔:《雷娜及其他故事》
	1984 年　品钦:《笨鸟集》
1985 年　里根连任总统,继续大力发展武器装备	
1990 年　东西德合并,结束分裂 布什与戈尔巴乔夫宣布冷战结束	
1991 年　以美国为首的多国部队开始"沙漠风暴"军事行动,海湾战争爆发 苏联解体	

（续表）

历 史 背 景	文 化 活 动
	1994 年　欧茨：《鬼魂出没：怪诞故事集》查尔斯·梅：《新短篇小说理论》
1995 年　世界贸易组织在日内瓦成立	
1996 年　文学学者与批评家协会在明尼阿波斯利举行第一届学会	1996 年　埃里森：《飞回家及其他故事》
	1997 年　斯通：《熊和他的女儿》
	1998 年　厄普代克获美国国家图书基金会终生成就奖
	2000 年　韦尔洛克：《美国短篇小说作品作家指南》
2001 年　"9·11"事件，美国进入反恐时代	
2003 年　美国出兵伊拉克	
	2004 年　巴思：《一十零一夜：十一个故事》
2007 年　全球金融危机	
2009 年　奥巴马就任美国第 44 任总统，成为美国历史上第一位黑人总统哥本哈根世界气候大会召开	
2011 年　美军特种部队击毙本·拉登美国从伊拉克撤军	
	2012 年　欧茨：《黑大丽花和白玫瑰》
	2013 年　加拿大短篇小说家爱丽丝·门罗获诺贝尔文学奖
2016 年　韩美宣布将在韩部署"萨德"反导系统	2016 年　美国民谣艺术家鲍勃·迪伦获诺贝尔文学奖
2017 年　特朗普宣布美国将退出《巴黎气候变化协定》	2017 年　美国短篇小说家乔治·桑德斯凭借其长篇首作《林肯在中阴界》获曼布克奖
2018 年　美国宇航局"洞察"号探测器在火星成功着陆	

路易莎·梅·奥尔科特（Louisa May Alcott，1832—1888）

《鲜花寓言》(*Flower Fables*，1849)

《医院札记》(*Hospital Sketches*，1863)

《哨岗故事集》(*On Picket Duty, and Other Tales*，1864)

《牵牛花故事集》(*Morning-Glories, and Other Stories*，1867)

《神秘的钥匙开什么门》(*The Mysterious Key and What It Opened*，1867)

《小妇人》(*Little Women*，1868)

《陌生岛》(*A Strange Island*，1868)

《奥尔科特谚语故事集》(*Louis M. Alcott's Proverb Stories*，1868)

《贤妻》(*Good Wives*，1869)

《守旧姑娘》(*An Old Fashioned Girl*，1870)

《小男人》(*Little Men*，1871)

《工作：经验的故事》(*Work: A Story of Experience*，1873)

《八个表兄弟姐妹，或希尔婶婶》(*Eight Cousins*, or *The Aunt Hill*，1875)

《盛开的玫瑰》(*Rose in Bloom*，1876)

《紫丁香花下》(*Under the Lilacs*，1878)

《男男女女：乡村故事》(*Jack and Jill: A Village Story*，1880)

《纺车故事集》(*Spinning-Wheel Stories*，1884)

《乔的男孩子们》(*Jo's Boys*，1886)

　　《护士的故事》("A Nurse's Story"，1865)

　　《面具背后：女人的力量》("Behind a Mask: A Woman's Power"，1866)

《现代灰姑娘》(*Modern Cinderella*, or *The Little Old Shoe and Other Stories*，1908)

《面具背后：鲜为人知的奥尔科特惊悚故事集》(*Behind a Mask: The Unknown Thrillers of Louisa May Alcott*，1975)

《计谋与反计谋》(*Plots and Counterplots: More Unknown Thrillers of Louisa May Alcott*，1976)

《奥尔科特惊悚故事集》(*Louisa May Alcott Unmasked: Collected Stories*，1995)

《奥尔科特早年故事集》(*The Early Stories of Louisa May Alcott, 1852—1860*，2000)

舍伍德·安德森（Sherwood Anderson, 1876—1941）

《小镇畸人》(*Winesburg, Ohio*, 1919)

　　《母亲》("Mother")

　　《手》("Hands")

《鸡蛋的胜利》(*The Triumph of the Egg*, 1921)

　　《鸡蛋》("The Egg", 1921)

《马与人》(*Horses and Man*, 1923)

　　《变成女人的男人》("The Man Who Became a Woman", 1923)

《林中死者及其他故事》(*Death in the Woods and Other Stories*, 1933)

　　《林中死者》("Death in the Woods", 1933)

B

杜娜·巴恩斯（Djuna Barnes, 1892—1982）

《赖德》(*Ryder*, 1928)

《仕女年鉴》(*Ladies Almanack*, 1928)

《马群中的一夜》(*A Night among the Horses*, 1929)

《夜森林》(*Nightwood*, 1936)

《泄洪道》(*Spillway*, 1962)

约翰·巴思（John Barth, 1930—　）

《漂浮的歌剧》(*The Floating Opera*, 1956)

《烟草经纪人》(*The Sot-weed Factor*, 1960)

《迷失在游乐场》(*Lost in the Funhouse: Fiction for Print, Tape, Live Voice*, 1968)

　　《安布鲁斯他的胎记》("Ambrose His Mark")

　　《标题》("Title")

　　《框架—故事》("Frame-Tale")

　　《迷失在游乐场》("Lost in the Funhouse")

　　《生活—故事》("Life-Story")

　　《水上信息》("Water-message")

　　《夜海航程》("Night-sea Journey")

《客迈拉》(*Chimera*, 1972)

　　《东岸湖景》("Landscape：The Eastern Shore", 1960)

《故事继续》(*On with the Story*, 1996)

　　《接着有一天》("And Then One Day")

　　《无限：一个短篇故事》("Ad Infinitum：A Short Story")

　　《自那以后》("Ever After")

《一十零一夜：十一个故事》(*The Book of Ten Nights and One Night: Eleven Stories*, 2004)

　　《点击》("Click", 1997)

唐纳德·巴塞尔姆（Donald Barthelme, 1931—1989）

《回来吧，卡里加里博士》(*Come Back, Dr. Caligari*, 1964)

《白雪公主后传》(*Snow White*, 1967)

《难言之行，反常之举》(*Unspeakable Practices, Unnatural Acts*, 1968)

《都市生活》(*City Life*，1970)

《救火车小奇怪》(*The Slightly Irregular Fire Engine*，1972)

《悲伤》(*Sadness*，1972)

《亡父》(*The Dead Father*，1975)

《业余者》(*Amateurs*，1976)

《光辉岁月》(*Great Days*，1979)

《故事六十篇》(*Sixty Stories*，1981)

《夜往遥远都市》(*Overnight to Many Distant Cities*，1983)

《天堂》(*Paradise*，1986)

《故事四十篇》(*Forty Stories*，1987)

《山姆酒吧》(*Sam's Bar*，1987)

《国王》(*The King*，1990)

　　《黄金雨》("A Shower of Gold")

　　《看见月亮了吗?》("See the Moon?")

《飞往美国：增补故事四十五篇》(*Flying to America: 45 More Stories*，2007)

　　《巴拉圭》("Paraguay")

　　《玻璃山》("The Glass Mountain")

　　《从宫殿起飞的鸽子》("The Flight of Pigeons from the Palace")

　　《大学里的豪猪》("Porcupines at the University")

　　《父亲哭泣的场景》("Views of My Father Weeping")

　　《关于保镖》("Concerning the Bodyguard")

　　《解释》("The Explanation")

　　《句子》("Sentence")

　　《罗伯特·肯尼迪落水获救》("Robert Kennedy Saved from Drowning")

　　《欧也妮·葛朗台新传》("Eugénie Grandet")

　　《气球》("The Balloon")

　　《在托尔斯泰博物馆》("At the Tolstoy Museum")

索尔·贝娄(Saul Bellow，1915—2005)

《奥吉·玛琪历险记》(*The Adventures of Augie March*，1953)

《借此记住我：三个故事》(*Something to Remember Me By: Three Tales*，1991)

　　《两个早晨的独白》("Two Morning Monologues"，1941)

　　《晃来晃去的人手记》("Notes of a Dangling Man"，1943)

　　《寻找格林先生》("Looking for Mr. Green"，1951)

　　《来日的父亲》("A Father-to-Be"，1955)

　　《离别黄屋》("Leaving the Yellow House"，1957)

　　《旧体系》("The Old System"，1967)

　　《口没遮拦的人》("Him with His Foot in His Mouth"，1982)

伊丽莎白·毕晓普(Elizabeth Bishop，1911—1979)

　　《接着，来了穷人》("Then Came the Poor"，1934)

　　《村子里》("In the Village"，1953)

威廉·布拉德福(William Bradford，1590—1657)

《关于普利茅斯殖民地》(*Of Plymouth Plantation*，1651)

威廉·希尔·布朗（William Hill Brown，1765—1793）

《同情的力量》（*The Power of Sympathy*，1789）

休·亨利·布雷肯里奇（Hugh Henry Brackenridge，1748—1816）

《现代骑士》（*Modern Chivalry*，1792）

C

厄斯金·考德威尔（Erskine Caldwell，1903—1987）

《美国大地》（*American Earth*，1931）

《烟草路》（*Tobacco Road*，1932）

《我们是活着的人》（*We Are the Living*，1933）

《跪拜朝阳及其他故事》（*Kneel to the Rising Sun and Other Stories*，1935）

《艾伦·肯特的渎圣》（*The Sacrilege of Alan Kent*，1936）

《南方路》（*Southways*，1938）

《佐治亚小子》（*Georgia Boy*，1943）

　　《跪拜朝阳》（"Kneel to the Rising Sun"，1935）

　　《甜哥比奇》（"Candyman Beechum"，1935）

维拉·凯瑟（Willa Cather，1873—1947）

《轮唱花园》（*The Troll Garden*，1905）

《啊，拓荒者！》（*O Pioneers!*，1913）

《我的安东妮亚》（*My Ántonia*，1918）

《青年和明艳的美杜莎》（*Youth and the Bright Mendusa*，1920）

《我们中的一员》（*One of Ours*，1922）

《总主教之死》（*Death Comes for the Archbishop*，1927）

《微不足道的目的地》（*Obscure Destinies*，1932）

《人老珠黄和其他故事》（*The Old Beauty and Others*，1948）

《五个故事》（*Five Stories*，1956）

　　《埃立克·赫曼森的灵魂》（"Eric Hermannson's Soul"，1900）

　　《教授的毕业典礼》（"The Professor's Commencement"，1902）

　　《远岛的宝藏》（"The Treasure of Far Island"，1902）

　　《瓦格纳交响音乐会》（"A Wagner Matinee"，1904）

　　《保罗案例》（"Paul's Case"，1905）

　　《雕塑家的葬礼》（"The Sculptor's Funeral"，1905）

　　《神峰》（"The Enchanted Bluff"，1909）

　　《邻居罗西基》（"Neighbour Rosicky"，1930）

　　《哈里斯老太太》（"Old Mrs. Harris"，1931）

　　《人老珠黄》（"The Old Beauty"，1948）

约翰·威廉·契弗（John William Cheever，1912—1982）

《巨型收音机及其他故事》（*The Enormous Radio and Other Stories*，1953）

《萌凉山强盗及其他故事》（*The Housebreaker of Shady Hill and Other Stories*，1958）

《下一部小说中不会出现的某人某地某物》（*Some People, Places and Things That Will Not Appear in My Next Novel*，1960）

　　《被逐》（"Expelled"，1930）

《爱在旅途》("Of Love：A Testimony"，1935)

《布法罗》("Buffalo"，1935)

《中士莱姆博纳》("Sergeant Limeburner"，1943)

《巨型收音机》("The Enormous Radio"，1947)

《啊，青春和美！》("O Youth and Beauty"，1953)

《乡居丈夫》("Country Husband"，1954)

《贾斯汀娜之死》("The Death of Justina"，1960)

《游泳者》("The Swimmer"，1964)

查尔斯·W·切斯纳特(Charles W. Chesnutt, 1858—1932)

《他年轻时的妻子及其他有色人种故事》(*The Wife of His Youth and Other Stories of the Color Line*，1899)

　《警长的儿女》("The Sheriff's Children"，1889)

　《他年轻时的妻子》("The Wife of His Youth"，1898)

　《越界的格兰迪森》("The Passing of Grandison"，1899)

《有魔法的女人》(*The Conjure Woman*，1899)

　《搞砸的葡萄藤》("The Goophered Grapevine"，1887)

　《魔法师的复仇》("The Conjurer's Revenge"，1889)

　《热脚的汉尼拔》("Hot-Foot Hannibal"，1889)

凯特·肖班(Kate Chopin, 1851—1904)

　《比神聪明》("Wiser than God"，1889)

　《争论》("A Point at Issue"，1889)

《过错》(*At Fault*，1890)

《牛轭湖人》(*Bayou Folk*，1894)

　《黛希丽的婴儿》("Désirée's Baby"，1893)

　《帕拉杰夫人》("Ma'ame Pélagie"，1893)

　《塞莱斯坦夫人离婚》("Madame Célestin's Divorce"，1893)

《阿卡迪之夜》(*A Night in Arcadie*，1897)

　《一个小时的故事》("The Story of an Hour"，1894)

　《一个正派的女人》("A Respectable Woman"，1894)

　《一双长筒丝袜》("A Pair of Silk Stockings"，1897)

《职业和声音》(*A Vocation and a Voice*，1898)

　《暴风》("The Storm"，1898)

《觉醒》(*The Awakening*，1899)

《肖班全集》(*The Complete Works of Kate Chopin*，1969)

　《解放：生活寓言》("Emancipation：A Life Fable"，1963)

斯蒂芬·克莱恩(Stephen Crane, 1871—1900)

《街头女郎玛吉》(*Maggie, A Girl of the Streets*，1893)

《黑色骑士及其他诗篇》(*The Black Riders and Other Lines*，1895)

《红色英雄勋章》(*The Red Badge of Courage*，1895)

《乔治的母亲》(*George's Mother*，1896)

《小军团及其他美国内战插曲》(*The Little Regiment and Other Episodes of the American Civil War*，1896)

《海上扁舟及其他冒险故事》(*The Open Boat and Other Tales of Adventure*, 1898)
　　《新娘来到黄天镇》("The Bride Comes to Yellow Sky", 1898)
《怪物故事集》(*The Monster and Other Stories*, 1899)
　　《蓝色旅馆》("The Blue Hotel", 1898)
《战争是仁慈的》(*War Is Kind*, 1899)
　　《海上扁舟》("The Open Boat", 1897)
　　《斯蒂芬·克莱恩自己的故事》("Stephen Crane's Own Story", 1897)
《威勒姆维尔的故事》(*Whilomville Stories*, 1900)
　　《怪物》("The Monster", 1898)
《雨中伤口》(*Wounds in the Rain: A Collection of Stories Relating to the Spanish-American War of 1898*, 1900)
　　《杰克叔叔和铃柄》("Uncle Jack and the Bell Handle", 1884)
　　《青春的步伐》("The Pace of Youth", 1895)
《斯蒂芬·克莱恩沙利文县素描集》(*The Sullivan County Sketches of Stephan Crane*, 1954)
　　《洞穴中的四个男人》("The Four Men in a Cave", 1892)
　　《黑狗》("The Black Dog", 1892)
　　《食尸鬼的会计师》("A Ghoul's Accountant", 1892)
　　《水中曲棍球》("The Octopush", 1892)

罗伯特·库弗(Robert Coover, 1932—)

《布鲁诺家族的由来》(*The Origin of the Brunists*, 1966)
《环宇棒球协会》(*The Universal Baseball Association*, 1968)
《曲谱与旋律》(*Pricksongs & Descants*, 1969)
　　《保姆》("The Babysitter")
　　《电梯》("The Elevator")
　　《姜饼屋》("The Gingerbread House")
　　《门：代序》("The Door：A Prologue of Sorts")
　　《魔术帽》("The Hat Act")
　　《行人事故》("A Pedestrian Accident")
《公众的怒火》(*The Public Burning*, 1977)
《入夜安眠与其他》(*In Bed One Night & Other Brief Encounters*, 1983)
《电影之夜，或以此谨记》(*A Night at the Movies，or，You Must Remember This*, 1987)
　　《电影宫里的幻影》("The Phantom of the Movie Palace")
　　《悔过屋里的查理》("Charlie in the House of Rue")
　　《卡通》("Cartoon")
　　《以此谨记》("You Must Remember This")
《匹诺曹在威尼斯》(*Pinocchio in Venice*, 1991)
《鬼城》(*Ghost Town*, 1998)
《返老还童》(*A Child Again*, 2005)
　　《爱丽丝在无聊时空》("Alice in the Time of Jabberwock")
　　《黑人孩子的归来》("The Return of the Dark Children")

《看不见的人》("The Invisible Man")
《奶奶的鼻子》("Grandmother's Nose")
《土墩上的麦克达夫》("McDuff on the Mound")

D

丽贝卡·哈丁·戴维斯(Rebecca Harding Davis, 1831—1910)
《美国生活剪影》(*Silhouettes of American Life*，1892)
　　《炼铁厂里的生活》("Life in the Iron Mills"，1861)
　　《大卫·冈特》("David Gaunt"，1862)
　　《约翰·拉马尔》("John Lamar"，1862)
　　《保罗·布莱克尔》("Paul Blecker"，1863)
　　《艾伦》("Ellen"，1865)
　　《音乐家》("The Harmonists"，1866)
　　《市场》("In the Market"，1868)
　　《无价之宝》("A Pearl of Great Price"，1868)
　　《摆脱》("Put out of the Way"，1870)
　　《瓦罐》("Earthen Pitchers"，1873—1874)
　　《医生的妻子》("A Doctor's Wife"，1874)
　　《自信的女人》("The Pepper-pot Woman"，1874)
　　《克莱珀市的女诗人》("The Poetess of Clap City"，1875)
　　《与萨拉医生相处的一天》("A Day with Doctor Sarah"，1878)
　　《玛西娅》("Marcia"，1892)

海尔达·杜利特尔(Hilda Doolittle, 1886—1961)
《三部曲》(*Trilogy*，1946)
《海伦在埃及》(*Helen in Egypt*，1961)
　　《考拉和卡》("Kora and Ka"，1933)
　　《米拉—美尔》("Mira-Mare"，1933)
　　《寻常之星》("The Usual Star"，1933)

E

拉尔夫·埃里森(Ralph Ellison, 1913—1994)
《看不见的人》(*Invisible Man*，1952)
《飞回家及其他故事》(*Flying Home and Other Stories*，1996)
　　《希密的警察》("Hymie's Bull"，1937)
　　《宾果游戏之王》("King of the Bingo Game"，1944)
　　《飞回家》("Flying Home"，1944)
　　《在一个陌生的国度》("In a Strange Country"，1944)
　　《我不清楚他们的名字》("I Did Not Learn Their Names"，1996)
　　《广场上的聚会》("A Party down at the Square"，1997)
《六月节》(*Juneteenth*，1999)
《射击的前三天》(*Three Days Before Shooting*，2010)

F

威廉·福克纳（William Faulkner, 1897—1962）

《新奥尔良素描》(*New Orleans Sketches*, 1925)

　　《幸运着陆》("The Landing in Luck", 1919)

　　《新奥尔良》("New Orleans", 1925)

　　《红树叶》("Red Leaves", 1930)

　　《献给艾米莉的玫瑰》("A Rose for Emily", 1930)

　　《法官》("A Justice", 1931)

　　《干燥九月》("Dry September", 1931)

　　《花斑马》("Spotted Horses", 1931)

　　《胜利》("Victory", 1931)

　　《所有阵亡的飞行员》("All the Dead Pilots", 1931)

　　《夕阳》("That Evening Sun", 1931)

　　《曾有过这样一位女王》("There Was a Queen", 1933)

　　《瞧！》("Lo!", 1934)

　　《两块钱妻子》("Two Dollar Wife", 1936)

　　《烧马棚》("Barn Burning", 1939)

　　《两个战士》("Two Soldiers", 1942)

　　《不会死》("Shall Not Perish", 1943)

　　《求爱》("A Courtship", 1948)

　　《横渡地狱溪》("Hell Creek Crossing", 1962)

　　《爱》("Love", 1988)

《军饷》(*Soldiers' Pay*, 1926)

《喧嚣与骚动》(*The Sound and the Fury*, 1929)

《在我弥留之际》(*As I Lay Dying*, 1930)

《八月之光》(*Light in August*, 1932)

《押沙龙，押沙龙！》(*Absalom, Absalom!*, 1936)

弗朗西斯·斯科特·菲茨杰拉德（Francis Scott Key Fitzgerald, 1896—1940）

《飞女郎与哲学家》(*Flappers and Philosophers*, 1920)

《人间天堂》(*This Side of Paradise*, 1920)

《爵士时代的故事》(*Tales of the Jazz Age*, 1922)

《漂亮冤家》(*The Beautiful and Damned*, 1922)

《了不起的盖茨比》(*The Great Gatsby*, 1925)

《悲哀的青年一代》(*All the Sad Young Men*, 1926)

《夜色温柔》(*Tender Is the Night*, 1934)

　　《失落的十年》("The Lost Decade", 1939)

《早晨的起床号》(*Taps at Reveille*, 1935)

　　《五一节》("Mayday", 1920)

　　《像丽茨酒店一样大的钻石》("The Diamond as Big as the Ritz", 1922)

　　《富家子弟》("The Rich Boy", 1926)

　　《重返巴比伦》("Babylon Revisited", 1931)

本杰明·富兰克林(Benjamin Franklin, 1706—1790)

《致富之路》(*The Way to Wealth*,1757)

《自传》(*Autobiography*,1771—1790)

玛丽·E·威尔金斯·弗里曼(Mary E. Wilkins Freeman, 1852—1930)

《卑微的爱情故事集》(*A Humble Romance and Other Stories*,1887)

　　《诚实的人》("An Honest Soul")

　　《迟到的感恩》("A Tardy Thanksgiving")

　　《急迫的道德事件》("A Moral Exigency")

　　《在沃波尔的路上》("On the Walpole Road")

　　《龙胆根》("Gentian")

　　《甜蜜的滋味》("A Taste of Honey")

　　《战胜谦卑》("A Conquest of Humility")

《新英格兰修女故事集》(*A New England Nun and Other Stories*,1891)

　　《乡村歌手》("A Village Singer")

　　《路易莎》("Louisa")

　　《利迪姐姐》("Sister Liddy")

　　《乡村李尔王》("A Village Lear")

　　《母亲的反抗》("The Revolt of Mother")

　　《新英格兰修女》("A New England Nun")

《简·菲尔德》(*Jane Field*,1892)

《金罐故事集》(*The Pot of Gold and Other Stories*,1892)

《年轻的柳克丽霞故事集》(*Young Lucretia and Other Stories*,1892)

《彭布罗克》(*Pembroke*,1894)

《马德龙》(*Madelon*,1896)

《穷鬼杰罗姆》(*Jerome, A Poor Man*,1897)

《沉默故事集》(*Silence, and Other Stories*,1898)

《安历险记,殖民时期故事集》(*The Adventures of Ann, Stories of Colonial Times*,1899)

《洛德牧师的爱情故事集》(*The Love of Parson Lord and Other Stories*,1900)

《一份劳动》(*The Portion of Labor*,1901)

《远方的旋律故事集》(*A Far-Away Melody and Other Stories*,1902)

《玫瑰丛中的风故事集》(*The Wind in the Rose-bush and Other Stories*,1903)

《模仿者故事集》(*The Copy-cat and Other Stories*,1904)

《债主》(*The Debtor*,1905)

《心灵之光》(*By the Light of the Soul*,1907)

《巨人的肩膀》(*Shoulders of Atlas*,1908)

《整个家庭》(*The Whole Family*,1908)

《绿色之门》(*The Green Door*,1910)

G

哈姆林·加兰(Hamlin Garland, 1860—1940)

《大路》(*Main-Travelled Roads*,1891)

《岔道》("A Branch Road", 1891)

《来到库利》("Up the Coulee", 1891)

《李布雷太太回娘家》("Mrs. Ripley's Trip", 1891)

《退伍还乡》("The Return of the Private", 1891)

《在魔爪下》("Under the Lions Paw", 1891)

《在玉米林间》("Among the Corn-rows", 1891)

《撇奶油的工人》("The Creamery Man", 1893)

《伊森·李布雷大叔》("Uncle Ethan Ripley", 1893)

《一天的快乐》("A Day's Pleasure", 1893)

《好人之妻》("A Good Fellow's Wife", 1899)

《神鸦》("Gods Ravens", 1899)

《壁炉》("The Fireplace", 1930)

《草原上的人们》(*Prairie Folk*, 1892)

《平凡的詹森·爱德华兹》(*Jason Edwards: An Average Man*, 1892)

《西姆·伯恩斯的妻子》("Sim Burns's Wife")

《崩溃的偶像》(*Crumbling Idols: Twelve Essays on Art Dealing Chiefly with Literature, Painting and the Drama*, 1894)

《荷兰人山谷中的罗丝》(*Rose of Dutcher's Coolly*, 1895)

《路边求爱》(*Wayside Courtships*, 1897)

《牧师的爱情故事》("A Preacher's Love Story")

《淘金者的足迹》(*The Trail of the Gold Seekers*, 1899)

《灰骑军上尉》(*The Captains of the Gray Horse Troop*, 1902)

《其他大路》(*Other Main-Travelled Roads*, 1910)

《他们的高山足迹》(*They of the High Trails*, 1916)

《中部边界之子》(*A Son of the Middle Border*, 1917)

《中部边界之女》(*A Daughter of the Middle Border*, 1921)

《美国印第安人》(*The Book of the American Indian*, 1923)

《赖辛·沃尔夫——鬼魂舞者》("Rising Wolf, Ghost Dancer")

《尼斯缇娜》("Nistina")

《瓦赫娅——斯巴达式的母亲》("Wahiah — A Spartan Mother")

《委员会法令》("The Decree of Council")

《新药房》("The New Medicine House")

《中部边界的开路人》(*Trail-Makers of the Middle Border*, 1926)

《中部边界的归来人》(*Back-Trailers of the Middle Border*, 1928)

《心理研究四十年》(*Forty Years of Psychic Research*, 1936)

威廉·加斯(William Gass, 1924—2017)

《奥门塞特的运气》(*Omensetter's Luck*, 1966)

《威利·马斯特的孤妻》(*Willie Masters' Lonesome Wife*, 1968)

《在中部地区的深处及其他故事》(*In the Heart of the Heart of the Country*, 1968)

《佩德森家的孩子》("The Pedersen Kid", 1961)

《冰凌》("Icicles")

《昆虫的感召》("Order of Insects")

《Mean 夫人》("Mrs. Mean")

《在中部地区的深处》("In the Heart of the Heart of the Country")

《我婚后生活的第一个冬天》(*The First Winter of My Married Life*，1979)

《卡尔普》(*Culp*，1985)

《隧道》(*The Tunnel*，1995)

《笛卡尔奏鸣曲及其他中篇小说集》(*Cartesian Sonata and Other Novellas*，1998)

《中央 C》(*Middle C*，2013)

夏洛特·珀金斯·吉尔曼(**Charlotte Perkins Gilman, 1860—1935**)

《妇女与经济学》(*Women and Economics*，1898)

《戴安瑟的所作所为》(*What Diantha Did*，1909—1910)

《难题》(*Crux*，1911)

《移山》(*Moving the Mountain*，1911)

《麦克—马乔里》(*Mag-Marjorie*，1912)

《贝尼格纳·马基雅维利》(*Benigna Machiavelli*，1914)

《她乡》(*Herland*，1915)

《她在我们的土地上》(*With Her in Ourland*，1916)

《夏洛特·珀金斯·吉尔曼读者集》(*The Charlotte Perkins Gilman Reader*，1980)

《黄墙纸小说集》("*The Yellow Wallpaper*" *and Other Stories*，1995)

　　《黄墙纸》("The Yellow Wallpaper"，1892)

H

弗朗西斯·布莱特·哈特(**Francis Bret Harte, 1836—1902**)

《咆哮营的幸运儿故事集》(*The Luck of Roaring Camp, and Other Sketches*，1870)

《阿尔戈英雄故事集》(*Tales of the Argonauts, and Other Sketches*，1875)

《泰伯山孪生兄弟故事集》(*The Twins of Table Mountain and Other Stories*，1879)

《戴德罗沼泽地遗产故事集》(*The Heritage of Dedlow Marsh and Other Tales*，1889)

《绿色春天里的萨福故事集》(*A Sappho of Green Springs and Other Stories*，1891)

《斯塔博特上校客户故事集》(*Colonel Starbottle's Client and Other Tales*，1892)

《杰克·哈默林的女徒故事集》(*A Protegee of Jack Hamlin's and Other Stories*，1894)

《天使乐手故事集》(*A Bell-Ringer of Angel's and Other Stories*，1894)

《幸运巴克故事集》(*Barker's Luck and Other Stories*，1896)

《特伦特信任故事集》(*Trent's Trust and Other Stories*，1903)

　　《咆哮营的幸运儿》("The Luck of Roaring Camp"，1868)

　　《扑克滩的弃儿》("The Outcasts of Poker Flat"，1869)

　　《田纳西的伙伴》("Tennessee's Partner"，1869)

纳撒尼尔·霍桑(**Nathaniel Hawthorne, 1804—1864**)

《重讲一遍的故事》(*Twice-Told Tales*，1837；1842)

　　《教长的黑面纱》("The Minister's Black Veil"，1832)

　　《温顺男孩》("The Gentle Boy"，1839)

《祖父的椅子》(*Grandfather's Chair*，1840)

《名人轶事》(*Famous Old People*，1841)

《自由树》(*Liberty Tree*，1841)

《古屋青苔》(*Mosses from an Old Manse*，1846)

　　《罗杰·马尔文的葬礼》("Roger Malvin's Burial"，1832)

　　《我的亲戚，莫里纳少校》("My Kinsman，Major Molineux"，1832)

　　《小伙子布朗》("Young Goodman Brown"，1835)

　　《胎记》("The Birth-Mark"，1843)

　　《拉伯西尼医生的女儿》("Rappaccini's Daughter"，1844)

《红字》(*The Scarlet Letter*，1850)

　　《带有七个尖角阁的房子》("The House of the Seven Gables"，1851)

《老少皆宜童话集》(*A Wonder-book for Young and Old*，1851)

《历史与传记故事演义》(*True Stories from History and Biography*，1851)

《少儿童话集》(*A Wonder-book for Girls and Boys*，1852)

《雪景及其他重讲一遍的故事》(*The Snow-image，and Other Twice-told Tales*，1852)

《探戈林故事集》(*Tanglewood Tales*，1853)

《多利弗传奇故事集》(*The Dolliver Romance and Other Pieces*，1876)

《美国笔记》(*Passages from the American Note-books of Nathaniel Hawthorne*，1883)

《白山巨石脸故事集》(*The Great Stone Face and Other Tales of the White Mountains*，1889)

厄内斯特·海明威(Ernest Hemingway，1899—1961)

《在我们的时代里》(*In Our Times*，1925)

　　《印第安营地》("Indian Camp"，1924)

　　《大双心河》("Big Two-Hearted River"，1925)

　　《了却一段情》("The End of Something"，1925)

　　《三天大风》("The Three-Day Blow"，1925)

　　《医生和医生的妻子》("The Doctor and the Doctor's Wife"，1925)

　　《白象似的群山》("Hills Like White Elephants"，1927)

　　《一个干净明亮的地方》("A Clean，Well-lighted Place"，1933)

　　《乞力马扎罗山的雪》("The Snow of Kilimanjaro"，1936)

《太阳照样升起》(*The Sun Also Rises*，1926)

　　《我的老人》("My Old Man")

《老人与海》(*The Old Man and the Sea*，1952)

　　《禁捕季节》("Out of Season")

《流动的盛宴》(*A Movable Feast*，1964)

欧·亨利(O. Henry，1862—1910)

　　《哈格雷夫斯的两面性》("The Duplicity of Hargraves"，1902)

　　《命运之路》("Roads of Destiny"，1903)

　　《警察与赞美诗》("The Cop and the Anthem"，1904)

　　《拦截火车》("Holding up a Train"，1904)

　　《麦琪的礼物》("The Gift of the Magi"，1905)

　　《双料骗子》("A Double-Dyed Deceiver"，1905)

　　《爱的牺牲》("A Service of Love"，1906)

　　《二十年以后》("After Twenty Years"，1906)

　　《红毛酋长的赎金》("The Ransom of Red Chief"，1907)

　　《艺术良心》("Conscience in Art"，1907)

《最后一片藤叶》("The Last Leaf", 1907)

《市政报告》("A Municipal Report", 1909)

《黄雀在后》("The Man Higher Up", 1910)

《催眠术高手杰夫·彼德斯》("Jeff Peters as a Personal Magnet")

《灌木丛中的王子》("A Chaparral Prince")

《口哨大王迪克的圣诞袜》("Whistling Dick's Christmas Stocking")

《牵线木偶》("The Marionettes")

《白菜与国王》(*Cabbages and Kings*, 1904)

《四百万》(*The Four Million*, 1906)

《擦亮的台灯》(*Trimmed Lamp*, 1907)

《西部腹地》(*Heart of the West*, 1907)

《命运之路》(*Roads of Destiny*, 1909)

《选择》(*Options*, 1909)

《仅为公事》(*Strictly Business*, 1910)

《陀螺》(*Whirligigs*, 1910)

《乱七八糟》(*Sixes and Sevens*, 1911)

《滚石》(*Rolling Stones*, 1912)

《城市之声》(*The Voice of the City*, 1916)

《温雅的贪污者》(*The Gentle Grafter*, 1916)

《无家可归者》(*Waifs and Strays*, 1917)

《附言》(*Postscripts*, 1923)

《欧·亨利小说集续集》(*O. Henry Encore*, 1939)

《扑鼠器》(*The Rat Trap*, 未完成)

I

华盛顿·欧文(Washington Irving, 1783—1859)

《纽约外史》(*A History of New York from the Beginning of the World to the End of the Dutch Dynasty*, 1809)

《见闻札记》(*The Sketch Book of Geoffrey Crayon, Gent*, 1819—1820)

《鬼新郎》("The Spectre Bridegroom", 1819)

《妻子》("The Wife", 1819)

《瑞普·凡·温克尔》("Rip Van Winkle", 1819)

《睡谷传奇》("The Legend of Sleepy Hollow", 1820)

《布雷斯布里奇田庄》(*Bracebridge Hall, or The Humorists, A Medley*, 1822)

《道尔夫·海利格》("Dolph Heyliger")

《风暴船》("The Storm Ship")

《胖绅士》("The Stout Gentleman")

《萨拉曼卡学生》("The Student of Salamanca")

《旅行者的故事》(*Tales of a Traveller*, 1824)

《魔鬼和汤姆·沃克》("The Devil and Tom Walker")

《沃尔弗特·韦伯》("Wolfert Webber, or Golden Dreams")

《阿尔罕伯拉》(*Tales of the Alhambra*, 1832)

《艾哈迈德·阿尔·卡迈勒王子传奇》（"The Legend of Prince Ahmed Al Kamel, or The Pilgrim of Love"，1832）

《乔治·华盛顿传》（*The Life of George Washington*，1855—1859）

《矮个黑衣人》（"The Little Man in Black"，1807）

J

雪莉·杰克逊（Shirley Jackson，1916—1965）

《穿墙之路》（*The Road through the Wall*，1948）

《摸彩及其他故事》（*The Lottery and Other Stories*，1949）

《汉沙曼》（*Hangsaman*，1951）

《鸟巢》（*The Bird's Nest*，1954）

《山庄闹鬼》（*The Hunting of Hill House*，1959）

《雪莉·杰克逊的魔法》（*The Magic of Shirley Jackson*，1966）

　　《詹尼丝》（"Janice"，1938）

　　《我在 R·H·玛西公司的生涯》（"My Life with R. H. Macy"，1941）

　　《来爱尔兰跟我跳舞》（"Come Dance with Me in Ireland"，1943）

　　《模糊七型》（"Seven Types of Ambiguity"，1943）

　　《摸彩》（"The Lottery"，1948）

　　《花园》（"Flower Garden"，1949）

　　《那当然》（"Of Course"，1949）

　　《收到吉米的一封信》（"Got a Letter from Jimmy"，1949）

　　《我们一直住在城堡》（"We Have Always Lived in the Castle"，1962）

《雪莉·杰克逊：小说和故事》（*Shirley Jackson: Novels and Stories*，2010）

亨利·詹姆斯（Henry James，1843—1916）

《亨利·詹姆斯美国长短篇小说集》（*The American Novels and Stories of Henry James*，1947）

　　《一年的故事》（"The Story of a Year"，1865）

《我的朋友宾汉姆》（*My Friend Bingham*，1866）

《狂热的朝圣者故事集》（*A Passionate Pilgrim and Other Tales*，1875）

《罗德里克·赫德森》（*Roderick Hudson*，1875）

《法国诗人和小说家》（*French Poets and Novelists*，1878）

《信心》（*The Confidence*，1878）

《欧洲人》（*The Europeans: A Sketch*，1878）

《黛西·米勒》（*Daisy Miller*，1879）

　　《一个国际事件》（"An International Episode"，1879）

　　《阿斯本文稿》（"The Aspern Papers"，1888）

《霍桑评传》（*Hawthorne*，1879）

《华盛顿广场》（*Washington Square*，1880）

《淑女画像》（*The Portrait of a Lady*，1881）

《美国人》（*The American*，1882）

《三城记》（*Tales of Three Cities*，1884）

　　《贝尔特拉菲奥的作者》（"The Author of Beltraffio"，1884）

《撒谎者》("The Liar"，1888)

《小说的艺术》(*The Art of Fiction*，1884)

《新版小说集》(*Stories Revived*，1885)

《波士顿人》(*The Bostonians*，1886)

《卡萨玛西玛公主》(*The Princess Casamassima*，1886)

《局部画像》(*Partial Portraits*，1888)

《反射器》(*The Reverberator*，1888)

《可怜的理查德》("Poor Richard"，1867)

《异乎寻常》("A Most Extraordinary Case"，1868)

《大师的教诲》(*The Lesson of the Master*，1888)

　　《埃德蒙德·奥姆先生》("Sir Edmund Orme"，1891)

　　《小学生》("The Pupil"，1891)

　　《多米尼克·费朗先生》("Sir Dominick Ferrand"，1892)

　　《私生活》("The Private Life"，1892)

《伦敦生活小说集》(*A London Life*，1889)

《悲剧缪斯》(*The Tragic Muse*，1890)

《布鲁克史密斯》(*Brooksmith*，1891)

《批评的科学》(*Science of Criticism*，1891)

《盖伊·多姆维尔》(*Guy Domville*，1893)

《货真价实故事集》(*The Real Thing and Other Tales*，1893)

《科克松基金》(*The Coxon Fund*，1894)

　　《过失的悲剧》("A Tragedy of Error"，1864)

　　《德格雷的罗曼史》("De Grey, A Romance"，1868)

　　《杰作的故事》("The Story of a Masterpiece"，1868)

　　《旧衣服传奇》("The Romance of Old Clothes"，1868)

　　《瘦弱的男人》("A Light Man"，1869)

　　《旅伴》("Travelling Companions"，1870)

　　《狂热的朝圣者》("A Passionate Pilgrim"，1871)

　　《马斯特·尤斯塔斯》("Master Eustace"，1871)

　　《客人的坦白》("Guest's Confession"，1872)

　　《德莫福夫人》("Madame de Mauves"，1874)

　　《四次相会》("Four Meetings"，1877)

　　《一叠信》("A Bundle of Letters"，1878)

《名流之死》(*The Death of the Lion*，1894)

《戏剧》(*Theatricals*，1894)

《死者的祭坛》(*The Altar of the Dead*，1895)

　　《地毯上的图案》("The Figure in the Carpet"，1896)

《下一次》(*The Next Time*，1895)

《戏剧：第二集》(*Theatricals: Second Series*，1895)

　　《中年》("The Middle Years"，1893)

《眼镜》(*Glasses*，1896)

《波英顿的珍藏品》(*The Spoils of Poynton*，1897)

《梅瑟所了解的》(*What Maisie Knew*，1897)

《笼中》(*In the Cage*，1898)

   《螺丝在旋紧》(又译《碧庐冤孽》)("The Turn of the Screw"，1898)

《欧洲》(*Europe*，1899)

   《赝品》("Paste"，1899)

   《真实而又正确的东西》("The Real Right Thing"，1899)

《尴尬的年纪》(*The Awkward Age*，1899)

《大好世界》(*The Great Good Place*，1900)

   《智慧树》("The Tree of Knowledge"，1900)

   《梅德温夫人》("Mrs. Medwin"，1901)

   《丛林猛兽》("The Beast in the Jungle"，1903)

《鸽翼》(*The Wings of the Dove*，1902)

《使节》(*The Ambassadors*，1903)

《出生地》(*The Birthplace*，1903)

《金碗》(*The Golden Bowl*，1904)

《美国风情》(*American Scene*，1907)

《快乐的角落》(*The Jolly Corner*，1908)

《挚友》(*The Friends of the Friends*，1909)

   《一轮访问》("A Round of Visits"，1910)

《呐喊》(*The Outcry*，1911)

《童年及其他》(*A Small Boy and Others*，1913)

《小说家评论》(*Notes on Novelists and Some Other Notes*，1914)

《作为儿子与兄弟》(*Notes of a Son and Brother*，1914)

《书信集》(*Letters*，1920)

萨拉·奥恩·朱伊特(Sarah Orne Jewett, 1849—1909)

《新老朋友》(*Old Friends and New*，1879)

   《布鲁斯先生》("Mr. Bruce")

   《迟到的晚餐》("A Late Supper")

   《费里夫人》("Lady Ferry")

   《迷失的情人》("A Lost Lover")

   《悲伤的客人》("A Sorrowful Guest")

《乡间小路》(*Country-by-Ways*，1881)

   《贝基小姐的神圣之旅》("Miss Becky's Pilgrimage")

《日光伴侣和岸上朋友》(*The Mate of the Daylight, and Friends Ashore*，1882)

   《戴比小姐的邻居》("Miss Debby's Neighbors")

   《独生子》("The Only Son")

   《教区新居民》("A New Parishioner")

   《日光伴侣》("The Mate of Daylight")

   《入室强盗的供述》("The Confession of a House-breaker")

   《失地农民》("A Landless Farmer")

   《汤姆的丈夫》("Tom's Husband")

   《小小"旅行家"》("A Little 'Traveller'")

《乡村医生》(*A Country Doctor*，1884)

《白鹭故事集》(*A White Heron and Other Stories*，1886)

　　《白鹭》("A White Heron")

　　《杜尔海姆村的女士们》("The Dulham Ladies")

　　《马什·罗斯玛丽》("Marsh Rosemary")

《陌生人和旅行者》(*Strangers and Wayfarers*，1890)

《土生土长的温比人故事集》(*A Native of Winby and Other Tales*，1893)

　　《贝齐·莱恩的旅行》("The Flight of Betsey Lane")

《南希的生活》(*The Life of Nancy*，1895)

　　《邻居家的地标》("A Neighbor's Landmark")

　　《蒂莫斯夫人的客人》("The Guests of Mrs. Timms")

　　《我所有悲伤的船长》("All My Sad Captains")

《针枞之乡》(*The Country of the Pointed Firs*，1896)

　　《海边生活》("A Bit of Shore Life")

《王后胞妹故事集》(*The Queen's Twin and Other Stories*，1899)

《萨拉·奥恩·朱伊特未收录的短篇小说集》(*The Uncollected Short Stories of Sarah Orne Jewett*，1971)

　　《珍妮·加罗的情人》("Jenny Garrow's Lovers"，1868)

L

杰克·伦敦(Jack London, 1876—1916)

《狼之子》(*The Son of the Wolf*，1900)

《他祖先的上帝故事集》(*The God of His Fathers and Other Stories*，1901)

《霜的孩子》(*Children of the Frost*，1902)

《雪的女儿》(*A Daughter of The Snows*，1902)

《野性的呼唤》(*The Call of the Wild*，1903)

　　《豹人的故事》("The Leopard Man's Story"，1903)

　　《海狼》("The Sea-Wolf"，1904)

　　《热爱生命》("Love of Life"，1905)

《深渊里的人们》(*The People of the Abyss*，1903)

《人类的信仰》(*The Faith of Men and Other Stories*，1904)

《我是怎样成为一个社会主义者的》(*How I Became a Socialist*，1905)

《阶级斗争》(*War of Classes*，1905)

《月亮脸故事集》(*Moon-Face and Other Stories*，1906)

《白牙》(*White Fang*，1906)

　　《叛逆者》("The Apostate"，1906)

　　《大路》("The Road"，1907)

　　《一块牛排》("A Piece of Steak"，1909)

　　《路界以南》("South of the Slot"，1909)

　　《史无前例的入侵》("The Unparalleled Invasion"，1910)

《热爱生命故事集》(*Love of Life and Other Stories*，1907)

《铁蹄》(*The Iron Heel*，1908)

《"蛇鲨"号航行记》（"The Cruise of the Snark", 1911)

《马丁·伊登》（*Martin Eden*, 1909)

《燃烧的戴莱特》（*Burning Daylight*, 1910)

　　《墨西哥人》（"The Mexican", 1911)

　　《赤物》（"The Red One", 1918)

《历险记》（*Adventure*, 1910)

《丢脸》（*Lost Face*, 1910)

《革命》（*Revolution and Other Essays*, 1910)

《南海故事集》（*South Sea Tales*, 1911)

　　《马普希的房子》（"The House of Mapuhi", 1909)

　　《异教徒》（"The Heathen")

　　《逃不开的白种人》（"The Inevitable White Man")

《上帝笑了故事集》（*When God Laughs and Other Stories*, 1911)

《太阳之子》（*A Son of the Sun*, 1912)

《斯莫克·贝柳》（*Smoke Bellew*, 1912)

《荣誉之家及其他夏威夷故事》（*The House of Pride and Other Tales of Hawaii*, 1912)

《约翰·巴雷康》（*John Barleycorn*, 1913)

《穷凶极恶》（*The Abysmal Brute*, 1913)

《夜生者》（*The Night Born*, 1913)

《强者的力量》（*The Strength of the Strong*, 1914)

《"埃尔西诺"号叛变》（*The Mutiny of Elsinore*, 1914)

《红瘟病》（*The Scarlet Plague*, 1915)

《塔斯曼的海龟》（*The Turtles of Tasman*, 1916)

《人的漂移》（*The Human Drift*, 1917)

《赤物》（*The Red One*, 1918)

《马卡罗阿席上》（*On the Makaloa Mat*, 1919)

《荷兰式勇气故事集》（*Dutch Courage and Other Stories*, 1922)

　　《北方的奥德赛》（"An Odyssey of the North", 1900)

　　《生命的法则》（"The Law of Life", 1901)

　　《月亮脸》（"Moon-Face", 1902)

　　《老头子同盟》（"The League of the Old Men", 1902)

　　《生火》（"To Build a Fire", 1902)

《暗杀局》（*The Assassination Bureau, Ltd.*, 1963)

　　《夜游东京湾》（"A Night's Swim in Yeddo Bay", 1895)

　　《酒井绪、和乃爱子与孝武》（"Sakaicho, Hona Asi and Hakadaki", 1895)

　　《阿春》（"O Haru", 1897)

　　《在东京湾》（"In Yeddo Bay", 1903)

　　《黄手帕》（"Tale of the Fish Patrol：Yellow Handkerchief", 1905)

　　《白与黄》（"White and Yellow", 1905)

亨利·华兹华斯·朗费罗（Henry Wadsworth Longfellow, 1807—1882）

　　《伊凡吉林》（"Evangeline：A Tale of Acadie", 1847)

　　《塔里镇墓地》（"In the Churchyard at Tarrytown", 1859)

M

伯纳德·马拉默德（Bernard Malamud，1914—1986）

《店员》（*The Assistant*，1957）

《魔桶》（*The Magic Barrel*，1958）

　　《魔桶》（"The Magic Barrel"，1954）

　　《天使莱文》（"Angel Levine"，1955）

《白痴优先》（*Idiots First*，1963）

　　《白痴优先》（"Idiots First"，1961）

　　《犹太鸟》（"The Jewbird"，1963）

《基辅怨》（*The Fixer*，1966）

《费德尔曼的写照》（*Pictures of Fidelman: An Exhibition*，1969）

　　《最后一个莫希干人》（"The Last Mohican"，1958）

　　《威尼斯的玻璃吹制工》（"Glass Blower of Venice"，1969）

《伦勃朗的帽子》（*Rembrandt's Hat*，1973）

　　《银冠》（"The Silver Crown"，1972）

　　《伦勃朗的帽子》（"Rembrandt's Hat"，1973）

《上帝的福佑》（*God's Grace*，1982）

《马拉默德短篇小说集》（*The Stories of Bernard Malamud*，1983）

《马拉默德短篇小说全集》（*The Complete Stories*，1997）

保拉·马歇尔（Paule Marshall，1929—2019）

《棕色女孩，棕色砂石》（*Brown Girl, Brownstones*，1959）

《灵魂拍掌而歌》（*Soul Clap Hands and Sing*，1961）

　　《布鲁克林》（"Brooklyn"，1961）

《雷娜及其他故事》（*Reena and Other Stories*，1983）

　　《之间的山谷》（"The Valley Between"，1954）

　　《雷娜》（"Reena"，1962）

　　《致达德，悼念》（"To Da-Duh, in Memoriam"，1967）

　　《造就一名作家：始于厨房诗人》（"The Making of a Writer：From a Poet in the Kitchen"，1983）

《捕鱼王》（*The Fisher King*，2001）

卡森·麦卡勒斯（Carson McCullers，1917—1967）

《心是孤独的猎手》（*The Heart Is a Lonely Hunter*，1940）

《金色眼睛的映像》（*Reflections in a Golden Eye*，1941）

《婚礼的成员》（*The Member of the Wedding*，1946）

《伤心咖啡馆之歌：卡森·麦卡勒斯小说和故事集》（*The Ballad of the Sad Café: The Novels and Stories of Carson McCullers*，1951）

《没有指针的钟》（*Clock without Hands*，1961）

　　《一棵树，一块石，一朵云》（"A Tree, A Rock, A Cloud"，1942）

《卡森·麦卡勒斯小说全集》（*Carson McCullers: Complete Novels*，2001）

　　《伤心咖啡馆之歌》（"The Ballad of the Sad Café"，1943）

赫尔曼·麦尔维尔（Herman Melville，1819—1891）

《泰比》（*Typee*，1846）

N

弗拉基米尔·纳博科夫(Vladimir Nabokov, 1899—1977)

弗兰克·诺里斯(Frank Norris, 1870—1902)

《小麦交易及其他故事》(*A Deal in Wheat and Other Stories of the New and Old West*，1903)

《小说家的责任》(*The Responsibilities of the Novelists*，1903)

　　《为浪漫小说请愿》("A Plea for Romantic Fiction"，1901)

《第三圈》(*The Third Circle*，1909)

《凡陀弗与兽性》(*Vandover and the Brute*，1914)

《弗兰克·诺里斯最佳短篇小说集》(*The Best Short Stories of Frank Norris*，1998)

　　《暗火》("Dying Fires")

　　《藏在桅顶横杆里的鬼魂》("The Ghost in the Crosstrees")

　　《猝死备忘录》("A Memorandum of Sudden Death")

　　《斗鸡眼布莱克洛克去世》("The Passing of Cock-Eye Blacklock")

　　《费利佩的骑术》("The Riding of Felipe")

　　《贵宾》("The Guest of Honor")

　　《喝彩领队巴迪·琼斯》("Buddy Jones，Chef de Claque")

　　《见鬼船》("The Ship That Saw a Ghost")

　　《基诺的妻子》("The Wife of Chino")

　　《尼克森的双面性格》("The Dual Personality of Sick Dick Nickerson")

　　《他的姐姐》("His Sister")

　　《小麦交易所》("A Deal in Wheat")

　　《心心相印》("Two Hearts That Beat as One")

　　《与假肢者讨价还价》("A Bargain with Peg-Leg")

　　《朱迪的金质餐具服务》("Judy's Service of Gold Plate")

《豺狼：一个欧洲的故事》(*The Wolf: A Story of Europe*，未完成)

O

乔伊斯·卡洛尔·欧茨(Joyce Carol Oates, 1938—　)

　　《在旧世界》("In the Old World"，1959)

　　《我的华沙》("My Warszawa"，1980)

　　《金发女郎》("Blonde"，2000)

　　《黑眼圈女孩》("The Girl with the Blackened Eye"，2001)

　　《瀑布》("The Falls"，2004)

　　《化石像》("Fossil-figures"，2010)

《北门边》(*By the North Gate*，1963)

《人间乐园》(*A Garden of Earthly Delights*，1967)

《他们》(*Them*，1969)

《爱的轮盘》(*The Wheel of Love and Other Stories*，1970)

　　《冰区》("In the Region of Ice"，1966)

　　《你要去哪儿？你去哪儿了？》("Where Are You Going, Where Have You Been?"，1966)

　　《未寄出的未写成的信》("Unmailed Unwritten Letters"，1969)

　　《我是怎样从底特律劳改所思考世界和重启人生的》("How I Contemplated the World from the Detroit House of Correction, and Began My Life Over

771

Again", 1969)

《满足了的欲望》("Accomplished Desire")

《奇境》(*Wonderland*，1971)

《婚姻与不忠》(*Marriages and Infidelities*，1972)

《死者》("The Dead"，1972)

《变形记》("The Metamorphosis")

《饿鬼》(*The Hungry Ghosts: Seven Allusive Comedies*，1974)

《女神》(*The Goddess and Other Women*，1974)

《关于鲍比·T的案件》("Concerning the Case of Bobby T.")

《女儿》("The Daughter")

《女神》("The Goddess")

《在仓库里》("In the Warehouse")

《毒吻和其他葡萄牙人的故事》(*The Poisoned Kiss and Other Stories from the Portuguese*，1975)

《上帝之子和他的忧愁》("The Son of God and His Sorrow")

《维森特博士的大脑》("The Brain of Dr. Vicente")

《我们在阿尔费斯地区的脆弱不堪的夫人》("Our Lady of the Easy Death of Alferce")

《跨越边界》(*Crossing the Border*，1976)

《黑暗面》(*Night-sides*，1977)

《情感教育》(*A Sentimental Education*，1980)

《那年秋天》("In the Autumn of the Year"，1978)

《情感教育》("A Sentimental Education"，1978)

《夜之女王》("Queen of the Night"，1979)

《悬崖》("The Precipice")

《一次中产阶级的教育》("A Middle-class Education")

《幽会》("The Tryst")

《幽会》(*The Assignation*，1988)

《慢》("Slow")

《男孩》("The Boy")

《虱子》("Tick")

《体育馆》("The Stadium")

《同体》("One Flesh")

《僵尸》(*Zombie*，1995)

《玉米姑娘和其他噩梦》(*The Corn Maiden and Other Nightmares*，2011)

《黑大丽花和白玫瑰》(*Black Dahlia and White Rose*，2012)

弗兰纳里·奥康纳(Flannery O'Connor, 1925—1964)

《天竺葵短篇故事集》(*The Geranium: A Collection of Short Stories*，1947)

《天竺葵》("The Geranium"，1946)

《慧血》(*Wise Blood*，1952)

《好人难寻与其他故事》(*A Good Man Is Hard to Find and Other Stories*，1955)

《好人难寻》("A Good Man Is Hard to Find"，1953)

《河》("The River"，1953)

《你救的可能是自己》("The Life You Save May Be Your Own"，1953)

《背井离乡的人》("The Displaced Person"，1954)

《火中圈》("A Circle in the Fire"，1954)

《人造黑人》("The Artificial Nigger"，1955)

《善良的乡下人》("Good Country People"，1955)

《强暴的人夺走了它》(*The Violent Bear It away*，1960)

《上升的一切必将汇合》(*Everything That Rises Must Converge*，1965)

　《格林利夫》("Greeleaf"，1956)

　《林景》("A View of the Woods"，1957)

　《上升的一切必将汇合》("Everything That Rises Must Converge"，1961)

　《瘸子应该先进去》("The Lame Shall Enter First"，1962)

　《启示》("Revelation"，1964)

　《帕克的脊背》("Parker's Back"，1965)

　《最后审判日》("Judgement Day"，1965)

约翰·奥哈拉(John O'Hara, 1905—1970)

《相约萨马拉》(*Appointment in Samarra*，1934)

《集合》(*Assembly*，1961)

　《女校友简报》("The Alumnae Bulletin"，1928)

　《医生之子》("The Doctor's Son"，1934)

　《跨过河流，穿过树林》("Over the River and Through the Wood"，1935)

　《星期二午餐》("Lunch Tuesday"，1937)

　《街角的房子》("The House on the Corner"，1964)

　《学校》("School"，1964)

P

托马斯·潘恩(Thomas Paine, 1737—1809)

《常识》(*Common Sense*，1776)

《美国危机》(*The Crisis*，1776—1783)

埃德加·爱伦·坡(Edgar Allan Poe, 1809—1849)

《瓶中手稿》(*MS. Found in a Bottle*，1833)

《南塔克特岛的阿瑟·戈登·皮姆的故事》(*The Narrative of Arthur Gordon Pym of Nantucket*，1838)

　《写作秘诀刍论》("A Few Words on Secret Writing"，1841)

　《评〈重讲一遍的故事〉》("'Twice-told Tales'，A Review"，1842)

　《渡鸦》("The Raven"，1845)

　《创作的哲学》("The Philosophy of Composition"，1846)

《怪异故事集》(*Tales of the Grotesque and Arabesque*，1839)

　《梅岑格施泰因》("Metzengerstein"，1832)

　《耶路撒冷的故事》("A Tale of Jerusalem"，1832)

　《贝蕾妮丝》("Berenice"，1835)

　《汉斯·普法尔历险记》("The Unparalleled Adventure of One Hans Pfaall"，1835)

《莫蕾拉》("Morella"，1835)

《丽姬娅》("Ligeia"，1838)

《厄舍府的倒塌》("The Fall of the House of Usher"，1839)

《威廉·威尔逊》("William Wilson"，1839)

《生意人》("The Business Man"，1840)

《莫格街谋杀案》("The Murders in the Rue Morgue"，1841)

《千万别和魔鬼赌你的脑袋》("Never Bet the Devil Your Head"，1841)

《红死病的假面具》("The Masque of the Red Death"，1842)

《玛丽·罗热疑案》("The Mystery of Marie Rogêt"，1842)

《椭圆形画像》("The Oval Portrait"，1842)

《陷坑与摆钟》("The Pit and the Pendulum"，1842)

《黑猫》("The Black Cat"，1843)

《金甲虫》("The Gold-Bug"，1843)

《欺骗是一门精密的科学》("Diddling"，1843)

《泄密的心》("The Tell-tale Heart"，1843)

《你就是凶手》("Thou Art the Man"，1844)

《气球骗局》("The Balloon-Hoax"，1844)

《森格姆·鲍勃先生的文学生涯》("The Literary Life of Thingum Bob, Esq."，1844)

《失窃的信》("The Purloined Letter"，1844)

《眼镜》("The Spectacles"，1844)

《与一具木乃伊的谈话》("Some Words with a Mummy"，1845)

《斯芬克斯》("The Sphinx"，1846)

《一桶蒙特亚白葡萄酒》("The Cask of Amontillado"，1846)

《跳蛙》("Hop-frog"，1849)

《诗歌原理》(*The Poetic Principle*，1848)

《堕入漩涡》("Descent into the Maelstrom"，1841)

凯瑟琳·安·波特(Katherine Anne Porter，1890—1980)

《开花的犹大树及其他故事》(*Flowering Judas and Other Stories*，1930)

《凡尘》(*old Mortality*，1937)

《灰色马，灰色骑手》(*Pale Horse, Pale Rider*，1939)

《斜塔及其他故事》(*The Leaning Tower and Other Stories*，1944)

《旧秩序——南方故事》(*The Old Order: Stories of the South*，1955)

《愚人船》(*Ship of Fools*，1962)

《波特故事集》(*The Collected Stories of Katherine Anne Porter*，1965)

《玛利亚·孔塞普西翁》("María Conceptión"，1922)

《他》("He"，1927)

《被遗弃的韦瑟罗尔奶奶》("The Jilting of Granny Weatherall"，1929)

《盗》("Theft"，1929)

《开花的犹大树》("Flowering Judas"，1930)

《庄园》("Hacienda"，1934)

《坟》("The Grave"，1935)

《马戏》("The Circus"，1935)

《中午酒》("Noon Wine"，1937)

《灰色马，灰色骑手》("Pale Horse，Pale Rider"，1938)

《凡尘》("Old Mortality"，1939)

《斜塔》("The Leaning Tower"，1944)

《无花果树》("The Fig Tree"，1960)

托马斯·品钦(Thomas Pynchon, Jr., 1937—   )

《V》(*V*，1963)

《万有引力之虹》(*Gravity's Rainbow*，1973)

《笨鸟集》(*Slow Learner: Early Stories*，1984)

 《细雨》("The Small Rain"，1959)

 《低地》("Low-Lands"，1960)

 《熵》("Entropy"，1960)

 《玫瑰之下》("Under the Rose"，1961)

 《秘密融合》("The Secret Integration"，1964)

《葡萄园》(*Vineland*，1990)

《梅森和迪克逊》(*Mason & Dixon*，1997)

《抵抗白昼》(*Against the Day*，2006)

《性本恶》(*Inherent Vice*，2009)

《滴血边缘》(*Bleeding Edge*，2013)

R

玛丽·罗兰森(Mary Rowlandson, 1637—1711)

《上帝的权威与仁慈》(*The Sovereignty and Goodness of God*，1682)

菲利普·罗斯(Phillip Roth, 1933—2018)

《捉刀鬼》(*The Ghost Writer*，1979)

S

杰罗姆·戴维·塞林格(Jerome David Salinger, 1919—2010)

《麦田里的守望者》(*The Catcher in the Rye*，1951)

 《年轻人》("The Young Folks"，1939)

《九故事》(*Nine Stories*，1953)

 《轻轻叛离麦迪逊》("Slight Rebellion off Madison"，1946)

 《适逢向爱斯基摩人开战之前》("Just Before the War with the Eskimos"，1948)

 《康涅狄格的维格里大叔》("Uncle Wiggly in Connecticut"，1948)

 《小船里》("Down at the Dinghy"，1948)

 《香蕉鱼之最佳时日》("A Perfect Day for Bananafish"，1948)

 《笑面人》("The Laughing Man"，1949)

 《献给艾子曼——带着爱意与困厄》("For Esmé — with Love and Squalor"，1950)

 《美丽的嘴巴和贪婪的眼睛》("Pretty Mouth and Green My Eyes"，1951)

 《史密斯先生的忧郁时光》("De Daumier-Smith's Blue Period"，1952)

 《泰迪》("Teddy"，1953)

《弗兰妮》(*Franny*，1955)

《抬高房梁，木匠们》(*Raise High the Roof Beam, Carpenters*，1955)

《祖伊》(*Zooney*，1957)

《西摩：小传》(*Seymour: An Introduction*，1959)

威廉·萨罗扬(William Saroyan，1908—1981)

《飞舞的秋千上大胆的年轻人和其他故事》(*The Daring Young Man on the Flying Trapeze, and Other Stories*，1934)

《三乘三》(*Three Times Three*，1936)

《吸入和呼出》(*Inhale and Exhale*，1936)

《孩子们》(*Little Children*，1937)

《亲爱的，这儿是我的帽子》(*Love, Here is My Hat*，1938)

《和平多美妙》(*Peace, It's Wonderful*，1939)

《我叫阿拉姆》(*My Name is Aram*，1940)

  《夏日美丽的白马》("The Summer of the Beautiful White Horse"，1938)

《萨罗扬寓言集》(*Saroyan's Fables*，1941)

  《飞舞的秋千上大胆的年轻人》("The Daring Young Man on the Flying Trapeze"，1933)

  《七万亚述人》("Seventy Thousand Assyrians"，1934)

  《1，2，3，4，5，6，7，8》("1，2，3，4，5，6，7，8"，1934)

  《四分之一、二分之一、四分之三和完整的札记》("Quarter，Half，Three-quarter，and Whole Notes"，1936)

凯瑟琳·玛利亚·塞奇威克(Catherine Maria Sedgwick，1789—1867)

《新英格兰故事》(*A New-England Tale*，1822)

《雷德伍德》(*Redwood*，1824)

《霍普·莱斯利》(*Hope Leslie*，1827)

《创作狂》(*Cacoethes Scribendi*，1830)

《克拉伦斯》(*Clarence*，1830)

《埃德温·罗宾斯的双胞胎生活》(*The Twin Lives of Edwin Robbins*，1832)

  《复仇雄心》("Le Bossu"，1832)

《林伍德一家》(*The Linwoods*，1835)

《塞奇威克小姐短篇小说集》(*Tales and Sketches by Miss Sedgwick*，1835，1844)

  《大姐》("The Eldest Sister")

  《金丝雀之家》("The Canary Family")

  《老处女》("Old Maids")

  《联邦制回忆录》("A Reminiscence of Federalism")

  《玛丽·戴尔》("Mary Dyre")

  《骑士水手》("The Chivalric Sailor")

  《圣凯瑟琳节前夕》("St. Catharine's Eve")

  《献身》("Dedication")

  《乡巴佬》("The Country Cousin")

  《现实生活中的爱情》("Romance in Real Life")

  《信奉天主教的易洛魁人》("The Catholic Iroquois")

《宽容待人》(*To Live and Let Live*，1837)

《贫穷的富人和富有的穷人》(*The Poor Rich Man and the Rich Poor Man*，1837)

《献给儿童的爱的纪念物》(*A Love Token for Children*，1838)

　　《残疾男孩》("The Deformed Boy")

　　《范妮和她的狗涅浦顿》("Fanny and Her Dog Neptune")

　　《魔灯》("The Magic Lamp")

　　《寡妇和她的儿子威利》("The Widow and Her Son Willie")

《手段和目的》(*Means and Ends*，1839)

《写给年轻人的故事》(*Stories for Young Persons*，1841)

　　《一个胡格诺教家庭》("A Huguenot Family"，1842)

　　《博洛尼亚的伊梅尔达》("Imelda of Bologna"，1846)

《道德风尚》(*Morals of Manners*，1846)

　　《伯克郡传统》("A Berkshire Tradition"，1852)

《已婚还是单身?》(*Married or Single?*，1857)

艾萨克·巴什维斯·辛格(Isaac Bashevis Singer, 1904—1991)

《格雷的撒旦》(*Satan in Gusay*，1935)

《莫斯卡特家族》(*The Family Moskat*，1950)

《愚人吉姆佩尔及其他故事》(*Gimpel the Fool and Other Stories*，1957)

《卢柏林的魔术师》(*The Magician of Lublin*，1960)

《市场街的斯宾诺莎及其他故事》(*The Spinoza of Market Street and Other Stories*，1961)

《短暂星期五及其他故事》(*Short Friday and Other Stories*，1964)

《庄园》(*The Manor*，1967)

《集会及其他故事》(*The Seance and Other Stories*，1968)

　　《市场街的斯宾诺莎》("The Spinoza of Market Street"，1944)

　　《愚人吉姆佩尔》("Gimpel the Fool"，1945，1953)

　　《短暂星期五》("Short Friday")

　　《黑色的婚礼》("The Black Wedding")

　　《集会》("The Seance")

　　《泰贝丽和她的魔鬼》("Taibele and Her Demon")

　　《喜悦》("Joy")

　　《颜妲》("Yanda")

《财产》(*The Estate*，1969)

《敌人：一个爱情故事》(*Enemies: A Love Story*，1972)

《忏悔者》(*The Penitent*，1983)

《疯狂之恋》(*Meshugah*，1994)

约翰·史密斯(John Smith, 1580—1631)

《弗吉尼亚的真实关系》(*A True Relation of Virginia*，1608)

《新英格兰描述》(*A Description of New England*，1616)

《约翰·史密斯船长的真实旅行、冒险和见闻》(*The True Travels，Adventures and Observations of Captain John Smith*，1630)

金·斯代福德(Jean Stafford, 1915—1979)

《闯荡波士顿》(*Boston Adventure*，1944)

《金·斯代福德短篇小说集》(*The Collected Stories of Jean Stafford*，1969)

　　《内部城堡》("The Interior Castle"，1947)

　　《动物园里》("In the Zoo"，1953)

　　《生活不是地狱》("Life Is No Abyss")

　　《一个温和的建议》("A Modest Proposal")

格特鲁德·斯泰因(Gertrude Stein, 1874—1946)

　　《证明终了》("Q.E.D."，1903)

《三种生活》(*Three Lives*，1909)

　　《好安娜》("The Good Anna")

　　《马兰克塔》("Malanctha")

　　《温柔的丽娜》("The Gentle Lena")

《美国人的本质》(*The Making of Americans*，1925)

约翰·厄内斯特·斯坦贝克(John Ernst Steinbeck, 1902—1968)

《天堂牧场》(*The Pasture of Heaven*，1932)

《长峡谷》(*The Long Valley*，1938)

《愤怒的葡萄》(*The Grapes of Wrath*，1939)

　　《伴虎的孩子》("The Child by Tiger"，1937)

《红马驹故事集》(*The Red Pony*，1945)

　　《一只白鹌鹑》("The White Quail"，1935)

　　《早餐》("Breakfast"，1936)

　　《菊花》("The Chrysanthemums"，1937)

　　《珍珠》("The Pearl"，1945)

　　《礼物》("The Gift")

　　《诺言》("The Promise")

　　《群山》("The Great Mountains")

　　《人民的领导者》("The Leader of the People")

罗伯特·斯通(Robert Stone, 1937—2015)

《亡命之徒》(*Dog Soldiers*，1974)

《熊和他的女儿》(*Bear and His Daughter*，1997)

《与问题嬉戏》(*Fun with Problems*，2010)

　　《帮助》("Helping"，1987)

　　《怜悯》("Miserere"，1996)

　　《熊和他的女儿》("Bear and His Daughter"，1997)

　　《与问题嬉戏》("Fun with Problems"，2002)

T

马克·吐温(Mark Twain, 1835—1910)

《夏威夷群岛来信》(*Letters from the Sandwich Islands*，1838)

《檀香山来信》(*Letters from Honolulu*，1839)

《追猎中国人》(*Hunt the Chinaman*，1865)

《傻瓜国外旅行记》(*The Innocents Abroad*，or *The New Pilgrim's Progress*，1869)

《马克·吐温文集：滑稽自传》(*Mark Twain's Burlesque: Autobiography and First*

Romance，1871）

《卡拉维拉斯县驰名的跳蛙》（"The Celebrated Jumping Frog of Calaveras County"，1865）

《苦行记》（*Roughing It*，1872）

《镀金时代》（*The Gilded Age: A Tale of Today*，1874）

《新老故事集》（*Sketches New and Old*，1875）

《汤姆·索亚历险记》（*The Adventures of Tom Sawyer*，1876）

《阿信》（*Ah Sin: The Heathen Chinee*，1876）

《国外旅游记》（*A Tramp Abroad*，1880）

《王子与贫儿》（*The Prince and the Pauper*，1881）

《被盗的白象》（*The Stolen White Elephant*，1882）

《密西西比河上的生活》（*Life on the Mississippi River*，1883）

《坏孩子的故事》（"The Story of the Bad Little Boy Who Didn't Come to Grief"，1865）

《哥尔斯密的朋友再度出洋》（"Goldsmith's Friend Abroad Again"，1870）

《好孩子的故事》（"The Story of the Good Little Boy Who Did Not Prosper"，1870）

《我怎样编辑农业报》（"How I Edited an Agricultural Paper"，1870）

《竞选州长》（"Running for Governor"，1870）

《一个真实的故事》（"A True Story Repeated Word for Word as I Heard It"，1874）

《亚瑟王朝廷上的康涅狄格州的美国人》（"A Connecticut Yankee in King Arthur's Court"，1889）

《百万英镑》（"The £1,000,000 Bank-note"，1893）

《败坏了哈德莱堡的人》（"The Man That Corrupted Hadleyburg"，1899）

《狗的自述》（"A Dog's Tale"，1904）

《三万美元遗产》（"The $30,000 Bequest"，1906）

《哈克贝利·费恩历险记》（*The Adventures of Huckleberry Finn*，1884）

《马克·吐温幽默故事集》（*Mark Twain's Library of Humor*，1888）

《百万英镑故事集》（*The £1,000,000 Bank Note and Other New Stories*，1893）

《傻瓜威尔逊》（*Pudd'nhead Wilson*，1894）

《汤姆·索亚在国外》（*Tom Sawyer Abroad*，1894）

《贞德传》（*Personal Recollections of Joan of Arc*，1896）

《人是什么？》（"What Is Man?"，1905）

《神秘的陌生人》（"The Mysterious Stranger"，1916）

《地球来信》（"Letters from the Earth"，1962）

《赤道环游记》（*Following the Equator*，1897）

《败坏了哈德莱堡的人及其他故事、散文集》（*The Man That Corrupted Hadleyburg and Other Stories and Essays*，1900）

《三万美元遗产故事集》（*The $30,000 Bequest and Other Stories*，1906）

《自传》（*Autobiography*，1924）

《我也是义和团》（"I Am a Boxer"，1901）

《致坐在黑暗中的人》（"To the Person Sitting in Darkness"，1901）
《案中案》（"A Double Barrelled Detective Story"，1902）
《马克·吐温与布朗先生游记》（*Mark Twain's Travels with Mr. Brown*，1940）

U

约翰·厄普代克（John Updike, 1932—2009）

《同一扇门》（*The Same Door*，1959）
《兔子，跑吧》（*Rabbit，Run*，1960）
《鸽羽》（*Pigeon Feathers*，1962）
《半人半马》（*The Centaur*，1963）
《奥林格故事集》（*Olinger Stories*，1964）
《农场》（*Of the Farm*，1965）
《音乐学校》（*The Music School*，1966）
《贝赫：一部书》（*Bech: A Book*，1970）
《兔子回来》（*Rabbit Redux*，1971）
《博物馆和女人》（*Museums and Women*，1972）
《问题》（*Problems*，1979）
《遥不可及》（*Too Far to Go*，1979）
《兔子富了》（*Rabbit Is Rich*，1981）
《贝赫回来》（*Bech Is Back*，1982）
《相信我》（*Trust Me*，1987）
《兔子安息》（*Rabbit at Rest*，1990）
《余生》（*The Afterlife*，1994）
《贝赫陷入绝境》（*Bech at Bay*，1998）
《怀念兔子》（*Rabbit Remembered*，2000）
《零碎之爱》（*Licks of Love*，2000）
《父亲的眼泪》（*My Father's Tears*，2009）
    《雪落格林威治村》（"Snowing in Greenwich Village"，1956）
    《逃跑》（"Flight"，1959）
    《向妻求爱》（"Wife-Wooing"，1960）
    《鸽羽》（"Pigeon Feathers"，1961）
    《音乐学校》（"The Music School"，1964）
    《分居》（"Separating"，1975）
    《余生》（"The Afterlife"，1986）

V

库尔特·冯内古特（Kurt Vonnegut, Jr., 1922—2007）

《猫舍里的金丝雀》（*Canary in a Cathouse*，1961）
    《关于巴恩豪斯效应的报告》（"Report on the Barnhouse Effect"，1950）
    《皮囊难定》（"Unready to Wear"，1953）
《猫的摇篮》（*Cat's Cradle*，1963）
《欢迎来到猴园》（*Welcome to the Monkey House*，1968）

《重回爱妻和娇子身边》("Go Back to Your Precious Wife and Son")
《EPICAC》("EPICAC")
《隔壁》("Next Door")
《哈里森·伯杰隆》("Harrison Bergeron")
《谎言》("The Lie")
《无人能管的孩子》("The Kid Nobody Could Handle")
《新词典》("New Dictionary")
《走向永恒》("Long Walk to Forever")
《五号屠场》(*Slaughterhouse-Five*，1969)
《冠军早餐》(*Breakfast of Champions*，1973)
《时震》(*Timequake*，1997)
《巴功波鼻烟盒》(*Bagombo Snuff Box*，1999)
《哈尔·欧文的魔灯》("Hal Irwin's Magic Lamp")
《恨女孩的男孩》("The Boy Who Hated Girls")
《灰蓝色的龙》("The Powder-Blue Dragon")
《纪念品》("Souvenir")
《死亡界》("Thanasphere")
《随军翻译》("Der Arme Dolmetscher")
《随快乐罗杰号航行》("The Cruise of the Jolly Roger")
《2BR02B》("2BR02B")
《我的这个儿子》("This Son of Mine")
《观鸟记》(*Look at the Birdie*，2009)
《追忆末日决战》(*Armageddon in Retrospect*，2009)
《众生安眠》(*While Mortals Sleep*，2011)

W

艾丽丝·沃克(Alice Walker，1944—)
《爱与烦扰：黑人妇女的故事》(*In Love and Trouble: Stories of Black Women*，1973)
《让死亡见鬼去吧》("To Hell with Dying"，1967)
《一个非洲修女的日记》("The Diary of an African Nun"，1967)
《萝斯莉莉》("Roselily"，1973)
《日用品》("Everyday Use"，1973)
《梅里狄安》(*Meridian*，1982)
《寻找我们母亲的花园》("In Search of Our Mothers' Gardens"，1994)
《你别想压制好女人》(*You Can't Keep a Good Woman Down*，1982)
《春季的一次意外回家》("A Sudden Trip Home in the Spring"，1981)
《一九五五》("Nineteen Fifty-five"，1981)
《紫颜色》(*The Color Purple*，1985)
《心碎相伴下的前进之路》(*The Way Forward Is with a Broken Heart*，2000)
尤多拉·韦尔蒂(Eudora Welty，1909—2001)
《绿帘》(*A Curtain of Green*，1941)
《强盗新郎》(*The Robber Bridegroom*，1942)

《宽网和其他故事》(*The Wide Net and Other Stories*，1943)

《三角洲婚礼》(*Delta Wedding*，1946)

《金苹果》(*The Golden Apple*，1949)

《庞德的心》(*The Ponder Heart*，1953)

《茵尼斯法伦号船上的新娘和其他故事》(*The Bride of the Innisfallen and Other Stories*，1955)

《败仗》(*Losing Battles*，1970)

《一时一地》(*One Time，One Place*，1971)

《乐观者的女儿》(*The Optimist's Daughter*，1972)

《尤多拉·韦尔蒂故事集》(*The Collected Stories of Eudora Welty*，1980)

　　《旅行推销员之死》("Death of a Traveling Salesman"，1936)

　　《莉莉·道和三位女士》("Lily Daw and the Three Ladies"，1937)

　　《一场记忆》("A Memory"，1937)

　　《一则消息》("A Piece of News"，1937)

　　《绿帘》("A Curtain of Green"，1938)

　　《马伯豪老先生》("Old Mr. Marblehall"，1938)

　　《搭车》("The Hitch-Hikers"，1939)

　　《石化人》("Petrified Man"，1939)

　　《熟路》("A Worn Path"，1941)

　　《我为什么住在邮局》("Why I Live at the P. O."，1941)

　　《宽网》("The Wide Net"，1942)

　　《丽薇归来》("Livvie Is Back"，1942)

　　《瑟茜》("Circe"，1949)

　　《燃烧》("The Burning"，1951)

　　《没有地方给你，我的爱人》("No Place for You，My Love"，1952)

　　《示威者》("The Demonstrators"，1966)

《一位作家的起点》(*One Writer's Beginnings*，1985)

　　《六月演奏会》("June Recital"，1947)(原名"Golden Apples")

纳桑尼尔·韦斯特(Nathanael West, 1903—1940)

《巴尔索·斯奈尔的梦幻人生》(*The Dream Life of Balso Snell*，1931)

《孤心小姐》(*Miss Lonelyhearts*，1933)

《整整一百万》(*A Cool Million*，1934)

《蝗虫之日》(*The Day of the Locust*，1939)

　　《冒名顶替者》("The Imposter"，1997)

　　《西联男孩》("Western Union Boy"，1997)

托马斯·沃尔夫(Thomas Wolfe, 1900—1938)

《群山》(*The Mountains*，1921)

《欢迎到我们的城市》(*Welcome to Our City*，1923)

《归来的巴克·甘为》(*The Return of Buck Gavin*，1924)

《天使望乡》(*Look Homeward，Angel*，1929)

《时间与河流》(*Of Time and the River*，1935)

《从死亡到早晨》(*From Death to Morning*，1935)

《远山》(*The Hills Beyond*, 1941)

　　《弗吉尼亚的卡楞登》("A Cullenden of Virginia", 1918)

　　《门廊里的天使》("An angel on the Porch", 1928)

　　《波吕斐摩斯》("Polyphemus", 1935)

　　《同行的一位女子》("One of the Girls in Our Party", 1935)

　　《失去的孩子》("The Lost Boy", 1937)

康斯坦丝·费尼莫尔·伍尔森(Constance Fenimore Woolson, 1840—1894)

《旧砖房》(*The Old Stone House*, 1873)

《乌有堡：湖区见闻录》(*Castle Nowhere: Lake-Country Sketches*, 1875)

　　《小鱼镇上的贵妇人》("The Lady of Little Fishing")

《安妮》(*Anne*, 1880—1881)

《公墓看护人罗德曼：南方见闻录》(*Rodman the Keeper: Southern Sketches*, 1880)

　　《公墓看护人罗德曼》("Rodman the Keeper")

　　《金·大卫》("King David")

　　《老加迪斯顿庄园》("Old Gardiston")

《为了少校》(*For the Major*, 1882—1883)

《东方天使》(*East Angels*, 1885—1886)

《朱庇特之灯》(*Jupiter Lights*, 1889)

《霍拉斯·蔡斯》(*Horace Chase*, 1893)

《前院及其他意大利故事》(*Front Yard and Other Italian Stories*, 1895)

《多萝西及其他意大利故事》(*Dorothy and Other Italian Stories*, 1896)

伊迪丝·华顿(Edith Wharton, 1862—1937)

《紧与松》(*Fast and Loose*, 1877)

《伟大的爱好》(*The Great Inclinations*, 1899)

《关键时刻》(*Crucial Instances*, 1901)

《抉择谷》(*The Valley of Decision*, 1902)

《人的血统及其他》(*The Descent of Man, and Other Stories*, 1904)

《欢乐之家》(*The House of Mirth*, 1905)

《隐者和野女及其他故事》(*The Hermit and the Wild Woman and Other Stories*, 1908)

《人和鬼的故事》(*Tales of Men and Ghosts*, 1910)

《伊坦·弗洛美》(*Ethan Frome*, 1911)

《国家风俗》(*The Custom of the Country*, 1913)

《战斗的法国》(*Fighting France*, 1915)

《马恩河》(*The Marne*, 1918)

《纯真时代》(*The Age of Innocence*, 1920)

《老纽约》(*Old New York*, 1924)

　　《火花》("The Spark")

　　《老姑娘》("The Old Maid")

　　《新年》("New Year's Day")

　　《虚幻的曙光》("False Dawn")

《回眸一瞥》(*A Backward Glance*, 1934)

《世界终结》(*The World Over*，1936)

   《迟到的灵魂》("Souls Belated"，1899)

   《缪斯的悲剧》("The Muse's Tragedy"，1899)

   《四月小雨》("April Showers"，1900)

   《德·特琳梅夫人》("Madame de Treymes"，1906)

   《罗马热》("Roman Fever"，1934)

《生活与我》(*Life and I*，1990)

理查德·赖特(Richard Wright，1908—1960)

《汤姆叔叔的孩子》(*Uncle Tom's Children*，1938)

《土生子》(*Native Son*，1940)

《八个男人》(*Eight Men*，1961)

   《在世黑人的伦理》("The Ethics of Living Jim Crow"，1937)

   《火与云》("Fire and Cloud"，1938)

   《明亮晨星》("Bright and Morning Star"，1938)

   《多面手》("Man of All Work"，1961)

   《即将成人》("The Man Who Was Almost A Man"，1961)

   《杀死一个影子的男人》("The Man Who Killed a Shadow"，1961)

   《生活在地底下的人》("The Man Who Lived Underground"，1961)

Aderman, Ralph M. Ed. *Critical Essays on Washington Irving*. Boston:
  G. K. Hall, 1990.

Allen, Walter. *The Short Story in English*. Oxford: Clarendon Press,
  1981.

Allen, William R. *Understanding Kurt Vonnegut*. Columbia:
  University of South Carolina Press, 1991.

Alsen, Eberhard. *A Reader's Guide to J. D. Salinger*. Westport:
  Greenwood Press, 2002.

Ammon, Theodore. *Conversations with William H. Gass*. Jackson:
  University Press of Mississippi, 2003.

Ammons, Elizabeth. *Conflicting Stories: American Women Writers at
  the Turn into the Twentieth Century*. New York: Oxford University
  Press, 1991.

Anderson, Sherwood. *The Modern Writer*. San Francisco: Lantern
  Press, 1925.

Andrews, William L. *The Literary Career of Charles W. Chesnutt*.
  Baton Rouge: Louisiana State University Press, 1980.

Bambara, Toni Cade. *The Black Woman*. New York: Nal Penguin
  Inc., 1970.

Barth, John. *Further Fridays: Essays, Lectures and Other
  Nonfiction*. New York: Little Brown, 1995.

Barthelme, Donald. Preface. *Guilty Pleasures*. New York: Farrar,
  Straus and Giroux, 1974.

Baym, Nina. *Woman's Fiction: A Guide to Novels by and about
  Women in America 1820 – 1870*. Ithaca: Cornell University Press,
  1977.

Becnel, Kim E. *Bloom's How to Write about Ernest Hemmingway*. New
  York: Infobase Publishing, 2009.

Beja, Morris. "The Escapes of Time and Memory." *Modern Critical
  Views: Thomas Wolfe*. Ed. Harold Bloom. New York: Chelsea
  House Publishers, 1987.

Bellow, Saul. Foreword. *Something to Remember Me By: Three Tales*. By Bellow. New York: Signet, 1991.

Bender, Eileen T. "Autonomy and Influence: Joyce Carol Oates's Marriages and Infidelities." *Joyce Carol Oates*. Ed. Harold Bloom. New York: Chelsea, 1987.

Bendixen, Alfred & James Nagel. Eds. *A Companion to the American Short Story*. Chichester: Wiley-Blackwell, 2010.

Bloom, Harold. Ed. *Edith Wharton*. New York: Chelsea House Publishers, 1986.

Bloom, Harold. Ed. Introduction. *Katherine Anne Porter* (*Modern Critical Views*). New York: Chelsea House Publishers, 1986.

Bloom, Harold. Ed. *John Steinbeck*. New York: Chelsea House Publishers, 1987.

Bloom, Harold. Ed. *Joyce Carol Oates*. New York: Chelsea House Publishers, 1987.

Bloom, Harold. Ed. *Ralph Ellison*. New York: Chelsea House Publications, 2003.

Boddy, Kasia. *The American Short Story Since 1950*. Edinburgh: Edinburgh University Press, 2010.

Bradbury, Malcolm. *The Modern American Novel*. Oxford: Oxford University Press, 1983.

Bradley, Sculleyed. *The American Tradition in Literature*. New York: W. W. Norton & Company, Inc., 1967.

Brignano, Carl. *Richard Wright: An Introduction to the Man and His Work*. Pittsburgh: University of Pittsburgh Press, 1970.

Broer, Lawrence. *Sanity Plea: Schizophrenia in the Novels of Kurt Vonnegut*. Tuscaloosa: Alabama University Press, 1989.

Brooks, Cleanth. *Understanding Fiction*. New Jersey: Prentice-Hall, 1979.

Brooks, Cleanth. *William Faulkner, First Encounters*. New Haven: Yale University Press, 1983.

Bruccoli, Matthew J. *The O'Hara Concern: A Biography of John O'Hara*. Pittsburgh: University of Pittsburgh Press, 1995.

Bruck, Peter. *The Black American Short Story in the 20ᵗʰ Century: A Collection of Critical Essays*. Amsterdam: B. R. Grüner Publishing Company, 1977.

Burchard, Rachael C. *John Updike: Yea Sayings*. Carbondale: Southern Illinois University Press, 1971.

Caldwell, Erskine. Introduction. *Kneel to the Rising Sun*. By Caldwell. New York: Duell, Sloan & Pearce, 1951.

Callahan, John F. *In the African-American Grain*. Call-and-response in Twentieth-century Black Fiction. Champaign: First Illinois, 2001.

Cassuto, Leonard. Ed. General Introduction. *The Cambridge History of the American Novel*. Cambridge: Cambridge University Press, 2011.

Cather, Willa. *On Writing: Critical Studies on Writing as an Art*. Lincoln: University of Nebraska Press, 1988.

Cather, Willa. *Stories, Poems, and Other Writings*. New York: Literary Classics of the United States, 1992.

Chambers, Judith. "The Short Stories: The Emerging Voice". *Thomas Pynchon*. New

York: Twayne Publishers, 1992.

Chesnutt, C. W. *Stories*, *Novels and Essays*. New York: Library Classics, 2002.

Chesnutt, C. W. *The Northern Stories of Charles W. Chesnutt*. Ed. Charles Duncan. Athens: Ohio University Press, 2004.

Collins, Carvel. " Erskine Caldwell at Work." *Conversations with Erskine Caldwell*. Ed. Edwin T. Arnold. Jackson: University Press of Mississippi, 1988.

Connolly, Julian W. "Twentieth-Century Russian Emigre Writers." *Dictionary of Literary Biography*. Ed. Maria Rubins. Detroit: Gale, 2005.

Cornelius, Kay. "Biography of Edgar Allan Poe." *Bio-Critiques: Edgar Allan Poe*. Ed. Harold Bloom. Philadelphia: Chelsea House Publishers, 2002.

Cowley, Julian. "Robert (Lowell) Coover." *American Novelists Since World War II: Sixth Series*. Ed. James R. Giles and Wanda H. Giles. Detroit: Gale, 2000.

Craig, Monk. *Writing the Lost Generation: Expatriate Autobiography and American Modernism*. Iowa: University of Iowa Press, 2008.

Crow, Charles L. *A Companion to the Regional Literatures of America*. Malden, MA: Blackwell, 2003.

Culley, Margo & Kate Chopin. *The Awakening*. New York: University of Massachusetts at Amherst, 1994.

Cuncliffe, Marcus. *The Literature of the United States* (English-Chinese bilingual edition). Hong Kong: Penguin Books, 1983.

Curnutt, Kirk. *A Historical Guide to F. Scott Fitzgerald*. Oxford: Oxford University Press, 2004.

Currie, Mark. *Postmodern Narrative Theory*. Houndmills: MacMillan, 1998.

Danforth, Ross. *The American Short Story: University of Minnesota Pamphlets on American Writers*. Minneapolis: University of Minnesota Press, 1961.

Delano, Sterling F. *Brook Farm: The Dark Side of Utopia*. Cambridge, MA: The Belknap Press of Harvard University Press, 2004.

Delbanco, Andrew. *Melville, His World and Work*. New York: Knopf, 2005.

Demoor, Marysa & Monty Chisholm. Eds. *Bravest of Women and Finest of Friends: Henry James's Letters to Lucy Clifford*. British Columbia: University of Victoria, 1999.

Detweiler, Robert. *John Updike*. Boston: Twayne, 1972.

Donaldson, Scott. *The Cambridge Companion to Ernest Hemmingway*. Cambridge: Cambridge University Press, 1966.

Dorfman, Eugène. *The Narreme in the Medieval Romance Epic: An Introduction to Narrative Structures*. Toronto: University of Toronto Press, 1969.

DuBois, W. E. B. *The Souls of Black Folk*. Chicago: A. C. McClurg & Co., 1903.

DuBois, W. E. B. *The Souls of Black Folk*. New York: Random House, 1961.

Earle, Labor & Jeanne Campbell Reesman. *Jack London* (Revised Edition). New York: Twayne Publishers, 1994.

Edel, Leon. " The Tels." *Henry James: Twentieth Century Views*. New York: Prentice Hall, 1963.

Edith, Wharton. *Novellas and Other Writings*. New York: Literary Classics of the United States, Inc., 1990.

Eisinger, Chester E. "Robert Coover: Overview." *Contemporary Novelists* (6ᵗʰ Edition). Ed. Susan Windisch Brown. New York: St. James Press, 1996.

Eliot, T. S. *Selected Prose of T. S. Eliot*. Ed. Frank Kermode. New York: Harcourt Brace Jovanovich, Farrar, Straus and Giroux, 1975.

Elliott, Emory. Ed. *The Columbia History of the American Novel*. Beijing: Foreign Language Teaching and Research Press, 2005.

Ellison, Ralph. *Shadow & Act*. London: Random House, 1967.

Ellison, Ralph. *Invisible Man*. New York: Vintage, 1972.

Ellison, Ralph. *Flying Home and Other Stories*. New York: Random House, 1996.

Ferguson, James. *Faulkner's Short Fiction*. Knoxville: The University of Tennessee Press, 1991.

Field, Leslie A. & Joyce W. Field. "Malamud, Mercy and Menschlechkeit." Introduction. *Bernard Malamud: A Collection of Critical Essays*. Ed. Leslie and Leslie. Englewood Cliffs, NJ: Prentice-Hall, 1975.

Fitzgerald, F. Scott. *Tales of the Jazz Age*. London: Urban Romantics, 2013.

Foner, Philip S. *Jack London: American Rebel*. Berlin: Seven Seas Pub., 1947.

Frank, Frederick S. & Tony Magistrale. *The Poe Encyclopedia*. Westport, CT: Greenwood Press, 1997.

Friedman, Ellen G. *Joyce Carol Oates*. New York: Frederick Ungar Publishing Co., 1980.

Gado, Frank. "Interview with John Updike." *First Person: Conversations on Writers and Writing*. Ed. Gado. Schenectady: Union College Press, 1973.

Garland, Hamlin. *A Son of the Middle Border*. New York: The Macmillan Company, 1922.

Gass, William. *Fiction and the Figures of Life*. Boston: Nonpareil Books, 1970.

Gasset, Jose Ortega. "The Dehumanization of Art." *The Dehumanization of Art and Other Essays on Art, Culture and Literature*. Trans. Helene Weyl and Willard R. Trask. Princeton: Princeton University Press, 1968.

Gelfant, Blanche H., et al. Eds. *The Columbia Companion to Twentieth-Century American Short Story*. New York: Columbia University Press, 2000.

George, Stephen K. Ed. Introduction. *John Steinbeck: A Centennial Tribute*. Westport: Praeger Publishers, 2002.

Giroux, Robert. *Flannery O'Connor: The Complete Stories*. New York: Farrar, Straus and Giroux, 1971.

Giroux, Robert. Introduction. *The Complete Stories of Bernard Malamud*. New York: Farrar, Straus & Giroux, 1997.

Goodman, Paul. *Growing up Absurd: Problems of Youth in the Organized Society*. New York: Vintage, 1960.

Gordimer, Nadine. "The Flash of Fireflies." *The New Short Story Theories*. Ed. Charles E. May. Athens: Ohio University Press, 1994.

Gordon, Lois G. *Twayne's United States Authors Series 416*. Boston: Twayne Publishers, 1981.

Gottesman, Ronald. Ed. *The Norton Anthology of American Literature* (Vol.1). New York: W. W. Norton & Company, 1979.

Gray, Richard. *A History of American Literature* (2nd Edition). Oxford: Blackwell Publishing, 2012.

Gullason, Thomas A. "The Short Story: An Underrated Art." *Short Story Theories*. Ed. Charles E. May. Athens: Ohio University Press, 1969.

Gunter, E. Susan. Ed. *Dear Munificent Friends: Henry James's Letters to Four Women*. Ann Arbor: University of Michigan Press, 2000.

Gunter, E. Susan & Steven H. Jobe. Eds. *Dearly Beloved Friends: Henry James's Letters to Younger Men*. Ann Arbor: University of Michigan Press, 2001.

Hamilton, Alice & Kenneth Hamilton. *John Updike: A Critical Essay*. Grand Rapids: W. B. Eerdmans, 1967.

Harris, Charles. *Passionate Virtuosity: The Fiction of John Barth*. Urbana: University of Illinois Press, 1983.

Hawthorne, Sophia. *Journal of Sophia Hawthorne*. New York: Berg Collection NY Public Library, 1851.

Haycraft, Howard. *Murder for Pleasure: The Life and Times of the Detective Story*. New York: D. Appleton-Century Company, 1941.

Hemmingway, Ernest. *The First Forty-Nine Stories*. New York: Charles Scribner's, 1955.

Hemmingway, Ernest. *A Moveable Feast*. New York: Charles Scribner's, 1964.

Hix, H. L. *Understanding William H. Gass*. Columbia: University of South Carolina Press, 2002.

Hogue, W. Lawrence. *Discourse and the Other: The Production of the Afro-American Text*. Durham: Duke University Press, 1986.

Holliday, Shawn. *Thomas Wolfe and the Politics of Modernism*. New York: Peter Lang Publishing, Inc., 2001.

Holman, C. Hugh. *Thomas Wolfe — American Writers: University of Minnesota Pamphlets on American Writers No. 6*. Minneapolis: University of Minnesota Press, 1960.

Holton, Robert. "'Closed Circuit': The White Male Predicament in Pynchon's Early Stories." *Thomas Pynchon: Reading from the Margins*. Ed. Niran Abbas. Madison: Fairleigh Dickinson University Press, 2003.

Howe, Irving. *Sherwood Anderson*. Stanford: Stanford University Press, 1951.

Howe, Irving. *The American Men of Letters Series*. New York: William Sloane Associates, Inc., 1951.

Howe, Irving. *William Faulkner: A Critical Study*. New York: Vintage Books, 1962.

Huggins, Nathan Irvin. *The Harlem Renaissance*. New York: Oxford University Press, 1971.

Hugh, Holmon C. *Thomas Wolfe — American Writers: University of Minnesota Pamphlets on American Writers*. Minneapolis: University of Minnesota Press, 1960.

Hughes, Langston. "The Negro Artist and the Racial Mountain." *The Norton Anthology of African American Literature*. Ed. Henry L. Gates, Jr. New York: W. W. Norton, 1997.

Hughes, R. S. *Beyond the Red Pony: A Reader's Companion to Steinbeck's Complete Short Stories*. Metuchen, NJ & London: The Scarecrow Press, Inc., 1987.

Iftekharrudin, Farhat. *The Postmodern Short Story: Forms and Issues*. Westport: Praeger, 2003.

Inge, Tonette Bond. "Kate Chopin." *Dictionary of Literary Biography*. Ed. Bobby Ellen Kimbeled. Detroit: Gale Research, Inc., 1989.

James, Henry. *The Art of the Novel: Critical Prefaces*. Ed. R. P. Blackmur. New York: Charles Scribner's Sons, 1962.

James, Henry. *The Art of Fiction*. Westport: Greenwood Press, 1970.

James, Henry. *The Portrait of a Lady*. New York: Bantam Books, 1983.

James, Lundquist. *Jack London: Adventures, Ideas, and Fiction*. New York: The Continuum Publishing Company, 1990.

Jelliffe, Robert A. *Faulkner at Nagano*. Tokyo: Kenkyusha, Ltd., 1956.

Kalasky, Drew. *Short Story Criticism* (Vol. 19). Detroit: Gale Research, Inc., 1995.

Kapp, Isa. "The Cheerless World of John Cheever." *The Critical Response to John Cheever*. Ed. Francis J. Bosha. Westport: Greenwood Press, 1994.

Karl, Frederick R. *William Faulkner: American Writer*. New York: Weidenfeld & Nicolson, 1989.

Karshan, Thomas. "Nabokov's Transition from Game towards Free Play, 1934 – 1947." *Transitional Nabokov*. Ed. Will Norman and Duncan White. Oxford: Peter Lang, 2008.

Kelley, Wyn. *Herman Melville: An Introduction*. Oxford: Blackwell Publishing Ltd., 2008.

Kendle, Burton. "Cheever's Use of Mythology in 'The Enormous Radio'". *The Critical Response to John Cheever*. Ed. Francis J. Bosha. Westport: Greenwood Press, 1994.

Kinsella, Kate. "Prentice Hall Literature: Timeless Voices, Timeless Themes". *The American Experience*. Upper Saddle River, NJ: Prentice Hall, Inc., 2005.

Kirk, C. A. *Critical Companion to Flannery O'Connor*. New York: Facts on File, Inc., 2008.

Klinkowitz, Jerome. *Donald Barthelme: An Exhibition*. Durham: Duke University Press, 1991

Klinkowitz, Jerome. "Robert Coover." *American Writers: A Collection of Literary Biographies* (Supplement 5). Ed. Jay Parini. New York: Charles Scribner's Sons, 2000.

Kort, Carol. *A Biographical Dictionary A to Z of American Women Writers*. New York: Facts on File, Inc., 2000.

Kroll, Richard. *The English Novel, 1700-Fielding*. London: Longman, 1998.

Labor, Earle. "Jack London." *Dictionary of Literary Biography: American Short Story Writers, 1880－1910*. Ed. Bobby Ellen Kimbel. Detroit: Gale Research, Inc., 1989.

Larson, J. L. "A Groundbreaking Realist: Rebecca Harding Davis." *Documenting the American South*. Chapel Hill: The University of North Carolina at Chapel Hill, 2004.

Lasher, Lawrence M. Ed. *Conversations with Bernard Malamud*. Jackson and London: University Press of Mississippi, 1991.

Lauter, Paul. *A Companion to American Literature and Culture*. Chichester; Malden, MA: Wiley-Blackwell, 2010.

Le Marquand, Jane. "Kate Chopin as Feminist: Subverting the French Androcentric Influence." *Deep South*. New Zealand: Massey University Press, 1996.

Leviant, Curt. "My Characters Are God-Haunted." *Conversations with Bernard Malamud*. Ed. Lawrence M. Lasher. Jackson & London: University Press of Mississippi, 1991.

Lewis, R. W. B. "A Writer of Short Stories." *Edith Wharton*. Ed. Harold Bloom. New York: Chelsea House Publishers, 1986.

Lodge, David. *The Novelists at Crossroads*. London: Routledge & Kegan Paul, 1971.

Lodge, David. *The Modes of Modern Writing: Metaphor, Metonymy, and the Typology of Modern Literature*. London: Edward Arnold, 1977.

Lodge, David. *After Bakhtin: Essays on Fiction and Criticism*. London: Routledge, 1990.

London, Charmian. *The Book of London*. New York: The Century Company, 1921.

London, Jack. *The Road*. New York: Macmillan, 1907.

Luedtke, Luther S. & Lawrence Keith. "William Sydney Porter." *Dictionary of Literary Biography: American Short Story Writers, 1880－1910*. Ed. Bobby Ellen Kimbel. Detroit: Gale Research, Inc., 1989.

Lundquist, James. *Kurt Vonnegut*. New York: Ungar, 1977.

Maguire, James H. "Fiction of the West." *The Columbia History of the American Novel*. Ed. Emory Elliott. Beijing: Foreign Language Teaching and Research Press, 2005.

Malamud, Bernard. Preface. *The Stories of Bernard Malamud*. New York: Farrar, Straus & Giroux, 1983.

Male, Roy. *Hawthorne's Tragic Vision*. Austin, Texas: University of Texas, 1957.

Malin, Irving. *Saul Bellow's Fiction*. Carbondale: Southern Illinois University Press, 1973.

Mannoni, Octave. *Freud: The Theory of the Unconscious*. London: NLB, 1971.

Marshall, Paule. *Reena and Other Stories*. New York: The Feminist Press, 1983.

Marvin, Thomas F. *Kurt Vonnegut: A Critical Companion*. Westport: Greenwood Press, 2002.

Mason, Fran. *The A to Z of Postmodernist Literature and Theater*. Lanham: Scarecrow Press, 2009.

Matthews, James B. *The Short-Story: Specimens Illustrating Its Development*. New York: American Book Company, 1907.

Matthews, James B. "A Philosophy of the Short Story." *Short Story Theories*. Ed. Charles E. May. Athens: Ohio University Press, 1969.

May, Charles E. *The Short Story: The Reality of Artifice*. London: Routledge, 2002.

May, Charles E. Ed. *Short Story Theories*. Athens, Ohio: Ohio University Press, 1969.

Mellard, James. *The Exploded Form*. Urbana: University of Illinois Press, 1980.

Mellow, James. *Nathaniel Hawthorne in His Times*. Boston: Houghton Mifflin Harcourt, 1980.

Mellow, James. *Hemingway: A Life without Consequences*. Boston: Houghton Mifflin Harcourt, 1992.

Melville, Herman. *Moby Dick*. New York: Bantam Books, 1981.

Melville, Herman. *Redburn: His First Voyage*. Whitefish, Montana: Kessinger Publishing, 2004.

McCaffery, Larry. *The Metafictional Muse: The Works of Robert Coover, Donald Barthelme, and William H. Cass*. Pittsburg: University of Pittsburgh Press, 1982.

McClintock, James I. *White Logic: Jack London's Short Stories*. Cedar Springs, Mich: Wolf House Books, 1976.

McCullers, Carson. *Carson McCullers: Complete Novels*. New York: Literary Classics of the United States, Inc., 2001.

McFarland, Philip. *Hawthorne in Concord*. New York: Grove Press, 2004.

McWilliams, Dean. *Charles W. Chesnutt and the Fictions of Race*. Athens: The University of Georgia Press, 2002.

Michaels, Leonard. *I Would Have Saved Them If I Could*. New York: Farrar Straus & Giroux, 1975.

Miller, James Edwin. "J. D. Sallinger." *American Writers: A Collection of Literary Biographies*. Ed. Leonard Unger. New York: Charles Scribner's Sons, 1974.

Miller, James Edwin. *Salem Is My Dwelling Place: A Life of Nathaniel Hawthorne*. Iowa City: University of Iowa Press, 1991.

Miller, Quentin. "Thomas Pynchon: Overview." *Contemporary Popular Writers*. Ed. Dave Mote. Detroit: St. James Press, 1997.

Mitchell, Ted. Ed. "Thomas Wolfe: A Documentary Volume." *Dictionary of Literary Biography*. Detroit: Gale, 2001.

Monteiro, George. *Stephen Crane's Blue Badge of Courage*. LA: Louisiana State University Press, 2000.

Morgan, Charlotte E. *The Rise of the Novel of Manners*. New York: The Columbia University Press, 1911.

Morsberger, Robert E. "Minister's Black Veil." *New England Quarterly*, 46 (3): 454 – 463, 1973.

Mott, Frank Luther. *A History of American Magazines*. Cambridge: Harvard University Press, 1970.

Nabokov, Vladimir. *Pale Fire*. New York: Putnam's, 1962.

Nabokov, Vladimir. *Strong Opinions*. New York: McGraw, 1973.

Nabokov, Vladimir. *Speak, Memory: An Autobiography Revisited*. London: Everyman, 1999.

Nagel, James. *Critical Essays on Herman Melville's Moby Dick*. New York: Macmillan Publishing Company, 1992.

Nagel, James. *The Contemporary American Short-Story Cycle: The Ethnic Resonance of Genre*. Baton Rouge: Louisiana State University Press, 2001.

Neimeyer, Mark. "Poe and Popular Culture." *The Cambridge Companion to Edgar Allan Poe*. Ed. Kevin J. Hayes. Cambridge: Cambridge University Press, 2002.

Nelson, Emmanuel. *The Greenwood Encyclopedia of Multiethnic American Literature: A-C*. Westport: Greenwood Press, 2005.

Newman, Lea Bertani Vozar. *A Reader's Guide to the Short Stories of Nathaniel Hawthorn*. Boston: G. K. Hall & Co., 1979.

Newman, Robert. *Understanding Thomas Pynchon*. Columbia: University of South Carolina Press, 1986.

Oates, Joyce Carol. *Expensive People*. Greenwich: Fawcett Crest, 1968.

Oates, Joyce Carol. *Marriages and Infidelities*. New York: The Vanguard Press, Inc., 1972.

Oates, Joyce Carol. Afterword. *The Poisoned Kiss and Other Stories from the Portuguese*. New York: The Vanguard Press, Inc., 1975.

Oates, Joyce Carol. *The Assignation*. New York: The Ecco Press, 1988.

O'Connor, Flannery. *Mystery and Manners*. New York: Farrar, Straus and Giroux, 1969.

O'Connor, Flannery. *The Habit of Being*. New York: Farrar, Straus and Giroux, 1979.

O'Hara, James. "John Cheever." *American Short-Story Writers, 1910 – 1945*. Ed. Bobby Ellen Kimbel. Detroit & London: Gale Research, Inc., 1991.

O'Hara, John. Foreword. *Sermons and Soda-Water*. By O'Hara. New York: Carroll & Graf, 1986.

Oliver, Charles M. *Ernest Hemingway A to Z: The Essential Reference to the Life and Work*. New York: Checkmark, 1999.

O'Neill, Patrick. *Fictions of Discourse: Reading Narrative Theory*. Toronto: University of Toronto Press, 1994.

Papinchak, Robert Allen. "'The Little Man in Black': The Narrative Mode of America's First Short Story." *Studies in Short Fiction*. New York: Twayne

Publishers, Inc., 1985.

Pattee, Fred Lewis. *The Development of the American Short Story*. New York: Harper, 1923.

Pattee, Fred Lewis. *The Development of the American Short Story: An Historical Survey*. New York: Biblo and Tannen, 1975.

Pelzer, Linda C. *Student Companion to F. Scott Fitzgerald*. Westport: Greenwood Press, 2000.

Perkins, George & Barbara Perkins. *The American Tradition in Literature* (11th Edition). New York: The McGraw-Hill Companies, Inc., 2007.

Petry, Alice Hall. *Fitzgerald's Craft of Short Fiction: The Collected Stories, 1920 -1935*. Tuscaloosa: University of Alabama, 1989.

Plath, James. Ed. *Conversations with John Updike*. Jackson & London: University Press of Mississippi, 1994.

Poe, Edgar Allan. "Review of *Twice-Told Tales*." *Essays and Reviews*. Ed. G. R. Thompson. New York: Library of America, 1984.

Poe, Edgar Allan. "The Philosophy of Composition." *The Oxford Book of American Essays*. Ed. Brander Matthews. Rockville: Wildside Press, 2008.

Porter, Katherine Anne. *The Collected Stories of Katherine Anne Porter*. New York: Harcourt Brace Jovanovich, 1979.

Porter, Katherine Anne. *Katherine Anne Porter: Collected Stories and Other Writings*. New York: Literary Classics of the United States, Inc., 2008.

Quinn, Arthur Hobson. *Edgar Allen Poe*. Baltimore: Johns Hopkins University Press, 1998.

Quinn, Patrik F. *The French Face of Edgar Poe*. Illinois: Southern Illinois University Press, 1957.

Raab, Josef. "From Intertextuality to Virtual Reality: Robert Coover's *A Night at the Movies* and Neal Stephenson's *Snow Crash*." *The Holodeck in the Garden: Science and Technology in Contemporary American Fiction*. Ed. Peter Freese and Charles B. Harris. Normal: Dalkey Archive Press, 2004.

Raffel, Burton. Introduction. *The Signet Classic Book of American Short Stories*. Ed. Burton Raffel. New York: New American library, 1985.

Railsback, Brian & Michael J. Meyer. Eds. *A John Steinbeck Encyclopedia*. Westport, Connecticut: Greenwood Press, 2006.

Reed, Peter J. *The Short Fiction of Kurt Vonnegut*. Westport: Greenwood Press, 1997.

Reeves, Paschal. *Thomas Wolfe: The Critical Reception*. North Stratford: Ayer Publishing, 1974.

Regan, Robert. Ed. *Poe: A Collection of Critical Essays*. New Jersey: Prentice-Hall, Inc., 1967.

Roudane, Matthew C. "Discordant Timbre: Saul Bellow's 'Him with His Foot in His Mouth'." *Saul Bellow Journal*, 4(1), 1985.

Saltzman, Arthur M. *The Fiction of William Gass: The Consolation of*

Language. Carbondale & Edwardsville: Southern Illinois University Press, 1986.

Samuels, Charles Thomas. "John Updike." *American Writers: A Collection of Literary Biographies*. Ed. Leonard Ungar. New York: Scribner's, 1974.

Samuels, Shirley. Ed. *A Companion to American Fiction: 1780 – 1865*. Oxford: Blackwell Publishing, 2007.

Sartre, Jean-Paul. *Existentialism and Humanism*. Trans. Philip Mairet. Brooklyn: Haskell, 1948.

Scofield, Martin. *A Handbook of American Literature*. Queensland: University of Queensland Press, 1975.

Scofield, Martin. *The Cambridge Introduction to the American Short Story*. Cambridge: Cambridge University Press, 2006.

Segal, David. Ed. *Short Story Criticism* (Vol.13, 15). Detroit: Gale Research, Inc., 1994.

Selke, Hartmut K. Ed. "Charles Waddell Chesnutt, *The Sheriff's Children*." *Black American Short Story in the 20th Century: A Collection of Critical Essays*. Amsterdam: B. R. Grüner Publishing Co., 1977.

Shear, Walter. "Cultural Fate and Social Freedom in Three American Short Stories." *Nathaniel Hawthorne's* Young Goodman Brown. Ed. Harold Bloom. New York: Chelsea House, 2005.

Shepard, Karen. "J. D. Salinger." *The Columbia Companion to the Twentieth-Century American Short Story*. Ed. Blanche H. Gelfant. New York: Columbia University Press, 2000.

Shillinglaw, Susan & Jackson J. Benson. Eds. *John Steinbeck: America and Americans and Selected Nonfiction*. New York: Viking, 2002.

Shirley, Moody-Turner. *Black Folklore and the Politics of Racial Representation*. Jackson: University Press of Mississippi, 2013.

Showalter, Elaine. "Joyce Carol Oates: A Portrait." *Joyce Carol Oates*. Ed. Harold Bloom. New York: Chelsea House Publishers, 1987.

Showalter, Elaine. *Scribbling Women*. New Brunswick: Rutgers Publishing Press, 1997.

Shurr, William H. *Rappaccini's Children: American Writers in a Calvinist World*. Lexington: University of Kentucky Press, 1981.

Siegel, Ben. "Isaac Bashevis Singer." *American Writers: A Collection of Literary Biographies*. Ed. Richard Wright. New York: Charles Scribner's Sons, 1974.

Singer, Isaac Bashevis & Richard Burgin. *Conversations with Isaac Bashevis Singer*. New York: Farrar, Straus and Giroux, 1985.

Skei, Hans H. *Reading Faulkner's Best Short Stories*. Columbia: University of South Carolina, 1999.

Skrupskelis, Ignas & Elizabeth Bradley. Eds. *The Correspondence of William James: Volume 3, William and Henry 1897 – 1910*. Charlottesville: University Press of Virginia, 1994.

Slawenski, Kenneth. *J. D. Salinger: A Life Raised High*. West Yorkshire: Pomona

Books, 2010.

Stafford, Jean. "Author's Note." *Collected Stories of Jean Stafford*. New York: Farrar Straus and Giroux, 1979.

Stengel, Wayne B. *The Shape of Art in the Short Stories of Donald Barthelme*. Baton Rouge: Louisiana State University Press, 1985.

Tate, Allen. "Our Cousin, Mr. Poe." *Poe: A Collection of Critical Essays*. Ed. Robert Regan. New Jersey: Prentice-Hall, Inc., 1967.

Tavernier-Courbin, Jacqueline. *Critical Essays on Jack London*. Boston: G. K. Hall & Co., 1983.

Tennant, Stephen. "The Room Beyond: A Foreword on Willa Cather." *On Writing: Critical Studies on Writing as an Art*. By Willa Cather. Lincoln: University of Nebraska Press, 1988.

Thompson, G. R. Ed. *Edgar Allen Poe: Essays and Reviews*. New York: Literary Classics of United States, Inc., 1984.

Thompson, G. R. Ed. *The Selected Writings of Edgar Allan Poe*. New York & London: W. W. Norton & Company, 2004.

Thoreau, Henry D. *Walden, and On* The Duty of Civil Disobedience. New York: C. E. Merrill Co., 1910.

Tompkins, Jane. *Introduction to* The Wide, Wide World. New York: Paxman, 1951.

Toth, Emily. *Unveiling Kate Chopin*. Jackson: University Press of Mississippi, 1999.

Tracy, Steven C. *A Historical Guide to Ralph Ellison*. Oxford: Oxford University Press, 2004.

Tracy, Steven C. *Writers of Black Chicago Renaissance*. Chicago: University of Illinois Press, 2012.

Trask, Georgianne & Burkhart Charles. *Storytellers and Their Art*. New York: Doubleday Anchor, 1963.

Twain, Mark. *A Pen Warmed-up in Hell*. Ed. Frederick Anderson. New York: HarperCollins Publishers, 1979.

Tyler, Lisa. *Student Companion to Ernest Hemmingway*. Westport: Greenwood Press, 2001.

Tymn, Marshall B. Ed. *Horror Literature: A Core Collection and Reference Guide*. New York & London: R. R. Bowker Company, 1981.

Ungar, Leonard. Ed. *American Writers: A Collection of Literary Biographies*. New York: Scribner's, 1974.

Updike, John. Introduction. *Olinger Stories: A Selection*. By John Updike. New York: Vintage, 1964.

Updike, John. *Picked-up Pieces*. New York: Random House, 1975.

Updike, John. Introduction. *The Best American Short Stories: 1984*. Ed. John Updike and Shannon Ravenel. Boston: Houghton Mifflin, 1984.

Updike, John. Foreword. *The Early Stories, 1953 - 1975*. By John Updike. New

York: Alfred A. Knopf, 2003.

Vonnegut, Kurt. *Bagombo Snuff Box: Uncollected Short Fiction*. New York: Putnam, 1999.

Waldeland, Lynne. *John Cheever*. New York: Twayne Publishers, 1979.

Waldhorn, Arthur. *A Reader's Guide to Ernest Hemmingway*. Syracuse: First Syracuse University Press, 2002.

Walker, Alice. *Meridian*. London: Women's Press Limited, 1982.

Walker, Alice. "In Search of Our Mothers' Gardens." *Within the Circle: An Anthology of African American Literary Criticism: From the Harlem Renaissance to the Present*. Ed. Angelyn Mitchell. Durham: Duke University Press, 1994.

Warnke, Frank J. "Cheever's Inferno." *The Critical Response to John Cheever*. Ed. Francis J. Bosha. Westport: Greenwood Press, 1994.

Warren, Robert Penn. "Irony with a Center." *Katherine Anne Porter* (Modern Critical Views). Ed. Harold Bloom. New York: Chelsea House Publishers, 1986.

Watson, Charles N., Jr. *The Novels of Jack London, A Reappraisal*. Madison: University of Wisconsin Press, 1983.

Watson, George. *The Story of the Novel*. London: Macmillan, 1979.

Waugh, Patricia. *Metafiction: The Theory and Practice of Self-conscious Fiction*. London: Routledge, 1984.

Waugh, Patricia. *Metafiction: The Theory and Practice of Self-conscious Fiction*. London: Routledge, 2009.

Weatherford, Richard M. *Stephen Crane: The Critical Heritage*. New York: Routledge, 1997.

Weaver, Gordon. *The American Short Story, 1945 – 1980*. Boston: Twayne Publishers, 1983.

Weiss, Antonio. "Harold Bloom, the Art of Criticism". *The Paris Review*. New York: The Paris Review Foundation, Inc., 2013.

Welty, Eudora. *The Collected Stories of Eudora Welty*. New York: Houghton Mifflin, 1980.

Welty, Eudora. "The Eye of the Story." *Katherine Anne Porter* (Modern Critical Views). New York: Chelsea House Publishers, 1986.

Welty, Eudora. *Stories, Essays & Memoir*. New York: Literary Classics of the United States, Inc., 1998.

Welty, Eudora. *One Writer's Beginnings*. Cambridge, MA: Harvard University Press, 2000.

Werlock, Abby H. P. *The Facts on File Companion to the American Short Story*. New York: Infobase Publishing, 2010.

Wertheim, Stanley. *A Stephen Crane Encyclopedia*. Westport, CT: Greenwood Press, 1977.

Wharton, Edith. *The Writing of Fiction*. New York: Scribner's Sons, 1925.

Wharton, Edith. *Novellas and Other Writings*. New York: Literary Classics of the United States, Inc., 1990.

Wiener, Norbert. *The Human Use of Human Beings: Cybernetics and Society*. Boston：Houghton Mifflin, 1954.

Wineapple, Brenda. *Hawthorne: A Life*. New York：Random House, 2004.

WiWyer, Mary. "Scribbling Women." *Oxford Guide to American Women Writings*. Ed. Cathy M. Davidson and Linda Wagner Martin. New York：Oxford University Press, 1995.

Wolford, Chester L. *Stephen Crane: A Study of the Short Fiction*. Boston：Twayne Publishers, 1989.

Yellin, Jean Fagan. "Hawthorne and the Slavery Question." *A Historical Guide to Nathaniel Hawthorne*. Ed. Larry J. Reynolds. New York：Oxford University Press, 2001.

Zaidman, Laura M. "Catharine Maria Sedgwick." *Dictionary of Literary Biography — American Short Story Writers before 1880*. Ed. Bobby Ellen Kimbel. Detroit：Gale Research, Inc., 1988.

埃迪丝·华尔顿：《伊坦·弗洛美》，吕叔湘译。北京：外国文学出版社，1982年。

埃默里·埃利奥特：《哥伦比亚美国文学史》，朱通伯等译。成都：四川辞书出版社，1994年。

艾侬温·萨诺夫："我永远不能使之尽善尽美——与尤多拉·韦尔蒂一席谈"，载杨绍伟译，《外国文学》。北京：北京外国语大学出版社，1987年。

陈良廷等译：《外国中短篇小说藏本：爱伦·坡》。北京：人民文学出版社，2010年。

陈世丹：《关注现实与历史之真实的美国后现代主义小说》。厦门：厦门大学出版社，2012年。

德·托克维尔：《论美国的民主》，董果良译。北京：商务印书馆，1997年。

丁纯等：《文学理论基础》。上海：上海文艺出版社，1981年。

董衡巽、朱虹、施咸荣、李文俊、郑土生：《美国文学简史》。北京：中国社会科学出版社，2007年。

方凡："以诗化的文字和怪诞的游戏构建小说迷局——评威廉·加斯的《隧道》"。载《外国文学研究》。武汉：武汉理工大学出版社，2012年。

哈姆林·加兰：《中部边地农家子》，杨万、侯巩译。上海：上海文艺出版社，1954年。

赫尔曼·麦尔维尔：《白鲸》，曹庸译。上海：上海文艺出版社，2007年。

金莉等：《20世纪美国女性小说研究》。北京：北京大学出版社，2010年。

兰德尔·斯图尔特：《霍桑传》，赵庆庆译。上海：东方出版中心，1999年。

李维屏：《英国小说艺术史》。上海：上海外语教育出版社，2003年。

李渔：《闲情偶寄：格局第六》。西安：三秦出版社，1989年。

李玉平："'影响'研究与'互文性'之比较"。载《外国文学研究》。武汉：武汉理工大学出版社，2004年。

林斌："超越'孤立艺术家的神话'——从《奇境》和《婚姻与不忠》浅析欧茨创作过渡期的艺术观"。载《当代外国文学》。南京：译林出版社，2003年。

林斌："'精神隔绝'的宗教内涵：《心是孤独的猎手》中的基督形象塑造和宗教反讽特征"。载《外国文学研究》。武汉：武汉理工大学出版社，2011年。

刘象愚：《爱伦·坡精选集》。济南：山东文艺出版社，1999年。

罗伯特·斯皮勒：《美国文学的周期》，王长荣译。上海：上海外语教育出版社，

美国短篇小说史（下卷）

1990 年。

罗伯特·斯皮勒:《美国文学的循环》,汤潮译。北京:北京师范大学出版,1993 年。

纳撒尼尔·霍桑:《霍桑短篇小说全集》,陈冠商选编。济南:山东人民出版社,1980 年。

宁倩:《美国文学名家》。哈尔滨:黑龙江人民出版社,1983 年。

欧文·斯通:《马背上的水手》,董秋思译。北京:中国青年出版社,1982 年。

欧文·斯通:《杰克·伦敦传——〈马背上的水手〉》,褚律元译。北京:十月文艺出版社,1999 年。

齐泽克:《意识形态的崇高对象》。北京:中央编译出版社,2002 年。

乔国强:《辛格研究》。上海:上海外语教育出版社,2008 年。

萨克文·伯克科维奇:《剑桥美国文学史》(第 6 卷),张宏杰、赵聪敏译,蔡坚译校。北京:中央编译出版社,2009 年。

童明:《美国文学史》。北京:外语教学与研究出版社,2012 年。

王长荣:《现代美国小说史》。上海:上海外语教育出版社,1992 年。

王建平:《约翰·巴思研究》。上海:上海外语教育出版社,2008 年。

王先霈、王又平:《文学批评术语词典》。上海:上海文艺出版社,1999 年。

王晓玲:"一个独立而迷惘的灵魂——凯瑟琳·安·波特的政治和宗教观"。载《当代外国文学》。南京:译林出版社,2002 年。

维拉·凯瑟:《波西米亚女郎——维拉·凯瑟中短篇小说选》,朱炯强选编。杭州:浙江文艺出版社,1986 年。

维拉·凯瑟:《一个迷途的女人》,董衡巽等译。桂林:漓江出版社,1986 年。

雪莉·杰克逊:《摸彩》,孙仲旭译。北京:人民文学出版社,2013 年。

杨向荣:"尤多拉·韦尔蒂访谈录"。载《青年文学》。北京:中国青年出版社,2007 年。

虞建华:《杰克·伦敦研究》。上海:上海外语教育出版社,2009 年。

张一兵:"从自恋到畸镜之恋——拉康镜像理论解读"。《天津社会科学》,2004 年。

赵毅恒:《当说者被说的时候》。北京:中国人民大学出版社,1998 年。

周铭:"神话·献祭·挽歌——试论波特创作的深层结构"。载《外国文学评论》。北京:中国社会科学文献出版社,2009 年。

周铭:"'好人'的'庇护所'——《我的安东妮亚》中进步主义时期美国的国家认同"。载《外国文学评论》。北京:中国社会科学文献出版社,2012 年。

朱利安·西蒙斯:《文坛怪杰——爱伦·坡》,文刚、吴樾译。西安:陕西人民出版社,1986 年。

"十三五"国家重点图书、音像、
电子出版物出版规划项目

国家一流学科外国语言文学建设项目
上海文教结合"支持高校服务国家重大战略出版工程"
上海外国语大学重大科研项目

"美 国 文 学 专 史 系 列 研 究"

李维屏 主编

乔国强 副主编

美国短篇小说史 上卷

A History *of* American Short Fiction Ⅰ

李维屏　张群　等著

上海外语教育出版社
SHANGHAI FOREIGN LANGUAGE EDUCATION PRESS

图书在版编目(CIP)数据

美国短篇小说史 / 李维屏、张群等著.
—上海：上海外语教育出版社，2019
（美国文学专史系列研究）
ISBN 978 - 7 - 5446 - 5736 - 5

Ⅰ.①美… Ⅱ.①李… ②张… Ⅲ.①短篇小说–小说史–研究–美国
Ⅳ.①I712.074

中国版本图书馆 CIP 数据核字(2019)第 026483 号

出版发行：**上海外语教育出版社**
　　　　　　（上海外国语大学内）　邮编：200083
电　　话：021-65425300 （总机）
电子邮箱：bookinfo@sflep.com.cn
网　　址：http://www.sflep.com
责任编辑：奚玲燕

印　　刷：上海信老印刷厂
开　　本：635×965　1/16　印张 51.25　字数 835千字
版　　次：2020 年 5 月第 1 版　　2020 年 5 月第 1 次印刷
印　　数：1 100 册

书　　号：ISBN 978-7-5446-5736-5
定　　价：159.00 元

本版图书如有印装质量问题，可向本社调换
质量服务热线：4008-213-263　电子邮箱：editorial@sflep.com

总　序

　　美国文学的历史在不同的国家具有不同的身份特征和学术意义。在美国本土,它具有从文学层面反映国民意识、书写历史和建构文化身份的意义。而在中国,它主要是作为"外国文学史"的一个重要分支得到关注,其历史概貌、演变过程、艺术特征和美学价值无疑是中国学者研究的重点。然而,文学史研究往往以其坚定的步伐向纵深发展,它不但会在宏大叙事的催化下实现全方位的推进,而且也会在学术研究深化过程中出现专题的分割。近几年来,国内文学专史和文类史研究的不断繁衍便是一个例证。文学史研究在日趋理论化、专业化和多元化的氛围中必然会出现学术的分化,以及视角的变化与调整。因此,"美国文学专史系列研究"既是从文学历史的宏大叙事向文学历史专题梳理和研究的演变,也是对传统文学史研究的一种补充,又是美国文学史研究范式的一种更新。

　　文学专史研究是文学通史或全史研究的一种繁衍,也是当前学术多元化和专业化的必然结果。然而,即便在美国本土,高水平、有影响力的美国文学专史研究成果也十分罕见。美国文学史研究的主要标志性成果包括 1917 年出版的《剑桥美国文学史》(*Cambridge History of American Literature*)、1948 年出版的由罗伯特·斯皮勒(Robert Spiller)主编的《美国文学史》(*Literary History of the United States*)以及 1988 年出版的由埃默里·埃利奥特(Emory Elliot)主编的《哥伦比亚美国文学史》(*Columbia Literary History of the United States*)。这三部大作分别出版于 20 世纪初期、中期和后期,不仅代表了美国学者在各个时期的批评意识、学术观点和理论发展,而且也反映了他们对美国文学历史的不同理解和把握。但迄今为止,美国文学专史的研究,在美国本土似乎依然处于蓄势待发阶段,有价值、有世界影响的论著还在路上。我国的"美国文学史"研究发轫于 20 世纪 80 年代初的改革开放之后。三十多年来,我国学者纷纷提笔书写美国文学历史,以中国学者所持的独特目光来审视美国文学的历史概貌和发展轨迹,揭示其内在逻辑并阐述其艺术价值。其间,出现了多部精湛而又各具特色的美国文学史作，包括通史、断代史和文类史。其中具有代表性的通史当属刘海平、王守仁主编的四卷本《新编美国文学史》（2000，2002）和常耀信的《美国文学史》（1998），断代史有杨仁敬的《20世纪美国文学史》，文类史有郭继德的《美国戏剧史》（1993）和毛信德的《美国小说发展史》（2004）等。此外，国内学者还撰写了多部断代文类史作，如汪义群的《当代美国戏剧》（1992）和张子清的《二十世纪美国诗歌史》（1995）等。显然，这些学者不仅为我国的美国文学史研究奠定了重要的基础，而且也为美国文学史研究视角的变化和学术范式的转型创造了良好的条件。

"美国文学专史系列研究"旨在对美国文学的某些领域的历史（即文学思想、批评理论和文学类型）进行深入系统的专题研究。它包括《美国文学思想史》、《美国文学批评史》、《美国短篇小说史》、《美国女性小说史》和《美国印第安文学史》五部分散独立、自成体系的学术专著。它并不是通常由多本平分史料、均衡编排并按时间顺序介绍文学运动、流派、作家及作品的基本情况，虽面面俱到却无法深究的文学史作简单汇编而成的"丛书"。概括地说，这是对美国文学五个领域的发展历史的全面考察和深入研究。笔者之所以选择对这五个领域的历史进行专题研究，一个重要的原因是国内相关的研究较为薄弱，类似的论著尚未出现。笔者以为，美国文学专史研究不仅有助于对文学分支的系统梳理和整体把握，而且也有助于对其内涵、特征及价值体系的深度探讨。

"美国文学专史系列研究"是继笔者主编的"英国文学专史系列研究"（五卷）发表之后对美国文学展开的一次较大规模的专史研究和学术探索。尽管我们现在很难断言这种研究是否会引起更多学者的关注和兴趣，但它应该是一条有意义的、值得尝试的学术路径。一个重要的理由是，它不仅使我们以中国学者所持的独特目光来审视美国文学分支的历史概貌和价值体系，而且还客观反映了国内美国文学研究领域的新模式、新概念、新视角和新观点。

李维屏

2016 年 10 月

于上海外国语大学

本书作者及分工

李维屏　设计，立项，审稿，定稿，总序、前言、第一章

张　群　第二章、第三章

谌晓明　第八章、第九章

陈　豪　第四章、第六章

于元元　第七章

赵国峰　第五章（1—5节）

梁园园　第五章（6—8节）、大事年表，二稿全书校阅、信息核对、体例
　　　　编排

王叶娜　文字校阅，体例编排，作家作品中英文对照、参考书目

前　言

在美国文学史上有一个非常奇特的现象,即,美国短篇小说的历史不仅与美国长篇小说的历史相差无几,而且很早就迎来了它的黄金时期。令人惊讶的是,当尚未告别雏形期的美国长篇小说依旧蹒跚学步时,部分美国作家已经对短篇小说创作表现出浓厚的兴趣。早在 19 世纪上半叶,美国短篇小说在华盛顿·欧文、埃德加·爱伦·坡和纳撒尼尔·霍桑等作家的共同努力下开始走红。以欧文的《瑞普·凡·温克尔》和《睡谷传奇》,爱伦·坡的系列侦探小说和霍桑的《重讲一遍的故事》为代表的美国短篇小说已经在美洲大陆广为流传。当时美国短篇小说的兴盛与大西洋彼岸英国短篇小说的萧条形成了强烈的对比。作为一种年轻的文学样式,短篇小说在文学历史悠久和作家辈出的英国竟然如此姗姗来迟,而在刚宣布独立的美利坚合众国却捷足先登,这显然出乎许多批评家的意料。尽管美国短篇小说自问世至今不过两百年,但它无疑拥有了一本值得炫耀的家谱。今天,美国短篇小说的发展步伐已经远超诗歌和戏剧,其读者群和普及率完全可与长篇小说媲美。事实上,短篇小说已经成为美国和其他英语国家当前最流行、最普及的文学读物之一。即便在大数据、互联网全面渗透的时代,在微信和视频日益走红的今天,短篇小说依然通过各类报纸、杂志、文集、教材、网站乃至微信公众号走进千家万户,撩动无数读者的心弦。毋庸置疑,短篇小说以其精湛的艺术形式、生动的生活描写以及异乎寻常的通俗性、经济性和及时性在日新月异的今天依然备受广大读者的青睐。

迄今为止,短篇小说与长篇小说之间的共性和差异一直是小说家和批评家关注的焦点。作为一种具有现代感的散文叙事品种,短篇小说所引发的一系列艺术问题自然与长篇小说密切相关。毋庸置疑,短篇小说是与长篇小说一脉相承的文学样式。事实上,在历史上始终保持着若即若离关系的长篇小说与短篇小说的一个共同特征便是具有令人意想不到的成分(the element of surprise),即,作品在情节设计上应该出其不意,

从而达到吸引读者的目的。就此而言，短篇小说不仅包含了长篇小说几乎所有的艺术要素，而且也要像长篇小说一样强调故事情节的离奇曲折和引人入胜。正如英国著名小说家哈代所言，"一个故事必须异乎寻常方能证明其存在的合理性"。但这种解说也许仅仅适用于传统短篇小说，而20世纪那些淡化情节甚至没有故事的现代主义及后现代主义短篇小说则另当别论了。应该说长篇小说与短篇小说之间的区别不只是篇幅的长短。显然，两者之间存在三个明显的区别。第一，作为一种由散文叙事作品演化而来的现代文学品种，短篇小说短小精悍，艺术精致，灵活多变，具有高度的浓缩性和经济性。它要求作者从严布局，精雕细琢，以便在极为有限的篇幅内取得最强烈的艺术效果。第二，与通常结构复杂、情节曲折、人物众多、事件交织的长篇小说不同的是，短篇小说大都集中描写单一事件（a single incident）。包括著名小说评论家沃尔特·艾伦在内的许多学者认为，短篇小说是处理并戏剧性地描述单一事件的，而在此过程中它完全转变了这一事件。从某种意义上来说，是否着力描写单一事件不仅是影响一部小说之布局和篇幅的先决条件，而且也可被视为短篇小说和长篇小说之间的分水岭。第三，与创作周期较长、时效性较弱的长篇小说不同，短篇小说体现了其得天独厚的及时性。尽管这种仅需一两个小时便能读完的作品无法展示广阔的生活图景和错综复杂的社会现实，但它能以其独特的艺术形式及时反映或再现重大的社会变化、令人震惊的"非常"事件以及当下人们对此的心理反应乃至作家本人的最新感受。犹如微雕一般意味蕴藉的短篇小说在反映现实生活时的及时性和时效性无疑吸引着越来越多的读者。显然，短篇小说是与长篇小说十分相似却又不尽相同的文学样式。

纵观美国短篇小说的发展历程，我们不难发现两个值得关注的现象。一是许多地位显赫、影响巨大的作家也对短篇小说创作产生了兴趣。随着这一文学体裁的流行，不少原本在长篇小说创作上已经取得卓越成就的重要作家也纷纷在短篇上一试身手。马克·吐温、詹姆斯、福克纳、海明威和菲茨杰拉德等无疑是在长篇和短篇小说创作方面都取得了非凡成就的重要作家。同样，辛格、纳博科夫、厄普代克和品钦等当代著名作家也是长短兼顾、才华兼备的杰出典范。显然，著名作家的纷纷涉足不仅提升了短篇小说的艺术水平和地位，而且也促进了这一现代文学样式的快速发展。美国短篇小说史上另一个值得关注的现象是许多杰出女性作家也投身于这一领域。尽管19世纪的美国短篇小说创作领域基本由男性作家占据主导地位,但在 20 世纪,这一领域中女性作家人才辈出,形成了一个实力非常强大的阵容。其中,艾丽丝·沃克、凯瑟琳·安·波特、伊迪丝·华顿、维拉·凯瑟、弗兰纳里·奥康纳、乔伊斯·卡洛尔·欧茨等女作家无疑是现代美国短篇小说发展的重要推动者。这些才华横溢,有的在长篇小说创作中已经成绩斐然的女性作家以其特有的目光和灵感投身于短篇小说创作,推出了一系列上乘之作,大有巾帼不让须眉之势,从而改变了以往美国短篇小说领域男性作家主导而女性作家基本缺场的局面。现当代美国女性作家在短篇小说中生动描写了女性的社会角色和人生境遇,深入探索了女性的身份和意识,真实反映了通常男性文本难以表现的女性世界。显然,女性作家创作的短篇小说不仅属于"她们自己的文学"(a literature of their own),而且也是美国短篇小说极其重要的组成部分。上述两个现象表明,美国短篇小说不仅像长篇小说一样在文坛享有重要地位,而且也纷纷步入了经典的行列。

值得一提的是,英语短篇小说因其自身的文学性、艺术性、思想性和趣味性而在我国备受关注,并且引发了两个显著变化。第一,近几十年,随着英语短篇小说译介的快速发展,我国与此相关的研究也取得了可喜的成果,批评理论不断深化,学术论著层出不穷。除了具体的作家和作品之外,有关短篇小说的起源、沿革、长短篇小说的关系以及短篇小说的艺术形式、批评理论和接受美学的发展等问题也引起了广大学者的兴趣。第二,英语短篇小说不仅成为当今我国知识人和文化人的精神食粮,而且已经全面进入大学课堂。我国越来越多的高校英语专业将经典英语短篇小说列入必修课程。随着大学英语教学改革的不断深化,"新标准"和"新指南"越发强调大学生阅读水平、人文素养、批评意识和思辨能力的重要性,从而进一步提升了经典英语短篇小说在我国高校大学英语通识选修课程体系中的地位。毋庸置疑,英语短篇小说在备受我国广大读者青睐的同时,为学术研究和课堂教学提供了极为丰富的资源。

《美国短篇小说史》旨在全面梳理近两百年来美国短篇小说的发展历史,深入探讨这一文学样式的文本结构、人物塑造、创作技巧和语言风格等艺术特征和美学价值。在系统阐述美国短篇小说的文学渊源、历史背景、社会基础和文化氛围的同时,本书对美国短篇小说史上的重要作家和作品进行专题研究。与此同时,本书还对美国短篇小说创作手法的沿革、批评理论的发展以及接受美学的嬗变等做了详细评析。从某种意义上说,这是一部集历史考量、作家评介、作品剖析和理论探讨于一体的美国短篇小说专题研究史作。《美国短篇小说史》是国家一流学科外国语言文学建设项目、"十三五"国家重点图书出版规划项目、上海外国语大学重大科研项目"美国文学专史系列研究"的子项目。本书是集体智慧的结晶，反映了几位中国学者的批评视野和学术观点。由于美国短篇小说浩如烟海，题材形式五花八门，且艺术质量参差不齐，因此书中难免会有疏漏或错谬之处，敬请广大读者多加指正。

李维屏

2018 年 12 月

于上海外国语大学

目　录

上　卷

上　卷

第一章

美国短篇小说的起源

　　众所周知,美国的历史不长,自 1620 年"五月花"号载着首批移民停靠新大陆至今还不到四百年,因此美国小说的历史也很短。尽管很久以前生活在这块土地上的印第安人已经有了讲故事的兴趣,但真正意义上的"小说"直到美利坚合众国成立之后才得以问世。据史料记载,"在 1789 年至 1800 年间,大约有三十部美国人撰写的小说在美国出版,而那时的美国与现在有很大的区别"①。从某种意义上来说,1776 年"独立战争"的胜利为美国小说的诞生奠定了重要基础。毋庸置疑,这种基础不仅与美国独立后的新兴政治经济和文化环境密切相关,而且也包含了摆脱殖民统治之后美国人的国民意识和精神面貌。

　　然而,作为一种叙事性散文体裁和反映社会生活的文学样式,美国小说的形成不是一种孤立或自发的文学现象,而是与美国的社会变化和异域文学(尤其是英国文学)的影响息息相关。不仅如此,美国小说像其他国家的小说一样,不可避免地经历了一个从原始到成熟的发展过程,它的发展和演变也有其自身的规律和秩序。这种规律和秩序不能凭借抽象或主观的话语来解释,而只能通过对三百多年来美国小说的梳理、考察和研究来加以验证。无论我们如何评价美国小说的历史作用、社会影响和艺术价值,可以肯定的是,它不仅是美国历史上最早问世的文学样式之一,而且对美国整个文学体系的建构产生了重大的影响。有学者认为,早期美国小说体现了

---

　　① Leonard Cassuto, ed., General Introduction, *The Cambridge History of the American Novel*. Cambridge: Cambridge University Press, 2011, p.1.

"一种显著的感伤主义女性话语"（a predominantly female discourse of sentimentalism）①，其主要的声音代表了那些未能被纳入合众国早期建立的权力结构中的人们的"反叙述话语"（a counter-narrative）②。换言之，早期美国小说在一定程度上反映了新大陆的居民对欧洲（尤其是英国）强势文化和价值观念的忧虑和不满，而这种情绪在美国早期女性撰写的短篇叙事作品中尤为明显。众所周知，美国小说直到 19 世纪中叶才异军突起，并作为一种公认的文学样式开始步入经典的范畴，其原因在于它的酝酿和形成经历了一个相当漫长的过程。在促进美国小说诞生的诸多因素中，最重要的莫过于早期英国小说在美洲大陆的传播和影响。

第一节
早期英国小说在新大陆的影响

作为世界文学之林中的一大景观，英国小说自文艺复兴时期问世至今已有四百多年的历史。其间，它对美国、澳大利亚和新西兰等英语国家的小说创作均产生了不同程度的影响，其中新大陆殖民时期的美国小说受到的影响无疑最为显著。尽管美国小说的问世与发展同整个美国文学的演进密切相关，但早期英国小说对美国小说形成的催化作用不可低估。这种作用引发了两个值得关注的现象。一是美国小说的历史比戏剧的历史更加长久，它与诗歌几乎同时问世。显然，美国小说的这种历史境况与大洋彼岸较晚问世的英国小说形成了强烈的对比。另一个值得关注的现象是，当初生活在新大陆的女作家不但富于艺术灵感和文学想象，而且像男作家一样对叙事性散文作品的创作产生了浓厚的兴趣，并以其独特的视角和卓越的才华描写了她们在"希望之乡"的拓荒经历和精神诉求。这与大洋彼岸步入文坛相当迟缓的英国女性小说家也有明显的区别。换言之，美国小说在其发展的初始阶段不仅步伐相对顺畅稳健，而且还表现出

---

① Leonard Cassuto，ed.，General Introduction，*The Cambridge History of the American Novel*. Cambridge：Cambridge University Press，2011，p.22.

② Ibid.

一种颇受青睐的态势。究其原因,既有当时美洲大陆受英国文化传统影响的缘故,也是移居当地的清教徒们强烈的自我表白意识和习作练笔的兴趣所致。然而,对美国小说的诞生起到直接催化作用的莫过于早期英国小说在新大陆的欧洲(尤其是英国)移民中的广泛流传。从某种意义上来说,早期英国小说不仅成为新大陆拓荒者的精神食粮,而且也在一定程度上提升了他们的文学修养,激发了他们的创作兴趣,并极大地促进了散文叙事性作品的流行。本章旨在全面阐述早期英国小说在新大陆的传播和影响,探讨其在美洲殖民地开发初期对移民作家的"美学诱惑"(aesthetic enticement),并揭示其在 18 世纪"跨大西洋智者互动"(the transatlantic intellectual interaction)中的积极作用。

早期英国小说对美国作家的"美学诱惑"发端于新大陆的开发与殖民时期。自英国清教徒于 1620 年乘坐"五月花"号来到北美洲马萨诸塞的普利茅斯(Plymouth)建立殖民地起,英国小说便开始在新大陆流传,其影响在拓荒者中逐渐显现。尽管当时那些大都出自英国"大学才子"(university wits)之手的英语小说本身才问世不久,且人们对这种"崭新的、自觉的文学样式"的了解也十分有限[①],但它给那些在异常艰苦的环境下生活的欧洲移民带来了难能可贵的精神享受。在英国殖民时期,新大陆的拓荒者阅读的英国文学作品不仅有莎士比亚(William Shakespeare,1564—1616)引人入胜的剧本和斯宾塞(Edmund Spenser,1552—1559)的《仙后》(*The Faerie Queene*,1589—1596)以及弥尔顿(John Milton,1608—1674)的《失乐园》(*Paradise Lost*,1667)等气势恢宏的长篇史诗,而且还有黎里的《尤非伊斯》(*Euphues*,1579—1580)、格林的《潘朵斯托》(*Pandosto*,1588)、锡德尼的《阿卡狄亚》(*Arcadia*,1590)、纳什尔的《不幸的旅行者》(*The Unfortunate Traveller*,1594)和约翰·班扬(John Bunyan,1628—1688)的《天路历程》(*The Pilgrim's Progress*,上集1678,下集 1684)等经典小说。从某种意义上来说,"上述神话的文学表现是他们('新大陆'居民)的共有财产"[②]。自 18 世纪 30 年代起,英国小说在美洲大陆吸引了越来越多的读者。阿弗拉·班恩(Aphra Behn,1640—1689)的《奥隆诺科》(*Oroonoko*,1688),丹尼尔·笛福(Daniel Defoe,1660—1731)的《鲁滨逊漂流记》(*Robinson Crusoe*,1719)和乔纳

---

① Richard Kroll, *The English Novel*, *1700-Fielding*. London: Longman, 1998, p.6.
② 埃默里·埃利奥特:《哥伦比亚美国文学史》,朱伯通等译,成都:四川辞书出版社,1994 年,第 20 页。

森·斯威夫特(Jonathan Swift，1667—1745)的《格列佛游记》(*Gulliver's Travels*，1726)等小说在来自英国的移民中几乎达到了家喻户晓的程度。毋庸置疑，早期英国小说在美洲大陆的传播不但体现了英美之间文化、语言和文学的关联性，而且也唤起了新大陆文人对小说这一新兴文学体裁的创作兴趣。这无疑为美国早期叙事性散文作品的问世奠定了重要基础。

应当指出的是，最早对新大陆作家的小说创作产生"美学诱惑"的是英国作家班扬的宗教寓言小说(the allegorical novel)《天路历程》。这既是17世纪英国本土最重要的一部小说，也是大西洋彼岸的清教徒爱不释手的读物。更重要的是，这是一部当时英国最杰出、最具有示范效应的叙事性散文作品。尽管"宗教印刷材料在北美具有悠久的历史，并且在独立革命和南北战争期间渗透了这个新兴国家的文化"[1]，但对早期美洲大陆的移民(尤其是清教徒)而言，班扬的《天路历程》不仅是一部以宣传教规和道德感化为目的的宗教寓言小说，而且也是一部艺术精湛、脍炙人口的文学作品。这部被不少文学批评家认为是17世纪最优秀的英语小说从三个方面为那些当时在新大陆有意尝试小说创作的文人提供了一个不可多得的小说样板。一是其深刻的基督教主题。《天路历程》在向读者传达原罪意识的同时，强调赎罪的重要性和艰巨性。显然，这一主题对美洲殖民时期具有清教主义思想的作家和读者来说是备受欢迎的。二是其浓郁的现实主义风格。这部小说展示了与早期描写贵族骑士冒险经历的罗曼司截然不同的艺术风格，以现实主义的手法描写了平民百姓的心路历程，后者的平凡简朴和日常生活取代了前者的高贵文雅和繁文缛节。"他(班扬)用现实主义取代浪漫主义。虽然他坚持了理想主义的观念，但他描写这种生活时从不淡化其中的困难。"[2]毫无疑问，现实主义是新大陆作家描写拓荒经历最重要的风格。三是其别出心裁的叙事手法。作者不仅采用了当时的作家还不太擅长的第一人称叙述者，而且还运用梦境的形式来搭建小说的框架，正如小说的副标题所示："从这个世界到未知的世界：以梦境的形式加以表现。"可以说，《天路历程》的叙事手法对美国早期的小说家具有一定的启示作用，因为当时美国叙事性散文作品中第一人称叙

---

① Shirley Samuels，ed.，*A Companion to American Fiction：1780 - 1865*. Oxford：Blackwell Publishing，2007，p.87.

② Charlotte E. Morgan，*The Rise of the Novel of Manners*. New York：The Columbia University Press，1911，p.17.

事视角层出不穷,虽然其中不少在艺术上还较为粗糙。重要的是,《天路历程》作为英国早期一部影响巨大的小说,不仅成为当时新大陆清教徒们爱不释手的文学读物,而且也为那里正在习作练笔的文人提供了可资借鉴的文学样板和美学选择。

在对新大陆早期作家产生"美学诱惑"的英国小说中,班恩的《奥隆诺科》无疑最贴近当时美洲殖民地的生活现实,并且对当时在那里尝试小说创作之人的审美情趣产生了一定的影响。有评论家甚至声称"《奥隆诺科》是最早的一部美国小说,因为它是由一个自称在美国生活过的人用英语撰写的一部有关美国的文学作品"①。显然,作者早年在南美洲一个名为"苏里南"的地方的生活经历以及后来的坎坷人生为她提供了不可多得的创作素材。值得关注的是,作为英国文学史上第一部反映黑人悲惨命运的长篇小说,《奥隆诺科》对 18 世纪美国非裔小说的崛起具有一定的促进作用。这部作品生动地描述了非洲某国的王位继承人奥隆诺科因与身为国王的父亲发生冲突而被押往一个名叫"苏里南"的美洲殖民地当奴隶继而惨遭杀害的故事。从某种意义上来说,《奥隆诺科》"的确直接反映了奴隶制和英国在海外殖民地的君主统治问题"②。尽管这部小说并非旨在揭露或抨击残酷的奴隶制度,但它客观反映了作者对境遇凄惨的小说主人公奥隆诺科的深切同情,同时也在一定程度上体现了当时英国作家对美洲殖民地奴隶制的关注。毋庸置疑,阿弗拉·班恩对这位"皇家奴隶"不幸遭遇的生动书写和对故事情节的精心设计足以使这部小说成为新大陆第一代小说家的创作样板。更重要的是,《奥隆诺科》不仅首次成功地塑造了一个殖民统治下的黑人形象,而且其作者的审美情趣为以后美国非裔小说人物美学的全面建构奠定了基础。

在早期英国作家中,笛福也许是对新大陆作家最具"美学诱惑"的小说家。造成这一现象的原因很复杂,但归结起来主要有两点。首先,笛福的代表作《鲁滨逊漂流记》不仅成功地塑造了新大陆的拓荒者们理想中的英雄形象,而且还生动地描写了资本主义原始积累时期个人的冒险精神和创业神话。对同样艰苦创业的众多新大陆居民而言,小说主人公鲁滨逊既是他们崇拜的对象,也是他们在荒凉世界中效仿的榜样。鲁滨逊精

---

① Leonard Cassuto, ed., *The Cambridge History of the American Novel*. Cambridge: Cambridge University Press, 2011, p.23.

② Ibid.

力充沛，敢于冒险，乐于进取。他在荒岛上历尽千辛万苦，以惊人的毅力和智慧为生存而斗争的故事对远渡重洋来到新大陆的拓荒者们无疑具有重要的现实意义和示范作用。正如作者本人所称：这部小说描写的是一部寓言史（an allegorical history），读者当能从中获得某种教义和启迪。而《鲁滨逊漂流记》对美洲殖民地小说家的另一个"美学诱惑"则是其别具一格的个人自传体创作手法。笛福首次向人们展示了叙事性散文作品如何有效表现人物自我与身份的艺术形式。小说主人公兼叙述者鲁滨逊采用了一种被批评家们称为"自传性回忆"的手法将他的冒险经历和艰苦创业过程真实地告诉读者，取得了极强的艺术效果。小说的一切事件都通过主人公的第一人称视角与口吻加以叙述，而作者本人则退出了小说，或最多只能"声称自己是无意中获得的一堆个人材料的编辑而已"①。显然，《鲁滨逊漂流记》的"自传性回忆"手法不仅使故事情节显得生动逼真，更加贴近读者，而且还有助于确立人物在小说中的主导地位。更重要的是，作者成功地找到了一种用以反映英国 18 世纪资本主义初级阶段个人主义的艺术形式，通过人物的喉舌表达了当时流行的世界观和价值观。从某种意义上来说，《鲁滨逊漂流记》的走红既得益于当时人们对真实事件和冒险经历的兴趣，又受惠于其干净利落的"自传性回忆"叙述手法。就此而言，笛福的《鲁滨逊漂流记》所引起的文学革命是里程碑式的，它为那些喜欢书写冒险或创业经历却尚未找到有效创作方式的新大陆文人提供了可资借鉴的样板。正如美国政治家本杰明·富兰克林（Benjamin Franklin，1706—1790）在一篇有关写作的文章中指出的："约翰·班扬是我所知的第一位采用叙事和对话的作者，这种写作方法使读者颇感兴趣……笛福在《鲁滨逊漂流记》等作品中对此模仿得极为成功。"②

　　引人注目的是，早期英国小说在新大陆的流行不仅对当地作家产生了强烈的"美学诱惑"，而且还积极促进了"跨大西洋智者互动"。所谓"智者互动"是指 18 世纪（尤其是独立革命之后）英美两国包括作家在内的知识分子之间的文化交流和思想互动。这一现象不仅对大西洋两岸的文化交融产生了积极的影响，而且对英美小说创作的繁荣起到了推波助澜的作用。从某种意义上说，"智者互动"现象在塞缪尔·理查逊（Samuel Richardson，1689—1761）的书信体小说的传播过程中尤其引人瞩目。事

---

① George Watson，*The Story of the Novel*. London：Macmillan，1979，p.15.
② Shirley Samuels，ed.，*A Companion to American Fiction: 1780－1865*. Oxford：Blackwell Publishing，p.20.

实上,理查逊的书信体小说对早期美国小说家的审美意识、第一人称叙述和女性视角均产生了一定的影响,同时对大西洋两岸作家的思想交流和创作互动也具有一定的催化作用。在美洲大陆殖民时期,一方面,英国小说在新大陆广为流传,成为广大拓荒者爱不释手的文学读物;而另一方面,"美国在17世纪和18世纪也进入了英国人的殖民意识"①。应该说,两地文学的相互影响不仅在一定程度上促进了理查逊的小说在北美殖民地的传播,而且也有利于当时美国作家撰写的作品走向英国,从而形成了大西洋两岸小说创作的互动局面。例如,在美国早期作家中,玛丽·罗兰森(Mary Rowlandson,1637—1711)以日记和书信形式撰写的有关她和孩子遭到印第安人囚禁的故事引起了英国读者的浓厚兴趣。有批评家指出:"玛丽·罗兰森于1682年发表的有关她被印第安人绑架和押运的故事也在一定程度上影响了18世纪英国小说的发展轨迹,使理查逊的《帕梅拉》和《克拉丽莎》同其新英格兰的先作对囚禁和救赎具有相同的解释。正如罗兰森的《上帝的权威与仁慈》(*The Sovereignty and Goodness of God*,1682)在英国非常流行一样,《帕梅拉》和《克拉丽莎》在美国殖民地也不断重印。"②值得一提的是,由于拥有同一种语言和文化传统,新大陆的英国移民与祖国之间的思想交流不但从未间断,而且也较为顺畅。事实上,长期以来大西洋两岸作家的相互学习和启迪一直处于良好发展之中。如果说一些新大陆作家撰写的有关他们感情生活和艰苦创业的故事吸引了大量的英国读者,那么由理查逊创作的盛行一时的"书信体小说则构成了那些在遥远的空间里写信者的思想基础,从而使作家能有效地利用这一跨国界的通信方式"③。毋庸置疑,理查逊艺术上相对成熟的书信体小说既包含了当时新大陆的文学影响因子,同时也对早期美国小说(尤其是女性小说)的第一人称叙事形式的流行起到了极为重要的示范作用。

　　另外,18世纪下半叶爆发的美国独立战争对早期英国小说在美洲大陆的解读和接受也产生了微妙的影响,从而使小说的阅读和批评成为"跨大西洋智者互动"的重要组成部分。"这次战争导致的一个意外结果是将18世纪小说乃至整个英语文化分隔为两个离散的国家传统。"④对那些反

---

①　Leonard Cassuto, ed., *The Cambridge History of the American Novel*. Cambridge: Cambridge University Press, 2011, p.23.

②　Ibid., p.24.

③　Ibid.

④　Ibid., p.27.

对美国独立的亲英分子（Loyalists）而言，英国小说依然是他们平日爱不释手的文学读物和不可或缺的精神食粮。然而，对约占总人口三分之二的支持独立的美洲大陆民众而言，阅读英国小说尤其是有关描写这次战争的小说成了一种复杂的精神体验。一方面，他们依然默念着大西洋彼岸历史悠久的文化传统，具有一种难以名状的归属感；而另一方面，他们却对现存的英国殖民统治深表不满，体现出一种强烈的独立意识。尽管大多数美国读者对包括莎士比亚戏剧在内的英国经典文学作品依然青睐有加，但他们更是废寝忘食地阅读最新出版的、反映独立战争的小说，对为争取独立而牺牲的英勇战士深表敬意，对因战争而失去亲人、家庭和爱情的人物表示同情。值得一提的是，在美国大众渴望从小说中了解战争的同时，亲英的和支持独立的两类读者往往会对战争表现出截然不同的态度，从而影响他们对小说主题的理解和对人物的接受。如果说肯定独立战争的小说会激发那些支持革命的读者的爱国热情，那么亲英分子或反对独立战争的作家撰写的小说也会在大西洋两岸的读者中引起强烈的反响。这些小说不仅生动描写了战争对家庭的严重破坏，而且还真实反映了战争对普通百姓造成的心理创伤以及普遍存在于英美两国的心理裂痕。从某种意义上来说，美国独立战争不但促进了大西洋两岸知识分子的思想交流，同时也对两国小说家产生了难以抗拒的"美学诱惑"。这场战争为他们提供了丰富的创作素材，并使他们在战后一再回到"战争"这一主题上。这一现象既反映了革命结束之后支持独立者的兴奋与满足，也体现了亲英作家挥之不去的感伤情绪与怀旧心理。

值得关注的是，早期英国小说在促进"跨大西洋智者互动"的同时，对新大陆启蒙思想的发展也产生了积极的推动作用。例如，《项狄传》（*Tristram Shandy*，1759—1767）和《感伤的旅行》（*A Sentimental Journey*，1768）两部小说曾在美国中产阶级和知识分子群体中备受青睐，其作者"劳伦斯·斯特恩（Laurence Sterne，1713—1768）是托马斯·杰斐逊特别喜欢的小说家"[①]。当时正在积极倡导启蒙主义思想的杰斐逊总统不仅赞赏斯特恩充满诙谐、幽默和学究般才智的小说，而且颇为欣赏他对当时流行的启蒙思想的生动反映以及对普通人的道德信念和感伤情绪的巧妙把握。此外，斯特恩在小说中以新颖独特的艺术手法所揭示的内心

---

① Leonard Cassuto, ed., *The Cambridge History of the American Novel*. Cambridge: Cambridge University Press, 2011, p.31.

生活对早期美国小说家的自传性回忆写作也有所启迪。由于斯特恩的小说语言成功地模仿了人物的心理活动,因此他向读者揭示了一种全新的、具有透明度和可视性的现实。这无疑使当时的美国小说家颇受启发,并直接影响到他们的审美情趣和美学选择。更重要的是,斯特恩的小说进一步拓展了美国作家的文化视野,增强了他们的批评意识。他的作品不仅有助于美国作家深入了解大西洋彼岸的英国社会与民族文化,而且"也使他们从认识论和伦理学的角度去系统地批判传统的社会等级制度"①,从而为日后美国小说中启蒙思想的传播和社会批评的流行起到了推波助澜的作用。

应当指出的是,随同大量商品和黑奴一起运往美洲大陆的早期英国小说为美国小说家提供了丰富的文学资源和创作题材。其结果是,诸如人物的精神孤独、身份危机、伦理困境、大西洋两岸的悲欢离合、殖民思想和独立意识的交锋以及古老文明与新兴文化之间的冲突等英国小说中常见的主题在 18 世纪的美国小说中也屡见不鲜。引人注目的是,一百多年之后,这些主题在同时载入英美文学史册的大文豪亨利·詹姆斯(Henry James,1843—1916)的小说中得到了更加淋漓尽致的表现。同样,早期美国小说反映的主题和社会生活也拓展了英国读者的视野,使他们对这个被称做"希望之乡"的神秘而辽阔的新大陆有了更多的了解。这无疑对那些试图描写美国生活的英国小说家的创作思路和艺术灵感具有一定的启示作用。显然,早期英国小说在美洲大陆的流传不但进一步活跃了大西洋两岸作家之间的思想交流和创作互动,而且也为 19 世纪美国小说的异军突起奠定了重要基础。

综上所述,早期英国小说在新大陆的影响无疑是广泛而又深刻的。它对当初那些试图从事小说创作的文人产生了强烈的"美学诱惑",并理所当然地成为他们的创作样板。同时,它也引发了具有重要历史意义的"跨大西洋智者互动",在两地的文化交流和启蒙思想的传播中发挥了积极的作用。显然,英美两国小说如此紧密的关联性和作家之间如此活跃的互动性是世界文学史上绝无仅有的。这种早期建立在"美学诱惑"和"智者互动"基础上的文学关系对英美现代小说的繁荣与发展无疑具有深刻的意义。

---

① Leonard Cassuto, ed., *The Cambridge History of the American Novel*. Cambridge: Cambridge University Press,2011,p.32.

第 二 节

美国早期散文叙事文学

如果说小说是一种以讲故事为主的散文叙事文学体裁，那么美国小说的起源、发展和演变本身就是一个曲折动人的故事。然而，有关美国小说的故事，就像美国的历史一样，虽引人入胜，却很难追溯其真正的源头。世界文学的历史表明，任何国家的小说都发源于散文叙事文学（prose narrative），而散文叙事文学则大都源自民间的口头文学。当然，美国小说也不例外。然而，美国小说诞生的社会背景和文化环境与英国、法国、德国或俄罗斯等国家迥然不同。这些国家不仅拥有自身的传统、文化和语言，而且还有统一治理国家的政府和法律。不仅如此，这些国家还拥有像伦敦和巴黎这样的大都市，"它们在本质上构成了国家的身份、声音和政策，概括地说就是一种国民性。而这种优点我们（美国人）几乎是完全缺乏的"①。美国小说是诞生在"一个地理位置遥远、人口和宗教信仰差异极大，且各州主要因为共同反抗专制而联合起来（杰斐逊语）的国土里"②。迄今为止，艺术上成熟的美国小说已经拥有两百多年的历史。然而，它与英国小说的历史具有明显的区别。如果说英国小说的诞生比诗歌晚得多，那么美国本土创作的散文叙事文学或小说的雏形与其粗放的、原始的诗歌几乎同时在新大陆流传。在这片被哥伦布认为拥有无数植物和花朵的广阔的土地上，当地印第安人和欧洲移民不仅都爱讲故事、爱听故事，而且还喜欢用文学记录生活经历和精神感受。早期美国散文叙事文学大致分为两大类：一类是由印第安人用自己的语言书写的有关太阳、月亮、大地和世界诞生的神话，有关部落和勇士的民间传说，或有关动物、植物、氏族生活和礼仪的记载；另一类散文叙事作品则是由欧洲移民撰写的有关他们漂洋过海来到新大陆的冒险经历和在"希望之乡"艰苦创业的过程和体会，包括原本就为宗教自由而来的清教徒们对上帝的信仰和精神呼

---

① Quoted from *A Companion to American Fiction: 1780 – 1865*，ed. Shirley Samuels, p.7.

② Ibid.

唤，当然其中还有文人在辛勤劳动之后创作的短篇散文叙事作品。显然，上述两类语言不同、题材迥异的散文叙事作品不仅是美国文学的宝贵遗产，而且也构成了美国小说诞生的重要基础。

美国印第安人不仅是一个爱讲故事、爱听故事的民族，而且也采用自己的文字记载了一系列发生在原始部落的事件。在哥伦布发现新大陆之前，印第安各部落的氏族文化和民间流传的许多故事都有一定数量的文字记载。其氏族文化大都涉及印第安神话、习俗、礼仪和自然观等内容，而其民间故事则大都描述古人的英雄事迹、冒险经历和创业过程，当然还有关于原始部落之间的冲突和人间悲欢离合的传说。"每当我们阅读美国印第安人的文本时，如果我们承认是在阅读一个文本和译本，某些主题和关注焦点便会显现。其中有关于世界形成和太阳、月亮及星星演进的故事；也有关于人类和文化诞生的故事，包括仪式的发现，或类似玉米、野牛、马、盐和烟草的来历……还有关于那些文化中的英雄的传说等等。"①随着时间的流逝，大部分记载着这些故事的手抄本已经失传，但还是有一些文本幸运地被保存下来。尽管美国印第安人的原始手抄本并不是影响美国小说诞生的重要因素，但它们不仅是美国的文化遗产，而且也在一定程度上构成了美国文学的渊源。

对美国小说的诞生产生直接影响的无疑是当初欧洲（尤其是英国）移民撰写的散文叙事作品。与其他国家的文学不同的是，美国的散文叙事作品几乎与诗歌同时问世。这种现象无疑与美国的文明历史较短和各国移民的纷纷涌入及其文化的全面渗透密切相关。尽管在新大陆的移民中涌现了一批才华横溢的诗人，但也有一批文人热衷于散文作品的创作。在他们看来，散文叙事形式似乎更加便于描写美洲大陆拓荒者的生活经历和创业故事，同时也更加有利于反映拓荒者们日趋复杂的精神世界。随着美洲殖民地的不断发展，散文叙事文学的演进步伐变得更加矫健，其宽大的容量、朴实的形式和通俗的语言越来越受到作家和读者的青睐。早期欧洲移民采用英语撰写的散文叙事作品大都受到英国文学的影响。其中不少作品内容丰富、结构清晰、语言流畅，堪称美国早期散文叙事文学的上乘之作。尽管有些作品出自西班牙、葡萄牙和法国等欧洲国家的移民之手，但大多数英语散文作品是由来自英格兰、苏格兰、威尔士和爱

---

① 　Richard Gray, *A History of American Literature*, second edition. Oxford: Blackwell Publishing, 2012, p.4.

尔兰的文人创作的。后者不仅在故乡接受过良好的教育，而且谙熟英国经典文学。更重要的是，他们热爱写作，并善于记录自己在新大陆的生活经历和精神感受。就此而言，美国早期散文叙事文学是北美殖民时期的特殊产物，不仅体现了强烈的殖民和被殖民意识，而且具有以下三个基本特征：

第一，美国早期散文叙事文学建构了一个文化多元的美洲大陆形象，展示了一个多声部的"新世界"。"从一开始，关于美国的故事既不像一块独立的巨石，也不像一个融化锅，而是像一块马赛克。许多人在这一多元文化的环境中为他们自己在所遭遇到的不同传统间寻找一种身份。"①美国早期散文叙事文学的形式与发展同美洲大陆的开发与变化始终保持着某种逻辑关系，是当时这个"希望之乡"多元文化和杂糅观念的客观反映。由于早期美洲大陆的移民大都来自欧洲各国，加之被强迫贩运来的黑人，因此各地的文化、习俗、观念和生活方式等也像各种商品、用具和物资那样自由地跨越大西洋。从某种意义上来说，美洲大陆早期的文化是欧洲文化的延伸。这种新兴文化主要体现了欧洲各国的文化和观念在新大陆的汇聚、冲突与融合，呈现出多元文化的特征。美国早期散文叙事文学生动地反映了美国殖民时期的文化氛围。"美国文学把我们所熟悉的和所陌生的东西奇妙地结合了起来。"②美国早期多元复杂的文化和观念在当时的散文叙事文学中得到了全面而又客观的描写，其内容涉及移民的生存问题、宗教观、自然观以及欧美生活与文化的比较等方面。例如，就来美洲的目的而言，曾经率领弗吉尼亚公司（The Virginia Company）的部分管理人员跨越大西洋来到新大陆的约翰·史密斯船长（John Smith，1580—1631）就与其随行人员完全不同。如果说其他随行人员大都关注公司投资的利润，那么史密斯船长则试图寻找一个新的生存空间。此前已经有过冒险经历的"史密斯怀有一个截然不同的目标，对他而言，生存而非利润才是首要任务"③。史密斯不仅向其随从人员提出了在新英格兰"不劳动者不得食"④的规定，而且为了寻找食物，他花了大量时间去考察地形并多次与印第安人进行谈判。他在其《弗吉尼亚的真实关系》（A

---

① Richard Gray, *A History of American Literature*, second edition. Oxford：Blackwell Publishing，2012，p.21.

② Marcus Cunliffe, *The Literature of the United States*, the English-Chinese bilingual edition. Hong Kong：Penguin Books，1983，p.4.

③ Richard Gray, *A History of American Literature*, second edition. Oxford：Blackwell Publishing，2012，p.25.

④ Ibid.

True Relation of Virginia，1608)、《新英格兰描述》(*A Description of New England*，1616)和《约翰·史密斯船长的真实旅行、冒险和见闻》(*The True Travels*，*Adventures and Observations of Captain John Smith*，1630)等书中对美洲大陆拓荒者的来美意图和生存方式做了全面的介绍和描写。然而，弗吉尼亚公司的组织者和其他白人移民并不赞同史密斯船长的观点。他们大都"拥有西班牙式的殖民理念：即通过征服和发现黄金来为公司的投资者们获取利润"①。在美洲大陆早期的移民尤其是英国移民中，最流行的莫过于清教主义思想。他们不仅主张简化宗教礼仪，提倡勤俭、清洁的生活方式，并且还将这片漫无边际的荒芜土地视为伊甸园。"英国移民和那些鼓动英国人去美国居住的人无疑同哥伦布及其他人一样相信关于伊甸园的梦。"②在他们看来，"上帝本人便是这个种植园的缔造者和保护者"③。这种充满宗教色彩的伊甸园之梦在当时的散文作品中得到了充分的表达。由此可见，"美国文学的故事是一个多元化的故事"④，既有各种文学和语言之间的碰撞和汇聚，也有各种人理想和价值观念的冲突与磨合，从而构建了一个多元文化的美洲大陆形象。

第二，美国早期散文叙事文学客观反映了欧洲移民和本土印第安人之间的不同视角，体现了两者之间的对立情绪。众所周知，文学既是人学，也是国民意识的生动反映。美国早期散文叙事文学的一个显著特征便是欧洲移民和本土印第安人不同视角的汇聚与交集。视角的差异不仅体现了两类居民对这片原始土地迥然不同的认识和理解，而且也折射出两者相互对立的情绪与态度。在美国早期散文叙事文学中贯穿着欧洲移民的"一种双重意识，既眷恋旧大陆的文明，又憧憬新大陆的前程"⑤。这些原本在欧洲文明国土中生活的拓荒者敏锐地意识到了新旧世界之间在文化和生活品质上的巨大差异。然而在他们看来，眼前的这片土地是"希望之乡"，它代表着机遇、富饶和繁荣。"在描写这里英国殖民地的文学中，新世界的绝对富足，它为神话般的美好生活所提供的丰产和机遇，得

---

① Richard Gray, *A History of American Literature*, second edition. Oxford：Blackwell Publishing, 2012, p.25.

② Ibid., p.22.

③ Ibid., p.23.

④ Ibid., p.22.

⑤ Marcus Cunliffe, *The Literature of the United States*, the English-Chinese bilingual edition. Hong Kong：Penguin Books, p.5.

到了最充分和最明白的表达。"①美国早期重要散文家威廉·布拉德福（William Bradford，1590—1657）在他的著名散文作品《关于普利茅斯殖民地》（*Of Plymouth Plantation*，1651）中对英国这个最早的殖民地的富饶与繁荣作了生动的描写："殖民地的居民还开始向外发展他们的产业，原因是许多人涌入了这个国家，尤其是马萨诸塞海湾。这意味着玉米和牛的价格大涨，许多人因此而更加富有，商品更加充足。"②显然，布拉德福笔下的普利茅斯殖民地呈现出一片丰衣足食、欣欣向荣的景象。这种描写充分反映了欧洲移民对新大陆的赞美和信心，在美国早期叙事散文作品中颇具代表性。然而，本土印第安人对当时美洲殖民地的态度却不尽相同，有时甚至还体现出明显的对立情绪。"当然，有些人并不同意这种从伊甸园到开发美洲大陆的所谓上帝恩赐的观念。他们包括那些印第安人，对他们而言，白人的到来预示着一场善恶大战的开始。"③就总体而言，印第安人将欧洲移民的到来视为对他们平静和安稳生活的一次巨大冲击，他们的困惑、忧虑、紧张乃至恐惧心理在当时的不少叙事性文献中得到了详尽的描述。正如一位本土易洛魁首领所说的："白人像潮水般涌入这个国家，带来了扑克牌、金钱、小提琴、威士忌以及血案。"④此外，在一些早期的印第安文献中还记载了欧洲移民往美洲大陆殖民地贩运黑奴的情景，无数个、并未数过的非洲黑人在违背他们意愿的情况下被押送到新大陆，场面凄惨，催人泪下。显然，印第安人与欧洲移民在叙事视角上的明显区别不仅真实地反映了新大陆的社会现实，而且也在一定程度上折射出两者的对立情绪。

第三，美国早期散文叙事文学据实直书殖民地的开发和居民的生存状况，体现出浓郁的现实主义色彩。由于17世纪初的美国殖民地开始建立时社会基础极不稳固，没有足够丰富的题材可供创作，因此那些生活在社会结构尚不稳定时期的文人自然会关注当时殖民地的开发和拓荒者的生活。虽然这些书写早期美国社会变化的文人大都不是专业作家，也没有明确的创作意图或读者对象，但他们都根据自己的亲身经历和敏锐的

---

① Richard Gray，*A History of American Literature*，second edition. Oxford：Blackwell Publishing，2012，p.22.

② Ronald Gottesman，ed.，*The Norton Anthology of American Literature*，vol.1. New York：W. W. Norton & Company，1979，p.39.

③ Richard Gray，*A History of American Literature*，second edition. Oxford：Blackwell Publishing，2012，p.27.

④ Ibid.

观察真实地记载了美国殖民地的形成与发展，生动地描写了殖民地居民的日常生活与创业过程，体现了浓厚的现实主义色彩。美国小说的发展历史表明，"现实主义"一词直到 19 世纪末才以响亮的口号风靡美国文坛，比现实主义小说本身的诞生晚了近两百年。毋庸置疑，在美国社会尚未成形、作家尚未找到新的创作方向之际，美国早期的散文叙事文学本能地遵循了现实主义的创作原则。当我们对这些作品做一番哪怕是粗略的浏览之后就不难发现，当时的作者大都像法国现实主义大师巴尔扎克那样"搜罗了许多事实，又以热情作为元素，将这些事实完美如实地摹写出来"[①]。他们将视线聚焦于早期殖民地的开发和拓荒者的生存状况，正如俄国著名小说家契诃夫所给出的定义："按照生活的本来面目描写生活，其人物是无条件的、直率的真实。"[②]引人注目的是，在早期美国散文叙事作品中，许多故事并不像约翰·史密斯或威廉·布拉德福所描写的那样美丽动听或者振奋人心。恰恰相反，不少故事真实地叙述了初来乍到的欧洲移民尤其是穷人的艰辛与痛苦。例如，一位名叫理查德·弗莱桑恩（Richard Frethorne）的在 1623 年给其父母的信中写道："看在上帝分上，给我寄点牛奶、奶酪和黄油吧。"[③]在苦苦等待之中，这名契约仆人显得焦虑万分，他的请求也随之变得更加迫切："我祈求你们别忘记我，而是竭尽全力拯救我……将我从奴役中解放出来吧，救救我吧……哎呀，这里的人白天黑夜都在放声大哭。如果他们在英国时曾失去了一只手臂，那么他们如能返回英国宁肯再失去一只手臂，即使是挨家挨户地乞讨也在所不惜。"[④]显然，这名契约仆人不仅真实地叙说了本人的困境与痛苦，而且还生动地描写了当时殖民地的不幸遭遇，其文笔平易质朴，据实直书，呈现出浓郁的现实主义色彩。从某种意义上来说，这种出自普通人手笔的简洁、坦率、朴直的散文叙事充分展示了美国早期殖民地开发时的社会现实，同时也在一定程度上修正了长期以来欧洲史学家对新世界殖民初期的社会状况予以肯定和赞美的观点。

综上所述，美国早期散文叙事文学不仅是新大陆发现与开发时期的产物，而且是和本地印第安人共同书写的结果。这些作品生动地建构了

---

① 转引自《文学理论基础》，丁纯等著，上海：上海文艺出版社，1981 年，第 247 页。

② 同上。

③ Richard Gray, *A History of American Literature*, second edition. Oxford: Blackwell Publishing, 2012, p.28.

④ Ibid.

一个多元化的美洲大陆形象，客观地反映了欧洲移民和本地印第安人的不同视角，并充分体现了浓郁的现实主义色彩。尽管美国早期散文叙事作品是零碎的，其语言风格是粗放的，并且在艺术上也不够成熟，但它们不仅真实地反映了美国殖民时期的社会现实和拓荒者的生活经历，而且也为美国小说的诞生奠定了重要的基础。

第三节
美国短篇小说的诞生

美国短篇小说拥有一个非常值得夸耀的历史。早在 19 世纪 40 年代，当短篇小说在文学源远流长的英国依然步履维艰之际，其在大洋彼岸的美国已经走红。以华盛顿·欧文（Washington Irving，1783—1859）、纳撒尼尔·霍桑（Nathaniel Hawthorne，1804—1864）和埃德加·爱伦·坡（Edgar Allan Poe，1809—1849）为代表的美国作家纷纷推出了艺术精湛、引人入胜的短篇小说。这些短小精悍、通俗易懂的短篇小说不仅在美国社会广为流传，而且也获得了评论家们的高度关注。当时，美国短篇小说的盛况与英国短篇小说的萧条无疑形成了强烈的对比。作为一种年轻的、富有现代艺术特征的文学体裁，短篇小说在美国竟然如此迅速而又强势地崛起，这的确出乎许多文学评论家的意料，因为即便在这繁荣景象出现前不久，不少英国批评家还在抱怨甚至嘲笑美国缺乏文化根基和文学细胞。1818 年 12 月，一名英国评论家在《爱丁堡评论》上发表的言论颇具代表性：

> 美国人没有文学，我们是说他们没有本土文学。他们的文学都来自外国。他们有一个富兰克林，说不定靠他的声音就可以过上半个世纪……欧文先生写过几篇打趣的故事。可是在只要航行六星期就可以把我们的语言、智慧、科学和天才成桶地运给他们的情况下，美国人为何要写书呢？[1]

---

[1] Marcus Cunliffe，*The Literature of the United States*，the English-Chinese bilingual edition. Hong Kong：Penguin Books，p.35.

然而,大西洋彼岸的英国批评家们万万没想到,自 19 世纪中叶起,美国文坛便作家辈出,佳作林立。或许他们更没有想到,美国短篇小说竟然会捷足先登,率先风靡于英语世界。如果说不少批评家对短篇小说为何在文学历史悠久和小说创作一直处于领先地位的英国姗姗来迟表示困惑不解,那么他们对美国短篇小说顽强崛起并迅速步入黄金时代同样感到不可思议。应该说,美国短篇小说在发展过程中的这种奇特现象在世界文学史上是十分罕见的。这显然与先有诗歌的辉煌后有小说的诞生,先有长篇小说繁荣再有短篇小说崛起的英国文学历史大相径庭。然而,任何一种文学体裁的形成都不是一种偶然现象,美国短篇小说的诞生当然也不例外。它不但有其自身的发展规律,而且受到一系列复杂的社会和文化因素的影响。事实上,看似"突然"问世的美国短篇小说经历了一个逐渐演变的过程,尽管这一过程比英国短篇小说的诞生显得更为短暂。应该说,美国短篇小说诞生于一个极为特殊的社会与文化环境中,它的问世具有以下四个重要原因。

一、美国短篇小说的诞生与美国社会的快速民主化和城镇化进程密切相关。众所周知,美国在独立革命之前基本上没有真正意义上的短篇小说。独立革命的胜利不仅使美利坚合众国迎来了安邦兴国的大好时机,而且也加快了这个新兴国家的民主化和城镇化进程。战后十余年间,美国先后完成了三权分立的联邦宪法的制定和首任总统选举等重大政治任务,从而进一步确立了资产阶级民主政权的地位。与此同时,越来越多的美国人从农村来到城市居住。随着城市人口的不断导入和市民阶层人数的急增,国民教育和文化产业取得了快速发展,民众的文化水平和阅读能力均得到了明显提升。毋庸置疑,作为人类意识形态的文学不可避免地会对这一民主化和城镇化进程中的社会现实做出必要的反应。从某种意义上来说,独立革命胜利之后的美国社会基础不仅为包括短篇小说在内的文学作品提供了丰富的题材,而且也催化了短篇小说的诞生,使其成为市民阶级日常生活中不可或缺的读物。

二、美国独立革命前后散文作品的流行对短篇小说的诞生起到了推波助澜的作用。散文作品在美国殖民统治时期已经开始流传,在独立革命前后得到了进一步发展。早期散文作品内容丰富,题材广泛,涉及神学、哲学、政治学、社会学、历史学、语言学等领域,当然还有不少散文叙事文学作品。引人注目的是,独立革命时期高涨的民族情绪和爱国精神在散文作品中得到了充分反映。以本杰明·富兰克林和托马斯·潘恩(Thomas

Paine，1737—1809）为代表的革命家和思想家撰写了一些观点精辟、语言洗练的散文，在民间广为流传。其中，富兰克林的《致富之路》（*The Way to Wealth*，1757）和《自传》（*Autobiography*，1771—1790）以及潘恩的《常识》（*Common Sense*，1776）和《美国危机》（*The Crisis*，1776—1783）等散文作品在独立革命前后广为流传。这些作品不仅在宣传革命思想、鼓舞人民斗志方面发挥了重要作用，而且对包括游记、人物传记、民间故事在内的散文叙事文学的发展也产生了积极影响。除了富兰克林和潘恩两位具有浓郁政治色彩的人物之外，美国独立革命胜利前后还有一批重要的散文家活跃在文坛，其中一些作家以生动的语言或记载了他们在新大陆的所见所闻，或描写了当时一些重要的人物和事件。有些写于美洲殖民时期的散文作品在独立革命胜利之后依然流传甚广，从而使越来越多的美国人习惯于阅读散文作品。这在一定程度上为短篇小说的诞生奠定了基础。

三、早期美国长篇小说的流传对短篇小说的问世产生了积极的影响。美国长篇小说诞生于 18 世纪下半叶，在独立革命之前人们阅读的小说基本上来自大西洋彼岸的英国，包括文艺复兴时期"大学才子"创作的罗曼司和现实主义小说，以及笛福的《鲁滨逊漂流记》、斯威夫特的《格列佛游记》和亨利·菲尔丁（Henry Fielding，1707—1754）的《汤姆·琼斯》等描写人物传奇和冒险经历的小说。毫无疑问，英国小说为美国作家提供了不可多得的创作样板，并促进了美国本土的叙事文学向小说转型的步伐。引人注目的是，早期的美国长篇小说无论在题材还是形式上都受到了英国小说的影响。例如，通常被评论家们视为美国第一部长篇小说的《同情的力量》（*The Power of Sympathy*，1789）便是模仿了理查逊盛极一时的书信体小说艺术。这部由威廉·希尔·布朗（William Hill Brown，1765—1793）创作的书信体小说描写了男主人公试图诱奸女主人公的故事。作品不仅反映了家庭伦理关系，而且还具有一定的说教意图。显然，《同情的力量》在题材和形式上都受到了理查逊的《帕梅拉》和《克拉丽莎》的影响。此外，人物的冒险经历也是早期美国小说中常见的题材。最具代表性的是休·亨利·布雷肯里奇（Hugh Henry Brackenridge，1748—1816）撰写的《现代骑士》（*Modern Chivalry*，1792）。这类作品显然受到《格列佛游记》和《汤姆·琼斯》等英国小说的影响。毋庸置疑，美国本土长篇小说的问世和流传激发了一部分文人创作短篇小说的热情，对短篇小说的诞生起到了明显的催化作用。

四、美国独立革命之后的社会基础和生活方式也为短篇小说登上文坛提供了重要条件。美国独立革命的胜利标志着长达一个半世纪的美洲大陆殖民统治的结束。由于这个新兴国家的文明历史短暂，因此，独立革命之后美国的社会基础薄弱，百废待兴。从某种意义上说，战后粗陋的物质条件和简朴的生活方式为短篇小说创作提供了便利。"美国作家被亨利·詹姆斯所说的那种美国生活的单调现象引向了短篇小说。美国缺乏丰富和复杂的社会结构，那种简单的、富有诗意的故事而不是那种冗长的礼仪小说似乎成了反映美国人紧张而又孤立的经历的自然形式。"①作为一种年轻的文学样式，短篇小说虽然篇幅简短，但材料集中，结构严谨，形式多变，并具有浓缩性、经济性和灵活性等一系列鲜明特征。显然，战后美国的社会基础和生活方式不仅有利于短篇小说的发展，而且也为这种新生的文学体裁提供了相当合适的创作素材。

毫无疑问，为美国短篇小说的诞生和发展作出重大贡献的是华盛顿·欧文、纳撒尼尔·霍桑和埃德加·爱伦·坡三位杰出小说家。欧文的《瑞普·凡·温克尔》("Rip Van Winkle"，1819)和《睡谷传奇》("The Legend of Sleepy Hollow"，1820)拉开了美国短篇小说历史的序幕，欧文的短篇小说集《旅行者的故事》(*Tales of a Traveller*，1824)表明短篇小说已经在美国文坛正式登台亮相，而霍桑的短篇小说集《重讲一遍的故事》(*Twice-Told Tales*，1837；1842)则进一步确立了美国短篇小说这一新兴文学体裁在文坛的一席之地。随着爱伦·坡情节曲折、充满悬念的侦探小说和恐怖小说的盛行，美国短篇小说的国际影响力开始显现。经过欧文、霍桑和爱伦·坡三位短篇小说先驱的努力探索，美国短篇小说获得了进一步发展的生机，其艺术形式和创作手法也逐渐成熟。随着印刷技术的革新和出版业的繁荣，美国短篇小说创作日趋活跃，各种报纸杂志纷纷刊载短篇小说，从而使这种新型的文学作品得到了广泛传播。自19世纪40年代起，越来越多的中产阶级人士和知识分子成为短篇小说的忠实读者。尽管出版商和杂志社是最大的赢家，但作家也从中获益匪浅。更重要的是，短篇小说的流行不仅提升了其艺术水准，而且在19世纪中叶迎来了它的黄金时代。

应当指出，美国短篇小说在19世纪上半叶捷足先登并日益走红与大西洋彼岸英国短篇小说相对萧条的局面形成了鲜明的对照。对大多数评

---

① Walter Allen，*The Short Story in English*. Oxford：Clarendon Press，1981，p.24.

论家而言，"虽然短篇小说在美国的诞生是如此成功和富有戏剧性，但其原因是难以解释的"①。然而，令评论家们更加感到不可思议的是，在文学历史悠久的英国如此姗姗来迟的短篇小说竟然在美国率先流行并发展得如此迅速。从某种意义上来说，欧文、霍桑和爱伦·坡三位作家在短篇小说领域所取得的成就不仅为这一文学体裁的崛起奠定了重要基础，而且也使英国同行在这一领域的作为相形见绌，尽管英国作家在长篇小说创作中一直处于领先地位。正如英国批评家沃尔特·艾伦（Walter Allen）所说："我们可以完全肯定地说，19世纪的美国作家是幸运的，在他们眼前放着霍桑短篇小说的样本和爱伦·坡有关短篇小说的创作理论。"②换言之，美国短篇小说是在本土形成的一种文学样式，它基本没有受到英国短篇小说的影响，这与美国其他文学样式的发展历史有着明显的区别。"爱伦·坡作为短篇小说家所取得的成就和他的巨大国际影响力常常使英国批评家们感到痛心。"③纵观英美两国的短篇小说发展史，我们不难发现，1840年前后崛起的美国短篇小说不仅从此势如破竹、发展迅速，而且在20世纪初经亨利·詹姆斯和舍伍德·安德森（Sherwood Anderson，1876—1941）等作家的努力重拾升势，再创辉煌。相比之下，姗姗来迟的英国短篇小说直到1880年前后在史蒂文森、哈代和吉卜林等作家的推动下才首次迎来了它的黄金时代。从某种意义上说，19世纪美国短篇小说对英国短篇小说的繁荣与发展起到了一定的促进作用。这无疑是19世纪大西洋两岸作家之间的"美学诱惑"和"智者互动"的结果。

应当指出，自从欧文、霍桑和爱伦·坡三位重要作家相继推出短篇小说之后，这一体裁的艺术形式和创作技巧日趋成熟，从而进一步提升了短篇小说的文学地位和社会影响。由于美国短篇小说与长篇小说都是从早期散文叙事作品演化而来，且两者的历史相差无几，因此两者在艺术形式和创作技巧上长期处于互动和互补的发展态势。有些作家既写长篇小说，也写短篇小说，从中获得的创作经验无疑有助于促进两者艺术和技巧的成熟。尽管更多的时候创作短篇小说只是许多长篇小说家偶尔为之的副业，但美国文坛毕竟较早拥有了像欧文和爱伦·坡这样以创作短篇小说为主的优秀作家。显然，这不仅是美国短篇小说得以日益走红的原因之一，而且也是它在艺术上不断成熟和完善的重要基础。

---

① Walter Allen, *The Short Story in English*. Oxford：Clarendon Press, 1981, p.24.
② Ibid.
③ Ibid.

在 19 世纪末至 20 世纪初的二三十年间,美国短篇小说在亨利·詹姆斯和舍伍德·安德森等作家的努力下迎来了第二次繁荣。这一年轻的文学体裁经詹姆斯之手变得更加精致和成熟。詹姆斯虽以其长篇小说著称于文坛,但他总共创作了一百余篇短篇小说。在新旧世纪交错之际,詹姆斯似乎有意将短篇小说当做长篇小说的浓缩形式加以探索,并高度关注其创作技巧、艺术质量和美学效果。从某种意义上说,詹姆斯是继爱伦·坡之后美国文坛又一位将短篇小说作为一门艺术加以研究的重要作家。显然,詹姆斯作为大西洋西岸的文化使者不仅推动了美国短篇小说的发展,而且也以其创作实践打破了英国短篇小说园地长期的沉默,为英语小说的国际化进程奠定了基础。在 20 世纪初为美国短篇小说作出重大贡献的另一位杰出作家是舍伍德·安德森。他的短篇小说集《小镇畸人》(*Winesburg, Ohio*, 1919)不仅以开拓性的异化主题驰骋美国文坛,而且大胆重构了短篇小说范式,使一个个看似分散独立的小故事在全书统一的艺术框架内彼此交融,从而产生整体的艺术效果和美学价值。安德森在这部短篇小说集的主题、形式、人物塑造和叙事策略等方面注入了一系列新元素,使其成为现代主义短篇小说艺术的实验场。毋庸置疑,詹姆斯和安德森等人的作品不仅在主题和形式上体现了明显的变化,而且标志着美国短篇小说发展的新方向。

美国短篇小说自 19 世纪上半叶问世至今已有近二百年的历史。其间作家辈出,名作相压,久盛不衰。20 世纪是美国短篇小说发展的鼎盛期。在现代主义及后现代主义思潮的推动下,在多维的理论视野和多元批评方法的影响下,美国短篇小说的题材日趋丰富,技巧不断成熟,形式一再革新。经过詹姆斯、安德森、海明威(Ernest Hemingway, 1899—1961)、福克纳(William Faulkner, 1897—1962)和菲茨杰拉德(Francis Scott Key Fitzgerald, 1896—1940)等杰出作家的认真探索和反复实践,这种短小精悍、灵活简练的文学样式取得了长足的发展,其艺术形式和创作技巧一再得到优化。今天,美国短篇小说不仅成了文坛最具活力的文学体裁之一,而且已经具有极大的国际影响力,备受世界各地读者的青睐。

第二章

美国短篇小说的崛起

　　早期英国小说的"美学诱惑"是美国短篇小说源起的重要动因。作为宗主国,英国对美国的影响在每个领域都是显而易见的,短篇小说也不例外。18世纪下半叶,短篇叙事文学作品开始在美国出现。这些作品不是改编于英国等国的小说,就是模仿这些国家报纸杂志上的作品,然后发表在美国刚刚兴办的各种文学月刊上。人们创作这些作品或是为了愉悦读者,或是为了宣传宗教思想,或是为了进行道德说教。然而,从艺术性角度讲,早期的作品显得十分稚嫩,人物形象单薄、雷同,情节枯燥乏味,叙事充满说教。因此,独立战争前的这些短篇叙事文学,只能说是在英国等国启蒙运动和浪漫主义的影响下具备了一定的文学意识,还算不上真正意义上的短篇小说。

　　18世纪,长篇小说在英国诞生,并出现了一批优秀作家,如丹尼尔·笛福、斯威夫特、塞缪尔·理查逊、劳伦斯·斯特恩、霍勒斯·沃尔波尔(Horace Walpole,1717—1797)、菲尔丁等。他们创造了英国小说第一次繁荣。然而,这种繁荣只是体现在长篇小说上,短篇小说并没有得到发展,即便到了19世纪,维多利亚时代涌现出那么多闻名遐迩的小说大家,投身短篇小说创作的人依然屈指可数,即使有人偶有涉及,其作品的艺术性和可读性也难以吸引读者。

　　18世纪,英国的报纸杂志也曾发表过一些具有短篇小说雏形的文学作品,但是它们不能算做严格意义上的短篇小说,其成就更是不能和当时的长篇小说相提并论。倒是美国这个新兴的文学力量,在短篇小说这一体裁的创作上大胆探索,勇于实践,发挥了主要作用,创造出了举世瞩目的成就,尤其是华盛顿·欧文。他将欧洲大陆的古老传说移植到美洲新大陆的背景下，创作出了既有异国风情、又有美国特色、令欧美文坛为之一振的传奇小说，如《瑞普·凡·温克尔》和《睡谷传奇》等。这些作品在美国创造了一种新的文学形式，即短篇小说。这种短篇小说与此前的短篇叙事作品不同，它故事情节完整、人物形象丰满、主题思想深刻、语言富有文采，具备了现代意义上的短篇小说的要素。许多才华横溢的作家纷纷投身于短篇小说的创作，如纳撒尼尔·霍桑、埃德加·爱伦·坡、赫尔曼·麦尔维尔（Herman Melville，1819—1891）等。从 19 世纪 30 年代起，这些作家不断发表新作，每年发表的新作数量非常可观，而且读者反响十分热烈，使得短篇小说成为当时作家们十分钟爱的一种创作文体。19 世纪美国重要的小说家们，包括长篇小说家，几乎全都致力于创作这一文体，不是以此开始自己的文学生涯，就是创作出优秀的短篇小说。就连诗人朗费罗（Henry Wadsworth Longfellow，1807—1882）也忍不住想一试身手。实际上，朗费罗的一些著名诗作原本都是作为短篇小说构思出来的，如《伊凡吉林》（"Evangeline：A Tale of Acadie"，1847）。诗人惠特曼（Walt Whitman，1819—1892）也按捺不住，也想展现自己短篇小说的创作能力。由此可见，创作短篇小说在当时多么受欢迎。

在促使美国短篇小说最初崛起和繁荣的队伍中，女作家也是一支不容忽视的力量。由于其独特的社会和家庭角色以及细腻的思想情感，她们创作出了许多风格独特、内容别致、主题深刻的短篇小说，吸引了大批读者，尤其是女性读者的关注，从一开始就为美国短篇小说的发展营造出多样性和丰富性的可喜局面。凯瑟琳·玛利亚·塞奇威克（Catherine Maria Sedgwick，1789—1867）是最早为人所知、广受读者欢迎的女作家之一，早在 19 世纪 20 年代就不停地发表短篇小说，发出了女性的声音。尽管受到男作家的排挤和嘲讽，一批才华横溢的女作家仍然像塞奇威克一样积极投身其中，并取得了令人刮目相看的成就。

美国短篇小说的崛起在很大程度上得益于文学杂志的繁荣。当时，人们热衷于创办文学杂志，刊登诗歌、散文、小说、札记、评论等。这一热情直接推动了包括短篇小说在内的美国文学各种体裁的繁荣。这些杂志，如 1850 年创刊的《哈泼斯杂志》（*Harper's Magazine*）以及后来的《大西洋月刊》（*The Atlantic Monthly*），为小说家们发表短篇小说提供了非常好的园地，同时也为千千万万的普通读者欣赏这一崭新的文学形式提供了十分便利的机会。可以说，如果没有文学杂志这块园地，短篇小说很难在美国生根发芽,更不用说枝繁叶茂、开花结果了。促成短篇小说繁荣的还有一个重要的原因,即当时的社会时尚。那时,人们喜欢购买小说、诗歌、散文集等作为礼物馈赠亲朋好友,尤其是在圣诞节到来之际,霍桑和爱伦·坡的小说就是最先作为这种礼物出现在圣诞节市场上的。这种高雅的社会风气对促进短篇小说繁荣,从一定程度上讲,并不逊于文学杂志所起的作用。

当然,与英国人迥异的生活节奏、社会环境等,也是帮助美国短篇小说崛起和繁荣的一个重要原因。经过浴血奋战,美国人民取得了独立战争的胜利,整个民族热血沸腾,热情澎湃,对生活和未来充满了乐观向上的激情。人们以巨大的热情拓荒新大陆、建设新国家。这样的热潮为短篇小说家们提供了巨大的动力和不竭的创作素材。另一方面,发展祖国、建设家园,使得勤劳的美国人民终日忙忙碌碌,生活节奏很快,人们无暇阅读长篇巨著。讲究快捷的生活节奏、奉行实用的价值观念,这种快速、高效、实用的文化氛围决定了整个民族的阅读兴趣和文学品位。作为短小精悍的短篇小说,恰恰具备了这些特点,它与美国人的个性十分吻合。这一文学体裁既能满足美国人的文学需求,又不影响他们的生活方式,人们欢迎它是十分自然的。由此可见,短篇小说之所以能在美国这个新生的国家迅速崛起和繁荣,在一定程度上好像是上苍注定的。

第 一 节

华盛顿·欧文：美国文学之父

众所周知,乔治·华盛顿是美国开国之父,开辟了繁荣昌盛的北美大陆的新纪元,在美国历史上享有崇高的地位,具有重要的影响,深受人们的敬仰和爱戴。而华盛顿·欧文则被誉为美国文学之父、美国文学的奠基人之一,开辟了繁荣发达的美国文学的先河,在文学领域享有至高无上的地位,对美国文学产生了深远的影响。其影响力之大,堪与乔治·华盛顿相媲美,受到一代又一代美国人的顶礼膜拜。

我国最早将华盛顿·欧文小说翻译成中文的,是近代伟大的翻译家林纾。他对欧文的小说推崇备至,将其不少作品译成中文,如《见闻札记》

（*The Sketch Book of Geoffrey Crayon，Gent*，1819—1820），取名《拊掌录》。林纾在译序中感叹："欧文气量宏广，而思致深邃而便敏，行文跳踊变化，匪夷所思。其雅趣高情……又博古，广哀遗典，叩以所有，无不立应。"[①]林纾对欧文的小说给予了很高的评价，对其磅礴的气势、深邃的思想、流水般的行文、风趣幽默的描写、高雅博古的文风赞不绝口。而这一切也正是欧文小说的特点和价值所在。

生平传略与创作成就

华盛顿·欧文出生于纽约一个富有的五金商人家庭。父母是苏格兰移民，定居于纽约曼哈顿。欧文出生的那一天，即 1783 年 4 月 3 日，他的父母获悉乔治·华盛顿率领美国人民终于打败了英国殖民主义者，美国独立战争宣告结束。欧文的母亲十分敬仰乔治·华盛顿，因此给儿子取名华盛顿。6 岁那年，在保姆的帮助下，年幼的欧文有幸在一家商店里遇见了乔治·华盛顿。这位开国总统祝福欧文茁壮成长。这次偶遇在欧文心中留下了终生难忘的美好记忆，后来走上文学道路之后，他专门为乔治·华盛顿撰写了厚厚的五卷本《乔治·华盛顿传》（*The Life of George Washington*，1855—1859），并且在华盛顿去世前八个月出版面世，这是美国传记文学中的经典之作。关于这次见面的情景，有人还画了一幅水彩画，画作至今还悬挂在欧文的故居里。

欧文在家排行老小，幼时体弱多病。几位哥哥经商有道，个个都是成功的商人。对于小弟弟，他们并没有教他做生意，而是鼓励他从事文学创作。他们一方面激发他的文学兴趣和灵感，另一方面积极资助他进行文学创作。他们之所以如此，是因为发现这个弟弟从小就喜欢看书，尤其爱读小说，对历险故事和游记爱不释手，比如《鲁滨逊漂流记》和《格列佛游记》等。他后来撰写的代表作《见闻札记》，就是一部游历故事集，这不能不说是受他早年爱读游记影响的结果。欧文还十分喜欢看戏，对乔叟（Geoffrey Chaucer，1343—1400）、莎士比亚、斯宾塞等人的作品情有独钟。后来，他到律师事务所学习法律。他发现法律条文枯燥乏味，始终唤不起兴趣，而对文学依然念念不忘。对文学的这种特殊爱好，加上阅读了那么多的文学作品，这一切对欧文走上文学道路都产生了重要影响，为其后来取得巨大的创作成就奠定了坚实的基础。

---

① 林纾：《拊掌录》，上海：商务印书馆，1933 年。

1798年,曼哈顿发生黄热病。父母将欧文送到相对安全的纽约郊区塔里镇。在这里,他知晓了附近的小镇——睡谷镇。这个镇子充满了浓郁的荷兰气息,还流传着许许多多的鬼怪故事。这些故事深深地吸引了欧文。为此,他还只身一人,沿着哈德逊河一路向上,专门来到卡茨基尔山区,也就是他的名作《瑞普·凡·温克尔》故事发生的地方。面对卡茨基尔山下哈德逊河那旖旎的风光,欧文感叹,那是他童年记忆中最美丽的青山秀水。

欧文19岁时,哥哥们发现他依然体弱多病,于是送他到欧洲去旅游。在历时两年的时间里,欧文遍游欧洲,尤其是英国和地中海沿岸国家。欧洲之行不仅大大地改善了他的身体状况,而且欧洲秀美的山川、古老的文化、悠久的文明,英国的田园生活、古代遗风,尤其是繁荣的文学、丰富的历史传说,等等,无不给欧文留下了极为深刻的印象,大大地拓宽了他的视野,丰富了他的创作素材,对他今后的文学创作产生了非常积极的影响。这种影响在他短篇小说的题材上便可见一斑。他重要的小说大多以英国为背景,很少涉及美国。他总是津津乐道于英国的奇闻轶事、奇风异俗、鬼怪志异,在作品中百写不厌,其小说因此充满了奇异的浪漫色彩。

欧文走上文学创作道路,始于1802年在《早晨纪事报》上发表散文。这几篇风格清新的书信体散文,一发表就引起了文坛和读者的注意,欧文因此崭露头角。使欧文在文坛上进一步确立自己知名度的,还有1807年1月他和哥哥威廉等人共同创办的杂志《杂谈》(*Salmagundi*)。这个不定期的杂志,采用18世纪英国作家约瑟夫·艾迪逊(Joseph Addison,1672—1719)和理查德·斯蒂尔(Richard Steele,1672—1729)等人创办的《旁观者》(*The Spectator*)的风格,使用幽默、风趣、含蓄、讽刺的笔触,惩恶扬善,引起了读者们的广泛兴趣。《杂谈》成为欧文练笔的绝好园地,上面刊登的文章大多是欧文采用笔名撰写的,大大地锻炼了他的创作能力,同时也使他渐渐地形成了自己的创作风格——幽默、风趣、讽刺、含蓄、睿智,笔调清新优雅、思维缜密流畅。

然而,就在他文学创作一帆风顺的时候,他的个人生活却遭遇巨大不幸。他的未婚妻玛蒂尔达·霍夫曼,年仅17岁就患肺结核离开了人世。这件事对欧文打击很大,影响甚深,以至于后来虽然也谈过几次恋爱,但他一直未娶,始终孑然一身。欧文忍受着巨大悲痛,潜心完成了《纽约外史》(*A History of New York from the Beginning of the World to the End of the Dutch Dynasty*,1809)。这是欧文发表的第一部重要作品,以笔名

"迪德里希·尼克博克"（Diedrich Knickerbocker）出版，辛辣地讽刺了当地自以为是的历史和政治。作品诙谐幽默，赢得了广泛好评。迪德里希·尼克博克，作者的笔名，也是作品中的叙事者，立刻成为纽约家喻户晓的人物。渐渐地，人们用他来称呼纽约曼哈顿的居民。同时，欧文在其他作品中也采用这个名字作为叙事者。不过，尽管该书获得了很大成功，但远没有充分发挥出作者的创作才华。1815年，因家中生意需要，欧文定居英国，帮助哥哥在英国经营生意。后因经济萧条，生意倒闭，欧文才静下心来，全身心地投入创作，自己的创作才华这时才尽善尽美地全部展现出来。

这种完美性集中体现在1819年出版的《见闻札记》中，欧文因此一跃成为国际知名作家，在欧洲和全世界获得了如潮的好评，成为第一个赢得世界声望的美国作家，为美国文学摆脱对英国文学的模仿和依附树立了光辉的典范，为创建富有本民族特质的文学开拓了一条又宽又广的先河。欧文的成功对于当时的美国文学而言，是个具有划时代意义的重大事件。欧文因此赢得了世人的广泛赞誉，英国一些著名作家也不吝其辞，大加赞赏，比如司考特（Walter Scott，1771—1832）、拜伦（George Gordon Byron，1788—1824）、狄更斯（Charles Dickens，1812—1870）等。这一点在当时实属不易，因为在那时的英国作家眼中，美国根本没有自己的文学，没有具有自我特色的作家。他们认为，美国的文学只是对英国文学的简单复制，美国作家也仅仅是跟在英国作家后面一味模仿。欧文的成功，让他们看到了一个新兴的民族文学正在冉冉升起，同时也极大地鞭策和鼓舞了一大批才华横溢的美国作家，如霍桑、麦尔维尔、朗费罗、爱伦·坡等。这些作家和欧文一道，共同创建了独具特色的美国文学，创造了美国文学的第一次繁荣。

《见闻札记》的空前成功，不仅极大地提振了欧文的信心，也大大地鼓舞了他的英国出版商。出版商鼓励他要一鼓作气，趁势创作出更多的优秀作品，以满足翘首以待的广大读者的需求。1822年，欧文发表《布雷斯布里奇田庄》（Bracebridge Hall, or The Humorists, A Medley）。这部作品是《见闻札记》的续篇，形式上同《见闻札记》如出一辙，也是散文和短篇小说集，共收录五十余篇，篇篇相对独立，彼此没有紧密的关联。该文集同样赢得了读者和评论家们的好评，尽管有些人颇有微词，认为它只是《见闻札记》的翻版，但大多数人认为它不失为一部优秀作品。有读者欣然指出："阅读这部作品，我们获得了很多欢乐，我们要对作者表示由衷的感谢……"①

　　然而,收录有短篇小说《魔鬼和汤姆·沃克》("The Devil and Tom Walker")的《旅行者的故事》(林纾译为《旅人述异》),在一定程度上却影响了欧文的自信心。这部集散文和短篇小说为一体的故事集,其故事同样是妙趣横生,精彩纷呈,具有很强的可读性,很受读者的欢迎,销售量也很高,作者本人对该文集很是得意,认为其中有些篇目是他最满意之作。可是,评论家对此却诟病不已,批评作品缺乏新意,依然是旧瓶装新酒。评论家们期待,欧文的作品应该一部比一部精彩、一部比一部富有新意,这样才能不断地给读者和批评家们带来惊喜。这种期待无可非议,但每一部作品都要轰动文坛,实在是有些勉为其难,任何人都很难做到这一点。相比之下,有些读者和评论家则客观很多。他们在报纸上撰文指出,《旅行者的故事》实质上是一部优秀作品,之所以会出现这样的批评声,问题不在作品本身,而在读者和批评家的期望值。

短篇小说创作

　　《瑞普·凡·温克尔》《睡谷传奇》和《鬼新郎》("The Spectre Bridegroom",1819)这三个短篇,被认为是《见闻札记》中最优秀的作品。这些作品的情节均取自德国的民间故事,作者却配上了美国的背景,这样美国特色便跃然纸上,比如《睡谷传奇》和《鬼新郎》分别源自德国著名的文学家戈特弗里德·奥古斯特·比格尔(Göttfried August Bürger,1747—1794)的民谣《雷诺热》(*Lenore*,1773)和《狂放的猎人》(*Der Wilde Jäger*,1786)。同作者的其他小说一样,这些作品充满了鬼怪、超自然的形象和元素,具有一种戏仿哥特式小说的鲜明特征,读起来让人心惊肉跳,又欲罢不能,自始至终都强烈地吸引着读者的注意力。

《瑞普·凡·温克尔》

　　《瑞普·凡·温克尔》的故事发生在美国独立战争前后,地点是荷兰殖民地时期哈德逊河畔的纽约卡茨基尔山脚下。主人翁瑞普·凡·温克尔就住在这个山脚下的一个祥和、宁静的村庄里,靠耕种几亩贫瘠的农田为生。瑞普是名荷兰人后裔,为人热心、亲和、乐于助人,村民们,尤其是

---

① Ralph M. Aderman, ed., *Critical Essays on Washington Irving*. Boston: G. K. Hall, 1990, 58 - 62; STW 1: 209.

孩子,都很喜欢他。

> 他陪他们游戏,帮他们做玩具,教他们放风筝、打弹子,还给他们讲鬼怪、女巫和印第安人等内容的长篇故事。他在村子里闲荡时候,总有一大群孩子前呼后拥,有的扯住他的衣角,有的爬到他的背上,肆无忌惮地捉弄他,就连附近一带的狗对他也从不吠叫。

由此可见,瑞普在外面是何等的受欢迎。然而,在家里他则判若两人,什么事都不肯做,那些又脏又累的活,他更是瞧也不瞧一眼。屋里乱成一团他不管,自家农田荒成一片他也不闻不问。他爱做的不是带上一条狗独自跑到村外的山中打猎,就是溜达到村中的酒吧里和人聊天,整天过着悠哉游哉的生活。他这么做,一方面是为了躲避家中的活儿;另一方面是为了躲开整天唠叨的老婆,不愿意听她从早到晚地呵斥、责骂他。

一天,瑞普同往常一样,带着自己心爱的狗又到附近的山上打猎。他遇到早已作古的当年发现哈德逊河的哈德逊船长及其伙伴,在喝了他们的仙酒后便昏昏沉沉地睡着了。一觉醒来,他惊讶地发现,身边的猎枪已经锈坏,自己的胡子竟有一英尺长,猎狗也不知去向。回到村中,他更惊讶了,发现一切都发生了巨变。村子里的人,他一个也不认识,自己的老婆已经去世了,女儿也嫁为人妻,朋友们不是战死沙场,就是远走他乡,村子里还出现了一个也叫瑞普·凡·温克尔的人。当然,这是他儿子。而最令他惊讶的是,乡村旅店变成了"联合旅馆",旅店门口的英国国旗变成了星条旗,英王乔治三世的画像变成了华盛顿将军的头像,睡前这里还是英国统治,醒后却变成了美利坚合众国,他也由一名英王的臣民变成了"合众国的一个自由的公民"。原来,他这一觉竟然睡了20年!一觉醒来,天翻地覆。不久,村子里的一位老人认出了瑞普,瑞普的女儿把他领回了家。瑞普很快又恢复了往日那种逍遥、慵懒的生活习惯。他的这番奇遇很快就在荷兰移民中流传开来,尤其是在那些长期饱受凶悍老婆虐待的男人们中间,传得更广、更神。他们希望自己有一天也像瑞普那么好运,美美地睡上一觉,醒来后一切磨难、遭遇便烟消云散。

当然,这只是一种美好的愿望而已,不可能成真。欧文创作这样的故事,也是源自欧洲的古老传说而已。众所周知,欧洲文化对欧文影响甚深,这种影响反映到他的创作里是十分自然的。难能可贵的是,欧文并非机械地移植欧洲古老的文明和悠久的文化,而是撷取其有益的素材,结合美国的实际国情,表现美国的故事,反映美国的主题,因而具有鲜明的美国特色。比如,瑞普的故事是根据德国民间故事改编的,作者将古老传说中的德国农民改成了美国农夫,故事发生的地点由莱茵河变成了哈德逊河,把英国航海家哈德逊及其"半月"号船上水手们的故事改编成了浪漫的美国故事。瑞普一觉睡了 20 年,也是源于德国古老传说中的情节,欧文将它置于美国的背景下,赋予了美国地域特色。实际上,一觉睡这么多年的民间传说,在欧洲不少地区都有,比如苏格兰、爱尔兰等,古犹太人也有类似的传说,古希腊的第欧根尼也记载过类似的故事。在我国南朝,也有"烂柯人"的传说,即《述异记》中的王质去山中打柴,观仙人对弈,在山中只是逗留了片刻,不料人世间却发生了巨变。欧文的成功之处在于,他把他国的这些传说和情节巧妙地融入了本国的环境中。经过这番梳妆打扮,一个具有浓郁的美国特色的小说便呈现在了读者面前,既能引起美国读者的兴趣,又能吸引欧洲读者的注意力。这是该小说成功的重要因素之一。

作为美国第一篇出色的短篇小说,《瑞普·凡·温克尔》具有许多鲜明的艺术特色,展现了欧文高超的创作才华。

首先需要指出的是小说的宏大背景。作者将小说设置在美国独立战争前后,以这样一个重大的历史事件作为故事背景,无疑赋予了小说浓郁的政治内涵和强烈的时代特征。这个背景是独一无二的,极具美国特质,因此仅从这个角度看,该小说就承载了极其鲜明的美国特色。同时需要指出的是,欧文有意设计让瑞普在美国独立战争前睡去,一直睡到革命胜利后才醒来,这不能不让人猜想,欧文是在有意回避历史现实,不愿面对时代的巨变,更不愿意看到他一心眷恋的美好过去永远逝去。这也许是欧文让瑞普长睡 20 年的真正用意。即使美国进入了一个新纪元,成了一个独立的共和国,但是社会变得纷繁复杂、喧闹不已,共和党和民主党为了自己的利益争吵不休,这一切让瑞普怎么也适应不了。瑞普虽然生活在了新社会,但在内心里,他始终没能融入这个新的社会,整天还是沉浸在旧的社会中,怀念过去,依然像过去那样,离开喧嚣的人群,独自跑到山中打猎,逃避现实。瑞普的所作所为,明显地反映出他对新生活的不适应,表现出他与世人的不同,体现出一种遁世的人生态度。这种态度构成了小说又一个鲜明的特色。或许正是通过这种遁世,作者委婉地表现出自己不愿接受变革了的美国社会的一种心态吧。

瑞普可以说是美国文学中的第一个遁世者形象,给世人留下了深刻印象,也对后来的美国作家们产生了很大影响,如马克·吐温(Mark

Twain，1835—1910)笔下离家出走、跑到密西西比河上漂流的哈克贝利·费恩，又如尤金·奥尼尔(Eugene O'Neill，1888—1953)笔下逃离人类世界、钻进动物园和大猩猩生活在一起的扬克等，这些遁世者形象的塑造不能不说或多或少是受到瑞普的影响所致。

其次，小说的人物形象极其生动鲜活，尤其是瑞普，作为美国文学史上第一个栩栩如生的文学形象，已成为人物塑造的典范。瑞普的性格十分鲜明、异常突出。他为人热情、谦和、乐于助人，整天一副慵懒消遣、闲散悠然的样子；他乐天知命，与世无争，对生活从不奢求，只要能够平安度日即可；对妻子他一向顺从，处处避让，是远近闻名的"妻管严"。他憨厚可亲，人见人爱，就连狗见到他都感到亲切。然而，作者在描写瑞普性格可爱一面的同时，也不忘揭示其缺点，批评他对家庭、妻儿和家里的活儿不闻不问，根本没有起到作为家中男人、丈夫、父亲这些角色应该起到的作用。他宁愿逗别人家的孩子玩，替别人的老婆干活，也不愿疼爱自己的孩子，不肯分担自己老婆的生活重担。作者从正反两个方面将瑞普的性格刻画得真实、可信，非常贴近生活。

同瑞普形象一样鲜活的是温克尔太太。作者对她虽然着墨不多，但其形象同样栩栩如生，一点也不逊色于瑞普。她伶牙俐齿，说话咄咄逼人，对丈夫不是训斥，就是责骂，总是抱怨不断，似乎总有一股怨气。她之所以火气冲天，在很大程度上是因为丈夫在家里不尽职、不尽责所致。在一个男耕女织的时代里，丈夫居然将养家糊口、里里外外所有的事情全部甩给妻子独自承担，自己整天在外面逍遥，妻子怎么可能没有满腔的怨气？"他宁愿只有一便士而挨饿，也不愿为一英镑去工作"，妻子对这样的丈夫怎可能不是一肚子牢骚？作者对温克尔太太的描写从一开始就带有扁形人物的显著特征，自始至终将她塑造成悍妇的形象。

> 早晨、中午、晚上，她整天喋喋不休，他一说话或一做事，就会招来没完没了的训斥。瑞普婚后的岁月一年年地过去了，他们的日子却一天比一天艰难，凶悍的性情，不会因为年龄的增长变得温和，在所有武器中唯有尖刻的舌头越用越锋利。

为了进一步凸显温克尔太太的威严和凶悍，作者写到，就连瑞普身边的那条狗、也是他唯一的知己，在外面威猛矫健，神采飞扬，可一踏进家门便垂头丧气，尾巴不是夹着，就是拖着，一副心惊胆战、谨小慎微的样子。这种描写,可谓把温克尔太太凶悍的形象刻画到了入木三分的地步。作者还不忘调侃说:"拥有一个凶悍的妻子从某些方面来看反倒可以认为是一种福气,如果是这样,瑞普·凡·温克尔的福气则是一般人的三倍。"

正是作者采用这种歧视性的笔触描写温克尔太太,自从该小说问世以来,许多人认为这是一篇贬低妇女的作品,人们几乎毫无争议地认为,温克尔太太是个"悍妇",是典型的"泼妇"。其实,这种看法对温克尔太太来说是不公平的。首先,她屡爆粗口,是对瑞普作为丈夫和父亲不作为的愤怒,是对丈夫的极度失望,是对独自担负家庭重担的强烈不满。从这个意义上讲,她暴躁是可以理解的;其次,作为女人,温克尔太太操持着整个家庭,恰恰表现出她是多么的勤劳,作者正是通过这样的情节设计,赞美了温克尔太太勤劳、能干的可贵品质;再者,同样是通过浓彩重抹温克尔太太的勤劳,作者间接地批评了瑞普的懒惰,批判了男人不负责任的恶劣行径;最后,温克尔太太脾气火爆,恰恰表明她疾恶如仇、不畏权贵,比如一村之长、同时又是旅店老板的尼古拉斯,虽然在村中享有崇高的威望和权威,但同样也被温克尔太太骂得抬不起头来,因为温克尔太太责骂他教会自己丈夫养成懒惰的习性。从更高层面上讲,温克尔太太对丈夫、对尼古拉斯、对任何不负责任、行为不当的男人公然指责、批评,实际上表现了她勇于向男人、向男权社会发出挑战的大无畏勇气,是对女性逆来顺受的公然反抗与颠覆。她言行举止"泼辣",但并不能简单地将她等同于"泼妇""悍妇"。相反,这恰恰体现了她敢于挑战和反抗的精神。

再者,小说采用散文般优美的笔触,对风光旖旎的自然与环境进行了诗情画意般的描写,十分清新、流畅,充分表现出作者对大自然的无比热爱和对田园风光的无限向往。这种如诗如画的意境,读起来犹如置身世外桃源一般,充满了牧歌式的色彩,洋溢着浓郁的浪漫主义气息。作者一开始就写道:

> 四季的每一次转换,气候的每一个变化,乃至一天中每时每刻,山容峰色都会展现出千姿百态,远近贤惠的主妇会把它们看做精确的晴雨表。天气晴朗稳定的时候,它们披上蓝紫相间的衣衫,在清澈的夜空中呈现出巍峨的轮廓,但有时,虽然天空万里无云,山顶上却聚着一团雾气,在落日余晖的映照下,像光彩夺目的皇冠,放射着奇光异彩。

这便是卡茨基尔山,是瑞普生活的环境,绚丽多彩,气象万千。无限美好的风光为小说奠定了纯朴、自然、田园的基调，令人向往不已。"在这透着灵气的山脚下，航行者可以看见村庄的青烟袅袅上升，用木瓦盖的屋顶在丛林中若隐若现，山地的蓝彩与附近树林的鲜绿相互交融。"山这么美，那么水呢？"壁立的巉岩好像一道不可超越的高墙，岩顶上一道瀑布，飞沫四溅地奔流而下，落入一个宽广的深潭中，周围树林的影子，使得潭水成为一片黝黑。"这样的湖光山色无疑给人营造出一种宁静、自然、纯朴的氛围，而这种氛围是浪漫主义文学的重要特色，也是这篇小说的一个显著特征，是吸引读者的重要原因之一。

最后，作为一则短篇小说，《瑞普·凡·温克尔》创造了美国文学的诸多范式，奠定了一个又一个文学类型。比如，上文论及的瑞普遁世行为，成为后世美国许多作家塑造遁世者形象的标杆，形成了美国的遁世文学；又比如，小说诙谐幽默，想象驰骋，成为美国幽默文学创作的范本，孕育了美国的幽默讽刺文学，对后世作家们产生了深远的影响，比如霍桑、马克·吐温、福克纳等；再比如，瑞普一觉醒来，发现美国发生了翻天覆地的变化，为此他深感困惑。于是，他不知所措地叫道："我是谁？""我是谁"这一身份困惑，从此成为美国文学不朽的命题，几乎每一个少数族裔作家，如非裔文学、犹太文学、印巴文学、印第安文学、华裔文学等的作家们，都在不停地孜孜探究。身份困惑、身份探寻、身份建构、身份重塑因此成为美国文学的重要主题，创造了长盛不衰的寻根文学。

实际上，《瑞普·凡·温克尔》还有许多特色。它文采飞扬，人物灵动，技巧娴熟，人文情怀和浪漫情愫馥郁芳香，同时还采用了许多当代作家乐此不疲的创作手法，如戏仿、互文性、陌生化等，大大地拓宽了小说的空间，提高了小说的文学价值，为一代又一代作家的创作提供了很好的范本，堪称美国短篇小说精品中的精品，是美国文学的经典之作。

《睡谷传奇》

在《见闻札记》中，与《瑞普·凡·温克尔》同样经典的还有《睡谷传奇》。它与《瑞普·凡·温克尔》一样，在美国文学史上也享有崇高的地位，用批评家格里格·史密斯的话说："现在已经完全超越了它作为美国短篇小说发轫之作的地位，成为我们美国文化传统的一部分。"[①]

---

① Greg Smith, "Supernatural Ambiguity and Possibility in Irving's *The Legend of Sleepy Hollow*," *The Midwest Quarterly*, 2001, 42.

故事发生在 18 世纪末,地点是纽约东南部的塔里镇。这座荷兰人聚居的小镇十分偏僻,坐落在一个名叫"睡谷"的峡谷中。这里流传着许多令人毛骨悚然的鬼怪故事,弥漫着阴森可怖的鬼气,尤其以经常夺人性命的无头骑士的故事最为惊悚。相传美国独立战争时期,一个叫"赫塞"的骑兵在战斗中头颅被炮弹炸飞了,进入阴间后他阴魂不散,经常在月黑风高的夜晚从坟墓中爬出来,策马飞奔,四处寻找自己的头颅。镇上有一个名叫"伊克波德·克莱恩"的青年,他从康涅狄克来到这里教书,对 18 岁少女凯特丽娜·凡·塔赛尔一见倾心,想方设法要博得这位富有的农场主女儿的欢心。当时,镇上有许多青年都爱着这位楚楚动人的少女,其中布罗姆·凡·布朗兹是最有可能赢得少女芳心的一个青年。克莱恩和布朗兹因此成了情敌。一个秋天的晚上,克莱恩收到一个黑衣人的请柬,邀请他到塔赛尔家参加舞会。舞会结束后,克莱恩骑马回家时,不幸碰上了无头骑士,脑袋"咣"的一声被一个圆圆的东西击中,摔下马来,从此消失了。第二天,人们在他摔下来的地方看见一只摔碎的大南瓜。镇上的人纷纷传说克莱恩被无头骑士掳走了。每当人们这样传说时,布朗兹就笑而不语。最后,他心满意足地娶到了美丽的凯特丽娜。

同为《见闻札记》中的名篇,《睡谷传奇》与《瑞普·凡·温克尔》具有许多相似之处。首先,《睡谷传奇》也是取材于德国的民间传说。欧文又一次将德国民间故事移植到美国的背景之中,通过细腻的笔触,将此改编成美国的传说,为此赋予了浓郁的美国色彩、馥郁的美国乡土气息、浓浓的美国式幽默,读起来让人内心不免荡漾起浓厚的浪漫情怀。其次,作者在这里再一次表现了遁世现象。美国革命前,瑞普慑于妻子的"淫威",经常逃到山中,享受自然的宁静与快乐;美国革命后,他不习惯资产阶级的"民主",不适应迅速发展的资本主义,又一次逃出蒸蒸日上的资本主义社会,归隐于牧歌式的山田之中。同样,克莱恩也想逃离资本主义社会,遁世于山水之间。他生活在象征着资本主义社会的康涅狄克,一心向往睡谷那传统的、田园式的生活。然而,在睡谷,只有他一个人是来自日新月异的美国现实社会,周围人全是那些依然过着一成不变的牧歌式生活的睡谷居民。在与他们的交往和博弈中,作为资本主义民主社会象征的他,虽然很想成为宗法式社会代表的睡谷人,融入他们那种"不知秦汉,无论魏晋"的远离尘嚣、静谧安逸、与世无争、平静自然的宗法社会,但始终未能如愿,既没有娶到宗法式社会的象征——美丽的凯特丽娜,也未能在那个宁静的社会中站稳脚跟,最后被无头骑士带走了,撵出了睡谷,赶出了宗法式社会。作者在两个小说中同时描写主人翁逃离资本主义民主社会、遁世于恬静的牧歌世界，发幽古之思，念怀旧之情，表现出一种鲜明的生活态度，眷恋过去，迷恋田园生活，怀疑新生的民主社会现实。再者，同样，《睡谷传奇》也弥漫着神秘而浪漫的色彩，优美的环境犹如仙境一般，令人无限向往。犹如桃花源一般的世界一开始就呈现在读者眼前："在哈德逊河东岸有一个小镇，人们通常称之为塔里镇。离小镇大约两里左右的高山中有一个小山谷，是世界上最寂静的地方之一。一条小溪穿流而过，汩汩的溪流声催人昏昏欲睡，只有偶尔小鸟的鸣叫声才打破了山谷的宁静。"这是一个深深地坐落在大自然中的峡谷小镇，远离尘嚣，远离繁华，远离现代。这里叫"睡谷"，这儿的人似乎也终日昏昏欲睡，忘记了时间，"一个沉睡的、梦魇般的东西似乎无处不在，无时不有"。如此静谧的世界深深地吸引了作者，他直言不讳地袒露说："我想要是想逃避尘世的烦恼，安安静静虚度此生，再没有比这个小山谷更理想的地方了。"然而，这样一个如烟似雾的世界，鬼影绰绰，传说不断，幽静的环境和宁静的气氛显得越加不平静，具有一种明显的哥特式色彩，极大地增添了小说的神秘性。而这种色彩和神秘性大大地加强了理想与现实的冲突，增强了浪漫主义的气息。最后，欧文在这里同样淋漓尽致地表现了自己的幽默，强化了小说的可读性。比如对克莱恩的肖像描写就十分幽默、传神："他看起来就像一种叫鹤的水鸟，又高又瘦，窄窄的肩膀，长长的胳膊，腿长脚大，身体的每个部位松松散散地拼凑在一起。头呢，小小的，头顶平平的，配上一对大耳朵，一双大而无神的绿眼睛，在骨骼暴凸的颈项顶端还有一个细长的鼻子。"

这样描写一个人令人忍俊不禁：人高、腿长、肩瘦、头小、头平、耳大、眼大而无神、鼻子又长又细……五官比例如此失调，身体的各个部位犹如散架的机器一样"松松散散地凑在一起"，看上去好似一只仙鹤，十分滑稽。实际上，作者给主人翁起名"克莱恩"（Crane），寓意已经十分明显，因为 Crane 一词在英文中就是"仙鹤"的意思。为了进一步突显他的"仙鹤"般的形象，作者用完全不同的笔触刻画他的情敌布朗兹："他膀大腰圆，一头黑发短而弯曲，一张男子汉刚毅的脸庞上有些傲气和风趣。当地人称其为硬汉布罗姆。"显然，这是一副男子汉形象。只要稍许想象一下，站在这样的男子汉面前，犹如仙鹤一般的克莱恩，其形象能不令人捧腹？这一刚一柔的情敌，其形象本身就预示着刚毅的布朗兹最终必定会战胜纤弱的克莱恩。

再来看看仙鹤一般的克莱恩骑的马是何等模样。这匹马是他从农夫凡里波那儿借来的：

> 他骑的这个牲畜是一匹老马，全身的力气都献给了耕地。现在已是老态龙钟，无力再干任何活了。一只眼瞎了，另一只眼里映出自己烈性的光。它瘦骨嶙峋，浑身的毛干燥粗糙。有生之年，它仍需发光发热。从其名字我们就能判断出这点："火药"。事实上，主人对它很宠爱，只不过脾气暴躁的农夫凡里波把坏脾气明显地传染给了它。虽然"火药"看起来已经衰老，但骨子里那股火暴脾气是村里任何一匹年轻的马都无法相比的。

这匹马同克莱恩一样，瘦骨嶙峋，一只眼黯然失明，另一只则光芒四射。作者给克莱恩配上这样一匹老马，其形象甚是滑稽。更有意思的是，虽然老得不行了，这家伙脾气可不小，人们都管它叫"火药"，暴躁不已。这一描写十分风趣幽默、生动传神，有力地加强了克莱恩形象的幽默效果。

除了上述相似性之外，《睡谷传奇》与《瑞普·凡·温克尔》还有许多相似之处，比如创作手法。两者都沿袭18世纪英国散文风格，采用如诗如画的语言、清新流畅的文笔，为小说增添了浓郁的诗情画意。再比如，两者都采用互文性的创作手法，引用古希腊罗马神话和诗歌，极大地拓宽了小说的维度和空间，厚实了作品的文学底蕴，也为现代作家提供了经典的创作范式。

1999年，安德鲁·凯文·沃克将《睡谷传奇》改编成电影，取名《断头谷》，由蒂姆·波顿执导。这部好莱坞大片再一次唤起了人们对欧文小说的热情，使得这篇惊悚、奇幻的鬼故事更加家喻户晓，深入人心。

《鬼新郎》

《见闻札记》收录的作品，可谓篇篇精品，《鬼新郎》也不例外。仅凭小说的题目，该故事就显得十分神秘、惊悚，充满了聊斋的气息，与上述两部相比，鬼气更重。德国贵族的后裔兰德肖特男爵有个独生女儿，相貌出众，聪颖过人。他曾与阿尔坦伯伯爵达成协议，通过联姻将两家的财富与荣耀连为一体。年轻的阿尔坦伯伯爵从军队中被召回成亲。参加婚礼的人都在城堡里等待从未谋面的新郎，不料等来的却是一位脸色苍白的骑士。婚礼中，新郎的脸上看不到一丝幸福、快乐的神情，进入洞房时突然宣布自己已经死去，晚上必须回到墓中。他撇下新娘和宾客而去，一周后新娘也不知去向。就在大家狐疑不断时，骑士，也就是鬼新郎，和新娘一起回到了城堡。原来，真正的新郎回来途中遭劫匪所害，临终前委托这位骑士向岳父通报。不料，骑士被误当成新郎，更要命的是，骑士家和男爵家有世仇。骑士与新娘彼此一见钟情，决意将错就错。于是，骑士向男爵如实相告，男爵听了十分震惊。看到一对新人相亲相爱，男爵经过痛苦、激烈的思考，最终谅解了骑士，并接受已经举行的婚礼，最终皆大欢喜。故事气氛神秘，悬念迭出，惊悚紧张，令人毛骨悚然。

《鬼新郎》在创作上与上述两个短篇有诸多相似之处，比如背景描写、人物塑造、情节设计，等等。然而，有一点却大不相同。男爵一心要把女儿嫁进阿尔坦伯伯爵家，借此维系旧势力的权威。不料真正成为自己女婿的却是仇敌的儿子。在真相大白后，男爵的女儿毅然冲破门第观念，决心嫁给骑士。而男爵面对事实，也审视了自己旧的婚姻观。最终，新的思想战胜了旧的理念，新势力战胜了旧势力。这里的新与旧均有很强的象征性，概括起来便是旧时代与新时代的象征。作者通过这一情节设计，委婉地表达了他对新时代的认可与接受。这种接受新时代的态度，在另外两部作品中是难得一见的。

从上述三个短篇故事中不难看出，《见闻札记》处处弥漫着浓浓的欧洲文化气息，无处不带有欧洲文化的烙印，表现出浓郁的怀旧情结。欧文之所以在作品中反复借鉴、引用欧洲的素材，用他在《见闻札记》序言中的话说：

> 欧洲自有其迷人之处——它能给人历史与诗意的联想。那里不乏艺术杰作，上流社会生活风雅，当地古老习俗奇异非凡。不错，我的祖国朝气蓬勃，前程似锦；而欧洲历史悠久，其流传的珍品丰富多彩。即使座座废墟，亦在述说一个个动人的历史故事。每一朽石即一部编年史。

欧文在这里毫不掩饰地展示了自己对欧洲文化的热爱与敬仰，揭示了自己的幽古之情。从丰富的欧洲文化传统中寻找养料，对一个新生国家的作家来说，是一种自然的选择。这样的养料无疑会增强作品的文学价值，更何况美国人大多是来自欧洲的移民，对欧洲文化十分熟悉，阅读这样的作品，他们必然备感亲切。因此，从选材开始，《见闻札记》就注定会成为人们爱不释手的作品。

《妻　子》

《妻子》("The Wife"，1819)也是《见闻札记》中一篇非常优秀的故事，尤其值得一提。这是一篇热情讴歌世上妻子的小说。作者告诫男人，拥有一位贤妻，是男人毕生幸福，他终生都将生活在欢乐和阳光之中。该小说情节很简单，但读起来却丝毫没有平铺直叙的感觉，自始至终都浸透着浓浓的情意，十分感人，令人赏心悦目，尤其是开始部分，作者使用诗一般的语言，极其隽永地展现了妻子刚柔并济的完美形象：

> 我常有缘目睹妇女们身处逆境时所表现出来的坚忍不拔的气概。那些能摧毁男子汉的意志并使其一蹶不振的灾难，却唤起了柔弱女性异乎寻常的力量，使她们变得崇高无畏，成为丈夫的安慰者与支持者。她们刚强不屈，毫不退缩地抵挡着逆流中最剧烈的冲击。
>
> 宛如藤蔓，优雅的蔟叶天长日久地依偎着橡树的躯干盘桓而上，在橡树的托举下沐浴着阳光；当坚实的树木突遭雷劈电击时，藤蔓则用自己的温柔，抚慰着卷须环绕的树干，拢聚着被轰击得七零八落的枝丫。上苍设计的女性多么美妙：男人寻欢作乐时她们似乎仅仅是男人的玩具与附属品，而面对突如其来的灾难她们却成了男人的精神支柱和慰藉；她们巧妙地潜入男人严酷的内心深处，柔情蜜意地托起男人因绝望而低垂的头，愈合男人因忧伤而破碎的心。
>
> 据我个人观察，已婚男子比单身汉更容易摆脱困境。当周围充满着黑暗和羞辱时，他发现自己的家庭这块小天地里却弥漫着浓情蜜意，他依然是一家之主。这使他能够保持自尊。而单身汉容易自轻自贱，虚度年华；他总觉得自己形单影只，被人遗弃，觉得自己的内心像一座需要有人居住、而如今却被弃而不用的大厦，随时都会坍塌、陷落。

这段描写十分精彩，倾注了作者满腔的情感，将一个丈夫在快乐时分享他的快乐、痛苦时慰藉他的心灵、脆弱时唤起他坚强的意志、绝望时重振他的生活勇气、与他同甘共苦，尤其是丈夫在逆境时与他"共苦"的妻子形象，栩栩如生地表现了出来，将妻子的伟大展现得淋漓尽致。相比之下，单身汉则享受不到这种至福，遭遇痛苦挫折、人生逆境时，无法得到贤妻

的慰藉和帮助，只能暗自神伤，独自悲戚。这篇小说虽然不像《瑞普·凡·温克尔》和《睡谷传奇》那样家喻户晓，但是，作为讴歌妻子、赞美女性的力作，它同样不失为一个名篇。

《布雷斯布里奇田庄》

《见闻札记》出版后不久，欧文又同样以"迪德里希·尼克博克"的笔名，出版了文集《布雷斯布里奇田庄》。它以作者走访过的英国伯明翰附近的一个叫"布雷斯布里奇"的田庄为背景，以庄园中的居民为人物，以这些人物叙述的故事为内容，展现了当时的风土人情和社会面貌。文集中有不少故事都是源于英国、法国、西班牙等国的民间故事。欧文运用精湛的文学技巧、优美的文学语言、幽默、悬疑的表现形式，将这些传说改编成引人入胜的奇异故事，充满了鬼气和超自然元素，具有非常强的戏剧性、趣味性、可读性，很容易吸引读者。该文集由两卷本组成，几乎把庄园中的人全都描写了一遍。和《见闻札记》比起来，这个文集名气没那么响，虽然当时在英国出版时很受读者欢迎，但评论界对它的评价并没有对《见闻札记》的评价那么高。尽管如此，这部集子中仍不乏优秀之作，比如《道尔夫·海利格》（"Dolph Heyliger"）、《萨拉曼卡学生》（"The Student of Salamanca"）、《风暴船》（"The Storm Ship"）、《胖绅士》（"The Stout Gentleman"）等，尤其是《胖绅士》，已经成为短篇小说中的经典之作。

《胖绅士》

《胖绅士》的故事发生在一个天色阴沉、淫雨霏霏的星期天。故事一开头就给人一丝神秘的感觉。主人翁"我"旅行途中因身体不适，住进一家客栈。连绵的雨、寂静到几乎没有生气的客栈，让"我"感到很不舒服。"我"楼上的 13 号房间里住着一位外号叫"胖先生"的人，是客栈的熟客，但终日关在房间里不露面。早饭差人送进房间里吃，而且火气很大，动辄就冲侍者大发雷霆，抱怨早饭太差，难以下咽。由于无聊至极，"我"便对胖先生产生了好奇心，对他的长相、身材、人生等一一进行揣测。"我"觉得他一定不是一个普通房客，不是一个到处流浪的犹太人，就是一位铁面人[①]，说不准还是皇亲国戚什么的。"我"向侍者打听，可没人知道他的底细。"我"因此愈发好奇。随着这种好奇心越来越强，故事的悬念也越来

---

① 铁面人：英文是 the Man in the Iron Mask，法国作家大仲马曾写过同名小说。

越强。中午时，"我"猜他可能会从房间里出来吃饭，可他还是叫人把午饭送进房间。就这样，一直到晚上睡觉时"我"也没能见到这位神秘的胖先生一面。"我"实在忍受不了好奇心的折磨，后来看到胖先生的房门虚掩着，决定进去看一看，不料胖先生此时不在房间。"我"十分失望，只好回去睡觉。第二天早晨，"我"还在床上时，听到外面有人说："先生把伞丢在房间里了，快去 13 号房间拿来。""我"一听，赶忙爬起来，冲到窗前想一睹胖先生的模样，可惜他已经上了马车，只剩下屁股进入了我的眼帘。小说到此便结束了。被好奇心折磨的"我"始终未能见到胖先生，悬念也一直未能解开。

　　小说情节虽然简单，特色却非常鲜明，最鲜明的恐怕就是那浓厚的悬疑气氛了。作者自始至终都把读者牢牢地掌控在不断发展的悬念中，令读者始终想弄清楚胖先生到底是谁，想见一见他的模样，但始终未能如愿。该故事不免使人想起英国作家塞缪尔·贝克特（Samuel Beckett，1906—1989）的著名剧作《等待戈多》（*Waiting for Godot*，1952）。爱斯特拉冈（简称"戈戈"）和弗拉基米尔（简称"狄狄"），在一条空荡的乡村公路上等待戈多。可是，戈多是谁？何时见面？他们自己也不清楚，但他们仍在那里苦苦等候，直到最后也没能等到戈多。同样，《胖绅士》中的"我"也一直在等。尽管连胖先生是谁、来自何方、要去哪儿等问题"我"全然不知，但"我"还是想见他一面，直到最后希望破灭。作者把读者的胃口吊到了半空中，也没有让他们如愿。这种自始至终悬而未决的悬念，可以说是这部小说吸引人的最重要的因素，让人久久难以忘怀。

《阿尔罕伯拉》

　　《见闻札记》和《布雷斯布里奇田庄》两部文集均弥漫着浓郁的 19 世纪欧洲风情，《阿尔罕伯拉》（*Tales of the Alhambra*，1832，林纾译为《大食故宫余载》）也不例外。这部由随笔和传奇故事构成的文集，与《见闻札记》及其续篇《布雷斯布里奇田庄》构成了一个姊妹篇，在欧文的作品中也占有重要的地位。阿尔罕伯拉是当年伊斯兰摩尔人在西班牙的最后王国格拉纳达所建的一座宫殿建筑。欧文游览后，根据摩尔人的有关神话和传说，写下了许多故事。这些故事基本上都是展现安达卢西亚人的风土人情，展示富丽堂皇的阿尔罕伯拉宫殿富庶、快乐的生活，描写格拉纳达宁静、祥和、美丽的环境。小说亦真亦幻，十分奇异、浪漫，具有浓郁的田园色彩，充满了异国情调，读者仿佛置身于牧歌式的环境中。

值得一提的是，《阿尔罕伯拉》中有不少故事是采用《一千零一夜》（*Arabian Nights Entertainments*，or *The Thousand and One Nights*）和东方文学的叙事方式，或者说是模仿《一千零一夜》和东方文学中许多奇异、有趣的创作手法创作出来的。故事非常新奇，十分引人入胜，比如地毯会飞、动物会说话等，充满了奇思异想。这表明欧文不仅善于从欧洲文学、文化中撷取素材，而且能够积极地从亚洲文学宝库中汲取养分，丰富自己的创作。小说《艾哈迈德·阿尔·卡迈勒王子传奇》（"The Legend of Prince Ahmed Al Kamel，or The Pilgrim of Love"，1832）就是典型的例子。摩尔国王为了保护王子的清白，将他囚禁起来。王子爱上的公主是一位基督徒，也遭到囚禁，失去了自由。两个相爱的人无法见面，只好通过会说话的猫头鹰和鹦鹉，互诉衷肠。小说构思精巧，设计巧妙，妙趣横生，具有强烈的传奇色彩。

《沃尔弗特·韦伯》

实际上，欧文根据《一千零一夜》故事改编的小说不仅仅局限于《阿尔罕伯拉》，《旅行者的故事》中也不乏这样的作品，《沃尔弗特·韦伯》（"Wolfert Webber，or Golden Dreams"）就是一例。主人翁沃尔弗特·韦伯是个荷兰人，父母是菜农，一家人住在纽约附近。随着经济的发展，纽约市区不断扩大，直接威胁到他家的菜园，同时生活成本扶摇直上，他们感到生活的压力越来越大。沃尔弗特听说基德船长当年把大量金银财宝藏在地下，而且就在他家附近。沃尔弗特整天苦思冥想如何找到这些宝藏。他三次梦见财宝就藏在他家的菜地里。对这些梦他深信不疑。于是，他在地里疯狂地挖来挖去，把菜地折腾得坑坑洼洼，可最终还是一无所获，没有挖到一块宝藏。后来，他又听说镇上有个黑人水手无意中看见一帮强盗把抢来的东西藏在附近的一个岛上，他又决定去岛上寻宝。小说从开始到这里一直充满了幽默、喜剧的气氛。沃尔弗特终日折腾，四处奔波，整天想着如何一夜暴富，其形象十分滑稽有趣。但是，从这里开始，作者一改喜剧的气氛，开始启用严肃的口吻，严厉批评沃尔弗特贪婪的本性，指出"他满脑子想都是金银财宝，已经欲罢不能，就像贪婪的巴格达市民一样，眼睛里涂满了苦行僧的神奇妙膏，寻找地球上所有的宝藏"。这个故事同《一千零一夜》中的《瞎眼僧人》（"The Story of the Blind Baba-Abdalla"）有不少相似之处。《瞎眼僧人》同样表现了人性的贪婪。瞎眼僧人告诉主人翁——巴格达商人巴巴·阿布达拉，如果把神奇妙膏涂到左眼上,他就可以看到地下埋藏的所有宝藏;如果涂到右眼上,他就会变成盲人。阿布达拉在左眼上涂了膏药后果然就能看见财宝了。贪婪的他还想看到更多,于是不顾僧人的警告,执意右眼也涂,结果弄瞎了眼睛。故事表明,贪婪会蒙住人的眼睛,甚至会导致双目失明。欧文通过互文性手法,将《沃尔弗特·韦伯》与《瞎眼僧人》联系起来,以此警示世人切勿贪婪。不过,欧文并没有一味地机械模仿,把主人翁也变成一个盲人。相反,他给沃尔弗特安排了一个喜剧结局,让其最终成为一个富有之人,因为随着纽约市区的迅速扩展,他把菜地卖了,赚了一大笔钱,从而实现了自己三次在梦中见到的从自家菜地里挖到财宝的梦想。故事既风趣,又充满道德启示,具有很强的警示意义。

欧文的小说充满着浪漫主义的怀旧情怀,怀念的不仅是正在消失的牧歌式田园生活,还有"每一朽石即一部编年史"的欧洲灿烂文化。这些情结配上典雅细腻的优美语言,使得欧文的小说具有一种"诗文并茂"的特质,读起来犹如散文般流畅,似诗歌般优美。欧文还独具匠心,在许多小说的开头引用小诗表达文中的主题,同时在文中也不时地引用诗句,加强艺术性,从而大大地增强了小说的诗画色彩,使其集浪漫、传奇、诗意于一体。

1859 年 11 月 28 日,被尊为"美国文学之父"的欧文与世长辞,美国人民为了表达对这位伟大作家的敬意,在纽约下半旗志哀。欧文被安葬在纽约睡谷的睡谷公墓里,他的好友、著名诗人朗费罗专门为他写下悼亡诗《塔里镇墓地》("In the Churchyard at Tarrytown", 1859),其结尾部分印刻在欧文的墓碑上:

> 他的生活多么甜蜜,死亡多么温馨!
> 生时,用微笑面对人生的磨难,
> 或是用浪漫的故事愉悦心灵;
> 死时,留下一段回忆
> 似夏日阳光般明媚,如阵雨后一般清新,
> 空气中弥漫着悲伤,又充满了快乐。

朗费罗对欧文给予了热情赞扬,认为美国文学走向世界在很大程度上是得益于欧文的贡献。"拥有这样一位著名的作家我们感到很自豪。请不要忘记,他是第一个为我国赢得如此荣誉的人,也是第一个为我们在文学

史上赢得如此地位的人。"①

第二节
埃德加·爱伦·坡：短篇小说大师

提起世界文坛上伟大的短篇小说作家，人们一般都会想起莫泊桑（Guy de Maupassant，1850—1893）、契诃夫（Anton Pavlovich Chekhov，1860—1904）、欧·亨利（O. Henry，1862—1910）三位大师。其实，作为一名短篇小说作家，埃德加·爱伦·坡所取得的文学成就，对美国及整个世界的短篇小说都产生了巨大影响，特别是他在恐怖小说、哥特式小说、悬疑小说、侦探小说、推理小说、科幻小说等方面所取得的开拓性成就，更是鲜有作家能与之相提并论，即便是与上述三位短篇小说大师相比，也毫不逊色。长期以来，他被人们奉为短篇小说的开创者、恐怖小说大师、推理小说鼻祖、现代科幻小说前辈、哥特式短篇小说最辉煌的代表等，一直受到人们的顶礼膜拜。同时，他也是美国象征主义的先驱，毕生都在不遗余力地追求和表现唯美主义。爱伦·坡在美国产生的影响不言而喻，在欧洲的知名度则更高、影响更大，一大批著名作家都从他的创作中找到了小说创作的方法、技巧、灵感，比如波德莱尔（Charles Pierre Baudelaire，1821—1867）、凡尔纳（Jules Gabriel Verne，1828—1905）、马拉美（Stéphane Mallarmé，1842—1898）、罗伯特·路易斯·史蒂文森（Robert Louis Stevenson，1850—1894）、柯南·道尔（Arthur Conan Doyle，1859—1930）、希区柯克（Alfred Hitchcock，1899—1980），等等。虽然世界文坛短篇小说创作高手如云，譬如霍桑、华盛顿·欧文、巴尔扎克（Honoré de Balzac，1799—1850）、海明威等，其作品也广为流传，但没有任何一位短篇小说家能像爱伦·坡这样，创作出那么多令人难忘的名篇佳作，虽然一个半世纪过去了，人们的阅读口味和欣赏标准也已经发生了巨大变化，但是他的作品依然魅力不减，在世界各地一版再版，久盛不衰，

---

① Henry Wadsworth Longfellow, "Address on the Death of Washington Irving," *Poems and Other Writings*, ed. J. D. McClatchy. Library of America, 2000.

成为一代又一代读者追捧的对象。爱伦·坡人生虽短，却创作出那么多名篇佳作，用萧伯纳的话说："它们不仅只是一篇篇小说，而完全是一件件艺术品。"①显然，爱伦·坡无愧为短篇小说艺术大师，世界文坛上能与之相媲美的寥寥无几。

生平传略与创作成就

爱伦·坡出生于波士顿，不到三岁时母亲就离开人世，父亲也弃家出走，三兄妹无依无靠，只好由他人领养。收养他的是住在弗吉尼亚州里士满的富裕的烟草商约翰·爱伦和弗朗西丝夫妇。这对夫妻无儿无女，对养子爱伦·坡疼爱有加，视其为亲生儿子，因而在他名字中间加上了"爱伦"。爱伦·坡的哥哥和妹妹则被别的家庭领养。

爱伦夫妇对爱伦·坡管教甚严，对其教育十分上心，不惜花费大量金钱把他送到私立学校读书。1815 年，养父母因生意需要，迁居英国。爱伦·坡先后被送到苏格兰、伦敦等地的不同学校读书。1820 年，全家人又回到了里士满。少年时代的爱伦·坡对文学怀有浓厚的兴趣，立志今后要以写作为生。然而，这个想法近乎天方夜谭，因为当时的美国无人能以此为生。因此，这一想法遭到养父母的坚决反对，双方产生严重分歧。虽然后来的实践证明爱伦·坡的选择是正确的，他因此成为美国文学史上第一位靠写作为生的职业作家，但这一分歧在当时对他们的关系产生了严重影响。

1826 年，爱伦·坡入读弗吉尼亚大学，学习法语、意大利语、西班牙语和拉丁语。这所由托马斯·杰斐逊创办的大学校规严格，严禁学生赌博、抽烟、喝酒等。然而，爱伦·坡桀骜不驯，公然违抗校规进行赌博，并欠下高达 2 000 美元的赌债。养父母得知后气愤不已，大幅削减了他的费用，致使其生活十分拮据。入学一年后，他就辍学了。这时，他和养父母的矛盾越来越深，同时又获悉他与爱弥拉·罗伊斯特私定的婚约也被养父母废除了，爱弥拉嫁给了别人。爱伦·坡感到自己在里士满已经是个不受欢迎的人，于是跑到波士顿当兵去了。在部队，他不断得到提拔，因而一心想当一名职业军人。于是，他到西点军校去读书。然而，由于和养父怄气，他经常有意旷课、不参加训练等，整天徜徉在英国浪漫主义诗歌的世

---

① Robert Regan, ed., *Poe: A Collection of Critical Essays*. New Jersey: Prentice-Hall, Inc., 1967, p.12.

界里,其表现与一个军事学校学生的形象相去甚远,结果被学校开除。离开西点军校后,他来到巴尔的摩的姨妈家。这时,他希望通过创作实现经济独立,于是创作了五则短篇小说,并参加费城《星期六信使报》主办的征文比赛。虽然没有获得任何奖项,但五篇小说于第二年全部发表在《信使报》上。住在姨妈家期间,他又创作了六则短篇小说,其中《瓶中手稿》(*MS. Found in a Bottle*,1833)在巴尔的摩一家报纸举办的征文比赛中获得了一等奖,极大地提振了爱伦·坡致力于创作短篇小说的热情。这篇小说充满了惊悚、悬疑的情节,十分引人入胜,爱伦·坡从此走上了惊悚小说创作的道路。需要指出的是,也是在这期间,爱伦·坡染上了毒瘾①和酒瘾,并且深陷其中,一生也未能自拔,对其健康、创作和生活等都产生了巨大影响,令其一生动荡不定,变幻无常。

1835 年,爱伦·坡回到里士满,开始为杂志《南方文学信使》大量撰写文章。这些稿件题材广泛,既有书评,又有文学理论和批评方面的评论,当然还有作品,如短篇小说等。爱伦·坡的评论,笔锋犀利,每一个字、每一个句子都像刀子一样,锋利无比,刀刀见血。最著名的是他对西奥多·S·费(Theodore S. Fay,1807—1898)的小说《诺曼·莱斯利:一个现代的传说》(*Norman Leslie: A Tale of the Present Times*,1835)所作的评论,其语言尖利到无以复加的地步,将该小说批得体无完肤,读来十分酣畅痛快,爱伦·坡因此被誉为评论界的"战斧手"(tomahawk man)。而他在该杂志上发表的小说悬念迭出,疑云重重,犹如"鸦片"一样,读者一接触,就上了瘾,欲罢不能。由于爱伦·坡的杰出贡献,该杂志立刻吸引了大量读者,迅速成为全国知名杂志。后来,他被杂志聘为编辑。他为此投入了巨大精力,对杂志进行了重新打造,在品质和知名度上将其又推上了一个新的、更高的台阶,从而成为当时全美屈指可数的几家炙手可热的刊物之一。遗憾的是,由于吸毒和酗酒的缘故,1837 年爱伦·坡被杂志社解雇了。

在此之前,爱伦·坡与年仅 14 岁的表妹弗吉尼亚结成了夫妻。被解雇后,爱伦·坡去纽约谋生,但并不顺利。尽管如此,他依然笔耕不辍,继

---

① 关于爱伦·坡吸毒这一说法,见于鲁弗斯·格里斯沃尔德(Rufus Griswold,1815—1857)的《作者回忆录》(*Memoir of the Author*),但是后来有学者考证指出,爱伦·坡并不是一个吸毒者,如阿瑟·H·奎恩(Arthur H. Quinn)。他在《埃德加·爱伦·坡评传》(*Edgar Allan Poe: A Critical Biography*,1941)中批评格里斯沃尔德说,格里斯沃尔德对爱伦·坡的许多生平记述都是错误的,甚至是无中生有,吸毒便是一例。

续发表作品,他自认为最优秀的小说《丽姬娅》("Ligeia",1838)就发表在这期间。1838 年,他举家辗转到费城,在《伯顿先生杂志》当编辑。他继续沿用自己在《南方文学信使》上树立的广受欢迎的犀利文风,在该杂志上发表大量杂文、评论和小说。著名的《厄舍府的倒塌》("The Fall of the House of Usher",1839)就是在这期间发表的。他还参加了费城的《美元日报》举办的征文比赛,侦探小说《金甲虫》("The Gold-Bug",1843)在比赛中一举获奖。获奖后,这篇小说被大量转载,并被改编成剧本,吸引了大量读者和观众。爱伦·坡因此声名鹊起,出版商纷纷登门拜访,主动要求出版他的作品,各种团体热情邀请他巡回演讲。比如,费城的李及布兰查德出版社(Lea & Blanchard)将他业已发表的所有短篇小说,共计 29 篇,分两卷本于 1839 年底出版,取名《怪异故事集》(*Tales of the Grotesque and Arabesque*)。至此,爱伦·坡成为一名妇孺皆知的著名作家。

一年后,爱伦·坡离开这家杂志社,转到《格雷厄姆杂志》担任编辑。由于他的加盟,更主要是由于他在该杂志上不断发表优秀作品和评论,该杂志的销量急速攀升,知名度迅速提高。世界著名的推理小说、被爱伦·坡称为世界推理小说开篇之作的《莫格街谋杀案》("The Murders in the Rue Morgue",1841)就发表在该杂志上,《红死病的假面具》("The Masque of the Red Death",1842)也是在这个园地上与读者见面的。这些精品的不断问世,进一步展示了爱伦·坡无与伦比的创作才华和超群出众的非凡想象,同时极大地提高了短篇小说在读者心目中和在美国文坛上的地位,让读者充分欣赏到,短篇小说在狭小的空间里同样可以展示出长篇小说的宏大与精深。

1842 年,爱伦·坡的妻子弗吉尼亚患上肺结核。爱伦·坡非常担心,十分痛苦,更加沉湎于酒精之中。同时,他离开《格雷厄姆杂志》,又回到纽约,在《明镜晚报》担任编辑。在此工作期间,他发表了著名诗作《渡鸦》("The Raven",1845),一举成为纽约炙手可热的作家,出版商更加渴望出版他的作品。纽约威利与帕特南出版社精选了他的 12 则精彩短篇小说结集出版,赢得了读者和评论界的一致好评。1845 年,他又到《百老汇杂志》当编辑,并在上面发表了大量小说、诗歌、随笔、评论等。

到了 1846 年,弗吉尼亚的病情不断恶化,爱伦·坡夫妇陷入痛苦和贫困之中,甚至成了人们救济的对象。他们从纽约市区搬到布鲁克斯区的福德姆,住在今天被称做"坡之家"的小屋里,希望清新的空气有助于妻子的康复。然而,一年后弗吉尼亚还是离开了人世。妻子的死对爱伦·

坡是个重大打击，令他十分悲伤，异常颓废，对他的创作也产生了重大影响，他的健康因此每况愈下。爱伦·坡的一生中，有好几位女子让他动情，但不幸的是，她们一个个都早早地离开了人世。这些不幸在他的内心世界留下了深深的伤痕。这也是为什么他总喜欢在小说中反复不停地描写美丽女性死亡的题材。

妻子离世，爱伦·坡的生活陷入了更加动荡的状态。1848年，他向女诗人莎拉·H·惠特曼求婚。在惠特曼家人的撮合下，他们订了婚，可三个月后婚约就被解除了，原来惠特曼发现他酗酒成性，举止乖戾，难以容忍。第二年，他回到家乡里士满，同孩提时代的心上人、现已寡居的萨拉·爱弥拉·罗伊斯特订婚。然而，订婚后不久，即10月3日，有人看见他衣衫不整、神志不清地出现在巴尔的摩街头。10月7日，他就因脑出血离开了人世。他为什么会如此潦倒，又为什么会神志不清？更奇怪的是，他当时穿的衣服甚至不是他自己的。对于这些问题，至今依然众说纷纭。他当时被送到医院里抢救时的病历及死亡证明也不知去向，死亡的真正原因一直是一个谜，就像他的悬疑小说一样，仍疑团密布。至于死于脑出血，那只是报纸的报道而已。

创作思想及艺术风格

伟大的爱伦·坡，一生穷困潦倒，命运多舛，屡遭辛劳忧患，饱受人间白眼和中伤，在美国文学史上或许找不出第二个命运如此坎坷的伟大作家了。爱伦·坡的一生大多都是在同命运搏斗的逆境中度过的。生活中他唯一感到温暖和慰藉的，是脑海里一直珍藏的对母亲的思念，心头一直萦绕着母亲慈祥的笑容。缺少母爱、对养父的严格管教又非常反感的他，一方面采取沉湎于聚赌、酗酒、风月之事这种堕落和颓废的方式表达自己的叛逆，麻醉自己、减轻痛苦、排泄孤寂。另一方面，他用幻想来释放自己压抑的世界，沉浸于创作，任凭自己在虚幻的原野上恣意驰骋，尽情释放。因此，创作成为他发泄自我、释放自我、寻找真实自我的有效手段。

生活的不幸促使爱伦·坡寄情于创作，不幸的生活又成为他创作素材的源泉，对其创作思想、创作内容和创作风格都产生了不可小觑的影响。

首先，充满悲剧色彩的人生，不可能孕育出乐观的人生态度和积极的世界观，爱伦·坡对生活的理解必然是灰暗的、悲观的、颓废的。而"作品的颓废没落倾向是当时整个美国南部蓄奴制社会即将崩溃的败落情绪的反映"①。宣扬悲观、颓废是当时社会情绪的需要,也是爱伦·坡内心情绪的自然流露。因此,揭示人性病态的情感,并从各种病态中找寻创作灵感,便成了他自然的追求;暴露阴暗丑陋、隐秘残忍的人性,成了他从事创作最重要的使命。

其次,独特的生活经历养成了他性格孤僻、举止乖戾的秉性,其行为举止在常人眼里怪诞诡异,不合逻辑、有悖常理、不可思议,给人们留下的印象是"怪人"。这种"怪人"的行为举止和思维模式,对其创作思想不可避免地要产生相应的影响,使其作品披上鲜明的怪异和神秘色彩。这种色彩带有明显的精神病患者的特质,是精神病患者思想和举止的准确记录。要想真正理解爱伦·坡的创作思想及其作品,不对他的精神疾病特质进行认真的分析和研究,是很难把握其作品的实质与精髓的。尽管我们不能断言爱伦·坡就是一位精神病患者,但至少可以说他时常表现出这种倾向。而这种倾向对他的创作思想和创作手法甚至创作内容都产生了不小的影响,比如他小说中的人物时常像他一样酗酒、吸毒,神志不清。

再次,生活的艰难、经济的拮据,迫使爱伦·坡不得不顺应市场需求,按照读者的口味进行创作,以吸引更多的读者,尽可能多地获得收入,养家糊口。恐怖、刺激、惊险的小说自然就成了他的首选。另一方面,他认为人不该过于理性,更不能用理性的方式和思维指导创作、解读文学作品。文学不该具有社会作用,也不该用于说教,而要忠实地表现生活,表现人的真实情感。以读者的喜爱为自己创作的重要指南,这样创作出的作品自然是优秀的作品,读者自然会爱不释手。实际上,读者确实爱读他的作品。这表明,爱伦·坡奉行的这种创作思想是符合读者口味的。

最后,郁郁寡欢的人生,悲观的人生态度,使他对死亡产生了浓厚兴趣。在他眼里,死亡是世界上最富有诗意的主题,尤其是一位美丽女子的死亡。他认为,死亡是一种美,只有"美丽"的"死亡",才是永恒的"美",才是真正的"美"。美丽的女人,通过死亡,进入了一种永恒的美的境界。这便是他为什么喜欢在作品中反复描写死亡,尤其是那些才华横溢、对爱情忠贞不贰、心灵和外表都非常美丽的年轻女子的死亡。在他看来,生中有死,死中有生,死是对人生的超越,是对美的向往,是对更高的精神境界或

---

①　宁倩:《美国文学名家》,哈尔滨:黑龙江人民出版社,1983年,第46—52页。

曰精神自由的追求，它体现了超越人生的一种渴望。由此可见，爱伦·坡对死亡的理解是十分浪漫的，它超越了死亡本身。

当然，爱伦·坡对死亡的理解绝不局限于浪漫，还有恐怖。死亡的恐怖一直贯穿于他的小说，使读者始终处于毛骨悚然的状态。而这种恐怖更多的是来自人们的心理，来自内心令人发颤的惊悚。这样，从内到外，人们全身心地都被恐惧所控制、所左右。从另一个角度讲，通过死亡，爱伦·坡向世人证明，现实生活是残酷的、悲伤的、荒谬的，生活中的人是痛苦的、无助的、绝望的。爱伦·坡对死亡的这番认识和解读，是他的生活经历和人生的理解决定的，十分独特，也有些另类。在这种思想指导下创作出的关于死亡的小说，自然也就十分特别。

死亡、恐怖离不开怪异、荒诞、离奇等，而这一切是哥特式小说的典型特征。欧洲的哥特式小说是欧洲浪漫主义文学的一种表现形式，在 18 世纪末和 19 世纪初，这种形式的小说达到了空前繁荣的地步，吸引了无数读者，影响甚远。这种源于日耳曼民族民间故事以及《圣经》和基督教传说的文学形式，具有鲜明的特质，常以古堡、废墟、地窖、荒野、墓地等令人毛骨悚然的地方为背景，以凶杀、暴力、乱伦、复仇等十分惊悚的内容为情节，以种种鬼怪精灵等超自然现象为手段，极力渲染一种紧张、可怖的气氛，将读者的心始终紧扣在紧张的情节中，使其既紧张、恐惧，又欲罢不能。爱伦·坡对这一文学形式迷恋不已，并不遗余力、反复不停地用它来创作小说。

然而，在继承这一文学传统的同时，爱伦·坡又有自己的创新和超越，将哥特式小说又推向了一个新的高度。传统的哥特式小说往往带有明显的道德寓意，不是表现惩恶扬善，就是反映邪不压正，善恶冲突是哥特式小说的不朽主题。爱伦·坡却不同。他认为，小说不应该像教科书一样教育人们怎么做人，应该摒弃道德说教。他奉行的宗旨是，小说就是要追求刺激，将读者刺激到发颤、发抖的地步，只有这样，小说才能达到预期效果。因此，在他的小说中，无论是死亡恐怖小说，侦探推理小说，还是科学幻想小说，都看不到道德说教，看到的是他从中寻找创作灵感的病态、扭曲的情感，死亡、惊悚的景象，疯狂、冷酷、仇杀的事件。更重要的是，通过这一切，爱伦·坡深入到人物的内心世界，对其心理活动进行精准细腻、惟妙惟肖、丝丝入扣的描写与刻画，对人性中的冷漠、变异、病态、扭曲、疯狂等进行深入的发掘和揭示，从最隐秘、最深邃的精神世界和灵魂深处，展现人的最原始的本能、欲望、恐惧等。在对人性最丑陋、最隐秘、最阴暗、最残忍的内心世界进行揭示时,爱伦·坡将自己对世界、对社会、对人生、对养父等强烈的内心愤怒与不满统统宣泄出来,使自己扭曲的内心世界得到了平衡,从而获得了一种巨大的满足和快乐。由于爱伦·坡的哥特式小说带有浓郁的心理描写色彩,对人物形象的刻画更准确,人物形象更丰满、更灵动,因此,他的哥特式小说实际上是一种心理哥特式小说。这种写作手法尤其受现当代评论界的推崇。正因为他的这一独特贡献,《大英百科全书》赞扬他是"美国哥特式小说和整个侦探小说的创造者,他把神秘和恐怖的文学发展到了一种前所未有的程度。他的神秘故事和侦探小说以及恐怖故事中的冥界气氛,在美国文学中是无与伦比的"[①]。

谈起爱伦·坡的创作思想,不能不提他重要的作品《创作的哲学》("The Philosophy of Composition",1846)。这是他文论的重要代表作,集中体现了他的创作思想。这些思想主要表现在三个方面,即作品篇幅、创作方法和艺术效果。关于篇幅,爱伦·坡认为文学作品必须短小精悍、言简意赅、以小见大,切忌冗长、啰唆。从篇幅这个角度而言,短篇小说因此具有得天独厚的优势,是长篇小说无法比拟的,这也是爱伦·坡为什么特别钟爱短篇小说创作的重要原因。关于创作方法,他指出,创作是要经过精心策划、仔细设计的,需要缜密思考、巧妙布局,绝不是靠直觉就可以写出作品来的,更不是什么从大脑里自然而然地流出来的。关于艺术效果,爱伦·坡认为这是一个作家创作时首先要考虑的第一要素。他认为,一篇文学作品如果缺乏艺术性、艺术效果、艺术趣味,就不可能是一篇好的作品。他明确指出:"我喜欢在开篇之前首先考虑作品的效果。"[②]在《评〈重讲一遍的故事〉》("'Twice-told Tales',A Review",1842)中,他再一次明确阐述了这一原则:"聪明的艺术家不是将自己的思想纳入他的情节,而是事先精心策划,想出某种独特的、与众不同的效果,然后再设计出这样一些情节——他把这些情节联系起来,而他所做的一切都将最大限度地有利于实现事先构思的效果。"[③]显然,艺术性、艺术效果、艺术趣味的实现,必须通过具体的艺术构思,即具有高度艺术性的情节。"在首先选

---

① 朱利安·西蒙斯:《文坛怪杰——爱伦·坡》,文刚、吴樾译,西安:陕西人民出版社,1986年,第56页。

② 刘象愚选编:《爱伦·坡精选集》,济南:山东文艺出版社,1999年,第634页。

③ G. R. Thompson, ed., *Edgar Allan Poe: Essays and Reviews*. New York:Literary Classics of United States Inc., 1984, pp.568 - 569.

择了一个新颖、生动的效果之后，我开始考虑这个效果能不能通过事件或情调表现出来，即通过普通事件和特殊情调，或特殊事件和特殊情调表现出来，然后再在我的周围（或内心）寻找那些能够帮助我最好地构筑这一效果的事件或情调组合。"[①]寻找合适的事件，选定合适的情调，通过艺术性的加工，理想的艺术效果便会应运而生。爱伦·坡坚信，艺术效果是文学创作所要实现的首要因素。

追求艺术效果，实际上就是追求美。爱伦·坡深受法国颓废派文学的影响，主张"为艺术而艺术"，认为艺术就是创造美，美是艺术的基础，是艺术的灵魂，艺术的实质就是人类对美的渴望。这种美，用爱伦·坡在《诗歌原理》（*The Poetic Principle*，1848）中的话来说，就是"神圣美"。追求和展现神圣美，在他看来是作家的最高追求。"神圣美"这一美学思想虽然是他在《诗歌原理》中提出来的，是探讨诗歌的创作，但其小说创作同样完美地体现了这种思想。爱伦·坡发现，传统的文学作品说教味太浓，所追求的美都是劝人向善，所追求的目标是号召人们争做道德的巨人。他认为，传统文学没有弄清创作文学作品的真正目的，文学作品就是要让读者获得满足，尤其是感官刺激的满足，以此震撼读者的灵魂，触及读者的心灵，唤起读者追求神圣美的强烈欲望。这便是爱伦·坡为什么在创作中十分强调刻画人物的精神世界，为什么非常注意发掘人物的欲望、情感和潜意识。这种创作理念和手法同传统的创作思想和策略显然大相径庭，充分表现了爱伦·坡的独特性和创造性，也凸显了他作品的鲜明特质。正是这种特质，使他的作品别具特色，格外受到读者的欢迎，并受到现当代评论界的大力推崇。

短篇小说创作

爱伦·坡的一生虽然短暂，却创作了大量小说。这些小说，除了《南塔克特岛的阿瑟·戈登·皮姆的故事》（*The Narrative of Arthur Gordon Pym of Nantucket*，1838）是部中篇以外，其余全部为短篇，多达七十余篇，分为死亡恐怖小说、侦探推理小说、科学幻想小说和幽默讽刺小说等[②]。在这些不

① 刘象愚选编：《爱伦·坡精选集》，济南：山东文艺出版社，1999年，第634页。
② 爱伦·坡的小说题材广泛，人们对此有种种不同的分类。有些人将其分成死亡小说、恐怖小说、凶杀复仇小说、推理小说、幻想小说等；有些人则将其分为死亡传奇、推理故事、道德故事、科学故事等。现在，评论界基本上倾向于将其分成死亡恐怖小说、侦探推理小说、科学幻想小说和幽默讽刺小说这四大类。

同类型中,最重要的是前面三种。这三种都具有明显的哥特式风格,带有许许多多鲜明的哥特式特质,如惊悚的死亡主题、怪异的人物形象、血腥的场景设计、扑朔迷离的情节安排,凡此种种,无不赋予了爱伦·坡小说极强的可读性。

死亡恐怖小说

爱伦·坡创作的短篇小说不仅数量多,质量也高,有多达二十余篇被奉为世界短篇小说的典范之作。而在这众多佳作中,除了四篇是侦探推理小说外,其他的全是死亡恐怖小说,比如《莫蕾拉》("Morella",1835)、《贝蕾妮丝》("Berenice",1835)、《丽姬娅》《厄舍府的倒塌》《红死病的假面具》《黑猫》("The Black Cat",1843)等。由此可见,死亡恐怖小说在爱伦·坡的整个小说创作中占据了何等重要的位置,作为小说家的爱伦·坡,其声望也主要建立在这些作品上。死亡恐怖小说描写的一般都是心惊肉跳的场面、魂飞魄散的经历、莫名其妙的怪异现象,具有浓郁的哥特式特质,所以人们又称爱伦·坡的死亡恐怖小说为哥特式小说。而爱伦·坡的哥特式小说被认为是"19世纪美国哥特文学的巅峰之作"①。这些小说描写的不是古老破旧的城堡,就是荒郊野外的古宅;不是死亡,就是痛苦;不是死者复活,就是借尸还魂,场景十分吓人。这些小说的突出特点是情节阴森可怖、惊悚诱人,语言犹如附上了魔咒一般,读上去使人心惊肉跳、毛骨悚然,人物形象充满了复杂的内心情感,理性与非理性、常态与变态相互交织,心理状态十分微妙,形象非常鲜活。在爱伦·坡看来,人类天生有一种恐怖情绪,对死亡的恐惧是这种情绪最强烈的表现。因此,在他的笔下,恐怖与死亡常常是密不可分的,恐怖导致死亡,死亡产生恐怖,两者总是相互交织、形影不离,它们因此成为爱伦·坡小说的两大美学特质。而爱伦·坡并不是仅仅停留在营造死亡的恐惧上,而是通过死亡,尤其是那些年轻貌美、博学多才、对爱情忠贞不贰的美丽女子的死亡,以这种香消玉殒的极致美,探索悲怆之美、生命之美,从悲伤、忧郁、恐惧中表现出死亡之美的主题,展现美孕育于死亡的美学思想。爱伦·坡的这种美学思想源于他的一个信念,就是他在《创作的哲学》中指出的,美是诗歌唯一正统的东西,忧郁是所有诗歌情调中最正宗的气质,而死亡

---

① Marshall B. Tymn, ed., *Horror Literature: A Core Collection and Reference Guide*. New York and London: R. R. Bowker Company, 1981, p.183.

则是所有忧郁的题材中最为忧郁的。当死亡与美紧密联系在一起的时候，是非常富有诗意的。他认为，美妇人之死，无疑是最富有诗意的主题，要是这一主题从悼念亡者的恋人口中说出来，那就再恰当不过了。爱伦·坡的这些美学思想，在他的小说，尤其是死亡恐怖小说中展现得淋漓尽致，成为其小说最生动、最准确的脚注。

《莫蕾拉》

《莫蕾拉》是作者早期发表的小说。主人公"我"无名无姓，向读者叙述着他和妻子的可怕故事。小说一开始就非同寻常，一下子就唤起了读者的好奇心：

> 我对我的朋友莫蕾拉怀有一种深厚而又奇特的感情。许多年前我同她偶然相识，头一次见面，我的心中就燃起一股从未有过的熊熊火焰，不过这绝非爱情的火焰。令人痛苦的是，我逐渐发现自己怎么也说不清这奇异的火焰究竟是怎么回事，也没有办法控制它的烈度。

主人公坦言，从一开始就对莫蕾拉一种强烈的感情，但这种感情并不是爱。那是什么呢？"我"自己也始终说不清楚，这让"我"痛苦不已。在"我"眼里，"莫蕾拉学识渊博、聪明绝顶、才智过人"，常常喜欢读哲学著作，如德国的费希特、谢林等，在许多事情上"我"只能做她的学生。她向"我"讲解知识，声音十分动听，但语调越来越可怕，吓得"我"脸色苍白。于是，快乐突然变成了恐惧。终于有一天，"我"像中了魔咒般被妻子魇住了。"我"再也受不了她那"轻轻的、动听的嗓音""忧郁的眼睛""苍白手指的触摸"，恨不得她立刻死掉。莫蕾拉果真死了！临死前，她生下了一个女儿。奇怪的是，这个孩子直到莫蕾拉咽了气才开始呼吸。"我"惊讶地发现，这孩子与她母亲不仅形似，而且神似，几乎到了可以乱真的地步，就像是莫蕾拉转世一般。这种酷似让"我"终日惴惴不安、无法忍受，"更可怕的是，她的目光也同莫蕾拉那敏锐的目光一样，能够洞悉我的心灵"，使"我"每天都生活在压抑之中。自从妻子死后，"我"从未提起过莫蕾拉的名字，也没向女儿讲起过她母亲的事情，甚至没有给她起名字。在她10岁那年，"我"决定带她去受洗，希望借此洗去"我"内心的罪恶，不料却让莫蕾拉的魂灵附到了女儿身上。洗礼时，神父要"我"给女儿起个名字。"我"想起了许许多多美丽的名字，但"我不知是中了什么邪，竟在神父的耳边说出'莫蕾拉'三个字"。始料未及的是，"我"刚轻轻地跟神父耳语了这个名字，女儿竟然就听到了，并大声应答。更不可思议的是，她刚一答应，脸马上就抽搐起来，然后一头栽倒在地上，目光呆滞地望着上方，死了。"我"将女儿的尸体背到她母亲的墓前，却吃惊地发现，她母亲的尸体不见了。于是，"我"把女儿的遗体安放到她母亲的位置上。

莫蕾拉是个知性女子，"我"对她怀有强烈的感情，但这是一种敬仰之情，而非爱情。"我"对她感兴趣，是因为对她非常好奇，好奇她为什么知识那么丰富。但"我"只是视她为工具，用来满足"我"的好奇心而已，根本谈不上爱。莫蕾拉从"我"身上也没有得到关爱，得到的只是不满、冷漠和厌恶。气愤之中，她开始用种种手段予以报复，弄得"我"像个惊恐的小鸟，天天生活在紧张、惊愕、恐惧之中。"我"胆战心惊，竟然诅咒她早点死掉，好早点结束这种终日惶恐不安的日子。然而，妻子死了，噩梦却没有结束，恐惧反而有增无减。这种恐惧来自女儿。母亲这边离开人世，女儿那边就降临人间。作者这样设计，用美国诗人艾伦·泰德的话来说，显然是要通过女儿延续母亲的灵魂，延续对"我"的报复和折磨，同时也延续"我"的恐惧[①]，使得"我"始终生活在地狱一般的环境中。女儿的一颦一笑、一举一动，与其母亲酷似到无以复加的地步，使"我"内心产生了巨大的不安，潜意识中恨不得她像她母亲一样也早点死去。这种潜意识从"我"莫名其妙地给女儿取名"莫蕾拉"中彰显无遗。这种意识虽然不像之前那么明显，"我"或许没有意识到，但在内心深处，这种期盼可谓十分强烈。之所以如此强烈，也是"我"被恐惧追逼到无路可退之窘境时的本能反应。

该故事大约发生在 18 或 19 世纪的欧洲。女主人公曾经在普雷斯堡，即今天捷克的布拉迪斯拉法上大学。这里有许多神灵鬼怪、妖魔巫术的传说，充满了神秘色彩。这种色彩在一定程度上加剧了小说的恐怖气氛。作为一部哥特式小说，《莫蕾拉》同作者的其他小说一样，以恐惧为中心主题。小说第三段的描写就清晰地显示了这种氛围。

我一连好几个小时陪在她身边，听她用动听的嗓音向我讲述这些字的意思，直到她的声音充满了恐怖，我的心头布满了阴影。我脸色苍白，她那毛骨悚然的语调使我内心深处充满了惊惧。于是，快乐之情

① Allen Tate, "Our Cousin, Mr. Poe," *Poe: A Collection of Critical Essays*, ed. Robert Regan. Englewood Cliffs, NJ: Prentice-Hall Inc., 1967, p.39.

突然变为恐怖。就像欣诺姆谷变成了火焚谷一样,最美丽的变成了最可怕的。

对我来说,妻子成了恐惧的代名词。在世时,她让"我""惊惧不已";去世后,她借女儿的肉身还魂,继续折磨"我",让"我"不得安宁。这种恐怖与死亡,成为该小说最突出的特点。

《丽姬娅》

借身还魂的现象并非仅限于《莫蕾拉》,它在爱伦·坡的小说中屡见不鲜。收录于短篇小说集《怪异故事集》中的《丽姬娅》便是另一个典型的例证。不同的是,这里的亡妻借身还魂,所借的不是女儿的肉身,而是新娘的肉身。

女主人公丽姬娅貌若天仙、聪慧过人、博学多才,叙事者"我""根本没听说过大家闺秀竟有如此高深的学问。她精通古典语言,在心理学、物理学、数学等一切学问上广博得惊人"。对这样一位才貌双全的女子,"我"自然一见钟情,想方设法赢得她的欢心,终于同她结成了伉俪。然而,丽姬娅体弱多病,婚后不久就撒开"我",早早地离开了人世。去世时,她给"我"留下了一笔可观的财产。"我"十分沮丧悲伤。为了排泄哀伤的心情,摆脱可怕的死亡氛围,"我"买下英国一座旧的修道院,在冷清的修道院里过着孤寂的生活。不久,"我"又娶罗威娜为妻。然而,依然无法忘记前妻的"我",对罗威娜无法唤起感情,更谈不上像深爱丽姬娅那样去爱她。不久,罗威娜也染病去世。"我"为她守灵,却惊讶地发现种种怪异现象,比如看见她的尸体一直想要站起来。吸食了鸦片的"我"恍恍惚惚、迷迷糊糊,朦胧中发现那个尸体不是罗威娜,而是还魂成了丽姬娅。"我"感受到了前妻不死灵魂的爱,是那么深沉、那么热烈,犹如爆发的火山一样,炙热的"岩浆"将"我"完全溶化在爱的烈焰中,令"我"难以自拔。

爱伦·坡的笔下美女如云,丽姬娅可谓是这些国色天香中的代表,是美的极致的体现。她拥有沉鱼落雁之容、闭月羞花之貌,从肉体到灵魂都散发着摄人心魄、难以阻挡的魅力:

要想描绘出她的端庄、安详、风姿,抑或轻盈袅娜的步态,我的任何语言都是苍白的。她来去就像一个影子,进入我关闭的书房我毫无觉察,直到她纤纤玉手轻轻搁在我肩上,柔声细语地说出音乐般的话语。至于她那美丽的容颜,普天之下没一个少女能与之媲美。

这样一个美女到底美到什么程度呢? 只要看看丽姬娅的面容,就知道她是何等的人间尤物!

我曾端详过那高洁而苍白的额顶——真是白璧无瑕——实际上用这个字眼来形容如此圣洁的端庄是多么的苍白! ——那象牙般洁白的肌肤,那宽阔而恬静的天庭,左右鬓角之上那柔美的轮廓,那头乌黑发亮、浓密卷曲的秀发,真是完美解释了荷马式形容词"风信子般的"之真正含义!

再看看嘴唇:

我凝视灵动可爱的嘴巴,真是天地间登峰造极的杰作——短短上唇那典雅的曲线——下唇那丝柔和而性感的睡意——那喜盈盈的酒窝,那会说话的韵律——那清澈、娴静、灿烂的微笑,微笑时那两排反射出每一道圣光的亮晶晶的皓齿。

再瞧瞧眼睛:"她的美……超越天堂或人间的绝色之美……是土耳其神话中天国玉女的绝世之美。一双眼睛乌黑发亮,眼睫毛又黑又长。眉毛参差分明,墨黑如黛。"

如此绝世之美怎能不让人心颤! 然而,这种美有一个突出的特点,就是黑色占据了突出位置。作者在大书特书美丽的时候,十分善用黑色,对黑色情有独钟,几乎到了痴迷的地步。小说中,黑色的秀发、黑色的杏眼、黑色的睫毛、黑色的眉毛,还有黑檀木的新婚之床、黑色的石棺椁、黑色的幔帐花纹,甚至连死尸复活也发生在漆黑的午夜……黑色可谓无处不在。黑色占据了主人公生活的每个地方,占据了主人公内心世界的每一个角落,同时也占据了读者那紧张、颤抖的神经。黑色被渲染到了极致,成了该小说最醒目的颜色。众所周知,黑色与恐惧、绝望、死亡是紧密相连的。黑色暗示着恐惧,预示着死亡,是作者烘托恐惧气氛的重要手段,是渲染死亡的有力措施,是展现他的恐怖美学和死亡美学的最直接方法。同时,渲染黑色也是影射社会现实黑暗的行之有效的办法,很容易引起读者的关注和共鸣。因此,黑色在爱伦·坡的小说中已不再只是一种颜色,它蕴含着远比颜色丰富的内涵,是作者的恐怖小说不可或缺的重要元素。

《贝蕾妮丝》

死亡是美的极致的表现。无论是莫蕾拉还是丽姬娅,都是美丽、智慧女性的代表,是恐惧的代名词。美(女)即恐惧,恐惧即美,恐惧孕育死亡,死亡蕴藏美。美(女)、恐惧、死亡紧密相连,你中有我,我中有你,构成了一个不可分割的整体。《贝蕾妮丝》也不例外,小说的主人公贝蕾妮丝同样是美的化身、恐惧的根源,最终同样是香消玉殒。与莫蕾拉和丽姬娅一样,贝蕾妮丝也是灿若天仙、美如女神,令人惊艳不已。作者把她描绘得那么美丽、那么飘逸、那么空灵:"哦! 绚丽烂漫又绰约缥缈的美人! 哦! 安恒丛林之中风的精灵! 哦! 冽冽清泉中的水泽女神!"她的牙齿"洁白如玉",以至于"我对那些牙齿有种疯狂的向往。我所有的兴趣和精力全都集中于对那些牙齿的沉思。它们——它们已成了我心智的眼睛唯一之所见,它们已成了我精神生活唯一之要素"。这些洁白、美丽的牙齿,占满了"我"的心房,使"我"无法想起别的东西,难以再产生别的念头。然而,一场致命的疾病改变了贝蕾妮丝的容貌和性格。她变得那么神秘、可怖,曾经乌黑发亮的头发变得焦黄、粗粝,乱蓬蓬地披散在脸上;眼睛黯淡无光,毫无生气,"好像没有瞳孔似的""我一看见她就浑身发抖,她一走近我就脸色发白"。周围的人无不谈之色变,尤其是她的死,吓得大家瑟瑟发抖。

恐怖是该小说的基调,是其突出特征。这种基调在小说开始的引言中一览无遗:"友人曾告诉我,若我能去爱人墓前,我的痛苦便可以减轻。"小说还没有正式开始,作者就把主人公的生活同坟墓联系在了一起,恐怖的气氛随即便不可遏制地弥漫开来。随后,作者从不同的角度进一步渲染这种哥特式气氛。首先,是"我"的家,一座古老的大宅子、"灰暗阴郁",古宅里有间书房,"我"母亲以前就死在那里。其次,是"我"患有严重的偏执型精神病,精神有严重问题,常常陷入强迫幻想症之中,从小就郁郁寡欢,孤僻怪异,终日将自己关在书房里,离群索居,就连妻子"我"也很少接触,而"整个身心都沉溺于最紧张而痛苦的思索之中",时常想着"一些虚无缥缈的身影———一些超凡脱俗且意味深长的目光———一些和谐悦耳但哀婉凄切的声音",模模糊糊,飘忽不定。再者,是"我"的妻子贝蕾妮丝,一个绝代佳人,但患上癫痫病后,时常昏迷,看上去跟死亡毫无二致,以至于被当做死人埋进了坟墓。她虽然貌若天仙,但"我"并不是很爱她,只是把她当做一只被俘的美丽蝴蝶一样欣赏、玩味。最后,也是最惊悚的,是深更半夜时贝蕾妮丝突然从坟墓里发出一声惨叫,"划破了夜的沉寂","令人毛骨悚然的清晰"。原来坟墓被人打开了,还在呼吸的贝蕾妮丝,面容被毁,满口洁白的牙齿被人全部拔掉。仆人满脸惊恐,跑来告诉"我"这一切,不料却发现"我"身上的衣服沾满了污泥和血迹,手上还有被人抓破的凹痕,他更是吓得瑟瑟发抖。很显然,是"我"深更半夜跑到妻子的坟墓里,将"已成了我精神生活唯一之要素"的妻子的满口白牙,从还活着的妻子的口中全给血淋淋地拔掉的。"我"终于去了爱人的墓前,痛苦终于减轻了;"我"终于得到了贝蕾妮丝那些洁白的牙齿,永远地获得了支撑"我"生活的"唯一之要素"。

小说情节怪诞,令人不寒而栗,1835 年发表时曾招致不少读者的抗议。他们指责小说太过荒诞、血腥。爱伦·坡对此嗤之以鼻,依然我行我素,而且将故事情节设计得更加荒诞、可怖,从环境、情节、人物等诸多方面,全面营造恐怖效果,全方位地展现了自己的恐怖美学思想。

《厄舍府的倒塌》

作者的恐怖美学思想在《厄舍府的倒塌》中得到了更好、更完美的诠释。为了凸显这一特点,作者编织了一张又大又密的恐怖之网,自始至终将读者牢牢地罩在其中,使他们紧张得喘不过气来。叙事者"我"去探望儿时的朋友、厄舍府的主人罗德里克·厄舍。时间是一个秋季的午后,昏暗、晦暝、云幕低垂;地点是一大片乡野,萧瑟、阴郁、冷清。厄舍古宅边的湖水黑黢黢、阴森森,倒映出的芦苇是那么的灰暗,树干是那么的惨白;古宅本身同样是萧条、阴森的;古宅的窗子犹如无神的眼睛,空洞、呆滞。古宅及其周围显得异常压抑、阴暗、冷峻。在这样的环境中,"我":

> 一看见那座房舍,我心中便充满了一种不堪忍受的抑郁。所谓不堪忍受,是因为那种抑郁无论如何也难以排遣,而往常即便是更凄凉的荒郊野地、更可怕的险山恶水,我也能从山情野趣中领略几分喜悦……望着眼前的景象——那孤零零的房舍、四周的地形、萧瑟的垣墙、空茫的窗眼、茎叶繁芜的莎草、枝干惨白的枯树——我抑郁到了极致,人间任何常情都无法比拟……我感到一丝冰凉、一丝虚脱、一阵心悸、一阵无法摆脱的凄怆、一阵任何想象力都无法将其理想化的悲凉。

哥特式的古宅及其周围悬浮着的这种"神秘而致命的雾霭，阴晦，凝滞，朦胧，沉浊如铅"，使"我觉得呼吸的空气中也充满了忧伤"。古宅外面是如此可怕，那么里面又是一番什么景象呢？古宅年久失修，里面光线昏暗，走廊漆黑一片，犹如迷宫一般，壁毯昏暗、地板乌黑、徽盾纹章嘎嘎作响，似影似幻，到处"弥漫着一种凛然、钝重、驱不散的阴郁"。而这一切的恐怖性与住在里面的主人罗德里克相比，根本算不了什么。看到罗德里克，"当时最令我吃惊甚至畏惧的莫过于他那白得像死尸一般的皮肤和亮得不可思议的眼睛"。罗德里克深深地陷入一种变态的恐惧之中，不停地对"我"说："我就要死了，我肯定会在可悲的愚蠢中死去。就那样，就那样死去，不会有别的死法。"和他同样患有精神病的胞妹玛德琳死了，死后的她"胸上和脸上突然留下了一层淡淡的红晕，在她的嘴唇上留下了那种令人生疑、逗留不去、看起来那么可怕的微笑"，让人惊悚不已。罗德里克把她暂时葬在古宅的地窖里，从此他的精神状况日益恶化。在一个风雨交加的夜晚，"我"正在给罗德里克念故事，古宅深处突然传来一阵又一阵令人不寒而栗的奇怪响声，"我"感到"极度的惊讶和恐怖"。还未等我们反应过来，玛德琳便从地窖跑进房间，像吸血鬼一样压在哥哥的身上，两人旋即在月色中合为一体倒下。"我"吓得魂不附体，拔腿便逃。令人望而却步的哥特式古屋随即轰然倒塌。

爱伦·坡对年轻、美丽女人之死及其复活一直怀有浓厚的兴趣，在作品中反复表现。这些女人不是活着埋入坟墓后复活，就是死后借身还魂，极大地烘托了恐怖气氛。在这个短篇中，爱伦·坡再一次表现了一个美丽女人之死无疑最具诗意这样的美学思想。玛德琳很可能还没死就被哥哥埋入地下，她裹着尸衣从墓中爬出来对哥哥进行报复。这一出人意料的情节，把小说的死亡恐怖气氛推到了极致，令人战栗。将人物置于死亡与恐惧之间，让死亡与恐惧相互作用，将恐惧的效果栩栩如生地演绎出来，作者又一次活灵活现地展现了自己独特的美学思想。患有精神病是作者笔下人物的一个普遍特征。患者言谈怪诞，举止乖戾，表情怪异。这种种之怪对加强作品的哥特式效果起到了很大的作用，是爱伦·坡死亡恐怖小说的一个重要特征。

阅读爱伦·坡的这类小说，恍若一场噩梦，又像是在进行心灵的惊悚之旅，在恐惧、怪诞中获得了对生活、人生的感悟。阅读《厄舍府的倒塌》，便是这样的感觉。当然，经历噩梦和恐惧的不仅仅是读者，叙事者"我"、主人公罗德里克，甚至包括玛德琳等作品中屈指可数的几个人物，全都困在噩梦之中。显然,这个噩梦不是一个人的,而是大家的,文内、文外的所有人物都深陷其中,不能自拔。用 *The Cycle of American Literature* (1956)一书的作者罗伯特·E·斯皮勒(Robert E. Spiller,1896—1988)的话说,"坡笔下的病态意象绝不是一个人的噩梦——而是影射了人性阴暗的一面"①。通过病态、精神病等种种怪异揭示人性阴暗面、通过恐惧展现人们内心的隐秘世界,可以说是爱伦·坡创作死亡恐怖小说的重要动机之一。

《红死病的假面具》

显然,《厄舍府的倒塌》充满了恐惧气氛。然而,与《红死病的假面具》相比,这一气氛却相形见绌。《厄舍府的倒塌》中有的环境、人物、死亡等恐怖描写,《红死病的假面具》中一应俱全。然而,《红死病的假面具》中有的,比如异常血腥的场面、令人目眩的血色描写、大批人死于红死病等,其可怖程度,则是《厄舍府的倒塌》所无法相比的。

《红死病的假面具》从一开始,作者就豪情泼墨,将瘟疫、鲜血、死亡这样令人生畏的场景和意象大量地呈现在读者眼前:

> "红死病"蹂躏这个国度已有多时,人们从未遭遇过如此致命、可怕的瘟疫。鲜血是其象征,是其标志——血之殷红与血之恐怖。剧烈的疼痛,突发的头晕,毛孔大量出血导致死亡。患者身上,尤其是脸上,一旦出现红斑,那便是隔离其亲友之救护和同情的禁令。这种瘟疫从感染、发病到死亡,前后不过半个小时。

红死病,从感染到死亡只有这么短的时间,可见凶险异常,且无药可救。其发病过程同样令人惧怕,患者全身毛孔大量出血,整个人变成了血人,"血之殷红与血之恐怖",其景象十分血腥。为了躲避四处蹂躏的红死病,普洛斯佩罗亲王竟然撇下深受瘟疫之苦的天下子民,带领一大批美女、骑士、贵族等,躲到一座偏远的古堡里,终日觥筹交错、肆意狂欢。古堡中有七个房间,每个房间都有很强的喻义,代表着亲王人生七个十年。第一个房间为蓝色,坐落在走廊的最东面,使人联想起日出,寓意生命的开始。

---

① 罗伯特·E·斯皮勒:《美国文学的循环》,汤潮译,北京:北京师范大学出版,1993年,第101页。

而第七个房间则位于最西面,暗示着日落和迈向死亡,而且这个房间里黑乎乎的,没有日光,也没有灯光或烛光,只有黑色和红色。在七个房间之间穿梭,由生走向死。

骄奢淫逸的普洛斯佩罗亲王为了寻求刺激,在古堡中举行奢靡放荡的化装舞会。舞会上,突然出现一个陌生人。他又高又瘦,从头到脚裹着一块裹尸布,"他那如僵尸面孔的假面具做得足以乱真,以致凑上前细看也一定很难辨出真假……他居然装扮成红死病之象征。他的裹尸布上溅满了鲜血——额顶以及五官也洒满了猩红色的恐怖"。狂欢者们见到这样一位红死病模样的人,无不吓得魂飞魄散。亲王因此大怒,拿出短剑就要刺死陌生人。然而,就在他追到第七个房间,追到陌生人的身边时,人们听到一声惨叫,"那柄明晃晃的短剑掉落在黑色的地毯上,紧接着普洛斯佩罗亲王的尸体也面朝下倒在了上边"。狂欢者壮胆冲进黑色房间,一把抓住一动不动地直立在黑色巨钟阴影下的瘦长身影,可他们惊恐地发现,"他们死死抓住的那块裹尸布和僵尸般的面具中没有任何有形的实体"。而且,更可怕的是,狂欢者随即"一个接一个倒在他们寻欢作乐的舞厅之血泊里,每一个人死后都保持着他们倒下时的绝望姿势",所有人都死在了第七个房间里。故事至此戛然而止。

很显然,整个小说异常血腥。这种血腥味在许多方面都表现得淋漓尽致。最突出的是颜色。象征死亡的黑色和血腥的红色相互并置,始终控制着小说的色调,尤其是在第七个房间,这两种颜色尤为醒目。首先是黑色。房间是黑色的,发着古怪响声的大钟是黑色的,帷幔也是黑色的。在这种令人丧魂落魄的环境中,长有脸和肺、形似人一般的黑色大钟,滴答滴答的跳动声更加剧了人们的紧张感,就像在给人们敲丧钟一般,而参加舞会的人最后全部死去以后,黑钟便立刻停止了跳动。然后是红色。窗子的玻璃是红色的,殷红殷红,犹如鲜血一般,用于照明的火光透过红色玻璃照射在黑色帷幔上,其景象"可怕到了极点,凡进入该房间的人无不吓得魂飞魄散"。其次是化装舞会,许多人把自己打扮得怪里怪气,比如有人扮成肢体与面具极不相称的鬼,有人扮成身着奇装异服的神经病,有人扮成阴森可怕的怪人,有人扮成令人恶心的怪物。这些扮相,无不令人惊恐。置身其中,恍若陷入恐惧的漩涡之中,让人魂不附体。再者是红死病本身,它的血腥性、疾速性、致命性,无不令人谈之色变,唯恐避之不及。从开始令人毛骨悚然的红死病症状描写,到午夜时分众人纷纷惨死于象征红死病的陌生人脚下,红死病简直就是死亡的代名词,让死亡始终伴随生者左右。最后是那位神秘的陌生人,他可谓是恐惧的最高代表,把小说的恐惧气氛推到了高潮。亲王碰到他,旋即一命呜呼,众人碰到他,立刻全部倒地毙命。化装舞会变成了死亡舞会。陌生人显然是红死病的再现,是红死魔,是死神的化身。这诸多令人惊恐的场景与意象,使得该小说始终笼罩在令人窒息的恐惧帷幕中,死亡成了一种必然。死亡是该小说的核心主题,无论是情节设计、人物塑造,还是环境描写、气氛烘托,甚至语言表述,无不在为这一核心服务。不管是可怕的环境,还是华丽的场面,不论是怪诞恐惧的神情,还是肆意纵情的狂欢,无不笼罩在红死病的阴影中,人们的内心无不时刻饱受死亡之恐惧以及逃避死亡之焦虑的摧残。作者再一次生动地、多角度地演绎了自己的恐怖美学思想。

与作者其他死亡恐怖小说不同的是,《红死病的假面具》没有采用全知全能的第一人称"我"进行叙事,主要是使用第三人称。作者在这里改用第三人称叙事是有其深刻用意的。他借此可以冷静、清晰、全面地观察周围发生的一切,观察社会。他看到红死病的发生,看到统治者不顾众人死活、只顾自己骄奢淫逸,看到统治者最终也被死神夺取生命。目睹这一切,作者不动声色地对百姓给予了深刻的同情,对统治者予以了辛辣的批判。为了表达对统治者的憎恨,作者最终将统治者也置于死地。他借此表明,厄运当头,统治者如果不能和自己的子民共同面对灾难,那就必须和百姓一样遭受厄运,与百姓实现"平等"。

需要指出的是,该小说同作者其他许多小说一样,带有不少自传元素。如普洛斯佩罗亲王很像是年轻时的爱伦·坡的化身,家庭富有,背景显赫,爱伦·坡在富裕的养父母的照料下也过着富足的生活。再如红死病,这种虚构的疾病,很可能是指肺结核病,能够夺取大批人的生命。作者在写这篇小说时,他的妻子正在遭受肺结核病的折磨。亲王远走他乡,躲避红死病,作者也是如此,也不愿意正视这种致命的疾病,因为他的母亲、兄弟、养母等人的生命都是被它夺去的。红死病也可能是指霍乱。19 世纪 30 年代,巴尔的摩发生霍乱,很多人因此丧命,其可怕的阴影在作者的心中久久无法逝去。

恐惧是人的本能,是人类最强烈的情感之一,由外部和内部两种恐怖构成。外部恐怖是指自然、环境等外部情景,内部恐怖则指人的内心状况,或曰心灵恐惧。哥特式小说着力渲染的大多是外部恐怖。爱伦·坡在继承这种表现手法的同时,又进行了创新,更多的是从人物的内心大力表现人的恐惧,揭示人类无助、无望、无奈的生存困境,全面演绎了自己死亡和恐怖的美学思想。上述死亡恐怖小说如此，《黑猫》和《泄密的心》（"The Tell-tale Heart"，1843）更是如此，而且更侧重于展现心灵恐怖。

《黑　猫》

《黑猫》是爱伦·坡的又一篇力作，一开篇就直言不讳地告诉读者，这是个极其荒唐的故事，因此"我饱尝惊慌，受尽折磨，终于毁了一生"。该小说虽然也令人毛骨悚然，但表现方法却发生了明显变化，不再从令人惊悚的外部环境开始，而是从表现人物的心灵恐怖入手，试图更准确地把握恐惧的真正源头。

这是一篇有关黑猫的故事。主人公"我"养了一只名叫"普路托"的黑猫。它"个头特大，非常好看，浑身乌黑，而且伶俐绝顶"。"我"非常喜欢，"我"妻子却觉得黑猫都是不祥之物。"我"染上酒瘾，变得异常暴力，开始殴打老婆，虐待宠物。"我"残忍地剜掉黑猫的一只眼珠，不久又把它给吊死了。施暴当晚，家中便发生大火，整栋屋子被烧了个精光，只剩下一堵墙。令人惊奇的是，墙上竟然出现一块黑猫浮雕，猫脖子上还套着一根绞索。"我"惊恐万分，后悔不该吊死黑猫。为了赎罪，"我"又领养了一只和普路托长得几乎一样的黑猫，也是"独眼龙"。可不久，"我"对新猫也厌恶起来，并且非常害怕，因为它身上有块斑记，在"我"的幻觉中竟然变成了一个绞刑架。于是，这只猫成了"我"的噩梦，"我"忍无可忍，想劈死它，却被妻子拦住了。"我"暴跳如雷，竟然劈死了妻子。丧心病狂的"我"把妻子的尸体砌进家中地窖的墙里。后来，警察来调查，听到地窖的墙壁里传来哭声，像是"堕入地狱的受罪冤魂痛苦的惨叫"。人们凿开墙壁，只见"那具尸体已经腐烂不堪，凝满血块，赫然直立在大家眼前。尸体头部上就坐着那只可怕的畜生，张开血盆大口，独眼里冒着火光。是它捣的鬼，诱使我杀了妻子，如今又用唤声报了警，把我送到刽子手的手里。原来我把这怪物砌进墓墙里去了！"故事到此结束，惊悚的气氛也达到了高潮。显然，这也是一个荒诞不经的惊魂故事。主人公的内心极为邪恶，性格严重变异，连他自己都承认自己精神有问题，再加上酗酒，常常产生幻觉。幻觉驱使他在罪恶的泥潭里越陷越深。他杀死了心爱的黑猫，而另一只黑猫对他实施了报复。报复的方式如此诡异、奇特、可怖，在场的人，尤其是主人公，无不吓得魂不附体。全文虽只字未提幽灵鬼怪，但它们仿佛时刻贴在身旁，让人有鬼魂附身的感觉，这种感觉牢牢地攥着每一个人。

小说构思精巧，内容刺激，情节引人入胜。小说的成功，很大程度上归功于黑猫这个形象。在西方文化中,黑猫被认为是巫婆的宠物,通常与神秘诡异、不祥之兆、厄运、不幸、邪恶等联系在一起,具有十分浓厚的象征色彩。作者借用这一动物形象,无疑是要加强故事的恐怖效果。而作者将其取名为"普路托",更凸显了这一效果。在罗马神话中,冥王就叫普路托,是阴曹地府的主宰。据说罗马人献给普路托的动物往往都是黑色的。使用如此可怕、阴森的形象命名黑猫,使得黑猫变得更加可怕。小说的惊恐、神秘色彩也因此变得更加浓厚。第二只黑猫同样具有强烈的象征色彩。作者刻意塑造的这只黑猫的胸脯上长有一块白毛,而且这块白毛越长越像一只绞刑架。一看到它,主人公就心惊肉跳,因为它似乎时刻在提醒主人公犯下的种种罪过。黑猫及其强烈的象征意义为烘托小说的恐怖气氛起到了不可替代的作用。然而,黑猫的作用不只是为了营造怪诞、惊悚的气氛,更重要的是为了揭示人性的邪恶,这才是作者如此刻画黑猫的真正意图。

当然,黑猫的形象再怎么生动,也只不过是主人公"我"的陪衬而已。写猫是虚,写人是实。黑猫令"我"惶惶不可终日,而"我"处处流露出惶恐,反过来又进一步加强了恐怖氛围,使得整个故事自始至终都笼罩在猫与人相互交织而产生的令人窒息的惊恐中。小说是主人公的忏悔式自述,一种内心独白,以一个即将死去的人的罪恶心情,展示自己在和黑猫交往过程中的心理活动,演示当初自己对猫的善如何演变为恶,揭示自己内心世界隐秘的罪恶。这种令人寒颤的内心独白、善恶的演变与对比、人性的变态、疯狂、邪恶等,无不展现出小说的哥特式特质。《黑猫》被认为是现代心理分析小说的开篇之作。心理描写是其一大特色,也是它有别于上述恐怖小说的重要标志,而凶杀、破案情节、缜密的思考、严谨的推理,又赋予了该小说浓郁的侦探小说色彩。因此,《黑猫》既是心理分析小说,又是惊悚推理小说,在爱伦·坡的创作上具有一种承上启下的意义。

《泄密的心》

爱伦·坡对"心灵恐怖"情有独钟,在《泄密的心》中又大书特书。小说是以主人公"我"杀害一个老人的犯罪心理和作案过程为主线来展现这种恐怖的。一开始,"我"就直言不讳地坦白自己是个神经不正常的人:"我神经过敏,非常,非常过敏,十二万分过敏,过去是这样,现在也是这样。"神经质的"我"对一个老头恨之入骨,虽然"我爱那老头。他压根儿没得罪我。他压根没侮辱我。我也不贪图他的金银财宝"。但是,老头长着一只"鹰眼——浅蓝色的，蒙着层薄膜。只要瞅我一眼，我就浑身发毛"。因此，"我""打定主意，结束他的性命，好永远不再瞅见那只眼睛"。在一个风高夜黑的深夜，"我"溜进他家把他杀了，并"将尸首肢解开来：砍掉脑袋，割掉手脚……再撬起房里三块地板，将一切藏在两根间柱当中"。"我"自认为做得神不知鬼不觉。邻居闻声报警。面对警察，"我"镇定自若。不料，地板下传来异样的声音，而且越来越大，就像锤子一样重重地敲击着"我"。"我"恐慌至极，实在无法忍受。崩溃中"我"失声尖叫："别再装蒜了！我招就是！撬开地板！这儿，这儿！"原来，那老人虽然死了，但"我"却还能听到他的心跳声。故事至此戛然而止，可恐惧的气氛并没有散去，依然紧紧地萦绕在读者的心头。这种感觉正是爱伦·坡想要传达的艺术效果，充分体现了他的"效果统一论"思想，即"每一事件，每一细节，甚至一字一句都收到一定的统一效果，一个预想效果，一个印象主义的效果"[①]。

　　这里的"我"是个十分经典的不可靠叙事者，叙事的真实性十分可疑，最典型的莫过于死去的老人居然还会发出异常响亮的心跳声，而且只有"我"一个人能听到。这显然有悖常理，荒诞不经。而这种荒诞性正是哥特式小说的重要特征之一。实际上，该声音并非死者的心跳声，而是"我"因紧张过度，自己心跳过速发出的"咚咚"声，是"我"罪孽深重，内心承受不了如此罪恶，从而将自己给暴露了。小说中，这个"声音"重复了八次，"越来越大"重复了 13 次，而恐惧等的加剧则重复了七次。由此可见，心跳声犹如一个角色，在小说中起着十分重要的作用。它由小到大，由模糊到清晰，将"我"一步一步地逼进了恐惧的深渊，同时也将整个小说的可怖气氛推到了高潮。它和老头的鹰眼一样，揭示了"我"内心的罪恶，泄密了"我"罪恶的心。

　　《泄密的心》与《黑猫》有许多相似之处。首先，主人公"我"也是一个神经过敏、心理变态的人，常常控制不住自己的行为举止，就像《黑猫》中的"我"喝酒后的状态一样，常常露出狰狞的面孔。其次，"我"也是因为忍无可忍，产生仇恨，最终犯下杀身之罪。这里的"我"是无法忍受老头那对兀鹰的眼睛，进而潜入老头卧室将其杀害，而《黑猫》中的"我"是忍受不了黑猫而将它杀死。再者，"我"也是将尸体藏在家中。最后，被埋的尸体居

---

① G. R. Thompson，ed.，*The Selected Writings of Edgar Allan Poe*. New York and London：W. W. Norton & Company，2004，p.647.

然也发出阵阵幻声,导致案情败露,只是这里是心跳声,而《黑猫》里则是哭声。除此之外,相似之处还有许多。第一,两者都是情节简单,设计精巧;第二,意象鲜活,极具象征性,"鹰眼"犹如一面镜子,好似能够窥出"我"的罪恶,使"我"终日惴惴不安;而黑猫身上的白毛形如绞刑架,时刻要把"我"处死一般。作者通过这些象征的意象,深入挖掘两者内心世界的"恶",展现病态人格所具有的毁灭性力量;第三,都带有一定的推理成分;第四,都是大肆渲染恐怖,不仅有视觉上的、外部的,更有人物心灵上的、内在的。通过心理分析,表现心理惶恐,完美地阐释了作者"心灵恐怖"之思想,即"在我的许多作品中恐怖一直是主题,但我坚持认为那种恐怖不是日耳曼式的,而是心灵式的——我一直仅仅是从这种恐怖合理的源头将其演绎,并仅仅是将其趋向合理的结果"①。这两篇小说可以说是充分体现了这一思想。

《一桶蒙特亚白葡萄酒》

《泄密的心》与《黑猫》同属恐怖小说,因其大量的心理描写,人们通常称之为心理恐怖小说。经典之作《一桶蒙特亚白葡萄酒》("The Cask of Amontillado", 1846)也是如此。这是一则情节非常简单的复仇故事。主人公"我",即蒙特雷索,以前屡受狂妄自大、趾高气扬的福尔图纳托加的侮辱和伤害,忍无可忍的"我"发誓要报仇雪恨,并且精心设计了复仇计划。福尔图纳托加自诩为品酒行家,在一次筵席上,"我"趁他喝醉时将他骗到"我"家地窖里品酒。到达后,"我"把福尔图纳托加关在里面,砌上墙,将其活活憋死。就这样,"我"成功地报了仇,而且无人知晓。整个复仇计划从酝酿到实施,细致周密,不露声色。

作为一篇死亡恐怖小说,《一桶蒙特亚白葡萄酒》也具有种种恐怖特征。首先是外观描写——主人公"我"的装扮。"我"戴着黑色面具,裹着披风,犹如幽灵一般,一登场就让人不寒而栗。其次是复仇的场所——古堡地窖。这里,死人的尸骨堆积如山,一直堆到高高的拱顶,白色的硝石挂满了墙壁,闪闪发亮,阴森可怖、寒气逼人,哥特式氛围异常浓郁,置身其中之人无不感到失魂落魄。"我"在如此可怕的环境中谋害福尔图纳托加时,他绝望的哀号声、凄厉的尖叫声、凄惨的笑声,更加剧了惊悚气氛。

① Patrick F. Quinn, *The French Face of Edgar Poe*. Illinois: Southern Illinois University Press, 1957, p.166.

然而,更惊悚的是心灵的恐怖。蒙特雷索的心完全被复仇的邪念控制了,严重扭曲、变形。他是恐怖的设计者、制造者、实践者,而且那么镇静、从容、理智、冷血、有条不紊。心灵成了他的恐怖之源、罪恶之本,这才是最可怕、最大的恐怖。

哥特式的氛围、主题和人物,是爱伦·坡死亡恐怖小说的三大要素,这些要素在这篇小说里同样表现到了极致。这里的哥特式主题也是谋杀,而且还有复仇的元素,并增添了心理描写,十分逼真可信。这个复仇令人不禁想起《呼啸山庄》(*Wuthering Heights*,1847)中的希斯克利夫、《献给爱米丽的一朵玫瑰花》("A Rose for Emily",1939)中的爱米丽。至于哥特式人物,往往都具有恶魔般的特质,这一点在蒙特雷索的身上体现得再充分不过了。他邪恶的形象、撒旦般的心灵,使他成了恐怖的代名词,从而大大地增添了故事的可怖性。这些哥特式的手法,通过可怕的事件,再加上心灵的恐怖,栩栩如生地展现了人性的邪恶与歹毒。

死亡恐怖小说是爱伦·坡小说中最重要的一个部分,名篇众多,除了上文提到的之外,还有许多佳作,如《梅岑格施泰因》("Metzengerstein",1832)、《威廉·威尔逊》("William Wilson",1839)、《椭圆形画像》("The Oval Portrait",1842)、《跳蛙》("Hop-frog",1849)等。

侦探推理小说

爱伦·坡不仅是死亡恐怖小说大师,也是侦探推理小说鼻祖。虽然他创作的侦探推理小说数量不多,只有区区四五篇,却篇篇堪称精品,在文学史上与其死亡恐怖小说一样享有崇高的地位,成为世界文学宝库中的奇葩,为后来的侦探推理小说奠定了创作模式。爱伦·坡之所以能够成为这类小说的开创者,在很大程度上得益于其超群出众的逻辑分析与推理能力。在作品中,他将逻辑分析与推理置于中心位置,使之成为情节发展的最主要推手,淋漓尽致地予以发挥,使其成为自己侦探推理小说的灵魂所在。爱伦·坡的分析与推理非常冷静、细致,极富缜密性、逻辑性和科学性,符合客观规律,具有很强的可信度和说服力,给人一种明察秋毫、入木三分的感觉,十分引人入胜。

爱伦·坡之所以拥有超人的推理能力,破案时能够有条不紊,游刃有余,不管是什么疑案、谜案,都迎刃而解。他之所以如此神奇,在一定程度上是得益于他对密码学的热爱。他在小时候就对密码学产生了浓厚的兴趣,喜欢研究其变化规律,对破译密码乐此不疲。在费城担任报社编辑期间,他经常在报上邀请读者向他投寄各种各样的密码题目进行破解,甚至于 1841 年在《格雷厄姆杂志》上发表文章《写作秘诀刍论》("A Few Words on Secret Writing",1841),专门讨论密码学问题。密码错综复杂,不易破译,具有很强的神秘色彩。爱伦·坡在侦探推理小说中经常使用这一知识,无疑为作品增添了浓郁的神秘色彩,使推理、破案过程显得更加扑朔迷离、更能唤起读者的兴趣。

爱伦·坡的分析与推理之所以如此引人入胜,还与他成功地塑造了杜宾这一形象不无关系。这是文学史上首个神探形象,现已成为世界侦探推理小说中的经典角色,具有巨大的影响。谈及爱伦·坡的这类作品,侦探推理小说大师柯南·道尔赞叹说:"每一篇都是侦探文学的开启之作。"①柯南·道尔在侦探推理小说上声名显赫,在很大程度上也得益于这一影响。杜宾的形象对他的影响尤为明显,他笔下的大侦探福尔摩斯在很多方面就是杜宾的翻版。侦探推理小说大师、英国作家威尔基·柯林斯(William Collins,1824—1889)同样也没能摆脱杜宾的影响,其《月亮宝石》(*The Moonstone*,1868)里侦探克夫的言行举止,无不带有明显的杜宾印记。当然,深受杜宾形象影响的远不止这几位作家,波德莱尔、史蒂文森、希区柯克、江户川乱步(Edogawa Rampo,1894—1965)等,在创作中也是自觉或不自觉地深受其影响。

杜宾最先出现在《莫格街谋杀案》中,随后在续篇《玛丽·罗热疑案》("The Mystery of Marie Rogêt",1842)和《失窃的信》("The Purloined Letter",1844)中又反复出现,这三篇小说构成了著名的"杜宾三部曲"。那么杜宾究竟是个什么样的人呢? 爱伦·坡在《莫格街谋杀案》一开始就进行了交代。他是一位法国贵族的后裔,爱读书,智力超群,但性格怪异,偏爱黑夜。

> 我的朋友有一个怪癖,他仅仅因为黑夜的缘故而迷恋黑夜,每当东方露出第一抹曙光,我们就把那幢老宅里宽大的百叶窗统统关上,点上两根散发出浓烈香味、放射出幽幽微光的小蜡烛。借着微光,我们沉浸在各自的梦幻中——阅读、书写或是交谈,直到时钟敲响真正的黑夜时分。这时,我们便手挽手出门上街,继续着白天讨论的话题,或

---

① Mark Neimeyer, "Poe and Popular Culture," *The Cambridge Companion to Edgar Allan Poe*, ed. Kevin J. Hayes. Cambridge: Cambridge University Press, 2002, p.103.

是尽兴漫步到深更半夜，在繁华都市的万家灯火与阴影中，寻求唯有冷眼静观方能领悟到的心灵激动。……杜宾具有一种超强的分析能力和出众的想象力，令人叹服。

侦探小说研究专家霍华德·海克雷夫特发现，杜宾这样一位怪人，在很大程度上是其创造者的艺术化身，与爱伦·坡有诸多相似之处。

这个杜宾也是坡的自我理想化身，因为他自幼聪颖异常，处处想表现自己的优越，所以就把杜宾写成具有超人智力、观察入微、料事如神的理想人物，为了衬托他超群出众，又借一个对他无限钦佩、相形见绌的朋友来叙述他的事迹，此外还写了一个头脑愚钝、动机虽好却屡犯错误的警探作为对比。作案地点一般安排在锁得严严密密的暗室；埋藏赃物罪证则用明显得出人意料的方法；破案过程则用逻辑严谨、身临其境的推理（今称心理分析学）；然后有条不紊地迫使罪犯就范归案；最终再由主人公洋洋自得、滔滔不绝地解释其全过程。这已成为坡写侦探小说的模式。①

《莫格街谋杀案》

《莫格街谋杀案》可谓是这种模式最为经典的代表，充满了神秘性和悬疑性。故事光怪陆离、荒诞不经，案件有悖常理，结局出人意料；情节极具悬念，分析、推理异常严密，读者从中可以得到一种惊恐、酣畅的美的享受。作者描写杜宾是有着"古怪的消沉的情绪"，行为怪异，离群索居，从不接纳任何来客，同朋友一块儿租住的"这座房子地处偏僻，式样古怪，摇摇欲坠，相传是凶宅，荒废已久"。不过他拥有"类似直觉的观察力，尤其是他那海阔天空、生动活泼的想象力更感人肺腑"。他平时慵懒、消沉，可一办起案子，便神采飞扬。作者一开始就这样描写，无疑给人一种神秘的感觉，而"离奇血案"的发生更是加剧了神秘，甚至是恐怖的气氛。

在夜深人静的凌晨 3 点左右，位于莫格街一幢房子四楼的莱斯巴拉叶夫人和女儿卡米耶家里传出一阵尖叫声。人们冲进去，里面的景象惊

---

① 陈良廷等译：《外国中短篇小说藏本：爱伦·坡》，北京：人民文学出版社，2010 年，前言。

得他们目瞪口呆：房间里一片狼藉，家具被砸得四分五裂，地上乱七八糟，椅子上放着一把满是血迹的剃刀，地板上散落着又长又密的灰白头发，上面沾满了鲜血，像是被人连着头皮从头上扯下来的似的。莱斯巴拉叶夫人血肉模糊地倒在血泊中，脖子几乎被利器割断了，躯干也被切割得支离破碎、不成人形，而她的女儿则被塞在狭窄的烟道里，早已气绝身亡。母女俩的死状惨不忍睹。

凶杀是小说惯常表现的内容。然而，爱伦·坡关注的并不是凶杀本身，而是凶杀所带来的疑问。一对母女在大门紧锁、钥匙就在房间里的情况下竟然被害家中，而且凶手逃之夭夭，显得十分蹊跷。什么人能够爬上四楼作案并且不留痕迹地成功逃脱呢？这是困惑大家的一个"谜"，而这个"谜"，也就是悬念，是侦探推理小说的典型特征。想方设法揭开谜底，便成了爱伦·坡这类小说无限的魅力所在，是吸引读者的关键要素。

世间万事，有果必有因。爱伦·坡深谙此道。他破解谜案，常常是由果寻因，步步回溯，缜密推理，始终瞄准"谜底"，直至破解，让读者经历一场逻辑推理之旅，通过层层递进的悬念，感受紧张、惊恐的气氛，体验破解悬念的快乐。这是作者在其侦探推理小说里惯常使用的破案方法，现已成为侦探推理小说经典的破案手法。这种由果寻因，运用回溯的手法，透过种种蛛丝马迹，仔细分析、反复推理，是爱伦·坡侦探推理小说的重要特征。具体来说，就是自己首先提出论断——然后举证分析证明——最后得出结论，破解谜案；或是先摆出别人观点——然后推翻——提出自己的论断——随后举证分析证明——最终得出结论，侦破案件。这两种方法，作者时常并置使用，但第二种更能体现主人公观察问题、分析问题、推理问题的出众才能。在该篇小说中，作者使用的就是这一种。他首先亮出"我"的观点，认为是一个疯子干的，接着又摆出警察的观点，相信凶手是银行职员勒邦，因为他送存款到受害人家时因贪财而杀害她们。这些看法杜宾都不认同。通过细致观察、认真分析，他认为凶杀不可能是人所为，而是一只巨大的动物，比如大猩猩。为了证明这一点，他列举了大量现象：第一，深更半夜人们听到叫喊声，但没人听懂叫喊的内容，就像是外国话一样，而好几个不同国家的外国人也听不懂，说明这不是人的声音，况且声音很怪；第二，窗子是由插钉封上的，但里面有弹簧，一按窗子就提起来了，凶手很可能是跳窗逃走的；第三，人们怀疑凶手是入室窃财，但家里没有丢失任何钱财；第四，女主人的头发连着头皮被大把、大把地拽下来，尸体显然是被拎起来反复摔到地上，女儿被塞进烟道里，而且塞得异常严实,这一切没有超人的力量是根本做不到的;第五,"我"判断是个疯子干的,杜宾却指着女主人手里抓着的一撮头发说,那不是人的头发,凶手不可能是人;第六,杜宾发现死者脖子上的瘀伤和指甲印非常大,这些都不可能是人手留下的;第七,凶手冷血、残忍,但毫无作案动机,这根本不符合人性,而且身手如此矫健,力量如此之大,兽性如此残酷,是常人所不能及的;第八,杜宾在谋杀案现场附近发现一根缎带,从其式样以及上面打的结判断,应该是马耳他水手丢下的,找到这个水手,真相便会大白。结果与杜宾分析的一模一样。原来水手捕到一只大猩猩并将其关在家里,它学主人的样子拿剃须刀刮胡子,受惊后挣脱绳索跑了出去,顺着避雷针杆爬进了受害者的房间。它抓住女主人的头发,挥舞着剃须刀,女主人吓得失声尖叫,受惊的猩猩哇哇乱叫,割断了她的喉咙,又勒死她的女儿。发现水手在外面看它,猩猩狂怒不已,把女主人的尸体一把扔出了窗外,又把她的女儿塞进了烟道。吓得魂不附体的水手拔腿就跑,猩猩则跳出窗子,关上后逃之夭夭。至此,案件真相大白。作者通过这种先摆出别人的观点——然后推翻——提出自己的论断——随后举证分析证明——最后得出结论的手法,成功地破解了这桩似乎不可能侦破的谜案。这种方法已经成为侦探推理小说十分经典的推理模式。

《玛丽·罗热疑案》

这种模式在《莫格街谋杀案》的续篇《玛丽·罗热疑案》中同样得到了成功运用。该小说是根据 1841 年纽约的香烟推销女郎玛丽·塞西莉娅·罗杰斯被害的真实案例写成的。令人咋舌称奇的是,作者原本是为赚取稿费而写的这篇小说,竟然帮助警方侦破了谜案,从而创造了侦探推理小说史上的一段神话。在小说中,作者把现场移到了巴黎。一天,塞纳河里出现一具残缺不全的女尸,死者是一家香水店姿色迷人、风流韵事不断的 19 岁少女玛丽·罗热。玛丽是巴黎的名人,她的死立刻引起了社会的极大关注。案件扑朔迷离,警察费尽心机也未能破案,在舆论的强大压力下,只好邀请神探杜宾出手相助。

简单交代案情之后,作者马上搜集各大媒体对案件的报道及各种观点。有的说玛丽是被雇主杀害的,有的说是被一群暴徒害死的,有的怀疑玛丽其实并没有死,有的则认为她是远行后被谋害的,还有的说她就死在案发现场。媒体的观点莫衷一是、大相径庭,使得案件更加扑朔迷离。然而,杜宾并没有被迷惑。他虽然足不出户,整天只是坐在安乐椅里,却在不停地阅读报纸杂志有关此案的各种报道。根据报道的各种线索分析，他认为玛丽并非死于雇主或暴徒之手，而是死于两年前同她一起私奔的那个海军军官之手。现实中的纽约命案证人所作的供词，与杜宾的分析非常相似。警方据此调整思路，果然侦破了案件。这桩案件充分验证了爱伦·坡推理的逻辑性、正确性和有效性，再一次演绎了先摆出别人观点——然后推翻——提出自己的论断——随后举证分析证明——最后得出结论的侦破手法。

《玛丽·罗热疑案》分三个部分，先后发表在杂志上，赢得了读者的广泛赞誉，就连爱伦·坡的文坛对手鲁弗斯·W·格里斯沃尔德（Rufus W. Griswold，1815—1857）也不吝溢美之词，对他的精明与智慧表达了由衷的钦佩。不过，也有人不以为然，比如海克拉夫特。他认为小说死气沉沉、毫无生机、枯燥无味，读之味同嚼蜡，根本不像小说，而像是学术论文，"人物不动，也不说话……只有学习解析学或是热衷于犯罪学的人才会真正兴味盎然地阅读它"①。他批评说，《玛丽·罗热疑案》是"杜宾三部曲"中最为逊色的一篇。不过，他的这种批评，响应者并不多。

《失窃的信》

"杜宾三部曲"的最后一篇是《失窃的信》。与前面两篇相比，这一篇情节简单许多，但杜宾所表现出的足智多谋、胆大心细、超强的分析推理能力，却毫不逊色。故事围绕的是一封失窃的信。法国皇宫里，王后收到一封秘信，正准备阅读，国王驾到，她不想让国王看到，便把它放到一边。一位心怀鬼胎的大臣 D 将信装进口袋，因国王在场，王后不敢声张，只好眼睁睁地看着信被偷走。随后，她委托警察局长找回失窃的信。局长搜遍大臣 D 的住处也没能找到，只好求教杜宾。他把搜查的情况如实告诉杜宾后沮丧地走了。一个月后，他又来求教，并发誓说，谁要是找回信，他宁愿自掏五万法郎予以重奖。令叙事者"我"和警察局长大为吃惊的是，杜宾居然当即拿出了那封被窃的信交给局长。目瞪口呆的局长只好兑现诺言，把钱如数给了杜宾。

"我"对杜宾佩服至极，问他究竟是怎么找到的。杜宾回答说："要查出赃物，完全不必依靠才智，而全然是依靠追查之人的细心、耐心和决

---

① Howard Haycraft, *Murder for Pleasure: The Life and Times of the Detective Story*. New York: D. Appleton-Century Company, 1941, pp.16 – 17.

心。"局长搜遍了大臣 D 的住处，可一无所获。杜宾则认为，像他那么聪明、细心的人绝不会把那么重要的信藏起来，一定会时刻放在手边。他向"我"所作的一番解释充分展示了杜宾出众的智慧、超人的观察力和超强的分析推理能力。

> 我知道他[大臣]是个数学家又是位诗人，我的方法是根据他的智能安排的，而且考虑到了他所处的环境。我还知道他在宫里喜欢献媚，又善于耍弄阴谋。这样的人，照我估计，不会不了解普通警察的侦破方式。他不会不预料到，而且事实证明他早就料到他会遭受拦路抢劫。我又想，他必定也会预料到自己的住宅会被秘密搜查。他经常不在家里过夜，警察局长认为这一点肯定有助于警方的成功。我认为这是他耍弄的诡计，给警察提供彻底搜查的机会，以便早一点使他们深信，那封信并没有藏在房子里，而且大臣 D 也终于达到了这个目的……我觉得，警察搜查隐匿物件那一成不变的方式……这位大臣在头脑里必然考虑到了。……这桩奇案之所以使警长十分为难，可能正是因为案情过于不言自明……我愈加相信，为了藏住这封信，大臣会采取欲擒故纵的妙计，大模大样地把信摆在显眼的地方。

事实证明，杜宾的推断完全正确。根据这个推断，他径直到大臣 D 的住所拜访他。在大臣房间里，杜宾发现那封信果然大模大样地放在一个卡片架里，只是换了一个信封而已。告辞时他存心将鼻烟壶丢在那儿，第二天借口去拿，同时雇人在大臣住所的窗外故意制造爆炸声，转移大臣的注意力。当大臣转身到窗前查看究竟时，杜宾迅速把那封信揣进口袋，同时换上一封事先复制好的信放在那儿。失窃的信物归原主。

在这里，作者再一次沿用了先摆出别人观点——然后推翻——提出自己的论断——随后举证分析证明——最后得出结论的侦破手法，即警察认为大臣把信藏了起来，杜宾则推翻这种看法，根据大臣的性格特征，他出人意料地断定信没有被藏起来，而是放在最显眼处，并亲临大臣住所查实，最后设计取回。这一侦探推理方法在"杜宾三部曲"中反复使用，形成了一种特色和共性，成为一种经典的推理模式，对后世的侦探推理小说影响甚深。除了这一共性，《失窃的信》还有自己鲜明的特色，最突出的便是逆向思维和心理分析。警方认定，如此重要的信，大臣 D 一定会绞尽脑汁藏在最隐秘的地方。杜宾则逆向思考，认为最醒目的地方往往是最安

美国短篇小说史（上卷）

全的地方,大胆断定大臣很可能就把信放在醒目处。得益于这一逆向思维,案件迅速得以侦破。当然,作者这样思考并不是凭空想象,而是依据对窃贼性格的深入了解,对其心理进行细致分析后得出的准确推断。这种逆向思维使得案情立刻变得柳暗花明,而心理分析又丝丝入扣,极大地增强了故事的吸引力。

作者的人物塑造也极具特色。他采用对比手法,将智者与庸者刻画得栩栩如生,异常鲜明,给读者留下了深刻印象,极大地增强了小说的感染力。侦探杜宾睿智、冷静,擅于观察、发现、推理、分析等,而这些素质常常通过警察等周围不同人物的反衬,显得更加突出。在这篇小说里,警察局长平庸的分析能力、墨守成规的思维方式,使得案件久拖不决。和杜宾相比,他相当愚笨。而叙事者"我"则介于智者和庸者这对极端形象代表的中间,智力平平,思维方式和分析能力与普通大众相差无几,即使从杜宾身上学到了一些本领,但观察问题、分析问题、解决问题的能力,依然远远不及杜宾,时常做出错误的分析和判断,每次都是在杜宾指点后才豁然开朗。顿悟后的"我"对杜宾敬佩不已。通过对比描写,杜宾的神探形象变得更加高大,读者也获得了一种启蒙般的快感。对人物的这种对比描写,侦探推理小说家们赞不绝口,纷纷予以模仿。

爱伦·坡本人对这篇小说也十分满意,他写信对詹姆斯·洛威尔(James Lowell, 1819—1891)说:"这大概是我最好的推理小说。"[1]评论界对此也持相同看法,普遍认为它是"杜宾三部曲"中最出色的。[2]

《金甲虫》

除了"杜宾三部曲"以外,爱伦·坡的侦探推理小说名作还有《金甲虫》和《你就是凶手》("Thou Art the Man", 1844)。在作者的所有小说中,《金甲虫》是非常特别的一篇。它几乎不是小说,而是一篇有关密码学的故事,被认为是《金银岛》(*Treasure Island*, 1883)之类小说创作的灵感所在,也是《达·芬奇密码》(*The Da Vinci Code*, 2003)、《玫瑰之名》(*The Name of the Rose*, 1980)等现代侦探推理小说的源头之作。《金甲虫》写的是关于一只金色虫子和寻宝的故事。主人公勒格朗被金色虫子咬了以

---

[1]　Arthur Hobson Quinn, *Edgar Allan Poe*. Baltimore: Johns Hopkins University Press, 1998, p.421.

[2]　Kay Cornelius, "Biography of Edgar Allan Poe," *Bloom's Bio-Critiques: Edgar Allan Poe*, ed. Harold Bloom. Philadelphia, PA: Chelsea House Publishers, 2002, p.33.

后，破解了一份藏宝秘密文件，然后带着仆人和叙事者"我"前去寻宝，并成功地找到了宝藏。事后他解释说，他之所以能找到，是因为金甲虫咬了他以后发生了一系列事情，他根据密码学知识，采用"对位替换"的方法，对这些事情进行分析，从而破译出藏宝的地点。密码学在19世纪还是鲜有人知的神秘知识，该小说面世后，爱伦·坡受到读者的热烈追捧，被奉为天才，人们夸赞他具有超人的、超自然的智慧。

《你就是凶手》

《你就是凶手》讲述的是一桩冤案。家境富足的沙特尔沃思老人被人谋害，尸体也不见踪影，而他的外甥——其唯一的亲人被认为是凶手而被判处死刑。叙事者"我"经过仔细分析，认为凶手是死者最好的朋友古德费洛。为了让他亲口招供，"我"设法找到尸体，然后装入箱子，谎称是老人被害前准备送给他的好酒。古德费洛不知是计，打开箱子后，没想到老人腐烂的尸体一跃而起，大吼一声"你就是凶手"，吓得魂飞魄散的古德费洛当场招认，随即倒地毙命。原来"我"将尸体弯着腰塞到箱里，一旦打开，尸体便会立即弹起来。至于吼声，则是"我"喊的，吓傻了的古德费洛根本没有注意到声音来自何处。该小说虽然没有"杜宾三部曲"那么有名，其出人意料的情节设计却独树一帜，创作出最不像凶手的人往往就是凶手这样一种思维模式。这一出人意料的设计，成了侦探推理小说家们用之不腻的又一种形式。

科学幻想小说

爱伦·坡开创了死亡恐怖小说和侦探推理小说的先河，世人皆知。其实，他在科学幻想小说创作上也是一位开拓性大师，这一点则鲜为人知。尽管他在这一题材上创作的小说屈指可数，仅有《汉斯·普法尔历险记》（"The Unparalleled Adventure of One Hans Pfaall"，1835）和《气球骗局》（"The Balloon-Hoax"，1844）等，但它们篇篇经典。《汉斯·普法尔历险记》比被誉为"现代科学幻想小说之父"——凡尔纳的《从地球到月球》（*From the Earth to the Moon*，1865）问世早30年，而《气球骗局》则比凡尔纳的《气球上的五星期》（*Five Weeks in a Balloon*，1863）早写19年，因此爱伦·坡才是真正意义上的现代科幻小说奠基人。

爱伦·坡的科幻小说对科幻文学产生了巨大影响。他通过科学的幻想，运用丰富的想象，依据已有的科学知识，积极预见未来的发展，大胆展望人类的前途。因此，他的科幻小说从本质上讲都是非常严肃的，绝非胡思乱想。他的科幻小说既有现实意义，又有前瞻性，其无与伦比的奇思异想，让当时的人们耳目一新，让世界为之一振，在一定程度上也为人类的科学发展指出了一条可能的发展方向。因此，这些作品自然引起了人们的高度关注。伟大的凡尔纳对他的作品更是百读不厌，并为他的《南塔克特岛的阿瑟·戈登·皮姆的故事》写了一个续集，取名《南极之谜》（*An Antarctic Mystery*），即著名的《南极的斯芬克斯》（*The Sphinx of the Ice Fields*，1897）。英国著名的科幻小说大师赫伯特·乔治·威尔斯（Herbert George Wells，1866—1946）谈到《南塔克特岛的阿瑟·戈登·皮姆的故事》时，对爱伦·坡的想象力也大为赞赏，指出："南极地区一个世纪前的景象，作者运用智慧和想象展现在了面前。"[①]这些足以说明，爱伦·坡是一个极具科学想象力的人，有着极强的科学预见力，为人类寻找更广阔的生存和发展空间做出了积极的、有益的探索。

《气球骗局》便是这样一部作品。小说描写的是欧洲著名的气球飞行员蒙克·梅森乘坐气球，仅用 75 个小时就成功飞越大西洋的故事。这是一个虚构的伟大壮举，却唤起了人们无穷的想象和对未来的热烈憧憬。在当时，跨洋飞行虽然只是一种想象，但绝非只是梦想，人类后来的实践证明，这样的梦想完全成真了。这充分表明，爱伦·坡的幻想多么具有科学性。

这种幻想的科学性在《汉斯·普法尔历险记》中得到了进一步的验证，人类后来的发展完全就是按照爱伦·坡的幻想在进行，将他的幻想变成了现实。这是一篇关于登月的故事。鹿特丹的风箱修理师汉斯·普法尔债台高筑，且犯有杀人罪，为了躲避债主和警察，他乘坐气球，历尽艰险飞到月球上，五年后派月球居民乘气球来到地球给市长送信，信中详细叙述了自己如何制作气球，怎样经过 19 天飞行登上月球的过程，同时描述了从月球上观看地球的奇特感受。他声称，还有很多美妙的事情要告诉市长，但请求市长赦免他，原谅他犯下的杀人罪。市长同意了，可送信的人却不知去向，他无法把赦免的决定传达给普法尔。广大民众都认为，所谓的登月完全是骗人的把戏，是天方夜谭，他们戏谑地称之为"气球骗局"，对此一笑置之。19 世纪民众对科学的这种愚昧、无知的态度，更加凸

---

① Frederick S. Frank & Tony Magistrale，*The Poe Encyclopedia*．Westport，CT：Greenwood Press，1997，p.372.

显了爱伦·坡科学探索精神的可贵,揭示了人类探索月球、翱翔宇宙的紧迫性和必要性。小说的魅力在于,爱伦·坡将现实与幻想相结合,大胆地编织了一个虚构的太空历险记,将科学与想象完美地融为一体,为这篇科幻小说赋予了永恒的魅力。

爱伦·坡的小说,题材广泛,作品众多,除了上述大量的优秀题材和作品之外,他还写有历史小说和幽默讽刺小说。历史小说数量不多,相对出色的是《耶路撒冷的故事》("A Tale of Jerusalem",1832)、《陷坑与摆钟》("The Pit and the Pendulum",1842)、《与一具木乃伊的谈话》("Some Words with a Mummy",1845)、《斯芬克斯》("The Sphinx",1846)等。然而,幽默讽刺小说则数量众多,在其短篇小说总数中约占三分之一左右。但和上述那些脍炙人口的佳作相比,这一类作品无论是在艺术性、趣味性,还是在精彩性方面,都逊色不少,远不如上述名篇那么广受欢迎。这些作品中,相对比较优秀的有《生意人》("The Business Man",1840)、《千万别和魔鬼赌你的脑袋》("Never Bet the Devil Your Head",1841)、《欺骗是一门精密的科学》("Diddling",1843)、《眼镜》("The Spectacles",1844)、《森格姆·鲍勃先生的文学生涯》("The Literary Life of Thingum Bob,Esq.",1844)等。

法国著名的政治科学家、史学家、《论美国的民主》(*Democracy in America*,1835,1840)一书的作者德·托克维尔(Alexis de Tocqueville,1806—1859),在论述美国大众的阅读兴趣和阅读口味时曾说:"他们喜欢通俗易懂、流畅优美的作品,尤其喜欢出人意料的新奇事件,他们一贯过的是单调沉闷、追求温饱的生活,因此需要强烈活泼的情感,意想不到的发展……只要能刺激他们,让他们沉醉其中就行。"[①]爱伦·坡的小说正好迎合了这种需求和期待。他一直奉行这样一个艺术效果论,或曰创作原则,即文学创作要通俗,应以娱乐为目的,切忌说教,也不要设法给人以什么道德启迪。他的小说无一不是在这一思想指导下创作出来的,没有一篇不是通俗的,也没有一篇不是具有很强的娱乐性的。这一特点使得爱伦·坡的作品跨越了时空界限,不管在什么时代,都能吸引无数的读者。如今,这些作品已从通俗演变为经典,雅俗共赏,充分体现了世俗性和娱乐性是人类天性和共性的特点,从而成为世界文学中的奇葩。

---

① 德·托克维尔:《论美国的民主》,董果良译,北京:商务印书馆,1997年,第567—569页。

第 三 节
纳撒尼尔·霍桑：人性恶的揭示者

　　19 世纪的美国文学以其浪漫主义闻名，而这一文学中最重要的作家可能首推纳撒尼尔·霍桑了，至少可以说他是最伟大的浪漫主义作家之一。他五部不朽的长篇名著，如《红字》(*The Scarlet Letter*，1850)，百余篇家喻户晓的短篇小说，如《小伙子布朗》("Young Goodman Brown"，1835)、《教长的黑面纱》("The Minister's Black Veil"，1832)等，坚实地奠定了他的这一文学地位。他作品中表现出的丰富的想象、严谨的结构、细腻的心理分析、娴熟的象征手法、灵动的意象、深刻的寓意、浪漫的情怀等，无一不对后世作家们产生了巨大影响，尤其是他对"原罪""本罪"和人性恶的揭露和鞭挞，更是达到了几乎无人可及的地步，使读者的心灵产生了强烈震撼。爱伦·坡盛赞他的作品是"属于艺术的最高层次，对美国文学的发展作出了巨大贡献"[①]，赞美"他是我们国家孕育出的屈指可数的几位具有无可争辩之天才的作家"[②]。人们普遍认为，美国文学是因为有了霍桑才开始走向成熟的。

生平传略与创作成就

　　纳撒尼尔·霍桑出生于马萨诸塞州塞勒姆镇的一个清教徒世家，祖辈是法官，参与了著名的 1692 年塞勒姆镇驱巫案的审判，排挤、打击、迫害与清教徒一起漂洋过海来到新大陆的教友派(又称贵格会)信徒。霍桑一直觉得这是件有损名誉的事，视之为家族的奇耻大辱，在心里铸下了人性恶的深深烙印，对他的思想产生了毕生的影响。为了撇清与耻辱家族的关系，二十多岁时他在自己的姓氏里加了一个字母"W"，以示跟"Hathorne"家族撇清关系。后来，他在不同场合多次谴责这种不光彩的行为，批判清教的排他性，如在《红字》的前言中，在《带有七个尖角阁的房

---

　　① 罗伯特·E·斯皮勒：《美国文学的周期》，王长荣译，上海：上海外语教育出版社，1990 年，第 64 页。

　　② Brenda Wineapple，*Hawthorne: A Life*．New York：Random House，2004，p.93.

子》("The House of the Seven Gables"，1851)里等。

霍桑四岁时,担任船长的父亲在航海中死于猩红热。他由母亲抚养成人。母亲对他管教甚严,在很大程度上压抑了他个性的健康发展,使他养成了一种腼腆、胆怯的性格,不善交往,喜欢孤独,耽于幻想。胆怯、孤独的霍桑迷上了书籍,常常一个人徜徉在书的海洋里。斯宾塞的《仙后》、弥尔顿的诗歌、班扬的《天路历程》,等等,都是他百看不厌的读物。他对作品中的清教主义思想特别感兴趣。内向的性格、爱好读书的习惯、耽于思考的秉性、热衷于清教思想,这些对他后来走上文学创作道路、对其创作思想和创作风格的形成和发展,都产生了不可小觑的影响。

读大学时,霍桑与朗费罗结下了深厚的友谊。大学毕业后,他便开始了创作生涯。初试长篇小说,并没有引起关注,随后他开始尝试短篇小说,写出了"乡土故事"《我的亲戚,莫里纳少校》("My Kinsman，Major Molineux"，1832)、《罗杰·马尔文的葬礼》("Roger Malvin's Burial"，1832)和《小伙子布朗》。这些作品后来收录到《古屋青苔》(*Mosses from an Old Manse*，1846)里,获得了读者和评论界的广泛好评,尤其是《小伙子布朗》,更是赢得了一片赞美声,成为霍桑短篇小说最优秀的代表。后来,他陆续创作了许多短篇小说,投向各种不同的杂志、年鉴等。遗憾的是,这些小说反响平平。这时,一个名叫霍雷肖·布里奇(Horatio Bridge，1806—1893)的出版商慧眼识才,在 1837 年将霍桑的小说汇集成册出版,取名《重讲一遍的故事》,霍桑由此立刻成为当地家喻户晓的人物。这部集子与《古屋青苔》齐名,其中不乏名篇佳作,如《教长的黑面纱》等。

1842 年霍桑娶索菲亚·皮博迪为妻,这是一段十分美满的婚姻。夫妻俩情投意合,相亲相爱,共同度过了甜美的婚姻生活。霍桑爱称妻子为"鸽子",寓意美丽、纯洁。他深情地说,妻子"是我唯一的伴侣;其他伴侣我一个也不要——我脑海里已经没有空间,心里也没有余地容纳别人了……她的心胸那么宽广,令我十分满足,感谢上帝"①。索菲亚对丈夫也是敬仰有加,对其出众的才华深感自豪,对其创作的作品钦佩不已。她在日记中写道:"他的作品那么丰富、那么深刻,充满了璀璨的瑰宝,我总是为之目眩,又感到困惑,所以我总是期盼着再读一遍,这样我可以认真思

① Philip McFarland，*Hawthorne in Concord*. New York：Grove Press，2004，p.87.

考,充分吸收其中的真知灼见。"①

1836 年,霍桑到海关工作,但不久便离职。1846 年,他又回到那里工作,接着在美国超验主义运动中心、马萨诸塞州东北部的古老小镇康科德买下一座古宅,与 19 世纪一批伟大的作家,如爱默生(Ralph Waldo Emerson,1803—1882)、梭罗(Henry David Thoreau,1817—1862)等人为邻。1848 年,他在那儿又巧遇麦尔维尔,两人随即成为好友。麦尔维尔对霍桑很是欣赏,对其作品赞不绝口,对《古屋青苔》给予了很高的评价,以至于他在自己最重要的作品《白鲸》(Moby Dick,1851)的扉页上写道:"为了表达我对纳撒尼尔·霍桑这位天才的敬仰之情,谨将此书献给他。"②霍桑对麦尔维尔的创作也是非常赞赏,极力颂扬。在海关工作没多久,他就离开那儿,开始了著名的长篇小说《红字》的创作。这部小说取得了巨大成功,极大地提振了霍桑的信心,他决定做一名职业作家,全身心地投入到文学创作中。

1853 年,美国总统皮尔斯任命霍桑为美国驻英国利物浦领事。这是一份十分体面而又高贵的工作,其重要性仅次于美国驻英国大使。由此可见,皮尔斯总统对霍桑是多么的赏识。1857 年离任后,霍桑侨居意大利,继续创作。1860 年返回美国后,他定居康科德,专心写作。美国内战爆发时,他和自己的出版商威廉·蒂克纳(William Ticknor,1810—1864)结伴去华盛顿,有幸见到了林肯总统。这时,他的身体越来越差,胃部时常疼痛,创作受到很大影响。他坚信,旅游有助于增强体魄,有益于恢复健康,所以在 1864 年和好友皮尔斯结伴旅游。由于久病不愈,霍桑于 1864 年 5 月 19 日在旅行途中不幸去世,被安葬在康科德的睡谷公墓。著名诗人朗费罗亲自赋诗悼念,表达哀思。好友爱默生悲痛万分,对霍桑长期遭受疾病的折磨深为同情,对他的文学才华深表钦佩。

创作思想及艺术风格

霍桑一生和清教主义有着千丝万缕的联系。他出生于清教徒世家,接受的是清教主义教育,生活的新英格兰地区也弥漫着浓厚的清教氛围,尤其是当时在新英格地区具有重要影响的加尔文教教义,等等,因此他的

---

① Sophia Hawthorne, *Journal of Sophia Hawthorne*. January 14, 1851. New York: Berg Collection NY Public Library.

② James R. Mellow, *Nathaniel Hawthorne in His Times*. Boston: Houghton Mifflin Company, 1980, p.382.

生活和思想无不打上了深深的清教主义印记。清教主义已经成为扎根于霍桑灵魂深处的一个文化原型。它既是宗教信仰，又是伦理价值观，给霍桑带来的是强烈的罪恶感，其"人性恶""完全的堕落"等教义，对他影响甚深。清教徒偏执、残忍，无情地摧残人性，又使他对清教主义产生了深深的厌恶。此外，加尔文教对他也产生了巨大影响，其"原罪""本罪"和"内在的堕落"等思想对他的人生和创作都影响甚大。当时的新英格兰地区，宗教气氛十分浓厚，加尔文教教义对人们，尤其是对知识分子的影响无处不在，正如麦尔维尔所说："霍桑描写黑暗的巨大力量，是由于受到加尔文教教义关于与生俱来的堕落与原罪思想的影响，没有一位思想深邃的人能完全永远地摆脱这种思想以这种或那种形式产生的影响。"①霍桑深信，因为有"原罪"，所以有人性恶，恶是人的本性，恶与人类形影相随、伴其终生。世上万恶皆源自心中之恶，人心乃万恶之源，世上的一切不合理现象均来自人类始祖犯罪遗留下来的"原罪"以及人类今生所犯的"本罪"。而就"原罪"和"本罪"而言，在霍桑看来，"原罪"固然始于人类始祖的堕落，但人性恶更多的是人类后来自身的本性导致的，也就是说，人类的"本罪"远远超过"原罪"，从而导致人性恶。霍桑在《小伙子布朗》里说："罪恶是人类的天性，罪恶才是你们唯一的欢乐。"外部世界，罪恶随处可见，但他更相信，人的内心深处，更是恶贯满盈。人心之所以充满罪恶，人性之所以扭曲变形，霍桑认为，很大程度上都是宗教造成的，是宗教压抑了人性，禁锢了人性，摧残了人性。人性毁了，人心自然就丧失了准则、丧失了道德、丧失了前进的指南。

霍桑同时坚信，导致人性恶的还有突飞猛进的工业革命和飞速发展的科学技术。工业革命的进步给人们的物质生活带来了史无前例的变化，但这些变化也包括道德沦丧、精神世界受到摧残。它破坏了自然、破坏了和谐、破坏了人与人之间的正常关系，给人类的心灵造成了巨大压力与伤害，严重扭曲的人类精神世界变成了荒芜蛮夷的沙漠，人性越变越邪恶。因此，霍桑对工业发展始终抱着怀疑、否定的态度。这种态度在他的小说里展示得清清楚楚，比如《拉伯西尼医生的女儿》（"Rappaccini's Daughter"，1844）。大脑是智力的源泉，心灵是情感的发祥地，霍桑总是将它们对立起来，表现善恶冲突。这种对立和冲突成为其小说的一个重

---

① 埃默里·埃利奥特：《哥伦比亚美国文学史》，朱伯通等译，成都：四川辞书出版社，1994 年，第 366 页。

要特点。

　　霍桑看世界，看人生，看芸芸众生，好像不是戴着墨镜，就是戴着黑色面纱。这样放眼望去，他看见的自然是一片黑暗，恶多善少。他认为"本罪"是人心的污点，而且这种污点还在不断扩大。为此，他将毕生的精力都投入到不懈地探索"原罪"和"本罪"的各种表现形式及其产生的严重后果之中，并以此作为创作的使命。对此，他曾直言不讳地说："我首先注意事情最阴暗的一面，彻底观察后，我开始逐步考虑这些事情对人有什么裨益，以此求得安慰，这般艰苦地前进下去，我便看到了身边的亮光。"[①]能够在黑暗中看到亮光，或者让亮光出现，说明霍桑对人类还没有绝望，对人性还抱有希望。那么，怎样才能把人类从罪恶中拯救出来呢？他认为，唯一有效的方法就是采用人道主义的救赎方式，即赎罪忏悔、良心回归、宽容博爱，通过善行和自行忏悔洗刷罪恶，净化心灵，彰显人性之善，弘扬人性之美。霍桑坚信，只有这样，人性、道德、灵魂乃至整个人类才能得到拯救，人性恶才得以消除，灵魂的罪恶才能得到洗涤，道德的沦丧才能得到修正、完善。他在创作中不遗余力地挖掘人性的罪恶，然后又通过人道主义的救赎方式对人物进行自我拯救，形成了他小说创作的一大特色，准确而清晰地演绎了自己的人生观和创作思想。

短篇小说创作

　　说起霍桑，人们首先想到的往往是《红字》。殊不知，当初创作这部杰作时，他并没准备写一部长篇，而是打算写一则短篇小说。在出版商的建议下，他改变了主意，将其改写成长篇。霍桑最初是从短篇小说起家、以短篇小说创作著称于世的，创作长篇小说，直至取得辉煌成就则是后来的事。霍桑的短篇小说，在狭小的空间里，以绚丽、优美的文笔，精巧、含蓄的行文，令人瞠目、震惊的内容，驰骋、浪漫的想象，向读者展现了如同长篇小说《红字》一般广阔的视域和强烈的心灵震撼。他创作的数以百计的短篇小说，题材众多、内涵丰富、构思奇特、情节曲折、形象鲜明、寓意深刻。然而，不论这些作品多么丰富多彩，揭示人性的罪恶是他所有作品的共同特点，揭露人类灵魂的丧失、人性的堕落、道德的沦丧是他所有小说亘古不变的主题，所不同的只是揭露的程度而已。霍桑毕生的创作都是在为这一思想做脚注。

---

　　①　兰德尔·斯图尔特：《霍桑传》，赵庆庆译，上海：东方出版中心，1999年，第273页。

霍桑的短篇小说具有浓郁的浪漫主义色彩。他通过想象，从历史中撷取素材，创作了大量借古喻今，警示世人的历史传奇小说。这些浪漫传奇带有鲜明的寓言色彩，浓厚的象征主义和心理分析特征，其风格简洁、明了，格调压抑、哀伤，发人深思，与主题相得益彰。美国诗人惠蒂尔（John Greenleaf Whittier，1807—1892）称赞他的作品有一种"奇特、细腻的美"①。霍桑的短篇小说众多，汇集成的故事集不下10本。除了《古屋青苔》和《重讲一遍的故事》，还有《祖父的椅子》(*Grandfather's Chair*，1840)、《名人轶事》(*Famous Old People*，1841)、《自由树》(*Liberty Tree*，1841)、《历史与传记故事演义》(*True Stories from History and Biography*，1851)、《老少皆宜童话集》(*A Wonder-book for Young and Old*，1851)、《雪景及其他重讲一遍的故事》(*The Snow-image，and Other Twice-told Tales*，1852)、《少儿童话集》(*A Wonder-book for Girls and Boys*，1852)、《探戈林故事集》(*Tanglewood Tales*，1853)、《多利弗传奇故事集》(*The Dolliver Romance and Other Pieces*，1876)、《白山巨石脸故事集》(*The Great Stone Face and Other Tales of the White Mountains*，1889)等。

《重讲一遍的故事》

霍桑创作的故事集众多，不过最有名、文学价值最高的还是《重讲一遍的故事》和《古屋青苔》。这些故事虽然文学价值不同，但都有一个共性，即表现人性罪恶，而且主色调均是黑色。用麦尔维尔评价《古屋青苔》的话说，这些小说揭示了人性非常阴暗的罪恶面，每一篇"都笼罩在黑色之中，伸手不见五指的漆黑之中"②。这浓浓的黑色不仅弥漫在生活中，而且厚厚地笼罩着人的内心，压抑得让人喘不过气来。美国作家、哲学家威廉·钱宁（William Channing，1810—1884）也持有同样的看法。他说，霍桑"是深深地浸泡在悲剧的水域里进行洗礼"，他的作品漆黑一片，偶见"宁静的光明"，但其亮度还不及"灰暗的黄昏"③。

《重讲一遍的故事》的出版在很大程度上要归功于布里奇。霍桑的这

---

① Philip McFarland, *Hawthorne in Concord*. New York：Grove Press，2004，pp.88 - 89.
② James R. Mellow, *Nathaniel Hawthorne in His Time*. Boston：Houghton Mifflin Company，1980，p.335.
③ Sterling F. Delano, *Brook Farm: The Dark Side of Utopia*. Cambridge，Massachusetts：The Belknap Press of Harvard University Press，2004，pp.233 - 234.

位朋友鼓励他把以前匿名写的一些小说整理成集,并主动出资 250 美元,帮助他出版发行。集子出版后,读者开始关注他,他也因此有了一些知名度。这时,布里奇才在报纸上发表评论,向世人公布作者的真实身份。该故事集的标题取自于莎士比亚的历史剧《约翰王》(*The Life and Death of King John*,1623)中的一句话:"生活索然无味,犹如重讲一遍的故事。"①人们评价这些小说犹如一朵朵"露水洗礼过的玫瑰"②。朗费罗在《北美评论》(*North American Review*)上发表长文,对该小说集给予了热情洋溢的高度评价,对其中的小说《温顺男孩》("The Gentle Boy",1839)尤为喜爱,认为是霍桑"创作的最好的小说"③。

《教长的黑面纱》

《重讲一遍的故事》中收录了不少脍炙人口的作品,其中最有名的首推《教长的黑面纱》。这是一篇寓言式的故事,描写的是一位名叫帕森·胡珀的教长戴上黑色面纱之后所发生的故事。一天,康涅狄克州南部城市米尔福德的教长胡珀戴着黑色面纱,将整个脸罩得严严实实,来给教徒布道。大家惊讶不已,有人说他疯了,有人说他藏有不可告人的罪恶,借此掩盖。教长对此始终缄默不语。胡珀是个精力充沛、布道很有感染力的人,可自从戴上黑纱后,教徒觉得他的布道变得有些哀伤、神秘。尽管人们对此充满了疑惑、惊愕和不解,胡珀依然我行我素,继续参加各种宗教活动。第二天,他参加了一个葬礼,给一位刚刚去世的姑娘诵经送葬,晚上又戴着黑纱出席了一场婚礼,喜气洋洋的宾客惊恐不已,新娘吓得全身颤抖。敬酒时,他看见杯中自己的倒影,也吓得全身哆嗦,拔腿而逃。村民们劝他摘下面纱,均无功而返,未婚妻伊丽莎白也出面相劝,同样无果。他说,黑色面纱是个象征,他必须日夜戴着,以确保面容不让任何人看到,即便是未婚妻也不例外。失望之极的未婚妻要和他分道扬镳。教长请她不要抛弃他,因为黑纱背后的他其实非常孤独。忍无可忍的伊丽莎白最终还是弃他而去。不仅如此,镇上的人对他也是避之唯恐不及。他痛苦万分,但依然不改初衷,坚持戴着面纱,直到生命的最后一刻。即使是在这个时刻,克拉克教长要帮他揭去面纱时他还是拼命反抗。他遣

---

① Brenda Wineapple, *Hawthorne: A Life*. New York：Random House, 2004, pp.92 - 93.

② Ibid., p.93.

③ Edwin Haviland Miller, *Salem Is My Dwelling Place: A Life of Nathaniel Hawthorne*. Iowa City：University of Iowa Press, 1991, p.43.

责大家为什么总是躲避他、害怕他，不理解、同情他。他说大家都是伪君子，其实"每一张脸上都戴着一块面纱"。说完，他便离开了人世。人们安葬他时，依然没有揭去面纱。

毫无疑问，黑面纱是小说的中心意象，一切都围绕着它展开、发展和结束。小说自始至终围绕教长为什么要戴面纱这个问题。这一问题牵挂着镇上每个人的心，成了他们生活中挥之不去的心结。然而，作者的真正意图并不是要设法回答这个问题，而是要通过面纱展现人们对他的反应，描写大家的各种猜疑和恐惧。人们揣测，教长一定是犯下了什么不可告人的罪行，借此掩盖内心的罪恶。小说始终呈现的都是这样的内容。然而，这种描写的背后隐藏着的是作者更重要的意图，那就是人们在猜测教长很可能犯罪的同时，忽略了自己同样也戴着一块隐形的黑色面纱，内心里同样隐藏着各种罪恶。人们对待教长的态度清楚地证明了这一点。他们困难时总是向教长求救，教长也是有求必应，而他们幸福的时候却从未想到教长。教长只是戴了一块面纱，大家就胡乱猜疑，视其为不祥之兆，避之唯恐不及。痛苦的教长仰天试问："所有的男人对我敬而远之，女人对我没有丝毫的怜悯之心，孩子们一见到我就尖叫着躲开，难道这仅仅是因为我戴着黑纱吗？难道它所代表的模糊的神秘真的那么可怕吗？"由此可见，人们是多么的市侩、虚伪。殊不知，教长和镇民的关系是宗教和教徒的关系，教长是上帝的使者，镇民们对教长的这种态度清晰地表明，他们对自己的信仰是多么的不坚定，对宗教、对上帝是多么的不忠诚。这难道不是一种罪过吗？即便不从教长和教徒的角度来定位他们的关系，而是从最简单的人与人的关系来观察镇民们的表现，读者也会发现，胡珀是被镇民们孤立起来的，在他备感孤独、痛苦的时候，镇民们没有去关心、帮助他，而是竭力躲避他，没有给他送去应有的、最起码的、哪怕是一丝的人性关怀。作为教长，胡珀要不停地聆听教徒们的各种忏悔，其内心已经承载了广大教徒倾诉出的各种罪恶。教长竭尽所能，为教徒们承受着这些罪恶，作出了巨大牺牲。面戴黑纱很有可能就是他内心在为教徒们承受罪恶的外化表现，是在替教徒承受罪恶。由此想象，面纱背后的教长背负着一颗多么沉重的心，忍受着多大的折磨，失去了多少快乐。黑色面纱挡住了阳光，挡住了外面的生活，挡住了众人的交情，给他带来的只是孤独、痛苦、煎熬。教长这么做，好似耶稣身披十字架在为天下众生受难一般，他成了一个赎罪祭，以自己一个人的痛苦来拯救世人。面对教长的自我牺牲，教徒们没有正确理解，更没有表现出应有的敬仰之情。看到教长罪恶外化表现的黑色面纱时,他们把目光都集中到了教长身上,却忽略了自己内心的罪恶,似乎觉得自己比教长清白、纯洁。其实,教长最后隔着黑面纱大声说出的一席话揭出了真相:"啊,我环顾四周,每一张脸上都蒙着一层黑面纱!"黑面纱背后是一片黑暗,是人们内心的各种罪恶,只是人们不愿正视、承认罢了。从这个意义上讲,教长脸上的黑纱犹如一面镜子,让镇民们都意识到自己的罪恶。人们与教长接触越多,就越容易意识到自己的罪恶,感觉就越不舒服。[①] 因此,看见教长、看见黑面纱,他们就想到自己的罪恶,自然不愿见到戴着黑色面纱的教长了。

这篇小说具有很多鲜明的特点,这些特点也是霍桑小说的特色。首先,背景取自清教色彩浓厚的新英格兰地区,时间是发生在 18 世纪。这样的背景为作者探索罪恶这一主题提供了很好的创作便利。其次,小说采用寓言手法,带有说教口吻,试图给人以道德启迪。再次,使用不确定的表现手法,赋予小说更深刻的内涵、更丰富的想象、更多不同的解读。黑纱是不确定手法表现的一个突出例证。教长为什么要戴它,小说始终没有予以解答,从而触发各种猜测,但没有一种猜测是确定的。再比如黑纱代表什么,作者也没有给予明确交代。而这种不明确的模糊性反而极大地拓宽了意象能指的范围,使其内涵更加丰富。还比如,使用不可靠的叙事者,使得人们对其可信度及其叙述的可靠性产生怀疑。最后,作者成功地使用象征手法,极大地提高了小说的表现力,丰富了作品的主题。最突出的象征便是黑色面纱。黑色通常与罪恶紧密相连,而面纱显然是遮挡罪恶的屏障,黑色面纱象征罪恶便是再恰当不过的解读,它展现了人性恶,揭示了所有人的"原罪"[②]。胡珀戴着它,是自己内心罪恶的外化表现。实际上,每一个人心灵都蒙着一块看不见的黑纱,不敢面对自己的心灵及其罪恶,不敢面对世人,更不敢面对上帝。教长敢于将这块黑纱暴露在外,显示了他的坦诚、勇气以及对上帝的敬仰。他虽然没有得到镇民们的理解,但是他却能够直面自己、直面上帝,不仅拯救了自己,也拯救了镇民。黑色面纱深刻的象征寓意正在于此。

《温顺男孩》

表现人性恶同样是《温顺男孩》的重要主题。这篇小说深得朗费罗的

---

① Robert E. Morsberger, "Minister's Black Veil," *New England Quarterly* 46.3 (1973), p.455.

② Ibid.

赏识，也得到了其妻妹伊丽莎白（Elizabeth Peabody，1804—1894）的高度赞扬，被她誉为"大家之作"①。该作同样取材于历史，描写的是清教徒移民美洲初期如何残酷打击、迫害教友派的可耻行径，表现了清教徒残酷、偏执的本性，缺乏宽容、心胸狭隘的劣根性，尤其是深藏于内心的"原罪"和"本罪"。清教徒之所以如此，是因为他们认为清教是新英格兰的唯一神教，而其他教均为异教。因此，清教徒要肃清所有异教，使清教成为唯一合法的正教。而在肃清过程中，清教徒内心固有的恶的人性被肆无忌惮地释放了出来，充分表现了人性恶的丑陋与残酷。教友派不幸沦为他们无端迫害的对象。当然，清教徒的迫害之所以能够得逞，并且还能持续那么长时间，除了清教徒自身的残酷本性以外，教友派的信仰也起到了一定的推波助澜作用。教友派一向信奉殉道精神，把人生的苦难和清教徒的迫害，看做是对自己意志和信仰的磨炼与考验，因而心甘情愿受难，并且还引以为豪。《温顺男孩》反映的正是清教徒迫害教友派的这段历史。

易卜拉欣一家的遭遇就是这段历史的典型例证。易卜拉欣的父母都是虔诚的教友派成员，清教徒对他们大肆迫害，先是将他的父亲残酷处死，接着又逼迫他的母亲到荒无人烟的野外过苦行僧般的生活，就连幼小的易卜拉欣也未能逃过迫害。见他无依无靠，德高望重、富有同情心的清教徒皮尔森主动关心他，给他送去父爱和家庭温暖。然而，这一举动立刻招来清教徒们的一致谴责和辱骂，遭到他们的排挤与孤立。皮尔森十分痛苦，对清教主义产生了严重怀疑。他决定退出清教，加入教友派。

作者在展示清教徒们对成人的迫害之后，又描写他们如何迫害纯洁、温顺的孩子，揭示人性的邪恶。易卜拉欣孤苦伶仃，没有玩伴。一次，一个男孩在他家附近摔伤，皮尔森太太把他接到家中疗养，渴望伙伴的易卜拉欣整天陪伴男孩，照料他，和他玩耍。男孩似乎被他的热情和帮助所打动，他也以为男孩接受了他的友情。然而，当他后来在外面碰到这位朋友及其伙伴们而微笑地走过去时，那些孩子像是看见了恶魔，他们从父辈那里秉承而来的邪恶本性立刻暴露出来，一面发出可怕的尖叫声，一面像疯子一般冲过来对他拳打脚踢，还不时地用石头砸他，用棍子打他，场面十分暴力、可怖。易卜拉欣没有想到的是，他的那位"朋友"不仅不帮他，反而扬起手中的拐杖劈头盖脸地打他。顿时，他血流如注。不一会儿，小小年纪的他就这样

---

① Lea Bertani Vozar Newman, *A Reader's Guide to the Short Stories of Nathaniel Hawthorne*. Boston: G. K. Hall & Co., 1979, p.129.

离开了人世。作者无限同情地说："世上没有哪个人能像这个可怜的、伤透了心的孩子一样，天真而又痛苦，这么快就成了他美好天性的牺牲品。"性格温顺、渴望友情、为人真诚的易卜拉欣，犹如一朵含苞待放的花儿，还没绽放，就被扼杀了。他们如此残暴，仅仅是因为易卜拉欣是教友派而不是清教徒的孩子。更让人惊骇的是，毒打他的不是成人，而是一帮本该天真纯洁的孩子。他们从父母那里遗传了"原罪"，继承了罪恶的人性，其残忍毫不逊色于他们的父辈，其"本罪"同样令人瞠目，这正是清教信仰的可怕之处。他们的表现足以证明：人性实在太恶！作者深感这样的人性不可能在短时间内逆转，清教徒只有采取"更宽容的基督教精神……对待教友派"，人性恶才有可能得到一定的遏制。这是小说留给世人的启示。

在霍桑的短篇小说中，人们对这一篇的评价分歧很大。有人赞不绝口，如上述的朗费罗、作者的妻妹等，也有人不屑一顾，比如亨利·詹姆斯，他批评故事过于冗长、拖沓，缺乏短篇小说应有的简洁、紧凑感。尽管人们的态度大相径庭，但有一点毋庸置疑，即《温顺男孩》具有深刻的历史意义，又具有强烈的道德启示，更有对人性恶的清醒认识，其文学价值一目了然，无可辩驳。

《古屋青苔》

与《重讲一遍的故事》相比，霍桑的第二部短篇小说集《古屋青苔》受到读者的关注更多，其知名度和吸引力也更大，因为该集收录的小说名篇众多，影响更大，比如《罗杰·马尔文的葬礼》《小伙子布朗》《胎记》（"The Birth-Mark"，1843）、《拉伯西尼医生的女儿》等。与作者的其他小说一样，这些作品大多也是寓言故事，都带有浓郁的清教色彩，表现的均是人性的阴暗面，人性的罪恶，人的"原罪"和"本罪"。

《罗杰·马尔文的葬礼》

《罗杰·马尔文的葬礼》叙述的是 1725 年"洛弗尔战役"中的两位幸存者——年迈的罗杰·马尔文和年轻的鲁本·伯恩两人的故事。战争结束后，这一老一少踏上回乡之路。两人都身负重伤，在林中跋涉几天后，罗杰实在支撑不住。为了不拖累鲁本，老人要鲁本不要管他，否则两人都会死在那儿。小伙子虽然不愿意，但经不住老人的劝说。老人要小伙子回去后将实情告诉他的女儿多尔卡丝，并娶她为妻，同时恳请小伙子回来安葬他。到家后，小伙子担心多尔卡丝责怪他撇下她父亲，因而没有如实相告，而是谎称已把她父亲妥善安葬。人们对鲁本的所作所为大加赞赏，多尔卡丝也十分感激，同意嫁给他。他娶了她，还继承了她家的农场，一切都很顺利、幸福。可一想到老人和女儿这么真诚地待他，他却隐瞒实情，鲁本一直十分内疚，备受煎熬，性格变得孤僻、怪异，很难相处。18年后，他的家业因此败落。穷困潦倒的他只好带着家人去垦荒。森林中，鲁本带着儿子去打猎，竟意外地射杀了自己的儿子。他惊讶地发现，儿子被杀的地方正是多年前他撇下老人的地方。他终于兑现诺言回来了，只是兑现的方式太过残酷，令他始料未及。

显然，小说的核心主题是负罪。作者紧扣这个主题，反复描写负罪之下的鲁本如何备受折磨。他后悔没有留下来和罗杰共患难，没有回去掩埋他的尸体，他谴责自己撒谎。这一连串的责难在他心里形成了沉重的罪恶感，使其性格变异，人格变形，既影响了他和妻子的幸福生活，又导致他经营农场失败，更使他精神崩溃。通过这些描写，作者展示鲁本的心理，揭示他隐秘的罪恶，呈现他在面临选择时内心的挣扎、在寻求救赎时内心的痛苦。小说心理描写十分细腻，极大地丰富了人物形象。人们普遍认为，该小说是现代心理分析小说的启蒙之作，现代作家对此尤为欣赏。

除了心理分析，小说情节的设计也是一大特色，极具艺术性。它犹如一个圆，始于林中，终于林中。对于这样的设计，人们有不同的解读。有人认为纯属巧合，有人觉得是命中注定，还有人相信是鲁本内心的巨大压力、沉重的负罪感不知不觉间把他引到了那儿，是其潜意识所为。最后一种解释显然更符合故事的内容，与鲁本的性格发展更吻合，可信度也更高。对于鲁本误杀儿子，人们的看法更是千差万别。有人认为纯属意外，也有人相信是鲁本心理紊乱所致。从某种意义上讲，鲁本杀死儿子，就是杀死负罪的自我。不管出于何种原因，这一悲剧的发生就是鲁本赎罪的表现，是不可避免的，不是以这种悲剧形式出现，就会以别的方式发生。对于他该不该撇下罗杰独自离开，该不该背上沉重的负罪感，人们争议最大。但不论是该还是不该，对于鲁本而言，关键是他在心里已经决定离开了。决定一经做出，负罪感便油然而生。即便选择没什么过错，"但他仍然深深体验到一种巨大的精神恐惧，那正是对犯下隐秘罪行的人所给予的惩罚"。想到要娶多尔卡丝，他备感幸福，而这种幸福是以罗杰的生命为代价的，负罪感更加沉重。重压之下，他不敢说真话，罪恶感愈发强烈。不停的自责，不断的自我惩罚，导致鲁本异常渴望能从罪恶中救赎出来。整篇故事始终紧扣鲁本的内心痛苦进行演绎。作者以此告诫世人：面对生存困境、人性罪恶、内心惩罚，人们必须正视，真诚忏悔，积极赎罪，这样方可得到拯救。

《小伙子布朗》

人性恶、人性虚伪在《小伙子布朗》中展示得更为充分。这篇小说被普遍认为是思想性和艺术性完美结合的典范，是作者最重要的短篇小说，代表了霍桑短篇小说的最高成就。

黄昏时分，住在萨勒姆镇上的善良小伙布朗吻别新婚妻子费丝，出门参加聚会。妻子劝他晚上不要把她一个人撇在家里、第二天再去，可他不肯。妻子依依不舍，只好目送丈夫上路。布朗是应魔鬼之邀，深更半夜去林中参加一个秘密聚会。他没有把实情告诉任何人，就连对妻子也守口如瓶，因而内心有一种负疚感。他无法抗拒引诱，执意应邀去和魔鬼相见。一路上，他忐忑不安，犹豫不决。来到黑暗无边的森林深处时，他惊讶地发现，偷偷赶来赴约的人黑压压的一片，远不止他一个，既有平日里位高权重、德高望重的人，比如威严无比的总督、受人爱戴的教长、令人敬重的州议员、闻名遐迩的社会名流、地位显赫的达官贵人、阔绰的州长夫人、高贵的太太、名流之妻、贞洁少女，又有淫棍、荡妇、坏人、小人、恶少，还有他的祖先、父母，甚至连费丝也赫然在列。大家齐聚一堂，纷纷向魔鬼宣誓效忠。他心目中的"好人"悉数到场，完全出乎他的意料，令他目瞪口呆。这里，好人与坏人并肩，圣人与罪人为伍，善恶不分，好坏无异，他对世人的看法被彻底颠覆了。第二天早晨，他在林中醒来，不知道昨晚发生的事情是不是一场梦。回到镇上，他看见昨晚参加聚会的人，比如教长，一个个又都像往常一样，一本正经，俨然一副正人君子的模样，聚会好似未曾发生。他们又恢复了生活中的原型，布朗深受刺激，对人性的认识瞬间发生逆转。从此，他像变了一个人似的，终日郁郁寡欢，萎靡不振，对一切都失去了信任，变得多疑，对谁都怀有戒心，对令人敬重的教长再也没有敬重之情，对热切盼望他归来的妻子也失去了热情。他终日生活在浑浑噩噩之中，对生活失去了信心，对宗教失去了信仰，人生失去了方向，用他自己的话说："我的信仰完了！"最后，他抑郁而死。

小说情节并不复杂，但正如麦尔维尔所说，它"像但丁一样深奥"[①]。

① Edwin Haviland Miller, *Salem Is My Dwelling Place: A Life of Nathaniel Hawthorne*. Iowa City：University of Iowa Press, 1991, p.119.

评论家沃尔特·希尔认为,这篇精悍的小说结构上主要由三个部分组成:第一部分是布朗在家中和村子里的生活,第二部分是布朗去林中赴约,像是进入了梦境一般,第三部分是聚会后布朗重回现实生活,然而躯体是回来了,但灵魂则发生了翻天覆地的变化,他已经不是以前的他了。① 第一部分内容比较少,主要是交代小说必需的时间、地点、人物、事件等必要元素,而第三部分则是交代聚会回来后布朗发生的变化。这两个部分都比较短,可以说是第二部分的铺垫和总结。最重要的是第二部分,这里是高潮,也是小说的精华所在。精彩从第二部分一开始就展开了。布朗踏上赴约之路时正值黄昏。作者浓墨重彩,大肆渲染气氛:夜色越来越浓,大地也越来越黑,道路两边"阴森森的树木遮天蔽日,挤挤挨挨,勉强让狭窄的小径蜿蜒穿过。人刚过,树叶又将小路封了起来,荒凉满目。而且,这荒凉凄清还有一个特点,旅人弄不清无数的树干与头顶粗大的树干后面会藏着什么……"这样的环境给人一种毛骨悚然的感觉,黑夜的降临,昏暗的大地,黑乎乎的森林,尤其是"林中充满了可怕的声响——树木吱吱嘎嘎,野兽嗷嗷嗥叫……"这番描写具有很强的寓意,作者显然是在刻意渲染恐怖气氛。约会之路如此让人生畏,随之而来的聚会一定是充满了惊悚。聚会确实让布朗吓了一跳,魔鬼的一席话更是惊得他目瞪口呆。魔鬼说:

> 你们以为他们比你们更圣洁吗?……今晚你们将了解他们不可告人的秘密……嗅出所有地方——教堂、卧室、街道、田野、森林等——的罪行。你们将欣喜地看到,整个大地充满了罪恶,到处是斑斑血迹。这还不够,你们将洞察每个人心中深藏不露的罪恶,看到一切罪恶的源头,发现人心险恶,恶念无穷……现在,我的孩子们,你们相互看看吧!

于是大家相互看了看。魔鬼又说:"现在该明白了吧,罪恶乃人类天性,罪恶才是你们仅有的欢乐……倘若再多看一眼,你们将发现对方是多么败坏的可怜虫,对自己的败露与发现又会多么害怕。"直到这时布朗才明白,原来每个人都是虚伪、堕落、罪恶的。卑微、猥琐的人如此,"高贵的""正

---

① Walter Shear, "Cultural Fate and Social Freedom in Three American Short Stories," *Nathaniel Hawthorne's Young Goodman Brow*n, ed. Harold Bloom. New York: Chelsea House, 2005, p.63.

派的"人也一样，无人例外。这一发现对布朗来说是一种顿悟。原本单纯、善良的他终于认识到，原来每个人的人性都是恶的。布朗终于认清了人性，从单纯走向了成熟。从更高层面上讲，人类终于看清了自我，认识到了自己的本质。这是作者通过布朗的心路历程试图给读者的启示。

霍桑认为，世间万物，每一种现象都是某种精神现象的表征，一切都有灵性，作家应该通过象征等手法，揭示客观事物隐秘的意义，思考这些象征事物背后的深刻含义。因此，霍桑十分爱用象征手法。象征是他强化主题的重要手段，是其小说的一大特色。在众多的象征意象中，最突出的就是男女主人公的名字。男主人公古德曼的英文是"Goodman"，意思是"好人，善良的人"。作者使用这个象征有两个明显的用意，一是表明布朗是个好人，与周围内心充满罪恶的人形成对比，另一个是连他这样的好人，内心居然也藏着罪恶，经不起魔鬼的诱惑。由此可见，内心罪恶的诱惑之大，他实在是难以抵挡。作者试图表明，这个世上根本就没有好人，更没有无罪之人。作为芸芸众生之代表的布朗充分证明了这一点，他的罪恶及其悲剧，是所有人罪恶和悲剧的缩影。这是该名字的寓意所在。布朗的姓"Brown"也别有一番意蕴。"Brown"原意是"褐色的"，是一种灰暗、模糊的颜色。小说通篇的主色调正是这种颜色，外部环境阴森可怖，人物内心抑郁难耐，始终给人一种压抑的感觉。该词还有一个解释，即"厌倦的"。厌倦可以说是布朗洞穿人性罪恶之后内心情感的真实写照。

而费丝，英文为"Faith"，意思是"信仰"，也极具象征意义。它象征着布朗长期以来形成的坚定的宗教、道德、社会等诸方面的信仰。然而，参加魔鬼聚会后，他对道德、宗教、人们的品德都产生了怀疑，自己的信仰也发生了动摇。这次经历将人的虚伪、堕落、罪恶瞬间一览无余地呈现在他的面前，人人都是如此，他最信赖的妻子，甚至他自己也不例外。聚会还让布朗看到，原以为无比神圣的宗教，原来都是伪善、骗人的；原本令人敬仰的机构，比如教堂，原来也是充满了龌龊和罪恶。作者使用这些抽象名词，不仅将人物的性格、思想都具体化了，同时还表现了强烈的对比和讽刺。对比的是人在不同场合下的两面性，尤其是在阴暗角落里的罪恶性；讽刺的是似乎道德都很高尚，实则道貌岸然，表面上纯洁善良，骨子里却充满了罪恶，整个社会看上去充满了对上帝的信仰，原来却崇魔拜鬼。表象与本质如此悬殊，震撼了布朗，更震惊了读者。读者看到了世人秘而不宣的堕落，也看清了自己藏而不露的罪恶。

林中的老人和拐杖也是罪恶的明显象征。正是这位老人带着布朗进入密林深处，他显然是罪恶的引诱者。"他身上最引人注目的却是一样东西，一根酷似黑蛇的手杖，精雕细刻，活脱脱一条扭来扭去的大蛇。"众所周知，蛇是恶的代表，蛇形拐杖不禁使人想起恶魔撒旦，而挂着这样拐杖的老者显然是邪恶的化身。罪恶引导单纯、好奇、内心又藏有恶的本能的布朗，从外部美好的世界走向了密林深处，走进了邪恶世界。

费丝的红丝带是另一个重要象征。这个意象贯穿了小说的始终，象征着天真与纯洁。布朗和费丝谈话时，它出现数次，既暗示他们火红的青春、热烈而又幸福的新婚，又寓意费丝如红丝带一样光洁、亮丽、质朴、纯洁。但是，布朗发现她也来聚会时，红丝带在他心中美好的意象顷刻间便化为乌有。其象征性随之也发生逆转，变成了鲜艳而残忍的罪恶。除了褐色和红色，作者还使用了其他不同的颜色，以达到象征的效果。黑色便是其中之一。这是霍桑最心仪的颜色，也是与罪恶联系最紧密的颜色。同其他小说一样，作者在这里也大量使用黑色，以营造神秘、恐怖的氛围，比如黑夜、黑黢黢的树林、像巨大黑蟒蛇一样的手杖、布朗头顶上的黑云，等等。作者描写大自然时，比如树林，使用最多的也是黑色。黑色和黑暗的树林成了魔鬼的象征。树林是魔鬼的势力范围，也是人类社会的暗指，寓意整个社会都笼罩在罪恶之中。作者把罪恶和黑森林紧紧地联系在一起，意在提醒世人：罪恶犹如大自然中的森林，是自然存在的，是不以人的好恶为转移的，是人的天性的组成部分。这些象征意象表现了霍桑对宗教和人性产生的困惑和感悟，展现了人性恶的主题。

《胎　记》

与《小伙子布朗》一样，《胎记》也是一篇情节简单的小说。一天，新婚宴尔的阿尔默在端详美艳绝伦的妻子乔治亚娜时，发现她脸上长着一块印记，顿时大惊失色。阿尔默是名科学家，被认为是科学和文明的代表。他觉得这块印记"是人间遗憾的明显标记"，如果不立即清除，印记会令他"愈来愈难以容忍"。他深信"这胎记是妻子难逃罪孽、悲伤、腐朽与死亡的象征"，是不祥之物，"它所造成的烦恼与恐惧，超过乔治亚娜善良心灵与美丽容貌带来的欢乐"。面对丈夫的这种态度，只要丈夫一凝视她，乔治亚娜就会"瑟瑟颤栗……红润的脸蛋立刻就变得死一般苍白"。她认为，胎记并没有影响她娇媚的面容，她甚至对丈夫说："说实话，人家都管这叫美人痣，我也自以为是呢。"然而，尽管她恋恋不舍，即便心有不悦，最终还是顺从丈夫，同意了。阿尔默立刻研制出一种消除印记的药水，让乔治亚娜喝下去。明知药水有危险，但为了丈夫，她还是毫不犹豫地对丈夫说："只要是你给我的药水，哪怕是毒药我也会一口喝下去。"不一会儿，药效便发挥作用。"那块胎记最后一点绯红的色彩——那人类缺陷的唯一标志——完全从她脸上消失"了，阿尔默欣喜若狂。可是，消除了胎记而变得完美无瑕的妻子，"向空中吐出了最后一口气。她的芳魂在丈夫身旁流连片刻，便飞向了天国"。胎记没了，人也没了。

这对主人公，性格极其鲜明，形象饱含深刻的象征意义。阿尔默是个科学家，为了追求乔治亚娜，宁愿放弃一帆风顺的科学事业，表现出执着的性格。他坚信科学能够改变自然规律，按照人类的意志重塑世界。这种信念铸造出强烈自信。执着和自信成就了他的事业，却也毁了他的生活。因此，这一性格，成也是它，败也是它。乔治亚娜则是自然的象征，像巧夺天工的大自然一样美丽动人，且温柔贤淑，对丈夫百依百顺。面对这样的自然杰作，娶到如此温婉的妻子，丈夫自然陶醉不已，但对于一向严谨、喜欢追求完美的科学家丈夫来说，再怎么杰出的作品，只要有瑕疵，哪怕是一丁点，他也无法忍受。在世人眼里，妻子是丈夫欲望的客体。在男权社会中，丈夫享受着对妻子的支配权，丈夫就像上帝，完全可以根据自己的欲望和意志，重塑一个完美的妻子。显然，阿尔默是男权社会中男性权威的典型代表，而乔治亚娜则是男权社会中顺从女性的典型形象。温顺的她宁愿付出生命也要屈从丈夫。由此可见，阿尔默与乔治亚娜的关系根本不是一种平等的关系，而是主体与客体的对立关系。她被剥夺了主体地位，成为丈夫的附庸，一件物品，一个实验标本，任凭丈夫支配。在被丈夫物化的过程中，她起了协助作用，自己把自己也给物化了。这种夫妻关系已经完全变质、异化了。而在男权社会中，男人和女人，尤其是丈夫和妻子，彼此的关系正是这种变质、异化了的关系。

小说始终紧扣胎记，但探讨的实质问题却是人性的善与恶。霍桑试图通过丈夫的形象表明，人性恶犹如美人脸上的胎记，具有巨大的迷惑性和危险性。妻子脸红时，胎记便没了踪影，可脸色苍白时，却又异常醒目。胎记最终确实清除了，可妻子也死了。这一点极富寓意，象征着恶是人的天性，是人的肉体或灵魂不可分割的组成部分，如果为了追求完美而清除瑕疵，人反而会无法生存。人本身就是恶的载体，恶本来就是人的本质，不承认这个事实，或者试图加以改变，都是违背人性。人性是不可改变的，人性恶也是无法消除的。一旦试图消除，悲剧立刻便会发生。由此可见，充满人性罪恶的人类是多么的可悲。

这篇小说是作者深思熟虑、反复推敲的结晶，前后历时七年之久。据说它是受一位青年科学家故事的启发创作出来的。这位科学家发明了一种化学激素，可以使人达到最高境界。实验虽然成功了，但科学家的精神却失常了。这个故事激发了霍桑的想象，成就了这篇杰作。19世纪是科学迅速发展的时代，霍桑对这一发展一直持怀疑、否定的态度，认为科学发展是徒劳之举，不会给人类带来福祉，只会酿成灾难①，因为信奉人性恶的他坚持认为，人一旦掌握了现代科学技术，人类的欲望，尤其是对物质追求的欲望，一定会愈加膨胀。欲望驱使下的人性必定越来越恶，而在人性恶的诱导下，人的欲望又肯定会更加难以满足，更多的罪恶必然会接踵而至，灾难层出不穷。阿尔默的故事完全就是霍桑这一思想的生动阐释，是他对人性失去信心的最好证明。

《拉伯西尼医生的女儿》

霍桑对科学发展所持的忧虑、怀疑和否定的态度，在《拉伯西尼医生的女儿》中又一次得到了验证。这篇小说同《胎记》有异曲同工之妙，也是描写借用科学实验谋杀他人的故事，揭示科学的发展导致人性更加邪恶，给人类带来更多的伤害。故事发生在中世纪意大利帕多瓦的一座古宅花园里。医术高超的拉伯西尼医生醉心于医学研究和实验。他在花园里养殖了许多漂亮的有毒花草树木，用自己美丽的女儿比亚特丽丝做实验。他把女儿关在花园里护理有毒的花草，接受植物毒素的滋养。虽然没有中毒，但她变成了一个毒源，别人一碰她就会中毒。来自意大利南部的青年乔瓦尼恰巧住在花园的边上，他常常站在窗子后面窥视花园中的比亚特丽丝，被她的美丽深深地吸引。他从拉伯西尼的朋友巴格利奥尼医生那儿得知，拉伯西尼医术高超，但医德低下。巴格利奥尼劝他不要迷恋拉伯西尼的女儿，因为所有小伙子都对她着迷，却没一个人见过她。一天，乔瓦尼看见比亚特丽丝在花园中采摘植物。他发现，被采摘的植物汁液滴到其他植物上时，它们立刻枯萎而死，比亚特丽丝将他买给她的鲜花抱进怀里时，这些花也瞬间枯死了。小伙子看了目瞪口呆。这充分证明，拉伯西尼的实验成功了，比亚特丽丝已经成了一个毒体，变成了罪恶的化身。为了拯救她，乔瓦尼把巴格利奥尼医生的一瓶解药给她。姑娘服下

---

① Jean Fagan Yellin, "Hawthorne and the Slavery Question," *A Historical Guide to Nathaniel Hawthorne*, ed. Larry J. Reynolds. New York：Oxford University Press，2001，p.148.

后，没想到当场毙命。原来，她体内的毒已经成了她身体不可分割的一部分，一旦试图清除，必将破坏身体平衡，导致丧命。

同《胎记》一样，这篇小说也是寓意深刻。科学的发展致使人们失去理智，而人性恶又导致人利用科学的手段冠冕堂皇地对别人进行残害，拉伯西尼医生和阿尔默一样，都是典型的代表。他们都是知识的化身，而知识产生了罪恶；他们都是科学的象征，可科学却在毁灭人类。比亚特丽丝无疑是这种非人性科学实验的牺牲品。小说还对男权主义给予了强烈批判。小说中的三个男人都表现出浓厚的男权主义色彩。乔瓦尼着迷于美丽的比亚特丽丝，与其说是出于爱，不如说是出于好奇心、虚荣心和难以遏制的占有欲，想把比亚特丽丝据为己有。他对比亚特丽丝的兴趣，在一定程度上同拉伯西尼沉湎于科学、巴格利奥尼醉心于制作药品十分相似。在拉伯西尼看来，作为父亲，他有权支配女儿的生死，为了科学，用她进行试验天经地义。巴格利奥尼也是如此。为了检验自己药品的效果，他不顾别人死活，要乔瓦尼把它送给比亚特丽丝服用，结果葬送了她的性命。这三个男人有一个共性，就是霸道、自私，只在乎自己的兴趣，不关心别人的需求和感受，都觉得自己对比亚特丽丝有支配权，把自己高高地凌驾于别人之上。这是典型的男权主义思想。

小说的批判性还体现在人性恶上面。这种罪恶主要是通过比亚特丽丝体现出来的。在父亲的实验下，她变成了剧毒的载体。犹如鲜花般娇艳的她成了"恶之花"，成了罪恶的代表。临死前，她责问乔瓦尼："难道从一开始，在你的本性中就不具有比我还多的毒性吗？"这说明，罪恶不仅仅局限于她一个人。所有人，包括乔瓦尼在内，都不缺恶的本性，不乏毒的元素。而且，更可怕的是，这些罪恶已经扎根于人的本性，是与生俱来的，无法清除，否则必然伤及性命。

这种性本恶的思想显然是清教主义"原罪"思想，是霍桑人性观的核心内容。作者精心设计这个极具寓言色彩的故事，旨在影射人类的原始罪过，暗指人类的起源——伊甸园、人类的始祖亚当、夏娃等。小说带有明显的《圣经》故事的特质，无疑是人类"原罪"说的现代再现。霍桑在小说中暗示，古宅花园就是上帝的伊甸园[①]，乔瓦尼和比亚特丽丝好比亚当和夏娃，而建造了花园的拉伯西尼恰似上帝。不过，这是一个堕落、沉沦

---

① 纳撒尼尔·霍桑：《霍桑短篇小说全集》，陈冠商选编，济南：山东人民出版社，1980年，第393页。

的"伊甸园"，一切都在罪恶的掌控之中。生命之树变成了夺命的毒树，拉伯西尼成了魔鬼撒旦的代表，比亚特丽丝美艳绝伦，充满了性的诱惑，让男人们不能自制，在这样堕落的环境中，性爱不可能带来真正的爱情，只会给充满诱惑的女子带来灾难。这些形象不同程度地都体现了加尔文教"美国这一古老宗教中的野蛮的原型性形象"①。在"花园"里，这些堕落、有罪的形象，无疑都是人类的缩影。芸芸众生都是有罪的，这是"原罪"思想的核心内容。这一思想是霍桑小说亘古不变的主题。

象征、寓言、哥特式的恐惧、幻想、浅薄的男主人公、美艳的女主角、恶魔般的人物、沦丧的道德、堕落的人性、人性恶的主题等，这一切在霍桑的小说中不断出现，是其小说的重要特色。这些特色在这篇小说里应有尽有。因此，《拉伯西尼医生的女儿》可以说是霍桑小说的典型代表，是其艺术特色的集中展现。难怪有人说，无论是在女性人物塑造还是在主题表现上，该小说都"预示了《红字》的诞生"②。整个小说由八个部分组成，包括一个楔子和七个场景。楔子看上去好像与小说的内容毫不相干。叙事者变成了翻译家，向读者介绍法国作家奥倍皮纳的小说《比亚特丽丝，或有毒的美女》，介绍这位作家的创作及其风格。从表面上看，楔子像是在闲聊，可实际上它起着一个引子的作用，借机介绍霍桑本人，因为这位虚构的作家几乎就是霍桑的翻版。这种写法具有明显的互文性特征，而楔子又具有元小说性质。因此，从艺术角度而言，这部小说在当时是非常前卫的，是当代后现代小说的古典之作。

霍桑在《美国笔记》(*Passages from the American Note-books of Nathaniel Hawthorne*，1883)中曾写道："人心可以比喻成一个大山洞；入口处是阳光和长满洞口的鲜花。你跨入洞口，没多远你就被黑暗和形形色色的怪兽包围，就像到了地狱。"③霍桑毕生的创作如同是在人性的地狱里蹒跚一般，他始终被深深的"原罪"和"本罪"重重包围着，被浓浓的黑色严丝合缝地笼罩着，被各种凶猛的"禽兽"紧紧地围困着。他把人心、人性一一打开，向读者揭示了一幅又一幅人性罪恶的画卷，向世人反复证明：人性是恶的。这是他小说的内容，也是其永恒不变的主题。

---

① William H. Shurr, *Rappaccini's Children: American Writers in a Calvinist World*. Lexington：University of Kentucky Press，1981，p.4.

② Roy Male, *Hawthorne's Tragic Vision*. Austin，Texas：University of Texas，1957，p.54.

③ Nathaniel Hawthorne, *Passages from the American Note-books of Nathaniel Hawthorne*. Boston：Houghton Mifflin，1883，p.98.

第四节

赫尔曼·麦尔维尔：
生态环境小说的先驱

在美国文学史上，有不少伟大的作家，文学命运多舛，世人对他们的态度和评论，前后竟如天壤之别。赫尔曼·麦尔维尔就是典型代表。他生前遭到评论界无情的批评，其作品屡遭诟病，代表作《白鲸》当年出版时售出的数量不到十册，他几乎被文坛遗忘了，其作品鲜有人问津。但他死后，尤其是在20世纪20年代，美国出现了"麦尔维尔复兴"。他立刻声名鹊起，被奉为美国文学史上最伟大的作家之一，超越了马克·吐温，可与霍桑比肩，是美国的"莎士比亚"。《白鲸》更是被誉为无与伦比的海上史诗①，被英国小说家毛姆（William Somerset Maugham，1874—1965）誉为世界十大文学名著之一。

作为美国19世纪最伟大的小说家、散文家、诗人之一，麦尔维尔为人们津津乐道的常常是其长篇小说。实际上，他在短篇小说创作上同样取得了不俗的成就。这些短篇虽没有长篇那般气势恢宏，那样波澜壮阔，但思想深度和艺术感染力一点也不逊色，在美国短篇小说史上同样享有很高的地位，成了美国短篇小说中的精品。

生平传略与创作成就

赫尔曼·麦尔维尔于1819年8月19日出生于纽约的一个商人家庭，祖先是苏格兰的名门望族，参加过美国独立战争，还担任过要职，享有一定的知名度和社会地位。祖父是位少校，是波士顿茶叶党成员，外公是位著名的将军，指挥过著名的斯坦尼克斯堡保卫战。他兄弟姐妹八个，排行第三。父亲艾伦·麦尔维尔喜怒无常，但生意做得很好。母亲玛利亚是个虔诚的教徒。后来，父亲经营的皮革进口生意每况愈下，一家人只好从

① J. Nagel, *Critical Essays on Herman Melville's* Moby Dick. New York：Macmillan Publishing Company，1992，p.51.

纽约搬到纽约州州府奥尔巴尼，两年后父亲不幸去世，赫尔曼·麦尔维尔此时才 13 岁。

麦尔维尔的童年坎坷不断。7 岁时，一场猩红热病严重伤害了他的眼睛，导致他终生视力模糊。父亲去世后，家道中落，他的教育时断时续，有时不得不外出工作挣钱。尽管如此，他依然不改爱读书的习惯。博览群书，爱读文学名著，为他打下了厚实的文学功底，对其后来的文学创作产生了非常积极的影响。麦尔维尔生性好动，一心想靠自己的双手养活自己。他对大海一直情有独钟，就像在《雷德伯恩》（*Redburn: His First Voyage*，1849）中所说的："我那时还是个少年……天生有个爱漂泊的性格""从而使我出海去当水手"[①]。在这一向往的驱使下，18 岁那年，他开始了航海生涯。1839 年，在哥哥的帮助下，他到来往于纽约和利物浦的轮船上当服务员。1841 年，他登上前往好望角和太平洋的"阿古希奈"号捕鲸船。在随后几年中，他到过世界许多地方，甚至还一度流浪到马克萨斯群岛，并在荒岛上度过了一段快乐的时光。其处女作《泰比》（*Typee*，1846）就是根据荒岛奇遇写出来的。他的航海生涯历时五年。这段海上生活，尤其是捕鲸经历，使他丰富了阅历，拓宽了视野，悟出了许多人生道理，大大地加深了他对人生和社会的理解与认识。他坦言，自己真正的人生从这个时候才开始。他的创作生涯也是在这个时候开始的。根据这些经历，他写出了许多脍炙人口的长篇佳作，如《奥姆》（*Omoo*，1847）、半自传体长篇小说《雷德伯恩》和《白鲸》等。这些作品所涉及的是浩瀚的大海，表现的内容在美国文学中都是非常新颖的，极大地丰富了美国文学的创作素材，因而受到读者的广泛欢迎。麦尔维尔因此被奉为海洋文学家。

此时的麦尔维尔已经可以依靠写作为生了。1847 年，他与马萨诸塞州首席大法官的女儿伊丽莎白·肖喜结良缘。1850 年，他在皮茨菲尔德买下一座农庄，与情趣相投、思想相仿的好友霍桑为邻。这段友情重新激发了他的创作激情，他第二年就写出了《白鲸》。这部作品尽管当时没有受到任何关注，但其特有的、无与伦比的文学价值，在 20 世纪终于被文坛发现，当之无愧地成为世界文学中不朽的名著，被誉为"美国作家曾经创作出的最具雄心的著作"[②]。除此之外，麦尔维尔在此期间还创作出了一批优秀的短篇小说，其文学价值同样受到世人的高度认可和赞美，如《书

---

① Herman Melville，*Redburn: His First Voyage*. Whitefish, Montana：Kessinger Publishing，2004，p.4.

② Andrew Delbanco，*Melville，His World and Work*. New York：Knopf，2005，p.124.

写员巴特比：华尔街的一个故事》（"Bartleby, the Scrivener：A Story of Wall Street", 1853）、《贝尼托·切雷诺》（"Benito Cereno", 1855）等。1856年，他到欧洲旅游，次年发表了他最后一部长篇小说《骗子》（The Confidence-man, 1857）。后来，他陷入经济困境。为了摆脱窘境，他四处演讲，一方面阐述自己的思想，一方面赚取演讲费。

麦尔维尔一生穷困潦倒，挫折不断，不幸接踵而至，很少有得意的时候，无论是事业还是家庭，都是如此。60年代以后，他的事业开始走下坡路，可能是由于酗酒的缘故，他变得狂躁易怒、精神压抑，妻子的亲戚们纷纷鼓动她弃他而去。好在妻子忠贞不贰、不离不弃，并且设法帮助他戒掉了酗酒的习惯。可是两个儿子年纪轻轻就离开了人世，对他打击不小。长子开枪自杀，他觉得不可思议，很是痛苦，紧接着小儿子也不幸去世，再一次把他推入抑郁、消沉的深渊之中。大约从35岁起，麦尔维尔的作品越来越受到冷落，到1876年，几乎无人问津。个中原因很多，但最主要的原因可能是随着年纪增长，阅历越来越丰富，他的小说越来越有思想性、政治性、哲理性，同时还带有明显的实验性。作品的深度大大地加强了，探讨的主题越来越深刻了，一般读者难以领会，无法欣赏其中丰富的内涵和深奥的思想。

1891年，麦尔维尔在纽约离开了人世。

创作思想及艺术风格

在中国哲学思想史上，人与自然的和谐是不变的主题，"天人合一"是中国人的根本思想。人与自然必须和谐，人必须尊重、服从自然规律，这样才能拥有美丽的自然，才可以获得和谐、安宁的生活。人与自然不是主体与客体的关系，人类只是天地万物中的一个部分，人与自然休戚相关，是相融，而不是对抗。然而，西方人对此却有不同的理解。他们依靠科学技术的迅速发展，想方设法掠夺自然，把自然看做是征服的对象，结果导致人与自然的对立，酿造出许多不可调和的矛盾，将人逼入困境。

作为一名关注人类命运的作家，麦尔维尔试图为陷入这种困境中的西方文明找到一条出路，为人类觅出一个理想的生存环境。为此，他倾注了毕生的心血和创作热情。他坚信人类必须与自然和睦相处，必须敬重，甚至敬畏自然。人类顺从自然，则昌；若是悖逆自然，则亡。这是一种典型的"天人合一"的思想。尽管尚未找到文献证明麦尔维尔是受到中国哲学思想的影响而形成自己的这一生态观，但他的生态思想与"天人合一"

非常相似。为了验证自己的思想,他从陆地到海洋,试图回到大自然,在自然生态环境中寻求人与自然生态的默契,探求"天人合一"的途径。随后,他又从海洋回到陆地,回到人类社会,试图在社会生态环境中找到人与社会生态的和谐,探寻出人与社会生态的默契。

麦尔维尔的生态思想是在 19 世纪美国社会的影响下形成的,在梭罗的自然思想启发下诞生的。当时的美国正处于资本主义空前发展时期,科学技术突飞猛进,工业发展日新月异,迅速崛起的工业文明正在以前所未有的速度替代落后的农业文明。在社会如此快速发展的背景下,在"人定胜天"的工业时代的驱动下,人类借助科学技术的力量,对大自然进行了疯狂的掠夺和破坏。捕鲸就是这种掠夺和破坏的重要形式。通过这种形式,人类获得了巨额财富。麦尔维尔一生创作了八部长篇小说,基本上都是以海洋为题材,以人类如何对自己的摇篮——大海——进行掠夺,演绎工业文明如何给人类带来生态破坏。人对自然生态的破坏,与自然生态关系的严重失衡,成为麦尔维尔长篇小说的重要主题。而人对社会生态环境的破坏,与社会生态关系的失衡,则构成他短篇小说的最大关注点。贪婪、自私、虚伪、道德沦丧、精神空虚、思想沉沦、价值失落、信仰缺失、社会生态满目疮痍、危机重重,等等,这些都是他在短篇小说中不断探讨的主题。

麦尔维尔深知,人类对抗自然,只会带来不幸和苦难,最终都将是徒劳无益的,必然会受到大自然无情的报复。《白鲸》中亚哈船长的大腿被鲸鱼咬断、后来他又和其他船员一道命丧大海就是一个有力的例证。这表明,对抗自然必然招致自然的报复。麦尔维尔认为,"不管幼稚的人类会怎样夸耀他的科学和技术,不管人类希望将来的科学和技术会有多么发达先进;然而,海洋却是直到世界末日的来临……都将把人类所能制造出来的最雄伟最坚固的航船给弄得粉碎……"因为"人类已经忘记了本来就应该对海洋作出的充分的敬畏"[①]麦尔维尔的生态思想包括自然生态和社会生态,是他对人类狂妄自大、自以为是、以自我为中心的傲慢与无礼的无情批判,是对资本主义工业文明中物欲横流、私欲膨胀的坚决否定。这也是他在短篇小说中着力表现的重要内容。

短篇小说创作

在众人心目中,麦尔维尔是长篇小说家,其文学成就也集中在长篇小

---

① 赫尔曼·麦尔维尔:《白鲸》,曹庸译,上海:上海文艺出版社,2007 年,第 263 页。

说上。这是不争的事实,但他同时还是一位短篇小说家,其短篇作品同样引人入胜、感人至深、发人深思,在美国短篇小说史上也占有一定的地位。他重要的短篇小说基本上都是创作于50年代。这期间,他对创作艺术的追求更加执着,更加严谨,将艺术性置于很高的地位,正如麦尔维尔研究学者温·凯利说的,麦尔维尔已经从早期的一个创作新手发展成为一个有抱负、有自信的艺术家。① 这种自信、这种日臻成熟的艺术手法,在他的短篇小说中得到了很好的体现。

《广场故事集》

麦尔维尔的短篇小说基本上都收录在《广场故事集》(*The Piazza Tales*,1856)中,这是他毕生发表的唯一一部短篇小说集。它虽然不是作者最重要的作品,但充满了丰富的意象和典故,极富艺术性。② 这些小说都于1856年前发表在《普特南月刊》(*Putnam' Monthly Magazine of American Literature, Science and Art*,1853—1910)上。

《书写员巴特比》

这是麦尔维尔创作的第一则短篇小说,也是唯一一个以都市为背景的作品。与作者恢宏的长篇小说相比,该短篇情节简单,结构严谨。故事的主人公是书写员巴特比,叙事者是他的老板梅斯维尔——律师行里的律师。行里已有两个书写员,但他们每天只能干一个人的活。梅斯维尔只好再聘一个书写员,因此录用了巴特比。巴特比孤苦伶仃、生活清贫、性情古怪,但天资聪明、为人真诚、刚正不阿。开始几天,他抄写得又快又准,老板非常满意。可随后不管老板要他做什么,他都断然拒绝,老板既恼火又纳闷。于是开始观察他。老板发现,巴特比有许多怪癖,比如对待工作,他废寝忘食;他从不吃饭,只吃零食;在办公室里,他用屏风将自己与同事们分隔开来,不仅把屏风里面当做工作室、活动室,还用做餐厅、卧室。自打来到律师行,没人看到他出去过。他不和任何人交往。屏风作为一种屏障,寓意深刻,暗示人与人之间的疏离、隔膜、冷漠。老板对巴特比是既可怜又厌恶:可怜他的处境,厌恶他不愿意干活。老板决定辞退

① Wyn Kelley, *Herman Melville: An Introduction*. Oxford:Blackwell Publishing Ltd.,2008,p.97.

② Helmbrecht Breinig, "The Destruction of Fairy Land:Melville's 'Piazza' in the Tradition of the American Imagination," *ELH* 35 (June 1968),p.281.

他，可他置若罔闻。律师行的业务和名声深受影响。无计可施的老板只好把律师行迁往别处，将巴特比一个人留在那儿。可麻烦并没有结束。新的承租人要把他赶出办公室，可他白天坐在办公室的台阶上，晚上则睡在大楼的门道里，就是不肯离开。梅斯维尔又去和他理论，依然无济于事。绝望中，他请巴特比住到他家去。做出这样的决定，梅斯维尔自己都感到惊讶。然而，更让他惊讶的是，巴特比还是不愿意。律师只好报警，巴特比被关进了监狱。梅斯维尔去探监，想帮他，可还是遭到拒绝。几天后，梅斯维尔再去探望时，巴特比已经离开了人世。他是拒绝进食饿死的。后来，梅斯维尔听说，巴特比以前曾在一个死信办公室工作。所谓死信，是指那些没有地址、无法投递的信。梅斯维尔觉得，巴特比之所以郁郁寡欢，很可能与在那里的工作经历有关。这种信就像人的境遇一样，处在一种困境之中——无法投递，无人需要，完全是累赘，只好付之一炬。经常和这些信打交道，心情肯定郁闷、沉重，必然会形成消极的人生态度。这也是作者为什么在小说的最后通过梅斯维尔之口愤怒而痛苦地感叹：“啊，巴特比！啊，人性！”

小说寓意相当深刻。故事的背景取自华尔街——美国资本主义社会色彩最浓的地方。这里的社会生态环境恶劣，这一点从巴特比的工作生活地点便可一目了然：巴特比无处容身，工作在办公室，生活也在办公室，几乎与世隔绝。律师行“夹在两栋高耸的大楼之间”，仿佛是“埋在大楼堆里的活人坟墓”，而他窗口外面，一堵黑乎乎的高墙近在咫尺，压得他喘不过气来，挡住了视野，挡住了风景，挡住了外面的世界。在高墙的围困下，在似监狱一般的办公室里，在令人窒息的社会生态环境中，巴特比感到压抑难耐，无法与之建立和谐的关系。他能做的只有克制自己，默默忍受。其结果是，他的性格越来越怪异，人越来越孤僻，与社会的距离越来越遥远。

在恶劣的社会环境中，人与人之间缺少真心实意的关怀、友爱、和谐，不缺的是冷漠、剥削、唯利是图。如此恶劣的人际关系通过老板对巴特比的“关心”表现得最为充分。老板时常“关心”巴特比，但他的关心和帮助是出于自身利益考虑的，因为巴特比工作勤奋，老板帮助他，用“慈善”之举感动他，想激发他为自己创造更多的利润。可发现巴特比没有使用价值时，老板便一脚将他踢开。不错，他后来确实是邀请巴特比住到他家去，但那也是无奈之举，否则他会烦不胜烦。梅斯维尔自己认为他对巴特比一直是非常慈爱，但在内心深处却非常厌恶他。这是典型的伪善者形象。正是看破了这种虚伪，对于其种种"慈善"之举，巴特比才一概拒绝。

作者塑造的巴特比这个形象，生动、逼真。小说始终聚焦其种种"怪癖"，不停地表现他的怪异。这种"怪"从小说一开始就显露出来："一天上午，有个表情木然的年轻人站在我办公室的门槛上……我见他面容清瘦端庄，露出令人可怜的文静，隐含着使人难以抚慰的孤独的神情！他就是巴特比。"这种孤僻和怪异与他形影不离，成了他的符号，不是长期远离社会和他人，或者说被社会和他人冷落，是不可能养成这样的性格的。因此，他的性格在很大程度上是社会冷漠、世态炎凉导致的，不是他自己刻意为之。

小说的另一个鲜明特点是意象丰富，象征色彩浓郁。在众多的象征意象中，死信是醒目的代表。这类信的收件人，不是死了，就是杳无音信，无法联系。整天和它们打交道，再活泼的人渐渐地也会变得死气沉沉、郁闷压抑，就像梅斯维尔说的："死信！这听上去不就像是死人吗？"死信，一方面是种隐喻，暗指处理死信的工作枯燥、辛苦、无聊，日复一日、长时间地分拣这些信件是十足的折磨，是造成性格异化的罪魁祸首。这是资本主义生态环境中人们从事的难以忍受之工作的真实写照。正是忍受不了这种折磨，巴特比才改换工作，由处理死信改为抄写"活信"，即到律师行里抄写文书和与客户来往的信件。另一方面，死信无处可送、无人可收，它们象征着社会生态环境中人与人之间无法沟通、难以交流的现实。信是人类交流思想的形式，是建立互信、加深友谊的重要手段，缺乏这种形式的交流，人与人之间自然缺乏友谊的纽带，和谐、美满的人际关系当然也就无从谈起。

《贝尼托·切雷诺》

《贝尼托·切雷诺》是麦尔维尔创作的最引人入胜、最经得起时间考验的短篇小说之一，现已成为美国短篇小说的经典。小说长达三万多字，作为短篇，显然过长，但并不松散、拖沓。叙事者是美国捕鲸"快乐的单身汉"号的船长阿玛撒·德拉诺。故事开始时，该船正停泊在智利南端的一个港口。船长发现海面上有一条船在漂泊，他决定过去助一臂之力。这是一艘名叫"圣多米尼克"号的西班牙商船。德拉诺登上后，船上的水手和黑奴立刻冲上来，向其索要水和各种供给。德拉诺一面派人回去取，一面了解船上情况。船长切雷诺告诉他，他们在大海上遭遇暴风雨，导致船上三百多名黑奴死掉一半，五十多名白人水手也所剩无几。在交流中，他发现切雷诺神色紧张、举止怪异、极度虚弱、讲话吞吞吐吐，似乎有什么隐情，又好像在刻意避开他。德拉诺疑惑重重。经过仔细观察，他发现黑奴们根本不像奴隶，个个自由自在，随心所欲。他答应切雷诺把他们带到最近的港口。切雷诺十分高兴，可他的仆人巴博向他嘀咕了几句后，他的神情又变了回去。疑惑不解的德拉诺只好乘运送供给的小船回去。不料，切雷诺突然跳到小船上，巴博随即拔刀也跳了上去。显然，他是要追杀切雷诺，结果被德拉诺的手下制服。德拉诺这才恍然大悟，原来巴博率领众多黑奴暴动，杀死了船主和大部分白人，挟持了船长，而且还想袭击德拉诺的捕鲸船。最后，他们把巴博送上了法庭。

这是一篇主题严肃的小说，集中探讨的是奴隶制问题。作品发表于南北战争爆发前六年。残酷的蓄奴制和即将爆发的旨在废除奴隶制的南北战争，为小说提供了广阔的社会背景、厚重的历史内涵、深刻的政治寓意和宏大主题，以一个简单的短篇故事演绎了黑奴制是如何导致黑人和白人相互仇恨、相互对抗、相互杀戮的。奴隶制问题在当时的美国社会已经成了一个愈来愈严重的社会问题，是社会的焦点话题，麦尔维尔不可能对之熟视无睹。1859 年，一个叫约翰·布朗（John Brown，1800—1859）的废奴主义者，因仇恨奴隶制在弗吉尼亚起义，怒杀五位奴隶主，结果被判处死刑。对黑奴命运深表同情的麦尔维尔为此写下诗歌《前兆》（"The Portent"），告诫世人奴隶制问题到了极其尖锐的时刻，奴隶和奴隶主之间的矛盾与对抗已经不可调和，谈判已经无法解决。此外，斯托夫人不久前刚刚出版《汤姆叔叔的小屋》（*Uncle Tom's Cabin*，1852），更是把这一问题推到了风口浪尖上，几乎每一个美国人都受到了强烈的震撼。惨无人道的奴隶制以及由其导致的种种严重问题，导致社会矛盾日趋激化，社会生态环境急剧恶化。这些问题在《贝尼托·切雷诺》中表现得清清楚楚。从这些意义上讲，该小说主题所表现出的宏大性、深刻性、历史性、政治性以及对南北战争的前瞻性等，是任何短篇小说都无法企及的。这充分证明，《贝尼托·切雷诺》在美国文学史上，尤其是在美国短篇小说史上，具有不可替代的重要地位和无法比拟的重要价值。

主题如此深刻，离不开多种艺术手法的烘托，象征手法就是一个突出代表。在众多的象征意象中，"圣多米尼克"号船头上印刻的那行字最为鲜明、形象、突出，即，"跟着领路人走"。谁是领路人？领的又是什么路？领向何方？这些问题跟这个意象密切相关，与主题也有千丝万缕的联系。所谓领路人，指的是"圣多米尼克"号船长切雷诺？还是黑奴暴动的头目巴博？或是拯救"圣多米尼克"号的德拉诺？切雷诺是白人船长，他运送着五十多名西班牙白人乘客和三百多名黑奴准备驶向终点。对白人而言，无疑他是领路人，带领大家奔向目的地；对黑奴而言，他则是蓄奴制的代表，把他们赶到黑奴市场上，卖到人间地狱般的农场里做牛做马。显然，他是蓄奴制的领路人。然而，对于黑奴，巴博才是他们的领路人，是他领导黑奴和奴隶主展开血腥的搏斗，消灭奴隶制，带领黑奴驶向自由的港口。很明显，巴博是废奴制的领路人。这两个不同的领路人代表着两个不同的种族、不同的目标——蓄奴制和废奴制。为此，他们展开了你死我活的斗争。这种斗争显然是南北双方蓄奴制和废奴制两股力量相互斗争的缩影。

作为一个衣冠楚楚、举止文明的船长、故事的叙述人、一个"天性善良"的"文明人"，尤其是一名白人，德拉诺目睹了这场斗争。他对斗争的态度在很大程度上反映了当时白人对待奴隶制的态度。首先，他对黑人和白人的和睦相处是积极肯定的，也是十分满意的。看见黑奴巴博搀扶白人主人切雷诺，他感叹这是多么美丽、温馨的场面，一主一仆，一白一黑，始终如影相随，充满了信任和忠诚。当然，这种和谐是以主仆关系为前提的，如果颠倒了这层关系，或者两者是站在平等的位置上，这种和谐一定会消失。换句话说，这一和谐是以种族不平等、以奴隶制为坚实基础而存在的。因此，这只是表象，背后实际上隐藏着水火不容的仇恨。作者通过德拉诺的视角描写黑人和白人之间的仇恨和残杀，就清晰地证明了这一点。巴博率领黑人暴动杀死船主和大多数白人便是最直接的例证，只有这样他们才能"十拿九稳地获得自由"。暴动平息后，白人对身戴枷锁、手无寸铁的黑奴大开杀戒，一个白人用刀片割断一个黑人的喉咙，另一个用匕首直刺一个黑人的心窝，好几个黑奴被无缘无故地杀害。相互残杀导致仇恨进一步加深，黑人在船舷上磨刀霍霍，满脸杀气，就连孩子们也是杀气腾腾。一个白人男孩说话激怒了一个黑人男孩，后者就操刀把对方刺得头破血流。而那些"如鸽子一般可爱"的女奴们"对白人主人的惨死十分满意……至于其他的西班牙人，（要不是受到阻止）她们本要将他们活活折磨死，而不是让他们一死了之"。由此可见，仇恨已经深深地植根于每一个人心中。然而，黑人的这种仇恨并不是与生俱来的，毫无疑问是罪恶的奴隶制酿制的。

通过德拉诺的视角，作者大量描写了白人优越而黑人低劣、残暴等种族主义思想。德拉诺本能地认为，白人生来就是一个"更为机敏的人种"，文明、聪明，而黑人则野蛮、愚蠢。白人的这种优越论，作者在《白鲸》中说得更加清楚："在人类种群中……以白色为尊……白人在信念上拥有了对其他种族的掌控。"①在德拉诺看来，黑人狡诈、残忍、恶毒，他们杀死船主后竟然将其骨架拼成船头雕饰。那么，白人又是怎样对待黑人的呢？暴动失败后，巴博被处死，尸体被烧焚，尸首被悬空示众，这样的下场难道不比船主更惨吗？奴隶制的残酷性、非人性以及人性的残忍性，在这些地方都展现得一览无遗，清晰地显示了麦尔维尔对白人种族优越论的厌恶，对奴隶制的憎恨。白色"……比血红更让人们从灵魂深处感觉到恐惧"②，这句肺腑之言清楚地表明，白人实行的黑奴制是万恶之源。

由此可见，德拉诺实际上是白人的代表，是现有秩序的维护者，是奴隶制的领路人。

白人和黑人相互仇恨、水火不容，自然是奴隶制造成的。麦尔维尔通过黑奴制及其罪恶，展现当时美国社会环境不断恶化这一重要主题。因此，该小说虽然不像《书写员巴特比》那样直观地表现恶化的社会生态环境，但是，他结合当时最为突出、最为敏感的奴隶制问题，间接地表现这种生态危机，同样具有振聋发聩的艺术效果。

《水手比利·巴德》

《水手比利·巴德》(*Billy Budd, Sailor*，1924)是作者去世后才发表的中篇小说，一出版就赢得了广泛的好评，被认为是美国文学的经典之作，被奉为西方文学创作标准的典范。

1855年，作者创作了一首描写一名英国水手的诗，他反复修改、充实了诗的前言部分，结果将前言变成了一部中篇小说，即《水手比利·巴德》。小说的手稿是麦尔维尔的第一个传记作家雷蒙德·M·韦弗(Raymond M. Weaver，1888—1948)在1919年发现的。手稿是麦尔维尔的遗孀整理的，比较凌乱。哈里森·海福德(Harrison Hayford，1916—2001)和小默顿·M·希尔茨(Merton M. Sealts, Jr.，1915—2000)两位麦尔维尔研究专家，经过数年的研究、整理，于1962年出版了现在的版本。故事发生在1797年，描写的是相貌英俊、天性善良的小伙子比利·巴德如何被强征到"天威"号军舰上当水手、最后惨死舰上的过

---

① Herman Melville, *Moby Dick*. New York：Bantam Books，1981，p.179.
② Ibid.

程。巴德是个弃儿，但性格开朗、善结人缘，舰长威尔和水手们都很喜欢他，但不知何故，纠察长约翰·克拉格特讨厌他，指控他密谋造反，并报告了舰长。巴德备受委屈，指责克拉格特无中生有，可由于又气又恼，再加上口吃的毛病，他结结巴巴，解释不清。一气之下，他打了克拉格特一拳，不料竟将对方打死了。作为唯一的目击者，舰长知道巴德心地善良，绝无打死纠察长之意，但时值战争，英国海军又刚刚发生过兵变，心有余悸的舰长违心作证，要求判处巴德死刑。结果，巴德被绞死后扔进了大海。

麦尔维尔在小说中不止一次地把"天威"号军舰比做国家，指出其组织建构与集权统治毫无二致。所以，"天威"号军舰实质上就是一个微型社会、一个十足的权力场。麦尔维尔设置这样的场所作为小说的环境，是具有深刻寓意和高度象征性的。在这个特定的社会里，在这样的生态环境中，舰长是舰艇上的最高指挥官，是这个封闭王国的独裁者，是权力的象征，具有绝对的权威。他集多重角色于一身，既是检察官、辩护人、目击证人、真正的法官，更是舰长，显然是国家机器的化身。他掌控着舰艇上的话语权，操纵着大家的生死荣辱。军官是他的走狗，士兵、水手是他的奴隶。他在舰艇上实行森严的等级制度，军官们有着不同的官衔，水手们有着不同的等级。从最高层——舰长，到最底层——水手、工人，舰艇上不同阶层、不同身份的人可谓应有尽有，社会关系十分严密，等级非常鲜明，规章制度极其严格，惩罚制度异常严厉，对于挑战权威、违抗权威、破坏规章制度的人，一律给予无情的惩罚。水手们长时间在茫茫大海上漂泊，在这个狭小的、封闭的生态环境里生活，一个个都失去了生活的乐趣。他们与奴隶无异，整天在上司的监控和吆喝下，日复一日地干着那些机械的、乏味的工作。舰上的不同区域也是根据人们身份、地位的不同来划分的，异常清晰地体现了权力的重要性。后甲板是舰长的专属区域，神圣不可侵犯，未经许可，任何人不得入内；前甲板，即舰艇头部范围，面积狭窄，是水手们活动的区域；而甲板下面则是工人，他们整天蜗居在最底层，干着最肮脏、最累人的活儿。"天威"号这样的微型社会、这个权力场，构成了一个十分恶劣的社会环境，犹如奴隶一般的水手和工人只能任由摆布、任人宰割。

环境的恶劣还体现在诸多方面，最直接的就是上文论及的维持军舰运行的等级制度，以及保障军舰秩序的司法体制。在这里，司法制度成了贯彻当政者意志的工具，当政者可以凌驾法律之上，漠视事实，随心所欲地惩罚、打击不利于自己统治的人。善良的巴德就是这种黑暗的司法制度的直接牺牲品。舰长明白，巴德既没有煽动哗变，也没有蓄意打死克拉格特；他也明白，克拉格特品德低劣、内心堕落、阴暗、邪恶，擅于弄权，对无权无势的水手经常施展淫威，因而很是厌恶他，对巴德则非常喜爱。可是，就在事实如此清楚、内心的爱憎这么明确的情况下，他还是设立了一个临时军事法庭，亲自指定三名军官担任法官，对巴德进行审判。他坚持审判，是因为他的统治受到了挑战。尽管克拉格特人见人恨，但他毕竟是维护军舰治安的军官，是帮助舰长维护统治的忠实走狗。因此，一旦有人打他，舰长就会认为这是在挑战自己，这是绝对不能容忍的。但舰长又不愿让人看穿他的阴险，所以不仅不当法官，反而担任巴德的辩护律师。受到蒙骗的巴德对他感恩戴德，即便是到了生命的最后一刻还在高喊"上帝保佑威尔舰长"。由此可见，这位统治者多么虚伪、阴险、歹毒，十足的佛面蝎心。这种恶毒在判决巴德时表现得淋漓尽致。尽管法庭上人们对如何判决分歧很大，但舰长固执己见，指出克拉格特"是被上帝的一个天使打死的"，但"天使"巴德"必须死"。统治者的残酷，司法制度的黑暗，已经到了无以复加的地步。更有甚者，新闻媒介与如此黑暗的司法制度竟然沆瀣一气，报道说巴德图谋造反，克拉格特不幸英勇殉职。媒体沦为统治者的工具，由此可见一斑。很明显，"天威"号不只是一艘军舰，而是美国社会的象征。作者正是通过这一象征，对美国社会制度和司法体系进行了彻底的否定和无情的批判。

　　面对严酷的社会环境，作者虽然势单力薄，无力撼动，但还是通过作品勇敢地表达了自己的正义立场。三位主要人物最后无一幸存，便充分说明了这一点。代表无辜的巴德之死，表现了作者无限的惋惜、悲伤和义愤——如此美好的生命居然不允许生存下来，实在是社会的悲哀。作者指出，人类必须对自己的文明、对自己罪恶的本性进行深刻的反思。而代表邪恶的克拉格特之死，则传达了他信念：邪恶者必将受到惩罚。作者这一正义立场在处理威尔的结局时彰显得更加清晰。最后，他安排统治者威尔死在敌舰"无神论者"号的枪口之下。这样的结局无疑是种暗示，有力地表达了他惩恶扬善、弘扬正义的思想，同时也表现了他的坚定立场：必须消灭罪恶的统治制度和罪恶的统治者。

　　作为一名小说家，麦尔维尔对环境始终表现出强烈的关注。不论是以海洋为主题、探讨自然生态环境，还是以都市为主题、表现社会生态环境，他都是在设法证明，人的生存环境是恶劣的，人与环境难以建立良好、和谐的关系。麦尔维尔对人类生存环境的持续关注，反映了对人类发展的焦虑,对越来越工业化的美国社会生态的担忧。正因为如此,在工业化高度发展的 20 世纪、在人类生存环境日益恶化的今天,他的作品越来越受到人们的重视,被奉为美国生态小说的先驱。

第五节
早期杰出女性短篇小说家

　　提起 19 世纪的美国文学,人们会侃侃而谈美国文学的第一次繁荣,会津津乐道于一大批优秀的作家,如欧文、库柏(James Fenimore Cooper, 1789—1851)、霍桑、麦尔维尔、马克·吐温等,会赞美说是他们创造了这一繁荣。这一事实当然毋庸置疑。然而,同样不容置疑的是,除了他们,当时的美国文坛上还活跃着一批女性短篇小说家。她们以独特的视角、特有的智慧、细腻的文笔,为美国文学的第一次繁荣作出了重要贡献,使得美国文学从一开始就呈现出色彩斑斓、百花齐放的可喜局面。遗憾的是,这批功不可没的女性短篇小说家在文学史上并没有得到应有的重视,对其研究也十分匮乏。甚至有人对她们不屑一顾,认为她们的创作不值一提,美国著名文学评论家弗朗西斯·O·马西森(Francis O. Matthiessen, 1902—1950)就是其中的代表。他认为,这些女性短篇小说家根本一文不值,她们的创作没有多少文学价值可言。[①] 就连大名鼎鼎的霍桑对她们也是一副瞧不起的神情,而且责怪她们挤占了男作家的文学空间:"现在的美国完全被一帮乱涂乱画的女流之辈给霸占了。"1855 年,他向自己的出版商抱怨说:"现在大众的口味都被这种垃圾吸引去了,看来我成功的机会非常渺茫了。"[②]由此可见,这些女性短篇小说家虽然成就斐然、很受欢迎,却一直受到把持文坛的男作家们的排挤,无法像同时期的英国女性小说家们,如简·奥斯丁(Jane Austen, 1775—1817)、勃朗特姐妹(The Brontës)、乔治·艾略特(George Eliot, 1819—1880)等那样享受与男作家同等的地位和威望。简言之,"美国女作家在体制上一直遭到

①　Elaine Showalter, *Scribbling Women*. New Brunswick: Rutgers Publishing Press, 1997, p.xxxv.

②　Ibid.

冷遇、分散、忽视"①。

女性短篇小说家们之所以遭到不公正的待遇，在一定程度上是因为评论界的冷遇和排挤所致。许多人，尤其是男性评论家，对当时的女性主义文学总是戴着有色眼镜去看。在他们眼里，她们的小说只不过是些哭哭啼啼的"感伤小说"，宣扬女性思想，弘扬传统女性美德罢了。对于这种狭隘的观点，女性评论家给予了尖锐的批评。她们认为，此时的女性主义小说完全可以说是"女性反抗指南"，是对男女不平等的强烈抗诉，是对男性权威发出的挑战。这些小说播撒了女性自由主义的种子，对美国女权主义的发展起到了重要的启蒙和推动作用。

19世纪的美国文学正是因为"这些所谓的'乱涂乱画的女流之辈'的顽强抗争，运用自己全部的精力和智慧全身心地投入到创作之中"②而变得更加丰富多彩，一批富有成就的女性短篇小说家们为读者们创作了许多脍炙人口的短篇佳作，成为美国短篇小说史一个不可分割的重要组成部分。在这些作家中，比较有名、富有成就的有凯瑟琳·玛利亚·塞奇威克、丽贝卡·哈丁·戴维斯（Rebecca Harding Davis，1831—1910）、路易莎·梅·奥尔科特（Louisa May Alcott，1832—1888）、康斯坦丝·费尼莫尔·伍尔森（Constance Fenimore Woolson，1840—1894）、玛丽·E·威尔金斯·弗里曼（Mary E. Wilkins Freeman，1852—1930）、萨拉·奥恩·朱伊特（Sarah Orne Jewett，1849—1909）、夏洛特·珀金斯·吉尔曼（Charlotte Perkins Gilman，1860—1935）等。

19世纪中叶，波士顿、纽约、费城已经成为美国文化的中心，出版业开始兴旺发达，报纸杂志纷纷问世，如《格迭斯妇女手册》（*Godey's Lady Book*）。这些期刊为女性短篇小说家们施展创作才华提供了广阔的园地，为她们发表作品创造了十分便捷的途径。她们因此在繁荣美国文学、文化中起到了重要的、不可替代的作用。这期间的女作家们是十分活跃的，女性文学也是比较繁荣的，《美国女诗人》（*Female Poets of America*，1848）一书的编者鲁弗斯·W·格里斯沃尔德（Rufus Wilmot Griswold，1815—1857）不无骄傲地说："我们中的女性在美国文学中正起着引领作

---

① Elizabeth Ammons，*Conflicting Stories: American Women Writers at the Turn into the Twentieth Century*. New York：Oxford University Press，1991，p.ix.

② Mary Wyer，"Scribbling Women，" *Oxford Guide to American Women Writings*，ed. Cathy M. Davidson & Linda Wagner Martin. New York：Oxford University Press，1995，p.53.

用……当今美国女性作家所占的比例远远超过了英国当今或任何其他时候的比例。"[①]这足以说明,19世纪中叶前后的美国女性文学已经呈现出繁花似锦的局面。这种繁荣得益于一种社会现象,即此时的写作已经成为一门职业,女作家可以像男作家们那样从事创作,像他们一样获得报酬。这种现象深深地吸引了一批富有才华的女作家,她们积极地投身到这个极具潜力和发展前景的行业中。另一方面,当时的出版界也非常乐意出版女作家的优秀作品,以满足市场的需求。更重要的是,作为知识女性的代表,当时的女性短篇小说作家们已经萌发出一定的女权主义意识,意识到争取男女平等对女性的巨大意义。这些因素共同促成了女性短篇小说佳作不断问世的喜人景象。

作为英国的殖民地,19世纪的美国,其文学不可避免地受到英国文学的影响,美国女性短篇小说也不例外。然而,她们并没有跟在英国文学传统的后面亦步亦趋,而是想方设法推陈出新,从自己的历史、文化、民族中撷取素材,创作出独具美国特色的女性短篇小说。19世纪的美国女性短篇小说,又称家庭小说、女性言情小说或感伤小说等,主题往往都是家庭、爱情、感伤、宗教、伦理道德、"妇女解放"等,表现女性如何通过刻苦努力将文学创作事业与家庭生活完美结合起来。这些小说感情细腻,视野开阔,想象丰富,探讨的问题并非如人们所指责的那样都是些鸡毛蒜皮的琐事,而是涉及家庭、社会等诸多方面的重要问题。时至今日,这些问题仍是人们热衷探讨的重要话题。长期以来,美国人一直声称,短篇小说是美国人创造出来的一种文学形式[②],而在这个创造过程中,女作家们功不可没。然而,不容忽视的是,女小说家们在创作中只要围绕家庭这个主题,她们就会受到人们的喝彩和推崇,而一旦涉及政治主题,便会遭到刻意的排斥和打压,可见女作家发挥自己的聪明才智多么不易,取得创作成就又是多么艰难。由男人主宰的社会之所以压制女作家成长的空间和成功的机遇,实质上就是男作家在和女作家争夺文坛的话语权,争夺对读者的吸引力。

女作家广受欢迎,男作家时感焦虑。相比之下,男作家若是受到读者的推崇,女作家们却不会表现出丝毫的不悦。女作家不与男作家相争,除了他们强势之外,还有一个原因,即美国著名的文学评论家、《女性小说:

①　Elaine Showalter, *Scribbling Women*. New Brunswick: Rutgers Publishing Press, 1997, p.xxxvi.

②　Ibid.

美国女性小说指南 1820—1870》(*Woman's Fiction: A Guide to Novels by and about Women in America 1820—1870*，1977)一书的作者贝姆 (Nina Baym，1936—2018)所说的："女作家们在 19 世纪 70 年代之前并没有把自己看做是艺术家,也没有用艺术的语言来证明自己。"[1]女作家们这种特有的谦逊和低调,使得男作家更加有恃无恐,而"在南北战争之前,妇女在人们的心目中就是提高男人精神和道德修养的工具,她们存在的目的就是为了升华男人的人格,提升男人的精神境界。因此,她们的作用就像艺术作品一样,是启发、感染他人,她们存在的目的不是活着,而是提高影响力"[2]。启发他人、感染他人、提高他人的高尚品德和精神境界,便成为女性的重要使命,而女作家在自己的短篇小说创作中竭力扮演的也正是这样的角色。在扮演这一角色时,女性短篇小说家们采用了各种不同的艺术手法(如寓言、戏仿、讽刺等)来表现自己的思想情感,颠覆社会对女性长期怀抱的种种偏见,展现自己对世界和人生的理解与感悟。

凯瑟琳·玛利亚·塞奇威克

塞奇威克于 1789 年出生在马萨诸塞州的斯托克布里奇,兄弟姐妹六个,母亲帕米拉·德怀特(1752—1807)出生于英格兰贵族家庭,外公是名将军,曾外公是著名的文理学院威廉姆斯学院的创始人。父亲是马萨诸塞州最高法院大法官、国会议员。少女时代,塞奇威克就读于波士顿一所女子进修学校。该校是专门为上流社会年轻女性培训社交礼仪而开设的。塞奇威克发现两个姐姐婚后生活十分不幸,这对她的婚姻观影响不小。她曾主张,如果没有遇上理想的伴侣,女人宁可一辈子不嫁。这种思想在当时是十分前卫的。她还认为,理智、良心和性格应该是宗教信仰的标准,并因此由卡尔文教改信上帝唯一神教。对她而言,改变信仰是一件重要的事情,为此她专门写了一个小册子批评宗教的偏执,后来还以此为素材创作了第一部长篇小说《新英格兰故事》(*A New-England Tale*，1822)。这部小说塑造了美国新女性形象,与当时感伤主义小说里那些柔弱无力的女子形象形成了鲜明的对比。

在此后的三十余年中,塞奇威克创作了大约二十部长篇小说,如《雷

---

① Nina Baym, *Woman's Fiction: A Guide to Novels by and about Women in America 1820‐1870*. Ithaca：Cornell University Press，1977，p.32.

② Jane Tompkins, *Introduction to the Wide, Wide World*. New York：Paxman，1951，p.607.

德伍德》(*Redwood*，1824)、《霍普·莱斯利》(*Hope Leslie*，1827)、《克拉伦斯》(*Clarence*，1830)、《埃德温·罗宾斯的双胞胎生活》(*The Twin Lives of Edwin Robbins*，1832)、《林伍德一家》(*The Linwoods*，1835)、《宽容待人》(*To Live and Let Live*，1837)、《贫穷的富人和富有的穷人》(*The Poor Rich Man and the Rich Poor Man*，1837)、《手段和目的》(*Means and Ends*，1839)、《道德风尚》(*Morals of Manners*，1846)、《已婚还是单身?》(*Married or Single?*，1857)等。除了长篇小说，塞奇威克还为各种杂志创作了不少短篇小说，以及一些短篇小说故事集，如《献给儿童的爱的纪念物》(*A Love Token for Children*，1838)、两卷本的《塞奇威克小姐短篇小说集》(*Tales and Sketches by Miss Sedgwick*，1835,1844)、《写给年轻人的故事》(*Stories for Young Persons*，1841)等。《塞奇威克小姐短篇小说集》收录了许多短篇小说，如《献身》("Dedication")、《联邦制回忆录》("A Reminiscence of Federalism")、《信奉天主教的易洛魁人》("The Catholic Iroquois")、《乡巴佬》("The Country Cousin")、《老处女》("Old Maids")、《骑士水手》("The Chivalric Sailor")、《玛丽·戴尔》("Mary Dyre")、《大姐》("The Eldest Sister")、《圣凯瑟琳节前夕》("St. Catharine's Eve")、《现实生活中的爱情》("Romance in Real Life")、《金丝雀之家》("The Canary Family")等。这些小说在当时都是读者爱不释手的作品，非常畅销，其作者塞奇威克也因此被誉为"斯托夫人成名前美国最著名的女作家"[①]。今天的读者对这些作品可能比较陌生，这主要是因为人们的阅读口味发生了变化。这些作品题材广泛，有的是关于家庭、爱情，有的是描写人生理念和宗教信仰，有的涉及男权社会中女人的命运，但相对而言，描写家庭的还是占多数，塑造的对象基本上都是女性，蕴含着丰富的道德价值观。这些女主人公有些是传统女性形象，甘心于命运的安排，想方设法按照世俗的期待做个贤妻良母，追求传统的价值观念和生活方式；有些则是新女性的形象，追求自我、追求独立、追求自尊，勇于挑战传统，与当时循规蹈矩的传统女性形成了巨大的反差。这些平凡生活中百姓喜闻乐见的内容，吸引了大批读者。它们对培养女性的独立、平等精神，启蒙她们的女权主义意识，引导她们维护女性的尊严，起到了一定的作用。这些内容丰富的短篇小说和其长篇小说一

---

① Laura M. Zaidman, "Catharine Maria Sedgwick," *Dictionary of Literary Biography — American Short-Story Writers Before 1880*, ed. Bobby Ellen Kimbel. Detroit: Gale Research Inc., 1988, p.324.

样，为塞奇威克赢得了广泛的好评，她也因此成为深受读者欢迎的女性短篇小说家。

塞奇威克为儿童写过不少短篇小说，这些作品带有明显的道德说教，告诫孩子们勤劳、诚实、信仰的重要性，《献给儿童的爱的纪念物》收录的八篇全部如此，如《寡妇和她的儿子威利》（"The Widow and Her Son Willie"）、《魔灯》（"The Magic Lamp"）等。《献给儿童的爱的纪念物》续集收录的十来篇故事延续了这些道德主题，教育孩子要关心穷人，善待动物，宽以待人等，如《残疾男孩》（"The Deformed Boy"）、《范妮和她的狗涅浦顿》（"Fanny and Her Dog Neptune"）。这些道德说教小说非常吸引父母，他们非常乐意买给孩子阅读，因此十分畅销。

塞奇威克还写过不少历史小说。这些作品受英国历史小说之父沃尔特·司考特的影响较深，用浪漫传奇的手法记载了新英格兰地区的历史与传统、清教徒们虔诚的宗教信仰以及北美土著人的生活。《复仇雄心》（"Le Bossu"，1832）就是其中的代表作。主人公是夏尔马涅的长子佩潘，人们称他为"复仇雄心"。他是一个私生子。由于形势所迫，他不得不率领士兵在战场上和自己的父亲兵戎相见。战斗中，他有机会杀死父亲，却没那么做，因此被抓入监狱。后来，他在一名修道士的帮助下成功越狱。这名修道士实际上就是佩潘的心上人布兰奇失散多年的父亲。布兰奇一直被当做孤儿收养在宫中，后来她的保姆告诉了她真正的身世，向她讲述了夏尔马涅的妻子、皇后法斯特拉德是怎样残酷迫害她们全家的。皇后阴险、歹毒，与心地善良的国王夏尔马涅形成鲜明对比。小说宣扬的是善有善报，正义终将战胜邪恶。男女主人公最终走到一起，双双改做修道士，投身于宗教，普度众生，共同创造和谐的社会环境。作者展现的中心主题是，正义的力量是不可战胜的。除了这个作品，塞奇威克有名的历史短篇小说还有《博洛尼亚的伊梅尔达》（"Imelda of Bologna"，1846），其情节与《罗密欧与朱丽叶》十分相似。《一个胡格诺教家庭》（"A Huguenot Family"，1842）讲述的是 17 世纪的法国天主教如何迫害清教徒。关于清教徒，作者写过的短篇小说还有不少，如《玛丽·戴尔》《伯克郡传统》（"A Berkshire Tradition"，1852）等。而《信奉天主教的易洛魁人》则是土著人题材中具有代表性的短篇小说。

在塞奇威克众多的短篇小说中，尤其值得一提的是《创作狂》（Cacoethes Scribendi，1830）。这篇小说带有一定的自传色彩，其主人公库兰德夫人诸多方面都带有作者的影子。她从小就对文学创作有一种强烈的欲望和冲动，虽然终日操劳家务，但心中的创作热情始终不泯，尤其是在看到别人带来的文学杂志时，创作欲望更是难以遏制，强烈地感受到文学创作在召唤她。于是，她投身创作。创作是体现女性独立的一种表现形式。库兰德夫人从中尝到了创作的快乐，体会到了独立的欣喜，体验到了冲出狭窄的家庭圈子、摆脱单调的贤妻良母形象所带来的轻松与欢快，尤其是看到自己的梦想成为现实，更是按捺不住内心的喜悦。这些经历和感受正是作者塞奇威克自己的亲身体验。

1867 年，塞奇威克离开人世。辞世后的她，知名度迅速下降，到了19 世纪末几乎无人知晓。这主要是因为这期间霸占了文坛话语权的男性评论家们竭力排挤女作家，想方设法将她们边缘化。在沉寂了将近一个世纪后，随着 20 世纪 60 年代女权运动的兴起，女权主义学者们重新审视女性对美国文学作出的贡献时，塞奇威克才重新进入人们的视野。随着价廉物美的电子书在 20 世纪末的大量出现，塞奇威克和 19 世纪的女性短篇小说家们的作品有机会成为广大读者阅读的对象。

塞奇威克是 19 世纪上半叶最著名的女小说家之一，被誉为美国家庭小说的先驱，美国文学奠基人之一，"即便同当时的男性作家相比，她只是仅次于库柏和霍桑而已"[①]。

丽贝卡·哈丁·戴维斯

丽贝卡·哈丁·戴维斯是 19 世纪美国著名的小说家、记者，被认为是美国现实主义文学的开创者。1831 年，戴维斯出生在华盛顿，五年后，她随父母搬到西弗吉尼亚州北部的惠宁市。当时的惠宁犹如一个大工厂，小炼铁厂随处可见，大批贫苦百姓和边缘人都挤在环境恶劣的工厂里出卖体力。在这样的社会背景下，底层人民的困苦与挣扎，给戴维斯留下了深刻的印象，对其文学创作产生了很大影响。她经常以此为素材，表现劳苦大众的苦难与艰辛。惠宁还有一个特别的现象，那就是没有公立学校。她无法上学，只好待在家里由母亲教她读书识字。在母亲的引导下，她对文学产生了浓厚兴趣，阅读了大量小说，如《汤姆叔叔的小屋》等。14 岁时，她被送到华盛顿的姨妈家，入读华盛顿女子学校。在那里，她结识了许多著名的学者和思想家，在他们的启发下对许多社会和宗教问题

---

① Sister Mary Michael Welsch, *Catherine Maria Sedgwick: Her Position in the Literature and Thought of Her Time up to 1860*. Washington: The Catholic University of America, 1937, p.130.

进行了深入思考。同时，她认真研读《圣经》，其思想深受基督教影响。她深信上帝是人类的救星，因而一言一行都严格奉行基督教的教义。后来她在小说中集中表现的奴隶制、教育机会均等、男女平等、资本家残酷剥削工人等，都是当时基督徒们关心的问题。从女子学校毕业后，她回到惠宁，加入了当地一家报社的创作团队，为报社撰写评论、社论、诗歌、小说等，同时还担任编辑工作。她很少出门与人交往，就像艾米丽·狄金森（Emily Dickinson，1830—1886）一样，基本上是足不出户。这种与世隔绝的生活一直持续了 13 年，直到 1861 年她在《大西洋月刊》上发表中篇小说《炼铁厂里的生活》（"Life in the Iron Mills"，1861）。这篇作品是用化名发表的，是她最出色的代表作，受到评论家和读者们的一致好评，被认为是美国现实主义文学的开山之作。[①] 爱默生赞美它是一个勇敢的、新的声音，狄金森、霍桑等文坛名家也给予了热情的肯定。小说延续了戴维斯一贯的风格，依然以社会底层人物，如黑人、土著人、妇女、移民等广大劳动阶层为关注对象，表现他们如何饱受生活磨难。戴维斯对现实如此关心，就是要"深入日常生活，深入美国人最普通的生活，看看里面究竟都是些什么东西"[②]。

该小说不仅给她带来了巨大的成功和广泛的声誉，还给她带来了甜蜜的爱情。小说出版后，一位名叫 L·克拉克·戴维斯的费城读者对她倾慕不已，不停地和她进行书信来往，最终两人喜结连理。结婚十年后，戴维斯的文学声望急速下降，而丈夫的事业则蒸蒸日上。她的角色因此发生转变，由作家变成了贤妻良母，此后基本上没有令人难忘的作品发表，只有《美国生活剪影》（*Silhouettes of American Life*，1892）稍稍引起一点反响而已。到 1910 年去世时，她几乎被人遗忘了。经过大约半个世纪的尘封之后，尤其是随着女权运动的兴起，戴维斯的文学和历史价值才重获重视和肯定，被誉为 19 世纪最杰出的女性小说家之一。

戴维斯既是小说家，又是散文家，作品甚丰，创作的长篇小说达十多部，短篇小说更多，除了《炼铁厂里的生活》，还有表现南北战争题材的短篇小说，如《大卫·冈特》（"David Gaunt"，1862）、《约翰·拉马尔》（"John Lamar"，1862）、《保罗·布莱克尔》（"Paul Blecker"，1863），以及

---

① J. L. Larson，"A Groundbreaking Realist：Rebecca Harding Davis，" *Documenting the American South*. Chapel Hill：The University of North Carolina at Chapel Hill，2004.

② Carol Kort，*A Biographical Dictionary A to Z of American Women Writers*. New York：Facts on File Inc.，2000，p.47.

《艾伦》("Ellen"，1865)、《音乐家》("The Harmonists"，1866)、《市场》
("In the Market"，1868)、《无价之宝》("A Pearl of Great Price"，
1868)、《摆脱》("Put out of the Way"，1870)、《瓦罐》("Earthen
Pitchers"，1873—1874)、《与萨拉医生相处的一天》("A Day with Doctor
Sarah"，1878)等。有关南北战争的小说都是在南北战争的影响下写出来
的现实主义作品，表现战争如何给人们的肉体和心灵造成巨大的影响和
伤害，同时还揭示了战争给社会带来的诸多问题。《约翰·拉马尔》描写
的是黑奴本的故事。在《解放黑人奴隶宣言》没有颁布前，本深感黑人的
未来充满了荆棘、艰辛。为了改变黑奴的前途和命运，他决定不惜一切代
价争取自由。在一位废奴主义者演说的感召下，他将自己的主人拉马尔
囚禁起来。实际上，这对主仆关系很好。拉马尔试图逃跑，结果被本杀
死。很明显，小说是在控诉黑奴制。《大卫·冈特》描写的是战争对年轻
姑娘多德·斯科菲尔德以及深爱她的两个小伙子造成的影响。冈特是位
牧师，但也被征召入伍。他内心备受煎熬：一方面，作为牧师，他要履行上
帝赋予的使命，劝人向善；另一方面，作为士兵，他又要走上战场屠杀同
胞。战争让他目睹了人性的残酷，尤其是他被迫枪杀多德父亲的时候，内
心世界完全崩溃了。同样是联邦士兵的道格拉斯·帕尔玛对宗教产生了
强烈的怀疑，内心痛苦不已。正是因为这个原因，笃信上帝的多德拒绝了
他的求婚，尽管他是她唯一真心爱过的男人。不过，当帕尔玛受伤时，多
德还是冒着生命危险出手相救，拯救了他的生命，多德的形象也因此得到
了极大升华。《保罗·布莱克尔》展现的则是爱情与军人天职之间不可调
和的冲突。女主人公利齐·格尼嫁给了一位远房表亲，但婚后夫妻感情
不和。丈夫离家出走，从此杳无音信，她以为他已经死了。贝克医生真心
爱着利齐，利齐也深信贝克能给她带来幸福。然而，令她始料未及的是，
失踪多年的丈夫突然来到贝克工作的医院里住院治病。贝克想方设法瞒
着利齐，但他们还是不期而遇了。尽管丈夫最终离开了她，但丈夫依然活
着这个事实，击碎了她与贝克一起开始新生活的希望。

　　1874 至 1875 年间，戴维斯在《斯克里布纳月刊》(*Scribner's
Monthly*)上发表了不少短篇小说。这些作品大多以女性为题材。从创作
手法上看，它们更像是札记，《医生的妻子》("A Doctor's Wife"，1874)便
是典型代表。这位妻子思想叛逆，行为举止与社会和丈夫所期待的相去
甚远。叙事者不断批评、责备女主人公缺乏女性的传统美德。《自信的女
人》("The Pepper-pot Woman"，1874)是另一个代表。主人公萨拉同《医

生的妻子》中的妻子一样，也是一位有思想、有主见的新女性形象，行为处事从不因循守旧，而是按照自己认定的标准，做自己认为正确、自然、喜欢的事情。不管外界如何评论，她始终是我行我素，比如收养了五个孩子。人们因此对她评头论足，但她坚持认为，这些孩子无依无靠，总得有人照料。作品热情歌颂了女主人公的慈爱胸怀。与这两位女性不同，《克莱珀市的女诗人》（"The Poetess of Clap City"，1875）的女主人公十分传统。她是一位才华横溢的女诗人，但为了照顾自己的孩子和心地善良、但终日沉湎于酒精的丈夫，她终止了创作，一心一意地做贤妻良母。《玛西娅》（"Marcia"，1892）中的女主角与上述女主人公们的差异更大。玛西娅是个没有受过教育的南方姑娘，只身来到费城闯荡。她心高气傲，拒绝别人的帮助，但所挣的钱太少，无法养活自己，于是靠偷窃贴补生活，最后被抓进了监狱。绝望中，她试图自杀，却未能成功。最后，一直深爱她的男人把她接回了家，娶她为妻。小说展现了那个时代一个女人要想闯荡社会、独立生活是何等的艰难。

在戴维斯众多的短篇小说中，最重要、最受欢迎的还是《炼铁厂里的生活》。这是美国文学中最早探讨工业化主题的小说之一，是研究美国劳工和女性问题的重要文本，具有很强的创新性。由于发表的年代正值美国南北战争即将爆发之际，因此作品不仅拥有很高的文学价值，还具有重要的历史文献价值。小说采用传统的现实主义手法，大胆地揭露了工业化给劳动人民带来的巨大不幸，令人震惊。小说以一个小村庄为背景，全村人基本上都在一个小炼铁厂里干活。原本美丽的村庄被工厂污染得面目全非。高强度的劳动把工人们累得一个个目光呆滞。他们身上整天黑乎乎、脏兮兮的，生活没有丝毫的乐趣。故事发生在30年代，此时的美国正在经历如火如荼的工业革命。如雨后春笋般涌现出来的工厂招录大批工人。他们大多是欧洲移民，没有受过良好教育，又没有什么技术，在工厂里做牛做马，可工资微薄，吃不饱、穿不暖。严重的营养不良导致许多人患上霍乱、天花、肺炎进而丧失生命。

叙事者是个无所不知的中产阶级。故事从一开始就给读者展现了一幅炼铁厂的景象：浓烟滚滚、工人挥汗如雨。主人公休·沃尔夫是名炼铁工人，但和别的工人不同，他艺术才华出众，一心向往优雅的精神生活，始终追求高品质的娱乐享受。然而，不幸的是，这样一位有追求、有品位、有思想的人，其美好的梦想和出众的才华却被残酷的现实击得粉碎。他表妹黛博拉对他十分关心。她到车间给他送饭，发现那里犹如地狱，工作又脏又累。黛博拉在车间里偷了一个钱包,回家后交给了沃尔夫。沃尔夫决定把钱留下自用。不久,东窗事发,两人双双被捕入狱。沃尔夫身心受到巨大打击,精神崩溃,自杀身亡。

小说虽然以工业革命和工人阶级为宏大主题和背景,但主要内容是描写劳动者的酸甜苦辣,揭露工业化给劳动者在灵与肉两方面带来的影响与伤害。戴维斯在小说中采用现实主义的创作风格,被评论界誉为美国浪漫主义向现实主义过渡的重要标志。她的现实主义小说可以与大约二十年后才出现的美国现实主义文学繁荣时期的任何一部优秀小说相媲美。当然,除了鲜明的现实主义风格,戴维斯的作品中还不乏自然主义和哥特式等多种不同元素,创作风格多姿多彩。

路易莎·梅·奥尔科特

路易莎·梅·奥尔科特于 1832 年出生在宾夕法尼亚州的杰曼镇,父亲阿莫斯·布朗森·奥尔科特是教育家、超验主义哲学家、乌托邦主义者,一生醉心于追求自己的理想。1838 年,阿莫斯举家迁往波士顿,在那里创办了一所学校,并且和爱默生、梭罗一起加入了超验者俱乐部。父亲同这些文学大师的亲密关系,给奥尔科特与他们频繁交往提供了很好的机会。父亲和这些超验主义者们都对教育非常重视,对子女十分严格。超验主义的理念对奥尔科特产生了很大影响,使她从小就培养出万事追求完美的人生态度。同时,他们对她后来走上文学道路也起到了十分积极的推动作用。

奥尔科特跟随父母数次搬家,最后定居于马萨诸塞州的康科德。父亲终日沉浸在自己的思想世界里,对妻小和生活不闻不问,导致一家人生活得十分艰难。母亲尽管热衷于社会活动,但无奈之下不得不挑起家里的重担,后来这份重担又压到了奥尔科特的肩上。年纪轻轻的她不得不外出干活挣钱,给人家当家庭女教师、护士、用人、裁缝等。生活的艰辛并没有动摇她对文学艺术的执着和热爱,奥尔科特在 15 岁时写出了第一部情节剧,17 岁时为爱默生的女儿创作了小说集《鲜花寓言》(*Flower Fables*,1849),21 岁时又开始发表诗歌作品。这些创作不仅抒发了她的文学理想,还为她带来了一些经济收入,缓解了家中生活的窘境。

长大之后,奥尔科特既是一个坚定的废奴主义者,又是一名积极的女权主义人士,对奴隶制和妇女权益问题十分关注。她曾收留过逃亡的黑奴,又是康科德第一位积极参加投票的女性。她还是一位教育改革者,竭力呼吁男女教育平等。这些思想和人生态度，清晰地表明她是一个极富思想和抱负的知识女性。而这些态度，尤其是争取女性权利的思想，对她此后的文学创作产生了巨大影响，使她成为一个性格鲜明的小说家。50 年代对奥尔科特一家来说非常艰难。1857 年，由于被生活压得喘不过气来，奥尔科特曾一度萌发强烈的自杀念头，是伊丽莎白·盖斯凯尔（Elizabeth Gaskell，1810—1865）写的《夏洛蒂·勃朗特传》（*The Life of Charlotte Brontë*，1857）这本传记重新燃起了她对生活的热情。到了60 年代，她的人生开始发生根本性的转变，创作也进入高潮期，经常为《大西洋月刊》撰稿。她将在一家医院当护士时的所见所闻写入信中，这些信后来结集成《医院札记》（*Hospital Sketches*，1863）出版，获得了评论界的广泛好评，尤其是她展现出来的细致的观察力和幽默的创作风格，备受称赞。奥尔科特深受鼓舞，更加坚定了使用这种创作手法和风格的决心，而这正是她不同于其他作家的独特之处，具有鲜明的个性。60 年代中期是奥尔科特创作的旺盛期，她连续写出了许多作品。这种旺盛的创作热情一直持续到 80 年代。数十年的创作热情结出了丰硕成果，她因此成为一名著作等身的杰出小说家。

奥尔科特作品众多，主要有《神秘的钥匙开什么门》（*The Mysterious Key and What It Opened*，1867）、《陌生岛》（*A Strange Island*，1868）、《贤妻》（*Good Wives*，1869）、《守旧姑娘》（*An Old Fashioned Girl*，1870）、《小妇人》（*Little Women*，1868）、《小男人》（*Little Men*，1871）、《工作：经验的故事》（*Work: A Story of Experience*，1873）、《八个表兄弟姐妹，或希尔婶婶》（*Eight Cousins*，or *The Aunt Hill*，1875）、《盛开的玫瑰》（*Rose in Bloom*，1876）、《紫丁香花下》（*Under the Lilacs*，1878）、《男男女女：乡村故事》（*Jack and Jill: A Village Story*，1880）、《乔的男孩子们》（*Jo's Boys*，1886），等等。众多的作品中，最为人称道、拥有读者最多的是三部曲《小妇人》《小男人》和《乔的男孩子们》。尤其是《小妇人》，现已成为美国乃至世界文学史中的经典之作，吸引了一代又一代读者和评论家。这部经典长篇小说的问世在一定程度上还要感谢作者的出版商。奥尔科特 36 岁那年，出版商建议她根据自己童年的记忆，创作一部以一群女孩子为主角的长篇小说，于是便有了《小妇人》。小说紧贴生活、紧贴现实，具有很强的写实性，拨动了无数读者，尤其是年轻女性读者的心弦。小说一出版就迎来了如潮的好评。这一成功极大地提振了她的自信心，促使她以更高、更昂扬的热情投入创作中。

奥尔科特在长篇小说的创作上成就斐然,其短篇小说创作同样是成绩骄人。她先后在杂志上发表了许多短篇小说,如《鲜花寓言》《哨岗故事集》(*On Picket Duty, and Other Tales*, 1864)、《牵牛花故事集》(*Morning-Glories, and Other Stories*, 1867)、《奥尔科特谚语故事集》(*Louis M. Alcott's Proverb Stories*, 1868)、《纺车故事集》(*Spinning-Wheel Stories*, 1884)等。她去世后,人们经过整理,又出版了她的短篇小说集《现代灰姑娘》(*Modern Cinderella, or The Little Old Shoe and Other Stories*, 1908)、《面具背后:鲜为人知的奥尔科特惊悚故事集》(*Behind a Mask: The Unknown Thrillers of Louisa May Alcott*, 1975)、《计谋与反计谋》(*Plots and Counterplots: More Unknown Thrillers of Louisa May Alcott*, 1976)、《奥尔科特惊悚故事集》(*Louisa May Alcott Unmasked: Collected Stories*, 1995)、《奥尔科特早年故事集》(*The Early Stories of Louisa May Alcott, 1852—1860*, 2000)等。奥尔科特去世后人们仍在整理、出版她的作品,表明后人对她的作品十分重视,尤其是在20世纪70年代美国女权运动的推动下,人们对她的小说再一次表现出了强烈的兴趣。

奥尔科特善于发现和捕捉社会矛盾与问题,擅长使用现实主义手法进行细致入微的描写。在众多的短篇小说中,不乏一些脍炙人口的短篇佳作,如《护士的故事》("A Nurse's Story", 1865)、《面具背后:女人的力量》("Behind a Mask: A Woman's Power", 1866)等。《护士的故事》讲述的是一个名叫凯特·斯诺的年轻女子的故事。她受雇去照顾一位女精神病人。小说中还有一位重要角色,叫罗伯特·斯蒂尔。这是一位十分神秘的人物,对女精神病人一家好像有着很大的影响。作者在讲述斯诺如何照料病人的同时,着重描写了她与斯蒂尔的关系,展现了他俩复杂的内心活动。《面具背后:女人的力量》是奥尔科特最受欢迎的短篇小说之一。该小说与《简·爱》颇有相似之处。主人公简·缪尔是个30岁的寡妇,曾经做过演员。她一心想做考文垂庄园的家庭教师,设法赢得孩子们的好感,进而通过他们赢取他们的叔叔考文垂勋爵的心。庄园的财产都掌握在勋爵手中,简对此觊觎不已。作者在描写简如何想方设法实现自己梦想的同时,也向读者展现了她的到来给庄园带来了许多欢声笑语和家庭的温馨。她的表现既赢得了庄园主人的信任,也获得了佣人们的赞赏,充分展示了看上去柔弱、实则坚毅的女性魔力。

奥尔科特是19世纪标志性的作家,她与戴维斯等女性小说家一样,

采用直白的、现代的手法探索女性问题,成为"那个时代明显的标志"①,是19世纪女性小说繁荣的代表性作家。1888年,奥尔科特在父亲去世两天后因中风在波士顿离世,年仅55岁。她被安葬在康科德市的睡谷公墓里,与爱默生、霍桑、梭罗这些享誉美国文坛的文学大家们的坟墓紧挨在一起。

康斯坦丝·费尼莫尔·伍尔森

康斯坦丝·费尼莫尔·伍尔森是19世纪下半叶一位十分重要的女性小说家、诗人、美国女作家的代表性人物。作家弗雷德·L·帕蒂(Fred L. Pattee,1863—1950)称赞说,在19世纪70年代,伍尔森"是美国出现的最'标新立异'的女作家"②,而她的文学顾问、诗人埃德蒙德·C·斯特德曼(Edmund C. Stedman,1833—1908)早在她成名之前就信心百倍地预言说,伍尔森将"成为我们的最具想象力、最重要的作家",因为她是"一个有品位、有洞察力、有才华、十分勤奋的女人"③。伍尔森写的小说与美国第一代女性小说家的作品明显不同,不再是以前盛行的情感小说,而是颇具地域色彩的地方小说,主要描写美国南方、大湖地区以及美国移民在欧洲的生活状态。

伍尔森出生在新罕布什尔州的克莱尔蒙特。舅公是著名的作家詹姆斯·费尼莫尔·库柏,从她的名字康斯坦丝·费尼莫尔·伍尔森中就能看出她是库柏家的后人。出生后不久,她就随父母搬到了俄亥俄州的克利夫兰市。她先后在克利夫兰女子学校和纽约的一所寄宿学校读书。她品学兼优,是纽约寄宿学校最优秀的毕业生。她热衷于旅游,时常到俄亥俄州北部和五大湖地区游览。大约二十岁时,就已遍游了美国中西部和东北部。这些经历极大地拓宽了她的视野,丰富了她的人生阅历,同时也为她后来的文学创作提供了丰富的创作素材。1879年,母亲不幸去世,她遭受了很大打击,随即到欧洲旅游。欧洲旖旎的风光、地中海灿烂的阳光令她流连忘返,从1880年起到1894年离开人世,她几乎一直住在意大利、瑞士、英国等欧洲国家,去世后被安葬在罗马。1870年,伍尔森开始在

---

① "Review 2 — No Title" from The Radical(1865 - 1872),1868,American Periodical Series 1740 - 1900.

② Mary P. Edwards, "Constance Fenimore Woolson," *Dictionary of Literary Biography — American Short-Story Writers Before 1880*,p.365.

③ Ibid.,p.367.

《大西洋月刊》《哈泼斯杂志》《斯克里布纳月刊》等期刊杂志上发表小说、散文等作品。早期创作的这些小说为她赢得了一片喝彩声,无论是读者还是评论家都对她褒奖有加。有些出版社,比如哈勃兄弟出版社,更是主动提出出版她所有的小说。这一切极大地鼓舞了她的创作热情,促使她笔耕不辍,一跃成为当时美国最重要、最多产的作家之一,与威廉·狄恩·豪威尔斯(William Dean Howells,1837—1920)、亨利·詹姆斯等文坛名家齐名。

伍尔森很有想法,求新思变,对女作家的创作有着独特的认识。1875年,她在给诗人、她的文学顾问保罗·汉密尔顿·海恩(Paul Hamilton Hayne,1830—1886)的信中说:"我认为女性过于注重美了,缺乏一种力量。而我正好相反,我担心自己过于鲁莽,过于唐突。"①她发现,其他女作家笔下的男主人公都像骑士一样,个个英俊潇洒,侠义万丈,实际上这种人在现实生活中根本不存在,显得十分虚假。她认为,文学创作不能离开现实太远,不能太虚无缥缈,必须以现实生活为基础,表现现实生活中人们的喜怒哀乐。同时,她非常关注人物的行为动机,十分擅长人物性格乃至心理的分析,被奉为"分析小说(Analytical Fiction)的创始人"。她刻画人物精雕细刻,人物形象血肉丰满,个性鲜明,给读者留下了深刻的印象。她的这些创作思想及追求与她喜爱的作家不无关系。在众多作家中,她最喜欢屠格涅夫(Ivan Turgenev,1818—1883),对乔治·艾略特、夏洛蒂·勃朗特、弗朗西斯·布莱特·哈特(Francis Bret Harte,1836—1902)、大仲马(Alexandre Dumas,1802—1870)等也钟爱有加,而最入迷的作品是艾略特的小说《弗洛斯河上的磨坊》(*The Mill on the Floss*,1860)。

伍尔森著作等身,既有大量的长篇小说,如《旧砖房》(*The Old Stone House*,1873)、《安妮》(*Anne*,1880—1881)、《为了少校》(*For the Major*,1882—1883)、《东方天使》(*East Angels*,1885—1886)、《朱庇特之灯》(*Jupiter Lights*,1889)、《霍拉斯·蔡斯》(*Horace Chase*,1893)等,又有许多诗歌,还有数十篇短篇小说。到19世纪末,仅短篇小说集,她就发表了四部,即《乌有堡:湖区见闻录》(*Castle Nowhere: Lake-Country Sketches*,1875)、《公墓看护人罗德曼:南方见闻录》(*Rodman the*

---

① Mary P. Edwards, "Constance Fenimore Woolson," *Dictionary of Literary Biography — American Short-Story Writers Before 1880*, p.367.

Keeper: Southern Sketches，1880）、《前院及其他意大利故事》(*Front Yard and Other Italian Stories*，1895）和《多萝西及其他意大利故事》(*Dorothy and Other Italian Stories*，1896）。这些小说集区域色彩浓郁，好评如潮，如收录有 23 篇短篇小说的《乌有堡：湖区见闻录》取景于密歇根州北部，《公墓看护人罗德曼：南方见闻录》描写的则是美国南方地区，表现的是南北战争结束后北方人来到南方生活所经历的酸甜苦辣，而《前院及其他意大利故事》和《多萝西及其他意大利故事》，故事的发生地则移到了欧洲，表现了厚实、悠久的欧洲文明和文化对美国人的影响。这些欧洲题材的小说与亨利·詹姆斯的欧洲小说，在主题和内容上颇为相似，表现的都是国际主题，展现的也是美国人与欧洲人在思想和价值观念上的差异。其实，这种对比手法在《公墓看护人罗德曼：南方见闻录》中也是随处可见，集子中所收录的南方题材的小说，几乎都是在比较北方人与南方人之间的不同，尤其是性格差异。

在《乌有堡：湖区见闻录》中，《小鱼镇上的贵妇人》("The Lady of Little Fishing")是一篇非常有代表性的作品，也是作者的代表作之一。小说很好地体现了伍尔森不落俗套、刻意求新的创作思想，创作手法新颖别致，首创"框架叙事"的叙述手法，进行"嵌入叙事"，即在叙事中叙事。故事发生在 1850 年，叙事者是一位从城里来到大自然度假的年轻绅士，打算去乡下钓鱼、打猎，却意外地发现了一座被遗弃的小镇。晚上，他在小镇的废墟中过夜，不料一个幽灵来拜访他。幽灵原来是镇上的一个居民，身穿皮衣，向叙事者讲述了小镇如何遭弃的过程。30 年前，镇上大约有四十个来自不同地方和阶层的居民，彼此千差万别。但是，他们也有一些共同之处，即全为男性，都以捕猎为生，而且个个"恶贯满盈"，不是酗酒赌博，就是打架斗殴，狂野不羁。后来，镇上来了一位女士，一切随之开始发生变化。这位女士是一位苏格兰传教士，金发碧眼、皮肤白皙、身材高挑、婀娜多姿，犹如百合花一般典雅、圣洁，镇上的男人无不为之倾倒。他们争先恐后地向她献殷勤，为她造房子，参加她举办的各种宗教活动，视她如圣女般圣洁。在她的影响下，他们个个变得彬彬有礼，温文尔雅。然而，有一个叫米切尔的男人始终不为她所动，也从不向她献媚。具有讽刺意味的是，她却偏偏爱上了他。人们失望地发现，原本像圣女一般的偶像，居然跟他们一样凡俗。令人惊讶的是，米切尔竟然拒绝了她的爱，远走他乡。女主人公伤心过度，凄然辞世。男人们随即也纷纷离开，整个镇子很快就变成了一座空城。向叙事者讲述这个故事的幽灵，原来就是米切尔,他是来祭拜女主人公的。小说呈现的是现实生活中的各种人际关系和风土人情。

《公墓看护人罗德曼:南方见闻录》收录有十多篇小说。这些作品具有很高的文学价值,同时还带有一定的文献性质,栩栩如生地展示了南方的民俗风情。亨利·詹姆斯评价该小说集时说:"伍尔森小姐仔细认真、系统地研究了战后佛罗里达州、佐治亚州、卡罗莱纳州的方方面面,写出了这些优秀的作品。她出众、细致的观察能力,温婉、柔美的细腻情感,都是在驻足细察、认真分析后创作出这些极具价值的小说。"①《老加迪斯顿庄园》("Old Gardiston")、《公墓看护人罗德曼》("Rodman the Keeper")和《金·大卫》("King David")是集子中的优秀代表作,尤其是《公墓看护人罗德曼》,最为读者称颂。像作者其他南方题材的作品一样,该小说也是描写北方人和南方人在交往过程中由于地域差异而引发的种种矛盾。主人公罗德曼上校是南北战争中同盟军的一名退伍军人。他是北方人,到南方的一座国家公墓当看护人,那里安葬着一万四千多名美国士兵的遗体。另一个人物瓦尔德·德·罗塞特,是南方联邦军的一名军官,战争中受了重伤,退伍后回到家中。他们虽然性格迥异,可罗德曼还是主动关心贫困交加的德·罗塞特,给他送医送药,甚至把他接到自己的住所,无微不至地关怀他。渐渐地,两个人互相理解了对方。然而,德·罗塞特的表妹贝蒂娜十分恼火,认为他不该接受一个北方佬的帮助,因为她坚决反对南北方融合。小说结束时,德·罗塞特离开了人世。罗德曼试图帮助贝蒂娜,但遭到严词拒绝。她孤身一人,远走他乡。罗德曼非常理解她,对她不济的命运深表同情。整个小说力图展现南方人和北方人和睦相处是多么的困难,同时表明南北双方虽然在形式上实现了统一,但在人们的内心远未如此,双方芥蒂很深。

1887 年,亨利·詹姆斯评价说,伍尔森"创作精细、手法灵巧……一直广受人们的好评"②。詹姆斯的这一评价是恰如其分的,因为伍尔森的作品几乎篇篇都具备这些特点。她塑造的众多性格各异、形象丰满的人物形象,描绘这些角色所生活的独特环境,是她对美国文学作出的最大贡献,她因此在美国文学史上,尤其是在美国短篇小说史上,享有重要地位。

---

① Mary P. Edwards, "Constance Fenimore Woolson," *Dictionary of Literary Biography — American Short-Story Writers Before 1880*, p.368.

② Ibid., p.370.

玛丽·E·威尔金斯·弗里曼

玛丽·E·威尔金斯·弗里曼是19世纪美国英格兰地区乡村风貌最重要的描绘者和阐释者。她通过大量的小说,客观真实、令人信服地记录了洋溢着浓厚清教氛围的新英格兰乡村地区250年的传统、文化、风土人情以及社会变迁,对美国现实主义文学的发展作出了重要贡献,深受世人的尊敬和爱戴,就连享有"现实主义文学奠基人"美誉的豪威尔斯也连连称赞她是美国"现实主义的领袖"①。由此可见,弗里曼所取得的文学成就之卓著、在美国文坛所产生的影响之广泛,鲜有人能与之媲美。正因如此,1926年,弗里曼赢得了美国"威廉·狄恩·豪威尔斯杰出小说奖",成为该奖设立后获奖的第一人。

弗里曼的小说基本上都是取景于英格兰乡村地区,乡土气息浓郁,人们因此称她为乡土作家。然而,她在创作中时常有意识地避开或者改变乡土文学的创作方法,规避乡土文学一些典型特征,尽量不用带有明显的19世纪新英格兰乡村地区的方言,也不渲染极具地域特色的奇风异俗,更不刻意塑造带有明显地域特质的人物形象。她着力表现的是人物的内心活动,以此揭示他们的真情实感。因此,她与一般的乡土作家具有明显的差异。深入人物内心世界,聚焦心理描写,极大地拓展、丰富了她的创作手法。从这个意义上讲,她是一位乡土文学小说家,同时也是一位富有创新精神的现实主义作家。

弗里曼拥有惊人的观察能力。她发现,新英格兰乡村民众固执任性,独立性很强。她在小说中,尤其是在初期作品中,描写的基本上都是这样的人物。她还发现,当时的社会和经济条件恶劣,民众生活不易,对女性而言尤其如此,因为青壮年不是被征兵,就是去西部淘金,或是移居到城市里谋生,村子里留守的都是女人、老人和孩子,虽然也有一些男人留守,但他们不是这里有毛病就是那里有问题,身心存在种种缺陷。因此,整个乡村呈现一派萧条景象,女人成了承载乡村的主力,支撑着乡村社会。这便是当时的社会现实,也是弗里曼小说中的社会状况,更是为什么她笔下的世界往往都是女人的原因所在,尤其是为什么她塑造的女人总比男人强、比男人性格坚毅的真正缘由。正因为如此,她在20世纪美国女权主

---

① Perry D. Westbrook, "Mary E. Wilkins Freeman," *Dictionary of Literary Biography — American Short-Story Writers*, 1880 - 1910, ed. Bobby Ellen Kimbel. Detroit: Gale Research Inc., 1989, p.160.

义运动中受到女权主义批评家们的广泛关注和推崇,其作品再度引起了人们的浓厚兴趣,被认为是美国文学史上重要的小说家。她营造氛围、揭示人物内心世界的娴熟技巧,更是受到人们的推崇,对许多作家产生了明显影响,譬如凯瑟琳·安·波特(Katherine Anne Porter,1890—1980)和曼斯菲尔德(Katherine Mansfield,1888—1923)等。

1852 年,弗里曼出生在马萨诸塞州的伦道夫。这里距离波士顿虽然只有十几英里,但完全是乡村,没有一点城市的影子,许多村民靠制鞋为生。弗里曼的父亲是个木匠,父母都是正统的基督教公理宗教派的信徒,对她管教严格。她的童年是在浓郁的宗教氛围中度过的,其宗教信仰及后来的文学创作深受童年经历的影响。15 岁时,她随父母搬到佛蒙特州西部的布拉特尔伯勒镇。高中毕业后,她入读霍利奥克山女子学校。这所学校宗教氛围异常浓厚。一年后她因病辍学,随后到西布拉特尔伯勒的格林伍德女子学校读书。1873 至 1880 年间,她家接连发生不幸:父亲破产,唯一的姐姐年纪轻轻就离开人世,母亲随后也撒手人寰。弗里曼重新回到伦道夫,并于 1902 年结婚。后来,她又随丈夫搬到新泽西州的梅特琴,在那里一直生活到 1930 年去世。弗里曼虽然在不同的地方生活过,但她对布拉特尔伯勒镇印象最深,其创作受这段岁月的影响也最大,因为这期间她对新英格兰乡村地区的了解最深入、最透彻。

早在少女时代,弗里曼就开始了文学创作。不仅写小说,还创作诗歌,且颇受好评。她最优秀的作品基本上都写于 19 世纪八九十年代,也就是她生活在伦道夫期间。弗里曼作品甚丰,长篇小说达十多部,如《简·菲尔德》(*Jane Field*,1892)、《彭布罗克》(*Pembroke*,1894)、《马德龙》(*Madelon*,1896)、《穷鬼杰罗姆》(*Jerome, A Poor Man*,1897)、《一份劳动》(*The Portion of Labor*,1901)、《债主》(*The Debtor*,1905)、《心灵之光》(*By the Light of the Soul*,1907)、《巨人的肩膀》(*Shoulders of Atlas*,1908)、在豪威尔斯倡导下和亨利·詹姆斯等人合作完成的《整个家庭》(*The Whole Family*,1908)、《绿色之门》(*The Green Door*,1910)等,而短篇小说更是数量惊人,汇成小说集就达十多部,如《卑微的爱情故事集》(*A Humble Romance and Other Stories*,1887)、《新英格兰修女故事集》(*A New England Nun and Other Stories*,1891)、《年轻的柳克丽霞故事集》(*Young Lucretia and Other Stories*,1892)、《金罐故事集》(*The Pot of Gold and Other Stories*,1892)、《沉默故事集》(*Silence, and Other Stories*,1898)、《安历险记,殖民时期故事集》(*The Adventures of*

Ann, Stories of Colonial Times，1899)、《洛德牧师的爱情故事集》(*The Love of Parson Lord and Other Stories*，1900)、《远方的旋律故事集》(*A Far-Away Melody and Other Stories*，1902)、《玫瑰丛中的风故事集》(*The Wind in the Rose-bush and Other Stories*，1903)、《模仿者故事集》(*The Copy-cat and Other Stories*，1904)等。

弗里曼著作等身，但最为人称颂的还是其短篇小说，她在这方面的成就也最大。在琳琅满目的短篇小说中，《卑微的爱情故事集》和《新英格兰修女故事集》这两部小说集最为出色，艺术成就也最高，所收录的作品许多都是她的优秀代表作，在美国文学史上享有较好的知名度，一直受到评论家们的好评。美国著名评论家弗朗西斯·O·马西森就曾指出，这两部小说集"讲述了她对生活的理解"，揭示了她对生活中种种悲剧的深刻洞察，"尽管她在小说中没有完整地表现过这样的内容……但是依靠自己的力量独立生活，这种坚强的意志一直是这些作品不变的主题，女主人公们不愿继续忍受而愤然反抗，这种精神为她们的形象增添了最为动人的艺术魅力"①。《卑微的爱情故事集》的主要内容是新英格兰农村地区清教徒们的生活，人物形象多姿多彩，各种角色应有尽有，十分引人入胜。每个角色都代表了一种人物类型，具有很强的典型性和代表性。《诚实的人》("An Honest Soul")中的玛莎·帕奇就是一个突出的例子。玛莎生活清贫，靠做针线活为生，常常是吃了上顿没下顿。一天，两个客人拿来一些废旧布料请她缝成被单。被单做好后，她发现错把两个人的布料缝到了对方的被单上。遇到这种情况，一般人通常不予理会，最多向客人说明一下就过去了。可玛莎不一样，她是个清教徒，为人极为真诚，做事一丝不苟、严谨认真，几乎严格到了一种病态的地步。这种极其"诚实"的性格是她从父亲那儿继承来的，而父亲又传承了她爷爷的风格，可谓世代家风。玛莎随即将两床被单撕掉，重新缝制。她因此做了好几天的无用功，一分钱也没挣到，接连几天没钱买食物。由于饥饿过度，又加上营养严重不良，她一下子昏了过去。她孤身一人，幸好邻居及时发现，她才捡回一条性命。作者塑造的这个形象，在当时的新英格兰农村地区并非个案，而是具有广泛的代表性。生活潦倒，孤苦伶仃，这是当时的新英格兰农村地区非常普遍的现象，是无数女子的真实写照。小说的主题也是弗里曼在许

---

① Perry D. Westbrook，"Mary E. Wilkins Freeman，"*Dictionary of Literary Biography — American Short-Story Writers*，*1880 - 1910*，ed. Bobby Ellen Kimbel. Detroit：Gale Research Inc.，1989，p.171.

多作品中反复表现的,即固执、近乎死板的诚实和认真、贫困、孤独等,非常真实、清晰地展现了那个时代新英格兰乡村凄凉而严酷的社会现实。

这些主题可以说是该小说集中许多作品的共同主题,比如《在沃波尔的路上》("On the Walpole Road")。主人公是一对订了婚的青年男女。眼看就要结婚,女方却爱上了别人。尽管如此,她还是履行承诺,如期嫁给了男方。婚礼上,新娘向牧师坦言,她的心上人并非新郎,而是另有其人。同玛莎令人吃惊的"诚实"一样,这里的女主人公同样执着得令人咂舌,几乎到了怪异的地步。这种怪异在《龙胆根》("Gentian")中也十分明显。男主角独断、固执,得了重病却不愿意看医生,因为他憎恨医生、讨厌吃药。无奈之下,妻子瞒着他把龙胆根放进饭菜里。秘方起到了奇效。然而,"诚实"的女主角认为必须把实情告诉丈夫。获知真相后,丈夫从此自己做饭烧菜,妻子做的一律不吃。失去了妻子应有的作用,女主角觉得还不如离开丈夫去和自己的姐姐住,丈夫竟也欣然同意。很显然,上述三篇小说的主人公们倔强的性格给自己带来了诸多磨难和不幸。

当然,集子中也有一些小说是从正面描写这类性格产生的积极效果,比如《甜蜜的滋味》("A Taste of Honey")。女主角路易莎和守寡的母亲为了贷款,抵押了家中的田地。为了还贷,多年来她披星戴月、辛苦劳动,甚至暗下决心,不付清贷款绝不嫁人。她的情人觉得等得太久,就在她付清最后一笔款的那一天,娶了别的姑娘。作者意在表明,路易莎毕竟完成了一项非常有价值、有意义的事情,而婚姻并不是女人追求的唯一生活目标。在这些小说中,还有一些是表现性格倔强的主人公如何抵抗命运、与环境抗争的。《迟到的感恩》("A Tardy Thanksgiving")中的女主人公马齐在感恩节来临之际拒绝欢度节日,因为她失去了丈夫,觉得自己没有什么好感谢上帝的。在宗教氛围甚为浓厚的环境里,这样的举动无疑是对上帝的不敬,必然会招来众人的指责。侄女一再恳求她不能对上帝如此不敬,可她依然我行我素,拒绝感恩。她不小心烫伤了脚,觉得是上帝在惩罚她,因而改变了主意。另一篇小说《急迫的道德事件》("A Moral Exigency")也是有关反抗的故事。主人公是名牧师的女儿,相貌平平,但热情奔放,父亲希望她嫁给一位带着四个孩子的鳏夫,她坚决不从,而是偷走了一个姑娘的情人。直到那个姑娘快要离开时,她才把情人还给她。这篇小说同《迟到的感恩》一样,女主人公都具有强烈的叛逆、对抗精神,虽然她们最终放弃了对抗,但所表现出来的那种不畏神圣、蔑视权威的勇敢精神,是非常令人钦佩的。从这个意义上讲,这几位女主人公与传统的

女性形象明显不同，具有一定的新女性气质。另外，弗里曼在该集中还塑造了一种女性角色。她们没有激烈的反抗，也没有令人咋舌的固执，而是默默忍受。《战胜谦卑》（"A Conquest of Humility"）中的女主人公达莉亚便是如此。新婚大喜，她和客人们迟迟不见新郎，等来的却是新郎的父亲。他告诉达莉亚，他儿子迷上了另一个女人，不能来参加婚礼了。达莉亚又气又羞。然而，她并没有大哭大闹，而是默默地忍受下来。她极力表现出平静的样子，像往常一样生活，就好像什么事也没有发生。当然，她这么做一方面是给左邻右舍看的，另一方面是想告诫负心汉，她瞧不起他、蔑视他。具有讽刺意味的是，负心汉后来也遭到抛弃。他后悔不已，对达莉亚深表歉意，并当着上次出席婚礼的所有嘉宾的面，向达莉亚认错，请求原谅，并再一次向她求婚。达莉亚带着胜利者的神情，断然拒绝。对方深知达莉亚生性固执、说一不二，只好悻悻离去。达莉亚明白，这一次小伙子是真心实意的，同时她发现人群中有人对小伙子一脸蔑视，再加上她能设身处地体会到，遭到拒绝的小伙子今后一定痛苦不堪，于是她当即改变主意，并冲着那个满脸蔑视神情的人大声说："你不用那样看着他，我决定嫁给他。"乍看之下，这个故事好像不足为信。然而，男女主人公感情真挚、为人真诚，由悔恨到谦卑，由谦卑到认错，再由真诚的认错到最后的原谅、喜结连理，作者将他们的内心世界展现得淋漓尽致，具有很强的说服力和感染力。这也是读者为什么对它爱不释手的原因。

《新英格兰修女故事集》是弗里曼的第二部短篇小说集，收录的许多小说都脍炙人口。与第一部一样，这些作品也是以广袤的新英格兰乡村为背景，以那里的村民为对象，表现他们的喜怒哀乐。相对而言，《乡村歌手》（"A Village Singer"）、《路易莎》（"Louisa"）、《利迪姐姐》（"Sister Liddy)、《乡村李尔王》（"A Village Lear"）、《母亲的反抗》（"The Revolt of Mother"）、《新英格兰修女》（"A New England Nun"）等较为出色，艺术水准也较高，较受读者欢迎。《乡村歌手》和《母亲的反抗》描写的均是逆来顺受的女性如何站起来反抗、维护自己权利和尊严的故事。《母亲的反抗》的女主角是位农民的妻子，为了表示对丈夫的不满，同时也是作为一种反抗，她带着孩子离家出走，搬进了丈夫先前建造用来关牲畜的仓库。这一抗议举动令丈夫大为震惊，也为之动容。他发誓要善待妻儿，为他们提供美好、舒适的生活。20世纪，评论家们时常把它看做一篇女权主义小说，就连美国总统罗斯福在一次演说中也如此解读。

《利迪姐姐》是作者重要的代表作。小说采用白描手法，情节很松散，描写的是新英格兰地区一家济贫院里一群乞丐和精神病患者悲惨、凄凉的生活。主人公是几位老太太。第一位是个高个子,她精神错乱,声称能够预测世界末日;第二位又笨又胖,总喜欢恶言恶语,流言不断,并乐此不疲,还喜欢炫耀自己年轻时多么漂亮;第三位名叫波莉,相貌平平,整天愁容满面,经常给人讲一个叫利迪姐姐的故事,说她怎么可爱、如何迷人,但临终前她坦白说,这些故事都是她胡编乱造的,根本就没有利迪姐姐这个人;第四位名叫萨莉,精神也不正常,总喜欢撕床单。除了这些老太太,还有一位年轻女子。她体弱多病,终日郁郁寡欢,原来是亲人抛弃了她。小说象征色彩浓厚。萧瑟、压抑、没有丝毫欢乐的济贫院,无疑是新英格兰农村最形象的暗喻,而这些生活贫困、身心畸形的女子,显然是新英格兰农村里备受生活煎熬、屡遭生活打击的千千万万不幸女性的代表。因此,小说具有很强的区域、社会以及时代的纪实性,读来令人震惊。

在《新英格兰修女故事集》中,最为读者称颂的恐怕要算同名小说《新英格兰修女》了。主人公路易莎·埃利斯住在一个闭塞、沉寂的小村庄,和一个男子订婚长达 15 年而没有结婚,因为未婚夫去澳洲闯荡迟迟未归。在漫长的岁月里,路易莎整天和一只金丝雀与一条狗相伴。金丝雀被关在笼子里,而狗因为喜欢用舌头舔人而被链条拴着。路易莎独来独往,不愿参加村里的任何活动。后来,未婚夫虽然春风得意地回来了,但由于分隔时间太久,两人已经很难沟通、相处,以前的爱也早已消失,而且长期孤独的生活也使得路易莎失去了对婚姻的向往。更重要的是,路易莎得知未婚夫已经另有所爱。即便如此,他俩依然在按部就班地筹备婚礼,因为一向处事认真、信守诺言的新英格兰人,一旦承诺婚约,一般是不会轻易毁约的,即便没有了爱情,依然要履行诺言。作者在这里再一次生动地表现了新英格兰农民那种令人惊讶的诚实和固执。不过,最后发生了戏剧性的一幕:经过再三考虑,习惯了孑然一身的路易莎决定解除婚约,将自由还给未婚夫,也为自己解除枷锁。做出这个决定虽然很痛苦,但一旦主意拿定,她却由衷地感到轻松。从此,路易莎又像以前那样深居简出,享受着一个人的宁静、简单、纯朴,深得其乐,永远不会为结婚所要承担的各种义务而苦恼。

弗里曼后期依然保持着旺盛的创作热情,但作品质量大不如前,这主要是因为丈夫发现她写小说赚钱很容易,逼迫她马不停蹄、夜以继日地创作。由于创作动机发生了根本性的变化,她很难唤起创作激情,无法写出当年那样引人入胜的作品来。

萨拉·奥恩·朱伊特

萨拉·奥恩·朱伊特是 19 世纪美国重要小说家,其作品以浓郁的缅因州南部海岸附近的地方特色而享誉文坛。

1849 年,朱伊特出生在缅因州南贝里克的一个殷实的家庭里,在家中三姐妹里排行老二。父亲是当地一名受人尊敬的医生,父女俩关系十分亲密。她和两个姐妹的教育基本上都是在家里完成的,虽然后来也上过学校,但她感到,在藏书丰富的家里学习,能够学到更多东西。她常说,她所接受的真正教育实际上来自父亲,因为父亲和她一样对大自然和英语经典名著兴味盎然。作为医生,父亲经常要出诊,而她时常伴其左右,一起出行。这一经历不仅使她领略到了缅因州南贝里克这个港口附近美丽的山川水色,从小培养了对大自然的浓厚兴趣,还见识了当地各式各样的民众,了解了各种不同的性格,并且培养了擅于观察的能力,从而积累了丰富的知识,增长了人生的阅历。这些经历不仅为她今后的文学创作积累了丰富的素材,同时还是唤起她创作灵感的不竭源泉。

朱伊特从小就对文学创作表现出浓厚的兴趣,18 岁时就开始发表短篇小说。这一兴趣伴其一生,创作生命力长达三十多年,写出了大量小说,尤其是短篇小说。她创作出许多她自己称之为“日常生活”的“传奇”,对短篇小说创作进行了有益的探索。朱伊特一帆风顺的创作道路,在一定程度上应感谢豪威尔斯等文坛名家的提携、支持和鼓励。当时,豪威尔斯在《大西洋月刊》当编辑,经常帮助朱伊特在上面发表小说,使她在文坛上崭露头角,成为当时一名颇具知名度的重要小说家。同样为她提供帮助的还有该杂志的另一位编辑——著名文人霍勒斯·斯卡德（Horace Scudder, 1838—1902）。朱伊特终身未嫁,但与作家安妮·菲尔兹（Annie Fields, 1834—1915）过从甚密,安妮丈夫于 1881 年去世后,她俩索性住到了一起。为此,朱伊特饱受诟病,被指有同性恋倾向。1902 年,她不幸遭遇车祸,身受重伤,1909 年又因中风瘫痪。这些不幸给她的身体造成了巨大伤害,还严重影响了她的创作。

朱伊特具有非凡的叙事能力,尤其擅长叙述乡村故事,作品具有浓郁的地方特色和乡土气息。关于创作思想,她坦言父亲对她影响很大。1871 年,她在日记中记述父亲曾告诫她,小说应该精心设计,对读者要富有启迪,作者不要把一切都写出来、清清楚楚地呈现在读者面前,而要让读者自己提出疑问,比如为什么作者“这样写”、为什么“不那样写”等。这种创作理念清楚表明,小说创作应该含蓄、有所保留,应该给读者留下想象的空间,这样阅读起来才会有意境,促发思考。朱伊特非常赞赏这一思想,并积极地运用到自己的创作中。她因此成了一位风格独特的作家,与其他现实主义小说家明显不同,这也成为她作品风格的显著标志。豪威尔斯对此给予了积极评价和充分肯定,赞扬她具有一种非同寻常的叙事能力,富有内涵。这些风格对后世一些作家产生了显著影响,如维拉·凯瑟(Willa Cather,1873—1947)。女权主义批评家一直把朱伊特视为女性生活和思想的代言人,认为她的创作极其生动而准确地表现了女性的喜怒哀乐,深受女性读者的欢迎。

从发表第一则短篇小说《珍妮·加罗的情人》("Jenny Garrow's Lovers",1868)起,朱伊特一生共创作了约一百五十篇小说、札记、二十多篇儿童故事、五篇长篇小说等。她的创作虽然题材广泛,但最为人称颂、艺术成就最高的还是她的短篇小说。这些优秀作品收录在 10 部短篇小说集中,是她对美国文学作出的最大贡献。不过,也有一些作家对她的创作并不是一味地叫好。亨利·詹姆斯就曾指出,朱伊特的作品虽然多,但杰作并不多,算不上一个一流的作家。① 这种评论代表了一种观点,但客观地说,朱伊特在作品中对社会的敏锐观察、对那个时代的准确记叙是非常出众的,她的艺术表现也是非常富有感染力的。朱伊特的主要作品有长篇小说《乡村医生》(*A Country Doctor*,1884)、《针枞之乡》(*The Country of the Pointed Firs*,1896)等,短篇小说集《新老朋友》(*Old Friends and New*,1879)、《乡间小路》(*Country-by-Ways*,1881)、《日光伴侣和岸上朋友》(*The Mate of the Daylight, and Friends Ashore*,1882)、《白鹭故事集》(*A White Heron and Other Stories*,1886)、《陌生人和旅行者》(*Strangers and Wayfarers*,1890)、《土生土长的温比人故事集》(*A Native of Winby and Other Tales*,1893)、《南希的生活》(*The Life of Nancy*,1895)、《王后胞妹故事集》(*The Queen's Twin and Other Stories*,1899)等。

《珍妮·加罗的情人》收录在《萨拉·奥恩·朱伊特未收录的短篇小说集》(*The Uncollected Short Stories of Sarah Orne Jewett*,1971)中。小说以英国乡村为背景,以威尔和狄克这对兄弟为主人公,描写了他们如何共同追求珍妮姑娘的故事。威尔遭到拒绝后离家出走当水手去了,狄克

---

① 　Perry D. Westbrook, "Mary E. Wilkins Freeman," *Dictionary of Literary Biography — American Short-Story Writers, 1880 - 1910*, ed. Bobby Ellen Kimbel. Detroit: Gale Research Inc., 1989, p.209.

被控杀人进了监狱,珍妮则被瘟疫夺去了年轻的生命。五年后,威尔回到故乡,狄克也被无罪释放,兄弟俩重获团圆,共同生活在一起,终生未娶。作为处女作,这篇小说难免显得稚嫩,明显带有维多利亚时代那些戏剧性夸张故事的模仿痕迹。三个主人公,不是伤心欲绝地远走他乡,就是蒙冤受屈被关进大牢,而且三个人先后全部离开人世。这样的情节显得过于夸张,令人难以置信。不过,小说在一定程度上展现了作者此后的创作风格,如采用第一人称叙事、叙事娓娓动听、富有感染力等。

同样是练笔之作,第二篇小说《布鲁斯先生》("Mr. Bruce")的质量明显有提高。它收录在《新老朋友》中。虽然沿用了第一篇中的叙事技巧,但背景移到了新英格兰地区,描写的人物和风土人情都具有新英格兰地区的显著特色,这些都成了她后来创作不变的特征。小说使用双重叙事法,两个叙事者玛丽和玛格丽特交替叙述,显示了作者出众的叙事驾驭能力。故事发生在二十多年前,主人公是玛格丽特的姐姐基蒂和布鲁斯先生。布鲁斯是位商人,和基蒂的父亲是好朋友。一天,他应邀来家中做客,家中的女佣生病,基蒂自告奋勇扮演女佣角色,并且扮演得惟妙惟肖,布鲁斯被"女佣"深深地吸引了。后来,他得知基蒂不是女佣,而是主人的女儿时大为吃惊,而基蒂则喜不自禁。于是,两个人喜结良缘。与第一篇小说相比,这一篇妙趣横生,充满了喜庆色彩。小说的精彩之处不在情节,而在叙事本身,在鲜活的人物刻画,在真实而清晰的社会环境的展现,体现了现实主义小说的显著特色。

《迷失的情人》("A Lost Lover")讲述的是霍雷希亚·戴恩小姐的故事,为了等候情人归来,她待字闺中,一等就是近三十年。邻居们都觉得,她要是把那个迟迟不归、又杳无音信的情人忘掉,她的生活可能会精彩很多。一天,一个流浪汉来到她的门前,向她讲述自己在海上的种种奇遇和冒险,戴恩小姐认定他就是自己迷失的情人。然而,她发现情人已经变得面目全非,满身恶习。她非常失望,匆忙塞上 10 元钱把他打发走了,没有相认。这时,戴恩小姐十分清晰地意识到,自己的情人永远迷失了,再也回不到她的身边。《悲伤的客人》("A Sorrowful Guest")讲述的是发生在南北战争后的一个鬼影幢幢、匪夷所思的故事。一位战友据说在战场上阵亡了,魂灵跑来告诉战友惠斯顿不久他也要离开人世。惠斯顿听了一蹶不振,不久果然死了。而这位战友实际上并没有死,只是负了伤而已。《迟到的晚餐》("A Late Supper"),叙述的是一个老姑娘的故事。凯瑟琳孤身一人,靠出租房屋为生。由于租客稀少,收入微薄,她时常陷入不得不变卖房子的窘境。一次,她回家时被一列火车挡住了去路,于是她翻越火车,不料火车启动把她给带走了。她吓坏了,车上一位年轻的女乘客热情地安慰她,使她度过了一个很愉快的旅程。她在下一站下来后设法回到家,为客人准备迟到的晚餐。不久,她在火车上结识的那位女乘客来信说,她和婶婶要来租住房子。凯瑟琳因此有了稳定的收入,避免了变卖家产的窘境,同时还有像朋友一般的客人做伴,十分开心。受惠于人的她决定自己也要惠及别人,于是收养了一个穷人家孩子。小说看似波澜不惊,探讨的却都是些重要的社会问题,如老处女的孤独窘迫、贫穷、善德有报、年轻人关爱老人、社会的发展给传统带来的挑战、亲近自然、热爱自然,等等。这些问题都是朱伊特百写不厌的主题,在她此后的创作中反复出现。人物刻画也相当生动,尤其是主人公凯瑟琳,她是作者笔下最灵动的女性形象之一。《费里夫人》("Lady Ferry")也是一个匪夷所思的故事,还带有一定的超灵性质。这是作者第一次将19世纪新英格兰地区清教徒的一个关于不老的传说写出来的,与霍桑的《小伙子布朗》颇有相似之处。主人公费里夫人行踪神秘,已经活了无数年,被认为是永生不老的。一次,一位年轻姑娘来家中做客,与老人交上了朋友。有天夜里,姑娘梦见一场华丽的舞会,第二天醒来捡到一枚银质衣扣。她将衣扣交给老人,然后回家了。多年后,她再次来访,这里已是破败不堪,老夫人也已去世,早已被人遗忘。小说具有较浓的虚幻色彩,许多情节都没有交代清楚,读者时常迷惑不解,有一种不足为信的感觉。《海边生活》("A Bit of Shore Life")展现的是缅因州海边人们孤独而又贫困的生活,为了谋求幸福,年轻人纷纷离开农村到城市和西部淘金,农村因此变得满目萧条。这样的内容,作者乐此不疲,在后来的创作中不断出现,体现了她对工业化和城市化过程中遭到遗弃的广大农村和农民们的深切关注。

　　《乡间小路》是个比较单薄的文集,收录的短篇小说只有三篇,另外五篇则是札记。在三篇小说中,《贝基小姐的神圣之旅》("Miss Becky's Pilgrimage")最为出色,被认为是该集的扛鼎之作。作者在这里塑造的主人公又是一位孤独的老处女,名叫丽贝卡·帕森斯。与其他作品中的老处女不同的是,这一位性格开朗,乐于助人,为了照料做牧师的单身弟弟,她毕生未嫁。为了陪弟弟传教,她走过一个又一个荒凉乏味的教区。弟弟突然去世后,她很不情愿地踏上漫长的回乡之路。后来,她与镇上的一位鳏夫产生了爱情。这位鳏夫是镇上令人尊敬的牧师。

　　与《乡间小路》相比,《日光伴侣和岸上朋友》显得有些逊色,受欢迎的程度也不是很高，但其主题表现却有独到之处。全集由近十篇小说构成，如《日光伴侣》（"The Mate of Daylight"）、《失地农民》（"A Landless Farmer"）、《独生子》（"The Only Son"）、《汤姆的丈夫》（"Tom's Husband"）、《入室强盗的供述》（"The Confession of a House-breaker"）、《小小"旅行家"》（"A Little 'Traveller'"）、《戴比小姐的邻居》（"Miss Debby's Neighbors"）和《教区新居民》（"A New Parishioner"）。这些作品大都默默无闻，只有最后这两篇比较出色，被认为是作者的完美之作。《戴比小姐的邻居》实际上是一篇喜剧独白式的小说。独白者戴比小姐为人处事十分精明。她靠替人缝制衣服为生，心灵手巧，手艺精湛，深受顾客欢迎。但是，随着工业化的发展，工厂大批量地生产衣服，严重地挤压了她的生意，令其难以为继。她无限怀念过去美好的时光，惋惜自己的好手艺越来越派不上用场。同《戴比小姐的邻居》相比，读者对《教区新居民》更加欣赏，普遍认为其是作者最优秀的短篇小说之一。作品描写的是浪子回头的故事。富家子弟亨利·斯特劳德多年后回到农村的家乡，成了当地教区一个虔诚的教徒，同时主动提出为镇上许多美化家乡的项目支付费用。镇民们对此交口称赞，但唯有莉迪亚·邓恩小姐对此将信将疑，因为她至今还记得当年亨利的父亲是怎样欺骗她爷爷的。然而，亨利的所作所为确实是真心实意的。他付出了大笔家产之后，人们偿还给他的都是一文不值的纸币。他因此债台高筑，痛苦地离开了家乡。这时，人们又回过头来赞美莉迪亚，称赞她目光敏锐。然而，莉迪亚尽管疑心重重，但对亨利表现出来的善意，她内心还是非常认可的，甚至一度将他视为自己的丈夫。她逐渐明白，她和亨利两家上一代的恩怨，究竟谁对谁错，实际上很难说清。

朱伊特生活的时代，无论是经济、社会结构还是自然环境，新英格兰都正经历着飞速的发展和变化。随着对这些变化的观察和认识越来越透彻深刻，再加上创作手法日臻成熟，朱伊特的创作越来越具有艺术性，愈来愈受到读者欢迎。《白鹭故事集》就是如此。这部优秀的小说集收录了九篇小说，不少都是脍炙人口的，如《白鹭》（"A White Heron"）、《马什·罗斯玛丽》（"Marsh Rosemary"）、《杜尔海姆村的女士们》（"The Dulham Ladies"）等。《白鹭》是作者最有名、也是被收录到不同短篇小说集频率最高、评论界关注最多的作品。小说叙述的是一个女孩子的故事。她出生在一个工业小镇，八岁时搬到祖母的农场，终日与大自然为伴。生活在自然环境中，她认识了许多动植物，生活十分自由、快乐。一天，一个喜欢研究稀有珍禽的小伙子给她 10 美元,请她寻找白鹭的巢。姑娘怦然心动,一方面是因为家里急需用钱,另一方面是因为她对小伙子一见钟情。她一大清早就起床,爬到大树上寻找鸟巢。可当她发现鸟巢时,她被巢中纯洁美丽的白鹭深深地打动了,实在不忍心伤害它。她没有如实告诉小伙子她发现了鸟巢。失望的小伙子悻悻地离开了,再也没有回来。小说寓意深刻,女主人公面对金钱财富和英俊潇洒的小伙子的诱惑,依然不为所动,决心保护美丽的白鹭、保护大自然。对她来说,保护美丽的自然,也就是在保护视自己为大自然女儿的她本人。很明显,小说的主题是保护自然环境、保护人类家园。

相较而言,故事集《陌生人和旅行者》较为逊色,其主要原因是情节不足为信,具有异乡色彩的人物和事件,没有她原先刻画的那些熟悉的身边人、身边事那么真实、生动,同时她在语言上的实验也不是很成功,过多地使用了黑人方言和爱尔兰英语。这些都影响了小说的可读性和艺术性。而《土生土长的温比人故事集》所收录的作品也是良莠不齐,不是荒诞不经,就是情感泛滥。当然,其中也不乏优秀之作,比如《贝齐·莱恩的旅行》(“The Flight of Betsey Lane”)。该故事以一个济贫院为背景,记述了三个年老体弱的女人,即道夫人、邦德小姐和贝齐小姐的故事,讲述她们如何沉浸在美好过去的回忆中。这里虽然清贫,生活中充满了困惑、惊恐和悲伤,但她们依然快乐、幸福,尤其是贝齐小姐,作者对她着墨最多。她积极乐观、耽于幻想,一直梦想去费城参加百年国庆。对一贫如洗的她来说,这个梦想太奢侈了。可是,她以前一个雇主的女儿意外地给她送来了 100 美元,使她立刻可以梦想成真。黎明时分,人们还在梦乡的时候,她便悄然踏上了旅途。小说的主题很明确,只要乐观向上,即便生活贫寒,也能充分享受人生,不仅能够给自己带来幸福,也能感染他人,使大家感受到幸福。作者同时强调,生活中要有理想,这是支撑人们快乐生活的重要力量。

《南希的生活》同样也是良莠不齐的故事集,大部分作品不是有这样的不足,就是有那样的缺陷,只有《蒂莫斯夫人的客人》(“The Guests of Mrs. Timms”)、《邻居家的地标》(“A Neighbor's Landmark”)和《我所有悲伤的船长》(“All My Sad Captains”)比较出色。《蒂莫斯夫人的客人》是一篇社会喜剧小说,通过记叙四位女性的来访,描写新英格兰地区人们相互交往的礼节,展示当地的风土人情,充满了讥讽、揶揄,文笔十分俏皮,气氛相当轻松。《邻居家的地标》讲述的是渔夫约翰卖树的故事。他准备把家中的那些参天大树卖给贪婪的费里斯砍伐。这一决定遭到了家人和邻居们的一致反对,因为它们是来往船只和行人的地标,具有重要意义。后来,约翰外出捕鱼时经过慎重考虑,真切地认识到这些常青树不仅对船只和行人十分重要,对他的家庭也意义非凡,同时还是他们幸福婚姻的象征。他幡然醒悟,不再固执己见。

《王后胞妹故事集》是朱伊特在世时出版的最后一部小说集,个中鲜有杰作。作为一位多产的短篇小说家,她以这样一部质量平平的作品收官,不仅使读者和评论界颇为失望,也损害了自己的声誉。不过,纵观整个创作,必须承认,朱伊特是她那个时代最多产的作家,对美国文学的贡献有目共睹,不容小觑,尤其是在繁荣新英格兰地区文学方面起到了举足轻重的作用。她在作品中探讨的主题,有许多都是新英格兰,甚至整个美国社会面临的重大问题,如小农经济日趋衰退、手工业不断衰败、农村日益萧条、人口大量涌向城市、城市工业化高速发展、农民移居城市后产生的文化冲突,等等。她刻画的人物,尤其是大批年迈老妇人的形象,给读者留下了难忘的印象,而那些独具新英格兰特色的环境描写,更是让人久久不能忘怀。她创作的大量、丰富的短篇小说构成了那个时代新英格兰的一部编年史,是她对美国文学作出的最大贡献。

夏洛特·珀金斯·吉尔曼

夏洛特·珀金斯·吉尔曼是 19 世纪美国又一位多产女作家,创作体裁十分广泛,涉及小说、诗歌、散文等,几乎无所不包。吉尔曼在有限的生命中创作出那么多作品,令许多作家自叹不如。吉尔曼通过作品表现出来的女权主义思想,更是成为后来女权主义者们津津乐道的内容。她蔑视陈规陋习,勇于标新立异,敢于打破传统,积极追求自我,尤其是追求独立的女性自我意识,成为 20 世纪女权主义者们热切效仿的楷模,受到高度关注。而她优秀的代表作、带有半自传性质的中、短篇小说《黄墙纸》("The Yellow Wallpaper", 1892)一直是后人研究的热点,现已成为美国文学的经典作品。

1860 年,吉尔曼出生在康涅狄克州的哈特福德。年幼时,父亲弃家出走,一家人生活失去了依靠。母亲又是个性情冷淡的人,不仅没有给予孩子们足够的母爱,还禁止他们和别人交往过密,甚至不允许他们看书,因为她从自己的经历中感受到,交友和读书会使自己受到伤害。拥有这样的父母,吉尔曼童年时备感不幸,心灵遭受严重创伤。然而,吉尔曼天生喜欢读书。她常常瞒着母亲跑到公共图书馆去看书。另一方面,酷爱文学的父亲后来和她建立了联系,对她走上创作道路产生了非常积极的影响。吉尔曼天生一股假小子气质，结交的好朋友基本上都是男孩子。她上过不同的学校，聪慧的天资和宽广的知识面深得老师们的赏识。可惜的是，她15岁就辍学了。

童年的不幸对吉尔曼影响甚深，使她一辈子都生活在压抑之中。由于无力抚养两个孩子，母亲只好向亲戚们求援。他们中就有《汤姆叔叔的小屋》的作者斯托夫人。斯托夫人是吉尔曼的婶婶。由于生活贫困，吉尔曼从小就养成了十分独立的个性，喜欢离群索居，不善交往。24岁时她结婚成家，但夫妻不和，四年后就分居了，并于1894年正式离婚。在19世纪，分居被认为有伤风化。吉尔曼敢于分居，体现了她离经叛道的秉性。这种秉性在其小说中也清晰可见。离婚后，她带着女儿去了加利福尼亚，参加了各种女权主义活动，并投身于文学创作，因此成为19世纪妇女运动的代表性人物。她写的《妇女与经济学》（*Women and Economics*，1898）充满了女权主义思想，明确提出，女性必须经济独立，只有这样，她们才有可能获得独立的人格、美满的婚姻、幸福的家庭生活，才能与男人享有平等的地位。这些女权主义思想，成了她创作的重要主题。1893年，阔别八年后，吉尔曼重新回到东部，与一位表兄结婚。1909年，她创办《先驱者》（*The Forerunner*）杂志，刊登小说、诗歌、散文、短剧等。吉尔曼是唯一的撰稿人，其作品大多发表于此。该杂志被认为是她对美国文学作出的最大贡献。1934年，丈夫因病去世，她本人也患上了乳腺癌。由于不堪病痛折磨，她服药自杀。吉尔曼作品众多，硕果累累，创作的中、长篇小说有六七部，如《戴安瑟的所作所为》（*What Diantha Did*，1909—1910）、《难题》（*Crux*，1911）、《移山》（*Moving the Mountain*，1911）、《麦克—马乔里》（*Mag-Marjorie*，1912）、《贝尼格纳·马基雅维利》（*Benigna Machiavelli*，1914）、《她乡》（*Herland*，1915）及其续集《她在我们的土地上》（*With Her in Ourland*，1916）等，而短篇小说更是多达186篇。这些小说基本都发表在期刊杂志上，由后人编撰成集，如《夏洛特·珀金斯·吉尔曼读者集》（*The Charlotte Perkins Gilman Reader*，1980）、《黄墙纸小说集》（*"The Yellow Wallpaper" and Other Stories*，1995）等。虽然短篇小说众多，但不少评论家认为都是些平庸之作。这种看法当然有失公允，实际上它们中不乏优秀之作，比如《黄墙纸》。

《黄墙纸》于1892年发表在《新英格兰杂志》上，其后广受好评，尤其是在20世纪，成为美国文学，特别是美国妇女文学的经典之作，被收录到各种文学选集，甚至是学校的教科书中，成了女权主义者们的经典读本。

小说采用日记的叙事形式,作者是个无名无姓的中产阶级知识女性。由于患上产后抑郁症,当医生的丈夫把她关在育婴室里进行"休息治疗",要她整天卧床休息,不许做任何事情,包括哺育孩子、创作、和外界接触等,时间长达三个月。这种治疗方式对她的精神造成了巨大伤害。房间的窗子被铁栅栏封着,四周的墙壁贴满了黄色墙纸。百无聊赖的她每天对着墙纸发呆。于是,墙纸成了小说情节和悬念的重要推手。她瞒着丈夫开始写日记,记录观察墙纸的体会。经过几周观察,她对墙纸渐渐地产生了幻觉,发现墙纸的形状恰似一个女人的身躯,而且越看越觉得那个身躯是活的,拥有生命！恍惚中,她看见这个生命在不停地挣扎,拼命摆脱早已褪了色的墙纸的束缚,试图从墙上走下来。她瞠目结舌,在幻觉中越陷越深,不能自拔,最后竟将自己反锁在房里,天天撕墙纸,决心要把墙上的女人救下来。最后她疯了。

　　小说具有丰富的象征意义和发人深省的主题。丈夫名义上是给妻子治病,实则是在控制妻子的思想和行为。这种控制通过窗子铁栅栏、关押的房间、被束缚在墙上动弹不得且束缚太久、业已泛黄的墙纸等不同意象,活灵活现地展现在读者面前。通过囚禁的方式,将妻子牢牢地控制在家里,关押在男人希望女人应该待在的空间里,阻断她们与外界的联系和交流,阻止她们作为一个平等的人本该和男人享有同等的生活、工作、追求等的机会和权利,强制她们接受男性社会给她们钦定的"家庭天使"的角色,男人因此牢牢地掌控了女人的命运。具有强烈女性意识的女主人公显然不服从这样的命运。她竭力反抗,拼命地撕墙纸,试图打破男性对女性的束缚。她的反抗充分体现了备受男权社会压抑的女性渴望解放、渴望平等、渴望实现女性自我价值的强烈的女权主义思想。一位知识女性,被男性压迫得如此压抑、痛苦,最终变成疯子,读者无不唏嘘、震惊。通过这个故事,吉尔曼深刻地揭示了 19 世纪女性的生存状况,揭露了男权对女性骇人听闻的压迫、控制,生动地演绎了自己的女权主义思想。小说构思新颖、结构紧凑、叙事扣人心弦,具有明显的哥特式小说特质。小说中所表现出来的女性痛苦经历和反抗精神,为现代读者了解 19 世纪女性和女权状况提供了十分难得的素材。

　　在美国女权思想发展史上,吉尔曼占有十分重要的地位。现代女权主义思想,有许多都是源自她。作为一个有着重要思想、重要影响力、又创作了大量作品的作家,吉尔曼无疑是美国文学、特别是 19 世纪美国文学中的一位重要小说家。

第三章

19世纪下半叶美国短篇小说

从19世纪二三十年代到南北战争前夕,美国紧跟英、法等欧洲国家的步伐,大兴浪漫主义文学。浪漫主义成为这一时期美国小说的主要特征。小说家们从欧洲浪漫主义文学中获得启发,以浪漫主义为创作手法,以美国的历史、传说和现实生活为素材,以美利坚民族为描写对象,创作了从内容到形式均具有鲜明民族特色的美国短篇小说,促发了美国短篇小说在19世纪上半叶的崛起和繁荣。

19世纪下半叶,浪漫主义文学日渐衰落,现实主义迅速兴起、繁荣。这一剧变既有外因,又有内因。外因是,当时的英国和欧洲其他国家,现实主义文学如火如荼,现实主义小说成就斐然,这对美国小说家们产生了不可小觑的影响,使他们渴望融入这一文学主流中去。内因则是源于美国自身的高速发展。当时的美国正由农业社会急速向工业社会转型,工业高速发展,作为工业化象征的铁路,犹如弗兰克·诺里斯(Frank Norris,1870—1902)笔下的章鱼一样,触角伸向四面八方,尤其是广袤的中西部,蚕食大量农田,导致大批农民丧失耕地,迫不得已流向城市谋生,沦为资本家剥削的对象。再加上源源不断的外来移民,城市人口迅速膨胀,1865年只有50万人口的纽约,到了世纪末陡增到350万左右。资本主义的高速发展,产生了严重的社会问题,如农民破产、城市百姓民不聊生、劳资冲突不断、金钱至上风气盛行、政府腐败、人性堕落、道德沦丧、世风日下,等等。社会变得越来越不公平,贫富差距愈来愈大。1860年,美国百万富翁只有区区三位,到世纪末猛增到4 000位。严重的贫富差距导致贫富阶层越来越对立,社会越来越黑暗。这样的现

实自然逃不过目光敏锐的小说家们的眼睛。他们纷纷以犀利的笔触，毫不留情地揭露黑暗，批判现实。美国短篇小说创作因此涌现出了一批批判现实主义作家，马克·吐温就是突出的代表。他通过无人能比的辛辣讽刺和令人捧腹的幽默，对自由竞争资本主义导致的一幕幕丑恶的社会现实和堕落的人性，进行了无情的揭露和批判，开创了美国现实主义小说的先河，引领了一代文学潮流，对包括短篇小说在内的美国文学产生了巨大影响。

欧·亨利也是十分重要的代表。面对资本主义高速发展带来的严酷的社会现实，欧·亨利同样给予了无情的嘲弄和讽刺。他将目光聚焦于残酷的资本主义社会竞争中的广大百姓、特别是城市中的底层民众，揭露在金钱至上的社会中，这些任由他人剥削和压榨的小人物，一个个是如何被生活逼到墙角，过着贫寒、辛酸的生活。然而，尽管屡遭打击，这些小人物并没有丧失对美好生活的期盼，更没有泯灭良善和爱心，而是表现出高尚的道德品质，演绎出了一幕幕感人肺腑、令人动容的生活故事。欧·亨利以精巧的构思、幽默的语言、独特的风格，尤其是出人意料的结局，创作出了大量批判现实主义短篇小说，在繁荣19世纪后半叶的美国短篇小说中扮演了重要角色，在美国，乃至世界短篇小说史上享有突出的地位，对美国短篇小说的发展产生了不可忽视的影响。

马克·吐温和欧·亨利同许多作家一样，都来自社会底层，他们对平民百姓生活的切身体验、关注和表现，在一定程度上赋予了美国现实主义小说浓厚的平民色彩和浓郁的生活气息，这是19世纪下半叶美国短篇小说的一个重要特征。正是这些平民作家创作的平民小说，受到了平民百姓的热烈欢迎，从而为美国短篇小说的繁荣和健康发展奠定了牢固的群众基础。

自然主义是这一期间美国短篇小说的又一突出特点，它和现实主义一起成为了19世纪下半叶美国短篇小说最主要的表现形式，共同将上半叶崛起的短篇小说推向了全面繁荣。其成就超越了同期的英国短篇小说。此时的美国短篇小说家们对达尔文（Charles Darwin，1809—1882）的生物进化论和斯宾塞（Herbert Spencer，1820—1903）的社会进化论反响十分热烈，尤其是对优胜劣汰、"适者生存"之思想赞赏不已，将之奉为在自然和社会环境中生存的至理名言。他们发现，当时盛行的西部大开发运动、疯狂的淘金热潮，生动而真实地验证了这一理念。因此，一大批小说家投身到自然主义小说的创作之中，像左拉（Émile Zola，

1840—1902)等欧洲自然主义小说家们那样,诠释他们对美国自然和人类生存环境的理解,如弗朗西斯·布莱特·哈特、杰克·伦敦(Jack London,1876—1916)、哈姆林·加兰(Hamlin Garland,1860—1940)、斯蒂芬·克莱恩(Stephen Crane,1871—1900)、弗兰克·诺里斯等。这些作家几乎都深入西部,不是近距离地观察西部开发运动和淘金热潮,就是亲自投身其中,切身感受"适者生存"的自然法则。在他们的共同努力下,西部小说应运而生,19 世纪下半叶美国短篇小说因此变得更加辉煌,成为世界文坛一道亮丽的风景。

此时的美国短篇小说不仅越来越具有民族特色和本土意识,而且还不乏国际视野,英国或欧洲其他国家小说对此的影响越来越小,而他们的创作却引起了欧洲文坛的高度关注和浓厚兴趣。亨利·詹姆斯是具有国际视野的突出代表。像长篇小说一样,他的中、短篇小说同样充满了国际题材,将新老两个大陆不同的价值标准、道德准则、生活理念等,不断进行碰撞、对比,展示了美国短篇小说又一独特视角,使得美国文学风格更具多样性和丰富性。值得一提的是,詹姆斯在小说理论上也有巨大建树,创建了丰富的小说理论体系,并积极实验,对笔下人物"最幽微、最朦胧的"内心世界展开丝丝入扣的细腻分析,开创了美国心理分析小说的先河,为美国短篇小说创作开启了一片广阔的新天地,对美国文学作出了不可替代的贡献。

詹姆斯具有鲜明现代主义小说特质的心理分析小说,对随后的美国现代短篇小说创作影响深远。凯特·肖班(Kate Chopin,1851—1904)的小说也是如此,同样具有鲜明的现代主义特色。作为一名女小说家,她致力于女性生活、思想、情感的发掘,着重表现女性的现代意识,尤其是男女平等思想。与上半叶的女性小说家们相比,她的小说更具有现代主义女性思想,因此她也成为美国女性主义文学的先驱,对 20 世纪的美国女小说家们产生了十分积极的影响。肖班如马克·吐温一样,还是地方文学的代表。她通过自己的笔触,将美国南方独特的风土人情、自然风光、地方语言等惟妙惟肖地展现在读者面前,对保护南方的文化传统和后来的南方小说创作产生了重要影响。

现实主义、自然主义、国际小说、西部小说、地方小说、南方小说、女性小说等,既富于多样性,又具有独特性,呈现出百花齐放、色彩绚烂的可喜景象。正是得益于这一丰富多彩性,19 世纪下半叶的美国短篇小说出现了全面繁荣的盛况。

第一节
弗朗西斯·布莱特·哈特：
西部小说的开创者

19世纪初，美国出现了著名的向西部扩张的西进运动，成千上万的冒险家从东部的大西洋沿岸涌向西部。加利福尼亚金矿发现后，这场西进运动更是达到了高潮，规模空前的淘金热诱发了一波又一波声势浩大的移民潮，人人都想圆发财梦。这一波澜壮阔的盛况成为当时美国社会的一大景观，改变了无数美国人的命运。

作为一位西进运动的参与者，一位敏锐的社会观察家，弗朗西斯·布莱特·哈特对这场运动感触甚深。他通过犀利的笔触，真实、客观、生动、全面地展示了这场盛事，从而成为美国文学史上记录这场运动最早的现实主义作家之一。他以其极具地方色彩的小说一跃成为19世纪美国第一位有影响力的地方作家。他是第一位以描写美国西部独特风情而蜚声国际文坛的美国小说家、一位西部短篇小说的开拓者，人们常把他与马克·吐温相提并论。哈特的作品，尤其是短篇小说，活灵活现地记录了19世纪美国西进运动和淘金热中西部社会所经历的巨大变革，展示了波澜壮阔的社会画卷，具有鲜明的社会文献特质，在美国文学史上享有独特的地位。

生平传略与创作成就

哈特出生于纽约州的奥尔巴尼，爷爷伯纳德·哈特是一位著名的犹太商人、纽约证券交易所的创始人之一。孩提时代，哈特体弱多病，性格温顺，郁郁寡欢，但风趣幽默，酷爱读书，阅读了大量英美名家名作。更难能可贵的是，他还喜欢练笔，11岁时就开始发表作品，处女作是一首名为《秋思》（"Autumn Musings"）的讽刺诗。他接受正规的学校教育只有短短的八年时光，由于生活所迫，13岁就依依不舍地告别了学校，外出打工赚钱。四年后，他移居加利福尼亚，在那里一待就是16年，做过各种各样的工作。他在加州北部的海边小镇尤尼恩敦（即今天的阿克塔）生活了一段时间。当时,这里是星罗棋布的淘金矿区各种补给的供应地,位于洪堡湾。起初的六年,哈特过得十分艰辛,始终没有找到一份固定的工作,时常四处流浪。这种颠沛的生活让他产生了强烈的挫败感。然而,正是这种颠沛流离、居无定所的生活,使他有机会广泛而深入地接触社会,了解到各种不同的淘金者,目睹了疯狂的淘金运动严重冲击人们的道德,积聚了丰富的人生阅历。这些经历为他的文学创作积累了巨大财富,是他小说创作素材不竭的源泉。

生活中,哈特屡遭挫折,不得不重新审视自己的处境,对未来进行认真的思考。他在日记中写道:"经过认真观察,而不是徒有一腔热血,我最终发现,别的活儿都不适合我,我必须另谋出路,从文学中寻找成功的机会。"①他觉得,要想踏上文学道路,必须先从印刷工开始。于是,23岁那年他来到《北加州报》(Northern California)当印刷工。一次,报社老板出差,要他临时做一下助理编辑。这期间发生了一件骇人听闻的事件,一帮白人滥杀一批无辜的印第安人,其中大多数都是老人、妇女和儿童。这一残暴事件在哈特的心头激起了巨大义愤,他在报纸头版刊发了一篇措辞严厉的批评文章,强烈谴责这一暴行。这一正义之举却招来了人身威胁,一个月后他不得不辞去报社工作,去了旧金山。从这一事件中,我们可以看到当时的西部乱象丛生,还能发现哈特爱憎分明。他的作品里,有对腐败、伪善的官员和贪婪、邪恶的金融家的憎恶,有对通过非法、残暴手段在西部发家致富之人的痛恨。正是出于这种爱憎分明的立场,他对如火如荼的淘金热潮中出现的沦丧的道德、贪婪的人性,给予了深刻的揭露和无情的批判。在他看来,淘金实际上"犹如一场十字军东征,只是没有十字架而已,又好比摩西率领大批人逃出埃及进入以色列一样,只是没有预言家。淘金并不是一个美丽的故事……生活中最美好的东西可以说因为淘金而丧失殆尽"②。这段表述再清楚不过地表达了哈特对淘金、对西部的厌恶态度。这种批判性的态度是他对淘金的重要认识,也是他创作西部小说的重要指导思想,成了他西部小说的主要基调。

1868年,他应聘担任《大陆月刊》(The Overland Monthly)编辑。这

---

① Henry L. Golemba, "Bret Harte," *Dictionary of Literary Biography — American Short-Story Writers Before 1880*, ed. Bobby Ellen Kimbel. Detroit: Gale Research Inc., 1988, p.136.

② Ibid., p.137.

份杂志的风格恰如当时加州的淘金者们，充满了大无畏的探索精神。他的代表作《咆哮营的幸运儿》（"The Luck of Roaring Camp"，1868）便是在该杂志的第二期上发表的。小说好评如潮，哈特一跃成为美国文坛知名作家。1871年，他怀着在文学创作上大展宏图的伟大理想回到波士顿，与《大西洋月刊》签订了年薪一万美元的合同，为该杂志定期撰写稿件。这个数额在当时称得上是天文数字，足见哈特的影响力和在文坛享有的崇高地位以及人们对他寄予的热切期待。此时的他，事业如日中天，在人们的心目中，丝毫不逊于朗费罗、豪威尔斯等文豪。然而，当他离开为之奋斗17年的西部时，创作灵感的源泉也随之失去，17年的辉煌一去不复返。找不到灵感，也无法唤起激情，他的创作每况愈下，知名度也迅速滑坡。此时的作品，粗制滥造，索然无味，完全是为赚稿费而作。后来，迫于生计，他不得不靠讲座、向众人介绍西部淘金的盛况来挣钱。

1878年起，哈特被派往欧洲担任外交官，1885年定居伦敦。在欧洲工作、生活二十多年间，他一直笔耕不辍，新作不断，其中有一些又重现了早期作品中读者爱不释手的那种清新风格，似乎找回了一些当年的感觉。

哈特是个多产作家，仅短篇小说就达数十篇，收录在不同的短篇小说集中，如《咆哮营的幸运儿故事集》（*The Luck of Roaring Camp, and Other Sketches*，1870）、《阿尔戈英雄故事集》（*Tales of the Argonauts, and Other Sketches*，1875）、《泰伯山孪生兄弟故事集》（*The Twins of Table Mountain and Other Stories*，1879）、《戴德罗沼泽地遗产故事集》（*The Heritage of Dedlow Marsh and Other Tales*，1889）、《绿色春天里的萨福故事集》（*A Sappho of Green Springs and Other Stories*，1891）、《斯塔博特上校客户故事集》（*Colonel Starbottle's Client and Other Tales*，1892)、《杰克·哈默林的女徒故事集》（*A Protegee of Jack Hamlin's and Other Stories*，1894）、《天使乐手故事集》（*A Bell-Ringer of Angel's and Other Stories*，1894）、《幸运巴克故事集》（*Barker's Luck and Other Stories*，1896）、《特伦特信任故事集》（*Trent's Trust and Other Stories*，1903）等。哈特的短篇小说虽然篇数众多，但良莠不齐，尤其是他到了东部以后创作的作品，鲜有传世之作。脍炙人口的名篇大都创作于西部，比如《扑克滩的弃儿》（"The Outcasts of Poker Flat"，1869）、《咆哮营的幸运儿》《田纳西的伙伴》（"Tennessee's Partner"，1869）等。

短篇小说创作

哈特的小说创作，特色鲜明，现实感和时代感均突出，既有明显的自然主义特质，又有浓郁的地方色彩。哈特善于发挥独特的观察力，拥有别样的观察视角，擅长运用现实主义的写实手法，乐于通过简洁生动的故事情节、妙趣横生的幽默语言、栩栩如生的人物形象、美轮美奂的景色描写，为世人展现火热的边疆生活，呈现波澜壮阔的淘金盛况。他笔下的角色大多是社会底层人物，许多人劣迹斑斑，不是小偷、赌徒、抢劫犯，就是妓女、酒鬼、流浪汉。他们遭受的生活磨难最大，对生活的辛酸感受最深。有的人虽然穷，却心地善良，极富同情心，每到关键时刻，总能展现出美好的品质和高尚的道德，产生出巨大的道德感召力。这些都是哈特短篇小说的显著特色。

《扑克滩的弃儿》于1869年发表在《大陆月刊》第一期上，与《咆哮营的幸运儿》一道，奠定了哈特在美国文坛上坚实的地位，使之成为美国一流作家。小说虽然只有九千多字，却写得跌宕起伏，扣人心弦，读起来荡气回肠。故事发生在19世纪中叶加利福尼亚州的扑克滩。当时正值淘金狂潮，那里没有健全的法律，一切社会问题全凭人们的是非观念进行解决。镇上发生了一桩失窃案，有数千美元和两匹马不翼而飞。为了惩治犯罪，恢复良好的社会风气和道德秩序，镇上的权贵们成立了一个秘密委员会，决定流放，甚至处决那些劣迹斑斑的人。故事开始时，两个道德败坏的人被处决，四个有"道德缺失"的人被武力驱出镇子，流放到僻远荒凉的内华达大山里。第一个被放逐的是职业赌徒奥克赫斯特。他把很多人的钱都赢进了自己的口袋，包括委员会中的成员，招致人们嫉恨。其他三位是老鸨西普顿大娘、酒鬼和盗窃嫌犯比利大叔以及妓女"公爵夫人"。像奥克赫斯特一样，这些人都有不光彩的背景。随着他们踏上流放之路，故事渐入高潮。在艰难的流放途中，他们遇到一对纯洁善良、为追求爱情而私奔的情侣汤姆和潘妮。汤姆曾经和奥克赫斯特用扑克赌博，输了一大笔钱，可奥克赫斯特把赢的钱悉数还给了他，劝他不要再赌。汤姆并不知道他们是被流放的，遇到他们十分惊喜。他明知暴风雪就要来临，奥克赫斯特也竭力劝他俩尽快赶路，可这对至善至纯的化身还是决意留下来和大家一起露宿。夜里下起了暴风雪，比利大叔把大家的马和牲口全部偷走了。一行人被困在路上，动弹不得，只能等暴风雪过去再继续赶路。然而，身边的粮食所剩无几，饥寒交迫之感不断袭来。在这种严酷的时候，这些"道德缺失""劣迹斑斑"的人却默默地、主动地展现出了高尚的道德情操，彰显出令人敬佩的伟大人格。

首先是西普顿大娘。这位一向以"悍妇"著称的"坏女人"，为了照顾潘妮，表现出无限的柔情和人间大爱。在离开人世的那个深夜，她把奥克赫斯特叫到身边，从枕头下掏出一包粮食递给他，指着熟睡中的潘妮说："把这些吃的留给这个孩子"。原来，一个星期以来她一直饿着肚子，把自己的那份粮食全部省下来留给了潘妮。这份大爱和真情让刚毅、坚强的奥克赫斯特大为动容，他责怪大娘不该自己饿着肚子去帮助他人。西普顿大娘说了句"我不饿"便溘然离世。其次是"公爵夫人"，这个一向需要别人照顾的人，连自己生存都非常困难，在恶劣环境中竟主动想方设法照顾潘妮，体现出巨大的无私和友爱。虽然她俩最终也饿死了，但人们找到她们时，发现她俩紧紧地拥抱在一起，拂去她们脸上的白雪，只见她俩是那样的宁静、安详。潘妮的纯洁，老鸨和妓女两位"不洁"女人的真情，无不给读者带来巨大的震撼。最后是奥克赫斯特。这位"罪孽深重"的职业赌徒，在生死关头同样表现出令人惊叹的人格魅力。他一直在想方设法帮助汤姆和潘妮摆脱困境。他把自己亲手制作的一双滑雪鞋送给汤姆，要他尽快逃生，自己却留下来照顾"公爵夫人"和潘妮，把生的希望让给了他人。即使到最后时刻，他还在深夜里费尽周折为"公爵夫人"和潘妮准备了一大堆柴火取暖、做饭，然后独自来到悬崖边开枪自杀。

故事令人动容，感人的情节、完美的结构，尤其是丰满、逼真的人物形象，把真善美演绎到了令人叹为观止的地步，凸显了典型环境中的典型人物。几个被认为是社会的渣滓、败类、"道德缺失"的人，在社会最底层苦苦地挣扎，过着卑微、艰难的生活，在生死存亡的关键时刻，个个唤起了心中美丽的人性和高尚的道德情操，争先恐后地关爱他人，把生的机会让给别人，把死亡留给自己，展现出无比崇高的道德品质和人生境界。这些"道德缺失"者演绎的高尚道德，对于判决他们流放的"道德高尚"者来说，对于扑克滩的社会而言，无疑是巨大的嘲弄和讽刺。这样的反衬不能不给人们留下难以忘怀的印象。同样令人印象深刻的是丰富的象征性。主人公们在流放途中遭受的暴风雪，显然是恶劣的社会生存环境的象征。当时的社会环境以淘金为主要特征，因此哈特实际上是在通过这篇小说向读者展现淘金生活的动荡、艰辛和悲惨，展现这些所谓的"道德缺失"者的美好品格。人性善，哈特的这一人性观由此跃然纸上。

哈特特有的幽默风格是小说另一个显著特色。他的幽默与善于夸张的美国式幽默显然不同,带有强烈的同情、感伤、哀婉的成分,奥克赫斯特临死前的那段情节设计就是最好的例子。他在自杀处用刀子将一张梅花2扑克牌插在大树上,并且为自己写下这样一行碑文:大树下躺着的是遭受厄运的约翰·奥克赫斯特。在西方风俗中,梅花2是张晦气牌,常与霉运联系在一起。奥克赫斯特运用这种特有的幽默方式,调侃和抱怨自己霉运当头、厄运连连,谴责了命运的不公,哀叹自己不幸的结局。

显然,这是一曲对"道德缺失"者的高尚道德唱出的优美动听的赞歌。同样,《咆哮营的幸运儿》也是一曲赞歌,是对淘金潮中社会底层人物表现出的可贵品德发出的又一首礼赞。在这篇最著名的代表作中,哈特展现的依然是淘金狂潮,塑造的仍旧是典型环境中的典型人物,赞美的还是那些"道德缺失"者们在特定环境中表现出的仁爱力量。小说叙述的是加利福尼亚州一个群山环抱的淘金小镇。这里聚居着一百多个来自全国各地的人,不是酒鬼、赌徒,就是流氓、强盗,一群标准的"乌合之众",个个幻想在淘金潮中一夜暴富。他们打架斗殴、寻衅滋事,闹得小镇鸡犬不宁,小镇由此得名"咆哮营"。镇上的人全是男性,只有一个女的,即妓女切洛基·萨尔。在一个阳光明媚的早晨,萨尔忍着剧痛生下一名男婴,自己却离开了人世。作为淘金潮缩影的咆哮营,生存环境恶劣,死亡司空见惯,生命的降生则十分稀罕,是重大新闻,给恶劣环境中的人们带来了美好希望。婴儿的降生和抚养将小说推向了一个又一个高潮。"乌合之众"们纷纷发生巨变,其灵魂犹如经历了一场洗礼,得到了升华。这帮霉运不断的男人们个个兴高采烈,都觉得新生命的降临是个好兆头,给他取名托马斯·幸运儿,期待幸运儿能给大家带来好运。新生命唤起了这些粗野男人心中无限的怜爱之情,他们纷纷改邪归正,争先恐后地要求抚养婴儿。大家围着孩子捐钱捐物。小家伙突然抓住淘金者肯塔克的手,肯塔克惊喜不已,内心立刻涌出强烈的父爱,当即决定由他来喂养这个小生命。肯塔克性格粗犷,但心地善良,抚养孩子细心周到,且情真意切。不幸的是,一场洪水把咆哮营冲毁了,孩子也被冲到了远处的河对岸。人们跑过去救孩子时发现肯塔克将孩子紧紧地抱在怀中,自己却被洪水冲得伤痕累累。孩子最终未能幸存,肯塔克也随之而去。洪水夺去了幸运儿的生命,也冲走了淘金者们的运气,更击碎了他们对未来的期望。粗壮的汉子们个个伤心不已。幸运儿得而复失,让他们经历了一场巨大的情感变化和灵魂洗礼。他们,尤其是肯塔克,在抚养和拯救孩子的过程中,灵魂得到了救赎、升华,内心的善和爱得以充分展现,哈特的人性善思想由此而熠熠生辉。

　　哈特的作品大都是表现恶劣、特定环境中的人们如何在道德上进行自我救赎与升华。这种升华不是发生在社会中那些"道德高尚"的上层人身上，而是在"道德缺失"、劣迹斑斑、甚至犯有前科的社会最底层人中间。这种道德升华出乎读者的意料，给世人留下了深刻的印象。人们发现，他们比那些道德高尚的人还要高尚，比那些心地善良的人还要善良，比那些善于奉献的人还要乐于奉献，最起码在那些特定的时刻是如此。从他们身上我们看到：人都是善良的，即便是道德缺失，甚至犯罪，也可以获得道德上的新生，展现出善良的本性。而且，在哈特看来，有罪的人更倾向于赎罪，因为他们有着一颗无罪之人所没有的急迫的赎罪之心。正是基于这种思想，哈特才塑造出那么多看上去"道德缺失"、实则有着感人肺腑之道德力量的饱满形象。他们身上散发出的浓浓人情味，与其他作家笔下的人物形成鲜明对照，读来沁人心脾。这些人是淘金大潮中无数底层人物的代表，歌颂他们，实际上是在歌颂广大的底层百姓，赞美他们在美国发展过程中所作出的艰苦付出和无私奉献。因此，他的小说具有很强的道德感染力和积极向上的感召力。

　　哈特的这种人性观、歌颂小人物善良和仁爱的表现手法，在《田纳西的伙伴》中同样得到了很好展现。小说描写的是淘金者田纳西与伙伴友情的故事。田纳西的伙伴长相凶悍，体格粗壮。一次外出旅行时，他从一家餐馆带回一个女招待，并娶其为妻。和他们住在一起的还有田纳西。田纳西酗酒、赌博、抢劫，无恶不作，是一名典型的"道德缺失"者。伙伴携妻刚回来，他就调戏伙伴的妻子，甚至将她拐到马里斯维尔姘居。不久，另一个男人向她示好，她又跟人跑了。满脸沮丧的田纳西只好回到原先的淘金营。营里的淘金者们都以为田纳西的伙伴要和他决斗，可出乎大家意料的是，伙伴不仅没有，反而原谅了他，对他笑脸相迎、热情相待。这一异乎寻常的举动让人们目睹了田纳西伙伴那颗善良的心。后来，人们怀疑田纳西有偷窃行为，一个叫林奇的陌生人指控他抢劫了他的钱财、刀枪等。于是，人们把他抓起来审判。心地善良、不计前嫌、富有强烈同情心的田纳西伙伴想方设法为朋友求情。他一方面出庭作证，向法官说明田纳西不是坏人，另一方面倾出自己所有的金子和手表交给法官，试图换回田纳西的自由。然而，这一切努力均告失败，法官指责他蓄意贿赂，执意判处田纳西死刑。原来，指控田纳西抢劫的那个陌生人就是这个林奇法官。田纳西被绞死后，讲义气、对朋友忠贞不贰的田纳西伙伴不仅前去为朋友收尸,还为他举行了葬礼。就在田纳西被处死的第二天,人们发现他是被冤枉的。原来田纳西赌博时和林奇结下了冤仇,林奇决心利用手中的特权报复田纳西,将其置于死地。

小说采用第一人称叙事手法,叙事者向读者娓娓道来他所目睹的一切。像作者其他优秀短篇小说一样,故事采用作者驾轻就熟的现实主义手法、出人意料的情节设计、耳熟能详的西部淘金生活素材、别具一格的西部轻松幽默的笔触和独具特色的当地方言。小说最成功、最引人入胜的,可能就是田纳西伙伴这个角色。他外表粗壮凶悍、寡言少语,但内心善良、为人真诚、视友情如生命、对朋友忠心耿耿。这样的形象和性格在当时的西部淘金者中具有广泛的代表性,是小人物的典型特征,也是美国西部小说标志性的人物造型,现已成为美国文学中的经典类型人物。

小说艺术手法丰富,对强化作品内涵、深化主题起到了很好的作用。象征在众多的艺术手法中显得尤为突出。小说最后的那场雨就是象征的生动体现。雨水一方面是生命的象征,因为它可以滋润生命,促使新生命的诞生和成长。对于好友的死,田纳西伙伴十分怀念,思忖着某一天也要追随朋友而去。"他们终于见面了"这句话便清楚地暗示,田纳西伙伴不久也将离开人世,从而开始一种"新的生活"。另一方面,雨水也是凄凉的象征,因为这一天田纳西伙伴离开了人世,而且没有人去哀悼他,只有淅淅沥沥的雨水陪伴着他,显得非常凄惨。雨水营造了凄凉的氛围,描绘人物离开人世时的凄惨景象,象征意义十分突出。

哈特的优秀小说基本上都以西部为题材,他是名副其实的美国西部小说的开创者。强烈的时代性、浓郁的乡土气息、旖旎的自然风光、善良的"道德缺失"者形象、令人捧腹的西部幽默、生动现实主义笔触、不乏浪漫的怡人情调、始料未及的精彩情节等,这一切无不构成了哈特小说的鲜明特色,为美国文学留下了丰富的遗产,他因此成为美国文学史上最具特色的小说家之一。作为一名优秀的现实主义小说家,他对美国现实主义小说的兴起和发展作出了杰出贡献,对许多作家都产生了积极的影响。著名作家马克·吐温就曾直言不讳地承认,是哈特教会了他如何写作,并夸赞自己的这位好朋友是他"认识的最令人开心的朋友之一"①。

---

① Henry L. Golemba, "Bret Harte," *Dictionary of Literary Biography — American Short-Story Writers Before 1880*, ed. Bobby Ellen Kimbel. Detroit: Gale Research Inc., 1988, p.139.

第二节
马克·吐温：美国文学的幽默大师

一部美国小说史，如果没有马克·吐温，那必定是不完整的；如果没有他的出现，美国小说的发展很可能不会这么风顺，如此繁荣；如果没有他对美国小说创作作出的无可比拟的巨大贡献，美国文坛很有可能不会出现那么多优秀的小说家。作为美国著名的小说家、讽刺大师、演说家，马克·吐温以其鲜明的幽默、讽刺风格和批判现实主义的辛辣笔触，对社会黑暗和人性丑恶的敏锐观察、无情揭露和深刻批判，还有别具特色的美国风情和地域特色，无可辩驳地成为"美国文学中的林肯"。用威廉·福克纳的话说，他是"第一位真正的美国作家，我们都是继承他而来"，他是"美国现实主义文学之父"①。马克·吐温在美国文学界的崇高地位由此可见一斑。

生平传略与创作成就

Mark Twain 本是密西西比河上水手们用于测量航道上水深的术语，后来成为塞缪尔·兰霍恩·克莱门斯（Samuel Langhorne Clemens）的笔名。1835 年，克莱门斯出生在密苏里州门罗县一个叫佛罗里达的水乡小镇，在七个兄弟姐妹中排行第六。由于种种原因，七个孩子只有三个幸存下来。克莱门斯的父母及其家族均来自佛罗里达州，那里既有南方的传统，又有边疆的气息。这样的地理环境、风土人情和生活方式对他日后的文学创作产生了显著影响。后来，他们全家搬到密苏里州西北部密西西比河岸边的汉尼拔。这条河航运繁忙，马克·吐温从小就喜欢去河边观看川流不息的船只，对船上的生活产生了无限浪漫的遐想，十分向往水手生活。这座港口城镇，在克莱门斯幼小的心灵留下了许多美好的记忆，对他后来的小说创作同样产生了积极的影响，《哈克贝利·费恩历险记》（*The Adventures of Huckleberry Finn*，1884）和《汤姆·索亚历险记》

---

① Robert A. Jelliffe, *Faulkner at Nagano*. Tokyo：Kenkyusha, Ltd., 1956.

(*The Adventures of Tom Sawyer*，1876)两部小说中虚构的城镇圣彼得斯堡就是以汉尼拔为原型塑造出来的。

儿童时代，克莱门斯身体虚弱，大多数时光只能待在家里，直到九岁时才开始好转。他生性顽劣，身体一有好转，就开始学抽烟，整天带着一帮顽童四处惹是生非。他无拘无束，对刻板的学校生活深恶痛绝。他笔下调皮、可爱的汤姆·索亚简直就是他的翻版。克莱门斯的父亲是当地的一个法官，但收入不高，投资又屡屡受挫。小时候，克莱门斯家境贫寒，没钱上学，也厌恶上学。因此，他没有接受多少正规的学校教育。11 岁那年，父亲患肺炎去世，家里无力供养他读书，他的学校教育彻底结束。次年，由于生活所迫，小小年纪的他就外出打工，做过印刷厂学徒、排字工人等。为哥哥办的报纸《汉尼拔日报》(*Hannibal Journal*)打工时，他迅速对报业这一行产生了浓厚的兴趣。稚气未脱的他在报社里竟然升到了助理编辑的位置，并且发现自己对写作情有独钟。于是，他尝试着在该报上发表了一些作品。这些作品基本上都是一些荒诞不经的故事、带有强烈讽刺色彩的恶作剧、幽默笑话等，虽然稚嫩，但充满幽默、讥讽、俏皮的风格，在一定程度上为他以后的创作风格奠定了基础。

18 岁时，他离开汉尼拔去闯荡世界。他先在圣路易斯谋得一份工作，没干多久又去当记者，经常穿梭于华盛顿、纽约、费城等不同地方。他做过许多不同的工作，但心里似乎始终有一个声音在召唤他——当水手。于是，在 1857 年，他终于抵挡不住内心的诱惑，跑到密西西比河去做水手和领航员，并在 24 岁时拿到了水手资格证书。作为领航员，他深知自己对轮船安全航行负有重大责任。通常情况下，水深只要达到 12 英尺，航行就比较安全。像其他领航员一样，他常常对着行驶的轮船大声喊"2 倍6 英尺水深——Mark Twain"。听到这样的深度，船长便会安心地向前行驶。领航员工作虽然辛苦，但富有激情，尤其是在高喊"Mark Twain"的时候，内心会油然生起一种豪迈之情，感觉自己就像是世界的统帅一样。此外，领航员报酬也比较高。因此，克莱门斯非常喜欢这个工作，这也是他为什么后来启用"马克·吐温"作为笔名的原因。密西西比河上的这段早年经历，给马克·吐温留下了极为深刻的印象和美好的回忆，船上水手们的艰苦生活、他们鲜活而俏皮的语言、河岸两旁旖旎的风光、沿途耳闻目睹、广泛结交的各式各样人物、极具地域色彩的风土人情等，都令他终生难忘，成为他此后文学创作取之不尽的素材"宝库"和灵感源泉。

1861 年，美国内战爆发，密西西比河上的运输被迫停止，马克·吐温不得不终止自己喜爱的水手和领航员工作，回到汉尼拔。不久，他参加南部的联盟军，成为美国内战的一名军人。可入伍不久，他就擅自逃离军队，跑到西部去淘金，试图实现一夜暴富的愿望。但是，经过一番努力，他发现这个想法根本不切实际。经过生活的不断磨砺和自己反复不停的尝试、努力和思考，他终于发现，自己真正擅长的是文学创作。

1865 年，马克·吐温发表短篇小说《卡拉维拉斯县驰名的跳蛙》（"The Celebrated Jumping Frog of Calaveras County"，1865）。这篇小说的创作还得归功于查尔斯·法勒·布朗尼（Charles Farrar Browne，1834—1867），是在这位笔名为阿蒂默斯·沃德（Artemus Ward）的幽默作家的鼓励下，他才创作出这篇成功之作。该小说是根据他在加利福尼亚州淘金时听到的一个故事改编的。小说一发表就赢来一片赞美声，被译成多国文字，受到各国读者的欢迎。作品中表现出的特有的机智与嘲讽，不仅深受读者的喜爱，也得到了评论界和作家们的高度赞扬，不论是平民百姓还是达官贵人，不管是商人还是艺术家，不同阶层、不同领域、不同肤色、不同国家的人，都对该小说爱不释手。

1865 年，《萨克拉门托联合报》（Sacramento Union）派遣马克·吐温去参加一条由旧金山到夏威夷新开辟的旅游线路的游览，为报纸撰写相关报道。他在报上发表了一系列游记，后来分别收录成集，取名为《夏威夷群岛来信》（Letters from the Sandwich Islands，1838）和《檀香山来信》（Letters from Honolulu，1839）。他起先为听众所作的一系列演讲、报告，基本上都是以这些报道为主要内容。这些报道深受欢迎，大大激发了他对游记创作的热情，以至于在 1866 年与《上加利福尼亚报》（Alta California）签约，成为该报记者，专门报道和撰写有关旅游方面的内容。也因为这份工作，他走过了许多地方，写下了大量游记，都收集在《马克·吐温与布朗先生游记》（Mark Twain's Travels with Mr. Brown，1940）中。1867 年，马克·吐温离开纽约，前往欧洲和圣地耶路撒冷，将沿途见闻，以书信形式写成了一篇又一篇游记，刊登在《上加利福尼亚报》和《纽约论坛报》上。这些游记内容清新、生动，文笔幽默、风趣，信息量大、知识性强，既洋溢着异国风情和异域文化，又充满着美国西部式的诙谐，特别是欧洲古老、悠久、厚实的文化、文明与新生的美国那种勃勃生机、天真纯朴、无拘无束所产生的鲜明对比，尤其引人入胜，赏心悦目，激发起读者无限的遐想和对异域的无限渴望，受到读者热烈追捧，极大地提高了他的知名度和影响力。这些游记，如同作者的小说一样，也是美国文学中的精品，现已成为美国文学遗产的重要组成部分。马克·吐温的不少小说也正是以这些游记为蓝本创作出来的,比如《傻瓜国外旅行记》(*The Innocents Abroad*, or *The New Pilgrims' Progress*, 1869)等。

1870 年,马克·吐温爱上了纽约姑娘奥利维亚·L·兰登(Olivia L. Langdon)。此时的他 35 岁,刚刚步入文学殿堂,而且由于水手生活的缘故,染上了不少坏毛病,比如酗酒抽烟、谈吐粗俗、缺乏教养等。奥利维亚则出身豪门,举止优雅,谈吐、教养与他有着天壤之别。而且,两个人生活的世界也截然不同。奥利维亚的父亲是个家财万贯的煤炭商人,一家人过着体面的上流社会生活。马克·吐温对她一见倾心,从追求到娶她为妻,马克·吐温戒烟戒酒,戒掉奥利维亚不喜欢的一切坏毛病,同时创造各种机会,向她展示自己美好的一面,表达他的炽热爱情。如第一次约会,他安排在英国著名小说家狄更斯到纽约举行的作品吟诵会上;再如他不停地给她写情书,表达自己的爱慕之情。尽管如此,奥利维亚还是一再拒绝他的求婚。她的家人对他也是冷嘲热讽,认为他根本配不上她。马克·吐温并没有放弃,为了赢得她的芳心,他甚至一度中止创作,全身心地去赢取这场爱情。在苦苦追求的过程中,他给奥利维亚写去了将近两百封情书,反复向她表示,如果没有她,他的心灵将会永远成为一片毫无生气的废墟。在他凌厉的攻势下,再加上他令人钦佩的文学才华,奥利维亚最终把芳心交给了他。地位显赫、有钱有势的老兰登先生目睹了这一切,尽管对这个来自遥远西部的小作家知之甚少,最终也抛弃偏见,抛开世俗,将爱女嫁给了他。马克·吐温迎娶奥利维亚后不久,就从纽约搬到了康涅狄克州的哈特福德。夫妻俩共生了四个孩子,但是一个夭折,两个20 出头就离开了人世,只有女儿克拉拉幸存了下来,一直活到 80 多岁。克拉拉后来生有一个女儿,而这个女儿没有生育,所以马克·吐温夫妇没有后人。

马克·吐温如愿以偿地娶到心爱的奥维利亚,终日沉浸在幸福和甜蜜之中。而甜美的爱情和幸福的婚姻,给马克·吐温的创作注入了巨大动力和活力,极大地激发了他的创作灵感,促使他婚后创作出了许多优秀的作品,尤其是和妻子甜美地生活在哈特福德期间,他连续写出了十来部重要的长篇小说,如 1874 年的《镀金时代》(*The Gilded Age: A Tale of Today*)、1876 年的《汤姆·索亚历险记》、1884 年的《哈克贝利·费恩历险记》,另外还有 1883 年的《密西西比河上的生活》(*Life on the Mississippi River*)等。他们在哈特福德大约生活了 20 年,这段时间是马克·吐温创作上最辉煌、最成功的黄金年代。创作上的巨大成功同时给他带来了丰厚的收入，一家人过上了富裕的生活。然而，乐于冒险的马克·吐温富裕后想投资出版业和科技发明。他倾其所有，创办了一家颇具规模的出版公司。与此同时，他忙着购豪宅、办宴会，生活奢靡。投资给他带来了如期的回报，但好景不长。没多久，投资项目纷纷转赢为亏，以致后来资不抵债，陷入了破产的窘境。万般无奈之下，他不得不关掉出版社，几乎一夜之间沦为穷光蛋。他不得不卖掉豪宅，就连妻子继承的遗产也赔了进去。尽管如此，他还欠有巨额债务，不得不申请破产保护。这时的他已是闻名遐迩的著名作家了。为了使爱妻免受贫困生活的折磨，他不得不想方设法赚钱，供养妻子继续过着体面的生活。于是，从 1895 年 7 月起，他走遍美国和世界各地，开始巡回演说，赚取报酬。他到过新西兰、斐济、印度，还到过南非，当然也到过欧洲，走遍了五大洲、四大洋，实实在在地沿着赤道来回走了一圈。

马克·吐温也来过中国，对八国联军侵略中国、火烧圆明园进行了强烈谴责，对饱受磨难的中国百姓给予了巨大同情。这次长途旅行更加丰富了他的见识和阅历，也为他的创作积累了丰厚的素材。他那厚达七百多页、声讨帝国主义侵略行径的《赤道环游记》（*Following the Equator*，1897）就是根据这次经历创作出来的。在漫长的演说途中，马克·吐温历尽艰辛，时常感到身体不适，大多数时候都在生病。后来，他的朋友、著名实业家、金融家、美孚石油公司高级行政人员亨利·哈特斯顿·罗杰斯（Henry Huttleston Rogers，1840—1909）出手相助，终于使他摆脱了困境，重新过上了稳定、富裕的生活。这场磨难进一步加深了这对夫妻的感情，他们因此更加相亲相爱。1903 年，在医生的建议下，马克·吐温带着健康状况日益恶化的妻子来到阳光明媚的意大利，住在佛罗伦萨郊外的一幢别墅里。1904 年 6 月，奥利维亚因心力衰竭离开了人世。她是躺在丈夫的怀里安详地闭上眼睛的。临终时，她深情地对丈夫说，嫁给他，自己一辈子都生活在幸福之中。

马克·吐温生性好奇，对自然、人生、社会都充满了好奇心，并倾其毕生之力进行探索。他对科学也是兴致盎然，是出了名的科学技术迷。他与爱迪生是好朋友，与尼克拉·特斯拉（Nikola Tesla，1856—1943）始终保持着亲密的友谊。特斯拉是一位闻名世界的美国科学家、被奉为"科学超人"、绝世天才。马克·吐温对他崇拜不已，而特斯拉对马克·吐温也是敬仰有加，对他创作的文学作品爱不释手。马克·吐温经常去特斯拉的实验室,对特斯拉的科学实验十分着迷。在特斯拉的影响下,他也尝试科学实验,并且成功地获得了三项发明专利,如取代吊带的可拆卸肩带的衣服、可以自行粘贴的剪贴膜等。对一个创作成就辉煌的作家来说,在科学上竟然也能取得如此成就,着实令人钦佩。马克·吐温对科学的兴趣和爱好,在他的小说创作中也得到了充分体现。比如在《亚瑟王朝廷上的康涅狄格州的美国人》("A Connecticut Yankee in King Arthur's Court",1889)中,他就运用自己的科学知识向亚瑟王时代的英国人介绍现代科学技术。这种创作手法后来成为科幻小说家们竞相模仿的叙事模式。

晚年的马克·吐温自认为是位哲学家,对人生和社会进行了冷静的观察和深刻的思考,其人生观和世界观与早年相比发生了巨大变化。这种变化在很大程度上是晚年时马克·吐温接二连三地遭受不幸、内心悲怆凄凉所致。先是他的两个爱女早早地离世,接着又是爱妻撒手人寰,1909 年,他最好的老朋友、恩人罗杰斯又突然辞世。这一连串的不幸对他打击甚大,他因此变得郁郁寡欢,对人生和社会的态度越来越悲观,对人类也越来越失望,对人类前途越来越迷茫。这种悲观的情绪在他的后期作品中体现得十分明显,与前期作品,如《贞德传》(*Personal Recollections of Joan of Arc*,1896)中洋溢着的乐观主义情怀,形成了鲜明对比。在这种心绪里,他写出了《败坏了哈德莱堡的人》("The Man That Corrupted Hadleyburg",1899)、《人是什么?》("What Is Man?",1905)、《神秘的陌生人》("The Mysterious Stranger",1916)等。在他晚年创作的、没有及时发表的大量作品中,这种悲怆、悲观、消极的情感同样是跃然纸上,如《地球来信》("Letters from the Earth",1962)就充满了悲观论调和宿命思想。所以,阅读他后期的作品,读者无不感到压抑。马克·吐温自然流露出来的这种情感,是他对人生和社会的真实感受,也是他世界观的真实表露。

众所周知,哈雷彗星是个周期性星体,每隔 75 到 76 年地球上的人才能见到一次。因此,对于地球人来说,哈雷彗星的出现是个十分稀奇的事件。1909 年,马克·吐温说,1835 年哈雷彗星出现时他来到这个世上,1910 年哈雷彗星又将出现,他希望自己能和彗星一起离开这个世界,否则他会感到非常失望。他的预言竟然异常精准,他果然于 1910 年因心脏病告别了这个世界。他的出世和去世正好和哈雷彗星不期相遇,是十分难得的。对美国文学而言,他是个难得的天才作家,对美国文学所作出的贡献犹如哈雷彗星出现那般珍贵。如此珍贵的作家离开人世，广大读者自然悲痛不已。对他为美国文学作出的杰出贡献，人们予以了高度评价，当时的美国总统威廉·霍华德·塔夫特（William Howard Taft，1857—1930）就是其中的一员。塔夫特总统一直喜爱马克·吐温的作品，得知这位杰出的作家不幸去世，他立刻发表讲话，称赞他给千千万万的人带来了欢乐，带来了真正意义上的精神享受，并且坚信还将给千千万万的子孙后代带去这种快乐和享受。他进一步指出，马克·吐温的幽默是美国式的幽默，美国人喜欢，英国人也喜欢，其他国家的人都喜欢，他已成为美国文学一个永恒的组成部分。塔夫特总统的这番评价，可以说是对马克·吐温文学价值最准确的概述，是对其文学地位最恰当的表达。

马克·吐温著作等身，而且题材广泛，既有散文、戏剧、游记、传记，更有长、短篇小说。代表性的长篇小说除了《傻瓜国外旅行记》《镀金时代》《汤姆·索亚历险记》《哈克贝利·费恩历险记》外，还有《王子与贫儿》（*The Prince and the Pauper*，1881）、《亚瑟王朝廷上的康涅狄格州的美国人》《汤姆·索亚在国外》（*Tom Sawyer Abroad*，1894）、《傻瓜威尔逊》（*Pudd'nhead Wilson*，1894）、《贞德传》等。除此之外，还有戏剧《阿信》（*Ah Sin: The Heathen Chinee*，1876），游记《国外旅游记》（*A Tramp Abroad*，1880）、《赤道环游记》，传记《自传》（*Autobiography*，1924）等，是世界文坛上有名的创作多面手。

创作思想及艺术风格

马克·吐温是美国文学史上最伟大的作家之一，这个事实早已深入人心，无可争议。然而，曾几何时，人们对马克·吐温却是褒贬不一，尤其是在读者和评论家的眼里，他的形象难以统一。在读者眼里，他幽默、诙谐，滑稽中不乏讽刺，描写中不乏夸张，但在忍俊不禁之余，读者发现，他的作品美国味十足，而且非常真实，十分贴近生活，很符合大众的阅读、欣赏口味，普通百姓无不爱不释手，成为大众读者最喜欢、最爱戴的作家。然而，在批评家眼里，马克·吐温的角色就复杂多了。他到底属于什么样的作家？滑稽、幽默作家，还是社会讽刺作家？他为什么早年充满了积极、乐观的人生态度，晚年却悲观厌世、对人类失去信心？他在作品中对祖国总是贬多褒少，不是揭露政府种种不光彩的黑幕，就是竭尽挖苦、讽刺之能事，将表面繁荣、实则腐败的美国社会揶揄为"镀金时代"，他对美国究竟是爱还是恨？这些问题在评论界一直是争议不断，长期影响和困扰着对马克·吐温的评价,已经成为"马克·吐温的问题"。这种争议同时还体现在马克·吐温的形象上。人们一方面觉得他像个滑稽演员,幽默风趣、妙语连珠,令观众捧腹不已;另一方面,又发现他在晚年常常是口叼烟斗,沉浸在思考之中,目光中充满了睿智。

人们之所以会对马克·吐温有这些不同的看法,实际上是源于他的生活经历和世界观的变化。而正是这种经历和变化,成就了他的创作思想和创作方法。众所周知,马克·吐温仅仅读过小学,文化程度并不是很高,但是他有一双好奇、敏锐的眼睛和一种不知疲倦的探索精神,善于观察社会,能够从人们习以为常的事件中挖掘出不正常的现象,进行讽刺、揭露、批判,警示世人。他生活的时代正值美国快速发展时期,整个社会看上去是一派欣欣向荣、蒸蒸日上的景象。然而,在繁荣的背后,马克·吐温看到的是层出不穷的问题:政治制度腐败、拜金主义横行、人性堕落、道德沦丧、种族主义和宗教虚伪随处可见。这些问题之严重、之盛行,令他寝食难安。在他看来,一个作家对此不能熟视无睹,应该进行无情的抨击、有力的批判。因此,批判现实便成了他毕生的文学追求,成为其重要的创作指导思想。

自我标榜为世界上最民主的美国政治制度,尤其是民主选举制度,在马克·吐温看来只是徒有其表。他认为,美国的两党制选举实质上充满着贿赂、欺诈、恐吓、虚伪和阴谋。他发现,为了获得选举胜利,两党总是使出全身解数,动用一切可以动用的资源,挖空心思攻击对方。他们常常贿赂、收买媒介来吹捧自己,诋毁、中伤对方,将总统选举变成了一场互相谩骂的大战。新闻媒体完全沦为了两党选举的工具。至于选民的意愿,只是一种点缀,被完全抛在了脑后。洞穿两党选举如此虚伪的实质,马克·吐温在作品中进行了无情的揭露和有力的批判,《竞选州长》("Running for Governor",1870)就是痛击美国选举最有力的作品,而《密西西比河上的生活》则把自诩独立的新闻媒体与政党相互勾结、沆瀣一气的丑恶嘴脸批驳得体无完肤。

在马克·吐温看来,拜金主义是当时世风日下的另一个重要原因。狂热的淘金潮、奢望暴富,充斥整个社会,左右着整个民族,成为当时美国非常突出的社会现象。用马克·吐温在《镀金时代》中的话说,"发财,发财,无论如何也要发财",人人都想发财,每个人都有发财的可能,不论是穷鬼还是乞丐,都可能在淘金的大潮中成为百万富翁。人们为此而疯、而狂、而癫,人性迅速堕落,道德急速沦丧,酿成不计其数的人生悲剧。人们在淘金热中表现出来的拜金主义,到19世纪下半叶变得更为疯狂。金钱至上、享乐至上成为许多人的生活理念和人生追求,构成了美国历史上出了名的镀金时代。之所以会出现这样的社会现象,在很大程度上是当时美国社会急剧转型所致。内战结束后,美国由资本主义转向帝国主义,高速发展的自由资本主义转变为垄断自由资本主义。官员巧取豪夺,侵吞国家财富;商人不择手段,获取最大回报;资本家寡廉鲜耻,残酷剥削、压榨工人,赚取最高利益。为了利益,人们可以相互欺骗,可以丧尽天良。对于这些,马克·吐温看在眼里,但并没有藏在心里,而是通过作品毫不留情地层层剥开,一览无遗地展示在世人面前。《败坏了哈德莱堡的人》就是他揭示人性在金钱面前丧失殆尽的最生动的佐证。这个世世代代以诚实、善良闻名于世的小镇,在一袋金币的考验下,个个编造谎言,人人进行欺诈,挖空心思要将其据为己有,将表面诚实、实则虚伪,看上去道德高尚、实则内心龌龊的小镇居民刻画得入木三分。这个虚构的小镇一看便知是美国社会的缩影,具有强烈的象征色彩。作者借此对被拜金主义扭曲的美国社会、堕落的人性和沦丧的道德进行了无情的批判。

在马克·吐温眼里,除了拜金主义,种族主义同样是社会的恶瘤。美国有着根深蒂固的种族主义历史,无论是黑人、华人,还是当地的印第安人,无不饱受压迫、歧视、迫害,遭受非人的待遇。黑人成奴隶、华人被奴役、印第安人遭屠杀,这一切无不激起马克·吐温的极大义愤。他强烈声讨这种违背人性、悖逆人人平等的种族歧视现象。反对种族主义成为他思想的重要组成部分,也成为其小说的一个重要主题,对其文学创作产生了明显的影响。在他看来,无论什么肤色,人生来都是平等的,都有充分享受自由的权利。正是在这种思想指导下,他在《哈克贝利·费恩历险记》里塑造了黑奴吉姆和白人哈克这两个形象。他们超越种族的鸿沟,建立了深厚的友谊。吉姆对主人哈克忠心耿耿,为了主人,他甚至愿意放弃自己渴望已久的自由。而哈克为了表明自己愧对吉姆,宁愿"去亲吻他那双黑脚"。马克·吐温的这番描写在种族主义者中间产生了巨大震动。如此刻画黑白两种人的关系,明显带有反奴倾向。

除了黑奴制,马克·吐温对华人劳工遭受的各种非人折磨也进行了强烈声讨。19世纪,大批华人来到加利福尼亚做苦役。种族主义者用狗撕咬中国人,美国当局公开煽动反华情绪,资本家虐待华工,唆使他人敌视中国工人,甚至用石头打死中国劳工。对这一系列暴行,一腔正义的马克·吐温顶着巨大压力,大义凛然地站出来,猛烈抨击美国当局和资本家种族主义的丑恶嘴脸,批判美国政府的种族主义政策,大声维护华人劳工的基本权利。在作品中,他对华人劳工所遭受的种族主义迫害,同样是一针见血地进行了揭露。在《哥尔斯密的朋友再度出洋》("Goldsmith's Friend Abroad Again",1870)中,纯朴天真、忠厚老实的华人劳工艾颂喜就是他塑造的遭受种族主义迫害的典型代表。他听人说美国是"人间天堂",在那里"人人平等,人人自由"。在这个美丽谎言的诱骗下,他怀揣美好的憧憬,远渡重洋来到美国寻找"幸福"。刚进入美国港口,他就遭到警察的毒打,行李也被没收。进入美国后,他又被莫名其妙地关进监狱,受到非人的折磨。马克·吐温将华人劳工"美好"的理想与残酷的现实进行对比描写,栩栩如生地揭示了号称民主、自由之天堂的美国的真实面目。

反对战争、反对强国掠夺、奴役和殖民弱国、反对帝国主义,是马克·吐温另一个重要思想,对其创作也产生了不可小觑的影响。随着经济的迅速发展,国力的日益强大,美国在 19 世纪末进入帝国主义时代,像欧洲列强一样,开始觊觎、侵略和掠夺弱小国家。马克·吐温对此进行了猛烈声讨和批判。他批判美帝国主义侵略弱小的菲律宾,对美帝国主义侵略者残酷镇压当地人、血腥屠杀反抗者的暴行进行了强烈控诉。他通过一名年轻的美国侵略者写给母亲的信,揭露了侵略者的残忍:"我们从未留下一个人活着,如果有人受伤,我们就会用刺刀捅穿他。"[①]对于美帝国主义参与侵略和掠夺中国,致使中国人民饱受凌辱,马克·吐温同样进行了无情的批判;对于义和团奋勇抗击外来入侵,他给予了有力声援和坚定支持。1900 年 11 月 23 日,他在纽约勃·克莱博物馆公共教育协会上发表题为《我也是义和团》("I Am a Boxer")的演讲。他宣布:"我任何时候都是和义和团站在一起的。义和团团员们都是爱国者,我祝愿他们成功。义和团员们要把我们赶出他们的国家……我也是一名义和团团员。"由此可见,他对帝国主义侵略行径的态度和立场是何等的鲜明。

马克·吐温对美国社会现实中存在的诸多问题,毫不掩饰地发表了自己的观点,揭露现实、批判现实也就成了他重要的创作思想和创作使命。为了使批判更加犀利、更深入人心,他大量使用极具美国地方特色的百姓语言,采用独树一帜的幽默讽刺风格。作为一名西部作家,他的语言通俗、粗犷,与文化中心——东部的作家们笔下的那种严肃、"高雅"的文

---

① Mark Twain, *A Pen Warmed-up in Hell*, ed. Frederick Anderson. New York: Harper Collins Publishers, 1979, p.93.

风迥然不同。有人据此批评他的语言过于粗俗，没有豪威尔斯的那样优雅，也没有亨利·詹姆斯的那般隽永，更不能和爱默生、朗费罗等人的相提并论，无法登上大雅之堂。然而，这些所谓的粗俗语言源于生活，充满了百姓的喜怒哀乐，质朴、鲜活，令人物灵动、丰满，让行文添彩生色，读起来妙趣横生，很容易拨动读者的心弦，形成了美国文学语言的独特风格，开创了美国文学新的文风。这也是为什么马克·吐温能够超越他们，成为美国文学中无人可比、无人可敌的伟大作家的原因之一。马克·吐温善于发现和捕捉人性的弱点和缺点，更擅长运用幽默、俏皮的语言进行分析、讽刺、评论和批判，这一切都是他作品的突出特色。他能源源不断地写出令人捧腹的幽默语言，在很大程度上得益于他对人生的广泛接触和阅读，得益于他对百姓语言的细致观察和灵活运用，得益于他对西部边疆淘金者们生活的体验，得益于传统奇异故事的影响，还得益于他本人敏捷的思维能力、雄辩的演说才华和娴熟的表达技巧。

短篇小说创作

在人们心目中，作为小说家的马克·吐温，其伟大之处往往表现在他的长篇小说上，人们赞美他对美国文学作出的贡献，往往也是以他的长篇小说为例。海明威的那句著名的评论就足以说明这一点："一切当代美国文学都起源于马克·吐温一本叫《哈克贝利·费恩历险记》的书。"[①]人们对马克·吐温长篇小说的浓厚兴趣和极大关注，使其短篇小说，即便是最优秀的杰作，一直被笼罩在长篇小说灿烂的辉煌所投下的阴影中，没有得到与长篇小说同等的关注，更没有像长篇小说那样获得学者们的深入研究。实际上，马克·吐温的短篇小说内容丰富，佳作众多，读者无不陶醉其中。而要是稍做研究，学者们便会发现，马克·吐温创作的那些影响了整个美国文学的长篇小说，实际上有许多都是源自这些优秀的短篇小说，或者说是在这些短篇小说的启发下创作出来的。而他那些令人遐思不已的游记，有不少也是不自觉地模仿自己的短篇小说而成的。由此可见，马克·吐温的短篇小说是其最重要的文学形式，对他所涉猎的其他文学形式，如长篇小说、游记等，都产生了不容忽视的影响。

马克·吐温发表的短篇小说集众多，重要的有：《马克·吐温文集：滑稽自传》（*Mark Twain's Burlesque: Autobiography and First Romance*，

---

① Ernest Hemingway, *Green Hills of Africa*. New York：Scribner's, 1935, p.22.

1871)、《新老故事集》(*Sketches New and Old*, 1875)、《被盗的白象》(*The Stolen White Elephant*, 1882)、《马克·吐温幽默故事集》(*Mark Twain's Library of Humor*, 1888)、《百万英镑故事集》(*The £1,000,000 Bank Note and Other New Stories*, 1893)、《败坏了哈德莱堡的人及其他故事、散文集》(*The Man That Corrupted Hadleyburg and Other Stories and Essays*, 1900)、《三万美元遗产故事集》(*The $30,000 Bequest and Other Stories*, 1906)等。作者的短篇小说更是难以计数,有代表性的优秀作品也是难以一一历数,比如《卡拉维拉斯县驰名的跳蛙》《坏孩子的故事》("The Story of the Bad Little Boy Who Didn't Come to Grief", 1865)、《好孩子的故事》("The Story of the Good Little Boy Who Did Not Prosper", 1870)、《我怎样编辑农业报》("How I Edited an Agricultural Paper", 1870)、《哥尔斯密的朋友再度出洋》《竞选州长》《一个真实的故事》("A True Story Repeated Word for Word as I Heard It", 1874)、《败坏了哈德莱堡的人》《百万英镑》("The £1,000,000 Bank-note", 1893)、《案中案》("A Double Barrelled Detective Story", 1902)、《狗的自述》("A Dog's Tale", 1904)、《三万美元遗产》("The $30,000 Bequest", 1906)、《神秘的陌生人》等。

《卡拉维拉斯县驰名的跳蛙》

《卡拉维拉斯县驰名的跳蛙》是马克·吐温创立自己独特风格的发轫之作,也是赢得广泛赞誉的非常重要的成名作,是集美国西部文学、乡土文学、民间文学等众多文学特色于一体的诙谐幽默故事。"跳蛙"故事一夜间传遍了美国千家万户,使马克·吐温一举成为幽默大师、家喻户晓的知名作家。小说原先是应朋友之约而作的。他写了两个版本,但朋友均不满意。在朋友的再三催促下,他又认真修改。朋友满意后,他将稿子寄到《星期六新闻报》(*The Saturday Press*),于1865年11月18日公开发表,取名为《吉姆·斯迈利和他的跳蛙》("Jim Smiley and His Jumping Frog")。小说一发表就迎来广泛好评,报纸杂志纷纷进行转载,并使用过《卡拉维拉斯县臭名昭著的跳蛙》这样的题目。同年12月16日,布莱特·哈特在《加利福尼亚人》(*The Californians*)报上也刊登了这篇小说,但这一次用的是我们今天沿用的题目《卡拉维拉斯县驰名的跳蛙》。

小说描写的是终日无所事事的赌徒吉姆·斯迈利的故事。故事情节是叙事者从酒吧服务生西蒙·慧勒那里听来的。叙事者应朋友之托,求

见西蒙·慧勒老人，向他打听他朋友的朋友列奥尼达斯·W·斯迈利的下落，但老人说不认识此人，只认识吉姆·斯迈利。接着，爱唠叨的老人向他讲述了吉姆的故事。他说，吉姆嗜赌如命，任何东西都要赌上一把，而且每赌必赢，"遇到狗打架，他要打赌；遇到猫打架，他要打赌；遇到小鸡打架，他也要打赌；咳，即使遇到两只鸡站在篱笆上，他也要和你赌上一把，赌哪只先飞……哪怕是看见一只金龟子在爬，他也要跟你赌，赌它多久才会爬到要去的地方"。

一天，他捉到一只青蛙，拿回家后训练它如何越跳越高。经过三个月的训练，它能跳到任何青蛙都无法跳到的高度。于是他把它装进一只笼子里，出门就拎着它，逢人就要用它和人家赌博，赢了不少钱。一天，他在街上遇到一个外乡人。陌生人问他笼子里装的是什么，他自豪地说是一只比卡拉维拉斯县任何一只青蛙跳得都要高的青蛙。陌生人看了看，一脸不屑，说它普普通通，不可能是全县最棒的跳蛙。他说，要是吉姆能替他找来另一只，他愿意出 40 美元和吉姆赌一把，看看哪一只跳得高。吉姆欣然同意。他把笼子交给陌生人拎着，自己去找青蛙。他离开后，陌生人向他的跳蛙嘴里塞了一把打鸟用的铁砂，撑得它动弹不得。吉姆找来青蛙后，两人赌了起来。刚抓来的青蛙一撒手就跳开了，而吉姆的那只想跳却跳不起来。它自己也很纳闷，只好像法国人那样耸耸肩。吉姆更是大惑不解。陌生人将 40 美元揣进口袋，兴高采烈地离开了。百思不解的吉姆不知道自己的跳蛙为什么看上去沉甸甸的。他抓住青蛙的腿，拎起来抖了抖，居然抖出了一把铁砂。吉姆立刻明白上当了。他丢下跳蛙，撒腿去追陌生人。可是，陌生人早已跑得无影无踪。这时，叙事者意识到，吉姆并不是他要找的那个人，便起身告辞。可谈性正浓的西蒙拦住他，要继续给他讲故事。叙事者无心再听，借故告辞了。

幽默是该小说的突出特点。作者采用俚语、土语、方言等具有浓郁地方色彩的语言，使用漫画般的画面，借用人们喜闻乐见的民间故事，再通过夸张的艺术表现形式和活灵活现、惟妙惟肖的人物塑造，将幽默效果演绎到了极致。首先是语言的幽默。该小说是根据西部淘金者中流传的一个故事改编的，语言妙趣横生，比如：

> 斯迈利有一匹牝马……尽管它行动缓慢，又总是病恹恹的，斯迈利倒常在他身上赢钱。他们通常开头先让它二三百码，然后才开始算它比赛，可是快到终点那一截，它总会兴奋起来，玩命似地欢腾跳跃。

它轻柔灵活地撒开四蹄,一会儿腾空,一会儿跑到栅栏前,蹬起一片灰尘,而且要闹腾好一阵子,又咳嗽,又打喷嚏,又擤鼻涕。尽管如此,它总是正好先出一头颈到达看台,跟你算下来的差不离儿。

作者通过一系列极具生活气息的语言,把看上去其貌不扬、开始时慢腾腾、笃悠悠、但临近终点时却健步如飞的牝马形象刻画得活灵活现,尤其是它"又咳嗽,又打喷嚏,又擤鼻涕"那番装模作样的神情,令人忍俊不禁。对那条小狗的描写也是令人捧腹。小狗整天"一副贼溜溜的样子,老想偷点什么"。平时它总是没精打采的,可主人一旦在它身上下了赌注和别人赌博,它立刻将下巴颏往前伸,"就像火轮船的前甲板,下槽牙都露了出来,像煤火一样放光"。它最喜欢"一口咬住对方的后腿,咬得死死的——不啃,你明白吗,光咬,叼着不动,直到那狗服软,哪怕等上一年也不松口"。这样的描述使得小狗变得十分可爱。可有一次斯迈利弄了一条没有后腿的狗和它斗。这只专靠咬后腿取胜的狗这次不知从何处下口,结果败下阵来。作者在这里通过拟人化的语言,对窘迫不已、滑稽好笑的小狗形象进行栩栩如生的描写,读者无不笑弯了腰。至于跳蛙,更是将小说的幽默气氛推到了高潮。跳蛙本该欢跳,这一次却没精打采,笑得读者前仰后合,只有主人感到莫名其妙。很显然,前面对牝马和小狗的描写只是一种铺垫,是为了烘托后面跳蛙更加幽默的艺术效果。作者通过这些幽默的语言,一方面是为了加强艺术效果,另一方面则是为了烘托人物形象,让这些地道的土语、俚语、方言等俏皮的语言,从那些没有受过良好教育的人嘴中说出,既符合他们的身份、地位,又能产生强烈的喜剧效果。

其次是人物形象的幽默性。作品中的主要角色,无论是吉姆还是西蒙,都充满了强烈的喜剧色彩。吉姆好赌,不管遇到什么人都想赌一把,不论看到什么东西都要赌一场,赌博成了他生活中最重要的内容。这一赌徒形象经过马克·吐温的塑造,立刻就变得鲜活、灵动起来,幽默效果跃然纸上:"别的不说,要是比谁最古怪,他可算得上天下第一。只要能找到人愿意打赌,他就赌,碰上什么赌什么。别人要是不愿赌黑,他就赌黑;别人不愿赌白,他就赌白。不管别人想怎么赌,他都奉陪——不管怎么样,只要能赌,他就开心。"赌博给他带来了巨大的刺激和快乐,令他神采飞扬,活力四射。倘若不赌,他便会全身不自在,像泄了气的皮球,软绵绵的。这种鲜明的对比,本身就让人发笑,再加上他赌博中各种令人捧腹的表现,这一形象更是充满了浓郁的幽默色彩。西蒙也是一个让人忍俊不禁的角色。叙事者"我"向他打听一个叫列奥尼达斯·W·斯迈利的人，他不认识这个斯迈利，却抓住"我"一个劲地介绍"我"根本不认识的另一个斯迈利。为了迫使"我"听他讲述，他把"我""推到一个角落里，用他的椅子把我封锁在那儿，这才让我坐下，滔滔不绝地絮叨从下一段开始的单调的情节"。这个场面妙趣横生，读者笑声不断。

当然，作者采用幽默并不只是为了逗乐。在看到这些滑稽可笑的人物发出一串串笑声之后，读者很快就会发现，无所事事、嗜赌成性的吉姆并不是一个孤立的形象，而是当时美国社会中无数精神空虚、无所作为、又带有这样或那样恶习的小市民的缩影。作者通过这个缩影，形象地揭示了人们的空虚和无聊，展示了当时底层百姓的生活方式和生活态度，表现他们游戏人生、博弈人生的心态，揭示了一种不正常的社会现实。西蒙的那番滑稽表现，作者显然是以逗乐的方式反映美国社会人与人之间缺乏交流、沟通，人们普遍感到孤独这一严重的社会现象。可见，这些幽默的语言和人物塑造看似在愉悦读者，其实是在折射现实、批判现实。幽默具有的这种功能，正是马克·吐温所期待的。他通过自己无数的作品表明，幽默是一种十分优美的、对创造者要求很高的高级艺术，必须超越逗乐这种简单的功能，针砭时弊，批判社会的丑恶现象，否则就可能丧失其应有的社会价值，变得低级、庸俗。该小说借用轻松、幽默的手法，揭示和批判美国"镀金时代"严峻的社会现实，正是马克·吐温式幽默的精髓所在，也是其艺术价值的完美体现。

为了充分展现幽默效果，作者使用了许多不同的修辞手法，比喻、象征、夸张、拟人、讽刺，等等。如小狗、跳蛙等动物，作者给它们一一起了人的名字。小狗叫安德鲁·杰克逊，跳蛙则叫丹尼尔·韦伯斯特，它们与当时美国民主党和共和党的头面人物恰好同名。很显然，这样命名动物具有明显的比喻、拟人和讽刺色彩，作品因此大为增色。

《坏孩子的故事》

同样，幽默也是《坏孩子的故事》的特色。小说只有短短几千字，描写的是坏孩子所干的种种坏事：溜进去偷吃果酱，吃完后为了不让妈妈发现，竟然把空瓶子装满焦油沥青，他不仅不觉得愧疚，反而连声说"真棒"，说他妈妈——那老太婆发现之后"必定会气得暴跳如雷，哼哼呀呀地说不出话来"，他得意地哈哈大笑；爬到人家树上偷摘苹果，不仅不感到羞耻，反而为自己没有被发现而沾沾自喜，并且一偷再偷；偷了老师的铅笔刀，怕被老师发现,就偷偷地塞进同学乔治的帽子里,乔治是个品学兼优的好学生,受到栽赃后羞愧不已,好像真是自己偷的似的,结果被老师一顿好打,而真正的小偷——吉姆则站在一旁乐得手舞足蹈;暴打妹妹,婚后又用斧头将妻儿统统砍死;坑蒙拐骗,发了横财,成了村子里穷凶极恶、无恶不作的恶霸。这是一个地地道道的坏孩子。就是这样一个坏事做绝的恶棍,却从来没有受到惩罚,也没有遭到报应,反而受到人们普遍的尊重,甚至被推举为议员。这个形象寓意非常深刻,作者明显是借此讽刺和批判好人蒙冤、恶人当道、世风日下的社会现实,揭露金钱操纵一切、颠倒道德价值观念、驱使人们巴结、逢迎哪怕是恶棍这样一种丑恶的社会现象。马克·吐温对美国政界的讽刺和批判是何等的辛辣。

夹叙夹议是该小说的一个明显特点。作者叙述主人公种种劣迹时,常常发表议论,将现实与愿望进行对比,从而产生很好的幽默效果。小说一开始作者就故作惊讶地指出,带有强烈宗教色彩的主日学校教科书上说坏孩子都叫詹姆斯,这个坏孩子怎么叫吉姆呢;吉姆也不像故事中惯常描写的坏孩子那样,都有一位生病的母亲,都有一位笃信上帝、重病缠身、要不是怕丢下儿子孤苦伶仃、遭人冷落而宁愿死去的母亲。相反,他的母亲健壮如牛,也不敬仰上帝,对吉姆毫无疼爱之心,不是打、就是骂,从不关心其死活。吉姆每次出门,她从来不与他吻别,相反还要赏他几个耳光。这种夹叙夹议的手法,读起来妙趣横生。但读者可以在幽默中发现,作者是在讽刺美国的教育制度,讥讽社会现实与孩子们所学的知识完全不同,嘲讽文学作品或是人们的传说充满了谬误,即孩子变坏都是因为母亲生病无暇顾及所致。吉姆的母亲十分健康,他变坏完全是因为得不到母爱、得不到呵护,是因为在家里常常受到虐待造成的。作者通过这种幽默的叙述,真实地揭示了美国家庭缺乏母爱、缺乏温暖的严酷现实,深刻地揭露了美国儿童生存的恶劣环境。幽默过后,读者情不自禁地会陷入沉思。随着情节的发展,这种沉思会更深。吉姆偷东西栽赃同学,同学的窘样和老师的惩罚以及吉姆站在一旁偷着乐的神情,这一切都妙趣横生。但捧腹之时,人们发现,本该是纯真无邪、诚实善良的孩子,心眼居然这么坏。显然,以他为代表的那一代儿童从小就因教育误导、关爱缺失,导致内心阴暗、道德低下、手段卑鄙、举止残忍。这样的恶少,长大后必然成为恶棍。作者在这里有力地批判了导致这一恶果的整个社会,因为是包括家庭在内的整个社会把儿童教育变成这样的。

《好孩子的故事》

与《坏孩子的故事》形成鲜明对比的是《好孩子的故事》，它们可以说是姐妹篇。在内容上，后者几乎是前者的颠覆，描写了一个与恶少吉姆完全不同的好孩子——雅各布。这个好孩子为人本分、遵纪守法、循规蹈矩、待人真诚、从不撒谎、从不干坏事，对父母、对老师总是唯命是从、孝顺听话，对上帝十分虔诚，是个人见人爱的乖宝宝。他勤奋好学，"读过主日学校的全部课本；这些书给了他莫大的乐趣，这便是他的全部秘密。他深信主日学校课本里讲的那些好孩子的故事，他绝对相信"。然而，具有讽刺意味的是，"不知怎的，这个好孩子老是倒霉，他碰到的事情与书中好孩子所碰到的总是两样。书中的好孩子们总是玩得尽兴，而书中的坏孩子们老是摔断双腿；他呢，好像螺丝松了，做啥事情都适得其反"。比如，他看到几个孩子爬树偷摘人家的果子，他上前劝阻，不仅没有成功，反而被一个孩子从树上摔下来压断胳膊，而那个孩子则安然无恙。又如，他看见一个盲人被几个顽皮的孩子推进泥坑，他急忙上前搀扶，原以为盲人会感谢他，没想到盲人不仅没有谢他，反而抄起拐杖打他，指责雅各布扶他起来是想把他再推倒，然后再假惺惺地把他扶起来。雅各布满腹委屈，发现这件事与教科书中宣传的"善有善报"有天壤之别。再如，他想做好事，将一条挨饿受欺、无家可归的瘸腿狗领回家好好照料，狗不但不感激，反而扑上来，将他的衣服撕得稀巴烂，令他狼狈不堪。还有，他乘木筏去告诫别人周末不要划船，否则有危险，不料自己却落入水中，被淹个半死。最过分的是，一群淘气的孩子在欺负一条小狗，他上前阻止，看到市议员走过来，他们一哄而散，只剩下他一个人站在那里。议员以为是他所为，怒气冲冲地跑过来，一脚将他踹出门外。可怜的雅各布就这样摔死在地上。

这是一个凄惨的故事，结局同《坏孩子的故事》截然相反。《坏孩子的故事》中的吉姆坏事做尽，不仅没有像主日学校教科书上写的那样受到惩罚，反而飞黄腾达，受到世人的敬重。而《好孩子的故事》中的雅各布真诚老实，行为举止严格遵守教科书上的教诲，一心想做好事，从不干坏事。但是，如此善良的孩子，一个教科书教育出来的优秀少年，在现实生活中却四处碰壁，屡遭误解、伤害，直至丧失性命。这一不幸表明：好人难做，好人不能做，只有做恶人，像吉姆那样无恶不作，才能活得潇洒、活得自在。通过这两个故事的对比描写，马克·吐温无情地揭露了恶人当道、好人没有好下场的丑恶时代，辛辣地讽刺了以教科书为象征的教育制度对儿童的误导,有力地批判了教育的虚伪,强烈声讨了以议员为代表的统治阶级欺压、残害平民百姓的暴行。

《我怎样编辑农业报》

《我怎样编辑农业报》也是一篇短小精悍的故事,四千左右的文字,同样妙趣横生。小说以悖论为手法,以"我"在一家农业报社当编辑为内容,借助荒诞不经的情节设计,俏皮、讥讽的语言表达,将看似荒谬、实则真实的社会现实,生动逼真地展现出来。一次偶然的机会,对农业一窍不通的"我"居然被一家农业报聘为临时编辑。这样的安排十分荒唐,因为一个外行编辑出的报纸一定是错误百出,不会有人购阅。诸如萝卜不能用手摘,应该让小孩子爬到树上摇下来,这样萝卜不会受损;瓜努是一种很好的鸟,饲养必须小心谨慎,好让它孵出小鸟;南瓜是柑橘科中唯一能在北方培植的蔬菜……长在地里的萝卜跑到了树上,海鸟粪瓜努成了鸟类,葫芦类的南瓜变种了……凡此种种,无不荒诞至极。同样荒唐的内容还有:犁沟就是犁耙,牛要换羽毛;"现在暖和的天气快到了,公鹅已开始产卵"。更为荒谬的是,如此荒唐的报纸竟然销量大增、利润大涨、名声大作,就连一个从来不相信自己疯了的读者,都不得不承认看了这个报纸后发现自己确实是疯了,而且为了证明这一点,他一把火把家里的房子烧了,把几个人打成了残废,还把一个家伙弄到了树上。作者十分俏皮地调侃说,这个家伙为此十分感激"我",是"我"编辑的农业报帮助他认清了真正的自己。正式编辑度假回来后发现这一情况,对"我"火冒三丈,指责"我"的"那些大作真是新闻界的耻辱",是对这份报纸的亵渎,要"我"立刻滚蛋。可笑的是,这时候的"我"却装出一副满腹农业知识的模样,用一连串的农业术语反击他,骂他"你这玉米秆,你这白菜帮子,你这卷心菜仔",并且连珠炮似的质问他:

> 请问,是谁在给那些二流的报纸写剧评? 嘿,还不是一些出了师的鞋匠和药剂师的学徒吗? 他们的演戏知识并不见得比我的农业知识强多少。是谁在写书评? 一向是那些不读书的人。是谁在写有关财政的鸿篇大论? 恰恰是那些对财政一窍不通的人……是谁在写文章呼吁戒酒、大声警告酗酒之害? 是那些进了坟墓嘴里才没有酒气的人。是谁在编辑农业刊物? 就是你吗——你这山药蛋? 一般而论,都是些写诗碰了壁、写黄色小说又不成功、写噱头剧本也不行、编本地新

闻也编不出来的人，他们最后才退到农业这一行，要不然就会被关进游民收容所。你居然来教训我，大言不惭地谈什么办报！先生，这一行我是从头到尾都精通了的，实话告诉你，一个人越是无知，就越是有名气，薪水也越高。

"我"进一步反驳编辑说，如果"我"不是受过教育，而是愚昧无知，倘若"我"不是这样小心翼翼，而是肆意妄为，那"我"在这个冷酷自私的世界上很可能早已名扬四海了。

面对连珠炮似的质问，编辑哑口无言。这些现象看似荒诞不经，实则是社会的真实写照。全篇借助悖论描写，妙趣横生，幽默不断。这种幽默进一步加强了小说的讽刺性和批判性。"我"十分无知，却自命不凡，声称"我""还是头一次听说当个编辑需要有什么知识才行"。很显然，"我"是在狡辩，可是"我"列举出一连串那么多同样如此荒谬的行业，就不能再简单地指责"我"是在无理狡辩了，因为这类荒谬已经不是个案，而是一种普遍现象广泛存在于各行各业。作者通过这种极其荒谬的现象，创造了很好的幽默效果，并通过这种效果对"我"的狡辩、虚伪和狂妄进行了有力批驳，对人们为了追逐个体利益而置科学知识和社会公德于不顾的寡廉鲜耻的丑恶嘴脸，进行了无情的揭露和批判。马克·吐温通过这一荒诞故事，用荒谬、夸张的手法，展示了美国资本主义经济高速发展时期种种不正常的社会乱象，对美国媒体制度、职业道德、坑蒙拐骗的社会风气、资本家的不择手段，进行了冷静的思考和坚决的批判。小说通过荒谬揭示真实，透过幽默展开批判，"对美国文化中的虚伪与造作进行了一番耻笑"[1]。

《哥尔斯密的朋友再度出洋》

《哥尔斯密的朋友再度出洋》是一篇现实感很强的书信体小说，由一名去美国当劳工的中国人艾颂喜写的七封短信组成，篇幅不长，却将华工血泪史成功地呈现在世人面前。艾颂喜温从、善良，对别人充满了信任，在来自美国的东家的花言巧语下，以为"美国！那里人人自由，人人平等，无人受气挨骂"，犹如人间天堂，因此向往不已。于是，像许多中国劳工一样，他抛妻别子，倾其所有，怀揣无限美好的憧憬，漂洋过海，来到美国，准

---

① Upton Sinclair, "The Uncrowned King," *Mammonart: An Essay in Economic Interpretation*. Pasadena, CA: Author, 1925, p.326.

备靠出卖苦力,自食其力,尽享"人间天堂"的生活。然而,从开始在国内准备到踏上美国国土,艾颂喜在整个过程中亲身经历的一切,与他所闻、所想形成天壤之别。首先,他的船费由美国东家垫付,到美国后分期偿还,而他的老婆、孩子却被当做偿还船费的担保,被东家扣为人质。他七拼八凑来的12美元不菲盘缠,自己还没用就被敲诈一空。出国前,"美国领事要我办理乘船执照,拿去了其中的2美元",实际上全船1 300名劳工只需一张执照即可,领事馆为了搜刮钱财,强行按人头收费,"我的东家告诉我,华盛顿政府知道这种敲诈行为,严厉反对这种弊病的存在,极力要求上届议会将这笔敲诈——我的意思是这笔执照费合法化。但由于这个议案尚未通过,这位领事仍将不得不敲诈这笔执照费,直到下届议会使它合法为止"。明明是美国政府求助"议会"使敲诈执照费"合法化",作者却说"这是一个伟大、仁慈和高尚的国家,痛恨一切形式的营私舞弊",讽刺之辛辣,让美国的虚伪昭然若揭。

劳工们踏上朝思暮想的美国国土,遭遇的一切更是令人始料未及。医生强迫船上所有劳工接种疫苗,并每人收取10美元,因为医生说是"法律责成他给每个中国人种痘"的,艾颂喜尽管以前种过了,也必须按法办事。他要流血流汗两年左右才能赚到的这12美元,自己一分钱还没花,就被敲诈一空。到达美国后的经历,更是彻底击碎了他的美梦。他刚上岸,"有个穿灰制服的人狠狠踢了我一脚",一转身,"另一位穿灰制服的长官用一根短棍捧了我一下",还警告"我"小心点,没等"我"反应过来,"又有第三个长官用短棍捧了我一下,意思是叫我放下扁担,然后又踢了我一脚"。没想到刚踏进这个"为尘世间受压迫的落难之人安置的避难所",他就受到如此"礼遇"。更令他想不到的是,将他们骗来美国的东家、一个典型资本家形象代表的骗子,这时借口说自己开办种植园的计划落空而一脚将他们踢开,不闻不问,令劳工们无处安身、无工可做。更不幸的是,他还遭到一帮恶少的无端攻击。他们放出一条恶狗"咬我的喉咙、面孔以及我身体的一切裸露部分",咬得"我从头到脚衣衫稀烂,鲜血淋漓",警察见了也不闻不问,有好心人出面制止,却遭到威胁。最后,警察竟然以扰乱社会治安罪,对"我"又是打又是踢,还把"我"关进了大牢。至此,由"人间天堂"里的东家、领事、医生、警察、恶少等一帮人组成的队伍对"我"、对中国劳工进行残酷敲诈、虐待和迫害的罪恶事实,清晰地展示在读者面前,令人瞠目。

这一重重黑幕并不是凭空捏造,而是真实存在的,因为作者在小说开头的按语中就直言不讳地指出："以下几封信里记载的生活经验无须虚构。一个侨居美国的中国人的经历不需要运用幻想加以渲染。朴素的事实就足够了。"为了表现这种朴素，小说采用了平铺直叙、近乎平淡的语言以及冷静、客观的叙述。不过，透过这种看似平淡、朴素的语言和叙事，读者却能强烈地感受到作者笔锋的犀利。作者通过对比描写，将想象中的美好与现实中的丑恶进行鲜明对照，将艾颂喜等广大中国劳工所遭遇的不幸、将貌似"人间天堂"的美国、将美国"自由、民主、平等"的虚伪性和欺骗性，一一暴露在读者面前，让世人看清了这个"人间天堂"的真实面目。

需要指出的是，这篇小说以华人为主角，以华人劳工在美国的遭遇为内容，体现了马克·吐温对华人的关心和同情。马克·吐温的这种关心在其小说、戏剧、小品文等不同题材的作品中均有体现，比如政论文《致坐在黑暗中的人》（"To the Person Sitting in Darkness", 1901），小说《追猎中国人》（*Hunt the Chinaman*, 1865），半自传体之作《苦行记》（*Roughing It*, 1872），戏剧《阿信》等。他从人道主义立场出发，以强烈的社会责任感和正义感，在不同的场合、不同的作品里，多次发表自己对中国的看法，声援饱受外来侵略和凌辱的弱小民族，支持中国人民的正义事业，支持中国人民抗击外来入侵，赢得了世界人民的尊敬。

《竞选州长》

揭露和讽刺美国社会"民主、自由、平等"的虚伪性和欺骗性，在《竞选州长》中表现得再充分不过了。"生平没有做过一件对不起人的事"的主人公"我"，被提名为独立党的纽约州州长候选人，与民主党和共和党候选人进行角逐。"我"感觉自己比"显然已将各种无耻罪行视为家常便饭"的对手在名声上拥有明显优势。然而，竞选帷幕一拉开，事情的发展就大大出乎"我"的意料，一连串莫须有的诬告、诽谤、中伤接踵而至，令"我"应接不暇，瞠目结舌。先是报纸指控"我"犯有"伪证罪"，指责"我"侵占一位穷寡妇的香蕉种植地，并要"我"说明真相。对于这种无中生有的指责，"我"没有出面解释，于是报纸骂"我"为"臭名昭著的伪证犯吐温"；紧接着，又有报纸揭露"我"和朋友到蒙大拿州野营时偷窃朋友的东西，实际上"我"根本没去过那儿，报纸又给"我"起了个外号"蒙大拿小偷吐温"；随后又爆料"我""毁谤亡人，以谰言玷污其美名，用这种下流手段来达到政治上的成功"，而"我"从未干过这种事，他们又送给"我"一个外号"拐尸犯吐温"；没过两天，又揭发"我"生活放荡，酗酒成性，可"我""已经整整三年没有喝过啤酒、葡萄酒或任何一种酒了","我"又得了一个别称"酒疯子吐温先生";还有人污蔑"我"把一个前来讨饭的老太太一脚踢走了;甚至还有人威胁说知道"我"干了一些坏事,要"我""最好拿出几块钱来孝敬鄙人,不然,报上有你好看的"。面对接连不断的造谣、诽谤和中伤,"我"始料未及,气愤不已。"我"余怒未消,更多、更恶毒的诽谤和中伤又接踵而至。"共和党的主要报纸'宣判'我犯了大规模的贿赂罪,而民主党最主要的报纸则把一桩大肆渲染的敲诈案件硬'栽'在我头上。""我"因此又多了两个绰号:"肮脏的贿赂犯吐温"和"令人恶心的讹诈犯吐温"。"我"深陷困境,十分被动,只好回应"那一大堆毫无根据的指控和卑鄙下流的谎言"。可还没开口,报纸又登出更加耸人听闻的消息,说"我""因一家疯人院妨碍我的家人看风景,就将这座疯人院烧掉,把院里的病人统统烧死了"。又一个人控诉"我"为了侵占"我"叔父的财产竟将他活活毒死。诬陷愈演愈烈,登峰造极,有人竟然"教唆九个不同肤色、衣衫褴褛、还在蹒跚学步的孩子,冲到民众大会的讲台上来,紧紧抱住我的双腿,叫我爸爸"!至此,"我"彻底崩溃了,尽管明知这些指控都是凭空捏造的,但"我"有口难辩,只好宣布退出竞选,并在声明书上签下名字:"你忠实的朋友,过去是正派人,现在却成了伪证犯、小偷、拐尸犯、酒疯子、贿赂犯和讹诈犯的马克·吐温。"

就这样,一个作风正派、道德高尚、拥有"好名声"的竞选者,在竞选对手的造谣、诽谤、中伤、煽动、诬陷下,莫名其妙地成了一名十恶不赦的罪人,灰头土脸、心灰意冷地退出了竞选。这实在是一个绝妙的讽刺。区区四千余字,小说就绘声绘色地描绘出了一幅精彩纷呈、极其传神的政治讽刺画,将美国民主党和共和党政客在竞选中所使用的各种卑鄙伎俩、种种丑恶的嘴脸,一览无遗地呈现在读者面前,将标榜为民主政治典范的美国民主、美国政治的真相,一览无余地暴露在世人面前,将大众之喉舌、民主、自由、公正之代表的新闻媒体,被政客收买、操纵、沦为其工具颠倒黑白、混淆视听的重重黑幕一一撕开,让世人认清所谓的"民主"选举实质上是垄断的"民主",是民主、共和两大政党互相勾结、狼狈为奸、垄断选举的"民主",所谓"自由"的选举实则是政客施展各种阴谋诡计、收买民意、栽赃陷害、打击异己的自由。通过这些揭露,作者辛辣地嘲讽了资产阶级的选举制度和民主制度,批判了美国政治阴暗、虚伪、肮脏、龌龊、丑恶的本质。

为了加强讽刺和批判的力度,马克·吐温采用了多种不同的艺术表现形式,大大提高了作品的幽默效果,强化了主题。首先是夸张的对比。

主人公善良、正派，但在选举中却节节败退，最后竟然沦为被告，而坏人、流氓、骗子等坏事做绝，却成为控告者，并且处处得势，最后大获全胜。两种现象通过一个又一个事件进行对比，产生了极其强烈的幽默、讽刺效果。其次是反讽。作者同样运用夸张手法，描写一群"义愤填膺"的"公众"闯入"我"家里，要"我"交代犯下的种种"罪行"。他们"来的时候捣毁家具门窗"，走的时候又把"能抄走的财物统统抄走"，"民主"斗士竟然变成了强盗，实在是个巨大的嘲讽。而更大的讽刺则是九个孩子抱住"我"的腿，连声叫"我""爸爸"的场景，令人捧腹。这些极尽夸张之能事的荒唐事件，把幽默、讽刺的效果推到了高潮。再者是结构设计。作者通过不同情节精心、巧妙的设置，将诽谤一步一步地升级，节奏一步一步地加快，讽刺一步一步地加强，使讽刺、批判力度一个比一个强烈，最终达到高潮，实现了最佳艺术效果。最后是叙事视角。小说采用"我"，即马克·吐温为叙事主人公，叙述黑幕重重的美国选举。这种第一人称的叙事视角给人一种十分真实的感觉，可信度高，现实感强，吸引力大。除此之外，值得称道的特色还有许多，比如细致的心理描写。作者在不长的篇幅里使用了大量的篇幅展示主人公的内心活动，将受害者的惊愕、愤怒、痛苦、发疯等各种不同的情感一一巧妙地揭示出来，栩栩如生，淋漓尽致，极具真实效果，极富艺术感染力。正是得益于这些丰富的艺术特色，该作品一发表就赢得了读者的热烈追捧，成为作者短篇小说中的力作、世界短篇小说史上的名篇，深受一代又一代读者的喜爱。

《一个真实的故事》

《一个真实的故事》也是一篇短小精悍的小说，是马克·吐温又一篇经典力作。它的发表在一定程度上还得感谢他的朋友豪威尔斯，是这位时任《大西洋月刊》编辑的小说家看中并发表在该月刊 1874 年的第 11 期上。这份杂志的读者大多是社会精英人士，具有较高的阅读品位。小说一发表就使他们注意到了马克·吐温超凡出众的创作才华，对进一步提高其知名度和影响力起到了很好的推动作用。故事发生在美国内战后期，主要描写黑人妇女，尤其是黑人母亲及其家庭遭受奴隶制度的奴役、摧残和迫害。主人公瑞奇尔大娘身为奴隶、用人，但乐观、开朗，和丈夫及七个孩子相亲相爱，一家人其乐融融。由于命运掌握在别人手里，这种幸福生活不大可能长久。主人破产，不得不卖掉他们全家。他们套着链子，站在展示台上，像牲口一样任由买主们挑选。买主们一会儿掐掐他们的胳膊，一会儿捏捏他们的大腿，不是挑剔地说"这个太老""这个腿瘸了"，就是抱怨"这个用处不大"。最后，瑞奇尔大娘的丈夫和七个孩子全被卖了出去，幸福、快乐的一家就这样硬生生地被拆散了，从此天各一方，彼此杳无音讯。失去亲人的瑞奇尔大娘痛苦万分，过着孤苦伶仃的生活。许多年以后，她只偶遇过自己的一个儿子，而其他亲人都是生死两茫茫。在惨无人道的奴隶制摧残下，本是"一个欢欢喜喜、精神饱满的人，笑起来一点也不费劲，就像鸟叫那么自然"的善良的瑞奇尔大娘，却遭遇如此悲惨的命运，历尽人间磨难。作为一个女人、一个黑人母亲、一个奴隶，她深有感触地说"我是生在奴隶堆里的；当奴隶的滋味我全知道……"这席话、她和家人坎坷的命运，对奉行"民主、自由、平等"的美国，无疑是个巨大的讽刺。

　　小说很好地诠释了马克·吐温的废奴思想，充分展示了他对黑奴，尤其是黑人女奴的同情。他曾深刻地剖析过奴隶制在美国存活的原因。他指出，如果一个国家要奴役一个民族，它首先要做的就是设法让世人相信，被奴役的民族是低等民族，其国民是劣等国民，并且还设法让被奴役的人相信他们确实是劣等人。[①] 在现实生活中，白人，尤其是白人奴隶主，正是这样对待黑人的，而马克·吐温在小说中表现的也是这一社会现象。同情黑奴、批判奴隶制，是他惯常表现的主题之一，无论是在这则短篇中，还是在《哈克贝利·费恩历险记》那样的长篇里，他都对灭绝人性的奴隶制进行了最有力的批判。林肯通过战争废除了黑奴制，解放了黑人，而马克·吐温通过小说来解放黑奴。从这个意义上讲，马克·吐温和林肯一样伟大。

　　小说除了强烈的批判性，创作上还有诸多鲜明特色。比如同时采用两个不同的叙事者，即克先生和瑞奇尔大娘。前者叙述不多，但为小说提供了一个整体框架，后者是主要叙事者，主要内容都是由她的叙事构成的。通过不停地切换两个不同的叙事视角，作者在同一时间向读者呈现了两个不同的故事，即瑞奇尔大娘叙述自己家悲惨的遭遇，而克先生则偶尔发表一下评论，揭示他与瑞奇尔大娘的人物关系。两个叙事相辅相成，为小说增添了一种立体感。其次是独具特色的黑人英语。由于整个故事基本上都是瑞奇尔大娘叙述的，没有受过教育的她采用的自然是南方黑奴使用的方言，充斥着大量的断句、错句、土语等。这种方言十分符合她

---

　　① 　Toni Cade Bambara, *The Black Woman*. New York: Nal Penguin Inc., 1970, p.80.

的身份，很好地表现了她这个没有文化、表述能力差的黑奴形象，使她的角色更加丰满。再者是反衬描写。瑞奇尔大娘深受奴隶制之苦，一生不幸，但始终不失乐观，外表看不出黑人女性所遭受的苦难。实际上，在内心深处，她备感痛苦、孤独、凄凉。她越是刻意表现出快乐，就越凸显她内心的悲伤。这种反衬虽然没有直接表现，字里行间却一览无余。最后是小说的标题"一个真实的故事"。作者启用这样的题目，很好地强化了作品的真实性和可信性，使得读者相信，那些黑奴，尤其是女黑奴所遭受的迫害并不是凭空捏造出来的，而是真实存在的。这种真实性大大地增强了小说对奴隶制的批判力度。

《败坏了哈德莱堡的人》

随着马克·吐温对社会、道德、人性等的认识越来越深入，他特有的幽默、讽刺和批判也变得越来越强烈，《败坏了哈德莱堡的人》便是这种讽刺与批判的典范之作。这是一篇中篇小说，篇幅上与其大多数短小精悍的故事形成了鲜明对比。小说以驰名四方的哈德莱堡镇为背景，以一袋金币为线索，以镇上居民在诱惑面前的种种表现为推手，上演了一段绝妙的人间道德讽刺剧。故事并不复杂，但剧情发展却跌宕起伏，高潮迭起，充分展示了马克·吐温擅长叙事、巧于把控情节的高超技巧。小说在一开始就详细描写了哈德莱堡久负盛名的"诚实"：

> 哈德莱堡是四邻八乡最诚实、最正派的村镇。这一美名它一直保持了三代之久，从未遭到玷污。为此，全镇人都感到无比自豪，视其重于所拥有的一切。这种自豪感是如此强烈，保持这种荣誉的愿望是如此迫切，以至于镇上的婴儿还在摇篮里就开始接受诚实信念的熏陶。而且，这样的教诲还要作为主要内容，贯穿他们今后教育的始终。同时，在青年人成长过程中，要使他们远离一切诱惑，这样他们诚实的品德才能够利用一点一滴的机会定型，融入他们的骨髓之中，变得坚不可摧……邻近的那些镇子……不得不承认哈德莱堡的的确确是一个百毒不侵的镇子；如果有人追问下去，他们还会承认：凡是从哈德莱堡出去的年轻人，想去找个好工作，只要说出自己的籍贯，就无须出示任何推荐信。

然而，最近发生的一件事突然在镇上掀起了巨大波澜。一个外乡人将满满一袋、共计160磅四盎司金币送到老出纳员理查兹的家里，委托他将金币转交给一位一两年前他饥寒交迫地路过该镇时资助他20美元的那位素不相识的恩人，并留下字条，请理查兹通过私访也好、登报发布消息也罢，帮助寻找恩人，不管是谁，只要能说出袋子里密封信封里的那句话就证明他是恩人。面对这么多金币，理查兹夫妇兴奋不已，内心深处的贪婪本性开始蠢蠢欲动，一心想私吞下来。然而，转念一想，又觉得不妥，于是把纸条交给报社老板兼主编考克斯刊登出来。面对这么大的诱惑，考克斯夫妇心中的道德天平瞬间也失去了平衡，算计着如何独占财富。然而，考克斯把纸条交给报社领班后，领班很快将消息通过美联社发了出去，第二天全国人民都在热议"不可败坏的哈德莱堡"，都在关心会不会找到那个恩人。对此，考克斯后悔不已，暴跳如雷，责骂领班不该那么快就把消息发出去。看到这一消息，全哈德莱堡的人都在绞尽脑汁，苦思冥想那句价值四万美元的话到底是什么。而就在这时，全镇19户人家同时收到一封陌生的来信，信的内容正好就是他们正在苦苦思索的那句对证词。当天夜里家家户户都激动得不能自已，想到马上就能得到那么大一笔财富，个个激动得彻夜难眠。

第二天，大家急不可耐地来到镇公所参加对证会，准备领取金币。19户人家全部悄悄地把信交给牧师，结果发现里面写的内容都一样，全出自同一个人之手，而且根本不是什么对证词，而是"你绝不是一个坏人，走吧，快去改过自新吧。否则，记住我的话，总有一天，你会因自己的罪孽而死，进入地狱或是来到哈德莱堡，希望你努力争取，还是入地狱为妙"。听到牧师读出这样一席话，这些人一个个无地自容，对自己的贪婪深感惭愧。接着，牧师又读了外乡人写的另一张纸条："根本就没有什么对证词，根本就没有人说过那些话。"大家听了更觉惭愧，恨不得立刻钻入地下。然而，这还不是最让他们羞愧的。最让他们羞愧、惊讶和恼火的是，那所谓的金币只不过是镀金的铅块而已。至此，小说看似到了高潮，只见哈德莱堡人个个痛不欲生，后悔自己不该如此背弃哈德莱堡的诚信，败坏哈德莱堡的名声。然而，这还不是高潮，真正的高潮出现在牧师因感激理查兹曾经对他的帮助而特意没有宣读他的信，理查兹因此被认为是哈德莱堡唯一"诚实"的人，其他人全部都是撒谎者。理查兹因此被奉为道德的楷模、诚信的榜样，受到众人的膜拜。面对这样的荣耀，理查兹夫妇内心遭受着巨大的煎熬，良心承受着难以忍受的折磨。而这时，外乡人又给他们夫妇送来一张数万美元的支票，再次考验他们。他们担心又一次上当受骗而陷入羞愧与恐惧之中,以至于心力交瘁,一病不起,理查兹最后离开了人世。在他生病期间,牧师有意向外界泄漏说,理查兹也曾去认领过金币。至此,唯一受到人们崇拜的"诚实"之人,其高尚的光环也随之消失,哈德莱堡"诚实"的美名丧失殆尽。为了把幽默、讽刺推到极致,作者在最后写道:"立法机关通过法令——应人们的祈求和请愿——允许把哈德莱堡改名……而且把这个村镇公章中那句格言里的一个字去掉……"即,将"请别让我们受到诱惑"改成"请让我们受到诱惑"。于是,名声被败坏了的哈德莱堡,摇身一变,又成了一个诚实的小镇。故事到此结束。

这一切都是外乡人精心设计的陷阱。通过这个诱惑,外乡人存心让标榜"诚信至上"的哈德莱堡的人暴露出贪婪、虚伪的真实嘴脸,露出种种令人作呕的丑态,使他们的灵魂遭受煎熬,从而发泄自己对哈德莱堡人的愤懑之情,因为一年前他路过此地时,哈德莱堡人曾得罪过他。这个报复心极强的家伙经过苦思冥想,想出这一毒计,狠狠地惩罚了每个哈德莱堡人。哈德莱堡的名声终于给败坏了。从表面上看,好名声是由外乡人使用阴招给败坏的,可实际上是哈德莱堡人的贪婪和虚伪导致的。外乡人只是设计了一个诱惑,提供了一个机会,哈德莱堡的人就暴露出了真实的人性。因此,从根本上讲,是虚伪的人性败坏了哈德莱堡的名声。人类的这种本性,《圣经》中的伊甸园故事早已展示得一清二楚。从这个意义上讲,该小说具有伊甸园式的启发意义,而那个外乡人在一定程度上则是诱惑者撒旦形象的再现。

小说具有许多值得称颂的艺术特色,如巧妙的构思和情节设计。作者从一开始就设置了一个悬念,让哈德莱堡人,尤其是那 19 位令人尊敬的"首要公民"被牵着鼻子、一步一步地落入陷阱。作者环环相扣、层层递进、步步为营,通过一个又一个跌宕起伏的情节,创作出一个又一个高潮,使得小说精彩纷呈。就在读者惊叹于这些高潮、满以为故事已经结束之时,作者却不急于收笔,而是又添一笔,通过改名又恢复了哈德莱堡的好名声。这最后一笔可谓是神来之笔,作者将讽刺演绎到了无以复加的地步,将人的虚伪批判得体无完肤。实际上,改名也好,改格言也罢,哈德莱堡已不可能再是一个诚实的小镇了,因为人们贪婪、撒谎、欺骗的真实面目已经昭示于天下,再怎么改名,也是枉费心机,无济于事。

再如细致入微的心理描写和生动、幽默的讽刺。面对金币的诱惑,镇上的人无不经历了一段复杂、微妙的心理过程,尤其是主人公理查兹夫妇。这对老夫妻明明没有帮助过外乡人,却盘算着如何得到金币,又能保持"最诚实、最清高"的美誉,于是内心产生了激烈的思想斗争。为了形象地展现这种心理,作者一方面渲染理查兹正人君子的表象,另一方面集中描写他将金币据为己有的心理活动。他的妻子面对金币也是喜不自禁,兴奋得全身颤抖,但又担心金币来路不明,所以想碰又不敢碰。这一心理描写极为细腻、生动、传神。而细腻的心理活动和辛辣的讽刺,在牧师宣读 19 封信时表现得更为精彩。快要读到自己的信时,理查兹感到无地自容,羞愧难当,他甚至想好了开脱之词,可牧师没有宣读他的信,他立刻如释重负,转眼间还变成了全镇"最值得尊敬的人"。这一戏剧性的突变,让理查兹惊喜交加,内心经历了剧烈震荡。波澜起伏的心理活动并不局限于这对夫妇,全镇的人都是如此。比如 19 位重要的公民收到信后,当晚"那 19 位太太平均每人从那袋金币的 4 万元中花掉了 7 000 美元"。钱还未到手,她们就在心里盘算着如何花销。这一系列细致入微的心理描写将人物性格刻画得入木三分,将幽默、讽刺的艺术效果表现得淋漓尽致,极大地加强了小说的批判性和讽刺效果。

很显然,马克·吐温虚构的哈德莱堡,一看便知是美国早期资本主义社会的缩影。他运用刀锋般的笔触,通过残忍到令人瞠目的客观事实,将丑陋的灵魂彻底曝光,将伪善的人性撕得粉碎,进而证明:人性是肮脏的。

《百万英镑》

幽默与讽刺,再加上强烈的批判,这些都是马克·吐温小说的特色,《百万英镑》自然也不例外。

故事发生在资本主义世界的典型代表——19 世纪的伦敦。英格兰银行曾经发行过两张百万英镑大钞,专门用于和某国开展公共交易。不知何故,两张大钞只用了一张,而且用完后就注销了,而另一张则一直放在英格兰银行的金库里。一对性格乖戾的富家子弟闲极无聊,突发奇想,要把这张大钞买出来借给一位素不相识、贫困潦倒、但为人诚实的穷人,为期 30 天,到期后他们付给那位穷人一点钱,作为协助他们开展实验的报酬,然后收回大钞。这对兄弟想看看那个穷人拿到大钞后到底会发生什么。哥哥认为他依然会一贫如洗,命运不会发生任何变化,甚至还可能饿死,因为他无法证明大钞是自己的,别人会对他产生怀疑,甚至把他抓进监狱。弟弟则不这么认为,他觉得情况很可能会截然相反,那个人靠这百万大钞无论如何也能活上 30 天,而且天天活得十分滋润:吃的是山珍海味,住的是豪华酒店,享受的是众星捧月般的礼遇,过的是上等人的生活,根本不可能被关进监狱。弟弟愿出 2 万英镑和哥哥打赌。于是，弟弟买回大钞，装进信封里交给了一个叫亨利·亚当斯的穷光蛋，让他持有一个月，而这期间他们哥俩则出国去了。亚当斯是一位美国青年，在旧金山驾驶小帆船时不慎漂到大海深处，被一艘开往伦敦的轮船救起而来到伦敦。在伦敦，他举目无亲，孤苦伶仃，身上只有 1 美元，饥寒交迫。不曾想，上苍突降财运，他瞬间成了百万富翁。他更没想到的是，一桩桩好事随即接踵而至，令他始料未及，惊喜连连。到餐馆吃饭，老板随时恭候，他想吃什么就吃什么，不用付账，赊账就可以了，而且无论赊多久都没关系；到裁缝店定做衣服，老板不仅让他免费穿上为外国亲王定做的高级西装，而且还答应他可以"无限期"推迟付款。他想要什么奢侈品，马上就可以拥有；想住哪家豪华酒店，立刻就可以入住，而且都不必立刻付钱。所到之处，人们无不对他阿谀奉承，想方设法巴结他、讨好他，尤其是以前对他冷眼相看的人，态度变化判若两人。不出几天，"我已成为全世界大都会的有名人物之一"，社会地位迅速飙升，一直升到了除王室之外最高的公爵之上！更有甚者，有了这张大钞，他还得到了一位美若天仙的娇妻、3 万英镑的银行利息、一份报酬优厚的工作。可谓应有尽有，而且都是发生在短短的30 天之内！打赌结果：弟弟完胜。

这是一篇被译成多国文字、畅销世界的短篇小说，是马克·吐温短篇小说中的经典代表作，拍成电影以后更是妇孺皆知。整篇故事看上去荒诞不经，令人忍俊不禁：一张无法找零的大钞，在短短一个月之内居然能够彻底改变一个人的命运，而且没有花费一分钱，就能使他得到想要的一切。故事通过极其轻快的笔触、十分幽默的气氛，通过整个社会对亚当斯成为百万富翁前后耐人寻味的反应，十分辛辣地讽刺了充满铜臭味的资本主义社会，淋漓尽致地揭示了金钱至上、金钱万能的社会丑态，毫不留情地戳穿了资本主义社会中势利、虚伪的人性。作者通过漫画式的手法，将上至尊贵的王公贵族、下至卑贱的草根百姓面对巨额金钱时所表现出来的各种猥琐的丑态，形象、逼真地展示在读者面前，将金钱对人性的诱惑、腐蚀、扭曲、演绎得丝丝入扣，令人叫绝，对人们为金钱而狂的思想、行为，进行了力透纸背的批判。

该小说属于作者的后期作品。作者的前期作品幽默轻松，人物形象夸张、诙谐，气氛愉快。后期作品则明显不同，冷峻、沉重、愤懑、痛苦、失望、悲观等成了基调，而且作者还加大了对人性和社会的嘲讽、批判力度，作品因而更富内涵，更具深度，更发人深思。这种转变是源于作者世界观的变化,是他对人性的了解更清晰、更失望酿成的,是他对所处社会、所处时代的本质认识更深入、更彻底产生的。因此,阅读包括这个故事在内的后期作品,读者自然会感到压抑,会不自觉地陷入沉思之中。

该小说的艺术特色同样值得称道。

首先是构思的巧妙。作者通过驰骋的想象,设计了一张天文数字般的巨钞、一个难以抗拒的诱惑,然后将形形色色的人置于这种极具诱惑的极端环境中,对人性进行观察和考验。诱惑越大,人性的抵抗力往往就越弱,人性的本质暴露得也就越彻底。这样的情景十分独特,人物也异常典型,可谓是典型环境中的典型人物,非常贴近生活。凭借如此巧妙的构思,作者从一开始就为小说的成功打下了坚实的基础。

其次是鲜明的对比手法。在这里,对比不是单一的,而是多层面、多维度的,既有场景和人物言谈举止等外在的对比,也有心理活动等内在比较。亚当斯前后身份的转变是个对比,人们对这一变化产生的态度变化也是一个鲜明的对比。看到臭水沟里有一只被小孩咬了一口就扔在那里的梨子,饥肠辘辘的亚当斯用贪婪的眼神死死地盯着它,准备一把抓起来塞进嘴里;到了那对富家子弟的豪宅里看到餐桌上的残羹剩饭,他又"几乎不能自已"。可拥有百万英镑后,他天天鱼肉,不是出入高档酒店,就是应邀参加各种豪华宴会,春风得意、气宇轩昂,与先前那种落魄潦倒的窘相形成了强烈对比。而周围人对他态度的变化同样也是天壤之别:服装店老板对他先是冷若冰霜,后来却热情到谄媚的地步;到处流浪时,他屡遭白眼、冷遇,可一夜暴富后,众人争先恐后地讨好他,就连皇亲国戚也不甘落后,热情邀他为座上客,还有富家小姐主动投怀送抱、嫁他为妻。众人对亚当斯态度发生的这些变化,对比强烈,妙趣横生,幽默不断。作者通过这种令人发笑的方式,无情地讽刺了世人的市侩,强烈地批判了拜金主义盛行的社会风气。对比手法的巧妙运用,不仅有力增强了情节的生动性,而且还大大地丰满了人物形象,极大地深化了主题,增强了艺术感染力。

再者是语言极为俏皮,幽默而不失讽刺,成为彰显作者创作风格的又一生动范例。这方面的例子不胜枚举。对亚当斯一脸不屑的裁缝看到亚当斯掏出大钞时,立刻满脸堆笑,"笑里有皱,笑里带褶,一圈儿一圈儿的,就像往水池里扔了一块砖头似的,可是,只瞟了一眼钞票,他的笑容就凝固了,脸色大变,就像你在维苏威火山山麓那些坪坎上看到的起起伏伏、像虫子爬似的凝固熔岩。我从来没见过谁的笑脸定格成如此这般的永恒状态"。他随即像仆人一样,带着一脸的奴相,为亚当斯忙前忙后。鲜活、俏皮的语言和大量生动的比喻,把店员和店主见钱眼开、卑躬屈膝的神情刻画得入木三分,极大地增加了作品的趣味性、可读性和讽刺性。

除此之外,作品还有许多其他特色,如紧凑的结构、跌宕的情节、流畅的叙事、强烈的批判等,这一切都大大地增强了小说的艺术感染力,使之成为世界文学宝库中的精品。

《狗的自述》

如果说《百万英镑》揭示的是人性的贪婪,那么《狗的自述》解剖的则是人性的歹毒与邪恶,其批判力度和对人性之恶的揭露程度都明显超过前者,读起来使人不免对人性产生更痛苦的深思。小说以一条狗为主人公,以狗为叙事者,从狗的视角观察人类社会。这样的创作手法在马克·吐温众多的作品中难得一见,非常独特、十分新颖。故事情节很简单,"我",即一条名叫爱莲的狗,在母亲的身边度过了幸福的童年后被卖到了一个非常漂亮的新家。主人格莱先生,是位有地位、有声望的科学家。他们一家人"把我当宝贝",令"我"十分快乐。不久,"我"生了个小宝宝,女主人也生了一个宝宝。一次,婴儿室不幸着火,"我"冒着生命危险,奋不顾身地冲进火海,将主人的宝宝拖出火海,男主人以为"我"疯了,竟然挥起手杖把"我"的一只腿给打瘸了。真相大白后,主人对"我"的"英勇行为"大加赞赏,左邻右舍对"我"也是褒奖有加。然而,好景不长,男主人和他的一批科学家朋友们拿"我"的宝宝做实验,进行活体解剖,结果把"我"的宝宝活生生地给杀死了。"我"悲痛欲绝,终日守候在宝宝的坟前,盼望它能够重生,终因悲痛过度而死。

小说的设计独具匠心,新颖别致。作者将读者们带入狗的情感世界,从狗的体验、狗的观察来表现人类世界,通过自己亲身遭受的不幸,无声地批判人类,尤其是社会中那些精英人士丑陋、恶毒的灵魂和本性。故事以喜剧开头,以悲剧收尾,读起来令人心情沉重,再加上作者在后期作品中越来越明显地带有哀怨成分的幽默,作品变得更加沉重,与作者前期作品中那种充满欢乐的幽默形成了鲜明的反差,弥漫着浓烈的悲剧气氛。小说语气平和,语言朴实,节奏舒缓,对人性的邪恶虽然没有那种义愤填膺式的声讨,也没言辞激烈的批判,但从头到尾,无处不在对伪善、邪恶的人性进行不动声色的控诉。这种看似平淡的叙事口吻,比那种声嘶力竭的控诉,实际上更能拨动读者的心弦,更能唤起读者对狗的深切怜悯和无限同情,更能触发读者对人的厌恶和憎恨,因此震撼力更大,艺术感染力也更强,使读者更难以忘怀。

作品看似平淡、实则极具艺术魅力,比如幽默与讽刺。这一艺术手法一开始就显现无疑。"我的父亲是个'圣伯尔纳种',我的母亲是个'柯利种',可是我是个'长老会教友'。""我"的母亲经常跟着主人到教堂做礼拜,竟然偷学了许多教义,从"我"很小的时候就用这些教义对"我"进行教育。

> 她心眼儿好,态度也很文雅,人家要是有什么对不住她,她一点儿也不记恨,从不放在心上,转身就忘了。她还教自己的孩子学习她的好脾气,我们还从她那儿学会了危急时刻要勇敢、敏捷,决不逃跑,无论是朋友或是生人遇到危险,我们都要大胆地承担下来,尽力帮助人家,根本不考虑自己要付出多大的代价。

用这样的语言和方法描写一条狗,确实十分风趣,也明显带有拟人色彩。长老会是基督教的一个分支,狗竟然会是长老会教友。"我"母亲虽然不是教会成员,却自觉地学习了许多教义,并像教徒一般严于律己、宽以待人,教育孩子们要善良、慈爱。幽默的背后则是深深的讽刺。长大后,"我"一言一行,严格秉承教义,不曾想却厄运连连,"我"从小就铭记在心的那些教义成了束缚"我"手脚的链条,为此历尽磨难,甚至付出了生命。如果"我"像其他狗那样生活,不履行道义,"我"很可能不会遭此不幸。很显然,作者是在无情地揭露和讥讽宗教的虚伪,嘲弄和批判道德的伪善。

比比皆是的对比描写是小说最为突出的艺术特色。小说虽然以狗为主人公和叙事主体,但实际上写狗是虚,表现人是实,小说始终都是在这种虚实对比中向前推进。作者不惜笔墨,大书特书狗的道德品质和善良性格,将一个畜生描写成一个有情有义、道德高尚的形象,不管主人如何残忍地对待它,它总是忠心耿耿、无怨无悔,从不责怪、怨恨主人。渴望与人类交往,盼望与人类交友,它尊重和珍爱人的生命,主人面临危险,它毫不犹豫地舍身相救。一头畜生居然能够如此高尚,其伟岸的道德品质远远超出了动物层面,具有浓郁的人性,兽俨然变成了"人"。然而,相形之下,人却忘恩负义、冷酷自私、歹毒残暴,处处表现出兽性的一面。为了掩饰自己的兽性,人类使用各种仁义道德美化自己,用不同的宗教教义标榜自己,虚伪、阴险到无以复加的地步。"我"的男主人恩将仇报,将"我"打残便是明证，而"我"的主人和他的那帮科学家们将"我"的孩子活活杀死，更是丧失人性的铁证。人丧失了人性，人变成了"兽"。人和兽异位，尤其是在道德层面，兽好像变成了人，甚至超越了人，而人却似乎变成了兽，甚至连禽兽还不如。这种人兽之间的强烈对比、错位，用狗的仁慈反衬人的残酷，通过狗的悲剧来演绎人类道德的悲剧，将堕落的人类和堕落的人性刻画得入木三分。在肉体上，人把狗打败了、打死了，可在道德上，人类却被狗打败了，而且是一败涂地。这看上去十分荒谬，甚至有些荒诞，但这就是现实。现实就是这样荒谬可笑。作者通过对比描写，所要揭示的正是这样的现实。这一描写手法极大地升华了小说的主题，很好地增强了作品的艺术感染力。

《三万美元遗产》

匠心独运、构思巧妙向来是马克·吐温小说的重要特色，《三万美元遗产》也不例外。该故事离奇、夸张，情节出人意料，极具戏剧性，将贪婪的人性批驳得体无完肤，令人啧啧称奇。故事以美国西部的一个偏远小镇为背景，以一对平民夫妇为主人公，以一笔虚构的三万美元遗产为内容，描写这对夫妻在想象中得到这笔财产后生活和思想上发生的巨大变化。在"到处弥漫着亲善友好的气氛"的西部小镇——湖滨镇，居住着一对勤劳朴实、快乐而又能干的夫妻萨拉丁·福斯特和伊莱克特拉。夫妻俩勤奋工作、勤俭持家，不仅盖起了房子，而且还生了两个宝宝，生活虽然不算富有，但平静、充实，一家人其乐融融。福斯特年薪高达 800 美元，他十分满足。妻子伊莱克特拉看到"两个孩子越长越大，越来越惹人喜爱。她成了称心如意的幸福女人。她为有这样的丈夫感到幸福，也为有这样的孩子感到幸福"。然而，福斯特夫妇平静的生活被一封来信彻底打乱了。福斯特的"一位关系说不太清楚的叔叔，或是隔了两三房的堂兄，名字叫蒂尔伯里·福斯特。他……给萨拉丁来了信，说他不久于人世，想留给他三万美元现金……"但他要萨拉丁答应三个条件，一是无论是在口头还是在信件里都不能提及这笔遗产，二是不能询问蒂尔伯里死亡的过程，三是不要参加他的葬礼。面对这样的条件，明眼人一看便知是个骗局。然而，这对夫妻早已乐得忘乎所以，马上就做起了白日梦，盘算着如何花销这笔巨款，压根儿也没想到是骗局。他们的生活从此不再平静，终日沉浸在如何用这笔虚无缥缈的巨款享受生活中。妻子决定用来投资股票，幻想中赚了十万，然后是百万、千万、亿万，最终竟高达 24 亿。丈夫则盘算着用来过奢侈的生活。幻想中,夫妻俩兴奋得飘飘欲仙。为了能早日得到这笔遗产,他们整天翻阅报纸的讣告栏,急切盼望着蒂尔伯里快点死掉,却迟迟没有他死亡的消息,于是他们开始诅咒他。随着暴富的梦想日夜膨胀,他们幻想自己的地位随之提高,为女儿挑选丈夫的标准也一变再变,由一开始的"能人"变到"富人",再由"富人"升到"贵族",最后竟然觉得唯有"王族"才配得上自己的女儿。与此同时,"他们把整天时间用于发明——发明花钱的方法"。丈夫用想象中的巨款,购置了各种享乐用品,购买了一座豪华大宫殿,还组织了一个亿万富豪俱乐部。幻想中,夫妻俩天天挥金如土、花天酒地。终于有一天,夫妻俩做了五年的黄粱美梦彻底破灭了。原来,蒂尔伯里五年前就死了,而且"身无分文,镇上的人不得不凑钱埋葬他"。所谓的"巨额遗产"只是他编造的一个骗局,他想让金钱"继续干那害人的勾当"。这骗局完全成功了。得知真相后,福斯特夫妇顿觉天旋地转、近乎崩溃,"随即精神错乱,孩子似的相互开始胡言乱语"。他们在"精神的黑夜里"活了两年,最后带着百般悔恨离开了人世。

《三万美元遗产》很容易使人联想起《百万英镑》,两者构思都十分巧妙,主题颇有相似之处,所不同的是一真一幻。《百万英镑》中的巨钞虽然不属于主人公,但是在一个月的租期里却任由主人公使用,是实实在在地握在主人公手里的钞票。而《三万美元遗产》中的巨款则完全是幻想出来的,根本不着边际。然而,不管是真是幻,面对巨额金钱的诱惑,人们都情不自禁地变得贪婪,道德随之沦丧,人性走向扭曲,充分揭示了金钱,尤其是从天而降的财富,对人性产生的强烈腐蚀性和破坏性,用福斯特的话说:"用突然而不正当的手段获得的巨大财富是一个陷阱。它对我们没有好处。极度的快乐是暂时的,但是为了它的缘故,我们抛弃了自己甜蜜而又纯朴的幸福生活……"他无限后悔地说,要不是蒂尔伯里给他们寄来那封信,"我们绝不会热衷于发财"的,他告诫世人:"以我们为戒吧。"这是作者向世人发出的最真诚的忠告。

作者通过这个故事栩栩如生地诠释了镀金时代的美国,在"美国梦"的驱使下,原本过着平静、快乐生活的普通民众,是如何渴望暴富、怎样急切地幻想通过非正常手段一夜暴富,从而过上不劳而获、纸醉金迷的生活。在这种欲望的驱使下,他们终日生活在虚幻的世界中,并且把幻想当成现实,肆意放任贪欲,最终让贪婪吞噬了自己的人性,成为金钱的奴隶。福斯特一家的遭遇是无数美国家庭的缩影,是为金钱疯狂的那个时代的真实写照，是社会状况的如实反映，因而具有很强的社会文献性质。这也是为什么马克·吐温能够成为美国现实主义文学大师的重要原因。

《神秘的陌生人》

作为一名社会、人性的敏锐观察家与批判大师，马克·吐温一直致力于揭露和批判人性的贪婪、虚伪和堕落。这一点已经成为他早年作品的鲜明风格。到了晚年，作者对人性的观察变得更加深邃，更为透彻，对人性的批判也更为深刻。他发现，人性不仅仅只是虚伪、贪婪，而且还充满了罪恶。歹毒的人性令他失望至极，因而写出了《神秘的陌生人》，以此抒发满腔的孤独、悲伤情怀，展现对人类及其社会强烈的失望情绪，表现出鲜明的悲观厌世情结。

这是一篇中篇小说，是在马克·吐温辞世六年后的 1916 年，由他的遗作保管人阿尔伯特·潘恩整理出版的。小说充满了神秘、魔幻元素，具有浓郁的寓言色彩。故事发生在遥远的 16 世纪的奥地利。作者一开始就告诉读者："当时的奥地利与外部世界相距甚远，还处在一种昏睡之中，一切都还停留在中世纪……"故事发生的村庄地处其腹地，静卧在群山深处，在阴森的参天大树和荒僻隐秘的环境中酣然沉睡。小说一开始作者就对这里进行嘲讽。他给村子取名"艾塞尔朵夫"（Eseldorf）。在德语中，"esel"的意思是"驴"，"dorf"是"村子"。很显然，这个名字是暗讽这里的村民愚昧无知。小说采用第一人称叙事手法，叙事者是一个名叫西奥多的少年。一天，他和村子里的另外两个少年正一起玩耍，突然，一个英俊少年出现在他们的面前。少年名叫撒旦，自称天使，是被打入地狱的撒旦的侄子。他常常是来无影、去无踪，会施展各种魔法，能够预测未来，更能预知一个人未来的祸福，无所不能。三个少年不相信，但看到他的预言果然灵验时，他们不得不信。于是，他们常常来到林中，迫切地想和撒旦见面，听他讲故事，跟随他穿越时空，来到法国、印度、中国等。孩子们既兴奋又恐惧。他们从小就接受严格的宗教教育，个个都是虔诚的基督徒，一言一行都严格遵守教规。一天，撒旦施展魔法，将一袋金币放在路上让彼得神父捡到。神父没能找到失主，就用来偿还自己的债务。占星术士刚好丢了同样数量的金币，于是指控神父偷了他的钱。神父立刻被捕入狱，侄女玛吉特也受到牵连，她和仆人乌尔苏拉的生活陷入困境，是撒旦利用魔法在暗中帮助她，使她们的生计得以维系。同时，撒旦还帮助她到狱中探望神父，帮助神父打赢了官司，无罪释放。此外，村子里还发生了许多悲剧,比如被大家认为是"女巫"的勃兰特太太被众人活活烧死;再如离村子不远处的一个学校里,有 10 个女学生被认为是魔鬼附身,也被活活烧死;还有尼古拉乌斯和丽莎在撒旦安排下命丧黄泉,等等。

小说的情节并不复杂,但通篇充斥着杀戮和死亡,数量之多、手段之残忍,在作者所有的作品中实属罕见。更令人惊骇的是,这些杀戮和死亡都是人们为了维护"正义的立场"而造成的。自己生性残暴,竟厚颜无耻地标榜是为了维护正义、为了不辜负自己高尚的"道德感"、为了保护"公众的利益"。人类采取种种残忍手段进行杀戮,作者通过撒旦之口给予了强烈讽刺和批判。撒旦明确指出,这是非常卑鄙的行为,这种"高尚的道德感"已经成为他们可耻的标志,驱使他们堕落到了罪恶的深渊。杀戮、战争、嗜血成性是人类的通病,人类已经沦落成恶魔。这也是为什么勃兰特太太明知自己是含冤而死,却"宁愿下地狱和那些真正的魔鬼生活在一起,也不愿和村子里这帮假冒的魔鬼打交道"原因之所在。正是这种恶魔般的人性使然,"在欧洲,在全世界,老是有战争、战争、不停的战争……没有一场的目的是光明正大的","没有一场战争是正义的,也没有一场战争是光荣的"。作者可谓一语点破了所有战争的实质,同时也极其鲜明地表达了自己强烈的反战思想。值得一提的是,1916 年发表的这篇小说对战争的这种认识、对好战的人性所进行的剖析,正值第一次世界大战酣战之时,人类正以维护"正义的立场"为幌子发动大规模的杀戮。当人们还没有从战争创伤中恢复过来,二十多年后又发生了第二次世界大战,更多的生灵被杀戮。人类这种嗜血的本性已经到了不可救药的地步。阅读这篇小说,人们就会发现马克·吐温对战争、对人性的解读是极其准确、到位的。这也是该小说最为鲜明的特色之一。

作为一名天使,一名能够创造人类的上帝的化身,撒旦对这样的人类失望至极,也厌恶透顶,因此,"他谈论人,总是用那老一套态度,漠不关心,就像在说石头、粪便之类的东西。你会发现,在他眼里,人是分文不值的"。看到一大批人被地裂吞噬,他毫无怜悯之心,更没有施救。在他眼里,人犹如石头、苍蝇一样,不值得施救,也不该活在世上,因此他经常毫不犹豫地把人捏死。作者这样描写具有双重寓意,一方面是极度厌恶人类的暴行,另一方面是在揭露上帝的残暴。作为宽容、慈爱之化身的上帝,面对堕落、血腥的人类,不仅没有设法引导他们走出迷途,反而同他们一样嗜血成性。在残暴的本性上,上帝同人类并没有什么区别。马克·吐温这样描写,显然是对人类顶礼膜拜的上帝产生严重怀疑,对人们的精神支柱——基督教强烈地不信任。在他看来，世界上根本"没有上帝……没有天堂"，人生"只是一种幻景，一场梦""一切都是梦——一个荒诞不经而又愚蠢可笑的梦"。在这个噩梦般的世界里，有的只是残暴。在自己创作的最后时刻，在走到人生尽头之时，马克·吐温对人类，对基督教竟然怀抱如此悲观、绝望的态度，着实让世人产生强烈的幻灭感。而"人生如梦"，这种悲观、幻灭的人生感悟，也是这位伟大的美国现实主义文学之父人生的最后注脚。

作为一名批判现实主义文学大师，马克·吐温运用犀利的笔触直击社会各个层面，全方位地讽刺与批判了"镀金时代"的美国。社会日趋堕落、矛盾日渐激化、民主制度愈加腐朽、宗教愈发虚伪、人性越来越丑陋、道德越来越败坏，拜金主义和享乐主义越来越盛行，这一切无一不是他无情批判的对象，无一不是他作品鲜明的主题，无不清楚地展现出他对现实社会的愤怒和失望。这些主题，通过鲜活生动的方言，结合令人捧腹的讽刺与幽默，再加上血肉丰满的人物形象，展示得淋漓尽致，赋予了作品极高的艺术性、可读性和批判性，很少有作家能与之相媲美。正是因为这些独特的创作特色，马克·吐温，这位幽默讽刺大师，一个时代的代言人，对美国文学产生了巨大而深远的影响，成为一代又一代作家顶礼膜拜的文学大师。

第三节
亨利·詹姆斯：现代短篇小说艺术倡导者

19世纪的美国文坛诞生了一大批才华横溢、蜚声世界的伟大作家，对后来的美国文学产生了巨大影响。这些作家中有许多不仅在长篇小说的创作上成就斐然，在短篇小说的创作艺术上同样也是硕果累累。亨利·詹姆斯就是一个突出的代表、一个现代小说的艺术大师。而更突显詹姆斯价值的，是他在英美文坛上所起的重要的承上启下的作用。在文学创作上，19世纪到20世纪是西方现实主义向现代主义转变时期，"詹姆斯从人们耳熟能详的传统小说开始，将注意力不断地转移到小说创作中迄今为止人们鲜有关注的方面,而这些方面在很大程度上恰恰成为现代实验小说的先河"①。詹姆斯是继霍桑、麦尔维尔之后美国出现的又一位杰出的小说家,一位善于继承、借鉴和推陈出新不同文学创作方法的伟大作家,其创作风格十分独特,艰涩的语言、冗长的句式、模糊的表意、复杂的心理描写,令其作品读起来具有很强的挑战性。像现代主义作家们一样,比如尤金·奥尼尔(Eugene O'Neill,1888—1953),他通过作品表现一个又一个现代人所遭遇的困境、思想状况和生存状态。这一切与他同时代的现实主义作家们形成了鲜明的对比,使得詹姆斯在创作上明显超越了自己的时代,不仅吸引了同时代的读者,更成为现代读者拥戴的优秀作家。尤其是他对情色的描写,通过想象对时空的穿越、对隐秘的内心世界的揭示、对叙事的那种欲言又止的把控、对现实存在的消极展现、甚至带有明显的后现代主义色彩的荒诞的表现手法,更使他独具现代主义特色。而这些特色,再加上他丰富的小说创作理论,对后来的美国小说创作都直接或间接地产生了不可小觑的影响。正因如此,亨利·詹姆斯成了小说艺术大师、现代主义小说创作之先声。

生平传略与创作成就

亨利·詹姆斯于1843年出生在纽约的一个爱尔兰移民家庭。父亲从身为银行家和投资商的爷爷那里继承了大笔财富,母亲玛丽也是出身富家、养尊处优。詹姆斯一家先是住在纽约州府奥尔巴尼,后来搬到纽约,一家人过着殷实、富足的生活。同爷爷一样,父亲不仅腰缠万贯,而且博学多才,是当时的社会名流,同许多著名的哲学家和超验主义作家,像爱默生、梭罗、霍桑、托马斯·卡莱尔(Thomas Carlyle,1795—1881)、朗费罗等,都保持着良好的关系。这些学界名流经常造访他家,詹姆斯同他们频繁接触,受到了积极影响。童年时代,詹姆斯的教育是由父亲一手安排的。父亲丰富的人生阅历、渊博的知识,尤其是科学和哲学知识,让詹姆斯受益匪浅、获益终身。他虽然上过学,但断断续续,所学知识远没有在家学得多。老詹姆斯虽然学识渊博,在学界广为人颂,但为人专横跋扈,十分强势、霸道。这种性格对亨利影响甚深,尤其是对他的内心世界、性格发展、文化学习、宗教信仰等方面,都产生了非常明显

---

① Martin S. Day, *A Handbook of American Literature*. Queensland: University of Queensland Press, 1975, p.185.

的影响。大哥威廉也是一位著名学者。但是，和父亲一样，大哥也非常专横，而且健壮如牛，模样令人生畏。詹姆斯从小就生活在这样一种畏惧、压抑的氛围中，鲜有欢笑、少有温暖，其心理健康和文学创作受到了很大影响。

孩提时代，父母常带着家人到欧洲旅游。旅游期间，父母有时把詹姆斯送到当地的小学读书，但更多时候是聘请家庭教师在家里上课。他们在巴黎待的时间最长，因此詹姆斯对那里感到十分亲切，犹如家乡一样。他很快喜爱上了巴黎，练就了一口流利的法语，同时也对法国文学产生了浓厚兴趣，读了不少法国文学名著。由于长期旅居欧洲，亨利对 19 世纪末的欧洲上层社会及其生活有着细致的观察和深入的了解，并结识了欧洲一些著名作家，如福楼拜、屠格涅夫等，从欧洲的自然主义和现实主义文学中汲取了丰富的养料。这些经历对丰富他的文学创作同样起到了相当重要的作用。1862 年，詹姆斯入读哈佛法学院，但随后发现自己对法律兴趣索然，对文学倒是情有独钟。他酷爱读书，对文学名著尤其喜爱，阅读了大量美、英、法、俄等国作家的经典名作。大量的阅读提高了自己的文学修养，夯实了自己的文学功底，为其成长为一代文豪起到了不可替代的作用。与此同时，与一些知名作家（如豪威尔斯）建立的良好联系，进一步激发了他从事文学创作的欲望、信心和决心。

亨利·詹姆斯在创作中塑造了不少令人难忘的女性形象。这些女性在道德观念、审美情趣和精神追求等方面，展示出了很多高尚、优雅的特质，表现出他对女性的欣赏。然而，在现实生活中，他对女性的态度却并非完全如此，时而表现出强烈的热情，时而又流露出莫名的恐惧，在与她们的交往中常常会有这样或那样的犹豫，尤其是在性爱问题上，显得十分冷漠、拘谨。詹姆斯曾结交过众多女性朋友，和她们有过大量的书信往来。在信中，他使用大量炙热的语言，表达爱慕之情。如在给女小说家露西·克利福德（Lucy Clifford，1846—1929）的信中，他热烈地表白说："最亲爱的露西！我能说什么呢？我爱你，非常、非常地爱你……我爱你胜过爱任何人！"[1]在给纽约的朋友玛丽·卡德瓦拉德·琼斯的信中，他同样表达了炙热的感情："最亲爱的玛丽·卡德瓦拉德，我对你朝思暮想，可这种思恋徒劳无益，你总是冷若冰霜，我因此肝肠欲裂，困惑不

---

[1]　Marysa Demoor & Monty Chisholm, eds., *Bravest of Women and Finest of Friends: Henry James's Letters to Lucy Clifford*, Victoria, British Columbia: University of Victoria, 1999, p.79.

已,郁闷沮丧,惴惴不安……"①而他同美国女小说家康斯坦丝·费尼莫尔·伍尔森的关系却表现出了他对爱情的另一种态度。1877 年,他去罗马,在伍尔森的家中住了好几个星期,但是他对伍尔森的感情似乎远没有伍尔森对他的那么热烈。1894 年,伍尔森自杀身亡。根据文学评论家、传记作家利昂·伊德尔(Leon Edel,1907—1997)在传记中的推测,伍尔森自杀,很可能是因为她深深爱上了詹姆斯,而詹姆斯却对她冷若冰霜,致使她痛苦不堪、不能自拔而走上绝路。当然,这只是推测,学界对此多有争议。

詹姆斯对待女性和爱情的矛盾态度在他青少年时代就显露无遗。他曾经和自己十分喜欢的表妹玛丽·坦普尔相恋,但内心里对性爱一直怀有恐惧,因此他迟迟不愿承认恋情。人们劝他娶妻成家时,他总是以各种借口拒绝。这种障碍可能源于他小时候父亲和哥哥在他心理上留下的那些挥之不去的恐惧和压抑所致,也有可能是因为给他带来温暖、温情的母亲以及姐姐艾丽丝相继早逝使然。他没有了女性的温情,失去了获得温暖的渠道,因而陷入更加孤独、更为不幸的内心世界。还有一种广为流传的观点认为,由于年轻时腰部受伤,他怀疑自己失去了性功能而对性爱感到恐惧,进而排斥。这种心理阴影一直阻碍着他正常恋爱、结婚。定居伦敦后,他对外声称自己是个单身汉。然而,他的大量信笺和日记显示并非如此,而是一位秘而不宣的同性恋者。对女性的疏远,对性爱的恐惧,可能正是源于这些心理障碍。

詹姆斯一生中表现出明显的同性恋倾向,曾先后与不同男子保持同性恋关系,如雕塑家亨德里克·安德森。在他写给安德森的一封封信中,我们可以清楚地看到,1899 年,56 岁的他在罗马遇见了当时只有 27 岁的安德森,对他一见倾心。他通过信笺直言不讳地向他倾诉,称他是自己最亲爱的小伙子,是心中的至亲,是灵魂深处无处不在的至爱。感情如此炙热,令他欲罢不能。在写给哥哥威廉的信中,他坦言自己"无可救药了,已经 60 岁的人了,还没有娶妻成家"②。他和另一个同性恋朋友霍华德·斯特吉斯的通信同样表现出了这种情感。他深情地表白说:"我想再次重

① Susan Guntered, *Dear Munificent Friends: Henry James's Letters to Four Women*. Ann Arbor: University of Michigan Press, 2000, p.146.

② Ignas Skrupskelis & Elizabeth Bradley, eds., *The Correspondence of William James: Volume 3, William and Henry. 1897 - 1910*. Charlottesville: University Press of Virginia, 1994, p.271.

申,尽管这样做有失检点,我想和你生活在一起。"①詹姆斯诸如此类的信笺还有不少。给沃尔特·贝里的信也是如此,充斥着大量隐晦的色情描写,这一点已是众所周知。

詹姆斯的一生,很多时候是在欧洲度过的。他对欧洲十分了解,也非常融入,是欧洲上流社会的座上客,许多社会名流都以和他相识、相交为荣。他对欧洲社会、对欧洲人的思想和内心世界了如指掌,对欧洲文化十分推崇,对欧洲生活也非常适应,以至于在他去世的前一年,即1915年,他决定放弃美国国籍,加入英国籍。

詹姆斯很早就立志成为一名作家,并且早早就开始练笔,创作发表了不同体裁的作品。他的处女作是一篇戏剧评论,发表于1863年,第二年发表首篇短篇小说《过失的悲剧》("A Tragedy of Error")。随后,他又撰写英国历史小说家之父司考特小说的赏析与评论,发表在《北美评论》上,获得了平生第一笔稿费。这一小小的成就大大地激发了他的信心和热情,激励他笔耕不辍,在许多一流的杂志(如《大西洋月刊》)上发表了包括小说和非小说在内的各种不同的文学作品。随着创作的深入,他发现自己生活的地方太小、视域太窄,深感有必要更多地了解生活,拓宽视野,撷取丰富的创作素材。于是,他决定去欧洲,到美国文化重要的源头去,用国际视野放眼世界、放眼人生。他在罗马做自由撰稿人,后又到巴黎担任《纽约论坛报》(*New York Tribune*)驻欧洲记者。他曾回到美国,但1869年又回到伦敦,并在那里一直生活到离开人世。在伦敦期间,他和许多出版社建立了良好的关系,如麦克米伦。这些出版社出版了他大量作品,多数是小说,读者以资产阶级女性为主。

詹姆斯对戏剧创作一直兴趣盎然,尽管成就远不及小说。早在1869年,他就为期刊杂志撰写了一些独幕剧,1882年还把自己的畅销中篇小说《黛西·米勒》(*Daisy Miller*,1879)改编成剧本,赢得了不错的反响。于是,他又把自己的小说《美国人》(*The American*,1882)改编成戏剧。该剧被成功搬上了舞台,并且连演数年不衰,深受观众欢迎。1893年,他应邀为修葺一新的圣詹姆斯剧院的重新开张创作了一出长剧《盖伊·多姆维尔》(*Guy Domville*)。然而,观众们反响不一、嘘声不断,詹姆斯深感沮丧,戏剧创作的热情和信心严重受挫。不过,评论界反响却不

①   Susan E. Gunter & Steven H. Jobe, eds., *Dearly Beloved Friends: Henry James's Letters to Younger Men*. Ann Arbor: University of Michigan Press, 2001, p.125.

错。詹姆斯在戏剧创作上虽然倾注了很多心血,但结果并不令人满意。于是,他决定放弃戏剧创作。但在别人的一再邀请下,他又陆续写了一些。这期间,他还撰写了大量的戏剧评论,同时帮助他人翻译和制作了易卜生(Henrik Ibsen,1828—1906)的戏剧作品。

詹姆斯一生著作等身、卷帙无数,既有大量的小说,也有难以计数的游记、传记、剧本和书信,还有许多文学评论、文学理论等,创作的小说数量达到四百万字,非小说类四百万字,还有一万五千封书信。创作数量之多、文学成就之高,鲜有作家能与之媲美,被人们一致奉为美国乃至世界文学史上的一位高产作家。他的长篇小说代表作有《罗德里克·赫德森》(*Roderick Hudson*,1875)、《美国人》《欧洲人》(*The Europeans：A Sketch*,1878)、《信心》(*The Confidence*,1878)、《华盛顿广场》(*Washington Square*,1880)、《淑女画像》(*The Portrait of a Lady*,1881)、《波士顿人》(*The Bostonians*,1886)、《卡萨玛西玛公主》(*The Princess Casamassima*,1886)、《反射器》(*The Reverberator*,1888)、《悲剧缪斯》(*The Tragic Muse*,1890)、《波英顿的珍藏品》(*The Spoils of Poynton*,1897)、《梅瑟所了解的》(*What Maisie Knew*,1897)、《尴尬的年纪》(*The Awkward Age*,1899)、《鸽翼》(*The Wings of the Dove*,1902)、《使节》(*The Ambassadors*,1903)、《金碗》(*The Golden Bowl*,1904)、《呐喊》(*The Outcry*,1911)等;中短篇小说和小说集有《德莫福夫人》("Madame de Mauves",1874)、《狂热的朝圣者故事集》(*A Passionate Pilgrim and Other Tales*,1875)、《一叠信》("A Bundle of Letters",1878)、《黛西·米勒》《三城记》(*Tales of Three Cities*,1884)、《贝尔特拉菲奥的作者》("The Author of Beltraffio",1884)、《阿斯本文稿》("The Aspern Papers",1888)、《撒谎者》("The Liar",1888)、《伦敦生活小说集》(*A London Life*,1889)、《大师的教诲》(*The Lesson of the Master*,1888)、《小学生》("The Pupil",1891)、《布鲁克史密斯》(*Brooksmith*,1891)、《货真价实故事集》(*The Real Thing and Other Tales*,1893)、《中年》("The Middle Years",1893)、《名流之死》(*The Death of the Lion*,1894)、《科克松基金》(*The Coxon Fund*,1894)、《下一次》(*The Next Time*,1895)、《死者的祭坛》(*The Altar of the Dead*,1895)、《眼镜》(*Glasses*,1896)、《地毯上的图案》("The Figure in the Carpet",1896)、《螺丝在旋紧》(又译《碧庐冤孽》)("The Turn of the Screw",1898)、《笼中》(*In the Cage*,1898)、《欧洲》(*Europe*,1899)、《赝品》("Paste",

1899)、《真实而又正确的东西》("The Real Right Thing"，1899)、《大好世界》(*The Great Good Place*，1900)、《智慧树》("The Tree of Knowledge"，1900)、《梅德温夫人》("Mrs. Medwin"，1901)、《出生地》(*The Birthplace*，1903)、《丛林猛兽》("The Beast in the Jungle"，1903)、《快乐的角落》(*The Jolly Corner*，1908)、《挚友》(*The Friends of the Friends*，1909)(该小说于 1896 在伦敦初次发表时题为 *The Way It Came*，但詹姆斯认为这个标题缺乏吸引力，1909 年在纽约出版时改为现名)等；文学评论有《霍桑评传》(*Hawthorne*，1879)等，涉及英、美、法等多国众多文学名家，如乔治·艾略特、安东尼·特罗洛普(Anthony Trollope，1815—1882)、史蒂文森(Robert Louis Stevenson，1850—1894)、霍桑、爱默生、巴尔扎克、乔治·桑(George Sand，1804—1876)、福楼拜、屠格涅夫等；传记有《童年及其他》(*A Small Boy and Others*，1913)、《作为儿子与兄弟》(*Notes of a Son and Brother*，1914)和《中年》("The Middle Years"，1893)；文学理论有《法国诗人和小说家》(*French Poets and Novelists*，1878)、《小说的艺术》(*The Art of Fiction*，1884)、《局部画像》(*Partial Portraits*，1888)、《批评的科学》(*Science of Criticism*，1891)、《小说家评论》(*Notes on Novelists and Some Other Notes*，1914)、《书信集》(*Letters*，1920)等；游记有《美国风情》(*American Scene*，1907)；戏剧有《戏剧》(*Theatricals*，1894)、《戏剧：第二集》(*Theatricals: Second Series*，1895)、《盖伊·多姆维尔》等。

创作思想及艺术风格

英国著名文学评论家利维斯(Frank Raymond Leavis，1895—1978)曾赞美说，在小说艺术成就上，英语世界里几乎无人能与亨利·詹姆斯相媲美。这是一个极高的评价，但毫不夸张、恰如其分，它准确地概括了詹姆斯在小说艺术上做出的大胆探索和杰出贡献。在美国文学史上，詹姆斯不仅以其多产驰名文坛，而且以丰富的创作思想和小说理论著称于世，被公认为美国现代小说和小说理论的开创者。他视小说为艺术，对其进行了一系列卓有成效的深入探讨和大量实践，其丰富而翔实的小说理论对英美现代主义小说的诞生和发展起到了重要的推动作用。

詹姆斯在文学理论和批评方面成就卓著，创作思想在美国文坛影响甚深。这些思想集中体现在 1900 年他为纽约出版社选编的 24 卷本《亨利·詹姆斯小说故事集》中每一部小说所写的序言以及许多文学批评文论中。这些序言是关于英语小说创作的一部伟大文献,是 20 世纪现代小说创作的一个理论文库。而文论最重要的应首推《小说的艺术》。它收录在作者重要的文学评论集《局部画像》中,这也是书中最重要的文章。其核心思想是,在创作内容和表现技巧上,作家应该享有绝对的自由,拥有不受任何约束、充分表达自己思想的权利。这一观点是针对英国小说家、历史学家、评论家沃尔特·贝桑(Walter Besant,1836—1901)发表的同一题目的演讲所作的回应。詹姆斯认为,贝桑的创作思想有值得肯定、可取的地方,如文学创作应该源于现实、基于现实、表现现实,展现作家对现实的观察与感悟。他非常赞同这个观点,同样认为立足现实、如实地展示现实,是文学创作的准绳。他进一步指出,作家描写的应该是读者在现实生活中十分熟悉的内容,而且要展现出生活的动感,生动有趣,引人入胜,这样才可能成为优秀作品。如果一部小说缺乏应有的吸引力,也没有值得称道的艺术性,在他看来,这样的作品一定不是优秀的作品。若要创作出优秀的作品,除了这些现实性和艺术性,詹姆斯认为,作家还必须运用丰富的想象,深入到人物的内心世界,展示其内心活动和隐秘思想,通过内心独白、心理分析,将人物丰富的情感和复杂的思想,准确、灵动地展现在读者面前,人物形象丰满、可信。

詹姆斯认为,"小说是作家个人对生活直接感受的一种记录""小说必须想方设法表现生活,这是小说存在的唯一理由"。"对我来说,真实性是小说最重要的要素,其他一切要素必须服从于此,否则小说就不成为小说。有了真实性,作者便成功地展示了生活。一个作家,其创作的出发点和落脚点都是为了取得这种成功。"[①]他指出,这种真实性来源于生活,作家如何看待生活、怎样表现生活,是检验其作品真实性的有效方法。然而,这种真实性又不是我们通常所说的那种客观存在,不是简单机械、形如照相式的生活实录,而是作家眼中所看到、所认识的真实,是他意识中的真实,是其对生活的观感、印象、体验和感悟。作家把这一切变成具体的意象呈现出来,真实性和现实性便应运而生。相反,任何东西,无论多么真实,如果作家没有看到、意识到、认识到,都不可能表现出来,都不具有现实性。因此,在詹姆斯看来,作家将自己意识到的东西如实表现出来,这便是现实,是真实可信的。由此可见,现实主义者笔下的真实性、现

---

① Henry James, *The Art of Fiction*. Westport, Connecticut: Greenwood, 1970, pp. 121 - 123.

实性，在詹姆斯眼里既是指客观世界，又是指主观世界，即人的内心世界。

很显然，詹姆斯所表现的现实带有明显的主观意识，强烈的内心感受，外在的现实和内在的现实相结合，而且更多的是内在的或曰心理的现实。这种现实主义与传统意义上的现实主义有着本质区别，是一种"心理现实主义"。传统意义上的现实主义将现实作为最重要的客观存在，而心理现实主义则将人对客观世界的主观感受视为最重要的存在，主观感受是第一位的，客观存在则居于次要位置。詹姆斯认为，每个人的内心世界都存在一种井然有序的意识流，一种经过联想进行回忆的记忆流。它们是人物内心世界最真实的记录和反应，是小说应该着力表现的最重要内容。詹姆斯毕生倾力的正是这种心理现实主义的表现手法。这里的意识流是清晰的、有序的、有意识的、有逻辑性的，与现代主义意识流小说中那种混乱无序、潜意识或无意识、无逻辑性的意识是不一样的。他笔下的意识流，往往是通过内心独白展现出来，表现的重点不是事件怎么发生，而是为什么发生，在探索原因的过程中探究出人的内心思想和心理状态，这是心理现实主义的重要特征。在詹姆斯看来，展示心理现实是揭示真实社会、真实人生最直接、最有效、最可信的办法。他视人为主体，把人的意识放在中心位置，在处理人与物、外在行为与内在意识时首先考虑的是人和人的思想、感情、意识。人的意识成为小说的中心。"意识中心"论是詹姆斯心理现实主义艺术的突出标志。

人的意识实际上是人的内心世界对外部世界产生的一种反应、一种印象。在詹姆斯眼里，小说所要描写的就是人们对生活的直接印象。"每个人都有受个人情况影响的印象，将它变成一幅图画，一幅由你的智慧构成的图画，那就是对美国社会的洞察。"①正因如此，詹姆斯在创作中非常重视作者的印象。他明确指出："显然，问题在于艺术家最初的感觉程度如何，这是产生其题材的土壤。这片土壤的质量和容量，它产生新鲜与直接的生活印象的能力不同程度地再现了所反映的道德。"②由于作家的印象、个人的感受如此重要，詹姆斯在创作中一直致力于表现自己的印象、感受、体验等。同时他也认为，与作者印象同样重要的还有小说人物，尤其是核心人物的印象。这种印象是通过人物的观察和叙事表现出来的，它构成小说叙事的视角。通过这个视角，主人公将自己的所思所想、印象

---

① Henry James, *The Art of the Novel: Critical Prefaces*, ed. R. P. Blackmur. New York：Charles Scribner's Sons, 1962, p.29.

② Ibid., p.45.

感悟、观察体验等全部展现了出来，十分真实、可信。由于每个人经历不同，心理活动不同，思想意识不同，认识世界的角度不同，因此，同一件事在不同人的心里留下的印象往往会有天壤之别，人们对其描述、记叙也会迥然各异。正是源于这些不同，小说中不同人物的叙事才会色彩纷呈，千姿百态。这一点詹姆斯深谙于心。在《淑女画像》的序言中，他采用"窗子"这个意象，非常巧妙而又清晰地向世人展示了这些不同。他指出，小说是个人印象的记录，而个人印象犹如建筑物上的窗子，千姿百态、千差万别。

> 简言之，小说这座大厦拥有的窗子不是一扇，而是千百万扇，数量之多，难以估计。每一扇都在个人视野和个人意志的需求下纷纷大开。这些窗子，形状不同，大小各异，全部悬挂在人类生活的场景之上，我们本以为通过它们看到的场景比实际发现得要更加一致。它们充其量只是窗子而已，是没有生命的墙壁上的孔穴，又高高在上，互不相连。但是，它们都有一个共同特点，即每扇窗子后面都站着一个人，或是通过眼睛，或是借用望远镜，作为一种独特的瞭望工具，不断地观察外面的世界，确保自己看到的景象与众不同。这个人和邻居看到的是相同的景象，但不同的是，一个人看到的多一些，另一个人看到的却少一些；这个人看到的是黑色，那个人看到的却是白色；你看到的是大东西，他看到的却是小东西；我们看到的东西是粗制滥造的，他们看到的却是精致典雅的，如此等等……当然，如果没有观察者站在窗子后面，也就是说，倘若没有艺术家的那种意识，这些窗子，不管是一扇还是每一扇，都没有任何意义。[1]

这种同一视角、但不同的心理和意识反应导致的不同的叙事结果，便是詹姆斯著名的"窗子视角"叙事理论。这一思想对许多作家都产生了不同程度的启发和影响，是詹姆斯小说理论的重要内容之一。然而，由于这种叙事手法更多的是关注人物的内心意识和主观感受，而不是作品的情节，因此情节的吸引力受到了一定的影响，作品因而节奏缓慢、内容拖沓，情节虽然不多，篇幅却拉得很长。在传统小说家们看来，情节是否精彩是判断小说成功与否的重要标准，叙事是否有趣是用以衡量受读者欢迎的程度。

---

[1]　Henry James, *The Portrait of a Lady*. New York：Bantam Books, 1983，p.14.

然而,詹姆斯对这些看法并不认同。他认为,作家应该淡化小说的叙事功能,淡化情节,淡化外在事件、情景等的描写,应该想方设法真实、生动地表现人的内心世界。作家应该关注的是人在生活中的体验与感悟,关注人在社会和生活中自我意识的发展和内心活动的变化。他曾明确指出:"小说成功的程度取决于在多大程度上揭示一个特殊心灵的与众不同之处。"①他认为,情节要淡化,要多关注人物内心的印象与意识。随着心理描写更深入、更含蓄、更晦涩,到作者创作后期,情节更被边缘化,节奏更缓慢,小说越发艰涩,可读性大受影响。就连对他崇拜有加的著名作家伊迪丝·华顿(Edith Wharton, 1862—1937)都抱怨说,他的作品实在令人费解,没有足够的耐心是很难读下去的②。E·M·福斯特(E. M. Forster, 1879—1970)也毫不隐讳地批评说,他的作品太冗长、太复杂、太晦涩。奥斯卡·王尔德(Oscar Wilde, 1854—1900)的批评更是形象。他说,詹姆斯的作品那么臃肿,那么艰涩,"创作小说对他来说好像是一件十分痛苦的差事"③。

然而,这一晦涩的表现手法却受到豪威尔斯的高度评价。他指出,詹姆斯开辟了一种新的现实主义表现形式,这种形式同狄更斯、萨克雷(William Makepeace Thackeray, 1811—1863)等为代表的英国传统的现实主义小说表现形式有着本质区别,"他没有沿袭传统的现实主义,也没有追随任何其他什么主义,而是特立独行,独具特色"④。这种特立独行逐渐形成了他别具一格的心理现实主义,从而成为人们公认的心理现实主义艺术大师。采用意识流手法进行创作的一大批现代主义小说家,对他更是给予了高度评价,如詹姆斯·乔伊斯(James Joyce, 1882—1941)、弗吉尼亚·伍尔夫(Virginia Woolf, 1882—1941)等,对他专事人的心理、意识描写的全新艺术手法,大声喝彩、热烈追捧,奉其为自己创作的引路人。

在集中展现思想意识和内心活动的过程中,詹姆斯不忘探讨道德感悟。他认为,一名作家应该有强烈的道德责任感,用高尚的道德力量感召读者。为了表现这种高尚性,同时也由于他出身名门、家境优裕,一直过

---

① Henry James, "The Art of Fiction," *The Norton Anthology of American Literature*, 2nd Edition, Vol.2. New York & London: W. W. Norton & Company, 1985, p.430.

② Edith Wharton, *The Writing of Fiction*. New York: Scribner's Sons, 1925, pp: 90 - 91.

③ *Oscar Wilde Quotes*, p.6. Brainy Quote. Retrieved on 10 August 2011.

④ Paul Lauter, *A Companion to American Literature and Culture*. Chichester: Malden, MA: Wiley-Blackwell, 2010, p.364.

着富庶的上等人生活,对劳动阶层知之甚少,所以他往往选择资产阶级作为描写对象,挑选那些富翁、阔少、贵妇、大家闺秀等为主人公。他感到,这个阶层、这类人最能体现他对社会、人生、生活、道德等的认识。为了更好地展现这些认识,他刻意从欧美两个不同大陆、代表欧美不同文化的那些中产阶层人群中挑选描写对象。通过这些欧美新老文化不同代表对社会和人生的不同认识,进行鲜明的对比和反复的比照,他非常清晰地呈现了两个大陆间的诸多不同和差异。由于这种描写涉及广阔的美欧大陆,具有鲜明的国际视野,因此詹姆斯的小说又形成了另一个特点,即独树一帜的国际化主题。该主题不仅生动地反映了欧美大陆文化观念的冲突,而且赋予不同文化观念的人十分丰富的内涵,彰显出特有的文化价值。在他的笔下,欧洲人富有教养,一副贵族模样,待人接物彬彬有礼,但缺乏朝气,不太真诚,精于世故,为人狡诈,腐朽堕落,一副没落神情。相比之下,来自新大陆的美国人,个个朝气蓬勃,热情洋溢,为人开朗、真诚,具有很强的道德感,对生活和未来充满了激情和信心,但举止鲁莽粗俗,教养不足,缺乏应有的礼貌,更谈不上什么贵族气质。这两种性格迥异的人相遇、相知、相交,既相互吸引,又互相排斥,常会引起许多碰撞和冲突,衍生出道不尽的故事。这些故事便是詹姆斯乐此不疲的创作素材,也是写不尽、叙不完的小说内容。这样的小说,性格冲突此起彼伏,读者往往欲罢不能。尤其是人物塑造,美国人往往是那些青春美丽、充满朝气和活力、无限热情和真诚的美国姑娘,而欧洲人则多半是一副贵族派头、深沉冷漠、缺乏热情的上了年纪的男人。两者的对比、碰撞,折射出欧美新老文化的不同价值观。这些价值观使得詹姆斯的国际主题小说,既洋溢着异域风情,又充满了文化价值,成为美国文学史上不可多得的艺术佳品。

短篇小说创作

1996年,美国著名的兰登书屋评选20世纪百佳英文小说,詹姆斯创作的三部长篇小说《鸽翼》《大使》和《金碗》均榜上有名。这充分显示和证明了詹姆斯在美国文坛上的地位和重要性。与长篇小说相比,詹姆斯的短篇小说赢得的喝彩声更大,艺术价值更高,数量也更多。

利昂·伊德尔是研究詹姆斯短篇小说最著名的评论家,大英百科全书称之为"20世纪研究亨利·詹姆斯生平和创作的最重要的权威"[①]。他

---

① "Leon Edel", *Encyclopedia Britannica*. Britannica Online.

将詹姆斯大量的短篇小说编纂成集，并据其特点，把它们划分到早、中、晚三个主要时期。早期的小说大多属于练笔之作，内容大多涉及男欢女爱之事，如爱情失意、移情别恋、男人寡言少语、女人水性杨花或捉摸不透等。故事大多发生在美国，读上去既浪漫又抑郁、悲伤，场景十分优美，常能引发读者的遐思。中期的小说主要以国际题材为主，以单纯、热情但有些粗俗的美国人和傲慢、冷漠但彬彬有礼的英国人为对象，通过大量的对比描写，将美国人和英国人不同的生活态度、道德标准、价值观念、人生追求等一一呈现。在晚期的小说中，詹姆斯不再像以前那样专注细节描写，对社会行为的讨论也不如从前那般热衷，而转向关注人的情感，内心的感受，关心人的生存困境、困难、困惑。这时期的小说带有明显的存在主义色彩，甚至还不乏荒诞性，用伊德尔的话说，詹姆斯探讨的不是那些可追溯的过去，而是那些无法追溯、虚无缥缈的往事。他笔下的现实也不再是传统现实主义作家笔下那种外在的客观现实，而是转向内在的心理现实。在心理现实主义艺术手法指导下创作出来的这些晚期短篇小说，是他最优秀的作品，代表了他小说的最高成就。

早期小说指的是 1864 至 1879 年期间发表的作品，共有 37 篇。在这些作品中，有三篇是以美国南北战争为背景，即收录到《亨利·詹姆斯美国长短篇小说集》（*The American Novels and Stories of Henry James*，1947）中的《一年的故事》（"The Story of a Year"，1865）以及《新版小说集》（*Stories Revived*，1885）里的《可怜的理查德》（"Poor Richard"，1867）和《异乎寻常》（"A Most Extraordinary Case"，1868）。它们虽然取景于南北战争，但作者对战争知之甚少，也鲜有体验。因此，这些作品往往都是通过想象创作出来的，其情节并不是直接反映战争的场面，而是表现战场上的将士同后方百姓的情感关系。在展示这种关系的过程中，詹姆斯集中暴露的是人的自私本性。《一年的故事》就是一例。女主人公的情人在前线出生入死，她却移情别恋，在后方和别的男人谈情说爱。她生性轻浮、感情不专，情人的母亲非常看不惯她，对她十分冷淡、鄙夷。《可怜的理查德》中的主人公理查德身体羸弱，但喜欢喝酒。他爱上了邻家女孩，姑娘却瞧不上他。她倾慕的是威武的军人。理查德很是不悦。于是，他利用机会，向追求她的人散布各种流言，干扰和破坏他们和邻家女孩之间的关系，导致她的爱情不断受阻。《异乎寻常》表现的是战争给男人造成的噩梦般的影响，还有女性不可抗拒的迷人魅力。

同样背景和内容的还有《杰作的故事》（"The Story of a Masterpiece"，

1868)。男主人公通过斜挂在墙上的前女友画像,揭示女友对爱情怎样不忠,对追求者如何傲慢;《旧衣服传奇》("The Romance of Old Clothes",1868)记述的是一位妻子去世后又如何回到人间,向丈夫和她妹妹报仇的故事。丈夫曾经对她海誓山盟,发誓专情不二,可不曾想他背叛誓言,竟然娶她的妹妹为妻。她怒不可遏,决心报复。小说无情地揭露了爱情的虚伪性和欺骗性。作家采用超自然手法,将死人复活,报复负心汉。这种表现手法具有明显的哥特式风格,与他所推崇的霍桑的小说颇为相似,读起来既令人感到恐惧、又诱人。然而,与之相比,《德格雷的罗曼史》("De Grey, A Romance",1868)恐怖氛围更浓,更令人毛骨悚然。据说德格雷家族的男人们都有嗜血的习惯。他们往往都深爱自己的妻子、情人,但示爱的方式却极为特别:他们喜欢吸取她们身上的血,直至夺走她们的性命。这一次却出现了例外,女人成了德格雷家男人的夺命人,德格雷就是被玛格丽特的爱夺去性命的。视爱情为一种威胁、破坏的力量,是詹姆斯早期作品中常见的观点。《德莫福夫人》也是如此。女主人公是一位天生丽质、道德严谨的美国人,嫁给了一位法国伯爵。不料,这位贵族是个花花公子,以玩弄女性为乐。婚后,他不仅恶性不改,还劝妻子也去找个情人。妻子十分气愤。伯爵后悔时已无法赢回妻子的心,也未能得到妻子的原谅。于是,悔恨交加的伯爵自杀身亡。原本好端端的一桩婚姻就这样毁了。

詹姆斯早期的短篇小说,相对而言,大多都存在这样或那样的瑕疵或不足。但是,它们对锤炼作者的创作能力,培育特有的创作风格和别样的主题,却起到了十分重要的作用。1869 年至 1872 年间发表的几则短篇小说便是如此。《瘦弱的男人》("A Light Man",1869)是一篇不太为人所关注的小说,其表现手法却值得一提。小说采用两条并行的叙事线,一个是移居欧洲的美国人采用第一人称叙事,另一个是隐匿在背后、通过旁白形式进行叙述。此外,作者还采用了一定的心理描写。这些手法,对詹姆斯来说,都具有一定的实验性质。《旅伴》("Travelling Companions",1870)描写的是詹姆斯首次欧洲之行。小说集游记与艺术评论于一身,证明詹姆斯很早就开始对文学艺术进行理论思考了。《狂热的朝圣者》("A Passionate Pilgrim",1871)是作者收录在纽约版的作品集中最早的小说,其重要性与早期的其他小说相比,显得有所不同。小说采用对比手法,描写主人公与叙事者对美欧新老大陆存在的诸多不同看法。《马斯特·尤斯塔斯》("Master Eustace",1871)讲述的是由于寡母溺爱过度,马斯特永远无法成熟的故事。《客人的坦白》("Guest's Confession",1872)记载的是一个男人种种卑劣行径。

在这些练笔之作中,《四次相会》("Four Meetings",1877)、《黛西·米勒》《一个国际事件》("An International Episode",1879)和《一叠信》相对比较突出,其中,发表于1877年的《四次相会》最为出色。卡罗利娜·斯宾塞是位教师,省吃俭用存下一笔钱到欧洲旅行。她有个表哥在巴黎学习绘画。两人相聚时,表哥把她的钱骗了个精光。欧洲之旅才刚刚开始,她就变得身无分文。气愤不已但又无可奈何的她,只好将对欧洲的美好憧憬揣在心里,快快地回了美国。不久,她的表哥撒手人寰,落魄的表嫂前来投奔,和她住在一起。故事的叙述者是个爱管闲事、但又缺乏责任心的人。他态度傲慢,常常摆出一副高高在上的神情,叙事中不时地进行讥讽、嘲弄。他与卡罗利娜总共只见过四次面,小说因此得名。中篇小说《一个国际事件》被认为是美国版的《傲慢与偏见》(*Pride and Prejudice*,1813)。美国人自认为殷勤好客、热情洋溢、待人真诚、商业头脑发达并深感骄傲,而英国人心胸狭隘、呆板固执、待人冷漠、难以接近,对他们充满了偏见。在英国人这一边,他们也是充满了傲慢与偏见。他们认为自己有教养、有礼貌、有文化底蕴,自豪不已,对美国人他们十分不屑,嘲笑他们举止粗俗、没有教养。这些偏见使得他们对美国人常常是嗤之以鼻。英美两国国民的自豪、彼此间的偏见,詹姆斯表现得淋漓尽致,生动地揭示了英美人迥异的个性和不信任感。《一叠信》是一篇书信体小说,故事由九封信构成,写信人是来自欧美国家的六个不同的人,信中内容展示了他们对现实生活迥异的思想观点。小说最初发表于巴黎,问世后受到读者的一致好评。

美国人和欧洲人之间的傲慢与偏见,在《黛西·米勒》中表现得更为突出、鲜明,他们之间的冲突,尤其是在性格、思想观念、世界观上的冲突,在一定程度上到了不可调和的地步。该中篇小说现已成为美国文学的经典,是作者的代表作之一,也是这四篇出色的小说中较优秀的一篇。它是詹姆斯在英国杂志上发表的第一篇小说,一发表就赢得如潮的好评,牢牢地奠定了他在美国文坛上的地位。

小说主要描写黛西·米勒和弗雷德里克·温特伯恩两人之间的感情纠葛。黛西是一位清纯自然、年轻貌美的美国姑娘,生在纽约一个富商之家。她天真率直、热情开朗、落落大方,充满了朝气与活力。她与母亲和弟弟一起到欧洲旅游,言谈举止处处显出美国姑娘特有的直率、热情、大方。对美国人来说,这十分正常,但在欧洲却饱受白眼。长期侨居欧洲的美国青年温特伯恩对此就深感不悦。这位风度翩翩的小伙子在瑞士与黛西邂逅，立刻就为她那沉鱼落雁之美倾倒。他们第一次见面，黛西就自然大方地同他交谈起来，并且毫无保留地向他介绍了自己的家庭、兴趣爱好、旅行计划等。一向谨慎、矜持、内向的温特伯恩对此十分不解，认为黛西不该对一个刚认识的人如此袒露自己的隐私，这是不够稳重、甚至有些轻浮的表现。经过进一步的接触，温特伯恩越来越觉得黛西喜欢卖弄风情。随着交往的增多，冲突、碰撞也在增加，故事被推向一个又一个高潮。尽管对黛西的轻浮举止颇有微词，温特伯恩依然迷恋她、追求她。他姑妈科斯蒂洛太太对此强烈反对。她认为黛西是个不知廉耻的姑娘，认识自己的侄子才半个小时就同意和他一起去西庸城堡。她觉得，这样的姑娘没有教养、缺乏稳重。在她眼里，黛西一家都没有教养，是一群平庸之辈、下等人，"我们就是——不接受她们"。面对这样的指责，黛西不为所动，回敬说"这里年轻姑娘的生活真够沉闷的了；我没有必要为了她们而改变自己的习惯"。后来，他们在罗马不期而遇。在那里，温特伯恩发现黛西同一个名叫吉奥瓦尼里的意大利小伙子打得火热。他们不顾当地的社会习俗，出双入对于公共场合，招致罗马上流社会的强烈不满，被认为有伤风化。温特伯恩对此深感痛苦。黛西这么做，一则是因为吉奥瓦尼里对她十分关心，再则是出于自尊而有意冷落温特伯恩，以报复他对她的不信任、怠慢与轻视。因此，我行我素的黛西对人们的指责根本不放在眼里，依然和吉奥瓦尼里保持接触，甚至在月色朦胧的夜晚和他一起游览古罗马竞技场。不幸的是，游览时她染上霍乱，最后不治而终。临终前，她再三请求母亲转告温特伯恩，自己并没有和任何人订婚，依然是一个纯洁无瑕的姑娘。心存偏见的温特伯恩得知实情后悔恨不已，后悔自己不该对黛西无端猜疑。他意识到，黛西的品质实际上比他想象的要高尚得多。

该小说是作者早期的代表作，无论在主题、内容，还是人物塑造、表现手法上都集中体现了这一时期作品的典型特点。主题是詹姆斯最擅长的国际题材，内容是紧紧围绕新旧大陆不同的传统观念、社会习俗、文化氛围、道德标准及其相互摩擦、碰撞。这些冲突从不同层面、不同维度、集中围绕在黛西与不同人之间展开，最终导致这位鄙夷世俗、清纯超然的姑娘悲剧性的结局。作者对此充满了无奈和悲哀。这种不同文化之间的冲突，实际上是一种国际文化主题的冲突。从这个意义上讲，詹姆斯试图探讨的是国际多元文化的交流与碰撞。黛西的死暗示了欧美新旧大陆两种不同文化的相斥。这种相斥性是作者早期国际主题小说的一个重要特征。视"真实"与"生活"为创作最高要素的詹姆斯，将欧美大陆之间真实存在的这种相斥与碰撞，通过艺术手法，生动地呈现在读者面前，具有很强的真实性、艺术性和可信性，因而赢得世人的一致好评。

小说的人物塑造和表现手法也颇具艺术性，集中体现了作者早期小说的鲜明特征。女主人公黛西热情、真诚的性格，是美国姑娘的典型代表，是美国文化精神的活的载体，这个载体在欧洲既是以温特伯恩为代表的欧洲男性目光凝视的对象，又成为以科斯蒂洛太太为代表的欧洲上流社会审视美国文化的客体，因而备受挑剔；长期生活在欧洲的温特伯恩则谨言慎行，早已失去了美国人的直率和热情，已成为欧洲男子秉性的突出代表；而科斯蒂洛太太为人孤傲，独断专行，说话做事武断、绝对，是刚愎自用、唯我独尊的欧洲上流社会人士的鲜活标本。这些人物性格经过詹姆斯的妙笔，个个鲜活无比，异常生动。为使这些形象更加突出，作者以细腻的手法，清新优美的语言，从细节入手，刻画他们的性格。黛西出场时作者是这样描写的："她穿的是白色细纱衣服，足有百来个皱褶和荷叶边，还有浅色的缎带结。她没有戴帽子；但是手里摆弄着一把大阳伞，镶着很宽的一道绣花边，她的美貌引人注目。"作者采用素描手法，寥寥几笔就活灵活现地勾勒出黛西美丽的外表和清新脱俗的气质，令人印象深刻。这种细腻的人物塑造手法，正是作者早期小说突出的特征。

小说的艺术手法十分丰富。除了对比、象征，细腻的心理分析十分突出。温特伯恩的心理描写就是一例。他既是小说中的重要人物，又是叙事者。在描写姑妈是否愿意见黛西时，他既想讨好黛西，又不愿得罪姑妈，因而展开了细致的心理活动，将他左右逢源、圆滑世故的内心世界演绎得活灵活现，极大地增加了形象的可信度。正是由于作者采用了上述独特的主题、灵动的人物塑造和丰富的表现方法，使《黛西·米勒》成为一篇脍炙人口的小说。

在19世纪70年代末和80年代初，詹姆斯将主要精力集中在长篇小说创作上，直到1882年才重拾短篇小说创作，而此时也是他中期创作的开始。该阶段的作品题材丰富，有关于艺术家、作家生活和创作的，也有涉及恋爱、婚姻、家庭的，还有一些是关于鬼怪故事的。这个时期作品众多，佳作迭出，比如《阿斯本文稿》《大师的教诲》《货真价实》《中年》《名流之死》《下一次》《地毯上的图案》等。

《阿斯本文稿》于1888年发表在《大西洋月刊》上。这是一篇中篇小说，发表后立刻赢得了读者的热烈欢迎，被认为是詹姆斯最著名、最受欢迎的中篇小说之一。小说是根据英国诗人雪莱（Percy Bysshe Shelley，1792—1822）写给克莱尔·克莱尔蒙特（Claire Clairmont，1798—1879）的信创作而成的。克莱尔蒙特是雪莱妻子玛丽·雪莱的妹妹，也是英国诗人拜伦（George Gordon Byron，1788—1824）的情妇。她收藏了不少拜伦和雪莱的文稿、书信等。小说的叙事者是一个无名无姓、喜欢打听他人隐私的美国出版商，他去威尼斯寻找一个叫朱莉安娜·博德罗的老太太。这个老太太曾经是已故的美国诗人杰弗里·阿斯本的情人，藏有阿斯本的一些珍贵文稿。在这里，詹姆斯把雪莱变成了阿斯本，将克莱尔·克莱尔蒙特变成了朱莉安娜·博德罗老太太，故事的背景也由克莱尔蒙特居住的佛罗伦萨改为了威尼斯。叙事者跑到老太太家里，租住在那儿，一是因为他爱上了老太太的侄女蒂塔，更重要的是他对这些文稿垂涎已久，一心想据为己有。在通过种种办法都未能如愿后，他溜进老太太房间去偷。老太太发现后一阵怒斥，随即昏倒在地。叙事者慌忙逃开。几天后回来时，发现老太太已经离开了人世。蒂塔暗示说，如果娶她为妻，她愿意把那些书信文稿给他。叙事者又一次仓皇而逃，因为他内心不想接受蒂塔的求婚。后来，他改变主意，表示愿意接受。当他再次回到蒂塔的身边时，伤心的蒂塔已把那些珍贵的文稿付之一炬，叙事者惋惜不已。

詹姆斯对这篇小说评价甚高，在编撰纽约版作品集第12卷时，他把该小说排放在读者反响更为热烈的《螺丝在旋紧》的前面，由此可见它在作者心目中的地位。当然，细读全文，人们发现，詹姆斯酷爱此作是有道理的。小说十分精彩，艺术性很强，尤其是情节设计和人物刻画，表现出很高的艺术水准。小说紧紧围绕文稿，高潮迭出，悬念丛生，直到最后一刻才云开雾散，真相大白。作者巧妙地渲染叙事者渴望得到文稿、但始终不能如愿，整个过程气氛紧张，精彩纷呈。另一个精彩之处，也是出人意料之笔，是蒂塔烧毁珍贵的文稿。人人都想据为己有、导致悬念不断的文稿，最终竟然化为灰烬，这样的情节安排完全出乎读者的想象，使小说充满了戏剧性、趣味性和可读性。人物塑造也是一个值得称颂的地方，尤其是主人公们，个个性格鲜明。叙事者为了文稿，煞费苦心，机关算尽，甚至不择手段；老太太为了永远占有文稿，精心收藏，不许任何人接触，最后为此丧失性命；蒂塔真心爱着叙事者，并勇敢表白，不料遭到拒绝，羞愧难当的她一把火烧掉了文稿，也烧掉了她对叙事者的感情。在描写这些事件时，作者将人物内心世界刻画得十分细腻、生动、逼真、可信。

《大师的教诲》也是一篇中篇小说，描写的是青年作家保罗·奥福特。他十分敬仰著名小说家亨利·圣·乔治，并有幸与之相识。同时，他还结识并爱上了年轻姑娘玛丽安·范考特。玛丽安对圣·乔治和奥福特都很崇拜，非常喜欢他俩的作品。然而，已有妻室的圣·乔治力劝奥福特不要结婚，也不能生孩子。他认为，一个作家，一旦娶妻生子，其创作力便会大受影响，事业就会严重受损。奥福特对圣·乔治崇拜不已，将此番教诲牢记在心。可是，他从外地旅行回来却发现圣·乔治在妻子过世后，随即娶了玛丽安。奥福特恍然大悟，原来圣·乔治对他的那番教诲，实际是要阻止他和玛丽安相好，使自己有机可乘。更有甚者，圣·乔治占了这么大的便宜，还假惺惺地对奥福特说，他之所以这么做，是为奥福特着想，他不想让奥福特因为婚姻而分散创作的精力，影响事业的发展。他认为自己是在助人为乐，是在行善。

作者中期的这几篇重要小说有一个共同特点，即大多描写的是作家、艺术家及其生活，《货真价实》也不例外。该小说也带有寓言性质，通过作者十分喜爱的现实与虚幻这种二元对立的表现手法，描写了生活在现实与虚幻中的人们如何遭受种种的不幸。叙事者是个无名无姓的插图画家，满怀抱负，渴望在艺术上有一番建树。他雇用了一对没落的贵族夫妇为模特。这对夫妇急需一份工作养活自己。他们是"货真价实"、地地道道的贵族，一举一动无不带有贵族气质。然而，雇佣以后插画家发现，他们并不适合模特工作，相反，两位出身低微的平民百姓倒是非常合适，而且人也勤快。这两个人，一个叫奥朗特，是意大利人，另一个是丘默小姐，是英国人。此时，画家已经以贵族夫妇为模特画了一些作品，但遭到了其他画家的尖锐批评。这些作品了无生趣，非常呆板。无奈之下，他只好辞退贵族夫妇。这对夫妇十分伤心，一心想留住这份工作。为此，他们甚至屈尊做起了用人工作，为画家，甚至奥朗特和丘默小姐当起了仆人。但是，画家还是没有留下他们。小说自始至终都在诠释什么叫"货真价实"。作为贵族，贵族夫妇确实是货真价实的，尤其是在去乡间别墅和在客厅里的谈话足以证明。然而，那对平民男女也是"货真价实"的，他们的言谈举止非常符合职业模特的要求，根据他们画出来的作品真实灵动，极具韵味，毫无矫揉造作之感。这两种人都很真实，只是适合不同的需求罢了。透过作者的笔触，读者发现，作者对贵族不时地进行揶揄、嘲弄，字里行间时常能够看到对他们的讽刺，清晰地表明了作者对以这对夫妇为代表的整个英国贵族的反感，尤其是对他们那种一本正经、索然无趣、缺乏激情的样子的厌恶。这篇小说是最受读者欢迎的作品之一,经常入选各种文集。

詹姆斯发表过两个同样题为《中年》的作品,一个是他未完稿的自传,发表于他去世后的 1917 年,记述他早年旅居欧洲以及和英美文学名家们交往的情况,另一个是短篇小说。在描写作家和艺术家的题材中,小说《中年》可能是情节最感人、思想最深刻的一篇。主人公丹库姆是一位中年小说家,渴望再次证明自己能够创作出更优秀的作品。不幸的是,他重病缠身,身体每况愈下,不得不到英国的一个海边小镇休养。一天,他坐在海边,阅读自己的最新作品《中年》,一位名叫休的年轻医生走过来和他攀谈,发现他在读这本小说,惊喜不已,说自己也非常喜欢这部作品。丹库姆没有告诉他自己就是作者。身体虚弱的丹库姆突然昏了过去,醒来时发现休已经知道他就是《中年》的作者,对他精心呵护,关怀备至。休同时还在给一位伯爵夫人治病。出于对丹库姆由衷的敬仰,他不自觉地将大部分时间和精力都放在了丹库姆的身上,结果引来伯爵夫人及其家人的强烈不满和抗议。几天后,伯爵夫人离开了人世。而丹库姆也再次病发,生命垂危。临终时,他对休说:"我们在黑暗中工作,我们竭尽所能,我们奉献一切。我们怀疑的是心中的激情,抒发激情是我们的任务,其他事情都是愚蠢的。"说完,丹库姆便辞世而去。

纵观詹姆斯有关作家、艺术家的小说,大多是表现主人公们因为自己的作品未获好评、没能畅销而苦恼不已。然而,《中年》则有所不同。主人公深得读者的欢迎和爱戴,尽情享受人们的崇拜。可是,这一切使他颇为伤感,因为他想起了自己毕生为此付出的艰辛和汗水。面对即将走完的人生旅程,他并不恐惧,也没有惋惜。相反,他对自己业已创造的成就深感宽慰和自豪。这篇小说带有明显的自传色彩。主人公毕生的创作经历,对创作的认识,对成功与失败的理解,在很大程度上都是詹姆斯本人的真实写照。该作品与作者其他小说相比有不少独特之处,如人与人之间的关系十分融洽、亲密,嘲讽也不像以前那么辛辣、刻薄,叙述口吻比较沉重等。小说出版后得到评论界和读者的一致好评,被认为是作者描写作家、艺术家素材最优秀的作品,不少作家都深受影响,美国当代著名的犹太小说家菲利普·罗斯(Phillip Roth,1933—2018)就是一例。他1979 年发表的处女作《捉刀鬼》(*The Ghost Writer*),其主题就与该小说有很大相似之处,而且还直接从《中年》中引用了大量内容。

《名流之死》讲述的是社会上一群人,没有读过作家的任何作品,却对他崇拜不已，奉为名流，想方设法和他攀谈、攀关系、攀友情，结果搅得作家终日不得安宁，无法专心创作。叙事者打算在报上写一篇文章宣传作家尼尔·帕莱德，报社很是赞同，但文章写好后编辑却拒绝采用，叙事者十分不悦。他决定另投一家报社，但刊登后没有引起关注。与此同时，帕莱德本人正在兴致勃勃地撰写另一本书。一个名叫莫罗的记者对他产生了浓厚兴趣，也要撰文报道他的生平、创作等，以宣传、扩大他的影响。他来采访，结果被叙事者给打发走了。叙事者告诉他，他想了解的东西都写在作品里了。莫罗很是不悦，只好怏怏地走了。后来又有一位名叫赫特的美国姑娘对他崇拜不已，但叙事者对她说，崇拜作家的最好方式是远远地站在一旁欣赏他，而不是走上前去惊扰、妨碍他的创作。再后来，一个名叫温布什夫人的女人邀请帕莱德参加聚会，叙事者对此很是不快。帕莱德身患重病，根据医嘱，聚会取消了。临终前，帕莱德要叙事者把他一份尚未完成的文稿整理出版。作家去世后，叙事者和赫特小姐双双投入到整理、保护、出版他的文稿工作中，并喜结连理。小说情节简单，但读者一看便知，小说同样具有明显的自传色彩，詹姆斯本人对此也不讳言。小说行文轻松、愉快，虽然主人公最后离开了人世，但字里行间并没有一丝哀伤、自怜的成分，有的只是对社会非理性地盲目崇拜一个人进行的讥讽和揶揄。小说发表后好评不断，数十年不衰，尤其是对"盲目崇拜"这种不正常的社会现象进行嘲讽式描写，十分精彩、传神，得到了读者和评论家们的一致赞赏。

《下一次》描写的是一对具有不同创作理想、不同文学境遇的男女作家。男作家拉尔夫·林伯特，为了养家糊口到一家报社当记者。为了吸引读者，他撰写了大量迎合大众口味的报道，但读者反响平平，最后被解雇。他又着手创作小说，人们都说小说写得很好，可出版后就是不畅销。他一鼓作气写了好几本书，但没有一本得到市场的认可，报酬很低，生活拮据。无奈之下，他又到另一家报社工作，没过多久又被解雇，因为他和编辑的意见严重分歧，再加上他的报道依然吸引不了读者。他羞愧难当，气馁不已，穷困潦倒中只好搬到乡下，过着顾影自怜的生活。在那里，他虽然笔耕不辍，但写出的小说依旧无人问津，最后带着满腔的挫败感离开了人世。林伯特的作品之所以始终得不到读者的肯定，主要是艺术性太强，曲高和寡，普通读者难以领悟个中魅力。相比之下，女作家海默夫人的小说，通俗易懂，引人入胜，写一部畅销一部，既吸引了大批读者，又获取了丰厚的报酬。她一直渴望写出一部有思想、有内涵、有见地、能够发人深思的高雅作品,就像林伯特的"阳春白雪"式的小说。可是,不论怎么努力,她就是写不出来。为此,她深感痛苦。

两位作家的不同经历,在很大程度上代表了现实生活中两种不同类型作家的境遇。因此,小说发表后立刻赢来了文坛的喝彩声。实际上,詹姆斯塑造的这两个人物都带有明显的传记色彩,他显然是在用林伯特这个角色自喻,而海默夫人则与当时的畅销作家弗朗西斯·M·克劳福德(Francis M. Crawford,1854—1909)非常相似。詹姆斯认识克劳福德,和他有一定的交往,对于他能够尽享作品畅销之快乐,是既羡慕,又妒忌,而对自己的作品没能得到读者同样热烈的反响深感沮丧、无奈、自责。值得一提的是,詹姆斯将女主人公的名字设计成 Jane Highmore(简·海默)也独具匠心。其名和姓的第一个字母分别是 J 和 H,这与作者自己的名字 Henry James 的首字母正好相反,詹姆斯借此寓意自己根本没有像简·海默那样尽享成功的喜悦。从这个意义上说,该小说在一定程度上透露出了作者对自己创作的不满,或是怀才不遇的苦涩。

《地毯上的图案》也是一篇描写作家题材的中篇小说,同詹姆斯其他一些中短篇小说一样,叙事者"我"也是无名无姓。小说记述的是"我"如何结识自己崇拜的作家休·维里克、并对其作品爱不释手的故事。"我"也是一位作家,专门为一家文学报撰写文章。维里克发表最新力作,"我"写了一篇自认为见解独到的书评,并感到十分自豪。但维里克看了,觉得全是废话,毫无新意,根本没有领会作品的内涵。他向"我"吐露说,迄今为止,有关他作品的所有评论,都忽视了作品中的一个秘密,就是"我创作作品的目的所在"是"留给评论家探索的内容",它"就像一块波斯地毯上的复杂图案一样",谁要是解开这个秘密,便获得了作品的真谛。至于这个秘密究竟为何物,维里克没有说明,因为他认为一旦作品完成,作家的任务也随之完成,探索作品中的一切秘密是评论家的事情,跟作家无关。听维里克这么一说,"我"搜肠刮肚,想方设法挖出作品中的这个秘密,但始终不得其解。无奈之下,"我"告诉朋友考维克,他也难解其意,直到去印度独自旅行时才悟出秘密。他对同样是作家的未婚妻却一直秘而不宣,直到娶她为妻后才告诉她。后来,他意外死亡,妻子也不愿意把秘密告诉别人。"我"揣测,可能只有夫妻、情侣这种关系非常亲密的人才能悟出地毯上图案的含义。考维克的妻子后来改嫁他人。她去世后,"我"找到她丈夫询问。得知妻子藏有"惊天的秘密",他十分惊讶、羞愧,说自己对此一无所知。很显然,这个秘密就是地毯上的图案。这个图案,包括上面美丽的花纹、弯弯曲曲的线条、明暗相间的纹路等，应是作者不平凡人生的一种形象概括，一个寓意极为丰富、使用恰到好处的暗喻。詹姆斯借助这篇小说表明，评论家们对他作品的认识和评论基本上都不得要领，根本没有抓住作品的精神实质，更没有成功地引导读者领会出他作品的真正内涵。

以作家、艺术家为题材的这几篇小说，是作者中期小说的代表，也是作者所有小说中比较成功的力作。作者通过这些作品中的不同人物及其喜怒哀乐，在很大程度上表达了作者本人作为一名作家的思想、感受、境遇，以及对文学创作、评论界和读者对作家的态度、社会道德风尚等问题的深刻思考。这些作品既带有明显的自传色彩，又具有许多艺术家和作家共性的经历，因此获得了人们普遍的认可与推崇。

中期是作者短篇小说创作的旺盛期，也是成就最为卓著的时期，作者展现的题材丰富多彩，除了艺术家、作家的生活和创作之外，还有恋爱、婚姻、家庭、鬼怪故事等。所不同的是，其他题材的小说，相比之下，没有关于艺术家、作家题材小说那么成功，或者说优秀小说的篇数没有后者那么多。恋爱、婚姻、家庭的题材就是一例。其作品不少，但力作不多，这或许是因为作者终生未婚，涉足男女恋爱不深，内心体会和感受不强所致。他之所以能够创作出那么多优秀的艺术家、作家题材的小说，是因为他毕生致力于创作，谙熟作家的生活。在恋爱、婚姻、家庭题材中，最为人称颂的小说应首推《小学生》。

这篇被认为是世界上最优秀短篇小说之一的作品，饱含着作者满腔的情感，承载着作者无限的同情。作品描写的是一位早熟的少年生活在一个谎话连篇、不知廉耻的家庭里的故事。彭伯顿是一位名校毕业的穷书生，应聘到摩根·莫伦家做家庭教师。摩根 11 岁，聪明绝顶，但愤世嫉俗。父母带着家人在欧洲四处游走，从一家旅馆住到另一家，却常常不付房费就溜之大吉，对彭伯顿的薪水也是一拖再拖，拒不支付。彭伯顿十分生气，对他们厌恶不已。但他非常喜欢摩根，否则早就不干了。善良的摩根也力劝他离开，可他放不下摩根。为了既能和摩根待在一起，又可以维持生计，他又到伦敦找了一份家教工作。然而，摩根父母拍来电报，说摩根病重，把他从伦敦又召回到巴黎。他赶到时，发现摩根并没有生病，而是他父母因赖账被宾馆赶了出来。摩根父母声称去筹钱，恳求他把摩根带走。摩根一听要远离令他厌恶、丢脸的父母，而且是和老师、朋友、他生活中唯一信赖的人一起离开，喜出望外。面对这一情景，彭伯顿举棋不定,因为他养活自己都十分不易,如果再带上一个小孩,生活一定困难重重。就在他犹豫不决时,摩根突发心脏病,不治而亡。彭伯顿十分惊愕,后悔不迭。如此聪明伶俐的少年竟不幸夭折,作者情不自禁地表达了无限的同情和惋惜。这是一个悲剧,作者清楚地表明,导致这一悲剧的是摩根不幸的生存环境。对摩根而言,这个环境就是他的家庭,是他父母一手营造的没有温情、没有诚实,有的只是谎言、欺骗、寡廉鲜耻的环境。这是一个令人窒息的家庭环境,明眼人一看便知,它是大环境的喻指,是美国、欧洲乃至整个人类环境的象征。作者创作该篇小说,设计这样的情节,其目的正在于此。从这个意义上讲,该小说以小见大,以点喻面,大大地增强了作品的维度和张力,主题也变得更为深刻,含义更加丰富。

　　在表现手法上,作者运用对比,巧妙地将摩根和彭伯顿的师生关系与摩根和父母的家庭关系比照描写,一个友善正直,一个谎话连篇,对比极其鲜明、强烈。这种描写,成功地凸显了主题,丰满了人物形象。摩根一直渴望一个温馨的环境,但至死也未能如愿。他的悲剧何尝不是同样生活在恶劣环境中的现代人共同的悲剧呢? 这种不幸何尝不是我们现实生活中不幸的反映呢? 正是这些出色的表现技巧,评论家才公认《小学生》是一篇世界经典的悲剧小说。

　　鬼怪故事是詹姆斯乐此不疲的又一创作素材。他创作的相关短篇小说数量也不少,在其创作中期就达近二十篇,较为出色的有《埃德蒙德·奥姆先生》("Sir Edmund Orme",1891)、《私生活》("The Private Life",1892)、《多米尼克·费朗先生》("Sir Dominick Ferrand",1892)、《死者的祭坛》《螺丝在旋紧》等,其中最后两篇尤为精彩,已成为美国短篇小说中的名作。

　　詹姆斯一生不信仰宗教,信仰的是对逝者的尊重。随着工业的高速发展,现代人的生活节奏越来越快,人们对逝者的追思、怀念与忠诚越来越缺失。在这样的时刻,生者对死者心怀敬意,应该成为人们的一种自觉要求,一种伦理道德上的自然行为。《死者的祭坛》描写的正是对死者的崇高敬意。乔治·斯特兰瑟姆和玛丽·安特里姆是一对恩爱情侣,可还没结婚,玛丽就离开了人世。乔治痛苦不已,对她思念不止。不久,他无意中得知,曾经给他造成巨大伤害的朋友黑格也离开了人世。亲朋好友,一个个都先他而去。他来到教堂的祭坛前,除了黑格之外,为每一个熟悉的逝者点上一根蜡烛,表达自己的哀思。后来,他发现一名妇女也经常来到祭坛前祭拜。久而久之,他们相识并成为情侣。乔治发现,黑格也曾伤害过她,但她摒弃恩怨,原谅了他,可乔治怎么也做不到。他憎恨黑格,但仇恨也把自己折磨得心力交瘁。离开人世前,他又一次来到祭坛前。朦胧间,他似乎感到玛丽在告诉他不要再怀抱仇恨。同时,他看到自己的女友已经和黑格言归于好。聆听已故情人的忠告,面对在世女友的宽容,乔治深受感触,同时也深感内疚,觉得自己不该再记恨黑格。最后,乔治消除了对黑格的仇恨,内心顿觉释然,最终在祭坛前离开了人世,获得了永久的安宁。

这篇小说是詹姆斯去意大利参加一位朋友的葬礼途中构思而成的。随着时间的推移,他发现,逝去的至爱亲朋纷纷被人们遗忘。这一现象引起了他深深的思考。在他看来,忘记逝者是对逝者的不敬;逝者是历史的代表,历史的创造者,忘记他们,便意味着忘记历史,背离传统;如果这个世界不再保留对逝者、对历史应有的虔诚的记忆,世界的发展一定会充满艰辛与挫折。正是怀着这样的理念,詹姆斯在自己的《笔记》中将缅怀逝者作为自己的一种信仰,并且通过该小说将这一理念充分地表现了出来。《死者的祭坛》不仅揭示了敬重逝者、敬仰历史的必要性,同时还通过爱和宽恕原谅逝者过去的错误,告诫世人要宽容对待逝者、对待历史,不要纠结于历史上的错误。从这个意义上讲,该小说与其说是表示对逝者的敬重,不如说更多的是对生者的警示,警示生者勿忘历史、敬重历史、宽待历史。由于蕴含着厚重的思想内涵,小说赢得了读者和评论界的高度赞扬,被誉为"优异的""出类拔萃的""最优秀的"小说之一,是美国中短篇小说中的精品,经常被收进不同的小说集中。詹姆斯自己对此也颇为得意,在编辑纽约版的作品全集第 17 卷时,他将此排为首篇,以此表明,该小说在其作品中的地位是何等的突出。

《螺丝在旋紧》也是一篇中篇小说,同样是具有鲜明哥特式风格的鬼怪故事。小说主要围绕一位年轻的家庭女教师和两个孩子展开,地点是英国的艾塞克斯。迈尔斯和弗洛拉,小小年纪就父母双亡,被富裕的叔叔收养。叔叔对抚养孩子既没经验,又无兴趣,而且还常年住在伦敦。于是,他聘请了一位年轻的家庭女教师,把两个孩子交给她全权照管。他告诫女教师绝不要联系、打搅他。男孩子迈尔斯在读寄宿学校,女孩子弗洛拉则住在艾塞克斯乡下的田庄里。女教师到任后不久,迈尔斯就被学校开除,回到了家中。他没有说明被开除的原因,女教师也不敢询问。不久,女教师发现田庄附近常有一对陌生男女出没。他们想来就来,想走就走,随心所欲。奇怪的是,除了女教师,田庄上竟然从来没有人看见过他们。她获悉，田庄以前有一对男女雇员，即彼特·昆特和女教师杰塞尔小姐，昆特时常骚扰迈尔斯及家中的其他人。去世前，这两个人和两个孩子终日待在一起，女教师因此相信，两个孩子很可能时常受到他们不散阴魂的骚扰。一天，弗洛拉独自跑到林中的一块空地上。女教师找到她时，感觉她在和杰塞尔小姐的鬼魂交谈。女教师询问她，她非常生气，坚决不承认自己看见了杰塞尔小姐，并且愤然对女教师说永远也不想再见到她。无奈之下，女教师请人把弗洛拉送到她叔叔那里。当晚，她和迈尔斯谈起他被学校开除一事。这时，昆特的鬼魂出现在女教师的窗前。她挡住迈尔斯的视线，不让他看到，并且告诉他，昆特再也控制不了他了。迈尔斯随即倒在女教师的怀里死了，那鬼魂也随即消失了。

对于鬼怪题材，詹姆斯一直兴味盎然，但对于这类故事那种陈腐、俗套的传统写法，动辄就描写恐怖的尖叫、血淋淋的场面，他却很不喜欢。他喜欢的是表现鬼魂在现实生活中无处不在，展现奇怪、凶恶的鬼怪对正常、简单生活的影响。《螺丝在旋紧》正是詹姆斯这种创作思想的完美体现。不可否认，尽管他不喜欢那些公式化的表现手法，故事中依然不乏一些传统的哥特式元素，如神秘的建筑、久而未决的悬念、超灵现象的不断出现等。可以说，詹姆斯的鬼怪故事与传统的哥特式鬼怪故事，是既相同又不同。

1898年至1910年是詹姆斯短篇小说创作的晚期。1910年，他发表短篇小说《一轮访问》("A Round of Visits"，1910)，此后再也没有短篇小说问世。后期的短篇小说创作，同前面的一样，依然多产，多达35篇。然而，在创作内容和风格上，它们和前期的作品迥然不同，集中表现的都是人们在生活中如何遭遇失败、挫折和打击，带有明显的悲剧色彩，甚至还有一些存在主义的痕迹，用利昂·伊德尔的话说，这些作品"其变化之大，就像是别人写的一样"①。之所以会出现这样的变化，主要是因为步入晚年的詹姆斯，对世界越来越失望，对人生的态度越来越消极，心情也越来越沉重。这些作品中不乏优秀之作，最出色的有《大好世界》《丛林野兽》《出生地》《快乐的角落》等，尤其是前面两篇，更是为人称颂。

《大好世界》描写的是作家渴望逃离现实、到一个宁静地方去生活的故事。乔治·戴恩为事业和人际关系终日忙碌，心力交瘁。早晨醒来，想

---

① Robert Gale, "Henry James," *Dictionary of Literary Biography*, Vol.74, *American Short Story Writers Since 1854*, ed. Bobby Ellen Kimbel. Detroit: Gale Research Company, 1988, p.203.

到一天有那么多事情等着他，连吃早饭也要接待访客，他便心情压抑，备感沮丧。当年轻的客人如约而至和他共进早餐时，突然间他被带进了一个新的环境，即小说题目中的"大好世界"。这个世界好似度假胜地，风景优美，环境怡人，悠闲、宁静，戴恩立刻平静下来，尘世中的烦恼瞬间烟消云散。他在那里待了三周。用人一声呼喊，他立刻惊醒。原来，他在做梦，一觉睡了八个小时。醒后，他发现自己头脑清醒许多，人也变得年轻了，那位年轻的客人已将他的书房整理得井然有序，生活好像一下子变得简单多了。小说情节简单，但作者表达的思想却非常明晰，即在繁忙、劳累的现实生活中，人们必须寻找合适的方式，到"大好世界"里调节身心，放松自己，这样才能以充沛的精力更好地生活。这是生活的忠告。透过忠告，我们可以看到，詹姆斯一生忙碌，也是心存抱怨，渴望宁静、舒缓的生活。他同情终日忙得精疲力竭的作家戴恩，实际上也是在同情自己。小说具有明显的自传色彩，揭示了詹姆斯笔耕一生的艰辛。

《丛林野兽》也是一篇优秀的中篇小说，广受好评。作者通过主人公约翰·马切的命运，揭示人生的价值和意义，探讨爱情、孤独、空虚、死亡、命运等人类共同面临的问题。10年前，马切结识了一个名叫梅·巴特拉姆的女人。小说从他们相识10年后的再次相逢开始写起。马切患有精神病，从年轻时就有一个怪念头，坚信生活中会遇到一个灾难性的惊天大事，就像"丛林野兽"。为此，他花费毕生时间和精力，不停地寻找、等待它的发生。这个怪念头，梅早有察觉。她继承了一笔遗产，决定在伦敦买一栋房子和他一起住下来，看看到底会发生什么样的命运大事。然而，马切非常固执、自我，坚信自己不能结婚。他时而带梅看演出，时而邀她赴宴，可就是不让她走进自己的生活，并拒绝她的爱情。他相信，如果他接受女人的爱情，他生活丛林中的那头野兽就会立刻跳出来，将他撕成碎片，还会株连他的妻子。从这个荒谬的预感中，他悟出自己人生最大的不幸就是要拒绝爱情、放弃人生。他指出："一个感情丰富的男人，狩猎老虎时是不会让一个女人陪在身边的。"不过，他很乐意让梅和他一道，等待那个大事发生。就这样，他独自一人，任凭美好年华在无聊的等待中悄然而逝。在他的影响下，梅也发生了不小的变化，变得怪怪的，不是像玻璃下的人造百合花，就是像斯芬克斯那样的怪兽——美女头，狮子身。渐渐地，她明白了马切惦记的大事到底是什么，但没有告诉他。离开人世时，她真诚地希望马切永远也不要搞清楚。梅去世后，马切外出旅行。一年后，他去墓前凭吊她，看见旁边一个凭吊者满脸悲伤。突然间，他恍然大悟，命运从一开始就注定他是一个普普通通的人,生活平淡无奇,枯燥无趣,没有任何办法能够逆转自己的命运。他意识到,那头野兽正从他生活的丛林中向他扑来。"他两眼一黑……恍惚中本能地转身避让,随即脸朝下,一下子趴到坟墓上。"故事至此结束。

根据詹姆斯的生平记载,意大利女作家康斯坦丝·费尼莫尔·伍尔森对他情有独钟,但他始终没有回应。暗恋无果的她伤心不已,抱怨他少了那颗心,并以此为提纲,打算写一篇小说,取名《丛林野兽》,可尚未动笔,她就自杀了。深感内疚的詹姆斯,多年后以此提纲为思路,采用同样的书名写出了这篇小说。他这么做,一方面是为了帮助伍尔森完成一桩心愿,另一方面也是以此表达对她的怀念,表现他对她的那颗心。由此可见,该小说也具有鲜明的自传色彩。渴望拥有一次荡气回肠的人生经历,以弥补自己生活平淡无奇的缺憾,这是马切的期待,又何尝不是詹姆斯的奢望呢?马切终身未娶,或许从未享受过令人陶醉的男女情爱,一生只知道写小说,生活自然单调乏味、孤寂难耐,詹姆斯的生活不正是如此吗?由此可见,小说发表后,人们一直认为,詹姆斯是在借此解读自己的人生。从他的解读中,我们发现,詹姆斯对自己的人生并不是很满意,多有遗憾。他一直在等待那件大事发生,但始终未能如愿,而且那件事到底是什么,他自始至终也没有说明。这样的悬念极大地提升了小说的吸引力,引起人们从不同的角度进行解读。

《丛林野兽》是詹姆斯优秀作品的代表,也是其创作风格的典范之作。小说通过大量心理描写,准确、生动地展示了男主人公复杂的内心活动和丰富的思想情感。作者运用大量的内心独白,并相应地采用了冗长、复杂的句子结构,丰富多样的修辞手法,将"可怜而敏感的"马切先生的形象刻画得入木三分。这些手法都是詹姆斯作品最突出的特色。此外,他还采用对比手法,将马切的孤独、空虚、自私、冷酷、终日沉浸在自己的世界里,与梅充满爱心、同情心、善于关心他人,进行对照描写,使他们的性格更加鲜明,小说更具艺术感染力。此外,作者采用模糊、不确定的手法描写那件大事,一方面是吊足了读者的胃口,另一方面,也是更重要的一点,展现出一定的后现代主义小说的艺术性,因为模糊性、不确定性是后现代主义小说创作的基本特征。从这个意义上讲,该小说具有较强的艺术实验性质,表明詹姆斯的创作思想和创作艺术已经远远超越了自己的时代。

《出生地》是一篇讽刺小说。作者通过嘲讽人们对莎士比亚的盲目崇拜，表现他对莎士比亚戏剧作者身份的怀疑。莫里斯·格奇原是英国一家地方图书馆的馆员，他谋到了一份令人羡慕的工作——到一位英国著名诗人的故居当管理员。作者虽然没有直接提及莎士比亚的名字，只是说那是"英语民族最神圣的麦加"，但读者一看便知，这是莎士比亚的出生地斯特拉斯福。格奇到岗后，每天都是精神饱满、滔滔不绝地向游客介绍莎士比亚的生平和创作。然而，老板批评他学究、迂腐，要他想方设法，把这个"麦加"变成一个商业化的场所，引导游客不停地消费，以增加旅游收入。为此，格奇感到有些厌烦，妻子也觉得很不开心，但是他不得不按照老板的要求去做。他一改以前的方法，采用戏仿的形式，专讲趣闻轶事，甚至编造故事娱乐游客。游客很是喜欢，客流量明显增加，收入也随之增加。老板十分开心，给他涨了工资。小说采用批判的口吻，批评以老板为代表的利益追逐者，把丰富的文化遗产当成自己敛财的摇钱树。同时，作者还用戏谑的方式，讽刺许多人热衷于走访名人故居，崇拜名家，却不愿意阅读他们的作品。游客们喜欢的是那些轻松愉快的故事、轶事，对作家的生平、创作兴趣索然。

《快乐的角落》是一篇鬼怪小说，与《螺丝在旋紧》齐名，经常被编入各种小说集。该作品也具有明显的自传色彩。斯宾塞·布赖顿侨居海外30年后回到纽约，家里老房子已经破败不堪，人们想拆掉盖公寓楼，他表示同意。他在老房子里度过了愉快的童年，称它是"快乐的角落"，一直怀有深厚的感情和许多美好的回忆。拆迁前，他连夜跑去看最后一眼。站在那里，他思绪万千，觉得自己当初要是不放弃从商、不去海外漂泊、不去追求那种安逸的从文生活，那么今天的他有可能是一名腰缠万贯的成功商人。与此同时，他相信自己的另一个自我，即魂灵，此刻也在老房子里游荡。果不其然，他与自己的魂灵相遇了，随后便失去了意识。醒来后，他发现自己躺在女友爱丽丝的大腿上。原来，爱丽丝感到他可能有危险，便到老房子里找他。爱丽丝告诉他，他的魂灵很可怜，遭受了很多磨难，两根手指也断了。尽管如此，爱丽丝还是拥抱他、接受他。

每个人一生都会拥有许多不同的机会和人生道路可以选择。但是，无论机会怎样多，也不论进行怎样的选择，一个人一生只能过一种生活。那些没有被选择的生活可能会有各种结果，也许更灿烂、更辉煌。这篇小说描写的正是"没有过的生活"，一种主人公可以选、但最终放弃的生活。显而易见，布赖顿实际上就是詹姆斯本人的化身，是他艺术性的再现，其经历和他的几乎毫无二致。而魂灵断指则暗示，主人公一生艰辛，多有不幸。正因如此,他想象当年没有选择的那种生活究竟是一幅怎样的情景,间接地表达了对自己所选生活的不满、后悔、遗憾。这也是詹姆斯自己的感受。这种感觉许多人都有,因而很容易引起共鸣,这恰恰是小说广受欢迎的重要原因之一。该小说非常成功,可创作过程却十分简单。一天夜里,作者躺在床上,可一丝睡意也没有,思维十分活跃,一个清晰的小说素材和轮廓突然浮现在眼前。他当即记下。随后,他运用充满悬念和恐怖特质的哥特式叙事风格,结合上述人们普遍关注的主题,创作出了这篇"神奇的杰作"。

　　现实主义是 19 世纪美国文学的主要流派。亨利·詹姆斯和豪威尔斯、马克·吐温并称这一流派的三大倡导者和代表者,为美国现实主义文学的发展作出了杰出贡献。然而,詹姆斯从未像其他两位那样,享受过作品畅销的快乐,即使和美国文学史上其他名家相比,他的作品也始终未能拥有大量的读者。其主要原因是作品行文复杂,心理描写过多。无论是在内容、形式上,还是在风格上,习惯于阅读传统文学作品的读者往往都会望而却步。即便是开卷阅读,他们也常常半途而废。詹姆斯明知普通读者不大能够接受这种风格,却依然不离不弃,坚守特色。在采用现实主义元素的同时,他积极尝试现代主义甚至后现代主义的创作技巧,如心理分析、存在主义、荒诞主义等。对于现代主义核心的创作手法——心理分析,詹姆斯在理论和实践上都进行了大量探索,既极大地丰富了现实主义文学,又开创了现代主义小说的先河,为美国文学开辟了一个新的、广阔的空间,获得了具有远见卓识的评论家们的高度评价,被誉为"艺术大师"。他对许多作家,如康拉德(Joseph Conrad,1857—1924)、菲茨杰拉德等,都直接或间接地产生了重要影响。詹姆斯的作品超越了时代,具有很强的前瞻性,能够经得起时间的考验。随着现代主义文学的不断发展,他的作品越来越受重视,拥有的读者也越来越多,尤其是从第二次世界大战开始,其受欢迎程度日渐提高。

　　利昂·伊德尔在总结詹姆斯中、短篇小说创作时曾经指出,詹姆斯"是一位关注社会风气的历史学家、一位擅于分析的心理学家、一位品德高尚的思想家、一位思想深刻的道德家,将他'小小的圆镜头'对准各种经历,在展示过程中不断发展、变化着自己的创作风格"①。这句话堪称是对

---

　　① Leon Edel, "The Tels," *Henry James: Twentieth Century Views*, ed. Leon Edel. New York: Prentice Hall, 1963, p.178.

詹姆斯创作的完美总结。正是因为自己孜孜不倦地发展、丰富创作风格，詹姆斯最终成为一名享誉世界的小说艺术大师。

第四节

凯特·肖班：美国女性主义小说的先驱

19世纪的美国，女性作家的创作十分活跃，涌现出了一批才华横溢、女性意识高涨、创作视角独特、创作手法细腻的作家。她们共同努力，在美国文坛上开创了划时代的女性文学变革，在被男性作家霸占的文坛上挤占了一席之地，成为19世纪美国文学的一道独特而亮丽的风景。这批作家从禁锢女性的传统道德、世俗偏见中觉醒，走出家庭，开始追求女性的自身价值。在这些思想超前的作家中，小说家肖班无疑是杰出的代表。她超越时代的思想、倡导女性意识的努力、悖逆传统道德的创作内容、挑战男权和霸权的行为、勇于创新的创作视角，使她成为当时文坛上一位备受争议的作家，其文学命运因此一波三折。作为一名女性作家，她对同时代女性命运有着深刻而独特的思考，对女性的痛苦和困惑有着切身的感受。她将这种思考和感受诉诸笔端，集中描写女性的命运，十分细腻、生动地展示了19世纪美国女性的不幸遭遇，有力地唤起了广大女性的女性意识，并因此成为美国女性文学的先驱，也是美国文学史上最著名的女性文学作家之一，尤其是在20世纪60年代美国女权主义运动风起云涌的时候，她更是受到了前所未有的追捧和拥戴，一跃成为美国文学史上一流的女性主义作家。肖班去世后，人们给予了她高度评价，美国文学史学家弗雷德·L·帕蒂（Fred L. Pattee，1863—1950）就赞美说："肖班的作品，有些可以和法国、甚至美国最优秀的作品相媲美。她拥有一种与生俱来的、高超的叙事本领，堪称天才。"①

---

① Fred Lewis Pattee, *A History of American Literature Since 1870*. Cambridge, Massachusetts: Harvard University Press, 1915, p.364.

生平传略与创作成就

凯特·肖班,原名凯瑟琳·奥弗莱厄蒂(Catherine O'Flaherty),出生在密苏里州圣路易斯市一个殷实的商人家庭。父亲托马斯·奥弗莱厄蒂是爱尔兰人,母亲伊莱扎·法里斯是法国人。父亲经商有道,生意红火,为家人提供了舒适的生活。母亲喜欢社交,对上流社会生活很是向往。凯特兄弟姐妹五个,她排行老三。然而,其他四个孩子不是早年夭折,就是刚过20岁就离开了人世,因此她是家里唯一一个活过25岁的孩子。凯特从父亲身上学到了不少良好的品德和个性,头脑冷静,充满活力和睿智,凡事自力更生。父亲是她生命中对她产生重要影响的第一个人,热情鼓励她追求知识和理想。不幸的是,1855年,凯特年仅五岁的时候,父亲参加一列火车的首运仪式,因桥梁坍塌而不幸罹难。父亲去世后,除了她,家里剩下的全是守寡的女人,母亲、外祖母和曾外祖母都是如此。曾外祖母受过良好教育,知识丰富,给凯特讲述了许多有关法国人恋爱、婚姻的故事,主题涉及自由、道德、欲望等,具有很高的文化品位和强烈的自由气息。这些在当时的美国人身上十分鲜见,因而新颖、别致,给凯特留下了非常深刻的印象。同时,曾外祖母还通过讲述故事向她传授许多叙事技巧,对她日后的小说创作起到了很大的帮助作用。凯特与家中的三位长辈女性建立了亲密无间的关系。这种独特的家庭环境大大地强化了凯特的女性意识,练就了独立、自主的个性,也使她免受父权、男权的压制,对她发展独立、完整的女性心智起到了积极作用,为她后来成为一个充满女性意识的女作家产生了不容小觑的影响。

1860年,凯特进入圣路易斯的天主教会圣心学院读书。在那里,她对音乐、文学和创作表现出浓厚的兴趣。此后,她踏入社会,成为圣路易斯闻名遐迩、人见人爱的美女。凯特不仅天生丽质、气质过人,而且极具书卷气、极富文学修养。她喜爱读书,不论是经典小说、诗歌,还是神话故事、宗教寓言等,她都爱不释手,尤其是莫泊桑的小说,她尤为痴迷。她有过人的语言天赋,能够说一口流利的法语和德语,而且阅读的欧洲文学名著都是原文。这一良好的习惯给她打下了扎实的文学功底,同时,大量的阅读还有力地提高了她独立思考的能力,增强了她的女性自主和独立意识。1870年,20岁的凯特嫁给了25岁的奥斯卡·肖班,定居新奥尔良。在去欧洲度蜜月的途中,她在纽约遇到了美国争取妇女选举权运动领袖、思想激进的女权主义者、后来成为美国总统候选人的维多利亚·克拉夫林（Victoria Claflin），即维多利亚·伍德哈尔（Victoria Woodhull，1838—1927）。她忠告肖班："不要像大多数已婚女子那样陷入那种毫无价值、降低自我的家庭生活中。"[①]这番忠告对肖班产生了不小的震动和影响，所以在做贤妻良母的同时，她也很注重保持自己独立的女性主义意识。丈夫对她也十分尊重，给予了她巨大的自由空间，任其发展自己的兴趣爱好和人生追求，支持和鼓励她发扬女性主义的意识。在丈夫的眼中，她是一位十分独特的女性，具有强烈的求知欲望。而肖班本人也确实表现出与一般女性的巨大不同。她思想自由、开放，行为独立、另类，穿着新潮、怪异，不喜欢因循守旧，与传统格格不入，讨厌清规戒律，尤其是针对女人的种种限制和约束，其思想和行为远远超出了时代，是一个性格鲜明的新女性。为了表现自己的另类，她学会了抽烟。在 19 世纪，女人抽烟是很罕见的，尤其是在中产阶级当中，这种行为被认为是放荡的表现。这一切从一个侧面清晰地表明，肖班是个卓尔不群、敢想敢做、思想开放的新女性。这种个性对她此后的小说创作产生了深远影响。

　　肖班夫妇一共生了六个孩子，凯特不得不承担社会赋予她的繁重的相夫教子任务。丈夫是经营棉花生意的商人。1879 年生意失败后，全家搬到克劳蒂尔维尔小镇，经营种植园和杂货店。肖班夫妇是社区活动的积极分子，凯特从中吸取了大量素材，尤其是路易斯安那州独特的克里奥尔（Creole）文化，对她后来的小说创作产生了很好的帮助作用。克里奥尔起先是指当地的法国殖民者后裔，后来指涉所有带有法国血统的人，尤其是混血儿。凯特对克里奥尔文化兴趣盎然，主要是受其母亲等人的影响所致，因为她的母亲是法国人。路易斯安那州的纳契托什是法国人的聚集地，是他们在美国的家乡。除了他们，那里还有大量的黑奴。这是个黑人和白人混居的地方，降生了许多混血儿。克里奥尔人是当时美国南方社会贵族阶层的代表，是那里的奴隶主的象征，他们与那儿庄园上的黑奴们形成了鲜明对比。肖班后来在小说中通过这种令人目眩的黑白对比，不仅清晰地呈现了有着天壤之别的黑白世界，而且还无情地展示了种族主义撕裂黑白民族、导致一幕又一幕悲剧的残酷画面。

　　1882 年，凯特的丈夫像她父亲一样，也英年早逝。这一重大变故一下子将她推入了痛苦的深渊，致使她几乎没能摆脱丧夫之痛，其文学创作也

[①]　Tonette Bond Inge，"Kate Chopin，" *Dictionary of Literary Biography*，Vol.78，ed. Bobby Ellen Kimbel. Detroit：Gale Research Inc.，1989，p.90.

深受影响。丈夫不仅突然去世,而且还给肖班留下了 1.2 万美元(相当于今天 25 万美元)的巨额外债。痛苦的肖班瞬间感受到了生活的巨大压力。她不仅要独自抚养那么多的孩子,还要偿还那么高的债务。万般无奈之下,她不得不接手丈夫的生意,整天与男人们打交道。在当时的美国,对一个家庭妇女来说,要在外面像男人一样打拼、做生意养家糊口,是不小的挑战,实属不易。孤独、挫败的她与一个有妇之夫发生了婚外情。当然,从另一个角度讲,生活的磨砺同时也极大地增强了凯特的独立意识和女权思想,对她认识自我、认识人生价值起到了很好的帮助作用,对她后来的文学创作也产生了非常积极的影响。不过,尽管她倾其全力,但依然感到力不从心,无法经营好丈夫的生意。于是两年后她将之变卖,在母亲的一再要求下带着六个孩子搬回圣路易斯,住到了母亲身边。

不久,她的母亲也离开了人世。一连串的打击将肖班打入痛苦的深渊。就在这艰难时刻,弗雷德里克·科尔本海尔给她指明了人生的方向。科尔本海尔是她的产科医生、也是他们家多年的好友,同时还是一个知识渊博、思想激进的人。在此前的通信中,他发现肖班文学功底深厚,写作能力超群。于是,他建议她不妨通过文学创作排解痛苦,激发自己内心潜在的生活激情,走出艰难岁月;同时创作还可以带来收入,缓解家里的生活窘境。这个建议对肖班启发很大。经过认真思考,她感到写作确实是自己的兴趣所在,也确实可以使自己尽快摆脱痛苦、振作精神,并且还能养家糊口。于是,她在 1888 年开始尝试文学创作。次年夏天,她发表了两则短篇小说《比神聪明》("Wiser than God", 1889)和《争论》("A Point at Issue", 1889),同时还尝试了散文和诗歌创作。1890 年,她发表了首部长篇小说《过错》(At Fault, 1890)。这部作品触及的都是当时人们在公开场合避之唯恐不及的内容,如酗酒、离婚、性爱以及强烈的女性意识等,同时还表现了南方日益紧张的种族关系。小说不仅内容令人瞠目,表现手法也十分大胆。这些题材以及手法成为肖班此后小说创作的主要特点,也是人们对她不断诟病的原因。作为第一部长篇小说,它虽然存在一些不足,但总体而言还是比较成功的,引起了文坛的注意。在这一成功的鼓舞下,肖班焕发出了巨大的创作激情,相继发表了许多脍炙人口的作品。在这些作品中,除了《过错》和 1899 年发表的、也是她最有名的长篇小说《觉醒》(The Awakening),绝大多数都是短篇小说,多达百篇。由此可见,肖班的文学成就主要表现在短篇小说上,她更是一名出色的短篇小说家。1889 年到 1902 年这十多年是肖班创作的辉煌时期,她在《大西洋月刊《哈泼斯杂志》等著名文学刊物上发表了大量短篇小说，其中有许多收录在《牛轭湖人》（*Bayou Folk*，1894）和《阿卡迪之夜》（*A Night in Arcadie*，1897）这两部最重要的短篇小说集里。1898 年，肖班还打算出版第三部短篇小说集《职业和声音》（*A Vocation and a Voice*），但由于读者对《觉醒》指责不断，出版商不敢再贸然出版新作。1969 年，路易斯安那州立大学出版社出版《肖班全集》（*The Complete Works of Kate Chopin*），共两卷，收录了肖班创作的所有作品。在她众多的短篇小说中，不乏大量脍炙人口的作品，比如《黛希丽的婴儿》（"Désirée's Baby"，1893）、《一个正派的女人》（"A Respectable Woman"，1894）、《一个小时的故事》（"The Story of an Hour"，1894）、《一双长筒丝袜》（"A Pair of Silk Stockings"，1897）、《暴风》（"The Storm"，1898）等。这些小说大多都以路易斯安那州为背景，描写的人物也基本都是那儿的中上层人士。

尽管肖班一生创作了许多作品，但从经济角度来说，她并没有靠写作赚到很多钱。她生活的主要来源还是她在路易斯安那和圣路易斯的投资所得。1904 年，肖班因脑出血离开了人世，年仅 54 岁。

创作思想及艺术风格

凯特·肖班的生活空间主要是在南方的密苏里州圣路易斯和路易斯安那州。南方特殊的历史和灿烂的文化以及牧歌式的自然环境，在她的内心世界和思想意识中打下了深深的烙印，使她的创作不可避免地带有浓郁的地方色彩。肖班一生波澜起伏，尝遍人生酸甜苦辣。父亲的人生启蒙与积极引导、父母不同文化背景的熏陶、家中接二连三发生的不幸变故、三个女人的精心呵护与教育，这一切无不帮助她练就了一种敏锐的洞察力，使她对社会有了深入的认识，对人生有了深刻的了解，同时也对她的文学创作产生了巨大影响。独特的生活环境和人生经历促使她格外关注女性在家庭和社会中的地位与命运，关心女性的喜怒哀乐，了解她们的困难和需要，抒发她们的感情需求，展示她们的所思所想，尤其是展现她们的思想情怀、人生追求和女性的独立、平等意识。这些关注点成了她在小说中不断探索的重要主题。同时，她还十分关注同样饱受不平等之苦的黑人奴隶，对黑人无法享受起码的尊严、独立、平等与自由，感到十分同情与愤懑。

恋爱、婚姻、家庭在肖班的生活中占有重要地位，她对此十分关注，尤其是女性在其中所扮演的角色以及所经受的各种酸甜苦辣。在她看来，人与人是不同的,不同人之间缔结的爱情、婚姻和家庭也各不相同。因此,爱情、婚姻、家庭的表现形式和内容也是千差万别的,绝不可能只是一种模式,更不可能像马戈·卡利(Margo Culley)在《凯特·肖班:觉醒》(*Kate Chopin: The Awakening*,1994)一书中所说的"家是女人的中心,不管这个家是金窝还是狗窝,她所有的情感都应该以此为核心"①。在肖班看来,女人应该拥有恋爱、婚姻、家庭,但这些不是女人生活的全部,除此之外,女人还应该拥有更广阔的天地,更宽广的视野,有自己独立的思考和追求,在事业上有一番作为。她认为,作为一名妻子、母亲,女人不该只是相夫教子,甘心当一名家庭妇女。当然,她也不赞成女性完全放弃婚姻、家庭而一味地追求自己的事业,追求经济独立。一个成熟的、有思想的女人,既要努力扮演好自己在爱情、婚姻、家庭中的角色,也要设法在事业上有所追求,最起码要尝试处理好两者之间的关系。

肖班对自然主义比较感兴趣,非常关注遗传和生物因素对人的思想行为的影响,尤其关注社会和生物力量对女性思想行为的影响。她喜欢探讨、发掘人们追求幸福的内在潜力和动力,尤其是追求恋爱、婚姻中幸福的潜力与动力,同时警示人们不要沉溺于幻想的生活,尤其是幻想中的幸福爱情与婚姻。她尤为关心人的内心世界,塑造人物时总是将人物的内心活动、自我意识、自我认知、自我觉醒放在最突出的位置,自始至终都在表现这种心路历程。因此,她在小说中总是不遗余力地表现人物的内心冲突。这些冲突也非常有力地烘托了人物形象。这些特征无论是在《牛轭湖人》和《阿卡迪之夜》中还是在她其他的短篇故事里都异常醒目,成为其小说的一大特色。在展现人物内心世界时,肖班借助各种手法,比如地理环境、风景等,同时通过极具地方色彩的背景描写,表现南方民众的内心情感和痛楚,进而揭示人类共有的内心冲突。为了获得真实、可信的效果,肖班采用如实客观、不加评论、不夹杂个人倾向的手法,将人物的思想情感娓娓道来。被标签为地方色彩作家的肖班,通过这一系列手法,为南部的人物、环境、事件等附上了一种全人类的特质,其作品既具有地方特色,又拥有人类的共性。肖班的小说因此独具特色,别具魅力,深受人们欢迎。

肖班对莫泊桑推崇备至,非常喜欢阅读他的小说,莫泊桑的创作风格不知不觉间对她产生了深刻的影响,其创作思想、创作方法、创作主题、甚

---

① Margo Culley,*Kate Chopin: The Awakening*. New York:University of Massachusetts at Amherst,1994,p.122.

至是创作灵感，有许多都源于这位短篇小说大师。她感叹："他的小说都是真实的生活，不是虚构的故事……他不因循守旧，不相信什么权威，他进入自我世界，通过自己，通过自己的一双眼睛，用简单明了、直截了当的方法，向我们叙述他的所见所闻。"[①]在他的影响下，肖班追求真实的现实主义创作风格，运用通俗易懂的写作手法，直言不讳地大胆描写如婚外情、女性的不忠、性爱等被认为是大逆不道的问题。肖班虽然深受莫泊桑的影响，但她并没有克隆其创作风格，而是通过自己独立的思考和新颖的见解，创作出了属于自己的、独树一帜的艺术风格，即客观的心理现实主义表现手法以及简约明快、前后呼应的创作方法。她非常注重人物形象的塑造，其笔下的人物血肉丰满、鲜活灵动，无不给读者留下深刻印象。她在作品中从不发表空洞的道德说教。作为一名有思想的女小说家，她敏锐地发现，作为一名男性作家，莫泊桑在作品中不自觉地表现出男子主义和父权思想。肖班在自己的作品中坚决摒弃这一点，十分清晰、明确地发出了女性的最强音，表现出鲜明的女性主义思想和倾向。

由于创作手法简约明快，肖班的作品往往是一气呵成的。她认为，一篇动人的优秀小说，应该不加修饰，这样才能原汁原味地体现出作者创作的原貌和初衷，才能最好地反映作者最真实的思想。在这种创作理念的指导下，肖班创作小说向来是速战速决。从这个意义上讲，写小说对她而言是一件"轻而易举"的事。她的创作常常是这样进行的：一旦灵感闪现，她立刻跑到客厅里，拿起一块板放到膝盖上，提笔就写，一气呵成，不管孩子们在周围怎么吵闹，她都能集中注意力。正是这个缘故，她创作速度惊人，常常一天就能写出一篇小说，最终写出了百余篇。

肖班崇尚创作的自然性。她认为，一个作家不要为了创作而去搜肠刮肚，拼命从脑子里挤出什么灵感来，不要去精心构思、酝酿、设计、策划，对创作素材或内容也不要去刻意挑选，而是要顺其自然，头脑里出现什么就写什么。她指出："我的选择完全都是无意识的，只有这样才是最真实的，而若要进行所谓的修饰、润色，对我的创作来说简直就是一场灾难。我从来不这么做，我喜欢原汁原味，不喜欢矫揉造作。"[②]在这种思想的指导下创作，肖班经常能够找到恰当的形式，合适的词句表达自己如泉涌般

---

① Jane Le Marquand，"Kate Chopin as Feminist: Subverting the French Androcentric Influence," *Deep South* 2，1996，p.15.

② George Perkins & Barbara Perkins, eds., *The American Tradition in Literature*. Boston: McGraw-Hill College, 1999, p.650.

的思想,作品读起来十分灵动、自然、流畅。这些独特的创作思想和艺术风格在她的短篇小说创作中一览无余,其作品因而能够永远保持一种独特的个性和艺术魅力,对读者始终具有吸引力,成为美国短篇小说史上不可多得的杰作。

肖班在 19 世纪八九十年代翻译了大量莫泊桑的小说。在翻译过程中,莫泊桑的创作风格对她产生了深刻影响。正是由于这些影响,她在诸如作品主题、结构等方面改变了自己的创作风格。渐渐地,她从自己擅长的地方色彩、从自己熟悉的南方主题中走了出来,采用更为复杂的艺术形式、更具普遍意义的主题,表现人类的共同感受。由于她锲而不舍的努力,她笔下的女主人公们不再是男性主宰的世界中任人摆布的客体,而是独立于男性的主体,尤其是在精神和思想层面,其鲜明的女性主义一目了然。由于深受莫泊桑等法国作家的影响,再加上谙熟法语,创作时她喜欢穿插大量的法语词句,为作品平添了一丝异国情调。

肖班因在作品中大量描写性爱而饱受诟病。其实,她对这个问题的认识,同样受到了莫泊桑的影响。莫泊桑承认性爱、正视性爱、歌颂性爱,认为性爱是人类生活中最重要的内容之一,是激发人的创造力的重要手段。他关注婚姻、家庭、女性角色,关心性爱,并在作品中进行大量而充分的探讨,其力度超越了一般文学作品对性爱的表现,莫泊桑因而也成为探索这类问题的著名小说家。他对性爱的态度以及表现手法对肖班影响甚深,使得肖班像他一样,在小说中对此也进行了大胆的描写。与莫泊桑不同的是,在表现这类问题时,肖班在字里行间极力反对大男子主义,坚决批判父权和夫权思想,充分张扬女性的自我独立意识和自身价值,将女性由性爱中的被动者转变为主动者,颠覆男性长期以来对女性的束缚、控制和摆布。尽管如此,由于对性爱描写过度,她在思想保守的 19 世纪不可避免地受到了世人的指责。

在肖班生活的时代,女权主义思想已经开始萌芽。她在作品中表现出强烈的女性主义意识,有不少人据此认为她是一个女权主义者,比如简·勒·马康(Jane Le Marquand)。她指出:"肖班为女性赋予了个人身份和自我感,并让其发出声音,从而颠覆了父权制。她在小说中强力挑战男人为女人所建构的'正式'身份,并彻底进行颠覆。"[①]因此,她认为肖班

----

① Jane Le Marquand, "Kate Chopin as Feminist: Subverting the French Androcentric Influence," *Deep South* 2, 1996, p.27.

是个典型的女权主义者。然而，肖班的孙子大卫·肖班并不同意这一看法。他说："凯特既不是一个女权主义者，也不是一个妇女参政论者，这是她亲口这么说的。然而，对待妇女问题她却十分严肃，对妇女出色的能力毫不怀疑。"[①]正因如此，对妇女权益、性等人们当时讳莫如深的话题，她敢于大胆探讨，这在19世纪的美国女作家中是难得一见的。

短篇小说创作

凯特·肖班早在少女时代就对短篇小说产生了浓厚兴趣，而且这一兴趣毕生不减。19岁时，她写出《解放：生活寓言》（"Emancipation：A Life Fable", 1963）。这是人们迄今发现的肖班最早的短篇小说，后人将此收入《肖班全集》。这篇处女作虽然十分稚嫩，但触及的却是肖班毕生关注的重要内容，也是她后来在小说中反复探讨的突出主题。小说的主角是一只长期被关在笼子里的动物。一天，笼子意外打开，动物立刻跑了出来。它顿时感受到，外面的世界是多么的无拘无束、自由自在。虽然在外面没有人定时给它供食，时常要遭受饥饿和寒冷的折磨，但是它依然感到自由更珍贵，宁愿忍饥挨饿也不愿回到没有自由的笼子里。显然，这是一篇寓言小说，热情歌颂自由的可贵，为了自由，尤其是精神上的自由，哪怕付出代价，也在所不惜。翻阅肖班的优秀小说，我们发现，没有一部不是通过这样或那样的形式在表现人们（尤其是女人们）孜孜追求这种精神上的自由与解放。这是她小说最重要的主题。

这些主题在小说集《牛轭湖人》里均有不同程度的表现。该集共收录23则短篇小说和札记，均创作于1891至1893年期间，都是以路易斯安那为背景。在这里，作者沿袭自己的一贯风格，注重人物的心理描写。小说集一出版就迎来不断的喝彩，评论界忙于推荐，读者纷纷购阅，一时间肖班成了一名炙手可热、闻名遐迩的新锐女作家。该集收录了许多优秀之作，比如《帕拉杰夫人》（"Ma'ame Pélagie", 1893）、《塞莱斯坦夫人离婚》（"Madame Célestin's Divorce", 1893）、《黛希丽的婴儿》等。

在人物心理描写方面，《帕拉杰夫人》堪称作者早期作品中的上乘之作。小说描写的是终日沉浸在幻想中的女主人公内心所经历的种种困惑和煎熬。菲利普·瓦尔米特的大女儿虽然还待字闺中，但人们都称她为

---

① *Kate Chopin: A Re-Awakening*. "Interview：David Chopin，Kate's Grandson，" 14 March，2008. http://www.pbs.org/katechopin/interviews.html.

帕拉杰夫人,因为她将自己嫁给了一个无法实现的梦想,即决心把家里的房子重新变成南北战争前那种金碧辉煌的样子。为此她节衣缩食,将每一分钱都存起来。她还说服身体虚弱的小妹妹保利娜加入她的行列,和她一起实现这个梦想。她甚至还想把哥哥的女儿帕蒂特也拉进来。帕蒂特虽然年纪不大,但聪明伶俐,清楚地看出帕拉杰夫人的梦想纯属黄粱美梦,因而拒绝加入。帕拉杰夫人终日沉浸在对过去种种的梦想和幻觉中,无法回到现实,也无力品尝现实生活的快乐与幸福,即便后来放弃梦想,准备走出过去的影子,她也没能回到现实生活中。帕拉杰夫人之所以念念不忘南北战争前的时光,是因为那时候她是一个楚楚动人的少女,充满着青春的活力与朝气,享受着无限美好的生活。

小说给人留下的深刻印象是心理描写。在描写女主人公的梦想和幻觉时,作者深入其内心世界,生动、逼真地展现其微妙的心理活动和思想情感,细腻、真实、可信。文中没有提及母亲,帕拉杰夫人显然担负着母亲的责任,负责照料自己深爱的妹妹保利娜。心理描写主要是围绕帕拉杰夫人如何努力实现梦想、怎样照料羸弱的保利娜、处理两者之间的冲突等,情节引人入胜,人物形象也栩栩如生。这一切大大地增强了小说的可读性和吸引力。

《塞莱斯坦夫人离婚》也是一篇上乘之作,其主题是作者惯常探讨的女性独立。主人公塞莱斯坦夫人是两个孩子的母亲,一个酒鬼的妻子。丈夫不仅一事无成,而且还对她施家暴,常常撇下她和孩子离家出走,连续数月不归。饱受家庭痛苦的她得不到温情和呵护,渐渐地对律师帕克斯顿产生了好感,主动对他示好。律师也鼓励她和丈夫离婚。律师和读者都深信,她一定会这么做的,因为她有思想、有主见、富有独立精神。她吃苦耐劳,性格坚毅,独自抚养两个孩子。她还是一个大胆追求美的女人,热爱生活,对生活充满了激情。人们一直在期待她离婚,可她始终没有,因为她丈夫重新回到了她的身边,并向她保证痛改前非,开始新生活。同时,她内心里还是爱丈夫的。因此,她对律师说:“别再想离婚的事了。”整篇小说以女主人公是否会离婚为主线,塑造了一个性格鲜明、敢爱敢恨、敢于担当、有血有肉的女性形象,在一定程度上体现了作者本人的性格特征。她独自一人苦苦支撑家庭时向律师示好,更是现实生活中肖班的翻版。肖班在丈夫去世后独自艰难地支撑家庭时,也曾向其他男人寻求情感依托。从这个意义上讲,塞莱斯坦夫人是肖班的艺术再现。小说洋溢着欢快的气氛,读起来轻松、愉悦。

《牛轭湖人》中最优秀的代表作当推《黛希丽的婴儿》，发表以来，不断地被收录到不同的文集中，深受评论家和读者的好评。小说虽然篇幅短小，但涉及的主题却十分丰富，比如爱情、婚姻、种族、遗传等，这些都是肖班十分关注的。故事发生在南北战争前的南方路易斯安那州。在那个奴隶制盛行的年代，主人公黛希丽约一个月大时遭父母丢弃，被好心的瓦尔蒙德发现，捡回家收养。瓦尔蒙德夫妇无儿无女，他们觉得这是上帝馈赠的礼物，因此视黛希丽为亲生女儿、掌上明珠，精心培养、小心呵护、疼爱。长大后，黛希丽出落成亭亭玉立的美丽姑娘，引来无数小伙子的追求。富家子弟、奴隶主阿尔芒对她更是一见倾心、狂热追求。虽然瓦尔蒙德夫人告诉了他黛希丽的不幸身世，但他毫不介意，依然痴心不改，一心要娶她为妻。阿尔芒性情冲动，其感情狂热到了有些残酷的地步，正如文中所描绘的那样："那一天，他在门口看到她［黛希丽］时，内心的热情一下子就爆发了出来，那力量犹如雪崩，好似草原大火，锐不可当，任何艰难险阻都会被夷为平地。"在他的强力追求下，黛希丽嫁给了她。婚后，两个人相亲相爱，黛希丽不久便生下一名男婴。孩子长到三岁时，他们惊讶地发现，孩子的肤色变成了混血儿的模样。阿尔芒如遭五雷轰顶，顿时感到黛希丽无情地欺骗、背叛了他，玷污了他们家的名声。他对黛希丽炽热的爱瞬间化为强烈的恨，转而想方设法对她进行折磨、报复。无法忍受的黛希丽只好带着幼子离家出走。阿尔芒把她和孩子的东西全部翻了出来，一把火烧为灰烬，包括婚前他写给她的那些情书。然而，在翻找这些信时，他发现一封母亲当年写给他父亲的情书。他八岁时，母亲就离开了人世。在信中，他母亲写道："我日日夜夜都在感谢上帝，感谢他如此精心地安排我们的生活，使得我们亲爱的阿尔芒永远也不会知道，疼爱他的妈妈属于那个有着该死的奴隶制标志的种族。"原来，有着黑人血统的不是黛希丽，而是阿尔芒他自己。这样的结果实在是讽刺，完全出乎阿尔芒的意料，也超出了读者的想象。这样的结尾与欧·亨利的小说有着十分相似之处，读后令人回味无穷。

19世纪中叶的现实主义作家们十分关注社会和经济的矛盾与冲突，关心婚姻和家庭。该小说便是突出代表。作者通过第三人称，向读者展示了南方当时的社会画面和家庭景象，探讨了爱情、种族压迫、偏见等。肖班在作品中探讨的主题，有许多在那个时代都是耸人听闻的，令绝大多数人无法接受，比如女性的身份问题。在《黛希丽的婴儿》中，这是一个核心问题。黛希丽自始至终都没有属于自己的身份。开始时，她是个弃婴，无名无姓；被人收养后，跟随养父姓；结婚后，又随丈夫姓。作为个体的人，尤其是一个女人，她没有自己的身份。在以阿尔芒为代表的男人统治一切的社会里，黛希丽要想拥有一个属于自己的真实身份，是十分艰难的。这是肖班在这里所要揭示的重要信息，体现出她强烈的女性主义意识。

小说还通过阿尔芒这一形象，无情地批判了奴隶制、男人的虚伪以及男权主义。阿尔芒是个奴隶主，专横、暴虐、刚愎自用，视黑奴为动物、为自己的私有财产，对他们抬手就打、张口就骂，十分严酷，是残酷奴隶主的典型代表。同时，肖班还对他作为一个男人的虚伪、对女性的压迫进行了无情的揭露。他狂热地追求黛希丽，表面上是因为爱，实际上是自己强烈的占有欲使然，使得黛希丽误以为自己幸运地嫁给了一个深爱自己的男人。这种虚伪的面具在黛希丽生下混血儿后立刻被撕得粉碎。阿尔芒无法接受妻子生了个混血儿的现实，想到以后"混血"妻子处处遭人歧视，他更是难以容忍。黛希丽非常无辜，本是丈夫的缘故，却遭到丈夫如此折磨。然而，那是个男人主宰的社会，女人没有选择的权利，只有服从男人，听命于丈夫。不幸而又无奈的她，只好带着孩子离开。显然，肖班是在强烈控诉男人对女人的不公，而女人犹如黑奴一样，没有自己的选择，更没有和男人一样的权利。

该小说极富艺术性，表现手法十分丰富。作者通过意象、象征、对比等不同手段，使得人物形象不仅十分鲜活、灵动，而且富有深度，同时也强化了作品的主题思想。为了凸显黑白民族的天壤之别，展现他们在社会阶层中的巨大差异，肖班对黑白两种不同颜色进行反复对比。除此之外，她还运用《圣经》中的意象将黛希丽与上帝相提并论，而把阿尔芒比作撒旦，将黑暗与邪恶、光明与善良并置一起，进行对比。她还通过自然灾害的意象，比如火，揭示一个人的感情如果太狂热又不加节制，其破坏力犹如自然灾害一般。阿尔芒就是典型的代表，正是他的疯狂给黛希丽造成了巨大不幸，给大家带来了悲剧性的结局。

肖班的小说充满了浓郁的南方地域色彩。然而，在表现南方社会和自然的过程中，肖班和其他知名的南方作家，比如萨拉·奥恩·朱伊特和福克纳等，却有着明显的不同。她没有沉浸在南方悠久的历史和传统中，而是着力展现当下的社会现实，将笔下的人物置于现实社会的背景下，表现他们的思想和行为。这篇小说就是这样的典型。同时，与作者的其他小说一样，该小说还充满了法国元素，比如主人公们不是法国移民，就是他们的后裔起法国人的名字、说法国的语言、在法国一直生活到若干岁等。这一切使得小说充满了浓郁的法兰西风味。而这种风味也是肖班小说别具一格的特色。

《阿卡迪之夜》是肖班创作的另一部比较有名的短篇小说集。与《牛轭湖人》一样，该集依然是以路易斯安那为背景，人物形象也是《牛轭湖人》中的那些类型，不过《阿卡迪之夜》展示人物心理世界的笔触更深入、更细腻，表现的人物内心冲突更激烈，塑造的人物更生动。全集共收录25则短篇，其中大多数写于1895年，优秀之作俯拾皆是，比如《一个正派的女人》。这篇小说同样短小精悍，但探讨的问题却是人们谈之色变的、极具争议性的，即一个人们公认为正派的女人，内心却躁动着与他人通奸的强烈欲望，而且更令人吃惊的是，这个女人的婚姻并非不幸福。故事发生在新奥尔良，女主人公巴罗达夫人"十分期待能够和丈夫促膝谈心一次"。在她的心目中，自己的丈夫也是自己的朋友，然而这种关系在一定程度上暗示他们之间的性爱关系比较乏味。一天，加斯顿邀请大学好友古弗奈尔到家中做客。巴罗达夫人经常听丈夫提起这个人，但从未见过面。当这位记者朋友如约来到他们家时，她立刻就被其深深吸引，内心萌发出强烈的性冲动，整个人变得魂不守舍。"她几乎搞不清楚他在说什么，此时的她完全被他的身体迷住了，脑子里想的不是他说的话，而是他那令人陶醉的音色。她想在夜色中伸出手，用敏感的指尖抚摸他的面颊或是嘴唇，和他紧紧地依偎在一起，对着他的脸窃窃私语……"面对如此难以抵御的诱惑，她在内心展开了激烈的思想斗争。这里的心理描写十分精彩，作者将一个处在性冲动中的女人复杂而丰富的内心活动，非常直接、真实地展现在读者面前，十分逼真、传神。随着情节的发展，这种逼真感愈加强烈。由于作风正派，巴罗达夫人竭力理性地克制着自己，否则恐怕真会随性而为。客人走后，她依然不能平息内心的躁动，要丈夫再次请他来做客。第一次邀请客人来时看到她脸上露出厌恶的神情，现在她居然主动邀请客人再次来访，丈夫十分惊喜，问她是不是不再厌恶了，她回答说："我一切都已经克服了！你就等着瞧吧，这次我会对他非常好。"这番话是双关语，她显然是决定不再克制自己，而是要按照内心的渴望去行动。小说最后，作者运用象征手法含蓄地表明，她这一次确实没有克制自己，没有再被"一个正派的女人"那种思想所束缚。晚上，她坐在屋外的一张长凳上，丈夫怕她着凉，叫古弗奈尔给她送去一条白色围巾。她接过后，并没有戴上，而是放在腿上。作者这么描写，同样带有深刻的寓意。

白色围巾象征着新娘的白色婚纱,象征着她在婚礼上的婚约誓言。她拒绝佩戴,显然是对自己的婚姻的一种拒绝,是自己追求独立、不愿再被束缚的一种象征。这篇小说是作者阐述自己追求女性独立和自由、抛弃传统道德习俗、追求精神与肉体幸福、摆脱男人束缚之思想的成功之作,表现出浓厚的女性主义思想和意识,堪称是该小说集中的典范之作。值得一提的是,在道德壁垒森严的19世纪,肖班居然通过女性涉足婚外情来表现女性的自我意识,展现女性追求内心的渴望,这样的勇气与魄力不能不令人肃然起敬。

《职业和声音》是肖班创作的第三部短篇小说集,收录了约二十余篇小说,基本上都是创作于1894年至1900年之间。与前两部小说集相比,该集的出版要曲折许多,先后两次遭到出版社的拒绝。随着时间的推移,人们越来越认识到该集中作品的魅力与价值,其中一些小说已经成为美国文学和世界短篇小说史上的精品,比如《一个小时的故事》《一双长筒丝袜》等,奠定了凯特·肖班作为一名重要作家在美国文学史上的牢固地位。

19世纪赋予妇女的角色就是"家中的天使",家庭是她们被圈定的唯一生活场所。至于社会角色,她们没有,更没有什么选举权和被选举权。她们生活在男人的掌控之中,没有独立、没有自我、没有自我身份。《一个小时的故事》集中表现的正是这样的主题思想。小说只有短短一千字左右,可以说是一篇微型小说,但它展现的主题却并不小,给读者带来的震撼也很大,在狭小的篇幅里,在短暂的一个小时里,作者展现了马拉德夫人内心世界经历跌宕起伏、大起大落的情感变化和人生体验。小说借助一系列始料未及的情节,将女主人公内心虚幻的自由和在现实中遭受的压抑、束缚进行了极致演绎,将一个女人的痛苦、期盼和对自由、独立的渴望,尤其是她刚刚享受到如释重负的快乐、旋即就跌回绝望的深渊,栩栩如生地呈现在读者面前,揭示了男权统治下妇女的人生是何等痛苦。

得知丈夫布兰特雷·马拉德在火车事故中遇难,据说患有心脏病的马拉德夫人"立刻疯狂而绝望地扑倒在姐姐的怀里泪如泉涌。当这暴风雨般的悲伤过去后,她独自回到自己的房间,不让任何人进来"。然而,稍稍平静后,她微微张开的双唇喃喃地重复道:"自由,自由,自由!"先前那种茫然的目光和恐惧的神色从她的眼里消失了。现在,"她的目光透着机敏,炯炯有神。她的心跳在加快,沸腾的热血温暖了身体的每一个部位,整个身心都完全放松了"。她情不自禁地感叹:"自由了!身心都自由了!"她感到:"在未来的岁月里,她不再为了别人而活着,而只为她自己。

那时，她不必再盲目地屈从于任何专横的意志。"她发现："人们总是相信他们〔男人〕有权把个人的意志强加于他人。无论其动机是善良的还是残酷的，她突然感到这种做法绝不亚于犯罪。"不知不觉间，她竟然感到自己像胜利女神一样，全身有一种从未体验过的轻松感。最后，她怀着对自由生活的无限憧憬，像"胜利女神"一般缓缓走出自己的房间。可就在这时，她听到有人正在用钥匙开门。门轻松地开了，赫然出现在大家面前的竟然是布兰特雷·马拉德！她的丈夫！他居然没有死，因为"事发当时他离现场很远，甚至根本就不知道发生了车祸"。这突如其来的场面让所有人都惊呆了。人们随即听到一声惨叫，只见马拉德夫人一头栽倒在地上。医生诊断说，患有心脏病的她是因为无法承受这意外的"惊喜"而"死于心脏病——是喜极而死"。

纵观整篇小说，作者虽然没有直接描写马拉德夫人如何遭受夫权、男权等的压迫和束缚，但字里行间，从头至尾，无处不在暗示女主人公一生都生活在丈夫的掌控之中，无处不透露出这种掌控与束缚给女主人公内心造成的伤害，无处不体现出女主人公对自我意识的突然发现和强烈觉醒，显示出浓浓的女性主义意识。这种觉醒和意识虽然展现在短短的千字之间，却比作者洋洋洒洒的长篇小说《觉醒》更集中、更具戏剧性、艺术感染力更强，尤其是女主人公为了那瞬间的幸福和自由而付出生命的昂贵代价，使得这则短篇小说比长篇小说《觉醒》更具震撼力，再加上完全出乎人们意料的、戏剧性的欧·亨利式结尾，读者无不感到久久不能平静。

在肖班看来，一切婚姻，哪怕是最和睦的婚姻，都是一种压制，只是程度不同而已。虽然马拉德夫人承认丈夫对她和蔼可亲，可当婚姻结束时，一种无法遏制的快乐油然而生。作者自始至终想要表达的正是这样的感觉。毫无疑问，小说是在否定婚姻，因为作者相信婚姻是束缚女人的枷锁。为了表达这种思想，作者采用象征手法，让马拉德夫人患上心脏病。这个病既是肉体上的，又是精神层面的，既是她内在的毛病，又是她与丈夫关系的外化表现。得知丈夫死亡，婚姻名存实亡，她的心在剧烈跳动，整个身体都感到暖融融的，有一种从未体验过的自由、独立的快感。她情不自禁地张开双臂，以这种象征的姿态，迎接新的生活。尽管心脏狂跳不已，但她并没有感到任何不适，反而觉得呼吸更加醋畅。只是丈夫意外出现，她又被拖回到婚姻现实中，心脏才再次出毛病，不堪重负而丧命。她的死亦如医生所说是因为快乐，但不是因为快乐突然降临，而是由于快乐瞬间消失，不是因为心欢，而是由于心碎。小说一开始就点明女主人公心脏有问题,这为她最后死于心脏病埋下了伏笔,使小说首尾形成呼应。假如没有这个伏笔,那么她最后突然死于心脏病就会显得突兀,故事读起来也会感到牵强。当然,马拉德夫人患心脏病,在一定程度上很可能是长期遭受丈夫压抑的结果,是这桩显然不快乐的婚姻酿成的不幸结局,是男人压制产生的紧张、恐惧所致。具有讽刺意味的是,小说自始至终都是在描写生者马拉德夫人对马拉德之死的反应,不料最后真正成为死者的却是她本人,而非"死者"马拉德。这使得因丈夫之死而导致的悲剧气氛更浓,给人们内心造成的冲击更大,悲剧效果更突出。

为了凸显在男人主宰的世界里女人无法拥有自己的身份这一点,作者在小说中迟迟没有告诉读者女主人公的姓名,一直称她为马拉德夫人。这种称谓明显带有一种依附性和男性的权威。直到获得"自由——身体和灵魂的自由",她才有了一个自己的名字——露易丝,而且只是一个名字而已,并没有姓。作者这样处理,很明显是要告知读者,那时的女人没有自我,没有身份,据说只有到丈夫死了以后才得以解放。在此之前,人们都称她为马拉德夫人。虽然是有了自己的名字,但"露易丝"(Louise)发音与男人的名字"路易斯"(Louis)十分相似。而且,当丈夫平安归来后,路易丝又恢复了"马拉德夫人"的身份。这清晰地表明,她又一次失去了自我,丧失了独立的身份,重新成为男人的附庸。

短篇小说篇幅有限,作者无法浓墨重彩,但又要表达出丰富的内涵,因此必须惜字如金、字斟句酌。为此,肖班使用了近乎诗体一般的艺术手法,比如象征:女主人公患有心脏病,其丰富的内涵亦如上文所述。再比如重复,作者在文中重复使用"打开""自由"等词语。女主人公打开房间的窗子,聆听外面的鸟语、呼吸外面的花香,暗示她在迎接外面自由的世界;她张开双臂,拥抱自由,表现她对未来充满了憧憬。此外,作者还不断重复句子烘托主题,甚至还使用小说中很少采用的押头韵这类诗歌手法,加强小说的诗情画意。总之,不论是在人物塑造、情节编排、叙事技巧、结构设计,还是在语言描写、心理演绎、主题展示等方面,该小说都达到了很高的艺术水准,当之无愧地成为肖班最优秀的短篇小说,是美国女性主义文学的经典之作。

肖班的作品几乎全部都是展示女性自我意识的觉醒,表现女性对自我身份的追求,"觉醒"因此成为肖班小说的关键词。《一双长筒丝袜》当然也不例外。但与作者其他作品所不同的是,肖班在这里并没有直接描写妇女如何受累于婚姻、受制于丈夫,而是通过疯狂消费,间接地表现小说中的女主人公如何逃避婚姻给自己造成的扭曲与压抑，怎样用消费这个手段给自己带来片刻的满足、摆脱婚姻的束缚。一天，萨默斯夫人意外获得 15 美元。对她来说这笔钱数目不小，她准备全部花在孩子们身上，给他们买一些急需的衣服。但她很快改变了主意，决定全部用在自己身上，让自己活得自由一点，开心一些。于是，她到市中心先后为自己买了一双长筒丝袜、一双漂亮的鞋、一副好看的手套，还像时髦的太太们那样买了几本精美、昂贵的杂志，随后又似阔太太一样走进一家高档餐厅吃了顿饭，最后又如贵妇人一般到剧院看了场戏。对萨默斯太太来说，这一天是非常愉快、充实、自由、自我的一天，也是非常奢侈的一天，是她感觉完全是为了自己而活的一天。为了表现出有教养、有品位、有身份、有地位，购物、消费时她选择的都是优雅、高档的环境，购买的东西都是她心目中能够提高自己身份的物品，如长筒丝袜。消费过后，她"兴奋得乐不可支、得意忘形"，因为穿上这些东西，她感到自己完全就是属于"穿着体面的那类人了"，身处上流社会中的她觉得自己并不比别人低下，而是像他们一样高贵，尤其是餐后她给小费时服务生"像对一位皇室血统的公主那样向她鞠了一躬"，让她有一种从未体验过的被人尊敬的巨大满足感，感受到作为一个女性个体受到如此尊重的巨大快乐，长期以来婚姻给她带来的压抑瞬间烟消云散，自己的女性意识油然而生。然而，这些快乐十分短暂，只有一天时间，到了晚上她不得不回家，回到孩子们身边，回到丈夫身边，回到她找不到自我的婚姻中。

从内容来看，这是一篇消费主义作品，但从主题看，它却是一篇揭示女性意识的小说。作者通过象征手法，运用鞋、丝袜、手套等物象，商店、餐厅、剧院等环境，表现女主人公如何找回自我、找到快乐、找到自尊、找到女性意识。像其他作品一样，肖班在这里揭示的依然是婚姻对女人的压抑和摧残，尤其是女性在女性意识觉醒之后仍要继续遭受这样的折磨，令读者十分震动。小说的另一个特点是惟妙惟肖的心理描写。随着每一次消费以及消费后走在大街上的感受，女主人公都有细腻的心理活动。肖班紧紧抓住这些思想活动，将她的真实感受和盘托出，让读者直接感受到女主人公的喜怒哀乐。从这个意义上讲，该小说不仅是女性主义文学的优秀作品，也是心理描写的成功范例。

19 世纪的美国女作家们，有不少都关注到了妇女的生存境况和内心世界，譬如伊迪丝·华顿、维拉·凯瑟等。她们写出了被圈定在狭小的家庭天地里的妇女们的痛苦、迷茫、彷徨与渴望、期盼，但她们没有写出妇女们鲜明的女性意识及其反抗男权的有效手段。肖班有所不同,她不仅注意到女性的生存状况,而且非常直接、大胆地展现了女性的意识,提出妇女应该享受作为独立个体的一切权利,包括自由、独立、男女平等和社会平等。因此,肖班虽然生活在 19 世纪,但其女性主义意识与思想却远远超越了自己的时代,超过了同时代的女性作家们,成为 20 世纪女性主义运动的先声。

第 五 节
欧·亨利: 美国现代短篇小说之父

在世界文学史上,论及短篇小说创作,有三位小说家被奉为短篇小说巨匠,受到无数读者的顶礼膜拜,即俄国的契诃夫、法国的莫泊桑以及美国的欧·亨利。他们代表了短篇小说创作的最高成就。欧·亨利被视为美国现代短篇小说的创始人,美国最伟大的短篇小说大师,其巧妙的构思、诙谐的语言、令人心酸的故事情节等创作手法和艺术技巧,对美国小说,尤其是短篇小说的创作产生了巨大影响,而他那出人意料、又合乎情理的"欧·亨利式结尾",更是给无数读者留下了极为深刻的印象,一度成为美国短篇小说创作的模板。他同时又是一位高产作家,一生写出了三百余篇小说,数量之多,令人称奇,为美国文学留下了丰富而宝贵的遗产。

但是,人们对欧·亨利的态度、对其文学价值的认识,却经历了冰火两重天的变化,其反差之大,在美国文学史上可能找不出有类似经历的第二个作家。20 世纪初,他成为美国炙手可热的作家,读者多达千百万,崇拜者无数,评论界甚至将他誉为"美国的莫泊桑"(the Yankee Maupassant),把他与法国的福楼拜和英国的吉卜林(Joseph Rudyard Kipling, 1865—1936)相提并论,加拿大评论家斯蒂芬·B·利科克(Stephen B. Leacock, 1869—1944)在 1916 年指出:"全球的英语世界都将发现他是现代文学的一位大师,这个时刻正在到来。"①然而,欧·亨利

---

①　Luther S. Luedtke & Keith Lawrence, "William Sydney Porter," *Dictionary of Literary Biography: American Short Story Writers*, *1880－1910*, Vol. 78, ed. Bobby Ellen Kimbel. Detroit: Gale Research Inc., 1989, p.289.

去世后不久，人们对他的态度却迅速发生变化，认为他充其量只不过是一个通俗作家，其作品的文学价值并不高，艺术手法程式化、固定化，缺少多样性，小说缺乏深刻的人生哲理和道德内涵。美国著名评论家门肯（H. L. Mencken，1880—1956）甚至讥讽他是个廉价的舞台魔术师，整天耍弄那几个陈旧的把戏招摇撞骗，对他甚是不屑。严肃文学将他排除在外，对模仿他创作手法的许多作家，评论家也给予了严厉批评。20 世纪上半叶兴起的新批评主义对他更是嗤之以鼻，其代表人物罗伯特·佩恩·沃伦（Robert Penn Warren，1905—1989）认为欧·亨利的作品不值一读，批评其人物描写太过感伤，情节描写太过造作，不足为信。① 在这些主流评论家的引导下，欧·亨利在辞世后的好几十年间一直没有得到人们应有的重视，没有出现在严肃文学作品集中，更没有被列入美国一流作家和文学大师的行列，一直定格在二流作家的队伍中，定位在通俗文学的行列里。这种认识与欧·亨利所表现出来的文学价值，以及对美国文学尤其是对美国短篇小说所作出的贡献显然不相吻合，是对欧·亨利的一种不公。他的短篇小说是美国文学宝库中一朵耀眼的奇葩，他是爱伦·坡以后美国最受欢迎的短篇小说家。正是通过他的小说，世界各地的读者对美国有了更深入的认识和了解。随着后现代主义文学的兴起和繁荣，人们重新开始认识到欧·亨利小说的价值，尤其是对其高超的叙事和修辞艺术给予了充分肯定，而这些价值，传统的批评主义者是无法发现的。

生平传略与创作成就

欧·亨利是笔名，原名为威廉·西德尼·波特（William Sydney Porter）。波特的一生犹如他笔下的短篇小说一样，短暂、曲折、结局出人意料。他生命的故事始于北卡罗莱纳州的山村小镇格林斯伯勒。他出生时，美国南北战争激战正酣。父亲阿尔格农·西德尼·波特虽然没有医学学位，却是当地的一位名医。但他并不像医生那样珍爱自己的健康，整天酗酒、放纵自己，加上母亲在波特三岁时就早早地离开了人世，使得波特的生活从一开始就充满了波折。母亲天生丽质，而且受过良好的教育，倘若不是过早地辞世，她一定会给波特一个稳定的生活和良好的教育。母亲去世后，波特和哥哥谢利随父亲搬到了奶奶家，由姑姑莉娜抚养。莉

---

① Luther S. Luedtke & Keith Lawrence, "William Sydney Porter," *Dictionary of Literary Biography: American Short Story Writers*, *1880 - 1910*, Vol. 78, ed. Bobby Ellen Kimbel. Detroit: Gale Research Inc., 1989, p.289.

娜开办了一所学校,并在那儿教书。波特很小的时候,姑姑就培养他阅读的习惯。因此他不到 10 岁就阅读了大量书籍,尤其是经典文学名著,比如狄更斯、司考特的小说。他特别喜欢《一千零一夜》和人类情感百科全书——《忧郁的解剖》(The Anatomy of Melancholy,1621)。《忧郁的解剖》同时还是一本知识极为丰富、文学价值极高的文学读物,作者是学识极为渊博的忧郁症患者、英国牧师罗伯特·伯顿(Robert Burton,1577—1640)。波特能成为一位小说大家,与他姑姑小时候对他精心的教育、熏陶和培养不无关系。1876 年,他从姑姑执教的小学毕业,开始读中学。这期间,姑姑依然没有放松对他的学业辅导和文学指引。1881 年,15 岁的他离开学校,到叔叔开的药店里,像他父亲当年那样学做药剂师,并于五年后领到了药剂师执照。在药店里,他不仅工作勤恳,还经常练笔,采用素描的形式表现镇上的芸芸众生,展现出良好的艺术天赋。

波特从小患有咳嗽的毛病,这给他的生活带来了诸多不便。1882 年,他的朋友詹姆斯·海尔医生邀请他一起来到得克萨斯州的东北部城市丹尼森,希望南方的气候能够治愈他咳嗽的毛病。他们住在海尔的儿子理查德·海尔家的牧场里。主人没有安排波特做什么特别的事,只是要他放放羊、烧烧饭、看看孩子什么的。在这种闲暇、恬静的生活里,波特继续阅读古典文学名著,同时还尝试创作,写出了一些短篇小说,并发表在当地报纸上。这段时间,他还听到了许多有关理查德的弟弟李·海尔的故事,留下了深刻的印象。后来,他以李·海尔为原型,创作了好几部反映西部生活的短篇小说。经过两年的调养,咳嗽明显好转。于是,主人安排他来到德州首府奥斯丁,在药店里工作。但是,他并没有安心工作,而是热衷于社交。他吹拉弹唱样样在行,在社交场合很受欢迎。不久,他邂逅了少女阿索尔·埃斯蒂斯,立刻坠入情网。阿索尔当时还只是一名中学生,而且家境富裕,继父是有名的食品商,但波特依然紧追不舍。追了两年,她母亲依然坚决不同意,因为她患有肺结核病,不适合结婚。但是,这对少男少女情真意切,决心缔结秦晋之好。由于始终得不到阿索尔母亲的恩准,他俩决定私奔。1887 年 7 月 1 日的夜晚,阿索尔刚刚中学毕业还不到三个星期,他们就一起偷偷跑到奥斯丁的一位牧师家,请他为他俩证婚。看见这对年轻人如此恩爱,牧师破例在夜晚为他们证婚。事已至此,阿索尔的父母很快就原谅、接纳了他们。婚后,小夫妻俩越发恩爱,生活十分甜蜜,同时阿索尔热情鼓励丈夫积极投身创作。波特听从妻子的劝告,全身心地投入创作。但微薄的稿费收入远远不能支撑家庭生活,他无法用这种方法抚养妻室。在理查德·海尔的帮助下，他来到一家公司做绘图员。他工作十分勤恳、出色，人缘也非常好。在那儿工作的四年是他人生中最快乐的时光。后来，他又做过银行出纳员、记者等不同工作。这段经历给他留下了深刻的印象，对他日后的小说创作影响甚深。

婚后第二年，他们喜得贵子，但不幸的是，孩子出生不久就夭折了。1889 年，阿索尔又生了一个女孩，取名玛格丽特。但是，在第一个孩子夭折后不久，阿索尔的身体每况愈下，整天饱受肺结核病的折磨，结婚十年后就离开了人世。这期间，波特曾辞掉绘图员的工作，到一家银行做出纳员。这家银行管理混乱，加上波特工作不够认真，导致账目上的一些资金不知去向。一位联邦银行检查员发现他的账目上有 5 500 美元的缺额，银行指责他利用管理上的漏洞涂改账目、侵吞公款，但又找不出确凿的证据。后来，他的岳父和银行的担保公司同意拿出 3 000 美元归还银行，银行表示同意。就在这一年，即 1894 年，波特和一位合伙人买下了奥斯丁市的一家月刊杂志，作为自己发表短篇小说、幽默评论和插图绘画的园地。波特把大部分时间和精力都用在杂志上，并把它改成周报，同时将名字改为《滚石》(*The Rolling Stone*)。但是，这份以幽默、讽刺见长的报纸并没有赢得市场的高度关注，经营不到一年便惨淡收场。

与此同时，围绕他侵吞公款的调查仍在进行中。1896 年 2 月，波特接受法院审讯，并被暂时关押。由于缺乏有力证据，再加上案情并不严重，他的岳父又将他保释出狱。然而，在随后的一次传讯中，他却拒不出庭，而且擅自逃到了新奥尔良，隐姓埋名。案情因此变得严重起来。更为糟糕的是，他随后又偷渡到和美国没有引渡条约的洪都拉斯，导致自己罪上加罪。他打算在洪都拉斯躲藏一段时间，然后再设法把妻子、女儿接过去，等风平浪静后再回美国。在洪都拉斯，他混迹于三教九流，周旋于银行家、诈骗犯之中。这段生活对他来说同样是一段难以忘怀的经历，给他的文学创作提供了宝贵的素材，政治讽刺小说《白菜与国王》(*Cabbages and Kings*, 1904)就是在这种背景下创作出来的。这是一部短篇小说集，也有人把它看做是一部长篇小说，因为结构松散，故事与故事之间缺乏紧密的联系，因此两种看法都有一定的道理。

1897 年 1 月，得知妻子病入膏肓、将不久于人世，波特从洪都拉斯回到美国。他请求法院等他妻子去世后再继续审讯，法院表示同意。1897 年 7 月，也就是波特回来六个月后，妻子离开了人世。不久，他被判有罪，入狱五年。这段不光彩的历史，对他打击很大。他为此损失惨重：

失去了妻子、失去了家庭、失去了工作、失去了名声。对此,他一直是讳莫如深,从不愿意提及,即便是对自己的女儿,他也从来没有说起,只是告诉女儿他做生意去了。然而,可能正是这段不光彩的经历,激发了他投身短篇小说创作的决心,焕发了他文学创作的才华,因此他在狱中写出了不少优秀的短篇小说,发表了多达 14 篇。用他的传记作者尤金·卡伦特—加西亚(Eugene Current-Garcia, 1909—1995)的话说:"他进入俄亥俄州联邦监狱时是个业余作家,三年后出来时就变成了欧·亨利,成了一名专业的文学艺术家。"①这句话充分显示,这段磨难对他的文学生涯影响巨大。1899 年,他正式启用笔名"欧·亨利",发表的第一篇小说就是《口哨大王迪克的圣诞袜》("Whistling Dick's Christmas Stocking")。随着越来越多的作品问世,"欧·亨利"这个名字也日渐为人们所熟知。他之所以选择这个笔名,一则是不想让人知道他这个囚犯的真实身份、了解他不光彩的历史,再则是因为他十分推崇法国著名药剂师艾蒂安·欧西恩·亨利(Etienne-Ossian Henry),因此他决定将这个名字简化为"欧·亨利",以此作为自己终身的笔名。

关于这个笔名的来历,还有其他不同的说法,波特本人也先后作过不同的解释,因此该笔名的真实来历似乎一直未有定论。1909 年,在接受《纽约时报》采访时他曾做过这样的解释:

> 早在新奥尔良时我就使用这个笔名了。当时,我对一个朋友说:"我要寄一些东西出去,不知道人们反应如何,所以我想用一个笔名,帮我选一个好名字吧。"他建议我拿一张报纸过来,从上面的名人录中选一个。在名人录那一栏,看到"亨利"我眼睛一亮,"就用这个当做姓。"我说,"还要找一个名,我想要个短一点的。""那就索性用一个首字母好了。""好主意!"我说,"O 这个字母写起来最容易,就用它了。"②

1901 年 7 月,因在狱中表现良好,波特被提前两年释放。随后,他来到匹

① Luther S. Luedtke & Keith Lawrence, "William Sydney Porter," *Dictionary of Literary Biography: American Short Story Writers*, 1880 - 1910, Vol. 78, ed. Bobby Ellen Kimbel. Detroit: Gale Research Inc., 1989, p.292.

② "O. Henry on Himself, Life, and Other Things," *New York Times*, April 4, 1909, p.SM9.

兹堡,和在那儿开办旅店的女儿和岳父母团聚。他继续进行创作,一方面为《匹兹堡电讯报》(*Pittsburgh Dispatch*)自由撰稿,另一方面向期刊投稿短篇小说。在他早期的创作中,《拦截火车》("Holding up a Train",1904)是读者比较喜爱的作品之一。这篇小说是他和阿尔·詹宁斯合作完成的。詹宁斯是他在洪都拉斯结识的一个专门抢劫火车的罪犯。小说中描写拦截火车的过程十分精彩,给读者留下了深刻的印象。

1902年,欧·亨利的知名度越来越高。纽约的一家名叫《安斯利杂志》(*Ainslee's Magazine*)的文学期刊主动提出给欧·亨利200美元,请他搬来纽约,搬到这个文学创作和出版的中心,更好地发挥创作才华。欧·亨利接受了邀请。后来证明,这个决定对他来说非常正确。人们评价说:"如果要列举美国文学中最合适的人与最合适的地方相遇,那一定是来到纽约的欧·亨利。"①纽约沸腾的生活犹如《天方夜谭》里的世界,令他目不暇接,那儿的每一个人在他眼里都像是书中的苏丹新娘谢赫拉莎德,有着说不完的故事,还有纽约繁荣的文学创作和发达的出版业,欧·亨利立刻就被深深地吸引了,创作激情被进一步激发出来。灯红酒绿的宽阔街道令他兴奋,然而他更关心的是幽暗、漆黑的小街,肮脏、低级的旅馆、酒店,底层百姓经常光顾的廉价酒吧、夜总会等,因为从这些地方他能更直接地了解平民百姓的生活,更清楚地看见社会的真实面目,更能触发自己的创作灵感。从这些社会现实中,欧·亨利获取了丰富的创作素材,写出了大量的短篇小说。来到纽约后的一年多时间里,他几乎是一周创作一则短篇,这成为他一生中最丰产的时期。

1903年,欧·亨利接受《纽约星期日世界》(*New York Sunday World*)的邀请,为这家纽约最大的杂志社每期撰写一则短篇小说,周薪100美元,在当时这是不菲的收入。此时的他在文坛已经声名卓著,因此不再使用以前那些五花八门的笔名,只用"欧·亨利",而他的真实姓名"威廉·西德尼·波特"却鲜有人知。1904年是他创作生涯中最为多产的一年,在《纽约星期日世界》和其他杂志上总共发表了66则短篇小说,平均起来每周发表了一篇多。同时,他认真修改了以前发表的八篇关于洪都拉斯和中美洲其他国家的小说,并改编成一部结构相对松散的长篇小说,以"白菜与国王"为题再次发表,在国内外立刻赢得如潮的好评,销量

---

① Luther S. Luedtke & Keith Lawrence,"William Sydney Porter," *Dictionary of Literary Biography: American Short Story Writers*,*1880－1910*,Vol.78,p.282.

不断攀升,牢牢地奠定了他在美国文坛的地位。

1905 年,欧·亨利与《蒙西杂志》(*Munsey's Magazine*)签约,为其撰稿。第二年,他把此前发表的最受欢迎的 25 则短篇小说编撰成集,取名《四百万》(*The Four Million*)发表,再一次引起热烈反响,其知名度如日中天,享誉海内外,"欧·亨利"这个笔名更加深入人心。1907 年,他又出版了两部短篇小说集,即《擦亮的台灯》(*Trimmed Lamp*)和《西部腹地》(*Heart of the West*)。虽然评论界对此毁誉参半,读者却反响热烈,销售十分火爆。随着知名度节节攀升,他的小说售价越来越高,每篇高达400 美元之巨,很多期刊都望而却步。欧·亨利新作的出版数量也立刻锐减,1907 年仅有七篇,与此前的高产盛况大相径庭。

这期间,孑然一身的欧·亨利曾在《纽约先驱报》(*New York Herald*)上刊登个人信息,寻找合适的女伴,即类似于今天的征婚广告。此时的他已 40 出头,但依然想找"聪明、漂亮、时尚"的年轻女子。许多姑娘纷纷应征。一个名叫埃塞尔·帕特森的女子和他产生了一段浪漫故事。但他最终还是娶了儿时的恋人莎拉·林德赛·科尔曼。不过,莎拉只是他记忆中的、远在孩提时代的美好印象,现在的她与幼年时已是判若两人。因此,他们的结合并没有给他带来幸福,反而导致诸多的痛苦与不悦。1907 年,两人结婚不久便分道扬镳。

至 1908 年,欧·亨利每篇小说的稿酬涨到了 1 000 美元,当年收入超过 14 000 美元。在当时,这是相当高的收入。然而,他却入不敷出,因为他经常光顾高档场所,喜欢高级消费,花钱阔绰。同时,他越来越觉得写短篇小说没意思,感觉这些作品经不起时间考验。他想写"更严肃"、能够流芳百世的长篇小说。这时,正好有出版社高价约他写长篇小说。他接受邀请,并为小说取名为《扑鼠器》(*The Rat Trap*),甚至还写出了小说的大纲,但最终并没有写出来。不过,根据大纲来看,拟写中的长篇小说与其短篇小说的创作主题和创作风格没有什么区别,依然是通过讽刺描写人物的命运。

名利双收后的欧·亨利挥霍无度、十分放纵,不仅赌博,还像他父亲当年一样酗酒。毫无节制的生活、大量的酒精以及夜以继日的创作辛劳,严重地损伤了他的的身体。1909 年后,他的健康状况越来越糟,第二年 6 月就因肝硬化离开了人世,年仅 48 岁。一位极富创作才华的短篇小说大师,就这样早早地葬送了自己的性命。

欧·亨利虽然生命短暂,却为后人留下了三百余则短篇小说,分别收录在他去世前不久出版的七部短篇小说集和逝世后出版的九部作品集之中，即《四百万》《擦亮的台灯》《西部腹地》《命运之路》（*Roads of Destiny*，1909)、《选择》（*Options*，1909)、《仅为公事》（*Strictly Business*，1910)、《陀螺》（*Whirligigs*，1910)、《乱七八糟》（*Sixes and Sevens*，1911)、《滚石》（*Rolling Stones*，1912)、《城市之声》（*The Voice of the City*，1916)、《温雅的贪污者》（*The Gentle Grafter*，1916)、《无家可归者》（*Waifs and Strays*，1917)、《附言》（*Postscripts*，1923)、《欧·亨利小说集续集》（*O. Henry Encore*，1939)等。他的小说脍炙人口，有许多都是读者爱不释手的代表作，如《哈格雷夫斯的两面性》（"The Duplicity of Hargraves"，1902)、《命运之路》（"Roads of Destiny"，1903)、《警察与赞美诗》（"The Cop and the Anthem"，1904)、《麦琪的礼物》（"The Gift of the Magi"，1905)、《双料骗子》（"A Double-Dyed Deceiver"，1905)、《二十年以后》（"After Twenty Years"，1906)、《爱的牺牲》（"A Service of Love"，1906)、《最后一片藤叶》（"The Last Leaf"，1907)、《艺术良心》（"Conscience in Art"，1907)、《红毛酋长的赎金》（"The Ransom of Red Chief"，1907)、《市政报告》（"A Municipal Report"，1909)、《黄雀在后》（"The Man Higher Up"，1910)等。

创作思想及艺术风格

欧·亨利一生苦短、磨难不断，品尝了人世间酸甜苦辣不同滋味，对生活感受甚深，对社会了解透彻。这样的生活经历形成了他独特的思想，也成就了他别样的创作风格，使他成为别具一格的短篇小说巨匠。

欧·亨利一生创作了数百篇作品，始终沿袭自己的创作特点不变，形成了具有欧·亨利标签式的艺术风格，无人可比、没人能及。这些特点体现在多个方面。第一是非常贴近现实生活的叙事内容：欧·亨利的小说大都是展示纽约百姓、特别是这个灯红酒绿的大都市里底层百姓辛酸、艰难而又滑稽的生活画面。他们生活在贫贱中，遭受着各种磨难。欧·亨利通过自己锐利的双眼，对小百姓、小市民平淡的生活进行了细致观察，提炼出新颖而独特的内容、元素或题材，经过精湛的艺术加工，创作出内容丰富、现实感强的作品。这些小说是贫贱百姓的生活实录：虽然屡遭生活挫败、打击，一再遭到命运的戏弄，但这些小人物依然带着"含泪的微笑"面对生活，因此他的作品又被誉为"美国生活的幽默百科全书"。这一创作内容或题材特征，是欧·亨利小说的又一大标志，在美国其他作家的笔下是难以见到的。

第二是十分简洁明了的叙事策略：欧·亨利创作速度奇快，创作数量极高，常常一天就能写出一则短篇小说。这样的创作速度容不得他长篇大论，也很难拘泥于细节描写。他必须从纷繁复杂的事件或情节中找到恰当的切入点，用简洁明了的叙事策略，将情节简单化，将过程简约化，将自然环境和社会环境的描写比例缩小，剔除事件的具体描述，将叙事重点放在事件的结果上，以结果代替过程。这是欧·亨利非常突出的叙事策略。这种策略需要高超的叙事技巧和驾驭能力，叙述故事时常常能够把最为关键的情节非常巧妙地留到最后一刻才呈现出来，而且是不动声色、不留痕迹，令读者备感意外，回味之余，又觉得合情合理，从而将氛围推到高潮，将魅力演绎到极致，创造出余音绕梁三日而不绝于耳的艺术效果。这种叙事策略，欧·亨利极为擅长，也乐此不疲，几乎在每一篇小说中都能娴熟地使用，充分体现了他的匠心独运之处，也使得他的小说明显迥异于他人的作品而独具艺术性。

第三是极为朴实、丰富的叙事语言：欧·亨利的小说以故事性强、生活情趣浓著称，而这些都是通过作者别具特色的语言风格实现的。他的语言全部源于日常生活，来自普通百姓，尤其是社会底层百姓，简单、朴实、通俗，还不乏讥讽和嘲弄，极具生活实感。为了使这些小人物的形象更生动、更真实，欧·亨利还特别使用了各种不同的修辞手法，诸如比喻、象征、双关语、谐音词以及旧典新意等，同时还使用了大量的俚语、习语等，把本来十分平常的事物表现得妙趣横生，十分耐人寻味，很好地凸显了人物的性格特点。

第四是特别幽默而又伤感的叙事语气：欧·亨利的叙事常常充满了愉快的口吻，同时又不乏世俗的俏皮与机智，在看似闲聊一般的行文中，读者时常可以看到各种不同的醒世箴言，可以读到各式各样的挖苦、讽刺与幽默。这些箴言无不蕴含着深刻的哲理，给读者以深刻的启示和巨大的启发。用评论界的话说："他的创作，技艺高超，具有莫泊桑式的特质；同时，他的小说还十分幽默，这是莫泊桑从未想过的。"[①]讽刺与幽默是他小说的又一鲜明特征，是他思维的一种高雅的表达方式，体现了他的机智和智慧。这一点堪与马克·吐温相媲美。然而，他与马克·吐温又有不

---

① O. Henry, *Waifs and Strays: Twelve Stories*. London：Hodder & Stoughton，1917，p.248.

同。他的幽默明显带有一种感伤情怀，使人在欢笑的同时不禁流下伤感的泪水。

第五是看似偶然、实则必然的巧合的妙用：为了使故事情节的发展超出读者的预期，欧·亨利善于出其不意地采用各种巧合事件，使情节发生逆转，创造出意想不到的效果。这些巧合，乍看似乎牵强，带有明显的人为痕迹，但仔细品味，从当时的实际情况和处境以及情节的发展看，又合情合理。从某种意义上讲，巧合已经成为欧·亨利叙事的一个重要手段，是其小说情节发展之所以能够出人意料的重要推手。

第六是永远都是出人意料的"欧·亨利式结尾"：欧·亨利最擅长、最有名、也是他最为人所称道的，恐怕就是出人意料的结尾。这是他最擅长的拿手好戏。这一艺术技巧在他的笔下被发挥到了极致。他常常在小说结尾处，或让主人公的心境突然发生意想不到的变化，或安排主人公的命运突然发生始料未及的逆转，犹如一条山道，走着走着，突然出现一个急转弯，让你意外，从而产生既超乎想象又合乎情理的结局。为了创造这样的结局，欧·亨利不惜淡化人物塑造、情节设计、人物对话、环境描写等元素，甚至刻意编造巧合等，以满足出人意料结尾的需要。这种结尾是欧·亨利小说艺术的一种标志、一种象征，它极大地提高了作品的艺术张力和感染力，增强了可读性和吸引力，现已成为世界小说史上的一绝。欧·亨利竭力创造的这种艺术效果，用我国元代文人乔梦符的话说就是"豹尾"效果。乔梦符认为，一篇好文章，开头要像凤头一般美丽、精彩，主体要如猪肚子一样充实、丰富，结尾要似豹尾一样硬朗、有力。在乔梦符看来，一部文学作品，如果故事还没结束读者就已经预料到了结尾，这种作品必定索然无味。结尾既出乎意料，又合乎情理，这样的结局才有"豹尾"效果，才具备强大的艺术魅力。我国清代著名文学评论家李渔也指出："终篇之际，当以媚语摄魂，使之执卷留连，若难遽别……收场一出，即勾魂摄魄之具，使人看过数日，而犹觉声音在耳，情形在目者，全亏此出撒娇，作'临去秋波那一转'也。"[①]"欧·亨利式结尾"给人的正是这种勾魂摄魄的感觉。读罢其作品，常让人沉醉不已。需要指出的是，"欧·亨利式结尾"并不是一成不变的单一类型，而是变化多端、不同模式迭出，比如既有巧合、暗示式，又有反讽、重复式，还有拨开迷雾、画龙点睛式，更有急转直下、打破常规式。这些千变万化的"豹尾"式结尾，恰是小说的高潮之处。高潮一出

---

① 李渔：《闲情偶寄：格局第六》，西安：三秦出版社，1989年，第312页。

现，故事戛然而止，瞬间爆发出强烈的审美效果，干脆利索，给读者带来异常新颖、别致的感觉，作品的趣味性和艺术性跃然纸上，作品的主题思想得以大力升华，令人拍案叫绝。

实际上，作为短篇小说大师的欧·亨利，在作品中表现出来的艺术特色绝非仅限于上述几点。其丰富而独特的艺术特色还体现在许多方面，比如将弱小、卑贱的小人物形象正面化、高大化。关注小人物的命运，描写他们的喜怒哀乐，是19世纪众多美国现实主义作家的共同特点，豪威尔斯如此，斯蒂芬·克莱恩也不例外，马克·吐温更是典型的代表。同这些作家一样，欧·亨利在作品中也是站在小人物一边，抒发对他们不济命运的同情，表达对他们不幸遭遇的不平。然而，他与这些作家又有不同。他总是想方设法淡化小人物身上存在的这样或那样的缺点，轻描淡写他们犯有的这样或那样的错误甚至罪责，而对他们表现出来的优秀品德则带着深厚的情感极力渲染。他常通过一件件平凡的生活琐事，一幕幕日常生活的普通场景，对这些哀告无门、苦难不断的小人物们进行歌颂，歌颂他们淳朴善良、互助互爱的人性品德，赞赏他们忠诚的友情和伟大的爱情，赞扬他们乐于自我牺牲的崇高精神，颂扬他们追求人性的美好理想。小偷、妓女、酒鬼、流浪汉、疯子、神经病、绑架犯等，这些小人物身上展示出的那些夺目的人性美，极大地提升了他们的正面形象，使得这些小人物一个个都变成了道德品质上的大人物。广大读者在同情他们不幸遭遇的同时，会情不自禁地对他们产生一种敬仰之情。欧·亨利的作品，几乎每一篇都是小人物的赞歌。正因如此，他的作品才充满了巨大的感染力和感召力。这种独具特色的表现手法，对美国文学中的自然主义和现实主义都产生了不小的影响，对左派文学和报告文学也起到了积极的推动作用。

众所周知，19世纪末、20世纪初是美国快速发展和急剧变化的年代。工业突飞猛进，商业日趋发达，社会向高度的资本主义垄断方向发展，这一时期是美国历史上有名的"镀金时代"，美国也是当时世界上贫富差距最大的国家之一。在这样一个金钱至上、拜金主义横行的时代中，社会道德必然沦丧，为了追求金钱和财富，人们自然会不择手段、出卖良心、钩心斗角、尔虞我诈。物欲横流的社会现实和赤裸裸的金钱关系把整个社会折腾得乌烟瘴气，广大底层百姓根本没有享受到社会发展带来的好处，反而沦为资本家和有钱人肆意践踏、剥削的牺牲品。肆虐的物欲、四伏的精神危机以及导致这一切的社会制度，再加上自己坎坷的经历，使欧·亨利对自己生活的社会产生了强烈的质疑。这种质疑成了他思想的重要组成部分。在这种思想的指导下,他在小说中对如此黑暗的社会现实反复进行揭露和批判。这也构成他的小说,尤其是那些以曼哈顿为背景的城市小说的一个重要主题。从某种意义上讲,他的作品可以说是一种社会报道,具有报告文学的特质,因而具有重要的社会意义。这种意义不论是在他早年揭露的拉丁美洲黑社会惊心动魄的斗争,还是在后来描写的美国西部草原上勤劳勇敢、纯朴粗犷的牛仔生活,或是在最后以纽约为背景的城市生活小说里,都是一目了然的。他在三种类型的小说中展现出来的如此真实的社会文献性质,在同时代其他作家的作品里是不多见的。欧·亨利的作品深受读者的宠爱,一版再版,被收录到不同的作品集和教科书中,并被译成各种不同的文字,究其原因,除了其所蕴含的较高的文学价值,这些作品所拥有的重要的社会、文化意义也是不可忽视的重要元素,对我们了解那个时代、认识那个社会具有重要的文献参考价值。

短篇小说创作

欧·亨利的短篇小说大都具有浓郁的人情味,不论是在内容上还是在形式上,都达到了很高的境界。他竭力颂扬人性的追求,展现人间浓浓的真情,尤其是小人物美丽的心灵。同时,他采用辛辣的笔触,抨击有钱人丑陋的灵魂,在对穷人和富人进行直接或间接的对比中,欧·亨利热情歌颂了底层社会小人物的高贵品德。这些品德在一个又一个娓娓动听的故事中,给读者带来了真善美的享受。与此同时,作者通过这些引人入胜又出人意料的故事,揭露现实社会的种种不合理、人生的种种不公平,清晰地展现了作者的价值取向。

《哈格雷夫斯的两面性》收录在小说集《乱七八糟》里。少校塔尔博特家是南北战争前南方的贵族,现在家道中落。一天,他带着女儿莉迪娅去首都华盛顿。由于家里穷,住不起星级酒店,父女俩只好住在一家寄宿公寓里。在那儿他们遇见了一个踌躇满志的青年演员亨利·H·哈格雷夫斯,彼此很快交上了朋友。小伙子经常给莉迪娅讲故事,深深地吸引了她。父女俩非常喜欢看戏,手上一大半的钱都花在了看戏上。一天晚上,他们无意中看到哈格雷夫斯出演的一部戏,很是兴奋。然而,他们吃惊地发现,哈格雷夫斯在舞台上扮演的完全是少校塔尔博特的模样,一位南方的老绅士,穿着的衣服和说话的语调与少校一模一样,就连讲的故事也和少校在生活中跟他们讲的毫无二致。他完全是在模仿生活中的塔尔博特少校。少校很是生气,指责哈格雷夫斯不该在舞台上模仿他的形象。哈格雷夫斯向他道歉,知道他们穷,主动提出给他们 300 美元以表歉意。然而,少校人穷志不短。他断然拒绝,并把他赶了出去。就在这对父女几乎身无分文之时,一个黑人老头来到他们面前,告诉他们说他以前向他们家借过 300 美元,现在来还钱。少校收下了钱。实际上,这个黑人老头是哈格雷夫斯假扮的。他利用自己高超的演技,使得少校信以为真,成功地把致歉款给了少校。当然,他的扮相没有逃过莉迪娅的眼睛,她一开始就看出来了。《哈格雷夫斯的两面性》是描写美国南方最优秀的短篇小说,也是作者最出色的作品之一,揭示并嘲弄了美国南方人和北方人的虚伪。小说人物塑造得栩栩如生、十分灵动,尤其是塔尔博特少校,极为传神,把南方社会旧时贵族的形象演绎得惟妙惟肖。小说语言机智、俏皮,充满了生活气息。

《命运之路》是一篇带有明显寓言性质的故事,情节设计新颖、独特,被誉为欧·亨利篇幅稍长小说中结构最为别致的一篇,在欧·亨利的作品中属于上乘之作。一开始,作者就用一首诗作为楔子引出主题:

> 我踏上许多条道路
> 追求人生的真义。
> 我心纯志坚,以爱情指路,
> 难道真心和爱情
> 在人生之战中不愿为我佑护,
> 让我主宰、选择、左右或铸造
> 我的命运?

紧接着,作者为主人公大卫·米尼奥设计了三种不同的人生道路,分别是左边岔道、右边岔道和中间大道。大卫是个牧羊人,生活平淡无奇,枯燥乏味,不过心里却拥有一个宏伟的理想,即梦想当一名诗人。一天,他和女友吵架后负气离家出走,去远方追寻自己的诗人梦。走出家门,他发现门前有三条不同的道路。小说描述了大卫先后选择三条不同道路后所发生的故事。大卫首先选择了左边的岔道。在路上,他遇到了一位侯爵和他美丽的侄女露西·德瓦内斯。侯爵的马车陷在小溪里,他帮着把马车推到了路上,和他们结伴而行。后来,侯爵把侄女许配给他,大卫喜不自禁。成婚的晚上,他为了妻子和侯爵决斗,结果被侯爵一枪打死,洞房还没人就入了坟墓。随后，作者又为大卫选择了右边的岔道。顺着这条路，他来到了一个似乎能够实现自己诗人梦想的城市。在那里，他遇见了一位年轻女子，"她的姿色之美甚至连诗人的生花妙笔都望尘莫及"。这位女子是位贵妇，她请求大卫帮她送一封信给王宫里的叔叔，即王宫警卫队长。实际上，这位贵妇是在和一个伯爵以及一个叫"德罗尔斯"的上尉密谋暗杀国王，而警卫队长是他们安插在宫里的内应。信中通知队长做好准备，当晚和他们里应外合，杀掉国王。然而，王宫识破了阴谋，逼迫大卫假扮国王去做午夜弥撒，结果被伯爵那伙刺客当成国王一枪毙命。最后，作者又安排了第三个选择，即中间大道。在这个选择中，大卫没有远走高飞，而是选择和自己的未婚妻结婚成家，过着平静而又美满的生活。可是，内心里对诗歌的渴望和做诗人的梦想始终没有泯灭，而且越来越强烈。单调、枯燥的现实生活与他内心的这种浪漫憧憬形成巨大反差，使他越来越不满足于现实生活，对自己的婚姻也失去了兴趣，再加上自己的诗歌始终得不到世人的认可，最后一枪结束了自己的生命。大卫虽然先后选择了三条不同的道路，演绎了不同的故事，但结局都是殊途同归，那颗终结他命运的子弹始终在终点等候着他，不论他如何选择，都逃避不了那颗子弹。也许这是命运使然。欧·亨利借此表明：安于命运才能避免厄运，只有知足方能常乐，生命中根本不存在所谓的命运岔道，注定的命运不可能发生逆转，因为你的性格、本质已经决定了你是何许人也，随意的选择不可能改变业已注定的命运。小说弥漫着强烈的宿命论思想，充满了悲情，读者对大卫不禁产生了深深的同情。但是，从更高的层面上讲，大卫是个不起眼的小人物，他渴望做一名诗人，并借此改变卑微的命运。理想十分浪漫，却不切实际，与现实严重冲突，因为社会早已圈定了他的命运，他是无法逆转的，无论怎么选择，也不论怀抱的理想有多么远大，他都无法逃避社会为他圈定的命运轨迹，而且逃避只会招致命运更严厉的报复和打击。大卫的宿命无疑是无数小人物悲惨命运的缩影，是社会边缘人物的真实写照。这也正是作者精心塑造大卫这个人物的用心所在。

《警察与赞美诗》是一篇家喻户晓的小说，故事传遍了全世界。小说情节十分简单，读来令人忍俊不禁，却又无比心酸。故事以纽约为背景，主人公苏比是个流浪汉，无家可归，常年露宿纽约街头，经常遭受严寒、酷暑、风雨、饥饿的折磨，时常受到警察的驱赶和侵扰。为了抵御饥寒，他经常会干一些犯罪的事，比如偷一些不值钱的东西，到高级餐馆里大吃一顿不付钱，借此招来警察把他抓进监狱，关在布莱克威尔岛上。这样，他不仅衣食无忧,而且还可以在监狱里舒舒服服地过个冬,就好像纽约的那些富人们每年冬天花钱到棕榈滩和里维埃拉避寒度假一样。多年来,苏比都是用这种方法避过纽约寒冬的。同时,他觉得比起在街上接受别人傲慢的施舍,用这种方法心里舒服多了。他发现,法律比慈善仁慈得多。现在,严冬将至,他想和往年一样再跑到餐馆里白吃一顿,等警察来抓他入狱。可出乎意料的是,他一走进餐馆就被赶了出来。无奈之下,他只好另想计策,选择其他犯罪办法。他用石头砸碎商店橱窗,站在那儿等警察来抓,可警察赶到后不相信是他干的,而是去追另一个人;他不死心,又跑进一家餐厅,这一次他没被赶出来,但白吃后他要侍者报警,侍者并没有照办,而是把他扔到了大街上,警察见了就像没看到一样;他又走到一位年轻女子面前做下流动作,没想到那女子转身要跟他走;他当着警察的面像醉汉一样大吵大闹,警察却背过脸去置之不理;他转而当面偷行人的雨伞,可对方并不介意,更没有报警。苏比沮丧到了极点,使出了这么多招数,却没有一个奏效。就在心灰意冷之际,他听见教堂里的风琴传来柔美、温馨的赞美诗。顿时,他有一种全身释然的感觉,决心放弃乞讨生活,重新做人。可令他始料不及的是,就在这时,一个警察走上前来,以"闲荡"的罪名把他给抓了起来,法庭判了他三个月,把他送到了布莱克威尔岛上的监狱。

整个故事读起来十分滑稽、幽默、可笑,一个穷困潦倒、无家可归的流浪汉为了躲避严寒和饥饿,想方设法在警察面前犯罪,希望被抓进大牢安度严冬,但警察就是置之不理。可当他良心发现、决心重新做人时,警察却以莫须有的罪状把他抓进了监狱。苏比想做罪犯,警察不让,不想做时,警察却硬是把他变成了一个罪犯。故事荒唐透顶。而一手制造这个荒唐的竟是象征着国家权力机关的警察。故事的可笑由此转变成了可气,苏比也愈发惹人可怜。小说充满了喜剧色彩,尤其是苏比绞尽脑汁、希望警察抓捕他而做出的一系列举动让人捧腹。然而,这种喜剧性在最后一刻戛然而止,戏剧性地变成了一场悲剧。作者的高超之处在于,他在绝大部分篇幅里竭力渲染喜剧色彩,就是为了和结尾突然而至的悲剧形成强烈对比,凸显众人始料未及的悲剧效果,从而获得最强的艺术震撼力。小说的情节设计和气氛烘托充满了艺术性,具有很高的文学价值。

苏比这个形象倾注了作者满腔的情感,因为他本人也曾坐过牢。这个经历使他对苏比有了更多的同情和理解。他借此告诉世人,一旦你失去了"母爱、玫瑰、抱负、朋友以及纯洁无邪的思想和洁白的衣领",你就永远失去了，不可能再拥有。换句话说，一旦你留下污点，就永远都是污迹斑斑，不可能清白，更不可能成为好人。这是社会根深蒂固的成见，苏比就是这种成见的牺牲品。而作者本人又何尝不是呢？他坐过牢，这段难以启齿的污点和耻辱，沉沉地压在他的心头，令他终生难以释怀。尽管他后来功成名就，但人们始终没有忘记这段不光彩的经历。他后来酗酒成性，据说到临死前仍然每天要喝两夸脱威士忌，很大程度上就是因为这段经历给他带来的巨大压力所致，耻辱、自责、悔恨、压抑始终困扰着他，使他不能自拔。相似的遭遇，相同的感受，他对小人物和社会边缘人物等都寄予了无限同情，在作品中反复描写他们。在他看来，描写他们，实际上就是在描写他自己。可以说，欧·亨利所有的作品都是直接或间接地在描写自我。

在欧·亨利的作品中，《麦琪的礼物》无疑是"最著名、最受喜爱"[1]的小说，被译成了无数种不同的文字，长期以来在许多国家被列入学生教科书。如此优秀的小说，据说作者只用了三个小时就写出来了。原来，《纽约星期日世界》杂志社向他约稿，请他写一篇圣诞题材的小说。约稿后，他一拖再拖，临近圣诞节时才匆忙提笔。不过，虽然创作时间很短，但构思过程却不短，整个故事情节早已在他心里反复酝酿、定型，最后一气呵成，写出这篇令世人唏嘘、感慨万千的传世之作。

故事一如欧·亨利的其他小说，同样是以小人物为主人公，以他们真挚的爱情和辛酸的生活为主线，演绎小人物的悲喜生活。主人公杰姆和德拉是一对生活清贫、但相亲相爱的小夫妻。除了两件贵重东西以外，他们没有任何值钱的东西：一个是杰姆的祖传金表，另一个是德拉的一头秀发。这都是他们最心爱之物。圣诞节来临，小两口都想买一件别致而又难忘的礼物送给对方。德拉想买一条白金表链送给丈夫，使他的表戴起来更加方便、好看，为此她卖掉了自己最心爱的秀发。而丈夫出于同样的目的，也卖掉了金表，给妻子买了一套发梳，让妻子更加美丽。然而，意想不到的是，他们的礼物都失去了使用价值。但是，他们从中却得到了比礼物更重要的精神价值，那就是爱。这种爱是任何金钱都无法买到的，是无价之宝。这种做法在作者的眼里值得称颂，正如他在结尾时所说的：

> 众所周知，麦琪是聪明人，聪明绝顶，他们把礼物带来，送给出生

---

① Luther S. Luedtke & Keith Lawrence, "William Sydney Porter," *Dictionary of Literary Biography: American Short Story Writers*, 1880 - 1910, Vol.78, p.302.

在马槽里的耶稣。他们开创了送圣诞礼物这个习俗。他们都是聪明人，他们的礼物自然也是聪明的礼物，如果两样东西碰巧一模一样，可能还可以交换。在这里，我已经笨嘴笨舌地向你们介绍了公寓套间里这两个傻孩子平淡无奇的故事。为了对方，他们极不聪明地卖掉了各自最最宝贵的东西。不过，让我们对当今的聪明人说最后一句话，在所有馈赠礼品的人当中，他们两个是最聪明的。在一切馈赠又接收礼品的人当中，像他们这样的人也是最聪明的。无论在何方，他们都是最聪明的人。

　　他们就是麦琪。

据《圣经》记载，麦琪是指耶稣出生时给他馈赠礼物的三位来自耶路撒冷的贤人，是他们开创了圣诞节赠送礼物的风俗。欧·亨利给小说起名《麦琪的礼物》，其寓意就是把杰姆和德拉比喻成麦琪。他们倾其所有为自己心爱的人购买各自最需要的、闪烁着爱的光芒的礼物，展现了他们美丽的心灵，揭示了他们纯洁而又善良的本性，歌颂了他们令人倾慕的纯美爱情。同时，作者将他们比喻成麦琪，其形象立刻变得神圣起来。

　　这对生活艰难却相亲相爱的小夫妻是作者个人生活的真实写照。欧·亨利在自己一贫如洗的时候，妻子陪着他度过了艰辛而又幸福的生活，为他付出了青春，也向他献出了自己无私而又真挚的爱情，令欧·亨利始终感激不已，也使他愧疚难当，因为他没能给妻子提供一个富裕、稳定的生活，尤其是妻子病危时，他都不在身边。正是这种难以抹去的愧疚心情促使他创作出了《麦琪的礼物》，以此表达对爱妻的怀念。小说构思精巧、行文轻快、幽默风趣、含而不露、笔触细腻，人物刻画灵动风趣，结局出人意料，读罢令人久久无法平静。

　　《双料骗子》讲述的是主人公如何从杀人犯到逃犯，再到骗子，最后回归良善的故事，展现了作者寄希望于人类弃恶从善、善战胜恶的美好理想。主人公利亚诺是个刚满 20 岁的小伙子，时常混迹于充满欺骗、暴力的赌场，因为一言不合，居然杀死了另一个小伙子，而且这个人他还"相当喜欢"。犯下暴行后，他畏罪潜逃，跑到了南美洲。在那里，他与美国驻当地领事馆打起了交道。他未曾想，代表美国政府的领事馆，与赌场一样，也充满了欺骗和阴谋，领事更是恶的化身，是十足的阴谋家。他唆使利亚诺去诈骗一对年迈的西班牙夫妇，想方设法骗取他们的信任，成为他们的干儿子，然后骗取他们手里那五万到十万块钱。老夫妻十分善良、仁慈，对他嘘寒问暖、关怀备至，并热情地认他做儿子。原本是和领事沆瀣一气、过来诈骗老夫妻的利亚诺，从小就是个孤儿，从未体验过如此无私、博大的母爱，也没有享受过这般温馨的家庭生活，他的灵魂受到了巨大触动，深深地被他们所感动。在浓浓母爱的感召下，他善良的人性得以复苏，良心被发现。他决心弃恶从善，不再与领事狼狈为奸，做一个真正的"儿子"，来孝顺、照料老夫妻，对他们进行补偿，因为他知道自己在赌场杀死的那位青年就是他们的儿子。至此，一个浪迹天涯的暴徒、骗子，在爱的沐浴下，改邪归正，重回人间正道。同其他小说一样，作者在这里也是竭力彰显爱的力量、爱的伟大，证明善必将战胜恶的坚强信念。"爱"是欧·亨利小说始终不变的主题，在这里表现得更是淋漓尽致。

《二十年以后》是一篇微型小说。鲍勃和吉米·维尔斯是一对情同手足的好朋友，从孩提时候起，两个人就亲密无间。20年前的一个晚上，他们为了前程各奔东西。他们相约，20年后的同一日期、同一时间在纽约再次相聚，共叙友情。20年后的这天晚上，鲍勃如约而至，在当初分手的地方等待吉米。这时，一个男警察走上前来，和他聊了起来。鲍勃点燃雪茄，一面抽，一面和警察聊天。借着火柴的亮光，警察发现鲍勃脸色苍白，右眼角附近还有一块小小的白色伤疤。警察随即离开了。不一会儿，又来了一个男人，但鲍勃认出来他并不是吉米。那个男人并不否认，只是对鲍勃说："你被捕了，鲍勃。芝加哥的警方猜到你会到这个城市来的，于是他们通知我们说，他们想跟你'聊聊'。好吧，在我们还没有去警察局之前，先给你看一张条子，是你的朋友写给你的。"鲍勃接过便条，只见上面写着"鲍勃：刚才我准时赶到了我们的约会地点。当你划着火柴点烟时，我发现你正是那个芝加哥警方所通缉的人。不知怎么的，我不忍亲手逮捕你，只得找了个便衣警察来做这件事。——吉米"看到这里，鲍勃不禁全身颤抖，随即被便衣警察带走了。小说表明，人生变化无常，生活会变，命运也会变，吉米由一个老实巴交的愚钝之人变成了一个机智的警察，机智敏捷的鲍勃则变成了一名罪犯。光阴弄人，然而命运的变化并不能改变人们对友情的珍视。作者在这里热情歌颂了友情，歌颂了小人物对诺言和友谊的尊重。

《最后一片藤叶》是一篇令人极为动容的小说。在华盛顿广场西侧的一个小区里，穷困潦倒的画家贝尔曼与两个年轻的女画家琼珊和苏艾同住一幢楼。琼珊不幸患上肺炎，整日卧床不起。看到呼啸的寒风把窗子对面树上的常春藤叶子一片片吹落到地上，她很是伤感，也十分绝望，觉得那最后一片藤叶就是她的生命所系,如果凋谢了,她的生命必将随即消失。医生认为,再这样下去,琼珊必死无疑。她的室友苏艾对她关怀备至,不仅悉心照料,而且还不停地鼓励她坚强地活下去。经过一夜的风雨吹打,这最后一片藤叶始终没有凋零,琼珊重新燃起了生的希望,病情渐渐好转,而老画家贝尔曼却因患肺炎很快就离开了人世。原来,那不会凋零的最后一片藤叶是贝尔曼在暴风雨之夜用善良和爱在琼珊的窗外墙上画出来的,这幅用生命绘出的"不朽的杰作"因此拯救了琼珊。小说以十分生动而丰富的细节,以非常强烈的情感,对贫穷的画家贝尔曼和琼珊,尤其是贝尔曼进行了十分细腻的刻画,对他们在贫困中苦苦挣扎、却依然不失高贵的品格进行了热情讴歌,同时对下层人民的不幸生活给予了无限同情。同作者的其他小说一样,该作品结构十分巧妙、精致,结尾出乎意料,给人以巨大的道德震撼。穷困潦倒的老画家舍己救人的伟大品格和伟岸形象,在结尾处立刻闪耀出炫目的光芒,作者对小人物的赞美也达到了高潮。小说戛然而止,读者完全沉浸在对贝尔曼的崇敬中。"欧·亨利式结尾"所蕴含的强烈的审美效果,给读者带来了巨大冲击,极大地增强了小说的艺术感染力。除此之外,形象而生动的人物塑造,也是构成小说强烈的艺术感染力的重要元素。这些平凡的小人物身上表现出的不平凡的道德品格,再一次佐证了欧·亨利对底层百姓所具有的强烈感情。

《艺术良心》也是"欧·亨利式结尾"的典型范例。19世纪末、20世纪初,匹兹堡是个百万富翁云集的地方,富甲一方的资本家、商贾比比皆是。小说叙述的是一对骗子如何到那里行骗一名百万富翁。主人公安迪·塔克和杰夫·皮特斯一直在俄亥俄州的乡下干些坑蒙拐骗的事。一年夏天,塔克突然觉得,在那些贫穷的乡巴佬身上捞不到什么油水,而且会给人造成他们骗术低劣的感觉。一天,塔克对皮特斯说,他们应该"把注意力转移到更有油水、更有出息的事情上去……我们不妨进入高楼林立的地带,在大牡鹿的胸脯上咬一口,你看怎么样?"于是,两人合计着来到匹兹堡。在那里,他们遇见了斯卡德。这位45岁的百万富翁酷爱收藏艺术品,家里陈设的珍品琳琅满目。塔克装扮成教授应邀参观,看得目瞪口呆。其中有一件小雕刻大约有两千年的历史,是一朵象牙莲花,莲花中间还雕刻着一张女人的脸。据说这是古埃及一位雕刻家在公元前1292年至1225年为在位的埃及法老拉姆泽斯二世专门雕刻的,一共有两件,另一件已经找不到了。一天,塔克惊喜地对皮特斯说,他花了25美元在一家当铺里买了一件同百万富翁家的那件一模一样的雕刻品,打算采用调包的办法,把斯卡德的那件真品给骗到手。他成功了。皮特斯非常惊讶,根本没想到塔克说到竟然就能做到。然而,他更没想到的是,塔克根本不是使用的调包伎俩,而是在参观斯卡德家的古董时,乘其不备将真品偷了出来,然后又骗斯卡德说是从当铺里买的另外一件,最后开价 2 500 美元将其卖给了斯卡德。

　　小偷、骗子、盗贼是欧·亨利小说中另一类突出的人物形象,有关这一题材的小说在他的作品中也占有一定的比重,其中不乏优秀之作,比如《催眠术高手杰夫·彼德斯》("Jeff Peters as a Personal Magnet")、《牵线木偶》("The Marionettes")、《灌木丛中的王子》("A Chaparral Prince")等,它们构成了欧·亨利作品的又一特色。这些社会边缘人物,迫于生计,不得不干起坑蒙拐骗、偷窃扒拿的勾当。这些原本为反面角色,在欧·亨利的笔下,一个个都表现出正面形象的品德和气质。作者这样描写,实际上是带着一种逆向思维。一方面,他把本该遭人唾弃的"坏人"塑造成正面形象,使读者不仅不厌恶他们的恶行,反而对他们产生无限的同情,甚至为他们表现出来的高尚品德深深感动。另一方面,他把那些有钱有势的"正面人物",都刻画成令人不齿的反面形象,指出这些道貌岸然的伪君子才是真正的小偷、骗子、窃贼,对他们贪婪的秉性、沦丧的道德给予无情的鞭挞。通过这两类人的对比,作者清晰地表明,这些小偷、骗子、盗贼,个个都有良心,充满了人性,而最没良心、最没人性的往往是那些有钱有权之人。作者通过这种逆向性思维的创作模式,对真正没有良心的资本家、权贵进行了无情的嘲弄和讽刺,小说因此妙趣横生,可读性大大增强。

　　在主题和手法上,《爱的牺牲》可以说是《麦琪的礼物》的翻版,是又一首对贫穷百姓之爱情唱出的赞歌。乔·拉雷毕和德丽雅·加鲁塞斯是一对来自乡下的艺术青年。乔浑身散发着绘画艺术家的气息,而德丽雅则弹着一手漂亮的钢琴。两个人因相互倾慕对方的艺术才华而一见倾心,喜结秦晋之好。为了能够在艺术上有一番建树,他们各自师从名师,潜心学习,可学费昂贵,钱很快就花完了。为了生计,为了支持丈夫学习绘画,妻子宁愿牺牲自己的艺术,决定中断学琴,改去教人弹钢琴。而丈夫呢,他也在想着支持妻子继续自己的艺术追求。他告诉妻子自己在纽约中央公园画素描,现在有人不断地购买他的作品,他可以赚钱供妻子继续学习音乐。为了对方的追求,夫妻俩都编造了一个美丽的谎言。一切似乎进展得十分顺利、美满。只是乔回家的时间多半很晚,而德丽雅到家也是一副疲惫不堪的神情。一天,德丽雅的手被烫伤,回到家中,乔见状不停地追问。这时,妻子不得不如实相告。原来,妻子根本没有去教钢琴,而是在一家洗衣店里熨衣服、打工赚钱,支持丈夫继续追求绘画艺术。而丈夫也对妻子道出了实情,其实根本没有人买他的作品,他一直在同一家店里烧火。原来,为了支持对方的艺术追求,夫妻俩都牺牲了自己挚爱的艺术,到洗衣店打工,做十分粗糙的手工活。听完各自的坦白,这对贫穷而恩爱的小夫妻相视而笑。乔深情地说:"当你爱好你的艺术时,就觉得没有什么牺牲是难以忍受的。"而德丽雅纠正说:"当你爱的时候,没有什么牺牲是值得一提的。"很显然,这是一篇典型的欧·亨利式"带泪的微笑"的作品,贯穿小说始末的是浓浓的爱情主题。为了爱人,他们甘愿牺牲自己心爱的事业,用美丽的谎言安慰爱人,用平凡人的情感展现出不平凡的爱情。欧·亨利在这里又一次完美诠释了纯洁的爱情,尤其是社会底层那些微不足道的小人物的恩爱之情,热情地歌颂了他们的真情、温情、爱情,展现了他们爱情的纯真、美好、伟大。在金钱至上、人情冷漠的社会中,这种情感显得尤为珍贵、崇高、神圣。我们在为这份爱情感动的同时,也会为他们的遭遇感到心酸。

　　欧·亨利的小说创作,尤其是在其成名之后的创作,常常是在报纸杂志的催促下进行的。为了满足读者的热切期待和阅读口味,编辑们不停地催促他。匆忙中,他的作品往往篇幅短小,来不及在各个艺术环节精雕细刻,只能用他擅长的情节,尤其是出人意料的结局来吸引读者。因此,欧·亨利一直饱受诟病,评论界指责"欧·亨利式结尾"编造痕迹明显、牵强附会,人物形象着墨不够、饱满不足。这些批评实际上是一种苛求。每个成功的作家都应该拥有自己的特色,有着过人的创作本领。欧·亨利的最大特色是,他来自社会底层,用饱满的热情和激情,通过展现底层小人物、甚至是边缘人物的美丽心灵和高尚品德,结合自己特有的出其不意的情节设计,运用批判现实主义的笔触,热烈地歌颂了千千万万的平民百姓,鞭挞了资本家和权势者的丑陋灵魂,批判了金钱至上导致的道德沦丧。欧·亨利的小说真实而详细地记载了那个时代的社会风貌和百姓生活,可以说,这些作品具有一种社会文献性质。他在作品中展示出的那些丰富多彩的主题思想,更是成为美国文学、文化的宝贵遗产。正因如此,欧·亨利一直广受欢迎,成为美国通俗文化的重要代表。同时,由于他对美国短篇小说作出的巨大贡献,短篇小说这一文学形式受到了人们的广泛欢迎,在美国获得了巨大发展,在文学史上牢牢地建立了自己重要的地位,他也被奉为"美国现代短篇小说之父"。1919年美国艺术科学协会专门以他的名字设立了"欧·亨利奖",每年奖励那些发表在美国期刊杂志上最优秀的短篇小说作品,这就是对他短篇小说创作成就的最大褒奖和高度认可。如今,这一奖项已经成为美国最重要的短篇小说奖,是公认的检验美国短篇小说创作的标杆。

第六节
杰克·伦敦:"适者生存"的阐释者

　　美国著名作家和评论家弗雷德·刘易斯·帕蒂在其重要论著《美国短篇小说发展史》(*The Development of the American Short Story*, 1923)中指出:"我们要想了解新世纪初的那段岁月,必须要研读杰克·伦敦的作品及其思想。"[①]这里的"新世纪"指的是20世纪。帕蒂之所以给予杰克·伦敦如此高的评价,是因为美国文学史上这位著名的作家,通过大量的文学作品,展现了那个时代的美国社会及其文学的状况,通过具有浓郁自传色彩的作品,揭示出远远超越自己的、广袤的社会和人生画卷,其优秀作品不同程度地都带有历史和社会文献的性质,生动反映了那个时代的文化特点,杰克·伦敦因此成为当时美国社会的一种文化标志。他在世仅40年,却当过水手、流浪汉、旅行家、冒险家、战地记者、革命者、现代农庄庄主、百万富翁、猎人、垂钓者、拳击手、航海家等众多角色,人生阅历极为丰富,人生知识十分广博,在美国文学史上鲜有作家能与之比肩。他的一生,如同他的作品,是"适者生存"精神的完美阐释。如此丰富、厚实的人生阅历,为其创作素材提供了不竭的源泉,其文学创作呈现出千姿百态的景象,为读者展现出了色彩纷呈的世界,杰克·伦敦因此成为美国文学史上思想最复杂、创作题材最广泛、创作内容最丰富的作家之一,其小说"有力地改变了美国小说的发展方向"[②],尤其是短篇小说的发展方向,是各国

---

　　① Fred Lewis Pattee, *The Development of the American Short Story*. New York: Harper, 1923, p.273.

　　② Earle Labor, "Jack London," *Dictionary of Literary Biography: American Short Story Writers, 1880-1910*, Vol.78, p.247.

学者最爱研究、各国翻译家最乐于翻译的美国杰出的小说家之一。

生平传略与创作成就

杰克·伦敦于1876年1月12日出生于加利福尼亚州。关于他的身世，还有一段不寻常的故事。根据传记作家们的研究、考察，他母亲弗洛拉·韦尔曼（Flora Wellman）当年在旧金山做音乐老师时结识了他父亲威廉·钱尼（William Chaney）。他们有没有结婚、是否是合法夫妻，这些都已无从查考，因为1906年旧金山大地震引发的一场大火把许多文件都烧毁了。不过，传记作家克拉丽丝·斯塔兹（Clarice Stasz，1970—2006）通过大量研究发现，韦尔曼和钱尼彼此都曾以夫妻相称。他们同居时，韦尔曼怀上了他。钱尼不承认这是他的骨肉，要韦尔曼堕胎。韦尔曼气愤至极，断然拒绝。钱尼恼羞成怒，不仅拒绝承认父子关系，而且不肯承担抚养的责任。他随即抛下身怀六甲的韦尔曼，离开了旧金山。绝望中，韦尔曼开枪自杀。所幸自杀没有成功，她也没有受伤，只是精神上受了很大刺激，一段时间里精神错乱。

据传记记载，杰克·伦敦的母亲原本是个富家大小姐，受过良好教育，爱好文学、音乐，读过许多书，有着良好的文学修养。可是16岁那年，她与家人决裂，离家出走，独自一人闯荡社会。31岁时，她在旧金山遇到了钱尼，两人随即同居。据说，钱尼是名教授，博学多才，所写的文章"具有一种清晰、有力、愉快的文学风格，一种真正的渊博，一种敢于抒发己见的勇气，一种对人类大众的同情……"，其"作风、态度、热情以至造句，有许多地方与杰克·伦敦的文章那么相似，使读者惊奇得揉眼睛"[①]。由此可见，杰克·伦敦后来之所以能成为一名文学大家，与从父母那里继承的对文学的爱好和良好悟性不无关系。

杰克·伦敦的母亲有些神经质，情绪起伏不定，也不善照顾孩子、料理家务。杰克·伦敦出生后，母亲无法照料，把他送给了以前的黑奴弗吉尼亚·普伦蒂斯照看。弗吉尼亚自己的孩子出生时不幸夭折了，因此对杰克·伦敦十分疼爱，不仅做他的奶妈，还十分精心地养育他，使幼小的他充分享受到了母爱。这种爱成为杰克·伦敦心中最美好的情感之一，因为他从自己母亲那里并没有获得这种感情。所以，在杰克·伦敦的心目中，弗吉尼亚·普伦蒂斯如同母亲一般，在他的生命中扮演了十分重要

---

① 欧文·斯通：《马背上的水手》，董秋思译，北京：中国青年出版社，1982年，第6—7页。

的角色，令他终生难忘。1876 年，杰克·伦敦的母亲和一位名叫约翰·伦敦的退伍老兵结为夫妻。婚后，母亲把他接了回去，和继父一起生活，同时将他的名字"约翰·钱尼"冠上继父的姓，成为"约翰·伦敦"。为了避免和继父的名字混淆，后来又改成"杰克·伦敦"。继父约翰·伦敦曾经做过许多不同的工作，但对种田始终怀有浓厚的兴趣。于是，他决定终生做一名农民，在政府给他的一块地上辛勤地耕耘。继父是个安分守己、勤劳善良的老实人，视杰克·伦敦为亲生儿子一般，时常给他讲故事，对他百般呵护，万般疼爱，给了他大量的温暖与父爱。杰克·伦敦对继父也是非常喜欢，常常跟着他在田间地头玩耍嬉戏，同时还向继父学做一些简单的农活，就这样度过了快乐的童年。

然而，这个家庭并不富有，杰克·伦敦从小就帮助继父做许多力所能及的活儿，遭受了不少苦难，饱尝了贫困的苦涩。然而，也正是这样的田庄生活，培养了杰克·伦敦对大地、对自然的满腔情感，锻炼了他吃苦耐劳的精神。由于家境不好，杰克·伦敦小小年纪就被迫替人放牧赚钱，九岁后，又到报社做报童、去码头打短工、到船上当水手、进工厂做学徒等。用他自己的话说，"九岁起……我的生活就是一场磨难"[1]。多磨难的童年使得杰克·伦敦很早就成熟了。生活虽然艰难，但并没有阻断他对文学不可遏制的浓厚兴趣。他利用各种机会、各种条件，如饥似渴地阅读大量文学作品，积累了丰富的文学知识。奥克兰公共图书馆是他当时最喜欢去的地方。他后来回忆说："正是那个开放的书的世界给我提供了教育的最重要的课堂。"他特别喜欢奋斗、成功的故事，比如英国著名探险家、航海家詹姆斯·库克（James Cook，1728—1779）写的《詹姆斯·库克船长旅行记》(*The Voyages of Captain James Cook*，1842)、19 世纪美国著名小说家霍雷肖·阿尔杰（Horatio Alger，1832—1899）创作的关于出身寒门、通过奋斗获得成功的青少年励志小说、华盛顿·欧文的浪漫传奇《阿尔罕伯拉》、薇达（Ouida，笔名，真名 Maria Louise Ramé，1839—1908）的长篇小说《西格纳》(*Signa*，1875)等，尤其是最后这部小说他特别喜欢，认为是引导自己在文学道路上走向成功的重要作品。这些作品不仅极大地提高了他的文学修养，也培养了他立志奋斗的远大理想，对他的人生抱负和性格品德都产生了非常积极的影响，鞭策他不停地奋斗，最终走向

---

① Earle Labor，"Jack London，" *Dictionary of Literary Biography: American Short Story Writers，1880-1910*，Vol.78，p.249。

成功。

或许是由于家境贫寒,抑或是由于父母迫于生计不停地搬家,杰克·伦敦小时候并没有接受过系统、完整的学校教育。由于继父年事已高,母亲又不擅做事,家里没有经济来源,生活十分艰辛。在生活的重压下,13 岁时杰克·伦敦不得不辍学打工,担起养家的重任。为此,他做过各种不同的工作。但每次干了一段时间后,他都会感到十分厌倦,因为他从中看不到自己的未来。同时,母亲传承给他的那种不安于现状的因子,也在不停地诱使他去闯荡天下。不过,在四处漂泊的过程中,他始终没有中断阅读,常常是边打工边读书。不间断的自学最终成就了他当一名优秀作家的理想。15 岁时,他到一家罐头厂打工,起早贪黑,却收入甚微。他真切地体验了资本家是如何残酷地剥削工人,目睹了底层百姓怎样在遭受剥削中苦苦求生。这一经历成为他毕生难忘的痛苦回忆,同时为他后来的优秀短篇小说《叛逆者》("The Apostate", 1906)提供了重要素材。该小说记述的是在罐头厂打工的主人公乔尼苦难的童工生活,几乎就是杰克·伦敦在罐头厂做童工那段地狱般经历的翻版,因此具有强烈的自传色彩。

杰克·伦敦早年的生活几乎就是一部逃避史。起先,他被迫逃避没有给他父爱和母爱的父母,随后被迫逃避学校去打工挣钱,接着是逃避贫穷的生活,然后是逃避繁重、枯燥、单调的打工生活,逃避烦乱、嘈杂的现实社会投身大自然,等等。他在读书与打工、工作与冒险、承担责任与逃避义务中不停地来回穿梭。15 岁时他从工厂逃出来浪迹天涯就是这种生活的一个片段。闯荡期间,为了能在严酷的环境中生存下来,杰克·伦敦练就了一身功夫,常常打斗,成了街头的一名小流氓,身边时常簇拥着一帮流浪少年,经常带队到旧金山湾偷养殖场里的牡蛎,甚至放火烧毁人家的船只。一时间,他成了远近闻名的"牡蛎海盗王子",颇有一种乱世英雄的派头。后来每次谈到这段经历,他都津津乐道,得意不已。就是这样一个问题少年,竟然成了旧金山湾巡警。原来警察无法制止猖狂的偷窃行为,就利用杰克·伦敦在窃贼中的威望,将他收编,然后派他去制止盗窃牡蛎的行为。一个臭名昭著的小偷,摇身一变,成了警察,转身去抓捕那些曾和他并肩偷窃牡蛎的盗贼。这种突然的变化,令他兴奋不已,缉捕工作十分卖力。也正是这种危险的工作,大大地锻炼了他的胆量和勇气。

17 岁时,杰克·伦敦加入"苏菲·苏兰德"海豹船,去西北太平洋地区捕杀海豹。长达七个月的海上生活,严酷的海洋环境、艰苦的猎豹活动、血腥的猎杀场面,进一步锤炼了他坚强的意志和无所畏惧的胆识,对他后

来能够冷静、沉稳地处理各种人生困难和挑战，起到了重要作用。不仅如此，他还从其他水手那里听到了许多有趣的故事，这些故事以及他自己的猎豹经历，都成了他海洋小说的重要素材，如《海狼》（"The Sea-Wolf"，1904）等。1893 年回到陆地后，杰克·伦敦发现，美国正陷入严重的经济危机，人们的生活苦不堪言，他家的状况也是如此。由于生活所迫，他再一次四处打工，什么能赚钱他就做什么。他夜以继日地工作，但依然不能养活家人。于是，他又出去闯荡。他一面乞讨，一面偷乘火车、卡车等，准备从旧金山到华盛顿参加正在那里举行的失业者万人大游行。在穿越美国的过程中，他历尽艰辛，甚至被抓进大牢，罚做一个月苦役。触目惊心的牢狱生活让他目睹了社会又一黑暗面，使他更加仇视统治政权，对他后来形成社会主义思想观念起到了重要作用。出狱后，他先是偷乘列车西行，后又到船上当水手，流浪 8 个月后才回到旧金山。

这次穿越美国的流浪生活，进一步开拓了他的视野，也使他有机会更清晰地目睹了美国社会的真实面目，对贫苦百姓有了更深入的了解，对他人生观和世界观的形成产生了非常明显的影响，为他后来的文学创作提供了非常宝贵的素材。回忆这段经历时，杰克·伦敦在随笔《大路》（"The Road"，1907）中写道，这段流浪生活在许多方面都对他的事业产生了深远的影响。首先，它很好地锻炼了自己编故事、讲故事的能力。他说："我经常想，我的流浪生活对我成为一名成功的小说家起到了很大的帮助作用。为了能在我居住的周围获得食物，我不得不编出一个又一个故事讲给人家听，而且听上去还要绝对真实，就像那些短篇小说大师们笔下的小说一样真实可信。"①其次，他由一个所谓的资产阶级冒险家，转变成了一名社会主义者，对美国的政治、经济制度产生怀疑，对美国的社会现实感到强烈不满，对当时盛行的社会主义思想表示热烈拥护。他终于认识到，靠出卖体力劳动不可能改变自己的贫穷生活、卑贱地位，只有依靠脑力劳动才有可能出人头地、改变命运。

杰克·伦敦开始认真思考自己的未来。他发现自己的主要兴趣和志向还是在文学及其创作上。他立志当作家。为了实现这一远大理想，19 岁那年，他再次走进校园，在奥克兰高中读书。这期间，他开始接受各种思想的熏陶，积极阅读达尔文的《物种起源》（*The Origin of Species*，1859）、赫伯特·斯宾塞的《第一原则》（*First Principles*，1860—1862）、马

---

① Jack London，*The Road*．New York：Macmillan，1907，p.10.

克思(Karl Marx，1818—1883)的《共产党宣言》(*Communist Manifesto*，1848)。同时，他还开始撰写随笔等，发表在校刊上。20岁时，他加入社会主义工党，正式成为一名社会主义者。第二年，他被加利福尼亚大学伯克利分校录取。但仅读了一个学期，他就因贫困退学，不得不重新干那些体力活。这时，美国北方的克朗代克地区发现了金矿，又一波狂热的淘金热潮席卷全国。经不住这一巨大诱惑，杰克·伦敦于1897年7月和姐夫一起加入北上的淘金大潮中。尽管是去圆一夜暴富的美梦，他依然没有忘记把《物种起源》、弥尔顿的《失乐园》等书籍塞进行囊。淘金事件对他影响巨大，极大地激发了他的创作活力，成为他事业的一个转折点。他曾直言不讳地说，他正是在克朗代克发现了自我，找到了前进的方向。淘金生活更进一步地锻炼了他的男子汉气概和无所畏惧的胆识，更加丰富了他的人生阅历，拓宽了他的视野，加深了他对人性的洞察，其社会主义信念也变得更加坚定。

然而，在克朗代克，杰克·伦敦并没有淘到金子，反而患上了坏血病，身体极度虚弱，不得不于1898年的春天无功而返。回家途中，他再次坚定了要依靠脑力吃饭的信念，决定当一名作家，从而确立了人生发展的方向。于是，他把淘金岁月的所见所闻和亲身经历全部记录下来。这些内容后来成为他取之不尽的又一创作素材。从这个意义上讲，他在北方虽然没有淘到物质上的金子，却淘到了大量文学素材上的"金子"，此后的文学创作大受裨益，取得了巨大成功。他以克朗代克这个北疆地区为背景创作出的优秀作品奠定了他在美国文学史上的牢固地位，其中的许多作品也已成为经典，如长篇小说《雪的女儿》(*A Daughter of the Snows*，1902)、《野性的呼唤》(*The Call of the Wild*，1903)、《白牙》(*White Fang*，1906)、《燃烧的戴莱特》(*Burning Daylight*，1910)以及短篇小说《生命的法则》("The Law of Life"，1901)、《生火》("To Build a Fire"，1902)、《热爱生命》("Love of Life"，1905)等。这些短篇小说收录在不同的文集中，有被誉为"炸开了新世纪的定时炸弹"①的《狼之子》(*The Son of the Wolf*，1900)、《他祖先的上帝故事集》(*The God of His Fathers and Other Stories*，1901)、《月亮脸故事集》(*Moon-Face and Other Stories*，1906)、《热爱生命故事集》(*Love of Life and Other Stories*，1907)等。这些统称为"北疆故事"的小说，风格粗犷、富有野性、语言质朴、笔力雄浑、情节感

---

① 欧文·斯通：《马背上的水手》，董秋思译，北京：中国青年出版社，1982年，第110页。

人,蕴含着丰富的生活哲理,非常清新,犹如春风拂面,给读者带来了完全不同的全新感受。尤其是充满了诗情画意的北国极地旖旎的风光、极具挑战的寒冷的生存环境、充满了"适者生存"之法则的人与自然的生死较量,更是给读者留下了深刻而难忘的印象。杰克·伦敦因此也被评论界誉为美国的"克朗代克的吉卜林"。此时的杰克·伦敦已经成为美国一流作家,知名的期刊,如《大西洋月刊》以及一流的出版社,像麦克米伦等,或纷纷向他约稿,或争先恐后地出版他的作品,使他充分领略到成功的喜悦。

1900 年 4 月 7 日,杰克·伦敦与贝丝·马登结为夫妻,这一天正好也是他的《狼之子》出版之日。贝丝一直是杰克·伦敦朋友圈中的一名成员,两人已经交往数年,当年他报考加利福尼亚大学伯克利分校时,数学还是她帮助辅导才通过入学考试的。贝丝原先是有未婚夫的,杰克·伦敦和她的未婚夫还是好友。不幸的是,她的未婚夫意外而亡。杰克·伦敦时常去安慰她,结果发现和她很谈得来。于是,杰克·伦敦决定娶她为妻,而且很快就悄悄地举行了婚礼。实际上,杰克·伦敦对贝丝并没有多少感情,充其量只是喜欢而已,根本谈不上爱情,而且贝丝的年纪比杰克·伦敦要大。他真正深爱的是梅布尔和安娜。这两位姑娘最先吸引他坠入爱河。尽管如此,他还是理性地选择贝丝为妻,因为他发现贝丝踏实、厚道、明白事理,对丈夫言听计从,又善于持家,是个典型的贤妻良母,一定会给他生一大群活泼健康的孩子,一定能让他拥有温暖、安定、舒适的家庭生活。

杰克·伦敦生性狂野不羁,不愿安于现状。他激情四射,喜欢冒险,喜爱刺激。这种激昂、浪荡的个性在他闯荡天涯的过程中得到了淋漓尽致的发挥。和性情温柔、举止恬静的贝丝结婚后,这种充满强烈原始野性的欲望被暂时压制了。经过几年安逸、平静的婚姻生活,他内心的野性不断地向他呼唤,驱使他去寻找能够满足他这种野性欲望的对象。恰米安·基特里奇(Charmian Kittredge,1871—1955)正是这样一个完美的目标。这位姑娘同他一样,桀骜不驯、激情四溢、豪爽泼辣、不拘小节,一副女中豪杰的模样。而且,她善于接受新思想、新时尚,谈吐富有情调,喜爱文学艺术,吹、拉、弹、唱无所不精,这种个性和爱好与杰克·伦敦的十分相似,是他心目中理想的女性。兴趣相投,性格相近,两人相互吸引是必然的。再加上一副典型新女性形象的恰米安与贝丝形成的对比又是那么鲜明,婚后的杰克·伦敦心中对这类新女性的渴望又是那么强烈,因此,杰克·伦敦与妻子渐行渐远,与恰米安越走越近。1905 年 11 月 18 日,他和贝丝正式离婚,第二天就把恰米安娶进了家门。这么急迫地"辞旧迎新",招致舆论一片哗然。

这期间,杰克·伦敦还担任过报社记者。1902 年,他到南非报道战争,在取道英国时战事已经结束,于是他深入伦敦东区了解英国社会状况。走进贫民窟一般的东区,满目都是贫穷、饥饿、疾病、拥挤、肮脏、萧条。这一切令他震惊不已,也勾起了自己苦难童年的回忆。面对这一现代文明社会里赫然存在的真实而又令人难以置信的非人生活,他情不自禁地对工业文明、对资本主义产生了厌恶,而对社会主义充满了好感。他随即写出了《深渊里的人们》(*The People of the Abyss*,1903),发到美国的报纸上刊登,引起巨大反响。紧接着,他又采用隐喻手法,写出了《野性的呼唤》,揭露残酷的适者生存丛林法则,引起文坛更大轰动。1904 年伊始,杰克·伦敦又以记者身份来到东亚报道即将爆发的战争。他冒死深入日本、朝鲜半岛、中国东北等地,像当年在北疆淘金那样历经千辛万苦采集新闻发回美国,引起人们高度关注,先后三次被朝鲜和日本警察抓进大牢,最后还是在美国总统罗斯福的强势干预下,日本政府才很不情愿地将他释放。这两次记者生涯再一次丰富了杰克·伦敦的人生阅历,为他增添了新的创作素材,同时也坚定了他的社会主义信念,革命论文集《阶级斗争》(*War of Classes*,1905)便是他的社会主义思想的真实展现。这些思想在《我是怎样成为一个社会主义者的》(*How I Became a Socialist*,1905)、《革命》(*Revolution and Other Essays*,1910)等不同的作品里也有表现。而最集中反映他的无产阶级思想的要算是长篇小说《铁蹄》(*The Iron Heel*,1908)了。

从日本回来后,杰克·伦敦在加利福尼亚州索诺玛县的格兰爱伦购置了大片农场,准备永久居住在这个叫"月亮谷"的农场里。这里群山环抱、溪水潺潺、鸟声阵阵、环境优美,一派世外桃源景象。杰克·伦敦十分喜欢,声称除了妻子,他最爱的就是这里。他雄心勃勃地要把这一大片农场打造成先进的现代化农场、最美丽的家园。为此,他学习了大量农业知识,还雇了大批劳工,按照他的设想对农场进行改造、建设,试图将它建成一个自给自足的小型社会。他和恰米安·基特里奇结婚后一直住在那儿,尽情享受大自然的美丽与宁静。杰克·伦敦还在里面建造了一座豪华别墅,取名"狼宅"。狼是自然界中适者生存的典型代表,具有坚韧的意志力和顽强的生命力。采用此名,杰克·伦敦是想以狼自居,也体现了他毕生不畏艰险、勇敢面对各种挑战的坚韧个性。遗憾的是，1913 年 8 月，这座耗费巨资的豪华别墅发生大火，化成了一堆废墟。

不甘寂寞的杰克·伦敦又萌生了另一个想法——驾船环游世界。这也是自孩提时代起就一直萦绕在他心头的一个不灭的梦想。为此，他耗费巨资建造了一艘名为"蛇鲨"号的航船。这次海上旅行可谓一波三折、危险不断，恶劣的天气和无情的病魔差点夺走了他们夫妻俩的性命。1907 年，他们首先到达夏威夷，并在那里写出了《生火》等经典短篇小说，随后又驶过南太平洋诸岛，如美拉尼西亚群岛、斐济、所罗门群岛、澳大利亚等。在耗尽了体力、财力之后，他们病倒了，住进了悉尼医院。恢复后，他们结束了原计划七年的环球旅行，回到了美国。宏伟的旅行计划只进行了两年就被迫中止，虽然有些遗憾，但为杰克·伦敦后期的创作积累了宝贵的素材，帮助他写出了三十余则短篇小说及其他作品。这些短篇小说有很多收录在《南海故事集》(*South Sea Tales*，1911)中，如《马普希的房子》("The House of Mapuhi"，1909)、《异教徒》("The Heathen")、《逃不开的白种人》("The Inevitable White Man")等。这些统称为"南海故事"的作品与他的"北疆故事"小说，是他在北极和赤道两次冒险最重要的收获，在他的作品中占有十分重要的地位。不过，相比而言，"南海故事"远没有"北疆故事"那么成功、诱人，其文学价值也没有那么高，倒是反映海岛风土人情的特写《"蛇鲨"号航行记》("The Cruise of the Snark"，1911)引起了不少关注。

航海回来后，杰克·伦敦进入了人生最后的时光，也是他生活相对比较稳定的时期。这期间，他继续创作，又写出了多部作品，如长篇小说《马丁·伊登》(*Martin Eden*，1909)、《燃烧的戴莱特》《历险记》(*Adventure*，1910)、《斯莫克·贝柳》(*Smoke Bellew*，1912)、《穷凶极恶》(*The Abysmal Brute*，1913)、《约翰·巴雷康》(*John Barleycorn*，1913)、《"埃尔西诺"号叛变》(*The Mutiny of Elsinore*，1914)、《红瘟病》(*The Scarlet Plague*，1915)、《暗杀局》(*The Assassination Bureau, Ltd.*，1963)等，短篇小说集《上帝笑了故事集》(*When God Laughs and Other Stories*，1911)、《太阳之子》(*A Son of the Sun*，1912)、《夜生者》(*The Night Born*，1913)、《塔斯曼的海龟》(*The Turtles of Tasman*，1916)、《人的漂移》(*The Human Drift*，1917)、《赤物》(*The Red One*，1918)、《马卡罗阿席上》(*On the Makaloa Mat*，1919)、《荷兰式勇气故事集》(*Dutch Courage and Other Stories*，1922)等。这众多的短篇小说中不乏优秀之

作,如《一块牛排》("A Piece of Steak",1909)等。

后期的杰克·伦敦虽然著作颇丰,但与此前相比,优秀作品明显减少,有江郎才尽的感觉。他对此很不满意。此外,生活安顿下来后,他越来越发现恰米安根本不是一个善于照顾他的贤妻,更不会像贝丝那样乐于做个家庭主妇,他无法过上正常而温馨的家庭生活,生活质量受到不小的影响。恰米安好不容易生下一个女儿,但第二天就夭折了。面对这些痛苦和不顺,他常常喝得酩酊大醉。酗酒是他一生的嗜好,尽管对身体伤害很大,他依然我行我素,时常出现酒精中毒现象。他还患有尿毒症和风湿病,肾功能也日趋衰弱,刚满 40 岁就一副衰老模样。虽然医生严厉告诫他必须戒酒,但他置若罔闻。这一恶习成为导致他身体极度衰弱的罪魁祸首。他深知自己已经筋疲力尽,应该休息了,用他在《马丁·伊登》中的话说:

> 我曾像画眉清晨啁啾
> 在洒满朝露的枝头。
> 而今我歌喉已哑,
> 像只疲倦的红雀。
> 唱歌的时光一去不返
> 该唱的歌已经唱够。

1916 年 11 月 22 日,杰克·伦敦在走过短暂的 40 个春秋后,匆匆地离开了人世。关于他的死亡,许多人认为是自杀,并且试图从他的作品中找出证据。然而,死亡告知书上写的却是死于尿毒症和肾衰竭。

虽然生命短暂,但他热爱生活,活得轰轰烈烈,而且以此作为文学素材,写出了许多比他的生活更加壮观的小说,给美国乃至世界文学留下了丰富的精神财富,成为美国最重要的作家之一。杰克·伦敦一生著作等身,发表作品多达五十余部,其中长篇小说就有 19 部,中、短篇小说更是多达两百来篇,汇成短篇小说集的,除了上文所述,还有《霜的孩子》(*Children of the Frost*,1902)、《人类的信仰》(*The Faith of Men and Other Stories*,1904)、《丢脸》(*Lost Face*,1910)、《荣誉之家及其他夏威夷故事》(*The House of Pride and Other Tales of Hawaii*,1912)、《强者的力量》(*The Strength of the Strong*,1914)等。在众多的短篇小说中,有许多现已成为经典,如《北方的奥德赛》("An Odyssey of the North",1900)、

《生命的法则》《月亮脸》（"Moon-Face"，1902）、《生火》《老头子同盟》（"The League of the Old Men"，1902）、《豹人的故事》（"The Leopard Man's Story"，1903）、《热爱生命》《路界以南》（"South of the Slot"，1909）、《一块牛排》《史无前例的入侵》（"The Unparalleled Invasion"，1910）、《墨西哥人》（"The Mexican"，1911）、《赤物》《马普希的房子》等。

创作思想及艺术风格

19 世纪末，美国正处于飞速发展时期，工业文明大踏步前进，大众文化繁荣发达。在美国和欧洲，各种哲学思想、学术思潮和科学发现等层出不穷，对世界产生了巨大影响，对身处疾速发展和快速变化时代的杰克·伦敦来说，这种影响也是显而易见的。他以十分包容、开放的态度，不停地吸取、接纳，"将各种不同的哲学观毫无顾忌地组合进自己的人生观"①，引导自己的人生，指引自己的创作，极大地丰富了自己的思想。可以说，从青年时代起，杰克·伦敦就"一直信奉各种（思想）'体系'，这些'体系'为他整个一生提供了稳固的理智框架"②。这些丰富的思想对他的创作产生了巨大影响。杰克·伦敦因此而成为美国文学史上思想最丰富、最复杂、也是最矛盾的作家之一，被认为是美国的一种"文化现象，是社会、个人、现实、理想、理性、欲望等错综复杂的混合体"③，是美国那个纷繁复杂、急速变化之时代的生动化身。

杰克·伦敦的"混合体"思想，内容丰富。首先是社会主义思想。在19 世纪的西方，社会主义思想开始广泛传播，杰克·伦敦认真阅读社会主义理论著作，积极接触马克思主义，比如《共产党宣言》和《资本论》，还读过圣西门、傅立叶和蒲鲁东等人的作品，受到很大启发。他发现，社会主义思想家们对资本主义制度的认识和剖析，非常准确地找出了这个制度的弊端。在社会主义者看来，资本主义制度实则是一种奴役制度，占人口绝对多数的平民百姓为少数资产阶级创造了大量财富，而他们自己却无法享受，一直被践踏在社会的底层，像奴隶一样过着贫穷的生活。这一认识对杰克·伦敦启发很大，让他认识到了穷苦百姓贫困的根源，同时也对

① Earle Labor & Jeanne Campbell Reesman，*Jack London*，revised edition. New York：Twayne Publishers，1994，p.3.

② James Lundquist，*Jack London: Adventures，Ideas，and Fiction*. New York：The Continuum Publishing Company，1990，p.34.

③ 虞建华：《杰克·伦敦研究》，上海：上海外语教育出版社，2009 年，第 295 页。

他的创作产生了重要的指导作用。他情不自禁地把这些思想融入自己的脑海中、写进自己的作品里，从而使得自己的作品具有一种无产阶级文学的特质。然而，杰克·伦敦并不是社会主义理论家，也不是高谈阔论的空想社会主义思想家。他的社会主义思想并不是完全在社会主义思潮的影响下形成的，而是更多地来自他本人的亲身经历，源于他的所见所闻，得益于他对社会广泛而深入的了解、观察和研究，尤其是与广大的劳苦大众进行的广泛接触。杰克·伦敦看到平民百姓并没有很好地享受到资本主义发展带来的成果，生活也没有因此得到很大改善。相反，他们却惨遭资本家的残酷剥削。底层百姓的这种苦难，再加上自己也是出身于社会底层，遭受过同样的艰辛和磨难，天性乐观的他对资本主义的社会制度越来越不满。他认为，这一切的苦难都是由缺乏公平性和合理性的资本主义制度导致的，这种制度违背了广大民众的根本利益，必须彻底废除。到处泛滥的社会不公平现象令他备感压抑。渐渐地，他变得悲观起来。他对资本主义社会不再抱有任何幻想，继而对社会主义发生了浓厚兴趣。他不仅追随社会主义思想，还投身于社会主义组织和活动。1896 年，他加入社会主义工党，并四处发表演说，大力弘扬社会主义思想，抨击资本主义制度。他号召人们唤起激昂的热情，勇敢地与资本主义进行阶级斗争。后来，他又加入美国社会主义党，并以社会主义党党员的身份，于 1901 年和 1905 年两次高调竞选家乡奥克兰市市长。虽然没有成功，但他在竞选过程中广泛宣传的社会主义思想却深深地留在了很多选民的心中。这些思想、对资本主义失望的情绪以及日渐悲观的人生观，对他的创作产生了很大影响。《铁蹄》等就是社会主义思想的完美演示。

其次是生存竞争思想。19 世纪英国生物学家达尔文提出具有划时代意义的生物进化论，提出了以自然选择为核心的进化论思想，阐释了"适者生存"理论。进化论彻底颠覆了神造论和物种不变论，揭示了自然界万物生灵的生存法则，极大地改变了人对生物界和人类在生物界中地位的看法，被誉为 19 世纪自然科学三大发现之一。而被奉为"社会达尔文主义之父"的英国社会学家赫伯特·斯宾塞又提出了社会进化论，将"适者生存"的思想拓展到社会生存环境中，进一步解开了人类生存的规则。如此重大的科学发现，自然也对杰克·伦敦产生了巨大影响。他非常赞赏并高度认同生存竞争、自然选择的理论，特别赞同"适者生存"这一说法。这一法则既适用于生物界生存竞争，也适用于社会生存竞争。这种生存竞争理论不仅成为他人生实践的指南，还成为他小说创作的一个极其重要的指导思想。无论是描写自然界生灵，还是展现社会中的人类，杰克·伦敦都将这一思想演绎到了极致。《野性的呼唤》和《热爱生命》等就是典型的例子。

再者是尼采的哲学思想对他的影响。杰克·伦敦一生受过各种各样思想的影响，但相对而言，尼采的哲学思想对他的影响可能最大。尼采的著名论点"上帝死了"，杰克·伦敦尤为赞赏。他本来就是一个无神论者，在尼采的无神论思想影响下，他更加坚定了自己的无神论信念。欧文·斯通曾经指出："弗雷德里克·尼采在感情上也许给了杰克最深刻的影响，因为他们俩的经历非常接近或相似……杰克反对一切宗教形式……尼采的思想证明了他对假冒伪善、虚伪以及宗教的欺骗性的看法是正确的。"[1]杰克·伦敦对尼采的资本主义认识论也高度认同。和尼采一样，他也认为资本主义社会物质文明越来越发达，社会财富越积越多，但人们并没有得到真正的自由，也没有获得应有的幸福。他在许多小说中反复表现这一观点，比如《铁蹄》。尼采对现代人太过理性也进行了批判，指责现代文明压抑了人性，压制了自由思想，禁锢了文化创造的激情，而要改变这一状况，只有将生命意志置于理性之上，进入一种非理性状态，同时采用强力意志取代上帝的地位，这样人们才能够避免人生的痛苦。这种非理性思想得到了杰克·伦敦的积极认可。尼采认为，一个人在生活中要想方设法成为强者、超人，要扩张自我、驾驭一切，从而实现自己的权力意志。杰克·伦敦发现，尼采的"超人"思想非常适合自己的性格。在他看来，这种超人思想实际上就是一种鼓励个人奋斗，是优胜劣汰、"适者生存"的自然法则。他认为，一个人应该努力成为一个超人、强人、勇士，应该拥有坚强的信心和决心，应该具备桀骜不驯、不畏艰难的坚毅性格，应该能够战胜各种困难和挑战。杰克·伦敦本人就是这样一个强者。他从小就对强悍形象的代表拿破仑、亚历山大大帝等顶礼膜拜，毕生都在实践超人的信念，以一个"超人"的意志演绎着"适者生存"的竞争法则。这个法则是杰克·伦敦毕生的信念，也是他小说创作最重要的思想和主题之一，其诸多作品都是这种超人思想的生动脚注，《海狼》里的"魔鬼号"船长拉尔森如此，《野性的呼唤》中的巴克也一样，其他小说中的许多形象也不例外。

---

① 欧文·斯通：《杰克·伦敦传——〈马背上的水手〉》，褚律元译，北京：十月文艺出版社，1999年，第100页。

　　欧文·斯通曾经指出,达尔文、斯宾塞、马克思和尼采是"杰克·伦敦的四位知识上的祖师爷"①,对杰克·伦敦的思想影响甚深。然而,杰克·伦敦错综复杂的思想混合体中的内容远不止这些,还有弗洛伊德、荣格的无意识和集体无意识等心理学思想。这种无意识学说对杰克·伦敦的影响也是显而易见的。他因此像荣格那样,促使自己时常倾听内心世界那种秘而不宣的无意识,领悟无意识,服从最能反映本我的潜意识的召唤。《野性的呼唤》中的巴克就是杰克·伦敦这些思想的忠实体现。巴克听从内心集体无意识的召唤,在本我的引导下实现了自我,获得了感悟,体验到了如弗洛伊德所说的集体无意识中的快乐。当然,这里的巴克显然具有强烈的拟人色彩。作者借此告诫世人,要像巴克这条狗那样,聆听心中的无意识,实现本我。

　　杰克·伦敦的一生自始至终都在与自然环境和社会环境进行搏斗,自然观在他丰富的思想中也占有很大的比重。不过,同其他思想一样,他的自然观也是前后矛盾的。一方面,他渴望回归自然,返璞归真,强调人与自然应该建立一种和谐关系,对自然保持一种敬畏,不要进行毫无节制的掠夺和破坏。他相信大自然对人类的心灵具有一种净化作用,还有一种感化力量,可以帮助人类保持美好的人性。杰克·伦敦因此被认为是一名环境保护主义者。他对自然的思考成为他创作的重要主题。他在小说中描绘了许多令人难以忘怀的自然景象,北疆的极地荒原、南海的赤道地带、美国西部的名山大川等,同时也描写了许多人与自然、人与动物的交往、相处,这一切无不清晰地表明了他向往自然、渴望与自然和睦相处的一种美好愿望。他明确指出:"现代人无法在文明中得到拯救……只有逃离文明才能拯救自我。"②逃离文明、回归自然,在他看来是人类实现自我救赎的一条明智选择。这种自然观成为他小说创作的重要思想。然而,另一方面,杰克·伦敦又认为,自然是为了人类生存而存在的,应该服务人类、造福人类、被人类所征服,尤其是当自然对人类的生活或生存产生威胁时,人类就应该征服它、改造它,在人类与自然的关系中,人类应该居于中心位置。这种以人类为中心的生态思想在杰克·伦敦的人生历程中、在他塑造的许多主人公的生活里,不停地被表现出来,比如《海狼》,再

---

　　① 欧文·斯通:《杰克·伦敦传——〈马背上的水手〉》,褚律元译,北京:十月文艺出版社,1999年,第99页。

　　② Jacqueline Tavernier-Courbin, *Critical Essays on Jack London*. Boston: G. K. Hall & Co., 1983, p.198.

比如"北疆故事""南海故事"等一大批作品。这种挑战自然、征服自然、以人类为中心的自然观，与他的以自然为中心的生态观形成了鲜明的对照，成为他思想矛盾性的又一个生动例证。用小查尔斯·沃森（Charles Watson, Jr.)的话说，杰克·伦敦"无疑受到了自然主义的影响，但从来不受自然主义的约束"①。之所以会出现这种现象，是因为杰克·伦敦是个实用主义者，他总是撷取对自己有用的东西，即便自己的观点前后矛盾他也不在乎。在这种矛盾思想的指导下，描写自然时，他时而哀叹人类力量的渺小，时而赞叹人类精神的伟大。这种自相矛盾的描写，是杰克·伦敦小说的一个十分突出的特点。

杰克·伦敦思想的矛盾性还体现在他的种族态度上。一方面，他像许多评论家指出的那样，是一个臭名昭著的种族主义者、白人至上论的鼓吹者。这种种族优越论在他小时候就显露出来。他们家虽然贫寒，但他母亲一直向他灌输白人血统优越论，要求他时刻要表现白人气质的高贵，不能混同于那些所谓的"劣等民族"的人。在这种思想的熏陶下，他对黑人、印第安人、爱斯基摩人、夏威夷土著人以及异邦的日本人、朝鲜人、中国人等都表现出不同程度的蔑视态度。同许多美国人一样，他认为亚洲人是"黄祸"，并且以此为题写出短篇小说《白与黄》（"White and Yellow"，1905）、《黄手帕》（"Tale of the Fish Patrol：Yellow Handkerchief"，1905）、《史无前例的入侵》等，以讥讽的口吻、漫画式的笔触，将华人移民百般丑化，毫不掩饰地流露出对华人的厌恶，告诫美国对不断涌入的中国人要保持一颗戒备之心，并采用虚构的手法，描绘如何对中国进行种族灭绝。这是典型的种族主义，甚至还带有一些法西斯倾向。对待日本人，他的蔑视态度也是一览无遗。他远航日本回国后写了四部有关日本的作品，即短篇小说《酒井绪、和乃爱子与孝武》（"Sakaicho, Hona Asi and Hakadaki"，1895）、《夜游东京湾》（"A Night's Swim in Yeddo Bay"，1895）、《阿春》（"O Haru"，1897）和《在东京湾》（"In Yeddo Bay"，1903），在其中可以清楚地找到证据。然而，在另一方面，随着对这些异质民族的了解越来越多，杰克·伦敦的种族思想也发生了显著变化，对待所谓的"劣等民族"不再那么怀有偏见和歧视了。渐渐地，他同情并认同他们，赞赏他们的勤劳、聪明，并呼吁白人不要再沉醉在"白人至上"

① Charles N. Watson, Jr., *The Novels of Jack London*, *A Reappraisal*. Madison：University of Wisconsin Press, 1983, pp.97 - 98.

的遐想中,而是要正视不同民族的差异,加强相互间的交流与沟通,与这些民族平等相待。很显然,这种种族观与他以前的态度是矛盾的。但是,这一思想变化表明,杰克·伦敦对待种族问题越来越理性了,不再像早年那样任凭白人种族情感驱使。到他生命的后期,他不仅自己抛弃了种族偏见,还呼吁世人,尤其是西方人要放弃种族歧视。由此可见,杰克·伦敦的种族观是不断进步的。

杰克·伦敦的一生是在不停地追求各种思想、同时又在不断地改变或者放弃这些思想。究其原因,可以说这是他在不停地寻觅实现个人价值、获取成功的有效方法。不管什么思潮,只要对自己有利、对自己的成功有帮助,他就相信。从这个角度讲,杰克·伦敦既不是一个纯粹的无产阶级作家,也不是一个坚定的社会主义者,而是一个个人主义者。他追随的无产阶级、社会主义等各种不同的思想,更多的是为了实现自己的个人主义。他是个实用主义者,杰克·伦敦研究专家保罗·霍洛维茨,对他思想矛盾性进行的概述,清楚地说明了这一点:

> 杰克·伦敦是个复杂体,其性格表现出诸多显而易见的矛盾性。他声称自己是个社会主义者,但他显然是个忠实的个人主义者。他相信社会主义的政治和经济学,批判资本主义的邪恶,但与此同时,他在这一制度中不断向上攀爬,获取成功。他确实成功了……他热爱人类,希望每个人都能享受到平等和正义,但他又固执地强调盎格鲁—撒克逊种族优越论。杰克·伦敦的这一形象,预示着20世纪是个矛盾重重的时代的特征:政治和社会革命以及世界文化的大动荡。当全世界还在消化维多利亚时代的软食(那些多愁善感、对居室礼节大惊小怪的小说)时,杰克·伦敦推出了充满强烈情感和痛苦的小说。尽管这些作品还存在一些不足,却展现了生活的自然状态。杰克·伦敦犹如一盏明灯,照亮了强求一致的文学世界。①

简言之,杰克·伦敦一直在探索获得成功的最佳途径,寻找生存竞争中立于不败之地的方法,演绎“适者生存”的社会进化理论。换句话说,尽管杰克·伦敦的思想复杂、矛盾,又不成体系,但是从其不同时期的作品中,有

---

① Paul J. Horowitz, ed., *Jack London: Three Novels and Forty Stories*. New York: Gramercy Books, 1993, p.8.

一点我们是可以清楚地看出的，那就是他珍爱生命、热爱生活，不倦地探寻生命的意义和价值。这一点既是杰克·伦敦最显著的特征，也是他最让人尊敬的地方，而他的小说几乎都是表现自己如何热爱生活的生动记述。热爱生活可以说是他最重要的人生观。而个人主义是他的立世原则，是他历尽艰辛获取成功的法宝，是他思想的又一重要特征，是其小说的另一个闪亮主题。

总体而言，杰克·伦敦是一名现实主义作家，基本上采用如实记录的方法，但他的创作同时又带有明显的浪漫主义色彩，尤其是在"北疆故事"和"南海故事"小说中。而自然主义倾向，在表现"适者生存"思想的小说中则显而易见。杰克·伦敦丰富的创作手法与风格，通过独具特色的语言，得到了尽情发挥。杰克·伦敦性格豪迈，行为果断，不喜欢繁文缛节，讨厌文绉绉的文风，对那些书面语，尤其是空洞无物、华丽苍白的修饰语言，一向是嗤之以鼻。他的语言就像他的人一样，简约、凝练、粗犷、豪迈，充满了动感，给人以强烈的震撼。他从日常生活中，从平民百姓那里吸取了大量简短平易、直白明了、富有生活质感的语言，包括口语，来展现丰富的生活内涵和人生哲理。这种语言充满了生气和活力，具有很强的艺术张力和感染力，清新、自然。同时，他通过简洁的结构、鲜明灵动的意象，娓娓道来一个又一个引人入胜的故事。这些故事，其情节同其语言一样，也是十分贴近时代、贴近生活、诙谐幽默、简洁明快、质朴自然，读起来轻松畅快。此外，他的小说新颖独特，与其他作家没有丝毫雷同之处，用著名评论家乔治·布兰迪斯（George Brandes，1842—1927）的话说："他的创作极为新颖，极具原创性，风格独具个性，没有任何他人影响的痕迹。"①这种简洁自然、贴近生活、极富情感的风格非常适合短篇小说创作，是杰克·伦敦文风的突出标志，是其短篇小说的一大艺术特色和广受欢迎的重要法宝，对许多作家都产生了巨大影响，吸引美国一代又一代作家争相模仿。

短篇小说创作

杰克·伦敦虽然著有不少优秀的长篇小说，但相比而言，其短篇小说在文学质量上比其长篇小说更胜一筹，是其创作才华展现得最为充分的

---

① Earle Labor，"Jack London，" *Dictionary of Literary Biography: American Short Story Writers*，1880-1910，Vol.78，p.247.

一种文体。美国著名的杰克·伦敦研究专家、作家戴尔·L·沃克（Dale L. Walker，1935—2015）在他编撰的《杰克·伦敦短篇小说》中说："伦敦真正擅长的是短篇小说……伦敦真正的才华在于短篇这一形式，在于 7 500 字及以下这类短篇。在这里，他思如泉涌，艺术形象源源不断，与生俱来的高超的叙事才华立刻得到了驾驭和自由发挥。"①沃克发现，杰克·伦敦在写作长篇小说时总找不到这种得心应手的感觉，因为他天生性急，思维敏捷，不适合写冗长的、慢腾腾的长篇小说，即使写出来，不是有这样的缺陷，就是有那样的不足。作为一名优秀的短篇小说家，杰克·伦敦佳作众多，名篇俯拾即是，有许多已经成为美国乃至世界短篇小说史上的经典名作，对许多作家，尤其是短篇小说作家，产生了深刻的影响，如海明威和诺曼·梅勒（Norman Mailer，1923—2007）等。20 世纪初，美国短篇小说创作十分兴旺，是美国短篇小说史上有名的黄金时代之一。在这样的时代中，杰克·伦敦无可争辩地成为引领者。在短短十几年时间里，他创作出两百来则短篇小说。这些优秀的小说一直深受各国读者的喜爱，在世界文学宝库中始终占有重要的地位，其影响经久不衰。

《北方的奥德赛》

《北方的奥德赛》是杰克·伦敦的一篇重要代表作，无论是评论家还是读者，都给予了很高的评价。小说短小精悍，感人至深。主人公纳斯是阿留申群岛上的一名印第安人酋长。以阿克赛尔·冈德森为代表的欧洲白人殖民主义者不仅侵犯了他的领地，还抢走了他心爱的妻子恩卡。被激怒的纳斯不分昼夜，四处寻找，足迹踏遍了大海和陆地，历尽千辛万苦。发现仇人后，他把冈德森引到北疆，使用各种计谋，终于将冈德森杀死，报了夺妻之仇。然而，令他意想不到的是，被夺回的妻子没有一丝重逢后的喜悦。相反，她宁可和冈德森一同死去，也不愿跟他回到岛上。他向妻子讲述一路上的艰辛和危险，但妻子依然不为所动，甚至拔刀捅他。深爱妻子的纳斯伤心欲绝，可他并没有怨恨她，而是继续关心她、呵护她，为她生火取暖，抵御严寒。然而，恩卡去意已决。万般无奈的纳斯伤心不已，失望至极。后来，他向曾经帮助过他的梅尔缪特·基德讲述了整个故事。

小说情节虽然简单，作者却十分清晰地展示了自己的重要思想。其中，白人优越论、白人至上的思想最为突出。作品中的人物基本上分成两

---

① Dale L. Walker，*Jack London: the Stories 5*. jacklondons.net.

大类：以纳斯为代表的土著印第安人和以冈德森为代表的欧洲白人、殖民主义者。在作者笔下，印第安人是未开化的原始部落民族，那里的人"住在肮脏的草房里，吃鱼和油"，没有现代文明，依然处在一种尚未开化的落后状态。恩卡住在那里是开心的、快乐的，可以随心所欲。然而，被冈德森掠走后，她体验了与印第安人生活完全不同的白人生活。描写这种生活时，作者没有了蔑视与歧视，字里行间充满了对白人的礼赞和对"文明的"殖民主义者的歌颂。作者从恩卡的视角，称赞白人吃的都是"精致的宴席"，过的都是富裕的生活，讲的都是文明的话语，待人彬彬有礼，显得非常有教养。冈德森霸占她后，不仅没有虐待她，反而十分疼爱她，"待她像王后一样"，让她充分享受到了爱情、尊严、文明。两种截然不同的生活形成了鲜明对比。通过这种对比，作者将白人殖民者的文明与优越性描写得至善至美。这也是恩卡为什么宁愿与冈德森一起去死也不愿回到印第安人生活中的原因。就像文中描写的那样，冈德森当初抢她时，她竭力反抗，"尖声地叫着……扯他的黄头发"，可是到后来她对白人的文明"舍不得丢下"，由最初的被强迫加入白人文化，到后来坚决自愿地加入，演示了白人殖民主义者如何通过自己"先进的文明"，一步一步地进行"文明"殖民，"教化"那些所谓"不开化"的落后民族。而作为白人殖民者代表的冈德森，则是作者的白人优越论思想的集中体现。作者原本是在描写印第安人遭遇的不幸，却唱出了一首白人殖民者的赞歌。他自始至终把这个抢夺别人妻子的抢劫犯当做英雄来写，十分清晰地暴露了作者白人至上的种族主义思想。

超人思想和"适者生存"理念在小说中也是显而易见的。这种思想观念主要是通过冈德森体现出来的。无论是在外形上还是气质上，他都是一副典型的"超人"形象：高大魁梧、英勇无畏、意志坚强、对爱情忠心耿耿等。作为力量的象征，这位"超人"在抢劫印第安部落时很少有人敢和他对抗。在他面前，纳斯显得渺小许多，全然没有那种英雄气概。他向冈德森报夺妻之仇，原本是正义之举，却采用小人的伎俩，利用阴谋诡计，将对方置于死地，全然没有光明磊落的样子。在作者眼里，冈德森这种"超人"才是"适者生存"环境中的强者。在他看来，冈德森抢占印第安人部落，是强者征服弱者，是斯宾塞在其社会进化论中所描绘的很自然的事情，而弱者对强者俯首称臣，比如恩卡臣服于强者冈德森而不愿回到弱者纳斯身边，就是对强者的崇拜，是明智之举，是符合自然规律的，是"适者生存"最生动的证明。在这些思想指导下，杰克·伦敦描写强大而又"文明的"白人殖民者对"未开化的"、弱小的印第安人进行入侵、杀戮,都是符合"适者生存"之规律,是"合法之举"。很显然,作者在这里通过"超人"哲学和"适者生存"思想,美化白人殖民主义,宣传白人殖民政策的"合法性"。

在演绎这些思想的过程中,杰克·伦敦采用了互文手法,从而赋予了小说更丰富的内涵,更强的艺术张力。小说取名《北方的奥德赛》,把纳斯寻妻报仇的故事描写为奥德赛式的故事,明显是想和荷马史诗《奥德赛》进行互文。在《奥德赛》中,特洛伊战争结束后,奥德修斯在归途中因冒犯海神,发生海难,没能像其他英雄们一样凯旋,而是漂泊他乡。10年后,他漂泊到一个小岛上。应岛上国王之邀,讲述了自己漂泊途中遭遇的种种不幸和冒险以及对妻子的强烈思念。国王深受感动,派船将他送回故乡,与他朝思暮想、分离多年的妻子团聚。在荷马的笔下,奥德修斯处处表现出英雄气概,赢得了包括国王在内的所有人的尊重。然而,杰克·伦敦却没有这样正面刻画纳斯的形象。纳斯踏上漫长而艰辛的寻妻归乡之路,并不是像奥德修斯那样冒犯了谁,而是被人冒犯,不得已才踏上复仇之路,应该说这是正义之举。但作者并没有把这位印第安人酋长描绘成英雄。而且,尽管他像奥德修斯一样历尽艰辛万苦,也找到了妻子,但他没有表现出奥德修斯那样的英雄气概,也未能像奥德修斯那样回到家和忠贞的妻子团圆,而是被妻子抛弃,继续浪迹天涯。作者有意将纳斯与奥德修斯对比,却无意把他描写成奥德修斯那样的英雄,充分表现了杰克·伦敦对以纳斯为代表的印第安人的偏见,对被殖民者的蔑视,暴露了浓厚的种族主义思想。当然,从另一个角度讲,杰克·伦敦浓墨重彩描写纳斯的悲惨遭遇,实际上表现了对遭受蹂躏的印第安民族的同情,间接地声讨了白人殖民主义者恃强凌弱、侵犯弱小民族的罪行。

最后需要指出的是梅尔缪特·基德这个重要人物。杰克·伦敦在这里又一次把他描写成一个主要角色。基德是作者描写北疆小说系列中反复出现的北疆英雄,由这一形象构成的系列小说被称为"基德系列小说"。作者惯常将他置于险恶的环境下,置身于暴力、死亡的威胁中,充分展现他的智慧、勇敢、无畏、乐观、慷慨、诚信以及强烈的道德感和正义感等各种英雄主义品德,表现他如何适应环境,每次都能战胜困难,战胜死亡。基德的这一形象是"适者生存"的典范,也是当时美国淘金者的代表,是"超人"的代言人,更是作者本人的化身,集聚着杰克·伦敦饱满的情感。在那个快速发展的时代,杰克·伦敦塑造这样不畏艰辛、迎难而上的形象,具有十分积极的意义,传达了乐观的生活态度,同时也宣传了人们应该培育的一种价值观念，这是这个形象所具有的价值所在。用美国密歇根州立大学教授麦克林托克（James I. McClintock）的话说，基德身上体现出来的这些理想化的价值观念和道德品质"都来自'美国梦'：一种对人的意志力的信仰，一种对传奇式的美国人的判断力和机智的信任，一种对正直和友爱的信奉，最重要的是，一种对上述这些品德的信念，相信品德的力量能够捍卫个人尊严，恢复人道的社会秩序"①。这正是基德形象的意义所在。

《生命的法则》

"适者生存"同样是《生命的法则》的重要主题。它依然以北疆为背景，描写的对象还是印第安人，以主人公临死前的几个小时为时空，诠释了作者的生死观。主人公科斯库什曾是一位印第安部落的首领，健壮彪悍，英勇无敌，叱咤风云，深受世人的爱戴和敬重。如今，他年老体弱，双目失明，已经不是生活的强者。用他自己的话说："我已经是风烛残年了，一阵风就能把我打倒在地上。我的声音弱得像个老妇，眼睛再也看不清脚下的路了。"风烛残年的他被族人丢弃在荒郊野外，在冰封雪地里无力生存下去，唯有等待死亡的降临。老人伤心不已。但是，他清楚地知道，伤心无济于事，恐惧也解决不了问题，生老病死是自然法则，无人可以幸免。于是，他思绪万千，对人生、对生命进行了冷静而认真的思考。他回想起年轻时目睹过一头掉了队的、年迈的麋鹿被狼群咬死的过程。一群穷凶极恶的饿狼对那头高大的麋鹿紧追不舍，然后将它团团围住，合力对它发起进攻。麋鹿势单力薄、寡不敌众，但依然竭力抵抗、殊死搏斗，直至鲜血淋漓、皮开肉绽，展现出了勇敢无比的英雄气概。然而，面对众多的敌人，羸弱的它在被追咬、围攻几天后，最终还是逃脱不了被狼群吞食的命运。那惊心动魄、惨烈壮观的搏斗场面依然历历在目，科斯库什震撼之余，也深得感悟。他深知，"弱肉强食、适者生存"是永恒不变的生命法则，虽然残酷，但这一生命定律无人能够违抗、超越。想到这些，老人顿觉释然，忽然有一种超脱的感觉。于是，当一群狼向他逼近时，他并没有反抗，而是扔掉了手中燃烧的木棍。他知道反抗是无济于事的。当狼群全部扑上来时，他把头埋进双膝之间，坦然面对死亡的降临。

---

① James I. McClintock，*White Logic: Jack London's Short Stories*. Cedar Springs, Mich.: Wolf House Books，1976，p.75.

小说悲壮、惨烈,令人唏嘘。然而,杰克·伦敦所要表现的正是这种不可违抗之自然规律。"适者生存"是"生命的法则",不论是动物还是人类,无一能够逃避。无论你曾经多么英勇,也不管你以前多么强大,一旦变成弱者,无法面对残酷的生存竞争,就必将沦为强者的鱼肉。作者的这种死亡观虽然有些宿命论的元素,但"适者生存"的生命法则原本就是如此,用他的话说,这样的人"死又有什么要紧呢? 生命的法则不就是完成生的任务之后总有一死吗?"显然,生与死是本篇故事通过"适者生存"思想探讨的重要主题。而这种探讨是通过人与动物的对照描写进行的。他们虽是不同的生灵,但面临的却是相同的生命法则和生存的原则。他们面临相同的死亡威胁,但麋鹿选择的是抗拒,是几天几夜徒劳的抗争;老人选择的则是坦然接受,没有反抗,驯服地遵从命运的安排,因为生活告诉他:"这是所有生物的法则……他在所有的生命中都注意到了这一点。树液上升,嫩绿的柳树芽绽开;枯黄的树叶飘落——在这简单的过程中讲述着整个生命的历史……人不遵循这一点,要死;遵循了,同样也要死。"通过老人的这番心理活动,作者清晰而明确地展示了自己的生死观,生动地诠释了对"适者生存"的理解。

杰克·伦敦花了不少笔墨描写狼。这个动物出现在他许多小说中,是一个极为重要的意象。他笔下的狼不是邪恶的化身,而是适应环境的强者,虽然生性冷酷,但深谙生存法则,所以能够在恶劣而残酷的自然环境中处于强势。当然,这个动物又具有极强的拟人色彩,其遵从本性、顺应环境,是对人类生存的一种残酷、却十分明智的警示,是杰克·伦敦演绎"适者生存"思想的生动标本。

《生　火》

《生火》被认为是杰克·伦敦最优秀的短篇小说,是北疆小说系列中的代表作,也是作者"适者生存"思想的又一次完美演示,具有浓郁的自然主义色彩。主人公是位北疆的淘金者,无名无姓,作者只是用"那个人"指涉。在一个冰天雪地的早晨,气温低至零下六七十度,但是"那个人"依然不畏严寒,决定离开育空河,穿越旷野去亨德森港附近的营地和朋友们汇合。育空河流域位于阿拉斯加至加拿大西北部,那里"是一片牢不可破的纯白",终年天寒地冻,一切"都仿佛披上了一袭无形的尸衣"。在如此恶劣的天气中,与他相伴的只有一条狗。这条狗凭着本能,感觉到如此寒冷的天气是不适合出行的。但他执意要走。他沿着一条小溪一路前行。天气极其寒冷，呼出的热气很快变成了霜，吐出的唾液立刻结成了冰。饥寒交迫的他只好设法生火取暖、吃饭。这时，他惊恐地发现，水渗进了鞋子里。他必须立刻生火，否则脚和腿很快就会冻坏。他费尽周折，好不容易把火生起来。可是，缺乏野外生存常识的他，竟然把火生在一棵树下，结果被树上落下的雪给灭掉了。这时，他害怕了，"就像听到了自己的死刑判决一样"。他试图把火再次生起来，可是冻僵的双手已经不听使唤，用牙齿咬着火柴，也没能点着。他转而想把狗杀了，用狗的肉体暖和身子。可是，冻僵的手拿不住刀。万般无奈的他最后想通过运动暖和身体。他决定跑步到目的地。可冻僵的双脚不听使唤。他终于意识到，自己是走不出这片雪地了，于是决定"有尊严地迎接死亡"。随后，他进入"平生最舒服、最惬意的睡眠中"，离开了人世。不一会儿，那条狗掉转头，步履蹒跚地向它熟悉的营地走去。

　　该小说情节同样十分简单，但简单背后蕴含着作者丰富的自然主义思想以及对人与自然关系的严肃思考。小说通篇给人的启示是，面对自然，尤其是严酷的自然，人要顺应，不能蔑视，更不能抗争，否则必将付出沉重的代价，直至丧失性命。小说在开篇就向我们展示了这样一个恶劣的环境："天渐亮了，却又冷又阴，异常阴冷……九点了，可是没有太阳，连一点太阳的影子也没有，尽管天上没有一片云朵。这好歹是个晴天，可是一切都仿佛披上了一袭无形的尸衣，一种不可名状的黑暗使天色越发阴晦了。"这样的天气对户外的人来说是个极大的威胁，犹如披上尸衣的旷野对生命而言是个极大的挑战，在北疆生活过的作者对此深有体会。作者通篇采用的都是这种波澜不惊的叙述，对北疆大自然的直接观察，对环境的真实而客观的描述，以及对人与自然关系的精确剖解。这是一种典型的自然主义描写，就像左拉说的那样："不要夸张，也不要强调，只要事实，值得称赞的或者值得贬黜的事实。"由此可见，杰克·伦敦的这种客观、真实的描写在很大程度上受到了左拉的影响。而以左拉为代表的自然主义文学带有浓厚的宿命色彩，这种思想在《生火》中也是显现无疑。面对难以逾越、又无法掌控的自然力量，人唯有适应自然、顺从自然，在"适者生存"的环境中方可避免悲剧的发生。这是进化论的核心，是"适者生存"理论的精髓。主人公"那个人"的悲剧正是源于他不谙此道，硬是悖逆自然法则所致。相反，与他同行的那条狗则顺应生存本能，顺应自然环境，免遭了悲剧。它虽然看不懂温度计，也"不懂什么是温度，可能也不像人类那样脑子里对严寒环境有清楚的意识，但野兽有的是直觉"。顺应自然的直觉和丰富的野外生活经验告诉它，如此寒冷的天气是不能出行的，即便出行，也不能像主人那样累了就坐在雪地里。凭着动物的这种本能和经验，它成了"适者生存"法则的践行者，虽长期生活在如此恶劣的环境中却能幸存下来。这两个形象的不同结局，完美地演示了作者"适者生存"的思想。

这种思想通过诸多鲜明而生动的意象的烘托而变得更加突出。天寒地冻的雪野便是其中之一。这一严酷的意象死死地将万物置于自己的封锁之中，冷眼观看生灵的一举一动，无论他（它）们怎么努力、抗争，它都无动于衷。天寒地冻的雪野残酷无情、凶险诡谲，没有情感，也没有理性，与人类文明的社会环境形成天壤之别。这样的环境没有文明可言，也没有人性化的气息。置身其中，人显得异常的脆弱、渺小，根本不能用文明社会中的那种理性进行思维，只能依靠人的天性和本能行动，主动适应雪野的规律，方能生存。狗是另一个极为重要的形象，在作者许多小说中都扮演着重要角色，与主人公形成鲜明的对比，是大自然中"适者生存"的榜样，是反衬人性弱点的不可替代的形象，因此在作品中与人的形象具有同等重要的作用。除此之外，作者还塑造了一个十分重要的意象——火。在北疆小说中，火始终是个重要的物象，是演绎作者思想的有力工具。在《生火》中，这个意象同样具有不可替代的作用。水是生命之源，而火则是维系生命不可或缺的必需品，在天寒地冻的雪野更是如此。没有火，就没有生的希望。生火，是生存的必要前提。作为北疆的淘金者，杰克·伦敦对火的作用再清楚不过了。《生火》中的主人公正是因为没能再次生起火，才变得异常恐惧，直至绝望，最后放弃生的希望。雪野、狗、火等意象构成了一个特别的自然世界。雪的静与狗的动，雪的冷与火的热，这静与动、冷与热，是大自然张力的体现。通过它们，作者生动地诠释了自己的自然主义思想。

《热爱生命》

《热爱生命》与《生火》常常被当做是一对姐妹篇，被誉为杰克·伦敦最出色、最具哲理的短篇小说。它同样以北疆为背景，向读者演示的依然是在严酷的自然环境里、在生与死的抉择中，如何坚强勇敢、聪明睿智、学会舍得，最后实现"适者生存"。故事发生在热火朝天的淘金时代，素材取自于作者本人在北疆淘金时的所见所闻。主人公是一对淘金伙伴，"他"和比尔。淘金后，两人结伴回乡。他们背着沉重的金子、食品和衣服，步履蹒跚，一路艰难，穿越天寒地冻的荒原。途中，"他"不小心扭伤了脚，鞋子也破了，脚也磨出了血。"他"在崎岖不平的山路上，在寒冷刺骨的小溪里，在泥泞的沼泽地里艰难前行，趔趔趄趄走着。此时的"他"非常希望比尔能够帮上一把。然而，由于害怕受到拖累，并且渴望带着身上一袋金子早点回到家，比尔竟然抛下"他"独自走了。孤立无援的"他"只好独自蹒跚在荒凉的原野上，面临着一个又一个生死考验。首先是严寒。在零下几十度的寒冷旷野中，人的肌体受到极大挑战，生命遭到严重威胁，必须时常生火，抵御严寒。而生火需要火柴，火柴在此时此地成了生死存亡的关键。小说对此进行了十分细腻的描写：

> 他打开包袱，第一件事就是要数数火柴。一共67根。为了确认无误，他数了三遍。他把火柴分成几份，用油纸包起来，一份放在空烟草袋里，一份放在破帽子的帽圈里，最后一份放在贴身的衬衫里面。刚分好，他心里就一阵恐慌，又把火柴拿出来数了一遍。还是67根。

没有火柴，就意味着无法生火；无法生火，在如此寒冷的地带无异于死亡。"他"十分清楚这个事实，这也是"他"为什么非常紧张、视火柴如生命的原因所在。其次是疲惫和伤痛。"他"已经在荒原上行走数天，身上还背负着沉重的包袱，再加上身体负伤，脚已是"皮开肉绽"，鲜血淋漓，体力几近耗尽。面对出血的伤痛，"他"同样非常紧张、恐惧。作者花费不少笔墨，仔细描写"他"包扎伤口的情景。这种不带任何评述的白描式描写，把主人公内心的恐惧惟妙惟肖地揭示了出来。然而，令"他"更加紧张、更加恐惧和难以忍耐的是饥饿。与无法遏制的饥饿相比，疲惫和伤痛根本算不了什么。所带的食物已经吃完，他已有两天没有进食了。饥饿难耐的"他"在荒野上找到什么就吃什么，不仅吞食路边的浆果和野草，还生吃小溪里的活鱼，甚至连狼群吃剩下的骨头也抓起来啃。除此以外，"他"还面临一个威胁，那就是野狼。在他饥寒交迫、极度虚弱的状况下，一头病狼盯上了他，一路紧随，舔着他流下的血迹。一人一兽，一前一后，就这样拉锯着、周旋着，考验着各自的耐性和毅力。这样的对峙是你死我活的、是极其残酷的，无论对人还是对兽，都是一个难以忍受的炼狱，尤其是对这两个徘徊在死亡线上的人兽来说。这一恐惧始终笼罩着主人公，"他"高度紧张，丝毫不敢放松警惕。"他"清楚地知道，如果不杀死它，就要被它吃掉。作者为此极其细腻地描写了主人公此时的内心活动：

每次听到狼的嚎叫,他内心深处与生俱来的恐惧便油然而生。他不是害怕耗尽最后一点体力走向衰竭,也不是担心寒冷和饥饿无情地吞噬自己,他恐惧的是自己还没有真正放弃对生命的渴求,性命就可能断送给了那无情的饿狼。饿狼的嚎叫声在阴冷的荒原上此起彼伏,他显得那么渺小,那么孱弱,感觉自己的生命随时会终结。

为了不让自己的生命走向终点,"他"拼尽力气,和病狼展开了殊死搏斗,最终咬死饿狼,喝了狼血。在经历数天的生死考验后,"他"跟跟跄跄地来到海边,被一艘捕鲸船救起,结束了这段噩梦般的经历。而比尔由于舍不得放下肩上的那袋金子,结果没能走出荒原,把一堆白骨留在了旷野。

作者在整个故事中描写了一个又一个威胁:严寒、疲惫、饥饿、恶狼。在这样一个险恶的环境中,人只有不畏艰难,不惧威胁,才能战胜自己,战胜周围的环境。这个环境实际上就是"适者生存"的自然环境,弱肉强食的丛林世界。在物竞天择的环境中,弱肉强食和"适者生存"是亘古不变的法则。适应这个环境,学会舍弃,同时具备勇敢、坚强的个性和毅力,才能生存下去。"他"没有像比尔那样,临死还不舍得扔掉沉甸甸的金子。"他"扔掉了一切累赘,轻装前行,最终得以生存。而"他"得以幸存的最主要原因是热爱生命。对生命的挚爱,促使"他"超越生理和心理极限,同各种威胁展开了殊死搏斗,最终战胜了自然、战胜了自我,成为生活的强者、环境的适者。通过这个强者的故事,作者热情歌颂了人的生命力和顽强精神,唱出了最强的热爱生命的赞歌。

这首生命礼赞之所以感人至深,栩栩如生的人物塑造是关键。在设计人物时,作者匠心独运,用"他"指涉主人公。主人公没名没姓,传递了一个明确的隐喻,"他"不是一个具体的个体,而且泛指,指涉每个人。从这个意义上讲,"他"被赋予了广泛的代表性和普遍性,也寄予了作者对整个人类的期望,希望大家像"他"一样,坚定信念,热爱生命,学会舍得,适应环境,最终实现"适者生存"。"他"可以说是"适者生存"思想的完美注释,是生活哲理的生动演示。正是因为"他"深谙"适者生存"的生命哲理,拥有热爱生命的巨大动力,在和以比尔为代表的人类竞争中,他成了强者,在和以病狼为代表的恶劣环境的搏斗中成了赢家。"适者生存"和热爱生命,可以说是这篇享誉世界的短篇小说给予我们的最重要启示。

小说画面感强,犹如电影一般,将一个又一个细微的镜头清晰地呈现在读者眼前。小说一开始,作者以摄影师的视角,将两个在荒无人烟的旷野中踟蹰前行的人，由远而近地拉到读者的面前。小说由此展开。而展开后的情节并不复杂，但层层递进，悬念迭出，使读者始终处在一种亢奋的阅读状态中，欲罢不能。再加上特有的杰克·伦敦式的北疆荒原的描写、主人公身处残酷的自然挑战和濒临死亡的身体状态，以及细腻的人物心理刻画，使得小说看似平铺直叙，实则跌宕起伏，表面上平淡无奇，读起来却酣畅淋漓，不仅给读者带来强烈的阅读快感，而且还在精神和灵魂上带来巨大的震撼和启迪，是一篇不可多得的人生启迪佳作。

《一块牛排》

"适者生存"是杰克·伦敦短篇小说的重要主题，不仅具体形象地表现在上述反映自然环境的北疆生活系列小说中，还展现在他所描写的社会环境的小说里，《一块牛排》就是这类小说的典型代表。作者花费了大约半个月的时间才完成，发表在《周六晚邮报》上。小说描写的是主人公汤姆·金的悲惨生活。金是个拳击手，曾经叱咤拳坛。可是随着年龄的增长，年过40的他在拳坛上已经力不从心，英雄末路，比赛表现越来越差强人意，显然不适合再参加比赛了。然而，不比赛就意味着没有收入，妻儿就要忍饥挨饿。没有钱，就连商店老板也不愿意赊给他一块牛排。曾经挥金如土、辉煌无限的他，如今沦落到靠人施舍的窘迫地步，他备感沮丧。为了养家糊口，也为了证明自己宝刀不老，他决定参加一场比赛。对手是一位刚出道的小伙子桑德尔，身强力壮。由于穷困，比赛前金没有钱买牛排吃，已经数天食不果腹的他只能吃一点面包、肉汤充饥。接着，作者使用大量篇幅，详细描写他和小伙子比赛的过程。金是位拳坛老将，技术精湛，经验丰富。比赛中，他数次将对手击倒，尤其是在第11回合，把对手打得跟跟跄跄，毫无还手之力。然而，桑德尔毕竟年轻，体力充沛。他挥起一记并不很重的直拳，轻松地就把快要饿昏的金击倒在地，赢得了最终的胜利。这个结果令金非常沮丧，因为他一直占据优势，最终却输掉了比赛。他知道，要是比赛前自己能够吃上一块牛排增强体力，就不至于这么饥饿，肯定会赢得比赛。失败的他分文未得，连乘出租车回家的钱都没有。他伤心、绝望，一路流着泪走回了家。

金一直耿耿于怀，认为自己之所以失败是因为没能吃上一块牛排。实际上，日渐老去的他，失败是必然的。作为一名职业拳击手，他已经超龄，他和桑德尔的比赛实则是年迈与年轻的较量。这种较量的结果是没有悬念的，一定是年轻战胜年迈。作者在细腻地描写他们各自的体貌特征和行为举止时就已经昭示了比赛结果:"桑德尔象征年轻,蒸蒸日上,不可一世。肌肉柔韧、皮肤像绸缎般光滑,心脏和肺都没有劳累过、撕裂过,嘲笑徒劳无益的努力。是的,青春就是复仇女神。它毁灭老一代……"年轻战胜年迈,这是自然规律,是残酷的现实社会竞争中弱肉强食的必然结果。小说写于1909年,正值自然主义文学鼎盛之时,是生物进化论和社会进化论思想迅速传播之际,是弱肉强食、"适者生存"思想不断深入人心的时刻。杰克·伦敦及时抓住这一时尚的文学表现形式和创作主题,展现物竞天择、优胜劣汰的自然法则,再一次阐释他对"适者生存"的理解和接受。然而,需要指出的是,作者虽然清楚地表明衰老的金难逃失败的命运,但是依然浓墨重彩他的勇敢、不屈、敢于面对困难、迎接挑战的硬汉形象。这是杰克·伦敦自始至终都在彰显的一种生活态度,是他表达热爱生活的具体行动。金的贫穷令人同情,然而他不畏挫折、不惧对抗的铮铮铁骨,又令人敬佩。他虽然黯然失败,却散发出闪亮的英雄主义光辉。他在弱肉强食的竞技场上输了,但没有输掉气节,没有输掉对生活的追求,而这一点正是杰克·伦敦在作品中反复弘扬的一种生活态度,也是其作品独树一帜的特点之一。

作为一名短篇小说大家,杰克·伦敦的作品题材丰富,内容广泛。除了上述五篇代表性的佳作外,他还有许多同样具有很高文学价值和重要人生启迪的作品,在美国短篇小说史上同样占有一席之地。《月亮脸》便是如此。作品表现的是一种极其强烈的憎恶。主人公无名无姓,对约翰·克拉弗豪斯憎恨不已。约翰长着一张像月亮一般圆圆的脸,整天乐呵呵的,无论遇到多大的挫折和打击,他都笑脸相对,和周围人形成了鲜明对比。人们对此百思不得其解,并且十分恼火。他们极其厌恶那张月亮脸,讨厌他那爽朗的笑声,憎恨他生活中的一切。为此,主人公处心积虑地找碴,不断地给他制造各种麻烦。他放火烧了约翰的仓库,约翰不介意;他设法迫使约翰限期离开自己的房子,约翰还是笑嘻嘻的。他实在没有办法,最后训练一条狗送给喜欢抓鱼的约翰,教它如何迅速跳入水中,把约翰扔进水里炸鱼的雷管取回来跑到约翰身边。约翰狂奔,但还是被狗追上,最后双双被炸死。很明显,这是一场蓄谋已久的谋杀,可人们鉴定为意外死亡,而且还指责约翰非法捕鱼。主人公感到十分自豪,为自己干净利落地除掉约翰陶醉不已。从此,他不再厌恶、憎恨,内心一直处在平静的状态中。该小说与作者的北疆小说迥然不同,不论是在主题、内容、还是在创作手法上,都有巨大的区别,表现出作者广阔的创作视野和

丰富多样的创作技巧,证明杰克·伦敦是个十分喜欢创新、实验的作家,注重对不同的文学主题和技巧进行探索。这是一篇谋杀案小说,情节紧凑,结局出人意料,谋杀者的内心活动栩栩如生,对狭隘、妒忌、仇恨、残酷等人性罪恶的揭露和批判十分有力,具有爱伦·坡谋杀案小说的特质,非常引人入胜。

同《月亮脸》一样,《豹人的故事》也是一篇佳作,题材也比较接近,是一篇悬疑小说,两者共同收录在《月亮脸故事集》中。主人公是个豹人,终日与野兽为伍,常常走进笼子里表演驯兽,取悦观众。对观众来说,这种表演十分刺激。然而,对他来说,则索然无味,既不刺激,也很单调。他向叙事者讲述了一个人如何因仇恨巧妙谋杀训狮员的故事。训狮员名叫"国王"华莱士,勇敢无比,表演时常常把头伸进狮子的血盆大口里。杂耍演员德维尔与他有矛盾,对他恨之入骨,整天盼着他表演时被野兽咬死。所以,华莱士每次表演,他都带着恶毒的期望到场观看。德维尔虽然脾气火爆,无所畏惧,但对华莱士总有一种敬畏感。一次,两个人发生争执,德维尔吃了亏,但他强忍着怒火,没有还手。几个月后的一天,华莱士在表演训狮时,德维尔假惺惺地上前用手帕给他擦汗。当他像往常一样把头伸进狮子的血盆大口中时,狮子突然合起嘴,将他夹了起来。豹人走上前去,闻了闻华莱士的头,上面有一股鼻烟的味道。原来,德维尔在给他擦汗的手帕上喷上了浓烈的鼻烟味,狮子闻到香喷喷的烟味时不自觉地合上嘴吸了一口,结果咬死了华莱士。作者在这里又一次揭露和批判了人性中不可遏制的罪恶。

《路界以南》是一篇截然不同的小说。作者在这里关注的是一种严重的社会现象,即贫富差距、贫富冲突。作者通过主人公,对此进行了认真的思考。弗雷迪·德拉蒙德是加利福尼亚大学伯克利分校的一位社会学教授,具有优越的社会地位和不菲的收入,然而,他并没有感受到生活的美好,反而时常觉得生活索然无趣。他性格内向,行为拘谨,没有朋友,也缺乏生活激情。当他来到路界以南,即旧金山南部地区的贫民窟里进行社会调查时,所见所闻令他非常意外和惊讶。为了深入了解真实状况,他假扮成一名工人到那里工作。不久,他和一个工人交上了朋友,从他那里了解到了许多真相。这个人是个工会里的积极分子,时常组织工友为捍卫权利进行斗争。同时,他还结识了国际手套工会主席。他在调查中发现,那里的居民生活贫穷,环境又脏又乱,为了挣取微薄的收入,工人们不得不冒着种种危险,在极端恶劣的条件下长时间连续地工作,饱受资本家的残酷剥削和压榨。这种生活和工作状况令教授震惊不已。他从来不知道他所生活的城市居然还存在如此贫穷的现象。然而，令他更为震惊的是，贫民窟里的生活虽然贫困、艰难，但富有生活情趣，充满了人间温情、善良和质朴，那里的人都很热情，热爱生活。这一切是他在富人区里难得一见的，对他产生了巨大冲击和震撼，其思想陷入一种激烈的冲突和巨大的矛盾之中。而这种内心的斗争和思考是该小说的一个重要特征。贫民窟诱人的生活魅力始终在引诱着他。经过内心激烈的斗争，他毅然决定放弃原来优越的生活，到那里工作，加入那些工人中间。在这里，杰克·伦敦揭露的是他那个时代严重的社会不均现象，揭示工人与资本家、穷人与富人之间存在的不可调和的矛盾与对抗。

《路界以南》的标题具有丰富的象征寓意。所谓路界，是指那儿的市场街，街的南面是穷人区，北面是富人区。因此，这条街便成了旧金山市里的一个路界。这个路界不仅是划分南北区域的界限，还是贫富的分水岭，更是不同阶级间不可逾越的一个巨大屏障，将市民划分成贫富贵贱两个不同的阶级阵营。这条界限经常成为两个阶级冲突、交锋、斗争的场所，成为美国社会贫富阶级冲突和斗争的缩影与象征。由此可见，该小说具有深刻的阶级和社会意义。

《史无前例的入侵》是一部宣扬种族主义思想的作品。他以中国人为描写对象，极力宣扬种族清洗，表现出惨绝人寰的法西斯主义倾向。小说想象中国会"高效运转"起来，并"将颠覆西方世界"。小说预言，日本将发动对华战争，但在 1922 年惨遭失败，中国随即工业飞速发展，人口爆炸式增长，国家迅速壮大，接着四处武装侵略，并采用大量移民这种渗透、蚕食的办法，逐步霸占周边国家。渐渐地，中国人遍布许多国家，在南面先后进入尼泊尔、不丹，占领法属印度支那、暹罗部分地区以及缅甸和马来西亚半岛；在北面，沿着西伯利亚南部边界，占领了俄国部分领土；在东面，占领了朝鲜；在西面，吞噬了阿富汗，令整个中亚地区惶惶不可终日。中国全方位地进行扩张，一跃成为世界强国，令世人，尤其是西方人感到十分恐惧。于是，西方列强组成多国部队，重兵开往中国沿海。但是，他们对中国只是围而不攻。1976 年，他们把毒蚊子装进玻璃试管投到中国陆地上叮咬中国人，随即发生瘟疫，导致大批中国人死亡。实际上，他们是在发动一场细菌战，对中国进行种族灭绝。之所以采用如此惨绝人寰的手段，在作者看来，这是"解决中国问题的唯一可行方案"。正是通过这种比希特勒屠杀犹太人还要残酷无数倍的清洗手法，西方人彻底击败了中国。用作者的话说："这是对中国发动的一次前所未有的入侵。对于这十几亿人来说,他们毫无希望,只能蜷缩在停尸房里腐烂发臭,失去所有的组织力和凝聚力。他们的一切努力都化为乌有,只能等待死亡⋯⋯整个国家都陷入了自相残杀、谋杀和疯狂之中。中国由此灭亡。""然后全世界人民都迁入中国⋯⋯并根据美国的民主程序实施治理。"至此,西方人对中国成功地实现了前所未有的入侵,中国成为西方列强的殖民地,并开始走向"繁荣昌盛"的道路。随后,他们召开世界大会,"世界上所有的国家都派出了代表,并一致庄严地宣誓,永远不会把用于中国的实验战争方法,用于他们之间的战争"。

　　这是一篇纯属虚构的小说,但是作者暴露出来的思想却并不是凭空捏造的,它反映出西方人长期以来对中国强烈的不信任,一直通过各种手段宣扬中国"威胁"论,通过臆想,描写中国人四处入侵,并且把这种臆想当做事实,以此作为依据对中国实行入侵和种族灭绝。这充分反映了西方人长期以来内心中蛰伏的怀疑中国、蔑视中国、仇视中国、消灭中国的龌龊心理。小说令人震惊,集中体现了以作者为代表的西方白种人心中根深蒂固的种族主义思想。实际上,杰克·伦敦的这种思想,不仅体现在这篇小说里,在《黄祸》一文中,他同样表达了对中国人强烈的歧视、偏见和仇视。毫无疑问,这种思想必须要受到深刻揭露和无情批判。杰克·伦敦之所以会写出这样的作品,与他在1904年以记者身份到日本报道日俄战争可能不无关系。他担心,被日本占领后的中国可能会发展壮大,继而成为强国,颠覆西方世界。很显然,这是一种荒谬至极的思想逻辑,是对饱受侵略者蹂躏的中国人的一种诋毁和污蔑,是杰克·伦敦思想中十分负面的内容。

　　和作者其他小说一样,《墨西哥人》也是一篇独具特色、荡气回肠的作品,同样展示了作者毕生践行的英雄主义气概。不过,这一次作者关注的英雄主义不再局限于个人,而是折射出集体,或曰民族的特质,因此具有更广泛的社会意义和更深刻的政治内涵。小说以1910年爆发的墨西哥资产阶级革命为背景。当时的墨西哥在独裁者波尔菲里奥·狄亚士的统治下,民不聊生,民怨沸腾。流亡美国的佛朗西斯科·马德罗号召人民武装起义,从而爆发了墨西哥资产阶级民主革命。当时,流亡者们在美国建立了"革命委员会",领导国内革命,并最终推翻了独裁统治。该故事就发生在这段历史时期里。小说的主人公是一位不满18岁的墨西哥少年——菲利普·里维拉。这个形象实际上是以墨西哥现实生活中的一位人称"乔·里维斯"的拳击手为原型塑造出来的。乔·里维斯依靠拳击比赛赚取大量金钱，全力支持流亡的墨西哥革命者们的革命事业。里维拉是个普普通通、貌不惊人的小伙子，但爱憎分明，乐于助人。在独裁统治下，他的父母同许多墨西哥人一样，不仅过着饥寒交迫的生活，最后还惨遭杀害，他本人在大屠杀中也险些丧命，最后跑到了美国的得克萨斯州。里维拉的心灵遭受巨大创伤。他因此决定，坚决支持革命者推翻独裁统治。于是，他找到并加入了"革命委员会"。起先，他为革命者们打扫卫生，不久当上了他们的联络员，随后又暗杀了反动头目联邦司令。革命者们若要发动革命，必须购买大量武器，而"爱国志士们已经拿出了他们最后一分钱"。资金短缺严重地阻碍了革命事业。一直在替拳击手当陪练的里维拉得知，只要再有几千美元购买枪支武装革命队伍，革命就很有可能取得胜利。就在大家筹款无望的时刻，他挺身而出，向大家保证三周内弄到5 000美元交给"革命委员会"。他决定参加一场力量悬殊的拳击比赛，博取奖金。对手丹尼尔人高马大、强壮彪悍，而里维拉又瘦又小，两者显然不在一个级别。但是，里维拉内心拥有一股推翻独裁者、替父母报仇的强烈愿望，有支持革命事业的坚定决心。因此，在没有任何人看好他的情况下，在忍受对方一记又一记重拳的击打之后，他终于凭借自己坚强的意志和巨大的精神力量，把不可一世的丹尼尔打倒在地，赢得了比赛，获得了5 000美元奖金，为墨西哥革命作出了巨大贡献。

　　作者在这里又一次热情讴歌了强者形象。里维拉虽然貌不出众，但毅力惊人。作者在不长的篇幅中，用了三分之二的笔墨，详细描写了紧张激烈的拳击比赛。整个过程紧张惨烈，险象环生，悬念迭出。尤其是里维拉，一次次被打得晕头转向，但他一次次挺了过来；一回回被打倒在地，他又一回回勇敢地站了起来，并且最终将对方击倒在地。顽强的搏斗场面把里维拉勇敢无畏的硬汉形象，刀砍斧削般地刻画了出来。作为革命者的里维拉，表面弱小，实则强大；作为独裁者象征的丹尼尔，看上去强大无比，实则不堪一击。作者塑造的这两个人物，所描写的这场拳击比赛，无不充满着深刻的象征寓意，象征着革命者战胜独裁者，象征着墨西哥民主力量推翻专制独裁。里维拉战胜丹尼尔，实际上是墨西哥民主革命取得胜利的象征和预演。里维拉在同社会邪恶力量的对抗中所展现出来的伟岸形象，与作者在描写自然环境中那些巍然屹立的硬汉形象一样，同样具有令人钦佩的永不言败的意志和斗志，是对反对墨西哥暴政的广大民众唱出的一曲英雄赞歌。

杰克·伦敦的小说以题材广泛而著称，他最后的力作《赤物》便是如此。这是一篇科幻小说，探索的是生与死这一永恒的问题。科学家巴西特到南太平洋所罗门群岛上的瓜达康纳尔岛进行丛林探险，寻找蝴蝶标本。丛林中有四分之一地带禁止人们出入，因为那里藏有小说标题中所说的赤物。所谓"赤物"，"那是一个神秘的物体，在岛上最黑暗的地方，被野蛮人以最黑暗的方式供奉着"。这个红色之物来自外星，当地人奉为"活着的上帝"，对此顶礼膜拜，常常用人进行祭拜。然而，任何外族人未经允许见过它的都要被处死，并祭拜给这个神物。巴西特非常好奇，很想亲眼看一看。于是，在当地女友的引导下，他偷偷地进入那里，结果被当地人砍下了脑袋。小说表现的是外星人给人类送来文明，却被人类丢弃在荒郊野外。据说这一作品是杰克·伦敦在朋友的建议下写出来的。小说充满了神话色彩，随处可见神话和原始原型，与荣格的"原型理论"十分接近。杰克·伦敦的妻子对这篇小说赞不绝口，她在《杰克·伦敦》中直言不讳地说："《赤物》是伦敦在思考宇宙中最原始的力量时所创作的最好作品。"[1]

"杰克·伦敦是 19 世纪末最后一个自我造就的著名作家，是 20 世纪初狂热年代中最引人注目的文学代表。"[2]杰克·伦敦是个人奋斗的成功典范，又是他那个时代最杰出的记录者，用著名评论家菲利普·方纳的话说，在美国文学史上"没有一个美国作家能够比杰克·伦敦更能作为时代的明确而又出色的发言人了。因为是他，而不是别人，打破了冻结美国文学的坚冰，使文学与生活产生了有意义的联系"[3]。文学与生活、文学与人生，在他的笔下得到了完美的结合，获得了激情演绎，揭示出了一个又一个人生哲理和生活启示，对指导人生具有巨大的启发意义。正因如此，他才赢得了世人无上的崇敬。这种尊敬还源于杰克·伦敦在创作中所表现出来的种种典型的美国特色，就像帕蒂所说的："研究杰克·伦敦，给人印象最深刻的就是他的美国特色。"[4]众所周知，美国文学史上最具美国特色的作家是马克·吐温，而在这方面能与马克·吐温比肩的唯有杰克·伦敦。

---

[1] Charmian London, *The Book of London*. New York：The Century Company，1921，p.326.

[2] 虞建华：《杰克伦敦研究》，上海：上海外语教育出版社，2009 年，第 1 页。

[3] Philip S. Foner, *Jack London: American Rebel*. Berlin：Seven Seas Pub.，1947，p.17.

[4] Earle Labor, "Jack London," *Dictionary of Literary Biography: American Short Story Writers，1880 - 1910*，Vol.78，p.270.

第七节
其他短篇小说家

　　19 世纪下半叶,南北方统一后的美国,整个民族洋溢着乐观主义情绪。然而,随着工业高速发展,商业化进程突飞猛进,尤其是西部大开发和淘金热的出现,把原本宁静、祥和的牧歌式田园生活搅得天翻地覆,人们的生活因此遭到巨大冲击,发生了急速变化。与此同时,达尔文的生物进化论和斯宾塞的社会进化论思想对人们也产生了巨大影响,弱肉强食、优胜劣汰、适者生存等残酷的自然社会和人类社会的生存法则,更是加剧了这些变化。在这样的社会环境和思想环境中,人的价值观念不可避免地发生逆转,人的社会心理和行为方式也不自觉地产生变化。世态炎凉、道德沦丧、麻木冷漠、弱肉强食等,代替了以前充满欢歌笑语的田园化、伊甸园式的热情、淳朴、自然、快乐和平静的生活。

　　面对如此巨变,19 世纪 90 年代,美国文坛出现了一批新生代作家。他们不再像浪漫主义作家那样,高唱"美国梦"的赞歌,为倡导民主、平等的美国社会涂脂抹粉,而是采用真实、自然的笔触,聚焦美国城市和农村中平民百姓平淡无奇、繁杂琐碎的日常生活,描写他们在工业化进程中遭受痛苦和磨难、惨遭资本家残酷蹂躏,揭示资本主义体制统治下的社会是怎样的黑暗,平民百姓是何等的无奈,人们对未来是多么的悲观。这一批作家的创作与前辈不同,他们目光敏锐,笔锋犀利,表现手法大胆,创作题材新颖,描写语言激烈,把赤裸裸、血淋淋的资本主义机械文明的假面具,一览无余地呈现在读者面前。他们的创作把住了时代脉搏,跟上了正在欧洲兴起的自然主义创作热潮,展现出鲜明的自然主义倾向和特征,开创了美国文学创作的自然主义时代。他们成为美国自然主义文学的代表性人物。在这批作家中,最杰出、最为评论家和读者称赞的当推哈姆林·加兰、斯蒂芬·克莱恩、弗兰克·诺里斯等。他们创作的自然主义小说,开拓了美国文学创作的新领域,开启了美国文学的新时代,是美国自然主义先驱作家。在美国文学史上,他们虽然算不上最著名、最有成就的一流作家,但是,他们的创作却极具特色。他们的小说,不论长篇还是短篇,都栩栩如生地记载了那个时代的飞速变迁,具有很高的社会文献价值,对解读那个时代具有不可替代的参考意义。他们不仅写出了许多脍炙人口的长篇小说,还创作出了大量具有很高文学价值和社会意义的短篇小说,在美国短篇小说史上享有独特的地位,受到读者和评论家们的一致好评。

哈姆林·加兰

西部,在美国文学史上具有非同寻常的意义。西部文学,这一具有浓郁地方特色的文学,在色彩斑斓的美国文学中占有举足轻重的地位。无论是主题还是创作手法,西部文学都表现出明显的自然主义特点。西部文学最突出的特点之一,就是作品中无处不在的西部情结。这种情结是那个时代美国人的情感所在,是美国独特的民族文化特征。哈姆林·加兰毕生所表现的就是这种内心情结和文化特征。加兰十分擅长描写美国西部,尤其是西部农村的题材,极具地方特色,因此常被评论家们称为最重要的"地方色彩"作家之一。他采用地方题材,运用他所谓的"写真主义"表现手法,结合明显的自然主义创作元素,创作出了一部又一部广受好评的作品。

1860 年,加兰出生在威斯康星州西部一个叫西塞勒姆的村庄。兄弟姐妹四人,他排行老二。父母给他起名"哈姆林",是仿效时任林肯总统的副手、美国第 15 任副总统汉尼巴尔·哈姆林(Hannibal Hamlin,1809—1991)的名字。西塞勒姆位于密西西比河畔,是美国东西部的交界处。他在那里生活了八年。童年时代,父母带着全家数次迁移,先后到过艾奥瓦州和达科他州的草原和农场,1876 年终于在艾奥瓦州的奥萨基定居下来。童年和少年时代,加兰始终没有离开过中西部的农村。西部一望无际的草原、清澈蔚蓝的天空、勤劳淳朴的农民,在加兰心中留下了十分深刻的印象,对他毕生都产生了重要影响。不过,不断的搬迁严重影响了他的教育,艰苦孤寂的乡村生活让他越来越不适应。为了排解孤独,加兰爱上了读书。大量的阅读为他打下了十分坚实的文学功底。由于早年生活既动荡、又乏味,因此他对繁华的东部向往不已。于是,在 1884 年,他做出了人生第一个重大决定——去东部的波士顿开创人生。当时的波士顿是美国文学创作的中心,云集着许多优秀的作家。到达后,酷爱读书的他发现波士顿公共图书馆是个绝佳的读书地方。因此,他勤奋自学、刻苦攻读,不仅爱读霍桑笔下充满原罪思想的小说、惠特曼描写平民百姓的优美诗歌,对达尔文和斯宾塞那些揭示自然和人类进化过程的科学论著,以及亨利·乔治(Henry George，1839—1897)著名的经济理论大作《进步与贫穷》(*Progress and Poverty*，1879)等也是兴趣盎然。这些作品使他认识到了平民百姓生活的艰辛，懂得了自然社会和人类社会的发展规律，认清了政府和资本家盘剥穷苦百姓的真相。这期间，他一边读书，一边讲课，并积极尝试文学创作。同时，他还主动与文学界联系，结识了一批重要作家，如豪威尔斯。豪威尔斯当时是文坛上举足轻重的文豪，其现实主义创作对加兰影响颇深。在这些作家的影响下，加兰结合自身经历，基本上确定了自己的创作风格和创作主题。他决定使用带有自然主义色彩的写真主义风格，通过耳熟能详的西部生活素材，来实现自己的文学抱负。

正是因为选对了自己的创作风格和创作主题，加兰才取得了突出的文学成就。1891年，他出版了短篇小说集《大路》(*Main-Travelled Roads*)，一举成名，成为文坛上一颗璀璨的新星。1893年，他搬到芝加哥。这时的他广受关注，人们不停邀请他发表演说，畅谈文学理念和创作。同时，他写出了不少相关论文，于1894年收录在《崩溃的偶像》(*Crumbling Idols: Twelve Essays on Art Dealing Chiefly with Literature，Painting and the Drama*)中出版。1895年，他又以长篇小说的形式，进一步展现了自己的创作思想和文学信条，出版了《荷兰人山谷中的罗丝》(*Rose of Dutcher's Coolly*)。同年，他开始走访美国西部，亲历那里的名山大川、广袤的草原和湛蓝的天空，结识那里奔放的牛仔、淳朴的印第安人和勤劳的农民，亲身体验西部生活。他对印第安人进行了深入了解和研究，写出了许多以他们为主角的短篇小说，发表在小说集《美国印第安人》(*The Book of the American Indian*，1923)中。1898年，在克朗代克淘金热时期，他又跟随北疆淘金大军来到加拿大西北部的育空地区，感受淘金者的激情，体验淘金的艰辛，收集相关创作素材。这段经历帮助他写出了《淘金者的足迹》(*The Trail of the Gold Seekers*，1899)。1899年，他迎娶了著名雕塑家洛拉多·塔夫脱(Lorado Taft，1860—1936)的妹妹朱莉姆·塔夫脱(Zulime Taft)。1915年，为了与出版商和文学界保持紧密联系，他搬到了纽约。其间，他创作了大量优秀作品。1929年，他又搬到好莱坞，并在那里度过了晚年。晚年的加兰对人的心理现象再次产生了浓厚兴趣，并于1936年写出了《心理研究四十年》(*Forty Years of Psychic Research*，1936)。加兰的一生硕果累累，荣誉等身，在美国文学史上建立了牢不可破的地位。

加兰是美国西部乡土作家的重要代表，被誉为"西部的易卜生"。他始终认为，乡土文学应该成为美国文学的主要体裁。生活在现实主义创作鼎盛时期的加兰，对文学创作有着独到的见解，尤其是对现实主义创作手法。他最重要的创作思想是他对现实主义的理解。这些思想基本上都集中体现在他的思想集《崩溃的偶像》中。在他看来，现实主义表现手法不够硬朗，无法真实、准确地反映生活现实。作为作家，他应该寻求一种更真实、更详尽的写实手法。他将这种手法定义为"写真主义"。这是他独创的文学术语，意思是作家应该是生活真实的展现者，对生活既不能夸大，也不能缩小，既不能美化，也不能丑化，而是要根据生活的真实面貌如实展现，这样创作出的作品才会真实、可信，才会具有生活质感。他信奉这种写真主义理念，就是要把他熟知的西部农村的真实状况，通过诚实的叙述，如实、准确地展现给读者，把广大平民百姓的艰难生活，尤其是那些平淡、琐碎的生活呈现给大家。在真实表现这种内容时，加兰还十分强调作家主观感受的重要性。他认为，这种感受必须饱含情感，充满艺术性，这对文学创作是否成功至关重要。因此，在他看来，写真主义和作家的个人主观感受必须有效地结合起来，这样才能创作出优秀作品。有些人认为加兰的写真主义其实和豪威尔斯的现实主义没有什么区别，只是称谓不同罢了。这种认识其实是没有真正了解写真主义的精髓。诚然，加兰的写真主义和亨利·詹姆斯、豪威尔斯以及马克·吐温早期的现实主义确有类似之处，如弘扬道德、宣扬道德责任感等，但同时又具有明显的不同。最大的不同可能是，写真主义更多的是强调作家的印象，突出作家的个人感受。另一个不同是，现实主义作家，如豪威尔斯，坚持认为文学应该更多地展现"生活微笑的一面"，而加兰发现，生活充满的并非欢声笑语，而是泪水、呻吟和嘶鸣。正因为这一不同，加兰的作品读起来要比豪威尔斯的小说更沉重、更伤感、更痛苦。

在加兰毕生的文学实践中，这些思想影响甚深，左右了他多达五十卷作品的创作。这些作品涉及小说、诗歌、散文、传记等不同文体，如长篇小说《平凡的詹森·爱德华兹》（*Jason Edwards: An Average Man*，1892）、《荷兰人山谷中的罗丝》《灰骑军上尉》（*The Captains of the Gray Horse Troop*，1902）；传记小说《中部边界之子》（*A Son of the Middle Border*，1917）、1922 年荣获普利策奖的《中部边界之女》（*A Daughter of the Middle Border*，1921）、《中部边界的开路人》（*Trail-Makers of the Middle Border*，1926）、《中部边界的归来人》（*Back-Trailers of the Middle Border*，1928）；文学评论集《崩溃的偶像》以及短篇小说故事集《大路》、

《草原上的人们》(*Prairie Folk*, 1892)、《路边求爱》(*Wayside Courtships*, 1897)、《其他大路》(*Other Main-Travelled Roads*, 1910)、《他们的高山足迹》(*They of the High Trails*, 1916)、《美国印第安人》等。尽管加兰创作的题材众多,作品甚丰,但人们一致认为,他最重要的文学成就还是短篇小说。这些作品丝毫不逊色于美国文学史上任何经典短篇小说,他也因此成为美国文学史上最主要的短篇小说作家之一。

加兰的短篇小说成就主要得益于《大路》。这部小说集收录了他最优秀的短篇小说,堪称篇篇精品。它们集中反映了 19 世纪末美国中西部农民们令人瞠目的艰难生活和绝望的精神状态。在那里走访时,加兰发现家家户户,男男女女,无一不是生活在困苦、艰难、悲伤、无望之中,无一不是在重重压力下艰难度日。其惨状亦如他在《中部边界之子》中描绘的那样:"我发现漂亮的年轻人变成了弯腰曲背。我看到可爱的姑娘消瘦成毫无希望的老媪。某些我认识的女性萎谢成易怒和抱怨的老处女,我还听到有野心勃勃的年轻人诅咒着农场的束缚。"①这些年轻、美丽的男女遭受生活无情的摧残,虽然终年辛劳,却始终贫困交加,一个个被折磨得憔悴不堪。就像加兰在小说集扉页上写的那样:"谨以该故事集献给我的父母,他们像圣徒一样在人生的大路上行走了半个世纪,得到的却只是劳苦、贫困,他们的儿子每天都在强烈地感受他们这种无言的英雄主义。"对此,加兰愤然质问:"这难道不是我们的社会机制有什么毛病吗?"②这种责问可以说贯穿了"对中部边地早期的苦难、劳作和贫困的现实主义写照"③之《大路》的始终。加兰在整个小说集中,自始至终都在斥责、批判导致农民不幸、令人唾弃的社会机制,控诉社会的残酷。

该小说集最初出版于 1891 年,收录了六篇小说,即《岔道》("A Branch Road")、《在玉米林间》("Among the Corn-rows")、《退伍还乡》("The Return of the Private")、《来到库利》("Up the Coulee")、《在魔爪下》("Under the Lions Paw")和《李布雷太太回娘家》("Mrs. Ripley's Trip")。1893 年,世纪出版公司出版时又增加了三篇,即《撇奶油的工人》("The Creamery Man")、《一天的快乐》("A Day's Pleasure")和《伊森·

---

① 哈姆林·加兰:《中部边地农家子》,杨万、侯巩译,上海:上海文艺出版社,1954 年,第365—366 页。

② 同上,第 367 页。

③ Sculley Bradley, ed., *The American Tradition in Literature*, Vol. 2. New York: W. W. Norton & Company Inc., 1967, p.924.

李布雷大叔》（"Uncle Ethan Ripley"）。1899 年，麦克米伦出版社出版时又增加了《神鸦》（"Gods Ravens"）和《好人之妻》（"A Good Fellow's Wife"）。1930 年，哈珀斯出版社在出版时又加入了《壁炉》（"The Fireplace"）。至此，该小说集收录的篇数达到 12 篇。

  《退伍还乡》描写的是美国内战后一位退伍老兵回乡时的所见所闻及其内心遭受的强烈震撼。小说主要围绕三个场景展开：第一是主人公——列兵爱德华·史密斯在内战结束后与战友们退伍还乡；第二是史密斯的妻子一个人在家乡孤苦守望，独自带着孩子们艰难度日；第三是史密斯和家人团聚。回乡前，史密斯对家乡充满了期待和憧憬，家乡美丽的景色和宜人的风光令他思恋不已。他迫不及待地想回到那儿，回到妻子、儿女的身边。为了能带一点钱回家，他十分节约，回乡途中不住旅店，早餐也不肯花钱，只是啃几块饼干，身上带的三个苹果也舍不得吃，他要带回家给孩子们。作者寥寥数笔，就把一个充满责任和父爱的形象鲜活地展示在读者面前，同时又揭示了生活的艰难。回到家乡，他发现风光依然那么美丽，邻居还是那么和蔼可亲，可当年农庄那欣欣向荣的景象却不见了踪影，代之而起的是满目疮痍、一派荒芜萧瑟的场景，人们饥寒交迫，民不聊生。目睹这样的惨状，史密斯始料不及，美丽的期盼被现实撕得粉碎。对此，作者给予了无情的揭露和有力的批判。不过，值得一提的是，史密斯在最后并没有陷入绝望，而是鼓起勇气，每天依然在战天斗地，与各种不公正的社会现象顽强斗争。

  失望但没有绝望，在《岔道》里同样表现得淋漓尽致。《岔道》是《大路》故事集中的首篇小说。主人公威尔·汉南是名高中生，爱上了美丽动人、活泼可爱的姑娘艾格尼丝。由于误会，他离开了艾格尼丝，离开了家乡，只身到发达地区闯荡。七年后，小有成就的他回到了家乡。他惊讶地发现，当年那个无忧无虑、笑脸盈盈、艳若桃花、充满青春活力的心上人，被常年繁重的劳动折磨得体弱多病，憔悴不已，早已不见了当年的俏丽和风韵。更让他惊讶的是，她已经嫁为人妻，而且丈夫是一个十分冷漠、粗暴、残忍的男人，终日生活在肮脏、穷困中，一副颓废、潦倒的神情。目睹心上人遭到生活如此蹂躏，看到七年后的农村竟然还是如此贫穷、落后、愚昧，威尔实在无法接受。一种强烈的责任感和正义感以及巨大的同情心油然而生。他决定带艾格尼丝和她的孩子离开那里，去开创新的生活。这是一篇十分优秀的小说，给读者留下了诸多深刻的印象。首先是鲜活的人物形象，作者在这里成功地塑造了一位日趋成熟、敢于担当的青年形象,一个见过世面、富有责任心的新型农民角色;其次是鲜明的对比描写,这种对比一方面是通过女主人公艾格尼丝结婚前后的变化实现的。这种变化极富象征含义,象征着快速发展的资本主义如何无情地摧残美好生命,揭露了资本主义发展的残酷性。值得一提的是,惨遭生活蹂躏的艾格尼丝并没有完全丧失对美好生活的追求。她最终顺应内心的渴望,勇敢地走出苦难生活,跟随威尔离开农村,去追求自己幸福的生活和美好的爱情。对比的另一方面则是借助主人公离家七年前后农村的变化进行的。七年前,农村一贫如洗,七年后更是民不聊生。通过这种比较,作者深刻地批判了美国西部农村在资本主义经济向西部推进过程中广大农民所遭受的残酷剥削和巨大磨难。在这一系列富有特色的描写中,加兰毫不留情地揭露和批判了资本主义发展的实质,对广大受苦受难的大众给予了深切同情。

《来到库利》被认为是《大路》小说集中自传色彩最浓的一篇,几乎就是加兰实际生活的忠实记录。主人公霍华德·麦克莱恩是个演员。事业成功后,他决定回西部去看望母亲和弟弟。故乡之行令他既激动又伤感。激动的是能够看到母亲和其他亲人,看到他早年生活熟悉的环境。而令人伤感的是,回去之后他发现西部还是那么贫穷,农民们的生活还是那么艰难、无望。由于生活所迫,他弟弟格兰特不得不把自家的农庄抵押出去,一家人只能依靠一小块贫瘠得几乎颗粒无收的农场维持生计,生活异常艰辛。在这么困难的时候霍华德没能及时出手相助,弟弟对此十分生气。霍华德深感内疚,决定要赎回抵押的农庄。可是,小说结束时,格兰特又拒绝了霍华德的帮助。小说给人的印象是,霍华德家人的困境似乎是他没有帮助所致,而实际上作者是要表明,导致贫困的真正原因是资本主义经济体系下农村经济遭受的种种不平等。农民们遭受着巨大的社会压力和不公,看不到希望,就像格兰特所说的:“我这样的人毫无希望……就像一只掉进糖浆锅里的苍蝇,无路可逃,越是挣扎,越容易扯断腿。”这席话生动而准确地概括了西部农民当时的窘境。同其他小说一样,作者在这里同样使用了大量对比,最突出的就是西部的景色那么美丽,农场却如此贫瘠;在城市里生活的霍华德那么富有,在田地里劳作的格兰特却穷困潦倒。这些对比把当时西部农村和农民们的困苦,非常醒目地展现在读者面前,无声地批判了社会体制。

《在魔爪下》被认为是加兰作品中批判性最强、现实意义最大的一则短篇小说。作者通过朴实、善良的农民如何遭受农场主的利用和欺骗,再

一次真实地展现了中西部劳动者的艰辛和困苦。主人公哈斯金斯是个农民，为了逃避灾荒，来到勃特勒农场租地垦荒。他带领全家人起早贪黑、含辛茹苦地劳作了三年，将一个原本荒凉的农场培育成一块沃土。眼看自己的劳动就要结出丰硕成果，农场主这时却突然变卦，决定不再把农场租给他们，而要高价出售。白白辛苦了三年，眼看劳动成果转眼间就要化为乌有，哈斯金斯气愤不已。不仅如此，在租地垦荒的过程中，哈斯金斯投入了不少人力、财力、物力，背了一身债。上当受骗的他想和农场主理论，同他拼个你死我活，可想到全家人的安危，他只好忍气吞声。故事深刻地揭示了中西部地区日益加剧的农民和农场主之间的阶级矛盾，无情地揭露了农场主和投机商为了私利卑鄙地欺骗和剥削朴实的穷苦农民的事实，展示了日益尖锐的社会矛盾，对惨遭不幸的广大农民表达了深切同情。

《李布雷太太回娘家》是该小说集最初版本收录的最后一篇小说，故事感人至深。李布雷太太终日操劳，每天不是围绕着灶台烧菜煮饭、操持家务，就是给奶牛挤奶，几十年来一直忙忙碌碌，美好的年华全部葬送在繁杂、劳累的生活里。她怨言不断："我已经六十多了，但是我从没过过属于我的日子，包括7月4日国庆节。就算有时候，我出去拜访某人或者去野餐，回来后我还照样挤奶，为男人们做饭。13年来，我一直待在这所房子里……23年了，伊森·李布雷，我就守着灶台和搅乳器，没日没夜。"繁重的家务使她疲惫不堪，她一心想到东部老家去探望自己的亲人，可离开丈夫又觉得内疚，哪怕是短暂的离开。后来，她虽然梦想成真，可很快又回到了丈夫的身边，回到那令人身心疲惫的生活中，继续过着艰难的生活。李布雷太太是加兰小说中极富代表性的一位女性形象。加兰塑造过许多这样的角色，她们个个吃苦耐劳，忍辱负重，不停地奉献，献出了青春，献出了花样年华，变得憔悴不堪。加兰通过这些花一般的形象，生动地展示了她们如何被严酷、艰难的生活一步一步地摧残，最后沦为残花而凋零、败落，令人唏嘘。像李布雷太太这样栩栩如生的女性形象在加兰笔下还有许多，比如《好人之妻》中的桑福德太太、《在玉米林间》里的朱莉亚、《平凡的詹森·爱德华兹》里的爱丽丝等。她们或是吃苦耐劳，或是敢于担当、勇敢追求幸福，其中有不少都表现出了一定的现代女性思想特征，与传统的妇女形象形成了鲜明的对比。

《大路》展示的是美国中西部农民的一幅画卷。加兰通过敏锐的观察，细腻的笔触，写真的手法，逼真地展现了波澜壮阔的美国中西部开发过程中平民百姓,尤其是广大农民遭受的痛苦与辛酸,令世人震惊。农民们勤劳一生,但依旧穷困,用《平凡的詹森·爱德华兹》中的主人公詹森的话说:"我一生都是一个失败者——我不知道为什么,似乎也不是我的错,我知道不是你的错,孩子妈。辛苦工作50年,如今我们却沦落到这步田地!"面对这种极不正常的现象,加兰很早就发誓说:"我生长在农场,下定决心要把生活中那些最丑陋的东西全部写出来。"①加兰没有食言,他用毕生的文学创作实践了这句诺言,而他创作的这些内容也使他的小说具备了其他作家的作品所没有的鲜明特色,在美国文学史上别具一格。也正是通过描写这些勤劳而失败的人,加兰辛辣地讽刺和批判了当时社会狂热宣传的勤劳就能致富、就能实现自我价值、就能实现美国梦的思想。他笔下的平凡人大都是美国梦破碎的代表,是美国悲剧形象的概括。加兰这样揭露美国梦,与美国文学史上许多作家宣扬美国梦、赞美美国梦形成了巨大反差,也使他的作品独具价值。

小说集《大路》出版两年后,加兰又出版了另一部短篇小说集——《草原上的人们》。实际上,该集中的作品与《大路》中的小说基本上都是同一时期写出来的,在加兰的心目中,它是《大路》的姐妹篇。两者在主题、内容、表现手法、人物塑造等诸多方面都十分相似,集中反映的还是加兰耳熟能详的中西部农民的苦难生活。不过,它们也有不同之处。《大路》表现的更多是个人的生活、奋斗,而《草原上的人们》描写的则是集体的生活。与《大路》相比,《草原上的人们》艺术质量要逊色许多,不论是在情节设计、描写深度、还是在人物刻画上,都远不及《大路》。

《草原上的人们》最初收录的短篇小说有九篇,但像《大路》一样,它也经历过数次再版,而且每次都加入新的作品。集子中最出色的首推《西姆·伯恩斯的妻子》("Sim Burns's Wife")。小说描写的是西姆·伯恩斯的妻子柳克丽霞在农场上遭受的艰难而绝望的生活,充满了浓郁的悲观主义色彩。作者一开始就用写实手法,将柳克丽霞刻画成一个勤快能干、但缺少浪漫的平淡女人。她长着一张瘦削、憔悴的长脸,面容枯槁,面色灰土,表情呆滞、忧伤,"那张嘴早已失去了撅起来亲吻的能力,嘴角整天奋拉着,好像时刻都会绝望地哭起来似的……丈夫很久没有亲吻过她了,甚至连和言善语都不曾有过,生活和爱情没有任何尊严可言"。这样的形

---

① Hamlin Garland, *A Son of the Middle Border*. New York: The Macmillan Company, 1922, p.416.

象,这样的表情,无须更多描写,作者就把生活重压下农夫妻子们度日如年的悲惨境况,清晰地呈现在读者面前。通过这一形象,加兰对苦难的农夫妻子们寄予了深切的同情,同情她们为生活所累,哀叹她们深陷苦难却无法解脱、无路可退的遭遇,叹息她们整天过着平淡、乏味的生活。苦役般的生活迫使她多次想自杀,但想到家人,她又放弃了。小说读起来十分压抑。很显然,作者在这里又一次强烈地谴责了导致农民们民不聊生的经济状况,批判了资本主义经济发展的残酷性和不公平,唤起了读者对受苦受难的农村女性的巨大同情心。

1897 年,加兰与出版社签约,出版《路边求爱》。这部小说集收录了11 则短篇小说,其中大多数于 1887 年至 1897 年期间发表在各种杂志上。该集虽然冠名"路边求爱",看上去极富浪漫色彩,可实际上不少作品描写的并不是爱情的甜蜜,而是痛苦。这些小说从不同的角度和视野,将爱情的酸甜苦辣尽情展现在读者眼前,真实可信,感人至深。除了爱情,故事集还探讨了许多不同的主题,描述了各种不同的男女关系。与《大路》不同的是,本集中的主人公不再是中西部的农民,而是受过高等教育的年轻人,故事的背景也不再是农场,而是在火车等不同的行路途中。《牧师的爱情故事》("A Preacher's Love Story")是该集中的第一篇小说,描写的是华莱士·斯泰西大学毕业后乘火车到伊利诺伊州寻找牧师和教师工作的故事。火车上,他结识了赫尔曼·艾伦,艾伦精于世故,一心想通过做小麦生意发财致富。斯泰西通过他找到了一份牧师工作,同时还结识并爱上了他的妹妹马蒂。他本想和艾伦住在一起,但艾伦的父亲是个虔诚的卫理公会教徒,而斯泰西是浸礼会教友,二人信仰不同,所以艾伦的父亲不同意斯泰西住在家里。斯泰西发现教堂破败不堪,一心想修缮,但由于大家分属不同教派,响应者寥寥。斯泰西并没有放弃,而是通过布道启发大家。在他的感召下,大家终于团结起来,并将教堂修缮一新。与此同时,他和马蒂的爱情也迎来了美满的结局,即将喜结良缘。很明显,这是一篇充满爱的小说,这种爱既存在于情侣之间,使小说弥漫着爱情的芬芳,又发生在不同思想、不同信仰的人当中,使得大家在爱的感召下,齐心协力,团结一致。由此可见,这样的主题、内容、表现手法,尤其是这样充满浓郁的爱的气氛,在《大路》和《草原上的人们》中是鲜有所见的。这表明,加兰并不是一个绝对的悲观主义者,对生活并没有完全失去兴趣,而是依然充满了热情。这是这部小说集与前两部明显不同的地方。不过,从作品的艺术质量、乡土气息、人物刻画、主题揭示的深度、展示社会的广度、批判社会的力度等诸多方面来看,该小说远远不能和前两部,尤其是《大路》中的小说相提并论,这也是该小说集知名度不高的重要原因。

《其他大路》收录的小说,大部分也是与《大路》中的故事创作于同一时期,甚至连创作动机、灵感、内容、手法等也非常相似,像《草原上的人们》一样,也是《大路》的姐妹篇。1887年夏,当时住在波士顿、已有好几年没有去过西部的加兰,走访故里,先后来到艾奥瓦州的老家、父亲在达科他州的农场以及自己在东部威斯康星州的出生地。时隔多年再次来到对他生活、思想产生巨大影响的故土,激发了他的创作灵感。整个故事集基本上都是这次走访的硕果,所收录的故事大多是描写农场上农民们艰难的生活。尽管与《大路》有高度的相似性,甚至连书名也几乎相同,然而,其中的作品与《大路》里的那些小说却不能同日而语,艺术质量要逊色许多。

与《大路》相比,艺术质量同样大为逊色的还有小说集《他们的高山足迹》。该集中的小说基本上都以中西部美丽的山区为背景,以那里的山区人为对象。作者从一个旁观者的角度,对他们遭受的苦难和不幸,抒发了自己的同情。但是,作品集中很难找到《大路》中那些令人印象深刻的小说,因此在文学史上知名度也不高。相比之下,最后一部短篇小说集《美国印第安人》却颇具特色。该书以印第安人为主人公,以他们如何适应现代生活为主题,以同情的笔触,描写他们在适应、转变过程中遭受的各种磨难与不幸,情真意切,感人肺腑。《瓦赫娅——斯巴达式的母亲》("Wahiah — A Spartan Mother")是该集中探讨这一主题最深刻的小说。负责处理印第安人事务的官员约翰·西格,竭力劝说印第安人把孩子送进学校读书,大部分父母都照办了,但塔马卡姆和妻子瓦赫娅坚决不从。他们担心,那样会使孩子与印第安人的传统、文化渐行渐远,转而走上白人的道路。不过,经过反复劝说,他们最终还是同意了,因为他们深切地感到,印第安人实际上已经走上了白人道路,白人传统、文化、价值观念等对他们的影响已经无处不在,根本没有办法躲避。他们发现,在这种情况下,若想固守印第安人的传统文化、保持自己的独立性是根本不可能的。有的孩子擅自旷课、逃学,西格决定采用鞭刑进行处罚。父母们十分恼火。他们认为,这种处罚表面上看是在惩罚学生不守校规,实际上是白人在用暴力手段强迫印第安人屈从白人,屈从他们制定的规章制度,屈从他们的思想。当塔马卡姆的儿子阿托肯逃学被抓时,西格当着他的父母和其他许多人的面抽打他,一直打到他屈从、认错。看到阿托肯父母满脸不悦的神情,西格说,他这么做是要让孩子们知道,他们从小就要像白人那样明白有劳才有获、不劳则无获的道理。听他这么解释,阿托肯的父母只好缄默不语。更有甚者,瓦赫娅和丈夫还折断了儿子爱不释手的弓箭,要他听西格的话,好好上学。这个情节极具象征意义。弓箭是儿子的心爱之物,是他"自由的象征"。折断它,表示瓦赫娅决心放弃印第安人以前那种无拘无束的散漫生活,转而跟随白人,学习他们的生活方式。至此,他们完全被西格驯服,思想上完全转向了白人。不言而喻,这种转变具有深刻的寓意,揭示了印第安人被白人不断驯服、同化的过程,以及印第安人传统与文化逐渐衰退的原因,发人深思。

同样的主题还出现在《尼斯缇娜》("Nistina")、《新药房》("The New Medicine House")和《赖辛·沃尔夫——鬼魂舞者》("Rising Wolf, Ghost Dancer")等中。当然,印第安人转变并非该小说集中所有作品的主题,有些作品描写的是印第安人的风俗习惯,有些则是与转变主题完全相反,表现的是印第安人不能、也不应该跟随白人行走在他们的道路上,比如《委员会法令》("The Decree of Council")。

作为一名乡土作家,加兰在创作时十分注重营造浓郁的乡土气息,非常善于采用写真主义手法描写令人瞠目的现实生活细节,擅长将自己的创作紧紧地贴近平民百姓的现实生活,具有很强的现实感,因而广受平民百姓的欢迎。他将笔下的人物置入社会变迁的时代中,展现普通百姓的喜怒哀乐,抒写广大民众的价值取向,揭示正在不断上升中的美国民族精神。从这个意义上讲,他的小说不仅具有很高的文学价值,而且还拥有可信度很高的社会文献价值,奠定了他在美国文学史上的突出地位。

斯蒂芬·克莱恩

如果说哈姆林·加兰在创作中只是展现了自然主义倾向,那么斯蒂芬·克莱恩则是明显地表现出了自然主义的风格,被人们奉为美国自然主义文学的先驱,开创了美国文学焕然一新的局面,为美国自然主义文学的兴起作出了巨大贡献。这位被誉为美国文坛奇才的小说家在世不到30年,却为后人留下了一大笔文学遗产。在"上帝是冷漠的"、上帝不关心百姓疾苦思想的指引下,他不带任何感情、不做任何掩饰,真实、客观、冷峻地描写生活,呈现破烂不堪的贫民窟、令人窒息的工厂、荒凉萧瑟的农场、肮脏污秽的大街小巷,而且不评论、不批判,只是将令人惊悚的社会画面,一幕一幕地投射在读者眼前。正是通过这种手法,克莱恩对惨遭剥削、饱受蹂躏的贫苦百姓给予了巨大同情,揭示了工业文明急速发展带来的诸多社会问题和矛盾,对资本主义的发展发出了有力控诉。

斯蒂芬·克莱恩于 1871 年出生在新泽西州纽瓦克市。那是个文学名家纷纷问世的时代,美国文坛许多名宿都出生于这个时间前后,如杜波依斯(W. E. B. Du Bois, 1868—1963)、德莱赛(Theodore Dreiser, 1871—1945)、弗罗斯特(Robert Frost, 1874—1963)、诺里斯、杰克·伦敦等。克莱恩降临的是个宗教色彩很浓的家庭:父亲乔纳森·汤利·克莱恩(Jonathan Townley Crane, 1819—1880)是一名在美国宗教史上享有盛名的卫理公会教堂的牧师,同时还是一名作家和废奴主义者,广受教民们的敬重与爱戴;母亲玛丽·海伦·克莱恩(Mary Helen Crane, 1827—1891)是一位教士的女儿,非常热衷于宗教,很喜欢在公共场所发表演讲,畅谈自己的宗教改革思想。这对夫妇生育了 14 个孩子,幸存了 9 个,斯蒂芬最小。这个家族具有显赫的历史,纽黑文殖民地就是他们家的祖先创立的,先辈中还有人是第一届大陆会议新泽西的代表。显赫的世家、丰富的藏书、学识渊博的家人,斯蒂芬从中得到了良好的熏陶,对他日后成为一位文学名家影响甚大。同时,特殊的家庭背景对斯蒂芬的思想也产生了不可逆转的影响,以致他在后来的创作中反复不停地表现友爱、慈善、罪恶、赎罪等主题。

幼年的斯蒂芬颇为不幸,体质羸弱,时常生病,更重要的是,九岁时父亲就因心脏病离开了人世,家里的生活大受影响。由于孩子众多,母亲无法一一照顾,只好将他交给姐姐们照料。姐姐海伦带他搬到了新泽西州的海边旅游胜地——阿斯伯里帕克。不久,姐姐艾格尼丝也去一起照顾他。艾格尼丝在那里的中学教书,哥哥汤利在那儿做记者和编辑。阿斯伯里帕克是个游客如云的地方,也是个道德沦丧的场所,卖淫嫖娼、酗酒赌博随处可见。这一切都给斯蒂芬留下了深刻的印象,对他日后的创作产生了不小的影响。斯蒂芬从小就十分叛逆,不喜欢循规蹈矩,不愿意接受刻板的学校教育,小小年纪就开始抽烟、喝酒、赌博,可谓“无恶不作”,所幸的是没有惹出什么麻烦。14 岁时,他到父亲曾任校长的宗教学校读书,大学读的是著名的宾夕法尼亚州拉法耶特学院,但入学一年后就退学转到纽约的锡拉丘兹大学。但是,他发现大学课程枯燥乏味,所以没读完就离开了学校。他放浪形骸,时常出入低级下流的娱乐场所,寻找感官刺激,即便是在就读半军事化的学校克莱弗拉克学院时,他也没有收敛。这段无拘无束的生活,尤其是在军校的那段时光,他自认为是一生中最快乐的时刻，并且对他后来创作《红色英雄勋章》（*The Red Badge of Courage*，1895)产生了重要影响。在享受生活的同时，他还广泛了解社会，对纽约平民百姓的艰难生活做了深入的调查，为他今后的文学创作积累了丰富的素材。

斯蒂芬·克莱恩的文学才华在他幼年时就展露出来。据说，他四岁时就能写作，14岁便创作出了第一篇为人所知的短篇小说《杰克叔叔和铃柄》("Uncle Jack and the Bell Handle"，1884)，18岁起便帮助哥哥进行新闻报道、发表特写。这一经历对他后来的文学创作帮助很大，不仅锻炼了他的创作能力，还使他广泛地接触了社会，使他了解到种种社会丑恶现象，积累了大量创作素材。在后来的10年间，克莱恩在纽约为不同报社当记者，写报道和特写，足迹遍布美国、欧洲、南美洲等许多地方。在文学创作上，克莱恩还从哥哥汤利那里获得了启发，尤其是哥哥奔放不羁的创作风格对他影响甚深。这种影响在他后来的小说创作中随处可见。1893年，他自费出版了第一部重要的长篇小说《街头女郎玛吉》（*Maggie, A Girl of the Streets*)。该小说出版时，克莱恩很不自信，没敢使用真名。正如他所担心的，小说出版后没有引起人们的重视，销路平平。幸运的是，当时的文坛大师们，如加兰、豪威尔斯等，对这部小说给予了热情鼓励和高度评价。加兰称其是"我读过的描写贫民窟的最真实、最有创意的作品"[①]，他和豪威尔斯都称赞说，这是一部难得的自然主义小说。大师们的这番赞誉使克莱恩受到了莫大的鼓舞，树立了坚定的信心。他一鼓作气，两年后又出版了《红色英雄勋章》，并大获成功，从而牢牢地确立了文坛地位。这两部重要的代表作如今已经成为美国经典长篇小说。

在成功的鼓舞下，克莱恩又出版了长篇小说《街头女郎玛吉》的姐妹篇——《乔治的母亲》（*George's Mother*，1896)、《小军团及其他美国内战插曲》（*The Little Regiment and Other Episodes of the American Civil War*，1896)以及诗集《黑色骑士及其他诗篇》（*The Black Riders and Other Lines*，1895)和《战争是仁慈的》（*War Is Kind*，1899)，再一次展现了他的创作才华和不同凡响的创作手法。克莱恩的创作才能不仅止于此，他在短篇小说的创作上也是硕果累累，发表了许多脍炙人口的短篇佳作，分别收录在《海上扁舟及其他冒险故事》（*The Open Boat and Other*

---

① Stanley Wertheim，*A Stephen Crane Encyclopedia*. Westport，Connecticut：Greenwood Press，1997，p.123.

Tales of Adventure，1898)、《怪物故事集》(*The Monster and Other Stories*，1899)、《威勒姆维尔的故事》(*Whilomville Stories*，1900)、《雨中伤口》(*Wounds in the Rain: A Collection of Stories Relating to the Spanish-American War of 1898*，1900)等不同的小说集中。其中，《威勒姆维尔的故事》是一部儿童故事集。

克莱恩一向我行我素，从不循规蹈矩，不为传统、风俗习惯、规章制度所困，行为处事完全依据自己的喜怒哀乐。这种秉性在他的恋爱经历上也表露无遗。1892 年，他爱上一位有夫之妇——莉莉·B·梦露。梦露当时正和丈夫闹矛盾，对克莱恩颇有好感，两人时常幽会。克莱恩恳求梦露和他私奔，但遭到梦露家人的反对，因为他们觉得克莱恩既没钱又没有前途。迫于家人的压力，梦露只好拒绝了克莱恩的请求。他们的感情一直维系到 1898 年。24 岁时，他与一名妓女打得火热。这件事对他的声誉造成了严重损害。1896 年 9 月的一天下午，他和三位姑娘走在街上，其中有一位叫克拉克，是名妓女。当他把其中一位姑娘送上电车时，一名便衣警察走过来把另一位姑娘和克拉克带走了，理由是她们涉嫌卖淫。克莱恩上前理论，却遭到威胁。后来，那位姑娘撒谎说是克莱恩的妻子，克莱恩也撒谎予以证明，于是她被释放。同时，克莱恩还想方设法试图救出克拉克。为此，他向法院申明，当时和他在一起时克拉克没有不检点行为，警察的指控是无中生有。根据这一证词，法院释放了克拉克。媒体却普遍认为克莱恩是在作伪证，并纷纷嘲笑他作伪证的"英雄"气概，不免让人联想起他的名作《红色英雄勋章》的书名。媒体的炒作把这件事闹得沸沸扬扬。尽管如此，克莱恩依然出庭作证，而警察则在搜罗他行为不检点的种种证据，证明他的证词不足为信。但是，克莱恩辩称，他经常出没妓院是为了搜集创作素材，是出于创作需要。尽管克拉克最后被释放，那名警察也被免于起诉，但是，克莱恩的声名却遭到重创。25 岁时，克莱恩又恋爱了，对方是个离过两次婚的女人，名叫科拉·泰勒。当时，克莱恩接受媒体派遣，到古巴报道美西战争。他取道佛罗里达州杰克逊维尔市，准备前往古巴。在杰克逊维尔，他不停地进出妓院，结识了比他年长五岁的妓院老板科拉·泰勒，并与其频繁交往。不久，克莱恩登上开往古巴的轮船，但不幸遇上海难。克莱恩是最后一批离开沉船的。他和船长及另外三个人撑着一条救生船，历经千辛万苦，驶向岸边。上岸后，他发电报给科拉，请求帮助，随后又同她回到杰克逊维尔。这次海难给克莱恩留下了刻骨铭心的印象。他随即以此为素材，很快写出了美国短篇小说史上的经典名作——《海上扁舟》("The Open Boat", 1897)。他和科拉的感情因船难迅速升温。在他的帮助下，科拉在《纽约日报》(*New York Journal*)谋得了一个记者职位。1898 年 3 月，他俩作为记者，双双前往希腊报道希土战争。沉浸在爱情中的他们，以巨大的热情投入到报道中。战争结束后，他们来到英国，住在苏塞克斯东部刺绣庄园的一幢豪华别墅里。这里居住着许多费边社的成员，如 H·G·威尔斯(H. G. Wells, 1866—1946)，还有不少文坛名家，如康拉德(Joseph Conrad, 1857—1924)、亨利·詹姆斯等，克莱恩与他们结下了深厚的友情，对他自己的文学创作起到了积极的作用。这期间，克莱恩创作勤奋，几乎到了疯狂的地步。一方面，他手边拥有一定的创作素材；另一方面，也是更重要的一点，就是为了赚钱，因为科拉生活奢靡，花钱如流水，致使克莱恩债台高筑。忘我的工作导致克莱恩肺病复发，他不得不放下笔，带着科拉到德国一座风景秀丽的疗养院休养。不幸的是，到达那里没多久，克莱恩就离开了人世，年仅 29 岁。

克莱恩喜爱创新，这一性格构成了他人生的主基调，也成为他文学创作的主要特色。他不囿于传统、善于创新，勇于尝试各种创作题材，如长、短篇小说、诗歌、随笔、新闻报道和特写等。同时，他在作品中展现出来的丰富的创作手法也清晰地验证了这一点，如现实主义、象征主义、自然主义、印象主义、表现主义等。像他一样，他笔下的人物也不安于现状，对现实和环境强烈不满，总是想方设法追寻自己的理想和生活，而这些不是与现实相悖，就是在现实中根本不存在。因此，理想与现实在他的笔下时常构成一对不可调和的矛盾。面对各种矛盾，身处恶劣的社会环境，克莱恩反复强调，作为一名作家，应该动其真诚之心，敢说真话，勇于真实地展现生活，毫不掩饰地揭示贫苦百姓的痛苦，毫不隐瞒地暴露各种社会问题，为劳苦大众伸张正义。克莱恩认为，这是作家的责任，也是作家的良知，他始终将此奉为自己的创作思想和原则。正是采用这种自然、客观、率真、不带任何个人感情色彩的描写，他向读者揭穿了美国资本主义发展的真实面目，揭示了工业文明的真正嘴脸，这是克莱恩创作的突出特点，也是他作品能够成功的重要因素。

为了凸显这些特点，克莱恩在创作语言上也进行了大胆实验，将日常生活中大量的俚语、方言等植入作品中，不仅十分贴近生活，而且具有鲜明的时代感，显得非常质朴、平实、粗犷。为了将这些特点发挥到极致，克莱恩在创作技巧上采用了极为细腻的表现方法，抓住生活中细微、具体的典型细节,绘声绘色地进行演绎,不仅创造出了生动感人、令人难忘的情节,而且刻画出了个性鲜明、栩栩如生的人物形象,将人物的性格、内心世界、复杂的感情以及真、善、美和假、恶、丑,全部鲜活地展现出来,极大地提高了作品的可读性,有力地加强了作品的主题思想。

很显然,克莱恩的思想和创作体现出明显的自然主义特征。他强调,创作要真实、自然、客观,切勿进行道德说教。像其他自然主义者一样,他也认为人是自然的一部分,面对不可知的大自然,人只有顺从,听凭命运的安排,不能拥有自由意志。在这些思想的指导下,克莱恩通过对平凡、偶然、琐碎的事件和细节进行事无巨细的照相式描写,让真实的人物置于真实的环境里,将生活的原貌和现实的真相,将飞速发展的机械文明给人们的价值观念和固有生活带来的冲击以及给人们心理造成的困惑和震荡,全部呈现在读者面前,绘出了一幅又一幅自然主义画面。

在克莱恩看来,“短篇小说是最容易写的一种文体”[①]。正因为如此,在不到30年的生命中,他居然写出了一百多则短篇作品。这些作品到底是小说、故事、札记还是见闻?评论界对此颇有争议。人们普遍认为,《海上扁舟》和《新娘来到黄天镇》(“The Bride Comes to Yellow Sky”,1898)是典型的短篇小说。其他作品,大多属于札记、见闻、新闻特写,因为它们没有短篇小说固有的情节设计、人物刻画等。但不可否认,这些作品依然具有小说价值,如他早年创作的故事集《斯蒂芬·克莱恩沙利文县素描集》(*The Sullivan County Sketches of Stephan Crane*,1954)。该集收录的大多是札记、见闻和新闻特写等,在克莱恩生前未能面市,直到他去世后才由后人整理出版。这些作品大多属于练笔之作,创作手法稚嫩,艺术性也不高,情节重复,如《洞穴中的四个男人》(“The Four Men in a Cave”,1892)、《水中曲棍球》(“The Octopush”,1892)、《食尸鬼的会计师》(“A Ghoul's Accountant”,1892)、《黑狗》(“The Black Dog”,1892)等。它们描写的都是野外露营故事,不是遭遇树林中的鬼怪,就是碰到各种匪夷所思的诡异现象。作品充满了恐惧、怪异的氛围,但是,随着对大自然的逐步熟悉,对那些令人毛骨悚然的现象的不断认识,人们渐渐发现,这些恐惧大都是他们无知、自以为是导致的,是自己吓唬自己,充满了浓厚的寓言、神话色彩。这些作品的最大价值是确立了作者后来的

---

① Chester L. Wolford, *Stephen Crane: A Study of the Short Fiction*. Boston: Twayne Publishers, 1989,p.90.

创作风格,其表现的主题、创作技巧、讽刺的笔触以及对人物心理活动的剖析等,都成为作者后来小说的重要特色。

克莱恩第一篇比较成熟的小说是《青春的步伐》("The Pace of Youth", 1895)。小说描写的是爱情及其对爱情的思考。故事一开始就充满了喜剧色彩,洋溢着浓浓的浪漫气氛。检票员利齐·斯廷森和弗兰克在科尼岛上欢度甜蜜时光。然而,他们并非主角,主角是利齐的爸爸。他强烈反对女儿和弗兰克恋爱,当两位恋人乘着马车私奔时,他甚至跟着车子一路狂追。然而,不管他如何反对,这对恋人始终厮守在一起。面对如此执着的爱情,目睹他们相亲相爱的场面,利齐的爸爸渐渐改变了态度。他发现,这对年轻人对未来充满了幸福憧憬和梦想,他们热切追求爱情,犹如疾速前进的马车势不可挡。他感到这是一种青春的脚步,他们迈着这样的步伐,在追求自己未来的幸福生活。于是,他不再干涉,并且用一种乐观的态度看待他们的爱情和对未来的追求。

克莱恩描写的内容和主题十分丰富、广泛,早年以纽约为背景的那些小说,真实而又详细地描写了工业文明给贫苦百姓带来的巨大不幸,导致他们终日生活在困苦之中。后来以美国南北战争为题材的故事集《小军团及其他美国内战插曲》,展现的则是新老战士在战争中的不同表现以及战争对人性产生的巨大影响。而他最重要的代表作、由13个故事构成的《海上扁舟及其他冒险故事》,又展示了克莱恩人生的三个不同阶段——童年时期、1895年到西部和墨西哥的经历以及1897年在古巴的冒险。关于西部题材,他创作出了许多脍炙人口的短篇小说,如收录在《海上扁舟及其他冒险故事》中的《新娘来到黄天镇》《怪物故事集》中的《蓝色旅馆》("The Blue Hotel", 1898)等。这些作品大多写于1896至1898年之间。

《新娘来到黄天镇》以得克萨斯州西部小镇黄天镇为背景,以警长杰克·波特在该州东部城市圣安东尼奥结婚后,将新娘从东部带回黄天镇所产生的影响为主线,展现了19世纪后期美国西部的一幅幅生活画卷,呈现了东部文明对西部不断侵蚀的过程,揭露了飞速发展的工业和商业文明给西部和淳朴的西部人带来的巨大冲击。小说由五个部分构成,故事发生的时间只是在午饭前到下午三点多这短短的几个小时之内。第一部分是杰克·波特带着新婚妻子,怀着紧张、不安的心情,乘着豪华列车从圣安东尼奥回黄天镇;接下来是几个男人在黄天镇上的小酒馆喝酒聊天,喝得酩酊大醉的牛仔威尔逊突然闯进来,打破了酒馆的宁静;他随后提着枪跑到大街上寻衅滋事,看见他凶神恶煞的样子,人们纷纷避他而去。第四部分是小说的高潮。找不到对手的威尔逊突然想起了老对手——警长波特。他决定找警长报仇。看见警长从车站携妻回家,他用枪挑衅,但警长说自己没有带枪、手无寸铁,而且结婚了。听警长这么一说,威尔逊突然感到不知所措,根本没想到会遇到这种情景。于是,他没有像以前那样同警长搏斗,而是转身悻悻地离开了。故事至此结束。

　　小说的情节很简单,但是内涵和表现手法却十分丰富。作者自始至终都在采用对比手法,通过这些二元、甚至多元之间的冲突,揭示社会现实。首先是东西部的对比。西部是一望无际的美丽草原,那里有"一片片辽阔的绿草地,一片片暗绿色的牧豆树和仙人掌,一簇簇小木屋,一丛丛幼嫩的小树,统统掠向东方,掠过悬崖似的地平线"。如此美丽的大自然却遭到了来自东部火车的侵犯。风驰电掣的火车是工业文明的代表,它势不可挡地驶向黄天镇。作为现代工业文明驶向西部边疆的象征,火车带动了西部发展,加快了东西部融合,也导致了东西部文化的碰撞,加快了西部传统的消失。作为东西部融合象征的不仅仅只有火车,西部警长与东部姑娘的联姻也是一个典型例证,清晰地体现了东西部文化的交融。新娘"既不漂亮,也不太年轻……天生一副下层人的普通面孔,看上去面无表情,几乎是毫无感情……"。这样的女人,作为一个个体,貌不出众,没有什么诱人之处,然而"她的重要性仅仅在于她是东部新秩序的代表"。作为这样的代表,作为东部文明的象征,作者安排她嫁到西部,显然是要给西部带去新的秩序,把东部的文明输入西部。而作为警长,波特是西部权利和秩序的象征,他迎娶东部姑娘,西部的秩序显然得到了加强,而秩序则是文明的象征,因此这桩东西部的联姻实际上是在强化西部的文明,这是小说的重要寓意和主题。然而,作为西部无拘无束、牧歌式生活的象征,作为浪荡不羁的西部牛仔的代表,威尔逊对秩序和文明十分抵触,时常与之发生激烈冲突。他待人真诚,为人善良,是人们公认的好人。然而,一旦喝了酒,他就喜欢到镇上寻衅滋事,跑去与警长较量。这种较量显然是他所代表的散漫生活方式对警长所代表的秩序以及由秩序象征的文明,所发出的一种挑战。然而,随着代表东部文明的新娘的到来,威尔逊感受到了从未有过的巨大威胁,深感自己无法与之抗争。他深知,面对这样的力量,抗争是徒劳的。因此,他失去了与警长继续较量的力量和勇气,消失在人们的视野中。他的消失,显然是西部精神的消失。实际上,威尔逊这个结局,作者在小说的前半部分就已经埋下了伏笔。作者写道,威尔逊虽然努力保持西部的生活传统和方式,但不知不觉中已经被文明化了,他穿的、用的,很多都是东部制造的产品。无论是主动还是被动,也不论是外表还是内心,威尔逊都受到了东部力量和文明的巨大影响与挑战。他的西部时代已经消失,整个西部完全臣服于现代工业和现代文明。这是不可阻挡的时代脚步,"不管人是否愿意,这种变化都是不可避免的",这是克莱恩在文中表达的强烈的自然主义宿命论思想,也是小说的重要主题。

同样反映西部生活的《蓝色旅馆》,也是一篇不可多得的佳作,深受读者欢迎。小说以自然主义笔触,以一名瑞典人为主角,描写美国西部社会动荡、暴力的环境如何对人们产生影响,尤其是对这位瑞典人的心理产生巨大的冲击,导致他终日惴惴不安,始终生活在紧张、恐惧之中,揭示了人类在面对强大而又肆虐的环境时,不可避免地遭遇悲剧的自然主义宿命思想。在西部内布拉斯加州的小镇罗姆珀堡,一个牛仔、一位东部人和一名瑞典人一起住进了蓝色旅馆。瑞典人一踏上西部土地就惴惴不安,"眼睛溜来溜去的,神情有些紧张"。到了酒店,他更加紧张。在东部人和欧洲人的心目中,西部是个野蛮的地方,不是牛仔、印第安人,就是土匪、飞天大盗,暴力天天发生,危险无处不在。瑞典人感到旅馆里的人个个都很恐怖,决定搬出去。老板耐心向他解释,并热情地请他喝酒,可他怀疑老板要毒死他。老板和颜悦色地解释才打消了他的疑虑。吃晚饭时,他又"像旋转烟花似的嘶嘶叫唤,有时像是快要爆发出一阵狂乱的歌声……疯疯癫癫的"。为了不惹怒他,大家都迁就他,他变得更加肆无忌惮。晚上打牌时,他指责老板的儿子约尼作弊,两人大吵并决斗。瑞典人十分凶猛,打败了约尼。他得意地离开蓝色旅馆,来到一家酒店喝酒庆贺,炫耀自己的战绩。他疯狂地掐住一个客人的喉咙,强迫他陪自己喝酒。那客人被掐得喘不过气来,不得已自卫,拔刀刺死了瑞典人。

恐惧是该小说最鲜明的基调和最突出的特点之一,也是最引人入胜的魅力所在。这种恐惧渐渐地笼罩着瑞典人,并辐射到周围人,而周围人对此的反应,反过来又进一步加剧了瑞典人内心的恐惧,最终导致他失控而做出种种匪夷所思的过激行为,酿成悲剧。值得注意的是,作者将主人公塑造成一个瑞典人,来自比西部"文明"许多的东部纽约州,而且是出生于世界文明的腹地——欧洲。这样一位"文明"之士,视西部为蛮夷之地,视西部人为野蛮人,将西部妖魔化,始终与周围人冲突不断,演绎了一场"他人即地狱"的悲剧。具有讽刺意味的是,真正野蛮、暴力的并不是"野蛮的"西部人,而是这位东部的"文明人",是他挑起了一场又一场争吵和打斗,制造了血腥,引发了恐惧。究竟谁野蛮,谁文明,读者一看便知,巨大的嘲讽不言而喻。如果说瑞典人野蛮,那么住店的另一位东部人则虚伪。大家玩牌时,瑞典人指责约尼作弊,要东部人作证,东部人拒绝,导致瑞典人和约尼决斗。直到小说最后,当瑞典人被捅死,东部人才承认说约尼确实作弊了,他亲眼所见。假如他当时出面证明,就不会导致决斗,更不会有最后的悲剧发生。从某种程度上讲,是他的虚伪酿成了瑞典人的悲剧。两个来自"文明"之域的人,一个如此暴力,一个这般虚伪,清晰地表现了作者对东部人及其"文明"的巨大讽刺与嘲弄。

该作已成为美国经典短篇小说,不仅主题深刻,而且人物形象栩栩如生,不论是恐惧、暴力的瑞典人,虚伪、缺乏正义感的东部人,还是心直口快、仗义执言的牛仔,热情善良的老板,血气方刚的约尼,不堪受辱、刺死瑞典人的那个客人,个个都塑造得栩栩如生,活灵活现,极大地增强了小说的艺术性。丰富的象征手法是该小说的又一突出特色。这一手法在作品的中心意象"蓝色旅馆"上表现得尤为突出。旅馆的蓝色具有非同寻常的寓意。蓝色常与忧伤、悲剧联系在一起,外乡人对旅馆刷成这样的颜色颇有微词,在一定程度上也暗示了瑞典人悲剧的结局。使用颜色烘托主题是克莱恩擅长的手法,红色同样被用得十分灵动,富有鲜明的象征色彩。它体现在旅馆客厅火炉里那熊熊的火光上,也表现在瑞典人像"火焰燃烧的"眼睛里。火焰的颜色使人不自觉地联想起暴力、血腥。火炉及其火焰,象征含义尤其深刻。这里的客厅同时也是祭坛,是宗教场所。宗教场所里熊熊火焰在燃烧,人们会情不自禁地联想起地狱之火,想起死亡。瑞典人"感觉自己就像是在地狱中央",更加清晰地佐证了这一点。可见,客厅和蓝色旅馆,犹如地狱一般,至少对瑞典人来说是如此。除此之外,作者通过人物的命名也巧妙地表达了象征内涵。这些人,有许多都是无名无姓的,比如瑞典人、牛仔、东部人等。但读者一看便知,他们不是独立的个体,而是群体的代表,无名无姓还暗示他们是社会底层默默无闻的普通百姓。从这个意义上讲,这几个人具有广泛的指涉性。小说语言也十分鲜活,大量的对话,强烈的口语色彩,民间俚语、方言,丰富多彩的修辞、句式等,这一切充满了生活气息,大大地增强了小说的艺术张力、表现力和感染力。

在克莱恩的所有短篇小说中,《海上扁舟》可能是知名度最高、影响力最广的一篇了,得到了评论家和读者们的一致好评。小说表现的是面对强大的自然,人类如何拼死抗争。作品充满了自然主义思想,充分体现了克莱恩的创作才华，呈现出作者诸多的创作特色，是一部不可多得的艺术精品。小说以四个男人为主人公，同《蓝色旅馆》一样，他们也无名无姓，作者只冠以记者、船长、厨师等身份称谓，只有加油工例外，取名比利。小说一开始，作者就呈现了惊心动魄的场面。四个在海难中幸免于难的人，划着一叶还没有"澡盆"大的扁舟，同"野蛮、突然而又高大的海浪"一次又一次进行殊死搏斗。因为紧张的搏斗，"他们谁也不知道天空的颜色，他们的目光正视着前方，盯着朝他们卷过来的巨浪"。小说以记者为叙事者，通过他的视角，生动地记录了扁舟承载他们在海上搏斗的艰难、惊魂过程。登上扁舟前，他们已有两天两夜没合眼，也没吃上一顿饭。此时的他们，又累又困，而且饥寒交迫。扁舟在惊涛骇浪中犹如玩偶，被海浪翻来覆去，他们的命运也随之跌宕起伏。作者对此的描写非常逼真：

> 坐在这只船上，简直就像坐在一匹狂蹦乱跳的野马身上，何况那小船和野马本来就差不多大。小船腾跃，竖起，栽下，恰似野马一样。每逢大浪打来，它就上蹿下跳，好似一匹烈马跳跃高高的栅栏。那船如何越过一道道水墙，实在是不可思议。……浪花每次从浪峰上俯冲下来，小船都得要跟着再跳一次，而且是临空一跳。接着，小船目空一切地撞上一个浪头，随后滑下一道长坡，风驰电掣，水花四溅，颠颠晃晃地来到下一个威胁前。

除此之外，还有一头硕大的鳍紧随扁舟前后。它犹如一枚巨大而尖利的炮弹，围着小船四周破水而过，发出嗖嗖的声音，速度之快、威力之大，令人惊叹不已，也让人浑身颤抖。经受如此暴戾大海的蹂躏，再想到此前遭受海难的不幸，他们无不愤怒不已。但随着处境越来越绝望，他们相互怜悯起来，深深感叹起大自然目睹他们的不幸却冷若冰霜。为了节省体力，记者和加油工轮流划桨、交换休息，而厨师负责清除积水，船长负责指挥。他们看见天际边有一个灯塔，顿时唤起了希望，可是风高浪急，他们怎么努力也无法靠近。随后他们又看到远处的岸上有人在招手，但是那个人似乎一直没有看到他们。风高浪急，小船无法靠岸。拼搏了 30 个小时后，大家无奈地决定丢弃扁舟，跳进冰冷的海里游向岸边。加油工比利冲锋陷阵。经过意志和体力的巨大考验，大家异常艰难地游到了岸边。但不幸的是，最强壮、最善于游泳的比利却被大海吞噬了。

小说的素材取自作者 1897 年初作为记者去古巴采访途中在迈阿密

海域遭遇的沉船事故,是他那次死里逃生经历的艺术再现,具有很强的自传色彩。当时,克莱恩遭遇沉船后在海上被困 30 个小时,和其他三个人靠一叶扁舟才幸免于难,其中有一位叫比利·希金斯的加油工不幸罹难。关于这一次海上历险,克莱恩在得救后没几天就写了一篇新闻报道——《斯蒂芬·克莱恩自己的故事》("Stephen Crane's Own Story",1897)。随后,他将该报道改写成叙事文体,便形成了现在的小说——《海上扁舟》。可见,该故事完全是一篇自传小说。

作品充满了自然主义特征。作者采用科学、客观的态度,通过人类在真实环境中的活动,真实地展现了面对冷漠、甚至是敌意的大自然,人类是多么的渺小、无助,抗争是多么的徒劳,死亡又是多么的轻而易举。作者如此表现人与自然的搏斗、与自然力量的巨大悬殊,并不仅仅是为了展现一场海难而已,而是为了揭示人类所面临的困境。这里的大海无疑是人类社会的隐喻,而四位人物自然是整个人类的缩影。他们与大海的搏斗,实则是人与社会的抗争。记者痛苦地发现,在大自然眼里,人无足轻重,"就是把他除掉也无损于宇宙"。记者十分恼怒,却无计可施,只能听凭自然的摆布。很明显,记者等人的困境是现实生活中人类困境的具体而真实的演绎。

作者试图通过海难给人类以深刻的启示,亦如小说结尾所说的那样,"夜幕降临时,白浪在月光中荡来荡去,风把大海的声音传给岸上的人,他们觉得他们现在能够解释这大海的声音了"。大海发出的声音,实际上就是给人类的启示。人们从中感悟到,大海、大自然是冷漠的,在这样一个充满敌意的环境中,人与人之间更需要团结、友爱、互助,更需要关爱自我、勇敢坚毅、永不言败,更不能放弃对生的期望。这种兄弟般的友谊和团结合作的集体主义精神,能够温暖冷漠世界中的每一个人、支撑绝境中的每一颗心灵,是人们摆脱绝境、战胜困难的唯一办法。这也是人们在世界中应该具备的一种责任。这种思想具有一种人文主义情怀,克莱恩在众多作品中反复表现和颂扬,成为其小说的一个重要主题思想和特色。展现逆境中不屈不挠的精神,这种表现手法影响了不少后世作家,如海明威等。

小说艺术手法丰富,比如对比。大海与扁舟是一对最为醒目的意象。大海浩瀚而又狂暴,扁舟渺小而又羸弱,两者置于一体,对比是何等的鲜明,自然的强大和人类的渺小通过这种对比不言而喻。表面上是人在驾驭扁舟,实际上则是大自然在掌控,它不仅控制着扁舟,还把控着舟中人物的命运。这个对比具有很强的象征意义，清晰地展示了人与自然的关系。再如象征与比喻。无论是大海、浪花、扁舟、海鸥、鲨鱼、灯塔等这些构成故事背景的意象，还是深陷逆境中的四位人物及其不同的角色，以及岸上的人员等等，无不具有丰富的象征含义，具有明确的指涉性。同时，意象的塑造、色彩的描写、远景与近景的交相辉映，再加上简练、生动的口语化语言，使得小说极富感染力和震撼力，令人久久难以忘怀。

深刻的主题、丰富的艺术特色，使得小说一发表就获得热烈好评。克莱恩的好友、《纽约时报》记者哈罗德·弗雷德里克（Harold Frederic，1856—1898）指出："即使什么都不写，仅凭这一篇小说，他就可以毫无疑问地享受他今天在文坛上的地位。"[1]这个评价虽然有些绝对，但并没有夸大其词。克莱恩的朋友、英国小说家威尔斯也指出，该小说"毫无疑问是克莱恩所有作品中最杰出的典范之作"[2]。克莱恩的传记作者和研究专家斯坦利·沃特海姆（Stanley Wertheim）也推崇说，《海上扁舟》"是克莱恩最优秀的短篇小说，也是19世纪下半叶美国文学的名作之一"[3]。正因为如此，该小说不断地被选入美国最佳短篇小说集中，成为一代又一代读者百读不厌的佳品。

克莱恩在生命的最后两年依然创作出了不少作品。他以童年时代生活过的纽约杰维斯港为原型，虚构出小镇威勒姆维尔，并以此为背景，创作出了大约十五篇中、短篇小说，大多收录在短篇小说集《威勒姆维尔的故事》中。在这些作品中，最为人们称颂的是中篇小说《怪物》（"The Monster"，1898）。该故事是反映威勒姆维尔镇生活的第一篇小说，是作者在1897年和科拉旅居英国时完成的。他承认，《怪物》完全是为了赚稿费而作的。

小说在很大程度上是受到当年杰维斯港发生的一件骇人听闻的残害黑人暴力事件的启发创作出来的。1892年，一名黑人男子被控袭击当地的一名白人妇女而被捕入狱。在被押送至监狱途中，他突然遭到数百名男子的殴打。他们像暴徒一般，对他拳打脚踢，拖着他在街上跑，最后把

---

① Richard M. Weatherford, *Stephen Crane: The Critical Heritage*. New York：Routledge，1997，p.216.

② Ibid.，p.271.

③ Stanley Wertheim, *A Stephen Crane Encyclopedia*. Westport，Connecticut：Greenwood Press，1997，p.248.

他吊死在一棵树上。这一擅自动用私刑残暴迫害黑人的事件引起了巨大民愤。克莱恩当时虽然不在现场,但通过媒体的大量报道,了解到了事实真相。他深知,这是一件令人震惊的种族迫害事件,并撰文指出,这是杰维斯港史上发生的最可耻的事件之一。实际上,这类事件在当时的美国早已屡见不鲜。仅在19世纪末短短十几年间,全美就发生了一百多起。这是公开报道的数字,没有被报道的远不止这些。由此可见,种族迫害在当时社会是个多么普遍的问题。作为一位敏锐的社会观察家,克莱恩自然不会忽视这一暴行。

小说讲述的是一名黑人仆人和白人主人之间的故事。亨利·约翰森是当地德高望重的白人医生特雷斯哥特家的黑人马夫。作者一开始就写到,亨利心地善良、待人真诚、乐于助人,而且相貌英俊,颇受主人和街坊的喜爱。主人的宝贝儿子吉米一有委屈,第一个想要倾诉的对象就是亨利。他们是好朋友。一天晚上,亨利和镇上的许多人到公园里去看露天音乐会。突然,特雷斯哥特医生家的实验室药剂引发火灾,火光冲天。邻居把特雷斯哥特太太救了出来,但没有看到吉米。亨利飞奔回去,一头冲进火海去救吉米。但大火封住了出口,室内又在坍塌,他无法抱着吉米冲出去。他全力保护吉米,自己却被烧晕了过去。医生随即冲进来,救出了吉米。当人们把亨利救出来时,他已经被烧得面目全非了。医生父子幸免于难,但亨利却被宣布"烧死了"。医生十分伤心,终日守候在他身边,精心护理。镇上的法官和一些头面人物都纷纷要求医生不要再设法救治亨利,让他死去好了,因为他那面目全非的样子犹如怪物一般,十分可怖,会扰乱白人社区的生活秩序。然而,出于感激,医生不嫌不弃,终于把亨利从死亡线上救了回来。可是,看到亨利怪物般的面容,镇上的人避之唯恐不及,纷纷视其为不祥之兆,并不断地向医生施加压力。医生迫不得已,只好把亨利送出白人社区,安置在一个黑人家中。一天晚上,亨利出来看望朋友。人们见了,个个吓得魂不附体,四处躲避。亨利十分伤心,然而更令他伤心的是,吉米居然也开始嘲弄他,伙同其他孩子一起戏弄这个"怪物"。大家不仅远离他,还想方设法孤立特雷斯哥特医生,再也没有人来找他看病了,医生的太太也遭到左邻右舍的冷落,医生一家人全被白人社区孤立了起来。

显而易见,小说的主题是种族歧视。美国南北战争结束后,从法律上来说,黑奴制被废除了、黑人白人平等了,但在实际生活中,白人对黑人的歧视远没有消除,对黑人的迫害依然没有结束,黑奴制度在白人心中根深蒂固。亨利显然是种族歧视的受害者。他仪表堂堂,风度翩翩,穿着尊贵的颜色——紫色的裤子,戴着系有靓丽丝带的草帽,走在大街上,"俨然一位为教堂列队而盛装打扮的牧师",是人们公认的美男子。然而,在白人眼里,他充其量只不过是一个黑人而已。他救人负伤昏迷时,人们纷纷赞美他的英勇行为和高贵品质,对他敬仰有加。可当他起死回生、面目全非后,白人的态度发生剧变,敬仰变成了厌恶,他由一个赞美对象瞬间转变成了一个攻击对象。在白人的心目中,他成了一个怪物,一个不祥之物,一个社会弃儿,一名白人社区的他者形象。白人处心积虑地要把他赶出白人社区,致使他无法安身。作为白人,特雷斯哥特同样遭到了白人社会的排斥和孤立。从他的身上,作者表现了一个坚持自己的道德准则、良心和职业操守的医生形象。在道德责任和义务上,他的所作所为无可厚非,而且令人肃然起敬。然而,他如此履行道德责任和义务,与白人社会所能接受和容忍的限度发生了尖锐冲突。他被排挤到了进退维谷的境地,深感自己像亨利一样,在白人社会里也找不到生存的空间了。医生的窘境表明,在对待黑人问题上,白人之间产生了分歧,内部出现了分裂。作品的另一个重要主题是道德。高尚的道德在为了抢救他人生命而毁容的亨利身上显然体现得最鲜明,在宁愿失去社会地位、甘愿事业蒙受损失而毅然救治亨利的医生身上同样也是清晰可见,作者对此给予了高度赞扬。而在镇上那些德高望重的白人身上,道德这一主题同样也是一目了然。所不同的是,这些白人的道德是虚伪的、是令人唾弃的,作者对其进行了有力批判,对他们道德的伪善性给予了有力讽刺。通过这种讽刺和批判,克莱恩意在表明,真正的怪物并不是毁了容貌的黑人亨利,而是毁了亨利、毁了医生的白人群体,他们才是真正令人恐惧的怪物,是妖魔化他人的魔鬼。他们之所以要妖魔化黑人,最根本的原因是扎根于他们心中的种族主义思想在作祟。

该小说发表后,人们的评价褒贬不一。批评者有之,但更多的人是赞美的。不少名家给予了高度评价,认为它是作者的杰作之一。豪威尔斯便是其中的突出代表,他热情地称赞该作是美国作家笔下最优秀的短篇小说。[①] 随着时间的推移,这种赞美声不绝于耳,比如著名小说家拉尔夫·埃里森(Ralph Ellison,1913—1994)评论说,《怪物》可与马克·吐温

---

① George Monteiro, *Stephen Crane's Blue Badge of Courage*. Baton Rouge, LA: Louisiana State University Press, 2000, p.6.

的《哈克贝利·费恩历险记》比肩,是"美国现代小说的开山之作"①。《怪物》的重要性由此可见一斑。

虽然从文学成就上把克莱恩与马克·吐温相提并论,似乎有美化克莱恩之嫌,然而,不可否认的是,克莱恩确确实实是美国文学史上的一位重要作家,他在自然主义文学上做出的开创性成就,是美国文学遗产的重要组成部分。尤其是他采用客观的立场,与现实保持一定的距离,通过朴实但极具内涵的文笔,通俗明了的口语化语言,揭示了19世纪末急速变化中的美国社会风貌和芸芸众生的命运。因此,克莱恩的短篇小说是帮助我们认识那个时代的非常值得一读的作品。

弗兰克·诺里斯

在美国的自然主义文学中,弗兰克·诺里斯是一位举足轻重的人物,是他把法国的自然主义介绍到美国,并通过自己大量的文学实践,演绎了自然主义文学思想、理念和创作手法,对自然主义文学在美国的传播、发展起到了十分重要的推动作用,极大地丰富了美国文学的创作题材和创作范式。诺里斯是美国自然主义文学的开创者和发起者之一,对许多作家产生了重要影响,比如福克纳、海明威等,在美国文学史上占有重要的地位。

弗兰克·诺里斯的全名是小本杰明·富兰克林·诺里斯,1870年出生在芝加哥的一个富人家庭。父亲本杰明·富兰克林·诺里斯是名商人,通过珠宝生意发家致富,家境优越,为弗兰克提供了富足、舒适的生活。母亲格特鲁德·G·多格特先后从事过教育和演艺事业,富有教养和审美情趣。她的艺术修养不仅影响了丈夫,也深深地影响了弗兰克和他的弟弟查尔斯。母亲从小就培养弗兰克的审美情操和艺术情调,开发他的智力,对他后来的艺术追求影响甚深。1884年,他们全家搬到加利福尼亚的奥克拉,后来又搬至旧金山并最终在那儿定居。在旧金山,他父亲投资房地产,赚取了大量财富。他就读当地高中,但学校教育枯燥乏味,他兴趣索然,对艺术倒是兴味盎然。于是,他来到旧金山美术协会学习绘画。1887年,他远赴欧洲,到巴黎的朱利恩画室进一步修习绘画艺术。在两年学习期间,弗兰克发现自己对文学比对绘画更感兴趣,对中世纪和亚

---

① Susan M. Schweik, "Disability Politics and American Literary History: Some Suggestions," *American Literary History*, 2008, 20(1), p.218.

瑟王的传说迷恋不已,对浪漫主义文学尤为偏爱。于是,他决定转向文学创作。

1890 年,他回到加利福尼亚,就读加州大学伯克利分校。他接触了大量的达尔文的生物进化论和赫伯特·斯宾塞的社会进化论思想,并对此进行了深入研究。同时,他还阅读了左拉的自然主义作品,对其自然主义思想及小说推崇备至。进化论思想和左拉的自然主义文学对弗兰克产生了巨大影响,对他确定今后从事自然主义文学创作起到了决定性的作用。在伯克利分校四年期间,诺里斯开始文学创作,两年级时陆续发表短篇小说,四年级时着手创作长篇小说《麦克提格》(*McTeague*, 1899),探索沦丧的道德或道德缺陷。父母离婚后,父亲迅速再婚,弗兰克和弟弟及母亲则搬到了波士顿。弗兰克在那儿又入读哈佛大学,学习法国文学和文学创作。这期间,诺里斯更加热衷于小说创作,不仅继续《麦克提格》的创作,还写出了长篇小说《凡陀弗与兽性》(*Vandover and the Brute*, 1914)的初稿,并且发表了一些短篇小说。一年后,他离开哈佛,以《旧金山记事报》(*San Francisco Chronicle*)记者的身份,到南非旅游,为报社撰稿。当时的南非正发生波尔战争,他卷入其中并被波尔人抓获,限期离境。同时,他还染上了当地的一种疾病,差点送了性命。这次经历令他非常气馁。可回到美国后,他却因此被旧金山周刊《波浪》(*The Wave*)聘为助理编辑,为其撰写小说、文学评论、杂文、特写等。该杂志刊登了他好几篇小说,同时还连载了他的首部长篇小说《"莱蒂夫人"号上的莫兰》(*Moran of the Lady Letty: A Story of Adventure off the California Coast*, 1897)。这部长篇处女作虽然还显得有些稚嫩,却引起了纽约《麦克卢尔杂志》(*McClure's Magazine*)编辑的注意,该杂志主动邀请他加盟。

1898 年,诺里斯到任后,很快被派往古巴报道美西战争。回来后,他欣喜地发现,出版社纷纷开始出版他的作品,如《"莱蒂夫人"号上的莫兰》《麦克提格》《布里克斯》(*Blix*, 1899)、《一个男人的女人》(*A Man's Woman*, 1900)等。这些作品题材广泛、内容丰富,既有冒险传奇、牧歌式的爱情,又有令人压抑、充满宿命论思想的故事。这期间,他不仅创作了大量长、短篇小说,还写了许多评论。到 1900 年,弗兰克在文坛上已是声名卓著,其创作技巧已经十分娴熟,笔力也非常稳健。他开始创作更富思想、更具深度和广度、更富批判性的经典小说组曲——"小麦史诗三部曲"("The Epic of the Trilogy of the Wheat"),即《章鱼:一个加利福尼亚的故事》(*The Octopus: A Story of California*, 1901)、《深渊:一个芝加哥的故事》（*The Pit: A Story of Chicago*，1903）和《豺狼：一个欧洲的故事》（*The Wolf: A Story of Europe*）。这组三部曲是诺里斯在美国西部采访新闻时发现垄断的铁路托拉斯与农场主之间存在巨大的利益矛盾而创作出来的。三部曲中最负盛名的是其中的第一部——《章鱼》。该小说以西部圣华金河流域小麦农场主和铁路公司的利益冲突为主线，以小麦为"善"的化身、铁路为"恶"的代表，展现"善"必将战胜"恶"的坚定信念。作者猛烈抨击了像章鱼触角那样到处蚕食农民利益的铁路及其垄断集团，批判了与该集团相互勾结、沆瀣一气的政府，真实可信地揭示了当时西部不可调和的尖锐矛盾。该作成为描写美国农民为何遭遇破产这一主题的开拓性作品，现已成为美国文学的经典之作，对不少作家都产生过影响，如约翰·厄内斯特·斯坦贝克（John Ernst Steinbeck，1902—1968）等。第二部小说《深渊》是在作者去世后的第二年，即1903年出版的。它通过芝加哥小麦交易所的投机商杰德温投机小麦的兴衰过程，揭露投机商操纵市场的黑幕，揭示了人性的贪婪。同《章鱼》一样，这部小说也是揭发社会的阴暗面，揭露美国资本主义高速发展导致的工业垄断、商业欺诈、政治腐败、道德沦丧、社会矛盾以及劳动人民的苦难等，具有明显的揭发社会黑幕的倾向。而"揭露黑幕运动"是19世纪末、20世纪初美国新闻界和文学界正在兴起的一场盛况空前的社会批判运动，产生了美国的"揭露文学"。这两部小说对于这场运动可以说起到了不小的推波助澜作用，成为"揭露文学"中的扛鼎之作。三部曲的最后一部——《豺狼》，描写的是美国小麦出口到欧洲和亚洲与海外发生饥荒之间的故事，但遗憾的是，小说还没有写完作者就离开了人世。

1900年，诺里斯与珍妮特·布莱克（Jeanette Black）结为夫妻，次年生下一个孩子。但不幸的是，1902年10月25日，诺里斯因阑尾炎发作，年仅32岁就匆匆离开了人世。诺里斯尽管一生短暂，但给后人留下了一笔丰富的文学遗产。在短短十多年间，他共写出了六部长篇小说、三百多篇散文、诗歌、短篇小说、评论等，是位名副其实的高产作家。他的逝世，使美国文学界过早地失去了一位本可以创作出更多、更优秀佳作的优秀作家。

诺里斯虽然十分年轻，却拥有丰富而成熟的创作思想。从他的小说中人们不难发现，他的作品多以现实为背景，以遭受磨难的劳动人民为主人公，以揭露和批判社会黑暗为内容。这种创作手法将他与美国自然主义文学流派紧紧地联系在了一起，从而成为由杰克·伦敦、斯蒂芬·克莱恩、西奥多·德莱塞等人组成的美国自然主义作家队伍中的代表性人物。作为一名自然主义作家，他认为，人类社会是由野蛮的原始状态逐步进化到高级的文明阶段，在此过程中，遗传因素、自然与社会环境起到了决定性的作用。人类文明进步的快慢与人类身上尚未褪尽的兽性有很大关系。一旦受到环境影响导致兽性发作，文明的进程必将受到制约，甚至倒退。而作为个体的人，一旦被兽性左右，他必将堕落，肯定会对他人、对社会造成巨大的伤害，甚至会导致悲剧。因此，人们必须高度重视遗传和环境因素。在这些思想的指导下，诺里斯认为，作家必须要认真"研究人性"，要敢于"讲真话"。1903 年，他发表重要评论集《小说家的责任》(*The Responsibilities of the Novelists*，1903)。这部文集是他创作思想的集中体现，他借此充分阐释了小说家应该具备的创作理念。在他看来，作家首先应该负责的是广大读者，是人民大众，而不是少数文人。换句话说，作家应该为大众创作，其作品应该满足千千万万平民百姓的需求，这样的小说才会赢得读者的广泛欢迎。该文集收录的文章有一篇为《为浪漫小说请愿》("A Plea for Romantic Fiction"，1901)。诺里斯在这里指出，浪漫主义小说不仅要关注事物的普遍性，还要关注其典型性，而现实主义仅仅关心事物的普遍性。他认为左拉是一位典型的浪漫主义小说家。同时，诺里斯十分反对小说家豪威尔斯的创作理念和创作风格，认为他总是沉醉于描写"微笑的现实"，而实际上现实是那么的黑暗、残酷，他却视而不见，这显然是在粉饰社会。诺里斯坚决反对以豪威尔斯为代表的高唱赞歌、温文尔雅的创作风格。他倡导的是，以客观的态度、求实的精神、自然主义的笔触，真实、冷峻地展现社会原貌，描写为生活奔波、奋斗的普通百姓屡遭打击、挫折和磨难。这是典型的自然主义创作思想，这一思想是诺里斯创作理论的精髓所在。他的创作理论为美国文学注入了新的生机、丰富和发展了美国文学的创作理论体系，这是他对美国文学作出的又一重大贡献。

诺里斯虽然是以长篇小说，尤其是"小麦史诗三部曲"闻名于世，然而，他在短篇小说创作上同样有着不俗的建树，一生发表了约六十篇短篇小说，分别收录于《小麦交易及其他故事》(*A Deal in Wheat and Other Stories of the New and Old West*，1903)和《第三圈》(*The Third Circle*，1909)等不同的短篇小说集中。这两个集子都是作者辞世后才出版的，前者收录的是作者 1901 至 1903 年期间发表在各种杂志上的小说，有《小麦交易所》("A Deal in Wheat")、《基诺的妻子》("The Wife of Chino")、

《与假肢者讨价还价》("A Bargain with Peg-Leg")、《斗鸡眼布莱克洛克去世》("The Passing of Cock-Eye Blacklock")、《猝死备忘录》("A Memorandum of Sudden Death")、《心心相印》("Two Hearts That Beat as One")、《尼克森的双面性格》("The Dual Personality of Sick Dick Nickerson")、《见鬼船》("The Ship That Saw a Ghost")、《藏在桅顶横杆里的鬼魂》("The Ghost in the Crosstrees")、《费利佩的骑术》("The Riding of Felipe")等。这些小说有许多都以邦特·麦克布莱德为主人公,通过他的动荡生活,展现当时的社会状况。从主人公这条线索来讲,这些小说具有一定的内在联系,其主题也较为相似,即探讨主人公如何在不同环境中适应与生存的问题。后者收录的则基本上是19世纪90年代发表于报纸杂志上的小说,相对而言要逊色一些。

《小麦交易及其他故事》

在这部故事集中,最著名的小说应该是《小麦交易所》,这也是诺里斯最优秀的短篇小说之一。它是长篇小说《粮食交易所》的续篇,描写的是堪萨斯州小农场主是如何在和芝加哥小麦交易所里的大鳄们博弈的过程中败下阵来进而导致破产的故事。主人公萨姆·刘易斯顿和妻子是堪萨斯西南部乡下的小麦农场主。由于小麦经营商联手打压小麦价格(1蒲式耳小麦,即大约35.2公升,只卖62美分),刘易斯顿和成千上万个麦农一样,无法再以此为生,只好带着家人到芝加哥另谋出路。芝加哥小麦交易场上有两位大名鼎鼎的交易商,一个叫狗熊,另一个叫公牛,即特雷斯洛和霍尔农。两个人在小麦交易场上展开了激烈的厮杀。特雷斯洛把小麦价格打压到62美分时,霍尔农几乎要把他赶出小麦市场。这时,一个叫盖茨的人代表霍尔农,与特雷斯洛签订合同,以1.10美元1蒲式耳的价格卖给他10万蒲式耳小麦用以出口。渐渐地,霍尔农控制了小麦市场,不断提高价格,涨到2美元1蒲式耳。一天,一个叫"肯尼迪"的神秘人在交易所向霍尔农手下的三个人抛售了1 000蒲式耳。同时,霍尔农还要他们大量买下别人抛售的2.5万蒲式耳。他不知道是谁抛售的,但依然决定进一步提高价格。一路飞涨的小麦价格导致老百姓的生活受到巨大影响,许多人生活在饥寒交迫之中。为了生计,刘易斯顿做起了街道清洁工。不过,在内心里,他对小麦交易商们操控小麦价格导致民不聊生,始终是怒火中烧。

该作品虽然只是一则短篇小说,但是诺里斯把小麦投机与农民破产

和百姓困苦联系起来，如同其长篇小说一样，对社会黑幕进行了有力揭露，表现出作者十分敏锐的社会观察力。作者以赌徒云集的芝加哥小麦交易所为背景，为了一己私利，交易商们采用各种卑劣手段，打击对手，导致许多人倾家荡产。在这场以小麦为核心的角逐中，投机商们人为地打压价格，导致乡下的麦农们纷纷破产，随后又哄抬价格，使得城里的面包店买不起面粉也破产了，唯一立于不败之地、从中获得巨额利润的，是和政府沆瀣一气的投机商。他们连小麦都没见过，却从中获得了最大利润。在诺里斯看来，这个交易所是个无底洞，犹如地狱，深陷其中的人，在贪婪人性的驱使下，欲罢不能，酿成一幕又一幕悲剧。高度的商业化扭曲了人性，导致道德沦丧。小麦交易所显然是整个商业资本主义的高度象征，是犹如赌场一般的美国的缩影。优胜劣汰、适者生存是这里永恒的定律，颠扑不破的真理。这些是诺里斯在小说中集中展现的自然主义思想。

《基诺的妻子》是该集中另一篇较为出色的小说。主人公洛克伍德是加利福尼亚州普拉瑟尔县一家砂金矿的负责人，他前半生读书，后半生忙于矿区工作，没有时间社交，因此朋友很少，也不善交际，终日生活在孤独中。渐渐地，他习惯了这种生活。每逢空暇之时，他总是喜欢坐在自家门前的走廊上，边抽烟，边欣赏风景，同时不停地思念美丽的墨西哥女人菲利丝·萨瓦拉，一心想娶她为妻。菲利丝是他手下雇员基诺的妻子。洛克伍德越是孤独，这种愿望就越是强烈。他想方设法接触她。渐渐地，他发现自己的行为超出了男女间应有的界限，于是又竭力避开她，全身心地投入到工作中。菲利丝质问他为什么逃避，并且暗示她和丈夫并不和睦。他控制不住自己对菲利丝的强烈感情和占有欲，正打算拥有她时，艾奥瓦州希尔邮局告诉他有一个名叫"基德"的人犯罪潜逃。于是他策马去捉拿，基诺也参与了搜寻。黑暗中，他听见马蹄飞奔，以为是基德，便开枪射击，可上前一看，击中的并不是基德，而是基诺。他把基诺的尸体运了回去，告诉了菲利丝实情。就在医生查看基诺枪伤时，菲利丝却赞美洛克伍德说："我知道，你开枪打基诺是为了我，我并不生气，一点气也没有。你真机智果敢，不是吗？都是为了对菲利丝的爱，是不是？我们现在真开心，不对吗？我们俩改天就可以结为夫妻了，对吧？"此时此刻，听到菲利丝这么说，洛克伍德不仅没有喜悦之情，反而十分震惊，心目中这个美好形象顿时变成了一个残酷、冷漠、自私、不忠的女人。他愤而离去。幸好菲利丝的丈夫没有伤及性命。小说情节简单，语言简练，探讨的问题虽然没有《小麦交易所》那样的广度和深度，但同样引人入胜。男主人公对感情的追求,对真爱的期待,追求女士时所表现出的教养、风度、理智和道德感,都深深地打动了读者,给人们留下了深刻的印象。

《弗兰克·诺里斯最佳短篇小说集》

1998年,美国一家名叫"Ironweed Pr. Inc"的出版社结集出版了《弗兰克·诺里斯最佳短篇小说集》(*The Best Short Stories of Frank Norris*)。编者从作者六十多篇短篇小说中精选14篇汇成集,再一次把人们的视线转移到了诺里斯的身上。这些作品主要是以19世纪后期的加利福尼亚为背景,以那里发生的事情为素材,表现那儿的人们,尤其是淘金者、冒险者的酸甜苦辣。这些小说具有鲜明的自然主义元素,大多是通俗作品,充满戏剧色彩,同时又不乏荒诞成分,与布莱特·哈特的作品风格有些类似,具有明显的"地方文学"特质,吸引了许多人到西部去冒险、淘金,引起了读者浓厚的兴趣。在诺里斯的笔下,农村显得那么的淳朴、自然、纯洁,而城市则是如此的世故、堕落、奸诈,充满了剥削和压迫。如《他的姐姐》("His Sister")描写的是一位作家如何洞察人性的本质,自传性小说《暗火》("Dying Fires")展示的是一位充满激情的作家淳朴而又率真的生活,而《朱迪的金质餐具服务》("Judy's Service of Gold Plate")以金子为意象,表现人性的贪婪,这种手法后来也成为《麦克提格》的表现手法。

《尼克森的双面性格》是该集中一篇比较出色的作品。小说以卫理公会牧师尼克森为主人公,描写他因头部负伤造成失忆,忘记了自己的身份,从而引发的一连串事件。故事里有一帮海盗无恶不作,专干一些坑蒙拐骗、抢劫财物的勾当。这一次,他们看中了一群在北极圈阿拉斯加捕杀水獭的俄国猎手,盘算着如何从其手中抢走价值不菲的水獭毛皮。他们带着失忆的尼克森前往阿拉斯加。到达后,他们采用各种手段迷惑俄国人,将他们灌醉后偷走了水獭毛皮。在船上,尼克森不小心摔了一跤,头部又一次负伤。具有戏剧性的是,他竟然神奇地恢复了记忆。目睹眼前的一切,他不记得自己为什么跑到北极来。来到阿拉斯加首府朱诺市,他向海关报告了自己的身份,以及如何被海盗挟持来抢劫俄国人一事。海盗们得知后仓皇逃窜,并烧掉水獭毛皮,毁灭证据。诺里斯通过海盗的非法行径,展示了当时美国西部地区动荡的社会画面,揭示了人们为了追逐金钱和财富如何不择手段、肆意妄为、巧取或者强夺他人的劳动果实。作者同时通过牧师形象,赞美了正直的性格和正义的力量。小说喜剧色彩浓厚,尤其是对牧师失忆前后的描写,使得故事充满了戏剧性,读起来妙趣横生。

这种喜剧色彩在该集中的其他小说里也十分明显,《贵宾》（"The Guest of Honor"）就是一例。一群男人相约每年相聚一次,以缅怀阵亡的战友。然而,现在只剩下最后一个人。这个人虽然也害怕死亡,但他咬紧牙关,依然准时赴约,一个人举行仪式,独自纪念战友们。小说的精彩之处在于,作者采用对比手法,将这位宾客的祭拜活动同室外大街上充满生机的一幕幕情景进行比较,展现主人公对生与死的思考,同时笔锋俏皮,幽默不断。《喝彩领队巴迪·琼斯》（"Buddy Jones, Chef de Claque"）也是妙趣横生。一帮男粉丝痴迷一位歌剧女歌手,他们想方设法要把她捧红。他们发现,歌手演出成功与否完全掌握在巴黎最好的歌剧院老板的手里,他点头,表明歌手表演成功,而交叉双臂,则说明演出失败。为了打破老板的控制,他们仔细研究他的肢体语言,掌握了他向观众发送信号的规律,并将此写在纸上。比如,用手摸头,是暗示观众要鼓掌喝彩,而弯腰,则说明表演失败,大家不要喝彩。然而,这群人把那张纸给弄丢了,记不清什么动作表示什么信号,结果导致场面笑料百出,观众无不捧腹大笑。这时,他们中的一个德国人突然窜出来大声发表演说,批评法国,对德国皇帝大唱赞歌,演出更是乱成一团。老板试图控制场面,但无济于事。更麻烦的是,观众怀疑剧院失火,纷纷夺路而逃,场面完全失控,演出以闹剧收场。

《斗鸡眼布莱克洛克去世》描写的是邦特·麦克布莱德叙述西部罪犯斗鸡眼布莱克洛克的故事,也充满了戏剧性。布莱克洛克到处流窜、四处作恶、嗜赌成性,是个十恶不赦之徒,杀过许多人。他居住在爱荷华希尔附近,经常和老板到美利坚河钓鱼。一次,他发现河里的鱼大量死亡。地方渔业官员不得已派人看管,但是鱼还是不断地死去。布莱克洛克有最大嫌疑。无奈之下,邦特和老板等人在树林中搭建一间小屋,日夜监护,试图当场抓住布莱克洛克。可是,一连几周毫无所获。他们也身心疲惫,想休息一下。于是,他们安排了一条狼狗看护。布莱克洛克此时再次出现,把一包炸药扔进河里炸鱼。见此情景,看护的狼狗飞身跃入河中,咬起炸药包游回岸上。布莱克洛克见势不妙,掉头就跑。可是,狼狗叼着炸药包紧追不舍,直到炸药爆炸,与布莱克洛克同归于尽。这是一篇叙事小说,通过邦特的记述,用幽默的手法将一个在西部流窜的恶人形象,栩栩如生地展示在读者面前。作者塑造这样一个角色,旨在表现当时的美国西部是如何动荡、不安全,以他为缩影,揭示了当时西部社会的真实面貌。

小说忠实地体现了作者一贯的创作思想,即以自然主义的态度,客观求实的精神,真实、冷峻地描写人物,展现社会原貌。

在美国文学史上,人们常常把哈姆林·加兰、斯蒂芬·克莱恩、弗兰克·诺里斯等人联系在一起。对自然主义的共同追求使得他们具有相似的创作思想,创作手法也十分相近。他们把握文学的发展脉搏,用敏锐的眼光、创新的手法,拓展了美国现实主义和浪漫主义文学的创作,开拓出自然主义文学,创造了当时美国文学的繁荣局面,为美国文学的持续发展作出了重要贡献。

第四章

现代主义短篇小说

　　当历史的步伐跨入 20 世纪的门槛，整个西方社会正发生着一场声势浩大的变革。科学技术的突飞猛进前所未有地改变着人类的生活和他们认识世界的方式，传统的价值观念纷纷被打破。技术突破带来的颠覆与创新深刻影响着人类文明的各个领域，成为时代的主流精神。

　　在文艺领域掀起的现代主义浪潮无疑是上述时代精神的体现，它的先驱者们致力于各种激进的艺术实验，新的艺术形式和表现手法如雨后春笋般层出不穷。作为新崛起的文学大国，美国的现代主义运动几乎与欧洲同步，它起始于 20 世纪初，在一战与二战的十年间发展至高潮，在此期间涌现出了福克纳、海明威、菲茨杰拉德、艾略特等一大批名垂青史的作家。这批作家在当时都正值青壮年，战争的创伤让他们迅速成熟，同时悲观和绝望的情绪也在他们中间蔓延。其中不少人开始通过创作反思人性本质，并表达了对人类前景的深切担忧。他们有的企图在时代的乱象中追寻人生意义，有的意在揭示新旧文明冲突下的人性挣扎，还有的致力于在创作中探索人类意识活动的奥秘。应当指出，现代主义文学具有强烈的精英主义倾向，不少创作受现代心理学理论影响，热衷于表现瞬息万变的内心世界而变得晦涩难懂。现代化的交通和通信工具加快了人类生活的节奏，也给作家带来了灵感，使他们创造出与现代生活本质相符合的无序和碎片化的叙述，但不可否认的是，这种风格也在无形中拉开了作者与普通读者的距离。

　　20 世纪上半叶，美国作家在短篇小说领域取得了引人瞩目的成就，不仅佳作频出，而且成为艺术创新者们推陈出新的重要阵地，这场繁荣无不得益于现代主义运动的开展。美国

文学史上最具代表性的现代主义作家几乎都是优秀的短篇小说家。美国现代主义文学先驱安德森在短篇小说集《小镇畸人》中开创了不以故事为核心的人物塑造模式，为现代小说的转型奠定了基础，而短篇小说接着又成为海明威"冰山理论"最合适的试验场。此外，菲茨杰拉德、福克纳、斯泰因（Gertrude Stein，1874—1946）等人也是从短篇创作起航，并且都留下了不朽的短篇之作。总结短篇小说为何能在当时受到青睐，主要有以下两点原因：

首先是经济因素。现代生活的快节奏和趋于多元化的消遣方式导致了人们阅读时间的大幅下降，短篇小说短小精悍的特点恰好符合这一趋势。对作家而言，短篇小说创作周期短，稿酬却丝毫不低于长篇小说，经济上的诱惑让他们趋之若鹜，这就解释了为何心存不屑的福克纳依旧热衷短篇创作的缘故了。当然，伴随繁荣而来的是良莠不齐的局面，但创作总量的激增也保证了精品佳作大量的涌现。

其次是短篇小说本身的体裁特点符合现代作家的艺术需求。现代主义作家注重从意识层面塑造人物，他们会刻意淡化小说的情节性，目的是突出人物意识对所处环境的反应。作家的笔触如显微镜般游走于微观世界里，捕捉那些"重要瞬间"。有的作家通过人物的思想片段来表现具有人生转折意义的顿悟，有的通过某个耐人寻味的场景来诉说无解的生存困境。若以这些内容为创作重点，长篇小说恢宏的结构显然不具备优势，而短篇小说的精干却能发挥出四两拨千斤的效果，其精雕细刻的行文特色不仅有利于微观世界的构建，也更符合现代作家晦涩多义的写作风格。

本章的前四节将重点讨论安德森、海明威、菲茨杰拉德、福克纳四位作家的短篇小说创作，他们是美国现代主义小说各个发展阶段的代表。安德森以打破常规的叙事手段为后辈们打开了小说创作的新局面，无疑是现代主义短篇小说的开拓者；作为迷惘一代的代表人物，菲茨杰拉德把爵士时代的物欲横流和精神空虚刻画得淋漓尽致；海明威，迷惘一代小说家的代表，擅长塑造孤独的硬汉形象，其背后隐藏的是对一战心理后遗症的关注；福克纳，约克纳帕塔法王国的建构者，以故土的风土人情为背景构建起一个交织着历史与神话，现代与蒙昧的虚拟世界，这种借文学之笔对历史进行如此系统的重构可以说史无前例。此外，本章还将另辟一节对其他现代主义的短篇创作进行简要的梳理和介绍。

第一节
舍伍德·安德森:现代主义
短篇小说的开拓者

舍伍德·安德森属于美国文学史上继往开来的作家典型,是美国现代主义短篇小说的开拓者。他出生于俄亥俄州卡姆登镇的一个农户家庭,早年大部分时间都在克莱德镇度过,那里也成为他许多小说的背景地。他当过工人、参过军、办过企业,但这些职业显然都不是安德森的理想。1912 年 11 月 27 日,他经历了精神崩溃,在离开办公室后失踪了四天。这是他人生的一个重要转折点,正如赫伯特·戈尔德所评论的那样:"他的出走是为了找到自我,为了摆脱自我病态的部分,为了内心的美丽和澄澈。"①拥有异常丰富的内心感受,显然从事写作是安德森自我实现的最佳途径,而他也是第一个把现代心理学理论运用到创作中的美国作家。

短篇小说创作

尽管安德森写了不少长篇小说,对后世影响最大的还是那些短篇小说集。他一生共创作了四部短篇小说集,它们分别是《小镇畸人》《鸡蛋的胜利》(*The Triumph of the Egg*,1921)、《马与人》(*Horses and Man*,1923)、《林中死者及其他故事》(*Death in the Woods and Other Stories*,1933)。这些作品以美国中西部小镇为背景,对现代社会中愈演愈烈的精神危机和异化现象进行了集中表现。安德森笔下那些形形色色的畸人无疑是现代人人性阴暗面的真实写照,尽管他们的缺陷各不相同,却都有着一些共同特征:孤独、自闭,内心有着各种渴望,然而无法与外界有效沟通。这些都是工业化、城市化在改造人性过程中所导致的通病,这些通病通过安德森艺术化的处理,成了他作品现代主义风格的重要特征。此外,

---

① Herbert Gold, "The Purity and Cunning of Sherwood Anderson," *The Hudson Review*, 1957,10(4),p.548.

安德森在短篇小说叙事上的创新也有目共睹。顿悟、元叙事和象征手法的广泛使用冲击着人们当时对小说这一体裁的观念，为现代主义文学在美国的生根发芽奠定了良好的契机。

《小镇畸人》：异化者的群像

《小镇畸人》是安德森第一部短篇小说集，也是他一生创作影响最为深远的代表作。不同于一般的短篇小说集，《小镇畸人》各篇目间具有高度的整体统一性。首先，小说的故事场景都设定在位于俄亥俄州的一个名为"温斯堡"的小镇里，其原型实际上是安德森早年居住的克莱德镇，二者的街道布局具有惊人的相似度。小说集生动描绘了当地的风土人情，形形色色的人物全景展现了 19 世纪末美国中西部城乡生活的风貌。其次，各篇故事在情节与主题上都保持着某种内在关联。一些人物反复出现，而全书以主人公乔治·威尔拉德的成长轨迹为纲，人物性格发展的持续性把各篇紧密捏合在了一起。引人瞩目的是，作者在每篇故事里都塑造了一个"畸人"（Grotesque）的形象。"畸人"这个概念是安德森独创的，在此书的开篇引言中，它专门用来指一群生活在闭塞环境中、固守某些狭隘真理的怪人，由于他们过于固执，真理也蜕变为谬误。偏执的性格让这些人和社会格格不入，给人留下了孤独、异化、充满挫败感的印象。可悲的是畸人们有着强烈的自我表达的渴望，却苦于没有找到合适的与外界沟通的途径，像《怪人》中害怕别人嘲笑的埃尔默·考莱，《母亲》（"Mother"）中婚姻失败的伊丽莎白·威尔拉德都是其中的典型。另一方面，一个封闭冷漠的社会环境也根本拒绝向他们敞开接纳的怀抱。通过塑造这批畸人，作品从一个侧面反映了工业文明对人性的冲击和扭曲，以及传统社会向现代社会迈进过程中个体普遍面临的彷徨和不适。

在文学史上，《小镇畸人》属于典型的转型期作品，当时现代主义运动刚崭露头角，所以其风格介于自然主义与现代主义之间。自然主义的倾向主要体现在小说叙述者对人物行为细节的精确把握上。比起德莱塞、刘易斯等自然主义作家，安德森更重视人物内心世界的刻画，他尤其擅长从琐碎细节中捕捉人物心理细微的变化。因此，尽管故事情节起伏不大，但作者却能给人物的顿悟铺陈蓄势。从这点看，《小镇畸人》倒与乔伊斯的《都柏林人》有几分相似。安德森的文笔自然流畅，简短有力的句子明显受了《圣经》文体的启发，但质朴干净的文风却丝毫未影响作者准确地刻画人物细密绵长的情感。总而言之，安德森的语言有一种恰如其分的美感,正如亨利·米勒所评价的那样,他的作品"犹如树上成熟的果实,他只是随意摘了一下,果实便掉落在了地上,他无须刻意用力或添油加醋,也不用考虑其质量如何"①。

《手》("Hands")是小说集的开篇之作,故事主人公比德勃姆身上强烈的异化感令人印象深刻。他隐姓埋名生活在温斯堡,镇上除了乔治·威尔拉德无人跟他亲近。比德勃姆的怪异之处在于他的那双手总让他产生强烈的紧张情绪,似乎其中有什么难言之隐。根据叙述者后来的交代,读者可以了解到比德勃姆原来是个教书匠,他对孩子饱含爱心,每当同学生交谈时,他会情不自禁地用手轻抚他们的肩膀和头发。悲剧的是有个学生做了个梦,其中的内容已超出师生之谊。后来这件事不胫而走,愤怒的人群赶来围殴他,甚至差点要了他性命。无辜的比德勃姆遭到这样的重创,无法走出心理阴影,他厌恶自己的双手,害怕与人交往。小说最后,比德勃姆孤独跪地的身影,犹如是进入了默想状态的宗教信徒。

正如博特指出的那样,"这部作品中那些值得回味的人物都在试图以各种方式寻求与他人哪怕是瞬间的沟通"②。比德勃姆的焦虑正是源于他与外界沟通的障碍,双手本来是他用来表达感情的手段,却被误会为猥亵的罪证。爱被曲解的挫败感让他愈加渴望被人理解,他飞舞双手,暗示着一种强烈的被抑制的交流冲动。比德博姆的困境,究其根本在于他与外界交流方式的不对等。工业化进程加剧了人的异化,扩大了人与人之间的隔膜,往昔熟人社会所特有的信任与亲密感荡然无存。显然,比德博姆没有觉察并适应这种变化,他依然沉浸在牧歌式的田园幻想中,坚信人与人之间存在着真挚朴素的感情。在工业社会里,人们的交流呈现出指令化特征,交流方式在讲究效率的同时,也变得直白和冷漠。因此,比德博姆抚摸学生的行为里所包含的亲密和暧昧是难以为世人所接受的。应当指出,作者十分同情主人公的处境,在其笔下,主人公的手势充满着音乐的律动、富有舞蹈的美感,而镇上人们关注那双手仅仅是因为它们能摘很多草莓。通过塑造比德勃姆,小说对工业文明效率至上原则下,人类诗意时代的渐行渐远表达了由衷的哀婉。

在另一篇小说《母亲》中,人与人关系的异化已渗透到了社会的核心细胞——家庭中。女主人公伊丽莎白与丈夫的婚姻关系有名无实。妻子

---

① Henry Miller, "Anderson the Story Teller," *Story* XIX (Sept.-Oct., 1941), pp.72, 74.

② Barry D. Bort, "*Winesburg, Ohio*: The Escape from Isolation," *The Midwest Quarterly* XI.4 (1970 summer), p.443.

体弱多病、细腻敏感；丈夫汤姆热衷政治，胸怀远大却难以实现的抱负——他幻想自己有一天进入国会，甚至成为州长。汤姆视妻子为累赘，时刻想摆脱她犹如幽灵般的存在，而妻子更是对丈夫仇恨有加，认为是他剥夺了孩子对自己的爱。伊丽莎白与儿子乔治有着严重的交流障碍，他们时常坐在一起，很长时间不讲一句话。有一次，她听到汤姆向儿子灌输人生经验，心里动了杀夫念头。正准备下手时，如鲠在喉的一声啜泣让她彻底泄了气。

伊丽莎白的"畸人"特征表现在她外表和内在两个方面。在作者笔下，伊丽莎白形象丑陋：她骨瘦如柴，脸上还留有疤痕，有时在自家破败的旅店里游走。安德森甚至用"鬼影"来形容她。与身体的销蚀相对应的是伊丽莎白心灵的扭曲。她对儿子的爱超越了母子的关系范畴，表现为一种占有欲。她摇摆于脆弱和凶残之间，邻家的一只猫可以让她垂泪多时，但她也会为丈夫的几句话而动杀机。如果说比德勃姆的困境起因于旧的乡邻关系的瓦解，那么伊丽莎白的扭曲则是由现代化进程中家庭关系的转变引起的。随着农村社会的日趋败落，越来越多的农村人渴望离开家乡，去外面闯荡。这使原本子承家业的局面难以为继，也间接造成威尔拉德一家人心溃散。伊丽莎白从小向往小镇以外的世界，长期病痛折磨着她的身体，也禁锢了她的心灵。母亲把全部希望寄托在儿子身上，但荒唐的是她连自己的命运都无力主宰却要去操控别人的命运，最后换来的注定只有儿子的不领情。应当指出，母亲的畸形性格并不能单纯归咎于她不幸的婚姻，而是社会转型中人际关系随着生产关系变化而调整的结果。

《鸡蛋的胜利》和《马与人》：乡村的破落与迷失

《鸡蛋的胜利》是安德森出版的第二部短篇小说集，作者在小说集里延续着对"畸人"这类人群的关注。小说《鸡蛋》（"The Egg"，1921）是这本集子里的名篇，也是美国现代主义文学的先声之作，无论写作手法还是主题都与传统小说产生了明显的差别。

小说主人公从一个儿童的视角描绘了他父辈身上的梦想与幻灭，激情与迷失。据叙述者自己交代，他父亲"原本是个乐观开朗，和蔼可亲的人"。在叙述者母亲的怂恿下，父亲放弃了农场雇工的工作，着手创业。他先办了一个养鸡场，但由于缺乏养殖经验，从鸡蛋里孵化出的竟是些畸形的、长着三头六臂的怪物。养鸡失败，父亲又转投饭店。看着店里生意惨淡，他突发奇想，把泡着畸形小鸡的瓶子放在柜台上展览，吓跑了客人。

屡次失败后,父亲还不甘心,开始拿鸡蛋变起戏法。但拙劣的表演根本吸引不了观赏的人,他陷入癫狂状态,想要捣碎所有的蛋,最后却又轻轻放下,黯然离去。

《鸡蛋》与传统小说最大的不同就在于作者并不注重情节的完整和细节的真实,而是试图通过象征和夸大来挖掘生活之下的内在真相。小说中最核心的象征无疑就是《鸡蛋》,它贯穿故事始终,并左右着人物的命运。从小说所反映的时代背景来看,《鸡蛋》无疑是当时"美国梦"的象征,意即只要心怀宏愿、锐意进取,就一定能实现发家致富的梦想。小说中提到母亲受当时杂志影响,让父亲放弃农场工作、自己创业,可见"美国梦"在当时广为人知、深入人心。鸡蛋外壳坚硬,却极易破碎,这就如同父亲的事业,一点小挫折都会对其造成沉重的打击。父亲对梦想的追求不可谓不执着,他几经折腾,却收效甚微,离当初设定的目标更是越走越远。"美国梦"的破灭反映了现实与梦想之间的巨大差距,主人公盲目的追逐非但不能取得成功,累加投资所形成的赌徒心理反而让他越陷越深,最终失去了理智。在小说中,那些易碎的鸡蛋孵出了畸形的小鸡,而在"美国梦"的诱惑下,一个乐观开朗的农民成了人格扭曲的"畸人",鸡蛋与主人公之间的象征关系显而易见。建立了这层关系,叙述者最后荒诞不经的沉思便有了深邃的内涵:"我在黎明时醒来,盯着桌上的鸡蛋看了很久,我想知道为什么会有鸡蛋,为什么生了蛋的鸡又是从蛋里来的,这个问题融入了我的血液。挥之不去。"在这里,安德森拷问了"美国梦"的由来,并反思其对一代代美国人的影响。他的结论是:"美国梦"已融入民族性格中,父辈的故事还将在他们的子女身上继续上演。

叙事策略上,安德森启用孩子作为叙述者,孩子天真的叙述与小说悲剧的情节相交融,产生了黑色幽默的效果。叙述者以直观的方式观察世界,所以无法完全洞见人物行为背后的意图。在他眼里,父亲整日摆弄鸡蛋,但他并不清楚吸引父亲的不是鸡蛋而是财富。行为与意图在叙事上的割裂不仅增加了人物身上的滑稽元素,而且还显现出去伪存真的功能,即揭示了父亲追逐财富如同他捣鼓鸡蛋,本质上都是可笑而无聊的。父亲变戏法的情节把这种割裂发挥到了极致。一方面,作者试图通过描写父亲笨拙的举止来制造诙谐效果;另一方面,这次表演对父亲来说乃最后一搏,承载着他所有的希望和前途,笨拙的举止背后是他焦灼得近乎绝望的内心挣扎。悲剧与喜剧的元素作用在同一点上,释放出巨大的戏剧张力,把可笑又可悲的"畸人"形象刻画得淋漓尽致。

安德森对青少年题材一生都保持着浓厚兴趣。在他的第三本短篇小说集——《马与人》中，他刻画了一批尚未成年或刚刚成年的年轻男性，着重表现了他们从幼稚到成熟的转变过程，也反映了青少年在人格形成期所面临的各种考验和挑战。当然，在短篇小说的构思上，安德森也已摆脱了之前传说故事的写法。就以《变成女人的男人》（"The Man Who Became a Woman", 1923）为例，小说谋篇布局之缜密，表现手法之多样，人物刻画之深刻，较之以往都有了质的飞跃。

在《变成女人的男人中》中，主人公赫尔曼·达德利刚成年就站在了人生的十字路口：父亲去世，母亲远走高飞，他只得开始四处闯荡的生活。在经历各种冒险后，赫尔曼找到了自己的兴趣所在——当一个马夫。尽管平日里总爱幻想女性，但他却爱上了一个名叫汤姆·米恩斯的马夫。每当汤姆谈起赛马和写作，他都会心生向往之情，似乎从中找到了自己的人生方向。在汤姆离去之后，赫尔曼变得更为孤僻，比起人类，他甚至更喜欢与马为伴。一次在酒吧，他照见镜子里的自己变成了女人，而目睹一场暴力的上演更让他不知所措。随后是故事的高潮：当赫尔曼回马厩时，两个黑人马夫误把他当做女人，企图实施强奸。赫尔曼在黑暗中一路狂奔，跑到屠宰场时由于惊慌被绊了一跤，他发现自己的身体被一堆白骨包围。这次遭遇对主人公来说仿佛是一次成长礼，经历过死亡的恐怖之后，他无所畏惧，成长为真正的男子汉。

小说出版之初，不少评论家都把评论的重点放在了作者对同性恋者性心理的把握上。其中代表人物就是欧文·豪尔（Irving Howe, 1920—1993），他认为小说主要写了"内心欲求与道德准则"的冲突，并由此表现了主人公"因对性别角色长期焦虑所导致的歇斯底里"[1]。然而事实上，性取向的困惑只是主人公成长过程中面临的诸多困境里的一个，若就此给作品贴上"同性恋小说"的标签，未免以偏概全。小说把主人公赫尔曼平常无奇的青少年时期作为叙述的起点，说明作者企图对他人生的一个阶段进行复盘，而非仅仅记录一段未果的同性恋情。自从家庭发生变故，赫尔曼便一直处于孤独中。在汤姆出现前，他的人生是灰暗的，正是汤姆让他领略了生活的意义和自然的美好。从某种意义上说，他更像是赫尔曼的精神导师，而非恋人。他激发起主人公的自我意识，引领着他接近生活

---

① Irving Howe, *Sherwood Anderson*. Stanford: Stanford University Press, 1951, pp.160-164.

的本质。在人物设置上，黑人马夫伯特与汤姆形成了一种巧妙的对应关系。赫尔曼同伯特虽然也亲密无间，但两人都保持着各自的精神独立。对他人依赖程度的降低标志着主人公在成长之路上迈出了坚实一步。

汤姆走后，赫尔曼内心的不安全感较之以往有过之而无不及。长期的孤独让他变得有些自闭，他渴望向外界敞开心扉，却没有勇气。因此，安德森安排让三个恐怖事件接连发生，其用意也许是为了打破主人公的自闭状态，激发起他内心蜕变的萌芽。由镜子引发的性别错觉让他看清了深藏在潜意识里的懦弱。与懦弱一同浮出水面的还有自卑。赫尔曼以为酒吧里的哄堂大笑都是针对他的，而事实上人们嘲笑的是一个长相怪异的矿工。表面上，赫尔曼忌惮于那矿工的凶残，但内心深处的同情还是隐约可见的。从这个意义上说，赫尔曼应当能在矿工的身上照见自己，并无形中从他的反击中汲取某种力量。

如果说安排前两个事件的目的在于向主人公暴露自身性格缺陷，那么第三个事件则把他推向了精神的顿悟。据巴伯①分析，发生这样的蜕变是因为主人公在此事件中经历了爱与死亡的洗礼。当那些黑人向他扑来时，内心的自我投射以更为显性的方式再次出现，他把对方想象成自己，又把自己当做心中爱恋的女性形象："所以我造就了一个公主，我想象她有乌黑的长发，曼妙的身材……我想我要是能在现实中找到这样一个女人，我肯定会是一个很棒的男人，而她会是一个害羞胆怯的女人。"显然，在黑人的性侵中，赫尔曼收获了一种源于自身雄性魅力的奇特自信。在接下去的屠宰场情景中，死亡的大恐怖彻底驱散了压在他心头的小恐惧，他第一次发出呼喊，告别了自闭的状态。"我随即感觉好多了，从那一堆骨头中爬了起来，然后我又站了起来。我不再是个女人或者年轻的女孩，而是一个男人，是我自己。"这些话坚定有力，分明就是赫尔曼的成人宣言，而屠宰场有了双重的象征含义，它既是死亡的祭坛，也是生命走向成熟的催化剂。

女性题材在安德森的创作中也享有举足轻重的地位，在他众多描写妇女命运的作品中，《林中死者》（"Death in the Woods"，1933）无疑是最为人熟知的一篇。小说主人公格里姆斯老太的悲惨命运不禁令人唏嘘，同样给读者留下深刻印象的还有小说新颖的叙事技巧和丰富的象征

---

① Howard S. Babb, "A Reading of Sherwood Anderson's 'The Man Who Has Became a Woman," *PMLA* 80.4 (Sept., 1965), p.433.

内涵。

　　小说一开始,叙述者就为主人公立像,通过外表来折射人物身上的苦难。之后,叙述者便追溯她的身世。格里姆斯老太从小举目无亲,年纪轻轻就卖身做了契约奴。农场的男主人不怀好意,几次三番对格里姆斯实施性骚扰。在此期间,她遇上了自己未来的丈夫杰克·格里姆斯,两人一起逃离农场,并结了婚。他们婚后育有一儿一女,儿子长大后也是个游手好闲之徒,养家的重担全落在格里姆斯老太一人肩上。尽管她持家有道,但经不住父子俩无休止的榨取,她的生活几乎难以为继。小说的重点聚焦在格里姆斯老太林中之死的描写上:饥寒交迫的老太在一棵树下安静地死去,她包裹里的骨头被一旁的几只家犬分抢,她的衣服也被撕烂。当两天后老太被猎兔人发现时,她的尸体赤裸地躺在铺满月光的雪地里,犹如一尊大理石做的少女雕像。而小说并没有就此打住,叙述者在最后记述了他如何通过虚实结合构思出了格里姆斯老太的故事。

　　安德森写这个短篇表面看是为了控诉美国社会对妇女的压迫和冷漠。在小说开始部分,作者这样写道:"这老太平常无奇。她是那些无人知晓的无名老太中的一个,但我却记住了她。"这说明格里姆斯的遭遇并非个案,具有一定典型意义。她的死固然有许多偶然因素,例如女儿早亡,丈夫与儿子又恰巧都是无赖,但她悲剧性的一生无疑是整个社会共同作用的结果。由于当时妇女地位低下,父母早亡的她别无选择,只能卖身为奴。在许多男人眼里,妇女等同于牲畜,是为他们干活、满足他们欲望的工具。从此意义看,农场主和格里姆斯的主奴关系同样也存在于她的丈夫和她之间。对此,作者的愤怒溢于言表:"死去的老太命里注定要做个喂养畜生的人……她的一生都在喂养那些畜生:牛、鸡、猪、马,还有人!"像格里姆斯这样不幸的家庭生活理应受人同情,但街坊邻里都显得无动于衷,更因其丈夫是个偷马贼而对她避之唯恐不及,镇上的人谁都不和她说话,世道人心的冷酷程度可见一斑。

　　格里姆斯老太的死显然是小说的高潮。通过死亡场景的再现,作者一方面达到了控诉的目的,另一方面也使小说进入了更深层次的哲理与美学之境。对老太而言,死意味着脱离苦海,意味着身心得到升华。月光的皎洁与积雪的纯净象征着大自然对死者的超度与净化。而一旁的狗的活动进一步渲染了画面的神秘感:"狗的奔跑也许就是一种死亡的仪式。在这样的夜晚奔跑焕发起了狗身上狼的原始本性,或许正是这样的本性让它们不安。"有学者认为这里出现的"狗"其实就是一种图腾。① 在史前时代，人们为了驱魔除害扮成图腾动物的样子，跳着具有仪式感的舞蹈。在《林中死者》中，狗绕着空地一圈圈奔跑，如同史前原始部族的图腾舞蹈。在大自然宁谧氛围的映衬下，这些狗仿佛获得了与灵界沟通的超自然力量，一路护送死者去往彼岸世界。应当指出，安德森对死亡主题的诗化处理极大地丰富了小说的艺术内涵。老太肉体上的死亡换来的是她艺术形象上的新生。格里姆斯不再是苦难的载体，而是成了一个独特的审美客体，散发出神性的光芒和神秘的美感。在叙述者眼里，老太的尸体完全就是一件艺术品："我们俩以前从未讲过女人的身体，雪花贴在她冻僵的皮肤上，让身体看起来白净可爱，就像是一尊大理石雕像。"从某种意义上说，老太的尸体是这篇小说艺术灵感的源泉，对她的人物塑造不过是这场死亡仪式的注解而已。死亡触发了作者的想象与回忆，再经由他的匠心营造，最后被交织成虚实相间的故事："随着我长大成人，整件事情——这个老太之死的故事就如同是一曲从远方传来的音乐，它的音符一次次慢慢地被缀合成章。"

美国著名文学评论家欧文·豪尔把《林中死者》形容为"如冬树般凋零"，但实际上却有着"异常丰富的内容"②。小说如此简单的情节之所以读来耐人寻味，除了象征的运用，也得益于元小说及环状结构的形式设计。元小说的元素出现在尾声部分，叙述者披露了小说构思的全过程。据他交代，林中空地上的尸体为作者儿时亲眼所见，而老太生前的经历则全是他移花接木而来。这些编造大多取材于作者年轻时的见闻；例如农场的情节就源于他青年时期在德国人的农场里干活时的所见所闻。这些见闻在作者的脑海里酝酿发酵，最终升级为了具有文学和美学价值的素材。因此，"林中之死"一定程度上折射出了安德森作为小说家的成长历程，其核心内涵与其说是格兰姆斯老太的塑造，不如说是向读者揭示了小说创作的规律，以及作者在艺术上的自我发现。

至于环状的叙事结构，它属于元小说技巧的衍生品，具体表现为同一个故事由叙述者讲述两遍，且首尾相接。第一遍叙述的重点自然放在小说故事本身，而在第二遍中，叙述者走出故事还原了叙事由素材到成品的

① Mary Rourberger, "The Man, the Boy, and the Myth: Sherwood Anderson's 'Death in the Woods'," *Midcontinent American Studies Journal* 3.2 (Fall 1962), p.50.

② Irving Howe, *The American Men of Letters Series*. New York: William Sloane Associates Inc., 1951, p.165.

過程。两段叙述给予了读者从不同视角切入文本的可能性。前者把读者引向现实,而后者能让读者透过文本表面,深入了解其背后的艺术机理。此外,环状结构与狗绕空地转圈的意象形成了某种巧妙的对应关系,象征着生活的周而复始和死亡的永恒。

综上所述,安德森对美国短篇小说的发展作出了颠覆性的贡献。他不重情节的小说写法,笔下人物特有的孤独,以及对异化主题的挖掘,所有这些特质都对以往的传统小说形成了冲击,同时也启迪了不少新生代作家。海明威简洁冷峻的文风与福克纳构筑约克纳帕塔法县的设想或多或少都可以从安德森的创作中找到某种渊源,而无处不在的孤独更是成了现代主义文学的母题。可以毫不夸张地说,安德森为美国现代主义文学的崛起指明了方向,没有他,美国文学的第二次繁荣不会这么快到来。

第二节
厄内斯特·海明威:"迷惘一代"短篇小说的重要代表

厄内斯特·海明威不仅是 20 世纪美国文学史上的巨匠,同时也是现代最重要的短篇小说家之一。1926 年,他的第一部长篇小说《太阳照样升起》(*The Sun Also Rises*,1926)出版时,扉页上写着斯泰因曾经对海明威等作家说过的一句话:"你们都是迷惘的一代。"[①]随着《太阳照样升起》的出版与成功,"迷惘的一代"便成为一代作家的代名词,海明威也被认为是"迷惘的一代"短篇小说的杰出代表。同福克纳一样,短篇小说的写作也贯穿了海明威的整个文学创作生涯。海明威一生创作的短篇共计有70 篇,与其长篇相比,大有平分秋色之势。无论题材范围、人物塑造还是语言风格,这些作品都保持着高度的统一性,具有鲜明的艺术特色和个性色彩,它们致力于现代意识的探索,致力于动荡环境中人性的展示,也致力于叙事手法的推陈出新。毫无疑问,以上特点都给海明威的短篇小说

① Craig Monk, *Writing the Lost Generation: Expatriate Autobiography and American Modernism*. Iowa: University of Iowa Press, 2008, p.1.

贴上了"现代主义"的标签。

《在我们的时代里》：硬汉小说的代表

《在我们的时代里》（*In Our Times*，1925）是海明威第一部短篇小说集，是他旅居巴黎期间创作完成的。这部小说集的出版奠定了作者一流小说家的地位，同时也形成了他未来作品的选题范围和语言风格，像斗牛、战争、硬汉等海明威创作的常用元素都是这部集子里首次出现的。但在初版之初，集子仅收录一些速写片段，严格意义上还不能算小说。至 1925 年第二版，篇目大幅扩充，囊括 15 个短篇，以及穿插在篇章间由原先片段改编的小插曲。这些作品中最负盛名的要数以尼克·亚当斯为主要人物的系列故事，像《印第安营地》（"Indian Camp"，1924）、《医生和医生的妻子》（"The Doctor and the Doctor's Wife"，1925）、《三天大风》（"The Three-Day Blow"，1925）、《了却一段情》（"The End of Something"，1925）、《大双心河》（"Big Two-Hearted River"，1925）等篇目都广为读者所熟知。

受乔伊斯《都柏林人》的影响，这部小说集无论主题、叙事形式还是语言风格都保持着高度统一性，所以劳伦斯称其为"一部碎片小说"[①]。小说集的标题源自《祈祷书》中的话——"上帝，给我们的时代以和平。"用于此处显然意在暗示现实中无处不在的争斗与冲突。海明威笔下的世界无疑是险恶的，暴力和死亡是其中不可或缺的元素。《在我们的时代里》成了各种暴力的集散地：处决罪犯、割喉自刎、战争阴霾、血腥的斗牛以及不施麻醉的剖宫产。通过这些场面，海明威展示了现实的无情与生存的严酷，同时也让读者领略到他独特的暴力美学。作者表现暴力并非为吸引读者眼球，而是针对男性角色塑造而采用的一种辅助手段。暴力和死亡或隐或显地影响着人物的行为和性格，他们在逆境中磨砺人生，铸就富有男子气概的精神气质。当然，暴力也是造成人物性格扭曲的因素之一，不少人物即便表面坚毅，内心却充满彷徨和不安。这种性格的两面性尤其体现在尼克·亚当斯的塑造上。成长的主题贯穿在他的系列故事中，在挫折和苦难的催化下，读者得以见证他从孩童到硬汉的蜕变。然而，阅历增长换来的除了成熟还有孤僻性格和逐渐走向异化的心态。应当指出，尼

---

① Lisa Tyler, *Student Companion to Ernest Hemmingway*. Westport：Greenwood Press，2001，p.33.

克·亚当斯是海明威笔下硬汉形象的鼻祖，因此对他的塑造具有里程碑式的意义，不仅之后小说的主人公或多或少都留有他的影子，而且通过苦难来锤炼人物的硬汉气质成了海明威塑造人物的经典模式。

当然，短篇小说形式的大胆创新是这部集子的另一个重要特征。首先，《在我们的时代里》并非传统意义上的作品合集，整本书首先拥有一个大的叙事框架。这个框架以时间为轴，包含两条情节上互不关联的线索。一条线索由散布在各章间的小插曲串起，记录作者一战期间在欧洲的所见所闻。除了描写战争，斗牛是另一个作者颇费笔墨的部分。这两者虽不可同日而语，但其相似之处在于都包含着暴力和杀戮的主题，是那个疯狂年代的真实写照。大框架的另一条线索设置在短篇小说中，由尼克·亚当斯的个人成长史串起。如果说小说集里的插曲反映了时代的宏观风貌，那么尼克的故事可以看做是海明威的精神传记。要在几个短篇里完成人物的大跨度塑造，作者对故事内容的设计可谓费尽心机。离家远行、与恋人分手以及第一次目睹死亡都是人生的重要时刻，它们或催人成熟，或让人顿悟，或导致性格改变，记录这些时刻能让读者清晰把握主人公的成长轨迹，具有窥一斑而见全豹的叙述效果。正如海明威研究者詹姆斯·梅洛指出的那样，小说集里"看似没有关联的故事和插曲构成了一种类似于大事记的叙述形式"[①]。值得一提的是，两条线索虽是平行关系，但它们之间却有诸多关联。首先，插曲和小说在叙述分工上具有互补性，它们一个作为广角，另一个充当特写，前者负责描绘社会，后者偏重记叙人生。对于它们的交替出现，海明威认为其效果就好比"先用裸眼望海滩，再用望远镜细看"[②]。其次，两条线索都以一战为时代背景，但场景却分别设在了战事前沿的欧洲和后方美国。最后，两条线索在主题上互为辅佐。同为表现暴力，插曲部分聚焦于暴力发生的过程，而小说部分侧重于探究暴力对人际关系及个体心理的影响。毫无疑问，这样的文本结构新颖独特，集灵活性和全局性于一体，是一次短篇创作形式上的重大突破。

除了叙事技巧，《在我们的时代里》还标志着海明威文风的成熟。在小说集之前的作品中，海明威尚未开始追求简约化的表达风格，冗长的句式在《我的老人》（"My Old Man"）等早期小说中随处可见。学徒期的海

---

① James Mellow, *Hemingway: A Life Without Consequences*. New York: Houghton Mifflin, 1992, p.266.

② Lisa Tyler, *Student Companion to Ernest Hemmingway*. Westport: Greenwood Press, 2001, p.33.

明威处于写作的模仿阶段,安德森和拉德纳(Ring Lardner,1885—1933)是他主要的模仿对象。显然,那时的他还未找到自己擅长的主题和叙事模式,毋庸说语言风格了。之前提过,《在我们的时代里》这部集子在主题上有着高度的统一性。为突出男性的主题元素,作者选择了一种简明扼要的电报文体。其主要特征是句子简短,以陈述句居多,用词精准,追求含蓄节制的表意效果。短句的特点是明快有力,用于描绘暴力场面时,能营造紧张的氛围。以第五章枪决犯人的插曲为例,全篇的简单句形成了强烈的节奏感,有令读者心跳加速的效果。虽然作者只是简单白描,但临刑前犯人的恐惧心理已然感同身受。而海明威对浅显、日常词汇的偏爱是因为这些词汇音节较少,意义直观明了,与男性世界表面上简单粗暴、直来直往的特点相契合。应当指出,通过《在我们的时代里》的创作,海明威开创了小说语言的全新风格,这种风格因带有强烈的性别特征而显得尤为别具一格。

《印第安营地》是小说集的开篇,也是尼克·亚当斯的亮相之作,所以具有非同寻常的意义。小说记述小男孩尼克随父出诊,目睹他为一个印第安女人接生的故事。不少学者将尼克的这次经历看做他人生的启蒙之旅。在小说开始阶段,处于懵懂状态的尼克并未意识到即将发生的一切将如何改变自己,但他父亲明白其中的意义,所以为他安排了这次旅行。由于手术没用麻药,待产的妇女发出阵阵叫喊,第一次让尼克感到了不安。而父亲依旧方寸不乱,他要向儿子演示如何在重压下做到从容镇定,并想让他见证生命的苦痛和艰难。但尼克目睹产妇丈夫自杀的一幕却是他父亲始料未及的,作者从孩子的视角揭示了血腥与死亡对一个幼小心灵的影响。显然,这一幕对尼克造成了持久的心理冲击,为他之后难以愈合的战争创伤埋下伏笔。然而,死亡同时也给尼克带来了力量,使他迅速成熟。父子之间最后的那场对话是小说画龙点睛之处。尼克问出一连串有关死亡的问题,心里明显怀着对死亡的恐惧。而父亲轻描淡写的语气让尼克感受到了一种战胜死亡的强大意志:"清早的湖面上,尼克坐在船艄,父亲划着船,他确信他永远不会死。"小说结尾,一切似乎又回到了刚开始的情景,但尼克再也不是从前的样子了。他已完成了从男孩到男人的蜕变。

如果说《印第安营地》展示了尼克父亲沉着刚毅的硬汉的形象,那么《医生和医生的妻子》则暴露了他内心孱弱的一面。这篇小说情节上可分为三部分。第一部分讲述了尼克的父亲与迪克·博顿之间的冲突。博顿是尼克父亲雇来的伐木工，他们的任务是把"魔法"号汽船遗失的木材收集起来占为己有。博顿因无意中用"偷"字来指称这件事而激怒了尼克的父亲，两人的争执由此开始。随着争执不断升级，尼克父亲的脾气也变得愈加暴躁，他想通过暴力让对方屈服，却忌惮其身手，唯有黯然离去。这部分情节看似表现了尼克父亲对自己尊严的捍卫，但实际上，偷窃无论如何都是有悖尊严的可耻行为，博顿不过说出了事实，所以尼克父亲越恼怒就越说明他的心虚。而提议动武又最终退缩的举动不仅让他权威尽失，更令他的胆怯暴露得一览无余。从更高层面看，这部分情节是一个世纪前白人掠夺印第安人这段历史的象征，反映了西方文明一方面追求道德制高点，另一方面又行不义之举的虚伪性。到了第二部分，小说情节的焦点从同性间的争斗转移到了夫妻关系。尼克的母亲是基督教科学派成员，这一教派向来排斥医学，所以尼克父亲引以为傲的医术在妻子那里一文不值，这种反差造成了他心理上巨大的失落感。而他的傲慢也让夫妻间的交流举步维艰，进一步加重了他的精神危机。小说第三部分十分简单，交代了父子相遇、父亲欣然答应儿子同去打猎的请求。父子关系显然是故事三对关系中最为融洽的，父亲通过儿子"重树了《印第安营地》中留存下的权威形象"[1]，而儿子也渴望借助父亲早日成为一名男子汉。

《了却一段情》和《三天大风》两篇塑造了尼克青少年时期的形象，出现了尼克的女友玛乔丽和好友比尔两位核心人物。两篇小说一篇侧重于男女关系，另一篇围绕着伙伴情谊，但两个主题又时有交叉，构成了文本间的巧妙呼应。新旧交替的主题是两篇小说共通的，这种交替不仅指尼克不同人生阶段的转换，也包括新旧两个时代的更迭。在《了却一段情》的开始部分，作者并没有先交代人物，而是对霍顿湾的没落与繁荣作了一番今昔对比。小作坊的破产必然对当地人的生活造成影响，越来越多的人将因生计而离开农村，尼克与玛乔丽关系的破裂与其说是两人感情不和，倒不如说是环境变化导致尼克试图打破过去一直延续的生活模式。在《三天大风》中，城市化的影响进一步显现，尼克既留恋乡村生活，又向往去城里闯荡，他与玛乔丽的关系走向也是暧昧不明。种种不确定因素的叠加呈现出一种无序的生活状态，表明人物所面临的问题已摆脱了前工业时代的田园属性，而具有了现代性的特征。

---

① Scott Donaldson, *The Cambridge Companion to Ernest Hemmingway*. Cambridge：Cambridge University Press, 1966, p.65.

　　《大双心河》是小说集的压轴之作，尼克的故事也在这里达到高潮。作品分为上下两部分，上半部分叙述了战场归来的尼克重游旧地的经历，下半部分主要聚焦在钓鱼一事上。小说场景单一，出场人物仅一位，情节更无精彩之处，但就是这样一篇读来略显乏味的小说却为美国短篇小说史翻开了全新篇章，它不仅成功塑造了尼克这个迷惘一代的典型代表，而且集结了众多当时看来还十分前沿的艺术手法。小说伊始，主人公尼克来到此行的目的地——塞尼镇，他之前经历了炼狱般的战场杀戮，身心遭受严重摧残。虽然作者很少提及战争，但塞尼镇满目疮痍的景象既暗示了战争恐怖的摧毁力，又可以作为人物内心瘫痪状态的象征。此时的主人公明显带有作者本人的烙印，迷惘一代的精神特质在他身上得到了充分体现。众所周知，"迷惘一代"（the Lost Generation）一词由美国作家斯泰因首创，最初指 20 世纪初来巴黎旅居的一批美国作家，其中包括海明威、菲茨杰拉德、艾略特等人。当然，"迷惘一代"宏观上也可指从一战中成长起来的青年人，这一群体的心理特征主要表现为对现实的失望和对未来的困惑，虽然流露出虚无主义的倾向，但并未彻底放弃对人生意义的探寻。因此，这次故地重游对尼克来说既是心灵的疗养，也是一次生命意义的探索之旅。自然的怀抱让他找回了自由和生活的简单快乐，水里的鲟鱼勾起了他对往昔岁月的美好回忆。但尼克仍无法完全释怀。从搭帐篷到野炊，他做事的每个细节都被作者详尽描绘，从一连串机械动作中，读者能体会到一种军事化管理的压迫感。正如有学者指出的那样，"尼克的世界是一个充满压力的世界"[①]。而这种压力直到小说第二部分才有所缓解，其中的转折事件就是钓鱼。在与鲟鱼的互动中，尼克已然进入忘我境界。当战争的心理阴影逐渐散去，人性光亮重又照进了他的精神世界。巧妙的是小说并未直接描写人物心理的活动，而是通过对其行为的平淡陈述，传递出一种"不以物喜，不以己悲"的人生哲学。

　　从创作手法看，《大双心河》最大的特点是借鉴了塞尚（Paul Cézanne，1839—1906）后印象派的画风。在《流动的盛宴》（*A Movable Feast*，1964）一书中，海明威曾谈及塞尚对自己创作的影响："我在塞尚的画里学到了一些东西，这些东西使我明白，写简单而真实的句子远不足以使小说富有层次感，而我正试图给我的小说加入层次感。"[②]塞尚画作的层次感源

---

① Alfred Bendixen and James Nagel, eds., *A Companion to the American Short Story*. Chichester：Wiley-Blackwell, 2010, p.230.

② Ernest Hemmingway, *A Movable Feast*. New York：Scribner, 2009, p.23.

于他对中后景所采取的不同处理方式。在前景呈现上，他的画轮廓分明，光感十足；而在中后景的处理上，画家较多运用了虚化手段，以至于线条难以分辨，画面黯淡模糊。这样的反差效果无疑对画面空间的层次感和纵深度具有一定促进作用。如果把《大双心河》比做一幅画，那么尼克的一举一动就是前景，山河草木则构成了画面的中后景，而象征化的环境描写则对应绘画中的虚化技巧。尽管自然主题是小说表现的重点，但作者的最终目的并非纯粹再现物质景观，而是把它们当做一面镜子，照映出人物的心境。因此，树林、河流、沼泽等景物都拥有各自的精神内涵，从模糊到清晰再到模糊的呈现方式不仅符合人的视觉习惯，而且由物及人，反映了主人公意识忽明忽暗、捉摸不定的动态过程。纵观全局，《大双心河》既像一幅写意与工笔兼得的风景人物画，又是一篇关于自我疗伤的心理小说，实现了海明威对多层次小说的创作追求。

"冰山"原则及其艺术实践

随着创作经验的积累，海明威短篇小说独树一帜的叙事风格逐渐形成，其特征用他本人的"冰山"原则来概括最合适不过。所谓"冰山"原则，指的是作者叙述时情节内容的蓄意省略。在一次访谈中，海明威对此给出了以下解释："我总是遵照'冰山'原则来写作，冰山只有八分之一浮出水面，还有八分之七藏在水下。你知道的东西可以略去，这样反而巩固了你的冰山，而下面的部分不能显现。如果一个作家略去不写是因为他本来就不知道，那么故事就会出现漏洞。"[1]在海明威看来，对叙述加以节制非但不影响作者意图的表达，反而能将更多的内涵注入文本。好的作家应知而不言，应控制文本信息的输出，应留给读者足够的解读空间和想象余地。"冰山"原则对短篇小说的创作具有很强针对性。短篇小说虽然篇幅有限，但各种文学元素应有尽有。要实现艺术效果的最大化，必先提高叙事的效率。从理论到实践，海明威有一套行之有效的策略。第一是叙述的客观化。记者出身的他对于外在事实有着超乎寻常的关注，而故事内在的前因后果、人物关系、主题思想等信息都隐没在表面的事实之下，两者之间的比例与冰山两部分之比相吻合。第二是人物对话的大量设置。这一策略旨在精简第三人称叙述，省去叙事中不必要的衔接、补充和

---

[1]　Kim E. Becnel, *Bloom's How to Write about Ernest Hemmingway*. New York：Infobase Publishing, 2009, p.154.

铺垫。同时,对话还能促进人物关系的发展,从而加快叙事节奏。第三是象征手法的使用。象征的机理是把抽象的意义转换成简单的画面,通常作者只需几笔便能勾勒出一幅画面,其承载的意义却是语言道之不尽的。而画面本身就是叙事的组成部分,很多时候起着暗示情节的作用,可谓一箭双雕。第四是意象的并置(juxtaposition)。众所周知,意象派诗歌对海明威的创作产生过重要影响。这与他早年同庞德(Ezra Pound,1885—1972)在巴黎的交往不无关系,更关键的是意象派与海明威的创作理念如出一辙。意象并置是指把两个没有逻辑关联的事物并列在诗行中,这种处理方式完全符合意象派诗歌的创作原理,即"对事物无论主客观都采取直接处理"和"绝不使用任何对表达没有作用的文字"①。比较"冰山"原则,以上两点如同一种思想的不同表述,证明意象并置能帮助海明威取得他想要的叙事效果。在"冰山"原则的统筹下,上述四种手法协同配合,造就了海明威短篇小说独有的叙事风格,这种风格有助于文本内涵的丰富,为读者多样化的阐释提供了可能。

1927年发表的《白象似的群山》("Hills Like White Elephants",1927)把作者的"冰山"理论发挥到了极致。小说故事发生在西班牙某小镇的一个车站上,男女主人公是一对美国旅客,他们在等车间隙因为无所事事聊起了天。从表面看,这篇小说场景单一,无情节性可言。大部分内容都为人物间的随意对话,两人的话题从喝酒、群山到包裹,看似漫不经心、毫无重点。但事实上,所有安排都是作者的障眼法,目的是要隐藏实情,把真相留在文字之外。细心的读者凭借蛛丝马迹可以觉察出"堕胎"这个焦点议题。为欲盖弥彰,第三人称的叙述表现得极其克制,它只负责通报场景方位和人物动作,几乎不做任何带有主观色彩的描写或评论。标题里的"白象"在小说中屡次出现,其象征意义十分突出。英谚有云"房子里的大象"(elephant in the room),意思是人们对明摆着的事实视而不见。显然,作者意欲用"白象"暗指女主人公怀孕一事,女主人公几番提及,对读者和男主人公都是一种暗示,而对方毫不在意的态度最终激怒了她。在象征的指引下,读者透过冷峻的文字表面窥探到底下的情感波澜,不动声色的叙述呈现出人物关系从纠葛到破裂的全过程。

小说开局的场景介绍暗示了人物最初的关系。车站作为隐喻揭示出

---

① Ira B. Nadel, *The Cambridge Companion to Ezra Pound*. Cambridge:Cambridge University Press,1999,p.2.

两位主人公居无定所的漂泊状态。从酒吧点酒情节可知，女方身处异国，语言不通，对男友十分依赖，在两人关系中处于从属地位。再加上怀有身孕，女主人公产生了强烈的不安全感，这可以从她紧攥珠串的不自然举动中得到印证。她以"可爱"一词形容白象似的群山，足见内心对孩子的渴望，但现实困境又让她踌躇不定。这时，群山作为意象再次出现，同时被提及的还有粮田、树木和凝望河流的女主人公。几个意象并置在一段内，隐射了女主人公对产下孩子的渴望。反观男方，其主导地位从点单时的全权做主就可见一斑。在一来一往的对话中，他只顾表达自己的想法，无论对方讲什么，他的回应常常是重复同样的意思，独断专行的性格由此暴露。当然，男主人公也曾试图妥协，但动机仅仅是为了缓和气氛，他并不在意对方内心的实际感受。故事发展到最后，两人的矛盾依然没有消除，堕胎与否还是悬而未决。经过这次偶然谈话，他们的关系可以说走到了十字路口，虽然作者采用开放式的结尾，但男方不善倾听、女方无力表达的局面把他们的距离越拉越大，小说开头出现在站台两侧的铁轨即是最终分道扬镳的预示。应当指出，所有这些纠葛包括人物的感受在文本中没有只字片语的记录，完全需要靠读者的揣摩和感悟才能获取。毫无疑问，简约的叙述，散漫的对话，无处不在的象征，以及多个意象的并置成就了这篇作品含而不露、意在言外的艺术境界，使"冰山"原则的美学价值得到了淋漓尽致的展现。

其余代表作：幻灭与转机

孤独是现代人的通病，也是海明威作品中最常出现的主题。他笔下的许多经典人物，像《太阳照样升起》中的杰克·巴恩斯，《老人与海》(*The Old Man and the Sea*，1952)中的老人或《大双心河》中的尼克·亚当斯全都具有不合群、爱独处的性格特征。海明威曾把孤独看做是"一场流动的盛宴"[①]，可见孤独于他有一种奇特的魔力。孤独苦涩无比，又挥之不去，常让人陷入空虚的境地，有时却具有心理疗伤和自我救赎的功效。《一个干净明亮的地方》("A Clean，Well-lighted Place"，1933)是海明威最著名的以孤独为主题的短篇小说，讲述了一个孤独老人与两位侍者的故事。老人曾有自杀企图，说明苦厄缠身，但他依旧活得不失体面和尊严，是海

---

① Arthur Waldhorn，*A Reader's Guide to Ernest Hemmingway*. Syracuse：First Syracuse University Press，2002，p.219.

明威笔下典型的硬汉。两位侍者中,年轻的一个归家心切,对深夜还在店里驻留的老人颇有微词;年长的侍者因为同病相怜,对老人的境遇心存悲悯。与许多海明威的短篇小说一样,《一个干净明亮的地方》没有多少故事性可言,文本把"流动的诗意瞬间凝固成永恒,它可以是风景,孤独感,或者'重压之下不失风度'的举动"①。简而言之,作者就是要让读者从画面中捕捉意义,洞察人物内心。其中老人坐在阴影里独酌的情境被长时间定格,成为小说中最意味深长、最具标志性的画面。除了与世隔绝的宁静,作者特别强调了环境的光亮和干净,午夜的咖啡馆犹如冷酷世界中的一处世外桃源,为老人带去慰藉。如果说孤独是老人疗伤的良药,那么年长的侍者则饱受其苦。在他那里,孤独感升级为无际的空虚,最后的内心独白犹如一串咒语,"虚无"(nada)一词出现在没有逻辑的句子里,此起彼伏,形成意义的真空地带。应当指出,意识流技巧在海明威的作品中并不多见,但这次灵感乍现恰到好处地表现了人物内心由痛苦向绝望的骤变,难怪意识流大师乔伊斯会把此篇看做是海明威最好的短篇小说。

然而,按照普遍观点,1936 年出版的《乞力马扎罗山的雪》("The Snow of Kilimanjaro")才是海明威短篇小说的巅峰之作。小说记载主人公哈里在生命最后旅程的所思所想,作者用闪回手法追溯他跌宕起伏的一生,同时也还原了历史残酷的真相。小说场景设置在辽阔的非洲草原上,身为作家的哈里携他富有的妻子一同去那儿探险。途中,哈里被毒刺刺伤,染上了致命的坏疽菌,由于救援飞机迟迟未到,他只能坐以待毙。小说叙事基本由哈里独自回忆和夫妻对话构成。他一边不停地与照顾他的妻子发生口角,一边对自己虚度生命充满悔恨。哈里才华横溢、经历丰富、想象力超群,但他并没有把这些优势付诸写作,而是选择了骄奢淫逸的生活。他的失败人生当归咎于放任自流的处世态度,甚至他的死,如果早做处理,也未尝不可避免。他的放任自流,外部环境的刺激是重要因素,目睹太多的苦难与死亡让他产生了一种人生无常的幻灭感。耐人寻味的是,死亡毁灭了哈里的希望,同时也给予了他自我救赎的机会。处于濒死状态的作家梦见自己登上飞机,俯瞰非洲大草原的壮阔景象,奔跑的斑马、四散的羚羊以及茂密的森林向他呈现出生命的脉动。小说的高潮出现在飞机穿过瀑布,飞临乞力马扎罗山峰顶的那刻。在生死瞬间,哈里

---

① Arthur Waldhorn, *A Reader's Guide to Ernest Hemmingway*. Syracuse: First Syracuse University Press, 2002, p.39.

恍然发现大自然才是生命最好的归宿。死亡无疑是小说最重要的主题。除平铺直叙，作者还通过各种意象来表现它的不同味道。同样是象征，小说引言部分出现在乞力马扎罗山西峰的豹子尸体孕育着死亡的不朽力量，它与主人公最后的顿悟遥相呼应。小说结尾处，夜色中呜咽的鬣狗代表笼罩在死亡周围的恐惧与神秘力量。至于乞力马扎罗山，它是后世天堂的象征。此外，作者对人物意识流的追踪是小说另一大特色。当然，他洗练的文笔并不适合表现意识流绵延不绝的特征，但瑕不掩瑜，小说对死亡幻觉的描绘俨然达到了出神入化的境界。

综上所述，海明威推动美国短篇小说走向现代化功不可没。如果说安德森是短篇小说转型的开路人，那么海明威就是这条道路的拓宽者。凭借其努力，现代主义的题材、风格与技巧已完全融入了短篇小说这一体裁中。他的创作既能做到视野开阔，又具备揭露问题的深刻性；既能自觉保持风格的一贯性，又时常有所突破。同时期的福克纳虽然短篇数量远超海明威，但就作品整体质量和特色的鲜明性而言，后者显然略胜一筹。更重要的一点是海明威通过实践为短篇小说建立起了一套完善的，具有可操作性的艺术原则，以至于后来的许多作家，像赛林格、梅勒、欧茨、卡佛等，都可以在他们的作品中看到海明威的影响。

第三节
威廉·福克纳："约克纳帕塔法"王国的建构者

威廉·福克纳是美国现代文学的巨匠，一生著述宏富，对后世影响巨大。他以毕生才华构建起约克纳帕塔法世系，在这块"像邮票般大小"的虚构之地交织着历史与神话，形成了文学史上前所未有的奇观。虽然约克纳帕塔法世系的建构囊括了为数不少的短篇小说，但福克纳的文学成就却以长篇为主，《喧嚣与骚动》（*The Sound and the Fury*，1929）、《押沙龙，押沙龙！》（*Absalom，Absalom!*，1936）等经典不仅为他赢得了诺贝尔文学奖，而且使他与乔伊斯、普鲁斯特一道被列为西方现代主义文学的领军人物。在这些巨著的耀眼光芒下，福克纳在短篇上的艺术成就显然是被人们低估了。欧文·霍尔曾这样评价福克纳短篇的历史地位:"如果海明威不写短篇小说,这一体裁在美国和欧洲的历史就会完全不同;而若福克纳不写,那历史将不会发生太大的变化。"[①]霍尔的点评或许道出了福克纳的短篇影响力有限的事实,但无论如何,短篇创作跨越作家整个生涯,承载了他从文坛新秀到文学大师蜕变的过程。其中许多作品与他那些声名显赫的大部头有着密切联系,而作者精湛的叙事技巧、独特的语言风格、深刻的人物塑造以及对社会和人性敏锐的洞察也并未因题材关系而发生巨变。毫不夸张地说,仅凭短篇小说,福克纳依然有资格跻身一流作家的行列中。

短篇小说创作的历程与特色

短篇小说在福克纳的创作生涯中扮演着引路人的角色。尽管起初他立志当诗人,但发现诗才有限后,就转而写起了短篇小说。至 1926 年长篇处女作《军饷》(*Soldiers' Pay*,1926)出版,福克纳已是一位拥有七年创作经验、二十余篇作品的写作能手了。评论界通常把这七年归为他文学生涯的学徒期。七年的探索与积累为他进军长篇奠定了良好基础,同时他的文字和叙事风格在此期间初步成形。《幸运着陆》("The Landing in Luck",1919)等小说就展示了他特有的南方式幽默。嵌套叙述、内心独白等当时颇为新潮的叙事手法在小说集《新奥尔良素描》(*New Orleans Sketches*,1925)中时有出现。许多作品采用多视角叙述的方式,小说《新奥尔良》("New Orleans",1925)甚至由 11 个不同人物担当叙述。主题上,福克纳开始关注人类普遍命运,思考转型社会中人性异化、道德沦丧和公正缺失等话题。尽管以上种种,处于起步阶段的福克纳毕竟创作水平有限,作品质量参差不齐。像《爱》("Love",1988)、《两块钱妻子》("Two Dollar Wife",1936)这样的小说叙事漏洞明显,至多只算习作。还有些作品模仿痕迹严重,传奇式的叙述口吻明显留有舍伍德·安德森的印迹。

1926 年《军饷》的出版标志着福克纳步入他文学生涯的第二阶段。《喧嚣与骚动》《在我弥留之际》(*As I Lay Dying*,1930)、《八月之光》(*Light in August*,1932)、《押沙龙,押沙龙!》等名作的相继出版奠定了他

---

① Irving Howe, *William Faulkner: A Critical Study*. New York:Vintage books,1962,p.262.

在国际文坛的重要地位。而在短篇上，他也进入了高产期。从1926年到1940年这十几年间，他共发表作品六十余篇。对这一时期的福克纳而言，短篇小说既是他开拓叙事艺术的园地，也是维持生计的重要手段，所以作品质量出现了严重的两极分化的趋势。有些作品纯粹为赚取稿费而写，难免粗制滥造，但也出现了许多脍炙人口的名篇，像《献给艾米莉的玫瑰》（"A Rose for Emily"，1930）、《烧马棚》（"Barn Burning"，1939）、《干燥九月》（"Dry September"，1931）和《夕阳》（"That Evening Sun"，1931）等杰作都是在这一时期问世的。

随着福克纳在艺术理念和思想境界上全面走向成熟，他的短篇小说也形成了一套独有的写作模式和主题特色。首先，他的作品具有一种强烈的社会和历史意识。像《胜利》（"Victory"，1931）、《所有阵亡的飞行员》（"All the Dead Pilots"，1931）等是以一战为背景创作的。而其余作品大多属于约克纳帕塔法世系小说。它们以19世纪下半叶的美国南方为大背景。那时南北战争刚结束，落后的南方处于以种植园经济为主的农业社会向资本主义工业社会转型的过渡期。在这特殊的历史阶段，原来的贵族阶层走向没落，但旧有的意识观念并未随之消亡，造就了原始与现代、怀旧与变革并存的社会状况。而正是这样的历史背景决定了福克纳笔下人物多舛的命运走向。

其次，福克纳的短篇在人物和叙事的设计上都走出了一定的模式。时代变革中的失意者是他着力最多的人物群体，他们大致由以下几种类型构成：没落贵族的后裔、印第安人、黑奴和底层白人。他的小说关注人物面对逆境时所展现的忍耐、挣扎、反抗与绝望，以此管中窥豹，揭示出整个人类的悲剧性命运。《干燥九月》中的库普尔小姐以及《夕阳》中的南希都是这类人物中的典型。尽管她们的肤色、境遇都不同，但内心却同样经历了从焦虑到绝望的转化。就连在滑稽小说《花斑马》（"Spotted Horses"，1931）中，作者浓墨重彩的还是阿姆斯蒂德太太这样一个悲剧角色。

叙事上，福克纳不拘泥于某种类型或手法，但一些惯用策略还是有迹可循的。其中最突出的就是他有意避免使用全能视角，而是通过个人化的（有时甚至是孩子的）有限视角来陈述情节。作为旁观的叙述者通常只提供片面信息，也就是说作者有意不把故事和盘托出，而是让读者自己通过鉴别、筛选、推理和综合所给内容来重构叙事。小说《法官》（"A Justice"，1931）就是一个典型例子。叙述者昆丁与山姆·法泽都不是事件的亲历者,也非旁观者,提供的信息残缺不全。读者要获取情节全貌,非得读完全篇并对两人的叙述进行整合。由于部分故事从孩子的视角讲述,读者还须辨析稚嫩话语背后的隐情。显然,这样的叙述策略不但丰富了叙事的层次,而且可以激发读者主动去探求作品内涵。此外,在许多以杰斐逊镇为背景的小说中,第三人称的叙述者很少能做到置身事外、以客观声音叙述的。作者似乎赋予了他们小镇舆情传声筒的角色。这样做的目的显然在于还原南方社会的特殊环境,使读者感同身受地体会到小镇巨大的舆论压力对人物的影响。

最后,福克纳的短篇在创作内容上也孕育出了一些基本主题。他以人类苦难为出发点,沿着历史轨迹,探寻他们从精神到肉体所遭遇的各种威胁、不公和伤害。在所有能导致人类恐惧和伤害的因素中,暴力恐怕是其中最直接的一种了。作为重要的主题元素,它不但频繁出现在福克纳的长篇小说中,而且贯穿他的短篇创作。在那些描写早期创业者的作品中,暴力的发生与当时蒙昧原始的生活环境息息相关,例如在《红树叶》("Red Leaves",1930)里,作者就借"同类相食"来表现印第安人未开化的状态,同时也渲染了当时黑奴的险恶处境。而即使在所谓文明的白人社会里,暴力也随处可见。《献给艾米莉的玫瑰》中沉默的格里尔逊小姐最后是以谋杀的方式来表达她的情感和诉求的,同时全镇人对她好奇又躲避的态度也构成了一种无形的暴力。

如果说暴力主要引起肉体伤害的话,那么社会对人性的禁锢则是导致福克纳笔下人物精神痛苦的根本原因。尽管南方贵族已走向瓦解,但家族的荣誉和尊严依然束缚着其成员,使她们无法享受自由生活。在《曾有过这样一位女王》("There Was a Queen",1933)中,主人公珍妮小姐作为家族传统的守护人,却也深受其害。有学者指出:"(她)不但深陷过去无法自拔,而且依赖与过去的联系来救赎自己。"[①]还有上文提及的艾米莉·格里尔逊,她最后的疯狂举动也是欲望禁锢太久得不到释放的结果。福克纳本人深受南方传统价值观的影响,他抵触工业化的现代文明,却又深知腐朽的南方社会同样没有未来。某种程度上,他笔下人物的困境折射的是他乃至整个西方社会深重的精神危机。当然,除以上两大主题,性爱、种族关系、对正义的诉求等也是福克纳中期作品常涉及的主题。

---

① Frederick R. Karl, *William Faulkner: American Writer*. New York: Weidenfeld & Nicolson, 1989, p.421.

20 世纪 40 年代后，福克纳迈入他文学生涯的晚期。此阶段的短篇写作无论数量与质量都无法与之前同日而语。这主要由两个原因造成：其一，此时的福克纳已无须为生计写作，而他的重心也完全放在了长篇上。这点从他同时期两种体裁创作水准的差别之大就可见一斑。此外，原创数量也大幅减少。许多作品如《横渡地狱溪》（"Hell Creek Crossing"，1962）等都由长篇改编而来。其二，部分作品的文学性受其他因素干扰而被削弱。由于当时二战激战正酣，作者为宣扬爱国主义而写了《两个战士》（"Two Soldiers"，1942）和《不会死》（"Shall Not Perish"，1943）两部以珍珠港事件为背景、教化意味颇重的小说。虽然这样的小说在当时十分应景，且不乏社会意义，但终究偏离了文学的本质，也违背了他曾说过的"感兴趣于人的一切行为而不作价值判断"①的初衷。正如学者戈尔德所言，福克纳晚年的风格从"隐喻"走向了"论述"②，而这种转向必然要以牺牲作品的艺术性为代价。

众所周知，福克纳一生最卓越的文学贡献是约克纳帕塔法郡的构建。在这个浩大工程中，长篇小说专注于构筑时空和人物框架，特别是几大家族谱系的建立及其命运的追踪，而短篇小说主要负责相关背景线索的补充和完善。这些边角料工作看似微不足道，实际却发挥着非同寻常的作用。没有后者穿针引线，前者展现的不过是一部部家族史。而要为一个地域作传，需在家族的基础上建立起覆盖这一区域的社会关系网，其中横向与纵向的联系缺一不可。在这点上，长篇小说难免顾此失彼，而短篇则能充分发挥灵活机动的优势。特别是约克纳帕塔法郡起源部分的叙述，相关的情节线索重要却又琐碎。福克纳利用短篇小说便于聚焦的特点，通过《红树叶》《法官》《瞧！》（"Lo!"，1934）和《求爱》（"A Courtship"，1948）四篇小说，集中呈现了这一地区早期的发展史。在《红树叶》中，福克纳以神话笔法塑造了早期的印第安开拓者，使有关约克纳帕塔法郡的书写具备了某种史诗的品格。

从以上回顾可以看出，福克纳的短篇创作呈现出两极分化的态势，既有不少为生计而写的"急就章"，也有一部分艺术水准极高的精品。之所以会出现这样的状况，主要原因倒不是作者创作能力有问题，而是他对短

---

① Hans H. Skei，*Reading Faulkner's Best Short Stories*. Columbia：University of South Carolina，1999，p.5.

② James Ferguson，*Faulkner's Short Fiction*. Knoxville：The University of Tennessee Press，1991，p.42.

篇小说的态度本身就存在矛盾：一方面,他认为短篇小说的艺术性仅次于诗歌而高于长篇①;另一方面,他又多次在写给编辑的信里表达不屑之意。由于写作周期短,短篇小说一度沦为他重要的谋生手段。但无论如何,福克纳以短篇起家;约克纳帕塔法郡的创建离不开短篇;许多伟大作品如《喧嚣与骚动》《押沙龙,押沙龙!》等也是由短篇孕育而成的。总之,它们是福克纳文学遗产的重要组成部分,也为现代主义在美国的生根发芽起到了推波助澜的作用。

主要短篇代表作的解读与评价

为进一步展示福克纳短篇小说的创作特点和艺术成就,以下笔者将针对他的五篇代表作,即《献给艾米莉的玫瑰》《红树叶》《夕阳》《干燥的九月》和《烧马棚》,分别予以解读。

发表于 1930 年的《献给艾米莉的玫瑰》(以下简称《玫瑰》)标志着福克纳短篇创作全面走向了成熟。这篇作品虽不能代表他创作的最高水平,但拥有极高知名度。其主要特色首先体现在叙事的精巧上。作者没有按线性叙事组织材料,而是运用倒叙、插叙以及第三人称有限视角叙述等手段,把一个原本不算曲折的故事讲述得一波三折,悬念迭起。若以时间顺序还原故事,它的初始形态应当是这样的:年轻的艾米莉小姐来自杰斐逊镇上的名门望族,拥有不少追求者,却全被她父亲否决。其父死后,她不顾世俗的眼光与一个北方来的工头相好并准备结婚,但工头始乱终弃让艾米莉万念俱灰。她用砒霜毒死爱人,将尸体藏于闺房中,每晚与尸体共眠,并从此过起了与世隔绝的生活。艾米莉一天天老去,但镇上居民对她的好奇却丝毫未减,直到她死后,人们进入她住所才得以知道所有的秘密。经过作者的重组,故事中最重要的两个事件被放置在了小说的首尾。开局叙述者即提到艾米莉的死,以及整个小镇出席葬礼的盛况。艾米莉是南方旧贵族的代表人物,她的死有着极其重要的象征意义,人们倾巢出动与其说是送别个人,不如说是在向一个时代告别。同时,为了让故事更吸引人,作者把最大悬念——艾米莉的屋中之谜留到最后揭晓。这个骇人听闻的结局彻底释放了之前情节所积蓄的能量。从艾米莉隐居、屋内飘出恶臭到购买砒霜,最后家仆出逃,作者把这些悬念安排得环环相

① Alfred Bendixen & James Nagel, eds., *A Companion to the American Short Story*. Chichester: Wiley-Blackwell, 2010, p.244.

扣,逐层递进,给读者带来了欲罢不能的阅读体验。

应当指出,《玫瑰》叙事上的卓越之处不仅限于悬疑效果的制造。与一般哥特小说作家不同,福克纳更关注故事背后的原委。作为叙事工具,插叙为小说补充了大量家庭和社会环境的描述,让读者能深入探究故事所反映的社会问题,洞察离奇情节折射的时代悲剧。值得一提的是插叙还有效调节了叙事的节奏,主干情节的叙述与背景信息的介绍交叉进行。在一张一弛中,小说既保证了故事情节的高潮迭起,又实现了叙事过程的从容与稳健。总之,凭借这些手法的运用,《玫瑰》既抓住了读者的注意力,又表现了作者设定的主题。这些艺术效果都是福克纳苦心经营的产物,它们从一个侧面展示了他惊人的创作天赋。

主题的丰富性是《玫瑰》的另一大特色。这篇四千字不到的小说有着宏观与微观两个层面的世界。微观上,跨越几十年的叙事浓缩了一个女性大半辈子的生命历程,从爱情到死亡,从坚守到绝望,从生活的变故到心理的变态,人生的许多主题都囊括在内。围绕这些主题,作品突出反映了社会意识与人性需求的矛盾,尤其是南方顽固的封建文化对女性的禁锢和摧残。宏观上,小说探讨了个体与时代的关系以及社会新旧秩序冲突的主题。在福克纳笔下,处于十字路口的杰斐逊镇面临着一场巨变,人们的观念却没有完全与时俱进。艾米莉就是一个极端例子。她被视为旧南方的化身,为了坚守过去的一切,她选择断绝与外界往来,彻底生活在真空中。但凭个人之力去抗击时代大潮无疑是以卵击石,无奈而又惨烈。在瞬息万变的现代社会中,艾米莉的命运具有一定普遍性,她所面临的困境其实也是整个人类的困境。

另一部享有盛誉的短篇《红树叶》同样发表于1930年,故事场景从城镇移到了乡村,是福克纳作品中为数不多的有关印第安人与黑人关系的题材。小说从内容上可以分为两部分:第一部分记述了约克纳帕塔法郡的早期历史,涉及印第安几代首领的权力更替。这部分内容沉浸在浓郁的原始气息中,福克纳以神话笔法塑造早期印第安的开拓者,使《红树叶》具备了某种史诗的品格。第二部分情节围绕一个南方黑奴的亡命生涯展开。由于不甘沦为已故印第安首领的陪葬,他忍受饥饿与劳顿四处逃窜,但在劫难逃,终于在被毒蛇咬伤后束手就擒。作者以不动声色的口吻对人物的逃亡经历以及他的内心活动进行了细致刻画,死亡意象的运用和冷静克制的语言不仅烘托了紧张的气氛,同时也为人物的受难营造出一种沉重而庄严的氛围。此外,小说两部分的主题呈现出鲜明对比。第一部分着重书写一个族群从进取到腐朽的转变，鉴于其过程与西方文明的介入密不可分，可以说暗射了人类社会的发展规律。在第二部分，作者通过黑奴的事迹赞颂了生命个体的顽强与坚韧，尤其是面临死亡时所爆发的惊人的求生本能。应当指出，一篇短篇小说能关联白人、黑人和印第安人三种族群文化已属不易，而在这些主题的映衬下，进一步提升的内涵使作品脱离了地域局限，从而观照到人类的终极价值与宿命。

　　《夕阳》发表于 1931 年，同样是一篇涉及黑人题材的短篇小说，其人物和情节与稍早出版的名作《喧嚣与骚动》有着密不可分的联系。《喧嚣与骚动》曾隐约提及康普生家的女工南希意外死亡的事件。这个模糊的记录在《夕阳》里被扩展成一个有着前因后果和完整细节的故事。小说虽没有直接描写南希的死亡，但根据文本中一系列蛛丝马迹，读者可以推断出其丈夫杰西是杀害南希的凶手，而杀人动机是杰西怀疑他妻子腹中的孩子是白人执事强奸她时留下的。通过南希的悲惨经历，小说揭露了当时黑人妇女遭受的来自白人和黑人男性的双重压迫。《夕阳》的叙事经过福克纳的巧妙设计取得了良好效果。小说的主要情节是通过成年昆汀的回忆来呈现的，时间上的距离感给叙述者的讲述增添了某种反思色彩，从中作者不仅表现了昆汀个人的道德挣扎，也在一定程度上揭示了当时白人知识阶层对种族问题的真实态度。除了用第一人称叙述，作者还在文本中穿插大量对话作为辅助，其主要功能是构建一个多声部的叙述体系，以传递主视角范围之外的信息；鉴于这些对话大多是在康普生家成员间进行的，其第二重功能是让小说以客观方式展现人物性格，同时为《喧嚣与骚动》中人物关系和命运的发展做好铺垫。

　　与《红树叶》类似，《夕阳》用了很大篇幅来表现恐惧与死亡的主题。在《红树叶》中，作者为刻画一个孤胆英雄的形象，让主人公身处绝境，独自同死亡搏斗。而《夕阳》里南希的处境则要微妙和复杂得多。她并非如《红树叶》中的黑奴一样完全处于孤立无援的状态。事实上，她曾多次向康普生一家求救，但他们对其处境并未给予任何实质关注，而昆汀结尾处的那句"爸爸，以后谁来给咱们洗衣服呢"更一语道破他们对黑人生命的漠视。因此，南希的悲剧不能单归咎于某个人的行为，群体对黑人妇女的冷漠和歧视更应作为重要因素考虑其中。如果说在《红树叶》中福克纳表现死亡的主要目的是表彰生命意志，那么《夕阳》中他要做的是为了控诉畸形社会中人们良知的泯灭。

　　值得一提的是为了真实再现主人公的内心恐惧，福克纳在表现手法

上下足了功夫。首先，他通过虚化人物成功地制造了悬念。杀人者杰西从未正式出场过，有关他的信息都是道听途说的。由于他是死亡的制造者，其形象愈模糊就愈能加剧读者的恐怖体验。为了强化效果，作者还引入了哥特小说的创作技巧，例如把杰西描绘得犹如鬼魂一般，只闻其声不见其人；受害者如魔鬼俯身，终日草木皆兵。同时，福克纳也十分注意环境的营造，尤其是描写南希屋子时巧妙使用通感制造出丰富的死亡意象，这种视觉、听觉和嗅觉三管齐下的渲染方式无不让读者感受到主人公末日的临近。当然，作者使用这些手段不仅仅是为了刺激读者的神经，它们更重要的作用是引发读者对黑人女性悲惨遭遇的同情。

发表于 1931 年的《干燥九月》依然是一部为黑人鸣不平的作品，福克纳在小说中对美国南方种族主义泛滥和社会正义缺失的问题做出了深刻反思与批判。小说叙事从一则谣言开始：杰斐逊镇的老处女库珀小姐遭到一名黑人男性的性侵犯。这则谣言引发了镇上一系列连锁反应。叙事围绕库珀小姐和迈克·伦敦一伙人展开，两条线索交替呈现。一方面是库珀小姐为引起全镇关注故意制造谣言；另一方面，以迈克·伦敦为代表的众人偏听偏信，动用私刑杀害无辜黑人威尔·梅耶斯。暴力作为贯穿始末的主题并没有得到过多的正面描写，作者真正关注的是暴力发生的前因后果。他试图向读者表明梅耶斯的遇害不是一桩偶然事件，而是南方特有的环境、意识和文化酿成的惨案。例如，作者多次提及天气，意在表明南方闷热气候对狂热情绪的催化作用。理发店是世俗社会的窗口，作者以它为场景为的是反映小镇民意，揭示惨案背后错综复杂的原因。虽然库珀小姐的谎言漏洞百出，但多数人不顾事实，坚信其真实性。这可以归咎于南方男性中普遍存在的"白色女神"（The White Goddess）情结，即视白人女子为纯洁的化身和受保护的对象。他们不会去质疑库珀小姐，更不能容忍她受到黑人的侵犯。这伙人在谋划杀人时毫无顾虑，说明当时黑人社会地位低下、生命如同草芥，可以被白人随意处置。起初保持理性的理发师后来也参与了施暴，这表明根深蒂固的歧视已形成集体无意识，让人失去判断而盲从。而最后代表正义的理发师只能选择屈从，因为极端的非理性情绪往往更易左右群体而成为社会的主导力量。显然，从事件外围入手的表现手法有助于加强小说的深刻性和批判力度，把原本针对个人的道德诘问扩大到了整个社会层面。

语言方面，福克纳的独特文风在《干燥九月》中大展风采。不似海明威的简洁明快，福克纳的小说语言冗长繁复。他笔下常出现层层叠叠、绵

延不断的句子,仿佛一口气要道尽千言万语。在小说中,这样的句子虽非比比皆是,但也颇成气候。小说开头部分就颇为引人注目:

> 人们在星期六的傍晚聚集在理发店里,天花板上吊扇转动着,没带来什么清风,吹回的空气里只是夹杂着阵阵润发油和洗发剂的气味,还有他们身上和嘴里散发的臭气,人们像是受到了袭击,遭到了侮辱和惊吓,但没有一个知道究竟发生了什么。

此句的特别,除了长度,还在于它艺术表现上的诸多可圈可点之处。第一是叙事方面的功能。在足有大半段长的句子里,作者描写了天气和理发店环境,谈及库珀的流言以及人们对流言的反应。借助长句的一气呵成,看似无关的事物走到了一起,建立起某种前因后果的自然关联,为之后情节的发展埋下了伏笔。看似啰唆的表述却提高了叙事的效率。第二乃修辞效果。长句拖沓的节奏给人以烦闷压抑的印象,符合小说的环境特征。它在强化读者阅读体验的同时,还有助于小说形式与内容的统一。第三是小说现代性的突出。它把不同的感官片段并置在一起,体现了意识不为时空所限、能同时对多个客体作出反应的属性。这样的表现手法乃是典型的现代主义文学的产物。可以看出,福克纳对长句的偏爱与他小说所要表现的主题、场景和情绪都是息息相关的。而难能可贵的是对于其他风格,他也不完全排斥,能做到择时而用。例如,迈克·伦敦一伙人之间的对话几乎以简短句式为主,这样写显然是考虑到明快的语言较为符合人物鲁莽冲动的性格。当然,《干燥九月》的文学成就远不止以上提到的这些,它丰富的象征内涵、非线性的对位结构、对心理微妙变化的捕捉等也一直为读者所称道。

　　《烧马棚》出版于1939年,当时福克纳已是功成名就的大作家了。长篇创作上的突出成就使他完全确立了自己的艺术风格,驾驭语言和叙事的能力也都已到了出神入化的境界。写作熟悉的短篇体裁对正当年的福克纳而言游刃有余。因此,《烧马棚》无论是主题设计、人物塑造还是谋篇布局几乎都做到了尽善尽美,也难怪各种选集会对它如此青睐了。小说以父子关系为线索,展现了小斯诺普幼年的成长经历和两代人之间价值观的冲突。在福克纳的笔下,老斯诺普是旧南方社会秩序瘫痪、道德沦丧的产物。他头脑简单、脾气暴戾、性情冷酷,因家道中落而对社会充满敌意。他为泄愤可以放火烧别人家的马棚。遭驱逐后,不但没有丝毫悔改,反而变本加厉,更恶劣的是还胁迫儿子参与作恶,最后因儿子告发而遭人追杀。有趣的是他的结局被作者有意省略,成了小说的一大悬念。从个人心理角度分析,老斯诺普的恶是兽性压过人性、行为受欲念驱动导致的。从社会心理层面看,他深受南方父权专制文化的影响而崇尚强权,当权威尽失,他自然以暴力方式进行报复。尽管小说在老斯诺普身上费了不少笔墨,但考虑到叙述者的许多观察都是从儿子的视角出发的,所以小斯诺普才是作者刻画的重点。不同于他的父亲,年幼的小斯诺普没有遭到腐朽势力玷污,内心依然怀有本真和善良。但尚处懵懂的他却要面对亲情与道德的抉择:一方面,他生活在父亲的专制阴影下,背负着家族的荣誉;另一方面,他不愿为家庭而违背良知。在这里,小斯诺普的困境似乎揭示了福克纳本人对南方既爱又恨的矛盾心理,因而具有一种不同寻常的意义。显然,作者是想从此处入手来表现"人类内心的自我冲突"①这个他毕生探索的宏大主题。

　　相比之前的作品,《烧马棚》的叙事技巧并无多大创新,但不可否认的是,作者对节奏和视角的调控已是炉火纯青。小说叙事遵循从模糊到清晰的原则,如抽丝剥茧般层层递进。在小说开头,作者没有急于展开情节,而是从环境描写入手,接着用他标志性的长句捎带出人物。其间叙述连贯性始终没有形成,视角不断在第三人称和小斯诺普间切换,暗示着人物内心的不安。直到第一个场景的叙述临近尾声时,小说才首次正面描写老斯诺普。但通过出色的细节铺垫,读者已完全能感受到父子间的紧张关系了。随着举家迁移和更多人物的加入,第三人称的叙述逐渐加快节奏。除了情节更为紧凑,小斯诺普的视角也不再朦胧,他明确表达了对自我以及对父亲的认识。这意味着他的个体意识已走向觉醒,人格在慢慢确立。如此设计也让读者从起初的混沌,经过与文本不断地磨合,直至最终豁然开朗,这种阅读体验本身就像是一次成长历程的模拟。可以说《烧马棚》的叙事不仅解决了小说情节发展与人物塑造的衔接,而且还充分考虑到了读者的参与性,福克纳的创作思路之缜密周全,于此可见一斑。

　　上述五部作品基本代表了福克纳短篇创作的最高成就,这些成就可以从谋篇布局、语言风格和主题设计三个方面来归纳。谋篇布局上,他具有突破常规的魄力和高屋建瓴的全局观。他常能打破线性叙事的掣肘,

---

① Cleanth Brooks, *William Faulkner*, *First Encounters*. New Haven: Yale University Press, 1983, p.19.

根据创作需要对事件进行灵活拆分和组合。从接受角度看,此举有机会让读者重构文本,从而提升他们阅读的积极性。作为意识流大师,福克纳极其重视心理描写,同时不厚此薄彼,依旧重视环境、表情等其他描写手段的表现功能。为平衡各环节,他常使用多重视角,让它们各司其职、相互配合,形成了一个从精神到现实内外兼顾的体系。而对叙事节奏的调控,福克纳也能结合戏剧效果和读者心理等因素进行通盘考虑,做到张弛有度、疾缓自如。

　　语言风格上,福克纳的短篇小说体现出他一贯的艺术水准。他擅于把各种风格的文字杂糅在一起,以寻求审美效果的最大化。放眼他的杰作无一不是多重风格的混搭:《献给艾米莉的玫瑰》含蓄典雅中暗涌激情;《红树叶》粗狂劲秀之余,不乏黑色幽默;《夕阳》言简意丰,轻描淡写却意味深长;《干燥九月》时繁时简,相得益彰;《烧马棚》文随境迁,先凝重而后激昂。显然,风格多样化是福克纳小说语言最鲜明的特色,其背后彰显了作者兼容并包的文学理念,用他本人的话来讲就是:“我们试图把一切事物,一切经历都塞到段落里;无论瞬间的经历还是摄取的光线,里面一点一滴的细微变化都要写到段落中去。”①

　　主题设计上,福克纳的短篇做到了丰富性、深刻性与生动性三者兼顾。由于创作时间跨度大,短篇小说基本勾勒了福克纳一生的思想和文学轨迹,所以主题覆盖范围要远超过他的长篇,大至国家历史,小至个人成长,可谓应有尽有。更何况有些篇目精雕细琢,主题容量丝毫不亚于长篇作品,像《烧马棚》和《献给艾米莉的玫瑰》都属这类情形。福克纳作品的深刻性源于他对人类前途的关注和忧虑。短篇小说的篇幅局限非但没有阻碍他探索那些重大命题,反而凭借四两拨千斤的反差效果进一步深化了主题。随着象征手法的广泛应用,小说主题也不再单纯靠情节和人物来展示,而是借助意象直观地向读者传递,此举实质是小说叙事从“讲述”(telling)向“显示”(showing)的跨越。在其作用下,小说主题转化为感官体验,融入读者的审美活动中,从而获得了生动的表现。

　　综上所述,福克纳的短篇小说是他一生文学成就的缩影。其影响或许不如他的长篇,但正是有了前者的铺垫才成就了后者的辉煌。即便不做这样的横向比较,它们也已形成独立的体系,不仅全面描绘了美国南方

---

　　①　Edmond L.Volpe, *A Reader's Guide to William Faulkner*. New York: Octagon Books, 1978, p.45.

的社会图景和人性百态，而且如实反映了作者各时期的思想状况和创作特色。应当指出，福克纳对现代主义短篇小说的发展作出了不小的贡献。他的创作无论思想主题、叙事技巧还是语言风格都进行了创新而未照搬前人模式。特别是在叙事上，见微知著的传统模式被打破，推动短篇小说走上了复杂化和多样化的道路。目前评论界对他的短篇尚存争议。纵观美国短篇小说史，作品整体质量不乏有人高出一筹，但创作各环节都能像他那样做到天衣无缝的却绝无仅有。正是凭借这一点，福克纳成了文学史上的标杆人物，启迪和影响着一代代后人。

第四节

弗朗西斯·斯科特·菲茨杰拉德：爵士时代的代言人

弗朗西斯·斯科特·菲茨杰拉德是 20 世纪最杰出的美国作家之一，与海明威、T·S·艾略特、约翰·多斯·帕索斯（John Dos Passos，1896—1970）等作家一同被称为"迷惘的一代"。他短暂的一生共创作了五部长篇和大量短篇小说，这些篇章真实描绘了一战后美国中上层社会某一类人群的生活和精神状况，塑造出一批爵士时代典型的美国青年形象。他们贪图享乐、行为放浪、精神空虚、内心充满矛盾，在他们的时代传统新教伦理受到空前挑战，而新的价值体系尚未确立。这类人物形象在美国文学史上前所未有，它的出现不仅标志着一个崭新时代的来临，而且反映了文学现代性转向中关注视角的重大变化。菲茨杰拉德在青壮年时期经历了美国社会从"大繁荣"到"大萧条"的全过程，《夜色温柔》（*Tender Is the Night*，1934）、《人间天堂》（*This Side of Paradise*，1920）等作品还表达了作者对短暂青春的怀恋以及对如梦如幻的爵士时代的向往。难能可贵的是，菲茨杰拉德不仅记录了时代的变革，更以其敏锐的洞察力反思时代流弊，发掘隐藏于歌舞升平之下的虚无和迷惘。正如有学者所言，他"有一种能在沉湎于声色之娱之际冷静观察的惊人本事"①。与同时期现

---

① 王长荣，《现代美国小说史》，上海：上海外语教育出版社，1992 年，第 134 页。

代派作家不同,菲茨杰拉德讲究小说的故事性,而不太注重形式技巧的革新。他写小说是为了抒发自己对时代的直观感受,无论谋篇布局还是文字表达,都追求自然流畅的风格,同时又擅于制造浪漫和诗意的细节,因此有"爵士时代桂冠诗人"的美誉。

菲茨杰拉德一生共著有一百七十余则短篇小说,其中不少作品纯粹是为获取经济利益而写,质量低下,很大程度上影响了他短篇小说的整体声誉。作家本人就认为写短篇犹如"出卖肉体,但从那些杂志拿的稿费可以资助他写正经书"①。事实上,和福克纳类似,菲茨杰拉德的短篇创作也是其文学成就的重要组成部分,并且与他的长篇小说有着千丝万缕的联系,四部短篇小说集《飞女郎与哲学家》(*Flappers and Philosophers*,1920)、《爵士时代的故事》(*Tales of the Jazz Age*,1922)、《悲哀的青年一代》(*All the Sad Young Men*,1926)、《早晨的起床号》(*Taps at Reveille*,1935)在创作时间和主题上分别对应四部长篇小说《人间天堂》《漂亮冤家》(*The Beautiful and Damned*,1922)、《了不起的盖茨比》(*The Great Gatsby*,1925)、《夜色温柔》。四部长篇小说所使用的素材有不少都在他的短篇创作中出现过。经典之作《了不起的盖茨比》被誉为"爵士时代的挽歌",其中所展现的社会风貌、时代精神和人物类型对读过《爵士时代的故事》的读者来说一定不会陌生,而盖茨比的孤独气质和幻灭心理在《五一节》("Mayday",1920)主人公戈登·斯特雷特的塑造上已雏形初显。可以说正是有了上述积淀,菲茨杰拉德才能在长篇创作中如此得心应手地驾驭那些似曾相识的材料。

早期作品:爵士时代众生相

《五一节》是菲茨杰拉德早年的代表作,写于菲茨杰拉德出道第一年。它艺术构思精妙,写作手法老道,很难想象是出自新人之手。事实上,它所达到的艺术成就比作者后来创作的大部分中短篇都要高。小说聚焦于1919年美国"五月骚乱"发生当日几个小人物的命运沉浮。以历史事件为故事背景,这在菲茨杰拉德的创作中十分常见,这样安排不仅给作品增添了不少时代气息,更使其具有了一种宏观视野。这篇小说尤为值得一提的是它的叙事结构,叙事整个过程共有三条线索参与。这三条线索在时空上互有交叉,在情节上密切关联,严丝合缝地衔接在一起,谱写了一幅

---

① Ernest Hemmingway, *A Moveable Feast*. New York: Charles Scribner's, 1964, p.153.

战后美国社会各阶层的众生相。其中，戈登·斯特雷特的故事是小说的主干线索。参军归来的戈登没有工作，又遭女友勒索，生活穷困潦倒。他想开创自己的艺术事业，于是跑去向耶鲁的同学迪恩借钱，遭拒后，随他一同参加了耶鲁校友的舞会。一番寻欢作乐后，戈登回到住所，在绝望中开枪自尽。他的悲剧既有个人性格的成因，同时也是一出社会悲剧。意志薄弱、优柔寡断是戈登主要的性格缺陷，这让他在陷入困境时丧失了斗志。而昔日同窗的冷漠、势利也折射出美国上流社会的人情冷暖。在金钱至上的现实面前，戈登的艺术才华根本没有施展的天地，他的死无疑宣告了"美国梦"的破灭。戈登这类性格的人物在菲茨杰拉德的作品中并不少见，像《重返巴比伦》（"Babylon Revisited"，1931）里的查理·威尔斯，以及《失落的十年》（"The Lost Decade"，1939）里的特里姆博就与他很相似。

基与罗斯的故事是小说的副线。这部分故事聚焦美国的下层社会，与戈登的主线构成了一种平行关系。基和罗斯都是被遣散的士兵，两人无所事事在街上闲逛，一会儿加入闹事的人群，一会儿潜入街边的餐馆偷酒喝，最后在攻陷报馆的骚乱中一个摔死，一个被抓。这两位人物是下层民众的典型代表。从其行为看，这部分群体有爱盲从、情绪化以及好贪小便宜的特点。他们人多势众，一旦被人煽动，给社会带来的破坏力是巨大的。在菲茨杰拉德笔下，战后的美国社会显现出贫富对立的二元结构，富人的冷漠与穷人的暴戾造就了一个畸形的社会。而一派繁荣的表象已难掩就业形势严峻、道德水准滑坡、阶级矛盾尖锐等诸多社会隐患的日益深重。

艾迪斯的故事并不是一条独立的线索，它游走于另外两条线索之间，起着穿针引线的作用。艾迪斯是戈登的前女友，舞会上的偶遇使她心生感触，但戈登的落魄最终浇灭了她复燃的旧情。为了避开现任男友的纠缠，她离开舞会，前往兄长亨利的报馆。在那儿，艾迪斯遭遇了报馆遭袭的惊魂一刻，目睹基的坠亡和亨利的受伤。作为小说着墨最多的女性角色，艾迪斯具有矛盾的双重性格。她看透了男女间的虚情假意，却仍然乐此不疲；她怀念与戈登的过往，但当后者出现在她面前时，她却因自己的势利而放弃了真爱。在人物设置上，艾迪斯虽不是主角，但正是通过她的串联，小说才能在本无瓜葛的各色人物间建立起一张关系网。

《五一节》的写作风格具有明显的自然主义倾向。小说从头至尾保持着平静、客观的叙述口吻，情节在不动声色中被推向了悲剧性的高潮。自然主义强调个人无法操控自身命运,并把命运的走向归咎于环境的作用。在叙述者的超然叙述中,戈登的内心凄凉与周围的欢腾气氛形成强烈反差,既凸显了现实环境的世态炎凉,同时也暗示出主人公走向毁灭的不可避免性。尤其在小说结尾部分,作者对人物的死有意进行了简化处理,既无心理层面的描写,也少有氛围上的渲染,平铺直叙的手法突出了悲剧发生的必然性。事实上,《五一节》并没有像常规中短篇小说那样聚焦于特定的事件或人物,而是全景展示了人与人、群体与群体间的奇妙关联和相互影响。在这张关系网中,悲剧不再是表现个人毁灭的过程,它成了各种因素共同作用的产物,而自然主义的艺术风格也由此得到了强化。

众所周知,菲茨杰拉德的创作以对现实的真实描绘见长,而《像丽兹酒店一样大的钻石》("The Diamond as Big as the Ritz", 1922)却属于一种完全不同的类型,体现出他对各种写作风格的驾驭能力。在这篇作品中,作者采用魔幻现实主义的笔法,构筑了一个关于财富的寓言。小说情节的发展可以划分为五个部分。第一部分遵循作者最惯常的写作套路,介绍了主人公约翰·恩格的身世背景,他在圣·米达斯贵族学校求学的来龙去脉,以及他结识神秘富家子弟珀西·华盛顿并受邀前往他家做客的经过。小说第二部分作者笔锋一转,虚构出一个位于蒙塔纳的神秘山谷。这片土地与世隔绝,如同一个独立王国,而该王国的实际统治者便是珀西的父亲巴拉多克。多年以前,珀西的祖父误入此地,发现了一座钻石矿山,由此发家并积累下富可敌国的财富。为了不让外界知晓这里有钻石,他们家族从中作梗,以至于政府从未勘探过此地。这一段情节可以说荒诞不经,作者的描写充满着不可思议的奇幻色彩。在小说第三部分,更多关于钻石山的罪恶开始浮出水面,例如因禁飞行员的地洞,而约翰也逐渐意识到了自己处境的危险。小说第四部分叙述了约翰与珀西妹妹奇思迈恋爱的经过,以及他们私奔的企图。在小说最后一部分,华盛顿家族的独立王国遭遇灭顶之灾。政府派出的战斗机占领了钻石山,巴拉多克情急之下向上帝行贿,上帝大怒,钻石山瞬间化为灰烬,巴拉多克一行五人也一同殉葬,而约翰则带着奇思迈以及奇思迈的妹妹杰思敏一同安全地逃离了这片罪恶的土地。

在小说表面荒诞的情节之下,作者实际写了一个美国式的致富神话,并刻画了利益驱动下走向疯狂的人性。现实中尽管不存在钻石山,但珀西祖父的传奇经历无疑是对美国"西进运动"中出现淘金热的一个真实写照,而且从他身上也体现了那个时代美国人所具有的冒险、实干又贪婪的品质。如果说珀西祖父代表着"镀金时代"中的开拓者形象，那么巴拉多克显然已成为垄断者。为了独占财源，他不择手段，蓄奴、贿赂、拘禁甚至不惜杀人，而祖先身上锐意进取的品质到他那儿也已不见踪影，取而代之的是追求享乐和奢华。这充分表明"美国梦"开始褪去最初的光环，其实现道路更是充斥着罪恶。正如佩特里所指出的那样，"随着时间的推移，美梦早已堕落，甚至变成了一场噩梦"①。至于华盛顿家族作为美国国父后裔的细节应该是作者为反讽有意安排的，它一定程度上反映了美国迅速崛起背后的各种血雨腥风。

财富崇拜是这篇小说所表现的核心主题。菲茨杰拉德曾说明其创作动机是他本人一度处于"极度贪恋富贵的状态中，所以写此篇是为了补偿他对虚幻物的贪恋之心"②。从以上表述可以看出，菲茨杰拉德对财富的迷恋已达到了欲罢不能的程度。作为其受害者，他当然更能体会人们为钱而不顾一切的癫狂状态。有关这点最具表现力的片段当属巴拉多克行贿上帝的情节。在作者的描绘中，他竟赤裸裸地以钻石为诱饵请求上帝满足他的要求。其行为说明了这样一个事实：金钱已然取代上帝成了巴多拉克的精神信仰，而钻石俨然是那个奢靡时代的图腾，并演化为了资本主义社会诸多"拜物教"中的一种。此外，行贿上帝的情节看似夸张荒诞，却影射出许多宗教实践的伪善本质，例如教会发行赎罪券实际上就是对上帝的变相行贿，这表明金钱关系遍布世俗与非世俗生活，乃人与人之间最根本的关系。小说最后财富与罪恶一同湮灭，约翰和奇思迈回到了单纯的恋爱关系，耐人寻味的是奇思迈随身带走的是她认为很漂亮但实际上一文不值的假钻石。或许唯有经历劫难，人们才会明白世上有些东西远比金钱更值得追求，于故事结尾处设置这样的细节完全表明了作者对拜金主义的否定。

中晚期作品：幻灭后的反思

20 世纪 20 年代后期，菲茨杰拉德的文学事业进入高速发展期。如果说《了不起的盖茨比》奠定了他一流作家的地位，那么同一时期写的《富家子弟》（"The Rich Boy"，1926）则标志其短篇小说风格的定型。这篇小说塑造了一个美国上流社会的男青年形象，作者从人性高度揭示了这类人

---

① Alice Hall Petry, *Fitzgerald's Craft of Short Fiction: The Collected Stories*, 1920 - 1935. Tuscaloosa：University of Alabama, 1989, p.89.

② F. Scott Fitzgerald, *Tales from the Jazz Age*. London：Urban Romantics, 2013, p.8.

群对待金钱、爱情、家庭以及友谊的态度。与盖茨比的暴发户形象不同，小说主人公亨特出身望族，是个名副其实的富二代。自负的个性和放荡的作风让他的求学和恋爱都挫折不断。而在家庭事务中，他又以家族名誉捍卫者的姿态出现，执意干涉姊子的婚外情，导致了悲剧的发生。由于昔日家族风光不再，而爱情和友谊也都离他远去，亨特的人生最终在放任自流中走向了绝望的深渊。《富家子弟》涉及的主题基本都是菲茨杰拉德短篇创作中经常出现的，例如家庭关系、酗酒的危害、对青春已逝的哀叹以及财富之于性格的影响等。这些主题通过亨特的人生经历得到了集中反映，所以从这个意义上而言，他成了作者塑造人物的一个范式。正如叙述者在小说开头部分所言："他们与你我不同，他们很早就拥有了财富，并学会了享乐，这对他们产生了影响，我们感到艰难之处，他们却觉得软弱无比，我们深信不疑的东西，他们却冷嘲热讽。从某种程度上说，除非你生于豪门，否则理解不了这些。"亨特这类人与其他芸芸众生的最大不同在于他们身上与生俱来的优越感，这种优越感犹如一把双刃剑，一方面造就了他迷人的外在气质，另一方面也养成了他以自我为中心、不顾他人的行为作风。他本来与第一个女友波拉两情相悦，却做不到为爱情放弃寻欢作乐的生活。之后，为弥补与波拉分手所带来的情感空缺，他又贸然与一个自己并不爱的女人走到一起。有趣的是亨特自己可以视爱情为儿戏，却无法容忍旁人出轨，他最后众叛亲离无疑是这种双重道德标准酿成的恶果。而作者的深刻之处在于他不打算让主人公幡然醒悟，即便获悉波拉死讯，亨特也毫无痛惜之意，而是急不可耐地开始了一场新的猎艳，因为他需要别人把"最明媚、最鲜嫩、最珍贵的时光花费在爱惜和保护他心中所怀有的优越感上"。亨特的优越感是他富二代身份客观决定的，但物欲横流的社会环境却把这种优越感发展到了一种病态的程度。应当指出，小说对财富的反思、对金钱腐蚀人性的揭露是不遗余力的，它一定程度上扭转了人们对菲茨杰拉德拜金的错误印象。

与《了不起的盖茨比》类似，《富家子弟》也采用了嵌套式的叙事结构。作者在小说中设置了一名观察者，以第一人称的视角讲述主人公的故事，其用意在小说开始部分就交代得很清楚："要描述年轻的安森·亨特，唯一的方法就是把他作为外国人看待，并坚持自己的观点不动摇。"由于叙述者与主人公阶级立场不同，后者身为富二代所特有的人格缺陷才能在前者的视角下充分暴露。从某种意义上说，嵌套叙事不仅起着读者与人物间的桥梁作用，并切实保障了作者意志对文本的渗透，从而"为故事构筑起道德的框架"①。当然，这篇小说在叙事上也存在着小小的缺陷。菲茨杰拉德的好友拉德纳（Ring Lardner）曾建议他把《富家子弟》扩写成长篇小说，一个重要原因是其情节太过复杂，以至于许多线索都还未充分展开便草草收场，影响了短篇小说在叙事上必须要有的紧凑感和专注度。而菲茨杰拉德一直认为长篇小说才具有永恒的艺术价值，所以他的一些短篇才会有明显的长篇化倾向。

在菲茨杰拉德所有短篇创作中，《重返巴比伦》毫无疑问是知名度最高的，曾被无数次收录于教材和文学选集中。它讲述了一个浪子回头的故事，具有浓厚的自传色彩。小说从主人公查理回到巴黎开始叙述，他此行的主要目的是向亡妻的妹妹玛丽恩索要自己女儿的抚养权。玛丽恩对查理心怀怨恨，在她看来，查理对自己姐姐的死负有不可推卸的责任，所以起初并不同意转交抚养权。但在丈夫的调解下，玛丽恩逐渐意识到查理发自肺腑的悔过态度，而小女孩也确实流露出对父爱的渴望。然而，就在事态即将出现转机之时，两位曾与查理一同寻欢作乐的玩伴突然造访玛丽恩家，不速之客的光临彻底惹恼了本已平复的女主人，而查理重获女儿抚养权的愿望也瞬间化为了泡影，故事就在他失之交臂的无限遗憾中落下了帷幕。这篇小说的情节取材于作者的亲身经历，他本人与小说主人公有着类似的人生轨迹。他与妻子泽尔达曾旅居于巴黎，过着纸醉金迷的生活。同查理一样，菲茨杰拉德酗酒成瘾、挥霍无度，而妻子的妹妹也认定他是泽尔达精神崩溃的直接责任人，并对他抚养女儿的资格提出了质疑。从这个角度看，《重返巴比伦》既是作者对爵士时代享乐主义至上的反思，也表达了他对过去堕落生涯的忏悔。这篇小说的题目取自《圣经》的典故。在《新约·启示录》中，巴比伦是一座走向毁灭的罪恶之城，作者借此来隐喻查理一伙人在巴黎自甘堕落的生活，也对小说悲剧性的结局有所暗示。在菲茨杰拉德的笔下，"大萧条"前的巴黎成了一群美国青年寻欢作乐的天堂，那儿没有禁酒令和高物价，取而代之的是繁华的街道，多彩的娱乐生活和无尽的物质诱惑。但随之而来的经济萧条让这些美国人瞬间从天堂跌落到了地狱，这种时局的变化通过小说第一部分查理在丽兹酒吧的所见所闻得到了交代：过去美国人聚集的酒吧如今变得空空荡荡，他的朋友也都风光不再。而更为糟糕的是，他们中的一些人因

---

① Linda C. Pelzer, *Student Companion to F. Scott Fitzgerald*. Westport：Greenwood Press，2000，p.27.

无法适应由奢入俭的生活现实,只能通过买醉来麻痹自己,查理的两个玩伴劳瑞娜和邓肯无疑都属于这类人。

不同于上述人物,"大萧条"并没有对查理的物质生活造成过多冲击,却在他灵魂的深处形成了不小的震荡。首先,归于平淡的生活让他重拾了父女亲情;其次,在与玛丽恩的交涉中,他对昔日挥金如土的生活作风进行了道德反省。但另一方面,身处巴黎又让他留恋往昔的繁华岁月而难以自拔。应当指出,欲望与理智的冲突,回忆与现实的背离造就了查理难以摆脱的人生困境,成为他痛苦的根源,而人物的这种矛盾性和复杂性在菲茨杰拉德过往的短篇小说中并不多见。值得注意的是,小说悲剧性的结尾看似偶然,实则早已埋伏在了查理矛盾的性格之中。正如有学者指出的那样,"巴黎之行迫使查理直面由他疏忽大意所造成的后果,但他依旧十分向往巴比伦的欢愉,以至于无法让女儿回归正常生活或让自己摆脱精神放逐的状态"①。因此,查理的功亏一篑不能完全归咎于劳瑞娜一伙人。从某种意义上说,他们代表着主人公内心不断涌起的巴比伦之欲。只要这种欲念在,查理的自我救赎就无法真正实现,即便拿回女儿的抚养权,悲剧迟早还是会发生。

对财富的探讨向来都是菲茨杰拉德创作的重点,《重返巴比伦》当然也不例外,而且较之以往更为深刻。作者选择"大萧条"时期作为小说的时代背景,集中体现了财富的泡沫性特征。小说所描写的美国富人多是暴发户出身,他们热衷投机,依靠 20 年代短暂的经济繁荣迅速致富。一夜暴富的恶果是极度膨胀的欲望产生出一种挥霍的快感,其严重性在于人们可能由此丧失理智、走向疯狂。查理几次一掷千金的举动正是这种非理性状态的具体表现,而他挥霍掉的远不止金钱,更有青春和未来。尽管华尔街的股灾让他赔了不少钱,但查理却一针见血地指出:"我在繁荣期失去了我所要的一切。"显然,他为自己的疯狂付出了家破人亡的代价,其破坏力远远超过经济上的损失。当"大萧条"来临之时,经济泡沫随即破灭,但精神泡沫却难以根除,那些破了产的美国人包括查理依然对过去挥霍无度的生活念念不忘,其中有些人甚至无法面对现实,宁愿守着泡沫生活。有学者认为这篇小说对"金钱幻觉"②的书写达到了无出其右的高度。众所周知,20 世纪的西方是金融产业大行其道的时代,金融投资依托

---

① Kirk Curnutt, *A Historical Guide to F. Scott Fitzgerald*. Oxford: Oxford University Press, 2004, p.114.

② Martin Scofield, *The Cambridge Introduction to the American Short Story*. Cambridge: Cambridge University Press, 2006, p.158.

货币资本，通过购买债券、股票等信用凭证来达到资产升值的目的。由于运作过程缺乏实体环节，投资成了数字的游戏。在这种状况下，过快增长的收益率极有可能让投资者失去对货币实际价值的判断，久而久之产生出对财富的幻觉。而《重返巴比伦》通过查理的个案记录了金融投机对人物心理影响的全过程，揭示出金钱唤起欲望和冲击理性的危害性。

作为菲茨杰拉德的短篇经典，《重返巴比伦》的写作手法同样可圈可点。为了讲述"大繁荣"和"大萧条"两个时期的故事，小说多处运用闪回手法，过去与现在有序地交织在一起，呈现出主人公悔恨与留恋同在的矛盾内心。小说篇幅虽短，但着墨点却不少。除了查理的主线情节，小说还描绘了欲望之都——巴黎的城市风貌，旅法美国人的命运沉浮以及20世纪20年代风起云涌的经济浪潮。由于小说结构布局合理，诸多线索不仅在叙事中被安排得详略得当，而且无不关联着主人公的命运走向，成为人物塑造的重要组成部分。值得注意的是，作者在结局的设计上也独具匠心。首先，小说的开局与结尾首尾呼应。在故事最后，查理又回到小说最初的场景——丽兹酒吧，与老友保罗重逢，生活在经历了一番波折后似乎又回到了原点，但此时查理的处境和心境早已发生巨变。通过首尾呼应，小说在无形中传递出一种覆水难收的惆怅感，对人物心理的刻画起到了画龙点睛的作用。此外，尽管查理最后失意离开，但作者并没有对其命运盖棺论定，也就是说小说有一个开放式的结尾：

> 未来的某天他还会回来，他不再挥霍，他想要自己的孩子。除此以外，其余一切对他来说都不再美妙。青春已逝，不再有憧憬和梦想，只有一点他还很肯定，那就是海伦不会愿意看到他一人如此孤单。

在小说结尾，作者对先前出现的主题进行了汇总，短短几十字的段落触及金钱观、父女关系、自我救赎等好几个核心主题。而弥漫于文字间的情绪更是五味杂成：感伤与悔恨、孤独与内省、失落与希望交织在一起，主人公复杂的内心世界跃然纸上。应当指出，女儿的得而复失让故事结局充满着悲剧色彩，但主人公的救赎之路未被作者完全堵死，他只要坚持，父女再度团圆也并非全无可能。这样开放式的安排既在情理之中，又在意料之外。一方面，它平复了高潮部分的戏剧冲突，让叙述在行将完结前回归平静；另一方面，它又为读者提供了充分的想象空间，使他们在掩卷之余依旧回味无穷。

综上所述,菲茨杰拉德在美国短篇小说史上的地位尽管无法和海明威、福克纳相提并论,但依然有不少可圈可点之处。这些作品透着强烈的个人情感,从中读者得以窥见作者内心的渴求与挣扎。它们在艺术技巧上虽有瑕疵,思想深度却毫不含糊。不少作品对爵士时代的反思是深刻的,它们再现了这一时期美国富人的生活和精神风貌,为人们了解当时的社会万象提供了珍贵的档案记录。而引人入胜的情节和浓厚的生活气息也让菲茨杰拉德的短篇小说赢得了众多读者的青睐。

第五节
其他现代主义短篇小说家

杜娜·巴恩斯

杜娜·巴恩斯(Djuna Barnes,1892—1982)是美国现代主义运动中具有代表性的女作家。她出生在纽约市的郊外,她由当作家的祖母一手带大,这也确立了她早年对文学的兴趣。之后,格林威治村的自由氛围和巴黎左岸的艺术熏陶对巴恩斯的创作产生了深远影响,形成了她特立独行、先锋味十足的风格。她早年的双性恋身份以及对性爱自由的主张更让她的创作主题显得非常另类和具有颠覆性。

在法国期间,她写出了《赖德》(*Ryder*,1928)、《仕女年鉴》(*Ladies Almanack*,1928)和《夜森林》(*Nightwood*,1936)三部代表作。其中的《赖德》具有自传体性质,映射了作者的家族历史。小说人物众多,叙述视角不断变换,文本还镶嵌了书信、歌曲、寓言等各种文体素材。此外,作者通过戏仿英语文学史上的名家文笔,为每一章匹配了相应的语言风格,这些构思明显是受到乔伊斯的巨著——《尤利西斯》(*Ulysses*,1922)的启发。但比乔伊斯更为激进的是,《赖德》展现了一个一夫多妻家庭的生活经验,其中许多争议内容挑战了文学创作的伦理底线。

巴恩斯的大部分短篇小说都写于她文学生涯早年,在20世纪20年代就曾出版短篇小说集子——《一本书》(*A Book*,1923),后经扩充修订改名为《马群中的一夜》(*A Night among the Horses*,1929)和《泄洪道》

（*Spillway*，1962）。死亡是巴恩斯短篇中常见的主题，在她笔下，死亡非但没有站在生命的对立面，而且还激发起人物强烈的自我意识，让他们彻底摆脱了模棱两可的生存状态。巴恩斯的短篇创作具有明显的自然主义倾向，而冷峻的叙述风格丝毫没有弱化小说丰富的细节呈现，作者对象征手法的娴熟运用也让小说显得意味深长。

《马群中的一夜》是巴恩斯的短篇代表作，小说以一个短暂的片段来表现人生永恒的困境，这种写法在现代主义文学中颇为常见。小说主人公约翰是个马夫，他出场时身着礼服礼帽，穿行在马场边的灌木丛中，这幅奇异景象暗喻了他分裂的生存状态。约翰留恋马场生活，但妻子却嫌马夫身份卑微，要让他成为绅士。约翰苦于无法摆脱自己厌恶的生活方式，于是通过自杀让生命永远定格在了马场。在小说中，约翰的生命同马是联系在一起的，群马奔腾的景象象征着他身上所保留的血性和原始生命力，而大自然的衰败景象无不昭示着农业社会正面临瓦解的现代性特征。随着社会不同阶级间壁垒的打破，约翰的生活也发生了巨变，他以死抗拒这种变革，唱响了一曲挥别田园时代的挽歌。

格特鲁德·斯泰因

格特鲁德·斯泰因是美国现代主义文学的先驱。她出生在匹茨堡，成年后去了法国，并且余生的大部分时间都在那里度过。在拉德克利夫学院求学期间，斯泰因受业于心理学家威廉·詹姆斯，两人在合作研究中创造了"意识流"的概念，它深刻影响了斯泰因本人的创作乃至现代主义小说的发展。斯泰因堪称文坛多面手，一生著有大量诗歌、戏剧和小说作品，其中《证明终了》（"Q.E.D."，1903）、《三种生活》（*Three Lives*，1909）、《美国人的本质》（*The Making of Americans*，1925）等作品都是传世经典。除了自己创作，斯泰因还在家中定期举办沙龙，吸引了当时许多文坛名流的参与，其中就有海明威、菲茨杰拉德、安德森、刘易斯等美国现代文学的标杆人物。从某种意义上说，斯泰因沙龙与美国文学的第二次繁荣有着密不可分的关系。

短篇小说《证明终了》无疑是斯泰因一生中最具争议的作品。小说取自作者本人的经历，故事围绕三个女同性恋间的情感纠葛展开。小说女主人公阿黛尔的原型就是作者自己。阿黛尔因被海伦引诱而与她发生恋情，但最终因第三者插足而始乱终弃。小说除了表现同性恋的爱情，同时也揭示了这一人群所面临的伦理困境。尽管在题材上充满争议，但《证明终了》却是斯泰因为数不多的用传统手法写就的小说。《三种生活》包含了三个独立的短篇故事，分别是《好安娜》（"The Good Anna"）、《马兰克塔》（"Malanctha"）和《温柔的丽娜》（"The Gentle Lena"），三个故事分别塑造了三位社会底层的妇女形象，作者把她们的生活场景都设置在巴尔的摩的一个名为"桥点"的虚构社区里。第一篇故事的主人公安娜是位严厉的女管家，她人生各阶段的经历在小说中均有涉及，与主人马泰尔达小姐相伴的时光是安娜一生中最幸福的阶段，而她的晚景却无比凄凉。第二篇故事的主人公马兰克塔是个黑白混血儿，小说着重聚焦于她两段不幸的爱情经历。第三篇故事的主人公丽娜也是名女仆，但不同于安娜的强硬，丽娜生性被动，她的婚姻不过是遵从父母之命，所以最终还是以悲剧收场。在这三篇小说中，斯泰因运用詹姆斯的心理类型学理论描摹出人物的心理肖像，第二篇故事中马兰克塔的塑造最具争议，众多评论者认为作者对有色人种的认识十分地局限，并没有突破白人文学作品中固有的黑奴形象。值得注意的是，斯泰因对小说语言的实验已经可以从这些作品中看出端倪，反复手法的运用无疑赋予了小说一种音乐上的形式感。

海尔达·杜利特尔

海尔达·杜利特尔（Hilda Doolittle，1886—1961）是 20 世纪美国最杰出的女性诗人之一，她的文学声誉主要体现在意象主义诗歌的创作上。杜利特尔出生在宾夕法尼亚州的伯利恒，早年受过良好的教育，并结识了庞德、威廉姆斯等意象派诗人。1911 年移居英国后，杜利特尔开始了正式的诗歌创作，其创作理念与庞德、阿尔丁顿等人一拍即合，著名的"意象主义诗歌三原则"就出自他们之手。从 20 世纪四五十年代后，杜利特尔的兴趣开始转向史诗，写就了《三部曲》（*Trilogy*，1946）、《海伦在埃及》（*Helen in Egypt*，1961）等诸多大部头作品。

杜利特尔的小说创作深受乔伊斯、斯泰因、福克纳等现代主义作家影响。在内容上，她的小说多以表现个体的意识经验为主，揭示了现代社会对自我的重构；在形式上，她致力于小说语言的革新，其叙述风格具有明显的诗化倾向。杜利特尔所著的短篇小说有《考拉和卡》（"Kora and Ka"，1933）、《寻常之星》（"The Usual Star"，1933）、《米拉—美尔》（"Mira-Mare"，1933）等。其中"考拉和卡"是杜利特尔的短篇代表作，也是她本人颇为满意的作品。小说描绘了一个男子饱受战争创伤的精神世界，从中不难察觉弗洛伊德的心理分析对人物塑造的影响。为了表现人物幻觉,作者在小说中安排了两个叙述声音：一个声音是男主人公自己,另一个来自他幻觉中附体的灵魂。这两个声音交替出现,模拟出意识的混乱状态。耐人寻味的是主人公从未经历过战场的厮杀,他对战争的恐惧都源自间接经验。从某种意义上说,人物内心的断裂感,性别身份的迷失等症状都是现代社会独有的产物。

伊丽莎白·毕晓普

出生于 20 世纪初的伊丽莎白·毕晓普(Elizabeth Bishop, 1911—1979)是美国著名诗人和短篇小说家,曾获得美国"桂冠诗人"的称号,并赢得过普利策奖。毕晓普自幼失去双亲,童年在孤独和离散中度过,由于健康问题,她所受的正规教育十分有限。成年之后,靠着父亲留下的遗产,毕晓普周游列国。旅行给予了她创作的灵感,她的不少作品都与这方面经历有关。创作道路上,诗人玛丽安妮·摩尔(Marianne Moore)对毕晓普的影响巨大,她帮助毕晓普出版诗作,并把她介绍给文坛。毕晓普的创作产量不算高,一生共出版了六本诗集和一些零星的短篇小说。不同于当时许多诗人,毕晓普很少在创作中抒发私人情感,而更多地是以客观细腻的笔触来描摹对外部世界的印象。

在成为诗人之前,毕晓普就开始了短篇小说的创作,她的许多早期作品最后都未正式收录出版,而是发表在当时她就读的瓦萨文理学院的校刊上。其中的一篇《接着,来了穷人》("Then Came the Poor", 1934)表达了毕晓普对时政的看法,通过主人公在政治运动中的离奇遭遇,批判了社会生活政治化的荒谬所在。1953 年发表的《村子里》("In the Village")是毕晓普最为人熟知的短篇小说。小说主人公有着与作者童年十分类似的家庭环境：父亲早逝,母亲精神崩溃,从小和外祖母生活在一起。当母亲回到家后,已无法和女儿正常交流,不久就被送入精神病院。母亲的离去让女儿备受煎熬,孤独和耻辱交织在她心里,挥之不去。这篇小说文笔优美,意境深邃,堪称诗化小说的典范,创伤和死亡两大主题通过各种感官意象的制造,以润物细无声的方式弥漫于小说中。不可否认,有相似经历的作者非常善于把握人物的心理状态,将心智尚未成熟的孩童在安全感缺失下的恐惧和孤独刻画得淋漓尽致。

纳桑尼尔·韦斯特

纳桑尼尔·韦斯特(Nathanael West, 1903—1940)是美国犹太裔小说家和电影编剧。他出生在一个中产阶级家庭,学生时代并不出众,但阅读广泛,上大学起就开始了小说的创作。在短暂的一生中,韦斯特共著有四部小说,分别是《巴尔索·斯奈尔的梦幻人生》(*The Dream Life of Balso Snell*,1931)、《孤心小姐》(*Miss Lonelyhearts*,1933)、《整整一百万》(*A Cool Million*,1934)、《蝗虫之日》(*The Day of the Locust*,1939)。

　　小说《巴尔索·斯奈尔的梦幻人生》更接近于中篇的规模,讲述了一位年轻人进入到特洛伊木马的体内,遇到许多作家,他们把主人公视为唯一的听者,迫不及待地要把满腹的故事向他倾诉,以至于主人公最后惶恐不已。这篇小说情节离奇、结构松散、语言粗俗,在出版之初遭到大量批评。事实上,作者构建了一个自反性质的文本,支离破碎的叙述表达了他对写作所持的虚无主义态度。韦斯特的第二部小说——《孤心小姐》则获得了评论界的广泛认可。小说以"大萧条"时期的纽约为背景,主人公"孤心小姐"其实是一位男性的专栏作者,每天阅读大量绝望读者的来信让他患上了抑郁症,他本想摆脱困境,但与女读者的纠葛彻底把他推向了绝境。许多评论家认为这部小说是"大萧条"时期国民心理的写照,缺钱、还债等经济问题常常是读者来信中的焦点,之前的消费主义浪潮已让这代人的人性趋于扭曲,而泡沫的破灭让他们无所适从,彻底击垮了他们脆弱的心理防线。最后一部小说——《蝗虫之日》是韦斯特的代表作,奠定了他在美国文学史上的地位,这本书也被美国"现代图书馆"列为20世纪的百佳小说之一。小说主人公托德怀着艺术的梦想来到好莱坞当造型师,作者以他的视角,揭开了明星梦工厂光鲜背后的种种乱象,刻画了挣扎在其中的形形色色的小人物。作为现代主义小说,《蝗虫之日》很好地刻画了现代人的孤独和异化感,但与其他同类作品不同的是,这部小说不走精英路线,而是关注大众文化。好莱坞是美国大众文化的缩影,所以它病态的繁荣从某种意义上说也是当时美国社会的缩影。

　　韦斯特创作的短篇小说数量不多,其中相当一部分都是未完成之作。小说《冒名顶替者》("The Imposter",1997)写出了作者对巴黎左岸文化圈的嘲讽。小说开篇,身为作家的叙述者就指出要被巴黎的那些美国流浪艺术家接纳,先得把自己变成疯子,在他眼里,小说主人公毕诺的经历就是最好的例证。毕诺是个失败的雕塑家,他把自己作品不成功的原因归咎于解剖教科书的错误,于是决定自己去寻找完美的人体模特。他找到了一具尸体,并拖着它在街上游荡,接着引发了一系列不可思议的疯狂事件,然后被送入精神病院,最终修成了"艺术"正果。在这篇小说中,作

者使用夸张的手法，对那些所谓艺术家的伪艺术行为起到了很好的讽刺效果。在另一则短篇《西联男孩》（"Western Union Boy"，1997）中，作者刻画了一群非常特殊的人物，由于不断遭遇挫折，他们普遍患有严重的失败焦虑症，通过书写他们的经历，作者意在隐射美国犹太人处处遭受排挤、逐渐被边缘化的现实处境，而作者嘲讽的叙述口吻更为故事营造了一种世态炎凉的氛围。

本章论述了美国现代主义短篇小说的主题特色和艺术成就，重点关注了安德森、福克纳、海明威和菲茨杰拉德四位美国现代主义文学代表人物的作品。应当指出，现代主义的兴起为短篇小说的发展提供了前所未有的发展机遇，使得短篇小说的创作在质与量上都达到了空前的高度。作为新思潮的引领者，上述四位作者无不在创作中表现出思想活跃、锐意进取的风貌。对于短篇小说，他们醉心于各种尝试，有的试图在形式上寻求突破；有的试图在主题上发出新声；有的试图将其与长篇小说进行横向合作，以此形成互补的创作体系。这些尝试赋予了短篇小说新的艺术生命力，甚至使其取代了诗歌，成为现当代文学中最受青睐的体裁之一。而对于这些作家而言，短篇小说给予了他们经济上的保障、被公众认可的名誉，而同时又担当着他们实践新理念的试验田。毫不夸张地说，没有短篇小说打下的基础，就没有美国文学在 20 世纪初所拥有的如此繁荣的局面。